das neue buch
Herausgegeben von Jürgen Manthey

Jean-Paul Sartre
Der Idiot der Familie
Gustave Flaubert 1821–1857
I. Die Konstitution

Deutsch von Traugott König

das neue buch
rowohlt

Deutsche Erstausgabe
Aus dem Französischen übersetzt
nach dem 1. Teil («La Constitution») des ersten Bandes
der 1971 bei Gallimard, Paris, erschienenen Originalausgabe
«L'Idiot de la famille Gustave Flaubert de 1821 à 1857»

Veröffentlicht im Rowohlt Taschenbuch Verlag GmbH,
Reinbek bei Hamburg, Januar 1977
1.– 5. Tausend Januar 1977
6.– 8. Tausend März 1977
9.–14. Tausend April 1977
15.–17. Tausend Mai 1980

Umschlagentwurf Christian Chruxin und
Antje Petersen
Gesamtherstellung
Clausend & Bosse, Leck
Printed in Germany
3200-ISBN 3 499 25078 0

Hinweis des Übersetzers

Die Quellen- und Seitenangaben nach Zitaten stammen vom Übersetzer. Diese Zitate wurden mit dem Original verglichen und, wo nötig, korrigiert. Die Seitenangaben nach Flaubert-Zitaten beziehen sich, wenn keine anderen Quellen angegeben werden, auf die zweibändige Ausgabe der *Œuvres complètes*, Editions du Seuil, Paris 1964. Die anderen Quellen sind: Gustave Flaubert, *Madame Bovary. Nouvelle version précédée des scénarios inédits par Jean Pommier et Gabrielle Leleu*, Librairie José Corti, Paris 1949; Jean Bruneau, *Les débuts littéraires de Gustave Flaubert 1831–1845*, Armand Colin, Paris 1962; Gustave Flaubert, *Souvenirs, notes et pensées intimes*, Buchet/Chastel, Paris 1965. Bei unvollständig oder gar nicht nachgewiesenen Briefzitaten wurden, soweit wie möglich, Adressat und Datum ermittelt. Einige Briefpassagen sind zum erstenmal veröffentlicht in der Neuausgabe der *Correspondance*, die seit 1973 in der Bibliothèque de la Pléiade bei Gallimard, Paris erscheint. An Hand dieser Neuausgabe konnten einige Daten und Lesarten auf den neuesten Stand gebracht werden. Ein großer Teil der Flaubert-Zitate stammt aus Schriften, die bisher noch nicht ins Deutsche übersetzt wurden. Alle anderen Flaubert-Zitate wurden für das vorliegende Werk neu übersetzt. Im Hinblick auf Sartres Textinterpretationen mußten die Übersetzungen der Flaubert-Zitate so wörtlich wie möglich sein bis hin zur Wiedergabe ungewöhnlicher Satzkonstruktionen, mißglückter Bilder und grammatischer Fehler, die in Entwürfen, unveröffentlichten Jugendwerken und Briefen vorkommen. In Gesprächen mit Jean-Paul Sartre konnte der Übersetzer viele Fragen klären.

Der Übersetzer dankt Herrn Kurt Thöricht für seine sachkundige Mitarbeit.

Vorwort

Der Idiot der Familie ist die Fortsetzung von *Questions de méthode*[1]. Sein Thema: was kann man heute von einem Menschen wissen? Eine Antwort auf diese Frage schien mir nur durch die Untersuchung eines konkreten Falles möglich: Was wissen wir – zum Beispiel – von Gustave Flaubert? Diese Frage beantworten heißt, die Informationen, die wir über ihn haben, zu *totalisieren*. Nichts beweist zunächst, ob eine solche Totalisierung *möglich* und ob die Wahrheit einer Person nicht plural ist; die Informationen sind *ihrer Art nach* sehr verschieden: er wurde im Dezember 1821 in Rouen geboren; das ist eine; er schrieb, sehr viel später, an Louise Colet: «Die Kunst flößt mir Schrecken ein» (7. November 1847); das ist eine andere. Die erste ist ein objektives, soziales Faktum, bestätigt durch offizielle Dokumente; die zweite, die ebenso objektiv ist, was die bloße Aussage betrifft, verweist durch ihre Bedeutung auf ein erlebtes Gefühl, und wir können nichts über den Sinn und die Tragweite dieses Gefühls ausmachen, bevor wir nicht festgestellt haben, ob Gustave, im allgemeinen und besonders bei diesem Anlaß, aufrichtig war. Laufen wir nicht Gefahr, auf Schichten heterogener und unreduzierbarer Bedeutungen zu stoßen? Dieses Buch versucht zu beweisen, daß die Unreduzierbarkeit nur scheinbar ist und daß jede Information in ihrem Kontext zum Teil eines Ganzen wird, das nicht aufhört, sich hervorzubringen, und zugleich seine eigentliche Homogenität mit allen anderen Teilen offenbart.

Ein Mensch ist nämlich niemals ein Individuum; man sollte ihn besser ein *einzelnes Allgemeines* nennen: von seiner Epoche totalisiert und eben dadurch allgemein geworden, retotalisiert er sie, indem er sich in ihr als Einzelnheit wiederhervorbringt. Da er durch die einzelne Allgemeinheit der menschlichen Geschichte allgemein und durch die allgemeinmachende Einzelnheit seiner Entwürfe einzeln ist, muß er zugleich von den beiden Enden her untersucht werden. Dazu ist eine geeignete Methode notwendig. Die Grundlagen dieser Methode habe ich 1958 in *Questions de méthode* dargelegt, und ich will sie hier nicht wiederholen: ich will lieber, jedesmal wenn es notwendig ist, zeigen, wie sie nach den Erfordernissen ihres Gegenstandes bei der Arbeit selbst *entsteht*.

Ein letztes Wort: Warum Flaubert? Aus drei Gründen. Der erste ist ein ganz persönlicher, er spielt seit langem keine Rolle mehr, obwohl er am Beginn dieser Wahl steht: als ich 1943 in der schlechten Ausgabe von Charpentier seine Korrespondenz wiederlas, spürte ich, daß ich eine Rechnung mit ihm zu begleichen hätte und ihn dazu besser kennenler-

1 Deutsch: *Marxismus und Existentialismus. Versuch einer Methodik*, Reinbek 1964 (rowohlts deutsche enzyklopädie, Bd. 196). *Anm. d. Übers.*

nen müßte. Seitdem hat sich meine ursprüngliche Antipathie in *Empathie* verwandelt, die einzige zum Verständnis angemessene Haltung. Zweitens hat er sich in seinen Büchern objektiviert. Jeder wird einem sagen: «Gustave Flaubert, das ist der Autor von *Madame Bovary.*» Wie ist nun das Verhältnis des Menschen zu seinem Werk? Diese Frage habe ich bis jetzt niemals beantwortet. Und sie ist auch, soviel ich weiß, von niemandem sonst beantwortet worden. Wir werden sehen, daß dieses Verhältnis zwiespältig ist: der Roman *Madame Bovary* ist Niederlage und Sieg; der Mensch, der sich in der Niederlage beschreibt, ist nicht derselbe, den der Roman in seinem Sieg erfordert; man muß begreifen, was das bedeutet. Schließlich erweisen sich seine frühen Werke und seine dreizehn Bände Korrespondenz, wie wir sehen werden, als die merkwürdigsten, die am leichtesten zu dechiffrierenden Geständnisse: man glaubt, einen Neurotiker zu hören, der auf dem Sofa des Analytikers vor sich hin spricht. Ich hielt es für zulässig, für dieses schwierige Unterfangen einen leichten Gegenstand zu wählen, der sich mühelos und ohne es zu wissen, darbietet. Ich füge hinzu, daß Flaubert, der Schöpfer des modernen Romans, am Kreuzpunkt all unserer heutigen literarischen Probleme steht.

Nun gilt es zu beginnen. Aber wie? Und wo? Das ist nebensächlich: in einen Toten tritt man ein wie in eine offene Stadt. Entscheidend ist, daß man von einem Problem ausgeht. Von dem Problem, das ich gewählt habe, spricht man im allgemeinen wenig. Aber lesen wir einmal folgende Passage eines Briefes an Fräulein Leroyer de Chantepie: «Nur durch Arbeit gelingt es mir, meine angeborene Melancholie zum Schweigen zu bringen. Aber der alte Kern scheint immer wieder durch, der alte Kern, den niemand kennt, die tiefe, immer verborgene Wunde.»[1a] Was heißt das? Kann eine Wunde angeboren sein? Auf jeden Fall verweist uns Flaubert auf seine Vorgeschichte. Man muß also herauszufinden versuchen, was der Ursprung dieser «immer verborgenen» Wunde ist, die *zwangsläufig* auf seine früheste Kindheit zurückgeht. Das ist, glaube ich, kein schlechter Ausgangspunkt.

1a Brief an Fräulein Leroyer de Chantepie vom 6. Oktober 1864.

Erster Teil
Die Konstitution

I. Ein Problem

Lesen

Als der kleine Gustave Flaubert verstört, noch «tierhaft» aus dem frühkindlichen Alter auftaucht, erwarten ihn die Techniken. Und die Rollen. Die Dressur beginnt: offenbar nicht ohne Erfolg; so hören wir zum Beispiel nichts davon, daß er Mühe gehabt habe, laufen zu lernen. Dagegen wissen wir, daß der zukünftige Schriftsteller mit der ersten großen Probe, dem Erlernen der Wörter, Schwierigkeiten hatte. Wir werden gleich herauszufinden versuchen, ob es ihm von Anfang an schwergefallen ist, sprechen zu lernen. Sicher ist, daß er bei der zweiten linguistischen Probe, dem Initiationsritus des Lesenlernens, eine unglückliche Figur machte: ein Zeuge berichtet uns, daß der kleine Junge sehr spät lesen lernte und daß die Verwandten ihn deshalb für ein zurückgebliebenes Kind hielten. Caroline Commanville, die Nichte Flauberts, erzählt darüber folgendes[2]:

«Meine Großmutter hatte ihren ältesten Sohn lesen gelehrt. Sie wollte es auch ihren zweiten Sohn lehren und machte sich an die Arbeit. Die kleine Caroline lernte es neben Gustave sofort, aber ihm wollte es nicht gelingen, und nachdem er sich große Mühe gegeben hatte, jene Zeichen, die ihm nichts sagten, zu begreifen, begann er, dicke Tränen zu weinen. Er war jedoch durchaus lernbegierig und sein kleines Hirn arbeitete ... (später liest ihm Vater Mignot Geschichten vor), und bei den Szenen, zu denen die Schwierigkeiten des Lesenlernens führten, brachte Gustave als letztes, für ihn unwiderlegbares Argument vor: ‹Warum lesen lernen, wo doch Papa Mignot lesen kann?› Aber die Schulzeit rückte heran, und man mußte es mit aller Gewalt lernen ... Gustave machte sich jetzt ernsthaft daran, und in einigen Monaten hatte er die Kinder seines Alters eingeholt.»

Dieses schlechte Verhältnis zu den Wörtern sollte, wie wir sehen werden, über seine weitere Laufbahn entscheiden. Kann man denn der Nichte Flauberts Glauben schenken, werden einige einwenden. Warum denn nicht? Sie lebte mit ihrem Onkel und ihrer Großmutter zusammen: von dieser erhielt sie ihre Informationen. Wegen der falschen Harmlosigkeit ihres Berichts sollte man ihr jedoch nicht ganz und gar glauben. Caroline säubert, reinigt, schwächt ab; wenn ihr dagegen ein Ereignis nicht kompromittierend erscheint, schmückt sie es auf Kosten der Wahrheit aus. Man braucht sie nur genau zu lesen, um

2 Caroline Commanville, *Souvenirs intimes*, in: Gustave Flaubert, *Correspondance*, Bd. 1, Louis Conard, Paris 1926, S. XI f. Hierauf beziehen sich auch die folgenden Seitenangaben. *Anm. d. Übers.*

den Schlüssel für diese zwiespältigen Entstellungen zu finden: sie will gefallen, ohne den Ton des Anstands zu verletzen.
Kommen wir auf die zitierte Passage zurück: Wir können ihr durchaus ein richtiges Bild von Gustaves unglücklicher Kindheit entnehmen. Wir erfahren, daß das Kind bitterlich weinte, daß es lernbegierig war und daß seine Unfähigkeit es zur Verzweiflung brachte. Kurz danach beschreibt man uns einen trotzigen Faulpelz, der durchaus nicht lernen will: Wozu denn auch? Vater Mignot liest ja für mich. Ist das derselbe Gustave? Ja: aber das erste Verhalten wird durch eine Feststellung hervorgerufen, die er selbst macht: Widrigkeit der Dinge, Unfähigkeit der eigenen Person. Natürlich ist der *Andere* da: es ist der Zeuge, die auf ihn eindrängende Umwelt, die Anforderungen. Aber *er* verursacht nicht den Kummer des kleinen Jungen; dieser Kummer ist eine spontan hergestellte Beziehung zwischen den leblosen Imperativen des Alphabets und seinen eigenen Möglichkeiten. «Ich muß, aber ich kann nicht.» Das zweite Verhalten setzt ein *gegnerisches Verhältnis* zwischen dem Kind und seinen Eltern voraus. Caroline Commanville sagt uns ganz beiläufig, daß es zu Szenen kam; das genügt. Zu solchen Szenen kam es sicherlich nicht sofort. Man begegnete ihm erst mit Geduld, dann mit Verärgerung, schließlich mit Vorwürfen: anfangs macht man die Natur verantwortlich, später wirft man dem Kleinen Böswilligkeit vor. Dieser antwortet in einer Trotzreaktion, daß er gar nicht einsehe, warum er lesen lernen solle; aber er ist schon besiegt, schon überrumpelt: indem er versucht, seine Weigerung zu erklären, gibt er sie zu; genau das wollen seine Eltern erreichen, denn dadurch ist ihre ganze Ungeduld gerechtfertigt. Ohnmächtige Demütigung auf der einen Seite, auf der anderen Seite stolzer Trotz, durch den das Opfer die Böswilligkeit, die man ihm fälschlicherweise vorwirft, annimmt, diese beiden Reaktionen sind durch mehrere Jahre voneinander getrennt. Die Flauberts waren etwas bedrückt, daß Gustave bei der Erfüllung der ersten menschlichen Aufgaben sich als unfähig erwies. Dieses Bedrücktsein wuchs von Tag zu Tag, hielt an und vergiftete am Ende die Atmosphäre. Dem Kind wurde schließlich Gewalt angetan. Die kaum angedeutete, aber dennoch klar herauslesbare Gewalt genügt, die falsche Harmlosigkeit des Berichts zu entlarven. Eine merkwürdige Verwirrung von Frau Commanville verstärkt unser Unbehagen noch: sie behauptet, Gustave und Caroline Flaubert hätten gemeinsam lesen gelernt. Gustave war jedoch zweieinhalb Jahre älter als seine Schwester. Wenn wir annehmen, daß Frau Flaubert begonnen hat, ihn lesen zu lehren, als er fünf Jahre alt war, so müßte ihr letztes Kind mit zweieinhalb Jahren an ihrem Unterricht teilgenommen haben. Die drei Kinder von Achille-Cléophas haben aber nacheinander bei Frau Flaubert Unterricht erhalten, das zweite konnte neun Jahre nach dem ältesten lesen, das dritte zweieinhalb Jahre, nachdem das zweite seine ersten Leseversuche gemacht hatte.

Trotzdem führt Frau Commanville, ohne sich von diesen großen Zeitintervallen stören zu lassen, im gleichen Absatz ihre beiden Onkel und ihre Mutter zusammen. Warum, wo sie doch gar nicht gemeinsam lernten? Lesen wir einmal genauer: Frau Flaubert war die Lehrerin des brillanten Achille; bei Gustave wiederholte sie ihr Experiment. Weil ihre ersten Erfolge sie von ihren pädagogischen Fähigkeiten überzeugt hatten: Achille mußte ein Wunderkind gewesen sein. Und Caroline, ihr letztes Kind, die Mutter der Erzählerin, lernte spielend. Zwischen diesen beiden Wunderkindern saß nun Gustave: beiden unterlegen, gab er eine jämmerliche Figur ab. Als wenn Frau Commanville diesen Vergleich herangezogen hätte – der ganz und gar nicht nahelag –, um die Öffentlichkeit daran zu erinnern, daß das Versagen des zukünftigen Schriftstellers durch die ausgezeichneten Leistungen der beiden anderen Kinder reichlich kompensiert wurde. Der Onkel war volljährig, als seine Nichte zur Welt kam; als *Madame Bovary* erschien, war sie elf Jahre alt; aber selbst für sie, die viel später lebte, waren Gustaves erste Jahre beunruhigend; es hatte jenes Zurückbleiben gegeben und dann «die Nervenkrise», von der sie sicher schon früh hatte sprechen hören, was will man mehr: sie wird diesen Ruhm benutzen, aber sie wird niemals von ihm geblendet sein. Frau Commanville geborene Hamard ist eine Flaubert durch ihre Mutter; bis zur Grabrede für ihren Onkel liegt ihr daran, auf ihre Herkunft aus der angesehensten Wissenschaftlerfamilie der Normandie hinzuweisen. Zur Ehrenrettung des Namens Flaubert stellt sie ein an Idiotie grenzendes Genie zwischen zwei gut geratene Kinder, zwei helle Köpfe, wahre Nachkommen eines Wissenschaftlers. Wenn selbst diese Dame ein halbes Jahrhundert nach den Ereignissen sich nicht verbeißen kann, die drei Kinder miteinander zu vergleichen, so ahnt man leicht, was Gustave zwischen 1827 und 1830 zu hören bekommen hat. Aber wir werden auf diese Vergleiche noch ausführlich zurückkommen. Wir wollten nur zeigen, daß Gustave durch sein Unvermögen der Anlaß einer familiären Spannung wurde, die immer mehr zunahm, bis er «die Kinder seines Alters eingeholt» hatte.

Ist es denn sicher, daß der Kleine nicht vor seinem neunten Lebensjahr lesen lernte? Wenn das so wäre, dann müßte Gustave gerade erst schreiben gelernt haben, als er am 31. Dezember 1830, also mit neun Jahren, an Ernest Chevalier den erstaunlichen Brief schrieb, von dem wir noch häufig sprechen werden? Dieser Brief überrascht durch seine Sicherheit: bündige und knappe, wahre Sätze; die Rechtschreibung ist etwas willkürlich, aber nicht allzusehr. Zweifellos beherrscht der Verfasser seine graphischen Gesten. Er will seinem Freund übrigens seine Komödien schicken. Diese Passage ist nicht ganz klar: sind das Stücke, die er schon geschrieben hat, oder solche, die er schreiben will, wenn Ernest seine Träume aufzeichnet? Auf jeden Fall hat das Wort *schreiben*

für ihn schon den doppelten Sinn, der seine ganze Ambiguität ausmacht: es bezeichnet sowohl das allgemein gebräuchliche Wörter-auf-ein-Blatt-Papier-Malen als auch das besondere Unterfangen, «Schriften» zu verfassen. Wir waren darauf vorbereitet, den oben beschriebenen Idioten anzutreffen, der gerade erst aus dem Nebel der Kindheit aufgetaucht ist, und wir stoßen auf einen *Literaten*. Das ist unmöglich. Eine Veränderung der Umwelt, die Intelligenz einer Erzieherin, die Ratschläge eines Arztes, alles kann zurückgebliebenen Kindern nützlich sein; sie brauchen nur eine Chance zu haben. Und für viele Spätentwickler erweist sich der Zugang zur Welt der Lektüre als eine regelrechte religiöse Bekehrung, die sich lange unmerklich vorbereitet und dann auf einmal durchbricht. Aber solche plötzlichen Fortschritte können nur das Zurückbleiben um ein Jahr kompensieren. Höchstens das Zurückbleiben um zwei Jahre, nicht mehr. Gustave hatte jedoch seiner Nichte zufolge vier oder fünf Jahre aufzuholen.
Nein, hätte das Kind mit neun Jahren noch nicht lesen gekonnt, so wäre es zu schwer geschädigt gewesen, als daß ein solcher Endspurt auch nur denkbar wäre. Gustave lernte 1828 oder 1829 lesen, das heißt zwischen seinem siebenten und achten Lebensjahr. Hätte er es früher gelernt, so hätte das niemanden beunruhigt; hätte er es später gelernt, so hätte er den Rückstand nicht mehr einholen können.
Wahr bleibt, daß die Flauberts besorgt waren. Lange Zeit hat Gustave die elementaren Verbindungen nicht begreifen können, die aus zwei Buchstaben eine Silbe, aus mehreren Silben ein Wort machen. Diese Schwierigkeiten zogen andere nach sich: wie sollte man zählen, ohne lesen zu können? Wie sollte man die ersten historischen und geographischen Grundkenntnisse behalten, wenn der Unterricht rein mündlich bleiben mußte? Heute ist man darüber nicht mehr beunruhigt: die Lernmethoden sind sicherer geworden, und vor allem nimmt man den Schüler, *wie er ist*. Damals hatte man eine Reihenfolge einzuhalten, und das Kind mußte sich dieser Reihenfolge beugen. Gustave war also auf der ganzen Linie zurückgeblieben.

Naivität

Allerdings nicht ganz: Vater Mignot las ihm Geschichten vor, der kleine Junge stopfte sich mit einer diffusen, bereits literarischen Bildung voll; Romane erregten seine Phantasie, lieferten ihr neue Modelle, er lernte den Gebrauch des Symbols kennen. Wenn ein Kind sich frühzeitig in Don Quijote verkörpert, so nimmt es ohne sein Wissen das allgemeine Prinzip aller Verkörperungen in sich auf: es lernt sich im Leben eines anderen wiederfinden, sein eigenes Leben wie ein anderes erleben. Leider war nichts von alldem nach außen hin sichtbar. Die

Errungenschaft – neue Durchblicke, Lichtungen der Seele, Spiegelungen – war dazu angetan, die Momente seines Verstörtseins zu vermehren: auf jeden Fall verminderte sie sie nicht. Frau Flaubert wußte nichts von seinen Exerzitien. Und ein Zweifel kam auf: Ist Gustave nicht ein Idiot? Ihre Befürchtungen finden wir in dem humorigen Bericht von Frau Commanville wieder:

«Das Kind war von ruhigem, nachdenklichem Wesen und von einer Naivität, von der es sein ganzes Leben lang etwas behalten sollte. Meine Großmutter hat mir erzählt, daß es stundenlang, den Finger im Mund, völlig abwesend und mit einem fast blöden Gesichtsausdruck dasaß. Als es sechs Jahre alt war, amüsierte sich ein alter Hausknecht namens Pierre über seine Arglosigkeit, indem er ihm sagte, wenn er von ihm gestört wurde: Geh einmal . . . in der Küche nachsehen, ob ich dort bin. Und das Kind ging tatsächlich zur Köchin und sagte: Pierre hat mir gesagt, ich soll einmal nachsehen, ob er dort ist. Es begriff nicht, daß man sich über es lustig machen wollte, und war ganz verdutzt über das Gelächter, irgendein Geheimnis vermutend.» (S. Xf)

Ein merkwürdiger und verlogener Text; hinter der Humorigkeit von Caroline scheint die Wahrheit durch: Gustave war arglos und von einer unwahrscheinlichen, pathologischen Leichtgläubigkeit; er versank oft in lange Geistesabwesenheiten, seine Eltern durchforschten sein Gesicht und fürchteten, daß es idiotisch sei. Man kann nicht annehmen, daß diese Mitteilungen mit großer Heiterkeit gemacht wurden, mit einer triumphierenden Erleichterung; wer das annimmt, kennt Gustaves Mutter schlecht: sie hat *niemals* an das Genie, nicht einmal an das Talent ihres Sohnes geglaubt. Erstens hatten diese Wörter für sie keinen Sinn: als Witwe eines hellen Kopfes hatten nur helle Köpfe das Recht, von ihr geachtet zu werden; als praktisch veranlagte Frau erkannte sie nur *lebenstüchtigen* Menschen, die auch als solche angesehen wurden, Talent zu, denn die Lebenstüchtigkeit ermöglichte ihnen, ihre Dienste so teuer wie möglich zu verkaufen. Von daher mußte sie den ältesten ihrer Söhne mehr schätzen als den jüngsten. Das tat sie wahrscheinlich auch: allerdings ohne ihn allzusehr zu lieben. Ihr Herz hing mehr an dem anderen; und außerdem hatte sie Schwierigkeiten mit ihrer Schwiegertochter. Aber sie bildete sich ein, daß sie aus Pflichtbewußtsein in Croisset blieb: Gustave war ein Kranker, ohne die mütterliche Fürsorge würde er sterben oder verrückt werden. Es gibt nichts Merkwürdigeres als dieses Paar zweier verletzter Einsamer, von denen sich jeder weit von den Menschen entfernt in das Haus am Wasser zurückzieht und behauptet, daß er nur deshalb dort bleibe, um dem anderen helfen zu können. Aber die eisige Fürsorglichkeit von Frau Flaubert zeigt, wie wenig sie ihren Sohn achtete; erst die Idiotie, dann die Befürchtungen des Vaters, die sich eine Zeitlang legen, aber plötzlich wieder aufkommen, als Gustave siebzehn Jahre alt ist, die unfruchtbaren Jahre in Paris und schließlich die Krise von Pont-l'Evêque, die Fallsucht und am Ende die freiwillige Einschließung und Untätigkeit, all diese Unglücksfälle scheinen ihr durch ein geheimes Band miteinander verknüpft: im Gehirn des Kleinen war etwas vielleicht von seiner Geburt an nicht in Ordnung: Epilepsie – das war der Name, den man Flauberts «Krankheit» gab – bedeutete im Grunde unheilbare Idiotie. Er sprach zwar, Gott sei Dank, er konnte denken, aber war dennoch nie in der Lage, irgendeinen Beruf auszuüben, was man von seinem sechsten Lebensjahr an befürchtet hatte. Gewiß, er schrieb, aber sehr wenig: was tat er da oben in seinem Zimmer? Er träumte vor sich hin, er warf sich von einem neuen Anfall geschüttelt auf sein Sofa, oder er fiel wieder in die früheren Geistesabwesenheiten zurück. Er arbeitete, so sagte er, an einem neuen Monstrum, das er «la Bovary» nannte; da die Mutter das Gefühl hatte, daß er damit scheitern würde, wünschte sie, daß er sein Werk nie beenden möge. Wie klug war dieser Wunsch doch: dessen wurde sie sich bewußt, als sie erfuhr, daß jene obszönen Schmierereien die Familie entehren und den Autor an den Pranger bringen würden. Die kleine Caroline, ihre Enkelin, die spätere Caroline Commanville, ging auf ihr zwölftes Lebensjahr zu: die Details, die sie uns berichtet, erfuhr sie von ihrer Großmutter in den Jahren, die dem Skandal folgten. Es ist klar, daß die Witwe das Gefühl hatte, ihr ein schmerzliches Geheimnis anzuvertrauen, das Geheimnis leider bestätigter Befürchtungen: «Schon als kleiner Junge hat uns dein Onkel viele Sorgen gemacht.» Frau Flaubert war eine schlechte Mutter, weil sie eine enttäuschte Witwe war: sie übertrieb die «Reizbarkeit» ihres jüngsten Sohnes, indem sie aus Pietät alle Urteile ihres anbetungswürdigen Gatten übernahm. Caroline war dabei ihre Vertraute. Gustave machte es Spaß, sich durch die Erziehung seiner Nichte ein wenig zu rächen: ich, der unglückliche Abeceschütze, der nur unter Qualen lernte, lehre dieses kleine Mädchen die Welt kennen, ohne daß es sie eine Träne kostet. Aber die Großmutter hatte ihre Enkelin gegen ihn eingenommen, und das blieb sie, was er auch tat, sie war unfähig, ihren Onkel zu schätzen, und verstand sich besser darauf, ihn zu benutzen, als ihn zu lieben. Um den ganzen Sinn der zitierten Passage zu erkennen, muß man sich klarmachen, daß hier das gehässige Geschwätz zweier Klatschbasen, von denen die eine eine alternde und greinende Frau, die andere eine nicht allzu gute Kleinbürgerin von zwölf bis fünfzehn Jahren ist, in einen erbaulichen Stil transkribiert wird: sie hecheln den Bewohner der ersten Etage durch, die eine aus Verzweiflung und oft aus verletzter Eitelkeit, die andere aus konformistischer Bosheit, und so konnte die Großmutter sagen: «. . . von einer Naivität, von der es sein ganzes Leben lang etwas behalten sollte.» Caroline ist einer so zutreffenden Überlegung unfähig; außerdem muß man die Arglosigkeit des kleinen Jungen selbst erlebt haben, um sie beim Erwachsenen in den verschiedensten Formen wiederfinden zu können. Da diese Feststellung von Frau Flaubert stammt und sich auf die erwähnte Anekdote stützt, ist die Absicht, die damit bezweckt wird, ganz klar: dieser Romancier, der behauptet, in den Herzen lesen zu können, ist im Grunde ein Einfaltspinsel, der noch im reifen Alter die ungewöhnliche Leichtgläubigkeit seiner Kindheit behalten hat. Das berichtete Beispiel jedoch ist überraschend. Mit sechs Jahren orientieren sich «normale» Kinder nicht ohne Mühe in Raum und Zeit; dem Sein, dem Ich gegenüber sind sie noch wankend, ihre junge Vernunft verheddert sich. Aber von jenem alten Mann, den sie sehen, den sie berühren und der *hier* und *jetzt* zu ihnen spricht, wird man ihnen nicht weismachen können, daß er im selben Augenblick am anderen Ende der Wohnung ist. Mit sechs Jahren, nein. Auch nicht mit fünf Jahren, auch nicht mit vier Jahren: wenn sie «in der Küche nachsehen» gehen, so deshalb, weil sie nicht im vollen Besitz der Wörter sind, weil sie nur halb verstanden haben oder weil sie losziehen, ohne allzu genau hingehört zu haben, aus Freude, zu laufen und zu toben. Die Einmaligkeit der Körper und ihre Lokalisierungen sind nämlich einfache und manifeste Merkmale: es ist eine Geistesarbeit nötig, um sie zu *erkennen*, aber was geschieht dabei anderes, als daß die passiven Synthesen der Außenwelt verinnert werden? Die Verdoppelung dagegen oder die Allgegenwart eines individuierten Wesens sind Ansichten des Geistes, denen die alltägliche Erfahrung widerspricht und die keine Vorstellung stützen kann. Diese Begriffe sind eben durch ihre Komplexität gekennzeichnet: man kann sie nur aus der Auflösung der Identität ableiten; um eine solche Verdoppelung des Identischen fassen zu können, muß man entweder erwachsen oder Theosoph sein. Ein retardiertes Kind kann lange Zeit eine verworrene Ansicht von der lokalisierten Individualität behalten, aber von solchen Dichotomien wird es dann nur um so weiter entfernt sein: denn um auch nur träumen zu können, daß man ein Individuum verdoppelt, muß man es zunächst individualisieren können. Sollte Gustave eine Ausnahme sein? Das wäre gravierend: um so mehr, als er sogar die Köchin fragt und selbst nach seinem Mißgeschick nicht begreift, daß man sich über ihn lustig macht. Glücklicherweise ist die Regel, wie ich gerade gezeigt habe, streng, sie duldet nicht einmal die berühmte Ausnahme, die sie bestätigen soll. Mit anderen Worten, die Anekdote ist reine Erfindung.

Erklärung durch das Vertrauen

Dieses Beispiel von Naivität ist nur ein Symbol. Caroline hat dessen Einfalt beruhigend gefunden und es gefällig retuschiert. Ein Symbol wovon? Von einer Fülle kleiner Familienereignisse, die ihrer Meinung nach zu «privat» waren, um mitgeteilt werden zu können. Damit der kleine Junge seinem Gesprächspartner glaubte, wäre, dessen können wir ganz sicher sein, niemals eine derartige geistige Verwirrung nötig gewesen: man gab ihm, um über ihn lachen zu können, falsche, aber wahrscheinliche Informationen: daß seine Spielkameraden nicht gekommen waren – wenn sie hinter der Tür warteten; daß sein Vater weggegangen war, «seine Rundfahrt machen», ohne ihn mitzunehmen – wenn der Chefarzt hinter ihm stand und ihn gerade in seinen Wagen heben wollte. Alle Eltern sind Spaßmacher; da sie seit ihrer Kindheit angeführt wurden, macht es ihnen Spaß, ihre eigenen Gören anzuführen: das ist natürlich gar nicht ernst gemeint. Sie ahnen nicht im entferntesten, daß sie sie verwirren. Die kleinen Opfer müssen sich zurechtfinden mit falschen Gefühlen, die man ihnen andichtet und die sie verinnern, mit falschen Informationen, die bald oder am nächsten Tag dementiert werden. Diese Neckereien sind nicht immer kriminell: das Kind wird größer, befreit sich, indem es die Dinge in Frage stellt, und sieht ohne Nachsicht, wie die Erwachsenen sich wie kleine Kinder aufführen. Gustave jedoch bleibt gezeichnet. Frau Flaubert mißt seiner Naivität so viel Bedeutung zu, daß sie sie ihrer Enkelin erzählt. Sie behauptet, daß diese «Arglosigkeit» niemals ganz verschwunden sei. Hat Caroline recht, wenn sie zu verstehen gibt, daß die Liebe diese Naivitäten verursacht hat? Gewiß, der Kleine kann sich nicht vorstellen, daß die Erwachsenen ihn aus Spaß täuschen wollen. Auch Descartes garantiert unser Wissen ja nicht anders: Gott ist gut, also kann er uns nicht täuschen wollen. Ein einsichtiger Grund. Für Gustave ist das mehr als ein Grund, es ist ein bescheidenes Recht. Im Vertrauen lag immer eine berechnende Großzügigkeit: wem ich es gewähre, der muß es verdienen. Und der Kleine denkt in seinem Eifer so: da ihr es sagt, muß es auch stimmen; ihr habt mich nicht auf die Welt gesetzt, um mich nur zu foppen. Aber woher kommt dieser Köhlerglaube? Ist er in dieser extremen Form nicht eine Abwehr? Oder soll er nicht zumindest etwas ersetzen, was verlorengegangen ist oder was man nicht bekommen hat, soll er nicht eine Lücke füllen? Man muß sehr behutsam verfahren, wenn es sich um eine Vorgeschichte handelt, deren Zeugnisse selten und gefälscht sind. Wir werden versuchen, durch eine Beschreibung, der eine regressive Analyse folgt, herauszufinden, *was fehlt*. Und wenn uns das gelingt, werden wir durch eine progressive Synthese versuchen, das *Warum* dieses Mangels festzustellen. Wir werden dabei nicht unsere Zeit verlieren: da bei dem zukünftigen Schriftsteller diese unerschütterliche Naivität ein schlechtes Ausgangsverhältnis zur Sprache ausdrückt, wird unsere Beschreibung zunächst nur darauf abzielen, dieses schlechte Verhältnis zu präzisieren.

Ja, die Naivität ist ursprünglich nur eine Beziehung zur Sprache, weil er durch sie ja angepflaumt wird. Mehr noch: da das keiner Realität entspricht, darf man darin nur Lexeme sehen: das Unglück des kleinen Gustave besteht darin, daß ihn irgend etwas in ihm davon abhält, Wörter als bloße Zeichen zu begreifen. Auch das «normale» Kind muß natürlich eine lange Lehre durchmachen, bis es das materielle Gewicht der Vokabel, das, was ihr anhängt, den einschüchternden Druck, den sie auf den Angesprochenen ausübt, mit einem Wort, ihre magische Kraft unterscheiden kann von ihrem reinen signifizierenden Wert. Aber die Tatsache, daß sich die Naivität von Gustave erhält, zeigt, daß er diese Arbeit nicht bis zum Ende hat bewältigen können: er lernt zwar die Nachricht zu dekodieren, aber nicht ihren Inhalt in Frage zu stellen. Durch das Wort wird ihm ein falscher Gedanke vermittelt; bald springt ihm dessen Absurdität in die Augen – selbst bei dem kleinen Jungen –, dennoch bleibt er in ihm unangezweifelt. Der Sinn wird Materie: er gewinnt deren inerte Konsistenz. Nicht durch Evidenz: durch Dichte. Die Idee verhärtet sich, erdrückt den Geist, der sie trägt: es ist ein Stein, den man weder hochheben noch wegwerfen kann. Dennoch ist diese kompakte Masse durch und durch *Sinn* geblieben. Die Signifikation – jene Transzendenz, die nur durch den Entwurf ist, der sie anvisiert – und die Passivität – reines An-sich, materielle Schwere des Zeichens – gehen ineinander über: die beiden Glieder dieses widersprüchlichen Paares durchdringen einander, anstatt im Gegensatz zueinander zu stehen. Am gravierendsten ist, daß das Kind keinerlei Nutzen aus jenen wiederholten Enttäuschungen zieht: man belügt es, man will ihm weismachen, daß sein Vater weggegangen sei; dieser taucht dann plötzlich unter großem Gelächter auf. Aber die neckische Schwindelei, die sich auf der Stelle selbst entlarvt, hat für ihn nie den Wert einer *Erfahrung*. Man wird verstanden haben, daß ich hier vom äußeren Anschein ausgehe: um zur Wahrheit vordringen zu können, müßte man die Glieder umkehren: der Geist wird bei Gustave starr gegenüber dem Wort; wenn man ihn anspricht, so verheddert sich alles, gerät alles ins Stokken. Der Sinn ist nebensächlich: die verbale Materialität fasziniert ihn. In diesem Erstarren, dieser «Ankylose» darf man natürlich nur ein Symbol sehen: der Geist wird niemals starr. Das kann nur eines heißen: durch das Wort hindurch ist er von seiner frühesten Kindheit an in seinen menschlichen Beziehungen geschädigt. Bei Kindern entsteht die Leichtgläubigkeit durch die Erwachsenen, die sie durch die Sprache damit schlagen, das heißt durch das Leitmilieu aller artikulierten Kommunikationen. Dieses umgibt sie bereits, sie sind in ihm geboren, man hat sie – gut oder schlecht – darauf abgerichtet, sich ihm anzupassen. Wenn der sensomotorische Apparat «normal» entwickelt und die Reaktion des Kindes auf die Nachricht dennoch «anormal» ist, so hat das beides seinen Ursprung auf der schwierigen Ebene, auf der jeder Diskurs ein Mensch und jeder Mensch Diskurs ist, setzt er eine schlechte Eingliederung des Kindes in das Sprachuniversum voraus, das heißt in

die soziale Welt, *in seine Familie.*
Um diese merkwürdige Leichtgläubigkeit noch genauer zu erfassen, muß man sich einige elementare Tatsachen vor Augen führen: zunächst die Tatsache, daß die Sprache des Sprechenden sich im allgemeinen unmittelbar im Geist des Hörenden auflöst; es bleibt ein zugleich begriffliches und verbales Schema, das die *Rekonstitution* und das Verständnis bestimmt. Dieses wird um so eingehender sein, je ungenauer die wörtliche Restitution ist. Dieses Verständnis ist nun ein personaler Akt: der Hörende tut, wenn er wiederholt, nichts anderes, als seine Stimme einem transzendenten Objekt zu leihen, das sich durch sie realisiert und zu neuen Stimmen hin fortfliegt; wenn er *versteht*, legt er den bereits beschrittenen Weg *für sich selbst* noch einmal zurück. Am Ende ist der Akt ganz und gar sein eigner, obwohl die verstandene Realität ein allgemeiner Begriff sein kann. Natürlich denkt man nicht ohne Wörter: aber wenn das Auffassen [*intellection*] – oder das Verstehen [*compréhension*] – vollständig ist, definiert es eine praktisch unbegrenzte Reihe verbaler Ausdrücke und macht sich zur *apriorischen Regel*, um unter jenen Ausdrücken den auszuwählen, der der Situation und dem Gesprächspartner am besten entspricht. Der Gedanke ist also weder irgendein Glied der Reihe – als wenn ein bestimmter Ausdruck *a priori* privilegiert sein müßte – noch eine launenhafte und transzendente Option – wie kann man das Wort *auswählen*, ohne selbst das Wort zu sein? Er ist zugleich die Totalität der Reihe – das heißt der Unterschiedsbeziehungen, die die verschiedenen Ausdrücke miteinander verbinden – und eine unterschiedene Form auf dem verborgenen Hintergrund der totalisierten Reihe, derjenige jener Ausdrücke, der der gegenwärtigen Situation am angemessensten erscheint. Eine verstandene Idee, das bin ich und das ist das ganze Nicht-ich: es ist *meine* explodierende Subjektivität, die sich zugunsten des Objekts im Unwesentlichen auflöst. Aber bin ich denn jemals freier und bedingungsloser ich selbst als bei diesem «explodierenden-fixen» Aufflammen, das sich so weit ausdehnt, bis es alles umfaßt? Ebenso gilt, die Sprache, das bin *ich* [*moi*], und *ich* [*je*] bin die Sprache. Von diesem Gesichtspunkt aus ist eine Idee in mir die Säule der sie ausdrückenden Sätze, deren Kapitell in der Sonne, deren Sockel im Dunkeln liegt und die mich *in der Zeit* definiert als der – mir selbst verborgene – Grund der ausgewählten Wörter und *im Augenblick* durch die souveräne Wahl *eines* Ausdrucks im unendlichen Gewirr aller und folglich durch meine Einschätzung der Menschen und der Situation. Und in der spiralen Girlande der Wörter muß man auch *mich im Anderen* sehen: die Sprache drückt die menschliche Beziehung aus, aber es ist die Beziehung der Menschen, die die Wörter in jedem Individuum sucht – um sie zu verstärken, zu zensieren, zu verbannen. Der Andere in mir macht meine Sprache, die meine Seinsweise im Anderen ist. Wenn also der Mensch Sprache und

wenn die Sprache menschlich ist, wenn jedes Wort, das man uns im Vorbeigehen hinwirft, uns überschreitet durch alle seine verborgenen Bande mit den sprechenden Menschen, wenn wir jedes Wort auf die Idee hin überschreiten, das heißt auf die unendliche Reihe seiner möglichen Ersatzwörter, so ist die Durchlässigkeit der Bewußtseine derart groß, daß die *Naivität* nicht mehr denkbar ist. Gewiß, man lügt und man täuscht zu jeder Zeit und gegenüber jedem. Aber das ist etwas ganz anderes: die Täuschung der Erwachsenen verweist auf die Entfremdung; wenn sie lügen, dann wollen sie nichts anderes als sich so weit wie möglich an die Wahrheit halten; die geschicktesten Lügner machen aus ihren Lügen kleine, unmerkliche Blutegel, die sie an die Haut einer anerkannten Wahrheit ansetzen. Mit anderen Worten, man täuscht mittels der Sprache – und natürlich fallen manche darauf herein, andere nicht –, aber die Sprache ist durch sich selbst nicht trügerisch: nicht, daß sie nicht Labyrinthe, Fußangeln enthielte oder daß es am Ende der Wörter keine Luftspiegelungen gäbe. Allein, sie kann nicht von der Welt, von den Anderen und von uns selbst getrennt werden: sie ist keine fremde Enklave, sie kann mich nicht hintergehen oder meine Ansicht in andere Bahnen lenken; sie ist ich, insofern ich am ehesten ich selbst bin, wenn ich am weitesten weg bin, bei den anderen und unter den Dingen, sie ist die unauflösbare Wechselseitigkeit der Menschen und ihrer Kämpfe, die sich gemeinsam durch die inneren Beziehungen dieses Sprachganzen ohne Tür noch Fenster manifestieren, in das wir nicht *eintreten* können, aus dem wir nicht *heraustreten* können, *in dem wir sind.* Die Homogenität des Wortes mit all den objektiven und subjektiven Bestimmungen des Menschen bewirkt, daß es nicht wie eine fremde Macht über uns kommen kann. Wie sollte das auch möglich sein? Es ist in uns, da wir es ja verstehen; von wie weit es immer herkommen, wie unvorhergesehen es immer sein mag, im Innersten unseres Herzens wurde es erwartet; kurz, es wird nur durch sich selbst verstanden: das heißt, es verlischt, man sieht es nicht: übrig bleibt das Ding selbst, das Zeichen des Wortes, das sich annulliert hat.

Naivität und Sprache

Ich habe hier natürlich nur die abstrakte Situation von Erwachsenen ohne Gedächtnis beschrieben. Durch das Gedächtnis verdirbt uns unsere Kindheit von den ersten Wörtern an: wir glauben, sie wegen ihrer flüchtigen und leichten Bedeutungen auszuwählen, wenn sie sich uns durch einen verborgenen Sinn aufdrängen. Aber diese für den Analytiker entscheidenden Probleme interessieren uns hier noch nicht: es geht darum, die Leichtgläubigkeit zu verstehen, und nach dem eben Gesagten können wir sie nicht anders erklären als durch einen Zugriff des

Wortes auf das Bewußtsein. Es hat den Anschein, als ob das Wort für den kleinen Gustave zugleich eine verstandene Bedeutung war – das heißt eine Bestimmung seiner Subjektivität – und eine objektive Macht. Der Satz wird in ihm nicht aufgelöst, er verlischt nicht gegenüber dem *gesagten Ding* oder dem, der es gesagt hat: das Kind versteht ihn, ohne ihn assimilieren zu können. Als wenn die verbale Operation nur halb ausgeführt wäre. Als wenn der – richtig gesehene – Sinn am Zeichen klebenbliebe, anstatt zu einem begrifflichen und praktischen Schema zu werden und mit anderen gleichartigen Schemata in Beziehung zu treten. Als wenn das Zeichen selbst für dieses Bewußtsein seine Lautmaterialität behielte, anstatt mit seiner inneren Vorstellung zu verschmelzen. Als wenn die Sprache für das Kind nur erst sprechende Geräusche wäre – so wie man von singenden Steinen und weinenden Fontänen spricht.

Ist ein solches Verhalten denkbar? Ja: wenn das Verstehen abbricht, bevor es abgeschlossen ist; die Idee bleibt im Ausdruck gefangen, ebenso wie der Ausdruck in den Tönen gefangen bleibt, die ihn transportieren; da man nicht die Skala der Sätze kontrollieren kann, die den Inhalt des Signifikanten[3] restituieren *könnten*, bleibt dieser auf der rein

3 Sartre hat in einem Interview gesagt, wie er die Begriffe *Signifikant, Signifikat, Signifikation* verwendet: «Für mich ist das Signifikat der Gegenstand. Ich definiere meine Sprache, die nicht notwendig die der Linguisten ist: dieser ‹Stuhl› ist der Gegenstand, also das Signifikat; sodann gibt es die Signifikation, das ist das logische Ensemble, das durch Wörter konstituiert werden wird, die Bedeutung eines Satzes. Wenn ich sage ‹Dieser Tisch ist vor dem Fenster›, so ziele ich auf ein Signifikat ab, das der Tisch ist, durch Signifikationen, die das Ensemble der konstituierten Sätze sind, und ich betrachte mich selbst als den Signifizierenden. Die Signifikation ist das Noema, das Korrelat des Ensembles der hervorgebrachten vokalen Elemente . . . Die Verknüpfung der Signifikanten ergibt die Signifikation, die ihrerseits auf das Signifikat abzielt, alles auf dem Hintergrund eines ursprünglichen oder begründeten Signifikanten. Ich sage also, im Ensemble der Signifikation gibt es einerseits ein Ins-Leere-Zielen, ein begriffliches Abzielen auf das Signifikat, das eben dadurch eine gewisse Anzahl von Dingen verfehlt, und ein überbelastetes Verhältnis zum Signifikanten, das die Über-Determination des Satzes ausmacht: ich verwende Wörter, die selbst eine Geschichte und ein Verhältnis zum Ensemble der Sprache haben – ein Verhältnis, das nicht einfach und rein, das nicht strikt das einer allgemeinen Symbolik ist; Wörter, die außerdem ein historisches, ebenfalls besonderes Verhältnis zu mir haben. Deshalb sagt man gewöhnlich, daß das Signifikat draußen bleiben muß: die Sprache ist nur ein Ensemble von Signifikationen, und diese Signifikationen lassen eine gewisse Anzahl von Dingen draußen. Ich kann zum Beispiel die Signifikationen bezüglich eines Gefühls, das ich empfinde, vermehren oder ein affektives Ensemble bezüglich eines Individuums, aber da ich in den Wörtern, die ich verwende, bereits durch meine Geschichte bedingt bin, liegt hier in Wahrheit eine Art doppelter Gebrauch vor: ich verwende Wörter, um mich zu bezeichnen, Wörter, denen meine Geschichte im

assertorischen Ebene: man kann ihn weder als möglich noch als unmöglich erklären, er ist ganz einfach da. Die Begegnung mit dem Signifikanten – einem realen Faktum: das Kind hat Töne gehört – wird nicht von jenem anderen Faktum unterschieden: der realen Existenz des Signifikats. Und der Sinn – jenes merkwürdige Amalgam einer Lautfülle und einer blind anvisierten Transzendenz – bleibt ganz allgemein ohne Modalitätsbestimmungen: um ihn auf die hypothetischen oder apodiktischen Modi beziehen zu können, müßte man ihn von dem «Mundvoll von Tönen» ablösen können; aber wenn das reine Sein sein Modus ist, bleibt diese reine Faktizität selbst unbestimmt, da sie sich nicht gegenüber dem Notwendigen, dem Möglichen definieren kann. Man wird sich jedoch nicht wundern, daß unter bestimmten Bedingungen die Entwicklung der Sprache stehenbleibt und daß die verbalen Operationen, solange die Entwicklung nicht abgeschlossen ist, verworren erscheinen: ein solches Denken, das durch die reale Anwesenheit seines Zeichens gefangen und verbürgt ist, aber zugleich erdrückt wird, haben wir in den Rezepten der Magie, in den goldenen Versen und den *carmina sacra*; wir finden es jede Nacht in unseren Träumen wieder. Wenn Gustave mit sechs Jahren Zeichen und Bedeutung derart verwechselt, daß die materielle Präsenz des Zeichens die Evidenz ist, die die Wahrheit der Bedeutung garantiert, so muß er zunächst ein schlechtes Verhältnis zum Anderen haben: er glaubt tatsächlich alles, was man ihm sagt; aus Verstörtheit gegenüber dem verbalen Objekt, aus devoter Liebe zu den Erwachsenen. Aber er bezieht nicht *wirklich* die Wörter auf die, die sie gesagt haben: zunächst sieht er in ihnen eher Imperative als Aussagen: sie drängen sich von selbst auf, und außerdem *muß man an sie glauben*, weil sie ja ein liebenswürdiges Geschenk sind, das ihm seine Eltern machen. Da es zudem nicht zu einer – noch so ephemeren – Wechselseitigkeit kommt, die von einem vollen Verständnis mit all ihren Strukturen hergestellt wird, scheint ihm das Wort des Anderen ein in jeder Hinsicht *gegebenes Wort* zu sein. Etwas *sagen* heißt nicht etwas *aussagen*: der Satz, eine voluminöse Präsenz, ist ein materielles Geschenk, das ihm gemacht wird; man schenkt ihm eine Spieldose. Wenn die Musik auch noch einen Sinn hat, um so besser; man nimmt ihn, man hebt ihn auf; es ist ein Souvenir. Wir sehen deutlich, was hier fehlt: die *Intention*. In dem Geschenk verehrt das Kind den väterlichen Willen, ihn zu beglücken, aber das gleiche entdeckt es in der kleinsten

übrigen schon einen anderen Sinn gegeben hat und die außerdem in bezug auf die Geschichte des Ensembles der Sprache verschiedene Sinngehalte haben. Von daher sagt man, daß es keine Adäquation gibt, während ich dagegen glaube, daß ein Schriftsteller derjenige ist, der sich sagt, daß dank all dessen die Adäquation entsteht.» Aus: Jean-Paul Sartre, *L'écrivain et sa langue*. In: *Revue d'Esthétique*, Nr. 3–4, 1965, S. 311f. Wiederabgedruckt in: Jean-Paul Sartre, *Situations, IX*, Gallimard, Paris 1972, S. 47ff. *Anm. d. Übers.*

Zärtlichkeit des Doktor Flaubert. Sprechen oder ihm durch die Haare fahren sind ein und dasselbe. Man hat den Eindruck, als ob die stillen, wirksamen Gesten der Zärtlichkeit, die bei den Menschen ebenso «tierhaft» sind wie bei den Tieren selbst, die einzig mögliche *Kommunikation* zwischen den Eltern und dem Kind bilden. Dieses wilde und – seinen ersten Schriften zufolge – tierhafte Kind kann die Menschen nur auf der Ebene des gemeinsamen Untermenschseins lieben und sich von ihnen geliebt fühlen.

Das Frappierendste an dem Bericht seiner Nichte ist nämlich, daß sie im selben Absatz auf seine Geistesabwesenheiten und auf seine Leichtgläubigkeit hinweist. Als wenn diese Geistesabwesenheiten nur der immer wiederholte Versuch wären, der Leichtgläubigkeit zu entkommen, als wenn der kleine Junge versuchte, der Sprache zu entrinnen, indem er in Schweigen versinkt. Er ist still, er sagt kein Wort, läßt sich ganz einnehmen von der Umgebung, den Pflanzen, den Kieselsteinen des Gärtchens, dem Himmel, dem Meer in Yonville: es hat den Anschein, als wenn er versuchte, sich in der unsagbaren Natur aufzulösen, vor dem Gewicht der Benennung in die unbenannte Textur der Dinge zu fliehen, in die unregelmäßigen, undefinierbaren Bewegungen der Blätter, der Wellen. Zwischen seinen ersten Ausbrüchen in die Außenwelt und dem letzten Wunsch seines heiligen Antonius: «die Materie sein!» (I, 571) erkenne ich überraschende Affinitäten. Aber es ist noch zu früh, darauf einzugehen. Beschränken wir uns auf die Beschreibung. Selbst wenn man die Dinge einfach so nimmt, wie sie sich darbieten, fällt auf, daß die Stille der Geistesabwesenheiten ganz und gar das Gegenteil und die Ergänzung der ehernen, inerten und unerbittlichen Klänge ist, die in Gustave vibrieren, die *andere* sind und gleichzeitig seine eigenen, die erlitten, aber niemals ganz verstanden werden. *Stundenlang* saß er, «den Finger im Mund, ... mit einem fast blöden Gesichtsausdruck da»: dieses stille Kind, das kaum reagiert, wenn man es anspricht, empfindet weniger als ein anderes das Bedürfnis, zu sprechen: die Wörter kommen ihm sozusagen nicht; noch hat es Lust, sie zu benutzen. Das heißt ganz sicher, daß es nicht gerne kommuniziert: seine Regungen richten sich nicht von selbst an die Anderen, sie sind prinzipiell nicht für sie bestimmt und beabsichtigen nicht, *sich auszudrücken*. Wir dürfen daraus jedoch nicht schließen, daß sie absichtlich «egozentrisch» seien: kein *ego* ohne *alter*, ohne *alter ego*: da sie sich *den Anderen* nicht ausdrücken, bleiben sie für es selbst unausdrückbar. Sie werden voll und verschwommen erlebt, ohne daß jemand da ist, um sie zu erleben: das kommt zweifellos daher, daß ihr Inhalt, wie Jacques Lacan sagen würde, «unartikulierbar» ist; aber liegt das nicht an einer ursprünglichen Artikulierungsschwierigkeit, die durch eine verborgene Option für das Unartikulierte verstärkt ist? Der evidente Zusammenhang zwischen Gustaves verschiedenen Unfähigkeiten – als Angesprochener und als Sprechender – überzeugt uns vollends: für das Kind ist die Sprache ein schlechtes Leitmilieu; durch sie wird nicht nur das Verhältnis zum Anderen fehlgeleitet, sondern zugleich auch das Verhältnis zu sich selbst. Der kleine Junge ist in das Universum des Diskurses schlecht eingegliedert. Das Wort ist niemals *sein eigen*: entweder wird es von der Geistesabwesenheit verschlungen, oder es fällt vom Himmel und tyrannisiert ihn. Im letzten Fall bleibt es bis in sein Innerstes hinein äußerlich. Das heißt, wenn es in das Ohr des Kindes eintritt, wird es nicht zum Gegenstand der normalen Operationen: Aufnahme, Übernahme, Einreihung in eine Wortreihe als permanente Möglichkeit des Subjekts. Diese Operationen geschehen von selbst, wenn das Kind schon Sprache ist, oder, wenn man lieber will, Sprache sein heißt diese Operationen ständig in sich wiederholen. Sobald dann ein Wort auftaucht, ist es die Sprache, die die Sprache aufnimmt. Aber wenn Gustave das Wort fehlt oder ihn betäubt, so liegt das daran, daß seine eigene Textur, der Stoff seiner «Ideen» und seiner Regungen *nicht genügend verbalisiert* ist. In einem Alter, in dem jeder schon spricht, ist er noch dabei, die Sprechenden zu *imitieren*; und wenn sich ihm der Ton, der plötzlich in ihm widerklingt, aufdrängt, so geschieht das durch jene *Unheimlichkeit* (im Freudschen Sinn), die er hervorruft. Und diese Unheimlichkeit hat nur eine Erklärung: es gibt weder ein gemeinsames Maß noch eine Vermittlung zwischen Gustaves subjektiver Existenz und der Welt der Bedeutungen; das sind zwei völlig heterogene Realitäten, von denen die eine die andere manchmal heimsucht. Ein Kind von sechs Jahren ist im allgemeinen bis in sein tiefstes Inneres durch die Anderen und durch sich selbst bezeichnet: leben heißt Bedeutungen hervorbringen[4]; leiden heißt sprechen; es ist für von außen kommende Sinngehalte durchlässig, weil es selbst *sinngebend* ist (in der Bedeutung der deutschen Phänomenologie). Gustave bringt keine Sinngehalte hervor. Sein Leben stellt sich in seinen Augen nicht als ein Sinn dar, er ist in sich selbst durch nichts bezeichnet, weder durch einen Eigennamen noch durch den allgemeinen Namen dessen, was er empfindet. Trotzdem lebt er, schmeckt sein Leben und projiziert sich in die ihn umgebende Welt: aber Leben und Worte sind inkommensurabel. Ich übertreibe natürlich stark: die Verbalisierung seiner Existenz hat begonnen, da er ja spricht, einen Wortschatz erwirbt, zuhört und versteht, was man ihm sagt, wie lange er auch immer wieder in Schweigen versinken mag. Die Wörter bezeichnen in seinen Augen indessen niemals, was er empfindet, was er fühlt. Noch sein wahres transzendentes Verhältnis zur Welt. Die Gegenstände der Umgebung sind die Dinge der Anderen. Seine Eltern zwingen ihn manchmal, sich

4 Es ist nicht *nur das*: es ist zunächst arbeiten. Aber die Arbeit als Objektivierung ist ebenfalls signifizierend.

mit den Zeichen zu bezeichnen, die sie ausgewählt haben: sag der Dame guten Tag, sag ihr, wie du heißt; wo tut es dir weh? Hier oder hier? Aber indem er es sagt, wird ihm klar, daß ihm die Wahrheit fremd bleibt. Aus diesem Grunde wird er das leichtgläubigste Kind werden: da er nicht über die Wahrheit verfügt, da sie ein Verhältnis der Anderen zu den Dingen und zueinander ist, da jede *wahre* Rede, indem sie die Kluft zwischen Existenz und Wort offenbart, sich ihm durch das Unbehagen manifestiert, das sie hervorruft, und niemals durch eine Evidenz, hält er sich an das Autoritätsprinzip. Wir können sagen, er sieht die Wörter *von außen*, wie Dinge, selbst dann, wenn sie in ihm sind: diese Geistesverfassung wird später das *Dictionnaire des idées reçues* hervorbringen; die Vokabeln sind zunächst sinnliche Realitäten; ihre Verbindungen werden draußen hergestellt – Ereignisse, Sitten und Gebräuche, Institutionen –, der Sinn kommt an dritter Stelle, er ist das genaue Resultate der ersten beiden Phasen, das aber an sich *beliebig* ist. Emma und Léon aus *Madame Bovary* werden von der Natur sprechen, weil die Situation – durch die sozialen Gepflogenheiten – es erfordert, daß von ihr gesprochen wird; nicht, daß es einen logischen Grund dafür gäbe: in einem bestimmten Stadium der sexuellen Beziehungen spricht man einfach von der Natur. Im selben Augenblick sagen Tausende von Paaren die gleichen Dinge mit den gleichen Worten: das wichtigste für alle diese noch platonischen Liebhaber ist, daß sie durch dieses Blabla eine «Seelenverwandtschaft» mit ihren zukünftigen Geliebten spüren. Kurz, die Wortverbindungen sind physischer Art, es sind Modulationen eines Gesanges; die institutionalisierten Wortverbindungen der Liebenden haben den Zweck, die in diesem Stadium noch unmöglichen Zärtlichkeiten zu ersetzen, sie vorzubereiten und durch diese Kommunikation des Atems vor dem Kuß ein Gefühl der Wechselseitigkeit zu erwecken; da liegt der Sinn, in den Vokabeln, er ist vorgefertigt, man braucht ihn nicht *seiner selbst wegen*, sondern damit die zukünftigen Liebespaare, indem sie eine Vorliebe miteinander teilen, das Äquivalent für ein geteiltes Verlangen schaffen. In dieser Konzeption der Sprache findet man – wir werden noch ausführlich darauf zurückkommen – die frühen Weigerungen des Kindes wieder: als Erwachsener wird Gustave immer etwas von seiner Naivität behalten; er behält auch im wesentlichen seine hartnäckige Weigerung, jemals ganz in die Welt des Diskurses einzutreten: er ist draußen und drinnen und sieht daher die Wörter umgekehrt, in ihrer sinnlichen Fremdartigkeit, Allgemeinplätze sind für ihn in die verbale Materie eingravierte Imperative, die jedes Individuum durch die Modulationen seiner Stimme zu reproduzieren hat; er bleibt bei der Ansicht, daß das Wort ihn angreift und ihn niemals ganz bezeichnen kann. In seinem Fall rührt die Schwierigkeit, lesen zu lernen, von einer früheren allgemeinen Störung her, der Schwierigkeit, sprechen zu lernen.

All das läßt der Bericht von Caroline Commanville zumindest ahnen; er gibt uns allerdings nicht die Möglichkeit, diese ersten Eindrücke zu vertiefen. Was ist genaugenommen diese radikale Heterogenität bei Gustave zwischen dem psychischen Leben und der Sprache? Es genügt nicht, ihre offensichtliche Unvereinbarkeit zu zeigen, wir müssen sie genau präzisieren: jedes menschliche Tier – ich würde sogar sagen, jedes Säugetier –, ob es spricht oder nicht, kann nicht leben, ohne in die dialektische Bewegung zwischen Signifikant und Signifikat einzutreten. Aus dem einfachen Grunde, daß die Signifikation aus dem Entwurf hervorgeht. So ist auch Gustave, so schlecht er der Welt des *Ausdrucks* immer angepaßt sein mag, Signum, Signifikat, Signifikant, Signifikation in eben dem Maße, wie seine elementarsten Impulse sich durch Entwürfe manifestieren. Das weiß er übrigens; wenn er sich lachend in die aufgehaltenen Arme seines Vaters wirft, so entschließt er sich dazu auf ein Zeichen hin, er verwirklicht ein signifiziertes Verhältnis zwischen Herr und Knecht. Besser noch: die Zärtlichkeit *ist ein Zeichen*. Aus welchem Grunde sollte er sie verlangen, wenn sie nicht die väterliche Liebe *signifizierte*? Wo beginnen dann also die Störungen, das heißt die Abneigungen und die Unmöglichkeiten? Bei der artikulierten Sprache? Warum? Es ist noch zu früh, auf diese Fragen hier schon eine Antwort zu versuchen. *Zunächst* müssen wir unsere Beschreibung auf andere Zeugnisse stützen. Wir dürfen ja nicht vergessen, daß unser bisheriges Zeugnis unsicher ist: wir haben zwei Absätze aus dem schicklichen Geschwätz von Frau Commanville herausgepickt, die in beschönigender Weise vertrauliche Mitteilungen von Frau Flaubert berichten. Diese beziehen sich außerdem auf Tatsachen, die in der tiefsten Vergangenheit ruhen: *mindestens* ein Vierteljahrhundert trennt Gustaves Widerstände beim Lesenlernen von dem Augenblick, in dem die Witwe von Achille-Cléophas sie gegenüber ihrer Nichte erwähnt; hat diese durch mehrfache Trauerfälle frühzeitig gealterte Frau nicht ihre Erinnerungen entstellen oder einfach übertreiben können? Immerhin, Gustave liest und schreibt fließend; jedenfalls gut genug, um ein Meisterwerk zu schaffen. Die Verstörungen seiner Kindheit waren entweder nicht so ausgeprägt, wie seine Mutter behauptet, oder aber sie hatten keine Folgen. Es läuft zwar nicht alles so gut für Flaubert: er haßt die Schule und das Studium; er ist das Opfer einer «Nervenkrankheit», die seine Biographin geflissentlich verschweigt, er schließt sich in Croisset ein. Aber die angebliche Zurückgebliebenheit des Kindes mit den Störungen der Adoleszenz und der Reife in Verbindung bringen, diese durch jene erklären oder sie einfach benutzen, um die Ausführungen von Caroline Commanville zu bestätigen, hieße ein Kaninchen aus einem Hut ziehen, wenn wir nicht über jenes reichhaltige, detaillierte Zeugnis verfügten, das nur fünf Jahre älter als die betreffenden Ereignisse ist: das Zeugnis von Gustave selbst. In seinen frühen Werken ist nämlich ständig von seiner Kindheit die Rede. Natürlich redet jeder ständig von dem Kind, das er war, das er ist: aber in bestimmten Epochen ist man sich dessen weniger bewußt als in anderen, man beschreibt diese vergangene, unüberschreitbare Zeit, ohne es zu wissen. Besonders die Adoleszenz ist oft ein Bruch: man denkt an die Gegenwart, an die Zukunft, man beschreibt, was man heute zu sein glaubt, man will wissen, was man einmal sein wird. Gustave spricht mit fünfzehn Jahren in mehreren seiner Erzählungen wissentlich von seiner frühesten Kindheit: vor allem von seinen Geistesabwesenheiten und von seinen Qualen beim Lesenlernen. Niemals hat er nämlich aufgehört oder wird er aufhören, für sich selbst jenes Kind zu sein, das man getötet hat. Die Gründe für diese Treue zur eigenen Kindheit werden wir kennenlernen, aber nicht sofort: wir müssen dieses Leben sich vor unseren Augen entfalten lassen und Flauberts Erinnerungen im Augenblick nur danach befragen, ob sie den Bericht von Caroline Commanville widerlegen oder bestätigen können.

Nehmen wir uns einmal *Quidquid volueris*[5] vor. Es ist klar, daß Djalioh, der Affenmensch, Flaubert selbst sein soll. In welchem Alter? Diese Figur ist sechzehn Jahre alt: also kaum älter als ihr Schöpfer. Aber sie ist das Produkt einer skandalösen Kreuzung. Herr Paul, ein Wissenschaftler, hat für die Zwecke der Wissenschaft eine Sklavin von einem Orang-Utan vergewaltigen lassen. In diesem Pithekanthropus stoppt das Affenerbe die menschliche Entwicklung. Das heißt, *er bleibt in der Kindheit stecken*, er überschreitet nur gerade den Moment, in dem Mensch und Tier – nach Gustave – noch ununterscheidbar sind. Kann man sagen, daß der junge Schüler sich selbst bezeichnen will, so wie er gegenwärtig auf der Schulbank sitzt? Ja und nein: Gustave ist zwar nicht brillant, wie wir sehen werden, aber er ist ein ziemlich guter

5 In jeder der Erzählungen, die Gustave in dieser Zeit geschrieben hat, läßt sich bei genauerem Hinsehen die gleiche Thematik entdecken. Marguerite aus *Un parfum à sentir*, Garcia aus *La peste à Florence*, der Bibliomane aus *Bibliomanie*, Mazza aus *Passion et vertu* sind ebenso Verkörperungen von Gustave wie Djalioh. Ich habe *Quidquid volueris* herausgegriffen, weil die Bemühung des Autors, die Verstörtheit seiner Kindheit wiederzugeben, hier am deutlichsten ist. Wir werden noch ausführlicher die merkwürdige «Objektbeziehung» untersuchen, die sich an Hand dieser Phantasmen erraten läßt. Wir müssen jedoch hervorheben, daß der Affe und die Sklavin nicht nur die Eltern von Flaubert darstellen. Es ist die Zeit, da Gustave in Frau Schlésinger verliebt ist und sich aus Sadomasochismus gern die sexuellen Beziehungen von Herrn Schlésinger zu seiner Frau vorstellt: er stellt sich die geliebte Frau in grotesken und obszönen Stellungen vor; sie ist die erniedrigte Sklavin ihres angeblichen Gatten. Auch dieser ist also zweifellos durch den Orang-Utan symbolisiert. Achille-Cléophas dagegen ist – wie wir noch sehen werden – verdoppelt. Er ist zugleich Herr Paul, der aus Liebe zur Wissenschaft die monströse Befruchtung arrangiert, und das Affentier, das eine Frau schwängert.

Schüler, er liest, er schreibt, verkehrt mit gleichaltrigen Jungen, berauscht sich mit Alfred Le Poittevin an metaphysischen Diskussionen: er kann sich mit Djalioh nur dann selbst meinen, wenn er seine Kindheit für die *eigentliche Wahrheit* seiner fünfzehn Jahre hält. Diese unvergeßliche, unvergessene Kindheit hat ihn zu dem gemacht, was er geworden ist: sie bleibt in ihm, ist immer *aktuell*, aber sie ist nicht so sehr die erlebte Realität seiner Gegenwart als vielmehr eine allgemeine Bezugsachse, eine unmittelbare Erklärung für alles, was er tut und fühlt. Das Kind ist nicht der Knabe: es ist die Katastrophe, die diesen hervorgebracht hat und die seine Horizonte begrenzt. Eben dadurch bleibt die Katastrophe permanent, und er stößt dauernd auf sie; wenn er an sich denkt, denkt er immer acht Jahre zurück an jenes Alter zwischen zwei Altersstufen, wo sein Mißgeschick begann. Wir werden dieses Zeugnis nicht kritiklos hinnehmen. Mit fünfzehn Jahren ist der Junge – wir werden noch sehen, warum – von der elastischen Abwehr zum Gegenangriff übergegangen. Er beginnt, das Urteil der Anderen zu akzeptieren, ja auf die Spitze zu treiben: ich war ein zurückgebliebenes Kind, schlimmer noch: ein Pithekanthropus. Aber das geschieht, um plötzlich die Werte umzukehren und die Anklage gegen die Ankläger zu richten. Ein Affenmensch, warum nicht? Seid doch Tiere, wenn ihr es könnt, wenigstens Untermenschen, irgend etwas, nur keine menschlichen Wesen. Wir erfahren, daß Djalioh für logische Verbindungen wenig Sinn hat; die *Verhältnisse* entgehen ihm; das liegt an seinen Hirnlappen: und der Autor beschreibt uns genau die Hirnschale der Mißgeburt: «Sein Kopf . . . war vorne schmal und zusammengedrückt, aber hinten hatte er gewaltige Ausmaße . . .» (I, 104) Atrophie der Stirnpartien, also der Intelligenz; Hypertrophie der Hinterkopfpartien, also der Sensibilität. Hat der junge Phrenologe Franz Joseph Gall gelesen? Ich glaube eher, daß er diesen Blödsinn von seinem Vater hat. Wie dem auch sei: wichtig ist – der Autor teilt es uns mit, als sein Geschöpf schon unsere Sympathie gewonnen hat –, daß Djalioh Analphabet ist:

«‹Was macht er denn . . .? Liebt er Zigarren?› . . .
‹Überhaupt nicht, mein Lieber, er verabscheut sie.›
‹Jagt er?›
‹Noch weniger, er hat Angst vor Gewehrschüssen.›
‹Sicher arbeitet er, er liest; er schreibt den ganzen Tag?›
‹Dazu müßte er erst einmal lesen und schreiben können.›» (I, 108)

Die Fragen werden von albernen Lebemännern gestellt, die Antworten werden von dem infamen Herrn Paul gegeben. Der Verfasser teilt diesen Dialog ohne jeglichen Kommentar mit, aber er ist davon überzeugt, daß wir ihn richtig einschätzen. Worum geht es im Grunde? Es geht darum, Djalioh in der Gesellschaft zu *situieren*. Jene Rentiers wollen wissen, ob er einer der Ihren ist. Nein: keine Frau, keine

Zigarren, keine Pferde, kein Gewehr. Er ist also suspekt: es ist bestimmt ein Intellektueller. Genau darauf hatte Herr Paul gewartet. Ein Intellektueller? Nicht einmal das: es ist ein Analphabet. Er offenbart seinen verblüfften Gästen die Herkunft der Mißgeburt. Gut, er kann also nicht lesen. Aber warum? Hat man versäumt, ihn zu unterrichten? Flaubert sagt es nicht. Aber mehrfach unterstreicht er das Interesse, das die Wissenschaftler dem ergreifendsten Experiment des Jahrhunderts und seinem glücklichen Resultat entgegenbringen. Kann man sich vorstellen, daß sich kein einziger Biologe gefunden hätte, der danach lechzte, Djalioh lesen und schreiben beizubringen? Die Wissenschaft verlangte, daß man diese Probe versuchte, also wurde sie versucht. Umsonst. Wenn Djalioh nichts weiß, muß man seine konstitutionelle Unfähigkeit dafür verantwortlich machen. Er kann die Silben nicht miteinander verbinden. Und daher auch zwangsläufig nicht die Begriffe. Genau das bestätigt die Mitteilungen von Frau Flaubert: *Quiquid volueris* zeugt von einer quälenden und starken Erinnerung, die immer wieder auf ein Scheitern im Kindesalter stößt. Ein Flaubert sein, sieben Jahre alt sein und nicht lesen können, das konnte er acht Jahre früher nicht ertragen. Auch mit fünfzehn Jahren bleibt es eine unerträgliche Erinnerung: es ist das große Unglück und der Sündenfall, der Ursprung dessen, was er ist, die Demütigung, die er durch jenes ständige Wiederkäuen kompensiert: er selbst.
Aber Gustave geht noch weiter, und hinter seiner Unfähigkeit, die geschriebene Sprache zu verstehen, läßt er uns sein schlechtes Verhältnis zur mündlichen Sprache ahnen. Er sagt nicht ausdrücklich, daß Djalioh nicht spricht – obwohl es Leute gibt, die ihn wegen seiner Stummheit verurteilen. Sagen wir besser, er schweigt einfach, und wenn er versucht zu sprechen, so gelangt das Wort nicht durch die Barriere seiner Zähne, und auf jeden Fall wird es niemals gehört. Einmal bewegen sich seine Lippen, aber es dringt nichts aus ihnen hervor. Ein andermal heißt es: «Djalioh . . . wollte ein Wort sagen, aber es war so leise, so ängstlich, daß man es für einen Seufzer hielt.» (I, 103) Man beachte, daß ihm der Atem *durch die Angst* abgeschnitten wird. Dennoch scheint der Pithekanthropus, der äußerlich fügsam und ruhig wirkt, im allgemeinen vor den Menschen keine besondere Angst zu haben: es ist die Sprache, die ihn beunruhigt. Da Djalioh auf dem Wege von der affenartigen Imitation der menschlichen Sprache zur bewußten Produktion von Zeichen steckenbleibt, wagt er keinen Laut hervorzubringen, denn er weiß nicht, was er tut, und hat panische Angst, sich zu täuschen. Der gleiche tiefe Grund zwingt ihn zur Stummheit und hindert ihn, lesen und schreiben zu lernen. Ein Mangel an Intelligenz? Zweifellos. Aber nicht nur das: allen jenen Menschen, die nicht seiner Art angehören, hat er nichts zu *sagen*. Trotzdem spricht der junge Erzähler seiner Figur nicht ein gewisses Ausdrucksbedürfnis ab. Aber,

wie Madame de Staël von einem ihrer allzu jungen Geliebten sagte: «Das Wort ist nicht seine Sprache.» Einmal näherte sich der Affenmensch einer Geige. Er drehte sie in seinen Händen, ohne allzugenau zu wissen, was man damit machen kann; er zerbrach erst beinahe den Bogen, und dann machte er die Musiker nach, die gerade ihre Notenpulte verlassen hatten, und führte das Instrument zum Kinn. Zuerst war es eine falsche, abstruse, unzusammenhängende Musik, langsame und weiche Töne. Dann amüsierte er sich: der Bogen hüpfte über die Saiten, «die Musik war abgehackt, voll schriller Noten, kreischender Schreie . . . Und dann waren es kühne Arpeggios . . . Noten, die massenhaft dahinströmten und dann emporschnellten wie eine gotische Turmspitze . . . (das ganze) ohne Takt, ohne Gesang, ohne Rhythmus, eine nichtssagende Melodie, verschwommene und fließende Gedanken . . . Träume, die vorübergehen und entfliehen, von anderen verdrängt werden in einem ruhelosen Wirbel . . .» (I, 108)
Allerdings soll diese Improvisation nicht die poetische Ekstase wiedergeben, sondern eher die irdischen Leidenschaften des Dichters. Es wird außerdem klar gesagt, daß der Pithekanthropus gar nicht daran denkt, zu kommunizieren: «. . . er sah alle diese Männer, alle diese Frauen (die anfangs über die Improvisation lachten) . . . mit großen verdutzten Augen an; er begriff ihr ganzes Lachen nicht[6] . . . er spielte weiter.» (I, 108) Kurz, er spielt nicht *für die anderen*: er spielt, und die anderen sind da. Merken wir uns jedoch diesen Versuch: Djalioh verkörpert sich in der Musik, *er drückt sich durch sie aus*, aber er ist nicht bereit, sich durch artikulierte Sprache *zu bezeichnen*.
Das ist also die Mißgeburt, das ist das idiotische Kind: «. . . für die einen war er wunderlich, die anderen hielten ihn für melancholisch, blöde, verrückt, auf jeden Fall stumm, fügten die Klügsten hinzu . . .» (I, 104). Die Klügsten, das sind natürlich Madame und Doktor Flaubert, deren blinder Verstand nicht zu unterscheiden weiß zwischen Djaliohs Seufzern und seinen – wenn auch seltenen – Bemühungen, ein Wort hervorzubringen: «Ob es ein Wort oder ein Seufzer war», kommentiert Gustave, «gleichviel, aber es lag darin eine ganze Seele!» (I, 104) Eine ganze Seele: weil das zurückgebliebene Kind den Mitgliedern unserer Art durch die Tiefe seiner Sensibilität bei weitem überlegen war. Dem Thema der Sprache steht das Thema der Geistesabwesenheiten gegenüber. Djaliohs Leben wird durch eine Katastrophe in zwei Teile geteilt werden: Herr Paul wird ihn nach Frankreich mitnehmen, der Affenmensch wird dort Adèle kennenlernen, die Verlobte seines Herrn, und von heftiger Leidenschaft für sie erfaßt werden, die Eifer-

6 Man vergleiche diese Stelle mit dem Text von Caroline Commanville: «Es . . . war ganz verdutzt über das Gelächter, irgendein Geheimnis vermutend.» Es handelt sich also um eine Erinnerung.

sucht wird ihn zu Tode quälen. Aber *vorher*, das heißt, was Gustave betrifft, bevor man daranging, ihm lesen beizubringen, hat es ein Goldenes Zeitalter gegeben. «Angesichts der Wälder, der hohen Berge, des Ozeans ... (ging) seine ganze Seele ... auf ... er zitterte an allen seinen Gliedern unter der Gewalt einer inneren Wollust, barg den Kopf in seinen Händen und versank in eine lethargische Melancholie ...» (I, 105) Der Autor hebt ausdrücklich hervor, daß die Leidenschaften sich noch nicht entfesselt haben. Dennoch scheint ihm auch in diesem Alter die Geistesabwesenheit ein vertrautes Verhalten gewesen zu sein: «... die Natur beherrschte ihn unter allen jenen Kräften, Wollüste der Seele, stürmische Leidenschaften[7], unbändige Gelüste ... sein Herz war ... weit wie das Meer, unermeßlich und leer wie seine Einsamkeit.» (I, 105) Das Symbol stimmt genau: der Affenmensch, ein monströses Produkt aus Natur und Mensch, muß zugleich das reine Objekt der Natur und das natürliche Subjekt *par excellence* sein. Seine intimste Beziehung hat er zur Natur und nicht zu den Menschen: sie ist *in ihm*, es ist seine reine Existenz: *draußen* liegt seine eigentliche Möglichkeit. Seine einzige Möglichkeit; er kann sich nur auf sie hin überschreiten, wobei er um so mehr zur Natur wird – das heißt zur subjektlosen Spontaneität –, je mehr er sich in die jungfräulichen, unbenannten, unbearbeiteten Grenzenlosigkeiten des Ozeans oder des Waldes verliert; sie ist Sinn und Ziel seines Grundentwurfs, der sich aus tausend besonderen Gelüsten zusammensetzt, von den Horizonten *kommt er zu sich selbst zurück*, es ist ein Wesen der *natürlichen* Fernen. Zwischen Immanenz und Transzendenz besteht bei Djalioh Wechselseitigkeit; man kann auch sagen, der Autor betont es, daß er sich je nach den Umständen in der Natur auflöst oder daß sie ganz in ihn eingeht: obwohl es sich hier um zwei entgegengesetzte Verhaltensweisen zu handeln scheint, *ist es doch die gleiche*, nur unterschiedlich akzentuiert: manchmal bringt sich die Seele als ein riesiges Loch hervor, in der die Welt versinkt, manchmal ist sie ein endlicher Modus der Substanz; in den Grenzen ihrer Bestimmung gefangen, vernichtet sie sich, um aus ihren Schranken zu treten und in eben der Bewegung, die ihre Einzelnheit auflöst, ihre Zugehörigkeit zum teilelosen Ganzen zu *verwirklichen.* Wichtig ist, daß die Grundintention sich nicht ändert: in dem einen wie in dem anderen Fall wird Totalisierung angestrebt. Wechselseitige Totalisierung des Mikrokosmos durch den Makrokosmos und des Makrokosmos durch den Mikrokosmos. Diese doppelte simultane Zugehörigkeit der Seele zur Welt, der Welt zur Seele nennt Flaubert,

7 Diese Leidenschaften, präzisiert Gustave, haben, so heftig sie auch sind, nicht die rohe Gewalt der menschlichen Leidenschaften: sie sind keineswegs eifersüchtig und ebensowenig besitzergreifend; sie richten sich nur an die ganze Schöpfung.

wenn sie Gegenstand einer konkreten erlebten Erfahrung ist, ganz einfach Poesie. Wenn sie sich aktualisiert, indem sie das ganze Sein und den ganzen Menschen in einer intentionalen Synthese zusammenzieht, die von der Verneinung jeder analytischen Bestimmung ausgeht, könnte man sie auch *metaphysische Einstellung* nennen. Vor der Ekstase gibt es nämlich den kleinen Gustave, die Wellen des Meeres, den dunklen Sand, in dem sie versiegen, den hellen und trockenen Sand, den sie nicht erreichen können, das gestrandete Skelett eines Boots, eine Hütte usw.; sobald sich die metaphysische Einstellung aufdrängt, verschwinden diese Gegenstände zugunsten allgemeiner Bestimmungen: der Ort, die Zeit, das Unendliche usw.

Man wird bemerkt haben, daß diese Einstellung, obwohl sie intentional und spontan ist, vom Pithekanthropus und vom Kind *erlitten* wird: man bestimmt sich nicht selbst dazu, *man ist dazu bestimmt*: die Poesie geschieht dem Untermenschen, wie das Wort *Lethargie* klar genug zeigt, das Gustave verwendet, um eine bestimmte Phase der Ekstase bei Djalioh zu bezeichnen – ebenso übrigens auch das ununterdrückbare Zittern, das sie die meiste Zeit über begleitet. Die Poesie wird *erlitten*; man muß hinzufügen, daß sie *angeboren* ist: was dem Sohn eines Affen und einer Frau gegeben ist, kann nicht auch dem Sohn eines Menschen gegeben sein; in diesem wird die pantheistische Intuition von der Intelligenz und der Logik getötet. Der Junge ist stolz auf seine Geistesabwesenheiten, denn in jeder von ihnen sieht er seine Animalität wieder hervorbrechen. Er weiß sehr gut, daß er für die anderen in diesen Momenten *blöde* aussieht. In *Quidquid volueris* schreibt er es deutlich hin. Wahnsinnig vor Eifersucht, hat das Monstrum Adèle mit seinen Nägeln gekratzt. Sie läuft weg, es bleibt allein: «Er war bleich wie das Hochzeitskleid; seine dicken Lippen, vom Fieber aufgesprungen und mit Pickeln bedeckt, bewegten sich lebhaft wie jemand, der schnell spricht; seine Augenlider zuckten, und sein Augapfel rollte langsam in seiner Augenhöhle, wie die Idioten.» (I, 107)

Bei dieser letzten, so ungestümen Passage fallen zwei Fehler auf oder vielmehr ein Fehler, der sich wiederholt: «wie jemand, der schnell spricht», «wie die Idioten». Dabei müssen wir ein wenig verweilen. Flaubert beschwört intentional eine der Geistesabwesenheiten seiner Kindheit herauf: er zeigt sein Verhalten *von außen*, so, wie es in den Augen der anderen aussah, und er zögert nicht, es mit denselben Wörtern zu qualifizieren, die man damals auf ihn anwandte: «wie die Idioten.» Ja! Ich sah aus wie ein Idiot, ich murmelte, ich rollte mit den Augen, ich war bleich wie der Tod! Warum diese gefälligen Geständnisse? Um die kriminelle Leichtfertigkeit seiner früheren Richter anzuklagen: in diesem verstörten Verhalten haben sie nur die äußere Schwäche sehen können und nicht begriffen, daß sich die heftigsten Stürme dahinter verbargen: man stelle sich einmal die Leidenschaften vor, die in Djaliohs Seele miteinander rangen, Liebe und Eifersucht, Gewissensbisse und Wildheit, Orkane, Wirbelstürme, Zyklone: ein einziger dieser Stürme würde genügen, alles umzustürzen. Aber nun sind sie alle zusammen entfesselt, gleich stark und aus unterschiedlichen Richtungen: sie prallen aufeinander, verwüsten jene Seele, aber schränken einander ein, der gebrechliche Affenkörper, der sie enthält, bleibt unbeweglich und zerstört sich ohne eine Geste. Flaubert triumphiert: seht ihr, das geschah in mir! Mit anderen Worten, die Geistesabwesenheiten erschienen den Erwachsenen als ein *negatives* Verhalten: Absencen, Bewußtseinslücken, Anpassungsschwächen. Sie manifestierten die «Tierhaftigkeit» in ihrem reinsten Zustand. Sein ganzes Leben lang wird Flaubert mit dem Adjektiv «tierhaft» einen besonderen Wert verbinden. «Das Beste an mir», schrieb er sehr viel später an Louise Colet, «ist die Poesie, das Tier.» In *Quidquid volueris* bringt er Djalioh, diese «Mißgeburt der Natur», in klaren Gegensatz zu «Herrn Paul, jener anderen Mißgeburt oder vielmehr jenem Wunder der Zivilisation, das alle ihre Symbole aufwies, Größe des Geistes, Kälte des Herzens» (I, 105). Sprache, Analyse, Allgemeinplätze: das ist der Mensch. Sobald das menschliche Tier zu sprechen beginnt und noch bevor es lesen lernt, gibt es die angeborene Poesie auf, geht es von der Natur zur Kultur über. Man beachte die Konstanz des Flaubertschen Wortschatzes: wie oft wird Gustave nicht in seiner Korrespondenz wiederholen: Tiere, Idioten, Irre und Kinder kommen zu mir, weil sie wissen, *daß ich in ihrer Welt lebe.* Nicht wegen irgendeines Mangels: wegen der reichen, dunklen, tellurischen Kraft, die in ihm geblieben ist dank jenem schlechten Start, der ihn immer gehindert hat, sich voll in die Kulturwelt zu integrieren. Dieser Erwachsene spricht im Präsens: ich *lebe* in ihrer Welt. Mit dreißig Jahren glaubt er, daß seine frustrierte, schweigsame, passive und irre Kindheit ihn niemals verlassen hat: der Umgang mit anderen Erwachsenen, die Ansprüche seiner Geliebten reißen ihn einen Augenblick lang aus ihr heraus, aber er fällt in sie zurück, sobald er wieder allein ist. Dieses ständige Sinnieren über die Vergangenheit läßt allein schon in ihm den Menschen der Anschuldigungen erkennen, der rückwärts vorwärts geht. Aber in den ersten Jahren existieren die Anschuldigungen noch nicht: ich will nur darauf hinweisen, daß Gustave niemals aufgehört hat, *zunächst* nicht das sprechende Tier an sich zu schätzen, sondern das nichtsprechende. Durch ihr offen geäußertes Unverständnis gegenüber dem Poeten richten sich Herr Paul und seine Freunde nur selbst: auf der einen Seite jenes schweigsame, in sich selbst zurückgezogene Wesen, auf der anderen Seite jene Gebildeten, jene Wissenschaftler, die sich der Sprache bedienen, um über die Tische hinweg die gleichen Gemeinplätze der gleichen armseligen Lebensweisheit zu wiederholen; aus diesem Vergleich geht derjenige, der lesen und schreiben kann, als disqualifiziert hervor. Wer mit Flaubert einigermaßen vertraut ist, der wird zwischen den Zeilen mühelos eine giftige Rache an Achille erkennen können: «Ja, mit sieben Jahren konnte ich noch nicht lesen, und du hast schon mit vier Jahren fließend lesen können. Na und? Ich war ein Tier, das heißt ein Poet, und du warst nur ein kleiner Doktor, das heißt ein Roboter, und das bist du auch geblieben.»

In dieser Epoche ist Flaubert kategorisch: die Poesie ist ein stilles Abenteuer der Seele, ein Erlebnis, das kein gemeinsames Maß mit der Sprache hat; genauer noch, das gegen sie *stattfindet*. Diese Ansichten bleiben zwar in *Quidquid volueris* noch unausgesprochen, werden aber ein Jahr später in den *Mémoires d'un fou* voll entfaltet. Diesmal handelt es sich um eine autobiographische Skizze: der Autor sagt *Ich*. Damit hat sich das Symbol sofort geändert: die *Mißgeburt* ist zu einem *Irren* geworden. Und die ersten Impulse des Irren – jene, die Djalioh in seinem Goldenen Zeitalter empfand – werden von Gustave ausdrücklich in seine früheste Kindheit verlegt: «Als Kind liebte ich, was man sieht (I, 231) ... Als Kind habe ich von der Liebe geträumt, (I, 232) ... ich betrachtete die Unermeßlichkeit, den Raum, das Unendliche, und meine Seele versank vor diesem Horizont ohne Grenzen. (I, 231)» Es handelt sich nicht mehr um Urwald, aber «der Ozean» kehrt auf den ersten Seiten immer wieder. Seit seinen frühesten Ferien hat sich das Kind mit dem Meer verbunden gefühlt. Es bestand eine innere Beziehung zwischen dem kleinen Jungen und jener Unermeßlichkeit, die in sich selbst wogt und in seinen Augen immer die Natur ohne die Menschen darstellen wird. Man beachte übrigens – wir werden darauf zurückkommen –, daß diese ekstatische Beziehung sich durch Passivität ausdrückt: die Seele *versinkt*; dieses Versinken – als ein Versuch, die Fülle durch Selbstaufgabe zu erringen –, das ist die Geistesabwesenheit – hier vom Autor dargestellt als ein intentionales Verhalten, das die Besitzergreifung der sinnlichen Unendlichkeit zum Ziel hat. Zum erstenmal stellt Gustave hier klar die Frage: wie kann man die undifferenzierten Intuitionen des Poeten mit der Sprache verbinden, die sie mitteilen soll: «Ich hatte eine womöglich noch unermeßlichere Unendlichkeit als die Unendlichkeit Gottes ... und dann mußte man von diesen erhabenen Regionen wieder zu den Wörtern hinabsteigen – und wie soll man in der Sprache jene Harmonie wiedergeben, die sich im Herzen des Poeten erhebt? ... Auf welcher Stufenleiter kommt die Poesie herunter, ohne zu zerbrechen?» (I, 231) Es geht hier natürlich um das *poetische Schreiben*, und dieses Problem betrifft den Knaben selbst: der zukünftige Schriftsteller in ihm träumt von Ruhm; er teilt uns seine Berufssorgen mit; jener Widerspruch, der jede Transkription seiner Ekstasen unmöglich macht, erfüllt ihn schon hier mit Besorgnis; wie wird er den genialen Poeten, der er ist, bekannt machen können? Aber diese Sorgen sind nur das Echo noch früherer, sehr viel tieferer Ängste:

es gab einmal jene ununterschiedene Fülle, in der das Kind in Freude lebte, und dann, plötzlich, der Absturz in Flammen, das *Angeredetwerden*, die Gegenoffensive der Wörter der Anderen: «Gustave, wo bist du? Nimm den Finger aus dem Mund, du siehst aus wie ein Idiot.» Das spürt man noch deutlicher etwas weiter in den gleichen *Mémoires d'un fou*, wenn er erklärt, daß durch einen solchen notwendigen Abstieg zum verbalen Ausdruck der Poet herunterkomme, *die Poesie herunterkommen lasse.* Seine theoretischen Gründe gibt er nicht an – Flaubert gibt niemals seine Gründe an, aber es ist nicht schwierig, sie an seiner Stelle anzugeben. Da das poetische Faktum außerhalb der Sprache entsteht und ohne sie, da es *in sich selbst* kein Verhältnis zum Wort ist, ist seine Transkription nicht *aus sich selbst heraus* poetisch: sie kann die totalisierende Erfahrung weder festhalten noch mitteilen. Im Gegensatz zu dem, was später Joë Bousquet sagen wird, kann man von der Stille nichts wiedergeben. Diese totale Unangemessenheit der Wörter dem gegenüber, was ihr Urobjekt sein sollte, wird später, wenn die Quelle der poetischen Ekstasen versiegt ist, ein beherrschendes Motiv dafür sein, daß Flaubert die Sprache als eine besondere Ordnung ansieht, die sich selbst genügt und ihr eigener Gegenstand ist. Sehen wir im Augenblick jedoch nichts andres darin als die neu bestätigte Überlegenheit der Stille. Und die Verurteilung des Wortes: denn dieses, das von der Kultur hervorgebracht wird, behauptet, die natürliche, innere Bewegung der Seele wiederzugeben, und bringt doch immer nur deren kulturelle, das heißt äußerliche Bestimmungen zum Ausdruck. Analysieren – und für Flaubert ist Sprache Analyse – heißt töten. Die Wörter nehmen auseinander. Wenn der Poet spricht, was gibt er uns dann mehr als die Artikulation eben jener Wörter selbst? Ein schlechter Witzbold leiht sich eine Uhr, nimmt sie auseinander und gibt sie in Einzelteilen wieder zurück: aber wenigstens bringt er das wirkliche Uhrwerk wieder; wenn nichts fehlt, kann man sie wieder zusammensetzen. Der launige Poet, der seine Erfahrungen zu Kleingeld macht, ist schlimmer: er nimmt die Uhr und gibt *zusammenhanglose Wörter* wieder, die die Teile des Gegenstandes bezeichnen. Das *Wort* Räderwerk und das *Wort* Ekstase, was ist das? *Dinge*, die – in ihrer Materie selbst – von den Gegenständen, die sie zu bezeichnen behaupten, verschieden sind. Sperrige Dinge, die den Vordergrund verstellen und die Sicht verdekken, übereinandergelegt, vereinzelt, *mehr aneinanderstoßend als artikuliert*, kurz, Moleküle der Sprache. Ob die Realität nun Synkretismus oder Synthese ist, erlebte tägliche Existenz oder plötzliches Wiederergreifen seiner selbst und der Welt in einer mystischen Aneignung, immer ist sie diesseits oder jenseits der verbalen Analyse; jedenfalls ist sie das unmittelbare Leben; Synkretismus, «Vielfalt gegenseitiger Durchdringung», Synthese, sie ist die unauflösbare Animalität, sie schweigt.

Das ist es, was Gustave mit fünfzehn Jahren *denkt.* Mit einer überraschenden Überzeugungskraft. Natürlich ist alles falsch. Gewiß ist der Satz Analyse; aber es ist auch wahr, daß er Synthese ist. Die *idéologues* hatten nur die analytische Funktion gesehen: sie hatten selbst die Sätze in Wörter und diese in Silben zerlegt, um ihre Prinzipien und Methoden zunächst auf ihre eigenen Werkzeuge anzuwenden. So sah man im artikulierten Diskurs nur Moleküle, solange die individualistische Dissoziation am Beginn der bürgerlichen Ideologie stand. Es ist möglich, daß die Fabeln des fünfzehnjährigen Gustave ein fernes Echo dieser «Ideen» darstellten: durch seinen Vater kannte er Cabanis und Destutt de Tracy. Ein halbes Jahrhundert später wurden die Fragen komplizierter; mit der Dialektik rückte das Problem der Synthese in den Vordergrund: niemand zweifelt heute daran, daß ein Satz auf einem Hintergrund erscheint, der nichts anderes ist als die *ganze* Sprache; niemand zweifelt daran, daß die ganze Sprache *in ihm* nötig ist, damit er sein Sein und seinen Sinn definieren kann, der nur eine *Differenzierung* ist. Niemand zweifelt daran, daß *alles* einen Namen erhalten kann und muß und durch die *übrige* Sprache schon benannt ist, die durch *alle* anderen Ausdrücke eine gewisse Leere in sich entdeckt und definiert, die bereits negativ ein Name ist. Was die *Totalitäten* angeht (Ekstasen oder lange nachtwandlerische Durchbrüche der Leidenschaft), so werden sie niemals *bezeichnet*: das heißt, es sind jedesmal neue Erfahrungen, die sich den früheren Benennungen entziehen und nicht zwangsläufig – nicht einmal oft – das Wort oder den Satz hervorbringen, der ihnen am besten entspricht. Aber wenn wir wissen, daß wir zugleich natürliche Kultur und kultivierte Natur sind, wenn wir uns klarmachen, daß die erlebte Wirklichkeit ihre Wörter noch hin und her bewegt, eines ausspricht, es zurücknimmt, daß das Unmittelbare im Grunde bereits verbal ist – aber ganz einfach unangemessen –, dann begreifen wir, daß es nicht die Rolle des Wortes ist, das Schweigen der Natur in eine artikulierte Sprache zu übersetzen: Sprechen ist bei uns eine unmittelbare und spontane erlebte Erfahrung, insoweit es ein Verhalten ist; umgekehrt ist das Erlebte niemals frei von Wörtern, und oft nimmt es veraltete Bezeichnungen wieder auf, die es meinen, ohne ihm wirklich zu entsprechen. Daher ist das verbale Verhalten in *gar keinem Fall* als der Übergang von einer Ordnung zur anderen definierbar. Wie sollte das auch möglich sein, da ja die Realität des sprechenden lebendigen Menschen in jedem Augenblick durch die beiden Ordnungen zusammen entsteht. Sprechen ist nichts anderes als ein bereits sprechendes, das heißt in sich selbst expressives Verhalten, anpassen und vertiefen. Das heißt: das unmittelbare Gestammel zurücknehmen und korrigieren, indem man die Leidenschaft, die es hervorbringt, besser erlebt; die konstitutive Leidenschaft ungehinderter und radikaler erleben durch die befreiende Bemühung, die sie aufklärt, indem sie

sie bezeichnet; manchmal auch, in einem zweifachen Irrtum, durch die Verfälschung der leidenschaftlichen Regung, die Benennung in falsche Bahnen lenken, durch einen Benennungsfehler die Impulse durcheinanderbringen. Das Wort ist nicht gegeben; es ist; es gibt keine Wörter für das, was ich empfinde, ich brauche Sätze: diese verschiedenen Äußerungen stellen nur meine Haltung mir selbst gegenüber dar: das Wort ist, wenn ich mich mit ihm begnüge, immer gegeben; das Wort Liebe kann, so alt es auch sein mag, lange Zeit genügen; Verliebte, die sich nicht kannten, werden noch von seinem Blitz geblendet; und wenn man differenzieren will, so gibt es unendliche Zusammensetzungen: Leidenschaftsliebe, Gattenliebe, was weiß ich; alle Fälle sind vorgesehen, vorausgesetzt, daß wir bereit sind – und wer täte das nicht? –, voraussehbar zu sein. Und wenn es die Situation dann erfordert, wird man erkennen müssen, daß die erlebte Liebe nicht benannt werden kann, ohne neu erfunden zu werden. Der Diskurs und das Erlebte verwandeln sich gegenseitig. Oder besser, man steigert zugleich das Bedürfnis, zu empfinden und auszudrücken: das ist nicht erstaunlich, denn beide sind aus derselben Quelle hervorgegangen und haben sich von Anfang an durchdrungen. Es kann vorkommen, daß ich mich heute ärgere, weil das Wort «Liebe» oder irgendein anderes ein bestimmtes Gefühl nicht wiedergibt. Aber was bedeutet das? Zunächst erklärt meine *Zuneigung*, daß sie *kein* passives Schweigen ist, sondern eine Erwartung, ja sogar eine wortlose Erfindung, denn woher käme sonst ihr Verlangen, ihr dringlicher Wunsch, eine zutreffende Bezeichnung für sie zu suchen? Kurz, da, wo ich sie mit ihrem Verlangen wahrnehme, benennt sie sich und gibt sich einen falschen Namen, ärgert sich darüber und verlangt, nicht so sehr den überlegten Rückgriff auf die Sprache, als vielmehr die offenkundige Vertiefung ihrer *Realität*. Von dieser Vertiefung verlangt sie außerdem, daß sie schöpferisch sei: daß sie sie in ihrer synthetischen Einheit erfasse und eben dadurch im gleichen Augenblick die Bezeichnung dieser Einheit durch einen Satz *erfinde*. Das heißt sowohl, daß nichts existiert, was nicht einen Namen verlangt, nicht einen Namen erhalten kann und nicht sogar durch das Versagen der Sprache negativ benannt ist, als auch, daß die *Benennung* ihrem Prinzip nach eine *Kunst* ist: nichts ist gegeben außer dieser Forderung; «man hat uns nichts versprochen», sagt Alain. Nicht einmal, daß wir angemessene Sätze finden werden. Das Gefühl spricht: es sagt, daß es existiert, daß es falsch benannt worden ist, daß es sich schlecht und schief entwickelt, daß es ein anderes Zeichen verlangt oder mangels eines solchen ein Symbol, das es sich einverleiben kann und das seine innere Fehlleitung korrigiert; man muß also nach etwas suchen: die Sprache sagt nur, daß man alles in ihr erfinden kann, daß der Ausdruck immer möglich ist, und sei er auch indirekt, weil die verbale Totalität keineswegs, wie man allgemein annimmt, auf die endliche

Zahl der Wörter des Wörterbuchs beschränkt ist, sondern sich aus unendlichen Differenzierungen zusammensetzt – untereinander und in jedem von ihnen –, die allein sie aktualisieren können. Das heißt, daß die Erfindung das Sprechen kennzeichnet: man wird etwas erfinden, wenn die Bedingungen günstig sind; andernfalls wird man schlecht benannte Erfahrungen schlecht erleben. Nein: nichts ist versprochen, aber man kann jedenfalls sagen, daß es nicht *a priori* eine radikale Unangemessenheit der Sprache gegenüber ihrem Gegenstand geben kann, einfach weil das Gefühl Diskurs und der Diskurs Gefühl ist.

Gustave behauptet mit fünfzehn Jahren das Gegenteil. Der Einfluß des Jahrhunderts und des Vaters können diese Verbohrtheit nicht ausreichend erklären. Er ist seit dieser Epoche Schriftsteller: mit viel Kraft und Geschick und Glück in seinem Stil; die Wörter stehen ihm zu Gebote, sie sprudeln unter seiner Feder hervor: diese Eloquenz kennt keine der Schwierigkeiten, die die Größe und Strenge von *Madame Bovary* ausmachen werden, sie strömt wie aus einer Quelle. Und dennoch, wozu dient sie ihm? Zu schreiben, daß man nicht schreiben soll; daß das Sprechen eine verkommene Stille ist. In seiner Grimmigkeit, die der *gegenwärtige* Erfolg als ungerechtfertigt erscheinen läßt, können wir also eine Spur davon sehen. Sie überdauert und wird überdauern in einer unvergeßlichen Kindheit und durch sie, die die ganze spätere Entwicklung Flauberts bedingt. Wir werden später sehen, aus welchen komplexen Gründen der Junge sich zum Literaten gemacht hat. Einen können wir schon jetzt erraten: mit neun Jahren beschloß Gustave zu schreiben, weil er mit sieben nicht lesen konnte.

So ist also der Beweis erbracht: die Schriften des jungen Flaubert bestätigen die Erinnerungen seiner Mutter voll und ganz; sie ermöglichen uns, die ursprüngliche Erfahrung, wie sie von innen her erlebt wurde, zu erahnen. Sie lassen sogar vermuten, daß diese Erfahrung – durch Hochmut und Ressentiment bereichert und verherrlicht – sich später noch oft wiederholt hat und daß der Junge, wie einst das Kind, immer noch ein sprachliches Unbehagen empfindet, das er durch nicht mitteilbare Ekstasen kompensiert. Mit einem tiefen Sinn für seine wahren Probleme – was man nicht mit Luzidität verwechseln darf – legt Gustave sofort den Finger auf das grundlegende Ereignis seiner Vorgeschichte: alles begann mit jener schlechten Eingliederung in die Welt der Sprache, die sich künftig in einem dialektischen Wechsel von Schweigen und Wiederkäuen äußert. Wenn wir die Erzählung *Quidquid volueris* von ihrem Hyperbolismus befreien, so bestätigt sie uns in unseren Hypothesen: das Kind hat wirklich die Unvereinbarkeit der affektiven Synthesen mit den ihnen entsprechenden institutionellen Zeichen empfunden. Das Wort war für es zunächst das Werkzeug und das Resultat der analytischen Operationen, die die Erwachsenen von außen an ihm vornahmen. Man teilte ihm Schlußfolgerungen mit; es erkannte sich in ihnen nicht wieder. Nicht, daß es ihnen andere Wörter entgegenzusetzen hatte: es glaubte von Natur aus der Sprache zu entgehen. Die Kultur ist für es Diebstahl: sie reduziert das unbestimmte und weite natürliche Bewußtsein auf sein Anderes-Sein, das heißt auf das, was es für die Anderen ist. Das Wort ist Ding; dringt es in eine Seele ein, so löst es diese in seine eigene Allgemeinheit auf: es handelt sich um eine regelrechte Metamorphose. Die Analyse ersetzt die inneren Bande durch rein äußerliche Verbindungen. Sie beschneidet, isoliert, ersetzt Interpenetration durch Kontinuität; die Allgemeinheit vernichtet die subjektive Besonderheit zugunsten der gemeinschaftlichen Objektivität: die Seele, jenes besondere kosmische Fieber, wird zu einem Gemeinplatz.

Wir haben gezeigt, daß diese Lehre falsch ist. Der plötzliche Riß bei Flaubert zwischen subjektivem Leben und Sprache, Intuitivem und Diskursivem, Natur und Kultur kann nicht dadurch erklärt werden, daß bei jedem dieser Paare das erste Glied dem zweiten inkommensurabel ist. Wir haben darin nicht so sehr ein frühreifes Erfassen der Wahrheit zu sehen als vielmehr das besondere Geschick eines Kindes: verschiedene äußere und innere Elemente lassen es gerade gegen das stoßen, was allmählich sowohl sein Schreckgespenst als das Material seiner Kunst wird, gegen das Wort. Die Lehre von *Quidquid volueris* ist nur eine Bemühung, sich zu rechtfertigen und die unvergeßlichen Demütigungen überzukompensieren. Wenn wir auf diese Tricks nicht hereinfallen, werden wir seine frühere Schweigsamkeit um so besser verstehen. *Zunächst* werden wir begreifen, daß es keine *wirkliche* Schweigsamkeit war.[8] Sehen wir uns einmal zum Beispiel die pantheistischen Ekstasen von Djalioh oder des Irren der *Mémoires d'un fou* an: können wir annehmen, daß sie von jeglichem verbalen Inhalt frei sind? Unmöglich, weil der Fluß des Erlebten nicht aufhört, Wörter zu bewegen, durcheinanderzuwirbeln, wobei er sie bald an der Oberfläche hält, bald verschlingt und unsichtbar unter dem Wasser treiben läßt. Unmöglich vor allem, weil das Schweigen selbst ein verbaler Akt ist, ein Loch in der Sprache, das als solches nur erhalten werden kann als eine virtuelle Benennung, deren Sinn durch die Totalität des Wortes definiert ist. Mit fünfzehn Jahren will Gustave die Wörter, die in seiner Poesie umherspuken, *nicht sehen.* Der Beweis dafür ist, daß er, jedesmal wenn er von seinen Intuitionen sprechen will, einen ziemlich armseligen und stereotypen Wortschatz benutzt; immer sind es dieselben Ausdrücke in derselben Anordnung. Zwar beschwört er manchmal eine einfache Unendlichkeit herauf und manchmal eine Unendlichkeit,

8 Es gibt ein anderes Schweigen, zum Beispiel das, das sich über dem abgeschlossenen Kunstwerk schließt, das heißt über der Totalisierung der Sprache. Dieses Schweigen wird Gustave auch kennenlernen. Später.

die weiter ist als die Gottes; aber diese geringfügigen Abwandlungen unterstreichen nur die Unwandelbarkeit des verbalen Themas. Auf diese Systeme werden wir bis etwa 1857 stoßen; Spuren davon werden wir in seiner Korrespondenz bis zu seinem Tode finden. Fließend, immer neu und unsagbar, wären die Ekstasen Gegenstand leichterer und kapriziöserer Anspielungen gewesen. Hier ist alles konstruiert, um zu dauern, um sich zu wiederholen, ohne sich abzunutzen. Und dann sehen wir uns einmal die Ausdrücke an: Welt, Schöpfung, Unendlichkeit. Sie legen alle eine endlose Bewegung des Geistes nahe, ein Vordringen bis an die Grenze durch Überschreitung alles Gegebenen: aber Gustave hat sie nicht nachträglich gefunden, um einen Vorgang zu bezeichnen, der während der Ekstase ohne sie geschah; da der Vorgang virtuell geblieben ist, mußte diese Andeutung einer Rückläufigkeit in jedem Fall durch ein mehr oder weniger verschüttetes Wort gestützt und konsolidiert werden – das eine oder das andere der drei, die wir zitiert haben –, das in seiner Materialität als Wegweiser an die Stelle der unmöglichen Extrapolation tritt. Das Wort Unendlichkeit zum Beispiel liegt im Kern des poetischen Entwurfs von Gustave. Dieser hat niemals wortlose Erhebungen gekannt: gleichgültig, ob sie gesagt oder gesehen wurden. Aber sie wurden gewußt. Und wir müssen einfach annehmen, daß das «ursprüngliche» Schweigen intentional erreicht wird, nicht dadurch, daß die Sprache aufgehoben, sondern daß sie *mit Schweigen übergangen* wird. Diese Beobachtungen treffen natürlich für seine ersten Geistesabwesenheiten so nicht zu: mit fünf Jahren kannte er vermutlich das Wort Unendlichkeit noch nicht, jedenfalls nicht seinen Sinn. Gleichviel: mit fünfzehn Jahren will er durch seine Komödie des Schweigens seine Kindheit wiederherstellen, so wie in ihr selbst der Stolz sie verklärt und verändert. Die Verhältnisse bleiben erhalten: die großen Wörter sind in die Träumerei des Jungen eingedrungen, aber in den kindlichen Ekstasen verbarg sich eine primitivere Sprache hinter einer vageren Poesie, die von ihr insgeheim bedingt wurde. Das Kind bringt die Natur ohne die Menschen in sich hervor, indem es über alle menschlichen Werke Schleier wirft. Es weigert sich, sich in die Gußform der Sätze zu fügen, um in seinem tiefsten Innern ein nicht mitteilsames Wesen zu bewahren, dessen Textur die der Welt ist und das den Erwachsenen immer entgehen wird: damit wird die Sprache keineswegs unterdrückt, es wird nur ein anderer Gebrauch von ihr gemacht; Gustave bedient sich der Wörter nicht, um zu sprechen: er verwendet einige von ihnen in der Einsamkeit und ohne daß er daran zu rühren scheint, allein wegen ihrer Suggestionskraft.

Man muß sich hier klarmachen, daß er von den Wörtern *Gebrauch macht*, aber nicht spricht. Sprechen ist auf die eine oder andere Weise ein Akt: der Sinn geschieht dem Sprechenden, die Sprachstrukturen drängen sich auf, aber nichts wird ihn daran hindern, sie auf seine Weise zu übernehmen, indem er bejaht, verneint, sich vornimmt, dieses mitzuteilen und jenes zu verschweigen. Wenn Gustave in seinen Ekstasen vom Sprechen gestreift wird, so nimmt er die Sätze oder die «holophrastischen» Namen, die sich anbieten, nicht an: nicht, daß er sich weigert, sie zu benutzen; das wäre bereits ein Akt; sagen wir eher, daß er sich der Kraft der Trägheit überläßt. Sehen wir, wie er nachträglich von seinen poetischen Intuitionen spricht: er *empfängt* sie, sagt er uns. Das «Erhabene» – im streng Kantischen Sinne – greift ihn an; und was tut Gustave als Opfer dieser Aggression? Er fällt. Eine Passage der *Mémoires d'un fou* sagt uns, daß er «versinkt». Ich werde dazu weiter unten noch zwanzig andere zitieren. Es scheint hier zwei Phasen zu geben: zunächst die Phase der *«Verzückung»*. Die Seele des jungen Ganymed wird von einem Adler fortgetragen, sie fühlt sich bis zu dem *erhabenen Punkt* erhoben, von wo aus man die Welt, das heißt alles, sehen kann. Aber wer «Verzückung» sagt, sagt Entrückung: Gustave kennt keine Himmelfahrt, er erfreut sich nur unvorhersehbarer Höhenflüge. Und wenn man ihn auf einen Gipfel gesetzt hat und er behauptet, endlich die undifferenzierte Einheit des Vielfachen zu sehen, so ist diese allgemeine Substanz ohne Einzelheit und Teil ebensogut das Nichts, der Übergang des Seins ins Nicht-sein und ihre Äquivalenz. Wenn die Seele des kleinen Jungen sich in diesem Augenblick durch eine innere Beziehung an diese totalisierende Vernichtung des Kosmos gebunden fühlt, so in dem Maße, wie sie nichts *will*, nichts *fühlt*, nichts *begehrt*. An der Grenze soll sie das Bewußtsein ihrer selbst verlieren; nach der Verzükkung die Besessenheit. In *Quidquid volueris* kennzeichnet Gustave diese beiden Phasen der Ekstase ganz deutlich: angesichts des Erhabenen (Ozean, Wälder usw.) «ging seine ganze Seele auf ... er zitterte ... unter der Gewalt einer inneren Wollust ... und versank in eine lethargische Melancholie» (I, 105). Die zweite Phase ist entscheidend: die erste scheint nur dazusein, um die zweite vorzubereiten, und der kleine Junge sucht, sich aus dem Staube zu machen, sich durch ein Entleerungsloch feige fortzustehlen. Kurz, angestrebt wird nicht einmal der Quietismus, sondern die Benommenheit, eine Anwesenheit der Seele im Körper, die so verstört ist, das man sie durchaus Abwesenheit nennen kann. Allerdings kann diese Selbstaufgabe – ist es der Hochmut, der sie verlangt? – nur auf den Gipfeln geschehen. Das sagt er zumindest. Trifft das ganz zu?

Die Verzückung – «Als Kind liebte ich, was man sieht» (I, 231) – wird vom *Sichtbaren* hervorgerufen: der Blick muß bis an den Horizont schweifen können, das *gesehene Ding* muß bei diesem von seiner Familie unterdrückten Kind durch seine Weite und Wiederholung Ort und Zeit schlechthin heraufbeschwören; das Kind beauftragt seinen Blick damit, für es auszubrechen; in Wirklichkeit wird der Gegenstand nicht um seiner selbst willen gesehen, man erfaßt von ihm nur die

Unermeßlichkeit, deren plastisches Symbol er wird; und diese ist anfangs nur jene Bewegung des Blickes, der das Meer streift und sich wundert, daß er sich in der Weite verliert, ohne jemals gegen eine Mauer zu stoßen. Von dem geringen Widerstand der Dinge überrascht, läßt sich Gustave zu einer Art Ausweitung hinreißen; die *erlittene* dahingleitende Evasion verwandelt die sinnlichen Eigenschaften in abstrakte Träger der Flucht bis zum Horizont; durch die sichtbare Welt hindurch zielt sie auf die allgemeinsten Strukturen der Erfahrung ab. Ausweitung, Entspannung, Expansion – aber damit auch zugleich Verarmung durch Zerstreuung. Die Wahrnehmung wird zur systematischen Verneinung jeglichen realen Inhalts, um zur Leere, der gemeinsamen Kategorie des Seins und des Nichts, zum inneren Absentismus und zur äußeren Undifferenziertheit zu gelangen. Diese erste Phase nennt der Junge «Erhebung» oder «Verzückung»; das bedeutet, daß er ihren Sinn klammheimlich fälscht: Gustaves ursprüngliches Gefühl war – *Quidquid volueris* bezeugt es –, daß sein Sein sich an den Grenzen, das heißt horizontal, ausdehnte und dabei an Präzision und Klarheit verlor, was es an Weite gewann; neu hinzutretende Faktoren, von denen wir später noch sprechen werden, *übertragen* die horizontale Bewegung in eine *vertikale*. Muß man die Dinge nicht *von oben* betrachten, um sie zusammen sehen zu können? Diese neue Interpretation ist nur ein *Vorstellungs*wechsel. Ein entscheidender Wechsel zwar – weil er das Hoch und das Tief, den Höhenflug und den Sturz, ein für Gustave so wichtiges Thema, einführt –, der aber die ursprüngliche Struktur seiner Geistesabwesenheiten nicht verändert. Wir betonen das, weil er einen daran hindert, die wahre Natur der Ausweitung und die eigentliche Homogenität der beiden Phasen der Ekstase zu begreifen. Denn Höhenflug und Ohnmächtigwerden sind ja Gegensätze: steigen, um zu fallen; daraus wird Gustave später eine ganze Mythologie ableiten. Aber sich *entspannen* und sich *ausweiten* sind zwei so verwandte Vorgänge, daß der zweite als die Folge des ersten und vielleicht als sein Ziel erscheint. Ein Gefangener, der unfähig zur Revolte ist, mimt einen Ausbruch an Ort und Stelle, und seine Wut löscht alle Bestimmungen des Seins aus, um zugleich alle Wunden seiner Seele wegzuzaubern. Kurz, der Drang zum Unendlichen bewirkt, wie im Traum, eine endlose Zerstörung, für die das Kind wohlweislich die äußere Welt verantwortlich macht: die Welt ist es, die ihn ausgeweitet oder verzückt hat und die sich unter seinen leeren Augen selbst zerstört. So wäre also das Ohnmächtigwerden mit dem Beginn der Ekstase angelegt, die Ausweitung wäre ein Zugang zur Lethargie, besser noch, es wäre die Lethargie selbst, die sich einen Vorwand verschafft, um sich zu verzeitlichen. Wir sehen, daß Entrückung nur eine Beschönigung ist. Der kleine Junge ist nicht so einfach. In ihm scheint sich die permanente Versuchung, zu verschwinden, mit dem Hochmut, dem verdrossenen und eifersüchtigen Ehrgeiz der Familie Flaubert verbunden zu haben. Der Rückgriff auf die Unendlichkeit, auf die pantheistische Ekstase, die stumme Poesie, das stolze Pochen auf seine Animalität, all das tritt später, wie wir jetzt verstehen, zum Ohnmächtigwerden hinzu: vermutlich mit sieben Jahren. Genauer noch, sobald der Junge sich seines Versagens bewußt wurde, sobald er diese *objektive* Demütigung verinnerte und zu einer permanenten Struktur seiner Subjektivität machte. Er versüßt sich die Pille, und da die Geistesabwesenheit seine Versuchung ist, wertet er sie auf und macht sie unter dem Namen Poesie zu jener edlen Vernichtung, die man, ein Wort von Marx parodierend, das «Welt-werden» von Gustave Flaubert nennen könnte.

Betrügt er sich ganz und gar? Nein: dieses Flitterwerk bedeckt nur notdürftig einen merkwürdigen Lebensüberdruß, eine ständige unmittelbare Versuchung, das Leben zu fliehen. Er ist davon überzeugt, daß die Ohnmacht im Extremfall, zum Beispiel bei einer unerträglichen Beleidigung, ohne Ekstase oder Entrückung in ihrer nackten Negativität eintreten kann. In *La peste à Florence* sagt er es mit fünfzehn Jahren tatsächlich selbst: Garcia, der eifersüchtige Bruder, erlebt den Triumph Francescos, seines älteren Bruders; er wird darüber so wütend, daß er mitten im Ballsaal ohnmächtig wird und daß man ihn am nächsten Morgen wie Kehricht fortfegen muß. Wenn man jetzt einwendet, das sei eine Fabel und der Autor habe die Freiheit, zu erfinden, was er wolle, so frage ich zurück: warum diese Erfindung und nicht irgendeine andere? Ich erinnere daran, daß Garcias Leidenschaften von unbändiger Heftigkeit sind: es sind Haß und Wut, die glühenden Kohlen des Neides. Gleich wird es krachen; und tatsächlich kracht es: Garcia bringt seinen Bruder schließlich um. Aber der Mord ist wenig überzeugend: er interessiert vor allem durch seinen selbststrafenden Charakter – wir werden auf diesen überdeterminierten Akt noch zurückkommen. Jedenfalls gibt es nur wenige jugendliche Autoren, die das Fest im Palazzo Medici und die Leiden des jungen Garcia nicht durch irgendeinen Eklat enden lassen würden. Was würde er tun? Ein Kleid zerreißen und einen schönen Nacken mit seinen Nägeln blutig kratzen, *wie er es immer träumt*? Oder einen Hauptmann beleidigen und ihn zum Duell fordern? Nicht, daß diese Gewalttätigkeiten direkt aus seiner Leidenschaft hervorgingen: ganz im Gegenteil entstehen sie unter der Feder von selbst, weil sie von der geläufigsten Konvention verlangt werden und weil die Mehrheit der Autoren, ob jung oder alt, nicht wagt, vom Konventionellen abzuweichen. Es scheint natürlich, daß so brennende Gefühle sich entäußern, daß der Haß innen Leiden, außen Aggressivität ist. Mit anderen Worten, *aktive* Emotionen – vor allem, wenn es sich um männliche Figuren handelt – werden in unserer Literatur reichlich beschrieben; passive Schwermut, lähmende Angst, ohnmächtige Wut werden dagegen kaum behandelt: aber auch diese Emotionen existieren, machen einem die Knie weich, lähmen die Zunge, lockern den Schließmuskel; im Extremfall verliert man das Bewußtsein, bricht wie eine leblose Masse vor den Füßen des Todfeindes zusammen, den man hat umbringen wollen. Wenn Gustave Garcia, seinem Opfer, eine passive Wut verleiht, die im Umfallen endet, so weicht er von der Konvention ab, ohne sich dessen überhaupt bewußt zu sein, einfach weil er seine Wahrheit erfindet. Auf dieser Stufe des Hasses muß man alles zerschlagen oder krepieren: er krepiert. Sich auf diese Weise einfach drücken ist eine der beiden Lösungen, mit denen er meint seine innere Spannung überwinden zu können. Warum wählt er eher diese Lösung als die andere? Weil er sich durch sie im Innersten seines Körpers und seiner Erinnerung definiert. An diese Ohnmacht von Garcia muß man denken, wenn man Gustave später, mit zweiundzwanzig, in der Kutsche auf die Nase fallen und vor den Augen Achilles umkippen sieht bei jener berühmten Krise, die aus ihm schließlich Gustave Flaubert macht. Oft rühmt sich der jüngere Sohn des philosophischen Arztes einer prophetischen Gabe: zu Recht, wir werden noch sehen, warum. Wie kann man übersehen, daß er mit dem leblosen Körper von Garcia die schreckliche passive Gewalt vorwegnimmt, die er seinem eigenen Körper antun wird? Diese behauptet er übrigens deutlich als zwangsläufige Folge seines vergangenen Lebens zu erkennen. Das heißt, wir haben in ihr die Wirkung der Beleidigungen zu sehen, die er erlitten hat, und das Verhalten, das alle früheren Reaktionen zusammenfaßt, radikalisiert und verabsolutiert. Durch seinen «Nervenanfall» kommt er zu einem Entschluß, flieht er in die Ohnmacht; aber gleichzeitig stellt er die Kontinuität seines Lebens her, beleuchtet er die Vergangenheit durch die Gegenwart, *erkennt er sich wieder* in der ohnmächtigen Wut, in der Bewußtlosigkeit von Garcia, in den ersten Geistesabwesenheiten des jüngeren Flaubert. Passivität, Trägheit, innere Qualen, Lethargien, auf alle diese Züge werden wir in seiner gesamten Existenz immer wieder stoßen. Sie definieren zugleich eine Strategie, die wir später unter dem Namen passive Aktivität in der Tiefe des Organismus wiederfinden werden, eine Art «Bahnung», die die Selbstaufgabe *erleichtert*. Die Geistesabwesenheit ist ursprünglich jener scheinbar disparate Komplex: im Körper gebahnte Wege, eine Neigung zur Apathie, die ständig zur Selbstaufgabe ermuntert, ein Unbehagen, ein grimmiger Lebensüberdruß und in bestimmten Fällen die absichtliche Benutzung jener Möglichkeiten für eine Absence der Seele, eine Flucht in den erlebten Tod. Diese Selbstaufgabe impliziert schon allein einen Überdruß, der auf seine ersten Jahre zurückgeht. Leben ist für ihn *zu anstrengend*; er muß sich zwingen, um vom einen Augenblick zum anderen zu gelangen: am Grunde seiner Begierden und Vergnügen ist ein permanentes Schwindelgefühl. Man stelle sich einen verwundeten Soldaten vor, der verfolgt wird. Er marschiert neben seinen Kameraden, er wird ermahnt: wenn er sich etwas beeilt, werden sie dem Feind entkommen. Er tut, was man ihm sagt, aber er leidet, und die Anstrengung, die von Stunde zu Stunde immer unerträglicher wird, läßt die Wünsche, die er mit seinen Kameraden teilte, langsam verschwinden; das Regiment wiederfinden, die grausamen Verfolger täuschen, gepflegt werden, geheilt werden, all das wollte er: allmählich verliert er ein Interesse daran; wenn diese Motive noch eine Rolle spielen, dann als Imperative und durch die Vermittlung der anderen. Erst hinterhältig, dann heftig und schließlich unwiderstehlich wächst in ihm das Verlangen, aufzugeben, die Kameraden zu verlassen, sich fallen zu lassen und auf dem Boden liegend auf das Unglück oder den Tod zu warten. Wenn man ihn nicht trägt, wird er diesem Verlangen nachgeben. Aber in dem verschwimmenden Augenblick, in dem der Überdruß und das Verlangen nach dem Tod seinen nackten Überlebenswunsch vergiften, wenn jeder Schritt nicht mehr die folgenden Schritte nach sich zieht, *in ihm erlebt wird* als einer der letzten – «ich werde nicht mehr lange durchhalten» –, in diesem Moment ähnelt er Gustave; der kleine Junge *lebt* so, wie der Soldat *marschiert*: mit dem gleichen Widerwillen und der gleichen Bemühtheit, mehr aus Gehorsam als aus Selbsterhaltungstrieb.

Ein Unterschied besteht jedoch: wenn er sich fallen läßt, wenn seine Kameraden ihn aufgeben, dann wird der Verwundete wirklich sterben: er wird in das große Schweigen der leblosen Materie eingehen. Gustave dagegen steuert die Ohnmacht an, wie jene Insekten, die sich selbst lähmen, wenn sie bedroht sind. Es sieht so aus, als wenn er die Gefahr wittert oder seine Verletzungen spürt und lebend sterben will, um seinen Tod zu überleben, um ihn zu einem erlebten und in seinem eigenen Leben überschrittenen Ereignis zu machen, das in seinem Gedächtnis versinkt zugleich mit der Gefahr, die es hervorgebracht hat. Diese Ohnmacht werden wir nie mehr aus den Augen verlieren; bei allen Wegkreuzungen, allen großen Gelegenheiten wird Gustave diesen immer spontanen, aber immer *kostspieligeren* Fluchtversuch wiederholen: er wird sich dabei zugrunde richten. Wir werden sehen, wie diese Operation, ohne jemals zur Luzidität zu gelangen, im Laufe der Zeit *Sinn ansammelt* und zum Prinzip einer Abwehrstrategie wird. Wir müssen jedoch hinzufügen, daß die Ohnmacht selbst, ein momentaner Verlust des Bewußtseins, zwar angestrebt, aber niemals ganz erreicht wird. Als Schöpfer erlaubt der junge Flaubert Garcia, einige Stunden in seinen Genuß zu kommen. Aber die Figur realisiert nur das unbefriedigte Verlangen des Autors, den sie verkörpert. Der Junge wird *in ihm* bewußtlos, weil er *in sich selbst* die Fähigkeiten der Seele, und sei es nur für einen Augenblick, nicht außer Funktion setzen kann. Die Geistesabwesenheiten erreichen niemals das Stadium der Bewußtlosigkeit, die ihr Ziel ist und als solches ihre Existenzberechtigung: der Beweis dafür

ist, daß Gustave sie mit fünfzehn Jahren als *poetische* Ekstasen darstellen kann. Was die Ohnmacht von Pont-l'Evêque angeht und die Krisen, die auf sie folgten, so hat er oft wiederholt, daß sie sich durch eine Lähmung des Körpers äußerten – die ihn unfähig machte, zu sprechen und ein Zeichen zu geben – und durch die unglaublichen Visionen seines überspannten Bewußtseins. Auf den Inhalt der Ekstasen und der «Anfälle» werden wir noch ausführlich zurückkommen.
Im Augenblick brauchen wir uns nur klarzumachen, daß das Kind – noch bevor es aus dem Goldenen Zeitalter vertrieben wird – das Leben als eine Last empfindet. Wir haben noch nicht die Möglichkeiten, den Ursprung seines Leidens aufzudecken. Aber auf dieses spielt er zweifellos an, wenn er am 6. Oktober 1864 an Fräulein Leroyer de Chantepie schreibt: «Nur durch Arbeit gelingt es mir, meine angeborene Melancholie zum Schweigen zu bringen. Aber der alte Kern scheint immer wieder durch, der alte Kern, den niemand kennt, die tiefe, immer verborgene Wunde.» Ein merkwürdiger Text, dessen scheinbare Widersprüchlichkeit – wie immer bei Gustave – von seinem Reichtum herrührt. Denn man könnte ja einen Gegensatz sehen zwischen der «angeborenen Melancholie», einem auf die Geburt oder die Konstitution zurückgehenden Charakterzug, und der «tiefen Wunde», einer Verletzung oder einem Trauma, das seiner Definition nach ein Ereignis seiner Vorgeschichte sein müßte. Aber sehen wir etwas genauer hin: die Wunde scheint ja eine *erlittene* Beschimpfung zu sein, also ein Ereignis seiner Verzeitlichung, und zugleich *a priori* ein Teil seines zeitlosen Wesens; und eben das will er auch sagen: wir müssen selbst zusehen, wie das zu verstehen ist. Wir werden es später versuchen. Halten wir im Augenblick nur fest, daß diese «Natur» – die vielleicht lediglich eine erste Gewohnheit ist – als sein Leiden erscheint und zugleich als das Mittel, zwar nicht es zu heilen, aber ihm doch wenigstens durch immer wieder unternommene kurze Ausbrüche zu entfliehen. Denn die tiefe Wunde, die *man* ihm beigebracht hat – jenes Schwindelgefühl, jenen Lebensekel, jene Unmöglichkeit, irgend etwas anzufangen, jene Schwierigkeit, zu verneinen, zu bejahen, die ihm den Zugang zur Welt des Diskurses versperrt –, muß man, glaube ich, seine *passive Konstitution* nennen. Diese will er nämlich aufzeigen, wenn er schließt, daß Djalioh aus *Quidquid volueris* «das Zusammentreffen einer großen moralischen und körperlichen Schwäche mit dem ganzen Ungestüm des Herzens» war (I, 105). Sogar die extreme Anfälligkeit seiner Gewaltausbrüche verhehlt er uns nicht: es ist der Blitz, sagt er, «der Paläste zertrümmert . . . und sich in einer Wasserlache verliert» (I, 105). Und wir haben zu untersuchen, ob seine Konstitution ihm nicht *gegeben* worden ist. Aber wenn er unter ihr leidet, wenn er in seinem Lebensüberdruß die Folge einer Wunde sieht, die man ihm beigebracht hat, so kann er seinem Mißgeschick vorübergehend ein Ende setzen, indem er

seine eigene Passivität überbietet; das ist der Ursprung der Geistesabwesenheiten: jede von ihnen ist ein Versuch, jenen *verliehenen* Status inerter Materialität bis zum Ende zu durchleben; und wir dürfen diese Versuche nicht als Aktionen ansehen: Gustave ist als Kind nicht dazu *geschaffen* zu agieren; als ob ihm der Boden unter den Füßen wegglitte, überläßt er sich vielmehr jener konstituierten Natur, die er als das Produkt *der Anderen* in sich empfindet. Schwindelgefühl und Rachsucht: ich fliehe vor euch, indem ich gegen euch das werde, was ihr in mir sehen wolltet. Mit fünf Jahren wird natürlich nichts gesagt: das Kind müßte über eine reflexive Luzidität verfügen, die es in diesem Alter noch nicht haben kann. Und vor allem, es *sagt* nichts, es sagt *sich* nichts, weil es ja nicht spricht: muß man nun daraus schließen, daß jene Selbstaufgaben nicht *erlebt* werden? Gewiß nicht: und ebensowenig, daß sie überhaupt keine intentionale Struktur haben. Aber wenn wir zur progressiven Synthese übergehen, wird es unsere Aufgabe sein, herauszufinden, was eine «passive Aktivität» sein kann. Hier genügt es uns festzuhalten, daß Gustave von seiner frühesten Kindheit an weder die menschliche Praxis streifen noch ganz und gar in das Unbewußtsein der leblosen Dinge eingehen kann: seine Domäne ist das *Pathos*, die Affektivität, insofern sie reine Gewalt ist, die erlitten wird, ohne daß man für sie verantwortlich ist, und die ihn heimsucht und sich dann verflüchtigt, ohne daß sie etwas verneint oder bejaht, ohne daß sie die Kraft gehabt hat, *sich selbst zu behaupten.*

Das ist – auf der Ebene der reinen phänomenologischen Beschreibung – der Grund für seine Schwierigkeiten, zu sprechen und zu lesen. Sobald ein Kind normalerweise diese letzte Schale, das Lautband, durchbrochen hat, taucht es in der Welt des Diskurses auf. Die bereits begonnene Synthese der Zeichen vollzieht durch sich selbst die Analyse des Signifikats. Silben finden sich zusammen, verbinden sich und bringen stotternd eine Totalität hervor: von dem undeutlichen Hintergrund der äußeren Welt hebt sich eine Form ab und präzisiert die Elemente, die sie bilden. Weil das Sprechen stumm und das Stummsein vielsagend sein kann, weil Natur und Kultur nicht unterscheidbar sind und sich gemeinsam in der Einheit aus Signifikant, Signifikat und Signifikation vorfinden, so weit wir auch in unserer Vorgeschichte zurückgehen, kann nichts der Sprache vorausgehen und sind wir mühelos durch unsere bloße praktische Selbstbehauptung von der gesprochenen Seele zur sprechenden Seele übergegangen.

Gustaves passive Konstitution hält ihn lange Zeit im Stadium der gesprochenen Seele: ein Sinn wirkt auf ihn wie ein Geschmack oder ein Geruch, er versteht ihn – wenn auch nicht ganz und gar, weil er ihn nicht für sich übernehmen kann; was er von ihm erfaßt, wird ihm auf jeden Fall von den anderen gegeben. Weil er jenen Akt, der das Auffassen [*intellection*] ist, nicht vollziehen kann – jene affirmative

Evidenz, auf die sich unsere Gewißheiten gründen –, ist er auf das bloße Glaubenschenken angewiesen. Die Sätze der Anderen behaupten sich *in ihm*, aber nicht *durch ihn*. Das ist, was man seine Leichtgläubigkeit nennt: er glaubt tatsächlich alles, das heißt, er glaubt nichts, er glaubt nur. Diese Leichtgläubigkeit vermischt sich mit dem, was er später seinen «Glauben ans Nichts» nannte. Trotzdem spricht er Sätze aus, er wiederholt Wörter oder ordnet sie wie Blumensträuße an: er *affiziert sich* mit dem unbestimmten Sinn, der darin zurückbleibt. Solange man ihm keine Abecefibel gibt, merkt niemand, daß er nicht spricht, sondern *gesprochen wird*. Aber von dem Moment an, wo er lesen muß, verwandelt sich die Sprache vor seinen Augen: jetzt gilt es, nach bestimmten Regeln auseinanderzunehmen, wieder zusammenzusetzen, zu bejahen, zu verneinen, zu kommunizieren; man muß ihm nicht nur das Alphabet beibringen, sondern bei dieser Gelegenheit auch die *Praxis*, auf die ihn *nichts* vorbereitet hat: das *pathetische* Kind macht sich an die *Praxis* heran und entdeckt, daß es nicht für sie geschaffen ist. Oder vielmehr, daß es nicht versteht, was man von ihm verlangt. Früher war es natürlich sehr folgsam. Es beugte sich dem Willen der Erwachsenen: Kadavergehorsam. Jetzt verlangt man von ihm, daß es agiert. Der Akt aber – selbst der Akt auf Befehl – ist Souveränität: das heißt, er enthält eine unausgesprochene Gehorsamsverweigerung in sich. Lesen bedeutet für Gustave nicht nur eine Operation, die man von ihm verlangt, ohne ihm die Mittel dazu gegeben zu haben; es ist vor allem ein Exil: gegenüber der Fibel spürt er, daß man ihn aus der sanften dienstbaren Welt der Kindheit vertreiben will.
Er lernt natürlich lesen: wir werden sehen, um welchen Preis. Die Passivität ist sein Los, aber er ist ein Menschenkind, kein Idiot, nicht einmal ein Wolfskind: er ist, wie alle Menschen, Überschreitung, Entwurf; er *kann* agieren. Allerdings hat er dabei mehr Schwierigkeiten als die anderen, auch mehr Widerwillen dagegen; und außerdem *erkennt er sich nicht wieder*, wenn er sich aus Folgsamkeit dazu zwingt, ein *Agierender* zu werden: er verliert sich, verheddert sich in einem Unternehmen, das in ihm ein *Ich* erweckt, das selbst ist und das nicht sein *ego* ist, das die Erwachsenen erwecken und das ihnen eben durch seine Funktion entgeht: die Aktion ist das Unbekannte, die Angst; alles entgleitet, weil er *alles überschreitet* auf ein Ziel hin, das man für ihn festgesetzt hat. Er wird zwar lesen, er wird schreiben, aber die Sprache wird in seinen Augen immer jenes doppelte suspekte Wesen bleiben, das sich alleine in ihm spricht, ihn mit nicht mitteilbaren Eindrücken erfüllt und *gesprochen wird*, wobei es von Gustave verlangt, daß er den anderen etwas mitteilt, wo er ihnen doch buchstäblich nichts mitzuteilen hat. Oder, besser noch, wo doch der Begriff und das Bedürfnis der Mitteilung ihm zwar durch seine Vorgeschichte gegenwärtig, aber in dem Maße fremd sind, wie die Wörter in ihm *andere* sind (von Anderen

herkommen) und das Erlebte nicht bezeichnen können. Von daher kann man, wie wir sehen werden, den besonderen Sinn des *Stils* bei Flaubert ausmachen, das heißt seines zukünftigen Verhaltens gegenüber dem Wort. Vorerst haben wir die Störung nur lokalisiert: in der *aktiven* Welt des Diskurses entdeckt sich das Kind als *passiv*. Hier hört unsere Beschreibung auf: jetzt geht es darum, den Verlauf dieser Geschichte zurückzuverfolgen und im Dunkel der ersten Jahre nach den Gründen für diese Passivität zu suchen.
Ist der Körper dafür verantwortlich? Der Körper entzieht sich unserer Kenntnis. Wir wußten von Anfang an, daß wir die Zwischenfälle seines Lebens im Mutterleib nicht erkennen können. Wenn man uns wenigstens die Meinung der Ärzte über den erwachsenen Flaubert hinterlassen hätte, wenn wir durch die Ergebnisse irgendeiner Untersuchung des Fünfzigjährigen mit Hilfe moderner Spezialisten allmählich bis zu den ursprünglichen Beschaffenheiten des *Somas* vordringen könnten: auch dabei handelte es sich natürlich nur um eine Konjektur; dennoch wäre es nützlich zu erfahren, ob Gustave mit fünfzig Jahren zu hohen Blutdruck hatte, ob man bei ihm Spuren eines sehr frühen Kalkmangels entdeckte usw. Aber wir haben nichts von alldem: die medizinischen Kenntnisse waren um 1875 noch ziemlich primitiv, trotz ungeheurer Fortschritte. Selbst wenn Diagnosen erhalten wären, bestünde keine Hoffnung, daß wir ihnen irgend etwas Nützliches entnehmen könnten. Die Eltern hielten ihn für debil und haben es oft genug gesagt; aber der Organismus? Wer sagt uns etwas über seine Widerstandsfähigkeit oder über seine Schwäche? Der Lebensüberdruß ist sicher: er wird ihn nicht verlassen. Gustave wird ihn durch Gestikulieren und Schreien kaschieren wollen, aber ohne uns zu überzeugen: seine Zeitgenossen erwähnen bis zum Ende, daß er mitten am Tag von völliger Apathie, von Schlafsucht ergriffen wurde. Zweifellos gibt es eine geheime Übereinstimmung zwischen der Apathie dieses großen Kerls – die auf seine organische Konstitution zurückzugehen scheint – und seinen Lethargien, die intentionale Strukturen enthalten. Aber wer beweist, daß diese biologischen Beschaffenheiten, wenn überhaupt vorhanden, primär waren?
Diese Fragen bleiben, allgemein gestellt, noch ohne Antwort. Wie sieht es aus, wenn wir sie spezifizieren? Wenn wir *einen* Toten unter allen – und nicht einen der geschwätzigsten – über den Ursprung dieser ersten psychosomatischen Strukturen befragen?

Übergang zur progressiven Synthese

Diese offenen Fragen zeigen uns, daß wir mit der regressiven Analyse am Ende sind: sie konnte uns nur bis zur phänomenologischen Be-

schreibung einer kindlichen Sensibilität führen. Jetzt müssen wir die Bewegung umkehren: wir müssen uns in die Ursprünge dieses Lebens hineinversetzen, bis zu Gustaves Geburt zurückgehen und sehen, ob wir über diese Vorgeschichte genügend Informationen haben, um eine progressive Synthese versuchen zu können, die die Entstehung dieser Sensibilität nachzeichnet. Von Etappe zu Etappe, vom Nullpunkt dieses individuellen Geschicks bis zu seinem sechsten Lebensjahr.
Wir werden dabei nacheinander auf die verschiedenen Strukturen stoßen, die wir oben dargelegt haben. Das versteht sich ganz von selbst, weil sie uns ja als Leitschemata dienen werden: wenn die Entwicklung der Synthese nicht abwegig ist, muß sie die Geistesabwesenheiten, die Passivität, den Lebensüberdruß, die wir als die Strukturen eines bestimmten, in einem bestimmten Moment erlebten Lebens dargelegt haben, als die Produkte einer Geschichte erklären können. Wir dürfen uns dabei nicht vor Wiederholungen scheuen: der Stoff ist derselbe, er wird nur von anderen Seiten beleuchtet; die «Eigenschaften» des Kindes gehen vom *strukturalen* in den *historischen* Bereich über.
Wir müssen folgenden Skandal zu begreifen versuchen: ein Idiot wird ein Genie. Wir müssen es begreifen, wenn wir nicht Unsinn reden und seine frühen Geistesabwesenheiten zu einem Kennzeichen der Auserwähltheit erklären wollen. Wir müssen es auch aus einem anderen Grund begreifen: unter den früheren Toten, die wir lieben, *kennen* wir letztlich keinen. André Gide, ja: aber das war gestern. Vorgestern, da wissen wir nichts. Das Stillen, die Verdauungs- und Ausscheidungsfunktionen des Säuglings, die Art, ihn zu waschen und trockenzulegen, das Verhältnis zur Mutter: über diese grundlegenden Gegebenheiten wissen wir nichts. Wer es auch immer sein mag, selbst wenn er sich wie Gérard de Nerval als Erwachsener weigerte, sich aus einer wunderbaren und tragischen Kindheit herauszuwagen, wir werden keine Einzelheit darüber erfahren: die Mütter erfüllten ihre Pflichten wie im Schlaf, gewissenhaft, oft liebevoll, aber eher in einer gewissen Routine als bewußt; sie haben nichts darüber gesagt. Will man ein Leben des vorigen Jahrhunderts rekonstruieren, so ist man oft versucht, dessen grundlegende Bestimmungen auf die ersten markanten Fakten zurückzuführen, die Zeugen uns berichten. Ich weiß das aus eigener Erfahrung, denn auch ich habe diesen Fehler gemacht, als ich mich vor einigen Jahren zum erstenmal mit Flaubert beschäftigte. Ich versuchte, seine «passive Aktivität» von der bruchlosen Einheit seiner Familiengruppe her zu *verstehen*. Und das war nicht einmal ganz falsch: wir werden sehen, wie der kleine Junge, als unwesentlicher Modus der Substanz Flaubert, in der Tiefe seines Seins Zustimmung ist und wie diese Zustimmung den stolzen Zusammenhalt der Familie vermittels jedes einzelnen Mitglieds verkörpert. Aber diese Erklärung kommt viel zu spät: das Kind ist bereits von dem hochmütigen und verdrossenen

Arrivismus durchdrungen, den der Chefarzt viel früher seinem ältesten Sohn vermittelt hat; es hat die Lehre der Familienstrukturen durchgemacht, seine Trägheit rührt zugleich daher, daß es die Hierarchie der Flauberts akzeptiert und nicht ertragen kann, die letzte Stufe in ihr einzunehmen. Schon ist der Neid entstanden, das Ressentiment kann jedenfalls zu einem lähmenden Konflikt werden: als Individuum ist es ohne irgendeinen Wert; als Verkörperung der sozialen Zelle teilt es mit den Seinen einen absoluten, aber gemeinsamen Wert. Wir werden das bald sehen: dieser kleine Hinweis zeigt schon, daß Gustaves Intelligenz und Sensibilität bereits in voller Entfaltung sind; um es noch deutlicher zu sagen, wir befinden uns hier bereits am Ende einer langen Entwicklung: er ist neun, vielleicht zehn Jahre alt; zur Fortsetzung des Reifungsprozesses sind neue Faktoren nötig. Eine so hoch entwickelte Affektivität wird entweder bereits passiv sein oder die Passivität bereits ablehnen.

Das war mein Irrtum. Ich übertreibe ihn bewußt: wenn die Dinge so klar wären, wäre die Erklärung der Passivität durch die Zustimmung überflüssig. Man wird sehen, daß sie das durchaus nicht ist. Und zwar deshalb, weil die Passivität *keinen Bestand* hat: sie muß sich ständig neu schaffen oder sich allmählich auflösen. Die Rolle der neuen Erfahrungen ist es, zu erhalten oder zu vernichten. Während der allerersten Jahre hat sich die Passivität *konstituiert*: auf jener tiefen Ebene, auf der das Erlebte, der Signifikant und das Signifikat nicht voneinander trennbar sind. Im Laufe der folgenden Jahre hat dieses Grundmerkmal der Sensibilität die allgemeine Entwicklung des Kindes zweifellos gebremst; es hat sie nicht gänzlich verhindern können, weil es ja ein integrierender Bestandteil der Totalität ist; aber das Ergebnis war ein Hiatus, eine Ungleichheit: die in Gustaves Erinnerung verwurzelte affektive Trägheit, eine zweite Natur und erste Gewohnheit, bleibt hinter der allgemeinen Entwicklung zurück: man bringt dem Kind praktische Verhaltensweisen bei, es ist – und sei es gegen seinen Willen – auf hundert verschiedene Weisen aktiv, es läuft, es spielt, es spricht, es hört und sieht alle sechsjährigen Jungen, und jene als Baby angenommene Säuglingspassivität lähmt sein Gefühl, es *empfindet* pathetisch, was sich vielleicht einer zupackenderen Affektivität besser erschlösse; alles, was erlebt wird, nimmt in ihm eine tiefe, irgendwie schon immer überholte Dunkelheit an, die Lähmung offenbart sein Unvermögen: in diesem bewußteren und rationaleren Stadium der Entwicklung bezeichnet sie nur mehr dürftig sein «In-der-Welt-sein», das nicht bloß eine «Offenheit des Seins» ist – als solche würde sie sich mit passiven Gefühlen abfinden –, sondern seit einiger Zeit auch eine gewisse *praktische* Art, den Dingen entgegenzueilen, sich durch den Horizont sich selbst kundzutun. Es handelt sich dabei nicht um Erwerbungen, sondern um Verdeutlichungen. Gleichviel: der Kleine empfindet seine

Geschichte mit einem vorgeschichtlichen Herzen. Dieses Auseinanderklaffen verlangt von ihm selbst eine Entscheidung: es gilt, entweder alles zu zerschlagen oder alles zu reparieren. Aber diese Verpflichtung wird in eine gefesselte Sensibilität projiziert und kann nur als Schicksal empfunden werden: das Kind befindet sich an einem Kreuzweg von Fatalitäten. Man könnte sich solche Interaktionen, einen solchen Einfluß des Erziehers, der Umgebung und so streng erzwungene Aufgaben denken, daß das Erlebte, von einer Strömung expressiver Großzügigkeit durchzogen, den es kennzeichnenden introvertierten Geiz partiell auflöste, weil es ahnt, daß die Fülle des «Empfindens» die Mitteilung verlangt. In gewisser Weise ist das sogar die Geschichte von jedermann. Aber es ist nicht Gustaves Geschichte: seine Familie ist ein Brunnen, er sitzt auf dessen Grund; Alter und Erziehung hieven ihn langsam hoch: der Eimer hebt sich, aber wie sollte sich die Brunnenwand verändern? Der Verstand festigt sich, Verhaltensweisen werden gelernt, die Erforschung der Umwelt wächst, lauter Mittel, die Familiensituation immer besser zu erkennen, aber nicht sie zu verändern; andrerseits verändert sie sich nicht von selbst: die soziale Zelle ist allzusehr integriert; kurz, eine Schraubendrehung zuviel. Die Folge davon ist, daß Gustaves «Erwachen zur Welt» nur ein Erwachen zur allgegenwärtigen Familie in allen Dimensionen ist: er wird aufwachsend nichts anderes tun, als sie in den verschiedenen Etagen immer als *dieselbe* zu erleben. Die neuen Faktoren sind nichts anderes als aufgeklärte, neu durchdachte frühere Einflüsse, die vermittels eines Verständnisses wirken, das sie präzisiert und erweitert. In bestimmten Fällen könnte man sich denken, daß die Aufklärung eine radikale Veränderung der Haltungen hervorruft – das wäre der Fall bei einem Mißverständnis. Aber es gibt kein Mißverständnis bei den Flauberts: die neuen Bestimmungen sind nichts anderes als die konsolidierten und verschärften früheren Bestimmungen, sie passen sich den immer reichhaltigeren Beziehungen an, die sich zwischen dem reifenden Kind und der es umgebenden Welt knüpfen. So ist die *Apathie* zunächst die Familie, wie sie auf der elementarsten psychosomatischen Ebene von einem *geschützten* Organismus erlebt wird – der Ebene des Atmens, des Saugens, der Verdauungs- und Ausscheidungsfunktionen; nach Veränderungen, die wir zu erahnen versuchen werden, übernimmt Gustave diese Apathie, um aus ihr ein entwickelteres Verhalten zu machen und ihr eine neue Funktion zuzuweisen: die passive Aktion wird Taktik, elastische Abwehr einer besser verstandenen Gefahr, das reine blinde *Empfinden* wird Ressentiment. Wir werden das bald sehen: hier geht es nur darum, den Idealismus zu verwerfen: die grundlegenden Verhaltensweisen *nimmt man nur an*, wenn sie zunächst existieren. Man nimmt, was man hat: die erstbesten Mittel; aus Pflöcken kann man nur Spieße machen. Diese spitzen Waffen werden immer Holzstücke bleiben, und die Tatsache, daß sie aus Holz sind, rührt nicht von ihrer neuen Funktion her, sondern von viel früheren Handlungen, die sie hervorgebracht haben und die von ihnen aufbewahrt werden. So ist es auch mit der pathetischen Trägheit. Wir haben gesehen, daß sie eine noch weiter gehende Integration in das sich entwickelnde System verlangte; aber das ist noch nicht alles: durch ihr bloßes *Dasein* als reine Rezeptivität bietet sie sich als *Mittel* an, macht sich dazu und legt dem Kind nahe, wie es von ihr den besten Gebrauch machen kann. Wenn sie schließlich ganz von der Praxis absorbiert ist und sich als Einheit der erlittenen Sinnlichkeit und der passiven Aktion neu bildet, so wird sie doch ihren archaischen Sinn behalten, so wie der Spieß die Materialität des Pflockes behält, der er einst war: erhalten, überschritten, von neuen und komplexen Bedeutungen durchdrungen, muß sich dieser Sinn notwendig abwandeln. Aber seine Abwandlungen *müssen verstanden werden*: es geht darum, von inneren Widersprüchen einer früheren Totalität und dem aus ihnen entstehenden Entwurf her eine neue Totalisierung zu schaffen.

Das läuft im Grunde auf folgendes hinaus: früher habe ich Gustaves Passivität von seinem inneren Verhältnis zu seiner Familie her interpretiert: diese Interpretation ist zwar nicht falsch: zwischen dem fünften und neunten Lebensjahr haben sich die Dinge tatsächlich so abgespielt; aber ohne die Rekonstruktion der archaischen Grundlagen der Sensibilität hängt sie in der Luft, bleibt abstrakt und relativ unbestimmt. Nicht nur das Verständnis erhält von außen seine Grenzen; der Sinn der Bestimmung selbst entzieht sich der Beschreibung: ich habe gesagt, daß sich im frühesten Alter das Organische und das Intentionale vermischen; so ist der Sinn Materie und die Materie Sinn. Wenn daher jede Einzelperson durch sich selbst die Struktur des Zeichens hat und wenn das totalisierte Ensemble ihrer Möglichkeiten und Entwürfe ihr als ihr Sinn gegeben ist, dann ist in gewisser Weise der verborgene harte Kern dieses Sinnes die früheste Kindheit: die empfangene, erlebte, konsolidierte Apathie der ersten beiden Jahre stützt die passive Aktivität und alle Verhaltensweisen eines Ressentiments *von innen*, sie ist zugleich die Materie des Zeichens, die Undurchsichtigkeit des Signifikats (die geheimnisvolle Überschreitung der Klarheit auf dunklere Bedeutungen hin) und die innere Begrenzung des Signifikanten. Als restriktive Wahrheit und kondensierte Fülle der Erinnerung kommt die vorgeschichtliche Vergangenheit als Schicksal auf das Kind zurück; das ist die Quelle permanenter Unmöglichkeiten, die von den späteren Bestimmungen – zum Beispiel vom In-der-Familie-sein des kleinen Jungen mit neun Jahren – nicht erklärt werden können; und es ist auch durch einen ursprünglichen Synkretismus die Matrix der spezifischsten Erfindungen, die unentwirrbare Vermischung, die von diesen aufgeklärt wird und sie verständlicher macht. Entweder finden wir den Kern, um den sich der Sinn in seiner Besonderheit konstituieren wird, oder die tiefen Ursprünge von Gustave Flaubert und infolgedessen die Struktur seiner Idiosynkrasie werden uns immer entgehen. Ohne die früheste Kindheit baut der Biograph nicht nur auf Sand, er baut mit Nebel auf Dunst. Das dialektische Verständnis kann zwar allmählich bis zu den letzten Momenten eines Lebens vordringen: es beginnt willkürlich mit dem ersten Datum, das die Archive erwähnen, das heißt, es fußt auf Unverständlichem. Und dieses bleibt in ihm aufgehoben als seine ständige Grenze und innere Negation: wenn die Bewegung nicht ihren wirklichen Ausgangspunkt findet, wird sie ihr Ziel niemals erreichen; ich mag noch so ausgeklügelte Zusammenhänge finden, mit Sicherheit die Vergangenheit voraussehen, die die Zukunft meines großen Mannes war, es bleibt, daß ich verstehe, was ich nicht verstehe, und infolgedessen nicht verstehe, was ich verstehe.

Diese Unkenntnis ist mehr oder weniger schwerwiegend: es gibt Menschen, die die Geschichte viel mehr geprägt hat als die Vorgeschichte, weil sie das Kind, das sie gewesen sind, rücksichtslos zerstört hat. Daher sind sie auch nicht ganz und gar einzelne: man findet sie am Kreuzpunkt des Individuellen und des Allgemeinen. Aber Gustave! Sobald er schreibt, haben wir die direkte Erfahrung des Einzelnen. Bei ihm scheint in jedem Augenblick, was er auch tut, der *Sinn* durch: es ist die Einheit der Sinnlosigkeiten, die die rationale und praktische Signifizierung verzögern oder fehlleiten. Und dadurch die Kindheit. Gustave wurde von ihr heimgesucht, wie wir wissen: die Kindheit ist in ihm, er sieht, er berührt sie ständig, die kleinste seiner Gesten bringt sie zum Ausdruck: so ist sie auch uns gegenwärtig, wir erraten sie an den Ticks seiner Schreibweise; aber was das Wesentliche angeht, entgleitet sie uns, es ist eine Leere, die nur ihre Ränder erkennen läßt. Schlagen wir einmal ganz zufällig einen Band seiner Korrespondenz auf, sie springt uns sofort in die Augen, aber wir *sehen* sie nicht.

Das ganze Problem liegt in jenen wenigen Wörtern: Gustave ist niemals aus seiner Kindheit herausgekommen. Er sagt es, wie wir wissen: dieser Erwachsene ist entfremdet in die jämmerliche Mißgeburt, die er war. Will man dagegen Zeugnisse über seine ersten Jahre sammeln, so stößt man auf eine Verschwörung des Schweigens: zunächst, weil niemand auf die Idee gekommen ist, Babies und ihre Mütter zu beobachten; sodann, weil das zurückgebliebene Kind seinen Eltern keine Ehre machte: daher ist der Beginn seines Lebens verborgen geblieben: ein Familiengeheimnis. Unter diesen Umständen müssen wir uns entscheiden: entweder die Nachforschung aufgeben oder überall Indizien zusammentragen, die Dokumente unter einem anderen Gesichtspunkt, einem anderen Licht prüfen und ihnen andere Informationen abringen. Ich entscheide mich für die zweite Möglichkeit. Ich weiß, daß die Ernte mager sein wird. Sollten wir jedoch einige Details erfahren oder die Wichtigkeit bestimmter Fakten entdecken, die wir übersehen hatten, so

müßten wir die progressive Synthese versuchen, Vermutungen anstellen über jene sechs Jahre, die uns fehlen, mit einem Wort, eine Verständnishypothese entwickeln, die die neuen Fakten durch eine kontinuierliche Entwicklung mit den Störungen des sechsten Lebensjahres verbindet. Die Wahrheit dieser Rekonstruktion kann nicht bewiesen werden; ihre Wahrscheinlichkeit ist nicht meßbar: mit etwas Glück werden wir zwar über alles, was wir wissen, Aufschluß geben können. Aber dieses Alles ist wenig: fast nichts. Lohnt sich denn soviel Mühe, um letzlich zu einer so ungewissen und lückenhaften Hypothese ohne endgültige Wahrscheinlichkeit zu gelangen?
Ja. Unumwunden. Ich werde gleich sagen, warum, weil ich in der Schlußfolgerung noch darauf zurückkommen werde. Ein Leben ist bekanntlich eine zu allem möglichen verwendete Kindheit. Alle späteren Verhaltensweisen Flauberts erfordern also unser hypothetisches Verständnis: in alle Äußerungen seiner Idiosynkrasie wird man die hypothetische Rekonstruktion des frühesten Alters eingehen lassen, die Lücken, auf die wir hingewiesen haben, wird man mit jenen verschwundenen und wiedererfundenen Jahren ausfüllen, man wird in der Lage sein müssen, zu dieser Sensibilität jenen verborgenen Kern wiederzufinden, in dem der erlebte Körper und der Sinn sich vermischen, jene Ununterschiedenheit, die *empfunden* wird als die *körperliche* Textur der Leidenschaften. Wir werden also nicht ein Mal, sondern auf allen Seiten dieses Buches gefordert sein: die Verständnissynthese ist erst mit dem Tod beendet. Wenn unsere Rekonstruktion nicht streng ist, so wird ihr mit Sicherheit sofort hart zugesetzt werden. Gehen wir noch weiter: von überall her verlangt, gegeben, dem stärksten Druck ausgesetzt, muß sie entweder zusammenbrechen oder ein Stück Wahrheit enthalten. Vergessen wir vor allem folgendes nicht: vom dreizehnten Lebensjahr an spielt man mit offenen Karten, Gustave schreibt Bücher und Briefe, es gibt ständige Zeugen seines Lebens; unmöglich, mit so bekannten, meist von mehreren Zeugen zugleich berichteten Fakten oder mit den Selbstinterpretationen Flauberts frei umzuspringen: die Realität dieses Lebens und dieses Werks zwingt sich auf, sofern man es nur liest. Seine Dichte und seine Strenge machen in jedem Augenblick den Beweis seiner *Wahrheit* aus: wir aber werden bei unserem Versuch, das Erlebte durch das schwache Licht des frühesten Alters zu beleuchten, sehen, ob die langwierige Erfahrung des Knaben, des jungen Mannes und des Erwachsenen gegenüber unserer Hypothese allergisch ist, sie duldet oder sie assimiliert und sich durch sie in sich selbst verwandelt. So wird also Flauberts Geschick, je mehr es sich seinem Ende nähert, diese wiedergefundene Kindheit auf die Probe stellen und rückschauend über ihre Wahrscheinlichkeit entscheiden. Diese Hoffnung genügt mir: ich wage den Versuch.
Die besonderen Züge des sechsjährigen Kindes haben wir festgehalten

und beschrieben; man kann sie auf zwei Grundbestimmungen reduzieren: die eine ist der *pathetische* Charakter seiner Sensibilität; die andere ist eine gewisse «Seinsschwierigkeit», in der sich ein psychosomatisches Unwohlsein äußert. Wenn diese Veranlagungen sich im Laufe seiner Vorgeschichte herausgebildet haben, so müssen sie eine Störung der ursprünglichen Beziehung wiedergeben, die das Kind, ein aufblühendes Fleisch, mit Genitrix verbindet, der Frau, die Fleisch wird, um das Fleisch von ihrem Fleisch zu ernähren, zu pflegen, zu liebkosen. Wir müssen also dieses Leben bis zu dem ersten Moment zurückverfolgen, wo eine Frau sich zum Fleisch macht, damit ein Fleisch zum Menschen gemacht wird.

Ich erinnere zunächst an allgemein bekannte Fakten: wenn die Mutter einen Säugling stillt oder reinigt, drückt sie sich, wie jedermann, in ihrer Wahrheit einer *persona* aus, die natürlich ihr ganzes Leben seit der Geburt in sich zusammenfaßt; zugleich verwirklicht sie ein je nach den Umständen und den Individuen variables Verhältnis – deren *Subjekt* sie ist und das man Mutterliebe nennen kann. Ich sage, daß das ein Verhältnis ist und nicht ein Gefühl: die eigentliche Zuneigung äußert sich ja in Taten und mißt sich an ihnen. Aber durch diese Liebe und durch die Person selbst, je nachdem, ob sie geschickt oder ungeschickt, brutal oder zärtlich, kurz, so ist, wie sie durch ihre eigene Geschichte wurde, wird das Kind auch sich selbst gegenüber manifestiert. Das heißt, es entdeckt sich nicht nur durch seine Selbsterforschung und seine «doppelten Empfindungen», sondern es erfährt seinen Körper durch äußere Berührungen, dadurch, daß er gedrückt, gestreift, gestoßen wird, oder durch eine sachverständige Vorsicht: es lernt seine Glieder als gewalttätig, freundlich, schief, gehemmt oder frei kennen je nach der Gewalttätigkeit oder Freundlichkeit der Hände, die es wecken. Es lernt auch durch seinen Körper einen anderen Körper kennen: aber etwas später. Zunächst verinnert es die mütterlichen Rhythmen und Arbeiten als erlebte Eigenschaften seines eigenen Körpers. Was heißt das genau? Der hin und her bewegte Körper, der sich in seiner Passivität mittels einer fremden Entdeckung entdeckt, wenn er zum Beispiel unvorsichtig auf den Rücken oder auf den Bauch gelegt, zu früh von der Mutterbrust weggenommen wird, als was entdeckt er sich eigentlich? Als brutal oder brutalisiert? Werden die Mißverhältnisse und Schocks zum gehemmten Rhythmus seines Lebens oder ganz einfach zu einer ständigen Reizbarkeit seines Körpers, die große zukünftige Wutanfälle, eine zwangsläufige Gewaltsamkeit versprechen? Nichts ist im voraus entschieden: die totale Situation entscheidet darüber, weil *die ganze Mutter* sich in das Fleisch von ihrem Fleisch projiziert: ihre Gewaltsamkeiten sind vielleicht nur Ungeschicklichkeiten, während sie ihn quetscht, spricht sie vielleicht weiter, singt dem Kind etwas vor, das noch nicht spricht, vielleicht erfährt es, sobald es sehen kann, seine eigene körperliche Einheit durch das Lächeln, das sie ihm zuwendet; vielleicht aber tut sie auch nur, was unbedingt nötig ist, nicht mehr und nicht weniger, schlecht und gewissenhaft, ohne den Mund aufzumachen, allzu belastet mit einer Pflicht, die ihr nicht behagt. Die Folgen werden im einen und im anderen Fall ganz unterschiedlich sein. Aber in beiden Fällen wird der Säugling, der jeden Tag durch die Pflege, die man ihm angedeihen läßt, geformt wird, von seinem passiven «Dasein» durchdrungen, das heißt, er verinnert die mütterliche Aktivität als die Passivität, die alle Triebe und inneren Rhythmen-Wünsche bedingt, Geschwindigkeiten, angesammelte Stürme, Schemata, die zugleich organische Konstanten und unartikulierbare Begierden offenbaren – kurz, seine eigene Mutter, die im tiefsten Innern dieses Körpers steckt, wird zur *pathetischen* Struktur der Affektivität.

Das genügt nicht, und Margaret Mead hat gezeigt (in: *Male and Female*, 1949), wie in bestimmten Gesellschaften die Aggressivität des Erwachsenen von der Art abhängt, wie er als Baby ernährt worden ist. Diese Art kann durch Sitten geregelt sein: in dem einen Fall wird er vollgestopft; in dem anderen wird er unwillig ernährt, nachdem man ihn eine Weile hat schreien lassen. In unserer bürgerlichen Gesellschaft ist das Stillen nicht mehr durch Sitten geregelt, sondern durch medizinische Vorschriften rationalisiert: dennoch hängt es von den Familiengruppen und den Individuen ab. In einem Alter, wo der Hunger sich nicht vom sexuellen Verlangen unterscheidet, bedingen Ernährung und Hygiene die ersten aggressiven Verhaltensweisen, das heißt, das Bedürfnis reißt den Säugling von den passiven Erregungen und den Ohnmachten des «Pathetischen» los; als erste Negation und erster Entwurf stellt die Aggressivität zugleich die Transzendenz unter ihrem elementarsten Gesichtspunkt, die primitive Beziehung zum Anderen und die vorgeschichtliche Form des Handelns dar. So wird verständlich, daß ihrer Natur und ihrer Intensität nach – das heißt dem Verhalten der Mutter nach – das Kind in der Folge mehr oder weniger passiv wird bis in seine wesentlichen Aktivitäten, mehr oder weniger aktiv bis in die bloße Entfesselung der Leidenschaften hinein. Außerhalb der eigentlich organischen Funktionen disponiert die Mutter den Säugling entweder zu ausbrechender oder zu ohnmächtiger Wut, zu Ängsten, die fliehen, die angreifen oder die lähmen, kurz, zur Vorherrschaft des *Pathetischen* (erlittene innere Emotion) oder des *Praktischen* (entäußerte Gewalt, Aufwallungen, die sich in einer Aggression überschreiten).

Die Rolle des Körpers als vorexistierende Gegebenheit ist selbst variabel: der Organismus kann sich unter der Einwirkung rein physiologischer Faktoren der passiven Emotivität «öffnen»; die Beschaffenheit des Nervensystems – in Verbindung mit dem «Temperament» – kann die passiven Regungen und die Selbstaufgabe erleichtern, ja sogar hervorrufen; diese prinzipielle Priorität wird es vielleicht der Passivität ermöglichen, sich öfters in zweideutigen Fällen durchzusetzen, wenn die Verhaltensweisen der Mutter in sich selbst nicht dazu angetan sind, dem Kind die Aggressivität zu nehmen. Wenn umgekehrt die somatischen Gegebenheiten dafür ungünstig sind, kann die Mutter beim Kind die *pathetischen* Erregungen nur durch typische und radikale Aktionen fördern: das heißt, es gibt Schwellen zu überschreiten und vielleicht Türen einzutreten. Und manchmal leistet die Tür Widerstand, ist die Schwelle unüberschreitbar. So verlangen in bestimmten Fällen die *organischen Veranlagungen* vom Säugling eine Verhaltensweise, die von den konfusen oder widersprüchlichen *Verhaltensweisen der Mutter* kaum in seinem Körper angedeutet werden können. In anderen Fällen sind diese so streng, geht deren Sinn so leicht in den Körper ein, daß die induzierten Reaktionen – in Form und Inhalt – in starkem Maße von ihnen *abhängen* (sie rückentäußern das verinnerte Verhalten), wenn auch nicht *trotz* der körperlichen Konstitution, doch zumindest *dank* der körperlichen Neutralität. Durch unendliche Abstufungen gerät man von einem Extrem zum anderen. Das gewöhnliche Verhalten ist verschwommen: weder die Mutter noch die Natur haben irgend etwas präzisiert, daher *neigt man meist* nur in eine Richtung und manchmal in die andere; in jedem Verhalten ahnt man die ungefähren Veranlagungen, die es regeln, bevor eine spontane Umgestaltung sie auf ursprüngliche Ziele hin überschreitet. Und zweifellos kann das Zusammentreffen bestimmter somatischer Veranlagungen und endgültiger Belastungen – verinnerte Verhaltensweisen der Mutter – zu Beginn als ein Zufall aufgefaßt werden. Aber bei der *persona* ist der Zufall selbst sinngebend; das heißt *im allgemeinen*, daß die Existenz die Faktizität übernimmt, ohne daß es ihr gelingt, sie zu begründen, und daß in jedem besonderen Fall jedes Individuum als *Mensch eines Zufalls* (insignifikant[9]) oder *eines gewissen Zufalls* (übersignifikant) erscheinen können muß; das erklärt uns Stéphane Mallarmé in *Un coup de dés*. Der Würfelwurf wird den Zufall niemals aufheben, denn er enthält den Zufall in seinem praktischen Wesen; dennoch führt der Spieler eine Handlung aus, er wirft seine Würfel in einer ganz bestimmten Art, er reagiert auf die eine oder andere Weise auf die geworfenen Zahlen und versucht dann, sein Glück oder Pech zu benutzen: das heißt den Zufall leugnen und eigentlich ihn in die *Praxis* integrieren als ihr unauslöschliches Kennzeichen. So ist das Kunstwerk zugleich Zufall und Konstruktion und um so

9 Ein insignifikanter Mensch ist ebenso voll und ganz Signifikat und Signifikant wie sein Nachbar, selbst wenn dieser das «originale» Produkt einer extravaganten Kindheit ist. Alle Signifikationen der menschlichen Welt bestimmen seine Insignifikanz, und sei es durch Entzug. Durch seine psychosomatische Realität ist er gezwungen, die *Insignifikanz* durch seine Entwürfe zu signifizieren; umgekehrt machen die anderen und die Welt daraus einen *signifizierten Insignifikanten.*

zufälliger, je sorgfältiger es errichtet wurde: Nicolas de Staël hat unter anderem deshalb Selbstmord begangen, weil er diesen unumgehbaren Fluch des Künstlers verstanden hat und daß dieser die Kontingenz weder zurückweisen noch akzeptieren kann. Eine Lösung ist: die ursprüngliche Kontingenz zum Endziel der konstruktiven Strenge machen. Nur wenige Künstler können sich dazu entschließen.[10] Diese Dialektik von Glück und Notwendigkeit vollzieht sich jedoch frei und ohne irgend jemanden zu stören in der reinen Existenz eines jeden (das heißt im Erlebten, das sich als Praxis überschreitet, und in der Praxis, insofern diese sich ständig in dem sie nährenden Milieu des Erlebten bewegt). Ich begreife mich zur gleichen Zeit als Mensch des Zufalls und als Sohn meiner Werke. Bald mache ich aus meinen Handlungen und meinen Möglichkeiten meine unmittelbarste Wahrheit, bald erscheint mir die Wahrheit meiner Praxis in der Verborgenheit der Chancen, die mich zu dem machen, als der ich mich erleben muß. Aber weder in der einen noch in der anderen dieser extremen Haltungen sind Glück und Vorhaben voneinander getrennt. So wie man es bei Verliebten sieht: für sie ist der geliebte Gegenstand Zufall; sie versuchen ihn auf seinen ersten Zufall zu reduzieren, und gleichzeitig verlangen sie von diesem Produkt einer Begegnung, daß es ihnen seit eh und je zugeeignet worden sei. Was *wir* hier suchen, ist das Glückskind, die Begegnung eines bestimmten Körpers mit einer bestimmten Mutter: eine nicht verständliche Beziehung, weil sich zwei Reihen kreuzen, ohne daß man diese Kreuzung begründen könnte; und zugleich primäres Verständnis, verständliche Begründung jeden Verständnisses: diese elementaren Bestimmungen sind ja weit davon entfernt, sich nur äußerlich zusammenzutun oder zu affizieren, sie sind vielmehr unmittelbar in das synthetische Feld einer lebenden Totalisierung eingeprägt; voneinander untrennbar, bieten sie sich, sobald sie auftauchen, als Teile eines Ganzen dar: das heißt, jede ist in der anderen, zumindest in dem Maße, wie der Teil eine Verkörperung des Ganzen ist. Wir haben schließlich den Verlauf dieses Lebens bis zu seinem Anfang zurückverfolgt: wir werden es über den ersten überschrittenen Zufall befragen, das heißt über den Grundzug seines Schicksals.

Aber wie wir gesehen haben, führt uns diese Nachforschung zur *persona* der Mutter: was das Kind in den beiden ersten Jahren seines Lebens verinnert, das ist Genitrix ganz und gar; das heißt nicht, daß es ihr ähneln wird, sondern daß es in seiner nicht zurückführbaren Besonderheit durch das geschaffen sein wird, was sie ist. So sind wir also zum Verständnis der Passivität, mit der Gustave geschlagen ist, auf die persönliche Geschichte von Caroline Flaubert verwiesen. Und nicht

10 Flaubert gehört zu ihnen, wie wir noch sehen werden; das macht die Größe seines Werkes aus.

allein darauf, sondern auf die Beziehungen, die diese mit ihrem Gatten unterhält, mit ihrem ersten Sohn, mit den Söhnen, die sie später geboren hat und die gestorben sind. Das impliziert natürlich, daß wir *zunächst* die Grundzüge von Achille-Cléophas Flaubert, dem Vater, aufzeigen müssen und die des großen Bruders Achille, und da diese Familie eine soziale Zelle ist, die die Institutionen der Gesellschaft, die sie hervorgebracht hat, in ihrer Weise und durch ihre besondere Geschichte zum Ausdruck bringt, müssen wir zugleich die Grundstrukturen dieser kleinen Gruppe feststellen, die auf Grund der allgemeinen Geschichte, die sie widerspiegelt, so fest integriert ist. Denn in diesem Milieu, das aus der Trinität Vater-Mutter-älterer Sohn zusammengesetzt ist, wird Gustave auftauchen, und das Selbst-sein des Grüppchens wird er zunächst *vermittels der Mutter* verinnern müssen und der Pflege, die sie ihm angedeihen läßt. Eine verschwommene, undurchsichtige Verinnerung, weil ja Caroline auf ihre Weise, das heißt ebenfalls vermittels ihrer Vorgeschichte, die familiären Bestimmungen ausdrückt, mit denen sie ihn prägen wird. Mit anderen Worten, unsere einzige Chance, die primäre Beziehung des Säuglings zur Welt und zu sich selbst zu verstehen, liegt darin, daß wir die Geschichte und die Strukturen der Zelle Flaubert *objektiv* rekonstruieren. Wir werden eine erste progressive Synthese versuchen und, wenn möglich, von den objektiven Merkmalen dieser Zelle, das heißt ihrer Widersprüche, zu Gustaves ursprünglicher Bestimmung übergehen – die zunächst *nicht mehr und nicht weniger* ist als die Verinnerung der familiären Umgebung in einer objektiven Situation, die sie von außen und schon *vor* seiner Empfängnis als *Besonderheit* bedingt.[11]

11 Ohne auf die Details eingehen zu wollen – wir werden noch darauf zurückkommen –, versteht es sich von selbst, daß Gustave, noch bevor er empfangen wurde, nur ein *jüngerer Bruder* sein konnte.

II. Der Vater

Als Gustave 1821 auf die Welt kommt, regiert Ludwig XVIII. seit sechs Jahren, und die Klasse der Großgrundbesitzer hat sich zum großen Teil neu formiert: während der fünfzehn Jahre Restauration wird sie die industrielle Entwicklung bremsen: diese bleibt in der ersten Hälfte des Jahrhunderts spürbar hinter der Englands zurück. Trotzdem hält und verbessert die bürgerliche Klasse oft ihre Positionen. Die beiden feindlichen Klassen praktizieren eine Art Übereinkunft und stellen ein provisorisches Gleichgewicht her dank der Zollpolitik, die sie beide der Regierung aufzuzwingen ein Interesse haben: man muß sowohl bestimmte Manufakturisten (Eisen, Stahl, Textilien) als auch alle Agrarier vor der ausländischen Konkurrenz schützen. Zwischen der aufsteigenden Klasse und der untergehenden Klasse der Großgrundbesitzer konnte es nur zu einem Kompromiß kommen; aber dieser Kompromiß war notwendig für eine Bourgeoisie, die durch ihre zahlenmäßige Schwäche und durch die des Proletariats gehandikapt war. Bei der Volkszählung von 1826 kamen auf eine Gesamtzahl von 32 Millionen Einwohnern ungefähr 22 Millionen Franzosen, die direkt oder indirekt von der Bodenbearbeitung lebten.

Die Schutzzollpolitik ist also das Feld der Übereinstimmung. Einerseits sind nämlich die Großgrundbesitzer Malthusianer: sie wollen das Getreide teuer verkaufen und kümmern sich in keiner Weise um eine Erweiterung des Marktes: die alten Anbaumethoden (Dreifelderwirtschaft usw.) werden beibehalten oder wieder eingeführt. Erst 1822 taucht die erste Dreschmaschine auf. Zwar führen die ehemaligen Emigranten – die Geld haben – auf ihren Gütern bestimmte Neuerungen ein, die zur Steigerung der Produktivität führen. Aber die Produktion wächst deshalb nicht: es geht nur um Senkung der Kosten bei gleichzeitiger Beibehaltung der Preise. Die Industriellen dagegen beklagen sich nicht allzu sehr über die Lebenshaltungskosten; einer von ihnen schreibt sogar, daß der Arbeiter besser arbeitet, wenn das Brot teurer ist. Ebensowenig wie die «Agrarier» denken sie daran, die Produktion zu erhöhen. Der Kapitalismus bleibt vorsichtig und im familiären Rahmen: er begnügt sich mit den alten Märkten; niemand käme auf die Idee, durch Angebot Nachfrage zu schaffen. Die Verwendung von Maschinen breitet sich sehr langsam aus. Der Industrielle will seine Produktion übersehen können und eine kalkulierbare, begrenzte Nachfrage befriedigen. Handwerker und Arbeiter ermutigen ihn in gewisser Weise dazu: jene hochqualifizierten Arbeiter haben Angst vor Disqualifizierung und Arbeitslosigkeit: sie kämpfen gegen die Maschine, wo immer man sie einführt. 1825 wird im Departement Seine-Inférieure die Baumwollweberei noch ganz mit der Hand betrieben. So kommt es nur selten zu Arbeiterkonzentrationen; die Landflucht ist

praktisch gestoppt, das Kleinbürgertum, bestehend aus Handwerkern, Kaufleuten, Ladenbesitzern, ist zahlenmäßig sehr groß.
Die besitzenden Klassen können sich jedoch nur über die Zollpolitik einigen. Auf allen anderen Gebieten bekriegen sich Bürger und Großgrundbesitzer in einem nicht offenen, aber heftigen Kampf. Die Großgrundbesitzer sind Parteigänger einer autoritären Monarchie, die sich auf den Adel – das heißt auf sie – stützen und den Katholizismus als Staatsreligion durchsetzen soll. Halb offizielle Organisationen (die berühmteste ist die *Congrégation*) übernehmen die religiöse und politische Propaganda, die Bespitzelung und Einschüchterung des Gegners. Die reichen Bürger würden sie gewähren lassen, obwohl sie voltairianisch eingestellt sind. Für sie zählt vor allem die ökonomische Freiheit, die ihnen die Revolution gebracht hat. Unter Karl X. gerät die Situation aus dem Gleichgewicht, als die Ultras das Zunftwesen wieder einführen wollen. In dieser Zeit hat nämlich die Industrie- und Handelsbourgeoisie zwei genau definierte Ziele: die Intervention des Staates und die Vereinigung der Arbeiter verhindern; die Regierung in dem Maße kontrollieren, wie die Politik auf die Wirtschaft einzuwirken droht. Auf dieser Grundlage haben ihre Theoretiker jene noch heute virulente, obwohl überholte Ideologie des Liberalismus geschaffen. Industrielle, Kaufleute oder adlige Großgrundbesitzer sind sich nur in einem Ziel einig: Die anderen Klassen von der Macht fernhalten! Auf 10 Millionen Steuerzahler und 32 Millionen Einwohner kommen 96 000 Wähler und 18 561 Wählbare. Diese ganze vom öffentlichen Leben ausgeschlossene, dahindämmernde, von Niederlage und Besetzung tief getroffene Nation schien in einer Art ländlicher Immobilität erstarrt zu sein; überall nahm man wieder die traditionellen Haltungen gegenüber Leben und Tod an. Während sich in England die Geburtenziffer verdoppelt und verdreifacht, bleibt sie in Frankreich zwischen 1801 und 1841 bei ungefähr 55 pro 10000 stehen; die Sterblichkeitsziffer sinkt von 1789 (33 %) bis 1815 (26 %) erheblich, bleibt aber während der Restauration ohne große Veränderung; 1789 stellte die Stadtbevölkerung 20 % der Gesamtbevölkerung dar, 1850 sind es 25 %.
Die sogenannten «Mittelklassen» bekommen jedoch die Mängel des Regimes stark zu spüren: sie leiden zugleich unter der Verteuerung, dem Wahlsystem, das sie von den öffentlichen Angelegenheiten fernhält, und unter der Konkurrenz der Großindustrie. Aus ihren Reihen kommen die heftigsten Gegner des Zensuswahlsystems und später die Republikaner. Zu den oberen Schichten dieser Mittelstände gehören die Rechtsanwälte und Ärzte und ganz allgemein alle, die einen «freien» Beruf ausüben und die man damals auch *capacités* nennt. Die meisten von ihnen haben unter dem Empire eine positivistische wissenschaftliche Ausbildung erhalten, die sie in Gegensatz zur Ideologie der herrschenden Klasse bringt. Sie sind von der Entchristlichungswelle erfaßt

worden, die um 1789 vom reichen Bürgertum ausging. Sie haben bei dem Kompromiß, der den grundlegenden Gegensatz der oberen Klassen verschleiert, nichts zu gewinnen. Außerdem haben sich diese beiden Klassen geeinigt, ihnen den Zugang zur Macht zu versperren. Dennoch können sie sich anfangs kaum entschließen, gegen Herren zu kämpfen, deren Diener und Komplizen sie zugleich sind. Denn einmal leben sie ja von der Grundrente der einen und vom Profit der anderen. Vor allem aber ist die «Mittelklasse», deren zahlenmäßiges Wachstum erst jüngsten Datums ist, in ihre inneren Widersprüche verstrickt. Wir brauchen uns nur das Beispiel von Achille-Cléophas anzusehen, dem Vater Gustave Flauberts.

Dieser «bedeutende» Mann ist wahrscheinlich nicht wahlberechtigt und sicherlich nicht wählbar; mit anderen Worten, der Chefarzt des Krankenhauses von Rouen ist ein passiver Staatsbürger. Er scheint jedoch das Mißverhältnis zwischen seinen technischen Fähigkeiten und seiner Bedeutung im politischen Leben der Nation nicht besonders tief zu empfinden. Er hat ja seine Jugend unter einem autoritären Regime verbracht und verdankt alles Napoleon. Napoleon oder besser dem Krieg: den Bedürfnissen der revolutionären und kaiserlichen Armeen. Das Empire mußte nicht nur Sachkenntnisse mobilisieren, es mußte auch Begabungen fördern. Die Eltern von Achille-Cléophas sparen sich das Brot vom Munde ab, um ihm sein Studium in Paris bezahlen zu können. Er erweist sich dort als ein so ausgezeichneter Student, daß ihm auf Anordnung des Ersten Konsuls seine Kosten ersetzt werden, was dem jungen Mann ermöglicht, sein Medizinstudium zu beenden. Wenn wir seine Dissertation über «Die Behandlung von Kranken vor und nach chirurgischen Eingriffen» lesen, die am 27. September 1810 der Medizinischen Fakultät vorgelegt wurde, so sehen wir, daß er selbstsicher in den Streit eingetreten ist, den Chirurgen und Mediziner das ganze 18. Jahrhundert lang miteinander geführt hatten und der noch andauerte. Als die Chirurgen mit langer Robe und die Chirurgen mit kurzer Robe – die Bader – sich unter dem Titel «Vereidigte Chirurgenmeister und Bader» in einer gemeinsamen Zunft zusammengeschlossen hatten, die sich damit das Recht nahm, diese beiden Aufgaben, Beine amputieren und «Haare scheren», miteinander zu vereinen, hatten sich die Ärzte das zunutze gemacht, um ihnen die Verteidigung von Doktorthesen, den Titel von Professoren und die Verwendung des Lateinischen zu untersagen. Der ganze Berufsstand fiel in einen tiefen Mißkredit, von dem ihn das königliche Edikt von 1743, das ihm seine Rechte zurückgab, nicht gänzlich befreien konnte. Erst die Revolutionskriege und das Empire brachten eine Wende. Der Aufstieg von Achille-Cléophas war ein doppelter: er stieg nicht nur von einer Klasse zur anderen auf, sondern er trat auch in einen Berufsstand ein, der sich in voller Entfaltung befand. Wenn er an dem Streit teilnimmt, so

geschieht das in der Absicht, ihn endgültig abzuschließen: er kann es sich erlauben, weil er zugleich Arzt und Chirurg ist. Die Einführung seiner Dissertation bezeugt die Größe seines Ehrgeizes: «Der Chirurg, der sich als so groß erweist bei den Betätigungen der Operation, zu der präzise anatomische Kenntnisse, eine sichere Hand, eine Geübtheit fast aller Sinne und Geistesschärfe nötig sind, wird es erst dann wirklich, wenn zu diesen unschätzbaren Vorzügen noch die des Physiologen und Arztes treten, so daß er die allgemeine Beschaffenheit seines Gegenstandes, die partielle Beschaffenheit seiner Organe, den Einfluß aller Dinge, die zu seinem Kranken in Beziehung stehen können, betrachtet und vor und nach der Operation alle Mittel herauszufinden sucht und anwendet, die deren Ausgang zu einem glücklichen machen können: nur dann verdient er den Titel eines Chirurgen oder Operationsarztes; er verbindet zwei Wissenschaften, die Medizin und die Chirurgie, miteinander, die immer zusammen marschieren wollen und die schwach werden und straucheln, sobald sie getrennt sind ... Seine Funktionen erstrecken sich auf die Zeit vor, während und nach der Operation: in der ersten Phase ist er Arzt, in der zweiten Chirurg, in der dritten wird er wieder Arzt.»
Diese heute selbstverständlichen Grundsätze wurden, wie er selbst sagt, zu seiner Zeit «allzusehr vernachlässigt». Er gibt zu, daß die meisten seiner Kollegen sich nicht darum kümmerten: «Obwohl man von den Chirurgen sagen kann, daß sie die Aufmerksamkeit, die man den Kranken vor und nach der Operation widmen muß, allzusehr vernachlässigt haben, und ihnen teilweise den Vorwurf machen muß, den man jenem Bruder Jacques de Beaulieu gemacht hat, der die Menschen, die er operierte, niemals vorbereitete und ihre Heilung nach der Operation allein Gott überließ ...» Mit anderen Worten, alle Ärzte sind nicht Chirurgen, aber alle Chirurgen müssen Ärzte sein, und wenn sie es sind, gelangen sie zur «wahren Größe». Sie kennen die Anatomie und die Physiologie, die chirurgischen und medizinischen Techniken und verbinden ihr Wissen mit manueller Geschicklichkeit, Schärfe der Sinne und Seelenstärke. Das ist das Porträt von Achille-Cléophas, der damals Prosektor im Krankenhaus Humanité (Hôtel-Dieu) von Rouen ist. So ist er, so will er sein, und er hofft, daß er auf diese Weise sowohl die höchste Stufe seines Berufs erreichen als auch seine Kunst vorwärtsbringen kann.
Aus einer gewissen Treue gegenüber dem Regime, das ihm seine Chance gegeben hatte, blieb Achille-Cléophas bis 1815 der Politik und dem aktiven Liberalismus fern. Dennoch war er kein Bonapartist; und die Restauration änderte seinen Status nicht spürbar. Aber seine Tätigkeiten als Chirurg und Wissenschaftler hatten ihn seit langem der Religion entfremdet. Hatte er den materialistischen Atheismus des 18. Jahrhunderts angenommen? Wir wissen es nicht. Sicher ist nur – seine Anspie-

lung auf Bruder Jacques de Beaulieu und andere Passagen der Dissertation zeigen es –, daß er antiklerikal war.[12] Unter der Restauration galt er als liberal, verkehrte mit Republikanern und konnte sich offenbar nicht verbeißen, das neue Regime zu kritisieren, denn er wurde Gegenstand einer Ermittlung; seine Ideen erschienen jedoch nicht als sehr gefährlich: die Ermittlung wurde eingestellt, und er wurde nicht mehr belästigt. Kurz, er hatte seine *Meinung*, aber er engagierte sich nicht. Denn dieser Intellektuelle ist in mehrfacher Weise eng an die Großgrundbesitzerklasse gebunden: sein Vater, ein Landtierarzt, war ein erbitterter

12 In dieser Dissertation finden sich mehrere charakteristische Züge des Doktor Flaubert:
A. Dieser Chirurg versteht sich als einen Humanisten und verteidigt ein Prinzip, das heute für alle Ärzte zum Gemeingut geworden ist: *Nunquam, nisi consentiente plane aegroto, amputationem suscipiat chirurgus.* Aber diesem Humanismus gelingt es kaum, seinen autoritären Patriarchalismus zu kaschieren: um die Zustimmung des Patienten zu erhalten, ist es das beste, sagt Achille-Cléophas *expressis verbis*, ihn zu belügen. In folgendem Absatz kann man es drastisch lesen:
«Oft bestimmt man den Kranken dazu, sich dem Instrument anzuvertrauen, indem man ihm sagt, man wolle nur ein oder zwei Einschnitte vornehmen, um der Operation selbst vorzubeugen . . . So habe ich mehrfach gesehen, wie Herr Laumonier, bei dem die rührendste Sensibilität sich mit der Kaltblütigkeit verbindet, die den Operationsarzt auszeichnet, seine Kranken dazu bestimmte, indem er ihnen versprach, nur in die Haut zu schneiden, um ihnen eine Bauchoperation oder etwas anderes zu ersparen. Unterlassen wir es niemals, das Gemüt unserer Kranken gut vorzubereiten, und denken wir an jene Regel von Callisen: *Nunquam, nisi consentiente plane aegroto, amputationem suscipiat chirurgus.*»
Der Anfang dieser Passage hat nämlich kein anderes Resultat, als die Formel von Callisen, die seine Schlußfolgerung sein soll, zu entwerten. Es geht gar nicht darum, den Kranken dazu zu bestimmen, sich wirklich dem Arzt anzuvertrauen, sondern ganz im Gegenteil darum, ihn zu betrügen, indem man ihm weismacht, daß man ihn gar nicht operieren wird.
B. Die Dissertation wimmelt – das war damals üblich – von Zitaten: La Fontaine, Grasset, Delille usw. Wir dürfen nicht glauben, daß der Doktor Flaubert – der in einem Brief an seinen Sohn ebenfalls Montaigne zitiert – ungebildet gewesen wäre. Aber diese Zitate sind in seiner Zeit so bekannt, daß man sich gut vorstellen kann, daß der Chirurg kaum liest und sein ganzes Leben lang mit dem winzigen literarischen Gepäck ausgekommen ist, das er während seiner Studienzeit erworben hatte.
C. Als guter Materialist zögert er nicht zuzugeben, daß die Sexualität ein Bedürfnis ist: «Der verführerische Reiz der Wonnen der Liebe ist für den gesunden Menschen ebenso gebieterisch wie der, der ihn treibt, seinen Hunger und Durst zu stillen.» Zweifellos ist hierin einer der Einflüsse zu sehen, die Gustave dazu bringen, über «das wackere Geschlechtsorgan» zu theoretisieren. Als *Befriedigung eines Bedürfnisses* verabscheut der jüngere Flaubert den Geschlechtsakt.

Royalist; so hatte der Doktor Flaubert seine Kindheit unter Bauern verbracht; seine Brüder waren übrigens Tierärzte geblieben. Allein seine Intelligenz hatte ihn ausgezeichnet, oder, besser, der Staat hatte ihn von seinen Kameraden und seinesgleichen getrennt und ihn plötzlich über sie erhoben. Der Stand des Tierarztes war und blieb bis zum Ende seine frühere Zukunft, jenes *Sein*, das aus dem Schoß des Ancien régime und der Familienvergangenheit zu ihm kam und dem eine Verwandlung der Gesellschaft ihn plötzlich entrissen hatte. Achille-Cléophas übt in der Folge seinen Beruf korrekt aus, aber in der bewußten Absicht, durch Bereicherung aufzusteigen. Eben dadurch kehrt er zum Land, von dem er gekommen ist, zurück: in diesem dahindämmernden Frankreich investiert man in Immobilien; als der Doktor Flaubert sein Vermögen «anlegen» wollte – jener dem Mehrwert abgewonnene Teil, den das Bürgertum ihm für seine Dienste zubilligte –, kaufte er ganz selbstverständlich Land. So geriet dieser voltairianische Chirurg in die Nähe der Großgrundbesitzer, die Frankreich regierten: er hatte mit ihnen gewisse Interessen gemeinsam; er unterlag den Gesetzen der Grundrente und mußte ebenfalls ein protektionistisches Regime wünschen: insofern die Regierung die Agrarpreise schützte, zeigte sich Achille-Cléophas der Monarchie gegenüber nicht ganz und gar feindlich. Warum sollte er auch? Seine Einstellung gegenüber der Revolution muß zumindest zwiespältig gewesen sein: immerhin hatten die Revolutionäre seinen Vater ins Gefängnis geworfen; nach seiner Entlassung war dieser 1814 an den Folgen der Haft gestorben. Und dann erhielt dieser «emporgekommene Bauer» durch seine Heirat einen aristokratischen Anstrich: als Arzt mußte er natürlich die Tochter eines Arztes heiraten; aber es traf sich, daß die Mutter dieser Arzttochter ein adliges Fräulein war und in der Nähe von Trouville ein Anwesen besaß, das ihre Tochter erben würde. Dieses Lehen entschied über die Anlagen des Doktors: es sollte vergrößert werden. Gustave und später Caroline Commanville haben uns die Ursprünge von Frau Flaubert durchaus nicht verborgen.

Es ist jedoch nicht ganz sicher, daß Achille-Cléophas diese «Rückkehr zum Lande» von Anfang an geplant hat: man weiß sogar, daß er in Paris Karriere machen wollte. Dupuytren soll ihn aus Eifersucht gegenüber seinem Schüler in die Provinz haben versetzen lassen, «aus Gesundheitsgründen». Wir wissen fast nichts von dieser dunklen Geschichte, außer daß der Chefarzt nicht aufhörte, darüber wütend zu sein, und sich bis zu seinem Tod nach Rouen verbannt vorkam. Wir müssen außerdem darauf hinweisen, daß dieser frisch gebackene Städter, der Enkel von Landwirten, einen liberalen Industriellen seinen besten Freund nannte, Le Poittevin. Gleichviel: was immer seine ursprünglichen Hoffnungen und später seine Ressentiments gewesen sein mögen, dieser große Mann der Provinz kehrte zum Land zurück, und die

Provinz entschied darüber. Er war in seinem tiefsten Innern der erlebte Widerspruch zwischen Stadt und Land, Routine und Fortschritt: Als Rentier ließ er seine Felder nach den alten Methoden bebauen; als Arzt wurde er nicht müde, Neues zu lernen und zu lehren. Pünktlich, gewissenhaft und autoritär, scheint er die Rauheit der ländlichen Sitten bewahrt zu haben, was sich bis in seine Kleidung hinein zeigt: die Bürger von Rouen erinnerten sich noch lange an das Ziegenfell, das er im Winter anlegte, wenn er Besuche machte. So könnte man sagen, daß er den latenten Konflikt zwischen den Industriellen, mit denen er verkehrt, und den ehemaligen Emigranten, deren Ländereien an die seinen angrenzen, in sich einschließt, obwohl er beiden an Vermögen unterlegen ist. Dieser passive Staatsbürger erlebt den Hauptkonflikt der herrschenden Klassen in seinem Nervensystem. Er verrät sie beide: er lehnt die Ideologie der Großgrundbesitzer ab, aber nicht ganz ihre Sitten, und er denkt nicht im Traum daran, in der Industrie zu investieren. Man könnte also überspitzt sagen, daß dieser Liberale – zumindest im Bereich der Wirtschaft – dazu beiträgt, Frankreich in seiner Lethargie zu halten.

Das Leben von Achille-Cléophas erklärt sich tatsächlich aus seinem Klassenwechsel. Ein royalistischer Tierarzt, der zu drei Viertel Bauer ist und den König für seinen Herrn und die Quelle jeder *patria potestas* hält, zieht mit harter Hand einen frühreifen Jungen auf, der eine neue Etappe erreicht. Dieser ehrgeizige junge Mann, dessen Kindheit im ländlichen Brauchtum verwurzelt ist, behandelt schließlich Menschen, während seine Brüder nur Tiere heilen, geht von den Feldern zur Großstadt über und wird unter dem Empire ein intellektueller Kleinbürger. Unter der Restauration setzt sich sein Aufstieg fort; sein Wissen, die Ideologie des 18. Jahrhunderts, die Ansichten des liberalen Bürgertums, alles trägt dazu bei, ihm eine «Philosophie» zu geben, die weder seine «Existenzweise» noch seinen «Lebensstil» ganz widerspiegelt. Vor allem seine autoritäre Art als Chef und Vater paßt nicht zu seinem Liberalismus.

Aus einer ländlichen Familie stammend, von der er durch seine neuen Funktionen und Ehren getrennt ist, gründet dieser Mann nach seinem sozialen Aufstieg eine neue Familie, die er wieder nach einem ländlichen Modell bildet. Man hat festgestellt, daß Kleinfamilien in dem Maße weniger kinderreich sind, wie das Kind in den Augen der Ehegatten an Bedeutung zunimmt; sobald Vater und Mutter in dem Neugeborenen eine unersetzbare Person sehen, wird dieses von selbst zu einem malthusianischen Faktor: so bereitet der Individualismus des bürgerlichen Paares jedem Sprößling das Schicksal eines Individuums, einen pränatalen Egotismus. Aber die Flauberts haben die Sitten des Ancien régime bewahrt: sie machen sechs Kinder, von denen drei im frühen Alter sterben. Am Leben bleiben Achille, geboren 1813, Gustave, geboren 1821, Caroline, geboren 1824. Der *pater familias* – dessen Beruf es ist, den menschlichen Körper als ein Objekt zu behandeln – behält also gegenüber Geburt und Tod die bäuerliche Einstellung: die Natur gibt dem Menschen seine Kinder, und sie nimmt sie ihm auch. In dem Bürgertum, das den Chefarzt umgibt, breiten sich langsam Verhütungspraktiken aus: er weiß es durch seinen Beruf, aber er bleibt der Doktrin des Laisser-faire treu. Wenn er noch glaubte, könnte er sie sogar ausgezeichnet rechtfertigen. Für einen Atheisten, Arzt und Bürger ist seine Einstellung eher traditionalistisch als rational. Außerdem scheint es diesem autoritären Erzeuger mehr darum zu gehen, sich Nachfolger zu geben, als darum, gesonderte Individuen zu schaffen. Die Kinder Flaubert werden sich, insofern sie *Leibeserben* sind, als Rechtssubjekte und, insofern sie Individuen sind, zugleich als beliebig, auswechselbar empfinden. Es gilt ja ein Erbe zu erhalten und zu vermehren, das nicht nur aus erworbenen Ländereien besteht, sondern aus dem Wissen des Vaters, seinen technischen Fähigkeiten und seiner sozialen Funktion: da er Arzt ist, will er auch aus seinen Söhnen Ärzte machen. Zunächst, weil es ihm ganz natürlich erscheint, sie nach seinem Bilde zu schaffen, vor allem aber, weil er an einem langen Hebel sitzt: wenn seine beiden Söhne in seine Fußstapfen treten, wird er später seinen Ruf ausnutzen können, um ihnen eine Karriere zu sichern. Achilles Karriere ist jedenfalls von vornherein gemacht: vom mütterlichen Erbe erhält er zwar nur *seinen* Teil; aber es wird ihm bereits das gesamte wissenschaftliche und soziale Erbe gesichert: es steht seit langem fest, daß er die Nachfolge seines Vaters antreten und Chefarzt im Krankenhaus von Rouen werden wird. In einer Zeit also, da das liberale Bürgertum geschlossen gegen die Wiederherstellung des Erstgeburtsrechts revoltiert, zögert der liberale Bürger Achille-Cléophas, obwohl er die Entrüstung seines Freundes Le Poittevin teilt, nicht einen Augenblick, den älteren Flaubert auf Kosten des jüngeren zu privilegieren. Warum sollte er da auch Skrupel haben: er war der absolute Herr der Familie, wie sein Vater es in der seinen gewesen war. Er ist ja erst seit kurzem ein Bürger: in den reicheren Kreisen und vor allem in denen, die seit langem reich sind, löst sich die traditionelle Familie auf; die Mutter gewinnt eine neue Bedeutung: in einer Juristenfamilie aus Grenoble am Ausgang des 18. Jahrhunderts verehrt Henri Beyle seine Mutter und haßt seinen Vater; auch für Victor Hugo ist zu Beginn des 19. Jahrhunderts der mütterliche Einfluß entscheidend; später wird das Leben Baudelaires, eines Zeitgenossen Gustaves, durch die nachtragende Leidenschaft heimgesucht werden, die Frau Aupick in ihm erregt. Achille-Cléophas hätte, wenn er nur gewollt hätte, ganz in seiner Nähe eine typische Kleinfamilie entdecken können: Frau Le Poittevin, die Zierde der liberalen Salons, verdankte ihrer Schönheit eine wirkliche Autorität; ihr Sohn Alfred betete sie an: wir werden sehen, daß er an dieser Liebe starb. Der Chefarzt ließ sich jedoch von solchen Anomalien nicht beirren: er sorgte dafür, daß seine Frau, solange er am Leben war, jenes «relative Wesen» blieb, von dem Jules Michelet gesprochen hat. Hat er sie versklavt, oder fehlte es ihr an Persönlichkeit? Auf jeden Fall war sie Komplizin. Sie liebte ihn, daran gibt es gar keinen Zweifel; den Kindern gegenüber wollte sie nur seine Stellvertreterin sein, und gegenüber der Hausgemeinschaft wollte sie keine andere Autorität haben als die von ihm empfangene. Das ging so weit, daß sie sich weigerte, ein gutes Wort bei ihm einzulegen, selbst wenn die Kinder sie darum baten. Sie spielte zwar eine Mittlerrolle, aber nur in einer Richtung. An diesen Merkmalen erkennt man die Rolle der Gattin in ländlichen Familien wieder, wie sie von Restif de la Bretonne so gut beschrieben worden ist.

An der kleinen Gruppe der Flauberts nagt jedoch ein Widerspruch. Die ländlichen Familien fußen, auch wenn sie oft ihr Erbe vergrößern wollen, auf der Wiederholung. Wiederkehr der Jahreszeiten, der Arbeiten und der Zeremonien; jede Generation löst die vorhergehende ab und beginnt deren Leben wieder von vorn. Es kommt selten zu einem Klassenwechsel. Weder der einfache Bauer noch der Junker versuchen im allgemeinen ihren sozialen Status zu verändern: daran ändert auch das Reichwerden nichts, das im allgemeinen langsam vonstatten geht und sich in bescheidenen Grenzen hält. Man kann also sagen, daß diese Gemeinschaften keine Geschichte haben. So lebten die Brüder des Chirurgen: sie waren Tierärzte und Söhne von Tierärzten. Ein Zwischenfall – die Intelligenz – hat Achille-Cléophas in die Geschichte geworfen: er beginnt ein neues Abenteuer, anstatt das der Vorfahren zu wiederholen. Diese plötzliche Mutation überliefert ihn den aufsteigenden Kräften der Gesellschaft. Die Wissenschaft wiederholt sich nicht. Auch nicht die Bourgeoisie, jene Klasse, die von einer ständig schneller werdenden Bewegung zur Macht gebracht werden wird. Als Wissenschaftler und Bürger wird sich Achille-Cléophas einer unumkehrbaren Entwicklung bewußt: seine Familie wird wieder auf die unterste Stufe zurückfallen, sofern sie sich nicht durch einen schnellen Kampf an die Spitze der französischen Gesellschaft schwingt.

Der *pater familias* ist seinem Wesen nach – das heißt durch seine Kindheit – ein Bauer des Ancien régime oder, was aufs gleiche hinausläuft, ein Mitglied jenes spärlichen und armen ländlichen Kleinbürgertums, das durch verwandtschaftliche Bande mit den Landwirten verbunden ist, unter denen es lebte und deren Sitten es bewahrte. Aber dieser Sklave der Intelligenz hat die analytische Vernunft und die liberale Ideologie, die in langen Jahren in den Städten entwickelt wurden, fest in sich verankert. Er verfügt über keine Denkinstrumente, die es ihm ermöglichten, sich in seiner wirklichen Existenz zu denken; ohne es zu wissen, steckt er in einem Zwiespalt zwischen Dauer und

Geschichte: die Geschichte nagt ständig an der Dauer, und diese stellt sich ständig wieder her. Dieser unbewußt erlebte Widerspruch manifestierte sich gegenüber den Bürgern, die er behandelte, gegenüber den Studenten, die ihn umgaben, als ein besonderer Charakterzug: man fand ihn autoritär, aber im Hinblick auf seine Kompetenz sah man über seine Launen und Ausbrüche hinweg. «So ist er eben!» sagte man. Was man Charakter nennt, ist nämlich rein differentiell und manifestiert sich als eine leichte Verschiebung der Verhaltensweisen der Person gegenüber den objektiven Verhaltensweisen, die ihre Umwelt ihr vorschreibt. Diese Verschiebung bringt wiederum nicht die Natur zum Ausdruck, sondern die Geschichte, vor allem die Komplexität der Herkunft und die tatsächliche soziale Integrationsstufe. Achille-Cléophas war nicht «integriert»: trotz seines schnellen Aufstiegs blieb er, was Albert Thibaudet einen *«m'ont-fait-tort»* [sie-haben-mir-Unrecht-getan] nennt; der Beweis dafür ist, daß die Untaten von Dupuytren, über die er vor seiner Frau und seinen Kindern immer wieder laut lamentierte, zu einem Familienmythos wurden. Er wurde von berüchtigten Wutanfällen geschüttelt, die manchmal privat bei Tränen endeten; seine nervliche Labilität und psychische Spannung waren Folgen seiner Unangepaßtheit: trotz seiner Erfolge als Professor und Arzt, oder vielmehr wegen dieser Erfolge, mußte er ständig an sich arbeiten, um sich in diese liberale Gesellschaft zu integrieren, deren Ideen er besser als jeder andere widerspiegelte, deren Sitten ihn jedoch verwirrten. Mitten unter harten und unerschütterlichen etablierten Bürgern schien dieses Arbeitstier mit den Nerven einer Frau etwas von der revolutionären Sensibilität geerbt zu haben.

Damit wir uns ein besseres Bild von seinen Gedanken, zumindest zu Beginn seiner Karriere, machen können, müssen wir auf die Dissertation von 1810 zurückkommen.

Er zeigt sich hier als ein entschiedener Vitalist: er beruft sich nämlich oft auf den Begriff der *Lebenskraft*, die im ständigen Kampf mit den physikalisch-chemischen Kräften steht und deren Einwirkung auf den lebenden Organismus neutralisiert: «(Vor der Operation) wird eine Verminderung der Elemente nützlich, wenn der Mensch, der operiert werden soll, leidet, wenn seine Krankheit eine ziemlich große Zahl von Lebenskräften braucht, um nicht irgendeine feine und unheilvolle Veränderung zu erfahren. Bei jenem Individuum würden viele Nahrungsmittel entweder die zu befürchtende Veränderung in dem erkrankten Teil hervorrufen oder eine Indisposition wie zum Beispiel eine Verdauungsstörung. Das erste würde eintreten, wenn die Kräfte zur Vollendung der Verdauung auf den Magen gezogen würden; das zweite, wenn jene Verlagerungen der Lebenseigenschaften nicht stattfinden würden . . .» Nach der Operation: «(Die ersten Tage weder die Haare noch den Bart schneiden), wenn man sie kämmt oder schneidet, werden sie der Sitz eines aktiveren Zusammensetzungs- oder Auflösungsvorgangs (Bichat, *Anatomie générale*, Band IV), der wahrscheinlich auf Kosten der Vorgänge aller Teile und vor allem des operierten Teiles geschieht . . . Obwohl die Haare die Wärme des Kopfes erhalten, fürchte ich nicht dessen Erkältung, wenn ich sie abschneide . . ., sondern die Verlagerung der Kräfte in den Kopf.» Im übrigen vertritt er noch die Fasertheorie, denn er spricht von «Zellengewebe» (was wir heute «Bindegewebe» nennen würden) in dem Sinne, in dem Le Cat 1765 und Haller 1769 davon sprachen: es handelt sich um ein Gewebe, in dessen Fasern sich Zellen befinden, wobei diese nur die Produkte von jenen sind. Lebenskräfte, Fasern: das lehrte man damals an der medizinischen Fakultät; diese noch ganz bäuerliche Denkweise mußte Achille-Cléophas gefallen; die Wissenschaft entfernte sich nicht allzuweit von seiner ländlichen Kindheit. Sein mehrfach in der Dissertation zitierter Lehrer war Bichat. Hat er seine Meinung später geändert? Und inwiefern? Wir wissen es nicht. Gustave sagt uns jedenfalls nicht, daß sein Vater das Mikroskop benutzte – von dem auch Bichat nicht viel hielt. Sicher ist, daß der in dieser Form bereits überholte Vitalismus nicht zum *analytischen* Rationalismus paßte, der für ihn – Gustave hat es uns gesagt – die Grundlage jeder wissenschaftlichen Forschung und darüber hinaus der liberalen Ideologie war. Auch hier könnte man von einer Kluft sprechen zwischen einem bestimmten Aspekt seiner Praxis, die auf seinen feudalen und ländlichen Anschauungen beruhte, und der Denkweise seiner neuen Klasse, die er angenommen hatte, als er in sie eintrat.

Der analytische Rationalismus, der im 17. Jahrhundert entstanden war, im 18. Jahrhundert von den *philosophes* als kritische Waffe benutzt wurde, wird zu Beginn des Empire, unter der Feder der von Napoleon verachteten *idéologues*, zur intellektuellen Charta der Bourgeoisie. Er ist gleichzeitig ein methodisches Prinzip und eine metaphysische Extrapolation: «Die Analyse ist immer notwendig, sie ist in allen Fällen theoretisch möglich.» Das heißt, daß jeder beliebige Komplex in jedem beliebigen Sektor des Seins in einfachere Elemente und diese wieder in andere Elemente zerlegt werden kann, bis man auf den Kern stößt, das heißt auf die *unteilbaren* Elemente, die weniger durch ihre Einheit als durch ihre absolute Einfachheit vor einer weiteren Auflösung geschützt sind. Dem Zerlegen muß zwar ein Gegenbeweis folgen: die Rekonstruktion des betrachteten Gegenstands. Aber die chemischen Analysen von Lavoisier scheinen bewiesen zu haben, daß das Wiederzusammensetzen ganz einfach ein umgekehrtes Zerlegen ist; mit anderen Worten, man betrachtet ein Experiment als eine umkehrbare Reihe, die die Elemente vom Gesamtkomplex her liefert und den Gesamtkomplex von den Elementen her rekonstruiert. So kann man in den meisten Fällen beim synthetischen Gegenbeweis das reale Moment der Synthese mit Stillschweigen übergehen – nämlich eben gerade ihre dialektische Unreduzierbarkeit auf die einfachen Elemente. Diese analytische Idee liefert der klassischen Mechanik ihre Postulate – man nennt sie Prinzipien. Alle Bewegungen spielen sich im Rahmen eines homogenen Raums und einer homogenen Zeit ab, sind demnach analysierbar. Die unteilbaren Elemente, auf die sich die Verlagerung eines beweglichen Elements reduziert, sind die sukzessiven Positionen, die im Laufe der Zeit von den Gegenständen eingenommen werden. Der Punkt entspricht dem Augenblick. Die Natur läßt sich also von «materiellen Punkten» aus rekonstruieren, die mit einer endlichen Zahl von Eigenschaften ausgestattet und von ihnen unabhängigen Kräften unterworfen sind. Wenn man alle Positionen und Ausgangsgeschwindigkeiten eines Systems von materiellen Punkten hat, kann man seine ganze Entwicklung voraussagen. Die Gesetze der Natur lenken die Körper und die Systeme von außen; sie bilden ein komplettes System, das heißt, sie sind von endlicher Zahl und genau determiniert. Diese Gesetze – vor allem das Gesetz der Gravitation – verdanken natürlich ihre Universalität ihrer elementaren Einfachheit.

Man muß bedenken, daß diese Konzeption, die man oft *mechanistisch* nennt und die nicht überlebt hat, auf dem Gebiet der physikalisch-chemischen Forschung einen tatsächlichen Fortschritt darstellte: die metaphysischen Kräfte wurden durch Berechnungen, die Magie des Begriffs durch Erfahrung ersetzt;[13] der Determinismus wurde eingeführt, der zugleich die erste Postulation der Einheit des Wissens und die erste entschiedene Ablehnung einer Reduktion der Verknüpfungen des Seins auf die Notwendigkeiten des Denkens darstellte. In den Geisteswissenschaften verlor das System dagegen an Strenge und Intransigenz: dort war es auch nicht entstanden; man hatte es importiert und wandte es in Analogie an, wie man heute in einem umgekehrten Anthropomorphismus die Dialektik, das Gesetz der menschlichen Geschichte, auf die Bewegung der Natur und kurioserweise auf die Quantenmechanik anzuwenden versucht. Aber die bürgerliche Öffentlichkeit des 18. Jahrhunderts verlangte von ihren Philosophen, ihr zu zeigen – ob es sich nun um Hume oder um Condillac handelte –, wie sich in ihren Köpfen zum Modell reduzierte planetarische Systeme bewegten, die nach den Systemen von Newton konzipiert waren: materielle Punkte oder psychische Moleküle, unteilbare Elemente, die durch ein ihnen äußerliches endliches System von Gesetzen miteinander verbunden waren. Diese Denker brachten also Konstellationen ins Denken, in das Herz. Das Atom war die Empfindung, für andere der elementare

13 Condillac wies darauf hin, daß die Analyse die Schaffung eines Zeichensystems verlangt.

Sinneseindruck.[14] Da man es nicht in noch kleinere Teile zerschneiden konnte, definierte man es von außen. Die Gesetze der Anziehungskraft waren: die Ähnlichkeit, die Kontiguität herausfinden. Vor allem die Kontiguität genoß die Gunst der Geister: sie ermöglichte es, durch feine Gravitationen psychische Objekte miteinander zu verbinden, deren einziges gemeinsames Merkmal darin bestand, keinerlei Beziehung miteinander zu haben. Außerdem wollte man in ihr das Newtonsche Gesetz selbst in seiner Anwendung auf den psychischen Bereich erkennen: wenn zwei psychische Einheiten im Geist erst einmal zusammen gegeben sind, ziehen sie sich auf Grund vollständig äußerlicher Merkmale an; taucht das eine wieder auf, wird auch das andere dazu tendieren wiederzukommen, und wer die ganze Folge dieser Fakten kennt, wird diese Tendenz früher oder später genau messen können. Der Mensch wurde ebenso seiner selbst enteignet wie vorher die Natur: dafür sagte man ihm voraus, daß der einer unbeugsamen Gesetzmäßigkeit unterliegende Wirbel von Atomen, die ihn bildeten, genau voraussehbar sein würde, sobald man nur die Ausgangspositionen und -geschwindigkeiten wüßte. Das einzige beunruhigende Problem, was noch blieb, bestand in folgendem: wie konnte diese stupide Person, eine falsche Einheit von Galaxien, die durch ein absurdes Gedächtnis dazu bedingt war, zufällige Koexistenzen in Form von Unsinn zu restituieren, wie konnte diese *innere Außenwelt* verstehen, erfinden, handeln? Die Antwort der Philosophen auf diese Frage war unterschiedlich; im allgemeinen billigten sie wie Hume der Natur zu, was sie dem Menschen abstritten: eine gewisse Konstanz in den Verknüpfungen, klare und deutliche Reihen, fruchtbare Kontiguitäten; kurz, dieser innere Antrieb, den sie der Innenwelt absprachen, gestanden sie der Außenwelt zu. Was die Tugenden anging, so wurden sie auseinandergenommen: die Analyse entdeckte hinter ihrer Komplexität elementare Verhaltensweisen. Diese mußten der primären Ebene der psychischen Atome entsprechen: dem Sinneseindruck entsprach das einfache Prinzip von Lust und Unlust. Das Kind sucht die Lust und flieht die Unlust – ebenso wie der Erwachsene. Einigen genügte jedoch dieser Hedonismus nicht: Bentham stellte eine Regel auf, nach der man die Verhaltensweisen berechnen konnte; andere versuchten – immer noch in Anlehnung an Newton, das heißt durch das Assoziationsgesetz – jene Tugendmoleküle zu kombinieren, um die Tugend in ihrer Unterschiedlichkeit hervorbringen zu können: die Lust wurde zum Interesse; der Hedonismus verlor seinen aristokratischen Zynismus und verkam bürgerlich zum trockenen Utilitarismus.

Das siegreiche Bürgertum wollte ja die alten totalitären Organismen

14 «Alle Operationen der Seele sind nichts anderes als der Sinneseindruck selbst, der sich unterschiedlich umsetzt.» (Condillac)

der absoluten Monarchie in Staub auflösen. Auch der wirtschaftliche Liberalismus fußte auf einer Atomisierung. Aber das war zunächst keine Theorie: die Bourgeoisie reduzierte in der Praxis die sozialen Körperschaften auf einen molekularen Zustand: man denke nur daran, wie sie in England die letzten Reste feudaler Karitas vernichtete und die Armen in Proletarier verwandelte. Der Begriff der freien Marktwirtschaft impliziert nämlich von selbst, daß die kollektiven Realitäten Schein und die Traditionen Routine sind. Die Gruppe ist nur eine abstrakte Rubrik, unter der man die unzähligen Beziehungen, die die Individuen miteinander verbinden, zusammenfaßt. Das monumentale Gebäude des Mechanismus geht seiner Vollendung entgegen: der Schwerpunkt, die elementare Determination von Raum und Zeit, das psychische Atom, das ethische Molekül, alles führt auch im Sozialen zu einem untrennbaren Element, das nichts anderes ist als das Individuum. Kaum ist dieses vom Nationalökonomen «isoliert» worden, schon sehen wir, wie es mit seinesgleichen in einen neuen Wirbel hineingezogen wird: die Gesetze der Ökonomie müssen für uns äußere Gesetze bleiben; der Reiche muß seinen Reichtum erleiden, damit der Arme dazu überredet werden kann, seine Armut zu akzeptieren. Karl Marx und Georg Lukács haben sehr gut gezeigt, daß alles verloren wäre, wenn jene Regeln sich als das offenbaren würden, was sie sind, wenn jene ehernen Gesetze, deren perfekte Grausamkeit ein Naturfaktum zu sein schien, den Menschen plötzlich gestehen würden, daß sie sie ja selbst gemacht haben. Aber davon kann gar keine Rede sein: der Mechanismus kann über die Verbreitung der Atome und die Ordnung, die sich ihnen aufzwingt, Aufschluß geben. Dank des analytischen Rationalismus kann die Bourgeoisie an zwei Fronten zugleich kämpfen: durch die Kritik löst sie die Privilegien und Mythen der Grundbesitzeraristokratie auf; ihre eigene Klasse und die Arbeiterklasse zerlegt sie in individuierte, aber kommunikationslose Atome. Angebot und Nachfrage, die Konkurrenz, die mühsam hergestellte Verbindung zwischen Einzelinteressen und allgemeinem Interesse, das Prinzip des Arbeitsmarktes: alle diese Elemente werden um die Mitte des 19. Jahrhunderts *integriert* sein, wenn Marx geschrieben haben wird, daß der Produktionsprozeß ein Ganzes bildet. Im Augenblick bleiben die Interpretationen des Nationalökonomen noch analytisch: Verkäufer und Käufer kommen allein auf den Markt, sie werden von keiner Gruppe ausgebeutet, von keinem Vorrecht geschützt; Angebot und Nachfrage definieren jeden *von außen*, und *von außen* wird letztlich auch der Preis festgelegt. Aber eben dadurch ist bewiesen, daß ich die Regungen meines Herzens zügeln muß: ich muß mehr produzieren und zu geringeren Kosten, das heißt die Löhne einfrieren lassen oder senken; das ist mein Interesse und letztlich auch das meiner Arbeiter: sie werden weniger verdienen, aber es werden mehr von ihnen Arbeit finden. Und das ist natürlich auch das Interesse meines Landes. Durch die Unterdrückung der sozialen Vermittlungsorgane und durch die Erwerbung des *realen* Besitzes verwirklicht sich der Bürger selbst: er ist ein Ding, ein kleines einsames Atom, das mit niemandem kommuniziert. Er kann nichts für die anderen tun, außer sich ruinieren, indem er sie ruiniert: es ist müßig und sträflich, ihnen direkt dienen zu wollen. Der einzig gültige Altruismus ist der aufgeklärte Egoismus: ich verfolge mein Interesse entsprechend den allgemeinen Gesetzen der Ökonomie. Und diese Gesetze werden von außen auf der Grundlage meiner privaten Bereicherung allgemeinen Wohlstand hervorbringen.

Das ist das System: alle Bürger zusammen sondern es ab und atmen es ein; sie bringen es hervor und durchtränken sich mit ihm. Dieses immer neue und immer wieder begonnene System muß der Chefarzt verinnern. Achille-Cléophas ist in jedem Augenblick überzeugt von den perspektivischen Wechselseitigkeiten, die er für Evidenzen hält. Am Grunde des menschlichen Herzens findet er jene unteilbaren Triebe, die ihm eine Widerspiegelung der materiellen Punkte zu sein scheinen, und diese verweisen ihn auf die Atomisierung der Gesellschaften oder der menschlichen Intelligenz. Wir können ihn deshalb nicht verurteilen: diese Spiegelspiele sind für die meisten Menschen Beweise. Wir haben heute andere, ebenso brüchige Bezugssysteme, die sich in unseren Augen durch Vorstellungskreisel bestätigen. Man kann nichts dafür, weil ja Ideologien totalitär sind, es sei denn, man stellt alles in Frage, und das war nicht gerade die Art jenes Chirurgen. Auf einem einzigen Gebiet weigert er sich jedoch, zumindest zu Beginn seiner Karriere, die einfachen Elemente zu finden, die durch das Prinzip der Analyse überall impliziert sind: in der Physiologie und in der Medizin. Hat er jemals das 1805 erschienene Hauptwerk von Lorenz Oken gelesen, in dem die Zellentheorie genau dargelegt wird: «Alle Organismen entstehen aus Zellen und sind aus Zellen oder Bläschen gebildet»? Wie soll man das wissen? Sicher ist, daß um 1830/40 die Zellentheorie, deren Durchsetzung in Frankreich lange Zeit durch den Einfluß von Bichat gebremst worden war, einen neuen Auftrieb erhielt und daß er im reifen Alter von ihr Kenntnis erhalten haben muß. Hat er bemerkt, daß der newtonsche Mechanismus von Buffon, den er in seiner Jugend sicher gelesen hat, der Philosophie des Liberalismus besser entsprach als die Theorie von den «Lebenskräften»?[15] Sicher hatte er einige Ideen, denn er träumte davon, am Ende seines Lebens in den Ruhestand zu treten, seinem ältesten Sohn seinen Platz zu überlassen und in einer großen Abhandlung zur allgemeinen Physiologie seine Erfahrung und

15 Für Buffon bildet sich der lebende Organismus unter der Einwirkung «eindringender und handelnder Kräfte», die Spezifizierungen der newtonschen Anziehungskraft sind.

seine Lehre zu Papier zu bringen.
Kurz, auf seine alten Tage wurde er – zweifellos in Rouen – für den Liberalismus gewonnen. Sein einziger Fehler, wenn es überhaupt einer ist, bestand darin, daß er von der Idee jener gesetzmäßigen Entsprechungen so überzeugt war, daß er sie zu entdecken meinte, als die Ideologie sie in ihm von selbst hervorbrachte. Er hatte über den Menschen nachgedacht, vielleicht dachte er auch noch während Gustaves Kindheit darüber nach. Auf jeden Fall hatte er feste Überzeugungen, und er ließ es sich nicht nehmen, sie darzulegen: verdiente er den Titel eines «philosophischen Arztes», den Flaubert ihm gerne gab? Auf jeden Fall würde sich dadurch die Einheit des Wissens zeigen. Durch seinen Mund äußerte sich die analytische Philosophie: nichts weiter.
Nirgends zeigt sich der Widerspruch zwischen der Ideologie der Familie Flaubert und ihrer halbfeudalen Praxis deutlicher als in der Moral des *pater familias.* Gustave hat seinen Vater in *Madame Bovary* unter dem Namen Larivière beschrieben, und er teilt uns mit, daß dieser die Tugend praktizierte, ohne an sie zu glauben. Einige Jahre früher schrieb Gustave, diesmal über seine Mutter, an Louise Colet, sie sei tugendhaft, ohne an die Tugend zu glauben. Das ist also, wie man sieht, eine den beiden Gatten gemeinsame Haltung. Ihr Fabrikationszeichen: La Rochefoucauld, im 18. Jahrhundert neu erfunden und popularisiert unter dem Einfluß der englischen Kaufleute und der Sensualisten, ihrer bezahlten Denker, von Cabanis, schließlich von Destutt de Tracy, von allen *idéologues,* die die Theorie wieder aufgreifen, um den Bedürfnissen des Empire zu dienen. Wir werden später noch darauf zurückkommen. Hier kommt es uns nur darauf an, das Prinzip anzugeben: um welche Handlung es auch immer geht, der einzige Beweggrund ist das Interesse. Je nach Umwelt und Epoche entwickelt man daraus einen skeptischen und leichtlebigen Hedonismus oder den drückendsten aller Utilitarismen. Die Flauberts hatten sich für den Utilitarismus entschieden: dieses seriöse Paar glaubte nicht an die großen Gefühle. Weshalb befleißigten sie sich dann der Tugend? Sie zogen das allgemeine Interesse der Familie ihren Einzelinteressen vor. Jeder widmete sich seiner Aufgabe. Der Vater kümmerte sich nur darum, die Kranken zu behandeln und für das Vermögen seiner Nachkommenschaft zu sorgen; die Mutter zog streng und eiskalt die Kinder auf und führte den Haushalt. Nüchtern, sparsam und schlankweg geizig praktizierten die Flauberts, die die Bewegung der Geschichte trug, einen regelrechten Puritanismus der Nützlichkeit. Sie betrachteten ihre Familie als ein besonderes Unternehmen, dessen Arbeiter durch Blutsbande aneinander gebunden waren und dessen Ziel es war, etappenweise zu den nach Verdienst und Reichtum höchsten Sphären der Gesellschaft von Rouen aufzusteigen. Die Tugend, die sie praktizierten, die sie ihren Kindern aufzwangen, war die vollständige Entfremdung des Individuums in die Familien-

gruppe; als kollektives Instrument und Zwangsmittel des Ganzen gegenüber jedem und jedes einzelnen gegenüber sich selbst war sie im Grunde mit der Aufstiegsarbeit identisch, insoweit diese harte Mühsal von allen ausgeführt wurde, ohne daß sie sich ausdrücklich für sich setzte.

Dieser utilitaristische Jansenismus stellt jedoch nur einen Aspekt der Familie Flaubert dar: nämlich ihren Arrivismus. Auf die analytische Vernunft gegründet, entspricht er genau den wirklich bürgerlichen, das heißt Kleinfamilien, deren Individualismus er widerspiegelt. Aber wenn der Doktor vor seiner Frau und seinen Kindern dessen Prinzipien bekräftigt, so legt er nur den sozialen und psychologischen Atomismus des Liberalismus dar. Dadurch rechtfertigt er das Unternehmen zwar, aber gleichzeitig läuft er Gefahr, es aufzulösen und in eine Summe isolierter Einheiten zu verwandeln, von denen jede ihr Interesse getrennt verfolgen wird. Die Morphologie der kleinen Gruppe ist tatsächlich hinter ihrer Ideologie zurück: was der Doktor auch immer darüber denken mag, nicht der Utilitarismus kann die tugendhafte Praxis der Individuen, die sie bilden, begründen. Der Arrivismus spielt zwar eine Rolle, aber der Familienzusammenhalt und die Entfremdung jedes einzelnen in das Ganze erklärt sich zunächst durch Traditionen einer feudalen und theokratischen Gesellschaft, in der der *pater familias* absoluter Monarch von Gottes Gnaden ist. So zwingt der Erzeugerheld seinem Haus den Widerspruch auf, der ihm eigen ist. Die Ergebenheit, die er verlangt und die sich nur durch den Glauben erklärt, rechtfertigt er durch das Interesse. Seine Kinder erleben die Entfremdung in die Familie in Wirklichkeit als eine feudale Entfremdung in den Vater. Aus Liebe und Respekt werden sie die Tugend praktizieren. Ihr eigentliches Ziel ist es, die Befehle des Allmächtigen auszuführen. Diese Vereinigung von Atheisten wird also entgegen ihrem Selbstverständnis einen religiösen Unterbau haben. Denn sie spiegelt getreu das Bild ihres Gründers wider. In ihrer starken Strukturierung bewahrt sie die Hierarchie vergangener Zeiten: erst kommen die Männer, dann kommen die Frauen, die keine andere Macht haben als die, die die Männer ihnen geben; bei den Männern befiehlt der Erzeuger, dann kommt der Älteste, der nach seinem Bilde geschaffen ist und seine Nachfolge antreten wird, dann kommt der Jüngere. Diese Familie ist nicht «salonfähig», sie ist rauh und hat keine Lebensart, sie ist gleichgültig gegenüber ihrer Umgebung, wie die Häßlichkeit ihres Mobiliars beweist. Ständig wird sie von einer negativen Eigenliebe gequält, und das ist ganz einfach die Arbeit, die sie ständig an sich selbst vornimmt: sie ermittelt und bestimmt ihre Positon, die soziale Stufe, die sie erreicht und die sie überschreiten muß; diese Prüfung geschieht Tag für Tag ohne Fröhlichkeit; man *beneidet* die Höhergestellten, man teilt die Ressentiments des Vaters, man stürzt sich für ein Nichts in Beschuldigungen und

Tränen. Aber zugleich *erlebt* die ganze Familie ihren langsamen und sicheren Aufstieg: in Gustaves Geburtsjahr kauft der Doktor Flaubert ein Haus in Yonville; 1829, 1831, 1837, 1838 und 1839 erwirbt er Land, um das Erbe seiner Frau abzurunden; natürlich wurde vor den Kindern über diese Anlagen beraten: das Leben dieser Kinder ist *ausgerichtet*, die kleine Gruppe ist nicht nur eine gleichbleibende Umwelt im Raum; trotz ihrer festen Bindungen erscheint sie ihren Mitgliedern als eine Reise, als eine vektorielle Bestimmung der Zeit. Aber es entsteht in ihr eine unvermeidliche heimliche Übereinstimmung zwischen Reichtum und Verdienst: der soziale Fortschritt der Flauberts wird durch den Wert ihres Oberhauptes, des unersetzbaren Arztes, gesichert. Das Wissen zahlt sich aus: das ist richtig so; als Wohltäter der Menschheit wird ein großer Mann mit dem Geld belohnt, das er erhält. Geld ist also eine Ehre. Diese Begriffe stimmen zwar nicht ganz mit dem väterlichen Utilitarismus überein: aber sie haben ihren Ursprung in der Bewunderung seiner Kinder. Achille und Gustave identifizieren sich mit ihrem Herrn, und wenn sie sich unter ihren Mitschülern befinden oder die Eltern ihrer Freunde besuchen, haben sie selbstverständlich an seiner heiligen Aura teil; jeder ist nach außen ein Stellvertreter des Gründerhelden, jeder fühlt sich *als ein Flaubert* den bedeutendsten Bürgern von Rouen überlegen. Kurz, die kleine Gemeinschaft integriert den Widerspruch von Achille-Cléophas: sie ist ganz und gar in ihr historisches Unternehmen entfremdet; als permanente Substanz ist sie von dem ganz aristokratischen Stolz besessen, ein Haus zu sein. Für die Kinder bleibt dieser Widerspruch einen Moment verschleiert: die Normandie erobern, das heißt sie zur Anerkennung eines Verdienstes zwingen, das zwar existiert, aber sich noch nicht durchgesetzt hat. Die Flauberts werden an der Spitze der sozialen Stufenleiter *erwartet*: jede Verzögerung ist eine Ungerechtigkeit. Als sie schließlich eine Rolle spielen, werden sie trotz der Neider und ihrer Intrigen zu dem *geworden* sein, was sie waren.

Allerdings wird diese organische und quasi religiöse Beziehung der Kinder zu ihrem Idol durch die Schuld des Doktors als eine gemeinsame Einsamkeit erlebt. Autoritär und kühl, mit Ausbrüchen von Gefühlsduselei an die eigene Adresse, reizbar, aus Nervosität leicht bösartig, hemmte er den Schwung seiner Söhne, indem er einmal ihre Bewunderung verlangte, sich dann aber wieder launenhaft darüber ärgerte. Wie sah er seine Sprößlinge? Wir können ganz sicher sein: ohne jede Nachsicht. Er liebte sie als die Erben seines Namens und seines Wissens, die die Fackel der Flauberts ihren Söhnen übergeben würden. Aber in seinen Augen waren sie sicher sehr viel weniger wert als ihr Vater, der Gründer Achille-Cléophas. Mehr als nach ihrer Physiognomie oder ihren Charakterzügen individualisierte er sie nach ihrem Alter, ihren Funktionen und ihren Arbeiten. Wenn sie gestorben wären, als er noch zeugungsfähig war, hätte er neue gemacht. Da sie aber am Leben blieben, mußten sie ihm auf jeden Fall Ehre machen: er liebte sie immer dann, wenn er auf sie stolz sein konnte. Als Adliger hätte er keine größeren Ansprüche stellen, nicht autoritärer sein können; aber wenn er seine Söhne seinem Namen geopfert hätte, so hätte er sie wenigstens für wirkliche Erben gehalten, die entfremdet waren wie er und wie er unwesentlich: der *pater familias* der Aristokratie fühlt sich dem Familienoberhaupt von morgen nicht überlegen; der Übergang des Titels und der Pflichten von einer Generation auf die andere schafft im Laufe der dahinfließenden Zeit eine tiefe Gleichheit, die selbst bei großer Strenge alle Formen der Zuneigung erlaubt. Aber Achille-Cléophas, stolz auf sein Haus wie ein Edelmann, war außerdem durch den bürgerlichen Individualismus bedingt. Sein außergewöhnlicher Erfolg, sein direkter Sprung von einer Klasse in die andere, das tiefe Gefühl, daß seine ausgezeichneten Verdienste nicht anerkannt wurden, alles trug dazu bei, ihn verrückt vor Hochmut werden zu lassen. Kein Zweifel, daß er seine Söhne für weniger hielt als sich selbst. Sie würden natürlich die Ehre aufrechterhalten können, aber man würde zwei oder drei Generationen warten müssen, bevor ein anderes Genie das Geschick der Familie in die Hand nähme und sie schließlich bis zu den Gipfeln hinauftrüge. Die Mutter teilte ganz offensichtlich diese Meinung. Jeder der Söhne war stolz darauf, ein Flaubert zu sein, keiner von ihnen war einfach stolz auf sich selbst.

Man wird nichts von Gustave verstehen, wenn man nicht zunächst jenen grundlegenden Charakter seines «Klassen-seins» begreift: diese halb-ländliche Gemeinschaft ist – mit all den Widersprüchen, die an ihr nagen – zugleich seine ursprüngliche Wahrheit und die ständig erneuerte Bestimmung seines Schicksals. Später wird es passieren, daß Wut oder Verzweiflung ihn zu Verwünschungen hinreißen, die das berühmte Wort von André Gide vorwegzunehmen scheinen: Familien, ich hasse euch. Aber von dieser ganz äußerlichen Ähnlichkeit dürfen wir uns nicht täuschen lassen: André Gide wurde ein halbes Jahrhundert später geboren, als die Strukturen der bürgerlichen Familie sich ganz im Umbruch befanden, und er ist zugleich ein Produkt und ein Agens ihrer Auflösung. Flaubert lebte innerhalb der ländlichen Gruppe, aus der er nie herauskommen sollte. Diese Familienzugehörigkeit ist der Tuff, auf dem sich seine ganze Existenz errichten wird. Das bedeutet keineswegs, daß er Liebe oder sogar Zärtlichkeit für seine Eltern empfindet: aber er fühlt sich mit ihnen solidarisch, und diese ganz und gar durchlebte vorgefertigte Solidarität ist die permanente Basis seiner realen Existenz. Ebensowenig wie sein Bruder war er in seiner frühesten Kindheit Gegenstand einer ausschließlichen Zuneigung. Wenn ein Kind fühlt, daß für seine Mutter seine Geburt etwas Unvergleichliches ist, gründet es auf das, was es für seine objektive Realität hält, das beruhigende Bewußtsein von seinem Wert: bei Gustave und Achille war das nicht der Fall: die beiden kleinen männlichen Nachkommen wurden im allgemeinen mit einer gewissenhaften und nüchternen Liebe geliebt, die sich nicht differenzierte. Sein ganzes Leben lang wird sich der Jüngere für einen unwesentlichen Zufall halten; das Wesentliche wird für ihn zu jeder Zeit die Familie sein. In den Stunden des Zweifels und der Angst, 1857 während des Prozesses, 1870, 1875, ist es die Familie, die er in seinem tiefsten Innern als einen festen Boden wiederfindet; was diesen labilen, immer gedrückten Menschen aufrechterhält, der ständig bereit ist, sich in seiner eigenen Person zu verurteilen, ist der Familienstolz und die Überlegenheit, die er als ein Flaubert allen anderen gegenüber spürt. Aus diesem Grunde wird der «Eremit von Croisset», dieses «Original», dieser «Einsame», dieser «Bär» niemals das sein, was Stendhal seit seiner frühesten Kindheit war: ein Individualist. In derselben Zeit wuchsen junge Bürger in den Schulen und Gymnasien Frankreichs auf, die die großen Schriftsteller der nachromantischen Generation werden sollten; sie waren zum großen Teil echte Produkte des liberalen Individualismus. Es sind die Zeitgenossen von Gustave Flaubert; er wird mit ihnen verkehren und mit vielen von ihnen Freundschaft schließen. Aber unter diesen Molekülen, die den molekularen Status für sich verlangen, wird sich der Sohn Flaubert niemals ganz wohl fühlen: er gehört nicht zu ihnen. Als wenn er fünfzig Jahre früher geboren wäre. Wir werden bald die Wichtigkeit dieser *Hysteresis* sehen und wie sie sein soziales Schicksal bis in seine Kunst hinein bedingt. Ihretwegen wird sich Flaubert in jene merkwürdige Person verwandeln: den größten französischen Romancier der zweiten Hälfte des 19. Jahrhunderts. Ihretwegen wird er von 1844 an zu jenem Neurotiker, dessen Neurose die Gesellschaft des zweiten Empire *von da an* auf verborgene Weise verlangte als das einzige «beruhigende» Milieu, in dem sie sich entwickeln konnte.

III. Die Mutter

Caroline Flaubert, die Tochter von Doktor Fleuriot und Anne-Charlotte-Justine-Camille geborene Cambremer de Croixmare, hat die allertraurigste Kindheit gehabt. Ihre Eltern haben am 27. November 1792 geheiratet; es soll wie ein Roman gewesen sein; man spricht sogar von Entführung: auf jeden Fall liebten sie sich leidenschaftlich. Am 7. September 1793 stirbt die junge Frau, als sie ihr das Leben schenkt. Das Kind muß zu einer Amme gegeben werden. Es kommt ziemlich oft vor, daß der Witwer auf das Kind böse ist, das ihm seine Frau getötet hat; vor allem der verbrecherische Sprößling ist bald von seiner Schuld überzeugt. Wir wollen nicht behaupten, daß das auch für die arme Caroline gilt, aber immerhin liebte der Arzt sie nicht genug, um überleben zu wollen: *er erlitt sein Unglück in seinem Körper*, wie es sich gehört, verlor die Gesundheit und starb im Jahre 1803. Seine Tochter war zehn Jahre alt. Den größten Teil dieser Zeit scheint sie in einem verlassenen Haus, in Pont-Audemer, in Gesellschaft eines wie alle Witwer untröstlichen, verbitterten Vaters verbracht zu haben. Doppelte Frustration: da sie keine Mutter hatte, betete sie ihren Vater an; er war zwar zerstreut, vielleicht mürrisch, aber er war wenigstens da, er lebte bei ihr. Als dieses flackernde Licht ausgeblasen war, blieb das kleine Mädchen allein. So verlor sie die Liebe des Doktor Fleuriot – der damit nicht gerade sehr freigebig war – und vor allem das Glück zu lieben.

Waisenkinder empfinden Trauerfälle unbewußt als Beweis dafür, daß man sie nicht anerkennt: die Eltern sind von ihnen angeekelt, verleugnen, verlassen sie. Erlebte Caroline, schon von ihrer Schuld überzeugt, diesen überstürzten Abschied als eine Verurteilung? Wir wissen es nicht. Wir wissen dagegen, daß ihre zukünftigen Wünsche sich in dieser Zeit in ihr Herz eingruben: sie würde nur ihren Vater heiraten. Zwei Damen von Saint-Cyr leiteten in Honfleur ein Pensionat: sie versprachen, sie bis zu ihrer Volljährigkeit aufzunehmen, aber auch sie starben. Ein Vetter, der Notar Thouret, kam auf die Idee, das unerwünschte unglückliche Kind dem Doktor Laumonier, dem Chefchirurgen des Krankenhauses in Rouen zu schicken: Frau Laumonier war eine geborene Thouret. Caroline war sechzehn oder siebzehn Jahre alt. Eine Überlegung von Caroline Commanville klärt uns über ihren Charakter auf: bei den Laumoniers amüsierte man sich offenbar, die Sitten waren leicht. Die «außerordentlich ernste Natur» des kleinen Mädchens «bewahrte sie vor den Gefahren einer solchen Umwelt» (*Souvenirs intimes*, a. a. O., S. XV). Dieses Kind gehört zu niemandem: es wird von Hand zu Hand weitergereicht, man stirbt lieber, als daß man es hütet; vorherrschend wird das Gefühl der Schuld. Und der Mangel an Selbstvertrauen. Eine ziemlich reiche, lebhafter Gefühle fähige, aber blockierte

Affektivität. Eine unüberschreitbare Distanz trennte sie von den anderen, die gleichgültig waren oder käuflich; allzu bereit dahinzuscheiden. Keine Zukunft außer der Ehe: in der Gegenwart kein Heim, in der Vergangenheit keine Wurzeln. Sie hing in der Luft: daher ihre Zurückhaltung, ihre äußerste Schüchternheit; daher auch ihre Kälte: mit «leichten Sitten» – so sagt die Commanville – kann Caroline Fleuriot, die seit ihrer Geburt aus der Bahn geworfen ist, nichts anfangen: sie ist selbst nur allzu leicht: wenn man sie noch leichter machte, flöge sie davon. Sie braucht *Ballast*; so versucht sie, ihrem unbestimmten Dahingleiten ein Ende zu machen, indem sie sich mit der schwersten Fracht belastet, der Tugend: sie wird *gesetzt* und manchmal sogar streng sein; da sie keinen Anker auswerfen kann, versucht sie eine Achse zu finden: es wird die absolute Vertikale sein. Dieses junge Mädchen weiß nicht viel: die Damen von Saint-Cyr haben ihr nichts beigebracht; sie fühlt auch kaum mehr: ihre eisigen Jahre haben sie eisig werden lassen; sie wird bald und total lieben: im Augenblick verrät ihr Herz kein Wort; nicht, daß es tot ist: im Gegenteil; aber die ersten Frustrationen haben es so sehr bedingt, es hat so strenge Ansprüche, daß sich diese nicht zu erkennen geben werden, bevor der Mann aufgetaucht ist, der sie befriedigen kann. Bis dahin die Tugend: der fromme Lebenswandel dient als Anhaltspunkt. Und der Hochmut. Er entsteht bei den Schuldigen, Unterdrückten und Gedemütigten, schnuppert um sich herum, versucht die Verworfenheit, aus der er hervorgeht, durch rhetorische Triumphe zu kompensieren. Caroline war in ihren eigenen Augen nicht verworfen, aber *leer*; der Hochmut war töricht: es ging weniger darum, eine individuelle Besonderheit aufzuwerten, als um jeden Preis das In-der-Luft-hängen einer vagen Existenz zwischen Himmel und Erde zu beenden; es mußte ein Halt gefunden werden. Caroline hielt sich von ihrer Mutter her für adlig und von ihrem Vater her für royalistisch. In Wirklichkeit hatte ihr Vater an den Aufständen des Westens gegen die Französische Revolution nie teilgenommen, und die Cambremer de Croixmare, Juristen und Priester, hatten niemals den Degen getragen. Trotzdem: Caroline Commanville schrieb: «Durch ihre Mutter war meine Mutter mit den ältesten Familien der Normandie verbunden.» Und Gustave spielt in seiner Korrespondenz oft auf seine adlige Herkunft an. Das war einer der Hauptmythen der Flauberts. Wer konnte ihn in die Familie eingeführt haben? Wer hielt ihn später aufrecht, indem er vor der Enkelin seine Erinnerungen ausschüttete, wenn nicht Caroline Fleuriot selbst? Da sie adlig war, hatte sie – mangels anderer Wurzeln – eine *Qualität*: durch Blutsbande hatte sie von weitem an der stabilen und sicheren Ordnung eines Hauses teil. Kurz, sie entfremdete sich schon früh in diese Abstraktion, die ihr eine illusorische Sicherheit verlieh: das schuldige junge Mädchen, das kalt und leer war und das Gefühl von seinem ursprünglichen Vergehen in ein oberflächliches

Gewirr von Skrupeln umsetzte, fand für sich ein *ego* nur bei den Anderen und als anderes. Dort hinten bei den Danycan d' Annebauts, bei den Fouet de Crémanvilles fand ihre innere Leere ihr wirkliches Sein, wurde sie wieder zu einer vorübergehenden Bestimmung der kollektiven Fülle. Schüchtern, verängstigt, hochmütig und streng, tugendhaft aus *Not*, in jenes metaphysische Wesen, den Amtsadel, entfremdet und trotz aller dieser Kompensationen verloren: an sich und in der Welt. So war dieses Kind von sechzehn Jahren, als es im Salon der Laumoniers einen jungen Prosektor kennenlernte, Achille-Chléophas Flaubert. Klein, schlank und zart hatte sie einige Jahre früher unter Bluthusten gelitten; sie blieb ihr ganzes Leben nervös, reizbar und verbarg ihre permanente Angst hinter einer fast manischen Besorgtheit. Kaum waren sich die jungen Leute begegnet, schon verlobten sie sich. Für Caroline war es Liebe auf den ersten Blick: dieser brillante Arzt, der vom großen Dupuytren aus Paris geschickt worden war, autoritär, tugendhaft und arbeitsam, war neun Jahre älter als sie; vor allem war es ein Erwachsener – zumindest in ihren Augen –, ein starker Mann, der Gewicht hatte: der wiederauferstandene Vater. Durch ihn würden die verschwommenen und düsteren Jahre des Pensionats, des Exils in Vergessenheit sinken, sie würde den durch den unzeitigen Tod des Doktor Fleuriot abgeschnittenen Faden wiederaufnehmen und sich allein mit ihrem Vater in einem leeren Haus wiederfinden, das heißt, sie würde wieder zurückgehen und ihr Leben im Alter von zehn Jahren wieder neu beginnen. Das Milieu der Laumoniers hatte sie verstört; nicht so sehr durch die Freiheit der Sitten, die sie nicht in Versuchung führten, als vielmehr durch die sichtliche Wechselseitigkeit der Beziehungen; niemand befahl; in einer strengen Hierarchie hätte sie ihren Platz gefunden, Gleichheit war für sie das Äußerste an Unordnung: ihr Unglück war vom jämmerlichen Scheitern eines Paares gekommen, eine Kleinfamilie hatte sich gebildet, hatte sie gemacht, und dann war alles schiefgegangen, sie blieb allein, ein absurdes Waisenkind; gegen die Zerbrechlichkeit einer egalitären Liebe, die durch den Tod mit einem Schlag vernichtet worden war, träumte sie von einer strikten und edlen Ordnung: darin würde sie ihr Ziel und den Sinn ihres Lebens finden. Diesmal lachte ihr das Glück: etwas Besseres als Achille-Cléophas konnte sie gar nicht finden. Als frisch gebackener Bürger hatte er ein Prinzip, das, wie wir gesehen haben, von seiner bäuerlichen Herkunft und seinem gebieterischen Hochmut herrührte: der Mann ist Herr im Haus. Von seiner zukünftigen Gattin verlangte er, was sie von ganzem Herzen ersehnte: gehorchen dürfen, ein relatives Wesen sein: eine Frau ist ewig minderjährig, die Tochter ihres Mannes. Sie war einverstanden; zwei Komplizen, wie es die merkwürdige Episode ihrer Verlobung zeigt: er sah sie, taxierte sie; die Strenge dieses jungen Mädchens wurde durch die Leichtlebigkeit ihrer Umwelt noch aufgewertet; sofort nahm sich der Verlobte die Rechte des seligen Vaters; er schickte sie wieder ins Pensionat zurück und holte sie erst am Vortag der Hochzeit heraus. Man kann sich vorstellen, daß die Laumoniers sich nichts Besseres wünschen konnten: die brave Jungfrau mußte sie stören. Für diese jedenfalls hatte dieser Gewaltakt die Wirkung einer ersten Besitzergreifung: sie fühlte, daß sie einen Herrn hatte, und diese berauschende Gewißheit spürte sie bis in ihr Geschlecht. Die Übertragung war gelungen: in ihrer fast mönchischen Zelle wartete sie geduldig und unterwürfig auf die Stunde, wo sie mit ihrem Vater schlafen durfte. Als gealterte Witwe sprach sie später noch mit großem Dünkel von dieser Maßnahme der Strenge. Wenn Caroline Commanville darüber schrieb, daß Achille-Cléophas klarer sah als sie, glaubt man die Stimme ihrer Großmutter zu hören. «Mein zukünftiger Mann sah klarer als ich . . .» (*Souvenirs intimes*, a. a. O., S. XV) Das heißt, es steckte etwas dahinter, Zusammenhänge, die ich nicht vermutete, oder vielleicht ein drohender Skandal; in meiner Naivität war ich ahnungslos; mein Verlobter sah sie, ich habe zunächst gegen seine Entscheidung protestiert, ich habe geschmollt, und dann habe ich meinen Irrtum mit Freuden eingesehen; er hatte wie immer recht.

Sie heirateten im Februar 1812 und zogen in die Rue du Petit-Salut 8: sie sollten sieben Jahre dort bleiben. Frau Commanville schreibt: «In meiner Kindheit führte mich Großmutter oft (vor dem Haus) vorbei, schaute zu den Fenstern hoch und sagte mit ernster, fast religiöser Stimme: Siehst du, dort haben sich die besten Jahre meines Lebens abgespielt.» (S. XVI)

Dieses Zeugnis ist für uns außerordentlich wichtig. Sieben Jahre Glück. Danach begann das Unglück nicht sofort, es gibt noch einen Aufschub, aber drohende Gefahren ballen sich zusammen, und vor allem ist das Herz nicht mehr dabei. Welche Ereignisse haben das Leben des Paares zwischen 1812 und 1819 gezeichnet? Ein Jahr weniger einen Tag nach der Hochzeit wurde zunächst Achille geboren. Er wurde sicher gut ernährt und versorgt. Die junge Mutter liebte dieses Unterpfand der Liebe. Außerdem hatte Achille-Cléophas dadurch, daß er ihm seinen eigenen Taufnamen gab, seinen Verwandten bedeutet, daß er diesen Erstgeborenen – er würde noch andere Kinder haben – als seinen Nachfolger ansah, das zukünftige Oberhaupt der Familie: das ist mein Sohn, das heißt soviel, das bin ich selbst, heute mein Spiegelbild, morgen meine Wiederverkörperung. Der Mutter wurde diese Vorliebe mitgeteilt, und sie teilte sie: sie liebte in ihrem Kind die zarte hilflose Kindheit ihres Gatten, die lange für tot gehalten und endlich wieder auferweckt worden war. Als Gegenstand von soviel Pflege und leidenschaftlicher Hingabe wurde Achille ein Musterkind: gesund, folgsam, aufgeweckt. Für die Mutter war es etwas später ein Vergnügen, ihm lesen beizubringen. Der Erzeuger schwängerte jedoch seine Frau noch zweimal: sie schenkte ihm zwei Jungen. Zwei Fehlschläge: sie starben in frühem Alter. Da ist etwas, was mich erstaunt: im allgemeinen genügt ein einziger frühzeitiger Tod, Eltern ins Unglück zu stürzen; bei den Flauberts ereigneten sich gleich Schlag auf Schlag zwei solcher Todesfälle: eigentlich genug, um sie für lange Zeit zu verstören und ihnen diese erste Wohnung zu verleiden. Aber die alte Frau Flaubert denkt dreißig Jahre später voller Sehnsucht an die Rue du Petit-Salut, bleibt vor ihrer ehemaligen Wohnung stehen und erinnert ständig daran, daß sie dort glücklich war. Teilt man, wie sie es tut, ihr Eheleben in zwei Abschnitte, so stellt man fest, daß sie *vor* dem Umzug in das Hôtel-Dieu drei Söhne hatte, von denen nur ein einziger überleben sollte; *nach* ihrem Umzug kehrt sich das Verhältnis um: von den drei Kindern, die sie nun hat, stirbt nur ein einziges. Dennoch sagt sie uns selbst trotz dieser schmerzlichen Fehlschläge, daß sie in den ersten sieben Jahren, als sie in der Rue du Petit-Salut wohnte, wahres Glück erfahren habe.

Woher kann das kommen? Eines scheint mir sicher: weder konnten die Toten ihr die ersten sieben Jahre verleiden, noch konnten die Lebenden die folgenden Jahre versüßen: ihre Nachkommenschaft hat also nicht stark ins Gewicht fallen können. Glück und Unglück von Caroline Flaubert hingen einzig und allein von Achille-Cléophas ab. Gustave selbst bezeugt es in einem Brief an Louise Colet: «Sie hat (meinen Vater) geliebt, wie eine Frau je einen Mann hat lieben können, und nicht nur als sie jung waren, sondern bis zum letzten Tag, nach 35 Jahren Ehe.» (30. September 1846) In ihrem Kontext sind diese schönen Lobreden wie immer natürlich nicht uneigennützig, er will Louise Colet seine Mutter als Beispiel vorhalten – du bist eifersüchtig, meine Mutter war es nicht, sie liebte meinen Vater tausendmal mehr, als du mich liebst; das ist das zu befolgende Beispiel: mich lieben und schweigen. Und dann wird man, wenn er einem nur etwas vertraut ist, eine gewisse Phrenesie erkennen, die vor allem dazu bestimmt ist, die anderen zu überzeugen: der Ton hebt sich, die Hyperbel entsteht, um die *pathetische* Schwäche der Behauptung zu kompensieren. Vielleicht übertreibt er die Gefühle seiner Mutter. Aber wir haben glücklicherweise jenen anderen Beweis, dessen Quelle er zwar selbst ist, der jedoch keine Lüge zu sein scheint: Frau Flaubert hatte ihren deistischen Glauben bewahrt, obwohl sie sich einem ungläubigen Arzt hingegeben hatte. Ein Himmel war nötig für die Mutter, die sie getötet hatte, für Jean-Baptiste-François-Prosper Fleuriot, der zu früh gestorben war, und für die kleinen Engel, die Gott zu einem kurzen Ausflug auf die Erde schickte und regelmäßig vor Ablauf ihres Urlaubs wieder zu sich zurückrief. Und auch ein wenig Liebe, um die Angst der Schuldigen zu mildern, um die ungefälligen Tugenden, die sie von der Furcht hatte, zu besonnen. Sie gehörte zu der Art von Frauen, die sagen: «Ich habe meine eigene

Religion» oder «Ich habe meinen lieben Gott» und die sich darauf beschränken, ein wenig an der katholischen Religion zu schmarotzen: sie nehmen die Bequemlichkeiten, den Weihrauch, die bunten Glasfenster, die Orgelklänge und lassen die Dogmen liegen. Carolines Deismus, ihr Über-Überich, war ein Rückgriff auf Gott gegen den Vater, und dann zweifellos die Poesie jener frühgewelkten Sensibilität: Harmonien, Meditationen, Andachten, Erhebungen; Lamartine gefiel, weil er die doch so schönen Gedankenfetzen wiedergab, die den Leuten während der Messe durch den Kopf gingen. Man ging tatsächlich hin, empfing die heiligen Sakramente – und sei es nur wegen der ehrenwerten Patienten und aus Furcht vor der Congrégation.

Man kann sicher sein, daß der Doktor Flaubert keinerlei Anstrengung unternahm, seine Frau aufzuklären: sie hätte ihre Ansichten sicher sofort aufgegeben, wenn er nur den geringsten Wunsch in dieser Richtung geäußert hätte. Sie behielt sie durch die Toleranz des Ehemanns, aber ohne daran zu rühren, alles blieb poetisch und verschwommen; nach der vollständig gelungenen Übertragung brauchte sie ja ihr Über-Überich kaum noch. Und ich kann mir schwer vorstellen, daß sie bei einem von Achille-Cléophas gefällten Urteil ihren Gott angerufen hätte. Dennoch brachte sie ihre Kinder dazu, vor allem Gustave, von oben inhaltslose Intuitionen, Appelle zu empfangen. Der Chefarzt ließ sie gewähren: die Kinderstube, das Mädchenzimmer brauchen die Religion, das ist das beste Mittel, die Frauen in der Kindheit zu halten. Die Söhne nahm er mit fünf oder sechs Jahren an die Hand und pustete die feinen mütterlichen Staubteilchen, die ihre Stirnlappen verschmutzten, in den Wind.

Als Frau Flaubert jedoch Schlag auf Schlag ihren Gatten und ihre Tochter hatte sterben sehen, verlor sie plötzlich den Glauben – jenen Glauben, der nicht getrübt worden war durch den Tod dreier Kinder, die ihr absurderweise geschenkt und wieder genommen worden waren. Gewiß, es war ein entsetzlicher Schock: er verlangte jedoch nicht, daß sie die Sünde der Verzweiflung beging. Meistens bekehrt sich der Ungläubige bei Trauerfällen: er braucht Hilfe und die Überzeugung, daß das Leben nicht einfach absurd ist; er braucht vor allem den Glauben daran, daß die Verschiedenen nur auf eine Reise gegangen sind und daß er sie wiedersehen wird. Das erste Mal, als ihr Vater sie verließ, war Caroline zehn Jahre alt: sie verhielt sich wie alle Welt und festigte ihre Religiosität. Das zweite Mal war sie älter als fünfzig Jahre: das wäre der gegebene Moment gewesen, in die Hände der Priester zu geraten; aber nichts davon; die Witwe hatte eine ungewöhnliche Reaktion: sie brach mit Gott. Wurde sie dazu vor allem durch den Tod ihrer Tochter getrieben? Ohne Zweifel. Die beiden Trauerfälle sind zwar untrennbar, aber der erste beleuchtet den zweiten mit seinem dunklen Licht. Der Chefarzt hatte, als er starb, immerhin sein einundsechzigstes Lebensjahr erreicht: das wäre schon in unserer Zeit ein ganz gutes Alter; damals hielt man ein langes Leben für eine außerordentliche Gunst der Vorsehung. Auf den ersten Blick scheint Gott untadelig; seine Güte war so groß, daß er den Vater nicht auslöschte, bevor der älteste Sohn alt genug war, ihn abzulösen. Aber dennoch konnte sich diese alternde Frau eines alten Mannes nicht damit abfinden; nach fünfunddreißig Jahren gemeinsamen Lebens war der Tod von Achille-Cléophas in ihren Augen ein ebenso unerträglicher Skandal, wie es der Tod der jungen Gattin Cambremer de Croixmare für den jungen Doktor Fleuriot gewesen sein mußte; eine so revoltierende Ungerechtigkeit stellt die Weltordnung in Frage: das Böse ist allmächtig, Gott existiert nicht. Gustave hat recht: sie liebt wie am ersten Tag; für dieses relative Geschöpf stellte der Chefarzt natürlich die einzige Quelle ihres Glücks dar; mehr noch: er rechtfertigte sie, wusch sie von ihrer Sünde rein, legitimierte ihre Existenz, gab ihr ihre Daseinsberechtigung; er war das Gute. Wenn das Gute stirbt, bleibt nichts übrig, weder auf Erden noch im Himmel: sie fand die Verstörungen ihrer Jugend wieder, aber ohne Hoffnung. Ihr ganzes Leben kam ihr jetzt wieder in Erinnerung, mit all seinen Trauerfällen, sie strich den Allmächtigen wütend aus: das war eine Abrechnung. Und dann vor allem bekehrte sie sich zum Atheismus, wie andere sich zur offenbarten Religion bekehren: durch die Treue zum Toten; um ihn ganz in sich aufzunehmen, um er zu *sein*. Sie war bereit, ihn niemals wiedersehen zu dürfen, wenn sie ihn dafür in ihrem Leib tragen konnte wie ein neugeborenes Kind, indem sie die stolzen, harten Lehren übernahm, die soviel für den Ruhm ihres Gatten vermocht hatten. Als der Doktor Flaubert noch lebte, verbürgte sein Atheismus Carolines Religiosität: sie hielt diesen Glauben ohne Dogma irgendwie für eine geringfügige Verzauberung, die ihrem Geschlecht entsprach; ihr Männchen war atheistisch für zwei. Als er tot war, vertrat sie Achille-Cléophas; sie spuckte die lamartineschen Bonbons wieder aus und entschied sich nüchtern für die Verzweiflung. Das finde ich erstaunlich: man konnte nur Gott behalten oder für immer darauf verzichten, die Seele des geliebten Verstorbenen wiederzufinden. Sie vertrieb den Allmächtigen, der sie betrogen hatte, und tötete damit bewußt ihren Gatten für immer: es gab keine Seele, nur weiße Knochen würden in der zersetzenden Erde zurückbleiben. Das heißt, sie zog die Treue der Hoffnung vor: der philosophische Arzt mußte im Namen seiner eigenen Prinzipien zu Staub zerfallen. Sie kannte die Konsequenzen der Lehre und nahm sie dennoch an: ihren Gatten im Himmel wiederfinden war gut; ihn auf der Erde in ihrem eigenen Herzen und für sie allein vertreten – sie verkehrte mit niemandem mehr – war besser. Können wir hier von Identifikation, von Reinkarnation sprechen? Nein: aber von Beständigkeit; sie würde sich auf den Tod hin bewegen, wie es der selige Achille-Cléophas getan hatte, in dem Wissen, daß der letzte Schiffbruch total ist, und in dem Wunsch, sich lieber mit ihrem Gatten bei jedem Herzschlag *in diesem Leben* wiedervereinigen zu können, als ihn *in jenem Leben*, gegen seinen Willen erwählt, im Himmel wiederzufinden, den er geleugnet hatte. Das geschah, ohne daß sie viel darüber nachdachte. Oder, besser noch, es gab überhaupt kein Argument: sie tat, was sie tun konnte, sie wurde immer mehr sie selbst, indem sie jeden Tag ihrem Mann mehr ähnelte; erkaltet, leer, besorgt, mit einem unendlichen und Tag für Tag neu durchlebten Unglück, durch den Utilitarismus der Flauberts davon abgehalten, sich umzubringen: man muß der Familie dienen; solange sie noch existiert, nimmt man sich nicht das Leben.

Das nenne ich Liebe: es gibt auch eine andere Art; keine, die stärker ist. Da ist alles: dieser Vater beherrschte sie, leitete sie, das Geborgenseinwollen, die Tugend und das Geschlecht kamen auf ihre Kosten. Sie besaß alles: das Gute hatte sie ergriffen und in sein Bett gelegt, sie hatte jenen erdrückenden Engel getragen, sie war wie von Sinnen gewesen; bei Tageslicht verwirrte sie die väterliche Strenge des Doktors: sie sah darin die Verheißung eines neuen Sinnenrausches; gelehrig und fügsam schien ihr ihr Gehorsam die wollüstige Verlängerung ihrer nächtlichen Unterwerfungen.

Ich habe schon gesagt, daß sich der Roueneser Zweig der Flauberts unter dem Gesichtspunkt einer halb-ländlichen Familie bildete: Achille-Cléophas baute selbst die Familienzelle auf, er schuf sie so – wir haben es gesehen –, *wie er war*, wie man ihn geschaffen hatte und wie er sein wollte. Aber er war nicht allein dafür verantwortlich: seine Gattin, die er sorgsam ausgewählt hatte, paßte ausgezeichnet zu ihm; unter seiner hohen Aufsicht tat sie alle Arbeiten im Haushalt. Nicht daß sie an einer bestimmten Struktur der «sozialen Zelle» besonders hing oder irgendeine andere ablehnte: das war ihr alles egal. In ihren Augen zählte nur das Paar. Und es mußte so blutschänderisch wie möglich sein. Sie bestätigte ihren Gatten in seinen Machtvollkommenheiten eines *pater familias*, um in ihrem Herzen und ihrem Körper zu spüren, daß sie keinen anderen Geliebten hatte als ihren Vater. Ihre ganze Existenz von der Heirat bis zum Tod war – im Herzen dieses Patriarchats – von der Gattenliebe geprägt, beherrscht und durchdrungen. Sie machte sich zur Komplizin dieses übermächtigen Erzeugers, wenn es darum ging, gegenüber jedermann die Einheit dieses Paares zu verteidigen, aus dem sie ihre Wollust, ihr Glück, ihren Platz in der Welt und ihr Sein gewann.

Die Kinder liebte sie natürlich: in ihnen liebte sie ja den Vater. *In ihnen* liebte sie die Fruchtbarkeit des Erzeugers. Dazu kommt noch etwas anderes: zweifellos hat das kleine Waisenkind früher oft von der einzigen Möglichkeit geträumt, ihre verlorene Familie wiederzufinden: sie wünschte sich, verheiratet und ihrerseits Mutter zu sein und durch ihre eigene Mutterschaft ihre Mutter wieder zum Leben erwecken zu können. Es handelte sich, wie man sieht, nur um ein Verhältnis zu sich selbst: die Kinder hatten, sofern sie nur normal waren, in ihren Augen keine andere Rolle, als sie in den Besitz ihrer Mutterfunktion zu bringen. Selbst in ihren genauesten Träumen sollten sie unbestimmt bleiben. Die brillantesten Bilder ihrer Phantasmen zeigten sie in ihrer neuen Rolle: sie gab die Brust und zog eine ganze Horde von Gören auf. Aber halt: was ich eben gesagt habe, trifft nur für die Jungen zu. Sie würde so viel davon haben, wie Gott ihr schenken würde; bei einem Mädchen wäre das ganz anders: *sie wollte eines haben.* Eine verfehlte Kindheit – man weiß es heute durch die Analytiker – beginnt immer wieder von vorne; beginnt mit einem anderen Kind. Wenn Caroline mit einer Tochter niederkam, war sie ihre eigene Mutter. Die Liebe und die Pflege, die sie ihrer Tochter angedeihen lassen wollte, waren dieselben, die ihr durch den frühen Tod von Frau Fleuriot entzogen worden waren. Kurz, eine zweite Caroline wurde erwartet: wenn das ehemalige Waisenmädchen, das einen blutschänderischen Vater für sich wiedergefunden hatte, es schaffte, mit einem Kind ihres Geschlechts eine verbesserte Fassung ihrer eigenen Kindheit zu verwirklichen, wenn es ihr, allen Wünschen vom Fleisch ihres Fleisches zuvorkommend, nachträglich gelang, dieses erste frustrierte Alter mit Glück zu überschütten, die Krallen der noch quälenden Erinnerungen stumpf zu schleifen, dann hätte sich für Frau Flaubert der Kreis geschlossen: unter der väterlichen Autorität ihres Gatten würde sie sich einer ewigen Kindheit erfreuen, die eigene Kindheit, die wirkliche, würde sie aus ihrem Gedächtnis reißen und in einer anderen verwirklichen. Der Beweis für diesen tiefen Wunsch ist, daß sie der Tochter, die der Chefarzt nach zwölf Jahren zustande brachte, ihren eigenen Namen gab. Und ebensowenig ist es ein Zufall, daß die Tochter dieser Tochter wieder den gleichen Vornamen erhielt: ging es doch vor allem darum, die Erinnerung an die junge Mutter zu bewahren, die starb, als sie ihr das Leben schenkte, wie Frau Fleuriot Ende des vergangenen Jahrhunderts. Gleichviel: was für eine merkwürdige Dynastie von Carolinen, deren erste und letzte ihre Mutter töteten: der Erzeuger hatte dem Erstgeborenen gegenüber den königlichen Akt vollzogen: «*Das bin ich*, zum Beweis dafür nenne ich ihn Achille.» Die Absichten seiner Frau zwölf Jahre später sind kaum andere, und zweifellos ließ sie sich dabei von ihrem Herrn inspirieren: «Das bin ich, ich, die ich meine eigene Kindheit wiedergutmache, mit einer Mutter versehe, die am Leben bleibt und mich liebt.» Aus diesem Grunde wurde Gustaves Schwester sicherlich vorgezogen: in gewisser Weise stellte sie die einzige persönliche Beziehung dar, die die Gattin des Chefarztes zu sich selbst unterhielt, die einzige subjektive Intimität, zu der der blutschänderische Vater keinen Zugang hatte; selbst in den Akt des Stillens, der immerhin von objektiven Erwägungen geregelt war, legte sie, ohne es zu wissen, eine Welt, von der er nicht einmal etwas ahnen konnte; *sie machte sich zur Brust*, um in der Gegenwart die unüberwindlichen Frustrationen der Vergangenheit auszulöschen, sie machte sich zur Liebe, um wenigstens die Zärtlichkeit *geben* zu können, die sie nicht *empfangen* hatte.

Zwölf Jahre wartete sie auf dieses Glück, das zu spät kam. Zwölf Jahre, in denen Achille-Cléophas ihr fünf Jungen machte. Den ersten empfing sie mit Freuden: zunächst galt es, die Nachkommenschaft und die Fortführung des Namens zu sichern; außerdem kommen die Wünsche der Gattin erst nach denen des Herrn, und schließlich ist es nicht gut, wenn das älteste ein Kind des schwachen Geschlechts ist. Aber von der zweiten Schwangerschaft an begann sie zu warten. Sie erlebte vier Enttäuschungen: Gustave war die dritte. Dadurch ist, meiner Ansicht nach, ihre merkwürdige Gleichgültigkeit gegenüber den ersten Todesfällen zu erklären. Diese Söhne wurden ihr von Gott geschenkt, sie nahm sie an um der Liebe zu ihrem Mann willen, aus Pflichtgefühl: die Familie mußte wachsen und gedeihen. Aber als Gott sie ihr wieder wegnahm, blieben die Augen der Mutter trocken: wenn Er sie wieder zurücknahm, so deshalb, weil sie irrtümlicherweise den Flauberts gegeben worden waren: man würde also wieder von vorne anfangen, das war alles; man würde versuchen, es besser zu machen; es war nicht verboten zu hoffen, daß der nächste Sprößling eine Tochter ist. Ich vermute trotzdem, daß sie gezeichnet war: die Säuglinge starben ihr unter den Händen weg, trotz der geschickten und aufmerksamen Pflege, die sie ihnen angedeihen ließ; sie hatte die Aufgabe, sie am Leben zu erhalten, sie zu schützen, sie erfüllte ihre Pflichten aufs beste, flink und gewissenhaft, ohne sich zu schonen: so unschuldig sie auch war, die Todesfälle mußten zu ihren persönlichen Fehlschlägen werden: da sie die Mörderin ihrer Mutter war, schien das Verhältnis zum Tod ihre grundlegende Beziehung zur Welt und zum Anderen gewesen zu sein, die erste Quelle ihrer Schuld; man könnte wetten, daß sie jeden Fall dieses überstürzten Dahinscheidens für eine Wiederholung ihres ursprünglichen Frevels hielt und zugleich für das Ergebnis eines dunklen mütterlichen Fluches.

Der Doktor Flaubert war, zum Glück für sie, nicht so kompliziert: natürlich waren ihm Jungen lieber, aber vor allem wollte er, daß seine Nachkommenschaft, gleichgültig welchen Geschlechts, am Leben blieb. Doch seine Besorgnisse waren lange Zeit nicht ernst: der Älteste war bei guter Gesundheit, das war die Hauptsache. Was die anderen Kinder anging, so waren sie sich gleich: jedes vertrat die Familie, keines konnte eine bevorzugte Inkarnation sein. Kurz, er hing nicht besonders an den Neugeborenen. Außerdem empfahl es sich zu Beginn des vorigen Jahrhunderts, Säuglinge nicht allzu sehr zu lieben, da sie krepierten wie die Fliegen. Die beiden ersten Todesfälle waren sicher bedauerlich, aber nicht außergewöhnlich: das war durchaus die Regel. Sobald ein

Kind zur Welt gekommen war, sah Achille-Cléophas in ihm nur eine kalkulierte Wahrscheinlichkeit des Überlebens. Unvergleichliche und unglückliche Geschicke nahmen unter seinen Augen einen schlechten Anfang und zerplatzten vor seiner Nase wie Seifenblasen, ohne daß er deswegen auf die Idee gekommen wäre, in ihnen etwas anderes als physiologische Zwischenfälle zu entdecken. Viele Kinder sind nötig, um eine Familie fortzusetzen, dachte er, und viele Tote, um einen Menschen am Leben zu erhalten; diese Schlußfolgerung war naheliegend: ein Arzt, der obendrein noch Philosoph ist, muß mit der Kindersterblichkeit rechnen und sie mit der gleichen Gelassenheit hinnehmen, wenn sie seine eigene Familie heimsucht. Das läuft, wie wir wissen, darauf hinaus: das Individuum ist der unwesentliche und vorübergehende Modus, die Familiengemeinschaft ist die Substanz, die die Modi hervorbringt und in sich auflöst. Zweifellos hatte diese etwas simple Weisheit den allerbesten Einfluß auf Caroline: er erklärte ihr sicher, daß sie auf die Welt setzte, was ich *morituri*[16] nennen möchte, da ich kein anderes Wort kenne, das den gleichen Sinn hat. Als solche empfand sie sie sogar schon in ihrem Schoß, wenn sie sie trug.

Kummer, Gleichgültigkeit: zwei Beerdigungen und dann, danach, Gustave, der dritte Sohn. Die Mutter legte ihre Trauerkleidung nicht ab, oder nicht für lange Zeit. Aber wir wissen, daß sie von düsterer Gemütsart war und aus welchen Gründen: sie konnte nur ein Glück in Trauerkleidern akzeptieren. Schwarz rechtfertigte alles für sie, selbst die Wollust: als Waisenkind, Mutter von totgeborenen Kindern und schließlich Witwe trug sie fast ihr ganzes Leben lang Schwarz. Das erklärt uns, warum sie von den ersten sieben Jahren «mit ernster, fast religiöser Stimme» sprach. Unterordnung, Respekt, Strenge, Ergebenheit gegenüber dem Familienoberhaupt und damit gegenüber der zukünftigen Familie, nächtliche Wollust, Spiele der Liebe und des Todes; das kam ihr zu, nichts anderes; ein brillantes und großzügiges, freudestrahlendes Leben hätte sie an den Salon der Laumoniers erinnert, sie hätte es aus Angst und Frigidität zurückgewiesen. Ihre Söhne blieben ihr immer fremd, gleichgültig ob über oder unter der Erde: die väterliche Strenge schob sich zwischen die Gattin und ihre Kinder, die Jungen gehören dem Vater, das ist die Regel, sobald sie in der Lage sind, das Kinderzimmer zu verlassen. Insofern Achille sein eigener Vater in den Windeln war, entzückte er sie. Nach einiger Zeit nahm ihn der Vater zu sich: sie fuhr fort, ihn zu versorgen, sie brachte ihm lesen und schreiben bei, aber das kleine Wunderkind, der erwählte Chefarzt, entging ihr: er war für sie nur das männliche, fremde Schicksal, das sein Vater für ihn

16 So Goethe, der, als man ihm den Tod seines Sohnes bekanntgab, friedlich erklärte: «*Non ignoravi, me mortalem genuisse.* – Ich wußte, daß ich einen Sterblichen gezeugt habe.»

vorgesehen hatte. Das erklärt, warum die Mutter nach dem Tod des Erzeugers fast ihre Beziehungen zu diesem Sohn abbrach: gut, sie konnte ihre Schwiegertochter nicht leiden, und außerdem war Achille wenig liebenswürdig; aber diese Gründe hätten nicht gezählt, wenn sie für ihren Ältesten eine ebenso heftige und erwiderte Liebe empfunden hätte wie zur gleichen Zeit Frau Le Poittevin für Alfred. Zwanzig Jahre später können Mißverständnisse, schlimme Machenschaften ein so tiefes Gefühl wohl vergiften, mit Groll durchtränken und manchmal in Haß verwandeln, sie werden jedoch niemals bewirken, daß es in den Gemütern keine Spuren hinterlassen hat, daß eine Erinnerung es nicht in seiner Naivität, seiner ursprünglichen Kraft wiedererweckt; Frau Flaubert liebte den Chefarzt Achille nicht – das ist eine Tatsache, die Gustave in seiner Korrespondenz gerne durchblicken läßt. Aber diese von Tadel gefärbte Gleichgültigkeit ohne Animosität wäre nicht einmal denkbar, wenn sie ihn zunächst geliebt hätte. Als er ganz klein war, liebte sie in ihm seinen Vater; als er Achille wurde, interessierte er sie nicht mehr. Weder für den einen noch für den anderen ihrer Jungen empfand sie eine besitzergreifende oder eifersüchtige Zuneigung. Die Rechte, die sie sich über sie zuschrieb, mußten ihr erst vom Vater gewährt werden. Niemals ergriff sie die Initiative oder gab ihnen in ihrem Namen einen Befehl: der souveräne Wille des Gatten machte sie zur Treuhänderin der *patria potestas*, sie empfing die Macht, ihre Autorität war nur geliehen. Das verlangte der Chefarzt von seiner Gattin. Aber sie war weit davon entfernt, ihm nur deshalb zu gehorchen, weil sie es so gewohnt, weil sie so erzogen worden oder weil es Brauch war, sondern sie gefiel sich in der Unterwerfung und war um so strenger mit ihren Kindern, je mehr sie sich ihrem Herrn unterwarf. Sie berichtete ihm nicht die Klagen ihrer Kinder; die Anfechtung eines Befehls, die Einwände ihrer Söhne wären in ihrem Mund *zu ihrer eigenen Respektlosigkeit* geworden. Ein *Nein* durfte gegenüber dem Herrn nicht ausgesprochen werden, woher es auch immer kam: es wäre *in jedem Falle* eine Lästerung gewesen. Alles übrige versteht sich von selbst: zum Unterschied von so vielen anderen Müttern ergriff sie niemals die Partei ihrer Kinder gegen ihren Gatten; sie erlag niemals der Versuchung, sie zu verteidigen, so sehr war sie davon überzeugt, daß die Entscheidungen von Achille-Cléophas die besten der Welt waren. Sie liebte ihn zu sehr und war ihm gegenüber zu loyal, als daß sie den Versuch gemacht hätte, ihn zu regieren; und ich glaube, ihr größtes Verdienst war, daß sie im Gegensatz zu so vielen anderen Ehefrauen ihren Gatten nie «zu nehmen wußte». Aber das ist ein Verdienst für eine *ländliche* Familie: um dieses Verdienst zu erwerben und zu bewahren, hat sie auf alle jene mehr oder weniger zweideutigen oder glücklichen Arten des Einverständnisses verzichtet, das in den Kleinfamilien Sohn und Mutter miteinander verbindet. Da sie ihre Tugend bis zur

Spitze, das heißt bis zum Laster, trieb, hat sie für ihre Kinder niemals *ein gutes Wort eingelegt*: bis zum Tod von Achille-Cléophas war die Autorität des *pater familias* schrecklicher, aber nachgiebiger, launenhafter, aber angebrachter, wenn dieser sie selbst ausübte, strenger und bürokratischer, wenn seine Frau als seine Stellvertreterin diente, auf jeden Fall wurde sie souverän gegenüber den beiden Jungen ausgeübt, ohne daß die Mutter sie jemals durch ihre Zärtlichkeit abgeschwächt hätte. Wie hätte sie das auch anstellen sollen? Sie liebte sie zwar, aber nicht zärtlich, denn ihr Herz bewahrte sie für die neue Caroline auf, die nichts anderes als ihr eigener Wiederbeginn sein würde. Und wenn man fragt, was Liebe ohne Zärtlichkeit ist, so würde ich sagen, absolute Ergebenheit und kollektive Wertschätzung: ich zweifle nicht daran, daß sie, um ihre kranken Söhne zu retten, ihre Gesundheit ruiniert oder ihr Leben für das des einen oder des anderen hingegeben hätte: das glaubte sie von sich selbst auf jeden Fall ganz fest. Sie hat jedoch erklärt, daß sie überhaupt nicht wisse, was ein Opfer sei; sie kannte ihre Pflicht, nicht mehr. Man muß ihr darin Glauben schenken, vorausgesetzt, daß man sie recht versteht. Was sie will, ist folgendes: zunächst bestimmte Freundinnen verurteilen, deren zänkische, immer atemlose, weinerliche, vom «Pflichtgefühl» getragene Mutterliebe keinen anderen Zweck hat, als ihnen Rechte zu verleihen, und, wenn diese nicht anerkannt werden, im Ressentiment endet. Caroline hat sich niemals *Zwang angetan*: was sie tat, tat sie, weil es ihr Spaß machte oder um die Interessen der Familie zu verteidigen. Die einzigen *gültigen* Handlungen gehen aus der Spontaneität hervor. Es ist ein Glück für ein Kind, wenn seine Mutter nicht behauptet, sich für es zu opfern, wenn sie ihm den Hintern abwischt: das *Positive* ist hier jenes Interesse, das Frau Flaubert den routinemäßigen und präzisen Aufgaben der Mutterschaft entgegenbrachte. Wenigstens ersparte sie den beiden Jungen das peinliche Gefühl, daß sie sich ihnen nicht nähern konnte, ohne einen gewissen Abscheu zu überwinden. Aber wir werden ihren Weg nicht weiter verfolgen; wahr ist, daß eine Theorie der Tugend ihr in jener utilitaristischen Epoche fehlte; und wenn sie trotz dieses Mangels wie ihr Gatte tugendhaft war, so war sie das, im Gegensatz zu dem, was Gustave sagt, nicht von Natur aus, sondern aus *Not*. In der Erfüllung vorgeschriebener Aufgaben fand sie ihr Gleichgewicht und ihre irdische Schwerkraft; indem sie ihre Kinder stillte, versorgte und an ihrem Bett wachte, *ortete* sie nur ihre Position: Abtrift null, feste Position zweihundert Faden vom Land entfernt. Man muß allerdings zugeben, daß sie diese familiären Aufgaben um ihrer selbst willen und die Utensilien – das Wochenbett, die Windeln, die Wiege – mehr liebte als das Kind. Bei diesem ängstlichen Mädchen hatte sich von ihrem ersten Wochenbett an eine völlige Umkehrung von Mittel und Zweck vollzogen: das Neugeborene war nur noch der *Gegenstand* ihrer Pflege, das unentbehrliche

Mittel, die beste aller Mütter zu werden; es wurde *allgemein* versorgt, seine Besonderheit blieb unbemerkt, man verlangte von ihm nur, daß es überlebte; die Utensilien absorbierten die Liebe und gaben sie nicht zurück.

Diese Allgemeinheit fand sich auch im Akt der Valorisierung: wenn sie ein Baby in ihren Armen hielt, bewunderte sie in ihm jene Lebensquelle, die sie befruchtet hatte: das Fleisch gewordene Sperma des Erzeugers. Aber welches auch das Kind war, der Samen blieb immer der gleiche: sie erschienen ihr in den ersten Monaten als austauschbar. In jedem von ihnen – und das war im Grunde nur eine Sozialisation ihrer Störung – verehrte sie auch die Familien Flaubert und Cambremer de Croixmare, die sich hier untrennbar vermischt hatten. Aber im frühesten Alter konnte keines eine besondere Verkörperung dieser beiden Familien sein. Wir müssen es noch einmal betonen: sie liebte in ihren Söhnen die ewige Wiederkehr – das heißt die zyklische Zeit der Tugend –, die väterliche Macht und das Haus Flaubert. Kein besonderer Charakterzug; in den heutigen bürgerlichen Familien liebt noch die allerverliebteste Mutter ihren Sohn zum Teil gegen ihren Gatten: es wird eine Rache sein; kaum ist er geboren, schon verehrt sie die individuellen Züge dieses zukünftigen Erzeugers; für beide beginnt ein einzigartiges, unvorhersehbares und eben dadurch liebenswürdiges Abenteuer. Caroline konnte 1830 dem philosophischen Arzt nichts vorwerfen: nicht, daß dieser untadelig gewesen wäre, sondern weil sie noch vor der Heirat beschlossen hatte, alles, was er tun würde, gutzuheißen; dieser Gattin fehlte der Anflug einer Revolte, die aus ihr eine Mutter gemacht hätte.

Mehr Gattin als Mutter: ein bekannter Satz; muß man ihn auf Frau Flaubert anwenden? Nicht ganz ohne Einschränkungen. Wenn man damit sagen wollte, daß sie lieber mit ihrem Gatten schlief, als Kinder zu machen, so irrt man sich: um an ersterem Gefallen zu finden, mußte es ihr als das einzige Mittel erscheinen, Kinder zur Welt zu bringen. Aus mütterlicher Tugend empfand sie Wollust. Richtiger wäre zu sagen, daß sie mehr blutschänderische Tochter als Mutter war. Zwischen ihr und ihren Söhnen war nichts: die Bande, die sie miteinander zu vereinen schienen, waren, wie wir wissen, nicht ihre eigenen, sie verbanden die kleinen Flauberts mit ihrem Vater. Zur Mutter war die Kommunikation abgeschnitten. In Wirklichkeit ist sie die verborgene Schwester ihrer Söhne: als eine ältere Schwester, deren Obhut sie anvertraut werden, ist sie gegenüber dem *pater familias* für sie verantwortlich, sie liebt sie in ihm, wie die Christen sich in Gott lieben, aber die einzige direkte Beziehung ihrer Kinder zu Caroline ist die *Kohabitation*; darunter ist nicht nur gemeinsame Existenz an einem Ort zu verstehen, sondern auch Zugehörigkeit zum gleichen Haus.

Aus diesem Grunde hat also das Eheglück von Frau Flaubert unter den ersten Trauerfällen nicht wirklich gelitten. Nun wissen wir jedoch, daß dieses Glück spürbar abnahm, als sie umzog. Was ist geschehen? Wir kennen zwar die Einzelheiten nicht, aber die allgemeinen Umstände sind uns bekannt. Zunächst der erste, der der Ursprung der anderen ist: Caroline war so veranlagt, daß weder Freud noch Leid sie berühren konnten, wenn sie nicht direkt von Achille-Cléophas herrührten. Mit anderen Worten, sie wurde in ihrem blutschänderischen Herzen getroffen. Sieben Jahre, das ist eine verdammt lange Zeit: Schlangen häuten sich, viele Männer wechseln alle sieben Jahre die Frau. Ich will damit nicht sagen, daß Achille-Cléophas die Frau wechselte oder daß er seine eigene auch nur betrog, sondern lediglich, daß die Liebe im strengen Leben des Chefarztes nur noch eine sekundäre Rolle spielte. Caroline dagegen *lebte in* der Liebe; sie war eine unveränderliche Kraft, ihre Achse und ihre Nahrung; mehr noch, sie war das heilige Medium der Wiederholung: durch sie wurde es poetisch und religiös, die bekanntlich nicht allzu erfolgreiche Arbeit des Kinderkriegens hartnäckig immer wieder von vorne zu beginnen. Sie wünschte nichts: nicht einmal eine Intensivierung des Gefühls – die sie nicht für möglich gehalten oder die sie erschreckt hätte. Nur das: die Fortdauer; alles kehrt wieder, jedes Jahr erinnert an alle anderen, wiederholt die gleichen Eide, garantiert, daß die Zukunft nur eine zukünftige Erinnerung ist, sich nichts ändert. Kurz und gut, das ist im Grunde das Glück: erst muß man sich unterwerfen; dann muß die Ordnung der Unterwerfungen und lehnsherrlichen Gnaden ein für allemal festgelegt werden; man bekommt seinen Platz zugewiesen, und man hält sich an ihn. Mit der Wechselseitigkeit verschwindet das Glück: es ist einfach weg. Ich will nicht sagen, daß Caroline die geringsten Gemüts- und Gefühlsveränderungen ihres Herrn unmittelbar spürte. Aber als die junge Gattin dessen gewahr wurde, litt sie mit Sicherheit darunter oder war zumindest besorgt; sowenig sich Achille-Cléophas auch geändert hatte, sie entdeckte irgendwie, daß es das besondere Gesetz ihres Mannes war, immer fortzugehen und nie wiederzukommen: kurz, daß ihr Eheglück gerade in jenem grundlegend in Gefahr war, der es ihr verschaffte. In den sieben Jahren haben derartige Vorahnungen sicher nicht gefehlt, aber sie durchflogen das Leben, das Bewußtsein der Gattin wie schnell vergessene Sternschnuppen. Dennoch ähnelte der philosophische Arzt keineswegs jenen etwas rohen Arbeitstieren, die bis zum Tod ihre Frauen bespringen, weil sie *ihr* Eigentum sind und weil sie davon Wollust empfangen wollen, Männer, die zugleich enttäuschend und beruhigend sind, die sich kaum verändern, aber nichts geben. Eine von Gustave mitgeteilte Anekdote zeigt seinen Vater in einem eigentümlichen Licht: er betete offenbar die Frauen an, wußte sie zu bezaubern, war galant wie ein Fürst, flegelhaft wie ein Bauerntölpel und tat nie etwas, um seiner Gattin die Höllenqualen der Eifersucht zu ersparen:

«Ich erinnere mich, daß wir vor etwa zehn Jahren ... alle in Le Havre waren. – Mein Vater erfuhr dort, daß eine Frau, die er in seiner Jugend mit 17 Jahren gekannt hatte, mit ihrem Sohn dort wohnte ... Er kam auf die Idee, sie zu besuchen. Diese Frau, deren Schönheit in ihrer Gegend berühmt war, war einst seine Geliebte gewesen. Er verhielt sich jedoch nicht so, wie viele Bürger sich verhalten hätten, er versteckte sich nicht. Dazu war er zu überlegen. Er ging sie also besuchen. Meine Mutter und wir drei mußten auf der Straße auf ihn warten ... Glaubst Du, daß meine Mutter eifersüchtig war und den geringsten Verdruß empfand? Nein.» (Brief an Louise Colet vom 30. September 1846)
Dieser Bericht verlangt einige Bemerkungen. Zunächst diese: es ist möglich, daß Frau Flaubert weder Eifersucht noch Verdruß empfand, aber auch wenn sie tausend Tode erlitten hätte, so hätten ihre beiden Söhne und ihre Tochter nichts davon gemerkt. Flaubert kann also nur bezeugen, daß es zu keiner Szene auf der Straße kam, daß seine Mutter ihren Kindern gegenüber weder an diesem noch an den folgenden Tagen irgendeine sichtliche Verstimmung zu erkennen gab, das ist alles. Das ist auch nicht verwunderlich: Frau Flaubert war nicht sehr mitteilsam, und wenn sie es gewesen wäre, so hätte sie es sich kategorisch versagt, ihre beiden Söhne über das würdelose Verhalten ihres Vaters in Kenntnis zu setzen. Im übrigen hatte sich dieses gehorsame Mädchen bei diesem Anlaß wie bei allen anderen zu bemühen, solche Dinge einfach herunterzuschlucken.
Aber der Vater interessiert mich bei dieser Angelegenheit: ein Mann, der nach dreißig Jahren eine Frau, die er einmal geliebt hat, wiedersehen will, legt viel Beständigkeit und eine gewisse Höflichkeit des Herzens an den Tag; das ist eine Huldigung, die er seiner Geliebten darbringt, er kommt, um ihr zu sagen: ich habe Euch niemals vergessen. Derselbe Mann führt sich seiner Frau gegenüber leider auf wie ein Flegel. Daß er ihr seine Absicht nicht verborgen hat, mag noch angehen. Allerdings müßte man den Sinn dieser Offenheit kennen: daß ein Gleichgestellter es ablehnt, eine Gleichgestellte zu belügen, aus dem zweifachen Grund, daß diese Gleichheit auf der Wahrheit fußt und daß die Lüge dem Lügner eine hinterhältige vorübergehende Überlegenheit verschafft, die eine dauerhafte Unterlegenheit kaschiert, das ist völlig gerechtfertigt. Aber «zu überlegen» sein, um zu lügen, wer weiß, ob er nicht die Wahrheit sagte, um diese Überlegenheit *zu bewahren*? Der *pater familias* betrachtete seine Wünsche als Befehle, die Familie war verpflichtet, sich ihnen ohne Unterschied zu unterwerfen; er hatte Lust, eine frühere Geliebte wiederzusehen: eine königliche, also legitime Laune; er teilte sie seinen Untertanen mit, damit sie seinen Absichten dienen konnten; was seinen Hauptvasallen, seine Frau, anging, so hatte sie sich damit abzufinden. Danach ließ er sie einfach mit den Kindern auf der Straße zurück und zwang sie, sich die Beine in den Bauch zu stehen, während

er die andere Frau mit seinen Liebenswürdigkeiten überschüttete. Eine solche Flegelei ist überraschend: daß sie so spontan auftritt, daß der jüngste Sohn sie so natürlich findet, beweist, daß sie üblich gewesen sein muß; daß Frau Flaubert hier nicht einmal verärgert war, beweist, daß diese Kind gebliebene Frau sich von früh an daran gewöhnt haben muß, so daß sie sich vor lauter Folgsamkeit das Rückgrat brach.

Caroline Flaubert geborene Fleuriot verdiente das Glück, dessen sie sich sieben Jahre erfreute: sie hatte gelernt, manches herunterzuschlukken. Diese schwierige Kunst lernt man jedoch nicht auf einmal. Ich gebe zwar zu, daß sie als respektvolles Waisenkind geradezu dafür geschaffen war; aber das genügt nicht: sie mußte sich vom ersten Tage an darin üben, einen Widerwillen zu überwinden, Tränen herunterzuschlucken, einen Groll zu vergessen. Vor allem wurde von ihr verlangt, daß sie schon im voraus prinzipiell alles guthieß: es gelang ihr ähnlich wie jener Bäuerin des Märchens, die bei jeder Gelegenheit wiederholt: «Was der Alte tut, ist wohlgetan.» Die Frau des philosophischen Arztes schaffte es schließlich, die bedingungslose Zustimmung zu verkörpern. Das geht niemals ohne eine unbarmherzige, ermüdende Anstrengung ab: in der geschundenen Seele schwellen bestimmte Fähigkeiten an, andere schwellen ab und verlieren sich. Durch ihren Eifer, alles zu *billigen*, durch die Schwielen ihres Herzens, ihre in bestimmten Bereichen beabsichtigte Gefühllosigkeit erlangte die Frau von Achille-Cléophas das Vertrauen des Herrn mit der Zahl der Schwenkungen, die sie mitgemacht hatte. Aber man kann noch soviel Schwenkungen machen; man tut es nicht ungestraft. Die Entstalinisierung hat die Neurosen in Europa vermehrt: daraus kann man schließen, daß verschwiegene Klagen, verstümmelte Denkprozesse, geknebelte Gefühle, mit Schweigen übergangene Tatsachen verdrängt und unter der Seele vergraben, aber nicht unterdrückt worden sind. Die einen sind gestorben und stinken, die anderen, lebendig verschüttet, sind nach dem Ende des Stalinismus wieder aufgetaucht und bis zum Wahnsinn verbittert geworden: wenn der «Entstalinisierte» die Augen öffnet, so findet er sich entwurzelt in einer schrecklichen und nackten Welt ohne Anhaltspunkte wieder. Keine Mythen mehr, tödliche und vorübergehende Wahrheiten: er hat gelitten wie ein Russe, aber für nichts und wieder nichts.

Nach einem siebenjährigen privaten Stalinismus geschah bei den Flauberts nichts derartig Gravierendes. Der Gatte war nicht gestorben, er herrschte noch immer. Aber die oben berichtete Geschichte beweist, daß er leidenschaftlicher Anwandlungen fähig war: er schien für ein Nichts lieben zu können; jedenfalls bewahrte er in seinem Herzen alte langlebige romantische Erinnerungen, eine beunruhigende Treue: *woran* dachte er eigentlich, wenn er Frau Flaubert einen Sohn machte? *An wen*? Sie mußte sehr bald merken, daß er «gelebt» hatte, daß er an seinem vergangenen Leben hing: der Chefarzt war «zu überlegen», um ihr nicht den Bericht seiner Liebschaften zuzumuten: sie akzeptierte alles und sagte, sie sei stolz darauf, ein Recht auf Zugang zu dieser reichhaltigen Erinnerung zu haben. Aber indem der Gatte sich selbst auf diese Weise erzählte, wurde er, obwohl er weiter Vater blieb, ein Unbekannter: jede Episode seines Lebens, jede Neigung, jede Vorliebe war eine Flucht. Sie spürte, daß er bis in seine körperliche Gegenwart ungreifbar wurde: indem er sich bestimmte, entging er ihr; ein anderer Achille-Cléophas wandte einer Vergangenheit, die er alleine erlebt hatte und die ihr verborgen war, ein im Dunkeln liegendes Gesicht zu. Das wäre noch nicht so schlimm gewesen: so weit eine Frau auch die Identifikation oder die Entfremdung in den Mann treiben kann, mit welchem Eifer sie sich auch immer selbst amputiert, sich hinter dem absoluten Sein des Gatten verschanzt, dieser ist immer ein Verräter, und sei es durch den bloßen Gebrauch der Souveränität, die man ihm zuerkennt: er ist die unabhängige Variable, wie sie die Gattin gewollt hat, um die Integration des Paares bis zum Äußersten zu treiben; dennoch wird diese Unabhängigkeit, auch wenn er sein ganzes Leben lang nichts anderes täte, als sie zu behaupten, in ihm und durch ihn zu dem Urfrevel, zu der Option, die das eine Geschlecht auf Kosten des anderen bevorzugt, zur Quelle jeder Treulosigkeit. Das heißt: um nur eins zu sein, muß man zwei sein und bleiben. Der von Ehrgeiz zerfressene Arzt und weise Verwalter seines kleinen Vermögens, der gebieterische Vater und Gatte Achille-Cléophas gehörte seiner Frau. Durch alte, tief in seinem Gedächtnis schlummernde Blendungen, durch das, was man bei ihm an rauher, mürrischer, nervöser und manchmal auch zärtlicher Sensibilität vermuten kann, durch die Tränen, die er über sich selbst vergoß, durch ein sehr merkwürdiges und selten bewußtes Verhältnis zu sich selbst entging er ihr um so sicherer, als sie nicht daran dachte, ihn zu halten: was brauchte sie, die sie schwach und schuldig war, diese Einsamkeit und hilflose Schwäche? Mädchen wollen meist *Gegenstand* der väterlichen Liebe sein. Welche will tatsächlich, daß der Vater, dieses absolute Subjekt, zum Gegenstand des eigenen Wissens und der eigenen Mildtätigkeit wird?

Nichts also, außer daß die Gefühle in sieben Jahren sich ändern. Ohne diesen kuriosen Einblick in das Leben von Achille-Cléophas hätten wir glauben können, daß er bis zum Tod der gleiche geblieben wäre, weil er einfach keine Zeit gehabt hätte, ein anderer zu werden: ein überarbeiteter Arzt, Professor, leidenschaftlicher Forscher, wann kann der sich schon selbst in Frage stellen? In Wirklichkeit änderte er sich ständig: dieser labile Mensch hat seine Träume gehabt, und seine Treue ist ihm schwergefallen. Die Huldigung seiner früheren Liebschaften läßt uns ahnen, wie ihm während der Verlobung und der ersten Zeit seiner Ehe zumute war: er beglückte Caroline mit seiner rauhen Galanterie, einem gebieterischen Respekt, der manchmal von einer aufblitzenden Leidenschaft durchzuckt wurde. Dieselbe Anekdote belehrt uns auch über die Entwicklung seines Verhaltens als Ehemann; am Ende respektiert er noch seine Frau: genug, um ihr auf jeden Fall die Wahrheit zu sagen, nicht genug, um ihr ein langes Warten mitten auf der Straße zu ersparen, während er seiner Jugend wiederbegegnet und Tränen über sich vergießt. Hier haben wir die beiden Enden der Kette: der Verfall der Beziehungen ist offenkundig. Vielleicht genügen sieben Jahre, um die Dinge so weit kommen zu lassen. Das wahrscheinlichste jedoch ist, daß der Tod von Laumonier das junge Paar in irgendeiner Zwischenetappe dieser Entwicklung überraschte. Achille-Cléophas arbeitete jeden Tag länger, mehr aus Liebe zum Beruf als aus Notwendigkeit, und dann ruhte er sich abends aus, indem er sich immer öfter in sich selbst zurückzog. Die Gattin billigte das oder schwieg, sie bestätigte in Gedanken, daß sich nichts verändert hätte. Die Unveränderlichkeit des Dekors, die Wiederholung ihrer Aufgaben – sie war Mutter und Hausfrau – kaschierten diese unmerkliche Distanz, die im Grunde nichts anderes ausdrückt als den Tod der Liebe in einem Herzen. Caroline liebte immer noch, Achille-Cléophas liebte nicht mehr, oder, wenn man so will, er liebte anders. Es gab tausend winzige Beweise dieser Veränderung, sie sprangen der jungen Frau in die Augen, die sie sah, ohne sie wahrzunehmen; ungebeten eingedrungen und dann verschüttet, nagten sie unmerklich an ihr, ohne daß sie sich herbeiließ, ihre Bisse zu spüren.

Der erwartete und gefürchtete Umzug war eine Katastrophe: er ließ alles in einem anderen Licht erscheinen. Erstens war die neue Wohnung finster. Sie ist oft beschrieben worden, und man hat gezeigt, daß Gustave von seinem vierten Lebensjahr an auf merkwürdige Weise mit Leichen vertraut war. Aber man hat sich meines Wissens nie gefragt, wie seine junge Mutter die Nähe von Leichen ertrug. Nachdem sie viermal vom Tod gezeichnet war, fand sie ihn nun nackt, vertraut und in ihrer Nachbarschaft wieder. Im Untergeschoß Leichen, im Hörsaal abgeschnittene Glieder, in den Krankenzimmern Sterbende. Sie war zwar Tochter und Frau eines Arztes: sie konnte sich mit Stolz sagen, wenn es ihr Spaß machte, daß ihr Mann einen erbitterten Kampf führte, um das Leben von Menschen zu retten. Aber es machte ihr keinen Spaß: diese etwas dürftige Phantasie vermochte den unauffindbaren Vater nicht in einen Paladin zu verwandeln. Außerdem führte er diesen Kampf weit von ihr entfernt, er ließ sie in einem alten Gebäude allein, das alle, die es gesehen haben, einstimmig als häßlich bezeichnen. Man kennt diese Wohnungen in Krankenhäusern: so schmuck sie auch eingerichtet sein mögen, was hier nicht einmal der Fall war, man betritt sie und ist überall auf den Geruch von Phenol und Verwesung gefaßt. Aus allen Fenstern sieht man schon am frühen Morgen den Leichenwagen der Armen verstohlen vorbeigleiten – und er ist nicht leer –, man sieht Gefangene in Sträflingskleidung über den Hof gehen oder in der Türöffnung zusammenstehen, bleiche und genesende Kranke, die kleine Dienste leisten und den Direktor manchmal bei Tisch bedienen; die Krankheit bringt ihre eigenen Techniken hervor, und diese Techniken bringen ihre Menschen hervor; das Interieur des Arztes zwischen den Krankenhausmauern wird von der Außenwelt durchquert; das öffentliche Leiden erdrückt das Privatleben. Umgeben von Todesfällen, die ihr ihre eigenen Trauerfälle als Einzelfälle der französischen Sterblichkeit widerspiegelten, mußte sich Caroline unheimlich, einsam und anonym fühlen. Ihr Mann verließ sie mit Tagesanbruch; wenn er zu Hause Mittag aß, hielt er sich kaum auf und ging gleich wieder, um erst spät heimzukommen und früh zu Bett zu gehen: seine neuen Ämter vermehrten auch seine Pflichten und seine Arbeit ganz beträchtlich. Die Abende wurden immer kürzer gerade in dem Moment, wo mehr Anstrengungen und mehr Beharrlichkeit notwendig gewesen wären, um die Eheintimität wiederherzustellen. Was wird aus einer Hausfrau, wenn sich ihr Haus in eine Kreuzung verwandelt? Frau Flaubert, die schon seit langem zurückgezogen lebte, schloß sich nun völlig ab. Da sie immer noch unterwürfig und loyal war und ihren Mann liebte, hörte sie keineswegs auf, ihn zu verehren und tugendsam zu sein, aber die Resignation – ohne daß sie es gewagt hätte, sie beim Namen zu nennen – verlieh ihr eine gewisse eisige Unnahbarkeit. Dank dieser winzigen Distanz erschien ihr das Leben in einem neuen Licht: neue Gewohnheiten oder ganz einfach die alten Gewohnheiten in einer fremden Umgebung zeigten ihr ihre eigene Person *von außen.* Leben schenken und stillen im Reich des Todes, war das Standhaftigkeit oder Ungehörigkeit? Sie schloß schließlich auf Standhaftigkeit, aber ohne dadurch die Absurdität ihrer Unternehmungen auslöschen zu können. Was den Mann anging, eine vertraute Gestalt, die sich zur festgesetzten Stunde von einem unbekannten, fast feindlichen Hintergrund abhob, so hatte er gegen ihren eigenen Willen an dieser «Unheimlichkeit» teil, die sie umgab. Das heißt mit einem Wort, daß sie das Unmittelbare verloren hatte: nichts verstand sich mehr von selbst, nicht einmal die Liebe. Man kann sich vorstellen, daß sie im Laufe dieses stummen Infragestellens den wirklichen Sinn ihrer letzten glücklichen Jahre entdeckte und daß schon lange vor dem Tod Laumoniers der Wurm drin war, daß der Doktor Flaubert sich schon lange von ihr entfernt hatte, daß die Liebe, von der die Frauen träumen, unveränderlich ist im Gegensatz zur Liebe der Männer. Aber ich fürchte, daß ich ihr ein zu klares Bewußtsein zuschreibe. In Ermangelung von Beweisen ist eine andere Vermutung wahrscheinlicher: sie hat nicht begreifen wollen, daß ihr Unbehagen bereits in der Rue du Petit-Salut begonnen und vor allem daß sie es dort schon gespürt hatte, ohne es sich einzugestehen; die Entfernung von

ihrem Gatten, ihre Besorgnisse, ihre leichte Depersonalisation, für all das machte sie die neue Wohnung verantwortlich: all das datierte von ihrem Umzug; um ihrem ständigen Sinnieren Nahrung zu geben, griff sie zugleich unbedenklich auf die früheren Jahre zurück: es hatte bereits zu Lebzeiten Laumoniers Peinlichkeiten, Momente des Schweigens, Zwischenspiele gegeben, die sie verdrängt hatte und die jetzt wieder auftauchten, aber obwohl sie sie bitter spürte als heute in Erfüllung gegangene Prophezeiungen, weigerte sie sich, sie zu datieren und zu lokalisieren: anstatt in ihnen Zeichen für eine unaufhaltsame Entwicklung zu sehen, bereicherte sie mit ihnen ihre Beschwerdeliste gegen das Hôtel-Dieu, diesen Friedhof der Lebenden, der ihr ihren Mann nahm. Achille-Cléophas ging aus diesen inneren Kämpfen ebenso hervor, wie er in sie hineingeraten war: erhobenen Hauptes und unschuldig, sein Herz hatte sich nicht geändert; es war der allgemeine Tod und das Leiden der Menschen, die sich wie glasige Transparenzen zwischen die Gatten geschoben hatten und sie trennten. Dieser Selbstbetrug rettete die Jahre des Glücks, aber auf Kosten der Gegenwart: Caroline hatte alles – Enttäuschung, Angst, Ressentiment, Verstörtheit – auf die düsteren Wände projiziert, die sie einschlossen; die Wände spiegelten ihr Unglück als ein Ganzes wider.
Ich gebe der zweiten Hypothese den Vorzug; man wird vielleicht die erste vorziehen. Gleichviel: von den objektiven Tatsachen her sind sie sich beide gleich. Mehr oder weniger bewußt, wirklich unglücklich oder eher verstört entdeckt diese junge Frau, daß sie vor Kälte erstarrt ist: der Tod nähert sich ihrem Gatten, der einen Schritt zurückweicht. Es ist annähernd sicher, daß sie dem Chefarzt ihre Besorgnisse mitteilte: kaum hatten sie sich eingerichtet, da kaufte dieser ein Landhaus in Butot, in dem sie die Ferien verbringen konnten; von 1820 bis 1844 wohnte er im Sommer in Yonville; 1844 erwarb er das Anwesen von Croisset, in dem er sich länger aufzuhalten gedachte. Kurz, vom ersten Jahr an wurden die Unbilden der Winterwohnung durch die Sommerwohnungen kompensiert. Man kann sich kaum vorstellen, daß dieser fanatische Forscher aus eigenem Antrieb sich vom Ort seiner Forschungen entfernt hat: der Gemütszustand und vielleicht die Gesundheit seiner Frau müssen angegriffen gewesen sein, er muß es gemerkt und sie befragt haben. Dieser nervöse, leidenschaftliche, utilitaristische und vernünftige Vorromantiker hat das Hôtel-Dieu mit den Augen von Caroline sehen müssen. Allerdings nicht länger als einen Augenblick; aber das genügte, um ihre Bitte für berechtigt zu halten. Sie war es in so starkem Maße, daß ihre düstere Wohnung seit einem halben Jahrhundert unbenutzt ist: niemand bewohnt sie mehr, wir, die Männer, haben die Sensibilität unserer Urgroßmütter übernommen.

IV. Der ältere Bruder

Achille, im Februar 1813 geboren, ist fast neun Jahre älter als sein Bruder. Die voltairesche Ironie, den empiristischen Intellektualismus, den Mechanismus und die Analyse, das Sezieren der Seelen und der Gestank des Hörsaals, der erstickende Ernst der Familiengruppe und die Strenge einer manchmal launenhaften Disziplin, das alles hat er kennengelernt. Für ihn hat Achille-Cléophas neun Jahre früher als für Gustave das Absolute dargestellt. Hinzu kamen seine eigenen Schwierigkeiten: er hatte Brüder, die, kaum geboren, sofort wieder verschwanden. Diese Geburten haben ihn beunruhigen, seine Eifersucht hervorrufen müssen; diese Todesfälle, wenn er jemals Zeit gehabt hat, sie zu wünschen, verursachten vielleicht geheime Gewissensbisse, versetzten die Familie jedenfalls in Trauer: die ersten Jahre von Achille waren sicher grau oder gar – wer weiß? – schwarz. Trotz alldem hat er sofort den Kreis durchbrochen, den Gustave nie durchbrechen wird: er ist ein fleißiger und brillanter Schüler und ausgezeichneter Student und macht mit sechsundzwanzig Jahren seinen Doktor, als der jüngere Bruder, der gerade siebzehn ist, angstvoll in eine ungewisse Zukunft blickt; sieben Jahre später, als dieser sich gerade langsam von seiner «Nervenkrise» erholt, bekommt Achille «den schönsten medizinischen Posten der Normandie». Er hat zwar noch nicht alle Pflichten seines Vaters übernommen, aber sie sind ihm versprochen worden, das ist eine Angelegenheit von einigen Jahren. Später, als Gustave fürchtet, seiner Geliebten ein Kind gemacht zu haben, und sich in eine panegyrische Sterilitätswut stürzt, sichert Achille als guter Flaubert die Fortdauer der Familiengruppe durch eine gut überlegte Heirat. Was folgt, ist voraussehbar: der Doktor Achille Flaubert ist ein sehr geschätzter Arzt, seine Rentenkupons flößen seinen Patienten Vertrauen ein, dieser liebenswürdige Plauderer empfängt die «Gesellschaft» – genau jene, die sein Vater bereits behandelte, in der er aber noch nicht verkehrte. Kurz, er ist zwar nicht ganz ein begüterter, aber er ist ein angesehener Bürger. Und er hat einen langen Arm: er hat einen sicheren Einfluß auf die Präfekten und wirkt durch den Kanal der örtlichen Verwaltung auf das Personal der Ministerien ein. Die Minister kommen und gehen, die Regime auch: der Arm von Achille bleibt gleich lang, was zur Genüge seinen Opportunismus beweist.[17] Der Vater Flaubert galt zwar auch als *vorsichtig*: das heißt, er setzte nicht seinen Ruf aufs Spiel. Zumindest war dieser hartnäckige Mann gezwungen, aus Bauernschläue und aus einem wachen Sinn für seine Interessen seinen Liberalismus zu bremsen; als frisch gebackener Bürger hatte er eine bürgerliche Leidenschaft

17 Er wurde unter dem zweiten Empire Stadtrat und blieb es auch nach dem 4. September 1870.

für die Freiheit, die jedoch zurückgedrängt, gezügelt wurde, mehr philosophischer als politischer Art war: freies Denken, freie Ermittlungen, freie Wahlen, freie Konkurrenz, freier Genuß der erworbenen Güter. Aber dem älteren Sohn sind die öffentlichen Angelegenheiten gleichgültig. Ein Anflug von Liberalismus aus Treue zum Erzeuger; aber im übrigen muß natürlich Ordnung herrschen. Abgesehen davon ist seine Anpassungsfähigkeit ein Ergebnis seiner Indifferenz. Politische Gleichgültigkeit ist natürlich immer konterrevolutionär; sie ist konterrevolutionär, jene massive Entpolitisierung der Intellektuellen, die die zweite Hälfte des 19. Jahrhunderts kennzeichnet, aber von der Rechten selbst fühlte sich Achille kaum angezogen; das ermöglichte ihm, sich ohne Havarie den gefährlichen Schwenkungen seiner Epoche anzupassen.
Mit ihm schien die Familie Flaubert eine neue Etappe zu durchschreiten: «die Achilles» sind salonfähig, verfügen über Lebensart; weniger primitiv als sein Vater, findet der neue Chefarzt Zeit, «sich zu bilden»: er liest, er hält sich auf dem laufenden, ist bestrebt, sich die «mondänen» Kenntnisse anzueignen, die die Konversation der Salons beleben, und selbst in seinem Beruf erhebt sich der Sohn über den Vater: oder, besser, er wird erhoben, die Fortschritte der Medizin tragen ihn empor; er ist ein Zeitgenosse von Claude Bernard. An die Stelle der Beobachtung tritt in den Wissenschaften vom Leben das Experiment; diese Veränderung kommt von außen, aber sie hat weitreichende Folgen: als Professor muß er sich neue Methoden aneignen. Von ihm sollte René Dumesnil schreiben, daß er «die Analyse durch die Synthese kontrolliert», und nicht von dem unglücklichen jüngeren Bruder, der in den Fallen des Mechanismus zappelt und im Traum daraus entkommt – durch unendliche Totalisierungen.
In dem Moment, da Gustave wegen Pornographie angeklagt «auf die Anklagebank der Schmach gezerrt» wird, ist höheren Orts bereits von einer Auszeichnung des Doktor Achille Flaubert die Rede; möglicherweise haben die Eskapaden des Romanciers die Zeremonie verzögert: aber nicht lange; 1859 kommt die Auszeichnung «eines großen Talents, eines Vermögen und ... einer arbeitsamen und untadeligen Existenz» (I, 682). Als Gustave mit diesen Worten in *Madame Bovary* den Doktor Larivière beschrieb, dachte er an seinen Vater; nach 1860 kann man sie ebensogut auf den älteren Sohn anwenden.
Was für ein außerordentlicher Erfolg! Achille entzieht sich dem Grundwiderspruch des Unternehmens Flaubert, einer bürgerlichen Familie mit halb-ländlicher Struktur: er entgeht der Knechtschaft, ohne in die Revolte zu fallen, und übernimmt in aller Freiheit die Ablösung. Er hat es verstanden, auf eigene Faust ein entwickelteres Unternehmen zu schaffen, das dem bürgerlichen Milieu der Umgebung besser entspricht, mit einem Wort, eine typische Kleinfamilie: er ist im Bürger-

tum verwurzelt, weil der philosophische Arzt, der emporgekommene Bauer ihn in ihm gezeugt hat. In der erdrückenden Autorität von Achille-Cléophas hat er nur einen Charakterzug sehen können, während sein Vater dreißig Jahre früher in der Autorität des royalistischen Tierarzt-Großvaters die übliche Ausübung der *patria potestas* anerkannte: und der Unterschied rührt daher, daß der Chefarzt als Kind die gleichen Ansprüche und die gleiche richterliche Machtbefugnis bei den Vätern seiner Kameraden vorfand, während der junge Achille zwar mehr als einen Familienvater kennenlernte, aber nur einen einzigen *pater familias.* Kurz, der ältere Flaubert braucht keine besonderen Anstrengungen zu machen, um die neue soziale Zelle der neuen Gesellschaft anzupassen: seine Chance ist, daß er in einer aufsteigenden Klasse im Moment ihres Aufstiegs geboren wird; er wird von ihr getragen, getrieben, mitgerissen, sie modifiziert *ihn*, um *sich* durch ihn zu modifizieren; Achille braucht nur mit sich machen zu lassen: er ist lebhaft, arbeitsam und flexibel, ein und dieselbe ständig erneuerte Bewegung richtet ihn nach seiner Umwelt aus und bringt ihn mit sich selbst in Übereinstimmung. Diese immer labile und immer korrigierte Ausgeglichenheit hat etwas Bewundernswertes: durch diesen *Extravertierten* schafft sich die Geschichte der Wissenschaft in Verbindung mit der der Institutionen. Ordnung und Fortschritt: verdient er nicht diesen bürgerlichen Leitspruch? Bringt er nicht in sich selbst und um sich herum einen Fortschritt hervor, der, wie es Auguste Comte wollte, die Entwicklung der Ordnung bleibt? Dieser glückliche Mann scheint alle seine Komplexe beseitigt und die objektiven Widersprüche des familiären Milieus überwunden zu haben, dieser Arbeiter verlangt seine Objektivierung nur von der wissenschaftlichen und medizinischen Arbeit, dieser liberale Vater, dieser unbeschwerte Gastgeber versteht das Nützliche mit dem Angenehmen zu verbinden, dieser Seilschaftsführer zieht die ganze «Superart» mit, dieser extravertierte «Syntoniker» verliert niemals den Sinn für die Realität. Immerhin hilft er den Bürgern von Rouen, er behandelt sie, er berät sie; er verhält sich zweifellos «gegenüber den Armen wie ein Vater»: wenn er nicht die Bissigkeit seines Vaters hat, um so besser für ihn: der philosophische Arzt war auf zu aggressive Weise ironisch, um sich ganz und gar von seinen alten Ketten befreien zu können. Man braucht etwas Charakter, aber auf keinen Fall zuviel, sonst gerät man in Charakterschwierigkeiten. Aus diesem Grunde kann man Achille beglückwünschen, daß er ein weicheres Bild von Achille-Cléophas abgibt: das ist der Fortschritt.

In diesem Moment platzt alles: in der Sprache eines Analytikers ist Achille ein «Erwachsener», aber kein *wirklicher*, weil die Erwachsenen ihrem Wesen nach falsch sind: diese Scheinwesen werden in bestimmten Milieus zu bestimmten Momenten hervorgebracht; ihre gefällige Physiognomie schmeichelt unseren Blicken; geblendet und noch wild

stürzt sich unsere Art in ihrer Nachfolge auf den Weg der Selbstzähmung, wo es kein Zurück gibt.
Man bedenke zunächst, daß dieser liebenswürdige Mensch das Ansehen der Bürger von Rouen genießt, ohne jemals etwas dafür getan zu haben. Wozu auch? Die Leitung des Hôtel-Dieu wurde erblich, dem Sohn wurden die gleichen Gefühle entgegengebracht wie dem Vater: es würde genügen, daß Achille sich nichts zuschulden kommen ließ. Aus diesem Grunde ist der Übergang vom ersten zum zweiten Doktor Flaubert, wenn auch nicht von einer Schwächung, so doch zumindest von einer Energieverminderung begleitet: Achille, ein guter Professor und guter Arzt, hat niemals die heftige Leidenschaft des Vaters gekannt, jene beinahe schlimme Neugierde, die dazu führte, daß er sich mit den fieberhaft untersuchten Leichen einschloß. Er findet niemals Zeit zu persönlichen Forschungen. Und wenn er sie doch einmal findet, betreibt er seine Untersuchungen so lasch, daß sie zu keinem Ergebnis führen. Im Grunde interessiert er sich nur für das gesicherte Wissen: Achille-Cléophas will etwas *entdecken*, Achille will *sich auf dem laufenden halten.* Er ist gesellig und umgänglich und sieht nur Vorteile darin, durch die anderen die Wahrheit kennenzulernen. Die verbissene Neugierde von Achille-Cléophas verband das Individuum mit dem mechanistischen Universum: er lernte übrigens wenig, aber immer aus eigener Kraft; Achille dagegen lernt viel mehr, indem er sich nur informiert, vor allem aber macht er das Wissen zugänglich. Der Skandal ist die nackte Idee; in aufbereiteter Form bringt sie die Menschen einander näher, ohne sie zu verändern. Achille ist ständig damit beschäftigt, seine eigenen Kenntnisse dadurch zu erweitern, daß er sich die Kenntnisse der anderen aneignet: er will sich seine soziale Stellung erhalten, seinen Ruf als Professor und Arzt, und das in einer Zeit, in der die schnelle Entwicklung der Medizin die Mediziner zwingt, entweder zurückzubleiben oder alles zu lesen. Infolgedessen akkumuliert er die neuen Ideen: oder, besser, sie akkumulieren sich in ihm, weil die Wissenschaft unter anderem Akkumulation ist. Aber sein Verhältnis zu den Bürgern von Rouen, zu seinen Studenten, zu seinen Kollegen bleibt trotz alldem unverändert: denn die Unveränderlichkeit ist sein einziges Ziel. Er will sich halten können, das ist alles: durch den Fortschritt der anderen fortschreiten, um innerhalb der aufsteigenden Klasse seine Stellung bewahren zu können; er ändert sich nur, um der gleiche zu bleiben: er festigt seinen persönlichen Status, das heißt, er perpetuiert den Status seines Vaters, den dieser vor 1830 erworben und ihm dann übertragen hat. Diese beiden Beobachtungen – die eine bezüglich der familiären Verhältnisse von Achille, die andere bezüglich seiner Beziehungen zum Wissen – zeigen die Alltagsexistenz des Erben in ihrem wahren Licht: trotz seiner an den Tag gelegten Flexibilität, und vielleicht sogar ihretwegen, ist das kein erlebtes Leben, sondern die Anpas-

sung eines sehr alten Todes an den Lauf der Dinge. Der bittere Fluch, der den jüngeren Bruder zu seinem Unglück und zu seinem Ruhm bis zum Ende seines Lebens in der Kindheit festhält, hat seinen Ursprung in dem erdrückenden Segen, der den älteren Bruder zu einem Erwachsenen macht und ihm das Kreuz bricht.

Achille-Cléophas hatte Pläne mit seiner Familie. Wenn Väter Pläne haben, haben die Kinder Geschicke. Als Arzt heiratet der *pater familias* in eine Arztfamilie hinein und will nur Ärzte hervorbringen.[18] Die

18 Das berichtet uns wenigstens Gustaves Nichte, Caroline Commanville. Ein verdächtiger Zeuge, ich weiß: Eitelkeit, Angeberei und einige zu verschleiernde größere Untaten. Aber wenn sie lügt, und sei es durch Weglassen, so sind ihre Interessen offensichtlich, sie verrät sich immer. Hier handelt es sich nun um eine Tatsache, die vor ihrer Geburt und sogar vor der ihrer Mutter liegt: warum sollte sie sie also entstellen? Sie würde dadurch nur an Glaubwürdigkeit verlieren, ohne etwas zu gewinnen: Flaubert hat Vertraute, die noch leben und die vielleicht die Wahrheit an den Tag bringen könnten. Und daß sie sich guten Glaubens irrt, ist unmöglich: sie hat ihre ganze Kindheit zwischen Gustave und Madame Mère verbracht; was sie nicht mit eigenen Augen hat sehen können, weiß sie aus dem Mund der Mutter. René Dumesnil erklärt uns jedoch schlankweg, daß der philosophische Arzt dem Ältesten seine eigenen Ämter übertragen und den Jüngsten Staatsanwalt werden lassen wollte. Das ist möglich: es ist nur bedauerlich, daß er seine Quellen für sich behalten hat. Mir passen beide Versionen, weil ja in beiden der *pater familias* das Erstgeburtsrecht einsetzt: alles für Achille und den Rest für Gustave. Von diesem Gesichtspunkt aus müßte ich sogar der These von Dumesnil den Vorzug geben, der Abstand erscheint hier als noch beträchtlicher, und die Überlegungen des Vaters nehmen den Aspekt einer Verletzung an. Achille-Cléophas hatte nur einen Stolz und eine Leidenschaft: die Wissenschaft. Auf ihr und durch sie hatte er sein Haus gegründet. Kann man sich vorstellen, daß dieser Rationalist das finstere juristische Denken, das sich zwischen Gewohnheit und Vernunft bewegt, Anspruch auf die Universalität des Begriffs erhebt und doch nur über die des Code civil verfügt, nicht mit Verächtlichkeit betrachtet hätte? Der Jargon der Gerichte mußte diesen Voltairianer schockieren, der die schöne klare Sprache der *philosophes* liebte, der nach präzisen Wörtern suchte, um strenge wissenschaftliche Begriffe zu bezeichnen. Wenn er *a priori* beschlossen hat, daß Gustave «Juristerei betreiben», daß er seine beruflichen Verdienste auf die Kenntnis des Code civil und auf die hohle Eloquenz der Schwurgerichte gründen solle, dann muß ihm sein Sohn auf jeden Fall eine tiefe Abneigung eingeflößt haben. So wäre Gustave von Geburt an für das Martyrium ausersehen gewesen.

So weit braucht man gar nicht zu gehen: so unerträglich seine Leiden auch gewesen sein mögen, Gustave hat nichts von einem Prügelknaben. Das ist es, was mich davon abhält, Dumesnil aufs Wort zu glauben. Es gibt zwar griesgrämige Väter, die eines ihrer Kinder von der Wiege an gehaßt haben; so zum Beispiel der alte Mirabeau, der, nach dem Grund für seinen Haß gefragt, ungefähr so antwortete wie jene Mutter, die ihre fünfzehnjährige Tochter verabscheute: «Das ist eine Frage der Haut.» Aber dann hätte er es niemals über sich gebracht, seinen Sohn im Wagen mitzunehmen, was der philosophische

Familie Flaubert soll eine Familie von Wissenschaftlern sein; eine von den Neugeborenen immer neu angefachte Fackel, die durch den Tod der Älteren nie verlöschen soll. Der Erzeuger dachte an seine schwierige Kindheit, an die bestandenen Gefahren; hätte er ohne das Wohlwollen des Konsuls sein Studium beenden können? Er beglückwünschte sich wegen seines Wohlstandes: seinen Sprößlingen würde er die Chancengleichheit beim Start hinterlassen. Das heißt, sie könnten sicher sein, bis zum Assistenzarzt, bis zum Doktor zu kommen. «Danach», dachte er als Vertreter der freien Konkurrenz, «soll sich der Beste durchsetzen.» Der Doktor Flaubert begünstigte niemanden: er war ein von republikanischer Gesinnung angehauchter Liberaler.

Es wäre allerdings schade, es wäre unannehmbar gewesen, wenn seine Titel, Ämter, Patienten und sein Einfluß verlorengegangen wären. Sie unter seine Erben aufzuteilen war unmöglich: er konnte ja nicht jedem einen halben Lehrstuhl geben. Oder ein halbes Amt. Geteilt würde seine Macht bald schwinden: einer muß sie *unversehrt* von ihm erhalten und ihn eines Tages in allen seinen Funktionen ablösen – sogar und vor allem in der Funktion des *Familienoberhauptes*. Achille-Cléophas hat niemals die Absicht gehabt, den einen Sohn zugunsten des anderen zu berauben, sondern er wollte nur seinen angesehenen und lukrativen Beruf in eine erbliche Stellung verwandeln. Um vom Vater auf den Sohn zu übertragen, was der Staat nur dem Verdienst verlieh, mußten die Flauberts vom Vater auf den Sohn sich nur die meisten Verdienste erwerben. Dieser Sohn eines Royalisten vergaß nie seine Geburt: er

Arzt doch so oft tat. Nein: als das Kind erschien – das zweite, das ihm nun in neun Jahren geglückt war –, wurde es von Achille-Cléophas ganz sicher mit Freuden empfangen. Aus welchem abstrakten Sadismus heraus hätte er es denn, ohne es zu kennen, zwingen sollen, abzudanken, die Heilkunst seinem Bruder zu überlassen, weshalb – ohne es zunächst seine Fähigkeiten zeigen zu lassen – hätte er es von vorneherein auf niedrige Verrichtungen festlegen sollen? Und wenn dieser Jüngere ein kleiner Newton, besser noch, ein Dupuytren gewesen wäre? Er wäre unwissend gestorben: was für ein Verlust für eine utilitaristische Familie! Außerdem liebt der alte Flaubert das Geld: auch die Wissenschaft muß etwas einbringen: seine männlichen Erben haben die Pflicht, das Erbe zu vergrößern, es wäre ein Verbrechen, es zu schmälern. Nun lebt ein Staatsanwalt von seinen Renten und manchmal von seinem Kapital, der Staat zahlt sehr schlecht in dieser Zeit. Absichtlich: für eine Klassenjustiz ist Vermögen das *sine qua non.* Wenn man zu Beginn etwas besitzt, denkt der Erzeuger, ist alles in Ordnung, vorausgesetzt, daß man das Vermögen verdoppelt hat, wenn man in den Ruhestand tritt. Aber sich von einer Karriere ärmer zurückzuziehen, als man sie begonnen hat, nein: man hätte ja ohne Belohnung gearbeitet.

Ich optiere für die Version von Caroline Commanville: sie scheint mir wahr in ihrer Mäßigung. Aber man kann sich ebensogut für die andere entscheiden: weder die Verknüpfungen noch das Resultat der Untersuchung ändern sich deshalb.

erinnerte sich an jene Juristen des 18. Jahrhunderts, die sich ihre Titel weitergaben, und konnte sich nicht vorstellen, daß nicht auch die bürgerliche Elite früher oder später eine verbriefte Aristokratie werden würde. Kurz, dieser Nachkömmling sah seine Wahlklasse als einen zukünftigen Amtsadel an. Die Wissenschaftler würden in ihr einfach die Herzöge und Pairs sein. Er verlangte von der Gesellschaft, daß sie den Männern der Wissenschaft eine Autorität zuerkannte, die ihrer wirklichen Bedeutung entsprach. Aber als ein von seiner Kindheit beherrschter Intellektueller vom Lande konnte er nicht umhin, die Medizin als ein übertragbares Erbe anzusehen. Die allgemeinen Verhältnisse bestärkten ihn darin: in Rouen war sein Ruf so gut, daß er ohne Schwierigkeiten seinen Nachfolger hätte bestimmen können. Seine Allmacht im Hôtel-Dieu, der Respekt, den ihm seine Kollegen entgegenbrachten, das Vertrauen, das ihm seine Patienten bewiesen, alle diese objektiven Tatsachen zeichneten bereits jenseits seines Todes die Zukunft eines seiner Söhne voraus. Aber welches? Wenn er behauptet, den besten ausgewählt zu haben, kann er die Partie verlieren: es ist also besser, alles im voraus zu entscheiden und der Stadt Rouen den Thronfolger schon im frühen Alter vorzustellen: die Kollegen und die geschätzten Patienten werden Zeit haben, sich an ihn zu gewöhnen. Es wird also der Ältere sein. Zwei Kinder tauchten aus dem Nichts auf, sahen den großen Bruder, den man ihnen anbot, und tauchten wieder unter: der große Bruder Achille wurde als einziger zur zerbrechlichen Hoffnung einer vom Tod bedrohten Familie. Als Gustave kam, waren die Würfel schon gefallen, und außerdem war der Altersunterschied so groß, daß gar kein Vergleich mehr möglich war. Was hatten der zehnjährige Junge, der gerade auf die Oberschule kam, mit dem neunzehnjährigen jungen Herrn gemein, der sie verließ?

Achille-Cléophas wollte jedoch den Neuankömmling keineswegs berauben: das Amt war unteilbar, also hatte er es dem Erstgeborenen vorbehalten. Aber der Besitz würde nach dem bürgerlichen Gleichheitsprinzip geteilt werden. Wenn der kleine Gustave das gleiche studierte wie sein Bruder, hätte er die gleichen Kenntnisse und könnte ihn sogar auf dem Feld der wissenschaftlichen Forschung überflügeln; was den Gewinn anging, so zweifelte der Vater nicht, daß er für den Jüngeren ebenso substantiell sein konnte wie für den Älteren: zwei gute Ärzte für den Hauptort des Departements Seine-Inférieure, das wäre nicht zuviel.

Man wird sich fragen, wieso Achille-Cléophas, der so stolz war auf sein Amt, seinen Lehrstuhl und die Ehren, die damit verbunden waren, nicht das Gefühl hatte, Achille über alle Maßen zu bevorzugen, als er zu intrigieren begann, damit sie ihm übertragen würden. Die Antwort bietet den Schlüssel für das Unternehmen Flaubert; sie zeigt Achille nackt und bloß in seiner ganzen Bedeutungslosigkeit.

Der Alte zählte darauf, daß seine Nachkommenschaft seine Familie bis zu den obersten Schichten der Gesellschaft von Rouen emportragen würde. «Sie werden wissen, was ich nicht weiß.» Achille würde mehr wert sein als Achille-Cléophas: so sehen die Bürger ja den Fortschritt. Der zweite Chefarzt würde ohne Anstrengungen durch die Entwicklung der Epoche weiter kommen als der erste. Außerdem würde sich das Erbteil ständig vergrößern, es würde durch die testamentarischen Verfügungen geteilt und durch die Gewinne wieder hergestellt werden. Das war es, was der *pater familias* wollte: er wollte das Wachstum und die Vermehrung der Flauberts.

Aber dieser böse Teufel wird durch den Hochmut verdorben: was auch immer seine Nachkommenschaft tun mag, jedes Verdienst kommt ihm selbst zu. In einer ländlichen Familie ist eines schönen Tages plötzlich eine Mutation eingetreten; die Mutter glaubte mit einem Tierarzt niederzukommen, aber es war ein Arzt. In ihm wird eine neue Art Flaubert geboren: so entsteht aus dem Reptil der Vogel – wie man bald sagen wird. Der erste Vogel ist Achille-Cléophas; er hatte die Kühnheit, sich durch einen extravaganten Sprung vom Boden loszureißen und sich auf einem Ast niederzulassen. Von nun an wird seine Nachkommenschaft natürlich bis zum Ende der Jahrhunderte Flügel haben: weil nämlich die neue Art von ihrem ersten Auftreten an ihre spezifischen Merkmale gefestigt hat. Dieses Gefieder auf den Schulterblättern des ersten Chefarztes war ein erster Grund, ein erster Ausbruch, dem bald der Flug folgen würde, jene *erfundene* wilde Freiheit. Und was werden wir danach erleben? Wiederholungen. Die zukünftigen Vögel werden von Ast zu Ast aufsteigen, das versteht sich von selbst: aber muß man dieses Gehüpfe bewundern? Es sind die genau vorhersehbaren Folgen eines unvorhersehbaren Sprunges.

Anders gesagt, der erste Vogel ist auch der einzige: ein Urvogel und die unendliche Folge seiner immer brillanteren und immer weniger lebendigen Ebenbilder: so stellt sich die Familie Flaubert ihrem Gründer dar. In diesen unendlichen Ruhm – er selbst nacheinander in tausend anderen *Er* verkörpert – hat er sich entfremdet. Für den philosophischen Arzt scheint die Geschichte in Krisen fortzuschreiten: eine Reihe stirbt unter ihrem eigenen Gewicht aus, eine andere, ganz neue Reihe taucht auf; das Ausgangsglied ist das einzige, das zählt: man braucht es nur zu kennen, um alle anderen von ihm ableiten zu können. Achille kann man *ableiten.* Dessen ist sich sein Vater ganz sicher: aus dieser schrecklichen Gewißheit heraus zeugt er ihn und tötet ihn damit zugleich.

Der Doktor Flaubert hinterläßt seinem Erstgeborenen ein Geschick: und das Geschick Achilles wird nicht einmal die Zukunft, sondern die Person seines Vaters selbst sein. Er wurde in der kleinen archaischen Welt der Wiederholung hervorgebracht. Arzt, Arztsohn, zukünftiger Chef des Hôtel-Dieu, so wie seine Tierarztonkel Tierarztsöhne waren.

Aber der Tierarzterzeuger hielt sich bei aller seiner Selbstgefälligkeit nicht von vornherein für *den besten*: er hinterließ einen Beruf, den er geerbt hatte. So ist es auch bei den Grundbesitzern: vom Vater zum Sohn ist die Aufgabe die gleiche, erhalten, vergrößern, aber eben deshalb verlangt die Fortdauer des Unternehmens die Gleichwertigkeit der Personen. Achille dagegen weiß, daß er alle Auszeichnungen und Ämter des philosophischen Arztes durch die Gnade des Vaters *erhalten* wird, während dieser sie *erworben* hat. Wenn er sich also vornimmt, in seinem Fach ausgezeichnete Leistungen an den Tag zu legen, findet er sich schon zu Beginn damit ab, dem Erzeuger prinzipiell unterlegen zu sein. Wenn ich sage: «findet er sich ab», so verstehe man mich recht: er ist noch ein Kind; wörtlich gesprochen findet er sich weder mit etwas ab, noch weist er etwas zurück. Aber die Bewunderung und der heilige Schrecken haben schon mit ihrer Identifikationsarbeit begonnen; und dann der unerträgliche Druck einer Entscheidung, die man noch nicht einmal als Günstlingswirtschaft bezeichnen kann: fast neun Jahre lang wird die Beziehung des gehorsamen Sohnes zum unvergleichlichen Vater eine besondere bleiben; Achille wird nicht den bürgerlichen Status des ausgewählten, von den malthusianischen Praktiken der Eltern bewußt spezifizierten Erben kennenlernen: mit einem Wort, die Strukturen der Familie Flaubert untersagen dem Ältesten die Zuflucht zum Individualismus; niemand – vor allem nicht jene kalte, völlig dem Herrn unterworfene Mutter – hat ihn als ein Individuum geschätzt. Aber außer einigen sofort geplatzten Lebensblasen wird in der frühen Kindheit nichts jenes lange Tête-à-tête von Vater und Sohn stören. Schlimmer noch: die Trauerfälle verdüstern die Familie, und der Erzeuger beginnt, obwohl er sich hartnäckig weiter fortpflanzt, seinem Samen zu mißtrauen; er fragt sich, ob er jemals dem Ältesten jüngere Brüder wird schenken können. Achille bekommt die Nachteile des Einzelkindes zu spüren, ohne dessen Vorzüge kennenzulernen: der Vater sieht in ihm den Überlebenden, nicht den Erwählten, und er entdeckt an diesem Erstankömmling keine andere unvergleichliche Qualität, als daß er das einzige – ganz provisorische – Mittel ist, die Familie fortzusetzen. Das Kind fühlt sich von dieser täglichen Erwartung, von diesen forschenden Blicken erdrückt: es hat die Pflicht, gesund zu sein; das verlangt die Ehre des Namens. Die lähmende Besorgtheit des Doktor Flaubert enthält gewiß auch Zuneigung: der Vater hütet diese zerbrechliche Hoffnung der Flauberts wie seinen Augapfel; und die Zuneigung des Vaters prägt den Jungen sicher, bildet den Untergrund für seine Substanz; aber insoweit dieses Gefühl Ausdruck einer ganz bestimmten Erwartung ist, kehrt es sich beim Sohn in Verantwortlichkeit um: wenn der philosophische Arzt dem kleinen Achille das Hôtel-Dieu zeigt, wenn er ihm sagt: «Wenn du gut arbeitest, wirst du in dreißig Jahren, wenn ich tot bin, der Chef sein», wenn es ihm gefällt, am Abend dem Verstand des Kindes seine Philosophie zugänglich zu machen, so öffnet er, ob er es will oder nicht, die sprudelnde Quelle der Sohnespflichten: setz dein Äußerstes daran, zu werden wie ich, wenn ich nicht mehr da bin; rette die Flauberts. Zur gleichen Zeit gibt ihm der Vater natürlich alle Mittel, die Verpflichtungen, die ihn bedrängen, zu erfüllen: vom Sperma hervorgebracht, von den Händen des Vaters modelliert, von der Wissenschaft und der Arbeit des *pater familias* reproduziert, gestützt und geformt, wird Achille sein Geschick sehr bald kennen: er wird der Sohn sein, ein Kettenglied jener unsterblichen Kette, genannt Achille-Cléophas. Wie ein weiches und nachgiebiges Wachs empfindet er den Daumendruck, der ihn unmerklich in jenen Gott selbst verwandelt, der, nachdem er ihm nacheinander seine schrecklichen Machtbefugnisse hinterlassen hat, verschwinden wird wie Phönix, um *als Vater* in seinem Sohn wiedergeboren zu werden. Achille wird das Geschöpf seines Vaters sein: er hat keine andere Wahl; die einzige Spontaneität, die ihm erlaubt ist, ist die Ausübung passiver Tugenden: Demut gegenüber dem Erzeuger, Opfersinn, Folgsamkeit, Aufgewecktheit. Aber der Herr und Meister hat es deutlich gesagt: die Unterwerfung wird sich auszahlen, sie erlaubt dem Opfer fortschreitend die Verdienste des Gottes zu erwerben, der es hat keuchen lassen. Sie wird zur Prophezeiung: als sich das Kind dem *gegenwärtigen* Willen des Vaters fügt, beginnt es sein eigenes zukünftiges Bild zu erkennen. Und es ist wieder der Vater.

Das nenne ich den objektiven und heiligen Rahmen der Identifikation. Objektiv, weil er dem Kind durch den Vater gegeben wird; heilig, weil dieser *pater familias* für alle seine Kinder eine numinose Macht ist. Konnte man ihr entgehen? Nein: da die Identifikation möglich war, war sie notwendig. Man verstehe mich recht: in jener Zeit, in jener Entwicklung, die die Gesellschaft zusammenbraute, in jener halb-ländlichen Familie. Heute zum Beispiel läßt der Ehekonflikt – der selbst in harmonischen Ehen immer gegenwärtig ist – dem Kind eine gewisse Wahl. Natürlich ist es seine Geschichte in ihm, die die Wahl trifft. Zumindest – auch wenn er Neurotiker werden sollte – *wird es seine eigene sein*; die Zahl der übermächtigen Väter schwindet mit der fortschreitenden Emanzipation der Frauen. Und selbst zu Beginn der Restauration kommt sie schon seltener vor, jene Entwicklung, die einen dazu bringt, sich *zu demselben wie ein Anderer* zu machen. Für die Landaristokratie war das übrigens keine wirkliche Gefahr; der Vater ist null, der Sohn ist es auch: nichts ist gesünder. Aber als das intellektuelle Bürgertum auf die Idee kam, die großen Rentiers zu imitieren, war alles verloren: der Vater setzte eine vorgefertigte Intelligenz in den Kopf des Sohnes. Und zwar nicht einmal seine eigene: sondern einen familiären Prototyp. Das ist der Fall von Achille-Cléophas.

Aber man kann auch verstehen, daß Achille dieses Modell, das ihm ohne Motive aufgezwungen wird, die seine eigenen sind und ihn in seiner Besonderheit definieren, nicht *realisieren* kann: denn jeder Entwurf ist auch Flucht; Achille floh vor seinem gewalttätigen Vater, vor der unerträglichen Gegenwart zu dem gleichen *pater familias*, seiner Zukunft. Die Subjektivität ist die plötzliche Herstellung einer Beziehung der Außenwelt zu sich selbst im Laufe des Verinnerungsprozesses. In Achille, und nur in Achille, kann sich der Vater verdoppeln. Das Kind spürt natürlich den unerträglichen Widerspruch zwischen der Familienreligion, die man ihm eintrichtert, ohne sie zu nennen, und der liberalen Philosophie, die man ihm erklärt. Die Laren und der Mechanismus, das paßt überhaupt nicht zusammen: der jüngere Sohn wird nach Auswegen suchen, die Wege versperrt finden, den Widerspruch bis zur Verstörung erleben. Der ältere zieht sich aus der Affäre: seine Chance ist, daß er die mechanistische Philosophie wiederfindet, indem er sein Vasallentum bis zum Äußersten treibt. Er legt genügend Devotheit an den Tag, um sein Vater *sein* zu wollen, wie dieser es von ihm verlangt: was bedeutet ihm künftig die geoffenbarte Religion, ihr Mummenschanz, die angebliche Kälte der analytischen Methode. In der Physiognomie seines Vaters entdeckt er die Züge des ewigen philosophischen Arztes, der er sein wird und den er zeugen wird, sobald er sich eine Frau genommen hat: er verliert sich in Achille-Cléophas und wird durch glückliche Unterwerfung zu dem von Natur aus skeptischen und tugendhaften Mann, dem Wissenschaftler und mechanistischen Denker. Besser noch, er *ist es*, weil er *es sein wird*, weil vor seinen Augen der verehrungswürdige Doktor es auf hervorragende Weise zu sein sich verpflichtet. Kurz, die Autorität des Chefarztes und seine Widersprüche erdrücken das Kind, das ihnen nicht entkommen kann, ohne *sein eigener Vater zu werden*: darunter müssen wir verstehen, daß er die geläufigen Identifikationsvorgänge neu erfindet und sich zum – unentbehrlichen, aber sekundären – Vermittler zwischen zwei Erzeugern macht, die aus einer geheimnisvollen Verdoppelung geboren werden, aber völlig miteinander identisch sind und von denen jeder der Stellvertreter des anderen zu sein hat. Indem er auf diese Weise seine objektive Notwendigkeit als die intimste seiner Leidenschaften erlebt, entkommt er dem Überdruß und den Ängsten Gustaves. Dieser wird die Analyse hassen – und sich gleichzeitig auf sie berufen –, weil er allzuoft ihr Gegenstand gewesen ist. Achille, der in Symbiose mit seinem Vater lebt, praktiziert sie von Kindheit an.

Oder, besser, der Vater praktiziert sie für ihn. Achille-Cléophas seziert zwar gerne die großen Gefühle der anderen, aber er hat zum Glück weder die Mittel noch die Absicht, sich selbst zu erkennen: als der Kleine sich mit ihm identifizierte, wurde er zu einem sich selbst ständig unbekannten, ständigen Subjekt. Sein Chirurgenblick hatte keinen anderen Gegenstand als die Welt. Ein Wissenschaftler, ein Arzt: reines

Licht. Tote erschrecken ihn nicht. Jedenfalls nicht mehr als sein eigenes vergessenes, verkümmertes Herz: das ist sein Erbe. Wenn der Vater ihn in die Krankenhaussäle, durch den Gestank des Hörsaals führt, scheint er ihm zu sagen: «Das ist dein Volk.» Das Volk der Kranken und Leichen: das ist sein Reich; das bringt etwas ein. Er betrachtet das Leiden und sieht die Ehrungen, den Gewinn. Natürlich nicht ohne ein gerechtes Mitleid zu empfinden. Ein Erwachsenengefühl, das von seinem Vater herkommt: ein ohne Mentor der Kindheit ausgeliefertes Kind würde nur Entsetzen empfinden. Aus dem Mund des Vaters erfährt er auch, daß «Heilen der schönste Beruf ist». Und wenn er einmal Angst hat, so dauert sie nur einen Augenblick: er ist schon zukünftig, schon jener Mann im weißen Kittel, schon über die eitrige Wunde gebeugt, die ihn gegenwärtig erschreckt. «Du wirst dich daran gewöhnen.» Das ist alles: schon hat er sich daran gewöhnt. Vom neunten oder zehnten Lebensjahr an versucht er die «gutmütige Würde» (*Madame Bovary*, I, 682) des philosophischen Arztes nachzuäffen. Illusionen hat er, glaube ich, kaum. Für diesen vorgefertigten Atheisten ist der Glauben nichts anderes als Obskurantismus. Was sollte er damit auch anfangen? Gustave dagegen wird, als sein Vater ihn verstoßen hat, versucht sein, sich einem religiösen Vasallentum hinzugeben. Aber Achille? Er ist ein geborener Vasall. Er läuft auf den Chefarzt zu, und dieser öffnet ihm schon von weitem die Arme. Achille ist durch einen älteren und kleinlicheren Kult gegen das Christentum abgeschirmt: er ist der treuste Adept der Hausreligion. Man kann sich leicht vorstellen, daß er bis zum Ende seines Lebens die Unruhe seines Bruders nie kennenlernen wird. Achille, jener falsche einzige Sohn, das einzige zukünftige Überleben der Flauberts, besitzt seinen Vater und wird von ihm besessen; als wenn Achille-Cléophas in seinem Sohn seine intimsten Gedanken entstehen ließe, als wenn der Sohn das Ergebnis seiner intimsten Spontaneität darin erkennte. Als zukünftiger Vater affiziert dieser den gegenwärtigen Vater mit inhaltslosen Ideen, die er später konzipieren wird, wenn er selbst einmal Vater ist. In dieser Trinität denkt der Vater im Kopf des Sohnes, der Sohn wird durch den Kopf des Vaters denken. Der Gehorsam war süß: von außen gesehen mochte der ungeduldige und nervöse Herr schreien und launenhafte Befehle erteilen; als unüberlegter Gesetzgeber mochte er Gesetze erlassen, die so streng waren, daß sie unanwendbar blieben. Das bedeutet nichts: durch Entschuldigungen, Versprechen und Tränen zieht man sich aus der Affäre; alles spielt sich *außen* ab; wichtig ist, daß man nicht von *innen* her von einem Anderen kommandiert wird. In Gustave wird der Andere entscheiden, der sich in ihm fest eingenistet hat: das ist unerträglich. Achille aber entscheidet selbst im Anderen, weil er immer mit seinem Schöpfer übereinstimmt: zuerst ist er *Erbe*; seine ganze junge Person verlangt die Ehrenbezeigungen, den Gewinn und die Ämter des Vaters.

Also muß man sich dessen zur gewollten Zeit würdig erweisen: der gegenwärtige Amtsinhaber ist als einziger in der Lage, den zukünftigen Amtsinhaber auszubilden. Achille vertraut sich seinem Vater an: sie haben beide ein gemeinsames Ziel, der Chefarzt weiß den Weg. So kann äußerste Strenge vielleicht einengen, aber nicht ersticken: sie ist ein Mittel, das Kind kennt den Zweck, zu dem sie dient; es gilt, das schwierige Manöver vorzubereiten, durch das ein Vater seinem Sohn ein Gut vererbt, das ihm nicht gehört. Die unbestreitbare Gnade des Zieles strahlt auf die Mittel zurück: der Vater hat gnädig das Leben produziert und reproduziert, er hat dem kleinen Jungen gnädig sein eigenes Wesen gegeben; jetzt sind sie eins in zwei, und selbst die Strenge ist eine Gnade, weil sie die jüngere Verkörperung des Doktor Flaubert darauf vorbereitet, die Privilegien des anderen zu verdienen. Außerdem offenbaren die väterlichen Befehle dem Kind *seinen* zukünftigen Willen: es soll später das gleiche Ziel haben, die gleiche Gnade gegenüber seinem Sohn, die gleiche Strenge, die ja notwendig zu sein scheint. In gewisser Weise ist der väterliche Voluntarismus gemildert: da er die Beziehungen des zukünftigen Achille zu seiner Nachkommenschaft regelt, kann der Kleine ihn auch als eine sehr intime Beziehung seiner zukünftigen Realität zu seiner gegenwärtigen Kindheit begreifen. Es ist der zum Universalerben gewordene Achille selbst, der dem Bengel Befehle gibt, der er gewesen ist, indem er davon träumt, daß er sie dem einst von ihm selbst gezeugten Bengel geben wird. Kurz, alles ist klar, man weiß, wohin der Weg geht und wie man hingelangt. In Wirklichkeit wird jedoch nichts so klar *empfunden*; so etwas lebt sich ohne Worte, von Tag zu Tag, ohne Finesse und vor allem ohne Gerede: es ist die Familie, verinnerte Außenwelt, es ist die Tradition, das Eigentum, das Erbe. Achille hat es sich in der Rolle des Vaters bequem gemacht und glaubt den Menschen zu kennen, weil er durch die Analyse oberflächliche Regungen «zergliedert» hat. Was in ihm Gegenstand bleibt, ist damit nicht mehr wirklich er selbst; er hat keine andere substantielle Realität mehr als die von Achille-Cléophas, das heißt die geheimnisvolle Einheit der väterlichen Machtbefugnisse. Diese Einheit ist in aktivem Zustand das Auffassen [*intellection*]; solange sie potentiell bleibt, ist sie das Zentrum einer heiligen *Aura.* Die Zwischenstufen kann man sich vorstellen: mit einem Wort, das Kind wird am Ende einer Initiative, die mit der Geburt beginnt und mit der Reife endet, in den Besitz des väterlichen *Mana* gelangen.

Man irrte sich, wenn man diese Identifikation für eine Komödie hielte; sie ist zwar eine Rolle; aber insoweit sie die Verinnerung eines objektiven Systems verlangt, ist sie auch Mühsal: in diesem besonderen Falle heißt das, man kann die Identität der Verdienste nicht erreichen, ohne ein ebenso glänzendes Studium zu absolvieren wie Achille-Cléophas. Das ganze System wird beherrscht von einem verdoppelten Ziel, das

man durch Verhaltensweisen unmittelbar zu verkörpern versucht, dem man sich aber vor allem durch eine Reihe realer Unternehmen nähern muß (Wettbewerbe, Examina, Doktorarbeiten), die alle durch objektive Programme bestimmt sind und eine genaue Zukunft offenbaren, die in den Programmen des folgenden Jahres bis ins Detail voraussehbar ist. Man wird vielleicht der Ansicht sein, daß dieser reale Vorgang – Oberschule, Universität, Doktorarbeit – Achille dazu gezwungen hat, Apparate zu konstruieren, Mittel für einen kurzfristigen Zweck zu kombinieren (zum Beispiel für die Lösung eines schulischen Problems), durch Übung jene Verstandesfreiheit in sich zu entwickeln, die man Auffassen [*intellection*] nennt. Das läßt sich nicht leugnen: diese Geistesoperationen halten den jungen braven Mann am Leben; außerhalb der Vorlesungen döst er vor sich hin, bei den Examina sprüht er. Man stelle vor allem nicht die Frage: was wäre aus ihm geworden, wenn er ein Idiot gewesen wäre? Oder noch genauer: wenn er kein ausgezeichneter Wissenschaftler gewesen wäre, wenn er wie Gustave der Literatur den Vorzug gegeben und selbst zu schreiben beschlossen hätte? Das hieße trotz aller Anstrengungen noch einmal in den sozialen Atomismus zurückfallen: es gäbe dann also *verschiedene* Naturen. Unterschiedlich begabte Naturen; der Zufall hätte den Sohn Flaubert mit denselben Gaben versehen, die er einst dem Vater gegeben hat, daher käme die ganze Geschichte der Familie; eine Angelegenheit roter Blutkörperchen, grauer Gehirnmasse: die Identität der Fähigkeiten rührte von der Identität gewisser physiologischer Merkmale her und hätte die Identifikation zur Folge. Diesen schlechten, diesen bürgerlichen und molekularen Materialismus hat man durchschaut: es ist derselbe, den der philosophische Arzt für eine Philosophie hielt. Wer so denkt, stellt die Ereignisse und die Gründe auf den Kopf: Achille verdankte das Vertrauen, das sein Vater ihm ständig entgegenbrachte, nicht seiner außergewöhnlichen Intelligenz; er verdankte seine seltenen Geistesfähigkeiten der unwiderruflichen Entscheidung, die ihn von seiner Empfängnis an und vielleicht sogar noch früher zum Erbprinzen der Wissenschaft gemacht hatte.
«Der gesunde Menschenverstand ist das am besten verteilte Gut der Welt»[18a]: nichts, was jemals gesagt worden ist, ist so schwierig und so wahr. Die Idee ist schwer verständlich in der Isolierung: jeder will seine Hierarchie errichten; selten stellt man sich an die Spitze, selten auf die untersten Sprossen: besonders gesucht sind die guten und sogar die schlechten Mittelpositionen. Aber diese onanistischen Eitelkeiten verschwinden im Umgang der Menschen miteinander: alles gleicht sich an; der Dümmste findet Argumente, die einen verwirren, und obwohl man als gewitzt gilt, weiß man nicht, was man sagen soll: tatsächlich wird

18 a Mit diesem Satz beginnt Descartes' *Discours de la méthode. Anm. d. Übers.*

man nur dann gewitzt und wahr sein, wenn er auf der «höheren» Stufe zu einem stößt; andernfalls fällt man auf seine Stufe zurück: das ist normal. In Wirklichkeit sind die Stufen variabel, aber die Menschen definieren sie gemeinsam: es ist eine soziale und kodierte Beziehung; nichts ist komplexer, weil sie nicht nur die objektiven Strukturen widerspiegelt – Milieus, Generationen, Klassen – und die besonderen Verwandtschaften zwischen Gruppen und Personen, sondern auch die Vorurteile jedes einzelnen, das heißt ein normatives Urteil über den absoluten Wert der Intelligenz: ein Freund wird einen um so leichter für einen schlauen Kopf halten, wenn er die Intellektuellen lächerlich findet und nur der unvernünftigen Gewalt oder aber der Sensibilität einen Wert zuerkennt – die er als irrational erklärt. Dadurch ordnet er sich ein. Ordnet er einen selbst auch ein? Kaum: aber wenn man zum Beispiel Jude ist, so wird er sich, wie wir wissen, darin gefallen zu proklamieren, daß man viel gewitzter ist als er, und mit dieser verdächtigen Bescheidenheit wird er seinen tiefen Antisemitismus verraten. Kurz, Stufen: variabel, komplex, man kommt durch den Anderen zu ihnen; wenn wir auf die berüchtigte «Dummheit» zu sprechen kommen werden, die Gustave überall aufdeckt, werden wir in allen Einzelheiten sehen, daß sie Unterdrückung ist. Man kann einen Menschen in die Situation der Dummheit bringen; ist er einmal drin, bleibt er dort auch, sofern er keinen Ausweg findet. Umgekehrt gibt es Intelligenzen, die aus Privilegien hervorgehen. Könige hatten Stil: ganz ungekünstelt. Sie waren einfach davon überzeugt, daß die Nationalsprache *ihr Gut* war. So begriff Achille schon als Kind, daß die Intelligenz das Gut der Flauberts war. Kaum kann er lesen, schon ist er ganz von den Auffassungen seines Vaters durchdrungen; ohne es zu merken, übernimmt er die Schemata, die das Denken des Vaters leiten; die sichtbaren Verknüpfungen der Ideen; seine Argumentationen lassen von den Prämissen bis zu den Schlußfolgerungen die Strenge der exakten Wissenschaften erkennen: das geschieht, um sich in einem augenblicklichen Fest schon jetzt als Arzt, einzigen Kapitän an Bord des Hôtel-Dieu und Wissenschaftler zu sehen. Können wir nun sagen, daß diese Intelligenz *imitiert* oder daß sie *ausgeliehen* ist? Wie man will. Meiner Ansicht nach erwacht sie. Der kleine Junge hat, wie wir gesehen haben, keinerlei Vertrauen zu seinem Herzen und kaum mehr zu seinem Körper, vermutlich weil er nie Gegenstand einer ausschließlichen Liebe gewesen ist: daher verkümmert das Herz, und der Körper tut, was er kann, um zu dem des Vaters zu werden; sobald wie möglich wird er sein Kinn unter dem Bart des Vaters verbergen. Aber je weniger er sich an seine Besonderheiten bindet, um so mehr überläßt er sich jenem Feuerstrom, der das Unternehmen Flaubert durchzieht und den der Vater so gut auszunutzen verstanden hat. Die Intelligenz ist in Achille quasi sein höchstes Privileg und die Quelle seiner zukünftigen Rechte, sie ist

Verdienst und Gabe Gottes, ganz und gar in ihm, insofern er ganz und gar Sohn des Vaters und zukünftiger Vater ist, wenn er sie nur immer für das Wohl der Familie nutzt. In einer Zeit des Individualismus ist er also jedes individuellen Wertes beraubt, aber genau deshalb findet er seine Daseinsberechtigung in jener bewundernswürdigen Intelligenz, zu deren unwesentlichem Diener er sich macht (als isoliertes Molekül) und dessen Eigentümer er ist (als zukünftige Verkörperung des *pater familias*). Genügt das denn, könnte man einwenden, damit er tatsächlich ein begabtes Kind, der Primus seiner Klasse und ein ausgezeichneter Student wurde? Ja, das genügt. Wenn das hartnäckige, ursprüngliche, aktive Denken *schöpferisch* wird, muß man es mit anderen Gründen erklären, die man bei anderen Instanzen sucht. Aber Achille *bringt nichts hervor*; er versteht alles. Er kommt nicht über jenes Merkmal hinaus, das wir alle gemeinsam haben: die Offenheit des Geistes. Darunter verstehe ich jene prospektive, aber leere Einheit, die ein synthetisches Feld umschreibt, in dem die objektiven Verhältnisse in Koexistenz zueinander treten und sich sofort *in Beziehung zueinander setzen.* Der Ursprung ist die Spannung des Feldes, ein bloßer Ausdruck unserer biologischen und praktischen Einheit, die weder Kategorien noch besondere Relationen aufzwingt, aber allen Beziehungen verbietet, sich zu isolieren. Wie Maurice Merleau-Ponty sagte, der Mensch ist das einzige Tier, das keine ursprüngliche Ausrüstung hat: so sind die Dimensionen der Offenheit nicht *a priori* definiert; der Durchmesser variiert unter dem Einfluß physiologischer und sozialer Faktoren; die Natur der individuellen oder gemeinsamen *Praxis* weitet sie aus oder zieht sie zusammen, Elend, Schicksalsschläge oder Erschöpfung reduzieren sie auf einen Punkt, aber das geschieht genau in dem Maße, wie sie den Menschen zum Untermenschen verkommen lassen. Wenn die Menschen sich satt essen können, wenn sie für eine begrenzte Arbeit anständig bezahlt werden, so sind es die Hemmungen, Verbote und Tabus, die die Offenheit begrenzen und sogar die Leere mit blinden Flecken beschmutzen, indem sie Prinzipien aufstellen, Schlußfolgerungen verbergen. Oder aber man entflieht unerträglichen Widersprüchen durch eine zirkulierende Geistesabwesenheit. Auch der Argwohn hält die Zustimmung zurück. All diese Einschränkungen erwachsen jedem aus seiner Vorgeschichte: er wiederholt sie genauso, wie er sie erleidet; wird er davon befreit, wird sich sein Geist ausweiten: niemandem ist eine Grenze gesetzt. Außer durch die Zufälle des Körpers.

Aber der kleine Achille ist nun eben frei von Mißtrauen. Besser noch: das 18. Jahrhundert hat dem Vater Flaubert seinen Kosmismus vererbt; Achille-Cléophas befragt die *Natur*; als Arzt beobachtet er jenes winzige Detail: den Knochenbruch; als Philosoph erhebt er zum Prinzip, daß das unendliche Universum durch die Vernunft vollständig erkennbar sei. Es gibt also eine fertige Wissenschaft, die den Aberglauben verdrängt hat: das Kind hört schon sehr früh etwas von Newton und Lavoisier; was es von ihnen erfährt, bestätigt die hochfliegenden Ansichten seines Vaters; es denkt, daß Achille-Cléophas das Werk der Pioniere fortsetzt und daß sein ältester Sohn wiederum sein Werk fortsetzen wird. Die Wissenschaft ist die objektive Vernunft, die Intelligenz ist die Subjektivität der Vernunft: die zweite bringt die erste hervor, die erste verbürgt die zweite. Die Intelligenz des Kleinen, die durch die Jahrhunderte verbürgt ist, eine ständige Vereinigung des Geschöpfes Achille mit seinem allmächtigen Schöpfer, muß sich an der unbegrenzten Offenheit seines Geistes messen. Er ist intelligent aus Folgsamkeit: er überläßt sich dem Wahren ohne irgendein Vorurteil in vollem Vertrauen, er wird von Anfang an ein Anhänger der Lehren seines Vaters; er empfängt die Verbindungen, lernt sie vorauszusehen und sie schließlich abzuleiten: Achilles Intelligenz ist das stolze Inventar des Stammgutes Flaubert, sein zukünftiges Erbe. Er ist als Eigentümer geboren: lernen heißt Bestandsaufnahme machen; aus allen seinen Kenntnissen – die jenem Vater, der er sein wird, bereits bekannt sind – wird er Verdienste machen, die ihm die vererbten Ehrungen und Ämter einbringen werden. Kurz, um zu lernen – das heißt, um entgegenzunehmen –, braucht er sich nur hinzugeben: was uns aufhält, sind unsere Widerstände, deren Ursprung in den archaischen Schichten unserer Geschichte zu suchen ist. Aber Achille, der zukünftige Vater und Universalerbe, *bietet keinerlei Widerstand*: in ihm ist fast nichts, was sein Vater nicht hineingelegt hätte. Vom fanatischen Ehrgeiz seines Schöpfers getrieben – den er übernommen und verinnert hat, bis er zu seiner eigenen Spontaneität wurde –, vertrauensvoll, folgsam, die Zwecke des philosophischen Arztes teilend und ihm die Wahl der Mittel überlassend, hat dieses Kind keine andere Intelligenz als seine Überzeugung, von Gottes Gnaden intelligent zu sein; was braucht man mehr.

Der Älteste hat in jedem Fall das Mandat, das Leben des Vaters zu wiederholen. Er hat sich also in eine Progression hineinbegeben, die nicht mehr stillsteht. Ist er gerettet? Nein: verloren. Er hätte das Stadium der Identifikation überschreiten und den Ritualmord am Vater vollziehen müssen. Die äußeren Umstände erlaubten das nicht: zum *pater familias* werden hieß sich für immer in dessen Ebenbild einschließen. Von der frühesten Kindheit an lassen der Hochmut des Vaters und die Demut des Kindes allerdings keinen Zweifel zu: niemals wird das Geschöpf dem Allmächtigen, der es aus dem Schlamm geholt hat, gleichkommen. Durch seine verbissene Arbeit hat der kleine Achille-Cléophas den berühmten Doktor Flaubert *ex nihilo* hervorgebracht, den er heute gegenüber allen verkörpert; bei seinem Tod wird der Sohn die Rolle übernehmen, ohne etwas daran zu ändern: das Wichtigste ist geschehen. Als geblendeter Vasall ließ sich Achille überreden: aber das beruhigte ihn eher; als Sproß einer fast feudalen Familie hatte er das gleiche Bedürfnis, das Gustave später empfand: einen unvergleichlichen Herrn anbeten. Alles wäre in Angst umgeschlagen, wenn er sich hätte vorstellen können, daß er ihn eines Tages übertreffen müßte. Wenn Achille-Cléophas zu verstehen gibt, daß er der Archetyp ist und daß es nach seinem Tod nur eine Kette von Wiederholungen geben wird, so ist der Sohn ein Komplize seines Vaters. Das ist er auch, wenn der Erzeuger dem Kind verspricht, ihm sein Wesen zu vererben, aber in Kleinformat. Die Übereinstimmung ist perfekt: der extravagante Herr wird wieder zu Staub werden, ohne auch nur einen Zoll seiner Größe zu verlieren; auch noch abwesend wird er in jedem Punkt dem Nachfolger, den er selbst ausgewählt hat, überlegen sein; sein Höriger freut sich darüber; ein stolzer und friedlicher Traum: ein Mächtiger dieser Welt werden und sein eigener Herr, ohne jemals die Vasallenstellung zu verlassen. Man braucht fast nichts, um aus den dünnen Gasen, den interstellaren Nebeln der Angst aufzutauchen: es genügt tatsächlich schon, nicht zu sinken; Achille wird diese allzu menschliche Angst umgehen: als ein neuer Äneas beugt er den Kopf und trägt Anchises auf seinem Rücken.

Liebt Achille-Cléophas ihn? Alles, was man sagen kann, ist, daß er in seinen letzten Jahren allmählich einen neuen Start vorbereitete: sein Sohn Achille war in seiner Nähe und half ihm dabei; es galt, die Ausbildung des jungen Mannes abzuschließen und sich zugleich höheren Ortes der Unterstützungen zu versichern, die ihm den Posten und die Ehrungen seines Vaters reservieren würden; danach würde sich Achille-Cléophas zurückziehen. Allmählich: Achille würde die Ämter eines nach dem anderen übernehmen, der Vater *würde sich auf ihm ausruhen*. Von der eigentlichen Therapie befreit, könnte der alte Arzt endlich seinen Wunsch erfüllen und ganz und gar Wissenschaftler sein: er hatte das ganze medizinische Wissen seiner Zeit erworben und oral vermittelt; das genügte nicht: *scripta manent*; er wollte nicht sterben, bevor er seine Kenntnisse – von denen einige direkt aus eigener Erfahrung stammten – in einer allgemeinen Physiologie gesammelt hätte, die seinen Namen verewigen würde. Von diesem Plan sprach der philosophische Arzt zu allen, die es hören wollten: und er versäumte nicht hinzuzufügen, daß dieses letzte Glück nicht möglich wäre *ohne Achille*. Achille oder der Schlußstein. Vorzeitig von einer Schwerarbeit verbraucht, erwachte bei dem alten Doktor nur dank seines blinden Vertrauens zu seinem Sohn die Hoffnung, der Geschmack am Leben und der bescheidene Ehrgeiz zu überleben. Man kann sich diese Wechselseitigkeit gut vorstellen: der Vater sicherte sich zukünftige Freuden, indem er seinen Sohn auf zukünftige Pflichten und zukünftige Ehrungen vorbereitete; dieser konnte nicht umhin, sich zugleich als den höchsten Zweck des Vaters und als das Mittel zu dessen Ruhm zu entdecken: ohne ihm die Freuden der Unterwerfung zu nehmen, erlaubt man ihm, sich gegenüber dem edelmütigen Tyrannen gnädig zu zeigen, der ihn mit Gaben überschüttet hatte. Alles band diese beiden Männer aneinander: die Vergangenheit, die Zukunft; in der Gegenwart bot jeder neue Kranke Anlaß zu einer Zusammenarbeit: sie diskutierten ernst über seinen Fall; und die klinische Idee tauchte ohne Unterschied in dem einen oder anderen Kopf auf. Bedeutet das lieben? Ja: Achilles Tod hätte seinen Vater niedergeschmettert; die Liebe von Achille-Cléophas bedeutete: eine *praktische* Zuneigung, die sich nicht von der gemeinsamen Arbeit unterschied, ein kostspieliges Vertrauen, das der Sohn nach zwanzig Jahren Mühsal im tiefsten Innern seines Vaters hervorgebracht hatte. All das geschah langsam und unmerklich: zunächst hat der philosophische Arzt den Ältesten nur aus Prinzip begünstigt; dann hat er ihn vorgezogen, und schließlich auf seine alten Tage hat er ihn um seiner selbst willen geschätzt. Zwischen den beiden Männern gab es keine Liebesbeweise: Intimität, das war alles. Ich vermute, daß der Doktor Flaubert auf lange Sicht schließlich an Achilles Physiognomie hing, an seiner Stimme, an diesem langen Körper, der «ganz und gar aus Beinen bestand». Aber wie er auch immer ausgesehen hätte, er hätte sich an ihn gewöhnt: er sah in ihm nur die Fabrikationsmarke.

Am 10. November 1845 wird Achille-Cléophas krank. Wer untersucht ihn? Sein Sohn. Achille entdeckt eine sich ausbreitende Phlegmone am Schenkel. Die besten Freunde des Sterbenden, zwei angesehene Ärzte, eilen an sein Krankenbett: ein chirurgischer Eingriff wird beschlossen, und wieder ist es sein Sohn, den der alte Arzt damit beauftragt, ihn zu operieren. Die Kollegen protestierten zunächst dagegen: Achille schien ihnen zu jung. Vergeblicher Widerstand: der Chefarzt setzt seinen Sohn durch, die Operation findet statt, und er stirbt.

Diese Anekdote ist allgemein bekannt, aber ich habe noch nicht gesehen, daß man ihr die Bedeutung zugemessen hat, die sie verdient. Sicher: man wird in dieser Wahl einen Nachfolgeritus erkennen, die allerstrengste Übertragung der Macht: das ist der operierte Operateur; ein vom Tode bedrohter Chirurg bezeichnet seinen Nachfolger, indem er ihm die Verpflichtung aufbürdet, ihn zu zerstückeln: entweder rettest du mich, oder du ersetzt mich; und wenn du mich rettest, hast du deine Probe bestanden und wirst mich in einigen Jahren ersetzen. Vielleicht wird man in dieser Wahl, die bald in der ganzen «Gesellschaft» bekannt wurde, ein Reklamemanöver erkennen, als habe der Erblasser sich durch eine letzte Pression auf die Bürger von Rouen versichern wollen, daß das Amt erblich würde: «Ich bin vom Metier; wenn dieser Mann gut genug für mich ist, dann ist er auch gut genug für euch; Beweis dafür ist, daß ich ihn ausprobiere, bevor ich ihn euch empfehle.» Eine Nuance davon steckt tatsächlich darin: es ist eine

Bestimmung des Aktes und seines objektiven Sinnes; das heißt jedoch nicht, daß sie irgendeinem autonomen und bestimmten Modus der Subjektivität entspräche.
Uns kommt es jedenfalls darauf an, die Beziehung dieses Vaters zu diesem Sohn, wie sie in diesem letzten väterlichen Geschenk erscheint, zu beschreiben und festzuhalten. Denn es ist ein Geschenk. Fast dreiunddreißig Jahre früher hat der Doktor Flaubert dem ältesten seiner Kinder das Leben geschenkt; dieses Leben hat er ständig weiter *reproduziert*; er hat seinen zukünftigen Nachfolger so sehr mit seiner eigenen Substanz ernährt, daß er ihn schließlich in sein *alter ego* verwandelt hat. Im Moment des Todes schenkt er ihm seinen eigenen verbrauchten Körper, sein eigenes Leben; dem großen Bruder Achille bietet er den schmeichelhaftesten Patienten an: den besten Spezialisten, bewundert, gefürchtet, respektiert von seinen Patienten, seinen Studenten und seinen Kollegen. Warum? Vielleicht tatsächlich, um Aufsehen zu erregen: wenn dem so wäre, müßte man darin sehr viel mehr als eine geniale Reklame sehen. Aber das ist nur ein Oberflächendetail; sobald man tiefer in den Willen des Kranken eindringt, ist man unweigerlich frappiert von dem Familienhochmut, der sich darin ausdrückt: nur ein Flaubert kann einen Flaubert behandeln. Das ist die Ehre dieser Arztfamilie. Als der gebieterische Greis krank wurde, hat er sich erst im letzten Moment ins Bett gelegt; er hat seinen Arzt ausgewählt, er hat ihn während des Eingriffs überwacht, und dann ist er drei Wochen später im Schoße seiner Familie verschieden, ohne jemals das Bewußtsein verloren zu haben. Dieser willentliche Tod hätte Rilke begeistert: es ist das Bild eines voluntaristischen Lebens. Man kann sich leicht denken, daß er Achilles Diagnose beeinflußt und später auch sein Skalpell geführt hat. Die zu anderer Zeit tausendfach verlangte Folgsamkeit von Achille interessierte ihn jedoch an diesem Tag gar nicht: erstens hätte er sie überall gefunden; sein Alter, sein Wissen und sein Ruf sicherten ihm, daß der ausgewählte Kollege, wer er auch immer war, seine Ratschläge annahm und Ehrerbietung und Gehorsam beweisen würde. Aber ganz im Gegenteil, nach einem halben Jahrhundert der Praxis war Achille-Cléophas davon überzeugt, daß Folgsamkeit den Chirurgen nicht nützt, sondern schadet; seinen Studenten brachte er bei, daß die höchsten Tugenden des Chirurgen die waren, die er in seiner ganzen Laufbahn bewiesen hatte: Unabhängigkeit, Initiativgeist, Energie, daß man, wie er es immer getan hatte, allein entscheiden mußte, notfalls auch gegen alle anderen. Was er in diesen entscheidenden Stunden von seinem Sohn verlangte, war Strenge und Autorität, die Flaubert-Qualitäten *par excellence*, die durch die Blutsbande und das Vorbild von einer Generation auf die andere übertragen worden waren, jedenfalls seit diesem Dickkopf Nicolas, dem Großvater von Achille, der unter der Terreur eingesperrt worden war, weil er weder seine

Meinungen ändern noch den Mund halten wollte.
Wenn der Doktor Flaubert Achille wählte, so geschah das vor allem aus einem totalen Vertrauen heraus, das einige Tage vor dem Tod den unerschütterlichen Glauben seines ältesten Sohnes belohnen sollte. Er schrieb ihm also seine eigenen Meriten zu. Dieser skrupellose Vater hat seinen zukünftigen Vertreter so gut geformt, daß er aus ihm, wie wir gesehen haben, sein Gegenteil gemacht hat: ein relatives, unwesentliches und schüchternes Wesen, das sich nie *von innen her* bestimmt, sondern immer nach dem äußeren Modell, das man ihm gegeben hat und das er in allem nachahmen will. Nehmen wir zum Beispiel nur einmal die Autorität, so müssen wir sagen, daß der Vater sie bei Achille seit der Kindheit ruiniert hat: Achilles Unglück ist die Heteronomie seines Willens: es gibt nichts in ihm, das sich nicht *von außen* aufgezwungen hätte, nichts, das ihn in seiner ursprünglichen Spontaneität ausdrückte. Diese ist übrigens, nachdem sie langsam und sicher erstickt wurde, nur noch ein Wort. Es ist also völlig unmöglich, daß er jemals jene souveräne Autorität hat, die alle und jeden erfaßt. Besessene, manische Pedanterie, Hemmungen, Anwandlungen von Schweigsamkeit, intuitive Diagnosen, deren Motive ihm dunkel bleiben: lauter Mittel, um eine hinterhältige Angst zu bekämpfen, lauter Zeichen, die uns die Größe des inneren Mangels angeben, die die väterliche Tyrannei hervorgerufen hat. Seine Patienten respektieren ihn, finden ihn aber wenig überzeugend. So bleibt er bis zu seinem Tod; so ist er schon Ende 1845. Andrerseits jedoch verlangt die Identifikation mit dem Vater, obwohl sie diesen unterworfenen Sohn ruiniert hat, daß er in sich und um sich herum den Schein von Autorität hervorbringt. Nur den Schein, nichts weiter; auf jeden Fall wird man sagen können, daß der Sohn an den Vater glaubt: solange dieser am Leben bleibt, bewahrt jener ein wenig Sicherheit. Das ist alles, was der Doktor Flaubert verlangt: er ist davon überzeugt, daß diese schlecht gespielte Rolle Achilles Wahrheit sei, er glaubt, sich nicht nur reproduziert, sondern *neu geschaffen* zu haben. Er wird sich also durch die Hand seines Sohnes selbst operieren; nicht, indem er ihn mit Ratschlägen betäubt, sondern weil er ihm von Kindheit an seinen eigenen Charakter, sein eigenes Augenmaß und seine eigene Unbeugsamkeit gegeben hat. Ist diese Beziehung des Vaters zum Sohn Liebe? Wie man will. Aber es ist selten, daß eine Leidenschaft zwei Liebende so nahe bringt. Für den einen wie für den anderen Flaubert ist *das tiefe Wesen* des Sohnes seine *Persönlichkeit*; und für den einen wie für den anderen ist diese Persönlichkeit der Vater. Indem Achille-Cléophas den Sohn auswählt, ihn den Kollegen aufzwingt, wählt er sich selbst; von der Phlegmone zu Boden geworfen, steht er wieder auf: dank seiner Verkörperung bewahrt er die Initiative; tödliche Gefahr hat ihn aufs Bett geworfen, zur Ohnmacht verurteilt: im gleichen Augenblick richtet er sich jedoch verjüngt wieder auf,

beugt sich stehend über seinen alten Körper und entreißt ihn dem Tod. Eins in zwei: er bleibt bis zum Schluß sein eigener Herr. Selbst wenn die Operation nicht gelingen sollte, so hätte er sie doch entschieden und bis zu Ende geführt. Jemand wird sterben. Eine sterbliche Hülle wird begraben werden: der Doktor Flaubert wird überleben.

Aber es gibt noch mehr als diese gegenseitige Identifikation: wenn man sich den objektiven Sinn dieser Wahl näher ansieht, so findet man in ihr Zeichen einer tieferen, unformulierten körperlichen und zärtlichen Intention, die uns auf die verborgene Welt der *erlittenen* Zuneigungen und Verletzungen zu verweisen scheint: dieser Mann bietet seinem Sohn einen alten verbrauchten Körper dar; er hat beschlossen, daß er durch seinen Sohn leiden werde. Minuziös. Passiv wird er in seinem Fleisch den Einschnitt des Skalpells *spüren*. Er scheint eine Blutschuld bezahlen und in den Händen des jungen Mannes abdanken zu wollen, als ob diese wirkliche und gewollte Ohnmacht der Preis und die Widerspiegelung einer anderen Ohnmacht wäre, der des Neugeborenen in den Händen des jungen Vaters fast dreiunddreißig Jahre früher. Der alte Flaubert wollte, wie wir gesehen haben, nicht verschwinden, indem er einen seiner Kollegen zum König proklamierte, es sei denn, es wäre ein Flaubert; aber umgekehrt könnte man sagen, daß es ihm gefallen hat, bei seinem Tod demütig von Achille das süße Leiden zu empfangen, in den Augen, in der Stimme, in den Gesten seines Sohnes nach dem geringsten beruhigenden Zeichen zu forschen: als wenn er das Relativ-sein auf sich genommen hätte, zu dem die Krankheit den Kranken zwingt, damit der verwandelte Leibeserbe durch die väterliche Abdankung zum Absolut-sein erhoben würde; der Vater macht sich zum Säugling, der Sohn wird über die Bedürfnisse des alten Körpers entscheiden, so wie der Chefarzt früher souverän über alles entschied, was seine Kinder betraf. Aber vor allem ist es ein Opfer: der Eingriff scheint verspätet, der Erfolg ist nicht sicher; das weiß Achille-Cléophas besser als jeder andere: wenn er schon verurteilt ist, so will er den Tod von seinem ältesten Sohn empfangen. «Ich habe dich gemacht, du hast mich gemacht: wir sind quitt; oder vielmehr, nein: nicht ganz; mein Blut fließt unter deinem Messer, das ist die Transfusion der Machtbefugnisse: durch dich sterbend fühle ich im Schmerz, daß das *Mana* aus mir entweicht und in deinen Körper eingeht.»

Auffallend ist die willentliche Passivität. Leiden und Tod werden im voraus hingenommen, Abhängigkeit wird verlangt und erlitten, eine plötzliche Umkehrung der Rollen, wie bei den Saturnalien, wo der Vater zum Sohn in seinen Windeln wird für einen Sohn, den er in seinen eigenen Vater verwandelt: all das wird weder gewollt noch gesehen, noch erkannt, aber *gespürt*, Achille-Cléophas versinkt in jener schweren und tiefen Trägheit, die die physischen Schmerzen und die Zuneigungen unterschiedslos einhüllt. Durch seinen Sohn und für ihn, aber vor allem *in ihm* empfindet er seine lehnsherrliche Gnade als eine Krankheit, kurz als eine Passion. Aber wie sollten wir uns diese wiederum als etwas anderes vorstellen als eine bis zur Weißglut erhitzte Leidenschaft. Wir müssen zugeben: die letzten Beziehungen des Vaters zum Sohn sind leidenschaftlich erlebt worden. Achille-Cléophas wird seinem ältesten Sohn alles gegeben haben: das Leben, die materiellen Güter, sein Wissen, sein Amt und schließlich seinen Körper. Kurz, er liebte in seinem Sohn niemals ein besonderes Geschick, ein völlig unvergleichliches «Monstrum», ein chancenreiches Leben, dessen Preis in jedem Falle die Zufälle und der unvermeidliche Tod sind. In seinem Sohn liebte er *sich als Anderen*, und eben dadurch machte er aus Achille einen anderen Achille-Cléophas.

Das überraschendste Ergebnis dieser Beziehung besteht darin, daß der Alte, indem er sich selbst dem Messer darbot, seinem Ältesten sogar noch die Möglichkeit nahm, sich durch den klassischen *Vatermord* zu befreien: Achille hat ihn zwar getötet, aber zitternd hat er sich bis in die Operation hinein zum folgsamen Instrument eines heiligen Selbstmordes gemacht.

Nach dem Tod des Chefarztes vollendet sein ältester Sohn die Identifikation mit dem Vater. Die gleiche Stadt, das gleiche Amt, die gleichen Patienten, die gleiche Wohnung: das ist das Erbe. Aber er übertreibt noch: die gleiche Haltung, die gleiche Kleidung. Wenn er mit dem Pferdewagen in ein Dorf fuhr, glaubten die älteren Leute, den alten Doktor Flaubert wieder auferstanden zu sehen. Vor allem im Winter schien die Ähnlichkeit die Form einer Halluzination anzunehmen: Achille bestand darauf, das alte Ziegenfell des *pater familias* zu tragen. Dieser Aufzug, der schon unter der Restauraion «originell» war, kennzeichnete bereits die Bäuerlichkeit des Erzeugers; 1860 wurde er abstrus. Gleichviel: diese lange Person mit den dürren Beinen erfreut sich einer großen Popularität, und wenn man seinen Aufzug belächelt, so geschieht das in aller Freundschaft und mit Respekt: nur war sein merkwürdiger Fellmantel nicht *gewählt*, sondern *geerbt*; dieser Mann, der sich so gut anpassen kann, wenn es um folgenlose Veränderungen geht, wird halsstarrig, wenn man ihm vorschlägt, er möge doch die Rolle des Vater, *seine* Rolle, wenigstens etwas modifizieren. Höflich und verfeinert durch seine neuen Freundschaften, war er in den Salons urban, auf seinem Pferdewagen ein Bauerntölpel; in beiden Fällen *setzt er den* pater familias *fort*: dieser wollte vor allem, ohne daß er selbst deswegen seine bäuerlichen Manieren aufgab, daß seine Familie bis zur Roueneser Elite der Begüterten aufstieg; Achille bewahrt den Kontrast und unterdrückt den Widerspruch, indem er alles verkleistert: das Ziegenfell erinnert die Patientenschaft nicht mehr an die bäuerliche Herkunft der Familie Flaubert, sondern lediglich an die hochverehrte

Gestalt des philosophischen Arztes.[19]

Die Rolle ist übrigens nicht stumm: Achille kennt ihre Repliken auswendig. Louis Levasseur schreibt 1872: «Aus dem väterlichen Erbe hat er ein ganzes Inventar von Meinungen, Thesen und Doktrinen übernommen, die für ihn das Gesetz der Propheten sind, das er mit Starrsinn einigen Neuerungen entgegensetzt: *Pater dixit*, und zu denen man, um mit ihm in Übereinstimmung zu bleiben, nur Amen zu sagen hat. Er hat sich derart darauf versteift, daß er sich schon im voraus gegen alles stemmt, was sich dem entgegenstellen könnte. Er würde sich völlig festfahren, wenn er nicht fürchtete, daß man ihm vorwerfen könnte, sich nur in ausgefahrenen Gleisen zu bewegen.»[20]

(«Er stemmt) sich schon im voraus gegen alles, was sich dem entgegenstellen könnte»: der tiefe Widerspruch von Achille ist genau gesehen; man muß sich anpassen, das Neue hinnehmen, oder man wird sich festfahren, das heißt seine Patienten verlieren, das Erbe ruinieren, das Achille-Cléophas einem anvertraut hat; aber wenn er aus diesem Grund eine Meinung aufgeben soll, die sein Vater ihm hinterlassen hat, so ist er verwirrt, er hat das Gefühl, seinen Schöpfer zu verraten und seine eigene Person zu zerstören, indem er die Regeln durch eine verallgemeinerte Unbestimmtheit ersetzt. In Wirklichkeit arrangiert er sich: auf den Gebieten, die der Vater nicht erforscht hat, häuft er Kenntnisse an, hält er sich auf dem laufenden; jedoch überall da, wo der philosophische Arzt seine Nase hineingesteckt hat, weigert er sich, irgend etwas zu verändern. Diese überholten Axiome, diese veralteten Methoden, die er hartnäckig bewahrt, sind totes Erbe; er mag sich noch so sehr an sie klammern, ihre relative Bedeutung wird immer geringer: der Zufluß neuer Kenntnisse drängt sie an die Peripherie. Gleichviel: diese Schwielen, diese Abkapselungen sind für ihn das Wesentliche, das ist das intime Kennzeichen seines Wesens, der Ort, wo das Leben der Wiederholung sich mit der inerten Dauer des Todes vermischt.

Auch ohne Kenntnis dieser permanenten Konflikte kann man leicht

19 Gustave hat sich darin nicht getäuscht. In *Madame Bovary* schrieb er: «(Der Doktor Larivière) gehörte zu der großen Chirurgenschule, die aus der Zunft von Bichat hervorgegangen war, jener heute verschwundenen Generation philosophischer Ärzte, die, mit einer fanatischen Liebe in ihre Kunst vernarrt, sie mit Begeisterung und Spürsinn ausübten! Alles zitterte in seinem Hospital, wenn er in Wut geriet, und seine Schüler verehrten ihn so sehr, daß sie sich, kaum selbständig, bemühten, ihn so genau wie möglich nachzumachen; so daß man bei ihnen in den Städten der Umgebung seinen langen weichen Merino und seinen weiten schwarzen Rock wiederfand, dessen aufgeknöpfte Ärmelaufschläge seine fleischigen Hände etwas bedeckten, sehr schöne Hände, die niemals Handschuhe hatten . . .» (I, 682)

20 Louis Levasseur, *Les notables de la Normandie*, 1872, zitiert bei René Dumesnil, *Gustave Flaubert. L'homme et l'œuvre*, Paris 1932, S. 81.

erraten, was er war. Und Levasseur, der böswillig, aber dennoch scharfsinnig gewesen zu sein scheint, gibt uns einen anderen wertvollen Hinweis: «Er ist übervorsichtig, haarspalterisch und pedantisch bei der Untersuchung des Gegenstands, ebensowohl aus Sorge um seinen Ruf als aus Ratlosigkeit gegenüber dem Kranken.» Etwas Besseres kann man sich also nicht wünschen: hätte man ihn gern nachlässig? Aber es ist kein Zufall, wenn der Verfasser hintereinander zwei pejorative Epitheta benutzt: haarspalterisch, pedantisch. Achille ging offenbar zu weit, indem er ständig den Kranken und seine Verwandten ausfragte: jedesmal wenn diese Persönlichkeit ihren Panzer verließ, um mit der klinischen Realität in Kontakt zu treten, dauerte es eine gewisse Zeit, bis sie den alten Toten verjüngt und in die Lage versetzt hatte, der neuen Situation zu begegnen. Die ratlose Verkörperung begann zunächst, sich durch Pedanterie vor Angst und Einsamkeit zu schützen; seine peinlich genauen Fragen, seine oft überflüssigen Vorsichtsmaßnahmen waren Beschwörungen, gegen die Methoden der jungen Medizin schirmte er sich durch zwanghafte Manien ab; und dann gewann er dabei Zeit; wenn er sich schließlich nach allen Seiten abgesichert hatte, wurde dieser schüchterne Mensch wieder der Doktor Flaubert (Vater und Sohn), ließ er den spontanen Regungen seines Geistes freien Lauf in der Überzeugung, daß der Alte wie einst in ihm dachte. In der Tat schrieb man ihm eine «Intuition seiner Kunst» zu. «Er versteht besser zu erraten und Diagnosen zu stellen, als zu definieren oder zu erklären.» Was ist aus jener brillanten diskursiven Intelligenz geworden, die ihm soviel Erfolg in seinen Schul- und Studienjahren einbrachte? Ist sie zur gleichen Zeit mit Achille-Cléophas erloschen? Nein. Aber definieren und erklären heißt die Diagnose auf bestimmte theoretische und praktische Konzeptionen stützen; vor allem muß man präzise Vorstellungen von dem haben, was man heute Symptomatologie nennt. Das war vermutlich die besondere Fähigkeit des philosophischen Arztes. Denn er war *von seiner Zeit*: ein wenig voraus, ein wenig zurück, wie jeder, aber getragen, genährt, mit fortgerissen von der Entwicklung der Epoche; seine Kollegen hatten in ganz Frankreich direkt oder indirekt die gleichen Lehrer gehabt: daher glaubte Achille-Cléophas ein Recht auf ihre Billigung zu haben. Diagnosen stellen blieb also für ihn bis zum Ende Gesetze erlassen. Für diesen ausgezeichneten Arzt schien sich der besondere Fall immer auf allgemeine Ideen und Prinzipien zu beziehen; und da es mehr und merkwürdigere Krankheiten auf der Erde gab, als sich seine Philosophie träumen ließ, meinte er immer, wenn er es mit einer ihm unbekannten Variante zu tun hatte, daß seine Diagnose einen Präzedenzfall schuf, als wenn er Gerichtspräsident gewesen wäre. Und wenn man mich jetzt fragt, woher ich das alles über den Alten weiß, so empfehle ich noch einmal, das Porträt des Doktor Larivière in *Madame Bovary* zu lesen, in dem alles gesagt ist: man wird vor allem dann

Aufschluß erhalten, wenn man sich die Beziehungen des berühmten Arztes zu seinem unglücklichen Kollegen etwas näher ansieht.

Ein mit Stolz ausgeübter, hochangesehener Beruf; was hält also Achille davon zurück, seinen Vater nachzumachen? Ich antwortete: Achille-Cléophas selbst. Für die Befreiung seines Sohnes wäre eine andere plötzliche Mutation notwendig gewesen, die ihm nicht gegeben war. Aus diesem Grunde hat er sich derart mit dem Wissen des Vaters vollgesogen, als dieses lebendig war, daß er für immer davon gezeichnet bleibt. Axiome und Prinzipien, Regeln und Gesetze: das war die aktive Intelligenz; sein Vater entdeckte die Beziehungen und führte sie durch einen ununterbrochenen Denkvorgang auf die primären Wahrheiten zurück; Achille imitierte und verstand und legte streng und spontan den Weg noch einmal alleine zurück. Die medizinischen Vorstellungen veralteten jedoch von Claude Bernard zu Pasteur leider sehr schnell. In allen Wissenschaften war der Positivismus dabei, den Mechanismus abzulösen, den die neuen Wissenschaftler für metaphysisch angehaucht hielten. Es ging tatsächlich darum, den Mechanismus vorsichtig zu beschneiden: damit er, so sagte man, nicht in das philosophische Geleise zurückfiele, befreite man ihn vom Materialismus. Die Ursachen verschwanden auch – was kein Übel war –, übrig blieben nur noch die Gesetze. Kurz, Achilles Zeitgenossen haben sich weiterentwickelt: seine Kollegen betreiben eine andere Medizin. Oder sagen wir besser, sie ist «weder ganz und gar die gleiche noch ganz und gar eine andere». Achille kennt ihre Vorstellungen und lehnt sie ab: aus dem einfachen Grund, weil er der Doktor Flaubert Nr. 2 ist. Das heißt jedoch: wenn der gealterte Vater noch einige Jahre gelebt hätte, hätte er Schwierigkeiten gehabt, sich anzupassen; vielleicht hätte er die Neuerungen *en bloc* abgelehnt. Aber das ist nicht sicher: er hatte einen großen Wissensdurst; einiges von den Anliegen und Entdeckungen der jungen Generation wäre bei ihm hängengeblieben. *Meine* Vorstellungen aufgeben, das fällt mir schwer; aber wenn es *meine eigenen* sind, kann ich mich leichter von ihnen lossagen, als wenn der Andere, wer er auch sei, sie in mich eingraviert hat. Achille-Cléophas konnte notfalls seine Prinzipien wechseln: es waren dann immer noch die seinen. Achille konnte das nicht: es war das Erbe. Er legt zugleich einen Starrsinn und eine Unruhe an den Tag, die sein Vater nie gekannt hat; er paßt auf wie ein Schießhund, bei der geringsten Anspielung sträubt er sich oder versteift sich. Und sofort bringt die Angst Unbeherrschtheit hervor: man kann nur schweigen oder sich mit ihm überwerfen. Denn er fühlt, daß die väterliche Doktrin nichts anderes ist als *er selbst*, so wie Achille-Cléophas ihn in den Doktor Flaubert verwandelt hat. Gleichzeitig spürt er jedoch, daß eben diese Lehre für die leichte Abweichung verantwortlich ist, die ihn immer von der medizinischen Realität trennt. Von da an hat er keine Sprache, um zu definieren, abzuleiten, zu erklären: die einzige Sprache, die er akzeptiert, nämlich die Sprache des Vaters, ist nicht mehr ganz angemessen; es empfiehlt sich sogar, sich ihrer nicht zu bedienen: formuliert würden diese Wahrheiten als überholt erscheinen. Wenn er jedoch die andere Sprache benutzt, so begeht er Verrat; er ist ein Renegat. Der Haß auf alles Neue ist bei ihm zunächst eine heilige Pflicht. Sicher beeinflußt ihn seine Lektüre; trotzdem hält er eisern an den ererbten Prinzipien fest. Da er unfähig ist, seine Diagnosen zu begründen, greift er oft auf die nackte Intuition zurück. Nackt: das sagt man so. In Wirklichkeit bildet sich die synthetische Idee in seinem Kopf auf Grund der neuen Erkenntnisse, die gegen seinen Willen in ihn eingedrungen sind; nach außen wird sie zur Praxis und Therapie, bringt Handlungen und Anordnungen hervor; zugleich versucht der devote Sohn, ohne den Mund zu öffnen und indem er die Wörter etwas umbiegt, sie für sich allein schweigend in der väterlichen Sprache auszudrücken.

Nach dem Tod des Vaters wird Achille nicht einmal Oberhaupt der Familie Flaubert sein, obwohl die Übertragung der Machtbefugnisse korrekt verlaufen ist. Er wird kaum einen Einfluß auf die Bewohner von Croisset haben. Denn der Vater wohnt in ihm als passive Trägheit, als die Summe seiner Ohnmächte. Achille ist kein Mensch, dieser «immer zukünftige Hohlraum», weil er sich dazu gezwungen hat, eine immer vergangene, niemals überschrittene Fülle zu sein, die Fülle eines Anderen. Als der Vater noch lebte, war er für seinen ältesten Sohn *derselbe*. Von 1846 an findet sich Achille in den anspruchsvollsten Toten entfremdet. Er hört auf zu leben und stirbt jeden Tag. Er wollte sein ganz lebendiger Vater sein; er wird bis zum Ende sein seliger Vater bleiben. Achille, der große Totentölpel, hat nichts anderes gewollt als *sein*. Alle seine Anstrengungen in der Adoleszenz und der Jugend hatten nur ein Ziel: das *Sein* seines Vaters so schnell wie möglich zu verinnern, es zu seiner inneren Substanz und seiner ständigen Bedingtheit zu machen, um im Falle eines Unglücks ihn jederzeit ersetzen zu können. Das ist ihm gelungen; und dann? Um sich in dieser Rolle zu halten, mußte er die Forschung, die Philosophie, die Intelligenz und sogar die Autorität des *pater familias* aufgeben, kurz alles, was den lebenden Vater in seiner freien Existenz definierte. Seine Existenz ist zu Ende. Diese tote Uhr wird bis zu ihrem Ende bei 1846 stehenbleiben.

Heißt das, daß Achille unglücklich war? Ich glaube nicht. Er erfreute sich seines Schöpfers in dem unwürdigen Ebenbild, das er in aller Bescheidenheit von ihm abgab. Ein *beschütztes* Leben! Jeden Tag begann er glücklich den Zyklus der väterlichen Handlungen von neuem: Krankenhaus, Hörsaal, Visiten, Pferdewagen und Ziegenfell. Dieser leere Panzer wünschte nur die Wiederholung. Schließlich lag das in der Familie: die Tierärzte, Söhne von Tierärzten, wiederholten die Verhaltensweisen ihrer Väter; die plötzliche Mutation von Achille-

Cléophas wird eine Generation befreien. Eine einzige: schon die folgende stellt auf einer höheren Ebene die ewige Wiederkehr und ihren heiligen Pomp wieder her. So wird es jahrhundertelang weitergehen bis zur nächsten Mutation. Der Leibeserbe erfreute sich der väterlichen Patientenschaft, des väterlichen Vermögens und des väterlichen Ansehens, ohne sie vergrößern zu wollen: es galt nur, sie zu erhalten. Er wußte genau, daß die Ehrungen und das Geld durch ihn an die Adresse des verblichenen Gründers gerichtet waren, aber eben das war der Grund für seine tiefste Lust: die Aufmerksamkeiten und der Respekt der Bürger von Rouen gaben ihm die subjektive Gewißheit, daß er die bestmögliche Verkörperung des eponymen Heros war. So war seine Wahrheit der Vater, jenes beschützende *ego*, das zugleich *sein ego* war; und seine vollständige Sicherheit rührte von dieser merkwürdigen und sehr intimen Spannung her: er war immer nur dann er selbst, wenn er sich als sich selbst unterlegen entdeckte. Kurz, befriedigt, jedenfalls beruhigt; und leicht schauerlich durch das Vakuum, das er in sich etabliert hatte: die mechanistische Analyse, die Lehren des Vaters und ihre logische Strenge, später die Notwendigkeit, *nur Achille-Cléophas zu sein*, hatten alle ernsthaften Neigungen, alle irrationalen Gedanken, mit denen sich jeder von uns trägt und die unseren Reichtum ausmachen, brutal verdrängt und erdrückt. Übrig blieb nichts. Der unwiderstehliche Schwung von Achille-Cléophas siecht bei ihm dahin: wenn er sich noch etwas aufschwingt, so wird er von seiner Umwelt, seiner Klasse getragen; aber er läßt sich tragen, er macht sich so schwer wie möglich: er bekennt sich zum Fortschritt der Vernunft, um den Erzeuger nachzumachen, aber zugleich haßt er die Veränderungen, die ihn von seinem Gott entfernen. Betrachtet man nur ihn, den Ältesten, den Erben, das Familienoberhaupt, so scheint der Niedergang der Familie Flaubert nahe bevorzustehen: wir können ihm nur wünschen, daß er Söhne hat, die die Ambitionen des toten Großvaters wiederaufgreifen; wenn er welche haben soll, werden sie leben: Achille – das ist seine einzige Qualität, aber sie ist wichtig – ist *nicht bewundernswert genug*; er hätte seine Kinder nicht behindert. Aber ach, das Schicksal will, daß er nur eine Tochter hat und daß der Roueneser Zweig der Familie Flaubert mit ihm erlischt.

V. Die Geburt eines jüngeren Bruders

1819 ziehen die Flauberts ins Hôtel-Dieu. Gustave wird am Ende des ersten Jahresdrittels 1821, das heißt etwa achtzehn Monate später, empfangen. Er wird am 12. Dezember geboren, bald folgt ihm ein weiteres Kind, und dann kommt 1824 Caroline. Das bedeutet – man entwöhnte damals sehr spät –, daß seine Mutter ihn noch stillte, als ihre neue Schwangerschaft begann, und daß er nicht älter als anderthalb Jahre war, als sein jüngerer Bruder verschwand. Er ist zweieinhalb Jahre älter als seine Schwester, also mußte Frau Flaubert noch einmal schwanger gewesen sein, ehe er zwei Jahre alt war. Seit der Geburt des zukünftigen Schriftstellers bis in sein drittes Jahr geht also Frau Flaubert fast ohne Pause von der Schwangerschaft zur Niederkunft, von der Stillung zur Trauer, von der Trauer zur Schwangerschaft und zu einer neuen Niederkunft über. In acht Jahren drei Kinder; drei Kinder in weniger als vier Jahren: man geht von der Lässigkeit zur Raserei über. Danach herrscht Ruhe; aber die Mutter ist noch jung: einunddreißig Jahre. Gleichviel: da die Familie komplett ist, wird sie der Erzeuger nie mehr schwängern. Schlafen die Flauberts nicht mehr miteinander? Kommen wir zu unserem Vergleich zurück: drei Kinder in acht Jahren, die Verliebten trödeln, sie bekommen Kinder, weil sie miteinander schlafen; drei Kinder in vier Jahren, die Eltern beeilen sich, sie schlafen miteinander, um Kinder zu bekommen. Danach haben sie wahrscheinlich zufrieden und müde sich noch einige Male – und immer seltener – vereinigt, aber diese Vereinigungen hatten kein Ziel mehr und gaben ihnen wenig Lust. Das war zumindest das Gefühl des Doktors. Ich bin nicht sicher, daß seine Frau so einfach auf die Lust des Bettes verzichtet hat. Aber was sollte sie schon sagen? Eine Lust, die umsonst war, hätte sie erschreckt; sie hatte gewollt, daß sie durch die Notwendigkeit, die Familie fortzusetzen, legitimiert würde. Das Paar hatte sich strikt an die Familienplanung gehalten: nachdem das Werk des Fleisches vollendet und die Kinder auf die Welt gesetzt waren, wäre es sündhaft gewesen, fleischliche Wollust um ihrer selbst willen zu suchen.

Und warum hörten sie nach der Geburt von Caroline auf? Der Grund dafür liegt auf der Hand, und ich habe ihn schon genannt: Frau Flaubert wollte eine Tochter, als sie sie hatte, wurde der Schlußstrich gezogen. Muß man davon ausgehen, daß Frau Flaubert schon diese Idee im Kopf hatte, als der Gatte ihr Gustave machte? Ich glaube, ja. Wir haben gesehen, daß ihre Kindheit sie dazu disponierte, sich in der Person einer neuen Caroline wiederzufinden und zu lieben. Man würde sich also nicht wundern, wenn wir durch irgendeinen wiedergefundenen Brief erführen, daß sie von ihrer ersten Schwangerschaft an aus sich selbst, aus ihrem eigenen Körper herauskommen wollte. Aber dieser Wunsch – vorausgesetzt, er war schon manifest – hatte noch nicht die Form

eines gebieterischen Anspruchs angenommen. Ansprüche hatte die blutschänderische und unterworfene Gattin keine: der Älteste war der Sohn des Vaters und sein Nachfolger, sie sparte sich, ohne zu zögern, ihre persönliche Vorliebe auf und freute sich, daß sie gleich auf Anhieb in das Reich der Sonne eingetreten war; nun hätte sie später noch genug Zeit, in die Staaten des Mondes, ihr eigenes Reich, zu gelangen. Es kamen noch zwei Jungen, die sich unter Entschuldigungen wieder zurückzogen: in den neun Monaten jeder Schwangerschaft hatte die Mutter genug Zeit, an das künftige Baby zu denken: wenn es doch ein kleines Mädchen wäre, sie würde es abgöttisch lieben, sie würde ihm alles geben. Dieses freie Spiel der Phantasie offenbarte ihr schließlich die Gewalt ihres Wunsches: ich *will* eine Tochter. Aber die kleinen männlichen Babies starben, bevor sie sie enttäuschen konnten: das Geschlecht zählte nicht gegenüber der Gesundheit. Welche Erbanlage war für diese Unfälle verantwortlich? Die Eltern und Großeltern von Achille-Cléophas scheinen sehr gesund gewesen zu sein; Caroline dagegen konnte sich an die Trauerfälle ihrer Kindheit erinnern, an den Tod der Gattin und vor allem an jenen zarten, immer kränkelnden Vater, der diese um zehn Jahre überlebte; sie konnte sich an ihre eigenen Anfälle von Bluthusten[21] erinnern: eine traurige Bilanz; das tiefe Schuldgefühl des Waisenkindes nährte sich gierig von diesen Erinnerungen. Sie mußte voll auskosten, was einige Analytiker den Fluch der Mutter nennen. Frau Fleuriot sagte ihr: du hast mich getötet, ich verfluche dich, die Früchte deines Leibes werden verderben, weil dein Schoß verdorben ist.
Glücklicherweise beruhigte sie der Doktor Flaubert, die Verkörperung Gottes: und außerdem rechtfertigte ja in dieser Zeit ihres Lebens das Kind die Liebe, aber die Liebe kam zuerst. Aus einer achtjährigen Erfahrung zog Caroline sehr einfache Schlüsse: zum eigentlichen Kinderkriegen war sie durchaus in der Lage, sie war fruchtbar und hatte ein breites Becken; aber obwohl sie nicht kränklich oder auch nur von zarter Gesundheit war, gab es in ihrem Körper einen winzigen Keim, den sie auf ihre Söhne übertrug und an dem sie in den meisten Fällen starben; schließlich neigte sie durch ihr Temperament – oder besser durch das des allmächtigen Doktors – gegen ihren Wunsch dazu, männliche Kinder zu gebären.
Dann begannen die schlechten Jahre: das verhaßte Hôtel-Dieu offenbart ihr die kaum spürbare Abkühlung eines allzu beschäftigten Gatten. Zum zweitenmal wird Caroline um einen Vater gebracht: ohne es zu wissen, findet sie in dieser Abkühlung das Unglück ihrer einsamen Kindheit wieder, die stumme Verurteilung durch den Doktor Fleuriot.

21 Auch Achille-Cléophas hatte, wenn er überarbeitet war, Anfälle von Bluthusten.

Zum erstenmal wollte sie jetzt eine Kompensation; und es gab nur eine. Eine einzige, genau durch ihr Unglück bestimmte: eine Tochter. Wir werden niemals wissen, ob sie es wagte, in Anwesenheit des Herrn zu sprechen: sicher ist, daß sie sich verständlich machte. Achille-Cléophas scheint sofort bereit gewesen zu sein: eine Tochter, sehr gut, sie sollte sie haben. Gegen die kleinen indiskreten Männchen, die sich im Bauch getäuscht hatten, gegen die Anfälligkeit, die sie auf das Fleisch ihres Fleisches übertrug, gab es nur eine einzige Taktik: man löscht alles aus und fängt wieder von vorne an, so oft wie es nötig ist, um ein kleines lebensfähiges Mädchen auf die Welt zu setzen. Achille-Cléophas hoffte natürlich, daß im Laufe dieser Bemühung ein Junge geboren würde: das war er der Ehre seines Samens schuldig. Aber vor allem wollte er schnell machen: das Paar hatte noch fünf oder sechs Jahre, kaum mehr; wenn man sich nicht beeilte, wären die Letzten Kinder von Alten. So kam Gustave zur Welt, das erste Ergebnis der neuen Familienplanung: sein Unglück war, daß er als erster in diesen Neubau einzog.
Nach dem Umzug war die junge Mutter mehr als ein Jahr lang nicht schwanger: als es endlich soweit war, hatte sie genügend Zeit gehabt, über ihre Sehnsüchte zu sinnieren; das Hôtel-Dieu hatte, verinnert, für immer ihre Sensibilität verdüstert. Für immer? Das kam darauf an, Kopf oder Zahl.
Kopf: wenn das erwartete Kind weiblichen Geschlechts war, würde Caroline eine unbekannte Liebe, nie empfundene Beziehungen des Herzens erfahren, würde diese Frau der Pflicht zum erstenmal wirkliche Hingabe kennenlernen; sie würde sich wiederfinden, indem sie sich erneuerte, und sie würde sich erneuern, weil sie sich wiedergefunden hatte. Die unmerkliche Abkühlung des Vaters und die gierige Hingabe der Tochter würden sich in ihr die Waage halten; das Hôtel-Dieu würde seinen Symbolwert verlieren; es *verkörperte* das Unglück, und Caroline würde ein neues Glück erleben: ohne zu verschwinden, würde das alte Gefängnis der Leiden hinter ihr versinken, seine behexende Macht verlieren. Kein Verlies ist so finster, daß eine in ihm aufblühende Leidenschaft es nicht verklären kann.
Zahl: wenn das Unglück es wollte, daß sie zum viertenmal einen Jungen in ihrem Schoß trug, würde sie ihn nicht ohne eine furchtbare Enttäuschung auf die Welt bringen. Der ungebetene Gast würde durch seine Geburt den Fluch von Frau Fleuriot bestätigen: das schuldige Mädchen war dazu verurteilt, nur Söhne zu gebären. Daraus zu schließen, daß diese Söhne – außer dem ersten – in der Wiege eingehen würden, wäre nur ein kleiner Schritt gewesen. Im übrigen würden die Beziehungen der Mutter zum Kind nicht erneuert: nur wiederholt; mit einer geringeren Intensität: wie sie es schon dreimal gemacht hatte, würde sie ihr Menschenkind auch diesmal mit Sorgfalt und Hingabe pflegen, wenn auch ohne allzu großen Schwung; beim geringsten Unwohlsein würde

sie fürchten, daß ein plötzliches Fieber es wieder mit sich fortnimmt, und sie würde sich stumme Vorwürfe machen, das nicht genug zu fürchten. Einen einzigen Unterschied gab es jedoch; der vorletzte der *morituri* hatte sein kurzes Leben in der Umgebung des Glücks, in der Rue du Petit-Salut, geführt; der letzte würde mitten im öffentlichen Leiden geboren werden, in einem unabwaschbaren Schmutz; sein Auftreten wäre für die junge Mutter ein tiefer Mißerfolg, würde alle vergangenen, gegenwärtigen und zukünftigen Mißerfolge bestätigen, die Überlastung eines etwas zerstreuten Gatten, die Verlassenheit, die sie sich nicht eingestehen wollte, alle Trauerfälle, den zukünftigen Tod des Säuglings; dieser Unglücksbringer würde auf sein Haupt und auf das seiner Eltern alle bösen Mächte herabziehen, die im Krankenhaus herumschwirrten: es wäre das Kind des Hôtel-Dieu.

Neun unruhige Monate: sie mußte auf alles gefaßt sein, die arme Caroline, hoffen und verzweifeln, bald das zukünftige Mädchen wie ein himmliches Manna empfangend und bald wie eine Bäuerin in die Asche spuckend, um den sich ankündigenden Sohn zurückzuweisen. Diese innere Unruhe blieb zweifellos verborgen. Aber sie konnte nicht den brennenden Wunsch verhehlen, ein Mädchen zu gebären, sich selbst neu zu gebären. Dann zog die Hebamme einen Jungen aus ihr heraus; man zeigte ihn ihr unter Geschrei und Gelächter, nackt und, wie wir es alle bei der Geburt sind, mit einem riesigen Geschlecht ausgestattet. Wenn meine Hypothese richtig ist, so sah die junge Mutter in ihm ein fremdartiges Tier: sie hatte zu sehr gehofft, sich zu reproduzieren – im wörtlichen Sinn –, um nicht das Gefühl zu haben, daß ein Usurpator sich ungebeten im Fleisch ihres Fleisches verkörpert hatte. Ein Anderer. Der von der Partei der Anderen war, vom Schmutz, vom Tod, und der auf dieser Erde leiden und sterben würde, um das Urteil eines unbekannten Gerichts zu vollstrecken. Diese Geburt warf die Mutter in ihre Verlassenheit zurück. Der Doktor Flaubert dagegen, der glücklich war, einen zweiten Sohn zu haben, konnte die Verstörtheit seiner Frau weder geteilt noch auch nur geahnt haben.

Caroline war eine Frau der Pflicht: wir haben gesehen, was darunter zu verstehen ist. Niemals haßte sie Gustave, die Chiffre ihres Mißerfolgs. Sie gestand sich ihre Enttäuschung ein, das war alles. Abgesehen davon gab es hier einen Neugeborenen, den sie ernähren, waschen und schützen mußte. Sie tat, was dazu erforderlich war. Aber ohne daß wir die geheimsten Falten dieser scheinbar durchsichtigen Seele erforschen müßten, ist klar, daß der Gegenstand ihrer sorgfältigen Pflege sich ihr nur auf zweierlei Weise darstellen konnte: entweder als *ihr* Scheitern als Frau und Mutter – das heißt als hassenswerte und ganz und gar negative Besonderheit – oder in seiner reinen Allgemeinheit eines Säuglings. Sie zog es vor, nur eine gierige Existenz zu sehen, die *nicht* die gewünschte Tochter war und abgesehen von dieser ganz bestimmten Negation in der reinen Unbestimmtheit blieb. Ein geschlechtlich festgelegtes Leben, das war alles. Was waren sie denn anderes gewesen, die anderen Söhne – abgesehen von Achille –, wenn nicht *allgemeine* Gegenstände ihrer Pflege und ihrer Fürsorge? Sie liebte sie mit einer allgemeinen Liebe, die, wie wir gesehen haben, in ihnen das Geschlecht des Vaters und den zukünftigen Ruhm der Flauberts respektierte. Aber jede männliche Geburt mußte sie als eine Wiederholung empfinden. Wenn sie nebeneinander überlebt hätten, hätten sie ihre Unterschiede hervorgebracht und behauptet, und sie wäre gezwungen gewesen, die durch ihr Nebeneinanderbestehen hervortretenden individuellen Merkmale anzuerkennen: bei ihrem Streit hätte sich der eine als stürmischer, der andere als nachtragender erwiesen. Aber sie wurden geboren und starben allein, ohne daß man sie hätte vergleichen können. Jeder erschien der Mutter als die Wiederholung der Vorgänger. Wiederkehr der Geburten wie der Jahreszeiten, der saisonbedingten Arbeiten und eines alten Fluches. Gustave wiederholte die beiden Toten. Für seine Mutter war er ein Totgeborener: man pflegte ihn gegen den Tod und wartete auf das Unvermeidliche. Vielen Eltern erscheint ihr Säugling als die hilfloseste Gegenwart und die prächtigste Zukunft: aber das galt nicht für Gustave, nicht für die Eltern Flaubert; sie hatten Angst, sie verbargen ihre Gefühle voreinander, der Vater versicherte mit ernster medizinischer Stimme, daß sein Sohn lebensfähig war: diese Bemühungen verhinderten vielleicht, daß das Wort «Todesfall» ausgesprochen wurde oder daß es unhörbar im einen oder anderen Bewußtsein umherspukte: sie verhinderten nicht, daß das Kind einer Zukunft beraubt wurde; die Eltern beobachteten diesen Organismus Minute für Minute, und diese Überwachung nahm sie zu sehr in Anspruch, als daß sie an die zukünftigen Jahre hätten denken können. Aber gerade sie sind es, die individualisieren, noch bevor sie erlebt werden: nicht *subjektiv* im Kopf eines Vaters, sondern *objektiv* als eine Vorfertigung; es genügt, daß ein Familienoberhaupt sein Leben verpfuscht oder gemeistert hat: das Schicksal des Kindes ist besiegelt. Von daher kommt man auf es zu, beobachtet, beurteilt man es: wird es in der Lage sein, der Zukunft zu begegnen, die man ihm bereitet? Die Erfordernisse von morgen sind die Schemata von heute, die Leitideen, die die Eltern lenken werden; man wird damit beginnen, den Menschenkindern, und das geschieht oft zu früh, einen «Charakter» zu geben, der in Wirklichkeit nichts anderes ist als die Summe dessen, was seine Eltern für sie voraussehen: «Von mir wird der Kleine die Ausdauer, von dir die Weisheit und Sanftmut haben» usw. Das heißt: er wird die Begabung für den Beruf haben, den wir ihm aufzwingen. Was dann geschieht, ist nebensächlich: indem das Kind später diese hastig zusammengesetzte Individualität verinnert, riskiert es die schlimmsten Komplikationen. Aber die Störungen werden weniger ernst sein, als wenn man mehr oder weniger stillschweigend in seinen ersten Jahren mit seinem Tod gerechnet hat. Es hat natürlich nichts davon begriffen, es merkt nichts davon: dennoch ist es nicht das gleiche, ob man jemandem für sechzig Jahre oder für zwei Jahre das Laufen beibringt; auch die Pflege der geschicktesten Mutter ist dann provisorisch. Dieses Kind lebt als Amateur, weil es ja sterben wird. *Inzwischen* beschäftigt es sich: so wie es heute die jungen Mädchen von Passy tun, die *inzwischen* bis zur Heirat Vorlesungen an der Sorbonne hören.

Gustave wird zwischen zwei Todesfällen geboren. Ärzte und Analytiker wissen alle, daß das ein schlechter Anfang ist. Ein Junge wird nach Gustave geboren und stirbt mit sechs Monaten, als sein Bruder achtzehn Monate alt ist. Die Entwöhnung geschieht in dieser Zeit so spät, daß Frau Flaubert einige Wochen lang beiden Söhnen zugleich die Brust hat geben müssen. Hat sie den Verschwundenen mehr geliebt als den Überlebenden? Vielleicht, obwohl man kaum einen Grund für diese Vorliebe sieht; auch dieser ungebetene Gast nahm den Platz des herbeigesehnten Mädchens ein. Man kann kaum sagen, daß er weniger gezeichnet war als Gustave: dieser faßt in sich alles Mißgeschick von Caroline samt ihren ehelichen Enttäuschungen zusammen. Beim folgenden hat man sich schon daran gewöhnt, und das Unglück ist geschehen. Es ist also möglich, daß nur seine Unschuld gesehen wurde, daß man ihm nachgetrauert hat. Kaum. Aber der Schlag wurde vor allem von Achille-Cléophas gespürt: diesmal mußte sich der philosophische Arzt wohl oder übel fragen, ob sein Samen nicht verdorben war. Und zwar um so mehr, als eine verbreitete – und für die Männer schmeichelhafte – Lehre die Spermatozoiden für Miniaturmenschen hielt; der Vater spritzte seine kleinen Ebenbilder in die Mutter, die sie mit ihrem Fett und ihrem Blut ernährte, aber er hatte keinen Einfluß auf ihre Natur. Wenn der Doktor Flaubert tote Kinder machte, mußte er dann nicht das unheilvolle Prinzip dieser Tode in sich tragen? Er begann sich Sorgen zu machen. Eine beunruhigte Vaterschaft! Er litt natürlich vor allem in seinem Stolz: was ist demütigender für einen *pater familias*, als ein Erzeuger mit schadhaften Hoden zu sein?

Für die Eheleute stand jedenfalls fest, daß ihnen Gustave bald wieder genommen würde. Daß er sich achtzehn Monate lang als widerstandsfähig erwiesen hatte, besagte für sie nichts; im Tod des Jüngeren lag eine unheilvolle Evidenz, von der sie sich blenden ließen. Von Achille – der sein zehntes Jahr überschritten hatte – konnte man sagen, daß er gerettet war. Aber der andere, nein. Wann wäre er an der Reihe? Gustave wurde den widersprüchlichsten Behandlungen unterworfen. Der voluntaristische Chirurg und seine stalinistische Gattin wollten um jeden Preis gegen das Schicksal ankämpfen; sie übten gegenüber dem Kind jene Tyrannei aus, die die Ärzte heute Überfürsorglichkeit (*overprotection*) nennen. Beim geringsten Frösteln, bei einer belegten Zunge wurde sofort das Bett verordnet. Medikamente. Überfütterung vielleicht: das galt als gut. Und vor allem natürlich Einläufe. Aber bei all ihrem Kampf glaubten diese Kämpfer kaum an ihre Sache: man würde tun, was nötig war, man würde bis zum Äußersten gehen, und wenn der lange hinausgeschobene, aber unvermeidliche Ausgang sowohl ihre ganzen Bemühungen als auch deren Gegenstand vernichten würde, hätte man sich nichts vorzuwerfen. Hinter der Überfürsorglichkeit verbarg sich, daß man das Kind aufgegeben hatte. Besser noch, diese übergroße Fürsorge ist schon selbst eine Ablehnung: die Eltern Flauberts glaubten, den Tod zurückzuweisen, als sie sich im Grunde ihres Herzens damit abgefunden hatten. Es war Gustave, den sie zurückwiesen. Als er überlebte, zahlte er für alle jene eigensinnigen Bälger. Wenn ein Theaterstück danebengegangen ist, sind die Schauspieler böse auf die wenigen Zuschauer: diese stehen für die abwesenden.

Ich stelle mir also vor, daß Frau Flaubert, eine Gattin aus Berufung, eine Mutter aus Pflicht war. Eine ausgezeichnete, aber nicht liebenswürdige Mutter: pünktlich, beflissen, geschickt. Nichts mehr. Der jüngere Sohn wurde behutsam angefaßt: er wurde im Handumdrehen trockengelegt und gewickelt; er brauchte nicht zu schreien, er wurde immer pünktlich genährt. Seine Aggressivität hatte keinen Anlaß, sich zu entfalten. Dennoch war er frustriert: lange vor der Entwöhnung, aber ohne Geschrei noch Protest; Mangel an Zärtlichkeit ist für die Liebesqualen, was Unterernährung für den Hunger ist. Später wird sich der Schlechtgeliebte verzehren; im Augenblick leidet er nicht wirklich: das Liebesbedürfnis entsteht zwar mit der Geburt, noch bevor das Kind den Anderen überhaupt erkennen kann[22], aber es äußert sich noch

22 Der Andere ist diffus vom ersten Tag an da, weil ich durch meine passive Erfahrung der Alterität mich selbst entdecke. Das heißt: weil mein Körper immer wieder von fremden Kräften hin und her bewegt, ausgerichtet wird, die meine Bedürfnisse befriedigen. Genau auf dieser noch so elementaren Ebene wird die Liebe benötigt. Oder, besser, die empfangene Pflege *ist* Liebe. In diesen Momenten muß das Kind, das sich durch und für die diffuse Alterität entdeckt, sich in einem inneren und äußeren Milieu der Freundlichkeit begreifen können. Die Bedürfnisse kommen zwar von ihm, aber das erste Interesse, das es mit seiner Person verbindet, gewinnt es aus der Pflege, deren Gegenstand es ist. Mit anderen Worten, wenn es von der Mutter geliebt wird, entdeckt es allmählich sein Gegenstand-sein als ein Geliebt-sein. Als subjektiver Gegenstand für sich selbst durch einen immer offensichtlicheren Anderen wird es in seinen eigenen Augen als absolutes Ziel gewohnheitsmäßiger Operationen zu einem *Wert*. Die Valorisierung des Säuglings durch die Pflege geht um so tiefer, je offensichtlicher die Zärtlichkeit ist: wenn die Mutter mit ihm spricht, so erfaßt es die *Absicht* vor der Sprache; wenn sie ihm zulächelt, erkennt es den *Ausdruck* noch vor dem Gesicht. Seine kleine Welt wird gekreuzt von Sternschnuppen, die ihm *Zeichen geben* und deren Bedeutung vor allem darin liegt, daß sie ihm die mütterlichen Verhaltensweisen *zueignen*. Dieses Ungetüm ist ein absoluter

nicht durch präzise Wünsche. Die Frustration *affiziert es nicht* – oder kaum –, sie *macht* es: ich will sagen, diese objektive Verneinung durchdringt es und wird in ihm zu einer Verarmung des Lebens: ein organisches Elend und eine Art Unwirtlichkeit mitten im Erlebten. Keine Angst, es hat niemals Anlaß, sich verlassen zu fühlen. Noch allein. Sobald sich ein Wunsch regt, wird er sofort erfüllt; wenn es von einer Nadel gestochen wird und schreit, so wird eine flinke Hand die Ursache des Schmerzes beseitigen. Aber diese präzisen Operationen sind ebenso sparsam. Bei den Flauberts wird an allem gespart, selbst an Zeit, denn Zeit ist Geld. Das Kind wird gewaschen, gestillt und versorgt ohne Hast, aber auch ohne überflüssige Gefälligkeit. Vor allem, die ängstliche und kalte Mutter lächelt nicht oder kaum, plappert nicht: warum sollte sie auch zu diesem Baby reden, das sie nicht verstehen kann? Gustave hat viel Mühe, jene Zerstreutheit der objektiven Welt, die Alterität zu erfassen; als sie ihm bewußt wird, als er die Gesichter, die sich über seine Wiege beugen, erkennt, ist ihm bereits eine erste Liebeschance entgangen. Er hat nicht bei einer Zärtlichkeit entdeckt, daß er von Fleisch und Blut und für andere höchstes Ziel ist. Jetzt ist es zu spät, daß er in seinen eigenen Augen die *Bestimmung* der mütterlichen Handlungen ist: er ist ihr Gegenstand, das ist alles. Warum? Er weiß es nicht: er wird bald dunkel spüren, daß er ein Mittel ist. Für Frau Flaubert ist dieses Kind nämlich das Mittel, ihre Mutterpflichten zu erfüllen; für den philosophischen Arzt, in den die junge Frau ganz und gar entfremdet ist, ist es zunächst das Mittel, die Familie fortzusetzen. Diese Entdeckungen werden später kommen. Im Augenblick hat es die Etappe der Valorisierung übersprungen: es hat seine Bedürfnisse nie als souveräne Ansprüche empfunden, die äußere Welt ist niemals sein Schmuckkästchen, seine Speisekammer gewesen, die Umgebung hat sich ihm wie den anderen nach und nach enthüllt, aber es hat sie zunächst nur in jener finsteren und kalten Konsistenz kennengelernt, die Heidegger das «Nur-vorhandensein» genannt hat. Der glückliche Anspruch des geliebten Kindes kompensiert und überschreitet seine Fügsamkeit eines handhabbaren Dinges: in seinen Wünschen steckt irgend etwas Gebieterisches, das als die rudimentäre Form des Entwurfs und folglich des Handelns erscheinen kann. Ohne *Wert*, empfindet Gustave das Bedürfnis als eine Lücke, als eine Beunruhigung oder –

Monarch, immer Zweck, niemals Mittel. Wenn ein Kind einmal in seinem Leben, mit drei Monaten, mit sechs Monaten, dieses Glück des Stolzes genießen kann, ist es ein Mensch: ein ganzes Leben lang wird es diese höchste Wollust zu herrschen weder wieder heraufbeschwören noch vergessen können. Aber bis in sein Mißgeschick hinein wird es eine Art religiösen Optimismus bewahren, der auf der abstrakten und ruhigen Gewißheit seines Wertes fußt. Auch im Elend ist es noch ein Privilegierter. Von einem so begonnenen Geschick können wir jedenfalls sagen, daß es ohne gemeinsames Maß mit dem Geschick Flauberts ist.

im besten Fall, der auch der häufigste ist – als Ankündigung einer angenehmen und bevorstehenden Sattheit, aber diese Störung löst sich nicht von der Subjektivität, um zu einer *Forderung* in der Welt der Anderen zu werden: sie bleibt in ihm, eine träge und lärmende Regung; Gustave erleidet sie als angenehm oder unangenehm, so wie er im gekommenen Augenblick die Sättigung erleiden wird. Ein bis zum äußersten getriebenes Bedürfnis wird bekanntlich aggressiv, bringt sein eigenes Recht hervor; aber ein Kind der Flauberts hat niemals Hunger: das von einer aufmerksamen und kalten Mutter vollgestopfte Kind wird nicht einmal diesen Anlaß haben, durch Revolte den magischen Kreis der Passivität zu durchbrechen. Eine unmerkliche Schroffheit bei aller Gewandtheit schließt es endlich vollends darin ein: es wird natürlich bis zum letzten Tropfen saugen, aber wenn es darauf besteht, an einer leeren Brust zu nuckeln, werden es zwei unwiderstehliche Hände nicht gewaltsam, aber doch entschlossen wegnehmen. Alles geschieht ihm von außen, es wird das Ende und den Anfang erleiden, wird den Anderen mehr dadurch erfahren, daß man ihm etwas entzieht, als dadurch, daß man ihm zulächelt. Sofern der Organismus von selbst auch nur im geringsten dazu veranlagt ist, wird dieses Kind ohne Liebe und ohne Rechte, ohne Aggressivität noch Angst, ohne Schrecken, aber ohne Wert sich den flinken Händen, die es kneten, und den subjektiven Regungen einer «pathetischen» Sensibilität überlassen. Darunter verstehe ich, daß die Umstände es vom ersten Lebensjahr an dazu bringen, sich in sich selbst abzuschließen: es hat weder Mittel noch Anlässe, seine Beschwerden durch Ausbrüche zu äußern: es erleidet sie, es wird von ihnen befreit, oder sie gehen vorüber, das ist alles. Ohne Souveränität noch Revolte, macht es nicht die Erfahrung der menschlichen Beziehungen; wie ein zerbrechliches Instrument gehandhabt, absorbiert es das Handeln als eine erlittene Kraft und gibt es niemals zurück, und sei es durch Geschrei: die Sensibilität wird sein Bereich sein. Man sperrt es in sie ein; später wird es sich um seiner Würde willen darin bestätigen. Jedenfalls wird es der Ort finsterer Schwerkräfte, der Ort von Haß und Liebe sein, die ein Herz verwüsten, ohne etwas nach außen treten zu lassen, ein Ort von allem, was auf sich selbst zurückfällt und sich erdrückt und sich blockiert und zerbricht. Keine Ideen vor allem, niemals Ideen: «Alfred hatte welche, ich hatte keine.» Die Idee ist die evidenteste und einfachste Form unserer Transzendenz: sie ist Entwurf. Bei Gustave wird sie als letztes kommen: der Kleine macht *zunächst* die Erfahrung der Schwerkraft; erst *am Ende* wird die Überschreitung kommen, wenn er die Gewohnheit angenommen hat, sich in sich selbst zu vergraben. Wir müssen allerdings hinzufügen, daß die Sensibilität durch sich selbst ein Entwurf ist oder sein kann: sie braucht sich nur durch einen gewissen *Anspruch* zu straffen; sie zielt auf den Gegenstand ab, verlangt ihn, erfährt ihn. Die sogenannte «aktive»

Emotion ist in gewissem Maße Kommunikation: der Reizbare schlägt zu; selbst die Angst, jenes Unternehmen, zur Unzeit zu fliehen, stellt Beziehungen zwischen der Gefahr, den Feinden und dem Flüchtenden her. Der kleine Gustave lernt erst sehr spät und sehr schlecht zu kommunizieren: die Pflege seiner Mutter hat ihm weder den Wunsch noch die Gelegenheit dazu gegeben; da ist er also im *Pathetischen* eingeschlossen, das heißt in dem, was erlitten, aber nicht ausgedrückt wird. Denn das ist das Entscheidende: die aktive Emotion ist bei der Entstehung öffentlich, sie entsteht in einer Welt, in der der Andere bereits existiert – und sei es als verschwommener Charakter der Objektivität –, sie erklärt sich, sie ist Drohung, Bitte («Schau, was du mit mir machst») und strebt danach, sich durch eine *Praxis* zu verlängern, sie ist die Martyrium werdende Gewalt – um durch den Anblick Gewalt anzutun; die passive Emotion ist privat: man kann sie zwar als Zeichen benutzen, und Gustave wird ausgiebig davon Gebrauch machen – zum Beispiel in Pont-l'Evêque –, aber sie ist nicht durch sich selbst eine Sprache, ganz im Gegenteil, sie ist die Lähmung der Geste und der Stimmorgane. Zumindest lähmt sie sie, wenn sie *anderweitig* schon existieren und ausgebildet sind. Der Muskelhypotonus imitiert die Erschlaffung des Leichnams: das ist keine Signifikation, das ist eine Regression aus der Welt der Signifikanten und der Signifikate. Eine Regression auf einen Zustand, der niemals ganz existiert, aber den ein schlecht geliebtes, gut versorgtes Kind in den ersten Monaten – fast – kennengelernt hat. Die passive Emotivität ist keine Weigerung, zu kommunizieren, sich auszudrücken, ebensowenig ist sie – jedenfalls am Anfang – ein allgemeiner Plan, die Variationen der Sensibilität *dem Anderen zu verbergen.* Sie ist ganz einfach reine Rezeptivität *vor* jedem Wunsch und jedem Mittel zur Kommunikation: sie dominiert bei Säuglingen, die das Verhalten der Mutter nicht *zunächst* der umgebenden Alterität gegenüber aufgeschlossen hat; vielleicht ist es ja die Wiedergabe rein *endogener* Störungen, die die Entwicklung begleitet haben: wenn es nur darum geht, organische Beschwerden zu durchleben, so ist diese Anstrengung jedenfalls *schon ein Verhalten, schon psychosomatisch* durch das, was sie wiedererweckt, und vor allem durch das, was sie zurückweist: das Verhalten der Mutter wird vom Neugeborenen absorbiert und zwingt diesen nur *zu erdulden,* ohne *sich auszudrücken*; das ist der psychische Sinn der blinden und tauben Störung, ein Bein- und Armloser, der nur *leiden* kann. Das ist der Ursprung der Ohnmachtsanfälle von Garcia-Flaubert.

Zugegeben: das ist eine Fabel. Nichts beweist, daß es sich so verhielt. Und schlimmer noch, das Fehlen dieser Beweise – die notwendig besondere Fakten wären – zwingt uns, selbst wenn wir fabulieren, zum Schematisieren, zum Verallgemeinern: mein Bericht bezieht sich auf Säuglinge *im allgemeinen,* nicht auf Gustave im besonderen. Dennoch habe ich ihn aus einem einzigen Motiv zu Ende führen wollen: von der *wirklichen* Erklärung kann ich mir ohne den geringsten Verdruß vorstellen, daß sie genau das Gegenteil von dem ist, was ich erfinde; aber *in jedem Falle* muß sie die Wege gehen, die ich aufzeige, und meine Erklärung in dem Bereich zurückweisen, den ich definiert habe: dem Bereich des Körpers, der Liebe. Ich habe von der Mutterliebe gesprochen: sie fixiert für den Neugeborenen die objektive Kategorie der Alterität, sie ermöglicht es dem Kind in den ersten Wochen, das samtene Fleisch der Brust – sobald es sie erkennen kann – als etwas *anderes* zu spüren. Die Kindesliebe – die orale Phase der Sexualität – ist natürlich von der Geburt an auf die Begegnung des Anderen aus, das Verhalten der Mutter fixiert ihre Grenzen und ihre Intensität, es bestimmt ihre innere Struktur. Gustave ist unmittelbar durch die Gleichgültigkeit der Mutter bedingt; er begehrt *allein*; sein erster Geschlechts- und Nahrungstrieb zu einem ernährenden Körper hin wird ihm nicht durch eine Zärtlichkeit *widergespiegelt*. Es wird nicht oder kaum vorkommen – nach drei, nach vier Monaten, während des ganzen ersten Lebensjahrs –, daß diese jetzt als *Mutter* erkannte Form, eine unbestimmte Masse von Sanftheiten, sich ihrerseits um eine Zärtlichkeit, ein Lächeln des Kindes bemüht. Man verlangt von ihm, daß er ein gut funktionierender Verdauungsdarm ist: nicht mehr. Es gibt nichts Einsameres als sexuelle Triebe, wenn keine Regung ihnen von außen antwortet. Es gibt nichts Passiveres: das Fleisch ist da, man berührt es, man beißt in es hinein, und dann schläft man ein wie ein überdrüssiger Liebhaber, ein vollgefressener Esser. Zur festgesetzten Stunde wird man es wiederfinden. Kurz, man schläft, man wartet, man genießt: aber das Warten, eine passive Sicherheit und der Genuß, der kaum etwas anderes ist als Ernährung – insoweit der Andere zugleich gegebene Nahrung und unerreichbare Person ist –, definieren durch ihre besondere Beziehung einen *pathetischen* Charakter der Sexualität. Wir werden später sehen, daß dieser pathetische Charakter Flauberts sexuelle Beziehungen bis zum Ende prägen wird.

Bleibt nur noch vom Unbehagen zu sprechen: das wird einfacher sein, weil wir ja dessen eigentlichen Grund kennen, die *Nicht-Valorisierung*. Hier handelt es sich nicht um Vermutungen; ein Kind muß ein *Mandat zu leben* haben: die Eltern sind die Mandanten; eine Liebesgunst fordert es dazu auf, die Barriere des Augenblicks zu überschreiten: man erwartet es im folgenden Augenblick, man betet es in ihm schon an, alles ist vorbereitet, um es mit Freuden in ihm zu empfangen; die Zukunft, eine schwammige, goldumrandete Wolke, erscheint ihm als seine Mission: «Lebe, um uns glücklich zu machen, damit wir dich unsrerseits glücklich machen können!»; aber die Mission wird leicht sein: die Liebe der Eltern hat das Kind geschaffen und schafft es ständig neu, sie stützt es, trägt es von einem Tag zum nächsten, verlangt nach ihm und erwartet es; kurz, sie garantiert den Erfolg der Mission. Später kann das Kind natürlich andere Ziele finden, zunächst kaschierte Konflikte können die Familie zerreißen: das Wichtigste aber ist gewonnen. Für immer ist es in seiner alltäglichen Verzeitlichung durch eine teleologische Notwendigkeit gekennzeichnet: wenn es später mit etwas Glück sagen kann: «Mein Leben hat ein Ziel, ich habe das Ziel meines Lebens gefunden», so deshalb, weil die Liebe der Eltern, Schöpfung und Erwartung, Schöpfung für zukünftigen Genuß, ihm seine Existenz als eine Bewegung auf ein Ziel hin offenbart hat; es ist der bewußte Pfeil, der mitten im Flug erwacht und zugleich den fernen Bogenschützen, das Ziel und den Rausch des Fliegens entdeckt. Wenn es wirklich die erste Pflege, die ihm durch das vielfältige Lächeln der Welt gewidmet wurde, in seiner ganzen Fülle empfangen, wenn es sich in der archaischen Zeit des Stillens absolut souverän gefühlt hat, dann werden die Dinge weitergehen: dieses höhere Ziel wird gerne zu dem einzigen Mittel werden wollen, diejenigen, die es vergöttern und deren Daseinsberechtigung es ist, glücklich zu machen; leben wird zur *Passion* im religiösen Sinn, die den Egozentrismus in ein Geben verwandelt; das Erlebte wird empfunden als die *freie Ausübung einer Hingabe.*

Diese Erfahrung ist weder wahr noch falsch: es versteht sich von selbst, daß das Leben, wenn man es in seiner Nacktheit, seiner «Natürlichkeit» nimmt und in ihm nur den reinen Fluß der organischen Eindrücke sieht, keinen *menschlichen* Sinn bieten würde – was keineswegs bedeutet, daß es nicht in jedem beliebigen Tier und beim Menschen *durch es selbst* «sinngebend» sein könnte, das heißt eine sinnvolle Realität. Aber es ist nicht weniger klar, daß das reine erlebte Leben, das bloße «Dasein», das sich in der Aufeinanderfolge verkörpert, kurz, alle Formen unserer *erlittenen* Faktizität bequeme Abstraktionen sind, auf die wir nur dann stoßen, wenn wir uns selbst damit affiziert haben – indem wir bestimmte Elemente der inneren Erfahrung isolieren und die anderen bewußt mit Schweigen übergehen. In Wahrheit sind Sinn und Unsinn in einem menschlichen Leben prinzipiell menschlich und geschehen dem Menschenkind durch den Menschen. So muß man also jene absurden Formeln: «Das Leben hat einen Sinn» und «Das Leben hat keinen Sinn», «Das Leben hat nur den Sinn, den wir ihm geben» alle zugleich verwerfen – und begreifen, daß wir unsere Ziele, Unsinn oder Sinn unseres Lebens als Realitäten entdecken, die älter sind als dieses Bewußtwerden, älter vielleicht als unsere Geburt und im menschlichen Universum vorgefertigt. Der Sinn eines Lebens geschieht dem Lebenden durch die menschliche Gesellschaft, die ihn trägt, und durch die Eltern, die ihn hervorbringen: deshalb ist er immer *auch* ein Unsinn. Aber umgekehrt ist die Entdeckung eines Lebens als Unsinn (das Leben von überzähligen, unterernährten, von Parasiten und Fieber gepeinigten Kindern in einer unterentwickelten Gesellschaft) ebenso auch die

Enthüllung des realen Sinnes dieser Gesellschaft, und in dieser Umkehrung wird das Leben – als organisches Bedürfnis – in seiner reinen animalischen Notwendigkeit zum *menschlichen Sinn*, und die Gesellschaft der Menschen wird durch den Urteilsspruch des unbefriedigten Bedürfnisses zu *reinem menschlichem Unsinn*.
Wenn die Valorisierung des Säuglings durch die Liebe schlecht oder zu spät oder gar nicht geschieht, konstituiert das Versagen der Mutter das erlebte Leben als Unsinn: die innere Erfahrung offenbart dem Kind eine lockere Folge von Präsenzen, die in der Vergangenheit versinken. Aber die subjektive Dauer kennt keine *Orientierung*, da sie nicht als die Bewegung definiert worden ist, die von der vergangenen Liebe (Schöpfer) ausgeht und zur zukünftigen Liebe (Erwartung des Anderen, Mission, Glück, zeitliche Ekstasen) hinstrebt. Natürlich wird der kleine Frustrierte einige Jahre später die drei Dimensionen der Zeit von selbst finden; das heißt durch die Einheit seiner Entwürfe. Sogar jener Existenz, die ihn übersteigt, überflutet, mit sich fortzieht und nichts anderes als er selbst ist, wird er einen Sinn geben können. Aber die Schwäche dieser von der Subjektivität gesetzten Ziele ist, daß sie subjektiv bleiben – sofern sie nicht von einer sozialen Strömung aufgenommen und objektiviert werden – und daß sie eine gewisse Nutzlosigkeit in sich bewahren: Wert und Ziel bedingen sich hier wechselseitig; man wählt die Überschreitung des Gelebten, um einen schwachen Wert zu konsolidieren; aber die Schwäche oder das Fehlen der Valorisierung wird das Ziel, das ihn begründen soll, ruinieren. Man wird sich fragen: bin ich denn der, der für dieses Unternehmen ein Mandat erhalten hat – das ist das «Bin ich Abraham?» von Kierkegaard –, oder auch: ist das Mandat durch sich selbst gültig, kann ich es annehmen, ohne die Mandanten zu kennen (Kafka sagte: «Ich kann meiner Natur nach nur ein Mandat übernehmen, das niemand mir gegeben hat.»), oder aber, wie es Gustave als Erwachsener oft tun wird: ist mein Wille zu schreiben nicht töricht? Bin ich nicht ganz einfach ein Sammler wie ein Numismatiker oder Philatelist? Kurz, die Liebe des Anderen ist Begründung und Garantie in der Objektivität des Wertes und der Mission: die Mission wird zur souveränen Wahl, die durch die Präsenz des Wertes in der subjektiven Person erlaubt und erwartet wird.[23] Wenn diese Liebe

23 So souverän diese Option ist, so wird sie doch im Widerspruch erlebt: sie bietet sich zugleich als eine freie Bestimmung der Freiheit durch sich selbst dar – was für sich allein Angst erregen würde – und als die Rückverinnerung eines äußeren Dekrets – was für sich allein die radikalste Entfremdung hervorbrächte. So sieht man tatsächlich den Mandatsträger oft von der Angst zum Bewußtsein seiner Entfremdung übergehen und umgekehrt. Diese Schwierigkeiten sind jedenfalls von zweiter Instanz; sie beunruhigen, sie nagen natürlich an einem: es ist niemals lustig, ein Mensch zu sein. Aber das eigentliche *Unbehagen* beginnt an der Schwelle des Mensch-seins, wenn kaum geliebte Kinder – das heißt die

gefehlt hat, bietet sich das Leben als reine Kontingenz dar. Das Erlebte zeigt sich als eine ununterdrückbare Spontaneität, die das Kind erleidet und hervorbringt, ohne ihre Quelle zu sein; aber es erscheint zugleich als eine Stauung von Zufällen, die nacheinander vorbeiziehen, ohne daß einer von ihnen den folgenden ankündigen oder sich durch den vorhergehenden erklären lassen kann. Verstand und Praxis erkennen zwar in der umgebenden Welt zeitliche Formen – angeordnete Serien, vereinigte Ensembles, sich totalisierende Totalitäten, strenge Verkettungen von Mitteln und Zwecken; man lehrt das Kind die notwendigen Prämissen der Fakten zu suchen und zu finden, die über ihn herfallen wie Diebe oder zwischen seinen kleinen Beinen Reißaus nehmen, und in ihnen, so unerwartet sie auch sind, Folgen zu sehen; mühelos lernt es, daß alles einen Grund hat. Aber seine Verwirrung darüber ist noch größer, sobald es sich in sich selbst zurückzieht, denn es stößt auf eine Existenz ohne Daseinsberechtigung: die seine. Auf der Grundlage dieser unklaren Erforschung wird es vielleicht viel später eine Wahrheit der Vernunft entdecken: denn das Sein des Hammers und die Existenz eines Menschen haben kein gemeinsames Maß; der Hammer ist da, um zu hämmern, der Mensch ist nicht «*da*», er wirft sich in die Welt; als Quelle jeder Praxis ist seine eigentliche Realität die Objektivierung; das heißt, die Rechtfertigung jenes «Wesens der Ent-fernung» ist immer retrospektiv: sie kommt aus der Ferne der Zukunft und der Horizonte auf es zurück, geht in der Zeit zurück von der Gegenwart zur Vergangenheit, *niemals* von der Vergangenheit zur Gegenwart. Aber diese ethisch-ontologischen Wahrheiten müssen sich langsam enthüllen: man muß sich zunächst täuschen, sich für einen Mandatsträger halten, Ziel und Grund in der Einheit der Mutterliebe verwechseln, eine glückliche Entfremdung erleben und dann jenes falsche Glück in sich annagen, die fremden Infiltrationen sich in der Bewegung der Negativität, des Entwurfs und der Praxis auflösen lassen, an die Stelle der Entfremdung die Angst setzen; diese Schritte sind unentbehrlich: das nannte ich woanders die Notwendigkeit der Freiheit; die Wahrheit ist nur am Ende eines langen umherschweifenden Irrtums erkennbar: wird sie *zuerst* verabreicht, ist sie nur ein wahrer Irrtum. Das schlecht geliebte Kind, das sich entdeckt, existiert, wie wir wissen, und ist die Grundlage jeder Legitimation: es hält sich für ein Wesen ohne Daseinsberechtigung. Die Frustration enthüllt ihm einen Teil des Wahren, kaschiert aber den anderen Teil geflissentlich. Wenn es sich nämlich als in seinem Sein ungerechtfertigt empfindet, ist es hundertmal weiter entfernt von seiner realen Situation als der kleine Privilegierte, der sich im voraus für gerechtfertigt hält. Denn beide schreiben sich das Sein der Dinge zu, aber der erste nimmt in sich selbst nur einen unbestimmten und rein

erdrückende Mehrheit – verblüfft feststellen, daß sie ohne Grund existieren.

subjektiven Fluß wahr, er schließt sich im gegenwärtigen Augenblick, dem äußersten Punkt der Vergangenheit, ein, während der andere das Leben in sich als Unternehmen der Zukunft als Grundstruktur der Zeitlichkeit auffaßt. Gustave ist Opfer einer Täuschung; da man nichts von ihm als einzelnem Subjekt seiner Geschichte erwartet, wird man ihn also zum Objekt machen: ohne besondere Mission ist er *von Anfang an* der Grundkategorien der *Praxis* beraubt; nicht, daß die Zukunft sich seinen Augen gänzlich entzieht, aber – wir werden darauf zurückkommen – er sieht sie als das unvermeidliche Resultat des anderen Willens; man kann sie voraussagen, aber nicht *schaffen*, da sie ja schon geschaffen ist. Dieser Arztsohn muß vom frühesten Alter an tatsächlich streng durch das Familienleben bedingt worden sein, um schon so früh einen so tiefen Widerwillen gegen das Handeln zu empfinden, was auch immer seine Form sein mag: in Wahrheit haßt er nicht nur das praktische Leben, *er versteht es auch nicht*. Es paßt nicht in das begrenzte Universum, das er sich für seine Zwecke aus der Objektivität herausgeschnitten hat; oder, besser, wenn er es hineinnehmen will, so verliert es darin seine Wirksamkeit; alles ist vergangen, selbst die Zukunft, alles ist im voraus unveränderlich; die bewußte Bemühung des Menschen wird immer nur ein wirkungsloses Erzittern an der Oberfläche einer toten Welt sein. Eine Ausnahme wird er, wie man sehen wird, nur bei Zerstörungsunternehmen machen.

Bevor der Quietismus zu seiner Leitthese und einem der Hauptthemen seines Werkes wird, wird er noch anderes Unglück erleiden, und viele Faktoren werden hinzutreten, von denen wir noch nicht gesprochen haben. Gleichviel: der Ursprung ist die Verlassenheit des Säuglings; die Liebe stellt Ansprüche: von einem schlecht geliebten Kind verlangt man nichts; nichts wird es der Immanenz entreißen. Oder, besser – denn es entreißt sich ihr ständig wie jeder andere –, da die Überschreitung nicht verlangt worden ist, geschieht sie blind in einem heimlichen Halbdunkel: sie erhält keinen Status. Diese merkwürdige Situation wird nicht gesehen, aber empfunden: das Kind spürt seine Illegitimität in der Fadheit der Hämorrhagie, die es hervorruft und erleidet: dieser fade Geschmack offenbart die Austauschbarkeit aller seiner Regungen; niemand erwartet sie, nicht einmal es selbst: daher sind sie sich alle gleich. Sie scheinen ihm – vom Widerwillen bis zur Wollust – alle aus demselben Stoff zu sein: selbst wenn sie unvorhersehbar sind, erscheinen sie niemals unerwartet, eben weil man nichts anderes erwartet. Sie entstehen, setzen sich fest, vegetieren dahin und verschwinden, und andere kommen, diverse Modi ein und derselben ekelerregenden Substanz. Die Erfahrung der universellen Monotonie wird er später «Überdruß» [*ennui*] nennen: sehr zu Recht; aber der «reine Lebensüberdruß» ist eine Perle der Kultur: es scheint evident, daß Haustiere sich langweilen; es sind Homunkuli, schmerzhafte Widerspiegelungen der Herren;

die Kultur ist in sie eingedrungen und hat dabei die Natur in ihnen ruiniert, ohne sie zu ersetzen, die Sprache ist ihre Hauptfrustration: sie verstehen in groben Zügen deren Funktion, aber sie können sie selbst nicht benutzen; das genügt, damit sie *gesprochen* werden: man spricht zu ihnen, man spricht von ihnen, sie wissen es; diese verbale Macht, die man ihnen gegenüber ausübt und die ihnen verweigert ist, dringt durch sie hindurch und setzt sich in ihnen fest als die Grenze ihrer Möglichkeiten, es ist eine beunruhigende Entbehrung, die sie in der Einsamkeit vergessen und die sie *in ihrer Natur* offenbart, wenn sie die Menschen wiederfinden. Ich habe Angst und Wut bei einem Hund aufkommen sehen: wir sprachen von ihm, er wußte es sofort, weil unsere Gesichter ihm zugewandt waren, der auf dem Teppich schlummerte, und weil die Töne ihm entgegenschlugen, als wenn wir uns an ihn gewandt hätten. Wir sprachen jedoch *zueinander*: er spürte es; Wörter schienen ihn als unseren Gesprächspartner zu bezeichnen und waren ihm dennoch *versperrt*. Er verstand weder den Akt selbst noch jenen Austausch von Worten, die ihn viel mehr betrafen als das gewöhnliche Summen unserer Stimmen – jenes lebendige und nicht signifikante Geräusch, mit dem sich die Menschen umgeben – und viel weniger als ein Befehl seines Herrn oder ein Appell durch einen Blick und eine Geste. Oder, besser – denn die Intelligenz dieser vermenschlichten Tiere ist immer jenseits ihrer selbst im Gewirr ihres Vorwissens und ihrer Unmöglichkeiten verloren –, er war wütend, daß er nicht verstand, was er verstand. Es begann mit einem Aufwachen, einem abgebrochenen Sich-uns-zuwenden, das sich in Klagen fortsetzte, in einer unkoordinierten Bewegung und schließlich in wütendem Gebell endete. Dieser Hund ging von der Beunruhigung zur Wut über, weil er gespürt hatte, wie die merkwürdige wechselseitige Täuschung der Beziehung zwischen Mensch und Tier auf seine Kosten ging. Aber diese Wut hatte nichts von einer Revolte: der Hund hatte sie herbeigerufen, um seine Probleme zu vereinfachen. Als man ihn beruhigt hatte, ging er ins Nebenzimmer und kam sehr viel später wieder zurück, machte Männchen und leckte uns die Hände.

Dieses Beispiel zeigt zur Genüge, daß die Kultur, zunächst eine bloße Umwelt, eine unbekannte Lücke, beim Tier dank der Dressur zu einer reinen Negation der Animalität *durch sich selbst* wird: es ist ein *Riß*, der das Tier über und unter sein vertrautes Milieu zieht, es zu einem unmöglichen Verständnis hochzerrt, *während* seine verstörte Intelligenz abstumpft. Durch sie ist nichts gegeben: etwas ist genommen; ohne je zur reflexiven Verdoppelung zu gelangen, wird das Unmittelbare des Erlebten zerrissen, angefochten. Durch nichts: also keine Hoffnung auf Vermittlung; eine winzige Distanz trennt das Leben von sich selbst, macht die Natur weniger natürlich. Damit verwandelt sich die stille Immanenz in Selbstgegenwart. Diese Verwandlung ist niemals abgeschlossen: es ist eine reine Bewegung, aber diese wiederholte Anfechtung, diese Einpflanzung des Menschlichen als verweigerte Möglichkeit äußert sich in einem Genuß: der Hund *fühlt sich leben*, er *langweilt sich*; die Langeweile ist das Leben, das erlitten wird als Unmöglichkeit, Mensch zu werden, und als ständiges Zusammenbrechen des Verlangens, sich zum Menschlichen hin zu transzendieren. Kurz, die kleinen, vom König der Natur geformten Ungetüme kennen privilegierte Momente, in denen die Bedürfnisse, wenn sie befriedigt sind, sie nicht mehr zwingen und rechtfertigen. Wenn das Leben durch diese Distanzierung, die nicht einmal *Selbstgegenwart* ist, sich seiner selbst erfreut als negative Grenze der tierischen Möglichkeiten und zugleich als Sorglosigkeit, die ein auf schmerzliche Weise unmögliches vages Unternehmen unterhöhlt, so wird jeder erlebte Augenblick als eine – aus Unfähigkeit Vergessen hervorrufende – Wiederherstellung der reinen Kontingenz empfunden, das heißt der ziellosen Existenz. Und diese Kontingenz ist keineswegs die bloße permanente Struktur des Erlebten, sondern sie erfreut sich ihrer selbst als eines *Sinnes*, sie ist für sich allein das Tier-sein und die fade Intuition desselben als ziellose Folge austauschbarer und immer verschiedener Zustände. Ohne die Kultur würde sich das Tier nicht langweilen: es würde einfach leben. Von diesem Manko verunsichert, erlebt es die Unmöglichkeit, sich zu überschreiten, als vergeßlichen Rückfall in die Animalität; die Natur offenbart sich durch Resignation. Der Lebensüberdruß ist eine Folge der Unterdrückung der Tiere durch den Menschen; es ist die Natur, die sich als absurden Endpunkt eines begrenzenden Prozesses erfaßt, anstatt daß sie sich als biologische Spontaneität realisiert.

Wenn Gustave mit den Tieren diese Nostalgie teilt, so deshalb, weil auch er gezähmt ist. Die Liebe lehrt; fehlt sie, dann ist es eine Dressur. Die ersten erlernten Verhaltensweisen, die elementaren Sauberkeitsgewohnheiten erscheinen dem Kind, wenn der Grund dieser Lehre ihm entgeht, als Zwänge. Es integriert sie nicht und übernimmt sie nicht: bestenfalls wird es sie für eine Folge von bedingten Reflexen halten; schlimmstenfalls für ein Unternehmen des Anderen *in ihm*, das heißt für die Kehrseite eines organisierten Verhaltens. In diesem letzten Fall verinnert es sie als erlittene Aktivität: das zwangsweise erlernte Verhalten und der fremde Imperativ vereinigen sich, um die Heteronomie seiner Spontaneität zu bestimmen. Wir werden sehen, daß die passive Aktivität bei Gustave nichts anderes ist als die maskierte Umkehrung des aufgezwungenen Handelns gegen diejenigen, die es aufzwingen: mit anderen Worten, er wird den Taten der Anderen niemals *Taten* entgegensetzen; er gehorcht mit Eifer den Befehlen der Eltern, öffnet sich den neuen Bestimmungen, mit denen sie ihn affizieren wollen, aber sorgt insgeheim dafür, daß deren Konsequenzen offensichtlich katastrophal sind. So wird man mühelos von den letzten Katastrophen zu der ursprünglichen Absicht zurückgehen, die *a posteriori* von ihren

Auswirkungen verurteilt werden wird. Indessen muß man sie durchleben, jene negativen Auswirkungen, und durch Leiden im Fluß des Erlebten ihre radikale Schädlichkeit aufdecken; also gehorchen, die Selbstaufgabe so weit treiben, bis man nur noch die von einem Anderen geformte passive Materie ist; das heißt: jede Verantwortung ablehnen, das Unternehmen des Anderen sich in einem entwickeln lassen, ohne ihm seine Alterität zu nehmen; in Wahrheit ist die Folgsamkeit nicht perfekt: das Kind hilft insgeheim nach, um den Prozeß fehlzuleiten; vor allem weigert es sich, die Fehlleitungen von selbst zu korrigieren, die in einem mechanischen System zwangsläufig entstehen. Kurz, die passive Aktion besteht im wesentlichen in einer Verfälschung der erlebten Trägheit. Diese Trägheit muß sich natürlich erst aufzwingen, sich in der subjektiven Existenz des sie Erleidenden verwirklichen, lange bevor dieser überhaupt daran denkt, sie zu verfälschen. Deshalb kann man nicht sagen, daß Gustave die passive Aktion unter anderen ebenso möglichen Modi der Praxis *wählen* wird: vielmehr bringt sich die Praxis selbst als innere Arbeit der Trägheit hervor, wenn es ihm zugleich unmöglich ist, nicht zu existieren – Gustave definiert sich wie die Menschen und die Tiere durch Entwürfe – und sich als Transzendenz und als Unternehmen für sich zu setzen. Die Praxis wird zur *Wirksamkeit des Passiven*, weil die Bedingtheit des Kindes ihr alle Möglichkeiten nimmt, sich als positive Aktion der Negativität zu behaupten. Wir werden noch darauf zurückkommen: ich wollte nur festhalten, daß die ersten Verhaltensweisen des kleinen Jungen als reines erlittenes Fließen ohne irgendeine subjektive Bedeutung erlebt werden und zugleich auf eine transzendente Aktivität verweisen – nämlich die des Dressierers –, deren Ziel und Sinn dem Gegenstand der Dressur *a priori* entgehen. In dieser ersten Phase wird Gustave durch die lieblose Akkulturation auf die Stufe eines Haustiers herabgedrückt. Auch er hat das dunkle Gefühl, daß ihm etwas fehlt: die Kultur bietet sich ihm als ein Nichtwissen dar, das draußen, im Milieu der Alterität, prinzipiell ein Wissen ist: sie formt ihn und bleibt ihm fremd; die Erziehung reißt ihn von sich selbst los, ohne ihm Zugang zur Welt der Anderen zu verschaffen, er wird ständig von außen von *verständlichen* Gegenständen gestreift: Unternehmen, Zukunft, Absicht, Entscheidung, Spontaneität, synthetische Einheit eines Subjekts und seiner Praxis. Aber sie gerade fliehen ihn, wenn er sie ergreifen will. Nicht, daß sie nicht selbst den Regungen seines Lebens homogen wären: im Gegenteil, niemand kann bewirken, daß er nicht existiert und sich mit allen Dimensionen der Existenz verwirklicht; so kann er eine Art Entsprechung zwischen innen und außen ahnen; er ist in jedem Augenblick im Begriff, sich durch die Anderen und die Anderen durch sich zu verstehen. Aber die Vermittlung fehlt: die Liebe; daher entziehen sich die objektiven Bedeutungen und lassen sich durch die unverständliche Alterität, durch die er geformt wird, entziffern, während die unmittelbarsten Bestimmungen seiner Spontaneität ihm am entferntesten, am dunkelsten erscheinen, in seiner Nacht versinken, sobald er sie zu fassen glaubt: seine Entfremdung ist ihm gegenwärtiger als seine subjektive Wahrheit, auf sie fällt er ständig zurück nach verschwommenen vagen Intuitionen, die Träumen ähneln. Ebenso wie das kultivierte Tier versteht das Kind nicht, was es zu verstehen im Begriff ist, was es verstanden zu haben glaubte: resigniert und vergeßlich kehrt es zu seiner ungerechtfertigten Kontingenz zurück, zu den passiven Abfolgen seiner Zustände, so wie das Tier zu seiner Stummheit zurückkehrt; die flüchtigen Erleuchtungen, die es durchzucken, scheinen im Augenblick keine andere Funktion zu haben, als ihm seine *Natur* in der als Entbehrung empfundenen Kultur als Mangel darzustellen. Es *wird bereits gesprochen* wie unsere Schoßhündchen, aber *zu spät*: man *spricht wenig zu ihm*, zerstreut und ohne Lächeln. Insofern bleibt es hinter dem Hund zurück, der die Liebe, deren Gegenstand er ist, wenigstens verinnert. So entdeckt sich der kleine Junge betrübt als Insignifikanz und Uneinheit. Dem Tier überlegen ist er jedoch darin, daß der innere Riß in ihm bereits Selbstgegenwart ist. Dennoch darf man nicht annehmen, daß diese zerbrochene, aber unauflösliche Einheit des Reflektierenden und des Reflektierten einen bloßen ontologischen Riß manifestiere: die Selbstgegenwart besitzt in jedem eine rudimentäre Praxisstruktur; gerade auf der Ebene des nicht-thetischen Bewußtseins wird die Intuition durch die individuelle Geschichte bedingt: die wechselnde Koppelung kann eine Weigerung, eine Zustimmung, eine nutzlose Anstrengung einschließen, die beiden Glieder in der Einheit des An-sich zu vernichten. Gustave wird bis in dieses grundlegende «Für-sich» von der Frustration heimgesucht: seine Selbstgegenwart ist Intuition eines *geringeren Seins* – die Natur – im Vergleich zum unentzifferbaren und höheren Sein der Kultur. Sein Bewußtsein ist ein verewigter Rückfall, der auf Grund eines privativen Jenseits die Existenz *a priori* als ein *Diesseits* entdeckt. Es handelt sich hier weder um einen Minderwertigkeitskomplex noch auch nur um ein Minderwertigkeitsgefühl: wieso wäre er minderwertig? In bezug auf wen? In bezug auf was? Aber durch seine bloße Abwesenheit oder, wenn man lieber will, *durch seine Jenseitspräsenz konstituiert das Jenseits das Diesseits als eine Misere* in dem Sinne, wie Pascal die «Misere des Menschen ohne Gott» versteht. Und diese Misere geschieht der Existenz nicht, weil es dieser an irgendeiner Fähigkeit mangelte: sie ist in sich selbst Mangel, sie ist *dieser* besondere Mangel, der *diese* Existenz definiert und der nicht Mangel von irgend etwas Besonderem ist. Das versteht sich ohne weiteres: es ist die Liebe, die mangelt; ist sie anwesend, geht der Teig auf; fehlt sie, sackt er zusammen; der Schlechtgeliebte leidet unter seiner Verlassenheit, unter der Natur, die sich als Unzulänglichkeit gegenwärtig ist – in seinen nutzlosen Anstrengungen, die unzugänglichen Bedeutungen zu erfassen –, als Passivität und bloßes Dasein ohne Ziel noch Grund. Diese negativen und allgemeinen Merkmale kommen von keinem Vergleich her. Es ist ganz einfach der Mangel an Liebe, der vom Existierenden selbst auf der Ebene der synthetischen Einheit seiner Existenz als eine innere Möglichkeit, diese Einheit zu verwirklichen, empfunden wird, eine Möglichkeit, die ihm in dem Moment entgeht, da sie sich bietet – das heißt ständig; das Kind bleibt auf der Ebene der reinen Subjektivität, es bezeichnet die verweigerte Liebe nicht als ein Wesen von draußen; es bezeichnet *sich* in der leeren Objektivitätskategorie als jeder Kraft beraubte und schlecht verbundene Realität: die Liebe wird nicht erfahren, aber ihr Fehlen gibt sich als Seinsfehler zu erkennen in dem mangelnden Aufgehen – sofortigen Zusammensacken – jenes Teigs ohne Hefe. Der Überdruß ist eine unbewußte Liebesqual: vermittels der Intuition der Kontingenz und der Monotonie bis in die Unvorhersehbarkeit hinein entdeckt es sein objektives *Schlechtgeliebt-sein* – ein Grundverhältnis zu anderen – als subjektive Wahrheit seiner Existenz: sich lieben hieße die Zuneigung des Anderen verinnern und sich in dieser fremden Synthese und durch sie verwirklichen; nicht geliebt sein wird empfunden und verwirklicht als Unmöglichkeit, sich zu lieben; und noch einmal, wir müssen begreifen, daß es beim Kind keine enttäuschte Bemühung gibt, sich zu gefallen, dem lebenden Fluß, der es bildet, Liebe zu geben: es *mißfällt sich* einfach; das Fehlen der Mutterliebe wird in ihm direkt als fehlende Selbstliebe empfunden. Diese Feindlichkeit gegenüber sich selbst ist nur ein sekundärer Zug: sie kann nicht sehr stark sein, weil ja das gehaßte *Selbst* für das hassende *Selbst* niemals ganz und gar ein Gegenstand sein kann; dennoch ist sie konstant, und es ist die Quasi-Beziehung, die man in dem nicht-thetischen Riß des Unmittelbaren (Selbstgegenwart) findet. So wie das gehaßte Selbst sich *innerhalb des hassenden* Selbst als das tiefste *Selbst* findet – was ein ständiges Karussell impliziert –, so findet sich die verabscheute Wirklichkeit innerhalb des Abscheus als ihre Natur und ihr eigentliches Sein. Anders gesagt, das Gefühl des Abscheus wird als subjektive Realität von denselben Mängeln affiziert (Kontingenz, Passivität, Insignifikanz usw.) wie das verabscheuende Gefühl; und da eben die angedeutete Dichotomie nicht einmal bis zur reflexiven Verdoppelung gelangt und auf diese Weise die beiden Modi ständig ineinander übergehen und jeder abwechselnd die Funktion des anderen übernimmt, resultiert daraus eine gewisse Abschwächung des Ekels. Oder, genauer, der Ekel ekelt *sich*, weil er nicht intensiver, kompakter, notwendiger ist; kurz, weil er an dem von ihm gebrandmarkten Sein teilhat und schließlich als Ekel vom Abscheu betroffen ist, den er wiedergibt. Und wie man bemerken wird, sind – in diesem Bereich – zwei Negationen *keine Affirmation*, sie behindern sich gegenseitig, ohne sich aufzuhe-

ben: der Ekel hat sich als ekelhaft empfunden und ist dennoch nicht stärker angeekelt; im Gegenteil erleidet er eine innere Abwertung: woher kommt sein Mandat? Wer ermächtigt ihn, seinen Abscheu zu manifestieren? Wozu? Der Ekel hat ebensowenig wie ein anderes Gefühl eine Daseinsberechtigung: wenn er mit der Strenge einer Konsequenz, die sich aus einem Prinzip ergibt, aus dem Ereignis und aus der Substanz entstünde, könnte er eiserne Verachtung sein; da er aber unbestimmt ist, schweift er umher, erfüllt alles und wird von allem erfüllt; der *Lebensüberdruß* ist: eine verminderte Feindlichkeit als allgemeines Milieu des Erlebten; die Nichtliebe verinnert sich in Unmöglichkeit, sich zu lieben, die als Abscheu empfunden wird; dieser verkommt im Moment seines Auftretens und wird zu einer unlösbaren Einheit in der Dichotomie: obszöne Fadheit des Geschmacks, unruhiges und resigniertes Übelwollen im Auskosten.
Er ist überall: er ist Gustaves Leben selbst; wenn er später von seiner Adoleszenz spricht, wird er sich einen «vom Überdruß aufgedunsenen Pilz» nennen (Brief an Louise Colet von Anfang November 1851). Und das Wort *Pilz* steht da, um den *quasi vegetativen* Charakter seiner Existenz und des Gefühls, das ihn erfüllt, zu unterstreichen. Er sieht sich als eine Pflanze: die Fortbewegungsorgane fehlen, sie erleidet ihre Spontaneität, produziert ohne Grund, aber ohne Pause ihre Konfitüren, ihre Butter, sammelt Reserven an, die ihr erlauben werden, ihre illegitime Existenz fortzusetzen. Aber alle diese Säfte, die ihn aufblähen, alle diese inerten Füllen, gerade das nennt er Überdruß. Niemals ist Gustave auf die Idee gekommen, die äußere Welt verantwortlich zu machen: der Beweis dafür ist, daß er sich in einem Pilz verkörpert. Weder Augen noch Ohren, noch Hände. Hätte es doch den Göttern gefallen, daß der Überdruß von außen käme: sein Fall wäre weniger ernst gewesen. Alle jungen Leute langweilen sich ja: sie möchten die Meere durchfahren oder herumhuren, kämpfen oder Rekorde brechen, sie bleiben in ihren vier Wänden mit Vater, Mutter und Brüdern in der zeremoniellen Welt der Wiederholung – die gleichen Erinnerungen, die gleichen Witze, die gleichen Spiele. Das unmögliche Handeln offenbart ihnen die vegetative Kontingenz der Eltern, der Möbel, der Beschäftigungen: leben heißt sein Blut verlieren; sie sterben lebend in der *Maison des retours écœurants.* Aber dieser kleinere Überdruß – der nicht ohne eine gewisse Gefälligkeit ist – bietet sich als eine vorübergehende Ärgerlichkeit dar; die Unmöglichkeit zu handeln wird nicht von ewiger Dauer sein; der Beweis dafür ist, daß der junge Mensch die Absurdität seines gegenwärtigen Lebens im Namen der unabwendbaren Notwendigkeit der Praxis anklagt; die Struktur des Auskostens hat sich nicht geändert: das unerreichbare Ziel, das für die Daseinsberechtigung gehalten wird, entlarvt eine schreckliche grundlose Fülle; aber schon ist der Rechtfertigungsakt bekannt, man genießt ihn im voraus in der

Phantasie; der Junge nährt die Hoffnung, wiedergeboren zu werden oder, besser, in der Familienvorhölle zu sterben, um zum wahren legitimen Leben, das heißt zur *Mission*, geboren zu werden. Gustave ist tiefer getroffen: das Handeln, die Bedeutungen, die Liebe und ihre zarten Verheißungen, all das hat ihm in einem Alter gefehlt, wo er diesen Mangel *erlitt*, ohne ihn irgendwie *verstehen* zu können. Er hat ihn also erlebt als endgültigen Mangel und als quälenden vegetativen Überfluß seiner eigenen Säfte, seiner selbst. Ein Pilz: ein an den Boden gefesselter, passiver, rudimentärer Organismus, der eine widerliche Fülle ausschwitzt. Das Bild ist treffend: genauso hat er sich von den ersten Tagen seines Lebens an gefühlt. Etwas später wird er den Überdruß verallgemeinern: ein voraussehbares und notwendiges Vorgehen; aber er macht nur eine Extrapolation: er geht von sich selbst aus und verurteilt bei den anderen Menschen, bei den Tieren eben jenen Mangel, der sich ihm in seinem eigenen Leben gezeigt hat.
Der Überdruß, das ist das Unbehagen. Es ist die empfundene Nicht-Valorisierung. Von daher werden wir mühelos verstehen, daß sein Eintritt in die Welt der Sprache verquer war. Die Liebe gibt, erwartet, empfängt: es kommt zu einer wechselseitigen Bezeichnung. Ohne diese fundamentale Bindung ist das Kind Signifikat, ohne Signifikant zu sein. Die Bedeutungen durchqueren es und setzen sich manchmal in ihm fest, bleiben ihm aber fremd: durch sie entziffert der Andere das Kind; als *andere* fliehen sie zum Anderen; da sie zugleich inert und halb geschlossen sind, manifestieren sie die Macht jenes unsichtbaren Okkupanten. Da das Kind auf die Kontemplation seiner Passivität reduziert ist, kann es nicht wissen, daß es die Struktur eines Zeichens hat und daß die lebendige Überschreitung des Erlebten in ihm wie in jedem die Grundlage des Signifizierens ist. So geschieht ihm die Sprache also von außen: die signifizierende Überschreitung ist die Operation des Anderen und vollendet sich durch eine Signifikation, die es von außen bestimmt. Es wird sie entziffern, wie es seine ersten Gewohnheiten gemacht hat: sie ist eine Passivität mitten in seiner Subjektivität, ein *objektives* Resultat der fremden Aktivität; die Wörter sind Dinge, die der Fluß des Erlebten mit sich trägt; es wird viel Mühe haben, aus ihnen die lebendigen Instrumente seiner eigenen Überschreitung auf die Außenwelt hin zu machen, und das wird ihm niemals ganz gelingen, weil es von der mütterlichen Pflege *passiv gemacht* worden ist und weil Überschreitung und Entwurf – seine permanenten Handlungsmöglichkeiten – von Anfang an *mit Stillschweigen übergangen* worden sind. Sprechen ist Handeln; weil es erleidet, zwingt man ihm Namen auf, die es lernt, ohne sich in ihnen wiederzuerkennen, das heißt: ohne sie für sich zu übernehmen. Es sind fremde Markierungen, Richtpunkte für die Anderen; wenn es ihren Gebrauch errät und sich durch eine langsame Osmose mit ihren Bedeutungen durchtränkt, ist es noch weit davon

entfernt, den Anfang einer Wechselseitigkeit darin zu ahnen. Man nennt es, es kann sich nicht nennen. Trotzdem wird es nach nicht allzulanger Zeit in diesen Bestimmungen, die es an der Oberfläche affizieren, eine wahre Hypothek auf seine eigentliche Realität entdekken. Sobald ein Kind einen Namen auf einen Gegenstand seiner Umgebung anwenden kann, setzt es nämlich die Benennung mit der Entdekkung des Seins gleich. Auch Gustave entgeht der Regel nicht, obwohl er sich mit einer gewissen Verzögerung ihr hat unterwerfen können: der Hund *ist* ein Hund, und die Mutter *ist* eine Mutter; jedes Ding besitzt in seinem dunklen Kern einen Namen: wenn eine Stimme ihn erweckt, erfreuen wir uns der Wahrheit durch den Mund und durch das Ohr. Der jüngere Flaubert hat die Bezeichnung der Gegenstände, die ihn umgeben, nicht als *sein* Unternehmen erlebt: er hat sicher mehr Unterwerfung als Spontaneität hineingelegt. Gleichviel: kaum erreicht er das Stadium der *verbalen Ontologie*, schon müssen seine verschiedenen Benennungen wohl oder übel mit den Attributen seiner besonderen Substanz übereinstimmen. Er *ist* Gustave, er *ist* Flaubert, er *ist* Kind, kleiner Junge usw. Von Tag zu Tag wird sich das Bezeichnen präzisieren. Es geschieht ihm *von außen*, aber was kann er schon anderes tun als es akzeptieren. Das ist ein Grund – und nicht der geringste – für seine Geistesabwesenheiten. Nicht, daß seine Gefühle von Natur aus unausdrückbar wären: die Heterogenität von Sprache und inneren Regungen ist im allgemeinen und in jedem besonderen Fall eine Fabel. Allein, Gustaves Passivität macht die Benennung einseitig: der verbale Akt vollzieht sich bei ihm mit Mühe. Seine Gefühle sind zusammengeschrumpft, zusammengedrückt, ohne Zukunft, ohne Daseinsberechtigung, sie geben nicht vor, sich zu bezeichnen: weder ihm gegenüber noch gegenüber den anderen.

Warum, ist bekannt: die Liebe der Mutter entbehrend, hat er nie gefühlt, daß er bei den anderen Interesse erweckte, und in gewisser Weise beschränkt er sich darauf, sein Leben von der Hand in den Mund zu leben und sich selbst ebensowenig dafür zu interessieren. Die Absicht, zu bezeichnen – das heißt: zu kennen und bekanntzumachen –, findet sich natürlich in jedem erlebten Moment seiner Erfahrung, aber sie schlummert. Wenn sie erwacht, so ist ihre Stummheit so tief, daß die Wörter nicht «über die Rampe kommen». Dazu kommt der Überdruß, jener Ekel vor sich selbst: warum sollte er sein Minder-sein, seinen Nicht-Wert mitteilen? Wenn die erlernten Wörter ihre Bedeutungen verbreiten, wenn diese allmählich in die tiefen Schichten seiner Passivität eindringen, so erscheinen sie ihm zugleich als seine Substanz und als die Quartiermacher des Fremden. Da er insignifikant ist, wird er signifiziert; man signifiziert ihm, was er ist. Aber die verbale Intention bleibt schwerfällig, sie schwingt sich nicht zum gebotenen Sinn empor, um ihn für sich zu übernehmen und wie einen Ball zurückzuwerfen. Er hat

bereits Herren; noch keine Gesprächspartner. Das Resultat ist die *Unheimlichkeit*: er erkennt sich vorbehaltlos in den Wörtern der Sprache, und gleichzeitig findet er darin nichts von sich selbst. Oder aber er bildet sich ein, daß er diesseits der Wörter bleibt, daß sie den reichen, den vollständigen Wesen dienen und daß er ihnen entgeht durch seine ungefällige Armut. Er ist, er empfindet, was sie sagen: nichts anderes, nichts mehr, viel weniger. Die Verstörtheit entsteht in diesem Fall aus diesem unfaßbaren und undefinierbaren *Weniger*, das gerade seine Unbeständigkeit klar zu sehen und der Fülle der Vokabeln entgegenzusetzen verbietet. Aber es kommt auch vor, daß das Wort ihm in sich fremd erscheint: der Eigenname, die gewohnheitsmäßigen Qualifizierungen, das ist das Sein des Kindes selbst; allein, mangels einer spontanen Zustimmung bleibt dieses Sein, das unzweifelhaft sein eigenes ist, außerhalb seiner Reichweite; *es ist er*, der signifizierte Inhalt bezieht sich nur auf Gustave: das ist eine Evidenz. Aber diese Evidenz hat sich in der Person getäuscht. Sie scheint dafür dazusein, den kleinen Jungen irgendeinem anderen Bewußtsein zu präsentieren. In dieser verbalen Intuition kommt die Verstörtheit diesmal von der *Alterität*: oder besser, das Kind verwirrt sich angesichts der Ununterscheidbarkeit des Selben und des Anderen. Es ist es selbst als Anderer und für einen Anderen. Die Ununterscheidbarkeit dieser Kategorien wird uns nicht überraschen: um sie zu unterscheiden, sie gegeneinanderzusetzen und dann durch sich ständig ändernde synthetische Bande vereinigen zu können, wäre die einfachste dialektische Bewegung nötig, nämlich die des Lebens, nichts mehr: und diese Bewegung existiert natürlich in Gustave, weil ja der kleine Junge, wenn auch verzögert, *dabei ist, zu leben*. Aber sie ist durch die konstituierte Passivität blockiert, verborgen, fehlgeleitet, sie schlängelt sich als unterirdischer Fluß in der Immanenz dahin; wenn der Fluß sehr viel später unter offenem Himmel dahinfließen wird, wird das Übel schon geschehen sein; er wird in jedem Moment Gefahr laufen zu versanden. In den ersten Jahren jedenfalls vermischen sich die Kategorien miteinander: wenn die Passivität die einzig denkbare Form des Handelns ist, muß man die Selbstheit als ein Anders-sein erleiden.
Gustave ist verstört gegenüber sich selbst, das heißt gegenüber dem Wort «ich selbst». Dieses Indiz steht über seinem subjektiven Leben, es bezeichnet zugleich dessen Einmaligkeit – die dem reinen Lebensgefühl entspricht – und dessen Einheit, eine zugleich passive und aktive Synthese des erlebten Flusses. Wenn es wahr ist, daß der Geschmack eines Gerichtes in seinem Mund oder die Kälte am frühen Morgen sich *von selbst* als besondere Sinneseindrücke darbieten, die unbestritten an ein *hier und jetzt* gebunden sind, so ist ebenso wahr, daß die Insignifikanz eines nicht-valorisierten Kindes und die absolute Äquivalenz kontingenter Sinneseindrücke ihrer Abfolge einen gewissen Allgemeinheits-

charakter verleihen. Gustave hat nicht viel gemein mit den Individualisten des *fin de siècle*; er würde nicht unter die Rockschöße seiner Mutter fliehen und dabei schreien wie André Gide: «Ich bin nicht wie die anderen.» In Wirklichkeit kann man ihn in seiner Zeit nicht einmal ein Individuum nennen. Einzig? Allgemein? Das Kind stellt sich diese Frage nicht; jedoch ohne Wörter und ohne Begriffe ist es zwischen beiden Gefühlen hin und her gerissen. Wenn die Einheit passiv ist, erkennt es sie andrerseits: im allgemeinen Fluß erhält sich eine inerte Identität, die es zweifellos empfindet; aber die aktive Synthese des Vielfachen, das heißt im Grunde die Person, erkennt es bei den Anderen, bei seinem Vater, der immer tätig, bei seiner Mutter, die tüchtig und distanziert ist; bei ihm selbst existiert sie nicht; es ist ihr jedenfalls nicht begegnet. Die Erwachsenen machen es jedoch für seine Handlungen verantwortlich: es wird bestraft, ausgeschimpft, belohnt. Das ist bei ihnen Sitte, es akzeptiert das. Aber es erfaßt den Sinn nicht, wenn es dabei um es selbst geht: sobald es alt genug ist, sich zu wehren, wird es dagegen protestieren; niemand hat aufrichtiger, aggressiver, verzweifelter ans Schicksal geglaubt, die passive Synthese, das Bescheidwissen, die zukünftige Wahrheit, die vorgefertigte inerte Materialität der sogenannten Personen. «Ich fühle mich nicht frei», wiederholt Gustave in seiner Korrespondenz. Und die Metaphysik hat nichts zu tun mit diesem resignierten Bekenntnis. Er will zunächst darauf hindeuten, daß er niemals den Eindruck hat zu *agieren*, sondern immer den, *agiert* zu werden. In den klarsten und ausführlichsten Passagen wirft er Louise Colet vor allem ihren Voluntarismus vor: für «die Muse» ist wollen und beharren sich definieren; die Einheit der Handlungen vereinigt den Charakter und umgekehrt. Das ist im Grunde die verbreitetste Meinung; aber es ist nicht die von Gustave: er glaubt, daß die Beständigkeit seiner besonderen «Person» und die ewige Wiederkehr seiner Verhaltensweisen zwei voneinander unabhängige Wirkungen einer einzigen Ursache sind, nämlich der Dauer seiner objektiven Fatalitäten. Diese – inerte Beschaffenheiten der Materie, Wagenspuren, Gleise, Tunnel, Abhänge, Dämme, Biegungen – erwarten ihn, entscheiden in jedem Augenblick über seine Geschwindigkeit und seine Richtung. Durch diese erlittene und zielgerichtete Bewegung wird Gustave *zusammengehalten*, er fühlt sich wie in einem eisernen Korsett: Antrieb, Bremsung und Fernsteuerung von einem zukünftigen Posten aus, das ist seine Einheit; und wenn man einen Augenblick lang vergäße, ihn zu manipulieren, so würde sein wabbeliges Fleisch sich auflösen, auseinanderfließen, ein Fettfleck auf einem Eisenbahngleis, oder als Rauch verdampfen in dem allzugroßen Vakuum des Universums. Es gibt nichts zu befürchten: die Zukunft ist ein Gedächtnis, das fühlt er, wenn er seiner Geliebten schreibt, das hat er immer gefühlt; das Kind sagte *ich, ich selbst*, und die Wörter in seinem Munde, in seinem Kopf bezeichneten ein Serienprodukt, das allgemein und zugleich durch seine Nummer ein einzelnes war, dessen provisorische Einheit von der Arbeit herrührte, die die Arbeiter an ihrem Material vornahmen, und das diese Einheit allmählich durch Verschleiß unter der Einwirkung äußerer Kräfte verlieren würde.

Denkt es, jenes Schicksal? Woher kämen ihm die Wörter? Die Begriffe? Von den ersten Jahren an ist die Vorrichtung in ihm etabliert: er braucht im Laufe seines Lebens nur die passende Sprache zu erfinden; das wird sein Werk sein, das man «Diskurs über die Fatalität» nennen könnte. Aber er hat zunächst nur ein verworrenes Gefühl. Wenn der philosophische Arzt anfangs *du* zu ihm sagt, so nimmt das Wort in jenem gebieterischen Mund einen ganz anderen Sinn an: du, der Verantwortliche, du, der mir gehorchen muß und der es folglich auch kann. Das Kind kennt noch nicht den Trick, es kann noch nicht das *Du* mit dem *Ich* in das *Es* des Schicksals auflösen; es empfängt jene Bezeichnung passiv. *Du*, das bin *ich* für *Ihn*. Das heißt, aus Gehorsam gegenüber dem Vater nimmt es die *Verantwortung* auf sich und macht aus ihr einen peripheren Charakter seiner Passivität. Zugleich erweckt das *Du* in ihm, wie ich gesagt habe, unbestimmte Reminiszenzen: die stumme Erinnerung an das, was es nie gewesen ist, was es nicht nicht sein kann. Diese inhaltlosen Aufrufe lösen sich im Vergessen auf. Aber das Verstörtsein beginnt: die Benennung ficht sich und ficht das Kind in seinem Sein an. Nein: die Anfechtung setzt die Entgegensetzung voraus, das synthetische Band negativer Wechselseitigkeit. Es handelt sich eher um eine leichte Derealisierung, die vom Wort zur Person geht und von der Person zum Wort zurückkehrt. Ich, das bin ich: das Kind erkennt sich zweifellos; und dann, *das bin ich nicht*: das Wort wird zum Quaderstein, Gustave stößt sich an ihm; zurückgestoßen, betrachtet er diese undurchdringliche Masse, die ihn in sich einschließt und aus seinem Sein verbannt. *Von wo aus* betrachtet er sie? Hat er sich ins Schweigen geflüchtet? Nein: alles ist Sprache. Dennoch fehlen ihm die Wörter, die ihn genauer bezeichnen könnten. Sie fehlen, aber ihr Platz ist frei: die Stummheit, eine zukünftige Sprache, ist die Kreuzung, von wo aus der kleine Junge die Sprache in ihrer Fülle und in ihrer Unzulänglichkeit betrachtet. Aber weder sein Alter noch seine Passivität werden ihm erlauben, nach einem neuen Ausdruck zu suchen; so ist die Stummheit passives Warten. Im übrigen dürfen wir daraus nicht einen Bereich der Seele machen: der ganze Körper des kleinen Sankt Sebastian ist von Wörtern wie von Pfeilen durchbohrt, deren Schaft noch zittert. Insoweit die Stummheit Sprache ist, ist ja die Sprache in ihrem Wesen stumm. Die Geistesabwesenheit, das ist: die Unzulänglichkeit des aktiven Wortes, die vom potentiellen Wort entlarvt wird; fern und undurchsichtig fasziniert das Wort, und gleichzeitig steigt es im Grunde der Seele unhörbar und abwesend auf. Der verbale Akt würde alles wieder an seinen Platz bringen, er würde das Fehlen durch die Unzulänglichkeit des gegenwärtigen Ausdrucks definieren und umgedreht; mit einem Wort, die beiden Ausdrücke würden sich durch ihre Differenz hervorbringen. Aber Gustaves Passivität hindert ihn an dieser Operation: also wartet er. Was geht in ihm vor, wenn er stundenlang geistesabwesend dasitzt und an seinem Daumen lutscht? Nichts und alles: eine Halbsprache, eine nicht-wechselseitige Beziehung, lebende Nebelschwaden, die von dem Stein, der sie benennt, fasziniert sind und sich wundern, nicht selbst versteinert zu sein, das Gefühl, außerhalb seiner selbst man selbst zu sein, und schließlich das ängstliche, schon im voraus enttäuschte Warten auf eine Metamorphose: das Leben wird diese undurchsichtigen Blöcke annagen, es wird das Leben, das sie gefangenhalten, frei setzen – oder aber sie werden es allmählich absorbieren, der Kleine wird schließlich mit dem dunklen Sein der Materie ohne Innerlichkeit verschmelzen. Vom «Ich», der ersten Bezeichnung seiner subjektiven Realität, aus muß man die Vermehrung der Geistesabwesenheiten verstehen: jede Qualifizierung des Kindes – «brav», «unartig», «still», «überreizt», «müde» usw. – bietet sich als eine Bestimmung seiner Selbstheit dar; sie ist insofern *seine eigene*, wie das Ich davon affiziert wird; wenn man also seinen Gemütszustand, sein Verhalten oder seine «Charakterzüge» bezeichnet, so haben die Zeichen an der Mehrdeutigkeit des Mutter-Begriffs und des Wortes, das ihn ausdrückt, teil. Diese Erwägungen ermöglichen folgende Schlußfolgerung: die ersten Geistesabwesenheiten sind nicht die Wirkungen eines Konflikts zwischen Natur und Kultur, sondern die Symptome einer inneren Krankheit der Sprache; das nicht-valorisierte Kind kann sich nur in Wertbegriffen äußern: auf seine subjektive Realität werden Benennungen angewandt, die zwangsläufig auf die Autonomie der Spontaneität, auf die synthetische Einheit der Erfahrung, auf alle Strukturen der *Praxis* verweisen, das heißt auf die Grundlage jeder Legitimierung; alles wäre in Ordnung, wenn Gustave im richtigen Moment in die Lage versetzt worden wäre, die Souveränität, die diese Benennungen legitimieren, auch auszuüben: geliebte Söhne sind Fürsten; wenn sie anderen vorgezogen werden, so herrschen sie vom frühesten Alter an; aber wenn ein Kind gleichgültig empfangen wird, so ist es ein Unkraut. Das Unkraut Gustave wird aus keinem Munde die Sprache der nutzlosen Pflanzen empfangen, die einzige, die seine eigene ist. Später, sehr viel später, wird es sie von selbst erfinden; inzwischen wird sich das Unkraut in der Sprache des Königs ausdrücken, das heißt: mit Menschenwörtern, die es verraten. Oder vielmehr, nein: es wird sich überhaupt nicht äußern. Gustaves Leidenschaften kennen wir durch die seiner Verkörperung in *Quidquid volueris*, Djalioh: zügellos, unbeständig, wechselhaft, bleiben und verfliegen sie, gehen ineinander über und werden *empfunden*, ohne daß sie den Versuch machen, sich zu zeigen; die von den Erwachsenen ausgeliehenen Wörter zielen in diesen Klagen ohne Melodie auf irgendeine schöpferische und souveräne Spontaneität, die das Kind in sich selbst nie angetroffen hat; sosehr sie wenig später auch versuchen, die Reihenfolge der Noten exakt wiederherzustellen, so ist sie doch nicht mehr *die gleiche*: das ganze ist, ohne sichtbare Retuschen, organisiert, bietet die Einheit eines Unternehmens, eine leichte Straffung wird aus dem ersten und dem letzten Akkord eine Wechselseitigkeit von Widerspiegelungen machen, jeder Ton verweist auf die vorhergehenden, kündigt die folgenden an und hebt sich als besondere Form vom Hintergrund der musikalischen Tonalität ab. Kurz, die menschliche Sprache würde diese Farben und Vergnügen humanisieren: sie würde sie malen, wie sie sein müßten, und nicht, wie sie sind. Wenn Gustave sich in sich selbst vergräbt, wenn er seine Launen erleidet, schwingt er sich niemals bis zum Bedürfnis auf zu kommunizieren; und wenn er *vom Anderen* auf die Ebene der Sprache gehoben wird, antwortet er auf die induzierenden Wörter mit induzierten Wörtern, ohne sich auch nur vorzustellen, daß er sie auf sich selbst beziehen könnte. Bald ist es der Ausdruck im allgemeinen und in all seinen Formen, dem sich diese pathologische Störung mitteilen wird. Er lebt in Gesellschaft, also *drückt er aus*: jede seiner Gesten wird «gegen ihn behalten» oder kann es werden. Aber die kalten, langsamen, schmerzhaften Gefühle, die sich im Abgrund des Herzens erdrücken oder abkapseln oder verflüchtigen, werden erlebt als eine organische Verminderung, als eine Verringerung des Seins – eine Gefäßverengung, eine Verlangsamung des Pulsschlages, eine verminderte Muskelspannung oder Muskelerschlaffung –, und obwohl eine Verfärbung oder ein Stammeln sie bekunden könnten, drücken sie sich nicht aus, sondern drücken sich ein; der expressive und der emotionale Bereich werden bei dem Kind schon so früh getrennt sein, daß man mit Sicherheit sagen kann, es empfindet niemals, was es ausdrückt, und es drückt niemals aus, was es empfindet. Was wird es dann den anderen *präsentieren*, wird man sagen? Ich antworte: nichts. Es *repräsentiert*, es befindet sich in *Repräsentation*. Oder, wenn man lieber will, die Gesten und Handlungen organisieren sich von selbst, ohne Bezug auf die erlebten Realitäten; sie spiegeln den Anderen, was diese möchten, daß Gustave sei, oder was Gustave für sie sein möchte – zwei Ziele, die manchmal im Gegensatz zueinander stehen und manchmal eins sind. Man wird weiter unten sehen, daß der jüngere Flaubert immer Rollen gespielt hat. Ein merkwürdiger Kontrast des sozialen Menschen zu diesem wilden und geduldigen Unkraut in seinem Innern, das stockend und passiv versucht, die Sprache des nackten Lebens herauszudestillieren – wie einen Saft. Da haben wir den ganzen Gustave, der jedoch lügt, wenn er Mensch ist, wahr spricht, wenn er vegetativ bleibt. Wenn er in seiner Korrespondenz von sich selbst spricht, so wird es der Tintenstrom des Tintenfisches sein. Wenn er Geschichten erfindet und erzählt, die er zugleich als ersonnen erklärt, so verlassen wir nicht einen Augenblick den Bereich des Wahren. Aber man verstehe das recht: das vegetative Wahre ist das Produkt einer passiven Aktivität; es durchtränkt die souveränen Wörter mit einem tiefen Sinn, den kein Wort wird wiedergeben können. Das werden wir noch sehen: auf jeden Fall ist das seine Kunst, seine Einsamkeit; während die *Repräsentation* auf der Ebene der menschlichen Beziehungen in Überreiztheit erlebt wird – der im allgemeinen völlige Niedergeschlagenheit folgt. Die Anwesenheit seiner Artgenossen erregt ihn enorm: sie haben Ansprüche, die er schlecht kennt; man muß ihnen nachkommen, wenn man nicht den Betrug aufdecken und verraten will, daß man nicht ganz und gar ein Mensch ist: Gesten und Mimiken toben durcheinander, das ist die Posse, das ist der Jahrmarkt, das ist der Garçon; und wenn die Zuschauer überzeugt sind, um so besser: Gustave wird versuchen, sich *mit ihren Augen* zu beobachten. Darauf wollte ich kommen, auf die Autosuggestion; denn genau darum handelt es sich; in Gesellschaft verliert Gustave den Kopf; er schaut niemanden an und sieht nichts; er *wird gesehen*; ob man seiner Gegenwart gewahr wird oder nicht; diese totale Sichtbarkeit ist nämlich eine innere Veranlagung; von tausend Blicken durchbohrt, von allen Seiten beleuchtet, ist er sofort davon überzeugt, daß er auf einer Bühne ist – einer Art Rundtheater – und daß er fünf Akte ohne Unterbrechung spielen muß. Schlagartig reißt er sich von den lethargischen Melancholien los, springt auf die höhere Etage – die Stufe der Mimiken, Gesten, Ausdrücke, Bedeutungen – und verwandelt sich dort durch eine gesteuerte Nervenkrise in einen lustigen, lärmenden Spaßvogel. Zeugen berichten uns, daß er nicht sehr überzeugend war. Er selbst will es nicht wissen: wenn er mitten unter den Menschen ist, ist er sichtbar; wenn er sichtbar ist, spielt er; wenn er spielt, wird der Sieg *de jure* errungen. Als Opfer jenes Ich, das er beherbergt und nie angetroffen hat, hört er am Schluß außer Atem den lautlosen Beifall unsichtbarer Hände: das genügt; blind und taub für die eigentlichen Reaktionen der Zuschauer, läßt er sich durch die Begeisterung der anderen davon überzeugen, daß der Darsteller und seine großartige Figur eins sind und immer waren.

Man sieht, daß es sich nicht um eine bewußte Schwindelei noch um ein echtes Spiel handelt, sondern um eine Abwehr gegenüber den Menschen. Und diese Abwehr, ein umfängliches Gemisch von Zeichen, versucht eine Ablenkung: die Ohren werden durch Geschrei betäubt, die Augen werden durch gigantische und überstürzte Bewegungen ermüdet. Aber diese Verführungstänze setzen eine ernste Schädigung voraus. Gustave hat niemals von selbst und durch sich selbst geglaubt, der zu sein, den er darstellte. Er glaubt, daß er die Anderen überredet hat, und ist fasziniert von diesem Glauben, den er ihnen gegeben zu haben meint. Der Zugriff der Anderen ist *so stark*, daß sie ihm seine Komödie unter dem Schein des Wahren widerspiegeln und ihn zwingen, ihren Irrtum zu teilen, wenn er am ehesten in der Lage ist, ihn zu entlarven. Gleichzeitig ist er *so schwach*, daß er nicht im geringsten danach strebt, sie zu befragen, und daß sie in diesem Spiel von Widerspiegelungen nur das zerstreute Prinzip der Alterität darstellen. Wir werden darauf zurückkommen müssen, wenn wir seine «Neurose» untersuchen; die Pathologie des Glaubenschenkens gehört eher in den Bereich der Hysterie als in den Bereich jener Epilepsie, mit der man ihn so lange geschlagen hat. Im Augenblick interessieren wir uns nur für seine Vorgeschichte: erklärt sich diese hysterische Veranlagung Flauberts nicht durch die passive Konstitution, die man ihm verliehen hat? Es geht um die Wahrheit: damit er sie *erkennt* und behauptet – und sei sie auch nur die Verkleidung eines Irrtums oder einer Lüge –, muß der Andere sie wenigstens abgestempelt haben. Und er irrte sich natürlich kaum, wenn er das Wahre als ein gemeinsames Werk und als einen Anspruch auf Wechselseitigkeit sähe: ich werde niemals etwas *wissen*, was der Andere mir nicht garantiert, aber man muß hinzufügen, daß das Wissen anderer keine andere Garantie hat als mich selbst. Genau das ist die Wechselseitigkeit, die Flaubert nicht kennt: wir haben gesehen und werden es noch deutlicher sehen, daß ihm diese Beziehung entgeht: wenn sie fehlt, kann er sie sich nicht vorstellen; ist sie vorhanden, kann er sie weder verstehen noch billigen, noch sich an sie halten: er führt sich so auf, daß sie zerbricht oder daß er sie in eine Feudalbeziehung verwandelt. Die Erklärung dafür kennen wir bereits: wäre er aktiv, würde er Antagonismus oder gegenseitige Hilfe erfahren, das ist die Welt der Menschen; da er passiv ist, erleidet er sich, weil er die Fremdherrschaft erleidet; die Aktivität ist ein Teil der Zuweisungen anderer: Gustave kann ihr Objekt sein. Ihr Subjekt niemals. Die Wahrheit ist jedoch immer ein Unternehmen: aus diesem Grunde bleibt sie Gustave unbekannt oder erleidet er sie. *Sie bleibt ihm unbekannt*: niemals gewinnt er über seine eigene Existenz jene aktiven Klarheiten – Intuition und Eid in einem –, die *beschließen*, was sie *feststellen*. Ich habe gesagt, daß dieses gefährdete und schüchterne Leben versuchen wird, sich eine Sprache zu geben; aber es geht ihm weniger darum, sich zu definieren, als darum, den Wörtern einen Geschmack zu verleihen; es kostet sich aus und geht vorüber; das Auskosten ist keine Erkenntnis: es klammert sich wie ein Parasit an einen Moment des Erlebten, der es ins Vergessen hineinzieht. Was fehlt? Der elementare Akt: die Behauptung. *Er erleidet*: wenn die Behauptung das Wahre konstituiert, so wird es also am Anderen sein, eine Meinung zu haben. Der urteilende Akt erscheint dem Kind als eine fremde Praxis. Dieser Akt besiegelt Wörter, Gesten. Auf diese Weise markiert, haben sie eine merkwürdige Macht: sie dringen durch Augen und Ohren ein wie ein souveränes Edikt, das

das Sein, so wie es ist, sichtbar und glaubhaft macht. Genau das ist der Ursprung für Gustaves «Naivitäten»: wenn der Andere entscheidet, ist das Autoritätsprinzip die einzige Begründung des Wissens. Also orientiert das Kind sein Glaubenschenken an dem familiären und sozialen Gewicht, dem Alter, dem Prestige und dem Geschlecht seines Gesprächspartners. Der Schaden ist beträchtlich: die wahre Aussage bietet sich in einem vom Anderen artikulierten Satz – eine aktive Synthese – dar. Dieser lagert sich mit seinen Artikulationen als eine ursprünglich passive Synthese beim Kind ab. Bei dieser Umkehrung verliert das *Sagen* seine Funktion. Der gleiche Satz zielt auf die gleichen Gegenstände, vereinigt sie durch die gleichen Beziehungen: dennoch ist alles verändert. Die Worte hören heißt die Synthese rekonstruieren; heißt sie *im voraus* konstruieren: man versteht auf ein halbes Wort, einen halben Satz hin. Das Denken erscheint den beiden Gesprächspartnern als *der Gegenstand ihnen gegenüber schlechthin* – jener Baum, jener Mauerriß, jener Stuhl – und zugleich als die aktive und praktische Entblätterung *dieses* Gegenstandes gegenüber der Totalität der Umgebung. Die Enthüllung – eine Operation des einen oder des anderen – umfaßt einen transzendenten Hinweis, die Aufforderung, *sich selbst auf etwas hin zu entfliehen*, und, wenn dem Wink gefolgt wird, einen induzierten, aber selbständigen Akt, die Wiederholung der ersten Überschreitung, die gegenseitige Präsenz der beiden Menschen vermittels der Aktualisierung ihrer gemeinsamen Präsenz gegenüber dem Ding. Die Wahrheit hat ganz den Charakter der Arbeit: sie ist jene geregelte Verwandlung der Dinge in sich selbst, die die menschlichen Beziehungen vermittels der Umgestaltung *dieser* Realität und durch sie ständig ihrerseits umgestaltet. Wer diese Realität umgestaltet, der erfindet natürlich nur, wie er sie auf dem totalisierenden Hintergrund erscheinen und – ohne sie von dieser Umwelt, die sie hervorbringt und trägt, abzulösen – sie sich im dunklen Licht unserer Blicke entfalten läßt, wie sie es unweigerlich und auf jeden Fall in der Nacht des Nichtwissens, das heißt des Ganzen, tun wird. Aber allein durch dieses Unternehmen objektiviert sich der Mensch in dem Objekt, das er enthüllt. Das heißt, daß das Objekt durch seine Erscheinung, durch seine Klarheit, durch die Grenzen der Entblätterung und der hypothetisch vorausgesehenen Entwicklungen seinen Menschen oder besser seine Gruppe, die schon erworbenen Kenntnisse, die Methoden, die Techniken und die Arbeitsbeziehungen definiert. Indem der Mensch das Ding bezeichnet, indem er es unter dem Namen Objekt als unveränderbar enthüllt, objektiviert er sich; indem das Ding *durch und für* die menschliche Praxis Objekt wird, bezeichnet es, ohne sich zu verändern, den Menschen dem Menschen als ein *menschliches Objekt*. Heben wir das Moment der Praxis bei einem der Arbeiter auf – der kleinste Arbeiter, Gustave, sobald er sprechen kann –, was passiert dann? Zunächst dies: die namenlosen

Objekte werden nicht offiziell erkannt, genauer, sind überhaupt nicht; sie leben in Konkubinat mit dem Sein wie der kleine Flaubert mit der Existenz. Die Wahrheit hat – natürlich ebenso wie der Irrtum – keinen Sinn für ihn, wenn er allein ist. Mit drei, mit vier Jahren stellt man Vermutungen an, man nimmt sich vor, sie den Eltern zu berichten, man vergißt sie, sie kommen anläßlich konkreter Verwunderungen wieder zum Vorschein: so erforscht man die Verhaltensweisen der *Wahrhaftigkeit*. Flaubert spielt dieses Spiel nicht: da er passiv ist, läßt er die Regungen, die er empfindet, und die Dinge, die er sieht, verschwinden. Er zweifelt nicht daran, daß diese fremden Realitäten einen Namen haben: *da er ja Eltern hat*! Aber er denkt nicht daran, es ist ihm gleichgültig, und außerdem gehören ihm diese Namen nicht: die Benennungszeremonie ist ein Privileg der Erwachsenen. Immerhin könnte er seine Mutter fragen, wie es so viele gleichaltrige Jungen im gleichen Augenblick tun: Wie heißt das? Warum ist das so? usw. Aber nein: das Fragen setzt voraus, daß man zunächst die Benennung blind und umsonst vollzogen hat. Wir wissen genau, daß Gustave nicht agiert hat: weder in dieser Weise noch anders. Wenn die Erwachsenen ihm den Namen einer Pflanze oder eines Tieres beibringen, so aus Laune oder aus Pflicht; da er nichts gefragt hat, wird er das Wort als eine heilige Beziehung der Eltern zum Ding empfangen; man hat ihn gnädig in diesen Ritus eingeführt, er wird dem Kult dienen; als Chorknabe der Sprache wird er sogar unter bestimmten Umständen aufgefordert werden, das eine oder das andere Wort zu benutzen und auszusprechen – so wie er gelegentlich damit beauftragt werden könnte, einen Gong zu schlagen oder die Glocken zu läuten. Auf jeden Fall handelt es sich nur um ein Benutzen; nach dem Gebrauch gibt man die Vokabel dem Wörterbuch der Erwachsenen zurück, das noch nicht das «Wörterbuch der Gemeinplätze» ist. Anders gesagt, Gustave benennt, wenn er zur sozialen Welt der Kommunikation Zugang hat; er benennt auf Anordnung der Anderen, durch und für sie. Kehrt er zu seiner Einsamkeit zurück, findet er die Halb-Heimlichkeit der Dinge und seiner selbst wieder: die Wahrheit schwebt über seinem Kopf, er kommt nicht einmal auf die Idee, seine Augen zu heben, um sie anzuschauen. Die namengebende Anschauung ist aber ein konkretes Erfassen der Dinge, so wie sie sind, in dem Akt, der ihnen einen Namen gibt. Gustave kennt diese intuitive Fülle nicht: nicht, daß die Dinge nicht da sind, daß er sie nicht sieht und nicht berührt; er erfreut sich ihrer mit allen seinen Sinnen. Aber er enthüllt sie nicht als *Objekte*, weil er nicht das Unternehmen wiederholt, das versucht, sie in das Herbarium des Wissens einzuordnen; dieses Gewahrwerden der äußeren Welt durch die Sinne und die Regungen eines heimlichen Kindes führt zwar nicht dazu, daß die Grenze des Ich und des Nicht-Ich verwischt wird: die allgemeine *Objektivitäts*struktur ist mit der Geburt verschwommen gegeben. Das stumme Kind unterscheidet spontan, was ihm gehört und was der Umwelt gehört. Aber die Objektivität müßte bei ihm, wie bei den meisten Kindern, in jedem Augenblick besondere Objektivierungen hervorrufen: die objektive Welt müßte sich mit Objekten bevölkern. Nichts davon geschieht. Die Intuitionen seiner Sensibilität verunsichern zwar nicht die nominative Evidenz, aber sie bestätigen sie auch nicht: da sie passiv sind, werden sie ohne irgendeinen Bezug zur Wahrheit erlitten. Sie müßten dagegen das Bezeichnen tragen: aber kein Blitzstrahl, kein Wetterleuchten, kein *fiat* durchquert sie, selbst wenn der Fluß des Erlebten Strandgut, halbvergessene Wörter mit sich führt. Kurz, kein Erstaunen, kein besonderes Fragen: da sich das ganze System nicht spezifizieren kann, kehrt es sich schließlich um; die Frage bezieht sich letztlich auf *alles*, und das ist die Verstörtheit: warum gibt es Namen? Uns kommt es vor allem darauf an, daß das soziale Moment der Objektivierung durch die intuitive Rückkehr «zu den Dingen selbst» niemals korrigiert, angefochten noch bestätigt wird. Das Wissen gründet sich jedoch – direkt oder indirekt – auf die unmittelbare Evidenz, die zugleich volles Sehen, Genuß und gelenkter Blick ist. Durch die Evidenz ergreift das Ding von mir Besitz, indem es sich darbietet, aber ich behaupte mich, indem ich es «ohne fremde Zutat» entgegennehme. Das Wissen ist im strengen Sinne unpersönlich, und dann sind wir es, und dann bin ich es. Die Erkenntnis irgendeiner Besonderheit der Dinge, einer unerbittlich wahren, ist *unser* gemeinsames Gut; aber durch die Anschauung, die sie noch einmal hier und jetzt überprüft, ist sie *meine eigene* Erkenntnis: sie beglückt mich, verpflichtet mich, definiert mich. Durch die Evidenz berufe ich mich nicht mehr auf die strenge Unpersönlichkeit und die anderen, sondern auf die historische Gemeinschaft und auf mich selbst; ich gewinne mich zurück, indem ich mich verliere. Diese Übung ist also *ethisch*: dieser Akt instituiert die Person, aber er kann sich nur auf der Grundlage eines früher anerkannten *Wertes* vollziehen. Der Rückgriff auf das Ich erweckt nämlich ein absolutes Vertrauen des Subjekts in seine eigene Person, das er jedoch zunächst voraussetzt. Da Gustave nicht-valorisiert ist, kann er sich in gar keinem Fall als ein absolutes Kettenglied in einer Kette von kollektiven Operationen betrachten. Noch den simultanen Lauf der Dinge und seines Lebens als die Garantie einer verbalen Aussage. Das Sein empfinden, ja. Aber nicht es dechiffrieren.

Das Resultat ist auf doppelte Weise katastrophal: die Realität seines Ich selbst bleibt ihm fremd; er kennt sie nur vom Hörensagen. Die unmittelbare Grundstruktur des *ego* ist ja die spontane Behauptung innerhalb der konkreten Anschauung. Für Gustave ist es nicht einmal so, daß dieses *ego* ihm entgeht, daß es verworren, verschwommen bleibt oder daß das Kind Angst hat, ihm ins Gesicht zu sehen; es ist vielmehr von einer anderen Ordnung und existiert nicht außerhalb der Welt der

Bedeutungen, das heißt: außerhalb der Sprache, jener magischen Macht der Erwachsenen. Wenn das Wort ihm unvermutet in den Sinn kommt, verwirrt sich das Kind, und wieder versinkt es in Verstörtheit. Aber außerhalb dieser unangenehmen Begegnungen läßt keine echte Beziehung des Handelns zum Sein schlagartig das Objekt durch das Subjekt und das Subjekt durch das Objekt auftauchen. Das wäre noch nicht so schlimm, wenn das Kind nicht im sozialen Universum einen Eigennamen erhalten hätte, ein Ich, Qualifikationen: wenn es allein im Garten ist, hat es nichts damit zu tun; kaum wird es von seiner Mutter oder dem Dienstmädchen gerufen, so findet es sie wieder. Wenn man ihm vom Fenster aus zuruft: «Was machst du?», so gerät es vom Sinnieren in die Welt des Unternehmens. In dieser ist es übrigens häufiger als in der der vegetativen Einsamkeit. Jede wahrscheinliche Bedeutung enthält aber von selbst eine Hypothek auf unser Glaubenschenken: die Welt der Zeichen ist zunächst die des Glaubens: in jedem gehörten Satz, in jedem Wort, das an mein Ohr dringt, entdecke ich eine souveräne Behauptung, die auf mich abzielt, die verlangt, daß ich sie für mich übernehme. Man wird hier zwei Momente unterscheiden, obwohl sie im allgemeinen miteinander vermischt sind: die Behauptung *affiziert mich*, ich *glaube* an sie, insofern sie einen Augenblick lang der königliche Akt des Anderen bleibt, seine Metamorphose *in einen Menschen*; das Mißtrauen ist eine Krankheit; man muß mit dem Glaubenschenken beginnen oder den Menschen leugnen: man wird sich anfangs anführen lassen, aber was schadet das schon? Wenn der Andere ein Untermensch sein will, so ist es an ihm, das zu beweisen, nicht an mir. Dieser erste passive Moment – das Vertrauen eines Menschen zu einem anderen – wird unmittelbar auf die Wechselseitigkeit hin überschritten: ich behaupte souverän, was mir gegenüber souverän behauptet wird. Allerdings würde ich in jedem Augenblick auf Lügen und Irrtümer hereinfallen, wenn ich nicht – zwar nicht in jedem Fall, aber doch im Prinzip – über echte *Reduktoren* verfügte. Oder vielmehr, ich habe nur einen, der jedoch ständig variiert: die Evidenz. Das heißt, ich übernehme die Behauptung des Anderen seiner Aufforderung gemäß, aber angesichts der Dinge, durch die Anschauung, die ich von ihnen habe. Damit verschwindet automatisch das Glaubenschenken: es weicht dem Handeln. Jetzt *weiß* ich: durch ein Ja, durch ein Nein, durch ein Vielleicht, das ich den Dingen abringe – oder durch ein Schweigen, das alle Hypothesen möglich macht –, habe ich die Wahrscheinlichkeit in Wahrheit verwandelt. So sieht zumindest das ideale Verfahren aus. In den meisten Fällen ist es nicht möglich. Oder jedenfalls nicht sofort. Dann bleibe ich in der Welt der Zeichen, der Autorität, des Glaubenschenkens. Mit einem Wort, die *gesprochene* Sprache ist ohne das Korrektiv der Evidenz durch jenen Grundzug der Glaubhaftigkeit gekennzeichnet. Und diese erfahre ich durch die Anderen, vermittels ihrer

Worte, wie die Macht des Souveräns über seine Untertanen. Das Glaubenschenken ist nicht ein Faktum individueller Subjektivität, und wir sind auch nicht durch irgendeine ererbte Neigung zum Glaubenschenken *veranlagt*; es handelt sich um eine intersubjektive Beziehung, um ein unvollständiges Moment in der Entwicklung des Wissens; es ist die Anwesenheit eines fremden Willens in uns, der Wörter in einer assertorischen Synthese vereinigt, uns fasziniert und uns entfremdet, bis wir daraus unseren eigenen Willen machen.

Sobald Gustave in Gesellschaft, das heißt in der Familie, ist, wird er umringt, überflutet, durchdrungen von den Zeichen und von ihrer gebieterischen Glaubhaftigkeit. Er glaubt. Aber im Unterschied zu den anderen Kindern überschreitet er niemals dieses erste Moment des Wissens. Das kommt gleichzeitig daher, daß man ihn passiv gemacht hat und daß er über keinerlei Reduktor verfügt. In Wirklichkeit sind diese beiden Gründe eins: das passive Kind kann sich nicht einmal vorstellen, daß es sich das Handeln anderer aneignet, indem es die Behauptung bestätigt oder verneint; es selbst hält natürlich die synthetische Einheit der Behauptung aufrecht, einfach weil sie in seiner Selbstheit ein zusammenziehendes und totalisierendes Milieu vorfindet, aber es beschränkt sich selbst, glaubt es, die vom Anderen vollzogene Synthese passiv zu unterstützen; der Satz bleibt in ihm zugleich als eine Vielheit, die von der natürlichen Straffung des Erlebten *zusammengehalten* wird, und als ein Siegel, das man seinen unbestimmten Regungen aufdrückt, um ihre Zerstreuung zu verhindern. Aber der verbale Entwurf hängt außerdem von einer Evidenz ab: die *Ansicht* des Gegenstandes kann von selbst den Sprecher dazu veranlassen, die affirmative oder negative Formel, über die er verfügt, für sich zu übernehmen oder zu widerrufen; es kann auch geschehen, daß vor jeder Hoffnung auf Evidenz verschiedene Faktoren ihn dazu bringen, Stellung zu nehmen: in diesem Fall wird er nichts entscheiden, ohne daß er verlangt hat, die Dinge einfach ansehen zu dürfen. Bei Flaubert wird es weder das eine noch das andere sein: und wieder ist es die Passivität, die ihn daran hindert, seine erlittenen Intuitionen zu *wahrhaftigen* Evidenzen zu machen; mit anderen Worten: dem bloßen Genießen die Struktur des Handelns zu geben; keine Reduktoren, keine Kontrolle. Noch jemals jene – vorübergehende, aber entscheidende – Einsamkeit, aus der die Entscheidung auftaucht: «Ich alleine, und das ist genug.»[24] Gustave

24 Es geht tatsächlich immer nur um die Reaktivierung eines anderen Denkens; und *meine* Behauptung gewinnt ihre unendliche Kraft nur aus der Kette der Behauptungen, die ihr vorausgegangen sind und die sie tragen. Gleichviel: ohne diesen Funken in jedem Denken, ohne dieses *fiat*, das gerade hier aufleuchtet, wenn es anderswo verlischt, könnte die Wahrheit nur sterben, wenn sie von einem Geist zum anderen übergeht; sie wäre dann für jeden von uns eine *fremde Wahrheit.*

leidet unter einer Krankheit der Wahrheit; die Grundkategorien fehlen ihm: weder Praxis noch Sehen. Das *ego* bleibt auf der Ebene der Bedeutungen. Können wir sagen, daß das Wahre in seinen Augen gar nicht existiere? Ja und nein. Natürlich ist der Skeptizismus seine Veranlagung: die Wahrheit ist für ihn die Wissenschaft, die er mit seinen Sarkasmen bis zum Schluß verfolgen wird und die er in *Bouvard et Pécuchet* entlarven will, damit sie unter dem Gewicht ihrer Widersprüche zusammenbricht; nichts ist sicher, da ja die Evidenz verloren ist: wenn die adäquaten Ideen nicht markiert sind, wie soll man sie erkennen? Alles ist gleichwertig. Und Gustave wird uns wissen lassen, daß er «keine Ideen hat», daß man niemals Schlußfolgerungen ziehen darf, daß man alle Meinungen respektieren muß, vorausgesetzt, sie sind aufrichtig. Das Herz – das heißt die pathetische Zustimmung – ersetzt hier die fehlenden «Kriterien»: man braucht nur mit allen seinen Kräften an bestimmten Vorurteilen festzuhalten, man braucht nur zu töten – oder zu sterben –, wenn einer daran rührt: sie werden *gültig* sein.
Das Verfahren besteht darin, die Evidenzen durch das pathetische Genießen zu ersetzen, ohne die grundlegende Passivität anzutasten: wir stehen am Beginn eines Jahrhunderts, das die «Lebenslüge» erst in dem Moment erfinden wird, in dem es unserem Jahrhundert weicht. Dennoch ist sie bereits da, diese Lüge, die einfach dadurch verbürgt ist, daß man sie braucht: sie breitet sich auf jeder Seite der Korrespondenz aus. Wir werden sehen, daß Flaubert selbst von der Religion sagt, daß sie zweifellos eine Grundwahrheit enthalte: der Beweis dafür ist in seinen Augen, daß sie *Instinkt* ist. Die Wahrheit ist nichts anderes als das Bedürfnis, zu glauben.
Andrerseits hat dieser Skeptizismus des Herzens jedoch nichts gemein mit dem Pyrrhonismus, jener vernünftigen Bemühung, die Vernunft zu leugnen: er gibt die Verstörtheit, das Ressentiment, eine hinterhältige Bemühung wieder, den Geist durch das Herz und das Intelligible durch das Irrationale zu ersetzen. Das ist keine Lehre und noch weniger ein Unternehmen: allenfalls eine Lebensweise. Im Gegensatz zu dieser erlebten und ängstlich deklarierten Unvernunft bleibt die soziale Organisation der Bedeutungen; Gustave ist in sie eingetaucht wie jeder andere; er ist sich dessen bewußt, sobald er die Einsamkeit verläßt. Diese Welt ist jedoch *wahr*: der Beweis dafür ist, daß sie das Wort Wahrheit enthält und daß dieses Wort auf bestimmte verbale Behauptungen anwendbar ist. Gustave wird uns später von den vorgefaßten Ideen mit einem Humor sprechen, der um so beißender ist, als auch seine eigenen Ideen vorgefaßt sind. Besonders die der Wahrheit. Also glaubt er daran: es ist der Wille des Anderen in ihm. Als Skeptiker hütet er sich vor der Schlußfolgerung: das Wahre gibt es nicht; das hieße eine Idee formen, behaupten und übernehmen. Als sozialisiertes Wesen wird er vom Denken der Anderen bewohnt, er erleidet als ein Glau-

benschenken, was für sie eine Beteuerung ist. So ist die Wahrheit – eine verbale Bestimmung der *Ausdruckswelt* – die Grundlage für sein Glaubenschenken. Und das Glaubenschenken ist – als eine nicht-wechselseitige soziale Beziehung – das Zeichen der Wahrheit. Irgendein Gemeinplatz, ein inerter Gedanke, der von Mund zu Mund und von Gehirn zu Gehirn geht, dringt durch das Ohr in Gustave ein, erdrückt diesen jungen Geist unter dem Gewicht angesammelter Behauptungen und prägt sich für immer darin ein. Er beherrscht und fasziniert zugleich. Die Herrschaft ist die siegreiche Alterität, die sich der Passivität aufzwingt; die Faszination ist die Morgenröte einer unartikulierbaren und ständig vergessenen Begierde; wie könnte der kleine Junge sagen – und *sich* sagen –, daß er versucht ist, die Ablösung zu übernehmen und seinerseits etwas zu behaupten, da ihm ja die wesentlichen Strukturen der Beteuerung fehlen? Die Aufforderung, die er erleidet, ohne sie zu verstehen, steckt im Zeichen selbst, in der Art, wie es ihm mitgeteilt wird: die autoritäre Stimme des Chefarztes erweckt in ihm als Reminiszenz oder Begierde das unbestimmte Bewußtsein vernachlässigter Möglichkeiten; er will sie wiederfinden und kann doch die gebieterischen Akzente, die ihn verwirrt haben, nur imitieren. Eine Herrschaft, eine Faszination, die zur Imitation verkommt: das ist das Glaubenschenken bei Gustave; man kann es folgendermaßen zusammenfassen: es definiert sich als eine rückhaltlose Entfremdung in die Erwachsenen. Genauso fühlt er es: wenn eine Aussage ihn in die ganze Familie entfremdet, wird er sie, ohne zu zögern, Wahrheit nennen. Die Wahrheit schließt jedoch das Glaubenschenken unerbittlich aus; nicht, daß ich nicht an irgendeinen abwesenden, nur vom Hörensagen bekannten Gegenstand *glauben* könnte, der im übrigen und für andere *wahr*, das heißt der Evidenz gegenwärtig, ist; allein, wenn ich *daran glaube*, ist er nicht wahr; wenn ich näher komme und ihn sehe, *glaube* ich nicht mehr daran. Das Glaubenschenken ist der Andere in mir; die Wahrheit ist der Gegenstand vor mir, die Sichtbarkeit, die die Entfremdung aufhebt, denn sie ist nur durch die freie Bestätigung des Ich und für diese möglich. Aus diesem Grunde ist das Wahre niemals *subjektiv*, im Unterschied zur *Meinung*; es ist die Praxis selbst, jene doppelte und komplexe Beziehung der Menschen untereinander vermittels ihrer Arbeit an der Welt und der Menschen zur Welt vermittels der (virtuellen oder realen) Wechselseitigkeit der menschlichen Beziehungen.
Alle diese Merkmale des Wahren sind in seinem Begriff enthalten: Gustave kennt einige davon. Aber vom Hörensagen: die Wahrheit, hat ihm sein Vater gesagt, ist so beschaffen. Warum nicht? Er glaubt es; also weiß und fühlt er nichts. Die Wahrheit, die totalisierende Begründung aller Wahrheiten, in die sie sich verkörpert, kann ebenfalls Gegenstand einer bloßen Intuition sein: nach dem Rückgriff auf die grundlegende Evidenz wird man die Irrtümer und die besonderen Wahrheiten nicht

besser unterscheiden können als vorher – das heißt ohne spezifische Intuition. Aber man wird niemals mehr das Wahre – eine absolute Totalisierung ohne *Ordnung* – mit dem Irrtum verwechseln können, dem obersten Prinzip jeder hierarchischen Ordnung. Zwei Welten, von denen die erste die zweite unerbittlich abstößt. Für Gustave gibt es nur eine: die der Ordnung. Ordnung und Wahrheit sind eins; beide werden von seinem Vater garantiert. Und wenn bei bestimmten Gelegenheiten eine von den hellen Köpfen für wahr gehaltene Behauptung sich ohne einige der Merkmale oder Merkmalgruppen darbietet, die das Wahre konstituieren, so wird das Kind dieses Fehlen allenfalls konstatieren, aber darin nichts anderes sehen als eine Mahnung zur Vorsicht; es wird die Idee nicht übernehmen, ohne eine Zeitlang seine Konsultationen fortgesetzt zu haben. Der *Gegenstand* – das heißt hier die immer fehlende Wahrheit – *bietet ihm keinen Widerstand*: es *glaubt* daran, ohne ihn zu sehen, oder, besser, es ersetzt ihn durch das Glaubenschenken. Die Wahrheit ist für ihn der Glaube, weil er an die Wahrheit glaubt; er glaubt aufrichtig an die Glaubhaftigkeit aller Bedeutungen: es genügt, durch vorsichtige Verwendung die Mängel zu beseitigen, alles übrige ist prinzipiell ein Glaubensartikel. Die verschiedensten Formen des Ausdrucks – von der Mimik bis zur «Blumensprache» – beziehen sich auf – verbale oder nichtverbale – Bedeutungen, die *wahr*, das heißt glaubhaft, sind, einfach weil sie ausgedrückt werden. Der Glaube wird hierarchisch sein: er entspricht der Wichtigkeit des Gesprächspartners, das heißt seiner affirmativen Macht. Da das Kind auf diese Weise die Wahrheit durch das hierarchisierte Glauben ersetzt, verwechselt es von Anfang an Irrtum und Wahrheit, Entfremdung und Freiheit.

Obwohl leer und auf Abwesendes zielend, enthält das Glaubenschenken doch eine gewisse subjektive Macht: der Andere behauptet in Gustave, diese faszinierende Herrschaft kann starke Gefühle hervorbringen; man stößt hier wieder auf die Fülle des *Pathetischen*: nicht, daß es die Garantie des Zeichens sei (das Zeichen ist, insofern es vom Anderen kommt, seine eigene Garantie); aber das leidenschaftliche Brodeln ähnelt für das Kind einer Zustimmung, einer Ablehnung; es ist das passive Bild des Handelns. Wenn es eine Maxime begeistert wiederholt, so gelingt es ihm zwar nicht, sie sich anzueignen. Aber die Entfesselung der affektiven Kräfte gibt der wiederholenden Imitation eine gewisse Macht: kein *Sehen*, kein spontanes Überschreiten des Satzes auf einen anderen, auf seinen Gegenstand hin; dennoch wird die Pseudowahrheit tief *erlitten*, *empfunden*. Um mich besser verständlich machen zu können, werde ich mich eines Vergleichs bedienen. Theaterstücke enthalten viele Behauptungen; die Figuren können sich täuschen, aus Leidenschaft etwas behaupten, ihre Evidenzen verfälschen, was auch immer: sie sehen und sagen, was sie sehen, das ganze Verfahren ist ein Handeln. Ich habe nun nach vielen Proben festgestellt, daß die meisten Schauspieler unfähig sind, auf der Bühne das affirmative Verhalten *darzustellen.* Dieselben Schauspieler behaupten oder leugnen in der Stadt ebensooft wie ihre Zuschauer, das heißt in jedem Augenblick. Sobald sie spielen, weicht die Aktion der Passion. Man höre ihnen zu: sie erleiden, was sie sagen; wenn sie überzeugen sollen, so werden sie alle Register ziehen – Wärme der Stimme, Heftigkeit, wilde Gewalt der Begierde oder des Hasses – außer der Gewißheit des auf der Evidenz fußenden Urteils. Dieses ist, wenn es ausgedrückt wird, eine Aufforderung zur Wechselseitigkeit; es ist frei und wendet sich an die Freiheit anderer; aber der Schauspieler will *durch Anstekkung* überreden. Kaum hat er gesagt: «Schlechte Zeiten», schon wissen wir, daß wir in die Welt des Heulens und Zähneklappens eintreten werden: er *weiß nicht*, daß die Zeiten schlecht sind; er scheint irgendeine Traurigkeit in seinen Knochen zu spüren, die ihm diesen Satz wie einen Schrei entfahren läßt. Und dieses merkwürdige Verhalten hat nur eine Erklärung: jedes dramatische Werk ist Phantasmagorie; sosehr der Schauspieler auch in seiner Rolle aufgehen mag, so ist er sich doch immer ihrer Irrealität bewußt. Nach dem Stück kann er natürlich durchaus sagen, das Stück sei wahr; vielleicht hat er sogar recht. Aber diese Wahrheit ist von ganz anderer Art: sie betrifft die eigentliche Intention des Verfassers und die Realität, die er mit diesen Bildern gemeint hat; kurz, das Shakespearsche Stück *Hamlet* enthält, als ganzes genommen, eine Wahrheit; Hamlet als Held des Stückes ist ein Phantasma. Und was auch immer die Meinung des Schauspielers über den eigentlichen Sinn des Dramas sein mag, seine Aufgabe ist es, die Totalität des Werkes Wort für Wort und Geste für Geste zu reproduzieren: das heißt, er bewegt sich in einem imaginären Universum, das vielleicht als Ganzes wahr ist, aber im Detail der Wahrheit entbehrt. Die Wahrheit ist jedoch da, das Wort wird in dem Stück ausgesprochen: dem Publikum wird der Irrtum des einen Protagonisten, die Lüge des anderen enthüllt. Aber dennoch geht es um nichts anderes, als die Torheit des einen und die Schurkereien des anderen nur zu *imitieren.* Die Behauptung, die Gewißheit, die Evidenz erscheinen dagegen niemals auf der Bühne: wir sehen nur mehr oder weniger gelungene Imitationen davon. In Wirklichkeit sind sie sogar *immer verfehlt*: vom *fiat* kann man nur ein abgeschwächtes Bild liefern. Das Talent des Schauspielers steht hierbei gar nicht in Frage: es ist der Stoff, der schlecht ist. Weil ja die *Praxis* aus jeder Darstellung unerbittlich verbannt ist, wird die Entschlossenheit des Willens durch Aufwallungen der Sensibilität ersetzt: sie wird also durch ihr Gegenteil ausgemalt. Wenn ein Prinz sagt: ich bin Prinz, so ist das ein Akt; aber wenn der Schauspieler Kean sich zum Prinzen von Dänemark erklärt, so ist das eine Leidenschaft, die eine Geste unterstützt. Der Theaterdiskurs bietet den verbalen Akten keinen Ansatz; das gelernte Wort strömt dahin, ohne sie hervorrufen oder empfangen zu können: Kean ist nicht Hamlet, er weiß es, er weiß, daß wir es wissen. Was kann er tun? Es zeigen? Unmöglich: noch bevor der Beweis geliefert ist, fügt er sich in das imaginäre Ganze ein. Hamlet kann notfalls die Totengräber überzeugen oder Soldaten, die er auf seinem Weg trifft; uns wird er niemals überzeugen. Das einzige Mittel, womit er bewirken kann, daß das Stück *durch uns* existiert, besteht darin, uns mit ihm anzustecken. Eine affektive Ansteckung: der Schauspieler besetzt uns, dringt in uns ein, erregt durch seine fingierten Leidenschaften unsere Leidenschaften, zieht uns in seine Rolle hinein und lenkt unser Herz durch das seine; je mehr wir uns mit ihm identifizieren, desto mehr werden wir bereit sein, seinen Glauben zu teilen – allerdings bleibt der unsere imaginär: er wird empfunden, aber neutralisiert. Auf jeden Fall ist es ein *Glauben*, nichts anderes. Und der Schauspieler wird nicht versuchen, die pathetische Ebene zu verlassen – die auch die des Glaubens ist –, denn es bliebe nichts übrig als ein eiskaltes Interesse. Das geht soweit, daß der erfahrene Schauspieler sich hüten wird, die Sätze oder Tiraden, die das Allgemeine betreffen und uns folglich direkt angehen können, wie Wahrheiten auszusprechen. Hamlets Monolog, eine düstere Meditation und innere Pause, ein verstörtes Sinnieren über fixe Ideen, wiedergekäute Ungewißheiten, Evidenzblitze, müßte, um richtig zu sein, gemurmelt werden: eine monotone, klanglose Stimme ohne Intonation; er *sagt* ja seine Leidenschaften; er hat eine reflexive Distanz eingenommen. Und seine Sorgen sind auch die unsren: das Leben, den Tod, das Handeln, der Selbstmord. Alles ist Allgemeinheit: Sein oder Nichtsein? Wer stellt die Frage? Irgend jemand, wenn man nur nach den Wörtern urteilt. Also *ich*, in meiner gegenwärtigen Wirklichkeit. Aber wenn die Zweifel und Überlegungen sich in ihrer Allgemeinheit auch nur einen Augenblick lang als eine an mich gerichtete Rede oder eine allen Menschen gemeinsame Reflexion über ihr Mensch-sein darbieten, dann bricht alles zusammen wie im Kino, wenn der Schauspieler plötzlich seinen Blick in den Saal richtet und uns anzusehen scheint. Der *Akt* – und der Blick ist ein Akt – zerreißt die Fiktion; Hamlet stirbt; es bleibt ein Mensch im Wams übrig, der uns eine Botschaft von Shakespeare überbringt. Aus diesem Grunde versucht jeder Schauspieler den Monolog *zu einem besonderen zu machen*, denn er muß uns verbergen, daß diese Wörter sich an uns richten könnten: er versucht, uns in der Rolle festzuhalten, uns in der Welt des Glaubenschenkens einzuschließen; nein, nein: nicht die geringste Wahrheit steckt in alldem – oder wenn eine darin steckt, so wartet auf das Ende des Stücks, wenn ihr sie herausfinden wollt –, Qualen, nichts anderes; und die gehen euch kaum etwas an: was habt ihr mit diesem dänischen Prinzen aus der Sicht eines Engländers des 17. Jahrhunderts gemein? Die Sätze, die ihr hört, sind nicht einmal subjektive Feststellungen, das Zeugnis einer mutigen Klarsicht: sie strömen unter Zuckungen aus *erlittenen* Schmerzen hervor wie Blut aus einer Wunde; kurz, sie verkörpern eher Hamlets Qualen, als daß sie sie ausdrücken wollen. Also wird der Monolog *gespielt* werden: man kann froh sein, wenn der Prinz sich nicht auf den Brettern wälzt oder uns ein Schluchzen erspart. Wenn der Schauspieler sein Metier kennt, werden wir bis zum Fallen des Vorhangs Gefangene von Hamlet bleiben. Gefangene des Glaubenschenkens: dieses Glaubenschenken verdeckt uns bei vollem Licht den allgemeinen Charakter der Wahrheiten, die der Autor wie Pfeile auf uns abschießt; Glauben ist nicht Handeln: Lähmung hält uns davon zurück, auf diese Ideen, die angeflogen kommen, zuzugehen; man brauchte sie nur zu *erleiden*, um nicht jene Praxis in ihnen zu erkennen: ein Denken. Der Schauspieler dagegen brauchte überhaupt nicht nachzudenken: er tritt bei der ersten Replik in das Glaubenschenken ein, das er erst bei der letzten Replik und manchmal sogar etwas später verläßt; er denkt nichts, er fühlt. Ist Denken – wie man oft gesagt hat – dem Schauspieler sogar abträglich? Schlimmer noch: bei der Ausübung seines Berufes, einschließlich der Proben, ist es ihm unmöglich. Und aus diesem Grunde sagen die besten Schauspieler die affirmativen Repliken so schlecht; nichts wird gewußt, alles wird geglaubt, alles ist auf doppelte Weise entfremdet: in den Autor, der in Freiheit den Text, den Glauben, die Leidenschaften aufzwingt, in das Publikum, das ihren Glauben stützen und ihn auf die Spitze treiben oder plötzlich alles hinwerfen und erwachen kann, allein gegenüber schaudernden Nachtwandlern.

So ist Gustave: ein bloßer Behälter für Sentenzen, die Andere in ihn hineingelegt haben, die auswendig gelernt sind, als Entfremdung, also roh, empfunden werden, findet er sich in einer Welt vor, in der die Wahrheit der Andere ist. Zweifellos hat sie für diejenigen, die sie einem aufzwingen und sicher auch tun, ein anderes Gesicht: das Kind hat sich oft dessen versichert. Aber es ignoriert diese verborgene Seite lieber; wenn es in Beziehung zu den Erwachsenen tritt – das heißt hundertmal am Tag –, hört es ihre Stimmen, den unnachahmlichen Ton der Gewißheit, versucht es, ihnen durch eine ähnliche Gewißheit zu gefallen, und kann Überzeugtheit doch nur spielen. Das ist in einer Hinsicht die umgekehrte Situation des Schauspielers: dieser geht auf der Bühne von der Gewißheit zum Glaubenschenken über, und zwar eben durch die Erfordernisse der *Darstellung*, durch jene Ablehnung jeder voluntaristischen Rekonstruktion, die ihn dazu zwingt, sich passiv den Fatalitäten seiner Rolle zu überlassen; Gustave ist zunächst wie gelähmt und muß sich den fremden Worten überlassen, sie sind in ihm wie ein auswendig gelernter Text, und die passive Zustimmung, die er ihnen gibt – aus Gehorsam und Gleichgültigkeit –, hat in sich selbst nicht die Möglichkeiten, den Glauben zu überschreiten; seine erlebte Realität ist der vegetative Fluß der Jahre; in der Welt der primären Wahrheiten und

Gemeinplätze ist er ohne Orientierungspunkte verloren und glaubt alles, weil er nichts weiß: das zwingt ihn, *eine Rolle zu spielen.* Er erkennt sich tatsächlich nirgends wieder, er wird von nichts angezogen, er entdeckt seine Besonderheit nicht und nicht einmal seine Verwurzelung im Milieu der objektiven Bedeutungen; da er sich nicht wählen kann, indem er die ihm angemessen erscheinenden Ausdrücke wählt, da er nie das Grundbedürfnis, sich auszudrücken, empfunden hat, spielt er die Komödie der Wahl; indem er sich von den vermuteten Vorlieben seiner Eltern leiten läßt, übernimmt er die Bedeutungen ohne irgendeinen Bezug auf ein Signifikat, das für ihn nicht existiert, und wenn diese Bedeutungen in ihm sind und ihn als fremde Willensbekundungen bezeichnen, so macht er sich *durch Gesten* zu dem, als der er sich durch den angenommenen *Ausdruck* definiert hat. Eine doppelte Komödie: die Wahl ist imitiert; in Wirklichkeit ist sie nur das Resultat seiner Knetbarkeit: die äußeren Kräfte haben für ihn entschieden; die einzige aufrichtige Haltung wäre die Gleichgültigkeit gewesen, und eben gerade sie war unmöglich, weil er in die verbalen Vorlieben der Anderen entfremdet ist. Der Charakter wird gespielt: es ist ganz einfach der, den man ihm zuschreibt. Aber – außer daß es sich um ganz verschwommene Schemata handelt – *er empfindet ihn nicht* als seine Realität; sein eigenes *ego* ist in ihm nur Gegenstand eines Glaubens; Glauben sind auch seine Eigenschaften, wir haben oben gesehen, daß er sie schlecht versteht. Er drückt sich also aus, bevor er etwas fühlt, dann spielt er, zu fühlen, was er ausdrückt. Fühlt er jetzt die Rolle, die er spielt? Nein: er *glaubt* sie zu fühlen. Die Komödie entsteht hier aus dem Glauben, und dieser ergreift von ihm Besitz, weil er keine soliden Reduktoren und vor allem keine Evidenzen hat. Daher darf man die Komödie nicht so verstehen, als wenn Gustave sich bewußt wäre, sie zu spielen. Aber er ist sich ihrer auch nicht unbewußt. Im Unterschied zu Berufsschauspielern kann er mit seiner Rolle weder übereinstimmen noch sie im Namen seiner subjektiven Realität entlarven; wenn die Gefühle bezeichnet worden sind, entstehen sie eben aus ihrer Bezeichnung; in Wirklichkeit sind es Gesten. Gustave spürt genau die Armseligkeit ihres Stoffes, die Leere, die Überreiztheit, die von selbst das *Erlebte* ersetzt und nur eine Flucht vor der Unbeständigkeit ist. Andrerseits ist sein eigentliches Leben unausgedrückt, unausdrückbar, ausdruckslos, zumindest auf *dieser* Ebene und mit *diesen* Wörtern: es bleibt außerhalb des Spiels, sehr weit, sehr fern. Daher setzt es sich nicht den neuen Bedeutungen und der auf sie folgenden Komödie entgegen: kein Konflikt, keine Zusammenstöße, keine Evidenz. Was gesprochen wird, wird gespielt, was *erlebt* wird, wird nicht gesprochen.

Glauben heißt, *an jemanden* glauben (oder an etwas, was die Rolle von jemandem einnimmt: man traut seinen Augen nicht). Das will bekanntlich sagen, daß die empfangenen Worte in Gustave wie imperative

Bedeutungen bleiben. Es will auch sagen, daß ihre Kraft ausgeliehen ist. Und daß *das Fehlen einer Intuition* eine «Regel zur Lenkung des Geistes» wird. Im allgemeinen gehen die Dinge nicht so weit: es gibt einen Bereich des Wissens und einen Bereich des Glaubens mit verschwommenen Grenzen, deren beleuchtete Zonen jedoch deutlich unterschieden sind. Das Glaubenschenken ist ein provisorischer Zustand; selbst wenn man davon überzeugt ist, daß er in vielen Fällen definitiv bleiben kann, so geschieht das zufällig und nicht wesensmäßig. Es *ersetzt* das Wissen. Ich beziehe mich auf irgendeinen Menschen, der gesehen hat, was ich nicht sehen konnte; da ich selbst die Evidenz nicht gehabt habe, vertraue ich der eines anderen. Aber bei Gustave *ist* das Glaubenschenken durch sich selbst das Wissen; es gibt kein anderes. Das muß man sich so denken: das permanente Fehlen einer aktiven Intuition ist das Resultat der Passivität; also wird das Bedürfnis nach Evidenz niemals empfunden. Die Evidenz ist nun aber die Beziehung der Existenz zum Sein und zu sich selbst: in gewisser Weise ist es nichts anderes als *existieren* als freier Organismus, der sich ständig *erreicht* und *die Welt um sich herum berührt*. Durch die Kruste und das Moos der Passivität blockiert, ist die Existenz von Flaubert tief, sie führt Wörter mit sich, sie ist bereits «akkulturiert», aber sie bleibt unerreichbar, sie bietet sich nicht als volles «In-der-Welt-sein» und Leben dar. In der Welt der ausgedrückten Bedeutungen vermischen sich das Wort Wahrheit und das Wort Glauben, oder, besser, das zweite versteckt sich hinter dem ersten, das imponierender ist, und nagt es ab: zurück bleibt ein ausgesogenes Skelett. Sobald man über wahre Erkenntnisse verfügt, ist die Maxime des Glaubens nicht allzu lästig, und man kann zugeben, daß man zwar glaubt, was man nicht sieht, aber nicht glaubt, was man sieht (weil man es *weiß*). Aber alles ändert sich, wenn man das zum Prinzip jeder Wahrheit macht. Das heißt: die Abwesenheit ist die normale Seinsweise. Das transzendente Sein bietet sich nicht dar, das immanente Sein bleibt ungreifbar, das Leben ist ein Exil mitten in einer Realität, die sich weder von innen noch von außen sichtbar machen kann. Die Anderen sind Vermittler: für Gustave empfangen sie Gewißheiten, die er nicht kennt, die aber im Moment der Übermittlung in die Bedeutung selbst übergehen. Maxime wird jetzt: ich sehe nichts, noch kann ich etwas sehen; das Kriterium der Wahrheit ist, daß sie von den Anderen behauptet und in mich eingraviert wird. Wenn das bezeichnete Sein sich durch sein Nicht-sein kennzeichnet (was natürlich ein Woanders-sein sein kann), dann ist die Komödie nicht mehr die Imitation einer Abwesenheit, sondern sie ist das Sein der Wahrheit selbst. Die *Imitation* ist nämlich ein Spiel aus Sein und Nicht-sein: sie prägt dem Sein das Nicht-sein (Fehlen) eines Seins auf, oder, wenn man so will, sie präsentiert ein Sein durch das Nicht-sein des Seins; auf jeden Fall wird das *Imitierte* durch das Spiel zweier Nicht-sein skizziert, und diese verweisen auf zwei Sein, von denen das eine *nicht ist* (oder *nicht da ist*) und das andere *nicht sichtbar ist* (durch den Schein maskiert), *nicht das ist, was man im Vorübergehen aufschnappt* als seine wirkliche Anwesenheit. Genau das ist das Sein in der Welt, in der das Glaubenschenken sich als Wissen ausgibt: die Leute leben, sie sind, aber das Sein flieht sie; man *weiß nicht*, ob man seine Mutter, seinen Bruder liebt, oder, besser, man *fühlt es nicht*: das ist normal, das Sein dieser Liebe ist abwesend; man muß es jedoch signifizieren, und zwar für die Anderen, um ihnen zu gefallen, und so oft wie möglich für sich selbst, um es frisch zu erhalten. Dieser Ausdruck von Zärtlichkeit ohne innere Garantie, diese leidenschaftlichen Zeichen ohne Leidenschaft muß man zugleich als das Erwecken eines gelernten Signifizierens, also als einer Bezeichnung des Seins durch wiederholte Verhaltensweisen, und als die *minimale* innere und äußere Vergegenwärtigung dieses Seins in seiner Abwesenheit betrachten. Beim Kind ist der Ausdruck notwendigerweise Komödie; aber die Komödie nennt ihren Namen nicht: sie glaubt, sie versucht, sich selbst zu glauben, sich glaubhaft zu machen; sie bietet sich als die Arbeit der Wahrheit dar. Übrig bleibt das Vakuum, das diese Gesten, Schattenakte nicht kaschieren können: dem muß man entgehen, indem man das Glaubenschenken noch steigert. Denn dieses kann – im Unterschied zur Wahrheit – unendlich wachsen; anders gesagt, das Kind versucht die Unbeständigkeit des Seins durch die Leidenschaftlichkeit seines Glaubens zu kompensieren. Auf *dieser Ebene* muß man das Wirkliche genießen; seine Liebe spürt es nicht, den Glauben an seine Liebe empfindet es voll und ganz; denn in diesem Glauben trifft es die Realität seiner Liebe an. Aber das heißt sich in eine immer größere Abhängigkeit von den Anderen begeben: das Glaubenschenken ist, wie wir wissen, nur eine eingeführte Behauptung, die in uns bleibt, ohne sich aufzulösen und ohne sich in *unsere* Behauptung zu verwandeln. Damit Gustave mehr und mehr *Glauben schenkt*, muß er die Anderen täglich etwas mehr überzeugen. Nicht durch Gründe: das hieße ja denken. Durch gespielte Begeisterung, die seine Leidenschaft signifiziert. Er zählt also auf die Ansteckung, um den Anderen Zustimmung abzuringen. Sobald diese ihm gegeben ist, nimmt sie der kleine Junge und durchtränkt sich mit ihr: seine Liebe ist jetzt durch den Anderen imperativ in ihm bezeichnet; also existiert sie, sie ist bestätigt. Eine solche Ansteckung wird natürlich den Gewißheiten Anderer weder etwas hinzufügen noch eine Zustimmung hervorrufen können, die noch nicht gegeben worden ist. Wie im Theater agiert er nur, indem er die Zuschauer mit Leidenschaft infiziert. Gesten rufen Gesten hervor: das Kind läuft auf den Vater zu, und der Vater breitet seine Arme aus. Kurz, *bestenfalls* könnte Gustave Glauben erregen. Aber diese Grenze kann ihm eben gerade nicht erscheinen, weil er ja Wissen und Glauben, Glaubenschenken und Behaupten immer verwechselt hat. Wenn er den Anderen überredet hat, so wird dieser seinen neuen Glauben durch Gesten und Zeichen manifestieren, die das Kind als imperative Beteuerungen aufnehmen wird. Darin vor allem ist es dem Schauspieler verwandt: es suggeriert den Anderen, ihm die Gefühle aufzuzwingen, die es empfinden möchte; sein Sein, «ungreifbar in der Immanenz», muß von außen auf es zurückströmen. So braucht der Schauspieler das Publikum, um jener Hamlet zu *sein*, den er darstellt: allerdings weiß er genau, daß er es *nicht ist*. Das Kind weiß nicht, daß es spielt noch daß das ausgedrückte *ego* ihm kaum gehört. Denn es weiß gar nichts, nicht einmal, was *Wissen* heißt. Es glaubt, was man sagt, was man es sagen läßt, was man glaubt. Wenn der Schauspieler sich an guten Tagen von den Zuschauern getragen fühlt, ist er bewegt, und diese Bewegtheit nützt ihm, er schöpft aus ihr neue Kraft, sie gibt den imaginären Gefühlen, die er ausdrückt, eine Art Realität; in diesen glücklichen Momenten lassen sich seine allgemeinen Gewißheiten, ohne zu verschwinden, in sein Allerinnerstes verbannen, die Frage ist jetzt nicht mehr, Hamlet *sein*, sondern den Zorn eines Sohnes gegen seine Mutter ausbrechen lassen; er ist erregt, er glaubt, erzürnt zu sein: er glaubt es durch die Anderen und durch seine undifferenzierte Erregung, die seinen Wutausbrüchen eine gewisse trügerische Echtheit verleiht. Gustave hat sich selbst auf diese Ebene begeben: die gerührte Passivität kann sich nur in Unordnung erregen, die Erregung trägt die Komödie, verleiht ihr eine flüchtige Realität, er spielt, er fordert die Anderen auf, unter seiner Leitung die Figur zu erfinden, die er in Form eines *ego* verinnert und die für immer seinem Leben fremd bleiben wird, das heißt zugleich *persona*, eine Maske über der Leere, ein Komplex von gebieterischen Direktiven, die auf seine zukünftigen Verhaltensweisen abzielen, ein Objekt innerhalb des Subjekts, das ständig zu reproduzieren und zu konsolidieren ist, und durch seine andere, dem Schatten zugekehrte Seite, die Emanation einer primären Leidenschaft, der Verwirrung, des allgemeinen und stummen Bedürfnisses, geliebt zu werden, mit einem Wort, Widerspiegelung eines sich ständig bewegenden und über sich selbst dahingleitenden Nebelschwadens, die Selbstheit. Aus diesem doppelten Aspekt seines *ego* – Ich einer Komödie, Komödie, die auf ein subjektives Verhältnis zu sich verweist – wird er später *der Garçon sein*, das heißt im Garçon er selbst sein, *aus dieser Figur* seine eigene Bezeichnung machen und sie zugleich in die Welt des Anderen zurückwerfen, und andrerseits Eigenschaften, die er für die Anderen spielt, ohne sie zu besitzen, als ganz und gar seine eigenen verinnern können (entfesselte Leidenschaften, Pantagruelismus). In der sozialen Welt der Signifikanten-Signifikate kann das *ego* Flauberts sehr wohl aus sich herausspringen, um draußen eine fremde Figur zu beleben, der er, zu Recht oder zu Unrecht, in radikal unterschiedlichen Situationen (die jedoch seine eigene Geschichte symbolisieren) einen dem seinen identischen Charakter verleiht, von dem er dann sagt: *das bin ich* [*c'est moi*]. Der Garçon, das bin ich. Madame Bovary, das bin ich. Eine merkwürdige Beziehung des Autors zu sich selbst: wir werden darauf zurückkommen, denn sie kennzeichnet eine ganz bestimmte Beziehung des Schriftstellers zum Schreiben und einen ganzen Bereich der Literatur. Hier wollen wir lediglich darauf hinweisen, daß er nicht sagt: ich bin Madame Bovary; dieses Urteil wäre eine klarsichtige Behauptung, die Überschreitung auf einen Gegenstand, die Rückentäußerung der Innenbeziehung geschähe im Sinne der rationalen Aktivität, aber eben dadurch ließe der Satz einen erbärmlichen Romancier erkennen.[25] Ganz im Gegenteil: dieses Neutrum, die Bovary, das *Das*, dringt von außen in ihn ein und erweist sich als er selbst in der Passivität, oder, wenn man lieber will, er ist selbst jenes große, zwischen die Zeilen gelegte Geschöpf, das nur der Akt eines anderen wiederaufrichten kann. Und durch eine Komödie in umgekehrter Richtung, aber mit analoger Struktur kann er auch den Akt von außen anziehen dank dem Glauben, den sein Spiel bei den anderen hervorruft: ohne regelrecht geizig zu sein, war er doch, wie wir sehen werden, immer etwas knauserig; dennoch hat er von der Adoleszenz an bis zum Ende die Großzügigkeit gespielt, daran geglaubt, daß die anderen ihn für großzügig hielten, und eben dadurch selbst geglaubt, es zu sein.[26] Diese Eigenschaft geschah seinem Anderen-Ich durch die Anderen und ließ sich daher leicht integrieren: zwischen der allgemeinen Rubrik und der besonderen Bestimmung bestand Homogenität. Die beiden Grenzen, zwischen denen das *ego* immer hin und her schwankt, sind also die Projektionen des Ich in die Eigenschaften einer imaginären Figur als Einheit eines Charakters und eines Lebens und die Einverleibung äußerer Eigenschaften – die nur den Anderen zugänglich sind – und ihre Integration in dasselbe, mitten in der Immanenz transzendente Ich. Mit folgendem radikalen Unterschied zwischen den beiden extremen Haltungen: wenn Flaubert Ich [*je*] sagt, ist er niemals aufrichtig, er spielt, er arrangiert, er arrangiert sich; seine Korrespondenz und seine seltenen

25 Das «Ich bin Heathcliff» aus *Wuthering Heights* hat einen ganz anderen Sinn: eine Frau (Kate) sagt: *Ich bin dieser Mann.* In dieser aktiven Figur, deren Leidenschaft immer eine radikale Praxis ist, kann sich Emily Brontë verkörpern. Aber *sie* kann nicht sagen: Ich *bin* Heathcliff; sie ist auch zu aktiv, um sagen zu können: Heathcliff, das bin ich. Diese innere Bindung entsteht durch eine dazwischengeschobene Figur, als wollte sie zu verstehen geben: in dem Moment, wo dieses Mädchen sagt: ich bin ein Mann, bin ich es. Es geht um eine Zwischenbeziehung zwischen der passiven Entdeckung und der voluntaristischen Schöpfung.

26 Immerhin ersetzte er eine leichtsinnige Verausgabung des Einkommens (die Komödie wäre sonst noch schwieriger gewesen) durch die Pseudo-Vergeudung seiner «Lebensenergie». Kurz, die Komödie ist bereits symbolisch.

autobiographischen Versuche kann man nur mit großer Vorsicht zu Rate ziehen: wenn er die Wahrheit sagt, so geschieht das ohne sein Wissen; was nicht gesagt wird und was *fehlt*, ist viel aufschlußreicher als das öffentliche Bekenntnis oder die privaten Mitteilungen. Spricht er dagegen von einer fremden Figur – nämlich jener, von der er später sagt: das bin ich [*c'est moi*] –, so geht alles in sie ein; durch den Imaginaritätsstatus garantiert setzt sich die Wahrheit fest, durchtränkt allmählich das Geschöpf, zwar nicht durch die Macht des affirmativen *fiat*, sondern durch eine neue Osmose, die wir im zweiten Teil dieses Buches beschreiben werden. Sicher ist auf jeden Fall, daß das *ego* in ihm immer unsichtbar, ungreifbar bleibt und immer Gegenstand eines Glaubensaktes ist.[27]

27 Man kann sagen, daß das *ego* bei jedem eine Bestimmung der Psyche ist und daß es ganz von den Anderen bedingt wird, erfüllt von fremden Bestimmungen, die wir in ihrer abstrakten Bedeutung erfassen, aber nicht *sehen* können, denn sie können nur *den Anderen* erscheinen. Nur die Anderen können mich geistvoll oder primitiv, intelligent oder dumm, aufgeschlossen oder verschlossen *finden*: ich kann *wissen*, daß sie mich so und so finden, den Sinn der Wörter, die mich bezeichnen, verstehen, aber diese Merkmale – die die Beziehung zu Anderen ausdrücken – entgehen mir ihrem Wesen nach. Diese beiden Bemerkungen sind nun zwar richtig. Aber bei den meisten von uns sind Passivität und Aktivität gleich verteilt: die Dialektik des *ego* (Selbst [*Moi*] – Ich [*Je*] – Selbstheit [*ipséité*], Alterität – Akt und Komödie) ist eine komplexe Bewegung; sehr oft ist das Selbst [*Moi*] nur der Horizont des *reflexiven Akts*. In diesem Fall ist es Sehen und Schwören, aber die Komödie hat daran keinen Anteil. Es gibt eine objektive Realität des Selbst [*Moi*], aber dieses psychische Objekt ist, zumindest in seiner Form, das reine Korrelat der reflexiven Selbstheit, besser: die Selbstheit bringt es hervor, indem sie sich zur synthetischen Aktivität macht. In dem Maße, wie gewisse Bestimmungen dieses Objekts vom Anderen herkommen können, bin ich veranlaßt, den reflexiven Bereich zu verlassen, mich an gewisse Verhaltensweisen zu erinnern, die den Anderen bestimmt haben, mich jähzornig oder zaghaft zu nennen, sie mit den Augen des Anderen zu betrachten, sie zu beurteilen, als wenn ich selbst ein Anderer wäre, dann zur Reflexion zurückzukehren, über meine vergangenen Intentionen zu reflektieren, das Urteil des Fremden auf intuitive Proben hin zu verwerfen oder anzunehmen, schließlich die Objekteinheit meiner reflexiven Erfahrung, das *ego*, mit den angebotenen Bestimmungen oder ohne sie, neu zu bilden. Wenn ich sie annehme, dann werden sie zwar in mir bleiben als unrealisierbare Bedeutungen. Es stimmt ebenfalls, daß ich versucht sein werde, aus Ungeduld oder um sie realisieren zu können, mich zum Schauspieler zu machen. Aber *annehmen* heißt hier auch schwören. Der Charakter ist Eid, sagt Alain. So lassen einen die verschiedenen Aktivitätsformen, die im allgemeinen in der Konstitution oder der Konzentration des *ego* gegenwärtig sind, die reflexive Egologie als einen Bereich des Wissens und der Wahrheit betrachten (was natürlich auch bedeutet: des Nicht-Wissens, des Irrtums und der Unaufrichtigkeit). In Wirklichkeit setzt das Verfahren eine ständige Wechselseitigkeit voraus: das ermöglicht es, zumindest

Diese Bemerkungen sollen die hysterische Option von Gustave nicht *erklären.* Erstens sind die Gründe für sie viel komplexer: das Leben selbst wird sie allmählich verlangen. Und zweitens – und das läuft in gewisser Hinsicht aufs gleiche hinaus – ist es kaum wahrscheinlich, daß diese besondere Störung sich bei einem so jungen Kind hat entwickeln können: man findet im frühesten Alter vielleicht vorübergehende Symptome davon, aber es ist dennoch nicht unter die Hysteriker einzuordnen, und nichts beweist, daß die zukünftige Option durch diese Malaisen vorausbestimmt war. Die meisten Analytiker sind der Überzeugung, daß diese Neurose, eine allgemeine Antwort auf die Gesamtsituation, sich nicht vor der Adoleszenz manifestiert; zwischen dreizehn und fünfzehn Jahren hat ein kleiner Junge die «Übersicht» über seine Probleme, er fühlt sie mehr, als daß er sie kennt, aber er empfindet ihre Dringlichkeit; dann – und nur dann – kann er den Rezeptivitäts- und Aktivitätstyp wählen, dem er sein ganzes Leben lang entsprechen wird. Der kleine Gustave ist mit sieben Jahren verstört, leichtgläubig und zurückgeblieben, aber nicht hysterisch: dazu fehlen ihm noch die Mittel.

Man beachte jedoch Folgendes. Wenn die Psychiater hier Wörter wie *Wahl* und *Option* benutzen, so wollen sie uns damit nicht auf eine metaphysische Freiheit verweisen: sie wollen vielmehr sagen, daß es sich um eine totale Metamorphose des Subjekts handelt; man kann sie nicht durch eine partielle Bedingtheit erklären, wie man es bei einer besonderen Störung tut. Die Stringenz bleibt erhalten, aber die deterministischen Interpretationen werden zurückgewiesen: die Neurose ist eine intentionale Anpassung der ganzen Person an seine ganze Vergangenheit, an seine Gegenwart und an die sichtbaren Gestalten seiner Zukunft. Man kann ebenso sagen, es ist eine Art und Weise für die Totalität des erlebten Lebens und der wahrgenommenen Welt (aus einer besonderen Verwurzelung heraus), sich erträglich zu machen: das wird der hysterische «Stil» sein oder die Unmöglichkeit zu leben. Aber in welcher Richtung man die Zirkularität auch immer nimmt, nur mit einem dialektischen Denken kann man ihre Notwendigkeit erfassen. Eben deshalb kann man die hysterische Neurose mit einer Bekehrung vergleichen. Jeder weiß heute, daß bei einem Konvertierten das Feuerwerk eine verborgene und langwierige Arbeit beendet, die sich über Jahre hin erstreckt. Wenn jemand nach zwanzig Jahren militanter

auf dieser Ebene, gegen Entfremdung und Täuschung zu kämpfen. Gustave dagegen geschieht das *ego durch die Anderen*, er denkt nicht daran, es zu ratifizieren, sondern er will es so, wie man es ihm anbietet, spielen und auf diese Weise ihre Forderungen bestätigen. Es ist nicht nur ein Objekt der Psyche, sondern ein *äußeres und anderes Objekt*, das von außen in die Subjektivität eingeführt wurde. Oder, wenn man will, Flauberts Selbst [*Moi*] ist *fremdstämmig*.

Irreligiosität Christus vor die Füße sinkt, so muß dieser ehemalige Ungläubige ohne sein Wissen zugelassen haben, daß die Motten seinen Atheismus fraßen: er dreht sich eines Tages um und hat nur noch ein völlig durchlöchertes Gewebe vor sich. Und hinter diesen Lumpen entdeckt er durch ihre tausend Löcher mächtige, schon längst verankerte, bereits arbeitende Vorrichtungen. Bevor er sich bekehren konnte, mußte er sich zu einem Bekehrbaren gemacht haben. Das heißt, seine Beziehungen zu allem haben sich fortschreitend geändert: keine der Veränderungen war durch sich selbst beunruhigend, und eben aus diesem Grunde sind sie unbemerkt durchgegangen: die Sprache zum Beispiel hat in bestimmten signifikanten Schichten andere Funktionen angenommen: der *Sinn* hat sich mit Symbolismus durchtränkt: woanders haben sich Wort und Ding vermischt usw. Diese sprachlichen Veränderungen hatten nicht den Zweck, dem Ungläubigen den Glauben zu geben; dennoch haben sie sich als eine intentionale Antwort auf die Erfordernisse der Situation konstituiert. Aber diese Antwort – eine partielle Totalität – hat schließlich die Schwelle des Glaubens in ihm gesenkt – im logischen Sinn des Wortes: die materielle Dichte des Zeichens zum Beispiel wird ihm häufiger als reale Anwesenheit des Signifikats erscheinen. Und in gewisser Weise waren dieses Anhaften des Sinnes an der Vokabel, diese Abschwächung der Kontrollen, alle diese Modifikationen des Wortes Gegenstand einer Intention: das Ziel war, in einer verzweifelten Situation die rationalen Anforderungen abzuschwächen, damit man auf weniger kostspielige Weise zufrieden sein konnte. Am Ende des Weges steht Gott, aber in dem Moment, da man beginnt, die Wörter für die Gegenstände zu nehmen, wird er weder vorausgesehen noch gewünscht: es geschieht vielleicht, um gegenüber dem Chaos seiner besonderen Existenz, gegenüber der trostlosen Absurdität des Soldatenlebens die Augen zu schließen, daß ein Offizier beschließt, sich in der Welt der Sprache anders zu orientieren – und sei es auch nur in einem ganz winzigen Maße. Dennoch wird er auf Gott stoßen aus dem einfachen Grund, weil er begonnen hat, ihn zu erfinden. Denn Gott ist – unter tausend anderen Bindungen des Menschen an die Welt und an die anderen Menschen – auch dies: eine Verdickung der Sprache, die durch ihre Zeichen aufgefangenen Bedeutungen.

Dieses Beispiel wird verständlich gemacht haben, warum ich diesen ersten Beziehungen des Kindes zum Ausdruck eine solche Bedeutung beimesse. Man darf hierin nicht nur den sichersten Zugang zu seinem Werk und zu dessen Verständnis sehen: man wird auch weiter kommen in der Erkenntnis des Menschen – und folglich des Werkes selbst –, wenn man in dieser Synthese von Stummheit und Komödie, Glaubenschenken und Passivität eine Anbahnung der Hysterie erkennt. Der Ursprung ist ein objektiver: da das Kind schlecht geliebt wurde, hat es sich in seine Passivität, in seine Kontingenz vergraben; der gleiche Mangel an Liebe hat ihm schließlich den Gebrauch der Wahrheit genommen. Aber kaum versucht der kleine Verstümmelte sich seinem Gebrechen anzupassen – das heißt hier, es zu leugnen –, schon verinnert er es; das Glaubenschenken – die einzige objektiv zugestandene Kraftquelle – wird zu einer Funktion; er versucht dessen Intensität zu steigern, er benutzt es absichtlich, um sich selbst gegenüber sich so darzustellen, wie er sein möchte. Hier stoßen wir auf einen Zirkel: er wäre nicht ein Schauspieler seiner selbst, wenn er nicht dazu verurteilt wäre, zu glauben, ohne zu wissen; aber umgekehrt nützt ihm die Verurteilung, er paßt sich ihr an. Oder vielmehr, nein, das ist noch zu wenig: durch diese Verurteilung beschließt er, Schauspieler zu werden, er wird *sich* spielen, um die Gunst der Anderen auf sich zu ziehen und sein Liebesbedürfnis zu befriedigen. Streng genommen erkennt man hier schon die Autosuggestion; wir werden auch sehen, wie er bald die Geistesabwesenheit hervorrufen wird, um eine Abwehrwaffe daraus zu machen; wie das Glaubenschenken und die Komödie, beide aus der Passivität entstanden, ihrerseits zur Quelle der passiven Aktionen werden; wir werden sehen, wie Gustave in extremen Gefahren auf die Anderen einwirkt, ohne daß er mit ihnen spricht oder sie berührt, ja ohne daß er sie auch nur zu sehen scheint und irgend etwas an der äußeren Welt verändert, und zwar durch den bloßen Druck, den er von Innen her auf seinen eigenen Körper ausübt.

Damit ist diese erste Übersicht abgeschlossen: Passivität, Geistesabwesenheiten, Leichtgläubigkeit, schlechte Beziehungen zur Sprache und zur Wahrheit, Komödien, absichtlich hervorgerufenes Glaubenschenken und am Ende des Weges jene schon wahrscheinliche Möglichkeit: der Graben, das Umschlagen in die Hysterie; all das bildet ein von einer doppelten Verweigerung beherrschtes embryonales System: die Liebe entzieht sich, und dieser Entzug wird vom Kind als seine eigene vegetative Trägheit verinnert; die Valorisierung durch die Mutter hat nicht stattgefunden, und Gustave erlebt dieses Fehlen des Anderen als sein eigenes zielloses und grundloses Fließen, das heißt als die verstörende Kontingenz eines Seins schlechter Qualität. Diese Verwunderung wird sich später in seinen Werken ausdrücken: die Figur aus *La dernière heure* zum Beispiel – Gustave selbst mit fünfzehn Jahren – schreibt: «Oft, wenn ich mich selbst ansah, habe ich mich gefragt: warum existierst du?» (I, 89) Durch diese Wörter gibt er uns den ungefähren Sinn seiner Geistesabwesenheiten wieder: es geht hier nämlich nicht um eine metaphysische Frage. Und das Kind hat sich niemals gesagt: «Warum ist überhaupt Seiendes und nicht vielmehr Nichts? Warum bin ich eben gerade dieses Sein?» Sondern sehr viel einfacher: «Ich bin unerwünscht geboren, wer, zum Teufel, kann mir sagen, was ich hier soll.»

Wir sind aber noch nicht am Ende unserer Mühen; es stimmt zwar, daß die ersten beiden, so entscheidenden Jahre Gustave für das Leiden geformt haben, aber es ist nicht weniger wahr, daß er vom dritten oder vierten Lebensjahr an und für eine später noch zu bestimmende Periode auch Glück erfahren hat. Und außerdem, wie man es immer nimmt, die Verlassenheit und die Kälte der Mutter konnten Verstörtheit und Unbehagen hervorrufen: aber das Kind braucht Liebe, ohne daß es den präzisen Wunsch hat, geliebt zu werden. Es fühlt also – so wie man von einem Gas sagen kann, daß es dünn ist – die Dünnheit seines Seins. Bis zum Überdruß und, zugegeben, manchmal sogar bis zur Angst, aber nicht bis zur Raserei. Wir werden nämlich später sehen, daß vom Eintritt ins Collège an – und aller Wahrscheinlichkeit nach schon früher – bis zu seiner Orientreise seine Wut nicht nachläßt: andere Faktoren müssen hinzutreten, und er muß minuziös geplagt worden sein. Mit anderen Worten, wir stellen nach dem frühesten Alter einige glückliche Jahre fest – aber *wie* hat dieser Leidenskörper sich plötzlich entfalten und Freude kennenlernen können? –, dann brechen schlagartig Wut und Schmerz aus, und die Tintenstürme werden nicht mehr enden – aber *welcher neue Konflikt* hat das Entsetzen in dieser inerten Seele entfesselt? Es ist nämlich unmöglich, diese beiden aufeinander folgenden Veränderungen durch die bloße Entfaltung der objektiven Faktoren zu erklären, die er, wie wir gesehen haben, verinnert hat. Aber bei näherer Betrachtung der Daten begreifen wir sehr rasch; zunächst zu seinem großen Glück und dann zu seinem großen Unglück ist Gustave durch eine lärmend in sein Leben getretene neue Figur mit der sozialen Welt in Berührung gebracht worden: durch seinen Vater.

VI. Vater und Sohn

A. Rückkehr zur regressiven Analyse

Der fromme und eisige Eifer seiner Mutter hat Gustave als einen passiv Handelnden *konstituiert*; Frau Flaubert ist die Ursache dieser «Natur» und des Unbehagens, in dem diese erlebt wird. Sie hat ihn als unerwünscht empfangen – das heißt als den kleinen ungelegenen Jungen, der den Platz eines Mädchens einnahm; sie hat in ihm unweigerlich ein zukünftiges Opfer der Kindersterblichkeit sehen müssen und ihn gezwungen, diese mütterliche Voreingenommenheit in Form eines Todeswunsches oder, genauer, einer Lebensunfähigkeit zu verinnern; und wenn die Überfürsorglichkeit – die ihn zunächst zum *Gegenstand* übertriebener Pflege gemacht hat – von den Sorgen von Achille-Cléophas herrührt, so hat sie das Kind doch in den ersten Jahren durch die Pflege erlitten, die Caroline ihm mit einer lauen Beflissenheit angedeihen ließ. Es ist jedoch auffallend, daß Gustave in seinen ersten Werken, die von Unruhe und Raserei gekennzeichnet sind, niemals seine Mutter anklagt. Man hat ihn als Mißgeburt *gemacht*, sagt er uns mit Bitterkeit; und niemals vergißt er, die Passivität zu verurteilen, die seine «Natur» und sein Unbehagen ist. Wenn er aber seine «Anomalie» erwähnt, so scheint sie in seinen Augen *komplexer* zu sein als die bloße konstituierte Trägheit: jene enthält diese zwar; dennoch scheint sie sie zu überschreiten und ein *komplexes* Gebäude zu sein, dessen Grundlage die Passivität nur ist. Jedenfalls wird nicht direkt auf die Genitrix angespielt: wenn sich Caroline manchmal – in einer Nebenfigur – verkörpert, so immer als Opfer, und man kann ihr höchstens vorwerfen, daß sie ein unfreiwilliger Komplize ist. Von wem? Genau das müssen wir jetzt feststellen. Um verstehen zu können, was den jungen Autor zwingt, ständig vor Wut zu schäumen, auf jeden Fall von einer Erzählung zur anderen den Faden seines Zorns immer wieder aufzunehmen, müssen wir auf jene ersten Erzählungen zurückkommen. Wir suchen sie jetzt nicht mehr wie im ersten Kapitel nach Einzelbestätigungen ab, sondern betrachten jede von ihnen als Ganzes und befragen sie nacheinander nach ihrem Sinn.

Wir haben festgestellt, daß Gustave, immer wenn er in der ersten Person schreibt, unaufrichtig ist: daher lassen wir zunächst den autobiographischen Zyklus beiseite, der von *La dernière heure* über *Agonies* und *Mémoires d'un fou* bis zu *Novembre* reicht: diese Werke werden uns später, wenn wir ihn besser kennen und die Schlüssel zu ihrer Entzifferung haben, wertvolle Informationen liefern. Im Moment würden sie uns, wenn wir sie wörtlich nähmen, nur in die Irre führen. Dagegen liefert er sich aus, sobald er erfindet. Und von seinem ersten bekannten Werk bis zu den Schriften seines fünfzehnten Lebensjahres tut er nichts anderes als erfinden. Dort müssen wir ihn also suchen: dort bekommen wir ihn zu fassen. Er wird uns nicht die objektive Wahrheit über seine Vorgeschichte sagen, aber wir werden von ihm jene andere unabweisbare Wahrheit erfahren: die Art und Weise, wie er die Entwicklung seines jungen Lebens empfunden hat. Wenn wir jedoch eine wirklich regressive Analyse versuchen wollen, so müssen wir nicht nur streng auf die chronologische Reihenfolge achten; wir müssen sie auch *umgekehrt* verfolgen. Nach einem methodischen Prinzip muß man bei jeder Erforschung der Innenbeziehungen mit dem letzten Stadium der untersuchten Erfahrung beginnen, das heißt mit dem Moment, wo sie sich dem Subjekt selbst in ihrer vollen Entfaltung präsentiert – was auch später mit ihr geschehen mag –, das heißt als eine Totalisierung, die, ohne abgeschlossen zu sein, nicht mehr fortgesetzt werden kann.[28] Man gewinnt dabei zunächst dies: je reichhaltiger der Sinn, je näher einem unmöglichen Abschluß, desto *verständlicher* ist er. Dazu kommt noch ein anderer Vorzug: die frühesten Intuitionen, unentwickelte und verkümmerte Pflanzen, weisen nicht nur nicht auf die zukünftigen Entwicklungen hin – obwohl das Subjekt sie als Vorahnungen erleben kann –, sondern da sie nicht von ihren zukünftigen Wechselfällen her begriffen werden, informieren sie auch nicht einmal über ihren archaischen Sinn, der sie beherrscht und den sie verdunkeln, indem sie ihn verdichten. Verfahren wir dagegen *umgekehrt*, indem wir von 1838 auf 1835 zurückgehen, so wird uns diese regressive Untersuchung, eine systematische Interpretation der Gegenwart im Licht der abgelaufenen Zukunft, bei Flaubert die subjektive Entwicklung des Erlebten, das heißt die Wahrnehmung seines eigenen Lebens in seiner dialektischen Totalisierung offenbaren. Wenn die Untersuchung dann mangels neuer Dokumente abgebrochen wird, so wird es Zeit sein herauszufinden, was der Schriftsteller *verständlich machen will*: von den ersten, schwierigen, aber aus der Tiefe kommenden Signalen zu den rationalisierten, aber oberflächlicheren Konstruktionen der letzten Erzählungen hat sich etwas ständig um sich selbst gedreht und einen Schneeball gebildet, eine Erfahrung hat hundertmal ihren Ausdruck gesucht. Was Flaubert von seinem Leben denkt, was wir wiederherstellen müssen, ist die verzeitlichte Einheit dieser vielfachen Bedeutungen und des darin erkennbaren Sinnes.

Aber wir müssen hinzufügen, daß diese retrospektive Methode sich bei Gustave mehr aufzwingt als in jedem anderen Fall. Wegen jenes seines

28 Sie kann jedoch so, wie sie ist, fortdauern, vorübergehend wieder auftauchen und sich dadurch in einen Wiederholungszyklus integrieren oder sich mehr oder weniger langfristig aufheben. Die einzige Veränderung jedenfalls, die sie dann affizieren kann, ist die Sklerose oder die Stereotypie.

merkwürdigen Charakters, den ich prophetische Vorzeitigkeit nennen möchte: in jedem seiner Frühwerke stößt man auf die gleichen Symbole und die gleichen Themen – Überdruß, Schmerz, Bosheit, Ressentiment, Menschenfeindschaft, Alter und Tod –, aber jedesmal sind es unter diesen Rubriken neue Erfahrungen, die sich so äußern, daß die Thematik der gegenwärtigen Situation immer angemessen und immer *ihr selbst vorauszugehen* scheint, weit aus der Zukunft her als das Vorgefühl einer tieferen und reicheren künftigen Erfahrung konstituiert, die sich in der Gegenwart andeutet, und weit aus der Vergangenheit her als eine durch Wiederholung verwurzelte Gewohnheit und als ein aus undenklichen Zeiten stammender verborgener *conatus* konstituiert, um dem Empfundenen *einen Sinn zu geben*. Kurz, in diesen Frühwerken findet man nichts, was nicht zugleich die künftigen Leiden *ankündigt* und von den früheren Schmerzen *angekündigt wird*.
Ich gebe hierfür ein Beispiel. Als 1875 der Bankrott seines Neffen ihn an den Rand des Ruins bringt, ist vorzeitiges Altern nach seinen eigenen Worten einer der Hauptaspekte seiner Verzweiflung. In seiner Korrespondenz kommt er oft auf diese verfrühte Senilität zurück und findet gelungene Formulierungen, ihre Symptome festzuhalten: Sentimentalität, Geistesabwesenheit, mangelnde Widerstandskraft, Vorgefühl eines nahen Todes, stummes Wiederkäuen der entferntesten Erinnerungen. All das ist zweifellos *wahr*: tatsächlich wird er fünf Jahre später an diesem Ruin sterben. Aber wenn wir auf 1870 zurückgehen, auf die Kapitulation von Sedan, auf die Ausrufung der Republik, werden wir mit Überraschung feststellen, daß er seine Schmach und sein Unglück mit den gleichen Worten beschreibt. Wir werden später zwar noch Gelegenheit haben, seine allgemeine Reaktion auf den Sturz des Kaiserreiches zu untersuchen, die viel differenzierter ist, als das Thema des Alterns anzudeuten scheint. Dennoch ist es schon da: Sentimentalität, Vorgefühl des Todes, Wiederkäuen der Erinnerungen, Flaubert erspart uns nichts. Ein Motiv hebt sich jedoch unter allen anderen hervor: das des Sich-überlebt-habens; Gustave ist ein *Fossil*, es gibt keinen Platz für ihn in der neuen Gesellschaft: vor allem darin ähnelt er den Greisen; diese überleben ja ihre Epoche. Sie haben eine Zeit leidenschaftlicher Anpassung an das Leben gehabt, aber, das ist in jedem Fall die Meinung unseres Autors, jene prudhommeske Formel, die uns lehrt, daß man nicht zugleich sein und gewesen sein kann, ist wahr. Gustave betrachtet sich 1870 als *gewesen* und folglich nicht mehr seiend. So haben seine Schicksalsschläge im Jahre 1875 ganz offensichtlich nur *verwirklichen* können, was fünf Jahre früher schon fällig war. Man wird zweifellos sagen – und das ist richtig –, daß die Katastrophe von Sedan und der Sturz des Kaiserreiches einen Rückbildungsprozeß ausgelöst haben, den der Bankrott von Commanville nur beschleunigt hat. Aber wie steht es dann mit den zahlreichen Briefen aus der Zeit *vor* dem Krieg,

die Gustave *schon damals* als ein Fossil beschreiben, als einen Pensionär und letztlich einen Achtzigjährigen? Und wenn man nun sagt, daß diese Bilder – so übertrieben sie auch sein mögen – gar nicht so schlecht auf einen Vierzigjährigen passen, der täglich sein Altern spürt, so antworte ich, daß das Thema der vorzeitigen Senilität sich in fast allen Briefen findet, die er zwischen 1848 und 1849, das heißt zwischen seinem siebenundzwanzigsten und neunundzwanzigsten Lebensjahr an Louise Colet schreibt. Von den ersten Tagen an erinnert er seine Geliebte, daß er sie vor jeder Bindung gewarnt hat: «Wenn Du damit gerechnet hattest, in mir die Bitterkeit jugendlicher Leidenschaften und ihr unbändiges Feuer zu finden, so mußtest Du diesen Mann fliehen, der sich zuerst als alt erklärt und, bevor er verlangte, geliebt zu werden, sein Geschwür gezeigt hat. Ich habe viel gelebt, Louise, viel. Wer mich etwas näher kennt, wundert sich, daß ich so reif bin, und ich bin es noch mehr, als man glaubt.»[29] Zwei Monate später,[30] zur Zeit ihres ersten Bruchs, ist er noch deutlicher: «Unter meiner jugendlichen Hülle ruht ein seltsames Altsein. Was hat mich denn beim Verlassen der Wiege so alt gemacht und so angewidert vom Glück, noch bevor ich davon getrunken hatte? Alles, was Leben ist, stößt mich ab ... Ich möchte nie geboren sein oder sterben. Ich habe in mir, im Grunde meines Ich, einen radikalen, geheimen, bitteren und unaufhörlichen *Überdruß*, der mich hindert, irgend etwas zu genießen, und der meine Seele bis zum Bersten anfüllt[31] ... Als ich Dir gleich zu Anfang zugerufen habe mit

29 Brief an Louise Colet vom 21. Oktober 1846. Er ist noch nicht fünfundzwanzig.

30 Brief an Louise Colet vom 20. Dezember 1846.

31 Wir sehen hier das Thema der Langeweile und des Alters dialektisch miteinander verbunden. Da diese Verbindung von den ersten Werken an auftaucht, ist es erlaubt, nach ihrer Entstehung zu fragen. Wir werden ihren Sinn und ihre Funktion zu zeigen versuchen. Aber damit es einem Kind in den Sinn kam, sich seit dem frühesten Alter als gelangweilt, das heißt als *von Geburt an* alt, zu betrachten, mußten ihm die beiden *Wörter* zunächst zusammen gegeben worden sein. Gewiß kann man sagen, daß die Vorstellung «Greise langweilen sich» zur Chrestomathie der allgemeinen Lebensweisheit gehört. Simone de Beauvoir hat in *Das Alter* gezeigt, wieweit es mit dieser Wahrheit steht. Dennoch muß irgend jemand sie schon früh Gustave gegenüber formuliert haben. Wer? Wir werden es nie erfahren. Dennoch wird man mit Erstaunen folgende Passage der Doktorarbeit von Achille-Cléophas lesen (vorgelegt im Jahre 1810): «Selten in Privathäusern, aber häufig in Hospitälern trifft man auf eine Seelenverfassung, die der Operation abträglich ist. Der Zustand, von dem ich sprechen will, ist die Langeweile, eine Art Bedürfnis, das für die Arbeit, die Beschäftigung ist, was der Hunger für kräftige Nahrung ist; und ebenso wie der Hunger nicht immer so stark ist, daß er den Menschen fühlen läßt, ob ihm Nahrungsmittel fehlen, ebenso weiß die Langeweile oft nicht, was ihr fehlt.
Die Langeweile, die auf so unterschiedliche Weise entsteht wie durch das Fehlen

einer Naivität, die Du kaum gewürdigt hast . . ., daß Du Dich an ein Phantom und nicht an einen Mann wandtest, hast Du mir nicht glauben wollen.»

Dieser Verliebte hat nur zwei Sorgen: auf jeden Fall verhindern, daß seine Geliebte nach Croisset kommt, und immer neue Gründe finden,

von Dingen, die einen beschäftigen können, durch das Fehlen eines Gegenstands, für den man leidenschaftlich schwärmt, durch die Monotonie von Eindrücken, durch das, was sich in dem Spruch ausdrückt:

Die Langeweile entsteht an einem Tag der Gleichförmigkeit,

rührt in den Hospitälern von fast allen diesen Gründen her . . .

Kinder, die weniger unter dem Einfluß der Gewohnheit leiden, sind auch weniger dafür anfällig, während Erwachsene und vor allem Greise ihr am meisten ausgesetzt sind. Vor allem die letzten möchten gern ihre gewohnte Lebensweise bewahren.

Ist ein gewisses Alter erreicht
Ist das Gefäß voll, der Stoff hat seine Falten erhalten
(La Fontaine)

Ein vor Regen und Wind geschütztes Asyl, ein seinen Schmerz milderndes Bett, bessere Pflege können oft nicht die eigene Hütte oder den Speicher ersetzen, das Elendslager, das man mit den Seinen teilte, und die schwache Hilfe, die man von ihnen erhielt:

Sei es Instinkt, sei es Dankbarkeit
Nach einer verborgenen Neigung
Liebt der Mensch den Ort seiner Geburt
Und verläßt ihn nur mit Bedauern.
(Gresset, *Ode über die Vaterlandsliebe*)

Dieser Zustand wird verschwinden, sobald der Kranke seine Nachbarn kennenlernt,

Der Unglückliche ist nicht wählerisch bei seinen Freunden.
(Delille),

von seinen Leiden erzählt, von ihren Hoffnungen hört, selbst Hoffnungen faßt, sich an den Dienst der Leute des Hauses gewöhnt, vor allem die Pflege der Nonnen schätzenlernt, die mehr aus Neigung und Menschlichkeit als aus Pflichtbewußtsein verrichtet wird, und günstig über den Fachmann urteilt, den er immer sensibel und immer respektiert finden wird.»

Wie man sieht, ist die Erklärung der Langenweile simpel. Nichtsdestoweniger notiert der Doktor Flaubert, daß Kinder wenig dafür anfällig sind, «während Greise» usw. Wenn er seinen Sohn mit zehn Jahren dabei ertappt hat zu gähnen, so hat er ihm sicher gesagt: «Du langweilst dich? In deinem Alter! Kinder langweilen sich nicht: man muß ziemlich alt sein, um sich zu langweilen.» Der Kleine dreht die Rede um und denkt nicht etwa, ich bin nicht alt, also kenne ich keine Langeweile, sondern er geht von seinem erlebten Zustand aus und sagt sich – mit der aggressiven Folgsamkeit, die man an ihm kennt: Ich langweile mich, *also* bin ich alt. Indem er sein Greis-sein akzeptiert und – Unaufrichtigkeit oder Mißverständnis – sich von seinem Vater damit affizieren läßt, integriert er den väterlichen Fluch: sein Vater hat ihn als Greis zur Welt kommen lassen, mit dem Wunsch zu sterben, angeekelt von den Dingen hienieden, also hat ihm sein um ihre Treffen in Paris oder Mantes zu verschieben. Um sie zu zügeln, vermeidet er es soweit wie möglich, ihr eine Liebe zu erklären, die sie gleich auf die Probe stellen würde. Von Zeit zu Zeit in die Enge getrieben, ringen ihm das Feuer des Gegners oder seine eigene Erschöpfung zarte Geständnisse ab, die ihm beim Aussprechen die Kehle einschnüren. Sofort sucht er nach Mitteln, sie, ohne daß er sie ableugnet, zu disqualifizieren, und wenn möglich noch im gleichen Satz. Das erklärt die Häufigkeit der Tiraden über sein Altsein: einst leidenschaftlich und jetzt vom Unglück vernichtet, hat er die Fähigkeit zu fühlen verloren. Danach kann er ihr erklären, daß er sie liebt, sofern er nur hinzufügt: wenn das Wort aus der Feder eines Greises, der der Liebe nicht mehr fähig ist, überhaupt noch einen Sinn hat. Er kann auch das Ganze umkehren: ich bin alt, also liebe ich nicht, aber sei Du glücklich, weil Du die einzige bist, die meine Asche manchmal wieder anzufachen vermag.

«Du bist gekommen und hast mit der Spitze Deines Fingers das alles wieder aufgerührt. Der alte Bodensatz ist in Bewegung geraten, der See meines Herzens erzitterte. Doch der Sturm ist für den Ozean geschaffen! – Wenn Teiche aufgewühlt werden, entsteigen ihnen nur ungesunde Dünste. Ich muß Dich lieben, um Dir das sagen zu können. Vergiß mich . . .»[32]

Dieses zwanzigmal wiederholte Bekenntnis eines Greises des Jahrhunderts hat übrigens eine andere Funktion. Louise Colet ist umkompliziert, konformistisch, ein bißchen vulgär: drei Gründe, aus denen sie «die Welt» etwas besser kennt als dieser junge Klausner, der fast ohne Übergang von der Familie zum Internat und vom Internat, nach einigen Monaten Paris, zur Einsiedelei übergegangen ist. Die poetische Verklärung der Muse verbarg eine gute Dosis dessen, was man gern «Erfahrung» nennt. Gustave ist wütend darüber: er will nicht, daß man ihn wie einen kleinen Jungen behandelt. Zum Donnerwetter, er hat auch Erfahrung. Mehr als genug. Ausgerechnet diese Näherin soll ihm überlegen sein. Daher gewisse geheimnisvolle Anspielungen auf seine Vergangenheit.

«Die beklagenswerte Manie der Analyse erschöpft mich. Ich zweifle an allem und sogar an meinem Zweifel. Du hast mich für jung gehalten, doch ich bin alt. Ich habe oft mit alten Männern von den irdischen Vergnügen gesprochen. Und ich bin immer über die Begeisterung

Vater den «radikalen Überdruß» gegeben, der nur die Verinnerung des Altseins ist. Wie man es auch immer nimmt, es ist erstaunlich, daß der Doktor Flaubert elf Jahre vor der Geburt des Sohnes, der den «Spleen» in seinem Leben und in der Literatur radikalisieren sollte, sich bemüßigt fühlte, dieser «Seelenverfassung» eine lange Passage seiner kurzen Doktorarbeit zu widmen.

32 Brief an Louise Colet vom 8./9. August 1846.

erstaunt gewesen, die dann in ihren abgestumpften Augen aufleuchtete, so wie sie sich über meine Lebensweise nicht genug wundern konnten, und sie sagten mir immer wieder: In Ihrem Alter, in Ihrem Alter! Sie! Sie!» Und einige Monate später: «Ich verstehe sehr gut, wie töricht, manchmal bösartig, verrückt, egoistisch und hart ich Dir erscheinen muß. Aber all das ist nicht mein Fehler. Wenn Du bei *Novembre* genau hingehört hast, hast Du tausend *unsagbare* Dinge erraten müssen, die vielleicht erklären, was ich bin. Aber jenes Alter ist vorbei. Jenes Werk ist der Abschluß meiner Jugend gewesen.»[33]

Solche Vorsichtsmaßnahmen sind geläufig: welcher Grünschnabel spielt nicht gegenüber einer allzu erfahrenen Geliebten den erfahrenen Mann? Ohne Erfolg übrigens. Es ist allzu offensichtlich. Du gibst an, antwortet Louise: «Du posierst.» Und außerdem sind Gustaves berechnende Warnungen jämmerlich, sie drücken ihn auf das Niveau seines Rodolphe aus *Madame Bovary* herab; er weiß es, der Verbrecher, und amüsiert sich darüber. Lügt er? Ganz und gar nicht: kaum ein Mensch ist weniger verlogen. Aber er ist unaufrichtig. Und die Unaufrichtigkeit betrügt uns im Gegensatz zur Lüge durch die Wahrheit.

Zwischen 1846 und 1849 schreibt Gustave keinen einzigen Brief, in dem er nicht auf sein vorzeitiges Altsein anspielt. Seine Liebespolitik der «Eindämmung» verlangte nicht soviel, so groß auch das Ungestüm von Louise Colet war. Also liegt ihm daran. Dieses Thema nützt zwar der rhetorischen Wirkung, auf die unser verhinderter Staatsanwalt nicht verzichten will. Aber in der ersten Zeit hat er versucht, sich klar zu äußern. Anfang August 1846 wurde sie seine Geliebte. Als er am 8. nach Rouen zurückkehrte, war er verliebt und konnte die Ansprüche seiner Geliebten nicht ermessen. Er schrieb ihr damals folgendes:

«Bevor ich Dich kannte, war ich ruhig, ich war es geworden. Ich trat in eine männliche Periode geistiger Gesundheit ein. Meine Jugend ist vorbei. Die Nervenkrankheit, die zwei Jahre gedauert hat, war ihre Schlußfolgerung, ihr Ende, ihr logisches Resultat. Um das zu bekommen, was ich gehabt habe, mußte vorher etwas auf ziemlich tragische Weise in meinem Hirnkasten vor sich gegangen sein. – Dann hatte sich alles wieder eingerenkt. Ich hatte klargesehen in den Dingen und in mir selbst, was noch seltener ist. Ich bewegte mich mit der Geradlinigkeit eines besonderen Systems vorwärts, das für einen besonderen Fall entworfen ist.» Die Autobiographie wird am 31. August 1846 vervollständigt werden: «Das ist alt, sehr alt, vergessen fast,[34] ich kann mich kaum noch daran erinnern. Ja, es kommt mir vor, als sei das alles in der Seele eines anderen Menschen passiert. Derjenige, der jetzt lebt und der ich bin, betrachtet den anderen nur, der tot ist. Ich habe zwei deutlich

33 Brief an Louise Colet vom 2. Dezember 1846.
34 Flaubert meint seine früheren Liebschaften.

unterschiedene Existenzen gehabt. – Äußere Ereignisse sind das Symbol vom Ende der ersten und der Geburt der zweiten gewesen. All das ist mathematisch. Mein aktives, leidenschaftliches, bewegtes Leben voller gegensätzlicher Sprünge und vielfältiger Empfindungen hat mit 22 Jahren geendet. In dieser Epoche habe ich plötzlich große Fortschritte gemacht, und dann ist etwas anderes gekommen.»[35]
Vergleicht man diese beiden Passagen, so ergibt sich folgendes: bis zu seinem zweiundzwanzigsten Lebensjahr hat das Leben Flauberts alle Merkmale einer tödlichen Krankheit, seine Erfahrung ist nur die Verschlimmerung einer Agonie; er leidet mit dem Atmen, und jedes Leiden bringt ihn dem Tode näher. Wenn alle Bedingungen versammelt sind, gibt der Organismus nach; verbraucht, außer Atem, fällt der junge Mann in Ohnmacht. Die Wörter «logisch» und «mathematisch» müssen hervorgehoben werden: sie sind nicht gewählt worden, um lediglich darauf hinzuweisen, daß die Krise unvermeidbar war, sondern sie geben zu verstehen, daß diese Existenz die Fäulnis in sich spürte als eine innere Evidenz, *ihre* grundlegende Evidenz. Der von weitem vorausgesehene Anfall ist ein Ergebnis, ein Symbol und ein Initiationsritus: Tod und Verklärung. Aber *wer* wird auferstehen?
Über sein zweites Leben scheinen seine Beurteilungen eher widersprüchlich. Bald ist es die Totenstille eines Teiches: Wühlt das stehende Wasser nicht auf, es wird stinken. Bald ist es der Beginn «einer männlichen Periode geistiger Gesundheit», und bald ist es ein «radikaler Überdruß». Er geht noch weiter, er schreibt jenen Satz, dessen Klarsicht überrascht: «Ich bewegte mich mit der Geradlinigkeit eines besonderen Systems vorwärts, das für einen besonderen Fall entworfen ist.» Das ist genau die Definition der Neurose: Abwehrmechanismen haben ein System in Gang gebracht, das selbst die Krankheit ist. Der Sohn Flaubert hat sich in seinem Innern so organisiert, daß er möglichst wenig leidet. Es gibt hier eine verborgene Finalität der «Fallsucht» und der willentlichen Abschließung, die ihr folgte. Bei dieser neurotischen Planung war die Begegnung mit Louise Colet nicht vorgesehen: Gustave verwirrt sich einen Augenblick, kehrt aber wie ein Roboter zu seinem unabweichlich geradlinigen Gang zurück; er hat eine neue Taktik gefunden und trägt seine Unsensibilität zur Schau, weil er fürchtet, allzu sensibel geblieben zu sein.
Es gibt jedoch eine solche Abnutzung der Gefühle: er weiß sie als ein kleineres Übel auszubeuten, aber er erleidet sie. Lazarus ist ein Greis: ein genaues, aber kaltes Gedächtnis, ein ermordetes Herz, eine überdrüssige Luzidität ohne eine andere Leidenschaft als die der Erkenntnis: «Die Tiefe meiner Leere gleicht nur der Leidenschaft, mit der ich sie betrachte.» Er wiederholt es ständig: «Du fragst mich, was ich

35 Er war zweiundzwanzig, als es zur Krise vom Januar 1844 kam.

durchgemacht habe, um dahin zu kommen, wo ich heute bin. Du wirst es nie erfahren, weder Du noch die anderen, weil es unsagbar ist... Meine Seele ... ist durch das Feuer gegangen. Kein Wunder, daß sie sich an der Sonne nicht erwärmt! Betrachte das bei mir als ein Gebrechen, als eine schändliche innere Krankheit, die ich im Umgang mit ungesunden Dingen bekommen habe, aber jammere nicht, man kann nichts dagegen tun.» (20. März 1847)

«Feuer» ist noch etwas zu edel; mitten im Absatz läßt Gustave seine Metapher fallen. Seine Seele ist verbrannt? Ach was! Sie ist höchstens verseucht. Die Arme ist Opfer einer Ansteckung. Ich lasse die «ungesunden Dinge» beiseite; nicht aus Mißtrauen: nicht die Wörter haben die Wörter herbeigeführt, und Gustave hat gesagt, was er sagen wollte. Aber der Schlüssel fehlt uns noch. Er mußte auch Louise Colet fehlen. Mich interessiert bei diesen beiden Metaphern die Rolle, die Flaubert der Zeit gibt: die zweite zieht sie auseinander und korrigiert damit die erste, die sie zusammengezogen hat. Das Feuer ist der schauerliche Blitz, das Trauma. Die Fäulnis durch Ansteckung dagegen ist die unheilbare, langsame Osmose, die das Äußere verinnert, indem sie das Innere entäußert, es ist die Familienstruktur, wie sie im Laufe eines individuellen Lebens, das im Januar 1844 zu Ende war, erforscht, erlebt und erfahren wurde. Beide dieser Bilder erklären: «Man hat mich unempfindlich gemacht.» Aber das erste evoziert einen brutalen Zwischenfall, und das zweite betont das ständige Fortschreiten des Übels. Dieses findet man am häufigsten in den Briefen an Louise Colet. Flaubert schreibt ihr zum Beispiel, daß er sein kurzes Leben für eine «lange Geschichte» hält (17. September 1846). Einmal deutet er an, daß sein Unglück mit sieben Jahren begonnen habe. Eine andere Passage läßt uns vermuten, daß die Sarkasmen ihm *damals* den Unterschied bewußt gemacht haben, der «immer bestanden hat zwischen (seinen) Auffassungen vom Leben und denen der anderen» (18. September 1846), und daß er von da an das Bedürfnis hatte, sich zu verstekken, mangels einer wirklichen Einsamkeit Zuflucht in sich selbst zu finden. Das Original wird zur Mißgeburt erklärt; es kann sich töten, sich töten lassen, sich lebendig in ein Grab versenken; in allen drei Fällen wird es den kollektiven Urteilsspruch vollstreckt haben, der mehr noch als den Tod dessen gewöhnliche Folge vorsieht: die Beerdigung. Das ist zumindest eine der Arten, in denen Gustave mit vierundzwanzig Jahren die Menschen und sein Leben unter ihnen sieht.

Auf den ersten Blick zerstreut diese neue Interpretation die Dunkelheiten der ersten keineswegs, sondern fügt ihr eher neue Dunkelheiten hinzu. Flaubert sagt uns, daß er seine Sensibilität versteckt habe; sehr gut. Ist das ein Grund, daß sie verkümmert? In Wirklichkeit kann man nichts daraus schließen: in ganz besonderen Fällen kann die Verschleierung den Verschleiß nach sich ziehen; aber es gibt andere, viel häufigere Fälle, wo die verborgene Leidenschaft sich steigert. Gustave ist kategorisch: «Aber ich habe in meiner Jugend zu sehr geschrien, um singen zu können, meine Stimme ist heiser.» (27./28. August 1846) Oder: «Mit 15 Jahren hatte ich gewiß mehr Phantasie als heute.» (17. September 1846) Nicht die Isolierung bricht ihm die Stimme, sondern die nicht gehörte Heftigkeit seiner Beschuldigung. So verborgen sie auch waren, so hat es doch Leidenschaften in seiner Adoleszenz gegeben. Und zwar die allerlebhaftesten. Aber es waren immer negative – Schmerz, Neid, Scham, Wut –, das heißt, man ist ihm immer in die Quere gekommen. Man denke daran, womit er die Begeisterung seiner Jugend kennzeichnet: mit dem Feuer – das versteht sich von selbst –, aber auch mit *Bitterkeit*, einem unerwarteten Wort; er kann die Kraft seiner Zuneigungen nur an seiner Fähigkeit messen, an ihnen zu leiden: Frustration und Groll, Schmerz, rasende Bitterkeit. Seine Leiden sind nicht allein durch den «Unterschied» verursacht worden, man muß sie ihm angetan haben, und sei es, um diesen zu bestätigen; sie haben ein allzu sensibles Herz absichtlich gepeinigt und es schließlich abgestumpft.

Sieht man aber genauer hin, so steht diese neue Beurteilung nicht im Widerspruch zu den früheren: der Sündenfall ist die Entdeckung des «Unterschieds» *durch das Urteil der Anderen.* Das will Flaubert suggerieren; auch eine Mißgeburt erlebt trotz allem das Goldene Zeitalter der frühesten Kindheit: sie hat ihre «Natur» noch nicht kennengelernt, weil ja niemand etwas von ihr verlangt; solange man sie in der Kindheit läßt, ist sie allein: sie wird ernährt, geschützt, gewiß, aber niemals *verglichen.* Und dann entdeckt eines Tages mit sieben Jahren ein souveräner Richter ihre Besonderheit und bezeichnet sie ihr: jetzt ist sie *anders.* Anders als der Mensch. Das heißt natürlich unterhalb der Art, im Menschwerdungsprozeß zurückgeblieben. Der Junge ist durchgefallen und wird nun vom Menschen qualifiziert, also in der Objektivität. Eine *praktische* Qualifizierung: diesem Untermenschen gebühren bestimmte Behandlungen, andere sind weniger angemessen. Jetzt, da diese Bestimmung von außen ihn von Kopf bis Fuß gezeichnet hat, kann er sie nur noch verinnern. Er wird in ihr das Zeichen seiner Verkommenheit oder seiner Qualen sehen, selten das seines Wertes: immerhin schwankt er – wir werden es sehen – zwischen dem Positiven und Negativen. Aber er wird nicht daran zweifeln; der eben zitierte Brief beweist es: ich bin nicht wie die anderen, also verstecke ich mich, das ist der *Aufschrei negativen Stolzes*; wir werden bald entdecken, was die Eltern tatsächlich angerichtet haben, indem sie in diese Seele den verbissenen Hochmut der Flauberts eingepflanzt und ihm zugleich die Mittel zu seiner Befriedigung genommen haben. Aber wir haben noch nicht das Recht, zu präzisieren, weil ja auch Gustave nicht präzisiert. Ich füge sogar hinzu, daß er es in seinen Briefen an Louise Colet ausgezeichnet versteht, Bekenntnisse zu beginnen und am genannten Punkt abzubrechen. Sie glaubt sich ins Vertrauen gezogen, weil er ihr nach der Lektüre von *Novembre* sagt, daß sie «unsagbare Dinge» erraten haben wird; aber darin liegt seine Unaufrichtigkeit: das Wort: «unsagbar» ist sehr zweideutig: handelt es sich um Wahrnehmungen, die so fein oder so tief sind, daß Wörter sie nicht wiedergeben können? Handelt es sich um ein Familiengeheimnis, das *verschwiegen werden muß*? Das wird absichtlich von Gustave nicht entschieden. Später nimmt er nämlich das Wort wieder auf und insistiert eher auf dem zweiten Sinn, wobei er ihm jedoch gleichzeitig seine Mehrdeutigkeit beläßt. Louise Colet fragt ihn, welche schmerzlichen Erlebnisse, welches ständige Unglück diesen blasierten Überdruß rechtfertigen, dieses Angeben mit dem Alter; der Sinn der Frage – nach der Antwort – ist klar: was ist dir *passiert*? Die Antwort selbst ist eindeutig, aber viel weniger einfach; Gustave erklärt zunächst: du wirst es nie erfahren, weder du noch die anderen. Diese Verneinung genügte; sie bedeutet: *ich will es dir nicht sagen.* Aber um diese Weigerung abzuschwächen, fügt er hinzu: «weil es unsagbar ist.» Und die unzweideutige Präzisierung der Frage begünstigt diesmal in der Antwort die präzisesten Bedeutungen. Was ist dir passiert? Peinliche Geschichten, die ich dir nicht erzählen kann, weil sie meine Familie kompromittieren. Das wird jedoch nicht gesagt; nicht ausdrücklich; der Beweis dafür ist, daß die Biographen diese Korrespondenz gelesen und wieder gelesen haben, ohne die geringste Anspielung Gustaves auf das Märtyrer-Kind darin zu finden, das er mit aller subjektiven Gewißheit gewesen zu sein glaubt. Wir müssen jedoch abschließend über die Briefe an Louise Colet sagen, daß dieser mißtrauische Stratege seine vertraulichen Mitteilungen so weit wie möglich getrieben hat. Er ist in seiner Kindheit so arg gequält worden – einzig und allein weil er anders war als die anderen Mitglieder der Familie, die anderen Schüler, die anderen Studenten –, daß seine Nerven schließlich gerissen sind. Zwar bewegt er sich in Anspielungen, wenn er die ihm *angetanen* Leiden erwähnt, dafür ist er aber um so deutlicher, was seine Abwehrmanöver angeht: die Brücken abbrechen heißt sich verstümmeln; seine Strategie – ein besonderes System, das nur auf *seinen Fall* anwendbar ist – ist seine Neurose. Oder besser die Neurose, das ist alles zusammen, das ist der Stress von Flaubert: die verinnerte Aggression und die Strategie, die den Feind zu umgehen und zu umzingeln versucht. Wenn für Gustave die Krise von Pont-l'Evêque das logische, mathematische Resultat seiner Jugend ist, wenn er sie in sein vergangenes Leben integriert als eine grelle Evidenz und nicht als einen Unfall, so geschieht das deshalb, weil er in ihr den Ausgang eines Krieges sieht: da ist, was man aus ihm machte und was er selbst aus dem machte, was man gemacht hatte, wobei jede dieser Bestimmungen versucht, die andere zu überwuchern;[36] aber es ist ein *tragischer* Krieg: der Zufall spielt keine Rolle; keine Wahrscheinlichkeit, immer die Gewißheit. Und das Ergebnis wird von den beiden Gegnern genau vorbereitet sein: die Schlacht von Pont-l'Evêque *mußte stattfinden*; sie ist bis ins kleinste Detail festgelegt worden. Sieg oder Niederlage? Wir werden es Gustave überlassen, selbst darüber zu entscheiden. Sicher ist auf jeden Fall, daß diese Ohnmacht und das «Überleben», das auf sie folgt, in Gustaves Augen selbst *intentionale* Faktoren sind: das Altern ist ein Produkt des Stress, es verweist den jungen Mann auf die Kindheit und auf die Verhaltensweisen des Anderen, insofern sie die seinen hervorrufen und bekämpfen, auf seine eigenen Verhaltensweisen, insofern sie den Gegner zu entwaffnen suchen. Man muß um so dringender auf diese chiffrierte Freimütigkeit hinweisen, als wir sie in unserer Retrospektive verschwinden sehen werden, um sie – noch ausgeprägter – im schöpferischen Ungestüm der Adoleszenz wiederzufinden. Wenn wir diesem ersten Zeugnis Glauben schenken, erfahren wir ungeschminkt, was – soviel ich weiß – den Flaubertisten entgangen ist: Gustave hat die subjektive Gewißheit, von seinem siebenten bis zu seinem zweiundzwanzigsten Jahr das schrecklichste und unerbittlichste Leben gehabt zu haben. Nicht, wie manchmal gesagt wird, weil er mehr als jeder andere die Unbilden des Mensch-seins empfunden hätte, sondern weil er mit sieben Jahren von seiner Familie – anders gesagt, von seinem Vater – verstoßen, frustriert und gepeinigt worden ist. Wenn wir in der Zeit zurückgehen, so werden wir uns um so mehr davon überzeugen: die Beziehung des Sohns zum souveränen Vater beherrscht diese ganze Existenz, und Gustave ist sich dessen völlig bewußt.

Dennoch bleibt bestehen, daß sich Flaubert 1848, ebenso wie 1870 und 1875, wenn auch aus anderen Gründen, als einen *Überlebenden* darstellt. Wir dürfen nicht vergessen, daß er krank ist, daß seine Jugend mit einer furchtbaren Krise endete und daß der neue Gustave nach dem Anfall von Pont-l'Evêque aufs aktive Leben hat verzichten und sich im Hôtel-Dieu und später in Croisset hat einschließen müssen. Es trifft also in gewisser Weise zu, daß die Periode nach dem Januar 1844 als ein Überleben angesehen werden kann, das heißt als ein gebrechliches und zur Vorsicht zwingendes Altsein: die Nervenkrankheit erscheint Gustave als der Tod seiner Leidenschaften.

Das Symbol «Senilität» erscheint also *nach* der Nacht von Pont-l'Evêque, die das Leben von Gustave verwandeln sollte, als berechtigt. Aber

36 Was er aus sich macht, wird für und durch den Anderen zu einem objektiven Merkmal, das den äußeren Urteilsspruch bestätigt. Er entkommt, man ergreift ihn wieder, er entkommt noch einmal und liefert sich durch seine Flucht neuen Ergreifungen aus. Umgekehrt wird jedes objektive Merkmal, woher es auch kommt, als *Alterität* verinnert; alle subjektiven Diastasen machen sich daran, ihn zu verdauen. Wir werden das im zweiten Teil sehen.

was nun, wenn wir es in den Werken, die der «Nervenkrankheit» *vorausgehen*, schon ganz und gar ausgeführt finden? Bereits auf den ersten Seiten von *Novembre*, vollendet im Oktober 1842 – also fünfzehn Monate vor ihrem Ausbruch – wird das Thema dargelegt: «Mein ganzes Leben stand wie ein Gespenst vor mir.» (I, 248) Man hat richtig gelesen: «Mein ganzes Leben». Mit fast einundzwanzig Jahren. Hier geht es nicht darum, wie Balzac «einen Beginn im Leben» zu erzählen oder wie Goethe einen Erziehungsroman zu schreiben, sondern darum, uns retrospektiv eine abgelaufene Existenz zu zeigen. Eine? Was sage ich? Tausend vielleicht: «An Jahren gemessen, bin ich ... vor nicht langer Zeit geboren, aber ich habe zahllose Erinnerungen, deren Last ich fühle, wie Greise die Last all der Tage fühlen, die sie gelebt haben; manchmal scheint es mir, als habe ich Jahrhunderte überdauert und als schließe mein Dasein die Überreste von tausend vergangenen Existenzen ein.» (I, 248) Man wird vielleicht sagen, daß er die Neurose vorausahnt: ganz ohne Zweifel leidet er tatsächlich unter lähmenden Ermüdungen, die ihn beunruhigen und die er zu Recht als «Verschleiß» oder Senilität symbolisieren kann. Aber je mehr wir den jungen Autor ernst nehmen, um so mehr überrascht uns seine geheimnisvolle *Sehergabe*: auf Grund dieser dunklen Empfindungen sagt er die Krise und das darauf folgende Überleben voraus: der junge Held von *Novembre* ist nicht nur bereits der Überlebende seines Lebens, sondern er wird auch durch das Denken sterben, und wir werden aus seinem Leichnam einen zweiten Erzähler auftauchen sehen, der vom ersten in der dritten Person spricht. Von jenem heißt es nicht, daß er alt ist (ebensowenig, daß er jung ist): er existiert einfach nur, um dieses tote Leben zu betrachten und von ihm zu berichten; es ist ein Erinnern, ein reiner retrospektiver Blick, der nicht genug existiert, um für das Unglück, für die Leidenschaften anfällig zu sein: nichts wird ihm je passieren. Ist es nicht merkwürdig, daß Flaubert fast vier Jahre vorher das Gefühl hat voraussagen können, das er Louise Colet ja folgendermaßen beschrieb: «Derjenige, der jetzt lebt und der ich bin, betrachtet den anderen nur, der tot ist.»[37]? Mit anderen Worten, *Novembre* erzählt uns im voraus den Anfall von Pont-l'Evêque und seine Folgen. Warum nicht? In dieser präneurotischen Phase seines Lebens stützt Gustave seine Prophezeiung zweifellos auf eine beginnende pathologische Erfahrung: er ist sich des schließlichen Zusammenbruchs um so sicherer, als der Sturz bereits begonnen hat; und später, nach dem Anfall, wird der junge Geliebte von Louise Colet um so weniger zögern, diese Prophezeiungen zu übernehmen, als die Verzweiflung und die Angst des Jungen sich bei ihm in *erlittenen* Störungen verwirklicht haben. *Novembre*: ein durch die evidente Notwendigkeit eines nahen Todes tragisch beleuch-

37 Brief an Louise Colet vom 31. August 1846. *Anm. d. Übers.*

tetes Leben; ein durch das Leben selbst unerbittlich in die *«Unheimlichkeit»* eingewobener Tod; ein schon vorausgesehener Überlebender, jenes Phantom: das durch die Vernichtung der Subjektivität zum Nichts gewordene Subjekt; das Nicht-sein, das mit dem klaren Bewußtsein, nicht mehr zu sein, bewußt verwechselt wird; ein Hintreiben auf jene letzte Verwechslung, die Krise, wo die unumkehrbare Metamorphose einer Lebensform in eine andere sich im voraus als die Vernichtung des Lebenden darbietet.

Von 1842 bis 1848 würden wir uns also der strengen Einheit eines unabweichlichen Prozesses gegenübersehen, in dem die Antizipationen und Reminiszenzen einander keineswegs widersprechen, sondern vielmehr durch wechselseitige Spiegelung beleuchten. In einem funktionierenden System würde man überall ein bald prospektives, bald retrospektives, immer reales Verständnis des Ereignisses entdecken: als wenn die Verzeitlichung des Prozesses sich in jedem Augenblick von selbst totalisierte und nur das Verhältnis des Aktuellen zum Virtuellen, des Erlebten zum Mythischen, der Prophezeiung zur Rückerinnerung variierte.

Wenn wir jedoch diese Erklärung akzeptieren, so bleiben zwei Tatsachen übrig, die nicht in ihr aufgehen. Zunächst hat sich der gleiche Zusammenbruch unserer Kenntnis nach dreimal ereignet. 1844, 1870 und 1875 kommt es – wenn wir uns an das ausdrückliche Zeugnis von Flaubert halten – zu demselben Blitzschlag: das Ereignis überrascht ihn wie ein Dieb – es ist der «Nervenanfall», die Niederlage, der Zusammenbruch –, alles fängt Feuer, er stürzt, und wenn er sich wieder erhebt, wird er gewahr, daß er überlebt, daß er, wie man so gut sagt, «ausgedient hat», daß das Unglück ihn frühzeitig hat altern lassen. Aber wenn man seine Erklärungen von 1875 wörtlich nimmt, so widersprechen sie denen von 1870. Wenn er nach dem 4. September 1870 jener Achtzigjährige, jenes Fossil war, das er geworden zu sein behauptete, was konnte er dann 1875 noch verlieren? Und wenn er nach dem Sieg Preußens verzweifelt, wenn er in Senilität zu verfallen meint, hat er sich dann nicht trotz seiner wiederholten Klagen unter dem zweiten Kaiserreich einer kräftigen Reife erfreut? Wo ist er denn geblieben, der Greis von 1844, der durch das Leben, durch einen unvergeßlichen, unheilbaren «Kollaps» zerbrochen war? War er es nicht, der sich der Gunst der Schauspielerin Beatrix Person versichert hat, der auf den Magny-Diners wetterte, der in Saint-Gratien, in Compiègne, in den Tuilerien den Höfling spielte? Er scheint bei jedem «Altersanfall» die Erinnerung an den vorhergehenden zu verlieren; aber das ist nicht möglich: Gustave vergißt nichts, er sagt es uns selbst. Wir werden dieses kleine Mysterium später aufklären. Halten wir lediglich fest, daß er uns *bereits* in *Novembre* ein sich wiederholendes Altern dargestellt hat. Auf jeder Seite verwelkt eine junge Existenz jammervoll, ohne zu reifen; auf jeder

Seite treibt der junge Erzähler auf die Senilität, auf den Tod zu, bald auf dem einen Weg, bald auf einem anderen, und er verjüngt sich wieder, um auf der folgenden Seite erneut zu altern. Bald ist es der Überdruß, der ihn zermürbt, bald der Schmerz und bald der Mißbrauch der Freuden der Phantasie. Wir wußten, daß er enttäuscht, blasiert, angeekelt war von den einsamen Träumen und Lustbarkeiten, er hatte uns gesagt: «Wovon träumen?», und plötzlich steht seine Phantasie wieder auf und springt empor; sie fliegt davon zu eben jenen Träumen, die er zu Beginn des Buches hegte und in der Mitte verurteilte. Das Altwerden hat nämlich mehr als einen Sinn für Gustave. Es ist seit langem in der Seele des Unglücklichen verwurzelt, und wenn es dennoch *von außen* über ihn kommt, dann deshalb, weil es für ihn ein *vielfaches* Altern gibt, von dem jedes seine Geschichte, seine Bedeutungen, seine Aufgabe hat. Kann man sagen, daß es besser gewesen wäre, wenn er alle seine Motive gleichzeitig gegeben und durch die Wirkung aller dieser Faktoren seinen Helden nur ein einziges Mal hätte altern lassen? Aber nein doch. Diese Gründe sind nicht notwendig miteinander vereinbar, und wir erraten, daß das bei Gustave so beliebte Thema des «Altersanfalls» versucht, wenn auch manchmal in nicht allzu glücklicher Weise, die irrationalen Reichtümer des Erlebten auszudrücken: wir werden bald sehen, daß es, mit anderen Worten, polysemantisch ist.
Diese Feststellungen ermöglichen uns, die zweite Tatsache einzuführen, von der ich meine, daß sie in der Interpretation der Prophezeiungen von *Novembre* nicht aufgeht. Diese erklärt zwar das Vorgefühl der Störungen von 1844 durch eine präneurotische, aber bereits pathologische Erfahrung des jungen Autors und durch eine angstvolle Erwartung der zukünftigen Katastrophe im Jahre 1842, aber man wird nicht ohne erheblichen Widerstand annehmen können, daß die gleiche Bilderfolge – die sich bei den ersten Zeichen der Krankheit aufgefächert hat – sich schon vor den Umständen, die sie entfaltet haben, feststellen läßt. Und das *um so weniger*, als Gustave in den Briefen an die Muse[38] in einem Punkt kategorisch ist: bis zu seinem fünfzehnten Jahr hat er die leidenschaftlichste Jugend erlebt. In seinen Leidenschaften war zwar Bitterkeit; Wut und Verzweiflung haben ihn öfter geschüttelt als Begeisterung. Aber er *lebte*, sagt er uns. In vollen Zügen. So sehr, daß er später sagen wird, er sei stolz darauf, so voll und ganz jung gewesen zu sein. Die Krise von Pont-l'Evêque und die Senilität, die seiner Meinung nach darauf folgte, sind die Konsequenzen seines turbulenten Lebens: es ist also unmöglich, daß die Apathie der Greise dem Beginn seiner Neurose vorausgegangen ist: durch eine Milderung seiner Leiden hätte sie den *Kollaps*, den diese gerade hervorgebracht haben sollen, vielmehr verhindert. Tatsache ist jedoch: wenn man die Zeit von seinem fünf-

38 Und später in den Briefen an Fräulein Leroyer de Chantepie.

zehnten zu seinem dreizehnten Lebensjahr zurückverfolgt, so stößt man *in allen seinen Schriften* auf die entfaltete Phantasmagorie, das heißt die mythische Dreiheit: passive Verzweiflung, Alter und Tod. Ist Flaubert bereits krank? Woher kommt dann der Schock, den er beim Schreiben von *Novembre* empfunden hat und den wir in einem der nächsten Kapitel zu rekonstruieren versuchen? Übernimmt er unter dem Einfluß der Romantik ein Modethema? Vielleicht, aber warum gerade dieses? Im übrigen hat die Romantik einen breiten Rücken: es ist ein Gemeinplatz à la Prudhomme, jene Vorstellung, daß die Erfahrung uns zugleich bereichert und langsam tötet. Was Wunder, daß sich das Kind Gustave auf diese Erwachsenenweisheit stürzt, die für ihn ein gefundenes Fressen ist. Können wir sagen, daß er lügt, daß er sich wichtig macht, um Aufsehen zu erregen? Das wäre überraschend: in dieser Zeit hat er kein anderes Publikum als Alfred Le Poittevin, der ihn auswendig kennt. Außerdem scheint er ihm nicht alles gezeigt zu haben: er fürchtet, gelesen zu werden, aus Angst, sich auszuliefern. Das ist das Zeichen, daß er sich – mehr oder weniger verschwommen – bewußt ist, in seinen Figuren selbst dargestellt zu sein. Er übertreibt etwas, das ist alles: er hat es uns in *Novembre* gesagt: als Junge neigte er zur «Spinnerei». Mit dieser Einschränkung müssen wir zugeben, daß er aufrichtig ist: die Fiktion erlaubt ihm, zu sagen, was er fühlt. Lesen wir seine ersten Werke: sobald er gefragt wird: «Was hältst du von deinem Leben?», wird er mit Sicherheit antworten: «Da kommt ihr gerade richtig, es ist eben zu Ende, das antwortet euch ein Greis, ein Toter.» Welcher Protagonist ihn auch immer verkörpert, so kurz sein Leben auch sein mag und auch wenn es gewaltsam beendet wird, immer werden wir sehen, daß dieser *alle seine Menschenalter* hat, Kindheit, Jugend und Alter, außer der Reife. Von dieser ist niemals die Rede: vom Goldenen Zeitalter gerät man direkt ins letzte Alter. Ein junger Mensch ist ein Greis: die Senilität frißt ihm seine Kindheit auf; sobald sie sie verdaut hat, offenbart sie sich und hebt sich auf, indem sie sich zusammenfaßt. Für Gustave ist das Altsein, das lebendige Bild des Todes, bereits mit dreizehn Jahren die totalisierende Aufhebung; umgekehrt totalisiert sich ein Leben nur durch die Aufhebung: die Erfahrung ist also nur in dem Augenblick erschöpfend, da ein Mensch sein Leben *vom Gesichtspunkt des Todes aus* betrachten kann. Es handelt sich, wie man sieht, nicht um eine Verkalkung verbrauchter Organe, sondern um eine psychosomatische Veränderung, deren Ursprung und permanente Ursache sich im Leben selbst finden, das sich in seiner Wahrheit *offenbart* und sich in der Totalität des Seins oder Universums als total *situiert*. Makrokosmos, Mikrokosmos – wie oft werden wir diese Wörter wiederfinden, die dem mittelalterlichen Denken Flauberts so sehr entsprechen –, der zweite wird, indem er sich totalisiert, zur Widerspiegelung des ersten, der das totalisierte Nichts ist. Der Mensch, ein

Spiegel der Welt: eine Lücke, die sich ihres Nicht-seins mitten im allgemeinen Nichts bewußt wird. Das Altern ist das immer engere und immer tiefere Verhältnis des Mikrokosmos zum Makrokosmos; mit einem Wort, es ist der verzögerte Tod oder, wenn man so will, der Tod selbst, der sich mittels des Lebens realisiert. Man stirbt nicht aus Alter; in den Augen des jungen Flaubert altert man durch das Sterben. Was die vollständige Wahrheit angeht, so verwirklicht sich diese homothetische Entsprechung von Universum und Individuum in diesem am Ende eines Rückbildungsprozesses durch die Vernichtung.
Ja, mit fünfzehn, mit dreizehn, vielleicht noch viel früher, hat er die Heftigkeit und die Bitterkeit der unglücklichen Leidenschaften kennengelernt, hat er gebrannt, geweint, gehaßt. Und gleichzeitig überlebte er den jugendlichen Schwung, die Verzweiflung, die ihn zerrissen, und erregte bei den ältesten Greisen, jenen Nachzüglern, Erstaunen über seine Nüchternheit. Die zukünftige Krise, wird man sagen, kommt zumindest in seinen ersten Versuchen nicht vor. Aber eben doch. Wir werden sehen, daß sie als Vorgefühl in die Erfahrung des Unglücks eingeht. Flaubert lügt nicht. Über den Tod, das Altern und den Verschleiß durch Verzweiflung hat er niemals die Meinung geändert. Man braucht die Texte nur zu vergleichen. Keine Identität, aber überraschende Entsprechungen, aus der Nacht auftauchende Lichter, die andere Lichter entzünden, das Kind zwinkert dem jungen Mann zu und der junge Mann dem Kind. Mit fünfzehn Jahren kann Gustave die Zeugnisse seiner Bitterkeit nicht niederschreiben, ohne verschwommen die Katastrophe seines dreiundzwanzigsten Lebensjahres vorausgesehen zu haben; mit fünfundzwanzig Jahren könnte er diese nicht zum *logischen* Resultat seines Lebens erklärt haben, wenn der Junge nicht zehn Jahre früher in *La peste à Florence* die Dreiheit des Vaters und seiner zwei Söhne gesehen hätte. In dieser merkwürdigen Existenz ist trotz der Dauer und durch sie hindurch alles Wechselseitigkeit. Die Vergangenheit hat zur Gegenwart geführt, die sich nach vorgeschichtlichen Gesetzen entwickelt und zugleich aber die Vergangenheit ummodelt, verändert und bestätigt. Wir brauchen diese Wechselbeziehungen nur zu beobachten und sind schon mitten in der dialektischen Bewegung der Selbstheit, mitten in Gustaves tatsächlichen Qualen und seiner subjektiven Geschichte. – Aus diesem Grunde zwingt sich bei ihm die retrospektive Regression auf: sie allein kann die Orakel der jungen Pythia *von der Zukunft her, die sie bestätigt hat*, entziffern.

Dezember 1837: *Passion et vertu*. Gustave wird sechzehn. Nicht zum erstenmal verkörpert er sich in einer Frau: wir werden sehen, daß er sich in die häßliche Marguerite aus *Un parfum à sentir* «introjiziert» hat, bevor er sich von der bildschönen Heldin Mazza darstellen ließ. Diese ähnelt kaum dem bleichen Helden der Halb-Autobiographien, die Flaubert in den folgenden Jahren schreiben wird: ihr Leben ist keineswegs «ein Denken», wie das des Irren, der uns bald seine Memoiren hinterlassen wird, es beschränkt sich nicht wie das des Helden von *Novembre* auf einen endlosen Überdruß, eine von Wutblitzen durchzuckte Altersapathie. Mazza ist nicht mit dem Wunsch zu sterben geboren: wir finden endlich bei ihr die Bitterkeit und die Turbulenz der jugendlichen Leidenschaften. Flaubert hat nicht gelogen. Wenn er diese Leidenschaften schon nicht empfindet, so träumt er jedenfalls davon, sie zu empfinden. Mazzas Herz ist im Grunde kaum berührt, aber ihr Geschlecht ist ein Schmelzofen. Ein Verführer hat ihre Sinne geweckt: zunächst enttäuscht, entflammt sie sich plötzlich und kann nicht mehr auf ihre Wollust verzichten. Ihr Feuer erschreckt den Geliebten, der entflieht: Schluß mit dem Rosenkranz der Orgasmen; sofort breitet sich der Brand überall hin aus: sie muß sich verzehren oder sich befreien und dem verschreckten Verführer folgen; aber damit nicht genug, sie vergiftet alle Mitglieder ihrer Familie, einen arglosen Gatten, zwei Kinder im zarten Alter. Ganz umsonst, da ihr Geliebter inzwischen geheiratet hat, was er sie aus dem tiefsten Inneren Amerikas, wohin er geflohen ist, wissen läßt. So ist sie nun also eine Verbrecherin und eine verlassene Frau: das Verbrechen zahlt sich nicht aus. Mazza kann sich nur noch vergiften.

In diesem kurzen und sehr bemerkenswerten Werk stellt uns Gustave *eine Person* vor: durch das plötzliche Auftauchen eines animalischen Bedürfnisses in ihr universalisiert, wird sie durch die ungewöhnliche Intensität und die rigorose Spezifizierung dieses «Triebes» individuiert. Wie Charles Baudelaire galant von allen Frauen sagt: «Sie ist in der Brunst und will gefickt werden.» In jedem Augenblick, gut. Aber von demselben: nur der kann sie ficken, der sie zum erstenmal brünstig gemacht hat. Von dieser absurden Vorliebe – denn der Verführer ist widerlich – rührt ihr ganzes Unglück und ihre ganze Besonderheit her. Sie hat gelebt, sie lebt, es ist ihr etwas zugestoßen, sie wird daran sterben. Diese Person ist eine Geschichte, ein unumkehrbares Abenteuer, das schlecht ausgeht. Mazza ist nichts, solange ihr nichts zustößt. Eine verschlafene Frau. Und dann kommt das Ereignis: ein Mann verwandelt sie langsam durch seine erprobten Tricks in eine Bacchantin, und als es ihm gelungen ist, ergreift er vor dem Feuer, das er selbst entfacht hat, die Flucht. Durch dieses Ereignis ist Mazza geschaffen: sie brennt und ist gleichzeitig frustriert. Die zarte und kalte Gattin war nur eine dumme Gans. Ohne die Begegnung, die sie in die Arme eines Verführers treibt, wäre sie tugendhaft geblieben. Und nichtssagend. Denn, Flaubert sagt es uns ins Gesicht, ihre Überlegenheit über uns rührt von ihrem leeren Geschlecht her, das *von unendlichem Verlangen* heimgesucht wird. Woher kommt das? Sind diese unersättlichen Bedürfnisse allen zugänglich? Fand die Begegnung unter besonderen

Umständen statt? Der Autor sagt es nicht. In einer merkwürdigen Passage gibt er zu verstehen, daß der Geliebte zunächst von dieser Heftigkeit fasziniert ist und sich beinah selbst entflammen läßt: vielleicht hat er vor sich selbst noch mehr Angst als vor seiner Mätresse; jedenfalls hat man das Gefühl, daß es ihn Mühe kostet, sich von ihr abzuwenden. Man müßte also annehmen, daß der nackte Trieb bei allen der gleiche ist, aber daß die meisten Menschen ihn so sehr fürchten, daß sie ihn ersticken. Mazzas Verdienst – das sogleich vom Unglück gestraft wird – bestünde darin, sich ihm zu überlassen. Auf anderen Seiten scheint sie lediglich allzu reich begabt zu sein. Wie dem auch sei: ob dieses Temperament ihr besonders zu eigen oder ob es allgemein ist und sie es nur zu entfalten verstanden hat, ohne den Zufall, der sie einem Verführer hat begegnen lassen, hätte sie nichts von ihm gewußt. Die Geschichte und die angeborenen Gaben verbinden sich, um ihre Qualen zur Weißglut zu bringen. Als sie befriedigt wurde, lernte sie unsagbare Wollüste kennen; als sie verlassen ist, sind ihre Leiden unerschöpflich. Die Linie dieses Lebens ist allzu rein, allzu deutlich, als daß wir sie auf eine Folge von Zufällen reduzieren könnten. In Wirklichkeit greift eins ins andere: die Gewalt ihres Charakters wendet sich notwendig gegen sie, treibt den Geliebten in die Flucht, treibt sie zum Verbrechen und vom Verbrechen zur Verzweiflung. Es ist also zugleich eine Person, die eine Dauer ohne Rückkehr schafft und erleidet, eine Dauer, die unumkehrbar eine Person hervorbringt und sie zerbricht. Unternehmungen und ihre Folgen: die vollständige Äquivalenz einer Frau und ihres Schicksals.

Es geht hier, wie man sieht, um eine ganze Existenz. Sie ist kurz, aber erfüllt: das wollen auch *Novembre* und die *Mémoires d'un fou* sein; wir wissen, daß Gustave *alles* in einem einzigen Buch sagen will, was er dann in *Madame Bovary* auch tun wird. Von bestimmten Themen dagegen, die spätere Werke anfüllen werden – von *Les funérailles du docteur Mathurin* bis zur ersten *Education sentimentale* –, finden wir in *Passion et vertu* keinerlei Spur. Das versteht sich von selbst; stellen wir uns Mazza gleichgültig oder apathisch vor: dann gäbe es keine Geschichte. Was die Ernüchterung angeht, die der junge Autor mit siebzehn Jahren hervorkehrt, so ist mit fünfzehn Jahren nicht einmal die Rede davon. Nachdem Mazza einen Augenblick von der körperlichen Liebe enttäuscht ist, gerät sie gleich danach in eine Verzauberung, aus der sie nicht mehr herauskommen wird. Ernests Abreise stürzt sie ins Unglück, aber sie ahnt nichts von deren Gründen, und bis zur letzten und jämmerlichen Nachricht dieses Don Juan – so nennt ihn Gustave – wird sie ihn lieben und ihm folgen wollen.

Zwei Motive sind uns jedoch bekannt. Das eine scheint in diesem brennenden Abenteuer ganz deplaziert zu sein, es ist das Motiv des Alterns. Das andere ist das der Passivität. Das erste ist so beziehungslos, so ungeschickt eingeführt, daß es uns sofort seinen Zwangscharakter und seinen Archaismus zeigt. Gustave hat sich offenbar nicht verbeißen können, es in einer Erzählung einzuführen, wo es gar nichts zu suchen hatte. Ernest hat sich aus dem Staube gemacht, Mazza läuft ihm nach: zu spät kommt sie in Le Havre an und sieht nur noch ein weißes Segel hinter dem Horizont versinken. Nun ist sie auf dem Rückweg: «(Sie war) erschrocken über die Länge der Zeit, sie glaubte, Jahrhunderte gelebt zu haben und alt geworden zu sein, weiße Haare zu haben, so sehr beugt einen der Schmerz nieder, so sehr nagt der Gram an einem – denn es gibt Tage, die einen altern lassen wie Jahre, Gedanken, die viele Runzeln machen.» (I, 119)

In einer Nacht waren ihre Haare weiß geworden: das hat man vor dem kleinen Gustave erzählt. Mehrfach: er hat leidenschaftlich zugehört. Was für ein Glück, wenn er nach irgendeiner unerträglichen Demütigung den Seinen beim Frühstück mit schneeweißen Haaren wiederbegegnen könnte. Man würde es nicht sofort merken und dann plötzlich in Schweigen erstarren! Entsetzen und Gewissensbisse würde er in den Augen seiner Eltern lesen; mit gespielter Demut würde er ihnen sagen: «Es gibt Tage, die einen altern lassen wie Jahre!» Ein großartiges Zeugnis: etwas auf seinem Kopf würde seine Qualen *signifizieren*, aber er würde nichts dafür können: die Metamorphose fände ohne sein Wissen statt, nachts, vielleicht würde er es selbst erst durch die Betroffenheit seiner Verwandten bemerken. Passive Aktivität, Somatisierung der Verzweiflung. Aber Mazza, diese große wilde Seele, verzweifelt nicht. Sie hat schnell begriffen, daß sie nur ihre Familie umzubringen braucht, um Ernest wiederzubekommen; sie schreitet zur Exekution: das Ergebnis ist makellos, und ihre bewundernswerte Entschlossenheit entspricht ihrem Temperament. In *Novembre* war die Senilität mit Erfahrung, mit Verschleiß, mit Lustlosigkeit verbunden; man erkennt den Bruch zwischen den letzten Erzählungen und dem autobiographischen Zyklus: Mazza ist nicht am Ende ihrer Liebeserfahrung: niemals war ihre Leidenschaft so heftig noch die Brunst ihres Geschlechts so glühend; sie hat nichts von ihrer Leidensfähigkeit verloren, ganz im Gegenteil: ihr Unglück beginnt erst. Niemals wird der Schmerz diese Medea «niederbeugen». Das ist so wahr, Gustave ist sich dessen selbst so bewußt, daß er ihr nicht wirklich die Haare zu bleichen wagt. Sie *glaubt* nur, daß ihre Haare weiß geworden seien, was kaum wahrscheinlich ist bei dieser so wenig reflexiven, so wenig zum Narzißmus neigenden Frau. Das bedeutet lediglich, daß der Autor diese Metamorphose geträumt hat, daß sie eines der Themen seiner gelenkten Traumarbeit ist, eine der Hoffnungen seines Ressentiments: sicher war er es, der sich nach einer Abfuhr voller Hoffnung gesagt hat: «Jetzt ist es soweit» und der sich umsonst in einem Spiegel betrachtet hat. Seine Feder eilt dahin und sagt uns den Traum seines Ressentiments: sie krönt

Mazza mit einem sofort schmelzenden Schnee. Wichtig ist für uns jedenfalls, daß uns der Junge mit fünfzehn Jahren eine Art zu altern offenbart, die sich von den in den späteren Werken aufgezählten stark unterscheidet: man altert schlagartig durch ein Trauma, dem ein heftiger Schmerz folgt.

Das andere bereits bekannte Motiv, die Passivität, läßt uns zu tieferen Strukturen vordringen, die noch älter sind als jene unglückliche Kindheit. In Wirklichkeit *erleidet* Mazza ihr Schicksal. Immerhin mordet sie, wird man einwenden; ist das nicht der reine Akt? Werden ihre unsühnbaren Kindesmorde nicht sorgfältig vorbereitet? Sicher: wir werden darauf zurückkommen. Aber wir müssen zunächst bedenken, daß sie im eigentlichen Sinne von Ernest hervorgebracht worden ist. Bevor sie ihn kannte, schlief sie, diese körperlose Seele wartete in der Öde des Limbus darauf, daß man ihr erlaubte, geboren zu werden. Der triste Don Juan widmet sich ihr: man wird feststellen, daß sie durchaus nicht sofort entflammt ist; Ernest ist ein Spezialist, Verführung ist eine Kunst, es gibt Rezepte, die Festung wird nach allen Regeln belagert, man braucht Gespür dazu und manchmal Genie. Dieses Thema gehört zum 19. Jahrhundert, das es vom vorhergehenden Jahrhundert geerbt hat: Hérault de Séchelles gab, allgemeiner, das Rezept, wie man jeden Vertreter unserer Art – ob männlich oder weiblich – manipulieren kann. Und Stendhal begnügte sich in seiner Jugend nicht damit, die «Methode» seines Vetters Martial anzuwenden: er suchte auch nach den richtigen Mitteln, Zuschauer, unabhängig von Geschlecht und Alter, zum Lachen zu bringen. Die Resultate waren enttäuschend: Hérault de Séchelles ließ sich den Hals abschneiden, Stendhal schrieb seine Komödie nicht zu Ende; was das System von Martial angeht, das er gewissenhaft auf die schöne Mélanie anwandte, so hatte es nur zur Folge, daß die Einnahme einer Festung, die sich sofort kampflos ergeben hätte, hinausgezögert wurde. Dennoch ging es damals – die *Liaisons dangereuses* von Choderlos de Laclos bezeugen es – um eine praktische Anwendung des mechanistischen Determinismus, der die letzte Errungenschaft der wissenschaftlichen Philosophie zu sein schien. Wenn die gleiche Ursache jederzeit die gleiche Wirkung hervorruft, dann braucht man nur, um diese zu erhalten, im richtigen Moment jene hervorzurufen: das ist das sicherste Mittel, zu den schmeichelhaftesten Eroberungen zu kommen oder sie sich zu sichern. Aber Gustave ist nicht daran interessiert, die Fäden in der Hand zu halten: er verabscheut die Verführer, und die Anwendung von Erfolgsrezepten widert ihn an. Er begeistert sich vor allem für die Unerbittlichkeit des Determinismus: zum einen, weil er – sein Vater hat es ihm hundertmal gesagt – die Grundlage des Wissens ist und damit auch die Menschenkenntnis ermöglicht, und zum anderen, weil er sich selbst *manipuliert* fühlt. Mazzas zweite Geburt ist in seinen Augen also nicht ein Produkt des

Zufalls, sie ist genau geplant, ein Mann hat sie gewollt, hat sie zum Gegenstand eines geschickt vorbereiteten Unternehmens gemacht. Es ist überraschend, daß die junge Frau mehr als zwanzig Jahre in einer geschichtslosen und wahrscheinlich glücklichen Stumpfheit dahingelebt hat bis zu der Mutation, die sie zunächst glücklich macht, um sie dann um so mehr zu frustrieren. Entspricht diese erste Periode nicht dem Goldenen Zeitalter von Djalioh aus *Quidquid volueris vor* der Eifersucht? Und spielt Flaubert nicht in beiden Fällen auf sein eigenes *Goldenes Zeitalter* an? Mit sieben Jahren hat ihn jemand aus dem Limbus gezogen, ihm Freude bereitet und ihn enttäuscht. Auch dieses Verhalten war genau geplant: auf die Liebe mußte Frustration folgen, weil ja der Don Juan aus *Passion et vertu* natürlich niemals die Absicht gehabt hat, Mazza sein ganzes Leben lang treu zu bleiben: der Beweis dafür ist, daß er in Amerika, wohin er flieht, Schluß macht: seiner leichten Eroberungen überdrüssig – sie sind *zwangsläufig* leicht, weil er ja die Methode kennt –, verheiratet sich dieser alte Junge schließlich. Eine brave Ehe, Pantoffeln, eine gehorsame Gefährtin für den Haushalt: da kommen sie alle hin, die Bürgersöhnchen, selbst wenn sie das Herz einer liebenden Mätresse brechen müssen. Das jedenfalls hört man oft in dieser Zeit; die bürgerliche Literatur behandelt das Thema hundertfach vom Beginn des Jahrhunderts bis zum Beginn des folgenden (*La femme nue* von Bataille ist nur eine Variante davon). Gewiß hat Mazzas Ungestüm Ernest gezwungen, eher mit ihr zu brechen, als er es vorgehabt hatte; aber auf jeden Fall hätte er mit ihr gebrochen. Kurz, ohne diesen providentiellen – oder infernalischen – Liebhaber wäre Mazza unmerklich vom Schlummer zum Tod übergegangen. Er weckt sie auf und gibt ihr damit schlagartig ein Schicksal: Mazzas *Geschichte*, dieses Abenteuer, das sich in ihr bis zu ihrem Selbstmord verzeitlicht, ist von Ernest vorausgesehen, und sie erleben heißt für die Unglückliche sie von vorne bis hinten erleiden.

Eine einzige Sache hatte Ernest nicht vorausgesehen: er hatte, bevor er ans Werk ging, nicht daran gedacht, daß diese junge, so keusche Schlafwandlerin sich unter seinen erfahrenen Händen in eine Furie verwandeln könnte. Diesmal scheinen sich die Rollen zu vertauschen: sie macht ihm Angst. Warum? Hält er seine Gesundheit für gefährdet? Das scheint nicht der Fall zu sein: die junge Frau, heißt es, verlangte von ihrem Geliebten eine allzuoft wiederholte, aber nicht unerträgliche Anstrengung: als Hausfrau mußte sie ihren Gatten und ihre Kinder versorgen; also hatte er Zeit, sich zu erholen. Nein: die nackte Leidenschaft entsetzt ihn; dieser mittelmäßige Typ – kleine Eitelkeiten, kleine Genüsse – hat plötzlich den Krater eines ausbrechenden Vulkans entdeckt. Es gibt keine Gefahr, aber unser Lovelace will, nachdem er einen Augenblick lang fasziniert ist, lieber an der Oberfläche seiner selbst bleiben und bei sich wie bei den anderen die «grauenhaften Tiefen» leugnen, von denen Gustave in *Novembre* sprechen wird (I, 252). Mit einem Wort, alles ist *historisch*, alles hängt von der anfänglichen Beziehung zwischen den beiden Liebenden ab, die sie beide so erleben, wie sie vom anderen definiert wurde: Ernests Angst und Flucht ist die tellurische Potenz von Mazza, die von diesem Jammerlappen als eine faszinierende und tödliche Gefahr erlebt wird. Diese chthonische Gewalt ist dennoch von ihm selbst entfesselt worden. Mehr noch: Mazza ist – wie es der Titel sagt – die Leidenschaft selbst. Nicht durch eine unvorhergesehene Tat bringt sie Don Juan aus der Fassung. Noch durch irgend etwas, wofür man sie verantwortlich machen könnte: es sind die Stürme, die ihren Körper aufwühlen, es ist das wahnsinnige Bedürfnis, das sie erleidet – so wie in *Salammbô* die Söldner im Paß der Hache ihren Hunger erleiden werden, jenen Hunger, den der Feind ihnen aufzwingt. Ja: Mazza ist *ausgehungert*. Ausgehungert durch Ernest, und das erschreckt den Verführer, der beschließt, sie ihrem Hunger zu überlassen. Gibt es beim Kind Gustave eine Kindesliebe von vergleichbarer Heftigkeit: hat er seinen Erzeuger durch die Äußerungen seiner Zärtlichkeit erschreckt? Es sieht so aus: denn im Moment der Frustration verkörpert ihn Mazza ganz eindeutig. Die Gemütsverfassung der jungen verlassenen Frau verfinstert sich: sie wird wahnsinnig vor Hochmut und Bosheit; sie verfällt in Wut und Haß. Gegen wen wird sie sich entfesseln? Gegen ihren Peiniger? Niemals: er ist untadelig. Ebenso der Gatte und die Kinder: sie sind Hindernisse, die man einfach aus dem Wege räumen muß. Ihre Verachtung und ihr Abscheu gelten den Leuten ihrer Umgebung: ihr kleinliches Glück ist auf geplanten Verstümmelungen errichtet. Haben sie überhaupt ein Geschlecht? Niemand kennt die Wollust; es werden zwar Kinder geboren, aber man übermittelt ihnen ein verkrüppeltes Leben, das die Lust aus Angst vor dem Schmerz ablehnt. Mazza verflucht ihresgleichen, ohne zu merken – aber der Autor ist sich dessen genau bewußt –, daß sie in ihnen die Kleinlichkeit ihres flüchtenden Geliebten haßt. Ernests berechnende *Kleinlichkeit* ist ein allgemeines Verbrechen der Spezies; aber wichtig ist, daß Mazza es vermittels ihres besonderen Unglücks, *ihrer* Geschichte und ihrer vorsichtig geweckten, dann brutal frustrierten und damit unstillbaren «Brunst» entdeckt. Diese besondere und *datierte* Frustration – einmal wagte ich, Wollust zu empfinden, und deshalb muß ich leiden – gibt ihr den wahnwitzigen Hochmut, sich für eine Aristokratin des Unglücks zu halten: Wollust oder Qual, das Unendliche geht durch ihre Schenkel. Aber dieser Hochmut entsteht selbst aus einem besonderen Unglück: denn das Unendliche ist ja, Mazza zweifelt nicht daran, Ernests Glied. Wenn es in sie eindringt, so ist es die Fülle des Seins; wenn es sich entzieht, entdeckt sie in ihrem Bauch die Leere, in der *Smarh* in zwei Jahren sich drehen wird. Verzweiflung und Hochmut dieser Frau ermessen, ohne daß sie es ahnt, das unglaubliche Mißverhältnis zwischen dem unendlichen Begehren und ihrem winzigen Gegenstand. Ein bei Gustave beliebtes Thema: schön ist an der absoluten Liebe, daß sie nicht zu rechtfertigen und niemals durch die Qualität des geliebten Wesens verdient ist. Hochmut und Ressentiment, die Eltern Flauberts waren, sagt er uns, weder soviel Liebe noch soviel Leiden wert. Jedenfalls sind Mazzas Haß und Verachtung des Menschengeschlechts nicht frei von Faszination und Eifersucht: die verlassene und bald kriminelle Ehebrecherin wird von der Erde geächtet. Ihre Artgenossen wissen es noch nicht, und sie beeilt sich, ihresgleichen zu verachten, aus Furcht davor, sie zu beneiden. Am Ursprung ihrer Bosheit finden wir keine jener allgemeinen Ursachen, die der Autor in den späteren Werken angibt, sondern präzise Ereignisse, die Entscheidungen eines flüchtenden Lovelace, eine ganz bestimmte Situation, die Neid, Wut und Schande verursacht. Dennoch ist alles da: die unendliche Begierde als Verneinung des Seins und die Notwendigkeit der Unstillbarkeit. Aber diese Allegorien, die in den Autobiographien so viel Platz einnehmen werden, legt uns der Autor nur nahe, und wir können nicht entscheiden, ob sie uns den eigentlichen Sinn der Fabel offenbaren oder ob man sie für den abstrakten «Überbau» halten muß, der ein individuelles Abenteuer auf seine Weise ausdrückt. Gustave ist mit fünfzehn Jahren aufrichtiger als mit zwanzig. Und tiefer – keine Angst, er wird es wieder werden –, denn im totalen Leben einer Person, die, noch bevor sie geboren war und bis in ihr körperliches Verhalten, bis in ihre Bedürfnisse hinein, vom Anderen bedingt wurde, sucht er die Motive für die Handlungen und Gedanken in ihrer Besonderheit. Vermittels Mazza werden wir Gustaves *ego* entdecken, das heißt – er ist sich dessen bewußt – sein *alter ego*.

Warum hat er nicht von dieser ersten Bovary gesagt, was er über die zweite erklärt haben soll: «Das bin ich!» Man hätte verstanden, was dieser Junge in die Stille hineinschrie: «Ich habe meinen Geier, er ist mit mir geboren, vor meiner Geburt von einem grausamen Jupiter vorausgesehen; ich bin, was man aus mir gemacht hat, der Jüngste der Familie; zwischen einer Prädestination, die mich, noch bevor ich empfangen wurde, in meinem Wesen definiert, und dem schrecklichen Ende, das man mir zugewiesen hat, schreite ich gemessen vorwärts, gemartert von meinen vertrauten Leidenschaften, die ebenso real und materiell sind wie das sexuelle Bedürfnis oder Zahnschmerzen.» Gustave ist in einer Krise, er heult vor Schmerz auf: «(Ernest) ging es ausgezeichnet (in Mexiko, wohin er geflohen war) in jener duftigen Atmosphäre von gelehrten Akademien, Eisenbahnen, Dampfschiffen, Zuckerrohr und Indigo. In welcher Atmosphäre lebte Mazza? Ihr Lebenskreis war nicht so ausgedehnt, sondern es war eine abseitige Welt, die sich in Tränen und Verzweiflung bewegte und sich schließlich im Abgrund des Verbrechens verlor.» (I, 120)

Es ist kein Zufall, wenn wir im Werk und in der Korrespondenz zahlreiche Nachklänge dieses letzten Satzes wiederfinden: das Bild vom *engen Kreis* ist bei ihm kein beiläufiges Symbol; es gehört zu seiner Mythologie. In der vor und nach der Krise von 1844 geschriebenen ersten *Education sentimentale* beschreibt Jules auf den letzten Seiten sein leidenschaftliches Leben – sein Leben *vor* dem Sturz – als eine enge Manege, in der man sich ständig im Kreise dreht. Und fünfzehn Jahre später schreibt er in Wut: «Ich habe mir in meinem Leben einen ganz kleinen Kreis vorbehalten, aber sobald man in ihn eintritt, werde ich rasend.»[39]

Im Gegensatz zum autobiographischen Zyklus liegt Gustave in *Passion et vertu* nichts daran, seine Erfahrung zu verallgemeinern. Er sagt durchaus nicht: «Ich war also, was ihr alle seid, irgendein Mensch» (*Novembre*, I, 252) – was, wie wir sehen werden, Teil einer Selbstverteidigung ist, die er mit fünfzehn Jahren noch nicht entwickelt hat. Im Gegenteil gibt er die Enge und Besonderheit zu: «... es war eine abseitige Welt.» Kann man besser sagen, daß dieses enge, aber abgrundtiefe Universum sich auf sein Haus beschränkt? Man wird bemerkt haben, daß diese «abseitige Welt» – die als die privateste Intimität zu den jämmerlichen öffentlichen Sorgen von Ernest im Gegensatz steht – von der Wiederholung gekennzeichnet ist: sie dreht sich, und die gleichen Schmerzen kehren ständig wieder, das heißt, Gustaves Unglück ist struktural und nicht akzidentell: eine gute Definition für ein Leben, das sich ständig im Familienrahmen abspielt.

Mazza begeht ein Verbrechen, was sie noch mehr spezifiziert. Nicht allein durch die Größe des Frevels, sondern durch ihre Opfer, die vorausbestimmt sind. Vorausbestimmt – ohne daß er es übrigens gewollt hat – durch den Animierer dieser Galatea und durch das Schicksal, das er ihr gegeben hat. Sie löscht *ihre Familie* aus. Der Autor wird niemals so weit gehen wie sein Geschöpf, aber er hat es ausdrücklich auf die Welt gesetzt, damit es ausführt, was er nicht zu unternehmen wagt: das Schreiben objektiviert die Phantasmen, es gruppiert sie, und die Schlußfolgerungen ziehen sich von selbst: niedergeschrieben nehmen sie eine Festigkeit an, die dem Traum versagt ist, ohne jedoch zu Realitäten zu werden. In Mazza macht Gustave jene Erfahrung: die Ausrottung der Familie Flaubert. Das hatte er bereits, wie wir sehen werden, in *La peste à Florence* versucht, das wird ihm – auf dem Papier – am Ende von *Madame Bovary* ganz und gar gelingen. Er träumt nämlich schon lange davon: er hat es uns gesagt, wir werden darauf zurückkommen. Die Bedeutungslosigkeit jenes allzu arglosen Gatten, das zarte Alter der beiden Kinder darf uns nicht verwirren: das ist ein Trick. Das Wesentliche wird nicht gesagt. Oder, besser, es wird nur

39 Brief an Louise Colet vom 4. September 1852.

halb gesagt: diese braven Leute demütigen Mazza nicht, sie lassen sie nicht willentlich leiden, aber sie *stören* sie, und damit ist sie gegen ihren Willen verwurzelt, und ihre Wut, ihr qualvolles Rasen rühren indirekt von ihrer Familie her. Man braucht nur in der Korrespondenz zu blättern, um zu sehen, wie sehr Gustave unter seiner Verwurzelung leidet – ohne daß er jedoch zugibt, daß er ebenso nach ihr verlangt, wie er sie erduldet. Diesmal billigt er sich das Recht zu, sich von der Familienscholle loszureißen. Damit befriedigt er sein Ressentiment: diese drei unschuldigen Opfer sind die Verkleidungen von drei Schuldigen, die ohne eine Gerichtsverhandlung erschlagen werden. Davon verrät er uns natürlich kein Wort. Aber lesen wir einmal, was er von den Gefühlen der Mutter nach der Ausrottung schreibt; wir werden erbaut sein: kein Gewissensbiß; ganz im Gegenteil, Freude, Glück im Verbrechen: «Sie würde ... Frankreich verlassen, nachdem sie sich für die entweihte Liebe, für alles Fatale und Schreckliche in ihrem Schicksal gerächt, nachdem sie Gott verhöhnt hatte, die Menschen, das Leben, das Fatum, das einen Augenblick mit ihr gespielt hatte, nachdem sie sich ihrerseits über das Leben und den Tod, die Tränen und den Gram lustig gemacht und dem Himmel ihre Qualen mit Verbrechen vergolten hatte.» (I, 121)

Gerächt? An Unschuldigen. Wo doch nur Ernest schuldig ist. Sie weiß zwar nichts davon. Aber worin liegt dann in diesem Fall die Beleidigung? Diese lange vorbereiteten Morde hatten zunächst nur den Zweck, sie zu befreien: man würde verstehen, wenn sie sich, zwar in krimineller Weise, aber mit einer gewissen Unschuld, die vom ungeheuerlichen Egoismus ihrer Leidenschaft herrührt, freute: diese Hindernisse zählten für sie nicht, außer daß sie sie daran hinderten, ihren Geliebten wiederzubekommen: sie hat sie beseitigt, sie würde nicht mehr daran denken und freudig Maßnahmen ergreifen, um Ernest nachzueilen: das allein würde zählen. Ihrer selbst und ihres Rechtes sicher, könnte sie sich sogar den Luxus leisten, an den Gräbern eine Träne zu vergießen: arme Kinder, ich habe euch töten müssen, ihr habt diesen vorzeitigen Tod nicht verdient, aber der Himmel hat es so gewollt. Aber nein: sie beglückwünscht sich *für ihr Verbrechen*, und durch die vorher zitierten Zeilen scheint der befriedigte Haß durch. Natürlich wird die Freude, Ernest wiederzufinden, als das Wesentliche ausgegeben; auf die Befriedigung des Ressentiments glaubt der junge Autor nur en passant hinzuweisen. Sie wäre nur eine sekundäre Reaktion. In Wirklichkeit wollte es die Geschichte so. Aber kaum ist sie aufgetaucht, schon nimmt sie den ganzen Platz ein: die unendliche Frustration hat Mazza bösartig gemacht (wir werden sehen, daß das ein Charakterzug ist, den der junge Autor allen seinen Helden gibt und den man bei Emma Bovary wiederfinden wird). Unendlich bösartig. Wir wissen jetzt, *gegen wen* sie so lange Zeit Rachepläne geschmiedet hat:

gegen denjenigen, der sie aus dem Nichts gezogen hat, noch bevor Ernest sie wiedergeboren werden ließ, gegen denjenigen, den sie – da sie die Wahrheit noch nicht kennt – für ihr ganzes Unglück verantwortlich macht und der sie durch eine genaue Planung absichtlich hervorgebracht hat: sie rächt sich an Gottvater. Das wird ausdrücklich gesagt: Sie verhöhnt Gott und vergilt dem Himmel ihre Qualen mit Verbrechen. Deutlicher kann man es nicht sagen: das ist nicht «das Glück im Verbrechen», von dem Barbey d'Aurevilly später sprechen wird und das aus einer ganz besonderen Unbewußtheit entsteht; das ist die *Freude am Verbrechen.* Man wird feststellen, daß sie glaubt, indem sie Böses mit Bösem vergilt, ihrem vorgefertigten Schicksal entgehen zu können: das Fatum, heißt es, hat mit ihr gespielt; jetzt ist sie es, die das Fatum «verhöhnt». Achten wir beiläufig auf jene Überzeugung Gustaves: für jeden sind die Würfel vor der Geburt gefallen: man kann ihnen nicht entgehen, es sei denn, man entscheidet sich für das radikale Böse. Dieses Böse existiert bereits, weil das Geschöpf sein Opfer ist, weil es dazu verurteilt ist, bis zum Tode zu leiden: es geht also nicht darum, es zu erfinden oder in die Welt einzuführen, sondern es für sich zu übernehmen: das Opfer entgeht seinen Henkern, indem es seinerseits für die Bosheit optiert – die nichts anderes ist als das selbstbewußte Leiden, das begreift, daß es seiner Natur nach ungerecht *angetan* wird. Mazza schlägt sich auf die Seite ihrer Peiniger – oder besser des Großen und Einzigen Peinigers –, indem sie sich weigert, das Spiel mitzuspielen, das heißt, tugendhaft zu bleiben und entsprechend ihrer Tugend gemartert zu werden: sie macht sich zum Henker, um ihr Schicksal zu brechen; da das Böse über die Welt herrscht, entgeht sie dem Unglück, indem sie für das Böse optiert: damit schlägt sie sich auf die Seite derer, die die Fäden in der Hand haben. Das wird natürlich nicht möglich sein, ohne den Schöpfer zu schockieren, der als guter Schüler des Marquis de Sade beschlossen hat, daß Mazza für ihre Tugenden und durch sie bestraft wird. Aber es ist eine weitere Lust, den Oberschurken zu schockieren, indem man seine Heuchelei entlarvt: Mazza ist eine Justine, die sich willentlich in Juliette verwandelt, weil sie jenes allgemeine Gesetz der Schöpfung begriffen hat: die Guten werden gezüchtigt, die Bösen werden belohnt. Ihren Hochmut gewann sie zunächst aus ihrem unendlichen Leiden; jetzt behauptet sie sich gegen den Ewigen Vater: es ist das übernommene Laster, das auf sich selbst stolz ist und keine Gewissensbisse kennt. Das radikale Böse ist nach dem jungen Autor das Leiden, das sich weigert, noch länger erlitten zu werden, und sich in *Praxis* umkehrt. Wenn wir zwischen den Zeilen lesen, entdecken wir, daß Mazza zwei Väter hat: der eine ist der bedeutungslose Ernest, ein bloßes Instrument der Vorsehung, der die Hölle in ihre Vagina gelegt hat; der andere ist Gott, der alles vorausgesehen, alles vorbereitet hatte. Kurz, zwei Gestalten des Doktor Flaubert: zunächst der Erzeuger, der

symbolische Vater, der mächtiger ist als der Moses von Sigmund Freud, weil er sich nicht darauf beschränkt, das Gesetz zu erlassen, sondern vor den Zehn Geboten, vor der Geburt, ja noch vor der Empfängnis seinen zweiten Sohn mit einem vorgefertigten Schicksal ausstattet und ihn dazu verurteilt, bis zum Tode zu leiden; der andere, Achille-Cléophas, ist der Vollstrecker der großen Werke, der Stellvertreter des ersten auf der Erde, der bei dem Kind ausdrücklich eine blinde Leidenschaft erregt hat, um es dann (etwa im siebenten Lebensjahr) zu frustrieren. Daher die wahnsinnige Rachsucht des passiven Spielzeugs, der Marionette gegen den Anderen – den symbolischen Vater und den frustrierenden Vater –, daher der Traum, *die ganze Familie* zu töten. Das heißt, wenn man genau liest, den Vater und die *beiden* Brüder. Denn Mazza hat zwei kleine Jungen auf die Welt gesetzt. Gustave *wagt nicht*, in seinem mörderischen Traum die Hekatombe zu überleben. Er wird Achille-Cléophas, Achille und sich selbst auf ihrem Grab töten.
Das bestätigt das Ende der Erzählung. Die Tugend wird unerbittlich bestraft. Aber das Laster ebenfalls. Morde und Selbstmord genügen nicht: diese drei Unglücklichen scheiden dahin, ohne sich dessen bewußt zu sein. Das wäre zu schön: zwischen Vater- und Brudermord einerseits und Selbstmord andererseits muß eine gewisse Zeit verstreichen, damit die Züchtigung Platz hat. Anders gesagt, wenn der Junge in Gedanken mit dieser verbotenen Rache liebäugelt, so empört sich der Andere in ihm und schlägt zu: dieser hübsche Traum eines Massakers endet in Angst; Gustaves schockiertes Überich zwingt ihn dazu, Mazza in Verzweiflung zu stürzen: am Tag nach ihrem Triumph läßt sie ein Brief von Ernest wissen, daß er seit sechs Monaten verheiratet ist und sie niemals wiedersehen wird: «Was jetzt?» ruft sie aus. «Was soll jetzt werden? Ich hatte eine einzige Idee, eine einzige Sache im Herzen, sie fehlt mir; werde ich dich finden? Aber du wirst mich wegjagen wie eine Sklavin; wenn ich mich mitten unter die anderen Frauen werfe, werden sie mich lachend verstoßen, stolz mit dem Finger auf mich zeigen, denn *sie* haben niemanden geliebt, *sie* kennen keine Tränen.» (I, 122)
Die arme Frau kann nur noch sterben: sterben heißt für Gustave seine sterbliche Hülle den anderen überlassen: ein Polizeikommissar schlägt die Tür ein, und sein Blick besudelt jenen schönen Körper ohne Schleier, der durch den Tod mehr als nackt ist. Ernest jedoch lebt weiter: Gott belohnt weder die Tugend noch das Laster, er begünstigt nur die Mittelmäßigkeit. Das ist das wahre Böse: ein obszöner Blick auf eine verlassene Tote, das Glück in der Kleinlichkeit; die *Anderen* triumphieren auf der ganzen Linie.
Können wir sagen, daß Mazza, als sie ihre Familie vergiftete, nicht mehr erlitten hat, daß sie tatsächlich zu Taten übergegangen ist? Nein: diese Morde waren vorgesehen, ebenso wie ihr Selbstmord. Man hat sie an der Hand dahin geführt. Es war vorgesehen, daß ihre stürmische Lei-

denschaft Ernest erschrecken und daß dieser unter irgendeinem Vorwand abhauen würde, es war vorgesehen, daß Mazza sich selbst täuschen und diesen Vorwand für bare Münze nehmen würde. Von nun an *mußte* sie zwangsläufig davon überzeugt sein, daß er sie erwartete, daß nur ihre Familie sie daran hinderte, zu ihm zu gehen, und wahnsinnig vor Unglück und Bosheit, *mußte* sie dieses Hindernis kalt auslöschen. Als sie endlich frei über sich verfügen konnte, *mußte* sie entdecken, daß der einzige Grund für ihre lange Frustration die Entscheidung ihres Geliebten war. Ihre rasende Leidenschaft hatte sowohl Ernest vertrieben als auch durch ihre eigene ferngesteuerte Hand das Gift in die Gläser ihres Gatten und ihrer Söhne getan. War das eine Tat? Nein: ein verursachtes, ganz und gar erwartetes Verhalten; indem der hinterhältige Schöpfer sie glauben ließ, daß sie durch ein Verbrechen ihrem Fatum entfliehen könnte, brachte er sie in Wirklichkeit dazu, ihr Schicksal bis zum Ende zu erfüllen.

Man kann also seinem Schicksal niemals entgehen? Diese Frage stellt sich Gustave in jenen Jahren der Adoleszenz nachdrücklich, sie wird sich mit wachsender Dringlichkeit bis zum Januar 1844 stellen. Er will also ein anderes Leben haben? Ja. Ein anderes Sein. Warum? Er hat es noch nicht klar begriffen. In dieser Erzählung wird jedenfalls deutlich, daß eine solche Mutation, wenn sie überhaupt möglich wäre, die allergrößten Mittel erforderte. Tod und Verklärung: das ist der einzige Weg. Mazza scheitert, weil sie im engen Kreis der Leidenschaften geblieben und sich ständig in ihm gedreht hat. Gustave dreht sich auch darin. Ohne Hoffnung. Er weiß noch nicht, daß er sich selbst töten muß und daß nur der Tod der Leidenschaften ihn wiedergeboren werden lassen kann.

Zwei Monate früher hatte er in *Quidquid volueris* die gleichen Themen mit größerem Nachdruck und in gewisser Weise mit größerer Klarheit behandelt: die Figur des Pithekanthropus entsprach damals vielleicht besser seinen eigentlichen Absichten als die Figur von Mazza; vielleicht noch klarer, als Gustave es weiß, manifestiert sie durch ihre bloße Existenz die verworrenen Gefühle, die der junge Autor über das Vorgefertigtsein und die Geschichtlichkeit hegt. Wir werden hier nicht auf die Beschreibung zurückkommen, die Gustave von sich selbst gibt: dieses Porträt des Künstlers als Kind – Stummheit, Analphabetismus, Poesie – haben wir oben beschrieben. Aber wir haben in demselben Kapitel eine Passage aus dem Brief an Fräulein Leroyer de Chantepie (vom 6. Oktober 1864) zitiert, in dem Gustave von seiner «angeborenen (also konstitutionellen oder ererbten) Melancholie» sprach und zu ihrer Erklärung eine «tiefe, immer verborgene Wunde» nannte (das heißt ein Ereignis seiner Vorgeschichte). Wir hatten uns damals gefragt, ohne darauf bereits eine Antwort geben zu können, was für ihn dieses offensichtlich widersprüchliche Begreifen des *Konstitutionellen* als eines *konstituierten Charakters* bedeutete. Das *Wecken* Mazzas hat uns auf den richtigen Weg gebracht: allerdings ist ihre Dornröschen-Wiedergeburt nur eine Metapher: als sie Ernest begegnet, ist sie Gattin und Mutter; er offenbart ihr ihre Sinne, aber schafft sie nicht *ex nihilo.* Damit wird das Thema reicher und zugleich verworrener; in *Quidquid volueris* dagegen bietet Flauberts gelungene Verkörperung in Djalioh die Gefühle des Autors unverhüllt dar. Der Pithekanthropus gleicht ja dem Menschen von Blaise Pascal nach dem Sündenfall: dieser kann nicht Gegenstand eines Begriffs sein, weil ein historisches Ereignis ihn zu Fall gebracht hat, wobei er zwar einige von Gott in ihm angelegte Merkmale behalten, aber andere – zum Beispiel die Unschuld – verloren hat infolge einer verbotenen Handlung, das heißt einer Handlung, die in den Plänen des Schöpfers nicht vorgesehen war. Gewiß ist nur Adam gefallen. Aber da wir von ihm abstammen, hat er uns von Generation zu Generation seine Sünde, seinen Fall und seine Verbannung, kurz seine Geschichtlichkeit vererbt. Adam ist überhaupt nicht *definierbar*: er ist zugleich das, was man aus ihm gemacht hat, und das, was er aus dem, was man aus ihm gemacht hat, selbst gemacht hat, indem er die göttliche Planung vereitelte und unterlief: allein die Geschichte ermöglicht uns, den Vater der Menschen und alle Menschen, die von ihm abstammen, zu *verstehen.* So ist auch für Pascal unser *Menschsein* zugleich konstitutionell und konstituiert. Vor dem Sündenfall existierte unsere Spezies nicht: Adam ist durch die Sünde zum Menschen geworden, indem er jenen ganz besonderen Akt auf sich zog: den göttlichen Fluch. Mit fünfzehn Jahren weist Gustave der Geburt von Djalioh die Funktion zu, die Pascal dem Sündenfall zuweist: die Funktion eines absoluten Beginns. Weder Engel noch Tier, sagt der eine: Engel und Tier entsprechen Begriffen, weil weder der eine noch der andere gesündigt haben. Und Flaubert: weder Tier noch Mensch. Durch seine Entstehung als Sohn einer Frau entgeht Djalioh nämlich dem *allgemeinen Wesen*, das die Orang-Utans kennzeichnet; als Sohn eines Affen entgeht er dagegen dem, was der junge Autor für die menschliche *Natur* hält. Wir haben gesehen und werden noch sehen, wie Gustave in den autobiographischen Werken auf Wiederholungsformeln, auf Verallgemeinerungen zurückgreift. Hier ist er aufrichtiger, weil er sich maskiert bewegt, und weigert sich – wie er es bei Mazza tun wird –, den Helden von seinem Geschick zu unterscheiden. Es handelt sich ja um eine Mißgeburt, das heißt um ein *per definitionem* besonderes Wesen.

Dieser Vergleich Flauberts mit Pascal ist um so gerechtfertigter, als Gustave gerne wiederholt: «Ich glaube an Adams Verfluchung.» Was heißt das anderes, als daß bei den Menschen die Existenz der Essenz vorausgeht? Dennoch besteht ein entscheidender Unterscheid zwischen den beiden Auffassungen; bei Pascal kommt der Fluch nach der

Sünde: der Herr hatte den Menschen nach seinem Bilde geschaffen, er hatte ihn dazu bestimmt, Gutes zu tun und seinen Ruhm zu preisen; die Sünde kam aus Adam selbst, das heißt aus jenem Anteil an Schatten und Nichts, der in jeder Kreatur existiert und über den der Allmächtige nichts vermag, weil er ja die Fülle des Seins ist. Bei Gustave ist Adams Verfluchung eine Hefe, die man in den Teig selbst tut, aus dem man ihn knetet. Er wird mit dem Fluch geboren und sündigt – wie der Schöpfer es vorgesehen hat –, um den Fluch zu rechtfertigen. Die Geschichtlichkeit des Menschen entsteht keineswegs aus seinem Entwurf, aus der *Praxis*, die daraus resultierte: ganz im Gegenteil, die angebliche *Praxis* ist nichts anderes als die Verwirklichung des vom Anderen bestimmten Schicksals durch den von der Vorsehung ferngesteuerten Menschen. Die Geschichte, das ist der Andere: jeder wird mit der seinen geboren, die wie eine unheilbare Wunde in seinem Körper eingegraben ist: er kann sie nur noch *verwirklichen*, das heißt, elend und böse muß er *a posteriori* den Urteilsspruch legitimieren und gleichzeitig verwirklichen, indem er, was er auch tut, aber durch sein Handeln selbst, den größten Leiden entgegeneilt. Also schuldig und bestraft: und dennoch unschuldig, nicht verantwortlich, weil der Andere ihn ja die Frevel hat begehen lassen, die ihre Züchtigung erfahren. Wir brauchen uns über diese Auffassungen nicht zu wundern: sie waren Mode. Der *Kain* von Byron verfluchte Gott und warf ihm vor, daß er alles vorgesehen hatte bis zum Brudermord, der ihn verurteilte. Alfred Le Poittevin, der um diese Zeit Gustave in die Philosophie einführte, verschmähte es nicht, in seinen *Gedichten* den Schöpfer herauszufordern und fröhlich zu lästern. Diese schönen Rasereien stützten sich auf die Argumente der Enzyklopädisten, der Diderot und Voltaire: entweder hast du mich geschaffen, *indem du wußtest*, daß ich meinen Bruder töten, daß ich Christus ausliefern würde, dann bist du kriminell, oder aber du wußtest es nicht, dann bist du nicht der Allmächtige. Aber diese Gedankenspiele haben Gustave nur insoweit beeinflußt, als sie seinem tiefen Gefühl entgegenkamen. Und als der Junge mit Alfred Le Poittevin in jenen metaphysischen Höhen schwebte, erzürnte er sich gegen Gott, weil er in ihm verschwommen das Bild seines Vaters sah.

Sehen wir uns Djalioh aus *Quidquid volueris* an: in einer Hinsicht wird er von niemandem beeinflußt; seine Regungen, seine Begierden, seine Leidenschaften bleiben bis zu seinem Tode spontan. Sie drücken also nichts anderes aus als *sein Sein*. Aber eben dieses Sein gehört ihm nicht, weil es von einem Anderen gefertigt worden ist. Der Amateurbiologe Paul wollte ein Experiment durchführen – um alle Wissenschaftler auszustechen, der junge Autor unterstreicht, daß die Akademie der Wissenschaften seit langem eine so interessante Kreuzung verlangte und daß bisher nur die Mittel dazu gefehlt hatten. Wir weisen beiläufig darauf hin, daß Achille-Cléophas ein Wissenschaftler ist und daß die

Wissenschaft hier – natürlich nur zwischen den Zeilen – wegen ihrer unmenschlichen Grausamkeit verurteilt wird. Kurz, Herr Paul hat die ausdrückliche Absicht gehabt, einen Affen mit einem Menschen zu kreuzen: aus Neugierde und gewiß aus Sadismus. Wenn es gelänge, würde das Produkt der Kreuzung in gewisser Weise ein *experimentelles Leben* führen. Durch seine Konstitution und sein Verhalten würde es eine wichtige Etappe der Evolution rekonstruieren. Er wagt es, und – Flaubert ist hier nicht ohne Bosheit – man wird die schändliche Brutalität des Verfahrens feststellen: er sperrt eine schwarze Sklavin mit einem riesigen tobenden Tier ein, das sie vergewaltigt und schwängert. Das Produkt dieser Paarung, das Kind der Wildheit und des Schreckens, der Brunst und des Leidens, das gewiß von seiner Mutter verflucht wird (das wird zwar nicht gesagt, aber gerade deshalb ist es eine verdächtige Lücke: kann man sich vorstellen, daß sich Gustave nicht die Gefühle dieser Frau gegenüber dem Tier vorgestellt hat, das sie in ihrem Bauch trug?), ist Djalioh, weder Mensch noch Tier, dessen Körperbeschaffenheit und Verhaltensweisen jedoch zugleich seine Quasi-Menschlichkeit und seine Tierhaftigkeit ausdrücken. Kann man annehmen, daß diese beiden Merkmale sich harmonisch miteinander verbinden? Ganz im Gegenteil: diese Mißgeburt wird ständig durch ihren unüberwindlichen Widerspruch gemartert. Ein gewollter Widerspruch: man hat sie ausdrücklich geschaffen, damit sie ständig den unüberschreitbaren Gegensatz von Natur und Kultur reproduziere. *Geboren, um zu leiden*: auch das war vorausgeplant; sie *muß* leiden, und ihre Konflikte müssen sie quälen, damit sie ganz und gar zu dem Pithekanthropus wird, den die Wissenschaft beobachten will: der Weg, der sie zum Verbrechen und Selbstmord führt, ist also genau vorgezeichnet. Dieses tragische Ende sieht Herr Paul zwar nicht in allen seinen Details voraus, aber es wird ihn nicht überraschen: er weiß genau, daß diese Mißgeburt von der *Unmöglichkeit zu leben* gekennzeichnet ist.

Es ist bezeichnend, daß Gustave diesen Amateurwissenschaftler für das Experiment und sein Resultat voll verantwortlich macht. *Quidquid volueris* ist eine Anklageschrift. Wenn der Autor nämlich nur versucht hätte, sich zu beschreiben, wenn das Bild vom Affenmenschen ihn einzig gereizt hätte, weil es über seine Schwierigkeiten, seine Mängel und die sie kompensierenden poetischen Anwandlungen Aufschluß gegeben hätte, wenn das Ressentiment nicht die Hauptquelle dieser Erfindung wäre, dann hätte er es nicht für notwendig gehalten, Herrn Paul zum Ursprung dieses widernatürlichen Koitus zu machen. Die Erzählung würde nämlich auch dann noch stimmen, wenn man die Vergewaltigung der Sklavin für ein Ergebnis des Zufalls ausgäbe. Ein Orang-Utan hat eine junge Schwarze entführt, sie vergewaltigt und dann wieder losgelassen; Herr Paul kommt vorbei, erfährt von der Geschichte, adoptiert die kleine Mißgeburt und bringt sie nach Europa,

um sie den Akademiemitgliedern vorzuführen. Was würde sich hier ändern: die Einsamkeit des Affenmenschen unter den Menschen, seine inneren Konflikte, seine Sensibilität, sein Mangel an Intelligenz, seine Eifersucht, seine Wutanfälle, seine kriminellen Gewalttätigkeiten und sein Tod, alles wäre erhalten. Alles, außer einem: die Schuld des Erzeugers. Gustave hat nämlich Djalioh deshalb zu einem Laboratoriumskind gemacht und dieses spontan erlebte und erlittene Leben als den Ablauf eines Experiments dargestellt, weil es ihm nicht genügte, mit Schande und Hochmut den Titel einer Mißgeburt für sich in Anspruch zu nehmen: er wollte, daß ein böser Wille am Ursprung seines Seins stand. In seinem Kopf hatte alles eine so strenge Form angenommen, daß er zur Verschärfung der Handlung unbedingt wollte, daß das Kind einer Vergewaltigung umkommt, indem es selbst eine Vergewaltigung begeht. Gustave-Djalioh vergewaltigt und tötet – unwillentlich – Adèle, die ganz junge Frau von Herrn Paul, den das nicht weiter erschüttert. Wahnsinnig vor Wut und Schmerz schlägt er danach mit solcher Gewalt seinen Kopf gegen die Wand, daß er stirbt. Mazzas Tod rettete sie keineswegs vor den Anderen: der Polizeikommissar ergötzte sich ungestört an ihrer Nacktheit. Der arme Pithekanthropus ist noch unglücklicher, er entgeht weder Herrn Paul noch der Wissenschaft; er wird ausgestopft und in ein Museum gestellt: jeder Student kann ihn dort ansehen. Was den finsteren Amateurwissenschaftler angeht – ein Automat, der Demiurg spielt –, so bleibt er natürlich – ebenso wie Ernest – der einzige Überlebende.
Wir werden hier wie schon in *Passion et vertu* eine Vermehrung der Vaterschaften feststellen. Der wahre Vater von Djalioh-Gustave ist Paul. Als aufgeklärter Urheber der künstlichen Befruchtung hat er in vollem Wissen und Bewußtsein methodisch beschlossen, für die Erfordernisse eines unmenschlichen Wissens dieses Laboratoriumskind, diesen Pithekanthropus zu schaffen: einen jüngeren Bruder. Aber sobald es darum geht, das Experiment zu verwirklichen, verdoppelt er sich und verwandelt sich in einen Orang-Utan: Doktor Jekyll und Mister Hyde. Ein doppelter Gegenstand der Rachsucht: betrachtet man diesen Koitus vom Gesichtspunkt des Organisators, so ist es ein grausames, aber rational vorbereitetes Unternehmen mit ernsthaften Absichten, eine unerbittliche, aber kalte und überlegte Handlung. Betrachtet man ihn dagegen als ein besonderes Ereignis, das in einer bestimmten Nacht im Jahre 1821 stattfand, wahrscheinlich im März, so ist es eine obszöne und absurde Gewalttat, die von der Frau, die ihr Opfer ist, mit Entsetzen und Schmerz erlitten und von dem brünstigen Männchen als ein dunkles animalisches Toben erlebt wurde. Als wenn ein tiefer Ekel, dessen Wurzeln in der Vorgeschichte liegen, endlich zum Ausdruck käme: wie groß auch immer die Verdienste, die Intelligenz und das Wissen des Erzeugers sein mögen, selbst wenn ein richtiges Nützlich-

keitskalkül ihm deutlich gemacht hat, daß es in seinem Interesse lag, die Familie zu vergrößern, so kann die Fortpflanzung – jener notwendige Übergang des Kulturmenschen zur *natürlichen* Übertragungsfunktion – nur Schmach sein. Zwei menschliche Geschöpfe – von denen das eine in ein Raubtier verwandelt wird – spielen das Tier mit den beiden Rücken, wälzen sich zusammen in Dreck und Blut: das Produkt dieser Ungeheuerlichkeit, die etwas von einem Mord hat, trägt als seine tiefe Natur diese Nacht in sich, in der ein angesehener Wissenschaftler sich in einen Affen verwandelt und seine Sklavin vergewaltigt hat; Toben und Schrecken, blutiger Schmutz, das ist sein *natürlicher* Widerspruch: ist er nicht die Frucht einer obszönen Gewalttat und einer widerlichen Zustimmung? Hat er nicht notwendig beides verinnert? Das ist natürlich ein Phantasma, aber ein hartnäckiges: einige Jahre früher gefällt sich Gustave darin, uns in Szenarios von Melodramen, die erhalten sind, schuldige Mütter vorzuführen, die von Verführern grausam behandelt, vergewaltigt oder betrogen, auf jeden Fall verlassen werden. Wenn wir uns mit Flauberts Sexualität beschäftigen, werden wir auf diese erste Vorstellungswelt zurückkommen: die vergewaltigte, gefallene, gezüchtigte Mutter. Wir können bei ihm sowohl Sadismus als auch Mitleid feststellen. Der Mensch ist unverzeihlich. Merkwürdigerweise könnte man sagen, daß der Makel dieses kalkulierten Wesens ist, daß es, selbst wenn es brünstig wird und sich in ein Raubtier verwandelt, *nicht genug Wollust empfindet.* Für Gustave – wir werden darauf zurückkommen – ist es die Frau, die Wollust empfindet (vorausgesetzt natürlich, daß sie nicht vergewaltigt wird), und wir werden noch Gelegenheit haben, den Wunsch zu untersuchen, den er zwei oder drei Jahre später in sein Notizbuch einträgt, als er davon träumt, eine Frau zu sein, um die sinnliche Lust kennenzulernen (*Souvenirs*, S. 105). Aber Flaubert macht in seiner Adoleszenz dem schönen Geschlecht deswegen keinen Vorwurf: im Gegenteil ist er neidisch auf die Passivität der Mätresse, die unter seinen Zärtlichkeiten stöhnt, und auf die passive Ekstase, die darauf folgt und die seinen Geistesabwesenheiten und Verzückungen so nahe kommt. Nach *Quidquid volueris* und vor jener Notiz wird er jedoch, in der Überzeugung, daß die Frau um ihrer eigenen Wollust willen ihren Gatten dazu auffordert, mit ihr zu schlafen, in den *Mémoires d'un fou* die Kopulation beschreiben, indem er die beiden Seiten umkehrt: der Mann bleibt auf jeden Fall tierisch; aber nicht die Brunst vertiert ihn zunächst, sondern das Trinken; die Frau profitiert von seinem Betrunkensein, um ihn zu entflammen: er nimmt sie, sie empfindet Wollust, das war das beabsichtigte Ziel, ein anderes gab es nicht; und auch das Kind, «das zarte Unterpfand der Liebe», das neun Monate später geboren wird, ist nur eine Frucht des Zufalls, da es von keinem der beiden Gatten gewollt wurde: es ist überzählig, hinderlich, spiegelt durch seine abscheuliche Kontingenz den zufälligen Zwischenfall wider, der es aus dem Nichts gezogen hat, man kann sich vorstellen, daß es *schlecht geliebt* werden wird. Kurz, das Verbrechen, es in die Welt gesetzt zu haben, wird jetzt der Frau angelastet. Was Wunder: auf den vorhergehenden Seiten hat er gerade von seiner unglücklichen Liebe zu Frau Schlésinger gesprochen. Er war so wütend auf sie, weil sie an Maurice festhielt, diesem grotesken, so vulgären und widerlichen Burschen, daß er ein für allemal beschließen wird, daß die Frauen eine ausgeprägte Vorliebe für Gecken und Idioten haben. Warum soll man unter diesen Umständen also nicht aus der Notiz etwas herauslesen: Frau Schlésinger ist ihrem Geschlecht entsprechend ständig brünstig und macht Maurice besoffen, damit sie unter ihn kriechen und sich von ihm ficken lassen kann; das Ergebnis ist, daß sein Ressentiment gegenüber Elisa die Spur verwischt und seinen ursprünglichen Horror vor dem Koitus, der ihn hervorgebracht hat, kaschiert. Indem er die Zufälligkeit der Fortpflanzung betont, verbirgt er nämlich, ohne es zu wissen, den anderen Aspekt, der für seinen Fall und in seinen Augen grundlegend bleibt: die Vorausplanung. Die Überlagerung beider Motive in den *Mémoires d'un fou* ist um so deutlicher, als in dem strengen Auftreten von Caroline Flaubert *nichts* die tugendhafte Bacchantin verraten konnte, die sich nachts bei geschlossenen Türen unter den Händen ihres Erzeugers enthemmte. Im übrigen wurde im Hôtel-Dieu die Familienplanung offen erklärt: man machte Kinder, man brauchte sie; wenn eins von ihnen krepierte, fing man wieder von vorne an. Elisa kommt übrigens in *Quidquid volueris* vor, das nach den berühmten Ferien in Trouville geschrieben wurde: es ist Adèle, die, obwohl leidenschaftlich von Djalioh geliebt, *weil sie Frau ist*, die Torheit besitzt, ihren Gatten, den Roboter, anzubeten. So ist das Thema dieser Novelle reicher, vollständiger, direkter an die Vorgeschichte gebunden als die Erklärungen der *Mémoires d'un fou*. Gustaves Hauptvorwurf gegen seine Eltern betrifft nicht die Zufälligkeit seiner Geburt. Gewiß, er spürt es, diese Zufälligkeit ist die Faktizität, der besondere Geschmack des Erlebten, insofern dieses in seiner unreduzierbaren, aber «unsagbaren» Originalität die unkontrollierte Gewalt einer Kopulation zum Ausdruck bringt: das Versinken der Gatten in die schmutzigen Küchen der Natur. Aber nicht diesen kurzen Tobsuchtsanfall haßt er: es ist vielmehr die Vorausplanung. Nein, der Pithekanthropus ist nicht das Produkt des Zufalls: er ist von langer Hand vorbereitet und *genau so, wie er ist*, gewollt worden. Achille-Cléophas hatte beschlossen, Gustave zu zeugen, und so hat er Gustave tatsächlich gezeugt. *Quidquid volueris* ist eine lange und reichhaltige Meditation über die Geburt. Ein Menschenkind fragt sich: «Warum bin ich geboren?» Und diese Überlegung hat nichts Metaphysisches: der Junge fragt sich, was es bedeuten kann, einen Menschen zum Vater zu haben, einen fertigen Menschen mit seinen Gewohnheiten, seinen Vorurteilen, seiner Ideologie, seinen Kenntnissen; was bedeutet es, der jüngere Sohn des Doktor Flaubert zu sein?

Die Antwort ist klar: ich bin nicht das Produkt von einem blind gegebenen Schwanzstoß – oder, zumindest, nicht nur das. Ich bin vor allem das Kind einer Idee. Mein Vater hat mich *erfunden*, lange bevor er mich gezeugt hat. Er hat mich nicht um meiner selbst willen konzipiert, für mein Glück, um mir seine Liebe zu gewähren: ich bin in seinem Kopf nicht ein Zweck, sondern ein Mittel zur Verwirklichung seiner Pläne gewesen, ein Instrument für seinen Familienarrivismus; zur Erreichung seiner Zwecke war es ihm notwendig erschienen, daß ich ein *Minderwertiger* würde; mit anderen Worten, dieser Landmensch, der Schöpfer einer durch das Erstgeburtsrecht beherrschten Landfamilie, mußte wohl wissen, daß er einen *jüngeren Sohn* hervorbrachte, der fast neun Jahre jünger war als sein Bruder; ich klage ihn an, daß er mich gewollt hat, nicht trotz dieses Handikaps, sondern *seinetwegen*, und daß er mich folglich wissentlich zu meinem Unglück gemacht hat.

Obwohl sich also der Junge seines passiven Temperaments, seiner Labilität, seiner Geistesabwesenheiten, seiner schlechten Beziehung zur Sprache und seiner Handlungsunfähigkeit bewußt ist[40], ist er weit davon entfernt, die erste Pflege durch Caroline Flaubert dafür verantwortlich zu machen: er springt mit einem Satz über seine Geburt hinweg und sucht die Ursachen für seine «Anomalie» in der Vorgeschichte und noch weiter in einem vom absoluten Anderen ausgesprochenen *fiat*. In dieser Anklage hat man vor allem nicht das Ergebnis einer vorübergehenden Gemütsverfassung oder irgendeines jugendlichen Paradoxes zu sehen. Gustaves Groll ist so hartnäckig, daß er in ihm *für sein ganzes Leben* einen radikalen Ekel vor der Fortpflanzung und eine offen erklärte Option für die Unfruchtbarkeit bestimmt. Ein Beispiel kann das zur Genüge zeigen: 1852 kündigt ihm Louise Colet an, daß sie von ihm schwanger zu sein glaubt. Nach einigen Tagen «beruhigt» sie ihn jedoch wieder: falscher Alarm. Und das antwortet er ihr am 11. Dezember 1852:

«Ich verschlinge Dich zuerst mit Küssen in der Freude, die mich beflügelt. Dein Brief von heute morgen hat mir einen großen Stein vom Herzen genommen. Es war Zeit. Gestern habe ich den ganzen Tag lang nicht arbeiten können ... Bei jeder Bewegung, die ich machte (das

40 Mehr noch als in *Passion et vertu* erscheint die am Ende ausbrechende Gewalt, Mord und Selbstmord, als rein pathetisch. Djalioh hat Adèle weder vergewaltigen noch töten wollen: er hat sie mit seinen Krallen zerkratzt, als er meinte, sie nur zu streicheln; ebenso hat er nicht einmal daran gedacht, sich selbst zu töten: es ist der Sturm in seinem Körper, ein *erlittener* Sturm, der ihn mit dem Kopf gegen die Wand geworfen hat. Kurz, er hat nichts *getan*; dieser selbstzerstörerische Ausbruch ist nicht einmal eine Weigerung: es ist die Somatisierung der Unmöglichkeit zu leben.

meine ich wörtlich), sprang das Gehirn in meinem Schädel, und ich mußte mich um 11 Uhr hinlegen. Ich hatte Fieber und eine allgemeine Depression. Drei Wochen litt ich schrecklich unter Befürchtungen ... O ja, diese Vorstellung quälte mich, zwei- oder dreimal flimmerte es vor meinen Augen, zum Beispiel am Donnerstag ... Die Vorstellung, jemanden auf die Welt zu setzen, *erfüllt mich mit Grauen.* Ich würde mich verfluchen, wenn ich Vater wäre. Ein Sohn von mir! Oh, nein, nein, nein! Daß doch mein ganzes Fleisch umkomme und ich niemandem den Überdruß und die Schmach der Existenz weitergebe!»
Was für eine Aufregung, was für eine Raserei! Ich weiß: er wollte sich an Louise Colet, die ihn in seinen Augen schon sehr behinderte, nicht durch ein zusätzliches Band fesseln noch ihr Mutterrechte verleihen, wo er ihr schon die Rechte einer Geliebten verweigerte. Und außerdem fürchtete er zu verbürgerlichen, auch wenn sie unaufdringlich geblieben wäre: «Diese Vaterschaft ließ mich wieder in die gewöhnlichen Umstände des Lebens eintreten. Meine Unberührtheit gegenüber der Welt war vernichtet, und das stürzte mich in den Schlund des allgemeinen Elends.» Aber solche Erwägungen konnten ihm zwar Sorgen machen, ihn allenfalls quälen, sie genügen nicht, seine Ängste zu motivieren. Er muß einen *Haß gegenüber der Vaterschaft* in sich hegen. Und die Gründe müssen viel tiefer liegen. *«Ich würde mich verfluchen, wenn ich Vater wäre»*, das kann man nur so verstehen: «Weil ich meinen Vater verflucht habe.» Weiter unten fügt er hinzu: «Ich fühle mich ruhig und strahlend. So ist nun meine ganze Jugend vergangen ohne einen Makel noch eine Schwäche.» Zeugen, das ist ein Makel? Eine Schwäche? Der Doktor Flaubert ist also schuldig, weil er Gustave «den Überdruß und die Schmach der Existenz» weitergegeben hat. Flaubert als Opfer eines skrupellosen Vaters weigert sich, sich zu befreien, indem er seinerseits zu *diesem* Vater wird: was ihn bei dem Sohn, mit dem man ihn bedroht, mit Grauen erfüllt, ist er selbst. Ein Wort ist überraschend: Unberührtheit. Dieser Mann von einunddreißig Jahren hat mehrere Liebschaften gehabt; aber das ist unwichtig: wenn der Koitus unfruchtbar bleibt, ist seine Reinheit unversehrt; es wird dann nur der erinnerungslose Kontakt zweier Epidermen sein. Kommt es zur Fortpflanzung, ist der Mann besudelt durch die schändlichen chemischen Vorgänge, die er im Bauch seiner Frau verursacht hat; die Liebe ähnelt dann der Darmentleerung: Gustave hätte *Unrat gemacht* – weil auch sein Vater Unrat gemacht hat, als er ihn zeugte. In diesem Augenblick kehrt sich der Fluch um: Gustave verflucht seinen Vater, weil sein Vater ihn verflucht hat.[41]

41 Eine bereits zitierte Passage läßt keinen Zweifel über die grundlegende Identität von Herrn Paul: er ist, sagt er, eine «Mißgeburt» oder vielmehr jenes «Wunder der Zivilisation, das alle ihre Symbole aufwies, Größe des Geistes,

Man beachte hier, daß Djalioh aus *Quidquid volueris* – das ist ein Trick von Gustave – Herrn Paul nicht böse zu sein scheint, daß er ihn auf die Welt gesetzt hat. Mehr noch: die Novelle erwähnt ein Goldenes Zeitalter, das dem Unglück und Tod des Pithekanthropus vorausging, wäh-

Kälte des Herzens» (I, 105). Das Nebeneinanderstellen der beiden Mißgeburten: «Das war die Mißgeburt der Natur, die mit Herrn Paul zusammen war, jener anderen Mißgeburt . . .», liegt nahe, hat aber gleichzeitig die Tendenz, das Symbol fehlzuleiten, zu kaschieren. Gustave ist schon im voraus geschlagen, das heißt, er wird niemals wagen, sich lange Zeit und explizit mit seinem Schöpfer zu vergleichen. Das versteht sich: zwischen einem autoritären Vater und seinem Sohn gibt es nur einseitige Beziehungen; für einen Vergleich müssen Wechselbeziehungen zumindest theoretisch möglich sein. Aus diesem Grund kann Gustave seinen Erzeuger zwar insgeheim verfluchen, aber es ist ihm verboten, sich mit ihm auf die gleiche Stufe zu stellen: Achille-Cléophas, der perverse Gott, bleibt bis in seine Untaten hinein heilig. Sobald Djalioh und Herr Paul nebeneinandergestellt werden, wechselt dieser seine Persönlichkeit. Die meiste Zeit über ist er nämlich ein Geck, ein Müßiggänger, ein cleverer und bösartiger Schwachkopf ohne jede Sensibilität. Dieser Wissenschaftler ist nur ein Amateur, der sich in den Salons, in der Gesellschaft von Kretins wohl fühlt «in gelben oder azurblauen Handschuhen, mit Lorgnons, Fracks, mit mittelalterlichen Köpfen und Bärten» (I, 107), die Stutzer oder Industrielle aus Rouen, aber sicher keine Akademiker sein können. Paul ist in diesen Passagen nur ein erster Aufguß von Ernest, dem jämmerlichen Lovelace aus *Passion et vertu*. Im übrigen hat er zwei ganz verschiedene Funktionen in der Handlung: er ist der schreckliche Demiurg, das Wunder der Zivilisation, dem ein allgemein erwartetes Experiment gelingt, indem er in der Kälte seines Herzens einen leidenden Körper schafft, dessen unerbittliches Schicksal es ist, vor Gram zu sterben; aber er ist auch ein Rentier, der «in» ist, mit Snobs verkehrt, sich vormittags im Bois de Boulogne und abends auf dem Boulevard des Italiens zeigt, er ist vor allem der geliebte und sehr gleichgültige Gatte von Adèle, die von Djalioh verzweifelt begehrt wird. Zwischen Paul I. – der die Welt erforscht und der Wissenschaft dient – und Paul II., dem liebenswürdigen Produkt der Pariser Gesellschaft, gibt es keine sichtbare Verbindung. Aber auch keine Unvereinbarkeit: dieser *Amateur*biologe könnte entweder zugleich oder nacheinander der eine und der andere sein; das ist offensichtlich. Wenn das der Fall wäre, müßte er jedoch mit Wissenschaftlern verkehren, mit ihnen sein Geschöpf beobachten, kurz, das Experiment zu Ende führen. Aber nein: er tut nichts dergleichen. Oder wenn er es tut, so wird es uns nicht gesagt. Gustave erwähnt beiläufig das lebhafte Interesse der Naturforscher für die Mißgeburt. Aber Paul II. scheint sich nach gelungener Kreuzung für das Resultat nicht zu interessieren; er schleppt den Pithekanthropus überall mit sich herum, gleichgültig, etwas verächtlich, wie einen Diener, der ihm ganz ergeben ist, wie eine Kuriosität, mit der er die Gesellschaft amüsieren kann. Seine große «Kälte des Herzens» macht ihn vor allem derart blind, daß sie ihm die Liebe und die Vorzüge der Frau verbirgt, die nur für ihn lebt. Könnte Paul II. nicht Achille sein, der Usurpator, der kalte Nutznießer der väterlichen Liebe, die Gustave glücklich gemacht hätte? Zweifellos, er ist es: und der Vergleich zwischen den beiden Brüdern liegt nahe, von

rend in *La peste à Florence* Gustave seinem Helden sogar eine glückliche Kindheit verweigerte. Das Vergehen – oder der Fehler – scheint vielmehr darin zu liegen, daß er ihn nach Europa gebracht und den Menschen konfrontiert hat: daraus sollte das erste Unbehagen erwachsen. Das Drama beginnt, als Paul, was sein gutes Recht ist, Adèle heiratet und bei seinem Geschöpf eine ohnmächtige und wilde Eifersucht erregt. *Wer* kann sich beklagen? Niemand. Es ist klar, daß das junge Mädchen nur einen Menschen heiraten kann, das heißt ein Mitglied seiner Spezies; das Menschengeschlecht kann zur Not hinnehmen, daß man eine schwarze Sklavin von einem Affen decken läßt: das Opfer ist an der Grenze des Menschseins; aber für eine Weiße, für eine Bürgerin, für eine Französin sind Mesalliancen verboten; außerdem könnte sich Adèle nicht ohne Entsetzen vorstellen, daß sie sich den Umarmungen von Djalioh überließe, jenem Untermenschen, dessen Minderwertigkeit – in den Augen der Welt – offensichtlich ist. Kurz, dieser verunstaltete Rivale ist von vornherein *nach aller menschlichen Billigkeit* ausgeschlossen; mehr noch: man bemerkt seine Liebe nicht einmal. Djalioh übertrifft jene jämmerlichen überlegenen Wesen durch die Unermeßlichkeit seiner Liebe. Aber welche *menschliche* Wertskala schätzt die Sensibilität höher ein als den Verstand? Bei wem könnte die Mißgeburt Berufung einlegen gegen das über ihn gefällte Urteil? Der Himmel ist leer, Gott ist nicht. Und wenn er existierte, so wäre er ein Vater, der den Menschen recht gäbe. Also hat der Andere *von jeher* gewonnen, lange bevor Herr Paul auf die Idee gekommen war, sein Experiment durchzuführen; Djalioh hat bereits verloren, als er zu lieben beginnt: er leidet zwar unter einer Frustration. Aber unter einer *legitimen* Frustration, die er auch als solche erkennen würde, wenn er denken könnte. Genau das hat der Autor gewollt: alles gegen sich aufbringen, die Vernunft, das Gesetz, sogar die Liebe (es ist *normal*, daß Adèle Herrn Paul liebt); damit gibt er zu, daß er eine Mißgeburt, ein Untermensch ist, den man nicht mit seinem Bruder vergleichen kann und der, als direkte Folge davon, nichts von dem verdient, was er begehrt. Indem Gustave also Djalioh sich verstört gegen diese grellen Evidenzen sträuben läßt, dreht er sich flink nach seinem Vater um: ja,

denen der ältere sich so gut auf logische Verbindungen versteht und der zweite auf die Gründe des Herzens. Adèle ist, so gesehen, zunächst die Gunst des Vaters, die dem ersten Sohn gewährt und dem zweiten verweigert wird. Aber vergessen wir nicht, daß die Novelle nach der Begegnung von Trouville geschrieben wurde: das bedeutet, daß die junge Frau noch eine andere Funktion erhält, nämlich Elisa Schlésinger darzustellen. Flauberts Eifersucht hat zwei Ebenen: er ist eifersüchtig auf seinen Bruder und auf Maurice Schlésinger; so daß Herr Paul, insoweit Adèle das Phantom von Trouville verkörpert, einige Züge von Maurice aufweisen muß, dem unwürdigen und lauen Liebhaber, wie es Arnoux in der zweiten *Education sentimentale* sein wird.

ich bin ohne Wert, ohne Verdienst und ohne Recht, warum hast du mich so gemacht? Man verstehe uns recht: der in Djalioh verkörperte kleine Gustave ist ebensowenig wie jener in der Lage, Groll zu empfinden und zu äußern; mit Eifer und in aller Unschuld müssen sie die Situation durchleben, die ein Anderer für sie geschaffen hat: die schließliche Katastrophe – die in ihr Schicksal eingeschrieben ist – wird um so erschütternder sein, als sie sie weder vorausgesehen noch verstanden haben werden. Auf Grund des passiven Naturells, das ihm gegeben wurde, kann und will der jüngere Sohn von Achille-Cléophas nicht aufbegehren – wir werden darauf noch zu sprechen kommen: bei ihm muß die Spontaneität Gehorsam und Glauben sein; indem er auf diese Weise selbst verwirklicht, was der Andere vorgeschrieben hat, weist er jede Verantwortung für die Unglücksfälle zurück, die ihm entsprechend dem aufgestellten Plan passieren: sein Schöpfer ist in ihn hineingekrochen, um ihn zu steuern. Es gibt also nur einen einzigen Schuldigen: das ist der allmächtige Vater. Aber in wessen Augen ist er schuldig, da es ja keinen Richter gibt? Genau dahin will uns Gustave bringen: durch die Erzählung verdoppelt er sich; der Erzähler ist *ein anderer* als das besessene Kind. Während dieses unwissend leidet und niemandem böse sein kann – zum Teil, weil man es so gemacht hat, daß ihm logische Verbindungen abgehen –, löst sich der Autor von ihm und legt Zeugnis ab; mehr noch, er macht aus seiner Novelle eine Anklageschrift. Dadurch, daß diese Anklageschrift unauffällig, verschleiert und umständlich ist, ist sie nicht weniger objektiv. Niemals sagt der Autor natürlich «Ich klage an»; dennoch ist die Darlegung der Tatsachen bewußt tendenziös: alles geschieht so, als wenn der kleine Gustave, ganz mit dem Leben beschäftigt, gutgläubig sagte: «Wenn ich leide, so ist das mein Fehler. Ich kann nur mich selbst anklagen, und ich danke den Erwachsenen für ihre guten Dienste: ich weiß, daß sie im Sinne höherer Interessen handeln, und ich vertraue ihnen von ganzem Herzen», während ein anonymes und reflexives Bewußtsein dieses Unwissen transzendiert und die entsetzliche Wahrheit, das Verbrechen von Achille-Cléophas wiederaufdeckt. Daraus kann man zunächst schließen, daß Gustaves Haltung gegenüber seiner Familie festgelegt ist: weder Widerstand noch Revolte, ein tiefer und offen bekundeter Glaube, aber ein gesteuerter Gehorsam, der die schlimmsten Katastrophen verursacht und dadurch die Erwachsenen zuzugeben zwingt, daß sie es sind, die durch ihre grausamen oder stumpfsinnigen Absichten die volle Verantwortung dafür tragen; ich werde diese Taktik später als «Gleitflug» beschreiben, und man wird sehen, daß das die *Praxis* der Passivität ist. Zum zweiten belehrt uns der Verdoppelungsversuch über ein literarisches Verhalten des jungen Schriftstellers: nichts ist umsonst in seinen Erzählungen. Viele Autoren, die in ihrem reifen Alter ausführlich von sich selbst gesprochen haben, hatten bei ihren Anfängen

Gefallen daran, lediglich schöne Geschichten zu erzählen oder konventionelle Gedichte über den Tod, die Liebe und große Gefühle zu schreiben, die sie nicht empfanden. Gustave schreibt bereits mit fünfzehn Jahren – wie wir bald sehen werden, tut er es bereits mit dreizehn –, *um sich zu verstehen* und *um sich zu rächen.* Ständig sinniert er über seine Lage, betrachtet sie mal von der einen, mal von der anderen Seite, aber aus jetzt noch nicht geklärten Gründen kann er sich nur zur Reflexion aufschwingen, indem er über eine imaginäre Figur meditiert, die, wenn man so will, ein möglicher Gustave wäre – der vielleicht verwirklicht werden könnte, aber in einer anderen Zeit oder einer anderen Welt. Das wesentliche ist jedenfalls, daß die Beziehungen die gleichen bleiben und daß die materiellen Besonderheiten differieren. Wir werden noch hundertfach im Laufe dieser Untersuchung sehen, daß diese *imaginierende Reflexion* für Flauberts Verhalten sich selbst gegenüber charakteristisch ist. Wir dürfen jedoch nicht glauben, daß er das Wahre begreift – sein wahres Gefühl, seine wahre Sicht seiner Vergangenheit, seiner eigenen Geschichte – und daß er sie dann aus Vorsicht verkleidet – wie Samuel Pepys es tat, als er sein Tagebuch chiffrierte, aus Furcht, daß es in fremde Hände fallen könnte. Nein: Gustave wird zwar von dem dringenden Bedürfnis gepeinigt, sich zu erkennen, seine stürmischen Leidenschaften zu entziffern und ihre Ursachen herauszufinden. Aber er ist so veranlagt, daß er sich nur begreift, indem er sich erfindet. Daher ist seit dieser Epoche die Literatur sein Heil, weil er immer nur sich selbst erfindet und weil es ihm durch das Niederschreiben seiner Phantasmen gelingt, die Stürme seines Herzens irgendwie zu beherrschen, seine reale Situation irreal von oben zu überschauen. Aber wenn es der Fiktion gelingt, ihn dem Unmittelbaren zu entreißen, wenn er sich für seine ersten Werke begeistert, so deshalb, weil die Notwendigkeit der Selbsterkenntnis ihm im Halbdunkel des frühen Alters immer nur als ein ununterdrückbares Bedürfnis erscheint, andere Figuren zu schaffen.

Also wird Herr Paul angeklagt. Auf dieser Ebene braucht kein Richter mehr gesucht zu werden: wer wäre besser dazu qualifiziert, einen Urteilsspruch zu fällen, als sein eigener Schöpfer. Durch diesen Trick kommt Gustave in den Hochgenuß, nachträglich selbst denjenigen zu schaffen, der ihn geschaffen hat, und ihn in der Imagination mit einem radikal bösen Willen auszustatten. Die literarische Schöpfung oder die Rache des Geschöpfes.

Diese Feststellungen ermöglichen uns, noch tiefer in die Anklageschrift von *Quidquid volueris* einzudringen. Wir haben ja gesehen, daß Djalioh vor seinem Verfall ein Goldenes Zeitalter kennengelernt hat. Diesen ersten Jahren muß man immerhin Rechnung tragen, wird man einwenden, um Herrn Paul gerecht zu werden. Aber darf man wirklich daran glauben, daß Djalioh in einem wolkenlosen Paradies lebte? Der

Sohn eines Affen und einer Frau «empfing» zwar damals Ekstasen. Aber diese sind bei näherer Betrachtung verdächtig. Ich spreche nicht von den lethargischen Melancholien, in denen sie sich regelmäßig verlieren, noch von dem Zittern, das sie begleitet. Ich schlage lediglich vor, noch einmal sein Porträt *vor* dem Aufbruch nach Europa zu lesen.
«Seine Jugend war frisch und rein, er war siebzehn – oder vielmehr sechzig, hundert und ganze Jahrhunderte, so alt und gebrochen war er, verbraucht und gepeitscht von allen Winden des Herzens, von allen Orkanen der Seele. Fragt den Ozean, wieviel Runzeln er auf der Stirn trägt; zählt die Wellen des Sturms! Er hatte lange gelebt, sehr lange, nicht durch das Denken (sondern durch die Seele) ... und durch das Herz war er bereits alt. Doch seine Neigungen hatten sich niemandem zugewandt, denn er hatte ein Chaos der fremdartigsten Gefühle (*sic*) ... in sich ... die Natur beherrschte ihn unter allen jenen Kräften, Wollüste der Seele, stürmische Leidenschaften, unbändige Gelüste. Es war das Zusammentreffen einer großen moralischen und körperlichen Schwäche mit dem ganzen Ungestüm des Herzens, das jedoch so anfällig war, daß es bei jedem Hindernis von selbst zerbrach ...» (I, 105)
Später wird er hinzufügen, daß er Adèle, bevor die Eifersucht ihn dazu trieb, sie leidenschaftlich zu begehren, liebte «wie die ganze Natur mit einer zarten und allumfassenden Sympathie» (I, 105). Sein Herz war in der Tat «weit und unendlich, denn es umfaßte die Welt in seiner Liebe» (I, 105). Daß hier das Motiv des Altseins wieder auftaucht, wird einen kaum verwundern: merkwürdiger ist, daß es auf das Kind während seiner Vorgeschichte, das heißt *während des Goldenen Zeitalters* angewandt wird. Mazza aus *Passion et vertu*, das ist der Höhepunkt des Unglücks, das ihr fast die Haare bleicht. Das Kind Djalioh dagegen, das sind wiederholte Ekstasen, Leidenschaften ohne Tränen, die es in einen Greis verwandelt haben. In einem Abstand von zwei Monaten scheint er uns zu sagen: «Am Ende meiner Kindheit hat mich das Unglück *gebrochen*», und: «Als Kind war ich glücklich, das Glück hat mich altern lassen». Von der einen zur anderen Novelle wird die Symbolwelt umgekehrt. Gustaves Hartnäckigkeit, jedesmal das Leitmotiv des Altwerdens wiedereinzuführen, und die widersprüchliche Verwendung dieses Leitmotivs lassen sich nur so erklären: diese Oberflächenbedeutungen verbergen einen darunterliegenden Sinn; der Autor versucht, ihn anzudeuten; und wenn ihm das nicht gelingt, so deshalb, weil er sich in sich selbst irrt und nicht die angemessenen Instrumente hat. Am Ende dieses Kapitels werden wir versuchen, dieses polyvalente Symbol aufzuklären. Im Moment müssen wir behutsam weitergehen.
Altsein heißt, wie Gustave hundertfach gegenüber Louise Colet wiederholt hat: apathisch, lustlos sein. Kurz, moribund oder tot. Diesen Sinn gibt er jedenfalls dem Wort in seinem fünfundzwanzigsten Le-

bensjahr. Mit fünfzehn Jahren ist es etwas ganz anderes: der Beweis dafür ist, daß das Greisenkind Djalioh von seiner Leidensfähigkeit nichts verloren hat. Noch von seiner Fähigkeit zu begehren. Adèle braucht nur aufzutauchen, und schon ist es die Hölle. Was bedeuten also hier die Wörter «gepeitscht, verbraucht, gebrochen»? Warum soll aus diesem Jüngelchen ein Hundertjähriger gemacht werden? Das ist um so verwirrender, als Gustave durch die Verkörperung in dieser Figur eine Zusammenfassung seiner ersten sieben Jahre geben will. Ja: das Glück des kleinen Jungen hat sieben Jahre gedauert, und dann ist das Unglück über ihn hereingebrochen: er hat die Schmach erfahren, eine Mißgeburt zu sein, und die wilde Eifersucht. Aber der Blitz traf ein bereits altersgraues Haupt. Was kann er damit sagen wollen? Er kann natürlich jenes merkwürdige Phantasma rationalisieren; weder durch Schmerz noch durch Freude an sich, kann er erklären, sind Seele und Körper verbraucht: sondern durch ihre Intensität. Ob positiv oder negativ, die Leidenschaft läßt uns entsprechend ihrer Heftigkeit in jedem Alter altern. Heißt es nicht von Djalioh, daß die Natur «ihn unter all jenen Kräften (beherrschte), Wollüste der Seele, stürmische Leidenschaften, unbändige Gelüste» (I, 105)? Das Herz des Affenmenschen wäre also seit seiner Geburt ein Pandämonium. Aber diese wenigen Zeilen haben doch etwas Überraschendes: sie fallen so sehr aus dem Rahmen, daß sie wie später hinzugefügt wirken. Als Gustave uns die entstehende Liebe von Djalioh für Adèle schildert, schreibt er: «Wo der Verstand endete, übernahm das Herz sein Reich, es war weit und unendlich, denn es umfaßte die Welt in seiner Liebe. So liebte er auch Adèle (vor der Eifersucht), aber zunächst wie die ganze Natur mit einer zarten und allumfassenden Sympathie; dann wuchs diese Liebe allmählich in dem Maße, wie seine Zärtlichkeit für die anderen Wesen abnahm. Wir werden ja alle mit einer gewissen Menge an Zärtlichkeit und Liebe geboren ... Streut Tonnen von Gold auf die Oberfläche der Wüste, der Sand wird sie bald bedecken; aber sammelt sie zu einem Haufen zusammen, und ihr werdet Pyramiden bauen können. So konzentrierte er bald seine ganze Seele auf einen einzigen Gedanken und lebte von diesem Gedanken.» (I, 105)
Eine beachtliche Beschreibung aus der Feder eines Fünfzehnjährigen. Und eine zutreffende. Nicht nur, was ihre Allgemeingültigkeit angeht, sondern vor allem, wenn man sie auf den Autor selbst anwendet. Die Zeit, in der Gustave sagen wird: «Mein Leben, das ist mein Denken» (*Mémoires d'un fou*, I, 230), ist nicht weit. Aber die Wahrheit dieser Passage macht die «Spinnerei» deutlich, die sich auf das Altsein bezieht. Bevor Gustave die Tonnen aus Gold und Liebe, die er besitzt, zu einem Haufen zusammensammelt, streut er sie in die Wüste, und der Sand bedeckt sie. Keine Heftigkeit. Keine Stürme: diese zerstreute Seele widmet dem Universum nur eine zarte Neigung. Um sie zu konzentrie-

ren, wird jenes doppelte Mißgeschick nötig sein: ein endlicher Gegenstand konzentriert die unendliche Liebesfähigkeit auf sich (darin ähnelt Djalioh Mazza); im gleichen Augenblick eignet ein anderer ihn sich an, und die Frustration steigert die Begierde aufs äußerste. Wie kann man sich unter diesen Umständen vorstellen, daß die «Winde des Herzens» im Moment der Unschuld und der kosmischen Sympathie ihn derart «gepeitscht» hätten, daß sie ihn «gebrochen» hätten? Und wieso «verbraucht»? Wieso gealtert? Der Leser macht hier nicht mehr mit; die unerschöpfliche und geniale Empfänglichkeit von Djalioh beschwört die Kindheit und ihre unendlichen Quellen herauf. Ist es möglich, daß ein Kind gerade durch die poetische Erfahrung verkommt, wenn seine verstörte Stummheit es die Erregungen der Seele, unendliche Ekstasen uneingeschränkt erleben läßt, und seien sie auch leicht beklommen? Um so mehr, als Djalioh seine Gefühle *nicht halten kann*. Der junge Autor insistiert boshaft auf diesem Gemeinplatz: die Unbeständigkeit ist ein spezifisches Merkmal der höheren Affenarten. Man denke, am Ende des vorigen Jahrhunderts, an den unverzeihlichen Zamacoïs: «Denn zwischen euch und seiner Wut ist ein Schmetterling hindurchgeflogen.» Der Pithekanthropus bewahrt die Unbeständigkeit des Affen: seine intensivsten Regungen ergreifen ihn und verlassen ihn plötzlich wieder und verschwinden. «Es war das Zusammentreffen einer großen moralischen und körperlichen Schwäche mit dem ganzen Ungestüm des Herzens, das jedoch so anfällig war, daß es bei jedem Hindernis von selbst zerbrach wie der unsinnige Blitz, der Paläste zertrümmert . . . und sich in einer Wasserlache verliert.» (I, 105) In diesen merkwürdigen Zeilen, deren tiefere Bedeutung durch ihre Fehler noch unterstrichen wird, ist ein bewußtes Geständnis des Autors zu sehen: Gustave wird von Verzückungen und Begierden heimgesucht, die ihn einen Moment einnehmen und sich beim geringsten Hindernis verflüchtigen. Er gibt sich eher hin, als daß er erobert: vor dem Unglück, das seine ganze Leidensfähigkeit zusammenfassen wird, empfängt er seine Leidenschaften, aber ihm fehlt jenes Minimum an synthetischer Aktivität, das es ihm ermöglichen würde, sie einen Augenblick lang zu verlängern und in die Einheit seiner Person hineinzunehmen. Kann man sich eine derartige Zerbröckelung der Erfahrung vorstellen, ohne die Idee des Subjekts selbst zu zerstören? Ja und nein. Die Fragestellung krankt daran, daß sie in intellektualistischen und kantianischen Begriffen gestellt ist. Bleiben wir auf der affektiven Ebene, wozu uns der Autor auffordert, so kann man viel leichter annehmen, daß trotz einer tieferen Vereinigung, ohne die ein Menschenleben unmöglich wäre, im Fluß des Erlebten sich ganze Blöcke loslösen. Gustave betont das so oft, daß man daran glauben muß: er hat *verschiedene* Leben gehabt; darunter müssen wir verstehen, daß seine Kindheit in seinen Augen durch das Auftauchen von Episoden gekennzeichnet ist, die keine Verbindungen zum realen Gesamtkomplex seiner Wahrnehmungen haben: Tagträume, Geistesabwesenheiten oder unklassifizierbare Gefühle, die man erleidet, ohne sie identifizieren zu können. Diese subjektiven Bestimmungen haben zwei sie ergänzende Merkmale – obwohl diese offenbar im Gegensatz zueinander stehen –: die Wiederholung und die Neuheit. Aus den Tiefen ein und derselben Person hervorgehend, entstehen sie häufig in der einen oder in der anderen Verkleidung neu; aber da ihr Wesen die Labilität ist, da die passiven Seelen, die von ihnen heimgesucht werden, sie empfinden, ohne sie festhalten zu können, erscheinen sie immer als neue und als besondere. Auf diese nicht oder schlecht vereinigten Fragmente seiner Erfahrung spielt er in *Quidquid volueris* an und auch später, wenn er in *Novembre* schreibt: «Manchmal scheint es mir, ... als schließe mein Dasein die Überreste von tausend vergangenen Existenzen ein» (I, 248). Diese wiederholten Erleuchtungen, die ihn blenden und dann erlöschen, ohne daß er allzugenau weiß, was sie erhellen, woher sie kommen oder ob man ihre Quelle ausfindig machen kann, überraschen ihn vor allem durch ihre Neuheit; der subjektive Stoff des Erlebten – ein langsamer Fluß «passiver Synthesen» – ist zu lasch, seine *persona* zu undeutlich, der Sinn des Realen in ihm zu vage, als daß er diese Zustände als leichte, ganz anekdotische Schwankungen seines Lebensunterfangens betrachten könnte: sie nehmen ihn ebenso ein wie jene organisierten Formen, die die *Anderen* die Wirklichkeit nennen. Ihr Auftreten ist für ihn jedesmal eine Geburt, und wenn sie verschwinden, meint er zu sterben. So kann er ohne Metapher in jeder von ihnen ein ganzes Leben sehen: fühlt er sich nicht jedesmal *ein Anderer* werden?

Was er in *Quidquid volueris Altsein* nennt, mag er noch so sehr als eine *Akkumulation* ungewöhnlicher und besonderer Erfahrungen ansehen, in Wirklichkeit kennzeichnet es nur eine ständige Auflösung, eine Folge seiner Passivität. Selbst das Bild des Ozeans, einer vielfachen und «immer neu begonnenen» Einheit ist bezeichnend: es paßt schlecht zu dem Gegenstand, den es symbolisieren soll; so schlecht, daß man die Unsicherheit des Gedankens spürt. Der flüssige Kontinent ist alt, sagt uns Gustave. Die Winde machen ihm Runzeln. Das ist wahr, aber diese Runzeln ändern sich ständig; bei Windstille verschwinden sie. Und kann man das Aufgepeitschtwerden des Meeres durch einen Taifun als Runzeln bezeichnen? Als eine unvereinigte Einheit, ein von dem Einen heimgesuchtes Vielfaches, eine zusammengebrochene Synthese kann der täglich von den gleichen Stürmen gepeitschte Ozean *niemals akkumulieren*; er wird seine Verfügbarkeit bis zum Ende bewahren: trotz des Bildes von Neptun und seinem weißen Bart entspricht nichts weniger dem Bild des Verbrauchtseins als jener immer junge Neubeginn. Die Bewegung des Meeres, dieses entfaltete Zusammenfalten, stellt dagegen ganz gut Ebbe und Flut des Erlebten und den Pseudopluralismus des kleinen Gustave dar. Aus Bescheidenheit ebenso wie aus Geschmack an angemessenen Metaphern wird Flaubert später im Halbdunkel eine Neuordnung dieser Bilder vornehmen; in einem Brief an Louise Colet, den wir gelesen haben (8./9. August 1846), beschreibt er sich als das, zu dem Unglück und Krankheit ihn gemacht haben: ein ruhiger und fauliger Teich mit beunruhigenden Untiefen. Den man niemals aufwühlen darf. Er fügt hinzu: «Doch der Sturm ist für den Ozean geschaffen.» Der Sinn ist klar: ich bin – man hat mich dazu gemacht – eine kleine Natur: meine Stille ist Totenstille; wenn man mich aufwühlt, stinke ich; große Naturen sind für große Leidenschaften geschaffen. Das Meer ist unerschöpflich wie die Jugend.

In *Quidquid volueris* jedoch ist er sich seiner Schwäche bewußt; während er uns übertreibend von den Stürmen spricht, die seine Kindheit gebrochen haben, gibt er gleichzeitig die parasitäre Natur seiner Ekstasen zu; fast würde er sie einzig durch die Einwirkung der äußeren Welt erklären: «Seine Seele hängte sich an das, was schön und erhaben war, . . . klammerte sich daran und starb mit ihm.» (I, 105) Durch sich selbst ist Gustave nichts mehr: nur eben ein Vampir, der das Blut der anderen braucht, um einige Stunden leben zu können, und der beim ersten Hahnenschrei stirbt. Eine neue Seele ist ein neuer Gegenstand; wenn der Gegenstand vom Wahrnehmungsfeld verschwindet, löst sich diese Seele auf. Und was geschieht zwischen dem Verschwinden des äußeren Stimulus und dem Auftauchen eines neuen Stimulans? *Nichts*, scheint uns Gustave zu sagen. Nichts, das heißt die grenzenlose Fläche der angeborenen Langeweile oder die Rückkehr in das Grab des Vampirs, der bis zur nächsten Mitternacht wieder ins Nichts eingeht. Diesmal können wir den eigentlichen Sinn des Wortes «Altsein» verstehen – den er ihm *in dieser Erzählung, in diesem Alter* gibt; es soll seine Passivität, sein *Relativ-sein* und seine Unfähigkeit kennzeichnen, *selbst* Ursprung seiner Begeisterungen zu sein. Wenn er sich als *verbraucht, gebrochen* von Stürmen ausgab, so log er: Stürme haben sein Goldenes Zeitalter verschont. *Wahr* ist jedoch, daß er sich dieser Kindheit nicht *zugleich* als einer Entzückung und einer lustlosen Apathie erinnert: er lebte kümmerlich, von Langeweile ertränkt, außer wenn ein äußerer Umstand ihn aufweckte. Das Altsein soll ihn beruhigen: es erklärt zugleich das unbeständige Gewimmel disparater Emotionen und die kalte Zustimmung, die sie am Sein erhält, ohne sie miteinander zu verbinden. Aber diese Metapher ist ein Eingeständnis: Gustaves Goldenes Zeitalter muß finster gewesen sein. Als ein sich selbst fremdes Kind bewegt er fremde Leben in sich, Intuitionen, die durch ihre Fremdheit überraschen, werden in Verstörtheit erlebt, verschwinden wieder und lassen nur verworrene Erinnerungen zurück. Man wird vor allem über ihren quasi pathologischen Charakter erstaunt sein. Anstatt daß er eine Erfahrung *macht*, indem er sie erleidet, überläßt er sich ihr. Die Selbstheit bleibt erhalten, aber als ein Unbehagen, als eine unmögliche Aufgabe. In gewisser Weise kann man Caroline Flaubert für die *Unheimlichkeit* verantwortlich machen, die Gustave die Einheit seiner Erfahrung als eine Pluralität inerter Synthesen empfinden läßt: hat sie ihn nicht *passiv konstituiert*? Aber Gustave scheint nicht genau zu begreifen, welche Rolle seine Mutter bei seiner Entwicklung gespielt hat: für das *damals schon Trostlose*, das der Junge mit fünfzehn Jahren in seinem Goldenen Zeitalter entdeckt, macht er allein Achille-Cléophas verantwortlich. Das wird nicht gesagt: Schwäche und Ungestüm sind Djaliohs Los, das ist alles. Und solange man ihn nicht von seinem Geburtsland, vom Urwald, vom Ozean losreißt, ist es ja, wie wir gesehen haben, kein so schlechtes Los. Gustave bemüht sich zumindest, seinen positiven Aspekt zu zeigen. Aber man braucht sich nur seine Bilder anzusehen, um unter der ganz apollinischen Gefühlswelt des Kindes Djalioh eine tiefe verschleierte Gewalt zu entdecken. Wir haben eben einen Satz zitiert, der die Geistesabwesenheiten des Pithekanthropus als Anfälle von Vampirismus zu erklären schien. Aber wir haben ihn verstümmelt, wir müssen ihn jetzt ganz wiedergeben, das heißt mit den Vergleichen, auf die der junge Gustave so versessen ist; wir werden sehen, daß diese Vergleiche hinken: «Seine Seele hängte sich an das, was schön und erhaben war, wie der Efeu an die Trümmer, die Blumen an den Frühling, das Grab an den Leichnam, das Unglück an den Menschen, klammerte sich daran und starb mit ihm.» (I, 105) Die Seele hängte sich an das, was erhaben war, wie das Grab an den Leichnam, wie das Unglück an den Menschen? Diese Bilder scheinen nicht zu stimmen, aber Flaubert hat sie nicht zufällig gewählt. Kann man sagen, daß er einfach dem Einfluß einer gewissen Romantik erliegt und daß Pétrus Borel immerhin schlimmere Vergleiche gefunden hat? Zweifellos, aber warum gerade jene Romantik? «Hölle und Verdammung!» Das ist Mode! Und dann? Die Goncourts werden Gustave später, wenn er erwachsen und berühmt ist, vorwerfen, er wolle den Bürger schockieren. Wir werden darauf noch zu sprechen kommen: aber welchen Bürger sollte dieses Kind schockieren, das sich nur einen Leser wünscht[42]? In dieser Zeit eilt seine jugendliche Feder vielmehr ständig voran: anstatt sich mit der Suche nach dem richtigen Ausdruck oder der richtigen Metapher aufzuhalten, wirft er lieber in der Einheit einer rhetorischen Bewegung verschiedene, manchmal widersprüchliche Annäherungen ein und desselben Gedankens aufs Papier, die seine Idee von verschiedenen Seiten her wiedergeben und sich durch ihre Gegensätzlichkeit korrigieren. Der Sinn wird nicht durch ein einziges Bild geboten: er erscheint in seiner Komplexität als ein Jenseits *aller* Bilder,

42 Allenfalls zwei Leser, als er Ernest Chevalier noch liebt. In diesem Punkt wird er ein Jahr später, zu Beginn von *Agonies*, ganz kategorisch sein.

obwohl jedes einzelne ihn vollständig darzubieten behauptet. Dieses ständige Sich-zurücknehmen wird nirgends deutlicher als in jenen wenigen Zeilen. Das erste spontane, unmittelbare Bild springt aus dem Bedürfnis des Autors hervor, den Parasitismus der Ekstasen ganz klar zu kennzeichnen: um den relativen Charakter dieser Seele auszudrükken, die Notwendigkeit, *wenn sie leben will*, sich an die äußere Welt zu klammern, kann Gustave sie nur mit einer parasitären Pflanze vergleichen. Ist das überhaupt ein Vergleich? Der Parasitismus ist die beherrschende Struktur der wiederzugebenden Idee, aber er ist auch die Gattung, von der die Ranke eine Art ist. Die Wahl des Pflanzlichen soll dieser Vorstellung nur eine materielle Existenz geben; sie wird zu einer vegetativen Kraft. Aber wie es so oft geschieht, wird die Idee von ihrer Materialisation überwuchert: diese enthält nämlich eine negative Bestimmung, die Gustave zunächst als deplaziert ansieht: der Efeu ist schön, aber nicht die «Trümmer»; so wird die Bedeutung umgekehrt: nicht die Mißgeburt klammert sich an die Schönheit, sondern eine liebenswürdige Pflanze gewinnt als *Fleur du mal* ihre Subsistenz aus Unrat und Abfällen. Wäre das Wort «Ruinen» besser gewesen? Vielleicht; aber das ist nicht sicher: seine negative Belastung ist stark. Jedenfalls streicht Gustave nichts aus; es fällt ihm nicht einmal ein, daß die wirklichen Parasiten das Leben anderer untergraben: er hat zunächst daran gedacht, seine Kletterpflanze um etwas Anorganisches zu ranken. Kaum hat er jedoch diese erste Annäherung versucht, so stört sie ihn, und um sie zu korrigieren, fällt er sofort ins entgegengesetzte Extrem, das heißt in die Konvention: die «Trümmer» werden durch den «Frühling» ersetzt, der nach der allgemeinen Folklore würdiger ist, die sanfte Macht wiederentstehender Schönheit darzustellen. Aber damit hat sich das erste Glied des Vergleichs durch das zweite und durch die Banalität der allgemeinen Meinung verändert: wenn der Gegenstand schön oder erhaben ist, muß die Beziehung der Seele zu ihm positiv sein, und das kann nur geschehen, sagt die anonyme Dummheit der größeren Zahl, wenn beide sich in irgendeiner *ästhetischen* Wirklichkeit verkörpern. Dem Frühling entsprechen die Blumenseelen. Ein apollinisches Bild: unter der milden Frühlingswärme blühen Rosenbeete auf; das ist das einzige Bild, das nicht schockiert, einfach weil es banal ist. Es ist auch das leichteste, das schludrigste Bild: kann man denn wirklich sagen, daß die Blumen sich an den Frühling hängen und sich an ihn klammern? Daß sie in Symbiose mit der Sonne leben? Indessen entstehen sie unter bestimmten äußeren Umständen, die eine günstige Umwelt für die Verwandlung der Knospe bilden: die Nuance «passive Aktivität» ist also bewahrt. Der *Stimulus* kommt von außen, und sei es nur, um die Aktualisierung des Potentiellen zu ermöglichen; die Pflanze dagegen *klammert* sich an die äußeren Faktoren, die ihre Existenz bedingen: eine geheimnisvolle und quasi inerte Energie ermöglicht ihr, das Licht zu absorbieren und zum Mittel ihres Wachstums zu machen. Heißt das die Sonne wie ein Vampir aussaugen? Ganz gewiß nicht: diese gleicht, um bis zum Ende bei der volkstümlichen Metapher zu bleiben, der stoischen Ursache, die wirkt, ohne daß die Produktion ihrer Wirkungen eine Verminderung oder auch eine bloße Veränderung ihrer Substanz nach sich zieht; sie ist Geschenk, Gnade. Durch diese apollinische Figur scheint der junge Gustave einen Optimismus zu bezeugen, den er ganz und gar nicht empfindet. Als wenn, durch ein verwirrendes Schaukelspiel, er nicht auf eines der Glieder einwirken könnte, ohne eben dadurch eine Modifikation des anderen hervorzurufen, die seine Gedanken in andere Bahnen lenkt. Die eigentliche Auffassung des Jungen wäre – wenn er sie genau ausdrücken könnte – ein radikalisierter Platonismus. Die Liebe zur Schönheit, dem Sohn der Armut, hält Gustave für eine herausfordernde Leere, für ein schändliches und verzweifeltes Nicht-sein, das sich seiner tiefen Häßlichkeit bewußt ist. Dieses Schwanken von «Efeu-Trümmer» zu «Blumen-Frühling», das heißt von einem Unbehagen zum anderen, offenbart Gustave durch jene doppelte Unangemessenheit die – wenn auch noch dunkle, aber doch grundlegende – Absicht, die zweimal versucht hat, sich zu äußern, und die zweimal von der Schwere der niedergeschriebenen Wörter verraten worden ist. Welche? Wir erfahren es im selben Moment wie der Autor selbst. Stellen wir zunächst fest, daß der dritte Vergleich wie eine heftige Negation des zweiten auftaucht: der Optimismus der Beziehung «Blumen-Frühling» war eingeführt; kaum niedergeschrieben, widerstrebt ihm diese poetische Banalität: sie entspricht ihm nicht, er kann sich in ihr nicht wiedererkennen, es ist ein anonymes Produkt der Dummheit, das sich unmerklich in ihn eingeschlichen hat. Er reagiert darauf – ein neuerliches Sich-zurücknehmen, eine neue Korrektur –, indem er jetzt alles schwarz malt: das Paar «Grab-Leichnam» entspricht einer gewaltsamen Rückkehr des absoluten Pessimismus: der schöne oder erhabene Gegenstand, von dem Djalioh fasziniert war, wird von Flaubert jetzt nicht weniger verschont als die Seele des armen Pithekanthropus. Die Unwesentlichkeit dieses letzteren ist bewahrt: der Leichnam schafft das Grab. Was für ein merkwürdiger Einfall, die unverwesbare Schönheit durch ein Aas zu verkörpern? Sie wird davon beschmutzt bleiben. Dennoch stellt der dritte Vergleich einen Fortschritt gegenüber den beiden vorangehenden dar: der negative Akzent wird zunächst auf die Seele gesetzt: sie war Efeu und Blumenbeet, jetzt ist sie unheilvoll und hohl. Das Grab ist ein düsterer und zu drei Vierteln leerer Hohlraum; was enthält es? Eine dünne und verbrauchte Luft, die niemals erneuert wird, einen Körper in einem Sarg. Dieser ist jedoch nicht immer da: es gibt Gräber, die auf ihren zukünftigen Bewohner *warten.* Im übertragenen Sinne stellt dieser Ort den Tod dar, die unerbittliche Notwendigkeit, den Endpunkt, den das Leben in sich trägt und als sein letztes inneres Ereignis und seine Erfüllung nährt: der Tod, der Parasit des Lebens, das ist es, was Flaubert sucht. Denkt der jüngere Bruder nicht an jene Familiengrüfte, wo der Platz der Kinder von Geburt an zwischen den noch lebenden Eltern und den verstorbenen Großeltern schon vorgesehen ist? Die Seele wird in jedem Fall zu einem Todesbild. Sie ist der Tod und sie ist tot: die Existenz von Efeu und Blumen war relativ, entliehen; immerhin lebten sie, indem sie andere Leben aussaugten. Aber unter diesem neuen Licht erscheint die Seele des Pithekanthropus *in ihm* als das unterhöhlende Prinzip, das ihn auflösen wird; von außen gesehen ist sie das Grab der Schönheit. Ihre Erwartung wird nicht einmal mehr passiv erlebt: sie ist vollständig inert; sie ist eine Höhle, ein materielles Vakuum; als Menschenwerk wartet das Grab auf den toten Menschen, der es rechtfertigen wird; wenn es ihn aufgenommen hat, läßt es ihn sich in ihm auflösen, ohne den geringsten Nutzen daraus zu ziehen: keine Symbiose für Djalioh; begegnet er der Schönheit, so aktualisiert diese nur diesen leblosen Behälter, indem sie sich nutzlos in ihm auflöst. Auch sie ist im Grunde der Tod: nicht ohne Grund vergleicht Gustave sie mit einem Leichnam, und wir werden viel später sehen, daß diese hinkende Metapher eine prophetische Intuition der Ideen einschließt, die Flaubert als Erwachsener in seiner Kunst anwenden wird, ohne sie genau darlegen zu können. So erklärt sich die innige Verbindung des zukünftigen Künstlers mit der Schönheit als subjektives *eidos*. Das Band zwischen beiden ist, wie wir sehen werden, der «absolute Gesichtspunkt», den Gustave auch «Stil» nennen wird und den wir als den Gesichtspunkt des Todes gegenüber dem Leben definieren werden. Im Augenblick suchen wir in diesem neuen Bild noch andere Auskünfte über den jungen Autor: es zeigt uns nämlich die Seele des Kindes Djalioh *während der Ekstasen* als einen *Hohlraum*: gierig und boshaft wartet sie mit einer inerten Ungeduld auf die Auflösung eines Lebens in ihr – die des Unglücklichen, den sie besitzt – und, durch das Eindringen der Schönheit, auf die Auflösung aller Leben. Damit offenbart der vierte Vergleich, ein erneutes Sich-zurücknehmen, seinen Sinn und seine Motivierung in aller Klarheit. Gustave hat mit dem Paar «Grab-Leichnam» nicht zufrieden sein können. Die Trägheit eines Grabes ist kein glückliches Symbol für die passive Aktivität, und man kann nicht sagen, daß es sich an den Leichnam, den es enthält, «hängt». Andrerseits ist Gustave noch weit davon entfernt, die geniale Prophezeiung, die uns seine zukünftige Ästhetik des Todes ahnen läßt, zu verstehen, er schockiert sich selbst: insofern der Junge an der Oberfläche wie jeder, mehr als jeder das Opfer der Gemeinplätze seiner Epoche ist, muß er das Schöne, da es ja der höchste Wert ist, im «ontischen» Bereich durch das höchste Gut der Lebenden, durch das Leben darstellen. Da ist also das zweite Glied, der wiederauferstandene Mensch: diesem schon stinkenden Lazarus werden die Binden abgenommen, er steht auf und verläßt das Grab, in dem man ihn gerade einschließen wollte. Diesmal kommt der Menschenfeind Gustave seinen Artgenossen entgegen: das lebende, meditierende und leidende «menschliche Wesen» wird den ästhetischen Gegenstand verkörpern und damit sofort zum Maß aller Dinge werden. Vorausgesetzt, daß es *ohne Hoffnung* ist, das heißt in der Hölle geboren wird. Diesmal hinkt der Vergleich nicht: das Unglück kommt über den Neugeborenen, hängt sich an ihn, und da es ein besonderes Schicksal ist, stirbt es mit seinem Opfer und wird woanders anläßlich einer neuen Geburt wiederauferstehen. Das Unglück ist also die Seele? Genau: die Seele ist in jedem von uns das besondere Prinzip des Leidens. Ohne Körper könnte sie nicht leben; aber dieser Parasit hängt sich an den Organismus und quält ihn, bis er daran stirbt. Dann löst sie sich selbst auf. Was ist sie dann eigentlich? Eine erlittene, unheilbare Wunde? Die «tiefe Wunde», die Gustave in seinem Brief an Fräulein Leroyer de Chantepie erwähnt? Oder eine bösartige Absicht, ein verbissener Drang zu schaden? Muß man in ihr die Verinnerung des Bösen sehen, das man uns angetan hat, oder das Böse selbst, das wir tun, das wir uns antun? Für Gustave ist das eine nicht ohne das andere denkbar. Wir verinnern die Ungerechtigkeit der Anderen als Wunde, wir rückentäußern sie als Bosheit. Es ist merkwürdig, daß er sich zu Beginn der *Mémoires d'un fou* mit *denselben Ausdrücken* beklagt wie mehr als zweiunddreißig Jahre später, als im Jahre 1870 auf die Kapitulation von Sedan die preußische Invasion und die Wiederherstellung der Republik folgte: mich, den Zartbesaiteten, haben die Menschen kalt und böse werden lassen. Schließlich ändern auch die Ekstasen ihr Vorzeichen: in jener dunklen und passiven *anima*, die auf die Begegnung mit dem Schönen wartet, um sich zu aktualisieren, ahnt man durch die Wahl der Symbole irgendwie etwas Finstres, die zweideutige Anwesenheit des Bösen und des Unglücks in einem. Können wir sagen, daß es der junge Autor nach drei gescheiterten Versuchen mit dem vierten geschafft hat, seinen Gedanken wiederzugeben, und daß der letzte Vergleich in seinen Augen der einzig richtige ist? Ganz gewiß nicht: hätte er in diesem Fall die anderen nicht ausgestrichen? Das Paar «Unglück-Mensch» entspricht ohne Zweifel einer Vertiefung der Vorstellung: Gustave ahnt seine Absichten. Aber er bewahrt die ganze Bilderfolge trotz ihrer Mangelhaftigkeit: weil die anderen Metaphern neue Nuancen hinzufügen, die für den *Sinn*, den er ausdrücken will, unentbehrlich sind. Es ist gut, daß man die Seele durch das Unglück definieren kann. Aber dieser Vergleich gibt allein noch nicht die Starre und Passivität wieder, die das Paar «Grab-Leichnam» evoziert. Ohne dieses könnte man sich das Leiden von Gustave-Djalioh wie die Viehbremse, den lebendigen Zwangspeiniger der armen Io, vorstellen. Man verlöre den Parasitismus zugunsten einer Frustration, die eben dadurch

als ein aktives und phrenetisches Prinzip erscheinen könnte. Man würde schließlich jenen finsteren Tunnel, den Tod, vergessen, die Diskontinuität der Geistesabwesenheiten und vielleicht der Leiden. Und auch die Blumen im Frühling haben ihre Funktion: wenn der Kern der Ekstasen Gewalt ist, «bittere» Todesbetrübtheit, so sind sie nichtsdestoweniger an der Oberfläche Verzückung. Die Gesamtheit der Vergleiche will sie uns als suspekte Freuden zeigen, die das Kind in eine furchterregende *Unheimlichkeit* stürzen: es erleidet sie gierig, es klammert sich an sie, aber gleichzeitig hat es das Gefühl, daß das Heilmittel schlimmer ist als das Übel; außerdem geschieht es nicht selten, daß es zittert und daß alles in einer gräßlichen Traurigkeit und einer Ohnmacht endet; wenn der erhabene Gegenstand verschwunden ist, *erduldet* Djalioh-Gustave den Tod in Form von Lethargie.
Wie ich bereits gesagt habe, liegt der Sinn jenseits dieser kontrastierten Metaphern, und wir haben den Gedankengang bei diesem jungen Autor in seiner Entstehung erfassen können, der durch ihre Beiordnung das «Unsagbare» suggerieren will. Dieses Vorgehen ist im Grunde nur die literarische Ausbeutung der Leidenschaft. Ein *aktiver* Schriftsteller hätte sich verbissen bemüht, die richtige, präzise und einzige Formulierung zu finden, die alles, was zu sagen ist, sagt und nichts mehr. Flaubert dagegen bringt durch mehrere Würfe seine Vergleiche hervor, oder, besser, sie entstehen in ihm, er erleidet sie und transkribiert sie, ohne daß er sie durch Taten beherrschen könnte, jeder von ihnen schließt sich über sich selbst wieder und motiviert dadurch eine emotionale Reaktion, die eine neue Annäherung sein wird. Einen bestimmten auswählen, nein: eben deshalb, weil sie unter seiner Feder hervorgesprudelt sind wie Blut aus einer durchgeschnittenen Ader, ist jeder in den Augen des Kindes durch seine Spontaneität verbürgt. Diese schwankende, eben durch ihre Passivität vereitelte Bemühung, diese durch andere Annäherungen korrigierten Schwankungen, diese Kursänderungen, die den Autor von einem Bild zum anderen treiben, all das trägt dazu bei, uns hinter der Unschuld und Lenksamkeit dieses «friedlichen» Kindes und der scheinbaren Diskontinuität seines inneren Lebens eine ununterbrochene Gewalt erkennen zu lassen, die es zu sich selbst und zum Anderen in Widerspruch bringt, eine bösartige Absicht, die es als bösartig verurteilt, damit es den Verantwortlichen für sein Unglück besser richten kann. Vergessen wir nicht, daß sich ja die Beschreibungen und Vergleiche auf die Zeit der Unschuld beziehen, die Gustave uns in *Passion et vertu* zwei Monate später als einen sanften und geschichtslosen Schlummer in der Welt der Wiederholung darstellen wird. Ist er also vom Goldenen Zeitalter an unglücklich und bösartig? Das wäre unwahrscheinlich, wenn es sich nur auf seine passive Konstitution bezöge, wie sie ihm seine Mutter gegeben hat: diese äußert sich natürlich in einer schlechten Einfügung ins Medium der

Sprache, die selbst ein ständiges Fragen wiedergibt: da der Schlechtgeliebte nicht gefühlt hat, daß seine Geburt eine Erwartung erfüllte, kann er nicht verstehen, was er in dieser Welt soll. «Wir sind überflüssig, wir Arbeiter der Kunst», wird er 1870 ausrufen. Und genau das empfindet er in jedem Moment seiner Vorgeschichte: ein überflüssiger Mensch, das ist das Leitmotiv eines ganzen Lebens. Aber mit vier Jahren formuliert er die Frage nicht: sagen wir lieber, daß seine Empfindungen durch sich selbst fragend sind. Daraus resultiert ein Unbehagen, das zweifellos manchmal schwierig zu ertragen sein kann – aber das Kind verfügt bis zu seinem siebenten Lebensjahr über zwei Kompensationsmöglichkeiten: die eine ist die Selbstvergessenheit, der Übergang von der Geistesabwesenheit zur Ekstase; die andere, von der wir noch nicht gesprochen haben, ist die väterliche Gunst; zweifellos war Gustave in seinen ersten Jahren Gegenstand der Liebe von Achille-Cléophas: wir werden darauf zurückkommen, wenn wir den Königsweg der progressiven Synthese wieder aufnehmen. Allerdings spielt diese Liebe – einfach weil sie die des Vaters ist – zu spät in seiner Vorgeschichte eine Rolle, das heißt, erst nachdem das Kind sich unter den erfahrenen Händen, die es konstituiert haben, allmählich entdeckt und *fixiert* hat. Der Doktor Flaubert *liebt den Schlechtgeliebten.* Das ist sehr wichtig, aber es ist nicht genug. Es wäre vielleicht genug ohne die launenhafte Unbeständigkeit von Achille-Cléophas (das heißt natürlich ohne das, was Gustave für Launen hält), die den kleinen Günstling von der Höhe seiner entliehenen Größe herabstürzt, um ihn nach dieser gräßlichen Ungnade durch einen Unwürdigen zu ersetzen, durch den Usurpator Achille. Trotz ihrer Spärlichkeit wird jedoch die Zärtlichkeit des Vaters in den ersten Jahren als ein Ruhmesglück erlebt, das die ungelegene Geburt seines jüngeren Sohnes *fast* rechtfertigen könnte. Beweis dafür ist, wir werden es sehen, daß Gustave von seiner frühesten Kindheit einige strahlende Erinnerungen bewahrt hat. In dieser Zeit kann der kleine Junge noch nicht voraussehen, daß der Chefarzt der Hauptfaktor seiner bevorstehenden Frustration sein wird: folglich kann er seine Ekstasen nicht so *erlebt* haben, wie er es uns in *Quidquid volueris* beschreibt. Heißt das, daß er sie mit fünfzehn Jahren *anders* beschreibt, als er sie mit fünf Jahren empfunden hat? Inzwischen sind andere Ereignisse geschehen, hat er von sich selbst und der Familie eine tiefere und schmerzlichere Erfahrung: projiziert er nicht retrospektiv die aus der Ungnade entstandene Frustration in ein Alter, in dem er nicht unter ihr litt?

In Wahrheit macht Gustave schon in seinen ersten Werken deutlich, daß er von seinen ersten Jahren eine ganz ambivalente Erinnerung hat: er beschreibt sie manchmal als einen glücklichen Schlummer (Mazza in *Passion et vertu*), manchmal als eine ständige Qual (Garcia in *La peste à Florence*), manchmal, wie in *Quidquid volueris*, als eine mehrdeutige

Epoche, in der Schrecken und stille Wollust in der gleichen Ekstase nebeneinander bestehen. Für uns ist im Augenblick wichtig, daß er das Unglück der frühesten Kindheit *seinem Vater* zuschreibt und nicht seiner Mutter: der Urheber seiner Tage hat alles vorgefertigt. Bis zur dumpfen Passivität. Genauer, er hat ihm *eine Seele gegeben*, das heißt ein inneres Zerrissensein. Tatsächlich ist Djaliohs Seele, seine tiefe Wunde, nur der innere Widerspruch in ihm zwischen dem animalischen und dem menschlichen Anspruch: es ist die tiefe Verstörung des Tieres, das durch die menschliche Hälfte heimgesucht wird, die man in es gelegt hat, und durch die vollständigen Menschen, die es umgeben und beobachten und testen, es ist die unumgängliche Verpflichtung, das Verlangen und die Unmöglichkeit, sich auf die Stufe des Menschseins emporzuschwingen, es ist die Anfechtung der Natur durch die Kultur und der Kultur durch die Natur. Aus diesem Grunde kann man sie als einen völlig inerten Hohlraum, als ein Grab auffassen, insofern seine Animalitätsbestimmtheit – obwohl sie bereits in seiner unmittelbaren Realität angefochten wird – eine unüberschreitbare Grenze bleibt, was die Kultur in ihr als ein bloßes unausfüllbares Vakuum konstituiert, als ein *Woanders* mitten in der Gegenwart, kurz als ein Loch in ihr, dessen unbewegliches, unverrückbares reines Dasein alle Kennzeichen der inerten Materialität hat. Wenn man die eigentliche Realität der Animalität in Betracht zieht, die *sich selbst* anficht im Namen eines Jenseits, das sie sich nicht einmal vorstellen kann, so wird man die Seele auch manchmal als das begreifen können, was Hegel das «unglückliche Bewußtsein» nennt – allerdings mit dem Unterschied, daß der Widerspruch des Allgemeinen und des empirischen Einzelnen in der *Phänomenologie des Geistes* als ein bestimmtes Moment des dialektischen Prozesses dargestellt wird (was bedeutet, daß es sich zugleich für sich setzt, sich als unüberschreitbar erweist und in der Folge überschritten werden wird), während Djaliohs Unglück sich nicht für sich setzen kann, weil ihm eines der Glieder des Widerspruchs fehlt, sich also blind erlebt und aus dem gleichen Motiv keiner Überschreitung fähig ist. Betrachtet man die Seele jedoch unter dem einen und unter dem anderen Aspekt, so erscheint sie als von dem Körper, an den sie sich klammert, *erlitten* und als dem Menschen und ihr selbst *zugestoßen*, sei es, daß man darin ein festes und *erlittenes* Verbot sieht – eine unüberschreitbare inerte Grenze des Erlebten –, sei es, daß man sie als *Pathos* betrachtet, das heißt als in nutzlosen Ausbrüchen *empfundene* Ohnmacht. Mit anderen Worten, Gustave macht – zu Unrecht, aber ausdrücklich – den Doktor Flaubert für seine passive Konstitution verantwortlich. Er hat weder Mittel noch Lust, diese durch die Verhaltensweisen der Mutter zu erklären. Dagegen steht Herr Paul am Ursprung von Djaliohs Passivität: indem er bewußt den Pithekanthropus schuf, gab er ihm das *Pathos* zum Wesen. Dieses pathetische Tier wird die empfindlichste Sensibilität haben: das heißt, es treibt die *Empfänglichkeit* bis zum Äußersten; daher kann man es mehr als jedes andere leiden lassen, insofern es tierhaft ist, das heißt auf die vorausgeplanten Aggressionen nur durch *Leidenschaft* reagiert; aber eben dadurch, und das ist seine ursprüngliche Frustration, erweist es sich als unterhalb der *Praxis*, die *per definitionem* menschlich ist: um eine strenge Beziehung zwischen dem zu erreichenden Ziel und den zur Verfügung stehenden Mitteln herstellen zu können, muß man über «logische Verbindungen» und eine vorausschauende Entschlossenheit verfügen, die es ermöglicht, einen Plan festzulegen und beizubehalten, selbst wenn die Gründe, die ihn bestimmt haben, vorübergehend entschwinden. Kurz, außer dem affirmativen Vermögen fehlt Djalioh für immer, was die Amerikaner *postponement* nennen. Gustave hat es *gewollt*, Djalioh ist passiv, weil er zu drei Vierteln Affe ist; er leidet darunter, weil er zu einem Viertel Mensch ist: und diese explosive Mischung ist von seinem Schöpfer gewollt worden. Wir werden das nicht sein Wesen nennen: das setzte voraus, daß dieses widersprüchliche Gebilde Gegenstand eines Begriffs sein kann. Aber der unüberschreitbare Widerspruch, der von einem Anderen bewußt in ihm hervorgebracht wurde, ist, eben gerade insofern er sich selbst bewußtes Leiden ist, seine historische Wahrheit, seine Seele; und Gustaves Seele ist vor ihm geboren als ein Plan von Achille-Cléophas, der sich nicht gescheut hat, diesen Pithekanthropus zu zeugen: einen jüngeren Bruder. Denn Gustave ist unheilbar jünger, so wie Djalioh, ein Produkt der Menschen, unheilbar tierhaft ist. Und die Passivität des Menschenkindes rührt eben gerade – wie er glaubt – von seiner grundlegenden Ohnmacht her, eine Situation, die ihn entsetzt, zu verändern: würde er Achille ermorden (wir werden sehen, daß er daran gedacht hat), so wäre er immer nur ein mordender jüngerer Bruder. Flaubert wird später hundertmal darauf zurückkommen: die Seele ist der Trieb. Der Trieb als emotionale Anfechtung der aufgezwungenen Endlichkeit ist grundlegend ein religiöser Instinkt. Wenn die Ohnmacht nämlich versucht, sich der Verzweiflung zu entreißen, was kann sie dann schon tun, als von der höchsten und übermenschlichen Praxis zu träumen, vom Wunder, dem Gnadengeschenk, das zu alldem noch den Vorzug hat, die wissenschaftlichen Gesetze, die ein Achille-Cléophas mit soviel Mühe aufstellt, mit einer Handbewegung umzustürzen. Aber diese Anrufung des Allmächtigen durch die Ohnmacht muß ein nutzloser Appell bleiben: sobald er Form annimmt, ist es ein Mummenschanz. Das ist also das merkwürdige Marterinstrument, das der Vater für seinen Sohn geschmiedet hat: die Seele, jenes grundlegende Übel, Unglück und Bosheit in einem, bestimmt durch einen unüberschreitbaren geschichtlichen Widerspruch, die Seele, bewußte Ohnmacht, nutzloser Appell an ein Wunder der Güte, das allein Djalioh entweder ganz als Mensch oder ganz als Affe wiedergeboren werden lassen und durch die Rückverlegung seiner Geburt auf 1810 einen jüngeren Bruder in den älteren Bruder seines älteren Bruders verwandeln könnte. Nicht jeder, der will, hat eine Seele: nur die größten Unglücksvögel haben eine, die die größten Schuldigen sind. Sie geht aus der Verbannung, aus einer familiären Verweigerung, aus einem Fluch hervor: sie besteht – Leiden und Grausamkeit – aus einer Negation dieser ersten Negation. Aber die Negation einer Negation ist für sie reine Negation; denn jener passive Akteur kann diese Negation nicht durch einen Akt vollenden – radikale Verweigerung oder Revolte. So muß man in ihr den erlebten Tod, das ständig neu begonnene Altsein, den gleichzeitigen Appell an Gott und an das Nichts sehen: die Seele ist *pathetische* und *nutzlose* Negation, erduldet in einer Erschütterung des ganzen Körpers und niemals in erklärter Oppositionshaltung entäußert. So kann sie mitten in der lebenden Materie als ein unentwirrbares Ineinander von Masochismus und Sadismus erscheinen; gleichzeitig ist sie ein Hohlraum, eine Flucht und eine Hetzjagd, die die Dinge der Welt wie ein Vampir auszusaugen versucht, und mangels frischen Blutes fällt alles in jene Leere, in der bald *Smarh* in aller Ewigkeit kreisen wird. Wer in *Quidquid volueris* nicht ein Dokument der Verbitterung und in dieser ganz femininen *anima* nicht die Verinnerung des väterlichen Fluchs sehen will, den fordere ich auf, mit mir *Rêve d'enfer* zu lesen, jene «phantastische Erzählung», die Flaubert am 21. März 1837, mit fünfzehn Jahren und drei Monaten beendet hat und die ich, trotz der romantischen «Spinnerei», für die tiefste seiner frühen Schriften halte.

Rêve d'enfer. Wieder ein Duo: der Herzog Almaroës und Satan sind Söhne desselben Vaters. Und die Rolle des *pater familias* wird diesmal von Gott selbst gespielt. Der Herzog ist ein elektronischer Apparat, «auf die Erde geworfen als das letzte Wort der Schöpfung» (I, 91). Der Ewige Vater, mit seiner vorhergehenden Schöpfung, dem Menschen, unzufrieden, hat diesen Prototyp nach genau ausgearbeiteten Plänen verwirklicht. Es hat ihm daran gelegen – wer weiß, warum? –, ihm die menschliche Form zu bewahren, aber angeekelt von jener Mißbildung, der Seele, hat er es sich erspart, ihm eine solche zu geben, und ihn lieber als Rückkoppelungsmaschine konzipiert. Der Roboter ist nicht eingeweiht worden: da er die allgemeinen Kennzeichen unserer Spezies besaß, hat er sich für einen *superman* gehalten, bis zu dem unheilvollen Tag, an dem er wohl oder übel erkennen mußte, daß er nur ein Automat war, ein gesteuertes Stück Materie. So erzählt er seine Entdeckung und Enttäuschung:

«Nach und nach entschwanden jene Träume, die ich auf der Erde wiederzufinden glaubte, wie dieses Trugbild; dieses Herz schrumpfte ein, und die Natur schien mir mißlungen, verbraucht, gealtert, wie ein mißgestaltes und buckliges Kind, das die Runzeln des Greises trägt. Ich versuchte die Menschen nachzumachen, ihre Leidenschaften, ihr Interesse zu haben, wie sie zu handeln, es war umsonst, wie der Adler, der sich in das Nest des Grünspechts setzen will. Da verfinsterte sich alles vor meinem Gesicht, alles war nur noch ein langer schwarzer Schleier, die Existenz eine lange Agonie . . . ich sagte mir: ‹Du Narr, der du das Glück willst und doch gar keine Seele hast! Du Narr, . . . der du glaubst, der Körper mache glücklich und die Materie verleihe Glück! Dieser Geist war zwar hochfliegend, dieser Körper war schön, diese Materie war erhaben, aber keine Seele! Kein Glauben! Keine Hoffnung!›» (I, 94)

Zum erstenmal taucht hier das Thema des Unbefriedigtseins und Überdrusses auf: wir werden sehen, daß die Figuren der früheren Werke, wenn auch frustriert und voller Groll, viel zu sehr gemartert sind, um sich den Luxus des Überdrusses leisten zu können. Hierselbst wird Satan, der andere dieses Duos, Spielball der schmerzlichsten Leidenschaften sein, Gewissensbisse und Rachsucht in einem werden ihn unablässig heimsuchen: vollständige Nichtverfügbarkeit. Dieses Leitmotiv wird aus den späteren Erzählungen verschwinden: Djalioh und Mazza sind alles andere als blasiert und wehren sich gegen ihre Frustrationen. Und wenn das Motiv im autobiographischen Zyklus wiederkehren wird, so wird die Unzulänglichkeit der äußeren Welt als einer der Gründe für das frühzeitige Altern des Autors dargestellt werden. Hier ist merkwürdigerweise die Natur mit Senilität geschlagen. Andrerseits wird ihr zugleich ihre Kindlichkeit vorgeworfen. Sie ist «gealtert, wie ein mißgestaltes . . . Kind, das die Runzeln des Greises trägt». Dieses mißglückte Universum ist ewig, die Ewigkeit bewahrt ihr die fortgesetzte Kindheit des Werkes, das aus den Händen des Schöpfers hervorgeht; sie bewahrt ihr auch ihre Senilität, ihre Runzeln, die nichts mit Alter zu tun haben und lediglich zeigen, daß der Demiurg sein Werk verpfuscht hat.

Aber die ersten Werke Gustaves sollen bezeugen, daß die kleine verunstaltete Mißgeburt mit ihren frühzeitigen Runzeln nichts anderes als der Autor selbst ist. Er selbst sieht seine Kindheit als ein *konstituiertes* Altsein. Warum klagt er hier die *Natur* der Senilität an? Weil er zu Beginn noch nicht genau weiß, worauf er hinauswill. Ich habe schon gesagt, daß er in dieser Zeit schreibt, um sich indirekt über seine *Unheimlichkeit* aufzuklären, indem er sie in einer Figur verkörpert, die sie ihm auf Abstand re-präsentiert. Das ganz neue und ganz dunkle Thema des Unbefriedigtseins ist der Ursprung dieser neuen Schrift. Aber als es in Flauberts Werk eintritt und sich anschickt, eine wichtige Funktion zu erfüllen, hat es sich noch nicht von einem älteren und zweifellos tieferen Motiv gelöst; der Autor zögert und entscheidet zunächst nicht, ob unser trauriger Aufenthalt für Almaroës, den *super-*

man, nicht gut genug ist oder ob ganz im Gegenteil – Thema der Schuld – eine Seele notwendig ist, um die Güter dieser Welt zu begehren. Oder, wenn man so will, die Selbstrechtfertigung, Antwort auf eine tiefere Selbstanklage, ist in diesem ersten Moment ganz und gar von jenem Schuldgefühl durchdrungen, von dem sich Gustave heilen will. Warum fühle ich denn nichts? Antwort Nummer 1: Weil ich in meinem Innern von Geburt ein Greis bin. Antwort Nummer 2 – erstes Produkt einer Selbstverteidigung –: Weil nicht ich dieser konstitutionelle Greis bin, sondern die Welt. Wie denn? Spricht sich Gustave unter dem Namen Almaroës jene bis aufs Äußerste gesteigerte Sensibilität ab, die er sich einige Monate später unter dem Namen Djalioh verleihen sollte? Diese Frage können wir jetzt noch nicht beantworten: der junge Autor weiß nicht, wohin er geht, er konstruiert jenen Helden: den unsensiblen Menschen. Um zu sehen, was dabei herauskommt. Und seine Unsicherheit ist so groß – zumindest auf den ersten Seiten –, daß er aus Unaufmerksamkeit seinem Roboter sogar die *anima* zubilligt, die er ihm auf den letzten Seiten absprechen wird. Er schreibt: «(Er) war nur ein reiner und unversehrter Geist, kalt und vollkommen, unendlich und ebenmäßig wie eine Marmorstatue, die denken könnte, die handeln könnte, die einen Willen, eine Macht hätte, *kurz eine Seele*[43], der aber kein Blut warm in den Adern pulsierte, die verstünde, ohne zu fühlen, die einen Arm ohne ein Denken[44] hätte, Augen ohne Leidenschaft, ein Herz ohne Liebe. Fern auch jedes Lebensbedürfnis, jede materielle Wirklichkeit! Alles für das Denken, für die Ekstase, aber eine verschwommene und unbestimmte Ekstase, die sich in den Wolken verliert . . . die vom Instinkt und von der Konstitution herrührt.» (I, 91)

43 Die Hervorhebung ist von mir.

44 Die Unsicherheit des jungen Autors ist so groß, daß er hier schreibt «einen Arm ohne ein Denken» und zwei Zeilen später «Alles für das Denken». Es gibt jedoch nur im *Ausdruck* einen Widerspruch. Die Bedeutungen bleiben miteinander vereinbar: das Denken, das dem weltlichen Arm fehlt, ist der große konstruktive Traum, dessen Wurzeln bis in die Affektivität hineinreichen; es ist auch das pathetische Vorgefühl des Lebens, das Flaubert im autobiographischen Zyklus deutlich machen wird, wenn er schreibt: «Mein Leben, das ist mein Denken.» (*Mémoires d'un fou*, I, 230) Aber wenn er Almaroës durch die Wörter «Alles für das Denken» definiert, bringt er *zunächst* den Verstand – ein strenges Symbol wissenschaftlicher Informationen – mit den organischen Bedürfnissen und Leidenschaften in Gegensatz. Die Ambivalenz ist hier klar: später wird Gustave vor unseren allzu menschlichen Bedürfnissen einen Horror haben (und zweifellos erregen sie schon jetzt seinen Abscheu), aber das Fehlen von Bedürfnissen wird in diesem Text als Unterlegenheit dargestellt, es ist das Fehlen des Panzers. Der offensichtliche Gegensatz der beiden Glieder des Satzes rührt in jedem Fall von der Armut des Wortschatzes her. Gustaves immer eilige Feder weist ein und demselben Wort zwei miteinander wenig vereinbare Funktionen zu.

Diese Beschreibung läßt eher an irgendeinen vollkommenen Verstand als an die nackte Materie denken. Das ist gewiß nicht *anima*, sondern *animus*, ihr Maskulinum, der Geist, die aktive Intelligenz.
Die Wörter weisen hier klar auf Einflüsse hin: «die Marmorstatue» erinnert sehr deutlich an Condorcet und in geringerem Maße an La Mettrie; diese Philosophen kennt er ganz sicher durch seinen Vater. Der Mensch ist ein Maschinentier, weil ja die Vernunft doppelt bedingt ist: von innen durch die psychische Determiniertheit, von außen durch die unverrückbaren Bande der objektiven Abläufe. Aber Gustave kann sich nicht verbeißen, diese Präzisionsautomatik zu transzendieren, indem er aus dem Denken plötzlich das Synonym für die «verschwommene» Ekstase macht oder, wenn man so will, indem er die Ekstase für den *terminus ad quem* des Denkens ausgibt. Sie passen schlecht zu dem Roboter, jene Ekstasen – die in einigen Monaten die *anima* von Djalioh kennzeichnen werden! Im übrigen rühmt sie der Junge kaum. In *Quidquid volueris* wird er ihren kosmischen Aspekt betonen: die Seele weitet sich aus, bis sie das Unendliche in sich eingehen läßt; diese Ekstasen sind, zumindest oberflächlich, der Stolz der Mißgeburt, und sie verleihen diesem schmerzgequälten Analphabeten seine Größe. In *Rêve d'enfer* wird zunächst der privative Aspekt beleuchtet: das Unendliche wird zum Unbestimmten, jene inhaltlosen Verzückungen verlieren sich im Verschwommenen, in den Wolken; in dieser Form erinnern sie sehr an die ursprünglichen Geistesabwesenheiten. Gleichviel: selbst wenn er ihre Unzulänglichkeit verurteilt, kann man denn in diesen mystischen Zuständen wirklich die höchste Intelligenz oder, wenn man so will, die *Selbst*überschreitung des analytischen Verstandes auf einen Synkretismus hin erkennen, der im Gegenteil – nach den Normen der Zeit – der Analyse vorausgehen und ihr ihre Materialien liefern müßte? Gustave ist übrigens davon überzeugt, daß die mathematische Präzision jene fließenden Bestimmungen des Erlebten nicht hervorbringen kann. Der Beweis dafür ist, daß er plötzlich den «Instinkt» und die (passive) «Konstitution» wieder einführt und sie zur eigentlichen Quelle dieser Zustände erklärt. Damit setzt er die Seele diesseits und jenseits der Vernunft wieder ein als Grundlage jeder Irrationalität und vor allem des unbändigen Verlangens, *woanders* zu sein und die Ketten der Endlichkeit zu sprengen.
Dennoch ist dieses merkwürdige Porträt das von Gustave, und wir werden seine Widersprüche verstehen, wenn wir seine ursprüngliche Absicht herausgefunden haben. Im übrigen ist sie klar: Flaubert hat *gleichzeitig* die primitiven Instinkte, das ursprüngliche Verlangen, die Geistesabwesenheiten *und* die Kälte hineinlegen wollen, die die mechanistische Philosophie seines Vaters in ihm hervorgerufen hat. Jene wunderbare Intelligenz, die er seinem Helden verleiht, ist nicht die seine, sondern die von Achille-Cléophas oder, genauer, diejenige, die

Achille-Cléophas besitzt und ihm geben möchte. Und wenn er seine Ekstasen tadelt, so ist es der Blick seines Vaters in ihm, der sie abwertet. Umgekehrt bricht sich in ihm die Idee Bahn, daß diese Über-Rationalisierung seines Seins, wenn sie sich unter der Kontrolle des Chefarztes vollenden sollte, keine andere Folge haben würde, als ihm seine Seele zu entreißen und sie durch ein präzises System zu ersetzen, das weder dem grundlegenden «Instinkt» des jüngeren Bruders noch seiner «Konstitution» entspräche.

Unter all diesen divergierenden Merkmalen, den Produkten einer tiefen Krise des Jungen, gibt es nur eine einzige Verbindung: die *Kälte*, eine annähernde, *aber nicht symbolische* Bezeichnung einer inneren Erfahrung. Ob Almaroës sich nun dem operationalen Kalkül widmet oder in den Wolken schwebt, so fühlt er in sich selbst und unmittelbar ein Wesen, dem kein Blut warm in den Adern pulsiert, das versteht, ohne zu fühlen, das ein Herz hat ohne Liebe. Das bedeutet, daß der Herzog die äußeren Gegenstände oder die Gefühle der anderen auf ihre Elemente zurückführen oder sich in der pantheistischen Totalisierung des Kosmos verlieren kann, aber daß er unfähig ist – im Unterschied zu den Menschen –, die Güter dieser Welt einzeln und in ihrer Besonderheit zu begehren. Der *superman* hat mit dem Untermenschen Djalioh gemein, daß auch er die menschlichen Interessen nicht teilen kann. Aber Flaubert scheint experimentiert zu haben, «um zu sehen, was dabei herauskommt»: als das Tier sich verkörpert, wird es von seiner Seele gemartet, es hat nur allzuviel Herz; der Roboter weiß alles über unseren Planeten und über die anderen, er hat die Weisheit mit Löffeln gefressen: Gott hat ihn so gemacht; in bestimmten Momenten scheint Almaroës seine Kenntnisse aus sich selbst zu gewinnen: er braucht nur seine angeborenen Ideen einer Kombinatorik zu unterwerfen, in die der Allmächtige ihn eingeweiht hat. Aber was ihn für immer daran hindert, die bescheidensten Freuden der Menschen und ihre weitläufigen Leiden kennenzulernen, ist, daß er keine Sensibilität hat. Ganz Wissen und *Praxis*, ist das *Pathos* in ihm verkümmert.

Auf den Seiten, die unmittelbar auf dieses Selbstporträt folgen, schwankt Flaubert noch zwischen Hoffart und Demut. Die erste Erklärung dieser erhabenen Lustlosigkeit ist der Hochmut, der sie ihm eingibt: er ist zu groß für diese Welt: er würde mit einem Schlag in Flammen stehen – was für eine Glut! Aber nichts lohnt der Mühe: Almaroës ist «unter die Menschen gekommen . . ., ohne wie sie ein Mensch zu sein, . . . aber von einer überlegenen Natur, einem erhabneren Herzen, und der nur Leidenschaften verlangte, um sich zu nähren . . . Er war verkümmert, verbraucht, verletzt durch unsere Sitten und unsere Instinkte . . . Die heißen Umarmungen einer Frau . . . hätte das alles ihn eines Morgens erzittern lassen, ihn, der im Innern seines Herzens ein unendliches Wissen, eine unermeßliche Welt vorfand?

Unsere armseligen Wollüste . . . die ganze Erde mit ihren Freuden und Wonnen, was bedeutete ihm das alles, ihm, der etwas von den Engeln hatte . . . Aber diese ganze Natur, das Meer, die Wälder, der Himmel, all das war klein und jämmerlich . . . Er hatte nicht genug Luft für seine Brust, nicht genug Licht für seine Augen und Liebe für sein Herz» (I, 91). Diesmal erfahren wir es genau: Gustave verlangte nur, die irdischen Wollüste zu begehren: sein ganzes Unglück kommt daher, daß sie nicht begehrenswert sind. Man meint – schon hier – eine Seite aus den *Mémoires d'un fou* oder aus *Novembre* zu lesen: die Abwehrtaktik – alle Verantwortung auf den Anderen schieben – deutet schon den Übergang zum Objektiven und zum Verallgemeinerungswillen, kurz, zur Unaufrichtigkeit der Autobiographien an. Seine Erklärungen gehen tatsächlich von selbst vom Besonderen zum Allgemeinen über, bleiben aber auf halbem Wege stecken. In *Novembre* wird er das allgemeinste und abstrakteste Merkmal aller Menschen und aller Dinge, ihr *Sein*, als einen Makel betrachten: für ihn ist die Existenz ein Gebrechen des Nichts. Aber in *Rêve d'enfer* schwingt er sich nicht zu einer so radikalen Anfechtung auf: Mikrokosmos und Makrokosmos sind verbunden, aber beide bestehen doch durchaus gesondert; da ist jener Anormale, der Herzog Almaroës, das Produkt eines besonderen *fiat*, und dann jene kleine jämmerliche Schöpfung: die Erde mit ihrer Fauna und Flora, bestimmten, gezählten, klassifizierten, immer sich selbst gleichen Arten, die sich in einem langweiligen Wiederholungszyklus immer ohne Überraschung fortpflanzen, jede ist unvollständig in ihrer Monotonie, und obzwar Gegenstand eines speziellen Dekrets, gewinnt sie aus ihrer Faktizität einen ekelerregenden Schein von Zufälligkeit. Eine schlecht gebackene Erde, stellenweise weich, woanders verbrannt, umgeben von ihrer Hülle dünner Gase, dem Himmel. Diese kleine Welt, das Produkt eines bösartigen Demiurgen, stellt uns der Autor als ein *signiertes* schlechtes Gemälde dar, vor allem als ein böses mißratenes Kind: einem gewissen Maler, einem gewissen Vater ist sein Werk mißglückt. Ein historischer und datierter Irrtum. Die Homogenität des Mikrokosmos – Almaroës, der für Gustave steht – und des Makrokosmos – unser Planetensystem – steht fest: es sind zwei einzelne Produkte ein und desselben Willens, wobei das zweite dazu gemacht ist, dem ersten als Käfig zu dienen. In *Rêve d'enfer* scheint Gustave für den Artifizialismus zu schwärmen: er weigert sich einfach, ein Produkt dieser schändlich fruchtbaren Natur zu sein, die er verachtet. Von ihr stammt zwar das Material, aber eine übernatürliche Intelligenz und ein übernatürlicher Wille waren nötig, um sie zusammenzubringen und neu zu bearbeiten. Er ist, sagt er von Almaroës, «das letzte Wort der Schöpfung» (I, 91). Kurz, er tritt diesem verfehlten Universum mit einem Überlegenheitsgefühl gegenüber: zwischen der schmerzhaften Schaffung der Erde, den jämmerlichen Organismen, die auf ihr vegetieren, und der Fabrikation von Almaroës hat sich die Fabrik modernisiert. Gustave wagt endlich, sich an den Anderen für jene Anomalie, die sie verurteilen, zu rächen: er greift ihre Spötteleien auf und gibt sie ihnen wieder zurück: «(Ich bin) verkümmert, verbraucht, verletzt durch (eure) Sitten und (eure) Instinkte.» Meine Anomalie ist eben gerade die Normalität, weil ich sie «einer überlegenen Natur, einem erhabneren Herzen» (I, 91) verdanke. Und wenn ich mich nicht dazu herablasse, mich für den Lauf der Welt zu interessieren, so deshalb, weil ich mich auf keinen Fall wie sie erniedrigen will, indem ich meine Ansprüche zurückstecke. Als erhabener Roboter antworte ich meinen Anklägern Schlag auf Schlag: ihr klagt mich an, kein Herz zu haben, wo ich doch vom großen Verlangen nach Allem gequält bin? Ihr seid die Verkümmerten des Herzens, deren Begierden sich allmählich vermindert haben und stereotyp geworden sind. Mit fünfzehn Jahren ist Gustave kurz davor, einen der Schlüsselwerte seines Universums zu entdecken: die Größe des Menschen mißt sich an seinem Unbefriedigtsein. Nur der besondere Charakter des Vorwurfs, den man ihm damals macht, bringt ihn vorübergehend davon ab: die Eltern Flaubert müssen sich über seine Lustlosigkeit beunruhigen: «Dieser Junge», hieß es damals wohl, «hat zu nichts Lust; nichts interessiert ihn.» Aber dieses Ausbleiben von Gefühlen und Begierden ist ein reines Fehlen: es enthält weder für Gustave noch für die Zeugen seines Lebens irgendein Unbehagen, irgendein Leiden: das Kind ist kein gefallener Gott, der sich an den Himmel erinnert. Es fühlt sich unglücklich, daran ist kein Zweifel, aber aus anderen Gründen – wie wir in derselben Erzählung sehen werden. Die *Anderen* bemerken seine Gleichgültigkeit und machen es darauf aufmerksam: es liebt seine Großmutter nicht, vielleicht, oder nicht genug, es begeistert sich nicht für die Schule, es hat keinen Spaß an den lauten und brutalen Spielen seiner Altersgenossen, man findet es zunächst abweisend, es empfindet selten Sympathie für die Freunde seiner Familie? Mag sein. Aber das verursacht kein Leiden, das ist buchstäblich *nichts*, und man kann sich nicht vorstellen, daß es darüber verzweifelt sein soll, *außer* wenn die geheiligten Autoritäten dieses Nichts als einen Mangel verurteilen. Auf diese Verurteilung antwortet es, indem es sie von sich losreißt und dem Ankläger zurückschleudert. Bevor das Unbefriedigtsein empfunden und sich seiner selbst voll bewußt wird, auch wenn es in den Tiefen irgendeinen Widerhall findet, entsteht es *unter der Feder* Gustaves als Selbstrechtfertigung und *argumentum ad hominem*. Nichts macht es so deutlich spürbar wie diese plötzlich gegen die Welt geschleuderte Anklage der Senilität: Gustave glaubt ein Gemurmel zu hören: ältliches, verunstaltetes Kind, runzelige Seele! Er reckt sich empor und schreit dem Universum entgegen: Selber Greis! Greis in der Kindheit? Warum nicht? Wir werden bald sehen, daß diese zänkische Verteidigung, die

noch abstrakt und nicht frei von Wortschwall ist, wie immer bei Flaubert zum Orakel wird. Er prophezeit nicht nur seine zukünftige Einstellung, sondern auch die seines Jahrhunderts oder besser *seines* Halbjahrhunderts, das 1848 beginnt und sich nach seinem Tod fortsetzt, nachdem es von ihm mit unauslöschlicher Tinte markiert worden ist. Allerdings ist die Idee noch keineswegs reif; deshalb läßt Flaubert sie fallen. Beim ersten Auftreten von Satan vollzieht sich eine sichtliche Veränderung. Almaroës bekennt dem sehr skeptischen Dämon, daß er nicht lieben könne, da er keine Seele habe. Dieser plötzliche Zeichenwechsel kann einen nur überraschen: zu Beginn der Erzählung schien Almaroës durchaus eine Seele zu besitzen: man nimmt sie ihm; in einer Trotzreaktion erklärte Gustave seine Leere, seinen Überdruß, seine Unempfindlichkeit *durch Überfluß*. Jetzt aber scheint er sich plötzlich schuldig bekennen zu wollen, und daher erklärt er die Kälte seines Blutes *durch Mangel*. Wenn es dem Roboter also an Wärme fehlt, so deshalb, weil er *nicht genug ist*, um lieben zu können. Durch eine plötzliche Inspiration scheint der Autor in diesem Augenblick den Sinn der ganz unüberlegt begonnenen Erzählung entdeckt und zur Wiedergabe seiner nebelhaften tieferen Idee eine neue Symbolwelt erfunden zu haben. Die beiden Partner des Duos werden nämlich von diesem Moment an bis zum Schluß die Aufgabe haben, die reine Seele – die der Dämon verkörpert – und die reine Materie – auf die sich letztlich der übermenschliche Herzog reduziert – gegeneinanderzusetzen. Almaroës, von dem es gerade hieß, er habe «etwas von den Engeln» (I, 91), verwandelt sich tatsächlich schlagartig in einen «kalten Automaten» (I, 90), und man schreibt ihm die völlige Unempfindlichkeit eines Minerals zu. Der Teufel führt das Thema ein: «Du begehrst nichts, Arthur, du liebst nichts, du lebst glücklich, denn du gleichst dem Stein, du gleichst dem Nichts.» (I, 94) Diese Worte werden später in *Novembre* wieder aufgegriffen: « . . . jene langen Steinstatuen, die auf den Gräbern liegen . . . Ihre Ruhe ist so tief, wie das Leben hienieden nichts Vergleichbares bietet . . . man könnte sagen, daß sie ihren Tod genießen . . . wenn man (nach dem Tod) noch etwas fühlen muß, so möge es sein eignes Nichts sein.» (I, 255). Noch später, gegen Ende seines Lebens, wird uns Flaubert eines Tages die verborgene Positivität dieser Negation offenbaren: in den letzten Zeilen der letzten *Tentation de saint Antoine* wird sein letzter Antonius jenen Wunsch aller Überdrüsse seufzen: «die Materie sein!» (I, 571)
Hat Satan wahr gesprochen und verschafft die Abblätterung der Seele dem erhabenen Automaten, wenn auch nicht das Glück – wo sollte es zu finden sein? –, so doch zumindest den Gleichmut? Manchmal hat es den Anschein. Zum Beispiel bei folgender Passage: «Nun, dieser Mann, der so infernalisch und so schrecklich wirkte, der ein Kind der Hölle zu sein schien, der Gedanke eines Dämons, das Werk eines verdammten

Alchimisten, er, dessen aufgesprungene Lippen nur bei der Berührung mit frischem Blut anzuschwellen schienen, er, aus dessen weißen Zähnen der Geruch von Menschenfleisch strömte, nun, dieses infernalische Wesen, dieser schreckliche Vampir war nur ein reiner und unversehrter Geist, kalt und vollkommen ...» (I, 91) Kälte und Vollkommenheit: das ist zwar nichts Positives, nimmt aber wenigstens jede Möglichkeit des Leidens. Eine Maschine begehrt nichts: keine mögliche Frustration. Sie gerät niemals aus der Bahn: also wird sie niemals die Angst der Lähmung kennenlernen noch die des Leerlaufs, noch den panischen Schrecken, auf präzise Impulse falsche Informationen gegeben zu haben. Aber bei näherem Nachdenken kommt uns doch ein Zweifel: warum sind diesem reinen, unversehrten, kalten Geist so finstere Erscheinungsformen verliehen: war es notwendig, daß er den anderen als das «Werk eines verdammten Alchimisten» erschien? Warum strömt aus den Zähnen dieses Minerals – das sich überhaupt nicht ernährt, weil es ja keine Bedürfnisse hat – der Geruch von Menschenfleisch? Almaroës ist nicht einmal ein Menschenfeind: warum dieses Aussehen eines Menschenfressers?

Halten wir zunächst fest, daß die körperliche Erscheinung des Roboters ausdrücklich als eine Verkleidung ausgegeben wird. Wir erfahren, daß dieses «fremdartige und merkwürdige Wesen, das unter die Menschen gekommen ist, ohne wie sie ein Mensch zu sein, *willentlich* ihren Körper, ihre Formen, ihre Redeweise, ihren Blick hat» (I, 91). Also ist er für seine Merkmale und für sein Auftreten verantwortlich: «jenen bleiernen Blick, jenes kalte Lächeln, jenes bleiche Gesicht, seine eisigen Hände» (I, 91), *all das verleiht er sich selbst* ebenso wie die seidige Zartheit seiner Haut, «weiß wie der Mond» (I, 91), oder seine azurblauen Haare. Mit einem Wort, er hat den Körper als Symbol seines subjektiven Zustands gewählt. Das Wort «willentlich» ist nicht aus Versehen dahin gesetzt worden: es erhält die verschiedensten Bestätigungen. Zunächst folgende: «Er ging schnell durch die Bauern hindurch, die bei seinem Erscheinen verstummten ... und war bald nicht mehr zu sehen, flink wie eine Gazelle, flüchtig wie ein phantastischer Traum, wie ein Schatten, und allmählich verringerte sich das Geräusch seiner Schritte auf dem Staub, und keine Spur seines Vorübergehens blieb hinter ihm zurück, außer der Furcht und dem Schrecken, wie die Blässe nach dem Sturm.» (I, 91) Etwas weiter unten nennt der Autor diese Promenaden «seinen geflügelten Lauf». In Wirklichkeit hinterläßt dieser Roboter Spuren seiner Schritte, wenn er es will: die feinste Form der Materie ist durch die freie Entmaterialisierung gekennzeichnet. Almaroës, heißt es, hat keine Seele: gut. Aber auf den ersten Seiten hat er auch keinen Körper, wenn man darunter nicht jenes schwerelose Gespenst versteht, ein bloßes Bild seiner Frustration. Als der Herzog und der Teufel Julietta einen kurzen Besuch abstatten, erkennt man sie «an die Mauer geklebt» (I, 97); das Familienoberhaupt nimmt sein Gewehr von der Wand, zielt auf sie und schießt: umsonst; die Kugeln drangen an der richtigen Stelle in die Mauer ein, und «die beiden Gespenster verschwanden» (I, 97). Daß Satan ein Gespenst ist, gut, das mag noch angehen: er ist nur eine Seele. Aber der Herzog, dieses Stück Materie, hat nicht einmal deren Undurchdringlichkeit. In dem Maße jedoch, wie der Kontrast zwischen den beiden Partnern des Duos deutlich wird, wird die Materialität von Almaroës hervorgehoben: bereits nach seiner Begegnung mit Satan «öffnete (Arthur) seine riesigen grünen Flügel, streckte seinen schneeweißen Körper und flog zu den Wolken davon» (I, 95). Flügel; eine Vogelausstattung: das ist schon besser. Das ist die beste Metapher, um die Ekstase *sichtbar* zu machen: und die Wörter «fliegen» oder «davonfliegen» werden unter Gustaves Feder ständig wiederkehren. Aber nach dem Zusammenhang muß man die Begriffe *auch* in ihrem eigentlichen Sinn verstehen: Arthur steht auf der Luft; wenn er sich bis zu den Wolken erhebt, so trägt ihn die Luft; dieses Transportmittel ist nicht mehr magisch, sondern physikalisch. Bei der Schlägerei am Schluß mit dem Dämon erhält Almaroës schließlich die Kraft und die Undurchdringlichkeit: «Der laute Atem, der aus seiner Kehle strömte, stieß Satan zurück wie das rasende Schwingen einer Alarmglocke, die im Kirchenschiff hin und her springt, dröhnt, die Pfeiler erzittern läßt und das Gewölbe zum Einstürzen bringt.» (I, 99) So stellt also dieser Proteus die unendlichen Wandlungen der Materie dar: bald scheint er wie die Götter von Epikur aus einem Geriesel von Atomen zu bestehen, die so fein sind, daß man ihn nicht von einem unbeständigen Gespenst unterscheiden kann; bald gibt ihm der Autor, als er von seinem «lethargischen Körper» (I, 100) spricht, «die erhabene Arroganz der rohen und stupiden Materie» (I, 99), ohne jedoch zu vergessen, daß er ihm einige Zeilen vorher ein erdrückendes Genie verlieh. Kurz, Almaroës gibt sich das Äußere, das seinen inneren Verfassungen entspricht: flieht er die Menschen, so läuft er, ohne die Erde zu berühren; sucht er die Ekstase, so ist er schwer wie ein Engel, wie ein Flugzeug, das startet und sein Fahrgestell einzieht; für den Alltag hat diese ständige und unabnutzbare Bewegung einen verbrauchten Organismus, ein runzliges Gesicht, hohle Augen *gewählt*, ebenso wie sie eine Burgruine zur Wohnung auserkoren hat: so daß man nicht weiß, wer von den beiden den anderen nachmacht, jener ausgemergelte Alchimist oder jenes Geröll, das der Efeu kaum daran hindern kann zu zerbröckeln. Goethes Einfluß auf diese Bilder ist deutlich: dieser Gelehrte mit der bleichen Stirn, «seinen hohlen und geröteten Augen, seiner weißen und gestrafften Haut, seinen dürren und langen Händen» (I, 93), das ist Faust vor seiner Begegnung mit Mephisto, ebenso wie Julietta, die dritte Protagonistin, direkt von Gretchen inspiriert ist. Die Anklänge an *Faust* verändern manchmal die Absichten Flauberts und verwandeln zum Beispiel den eisernen Herzog, der alles im voraus schon weiß, *in einen Forscher.* Aber der tiefere Grund, der den jungen Mann veranlaßt, dem Roboter das Aussehen eines Greises zu geben, kommt aus der Tiefe seiner selbst: hören wir, wie er die geistige Entwicklung seiner Person beschreibt: «Die Existenz (war nur noch) eine lange Agonie . . . nachdem ich Menschenrassen und Reiche an mir hatte vorbeiziehen sehen, fühlte ich nichts in mir sich regen . . . alles (war) tot und gelähmt für meinen Geist.» (I, 94) Und Flaubert sagt woanders: «Er liebte lange hohe Gewölbe, wo man nur die Nachtvögel und den Meereswind hörte; er liebte jene vom Efeu[45] gestützten Trümmer, jene finsteren Gänge und dieses ganze Bild von Tod und Untergang[46]; er, der von so hoch oben so tief herabgefallen war, liebte, was auch gefallen ist; er, der alle Illusionen verloren hatte, wollte Ruinen, er hatte das Nichts in der Ewigkeit[47] gefunden, er wollte die Zerstörung in der Zeit.» (I, 92)

45 Das Thema des Efeus, das hier sechs Monate vor seiner Verwendung in *Quidquid volueris* auftaucht, zeigt seine negativen Elemente ziemlich klar. In *Rêve d'enfer* sind die Beziehungen im Grunde umgekehrt: der Efeu ist das *praktische* Subjekt: er hält inerte Materialien zusammen, die ohne seine synthetische Anstrengung zerbröckeln würden. Aber das Wort «Trümmer» meint hier natürlich weder das Schöne noch das Erhabene: es bezeichnet lediglich die von einer Umklammerungspraxis zusammengehaltenen Elemente. Die synthetische Aktivität verlängert die Agonie der Ruinen; mehr noch: sie läßt sie verkommen. Wieder einmal können wir feststellen, daß es bei Flaubert hartnäckige Motive, operationale Schemata gibt, die von einem Werk ins andere übergehen und in einer allgemeinen, nicht variablen Perspektive den positiven Aspekt dieser Erfahrung ebenso wie seine negativen Bestimmungen ausdrücken können. Die enge Affinität «Efeu-Trümmer» ist eine Kraftlinie, eine Gewohnheit der schöpferischen Phantasie; das Verb wird über die symbolisierte Realität entscheiden: alles hängt davon ab, ob der Efeu *stützt* oder sich *anklammert.* Kurz, man könnte sagen, eine passive Synthese, deren operative Bedeutung jedesmal auf der Ebene der praktischen Absicht bestimmt wird. Das heißt jedoch nicht, daß das Agglomerat nicht in sich selbst und vor jedem Eingriff einen indikativen Wert hätte. Aber dieser ist in sich selbst nicht *Ausdruck*, er ist in einem viel tieferen Sinn die Ununterscheidbarkeit von Struktur und Überschreitung. Er bietet niemals die *Bedeutung*, sondern den Sinn: wir werden später darauf zurückkommen.

46 Diese Burg ist ohne jeden Zweifel die Übertragung des Hôtel-Dieu: aber hier ist der Symbolismus explizit.

47 Was diese Ewigkeit selbst angeht, so ist Gustave im Grunde nicht festgelegt. Manchmal nimmt er das Wort im Sinn von *Unsterblichkeit:* «denn er war dazu verurteilt zu leben», und dieses endlose Leben wird *per definitionem* als ein zeitlicher Prozeß aufgefaßt. Ein anderes Mal handelt es sich um die Negation jeder Dauer – zum Beispiel eben hier. Und es kommt auch vor, daß Almaroës seinen eigenen Tod ins Auge faßt: «(Er wußte), daß der Tag kommen würde, an dem das Nichts diesen Gott hinwegraffte, so wie dieser Gott ihn eines Tages

Almaroës ist nicht unempfindlich: das wird einen überraschen. Wie kann eine Maschine leiden? Sie hat keine Seele: Satan hat es ihm gesagt: das ist sein unerhörtes Glück. Keine Seele, kein Leiden. Außer einem, das der Dämon nicht kennen kann: der reine, seelenlose Verstand leidet eben gerade darunter, daß er keine Seele hat. Das ist seine primäre Frustration, die in Schande eingestanden und mit Ressentiment herausgebrüllt wird: «Keine Seele! . . . Keine Hoffnung!» (I, 94) Der sichtbarste, wenn nicht der tiefste Vorwurf, den der Junge seinem Vater macht, ist der, daß er ihn seinen Glauben hat verlieren lassen: diese Apathie, die Ihr senil nennt, habt Ihr mir gegeben, indem Ihr mich mit Agnostizismus geschlagen habt. Wir stoßen hier wieder auf den reuigen Richter, der seine Verbrechen gerne eingesteht, um ihren wirklichen Urheber anklagen zu können, der seine Hand geführt hat; der Tod Gottes ist kein lokalisierbarer Mangel: in Gustaves Augen ist es die radikale Metamorphose des Ganzen in Nichts; seine Gleichgültigkeit stellt im Grunde nur die Verinnerung des Nichts dar. Das erklärt die Wörter «von so hoch oben so tief herabgefallen» (I, 92), die auf den ersten Blick eine platonische Reminiszenz darzustellen scheinen, die halluzinierende und verschwommene Erinnerung an einen Aufenthalt im Himmel. Wir wissen, daß der Zusammenhang eine solche Interpretation à la Lamartine verbietet; der durch eine systematische Bearbeitung kosmischer Materieteile geschaffene Roboter ist *in der Welt* aufgetaucht: für Lamartine und Plato kann sich nur die Seele an die *geistige* Existenz erinnern, die sie kennengelernt hat, *bevor* sie in den Körper fiel. Der Körper von Almaroës kann, so wie Gustave ihn sieht, nur ein materielles Gedächtnis haben, das sich nur auf die Materialität des Kosmos bezieht. Folglich scheint er auf den ersten Blick von nirgendwoher herabgefallen zu sein. Aber der Zusammenhang klärt uns auf: der Verlust der Illusionen wird durch den Sturz symbolisiert. Arthur glaubte, eine Seele zu haben: er hat sich eines Besseren belehren lassen müssen. Sofort ist er *blasiert*: Gott ist tot, damit ist auch die Seele verschwunden; es bleibt eine farblose Welt, die ihre kleinen Drogen und Vergnügen verhökert, aber die man niemals mehr auf das Absolute hin transzendieren wird. Denn für Almaroës würde sich die Seele, wenn sie existierte, auf Grund des Unbefriedigtseins, *als Trans-Aszendenz konstituieren.* Aber da er sich am Anfang darüber beklagt, daß er die jämmerlichen Güter dieser Welt nicht begehren kann, und da er diese Lustlosigkeit dem Mangel seiner *anima* zuschreibt, verstehen wir,

hinwegraffen würde.» (I, 91) «Verurteilt zu leben» bedeutete also in diesem Fall, daß er sich nicht mit seinen eigenen Händen töten kann, aber daß der Allmächtige ihn wie eine Uhr konstruiert hat. Er wird schließlich stehenbleiben. In derselben Passage etwas weiter unten – andere Passagen derselben Novelle widersprechen dem – ist selbst Gott sterblich, was, wenn nötig, endgültig beweist, daß er den *pater familias* verkörpert.

was Flaubert uns sagen will: was Arthur fehlt, ist das große Verlangen, das Mazza aus *Passion et vertu* verbrennen wird, das Vermögen, im Endlichen das Unendliche zu begehren. Eine ganz christliche Auffassung: denn an Gott richtet sich letztlich die Liebe – und sei es die körperliche Liebe –, die wir Seinen Geschöpfen zuwenden. Und umgedreht, wenn wir Gott nicht liebten, und sei es, ohne es zu wissen, könnten wir nichts lieben, nicht einmal den Körper einer Frau. Almaroës ist nicht gottlos, denn er ist von Seiner Existenz überzeugt; aber der Schöpfer hat ihn seiner Seele beraubt und damit unfähig gemacht, Seine unendliche Güte, Seine Allmacht und folglich überhaupt irgend etwas zu lieben. Hier überlagern sich zwei symbolische Systeme: Gott ist zugleich der *pater familias*, der sich befleißigt, nach allen Regeln einen vollkommenen Sohn zu zeugen, das heißt einen Übermenschen, aber der gleiche gefürchtete, bewunderte, verfluchte symbolische Vater hat, um sein Werk zu vollenden, sein Geschöpf den Agnostizismus lehren wollen. Hinter dem prächtigen Herzog erkennen wir den armen Djalioh aus *Quidquid volueris*; Gustave wendet sich insgeheim an Achille-Cléophas und sagt ihm: Ihr habt aus mir Euren Schüler und Nacheiferer machen wollen, einen unempfindlichen und kalten Wissenschaftler. Vielen Dank, aber ich war dieses grandiosen Planes nicht würdig: ich war Leidenschaft, ich war Instinkt, meine Konstitution prädestinierte mich, eher zu glauben, als zu erkennen, und aus diesem Grund neigte ich dazu, gläubig zu werden. Ihr habt meine religiöse Natur verdrängt und gezügelt und meine verschwommenen Ekstasen durch kalte Evidenzen ersetzen wollen, die ich nicht verstand, weil ich nicht jenes Euch eigene Affirmations- und Negationsvermögen besaß, das den Ruhm unserer Familie begründet hat. Was bleibt von alldem? Ein komplettes System von *Erkenntnissen*, von denen jede die folgende hervorbringen muß, die ich auswendig hersage, ohne sie zu *kennen*; und dann ein verkümmertes, von Verboten gespicktes Herz, dessen Regungen von Anfang an unterdrückt werden, und das Gefühl, daß, angefangen von der Wissenschaft, alles absurd ist in dieser verlassenen Welt, in der ich mein Verlassensein mit mir herumschleppe. Diese Interpretation ermöglicht uns, bestimmte, bei Almaroës bereits entdeckte Widersprüche zu deuten: dieser reine und mathematische Geist kennt verschwommene Verzückungen, die Mathematikern im allgemeinen unbekannt sind; er ist glücklich, solange er eine Seele zu besitzen glaubt, er verfällt in Agonie, als er bemerkt, daß er keine hat. Obwohl sich der kleine Junge in Almaroës verkörpert, kann er sich doch nicht ganz mit seiner Person identifizieren: der Doktor Flaubert hat die Seele seines jüngeren Sohns nicht *unterdrückt*; er hat sie lediglich in die tiefste Tiefe des Seins verdrängt: das Kind fühlt sich von ihr abgeschnitten durch jenes Folterinstrument *animus*, die Evidenzen der Anderen, jenes System, mit dem man seinen Geist von außen überlastet hat, in dem er sich jedoch nicht wiedererkennt; wenn auch verborgen und mißhandelt, besteht doch der beste und intimste Teil seiner selbst fort: von ihm erhält er unentzifferbare Signale, die zuweilen durch die Stahlmauer der erworbenen Kenntnisse hindurchdringen und ihn zu schamhaft und verstohlen empfundenen traurigen Ekstasen bringen. Aber dieser beste Teil verzweifelt schließlich in der Dunkelheit und hat nicht einmal das Recht, diese Verzweiflung zu übernehmen und als seine eigene anzuerkennen.

Aber die Gedanken sind Pyramiden: lange vor dem Auftreten Satans kennt der Herzog sein Geschick: «Nichts mehr für ihn! Alles war leer und hohl; nichts als eine unermeßliche Langeweile, eine schreckliche Einsamkeit, und dann noch Jahrhunderte zu leben, die Existenz zu verfluchen, für ihn, der doch weder Bedürfnisse noch Leidenschaften, noch Begierden hatte! Aber er hatte die Verzweiflung!» (I, 92) Eine usurpierte Verzweiflung: Woher käme sie? Nun, zugleich daher, daß Arthur für diese Welt zu groß ist und daß er die grundlegende Frustration erduldet: ihm ist ja gerade die Leidensfähigkeit genommen. Wenn nun die Seele Frustration ist, dann ist die Frustration eines Körpers eine Seele. Die «rohe und stupide Materie» (I, 99) ist in ihrer kompakten Undurchdringlichkeit das reine Sein und der *Mangel eines Mangels.* Dieses Fehlen des Negativen mitten in der vollen Positivität wird, empfunden, eine umgedrehte Seele, Negation einer Negation, die sich entzieht. Verzweiflung, nicht lieben, nicht begehren zu können. Jedenfalls ist die Verzweiflung ein konstitutionelles Merkmal der Seele. Die Langeweile ist das reine Sein in seiner allgemeinen Äquivalenz; aber auf die Dauer führt die Langeweile zur Verzweiflung. Kurz, in der Materie steckt ein dunkler *conatus* auf das Nichts hin, und dieser Hohlraum innerhalb der Fülle führt wieder alle negativen Gefühle bei dem Roboter-Herzog ein. Allerdings sind sie zweiten Grades: er begehrt zu begehren, leidet darunter, nicht leiden zu können; dadurch erreichen wir die Ebene der Reflexion. Bei Djalioh aus *Quidquid volueris* wird die Seele ein unmittelbares, spontanes Unglück sein; bei Arthur ist sie reflektiert. Trotz der Einflüsse einer Kitschromantik und einer irritierenden Neigung zur Hyperbel ist *Rêve d'enfer* also ein reiches und tiefes Werk, das sein Interesse aus zwei Merkmalen gewinnt, die überall einander entgegengesetzt sind, sich hier aber ergänzen: es ist das Diktat einer kaum gelenkten Traumarbeit, die zunächst nicht weiß, wohin sie geht, und die erste Berührung Gustaves mit dem reflexiven Bewußtsein. Der Traum nämlich – der «Höllentraum» – ist es, der durch seine verschlungenen Wege und scheinbare Unverbundenheit, zugleich aber durch irgendeine Mahnung Gustave die Fragen stellt, auf die er zu antworten versucht, nicht indem er einen neuen Mythos erfindet, sondern indem er über diesen Alpdruck nachdenkt. Darunter dürfen wir nicht verstehen, daß die Reflexion ihn aufweckt: man reflektiert im

Traum. Auf dieser nicht mehr ethischen, sondern ontologischen Ebene wird die Fülle des Seins vom unmöglichen Nichts heimgesucht. Den Ursprung dieser Basis-Bedeutung wird man schon erraten haben: es ist die Unmöglichkeit, nein zu sagen, die von Gustave als die unerträgliche Fülle eines *passiv konstituierten* Handelnden erlebt wird. Almaroës, der König der Praxis, gehorcht im Grunde nur dem Handwerker, der ihn fabriziert hat: ein Aufbegehren gegen seine Lage ist ihm verboten. Und dieses verbotene Aufbegehren, das demnach *undenkbar, unsagbar* ist, unter der Fügsamkeit begraben und dennoch unzerstörbar, weil *durch das Sein hervorgebracht* als sein unmöglicher Zerstörungswunsch, das ist die Seele des Sklaven, die Spiritualität der Materie.
Das will also Arthur durch das körperliche Aussehen, das er sich verleiht, bekunden: nicht die ewige Jugend der Materie und des Verstandes, sondern das ewige Alter einer Verzweiflung, die sich nicht zu nennen wagt und nichts andres ist als die Seele. Der Text ist klar: der Herzog leidet unter keinerlei irdischem Mangel, weil er ja keinerlei Begierden hat. Er verflucht seine Existenz insgesamt. Die Amputation des spirituellen Organs hat dieselben Folgen wie die der Prostata: das Altwerden aller Gewebe. Und was den Schrecken angeht, den diese Ausgeburt der Hölle hervorruft, den Geruch eben getrunknen Bluts, der aus seinem Mund strömt, so sind sie von Almaroës und durch ihn vom Autor speziell dafür bestimmt, zu zeigen, daß dieser vollkommene Geist jeden schwarzen Luxus, sogar den Haß kennt. Wenn er dem Dämon das Meer zeigt, sagt er: «Das liebe ich oder, vielmehr, das hasse ich am wenigsten.» (I, 93) Am meisten haßt er Gott. Er hat «Jahrhunderte damit verbracht, ihn zu verfluchen» (I, 91), und träumt zuweilen davon, die ganze Schöpfung zu vernichten. Ist Haß nun aber nicht eine Leidenschaft? Genau, und bei Almaroës ist er sogar nur das. Während in der Wirklichkeit dieses komplexe Gefühl nur durch die Wachsamkeit Bestand hat, die es begleitet, und durch die aus ihm hervorkommenden geduldigen Intrigen, die ihn in den Willen zu schaden verwandeln und ihm den objektiven Status eines Unternehmens verleihen. Ein Haß, der sich nicht in einer ihn bestätigenden Handlung überschreitet, ist nur ein Haßtraum. Der gespensterhafte Inhalt der virtuellen Seele sucht die Materie heim; als großartige und kindische metaphysische Vision eines unglücklichen Kindes ist Almaroës das Universum, jene materielle Passivität, die Gott aus dem Nichts gezogen und zu Seinem Ruhm skulptiert hat und die die unbeugsamen Gesetze des Schöpfers und zugleich den ohnmächtigen Haß, mit dem sie Ihn verfolgt, *erleidet*, den verborgenen Kern ihres Seins. Bei Gustave ist es eine von der Langeweile erzeugte und kaschierte geheime und wirkungslose Bosheit, die wir später unter dem Namen Ressentiment beschreiben werden.
Das spirituelle Prinzip ist die erste, ganz archaische und seit langem

aufgegebene Schöpfung des Demiurgen gewesen: vor Almaroës hatte er Menschen gemacht; vor den Menschen Engel; reine, das heißt körperlose Seelen. Eine von ihnen ist mißraten; es ist der Böse. Flaubert will in einem gnadenlosen Duell den seelenlosen Körper der körperlosen Seele gegenüberstellen. Satan, der König der irdischen Seelen, ist zu seinem Unglück davon überzeugt, daß der Eisenherzog ein Mensch ist und daß sich in dieser Rechenmaschine eine seiner Untertaninnen verbirgt: er will sie herausziehen und in die Hölle schicken, versteift sich trotz zwingender Gegenbeweise darauf, verausgabt sich hemmungslos, kidnappt das hübscheste Mädchen der Welt, macht sie in Arthur vernarrt und wirft sie dem Roboter vor die Füße: um ihn in Versuchung zu führen, wie man sich denken kann, ohne nennenswertes Resultat; verzweifelt über sein Scheitern, leidet er tausend Tode, knirscht mit den Zähnen, heult, brüllt und findet keinen anderen Trost, als beiläufig das verliebte arme Mädchen zu verdammen: «Nein! Nein! Du hast keine Seele, ich habe mich getäuscht . . . aber ich werde jene bekommen.» (I, 100) Etwas später kommt es zur Schlägerei: der Teufel verliert den Kopf und will Arthur in die Federn springen: «Es waren zwei inkohärente Prinzipien, die sich entgegentraten . . . man mußte die Seele und den Körper im Kampf liegen sehen.» (I, 99) Der Ausgang des Kampfes ist nicht zweifelhaft: der Herzog wirft Satan kalt auf den Boden und verschwindet, um seinen Spleen und sein Desinteresse woanders hinzutragen.

Man ist versucht, diese Konfrontation für eine bloße Rhetorikübung zu halten: «Stellen Sie das Elend der körperlosen Seele der lethargischen Gleichgültigkeit des seelenlosen Körpers gegenüber; insistieren Sie in der *conclusio* auf der Notwendigkeit, beide miteinander zu vereinen.» Aber das ist es eben gerade nicht. Zunächst weil diese Vereinigung – ein zweiter Versuch des Schöpfers – einen Menschen hat entstehen lassen, der bekanntlich weit hinter dem zurückgeblieben ist, was man von ihm erwartete. Dieses zweite Mißlingen wird in der Novelle dargestellt: es ist die reine Julietta, die wie Mazza aus *Passion et vertu* von einem keuschen Schlummer in die Hölle der Liebe gerät und am Ende verdammt wird. Und wenn sich die beiden Mißgeburten schließlich zu prügeln beginnen, so tritt Gustave ein wenig zurück, um ihnen Platz zu machen, und meditiert: «Und wie groß und erhaben sie waren, diese beiden Wesen, die vereinigt einen Gott abgegeben hätten, der Geist des Bösen und die Kraft der Gewalt.» (I, 99) So wird zwar die Vereinigung gedacht, aber wenn sie stattfinden könnte, so würde sie weder das Unglück noch die Bosheit ausrotten können. Sicher sind beide Kämpfer frustriert, und wir werden sehen, wie Satan sich bitter darüber beklagt, daß er keinen Körper hat. Aber nicht diese Frustration macht ja sein Unglück aus: wenn er das Glück hätte, in einen Organismus einzugehen, so würde er sich keineswegs besänftigen, denn er hätte das

bittere kriminelle Vergnügen, das physische Böse mit dem spirituellen Bösen zu verbinden. Ein Gott, geboren aus der Vereinigung der brutalen Gewalt mit der Bosheit? Vor einem solchen Gott möge uns Gott bewahren: er hätte kein anderes Ziel, als die Welt in die Luft zu sprengen. Außerdem ist ja Almaroës nicht ganz bar einer gewissen Art von Seele. Umgekehrt besitzt Satan körperliche Kräfte, die wirksamer sind, als er sagt. Aus diesem Grund, Flaubert unterstreicht es, sind diese beiden Prinzipien einander nicht komplementär, sondern «*inkohärent*». Um den Sinn des imaginären Konflikts zu verstehen, müssen wir jetzt Satan, *anima*, untersuchen wie vorher Arthur, *animus*. Lesen wir.
«‹Was hast du, das deinen Ruhm und deinen Stolz ausmacht, den Stolz, dieses Wesen der überlegenen Geister? Was hast du? (wiederholt der Herzog). Antworte!›
‹Meine Seele (sagt der Dämon).›
‹Und wieviel Minuten in der Ewigkeit kannst du zählen, da diese Seele dir das Glück verschafft hätte?›» (I, 94)
Satan behauptet in diesem Dialog, stolz darauf zu sein, daß er eine Seele *hat*. Aber woanders bekennt er, «ich habe *nur* die Seele» (I, 94); diese Wörter sind ungeeignet: der Christ, dieses zusammengesetzte Wesen, kann erklären, daß er eine Seele *hat*, und ebenso, daß er einen Körper *hat*, denn er nimmt jedesmal den Gesichtspunkt der heterokliten Totalität ein, die er *ist*. Aber Satan, der weder berühren noch nehmen kann, weil er keine körperlichen Organe hat, *ist* nur eine Seele, oder, besser, da es sich um einen bewußt wegen seines Reichtums gewählten Mythos handelt, er *ist die Seele* und nichts anderes (trotz bestimmter Fähigkeiten, die wir bald entdecken werden). Kann er unter diesen Umständen behaupten, daß seine Seele seinen Stolz «ausmacht»? Nein, aber daß sie sein Stolz *ist*. Oder, besser, daß der Stolz seine Seele *ist*, daß er sich zu ihrem Sauerteig macht. Das Thema des Stolzes, das wir in den Autobiographien und Notizbüchern wiederfinden werden, tritt hier zum erstenmal explizit auf, und Flaubert, der noch boshafter oder noch tiefer als der Böse selbst ist, läßt Almaroës sagen, daß der Stolz das *Wesen* der überlegenen Geister sei. Wir haben richtig gelesen: nicht das Merkmal der überlegenen Geister, sondern ihr *Wesen*. Er bringt sie in ihrer Überlegenheit hervor, das heißt eben in ihrem Sein. Wir haben diese Idee – wenn auch verhüllter – schon in *Passion et vertu* angetroffen. Mazza ist wahnsinnig vor Hochmut. Aber man muß darauf hinweisen, daß sie es keineswegs immer gewesen ist: erst mußte Ernest vor ihr fliehen, damit ihr maßloses Unglück in ihr jenen hochmütigen Stolz hervorbringen konnte, der sie die Welt verachten ließ. Der Stolz, der höchste Wert, tritt auf, wenn das Leiden unendlich ist; er ist nichts andres als das vom erlebten Schmerz vermittelte unerschütterliche und feste Bewußtsein von der Leidensfähigkeit, das das Leiden voraussetzt. Unglück und Stolz sind der Ursprung der Seele. Das erste schafft die

«Wunde», das zweite weist die Heilmittel zurück, erforscht das Fassungsvermögen, das heißt die Summe an Unglück, die sie fassen kann. Deshalb hört Satan nach dieser stolzen Erklärung nicht auf zu jammern und scheint sich damit ständig zu widersprechen.

«Ich habe nur die Seele, die Seele, brennender und steriler Odem, der sich selbst verzehrt und martert; die Seele! Aber ich kann nichts, ich kann die Küsse nur streifen, fühlen, sehen, und ich kann nicht berühren, ich kann nicht nehmen ... Warum bin ich nicht das Vieh, das Tier, das Reptil ... seine Begierden werden erfüllt, seine Leidenschaften werden gestillt. Du willst eine Seele, Arthur? Eine Seele! Aber weißt du, was du sagst? Willst du wie die Menschen sein? ... vor Verzweiflung abmagern, aus den Illusionen in die Wirklichkeit fallen? Eine Seele! Aber willst du die Schreie stupider Verzweiflung, den Wahnsinn, den *Idiotismus*[48]? ... Du würdest dich bis zur Hoffnung erniedrigen? Eine Seele! Du willst also ein Mensch sein, etwas mehr als ein Baum, etwas weniger als ein Hund?» (I, 94f)

In diesem Wehgeschrei steckt eine gewisse Inkohärenz: im ersten Teil seiner Klage verurteilt Satan das Unglück, nur eine Seele zu haben und nicht durch die materielle Schwere des Körpers belastet zu sein; im zweiten Teil, «Willst du wie die Menschen sein? ... vor Verzweiflung abmagern, aus den Illusionen in die Wirklichkeit fallen ...», hält er *anima in jedem Fall* für das absolute Prinzip des Leidens. Der Dämon wendet sich an Almaroës, der ganz und gar Körper zu sein behauptet, und versucht ihm verständlich zu machen, daß, so perfekt die materielle Organisation des Roboters auch sein mag, er allein dadurch *Mensch würde* («etwas mehr als ein Baum, etwas weniger als ein Hund»), wenn man irgendwo in seine schwere Masse *anima* einführte. In gewisser Weise haben die beiden Frustrierten nicht die gleiche Auffassung von diesem spirituellen Prinzip.

Für den Herzog ist sie lediglich das, was zu seiner Vollkommenheit fehlt: die Sensibilität. Für den anderen ist sie in jedem Fall ein Übel: sobald sie sich mit einem Körper verbindet, tut sie nichts anderes, als diesen zu martern; sie ist ein Schmerz, der beruhigt werden will; wenn der Unglückliche es dann satt hat zu leiden, *hofft er*: was ist entwürdigender, als sich derart zu täuschen, daß man demütig einem Universum vertraut, in dem das Schlimmste immer sicher ist. Deshalb wird er die Desillusion kennenlernen. Die Hoffnung ist seine Sünde. Auch seine Erniedrigung: ein byronsches Thema: wer nicht Gott verflucht, verdient nicht zu leben. Die Verzweiflung, die Antwort des Kosmos, dieser Hoffnungenbrecher, ist die Rückkehr des Menschen zu seiner Wahrheit. Aber Gustave zufolge kann er nicht dabei bleiben: er muß sterben oder zur Hoffnung zurückkehren. Nur Satan ist das radikale

48 Die Hervorhebung ist von mir.

Böse, weil er die reine und einsame, jeder materiellen Ausstattung ledige *anima* ist, die weiß, daß sie sie für immer entbehren wird und daß der so sehnlich herbeigewünschte Tod ihr untersagt ist. Der irdischen Schwere beraubt, die etwas von ihrer Energie absorbieren und die Lebhaftigkeit ihrer inneren Bewegungen zügeln würde, ist sie sich ihrer selbst ohne die geringste Undurchsichtigkeit gegenwärtig. Als reines reflexives Bewußtsein eines unendlichen Schmerzes gewinnt sie ihren Stolz aus ihrer Verzweiflung: *sie* würde sich nicht mit Illusionen abspeisen lassen; ihr Wissen von sich selbst hat sie seit langem davon überzeugt, daß sie für alle Ewigkeit verurteilt ist.

Wozu verurteilt? Für welchen Frevel? Man könnte auf den ersten Blick sagen, daß Satan das ständig wache und, in Ermangelung von Organen, ständig frustrierte unendliche Verlangen symbolisiert: man höre, wie er immer nur einen Körper verlangt: «Oh! Wenn ich doch ein Mann wäre, wenn ich seine breite Brust und seine starken Schenkel hätte ... ich beneide ihn, ich hasse ihn, ich bin auf ihn eifersüchtig ... ich kann die Küsse nur streifen, fühlen, sehen, und ich kann nicht berühren, ich kann nicht nehmen: ich habe nichts, nichts, ich habe nur die Seele. Oh! Wie oft bin ich über die noch lauwarmen Leichen junger Mädchen gekrochen! Wie oft habe ich mich verzweifelt und lästernd von ihnen abgewandt!» (I, 94) Der rhetorische Sinn ist klar: der seelenlose Körper kennt nicht das Verlangen, aber die körperlose Seele ist ein Verlangen ohne Befriedigung: um etwas genießen zu können, muß man es besitzen, um etwas besitzen zu können, muß man es nehmen. Aber bei näherer Betrachtung scheint die Symmetrie gekünstelt. Ist es nur der Genuß, der sich ohne Materie dem Verlangen verweigert? Ist es nicht radikaler das Verlangen selbst, zusammen mit der *Realität*? Die Seele ist kein inerter Hohlraum und ebensowenig ein Vakuum, das sich im Nichts öffnet; Flaubert begreift sie auch nicht als eine spirituelle Substanz – andernfalls müßte er ihr eine gewisse Genügsamkeit zubilligen; nein: in seinen Augen ist sie ein Gebrechen des Seins, eine Qual der Materialität. Aus diesem Grunde symbolisiert er sie durch Satan, dessen parasitäre Existenz schon die Kirchenväter aufgezeigt haben. Die Seele hat keine Eigenbeständigkeit, sie ist relativ gegenüber dem Körper wie das Bild gegenüber der Realität, das Böse gegenüber dem Guten. Sie ist das unersättliche Verlangen von Mazza aus *Passion et vertu*, das Fehlen von Ernests Geschlecht *in ihrem Geschlecht*. Dieser unsichtbare Riß setzt die Einheit des Kosmos voraus; man denke sich die Materie weg, durch die er hindurchgeht, und es bleibt ein Phantom übrig. Genauer noch: ein imaginäres Verlangen. Was sagt uns Satan? Daß er nichts *nehmen* könne? Aber nehmen ist zugleich das Handeln und sein Zweck, die Begierde und die Lust. Mit seiner breiten Brust, seinen starken Schenkeln, seinen Armen, seinen Händen, seinem Geschlecht «nimmt» ein Mann eine Frau; aber dieselben Organe geben dem Verlangen seine Realität. Wenn Satan über die Leichen junger Mädchen kriecht, was kann er wollen? In sie eindringen oder das Organ besitzen, was ihm in gleicher Weise die Lust und die Möglichkeit dazu geben kann? So trifft also die Verurteilung von *anima* ihr Wesen, das darin besteht, sich selbst zu verzehren und sich in Widersprüchen zu verlieren. Es ist zwar das unendliche Verlangen, aber durch eine grundlegende Kastration entvitalisiert. Ein mit Unstillbarkeit identisches Verlangen, weil es in sich mit Versagen geschlagen ist. So ist also die Seele ein *Imaginarium* – es sei denn, daß sie sich an einen Körper klammert; sie ist *Verlangen zu verlangen*, und da sie ihrer Begierde keinen besonderen Körper geben kann, träumt sie davon, das Verlangen nach allem zu sein. Zweifellos will Flaubert hier von jenem «Unartikulierbaren» sprechen, von dem er in *Novembre* sagen wird: «Vage begehrte ich etwas Strahlendes, das ich mit keinem Wort hätte formulieren noch in irgendeiner Form in meinem Denken präzisieren können . . .» (I, 249) «Unablässiges Verlangen», wird er hinzufügen. Unablässiges, brennendes und steriles, namenloses Zerrissensein, dessen tiefer Widerspruch darin besteht, sich bejahend sich zu verneinen, dessen Leiden nur die subjektive Äußerung seiner ontologischen Unbeständigkeit ist. Ist das Leiden in diesem Fall denn nicht selbst imaginär, wird man sagen? Warum nicht? *Dieses* jedenfalls hat nicht mehr Realität als das Verlangen. Wir werden bald sehen, daß sich dahinter andere verbergen, die durchaus real sind.

Und wofür wird er gestraft, der gefallene Engel? Für seine Revolte? Aber er ist unfähig zur Rebellion. Am Ende dieser Analyse werden wir entdecken, daß er letztlich grundlos bestraft wird. Im Augenblick kann man nur zeigen, daß das Opfer auch Peiniger ist. Der Stolz ist zunächst bei Gustave ein *schwarzes Gefühl*. Weil er, wie Jean Genet sagt, *danach* kommt. Er hat nichts zu tun mit der Sicherheit, die bestimmte Menschen der erlebten Gewißheit verdanken, daß sie noch vor ihrer Geburt *erwartet*, also bedingungslos *anerkannt* und dann durch die schaffende Liebe einer Mutter *konstituiert* worden sind. Dieses einem Säuglingsglück zu verdankende ruhige Wohlbefinden ist *weiß*. Es ist nicht einmal mit Bescheidenheit unvereinbar. Bei Flaubert wie bei Genet haben wir das ganze Gegenteil: der Stolz entsteht auf Ruinen; er ist nicht einmal eine Kompensation; er ist eine Haltung, die aus einem Fehlen entsteht (für den «Dieb» Genet ist die unbekannte Mutter eine tiefe und tief erlebte Leere) oder aus einer Gleichgültigkeit (die kalte Beflissenheit von Caroline hat Gustave keineswegs das Gefühl gegeben, daß er auf die Welt gekommen ist, um einen Wunsch zu erfüllen, auf ein Gerufenwerden zu antworten). Weit davon entfernt, diese wesenhafte Leere auszufüllen oder die Aufmerksamkeit von ihr abzulenken, ist der schwarze Stolz diese Leere selbst, die sich ihrer selbst bewußt ist und die radikale Überlegenheit des Negativen gegenüber dem Positiven, des

Nichts gegenüber dem Sein, der Entbehrung gegenüber dem Genuß bestätigt. Er ist der Verbannte, der von der Höhe seiner Verbannung das elende Treiben der Integrierten verachtet, er ist der Ungetröstete, der seine radikale Frustration den mittelmäßigen Genüssen seiner Artgenossen vorzieht, die mit so wenig zufrieden sind. Mit anderen Worten, der schwarze Stolz entsteht im Herzen dessen, der das ihm auferlegte Unglück zu *wählen* vorgibt. Daher Gustaves Ambivalenz gegenüber seinem eigenen Stolz: dieser entreißt ihn durch seine Gegenreaktion manchen Demütigungen, aber er macht gleichzeitig seine ständige Marter aus, denn da er mittelmäßige Befriedigungen ablehnt, hat er sich entschlossen, sich auf das Fehlen von allem zu gründen, das heißt wörtlich auf *nichts*, auf eine wesenhafte und erlittene Armut. Wenn man nicht *alles Begehrenswerte* haben kann, so ist es besser, überhaupt nichts zu haben und überhaupt nichts zu sein. Das Leiden zeigt, daß die Seele groß genug war, um die Welt zu fassen; wenn es fortdauert, beweist es, daß die Seele aus der auf sich genommenen Frustration eine Ethik gemacht hat. Aber welche Schande für diese Stolzen, wenn Schöngeister oder Laffen sich vor ihnen ihrer winzigen Vorzüge rühmen: die Söhne des Teufels können ihnen nur ihre Nacktheit entgegensetzen. Wir werden darauf zurückkommen: im Augenblick stellen wir fest, daß für Satan der Stolz, die Entscheidung für das Nicht-sein, also die Wunde einerseits und die Seele andrerseits, eins sind und daß diese Geisteshaltung zugleich als die Grundlage einer aristokratischen Moral und als das radikale Böse erscheint: weil der *schwarze* Stolz das erduldete Böse wählt, folgt daraus eine Umkehrung der Werte – wobei die höchsten dem absoluten Nicht-sein am nächsten sind –, was darauf hinausläuft, nicht etwa die Ethik aufzuheben, sondern sie auf Antiwerte zu gründen. Zweifellos wird das Böse erlitten, der Andere hat Satan damit geschlagen. Aber da der Stolz nur das Auf-sich-nehmen dieser Ungerechtigkeit ist, verfinstert sich die ganze Seele, als wenn die Grundlage ihrer Existenz die erkennbare Wahl des radikalen Bösen wäre.

Tatsächlich rührt alles von dieser ersten Option her: Satans Bosheit ist nur eine andere Seite des auf sich genommenen Bösen. Zunächst der Neid: er entsteht aus dem Vergleich zwischen dem Mangel, dessen Satan sich rühmt, unter dem er aber leidet, und dem niederen Erfülltsein (kleine Talente, kleine Vergnügungen), das er bei den anderen verachtet, ohne sich jedoch den Gedanken verbeißen zu können, daß es ungerecht verteilt ist. Es folgt die Grausamkeit: Satan ist Opfer des absoluten Bösen, dessen wirklicher Urheber Gott ist; aber indem er es wütend auf sich nimmt, sieht er darin nicht nur das Böse, das man erdulden, sondern auch das Böse, das man tun muß. Leidend verursacht die Seele Leiden, die Leiden und die Grausamkeit der menschlichen Seelen träufeln Balsam auf ihre Schmerzen: «Wenn ich sehe», sagt

Satan, «wie die Seelen der Menschen ebenso leiden wie meine Seele, dann ist das ein Trost für meine Qualen, ein Glück für meine Verzweiflung.» (I, 94) Aber vergessen wir nicht, daß das Schadenwollen des Dämons ein grundlegend ethisches ist. Die große Teufelin – Satan ist ein bißchen Frau, siehe, wie er «seine Zitzen über den Sand schleifte» (I, 94) – herrscht über die Seelen, sie hat über ihre Untertaninnen eine heilige Autorität, die sie benutzt, um sie minuziös alle in ihr Verderben zu führen, um sich an ihnen für das Unglück zu rächen, das sie verbrennt, aber auch, um es sie teilen zu lassen: der Böse hat mit seiner ersten Option stillschweigend beschlossen, das Böse überall auszubreiten, es zum Rahmengesetz der geistigen Ordnung zu machen, die er beherrscht.

Das ist also der Gegenspieler, den Gustave seinem Herzog gegenüberstellt: das Nicht-sein, die hochmütige Ohnmacht, das Leiden, die *imaginären* Triebe des großen Verlangens, die Wollust zu schaden. Alle Seelen werden braten. Alle Seelen, aber durchaus nicht alle Menschen. Es gibt welche, die keine Seele haben, ganz wie Almaroës: keine Hölle für Ernest. Noch für Herrn Paul. Die Verurteilten sind Mazza, Djalioh und jene arme Julietta, deren einziges Verbrechen es war, leidenschaftlich einen Roboter zu lieben – und das unter dem Einfluß des Teufels.

Diese Macht des Bösen über jene geheime Wunde, jenes Nichts, das sich im Innern der Organismen verbirgt und dessen einziger Vorzug es ist, die Determiniertheit zu sprengen, nicht indem es den Lauf der Dinge verändert, sondern indem es ihn durch das Leiden anficht, diese Macht könnte er praktisch nicht ausüben, wenn er nicht mit einigen Mitteln ausgestattet wäre. Wenn die Seele ein Riß des Körpers ist, dann wirkt man auf den Körper ein, um auf sie einzuwirken; und wie sollte man ein materielles System verändern können, ohne wenigstens mit einer embryonalen Materialität ausgerüstet zu sein? Genau das haben Gott und Gustave dem Fürsten der Unterwelt zugebilligt. Stellen wir zunächst fest, daß dieser große Unhold, der schmollend proklamiert: «Ich habe nur über die Seelen Macht» (I, 95), zwar tatsächlich keinen Tastsinn und keine Greiforgane hat – Hände, Haken, Zangen, was auch immer –, aber dennoch zugibt, daß er sich eines ausgezeichneten Sehvermögens erfreut. Hält Gustave den Blick für das am wenigsten materielle der intersubjektiven Kommunikationsmittel? Oder müssen wir uns nicht an jenes Geständnis erinnern, das er einige Jahre später machte: «Als Kind liebte ich, was man sieht» (*Mémoires d'un fou*, I, 231)? Der Teufel soll also jenem nachlässigen, ein wenig linkischen, in seinen Bewegungen affektierten schönen Kind ähneln, das vielleicht Kontakte als eine allzu kompromittierende Nähe scheut, dessen Blick jedoch die Wellen überspringt und sich im Unendlichen verliert? Seine erste Beziehung zu Almaroës ist tatsächlich das *Sehen.* Und wie sollte man mit dieser materiellen Undurchsichtigkeit auch anders kommunizieren als durch die Sinne: Gott, der Rechenmeister, kann ihn allein durch den Verstand konzipieren und seine Verhaltensweisen erraten; aber wenn Satan dazu in der Lage wäre, wenn er die Verstandesoperationen ausführen könnte, die der Oberingenieur *erfunden* hat, um die Verhaltensweisen seines Roboters bis ins Unendliche voraussehen zu können, dann wüßte er, daß Almaroës keine Seele hat und daß es verlorene Mühe ist, ihn verdammen zu wollen. Satan-*anima* stellt sich tatsächlich im Raum Arthur-*animus* gegenüber und beobachtet ihn *von außen* wie ein Wissenschaftler, für den die kompakte Undurchdringlichkeit dieses Organismus zugleich dienlich und verwirrend wäre. Das wäre noch nichts: aber der Böse hat mehr als einen amüsanten physikalischen Trick auf Lager: wenn man auf ihn schießt, läßt er die Kugel verschwinden, trägt sie durch die Mauer hindurch und schickt sie plötzlich von außen durch ein Fenster, dessen Scheiben er zerschlägt, wieder zurück. Jetzt will er die kleine Julietta verdammen: woher dieser Arm, der aus *anima* herauskommt und es ihm ermöglicht, sie «mit mächtiger Hand» (I, 96) anzuziehen? Später trägt er sie in die Lüfte mit sich fort, wie es alle Satane unweigerlich machen werden und gemacht haben, die Gustave bis zur letzten *Tentation de saint Antoine* ersonnen hat und ersinnen wird. So durchscheinend das kleine Mädchen auch sein mag, so hat sie doch ein gewisses Gewicht: ihr Entführer muß also ein Wunder tun oder, selbst den Gesetzen der Schwerkraft unterworfen, über ein Paar Flügel verfügen und sie notfalls entfalten können. Übrigens würden selbst die Wunder beweisen, daß er einen direkten Einfluß auf die Natur hat. Und er kann sich nicht verbeißen, welche zu tun. Bevor die beiden Ungeheuer aneinander geraten werden, fordern sie einander heraus – wie Moses und die Zauberer Ägyptens! «Satan», fragt Arthur, «kannst du eine Welle anhalten? Kannst du einen Stein zwischen deinen Händen zerdrücken?» (I, 94) Und der triste Herr antwortet ihm kommentarlos «Ja». Wie also, er kann sich Hände verleihen, die stärker sind als Zangen, um einen Felsblock wie Ton zu zerdrücken, und er könnte sich keine Hände verleihen, um einem jungen Mädchen in die Taille zu kneifen? Beklagt hier Gustave, wenn auch nicht seine Impotenz, so doch zumindest seine Frigidität? Jedenfalls geraten «diese übermenschlichen Wesen» aneinander. Wie? Kann eine Seele Judogriffe beherrschen? Damit ein Kampf stattfinden kann, muß unabhängig von seinem Ausgang ein Kontakt dasein, das heißt eine gewisse Homogenität. Und wenn der elektronische Herzog siegt, so nicht deshalb, weil er sich als Materie einer spirituellen Macht entgegenstellt, die er weder hätte greifen noch überhaupt denken können; sondern weil er einem viel weniger gut ausgerüsteten Gegner die unzerstörbare Kohäsion seiner Partikel entgegensetzt: der Bessere hat gewonnen. Satan *sieht*, er ist *sichtbar*; er kann mit einem eisernen Arm Frauenzimmer entführen, aber ein stählerner Arm kann ihn Staub fressen lassen: kurz, er hat eine *anima*-Materialität, die keineswegs als eine primäre Gegebenheit erscheint, sondern als sein Produkt, als ein vorübergehender Panzer, den die Seele im Notfall absondert, um als manipulierte Trägheit die passive Widerstandsfähigkeit der äußeren Materie angreifen zu können. Satans Körper ist eine Überschreitung des Nichts auf das Sein hin, so wie die *animula vagula* von Almaroës die unvorhersehbare Überschreitung des Seins auf das Nichts hin ist.

Wir haben es nicht mit zwei inkohärenten und getrennten Prinzipien zu tun, sondern in beiden Fällen mit Gustave ganz und gar, der über das meditiert, was ihm seine eigene Inkohärenz zu sein scheint. Diese Verdoppelung von Gustave entspricht einer doppelten gleichzeitigen Deutung seiner inneren Erfahrung. *Rêve d'enfer* ist ein überraschender Versuch des Jungen, zwei verschiedene Schlüssel für sein Leben zu finden: in jedem der beiden Fälle zeigt er sich in seiner Totalität, wobei er lediglich davon ausgeht, daß der eine der Teile, die ihn bilden, mehr oder weniger verkümmert ist, und anläßlich des lange vorbereiteten Duells versucht er schließlich, seine eigene Wahrheit in einem Gegensatz seiner selbst zu sich selbst ganz und gar zu zeigen.

Vergleichen wir die beiden Mißgeburten, so stellen wir tatsächlich fest, daß sie nicht allzu verschieden sind: beide sind absichtlich hervorgebracht worden. Und von demselben Vater. Man beachte das Fehlen der Mutter: in den hier untersuchten Novellen werden die Söhne gezeugt, aber nicht geboren. Ein Mann weckt Mazza aus einem lethargischen Schlummer. Ein Mann beschließt die Kreuzung, aus der Djalioh hervorgehen wird. Die schwarze Sklavin, das unentbehrliche Gefäß, verschwindet nach dem Gebären. In *La peste à Florence* bringt der Familienkonflikt den alten Cosimo zu seinen beiden Söhnen in Gegensatz: von der Mutter kein Wort; sicher ist der *pater familias* Witwer. Indem Gustave in *Rêve d'enfer* seine Figuren direkt vom Schöpfer herrühren läßt, verzichtet er eindeutig auf die Vermittlung eines weiblichen Bauches. Indessen sind die beiden Feinde, Söhne des Mannes und nicht der Frau, Brüder: vielleicht erklärt das ihre Frustrationen. Sind diese denn, obzwar ihrer Natur nach verschieden, in ihren Wirkungen so unterschiedlich? Der Teufel ist unglücklich; Almaroës ist es auch.

Im Grunde leiden die verfeindeten Brüder unter der gleichen Lustlosigkeit, die sie alle beide unmenschlich werden läßt, den einen durch die Überlegenheit seiner Organisation (aber wir wissen ja, daß sie ein grundlegendes Gebrechen verbirgt – so ist der *superman* insgeheim ein Untermensch), den anderen durch die Unterlegenheit seiner Ausstattung (aber wir wissen, daß Satan, der Untermensch, die grandiosesten Vertreter unserer Spezies – das heißt die unglücklichsten – durch seine unvergleichliche Leidensfähigkeit übertrifft: so kehrt sich das Verhältnis um, und der Untermensch erwirbt das Recht, über die Seelen zu herrschen, das heißt über das Leiden der Menschen). Woher rührt nun

ihr Unterschied? Warum aktualisiert sich Satans Verzweiflung, anstatt seine Lustlosigkeit zu färben, ständig als die *reale* Bestimmung dieses Imaginariums? Weil diese permanente Untröstlichkeit eine unveränderliche Beziehung zu einer ganz alten Katastrophe ist; diese Seele definiert sich in ihrer Reinheit eines *Gedächtnisses* als das ungetröstete Sinnieren über eine ursprüngliche Züchtigung – sei ihr nun ein Verbrechen vorausgegangen oder nicht –, über den niederschmetternden Urteilsspruch, der ihren Sturz bestimmte. Gustave-Almaroës ist nicht gefallen: deshalb bleibt seine Seele virtuell, und deshalb scheint sein Haß auf Gott eine objektive und praktische Beziehung zum höchsten Wesen zu sein. Gustave-Satan wurde an einem vorgeschichtlichen Datum aus dem Paradies gerissen und in Abgründe gestürzt, er hört nicht auf zu fallen: diese historische und pascalsche Beziehung steht am Ursprung seiner Subjektivität. Eben dies, würde ich sagen, macht aus ihm eine Seele: diese Bindung hat eine zugleich vernichtete und virulente Vergangenheit; sie ist auch der Grund für seine Lustlosigkeit: diese verletzte Seele – wir könnten sie den *wiedererinnerten Sturz* nennen, denn sie ist nur das –, die von Demütigungen, Ressentiments, Gewissensbissen und Reue gepeinigt wird, wie sollte sie sich denn an den Nippsachen unserer Welt erfreuen; woher nähme sie die Zeit, sie zu begehren? In Wirklichkeit ist die von ihrer Geschichtlichkeit heimgesuchte große Teufelin *unverfügbar*. Wenn sie die Männer beneidet, die einen Frauenkörper begehren können, so ist sie eifersüchtig auf ihre Verfügbarkeit, ihre permanente Möglichkeit, der Geschichte zu entgehen und in der Gegenwart zu leben. Dieser pascalsche Teufel ist der ältere Bruder von Djalioh aus *Quidquid volueris*.
Können wir sagen, daß Almaroës der ältere Bruder von Herrn Paul aus *Quidquid volueris* ist? Das ist komplizierter: der Herzog müßte wie der Automat von Vaucanson die reine Gegenwart darstellen, selbst wenn man davon ausgeht, daß ein übermenschlicher Verstand seine Erschaffung geleitet hat. Das ist um so notwendiger, als er sich ja, wie wir gesehen haben, gar nicht im Himmel aufgehalten hat: der Schöpfer hat auf der Erde Mineralien gesammelt und ihn durch ein souveränes *fiat* daraus gemacht. Man kann höchstens davon ausgehen, daß er bei seinem ersten Auftauchen eine Seele zu besitzen glaubte und – Gustave versichert es uns – die schreckliche Erinnerung an den Verlust seiner Illusionen bewahrt. Dann aber braucht ihn der Böse um nichts zu beneiden! Als Satan den Herzog dafür beglückwünschte, daß er nur reine Materie sei, sagte er zu ihm: «Du willst eine Seele, Arthur? . . . Willst du . . . aus den Illusionen in die Wirklichkeit fallen?» (I, 95) Bittere Ironie, mußte der junge Autor denken: wenn die Seele sich durch den *Fall* definiert (das Wort «fallen» steht nicht zufällig da), was ist dann also Almaroës, dessen ganzes Leben sich durch einen ursprünglichen Fall, durch eine Enttäuschung erklärt, von der er sich

nicht erholt hat? Aber Gustave geht noch weiter: von seiner Feder vorwärtsgetrieben oder um die Karten durcheinanderzubringen, geht er in einigen Passagen so weit, dem Herzog platonische Reminiszenzen zu verleihen, die allein der gefallene Engel in sich vorfinden kann. Arthur vertraut uns an, daß seine Geburt ein Sturz war; bevor er das Licht der Welt erblickte, kannte er die Wollust der ungeschaffenen Dinge: «Ich erinnere mich, daß es einen Augenblick gab, wo alles hinter mich floh und sich wie ein Trugbild verflüchtigte. Ich geriet von einem Zustand aus Rausch und Glück in das Leben und die Langeweile: nach und nach entschwanden jene Träume, die ich auf der Erde wiederzufinden glaubte, wie dieses Trugbild; dieses Herz schrumpfte ein.» (I, 95) Das müßte uns *Satan* eigentlich anvertrauen: zunächst weil er ein Engel ist, weil seine Wohnung im Himmel lag, sodann weil seine Strafe darin besteht, die Erinnerungen an den Aufenthalt im Himmel zu bewahren, aus dem er für immer verbannt ist. Er verrät uns aber kein Wort davon, außer negativ: er hat offenbar Angst, davon zu sprechen: woher kommt das? Warum erlaubt sich Gustave in der Verkleidung von Almaroës Anspielungen auf die Geistesabwesenheiten des Goldenen Zeitalters, die er sich versagt, wenn er in die Haut des Teufels schlüpft? Der Grund dafür ist einfach und läßt uns noch weiter in die Absichten des Autors eindringen: Arthur ist *in nichts schuldig*; Gott hat ihn konzipiert, fabriziert und verpfuscht. Oder vielmehr nein: leider ist er gelungen. Der Fehler steckte schon in der Konzeption. Der Allmächtige muß Rechenschaft ablegen. Almaroës, das edle Opfer des Schöpfers, das Seinem törichten Plan geopfert wurde, Sein altes mißglücktes Werk zu vervollkommnen, anstatt es zu vernichten und wieder von Null anzufangen oder, besser noch, zusammen mit ihm für immer ins Nichts einzugehen – Almaroës erhebt sich gegen seinen Herrn; er urteilt über ihn von gleich zu gleich, fordert ihn heraus, und der wilde Haß auf ihn unterscheidet sich in seiner Objektivität keineswegs von der legitimen Verurteilung durch ein Gericht. Dieser Märtyrer hat einen aristokratischen Schmerz: das ist sein Stoizismus; da er niemals gefehlt hat – wie hätte er es auch können, dieser Automat, dessen Federn und Räder vom Andern so kombiniert worden sind, daß sie nur vorgesehene Wirkungen hervorbringen können? –, hat er nichts zu verbergen: ihm also vertraut Gustave die Aufgabe an, die verschwommenen Ekstasen seiner Vorgeschichte in Erinnerung zu rufen; im Munde des Roboters ohne Fehl und Tadel werden diese Erinnerungen wie eine Verurteilung des Vaters klingen. Das haben wir folgendermaßen zu übersetzen: das Goldene Zeitalter war das Zeitalter der Verzückungen und des Glaubens: unter dem Einfluß der mütterlichen Religiosität glaubte der Kleine eine unsterbliche Seele zu haben, die eines Tages seine toten Brüder im Paradies wiedertreffen würde. Aber in ländlichen Familien gehört von einem bestimmten Alter an der kleine Junge seinem Vater.

Achille-Cléophas tritt auf, legt die mechanistische Ideologie dar, und die Seifenblasen zerplatzen: das ist der Szientismus. Es handelt sich hier natürlich nur um eine abwegige Metaphysik, aber Gustave wird unweigerlich an sie glauben: er wird zwar immer noch von seinen alten Hoffnungen heimgesucht, aber er sieht nur noch Phantasmen darin: man wird bemerken, daß er in *Rêve d'enfer* nicht bestreitet, daß das Maschinentier Arthur in seiner Art perfekt ist. Das heißt, daß Gustave, ohne davon *überzeugt* zu sein, die väterliche Ideologie nicht anficht: zweifellos ist das die Wahrheit; sie muß es sein, da der Vater es ja sagt: aber diese Wahrheit sprach er nicht gerne aus. Gustave reagiert wie ein Krebskranker, der seinen Verwandten böse ist, daß sie ihn über seinen Zustand aufgeklärt haben. Die Seele des Jungen war seine Unkenntnis: das Wissen löst sie auf, und zurück bleibt jenes zufällige Produkt, der Körper, ein von anderen Aggregaten umgebenes Aggregat von Atomen. In den «Autobiographien» wird das Thema sich weiter entfalten: es wird unpersönlich und abstrakt werden, Gustave wird seine Ernüchterung als ein Ergebnis seiner eigenen Erfahrung ausgeben. Aber in *Rêve d'enfer* ist er kategorisch: Gottvater, das transparente Symbol, wird angeklagt; er ist der Verantwortliche.

Der eigentliche Unterschied zwischen Arthur und Satan liegt, wie wir gesehen haben, weder in der tiefen Natur der Frustration noch in ihren Folgen. Der Böse ist natürlich sehr böse; aber man glaube nicht, daß Arthur gut sei. Der erste sagt: «Wenn ich sehe, wie die Seelen der Menschen ebenso leiden wie meine Seele, dann ist das ein Trost für meine Qualen.» (I, 94) Und vom zweiten heißt es: «Er, der von so hoch oben so tief herabgefallen war, liebte, was auch gefallen ist; er, der alle Illusionen verloren hatte, wollte Ruinen, er hatte das Nichts in der Ewigkeit gefunden, er wollte die Zerstörung in der Zeit.» (I, 92) Ich gebe zu, daß in diesem Text vor allem von verfallenen Schlössern geredet wird und daß es weniger schwerwiegend ist, sich an dem Anblick eines gefallenen Steines zu ergötzen als an dem einer gefallenen Frau. Dennoch kann diese *motivierte* Liebe eines *Unzerstörbaren* für die «Zerstörung in der Zeit» nur beunruhigen: auch ein Mensch läßt sich in der Zeit zerstören; wer weiß, ob Almaroës nicht eines Tages vor Langeweile auf die Idee kommt, sich einen Vertreter der Art zu nehmen und dessen Verfall zu beschleunigen? Auf jeden Fall behält er in der ganzen Novelle eine Gleichgültigkeit, die von Feindseligkeit gegenüber jenen niederen Wesen geprägt ist, deren körperliches Aussehen er angenommen hat. Nein: Satan unterscheidet sich nur darin von Arthur, daß der gefallene Engel *schuldig* ist. Almaroës ist von hoch oben herabgefallen: die Schuld daran trägt Gott. Wenn Satan vom Himmel herabgestürzt wurde, so trägt er bekanntlich selbst die Schuld daran. Nicht, daß er für seine Bosheit bestraft worden wäre; diese kommt ja, wie wir sehen werden, später: es ist der Stolz oder das übernommene

Böse. Hat er sich also aufgelehnt, wie es die Legende will? Flaubert sagt uns davon kein Wort: aber es ist wenig wahrscheinlich, daß er an einen Aufstand der Engel gedacht hat; die Revolte ist nicht seine Stärke. Nein: der Teufel ist Teufel, weil er bestraft wird, das ist alles. Die Schuld ist in seinem Wesen: man sieht, daß er sich keiner Sache zu rühmen hat. Deshalb rühmt sich auch der arme Dämon wenig: kaum hat er seinen Stolz bejaht, nachdem er von dem eisernen Herzog provoziert wurde, schon ergeht er sich in Gejammer. Natürlich hegt er gegen seinen Schöpfer ein starkes Ressentiment, und Gott kommt auch nicht unschuldig aus dieser Geschichte heraus: wenn Er allwissend ist, hat Er die Sünde und die Strafe gekannt, noch *bevor* Er den bösen Engel aus dem Nichts zog. Aber wenn Almaroës den Demiurgen unverschämt herausfordert, so hegt Satan, ein hinterhältiges, feiges, unterwürfiges Geschöpf, gegen den Ewigen Vater einen verstohlenen, durch unfreiwillige Bewunderung verminderten Haß: es passiert ihm sogar, daß er den unbarmherzigen Urheber seiner Leiden anfleht: leidet der Verfluchte unter einer unheilbaren Liebe zu seinem Peiniger? Die Wahrheit ist, daß er sich seiner Schuld schämt – wer auch immer dafür verantwortlich sein mag: sein unendlicher Haß bleibt kraftlos; mehr noch, er kehrt sich selbststrafend gegen ihn und macht ihn zum Masochisten. Man höre, wie er nach der großen Schmach, die ihm Almaroës antut, demütig fast ergeben seine Niederlage genießt: «Als er lange das Röcheln genossen hatte, das aus seiner Brust drang, als er die Seufzer der Agonie gezählt hatte, die er nicht unterdrücken konnte und die ihm das Herz abschnürten, als Satan sich schließlich von seiner grausamen Niederlage erholt hatte und den kraftlosen Kopf zu seinem Sieger emporhob, stieß er wieder auf diesen kalten und unempfindlichen Automatenblick, der voller Verachtung zu lachen schien.» (I, 99)
Man sieht, daß der Verfluchte unter diesen Bedingungen nicht auf die Vergangenheit zurückkommen möchte; er denkt ständig an seine Jahre des Glücks, er durchlebt sie wieder. Wenn er nichts davon sagt, so deshalb, weil seine Verstoßung ihm das Herz zerreißt. Die Demütigung erstickt ihn: er fühlt sich wegen Seinsmangels verurteilt. Sagt er nicht ständig: ich habe nur die Seele, ich habe nur die Seele! Und das soll ganz gewiß heißen: ich habe keinen Körper, aber auch: mir fehlt die Intelligenz; deshalb habe ich kein Gefallen erregen können. Vielleicht auch wegen meiner Apathie? Ist diese Körperlosigkeit nicht auch ein Symbol für Gustaves Passivität? Keine Ausrüstung, kein Werkzeug: eine *Praxis* ist unmöglich. Kurz, er hat nichts *getan* – und aus gutem Grund –, was dem lieben Gott mißfallen könnte; wenn er dennoch mißfällt, so wegen des Seins, das dieser ihm gegeben hat: absolut Mißfallen zu erregen; Satan muß es wohl oder übel zugeben; da Gott der Gesichtspunkt des Absoluten ist, erregt Satan deshalb seinen Abscheu, weil er absolut abscheulich *ist*. So ist das – stichhaltige – Argument, das er gegen seinen

Schöpfer kehrt (Warum hast du mich so gemacht, daß ich dich enttäuschen muß?), dadurch abgeschwächt, daß das *Sein* nicht nur Beziehung zu Gott, sondern auch Beziehung zu sich selbst in Gott ist; und da er eine Mißgeburt *ist*, ist seine Beziehung zu sich selbst unmittelbar Ekel. Wahrhaftig: wenn der Fehler so tief liegt, muß man ihn durchleben oder, wie man heute richtig sagt, muß man ihn sich schaffen: das Konkrete und Unmittelbare müssen mit Entsetzen *verwirklicht und erlitten werden*. Nach dieser halluzinierenden Operation, die sich ganz einfach das Erlebte nennt, kann jeder Versuch, die Verantwortung auf den Schöpfer zu schieben, obzwar gerechtfertigt, nur eine abstrakte und sekundäre sprachliche Anstrengung sein. Über sein *Objekt-sein* beklagt er sich nämlich bei Gott: aber in einer fortgesetzten Intuition stößt er auf seine Existenz selbst; wenn Flaubert viel später sagen wird: «Ich fühle mich nicht frei!» (Brief an Louise Colet vom 18. September 1846), so will er damit zu verstehen geben, daß er das Sein erleidet, das ein untergegangener Demiurg ihm gegeben hat. Gut. Aber noch der passivste Akteur kann es nur derart erleiden, daß er es auf sich zukommen sieht, als wenn wir es – für das Ganze und die Schöpfung *ex nihilo* nicht verantwortlich – mit Gottes Hilfe ständig im Detail hervorbrächten, um es zu erhalten und ihm seinen bitteren oder faden Geschmack zu bewahren. Kurz, der Teufel, das reine, aber sehr wenig *individuierte* Subjekt, «existiert» seinen Selbstekel und definiert – um Gustaves katholische Verdinglichungsgewohnheit in den Ausdrücken zu bewahren – sein Objekt-sein (als das, was aus ihm gemacht wurde, aber auch, was ihn flieht, was nur in den Augen des Allmächtigen erscheint) von dem her, was ihm zugänglich ist, von seinem Subjekt-sein her. Satan, als transzendierte Transzendenz, setzt am Beginn seines Unglücks sein Für-den-Anderen-sein, das heißt sein Anderer-sein, als ungreifbare objektive Schuld. Denn der Fürst der Finsternis vergißt keineswegs, daß jener Gott, den er verurteilen will («Warum hast du mich als Mißgeburt gemacht?»), das Prinzip jeder Fülle und jeder Ordnung ist, kurz, das Wahre, das Wirkliche, das Gute! Wenn der Dämon gemacht worden ist, um verurteilt zu sein, um im Chaos seiner Seele eine nicht endende Schmach zu empfinden, so war diese Dissonanz für die universale Harmonie notwendig. Räudig, aber im voraus besiegt, scheint er sich als Opfer einer gerechten Ungerechtigkeit zu fühlen; wenn er auf die Idee kommt, gegen das Böse, das man ihm angetan hat, zu protestieren, *hat er* bereits gemerkt, daß dieses Böse nur das Gute war und daß er dem anbetungswürdigen Beschluß, der es gegeben hat, nichts entgegensetzen kann, weil das Sein mitten in seiner Lichthaftigkeit sein Stück Nacht braucht und weil er dieser dunkle Teil, dieses absolute, aber lokalisierte und zur Ohnmacht verurteilte Böse ist, er, das Opfer und der Schuldige.

Was soll man in diesem Fall tun, außer unerbittlich, hochmütig und *für alle* das Nicht-sein, das Chaos, das Laster und das Unglück zu wollen? Wenn das Böse sein Reich ist, hat der Böse nur das Bestreben, es auszudehnen. Das Gute *verdammen*? Unmöglich. Aber man kann versuchen, es zu schwächen und zu untergraben. Dieser manische und weinerliche Teufel hat ein leichtes Spiel: Gott überläßt ihm die Seelen. Seine Macht über sie ist absolut. Man sehe nur die arme Julietta: kaum zeigt er sich, will sie fliehen, aber umsonst: «Sie konnte nicht aufstehen . . . Sie strengte sich noch einmal an, aber durch nichts gelang es ihr, eine Bewegung zu machen, ihr eiserner Wille zerbrach vor der Faszination dieses Menschen und seiner magischen Gewalt.» (I, 96) Er kann ihr Liebe einflößen. Zum Unglück für die arme Seele benutzt der Dämon seine magnetische Macht nur, um sie in Almaroës vernarrt zu machen – dem das, wie man sich denken kann, egal ist. Kurz, der traurige Herr liebt die Seelen und könnte sich von ihnen wiederlieben lassen, aber ihm liegt nichts daran: er will sie nur ins Verderben stürzen. Eine merkwürdige, einsame Leidenschaft: das heißt die Kommunikation, die Wechselseitigkeit zurückstoßen, zerbrechen, zerstören, verweigern. Natürlich gibt es nichts Orthodoxeres: das Böse ist ebenso streng wie das Gute; wer sich in seinen Dienst stellt, kann nur das Böse wollen. Der böse Wille, der ebenso bedingungslos ist wie der gute Wille, hat einzig und allein zum Ziel, das Schlimmste zu verwirklichen. *Also* sind die Begierden und die Liebe nur Mittel: Satan jammert zwar, aber ob er will oder nicht, er wird von seinem unerbittlichen Unternehmen gelenkt. Und man sage uns nicht, daß er Zeit findet, andere Leidenschaften zu hegen: kein Hobby für den Teufel. Mit anderen Worten, selbst wenn er allmächtig in seinem Reich ist, selbst wenn er zwar nicht lieben, aber sich das zumindest vorstellen, sich echt wiederlieben lassen und sich der grenzenlosen Anbetung der Seelen erfreuen könnte, siegt die Negativität: er will das Böse, so wie Arthur das Nichts will, und hat nur ein einziges wahres Verlangen: das Unglück und die Sünde überall verbreiten. Damit sein Unternehmen ihn niemals in die Irre führt, damit er sich keine Ruhepause gönnt, damit er unermüdlich bei jedem Herzschlag sucht, das größte Übel zu tun, sich das größte Übel anzutun, ist die göttliche Hilfe seines Gnädigen Herrn nötig; eine wirksame Gnade muß seiner Ohnmacht aufhelfen, kurz, er muß ein Mandat haben. So ist es, und das weiß er auch: wenn er gegen die Ordnung der Vorsehung verbissen das Chaos zu verwirklichen sucht, folgt er nur seiner Natur, entspricht er nur dem Wesen, das Gott ihm gegeben hat. Insofern ist er nicht einmal Herr seines Unternehmens, vielmehr wird er selbst von diesem unerbittlich besessen und manipuliert. Wenn er es immer schlimmer treibt, beschränkt er sich nur darauf, die Mission zu erfüllen, die der Allmächtige in seiner großen Güte ihm zugewiesen hat: die Dreckarbeit machen. Wenn er seine Schädlichkeit annimmt und dabei noch übertreibt, so entspricht er auch darin den Plänen des Allerhöchsten: indem er das Böse zu seinem einzigen Ziel macht, einem bewußt angestrebten Zweck, entlastet er den Schöpfer von seiner Verantwortung.

Das müssen wir folgendermaßen übertragen. Satan ist auch und vor allem Gustave, jener frustrierte jüngere Bruder, der sich in dieser Zeit gern als böse ausgibt. Was will er uns sagen? Ich kann nur lieben, wenn es denen, die ich liebe, ausdrücklich zum Unglück gereicht. Denn Satan liebt die Seelen, seine Untertaninnen: was würde er nicht geben, um die Seele von Almaroës zu bekommen, solange er noch glaubt, daß der Roboter eine hat? Aber er liebt sie, *um sie ins Verderben zu stürzen*, und gewinnt sein bitteres Glück aus ihrem ewigen Unglück. So bin ich nun einmal: Hochmut und Neid lassen mich jeden Augenblick allen Mitgliedern meiner Familie tausend Tode wünschen. Ich schwelge in makabren Phantasien. Ich richte zwar wenig Unheil an. Zumindest scheinbar. Tatsächlich haben meine geistigen Exerzitien jedoch in meinen Augen die Funktion von magischen Beschwörungen: ohne Hände und Arme – da mir das Handeln untersagt ist – haben die imaginären Mißgeschicke, mit denen ich meine Nächsten überhäufe, einen direkten und unheilvollen Einfluß. Das *sagt* er in *Rêve d'enfer* nicht, das will er sagen: ein Brief an Louise Colet von 1853 bestätigt es[49]:

«Ein Mensch, der nie im Bordell gewesen ist, muß vor dem Krankenhaus Angst haben. Das sind Poesien gleicher Ordnung . . . Er sieht nicht die *geistige Verdichtung*, die in manchen Häßlichkeiten steckt . . . (Diese schönen Schaustellungen des menschlichen Elends) haben etwas so Rohes, daß sie dem Geist Kannibalengelüste geben. Er stürzt sich darauf, um sie zu verschlingen, um sie sich einzuverleiben. Mit welchen Gedanken habe ich oft im Bett einer Hure gelegen und die abgewetzten Stellen ihres Lagers betrachtet! Was habe ich mir in der Leichenhalle, in die zu gehen ich früher ganz versessen war, für wilde Dramen ausgedacht usw.! Ich glaube übrigens, daß ich auf diesem Gebiet ein besonderes Wahrnehmungsvermögen habe; im Ungesunden kenne ich mich aus. Du weißt von meinem Einfluß auf Irre und von den merkwürdigen Erlebnissen, die ich gehabt habe. Ich möchte gern wissen, ob ich meine Macht behalten habe . . . Wahnsinn und Ausschweifung sind zwei Dinge, die ich so gründlich erforscht und in denen ich mich aus eignem Willen so viel getummelt habe, daß ich niemals (hoffe ich) ein Verrückter noch ein de Sade sein werde. Aber es hat mich auch etwas gekostet, bitte schön! Mein Nervenleiden war der Schaum dieser kleinen intellektuellen Possen.»

Bewußt kultivierte Neigung zum «Ungesunden», «intellektuelle Possen», die der Wille systematisch wiederholt, «Kannibalengelüste», die dem Geist durch die «geistige Verdichtung» der Häßlichkeiten und des

49 Brief an Louise Colet vom 7./8. Juli 1853.

Elends gegeben werden, Phantasien über Prostitution, Krankheit und Tod, das ist die *Imagination des Bösen* als eines Unternehmens. Man bemerke die frappierende Gleichsetzung von Ausschweifung und Sadismus: «Wahnsinn und Ausschweifung (habe) ich so gründlich erforscht (*in der Phantasie: intellektuelle Possen und zweifellos Masturbationen*) . . ., daß ich niemals . . . ein de Sade sein werde.» Die sexuellen Phantasien des Jungen decken sich genau mit Satans platonischen Liebschaften: die Seelen lieben heißt sie ins Verderben stürzen; sich an einem schönen Körper erfreuen heißt ihn leiden lassen. Und Gustave gibt Louise Colet vor allem zu verstehen, daß diese Übungen eine Schutzfunktion hatten: durch diese ungesunden Gedanken enthemmte er sich, erschöpfte er sein Ressentiment: bewußt bis zu den Grenzen des Wahnsinns gehend, vermied er, tatsächlich wahnsinnig zu werden. Diese ständige äußerste Erregung hat ihm jedoch andrerseits, wie er hinzufügt, die Nerven zerrüttet. Kurz, er ist von Raserei besessen, er versucht sie durch eine imaginäre Bosheit zu besänftigen, die sich auf die ganze Spezies ausdehnt und niemandem etwas zuleide tut. Das ist die Seele, das ist der Teufel; nicht die Spur einer sinnlichen Begierde: die Erinnerung an eine frühere Frustration, an wiederholte Schmach nährt die Lust, zu beißen, zu kratzen, zu töten, einen Sadismus, der sich durch «Höllenträume» befriedigt, die ihn erschrecken; das Bewußtsein seiner Schuld, der ursprüngliche Grund seines Sturzes, verläßt ihn dennoch nicht, es steigert vielmehr einen Masochismus, der sich in allen seinen Erzählungen äußert und, radikaler als der des Marquis de Sade, ihre Handlung immer so anlegt, daß der schreckliche Verbrecher der Gerechte ist und *recht hat*, während das unschuldige Opfer im eigentlichen Sinne schuldig ist und die ihm angetanen ungerechten Qualen eine verdiente Strafe sind.

Indessen haben wir gesehen, daß der andere Gustave, der eiserne Herzog, das Haupt hoch tragen und seinem Vater in die Augen sehen kann. Man muß zugeben, daß auch er weiß, daß er verlieren wird, weil er zunächst die trostlose Philosophie, die man ihm verschreibt, annimmt. Der Vater ist gerecht, wenn er den Teufel züchtigt; wenn er Almaroës ernüchtert, ist er wahr. Wahr? Wohl nicht ganz: er hat seinem Geschöpf die Seele entziehen wollen und hat nicht gemerkt, daß die Seele nichts anderes war als dieser Entzug. Vor allem ist Arthur eine Mißgeburt ohne Makel, und sein guter Herr kann seine Verantwortung nicht leugnen, obwohl jene unendliche Fülle des Seins, die kosmische Materialität, nur für eine schattenhafte Negativität, für einen Frustrationstraum Platz läßt. Woher kommt, daß diese beiden Verkörperungen Flauberts von diesem Gesichtspunkt aus so verschieden sind. Woher kommt, daß er seine *gesamte* Geschichte von der Geburt bis zum Sündenfall in derselben Erzählung zweimal erzählt hat, wobei er das erste Mal seine Unschuld beteuerte, das zweite Mal sich schuldig bekannte. Einerseits ist Gustave eine kunstvolle Ansammlung «stupider» Atome; er empfing die materielle Energie, den Augenblick und die Ewigkeit. Wenn seine wirkliche Existenz vom ursprünglichen Plan etwas abweicht, wenn er eine schattenhafte Seele besitzt, wenn er Erinnerungen hat, wenn die Materie bei ihm vom Gedächtnis heimgesucht wird, so ist das gewiß nicht der Fehler seines Erzeugers. Andrerseits ist er durch ein plötzliches, unumkehrbares und unvergeßliches Ereignis, den Sündenfall, mit einer Geschichte versehen; durch die Geschichtlichkeit entgeht er dem Begriff: seine Seele ist ein Gedächtnis, das ganz und gar mobilisiert ist durch das ständige Wiedererleben eines Familienereignisses und durch das bittere Bewußtsein eines Vergehens, dessen er angeklagt wird, ohne es jemals begangen zu haben. Geschichtlichkeit, Nicht-Zeitlichkeit des mechanistischen Augenblicks: zwei Pole, zwei «inkohärente» Deutungen der gleichen Existenz. Gustave muß sich also für die eine oder andere entscheiden, wird man sagen. Aber nein: er ist so weit davon entfernt, sich zu entscheiden, daß er sie in ein und derselben Erzählung *miteinander in Beziehung setzt* und jede von ihnen in den Merkmalen einer Figur zeigt, die mit der anderen im Streit liegt. Was nun also? Schuldig oder nicht schuldig? Was beschließt er?

Nichts. Diese «phantastische Erzählung» (I, 90) hat keinen Schluß: Satan vermag natürlich nichts gegen Almaroës, aber was vermag Almaroës gegen Satan? Der Seelenfischer wird unter dem finsteren Blick seines früheren Gegners die Seele von Julietta fischen; danach wird er wieder mit seinen Jammertiraden anfangen. Der Automat dagegen wird seine alchimistischen Studien und seine einsamen Spaziergänge fortsetzen. Abgesehen von Tod und Verdammung eines kleinen Mädchens ist nichts passiert. Mehr noch: es *konnte* gar nichts passieren. Man kann jedoch diese Erzählung im Lichte späterer Erzählungen interpretieren und für Gustaves Entschlußlosigkeit eine Erklärung finden. Sicher ist, daß Flaubert gleichzeitig in zwei Figuren geschlüpft ist, weil es ihm unmöglich erschien, sich in einer einzigen zu beschreiben. Ich halte es sogar für wahrscheinlich, daß Satan erst später eingeführt wurde, als sich gezeigt hatte, daß Almaroës unfähig war, Gustave *ganz* zu verkörpern, vor allem sein Ressentiment und sein Schuldgefühl. Wir haben es hier also mit einer typischen Doppelgängergeschichte zu tun: der Autor ist ganz die Figur und ganz das Double, das sich von der ersten her hervorbringt. Diese *Paar*struktur der Erzählung ist charakteristisch für eine tiefe Selbstentfremdung: vom Anderen bewohnt versucht der Autor, sich der inneren Spaltung, die ihn bedroht, zu widersetzen, indem er in seinen Schriften eine vereinigende Verbindung zwischen seinem *ego* und seinem *alter ego* herstellt. Betrachten wir jedoch *Quidquid volueris* und *Passion et vertu*, so stellen wir fest, daß sich das Paar weiter *verdoppelt* hat; die Paare Djalioh-Herr Paul und

Mazza-Ernest sind aus zwei Figuren gebildet, von denen nur die eine den Autor darstellt.
Dennoch entspricht Herr Paul Arthur ebenso wie Djalioh Satan entspricht. Ist er nicht ein «Wunder der Zivilisation»? Natürlich wurde er der Seele beraubt: wenn der Pithekanthropus fast vor seinen Augen seine Frau vergewaltigt und umbringt, so behält er dabei die gleiche Ruhe wie Almaroës, wenn Satan seine Kralle in die Gurgel von Julietta gräbt. Andrerseits ist er ein Wissenschaftler: er erforscht die Welt und reproduziert durch ein geniales Experiment das für die Wissenschaft so wichtige Zwischenglied zwischen Affe und Mensch. Wissen und Praxis, vollständige Unempfindlichkeit: das sind die Hauptmerkmale von Almaroës. Dennoch hat Herr Paul – ein hybrides Gemisch aus Achille-Cléophas, Achille und den Pariser Stutzern, die bei Tortoni soupieren – nichts mehr mit Gustave gemein, außer jener närrischen Erfahrung, die aus jenem den Erzeuger von diesem gemacht hat. Warum weigert sich Gustave, sich in dieser Perle der Kultur zu erkennen? Er sagt es nicht, aber der Grund ist evident: Herr Paul hat keine Seele, *aber er leidet nicht darunter.* Ganz im Gegenteil, dieser Mangel erleichtert ihm das Leben: er hindert ihn keineswegs daran, die Güter dieser Welt zu begehren, er erlaubt ihm vielmehr die Freuden der Eitelkeit. Djaliohs Schöpfer ist ein heller Kopf, die «logischen Verbindungen» sind in ihm fest verankert; er kann notfalls handeln. Dennoch ist er kein Roboter. Als Gustave *Rêve d'enfer* schrieb, hatte er im Grunde eine tiefe – aber unwahre – Auffassung vom Wissen, so wie es sich nur einem verlorenen, passiven, die Wissenschaft von außen betrachtenden Kind offenbaren konnte: wenn das Sein nur Materie ist, wenn die Materialität des Kosmos von so strengen Gesetzen beherrscht wird, daß alles seinen zureichenden Grund außerhalb seiner selbst in irgendeinem seinerseits wieder von außen bedingten Faktor hat, und wenn das alles auch für die Menschen gilt, jenen besonderen Konkretionen der Materialität, wenn bei ihnen das Wissen in dem Moment auftaucht, da die psychische Determiniertheit zufällig die logische Notwendigkeit unterstützt, und wenn dieses Wissen nichts anderes als das Naturgesetz selbst ist, so wie es sich durch das Zusammenspiel von Determiniertheit und Notwendigkeit vermittels der Determination eines Hirns für sich setzt, dann ist die Erkenntnis ebenso wie die anderen Fakten des Universums ein vollständiges Produkt der Naturgesetze, und zwar zunächst jener, die wie die newtonsche Mechanik die sich bewegenden Systeme von außen beherrschen. Die Homogenität von Erkenntnis und Erkanntem ist dann derart, daß die angeblichen Verfahren des Wissenschaftlers durch den Gesamtkomplex der natürlichen Folgereihen von außen in ihm bewirkt werden. Mit anderen Worten, die Wissenschaft ist keineswegs ein autonomes Streben nach Wahrheit: man hat in ihr das ganze Universum zu sehen, das sich in einem Hirn in Selbstdarstellung umsetzt.

Die wissenschaftliche Intelligenz ist also weit entfernt, ein Streben, ein Verlangen, ein Suchen zu sein, sie ist vielmehr eins mit der reinen Bewegung der Materie; wenn die Umstände so sind, daß jede fremde Zutat von der Verkettung der psychischen Determinationen ausgeschlossen wird, dann sind die Gedanken des Wissenschaftlers – sich selbst äußerlich – nichts anderes als das Universum selbst, wie es sich durch «logische Verbindungen» verwirklicht mittels eines Mikrokosmos, den die äußeren Faktoren – durch systematische Verdrängung von *Pathos* und Trieb – stupide und unerbittlich gemacht haben wie die Materie, jene Materie, aus der er gemacht ist. Oder, wenn man so will, wenn der mechanistische Monismus wahr ist, dann ist die Wissenschaft nichts anderes als die reine Bewegung der Materialität im Menschen, die durch die Unterdrückung aller Träume sich selbst wiedergegeben wird. Diese Auffassung – bei der die logischen Verbindungen mit den Naturgesetzen gleichgesetzt werden und innerhalb eines strengen Monismus das Wissen zum Äquivalent der nackten Materie erklärt wird – ermöglicht es Gustave in *Rêve d'enfer*, Arthurs übermenschlichen Verstand mit der «Stupidität» der Materie gleichzusetzen: eben hat man ihn bei der Lektüre der zitierten Abschnitte für inkonsequent halten können: aber nichts wäre unrichtiger. Er ist sich selbst gegenüber logisch und darüber hinaus noch gegenüber dem väterlichen Mechanismus: wenn die Erkenntnis sich nicht vermittels einer synthetischen und praktischen Überschreitung des Erkennbaren konstituiert, muß die Subjektivität des Experimentators dringend ausgelöscht werden, damit sich die empirischen Assoziationen und logischen Verbindungen so entwickeln können wie ein Stück Materie, das von seinen eigenen Gesetzen von außen gelenkt wird. Sein und Erkennen sind identisch. *So gesehen* muß die reine Intelligenz – ein durch äußere Ursachen determiniertes materielles System – zwangsläufig mit der kompaktesten Dummheit gleichgesetzt werden. Diese ist, wie wir sehen werden, zunächst die Einnahme des Geistes durch die Schwerkraft des Gemeinplatzes; aber was ist dümmer? Sprichwörter und Redensarten, jenen Ballast der allgemeinen Lebensweisheit, in sich eindringen lassen oder sich seinem eigenen Gewicht ausliefern, den Geist seiner reinen Materialität und den physikalischen Kräften preisgeben, die mechanisch und voraussehbar das Wissen in einem hervorbringen werden, das heißt die sich für sich setzende universelle Materie? Wir werden später verstehen können, daß Gustave den Apotheker Homais aus *Madame Bovary* für einen intelligenten Menschen hält – den einzigen intelligenten Menschen des ganzen Romans, abgesehen von dem ganz flüchtig auftauchendem Doktor Larivière – und gleichzeitig für einen vollständigen Idioten, das würdige Pendant zum Abbé Bournisien: der Pfarrer überläßt sich der materiellen Niedrigkeit der Bedürfnisse, aber Homais hat aus seinem Gehirn eine Rechenmaschine gemacht. Kann man diesem Dilemma entgehen: Verblödung durch den Körper oder durch die Intelligenz? Nein. Oder vielmehr doch. Durch einen einzigen Ausweg: das Unbefriedigtsein. Diese negative Bewegung, dieses Ausscheren kann, wie wir wissen, nicht von der Fülle des Seins herrühren. Wir dürfen ebensowenig damit rechnen, daß es auf die Materialität, die es durch sein bloßes Leiden anficht, *einwirken* kann: es brauchte *reale* Zangen, um die Realität ändern zu können. Es *rettet* auch nicht: weil ja Achille-Cléophas die Wahrheit gesagt hat, hat das Heil keinen Sinn. Es macht unseren Wert aus. Das ist alles. Almaroës ist nicht sympathischer als Satan (wir werden es sehen: *niemals*, außer in zwei Fällen, erregen die Personen, die Gustave verkörpern, unsere Sympathie; er will es so). Aber er *taugt* ebensoviel wie die Königin der Seelen: jenseits der unzerstörbaren Macht und der dumpfen Trägheit seines von außen gelenkten Denkens wird diesem Block reiner Materialität eine Seele geboren: eine zerbrechliche Verzweiflung. Was ist diese Verzweiflung? Eine demütige indirekte Verneinung; gibt es *eine andere* Wahrheit? Das ist kaum anzunehmen. Dazu müßte es einen anderen Demiurgen geben, der mächtiger wäre und den unseren betrügen würde. Oder vielleicht eine Wirkung ohne Ursache: die Wirkung Flaubert; durch die Materie liefe ein unsichtbarer Riß, einzig und allein weil die Fülle des materiellen Seins ohne eine grundlegende Beziehung zu irgendeinem Mangel sich nicht für sich setzen kann? In *Rêve d'enfer* wird nichts erklärt; Flaubert sagt lediglich: dieser uralte und wilde Herzog, das bin ich. In Wirklichkeit ist er es nicht ganz: in dieser Zeit tut sich Gustave gewiß nicht durch besondere Leistungen in den exakten Wissenschaften hervor. Arthur ist vielmehr, was Gustave zu werden fürchtet; es hat Unterhaltungen mit dem Vater gegeben, die geduldige Darlegung einer Philosophie, die die Welt entpoetisiert, indem sie sie auf das reduziert, was sie ist: so ist also der jüngere Bruder der Familie atomisiert. Die Wut von Almaroës, als dieser entdeckt, daß er in Wahrheit ein materielles System ist, gibt nur die berechtigte Entrüstung des jungen Autors wieder. Und außerdem hat er zweifellos über seine Karriere nachgedacht: der Vater hat ihm gegenüber sicher den Beruf des Wissenschaftlers gelobt. Gustave war bei dieser Perspektive von Entsetzen gepackt: Wissenschaftler sein heißt seine eigene Materialität noch überbieten. Es genügt also keineswegs, zu wissen, daß man aus Molekülen besteht und bis in seine kleinsten Entscheidungen hinein bedingt ist: man darf sich nur noch für die Moleküle interessieren und muß seine eigene Sensibilität unterdrücken, sich bemühen, nur noch eine Präzisionsmaschine zu sein, die vom blinden Universum hervorgebracht und dazu bedingt ist, das Wissen zu verarbeiten, mehr noch, das Wissen zu *sein*, das heißt der kosmische Determinismus, der sich über dem Verschwinden jeder Besonderheit in seiner Allgemeinheit für sich setzt. Würde Gustave als Arzt seine Seele verlieren? Diese Frage beunruhigt ihn, und das ist eine der Bedeutungen von *Rêve d'enfer*. Vielleicht haben diese philosophischen Unterhaltungen ihm auch – trotz seines tiefen Ressentiments – eine gewisse Anteilnahme für Achille-Cléophas vermittelt, jenen strengen und – in den Augen seiner Söhne – allwissenden Chirurgen, dessen Szientismus ihn nicht vor einem tiefen Mißmut, vor Wutausbrüchen und sogar Weinkrämpfen bewahren konnte. In diesem Falle hätten wir in Arthur auch das verschönerte Porträt des *pater familias* zu sehen: er ist nur ein Aggregat von Atomen, eine Wissenschaftsmaschine, er weiß es, er sagt es voller Stolz, und trotzdem weint er: sollte er eine Seele haben? Außerdem müssen wir daran denken, daß die szientistische Philosophie des braven Flaubert in dieser Zeit dem Zynismus von Alfred Le Poittevin durchaus nicht mißfiel. Der Doktor legte seinen Mechanismus ganz gewiß ohne Pathos dar: das war eben so. Er zog nur eine Schlußfolgerung daraus: daß die Moral ein Betrug ist, was weder ihn noch seine Verwandten, noch seine Patienten besonders störte, weil er «von seinem Naturell her tugendhaft» war. Die gleichen Ideen griff Alfred Le Poittevin bei ihren Donnerstagsgesprächen gern wieder auf: sie entsprachen, wie wir sehen werden, nicht ganz seinen Gedanken, aber er nährte für einige Stunden, für einige Monate seinen militanten Nihilismus davon: sein junger Gesprächspartner kehrte entsetzt von diesen Diskussionen zurück. Der farblose Szientismus von Achille-Cléophas wurde im Mund von Alfred Le Poittevin zu einer schrecklichen Verneinung von allem; Alfred zeigte Gustave «das Nichts in der Ewigkeit» (I, 92). Aus diesem Grunde neige ich zu der Annahme, daß Gustave in dem Paar Almaroës-Satan seine leichten Vorbehalte eines unglücklichen und beunruhigten Jungen gegenüber den summarischen und allgemeinen Exekutionen ausdrücken wollte, die Alfred Le Poittevin jede Woche mit soviel Brillanz und Lebhaftigkeit vornahm. Als wollte er ihm sagen: «Es steht dir frei, mir meine letzte Daseinsberechtigung zu nehmen: du hast die Kraft, du hast die Ideen, die logischen Verbindungen. Aber ich bin nur ein frustriertes Kind: deine Gründe der Verzweiflung sind allgemein und heiter. Sicher verfluchst du Gott. Aber deshalb, weil er die Welt geschaffen hat. Ich aber bin unglücklich, ohne etwas zu verstehen, wegen meiner unerträglichen Besonderheit.» Diese letzte Vermutung würde erklären, warum Flaubert, der sich in den anderen Erzählungen – abgesehen von *Passion et vertu* – in ziemlich jämmerlichen Farben schildert, Almaroës, sein Geschöpf und seine Verkörperung, mit so viel übermenschlichen Qualitäten ausgestattet hat; er ist *auch* dieser Alfred Le Poittevin, den er liebt, der er wohl *sein* möchte, aber dem bis zum Ende zu folgen er niemals die Kraft zu haben glaubt. Kurz, Almaroës wäre der anorganische Gustave, so wie der Mechanismus des Vaters und der Nihilismus von Alfred Le Poittevin[50] ihn in

50 Sollten diese Anspielungen auf Alfred Le Poittevin dunkel und bar jeder

seinen eigenen Augen beschreiben, wobei sie bei diesem Kind, das den Glauben braucht, weil seine Passivität es eher dazu veranlaßt zu glauben, als zu erkennen, ein permanentes ernüchtertes Entsetzen hervorrufen, das nichts anderes ist als seine Seele; es ist der gleiche Gustave, der, vom Ruhm des Chefarztes fasziniert, ein letztes Mal versucht ist, seiner Karriere zu folgen, und den panischer Schrecken erfaßt bei der Idee der reinen *Äußerlichkeit*, mit der sich der Wissenschaftler verbinden muß, damit sich die Bewegung von außen in ihm entwickeln kann; und es ist auch der Gustave, der sich im Traum mit den schrecklichen Eigenschaften ausstattet, die er bei Alfred Le Poittevin bewundert, und der sich gleichzeitig seine Minderwertigkeit einbildet (Alfred hat Ideen, ich kann nur fühlen), eine Minderwertigkeit, der er sich in einer Trotzreaktion als seiner negativen Überlegenheit rühmt; in einer Figur stellt der unter seinem Automatismus leidende Roboter im Traum das Bild des durch seine Unruhe geretteten Vaters dar und die dämonische Macht des großartigen und beunruhigenden Freundes, dessen selbstmörderische Nonchalance auch durch Arthurs Lustlosigkeit symbolisiert werden kann. Aber es trifft ebenso zu, daß diese phantastische Figur, in der der Autor mehrere mögliche Variationen seines Seins zwischen jenen beiden Extremen, dem Vater und dem Freund, hat einschließen und ineinanderschieben wollen, für Flaubert auch seine eigene Lustlosigkeit darstellt. Es ist Gustave, dem es nicht gelingt, die menschlichen Interessen zu teilen, der kein Verlangen nach den Gütern dieser Welt hat und sich aus diesem Grunde mit Unbehagen von allen anderen unterschieden fühlt, ohne daß er ihnen stolz ein *ego* entgegensetzen könnte, *das dasselbe wie er selbst* wäre; es ist Gustave, der in Almaroës die Fadheit und falsche Fülle des Seins auskostet, es ist Gustave, der sich bis zur Atemlosigkeit langweilt, ohne eine andere Kompensation als die immer seltener werdenden verschwommenen Ekstasen, die sein Schöpfer nicht vorgesehen hatte; es ist Gustave schließlich, der sich selbst als einen Automaten darstellt, das heißt als ein Menschenkind, das gezeugt und auf die Welt gesetzt wurde, um, was es auch tue, ein vorgefertigtes Schicksal zu erfüllen. Heute Automat, morgen Pithekanthropus: zwei verschiedene Symbole für die gleiche tiefe Wunde.

Diese Schwierigkeiten bei der *Konstruktion* von Almaroës haben den Autor dazu gebracht, ihm Satan beizugeben; der junge Autor spürt mit Unbehagen, daß er nicht ganz in seiner Figur aufgeht: wo soll er zum Beispiel das Entsetzen gegenüber den Paradoxen seines Freundes unterbringen? Wo den erdrückenden Mißmut, der ihn aufs Bett wirft, wo er manchmal passiv, vor Verzweiflung leblos daliegt, manchmal brüllt,

Grundlage erscheinen, so verweise ich auf das Kapitel über die Beziehung der beiden Freunde (Zweiter Teil: Die Personalisation, Kapitel V).

weint, sich mit seinen Gespenstern herumschlägt wie ein Verdammter? Wo den Neid, die finstere Eifersucht, die ihn peinigt? Wo das unendliche ungestillte Verlangen? Almaroës kann zwar Gustaves Stoizismus und seine Lustlosigkeit verkörpern. Aber er gibt nicht seine unermeßliche heißhungrige Seele wieder, die das Universum verschlingen möchte. Vor allem hält sich Gustave für ein besonderes Geschick, eine Geschichte: wir wissen, daß er in diesem Punkt ein entschiedener Pascalianer ist. Und trotz einigen Anspielungen auf eine *Vergangenheit* von Almaroës – die, wie wir gesehen haben, ganz inkonsequent sind – ist es ihm unmöglich, in den Augenblickscharakter der Materialität (wie sie die mechanistische Ideologie ihm darstellt) die Verzeitlichung eines Schicksals einzuführen. Die Ängste des orakelnden Kindes sind insoweit historisch, wie die Geschichte für es prophetisch ist. Die Zeit der Prophetie – «das Schlimmste wird eintreten, das ist sicher, es tritt bereits ein, jeder Augenblick ist unerträglicher als der vorhergehende, was es ermöglicht, die raffinierte Marter vorauszusehen, die in der Vernichtung enden wird» –, genau das braucht er, genau das kann ihm das Arthur genannte mechanische System nicht geben. Dieser Automat ist zwar vorgefertigt, aber ihm fehlt das Schicksal, das heißt eine auf einem kumulativen Gedächtnis fußende Zeitlichkeit. Aus diesem Grunde kann er, wir haben es gesehen, wie eine Uhr auf einen Begriff gebracht werden.

Der Teufel hat in einer Hinsicht gegenwärtig nicht mehr Geschichte als der Herzog, weil er für alle Ewigkeit zum selben Unglück verdammt ist. Dennoch, seine Geschichte *hat stattgefunden*: er hat sich der göttlichen Gunst erfreut und hat sie dann verloren. Und die Seele Satans ist nichts andres als das ständige Wiedererleben dieses historischen Dramas: das heißt, sie beschwört es ständig wieder herauf, durch sie verzeitlicht sich ständig jenes heilige Mysterium, der Ruhm des Sturzes.[51] Es ist zugleich das archetypische Ereignis, auf das sich alle Gedanken des Unglücklichen beziehen, und in dem Moment, da dieses ihn in seiner Vergangenheit trifft, eine in Gewissensbissen und Ressentiments sich äußernde konkrete Wiederholung der zeitlichen Bewegung, die ihn die Freuden des Himmels hat genießen lassen, um sie ihm dann für alle Ewigkeit zu nehmen. Mit anderen Worten, die Erinnerung an das verlorene Glück ist selbst in Bewegung: Satan wiederholt seinen Sturz, indem er daran denkt; das bedeutet, Gnade und Ungnade sind in ihrem Widerspruch und in ihrer zeitlichen Einheit die permanente Bestimmung dieser Seele. Ein nicht endender Sturz, das bedeutet hier nicht ein ständig beschleunigtes Fallen, sondern die unendliche Wiederkehr des Gleichen: die Verzweiflung des Verfluchten ist kein fester Zustand, sondern ein ständig wiederholter Prozeß (alles war so schön, ich fühlte

51 Er wiederholt es jedesmal, wenn er sich einer Seele bemächtigt.

mich so glücklich, so stolz! Zweite Phase: warum mußte es sein usw. usw.). Nicht, daß der Teufel ohne Übergang von Hoffnung in Verzweiflung geriete – obwohl einige seiner Bemerkungen annehmen lassen, daß er (im Unterschied zu Almaroës) gegen die Versuchung des Hoffens nicht immun ist: «Gott wird sich erweichen lassen, eines Tages wird mir vergeben werden», auf die Gefahr hin, daß er sich später als eine «Erbärmlichkeit» vorwirft, der Hoffnung nachgegeben zu haben –, aber er muß bei jedem Herzschlag die unerträgliche Rückerinnerung an die früheren Freuden wiederholen (die bereits durch die Kenntnis dessen, was auf sie folgte, vergiftet sind), um dann in Schmach und Wut zum Bewußtsein seiner Verdammung zu gelangen.
Mit einem Wort, Satan ist ein unverfügbares reines Gedächtnis, das ganz über alten Klagen geschlossen ist, in deren Betrachtung es sich erschöpft. Er ist auch ein Fragen ohne Antwort: ich habe es schon gesagt, Gewissensbisse und Ressentiments streiten um sein Herz. Das heißt, daß er sich ständig ganz benommen fragt: wessen bin ich schuldig? Keinen Augenblick lang erklärt sich Satan-Gustave für unschuldig: der *pater familias* wird niemals ganz verdammt, noch wird sein Urteilsspruch einer Laune zugeschrieben. Ebensowenig denkt Arthur-Gustave daran, die väterliche Philosophie anzuzweifeln. Aber so wie dieser dem Chefarzt vorwirft, ihm die Wahrheit gesagt zu haben – eine Position der Schwäche: von vornherein geschlagen sein –, so macht der Dämon, ohne deshalb sein Vergehen zu leugnen, Gott den Vorwurf, ihn dafür bestraft zu haben. Der Ewige Vater hat sich nicht daran erinnert, daß er seinen Engel geliebt hatte; er hat nicht daran gedacht, im Namen dieser noch am Vorabend so lebhaften Liebe ihm zu vergeben; oder wenn denn jede Sünde gesühnt werden muß, so hat er den Schuldigen zu hart geschlagen und sich von ihm zurückgezogen, wobei er ihm die Schmach hinterließ; die Schmach und die schreckliche Erkenntnis seines *Seinsmangels*. Satan symbolisiert dieses fragende und nachtragende Schuldgefühl, er hat sich dem jungen Autor nahegelegt, weil er ihm erlaubte, seine finsteren Meditationen über die Prädestination indirekt darzulegen. Dieses wie eine Auster geschlossene Gedächtnis lebt nur in der Gegenwart, um die Vergangenheit zu vergegenwärtigen. Als beklagenswertes Opfer einer grausamen und heiligen Gerechtigkeit wurde es im eigentlichen Sinne von der Ungerechtigkeit des gütigen Gottes gezüchtigt. Anders gesagt, die Gegenbeschuldigung nimmt ihm die Fähigkeit, sich der Gegenwart zu erfreuen. Dennoch behauptet Satan, wie wir gesehen haben, Opfer unendlicher und unstillbarer Begierden zu sein: allein die Organe, sagt er uns, würden ihm fehlen. Er rühmt sich: in Wahrheit affiziert er sich mit imaginären Begierden, weil er zu begehren begehrt. Warum möchte er es? Um sich dem ständigen Wiedererleben der Vergangenheit, das ihn quält, entziehen zu können, jener rückschauenden Passion, die ihn rückwärts gehen

und auf eine für immer verlorene Kindheit starren läßt. Um seine Anomalie zu leugnen, «wie die anderen zu sein», die gegenwärtigen Wollüste auszukosten, auf der Welt zu sein, aktuell zu sein. Mehr noch, um den engen und tiefen Kreis zu leugnen, in dem sich seine Leidenschaften drehen, um dem Halseisen seiner Endlichkeit – das für ihn schwerer ist als für jeden anderen, weil es nichts anderes als die zersetzende Erinnerung an ein archetypisches Ereignis darstellt – den unermeßlichen Hohlraum des irrealen Verlangens nach dem Ganzen, das heißt dem Unendlichen, entgegenzusetzen. Das müssen wir uns vergegenwärtigen, wenn wir die imaginären Strukturen des Erlebten bei Flaubert untersuchen. Im Augenblick wollen wir nur feststellen, daß dieser gehetzte, mißmutige, grausame und elende Junge sich die Freiheit nehmen will, zu begehren, zu lieben, mit einem Wort, zu leben, und sich zugleich weigert, sie sich zu nehmen. Die Familie hat ihn eingenommen und hält ihn gefangen, er sieht nur sie, käut seine Klagen wieder und kann sich nur dadurch eine Atempause verschaffen, daß er gegen das enge Schicksal, das man für ihn vorgesehen hat und das er bereits prophezeit, *in die Weite träumt.*
Von *Rêve d'enfer* zu *Quidquid volueris* vollzieht sich eine Veränderung in Flauberts Geist: er behält das Gefühl seiner Minderwertigkeit, aber seine Gewissensbisse verringern sich genau in dem Maße, wie sein Ressentiment wächst. Der Erzeuger verliert die heilige *Aura*, die er bis in seine Ungerechtigkeit hinein bewahrte: er war Gott, er wird zu Herrn Paul. Dieser Roboter hat nichts mehr mit Gustave gemein. Djalioh dagegen ist ein Untermensch aus Mangel an Intelligenz: das wird es sein, denkt Gustave, was meinen Vater bei mir abgestoßen hat. Aber sofort geht er aggressiv zum Gegenangriff über: 1. Der arme Pithekanthropus ist auf dem Gebiet der Logik «wirklich minderwertig». Aber die Schuld, die Satan quälte, ist bei der Mißgeburt der Unschuld gewichen: Gustave sagt seinem Vater klipp und klar: «Ich bin, was Ihr aus mir gemacht habt; Ihr seid der einzige Verantwortliche». 2. Was den Gegensatz Logik-Sensibilität angeht, erklärt Flaubert deutlich seinen Widerwillen gegen die Logik und seine Vorliebe für die Sensibilität: er hat einen Augenblick zögern können, aber jetzt ist seine Entscheidung gefallen: er wird Dichter sein. Ich behaupte nicht, daß es zu einer Bekehrung oder gar plötzlichen und endgültigen Entscheidung nach langen Schwankungen gekommen ist: wir wollen lediglich sagen, daß sein Selbstbewußtsein sich vertieft, daß er seine Schande verdrängt hat, daß er die Schreie seines schuldigen Herzens erstickt und seine Tabelle von Antiwerten, die Seele und das Böse, das Schöne als Wahl der Irrealität, konsolidiert. Sodann hat er seine Komödie des unendlichen Verlangens entworfen: er hat sich davon überzeugt, daß er zu jenen großen nach dem Unendlichen dürstenden Seelen zählt; Satan wird zu Djalioh, der seinerseits zu Mazza wird. Mazza, die Verdamm-

te, deren Leidenschaften ins Leere gehen und die sich ebenfalls an einer großartigen Vergangenheit wundgerieben hat, die niemals wiederkehren wird, aber deren bittere Sehnsucht sich nicht auf eine verlorene Kindheit bezieht, sondern kühn auf die Wollüste, die ihr Ernest verschaffte. Die Seele ist in *Passion et vertu* Erinnerung und Frustration geblieben. Aber sie hat hinzugewonnen, was ihr in *Rêve d'enfer* noch fehlte, indem sie zur unersättlichen Begierde wurde. Wir haben oben gesehen, durch welchen Trick es Gustave gelungen war, die unbestimmte Sehnsucht nach dem Ganzen zu bewahren und sie durch eine präzise Nostalgie darzustellen, die das Geschlecht einer Frau quält: er hat sich nämlich höchst christlich davon überzeugt, daß man in jedem Teil der Schöpfung die ganze Schöpfung und über sie hinaus den Schöpfer begehrt. So kann er je nach Belieben entweder seine Lustlosigkeit verteidigen, indem er behauptet, daß seine zarte Liebe zur ganzen Welt jede besondere Begierde ausschließt (so hegt Djalioh vor der Eifersucht – die sein Sündenfall ist – Adèle gegenüber eine leuchtende und friedliche Zuneigung, die er auch gegenüber allen Dingen des Kosmos hegt), oder aber seine speziellsten Begierden verklären, indem er erklärt, sie richteten sich in seinen Geschöpfen an den – abwesenden, verborgenen oder nicht existierenden – Gott und müßten als solche für immer ungestillt bleiben. Der Akzent liegt also auf dem Subjektiven: Ernest, eine blasse Kopie von Herrn Paul, der selbst wieder ein heruntergekommener Almaroës ist, verdient an sich nicht einen einzigen Augenblick der Sehnsucht: aber die große Teufelin Mazza liebt in ihm nichts anderes als den Kosmos, der ihn hervorgebracht hat, der Geck Ernest ist für sie nur Anlaß: das Feuer, das ihr den Bauch zerfrißt und ihre Größe ausmacht, kommt ganz aus ihr selbst.
Zur Zeit von *Rêve d'enfer* ist Gustave aufrichtiger und ratloser. Er schwankt zwischen dem lustlosen Almaroës und dem auf falsche Weise begehrlichen Satan. Den zweiten hat er geschaffen, weil er sich einer Apathie schämt, die man ihm zweifellos vorwirft; den ersten läßt er auch deshalb triumphieren, weil er stolz darauf ist. Der Kampf der beiden Mißgeburten ist von diesem Gesichtspunkt aus von großem Interesse. Er ist ganz eindeutig von Goethes *Faust* inspiriert. Wie übrigens auch die zentrale Idee: die *Versuchung*, die hier zum erstenmal auftaucht und eins der Hauptthemen unseres Autors werden wird. Indessen ist in ihr nicht nur eine bloße Nachahmung ohne jede Originalität zu sehen. Die zwei Protagonisten von *Rêve d'enfer* sind beide Verkörperungen von Gustave, und dieser ist sich dessen mehr oder weniger verschwommen bewußt[52]; der besondere Reiz dieser phanta-

52 Wir werden später untersuchen müssen, was für den jungen Gustave *Verkörperung* bedeutet: aber der Leser wird schon jetzt verstanden haben, daß der Junge, obwohl er ständig von denselben Problemen gequält wird und nur

stischen Erzählung liegt also darin, daß Gustave sich hier selbst versucht und dabei scheitert, nicht durch ein Zuviel, sondern durch ein Zuwenig. Lassen wir einmal die «Verdammung» beiseite, die hier nur eine modische Hyperbel ist – außerdem ist Almaroës bereits verdammt, weil ihn ja sein Schöpfer mit ewiger Verzweiflung bedacht hat –, so sehen wir, wie ein gewisser jüngerer Bruder, der durch Familienpech bösartig geworden ist, versucht, bei dem blasierten Sohn eines mechanistischen Chirurgen die Begierde zu wecken – in ihrer unmittelbarsten und tiefsten Form –, und wie ihm das nicht gelingt.

Die Erzählung hat keinen Schluß, ich habe es bereits gesagt. Jetzt wissen wir auch, warum. Der Dämon kann Almaroës nicht versuchen: um in diesem Begierden zu erregen, müßte der Versucher fähig sein, selbst welche zu empfinden; gerade das aber ist unmöglich, er ist allzusehr *mobilisiert*; und auch wenn er verfügbarer wäre, so wäre es verlorene Mühe: Almaroës mißt sich nicht genügend Bedeutung bei, um seine Begierden ernst nehmen zu können. Was in *Rêve d'enfer* noch fehlt, ist die Theorie des großen Verlangens, die Gustave später mit der vollkommensten Unaufrichtigkeit ersinnen wird. Der Vorzug dieser Erzählung ist jedoch die Unruhe des Autors, seine Quasi-Aufrichtigkeit, mit der er seine Probleme formuliert, ohne ihnen Lösungen zu geben. *Ich bin zwei*, denkt er. Und er sagt es: es ist mir unmöglich, zugleich Satan und Almaroës zu sein, jene beiden inkohärenten Prinzipien. In Wirklichkeit sind die beiden Mißgeburten, wie wir gesehen haben, nicht so unterschiedlich: beide sind verzweifelt, also haben beide eine Seele; beide können auf die Materie einwirken, also haben beide einen Körper. Die Inkohärenz kann nicht als eine *innere* Unreduzierbarkeit ihrer Naturen angesehen werden: sie geschieht ihnen von außen; die Umgebung ist es, die bald den einen, bald den anderen hervorbringt: Gustave ist *in der Familie* Satan, *in Gesellschaft* und in

schreibt, um Lösungen dafür zu finden, *niemals* die bewußte Absicht hat, sich zu beschreiben: die Personen, die er erfindet, die Situationen, in die er sie hineinstellt, sind niemals bloße Verkleidungen des Autors. Oder wenn sie es sind, so weiß es der Junge nicht ganz und hat es niemals *gewollt*: er glaubt vielmehr oft, daß die erfundene Geschichte ihn durch ihren Reichtum oder durch ihr Pathos gereizt hat. Alles hängt vom Sujet, von der Inspiration, vom Augenblick ab: bestenfalls trennt ihn eine winzige, halbdurchsichtige Haut von seinen Protagonisten; in anderen Fällen projiziert, objektiviert, entfremdet er sich und *erkennt sich nicht wieder* in dem, was nur seine äußere Repräsentation ist – ganz wie das Bewußtsein bei Hegel. Denn das eigentliche, wenn auch unausgesprochene Motiv jeder Erzählung ist der Wunsch, sich als Anderen zu sehen – das heißt so, wie ihn die Anderen sehen –, eben weil er sein Anderer-sein für seine Wahrheit hält. Aber genau in dem Moment, da er *einen Anderen*, das heißt einen Fremden, hervorbringt, verändert sich in der Konzeption selbst die eigentliche Absicht, und dieser Fremde *setzt sich für sich* in einer unentzifferbaren Undurchsichtigkeit.

bezug auf die Güter dieser Welt Almaroës. Das bedeutet, daß er in Wahrheit die dialektische Einheit beider ist: im Gegensatz zu dem, was der junge Autor glaubt, bleibt er nämlich, wenn er sich wie Almaroës fühlt, in seinem tiefsten Wesen Satan. Der Grund dafür liegt darin, daß die Philosophie seines Vaters nur ein sekundärer Faktor seiner Lustlosigkeit ist: der Hauptfaktor ist seine ganz alte Ungnade. Weil man ihn zu Satan gemacht hat, ist er zu Almaroës geworden.

Diese beiden Prinzipien hat der Schöpfer wenigstens einmal vereinigt. Zwischen der ersten Produktion, der Seele, und dem «letzten Wort der Schöpfung» (I, 91), der Maschine, hat er ein zusammengesetztes Wesen geschaffen, den Menschen. So hat der junge Autor, systematisch wie man es in seinem Alter ist, nicht versäumt, in seine Erzählung einen Vertreter unserer Spezies einzuführen. Dieses Werk Gottes ist, wie man sich denken kann, nicht gelungen. Julietta ist, wie Satan sagt, «etwas mehr als ein Baum, etwas weniger als ein Hund» (I, 95). Sie soll die Leidenschaft darstellen. Zu Beginn ist da natürlich die Unschuld, das schlafende Gewässer. Aber sobald sich Satan ihrer bemächtigt, beginnt Julietta zu leiden. «Wie eine Verdammte.» Man lese selbst:

«Es lag so viel Leidenschaft in diesen Schreien, in diesen Tränen, in dieser Brust, die sich stöhnend hob, in diesem schwachen und ätherischen Wesen, das auf den Knien am Boden kroch, all das war so weit entfernt von den Schreien einer Frau über zerbrochenes Porzellan, dem Blöken eines Schafs, dem Zwitschern eines Vogels, dem Bellen eines Hundes, daß Arthur stehenblieb, sie einen Augenblick betrachtete ... und dann setzte er seinen Weg fort.

‹Oh, Arthur, hör mich um Himmels willen einen Augenblick an! Denn ich liebe dich, ich liebe dich! Oh, komm mit mir, wir werden zusammen am Meer leben, weit weg von hier, oder, halt, wir werden uns zusammen töten› ...

Sie fiel vor seinen Füßen auf die Knie und legte sich auf den Rücken, als wenn sie sterben würde. Und sie starb tatsächlich vor Erschöpfung und Müdigkeit, sie wand sich vor Verzweiflung und wollte sich die Haare raufen, und dann schluchzte sie mit einem krampfhaften Lachen, Tränen, die ihre Stimme erstickten; ihre Knie waren zerschunden und blutig ... denn sie liebte mit einer quälenden, vollständigen, satanischen Liebe; diese Liebe verzehrte sie immer, sie war rasend, keuchend, exaltiert.» (I, 98)

Im Gegensatz zu Mazza aus *Passion et vertu* wird Julietta niemals die Erfüllung kennenlernen: sie muß unter allen gerade den lieben, den sie nicht lieben kann. Wenn ich sage, sie muß, so spreche ich nicht vom Willen des Bösen – für den das arme Mädchen nur ein Mittel ist, Almaroës ins Verderben zu stürzen –, sondern vom Willen Flauberts selbst – der sehr viel später sagen wird, daß zwei Liebende sich niemals *zur gleichen Zeit* lieben und daß der eine von beiden immer unter der

Liebe leide. Diese wilde Leidenschaft wird jedenfalls niemals das Stadium der *Entbehrung* überschreiten. In dieser Julietta, die sich heulend auf der Erde wälzt, erkennen wir eine vertraute Figur wieder: dieses sechzehnjährige Kind scheint ein erster Entwurf von Mazza zu sein; sie hat deren Heftigkeit und stolze Schamlosigkeit. Allein auf einer Felsklippe wartet sie auf Almaroës, so wie ihre jüngere Schwester bald auf die Rückkehr von Ernest warten wird. Er kommt. Sie legt sich auf ihn: «Sie kroch über seine Brust, sie bestürmte ihn mit ihren Küssen und Zärtlichkeiten; und er blieb immer ruhig unter den Umarmungen, kalt unter den Küssen. Man mußte diese Frau sehen, die sich vor Glut erschöpfte, alles aufbot, was sie an Leidenschaft, Liebe, Poesie, verzehrendem innerem Feuer hatte, um den lethargischen Körper von Arthur zu beleben, der für diese brennenden Lippen, diese zuckenden Arme unempfindlich blieb . . .» (I, 100)[53] Kurz, sie müht sich umsonst: er bleibt unter ihren Zärtlichkeiten impotent – aus Gleichgültigkeit –, sie bleibt gegen ihren Willen Jungfrau. Das «verzehrende innere Feuer» wird Gustave in *Passion et vertu* noch genauer lokalisieren.

Alle Auswege sind also versperrt. Drei Geschöpfe: zwei verfluchen den Schöpfer, und das dritte wirft sich sinnlos ihm zu Füßen, ohne auf diese Weise der Verdammung in dieser Welt und in der anderen entgehen zu können. Drei Verkörperungen: hat man nur einen *Körper*, wird man niemals wissen, was die Begierde ist; hat man nur eine *Seele*, wird man nur ein ewiges Ressentiment sein; hat man *beides*, leidet man Höllenqualen, und das Unglück wird genau der Kraft der Leidenschaften entsprechen. Drei ebenso unmögliche Haltungen: der Stoizismus erzeugt Langeweile, die Revolte wird schmählich besiegt, die Liebe führt zur Verzweiflung. Mit anderen Worten, es gibt keine *haltbare* Haltung. Gustave will in dieser philosophischen Erzählung beweisen, daß es für ein bewußtes Wesen unmöglich ist zu existieren. Die Existenz bringt sich nämlich als unerträglicher Schmerz hervor und hebt sich gleichzeitig mehr oder weniger langfristig auf.

Dennoch existiert Gustave; er *hält*. Wenn er denkt und fühlt, was er schreibt, warum lassen Wut und Leiden ihn nicht explodieren? Kehren wir zur Figur der Julietta zurück: durch das, was sie zeigt, und vor allem durch das, was sie verbirgt, belehrt sie uns über die Sensibilität und die Tricks des Jungen. Bei Julietta – wie später bei Mazza – wird die Leidenschaft erregt. Indessen gibt man uns zu verstehen, daß die Geliebte von Ernest sich eines starken Temperaments erfreut, daß der

53 Man beachte die Stellung von Almaroës: er liegt gleichgültig und untätig auf dem Rücken. Die Frau legt sich auf ihn, fingert an ihm herum, streichelt ihn und versucht, durch ihre Hand oder ihren Mund ihn zu erregen. Gustave beschreibt hier nicht ohne Lust die erotische Stellung, die seiner Passivität am besten entspricht und die Manipulationen der Mutter heraufbeschwört. Wir werden davon noch sprechen.

Verführer es nur zu wecken braucht. Bei der befangenen Geliebten von Arthur ist das ganz anders: *hatte sie Sinne*? Wir werden nichts darüber erfahren, weil ja das Kunststück des Dämons auf Suggestion, auf Hypnose beruht: «Es war eine von der Hölle inspirierte Liebe, mit jenen hemmungslosen Schreien, jenem brennenden Feuer, das die Seele zerreißt, *das Herz zermürbt*; eine *ganz konvulsivische und zwanghafte* satanische Leidenschaft, so fremdartig, daß sie abstrus wirkt, so stark, daß sie wahnsinnig macht.» (I, 98)[54] Der Ton liegt auf dem Parasitären des Gefühls: die Seele bringt es keineswegs spontan hervor, sondern wird von außen damit infiziert, das Gefühl nährt sich von ihr, die Seele erleidet es wie eine tödliche Krankheit. Zugleich haben diese so lebhaften Eindrücke irgendwie etwas Verdächtiges: alles, was vom Teufel kommt, ist ja seinem Wesen nach unbeständig: Taler verwandeln sich in seinen Händen in welkes Laub. Diese Liebesqualen scheinen zugleich unerträgliche Brandwunden und Scheingefühle zu sein: es *mangelt ihnen an Sein*. Und der Andere in Julietta begegnet diesem Mangel durch die hemmungslosen Schreie, die sie auf seine Befehle hin ausstößt, durch die Konvulsionen, in die er sie stürzt. Diesen unerträglichen und geisterhaften Schmerz wird die Verhexte nur empfinden, indem sie ihn übertreibt: es ist in gewisser Weise ein Spiel, das sie jedoch unweigerlich spielen muß; sie muß ständig *übertreiben*, sich von einem Exzeß in den anderen stürzen, vom Gestikulieren zum Starrkrampf und vom Starrkrampf zum Gestikulieren übergehen, um sich die Mangelhaftigkeit des Gefühls zu verbergen. Kein Zweifel, daß Gustave hier seine persönliche Erfahrung beschreibt: er ist es, der sich darüber beklagt, daß er zugleich zuviel und nicht genug leidet, der seine Empfindungen abhorcht und von ihnen erklärt, sie seien so fremdartig, daß sie abstrus wirken. Das letzte Glied des Satzes mag lächerlich erscheinen. Zu Unrecht. Wie alle diese falschen Naivitäten seiner Feder, von denen die frühen Werke wimmeln, hat es eine genaue Bedeutung. Als hätte der Autor geschrieben: *«so fremd»* und damit die *Alterität* des Erlebten bezeichnen wollen. Das Merkmal der teuflischen Leiden ist, daß sie eher geschaffen als erlitten sind und daß man *sich selbst* zwingt, sie zu schaffen. Aber das *alter ego*, das dazu zwingt, ist anders als das keuchende Ich, das sich in seinen Zuckungen erschöpft. Alles wirkt so, als wenn die Höllenliebe eine *Fälschung* wäre, eine Halluzination der Sensibilität, eine Übersteigerung emotionaler Verhaltensweisen. Will Flaubert einen Fall von Autosuggestion beschreiben? Wir können das im Augenblick nicht entscheiden. Jedenfalls zweifeln wir nicht daran, daß die Besessenen leiden. Um weiterzukommen, müssen wir jetzt unsere Lektüre fortsetzen.

Julietta wird also zurückgestoßen und überläßt sich der Verzweiflung.

54 Die Hervorhebungen sind von mir.

Nicht lange: «Auf die Verzweiflung war Niedergeschlagenheit gefolgt, auf die wütenden Schreie Tränen; keine Stimmausbrüche, tiefen Seufzer mehr, sondern ganz leise gesagte Töne, die sie auf den Lippen zurückhielt aus Angst, sie würde sterben, wenn sie sie hinausschrie. Ihre Haare waren weiß, denn das Unglück macht alt; es ist wie die Zeit, es läuft schnell, es wiegt schwer und schlägt hart zu.» (I, 99) Was für eine merkwürdige Vorsicht bei dieser Verzweifelten: aus Angst, zu sterben, hält sie sich zurück zu schreien. Sie ist zwar alt geworden. Das Unglück hat sie dahin gebracht. Dieses ist, wie wir schon gesehen haben, nur eine Zusammenziehung der Zeit: je stärker es ist, desto weniger braucht es zu dauern; ist es unendlich, dann vernichtet es sein Opfer in einem Augenblick; Resultat: wenn es noch lebt, leidet es nicht mehr. Die Figur der Julietta ist von großem Interesse, weil Gustave sich auch in ihr verkörpert. In Satan, in Almaroës spricht er von seinem Leiden und nennt dessen Gründe; in Julietta *beschreibt* er es, er versucht, uns einen sinnlichen Eindruck von diesem *Erlebten* zu geben. Daher liegt der Ton *auf der Geste*: Tränen, Seufzer, Gemurmel. Schreien heißt leiden, vielleicht sterben; nicht mehr schreien heißt nicht mehr fühlen; sich zurückhalten zu schreien heißt sich *innerlich* beruhigen. In der Niedergeschlagenheit, die auf die Verzweiflung folgt, glaubt man eine Art finsteren Gleichmuts zu erkennen, der auf der Lustlosigkeit der Greise beruht. Eine merkwürdige Vermischung des Erlebten mit seinen Zeichen: anfangs hat sich diese ungesunde und übertriebene Leidenschaft durch Schreie und Konvulsionen geäußert, als wenn Julietta irgendeinen Mangel ihres Leidens durch die übertriebene Heftigkeit der *physischen* Störungen, in denen es sich äußert, zu kompensieren versuchte. Man könnte schwören, daß Flaubert sich nach irgendeiner bitteren Beleidigung in sein Zimmer zurückgezogen und sich dort gezwungen gesehen hat, die Emotion, von der er ergriffen zu sein glaubte, in der Einsamkeit zu mimen (aber nicht ohne einen geheimen Zeugen: wir werden sehen, daß er sich permanent *sichtbar* fühlt). Alles beginnt also mit einem Besessenheitsanfall: er fällt, schlägt um sich, springt auf, wirft Arme und Beine von sich, brüllt, wenn er sicher ist, nicht gehört zu werden, oder greift andernfalls zu Satans Keuchen und Juliettas Stöhnen. Das Resultat ist ein sofortiges Altern: wir müssen darunter verstehen, daß er sich erschöpft; völlig zerschlagen, stellt er sich tot und hat nicht mehr die Kraft zu fühlen; außer Atem, hat er sogar die Kraft verloren zu schreien. Und dann? Er steht wieder auf, er ist trübsinnig, aber beruhigt: die bittere Pille ist geschluckt, die Langeweile strömt zurück, ekelhaft und weich. Hat er sich also belogen? Hat er die Komödie des Leidens gespielt, ohne auch nur einen Augenblick lang wirklich zu leiden? Ich glaube nicht. Eine objektive und komplexe Beziehung des Kindes zu seiner Familie konstituiert die ursprüngliche Situation; diese ist so strukturiert, daß sie Gustave gleichzeitig hervorbringt und zurückweist; mehr noch, daß sie ihn in seinen eigenen Augen ständig als einen Auswurf hervorbringt. In gewisser Weise handelt es sich um eine abstrakte Struktur der «sozialen Zelle»; dennoch entdeckt das Kind sie im Kern jeder konkreten Schande, jedes ausgekosteten Ekels als den allgemeinen Sinn seiner Existenz wieder. In einer verletzenden Bemerkung seines aufgebrachten Vaters erkennt Gustave also sein ursprüngliches Unglück. Er erkennt es, aber ohne es wirklich zu verstehen: das ist es jedoch, es ist die «Urszene», die ihm die Abfuhr seines Vaters unerträglich macht – diese würde nämlich spurlos an ihm abgleiten, wenn sie ihm nicht als ein Symptom des Übels erschiene, das an ihm nagt, der «dunklen Katastrophe», die ihn zu dem gemacht hat, was er ist. Von ihr behext, kann er nicht anders, als sich an die Katastrophe zu erinnern, sie zu erforschen und sich von ihr durchdringen zu lassen, sie in der Vergangenheit *und in der Gegenwart* zu verwirklichen als den permanenten Sinn des Erlebten. Aber da er zugleich mit Schrecken fürchtet, noch einmal zu entdecken, daß die ursprüngliche Bestimmung seines Seins nichts anderes ist als der väterliche Fluch, versucht er ihr zu entgehen. Sie leugnen? Unmöglich: sein Groll ist zu stark, zu wach; es ist nicht einmal möglich, sie vor sich selbst zu verbergen, weil er ja wenig früher schon in *La peste à Florence* offen von ihr gesprochen hat. Was kann er also anderes tun, als so weit im Ausdruck des Schmerzes aufzugehen, bis er diesen in eine Rolle verwandelt hat? Leidend spielt er das Leiden, um nicht mehr zu leiden: schreien und gestikulieren lenken ihn davon ab und sollen es gleichzeitig bezeichnen; er verausgabt sich bis zur Erschöpfung. Sein Ziel? Da er seinem katastrophalen Schicksal schon nicht entgehen kann und seinen Stolz darein legt, sich selbst zu quälen – wie es auch sein Ressentiment verlangt –, wird er dafür sorgen, daß das auf die Spitze getriebene (sprich: das ausdrucksvoll gemimte) Unglück sich von selbst in trübsinnige Gleichgültigkeit verwandelt. Die Pseudoverinnerung des Unerträglichen ist im Grunde nur eine bis zum Äußersten getriebene Entäußerung, die in einer ersten Phase den jungen Märtyrer ablenkt und in der zweiten sein Leiden zerrührt, so wie man ein Gemüse zerrühren kann. Das ist eine Flucht nach vorn. Ein merkwürdiges Verhalten: jemand, der wirklich unglücklich ist, leidet unaufrichtig. Aber wundern wir uns nicht allzusehr darüber: man kann aus Kummer sterben, aber niemand leidet, ohne zu schwindeln.

Diese Verrenkungen können Gustave jedoch nicht genügen: wie sollte er sich eingestehen, daß er sie benutzt, um sich zu beruhigen, er, der «nicht getröstet werden will»? Man muß also behaupten, daß die Unempfindlichkeit schlimmer sei als der Schmerz. Dazu dient hier der Mythos des Altseins. Die unendlich wiederholten Qualen, sagt uns Flaubert, werden immer weniger qualvoll, aber diese fortschreitende Betäubung ist nicht ein geringeres Übel, im Gegenteil, sie kommt nämlich vom langsamen Verfall her. Es handelt sich hier nicht um eine Gewöhnung: die Martern entziehen sich unserem klaren Bewußtsein und gehen in den Organismus ein, wo sie allmählich die Quellen unseres Lebens austrocknen. Die Totalisierung des Unglücks ist der Tod durch Verschleiß, die radikale Vernichtung des Verdammten; das Altsein, jene Unfähigkeit zu fühlen, nimmt sie vorweg. So altert also die arme Julietta mit sechzehn Jahren, bevor sie aus Liebe stirbt. So verfährt auch der unglückliche Gustave; wenn Wut und Groll ihn erstikken, gestattet er sich einen kleinen Altersanfall, um sich aus der Affäre zu ziehen. Aber es genügt nicht, die Komödie zu spielen, man muß sie auch ernst nehmen können. Gustave hält sich für einen, dem man lebendig die Haut abzieht, und glaubt, daß nichts schlimmer ist als sein Schicksal. Gleichzeitig ist er sich bewußt, daß seine Leiden – teilweise seinetwegen – in keinem Verhältnis zu seinem objektiven Unglück stehen. Eine der Aufgaben des Alterns wird es sein, die Lücke auszufüllen, die beide voneinander trennt: der Körper wird die Seele ablösen; so kann der Junge seine Qualen genau in dem Maße bezeugen, wie er sich erspart, sie zu empfinden: nur muß er daran glauben. Wir entdecken hier zum erstenmal eine Hauptlebenslinie: die Autosuggestion. Das Altwerden ist nur eine verbale Lösung, *es sei denn*, Gustave empfindet es in seinen Knochen; es sei denn, er erduldet es nicht als eine vorübergehende Erschöpfung, sondern jedesmal als eine Somatisierung seines psychischen Schmerzes.

Rêve d'enfer ist eine regelrechte Anklageschrift. Der Angeklagte: Gott, ein Pseudonym für Achille-Cléophas. Sein erstes Verbrechen: er verlangt Liebe und ist übrigens auch liebenswürdig, aber er stürzt die, die ihn lieben, in Verzweiflung. Die arme Julietta macht die traurige Erfahrung davon. Dieses Geschöpf ist von einem guten Naturell; es treibt einen Kult mit seinem Schöpfer; auf dem Gipfel der Verzweiflung schiebt es die Idee des Selbstmords von sich, um nicht sein Mißfallen zu erregen: «. . . sie glaubte an Gott und tötete sich nicht. Es ist wahr, daß sie oft das Meer und die hundert Fuß hohe Steilküste betrachtete und dann leise zu lächeln begann mit einem Zug um die Lippen, der den Kindern Angst machte; so töricht, vor einer Idee zurückzuschrecken, an Gott zu glauben, ihn zu achten, für sein Wohlgefallen zu leiden, für seine Freuden zu weinen. An Gott glauben, Julietta, heißt glücklich sein; du glaubst an Gott und du leidest! Oh! Du bist wirklich sehr töricht.» (I, 99) Gott ist in diesem Text zugleich eine Idee – nämlich die Idee, die Achille-Cléophas bei seinem Sohn zerstört hat – und ein lebendiges Wesen, ein Vater, den man achtet. Das erklärt den merkwürdigen Satz: «An Gott glauben . . . heißt glücklich sein; du glaubst an Gott und du leidest!» Wenn Gustave wirklich an Gott dächte, könnte er nämlich schreiben, daß der Glauben glücklich macht. Aber er würde hinzufügen, daß sein Vater dafür gesorgt hat, daß er für immer verschwunden ist: «Ich glaube nicht mehr an Gott, und ich leide darunter.» Wenn dagegen der Ewige Vater ein Name für Achille-Cléophas ist, so ist die Aussage korrekt, denn man muß sie dann so verstehen: einen Vater haben, ihn achten, für sein Wohlgefallen leiden, für seine Freuden weinen heißt glücklich sein; ich habe einen Vater und ich leide. Man wird diesen Erzeuger verdächtig finden, der sich an den Tränen seiner Kinder weidet, selbst wenn er sie glücklich macht. Aber Gustave sieht nichts Böses darin: *er* würde vor Glück weinen und allein für das Wohlgefallen des Doktor Flaubert, wenn dieser sich nur für ihn interessierte. Aber nein, das ist es gerade: er hat einen Vater *und* er ist unglücklich. Der Erzeuger, denkt er, hat sich von ihm abgewandt, weil er seinem Geschöpf vorwirft, das zu sein, was er absichtlich aus ihm gemacht hat.

Denn das ist das zweite Verbrechen des Allmächtigen. Er interessiert sich nur für seinen Ruhm und hat nur eine Marotte, das Universum als Ganzes, und aus einem schwachsinnigen und grausamen Voluntarismus heraus opfert er seine Geschöpfe dem Plan; niemals nimmt er auf diese individuell Rücksicht: Familienplanung, das ist alles; jedes von ihnen erhält ein Wesen, eine ursprüngliche Formel, die es in bezug auf alle anderen definiert und ihm Ziele zuweist, die es um den Preis seines Glückes und seines Lebens erreichen wird. Dieser anbetungswürdige, aber starrköpfige, böse und dusselige Demiurg erreicht nur, daß man ihn haßt. Und sein drittes Verbrechen – denn Dummheit ist verbrecherisch – besteht darin, nicht begriffen zu haben, daß die Schöpfung, sein Hobby, nur eine unermeßliche Katastrophe war, und sich darauf zu versteifen, sie zu verbessern, wo man sie doch hätte zerstören und vor allem gar nicht erst beginnen sollen. Daher Satans grimmiger Bittgesang am Ende: «In der Luft war ein merkwürdiges Geräusch von Tränen und Seufzern, es hörte sich an wie das Röcheln einer Welt.

Und eine Stimme stieg von der Erde auf und sagte:

‹Genug! Genug! Ich habe allzulange gelitten und den Rücken gebeugt, genug! Oh, Gnade! Schaff keine zweite Welt!›

Und eine zarte, reine, melodiöse Stimme wie die Stimme der Engel kam über die Erde und sagte:

‹Nein! Nein! Es ist für die Ewigkeit, es wird keine zweite Welt geben.›» (I, 100)

Wir stoßen hier wieder in sehr expliziter Form auf Gustaves Widerwillen gegen die Fruchtbarkeit: es nimmt also kein Ende? Du hast uns verpfuscht: Achille, jener Automat, und die beiden anderen, die gestorben sind, und ich, der Affenmensch, und mein jüngerer Bruder, der in frühem Alter gestorben ist, und jene Schwester, von der ich weiß, daß sie bald sterben wird.[55] Ist das nicht genug? Nein? Siehst du nicht, daß

55 Einige Monate früher schrieb er *La dernière heure*, ein merkwürdiges Werk,

du nur Unglück schaffst: Leichen oder Schmerzensleider? Jedes neue Experiment ist für dich nur eine launenhafte und entartete Erfindung, die in einem Anfall von Geilheit verwirklicht wird, aber für den, den du auf diese Weise dem Nichts entreißt, ist es ein bitterer Kelch, den man bis zur Neige austrinken muß, ein Todesurteil, dessen Vollstrecker und Opfer er zugleich ist.

An wen wendet er sich? Zweifellos an den Chefarzt; aber in ihm verurteilt er das Leben in all seinen Formen: woher es auch immer kommt, es ist das Mandat, zu leiden, das durch den kalten oder sadistischen Willen eines Schöpfers erteilt wird. Kurz, der Vorwurf wird verallgemeinert: in seinem Vater wendet er sich an alle Väter. Oder, wenn man lieber will, den konkretesten Widerwillen flößt ihm die Notwendigkeit ein, daß der Mensch immer der Sohn eines Menschen sein, mit einer bereits konstituierten Vergangenheit, einer belasteten Zukunft geboren werden und auf die Welt kommen muß als ein Komplex vorher kombinierter Mittel zur Erreichung eines bestimmten Zieles, das er verinnert und das das des Anderen in ihm ist. Das bedeutet die von schwarzem Humor gefärbte Antwort, die Gott ihm gibt: beruhige dich, es wird nur eine Welt geben, diese *für alle Ewigkeit.* Das müssen wir folgendermaßen übersetzen: eine einzige Familie Flaubert, keine anderen Familienmitglieder, sondern *diese* während einer gesamten Existenz.

Der evidenteste Sinn von *Rêve d'enfer* ließe sich in einem einzigen Satz zusammenfassen: «Ich verfluche den Tag, an dem ich geboren bin.» Gustave verflucht diesen Tag, weil er davon überzeugt ist, daß ein Fluch am Beginn seiner Geburt steht: er sieht sich und sieht seinen Elendsweg; er fühlt den schrecklichen Jehova hinter sich, der ihn aus dem Schlamm gezogen hat, damit es einen Menschen auf der Erde gibt, der die Erbsünde begeht. Dazu bestimmt, einen unverzeihlichen Frevel zu begehen, wird er ebendeshalb vom Urheber seiner Tage gehaßt, im voraus bestraft, im voraus aus dem Paradies verjagt, ist er für das Verbrechen und für das Unglück geschaffen: also verflucht. Gustave ist ein verfluchtes Kind: er wurde dazu gemacht, damit er seine eigne Armseligkeit bezeugt und durch die Qualen seines Hochmuts und seines Ehrgeizes dafür bestraft wird. In *Rêve d'enfer* kehrt er den Fluch gegen seinen Schöpfer.

das den Übergang von der Fiktion zur Autobiographie darstellt. Der Held sagt «Ich» wie in den *Mémoires d'un fou*, und bevor er sich eine Kugel durch den Kopf schießt, muß er sein ganzes Leben resümieren. Soweit man es beurteilen kann (das Werk ist unvollendet geblieben), ist es das Leben des jungen Gustave. Ein einziges – aber beachtliches – fiktives Element: der Held hat eben seine angebetete junge Schwester verloren. Tatsächlich war Caroline, die Tochter von Caroline, von zarter Gesundheit: Gustave hat oft daran denken müssen, daß sie stirbt. In *La dernière heure* tötet er sie prophetisch.

Im November 1836 ist Gustave noch nicht fünfzehn Jahre alt. Er hat gerade die Erzählung *Bibliomanie* beendet, von der wir hier die ersten Zeilen zitieren:
«Giacomo, der Buchhändler ... war dreißig Jahre und galt schon als alt und verbraucht; er war groß, aber krumm wie ein alter Mann; seine Haare waren lang, aber weiß; seine Hände waren stark und sehnig, aber vertrocknet und runzlig ... er wirkte linkisch und gehemmt, sein Gesicht war blaß, traurig, häßlich, ja nichtssagend ... Dieser Mensch hatte niemals mit jemandem gesprochen ... er war schweigsam und verträumt, düster und traurig; er hatte nur ... eine Leidenschaft: Bücher.» (I, 78)
Sobald er eins sieht, verwandelt er sich:
«Seine Augen belebten sich ... nur mit Mühe konnte er seine Freude, seine Sorgen, seine Ängste und seine Schmerzen mäßigen ...» (I, 78)
Das ist also noch nicht der unempfindliche Almaroes: das Feuer ist nicht erloschen, Gustave wird von Leidenschaft verzehrt. Der Jüngste der Familie windet sich wie eine Ranke in der Flamme. Aber wie klein ist doch dieser Brandherd: der Buchhändler hat alles in eine Manie investiert:
«Nicht das Wissen liebte er, sondern seine Form und seinen Ausdruck; er liebte ein Buch, weil es ein Buch war, er liebte seinen Geruch, seine Form, seinen Titel. An einem Manuskript liebte er sein altes unleserliches Datum, die bizarren und fremdartigen gotischen Buchstaben, die schweren Vergoldungen seiner Illuminationen; seine mit Staub bedeckten Seiten, einem Staub, dessen süßen und feinen Geruch er mit Wonne einatmete; das hübsche Wort *finis*, umgeben von zwei Amouretten, getragen von einem Band ... oder auf einem Korb zwischen Rosen liegend ... Er galt in Barcelona als ein fremdartiger und teuflischer Mensch, als ein Gelehrter oder Zauberer. Er konnte kaum lesen.» (I, 79)
Aha, das ist die erste deutliche Anspielung auf die Schwierigkeiten, die Flaubert um sein siebentes Lebensjahr beim Lesenlernen gehabt hat! Aus diesem Grund ist die Leidenschaft des guten Mannes nur scheinbar mittelmäßig: sie verweist, dessen bin ich sicher, auf eine wunderbare Kindheitserinnerung: zur Zeit, als der Vater Mignot dem Kind *Don Quijote* vorlas, träumte es von der Schönheit des Buches. Wer hat nicht ähnliche Erinnerungen? In diesem Alter las ich die Werke von Jules Verne ohne besondere Begeisterung, aber ich war hingerissen von der Schönheit des rotgoldenen Einbandes, von den Bildern und von dem Goldschnitt. Vor einem solchen Wunderwerk zögert man: ist es nur ein Kommunikationsmittel? Wenn es im Gegenteil der Zweck wäre? Wenn die erzählte Geschichte nur ein notwendiges Mittel zur Erzeugung von so viel formaler Schönheit wäre? Für Gustave verbarg sich hinter dieser Pracht ein Geheimnis: ein so vollkommener Gegenstand hatte obendrein noch *einen Sinn*, war eine zu entziffernde Botschaft. Er begegnete

zuerst der Form, die sich für sich setzte, und erst dann, als Mignot vorzulesen begann, dem Inhalt, der Idee. Dieser Novelle ist nicht genügend Aufmerksamkeit gewidmet worden, obwohl sie uns einen der Faktoren des – ganz relativen – Formalismus Flauberts offenbart: für diesen grüblerischen, aber verlorenen kleinen Jungen, der nicht hat lesen können, als seine Eltern beschlossen hatten, es ihm beizubringen, und der sich gegenüber ihrem Tadel mit den Worten verteidigte: «Warum lesen lernen, wo doch Papa Mignot lesen kann», erschien der Sinn zunächst als eine geheime und zusätzliche Schönheit der Form: das Buch behauptete sich, es war ein handhabbarer Gegenstand, eine kleine Architektur, die sich beinahe selbst genügte. Danach mochten andere Sätze aus ihm ziehen, eine Erzählung. *Bibliomanie* beweist, daß dieser Eindruck geblieben ist: später, sehr viel später, nach Enttäuschungen, hundert Schicksalsschlägen, wird er ihn wiederfinden – abgesehen davon, daß der Gegenstand seiner Kunstfertigkeit sich als eine Wortarchitektur darstellen wird. Transkribierte und harmonische Töne, dicht und glänzend wie eine vergoldete Seite. Man hört sie sich ihrer Schönheit wegen an. Und durch sie dringt unversehens der Sinn in uns ein, ein besonderes und heiliges Geheimnis, das – im Unterschied zu jeder anderen Information – nicht von der sprachlichen Form, die es ausdrückt, trennbar, das nur die durch *eben jene Wörter* erahnte «Hinterwelt» ist. Aller Wahrscheinlichkeit nach haben die schönen Oktavbände, in denen Mignot blätterte, Gustave in seinem Goldenen Zeitalter kaum verwirrt: sie sind Kunstgegenstände oder besser Emanationen der himmlischen Schönheit und zugleich Marterinstrumente geworden, als der kleine Junge begriff, daß man von ihm erwartete, sie zu entziffern, und als er den tückischen Widerstand spürte, den ihm ihre glänzende Materialität entgegensetzte. Damals hat er sie unter Schmerzen geliebt, jene prächtigen Seiten, die ihm grausam ihre Stummheit entgegensetzten, damals hat sich, vielleicht noch roh, unformuliert und ihm selbst verborgen, die Absicht gebildet, für eine Elite von *analphabetischen Lesern* zu schreiben oder, richtiger noch, zu schreiben, um einen Augenblick lang die Mitglieder dieser Elite in verzauberte Analphabeten zu verwandeln, indem er aus der Schönheit der Wörter, der Sätze und ihrer Architektur das Äquivalent des Widerstands machte, den die bedruckte Materie ihm entgegensetzte.

Aber mit vierzehn hat er den Sadismus der Schönheit nur erst geahnt. Was er gleichzeitig ausdrücken will, ist seine Leidenschaft und sein Ressentiment. Die Anomalie des jungen Autors bildet gerade Giacomos Wesen. Sie wird keineswegs als ein Zustand beschrieben; es ist eine Begierde, kurz, eine Entbehrung; sie nimmt ihn ganz und gar ein, derart, daß sie die organischen Bedürfnisse unterdrückt – oder fast unterdrückt –, gegen die Gustave einen Widerwillen hat. «... er aß kaum, schlief nicht mehr, sondern dachte ganze Tage und Nächte an seine fixe Idee: Bücher.» (I, 79) Man wird Flauberts Groll gegen das Wissen und jede Form von Kultur bemerken. Das *Künstliche* ist es, was Giacomo an seinen Büchern liebt. Aber glauben wir nicht, daß er an ihnen die Arbeit der Menschen, ihren Willen, durch Zeichen zu kommunizieren, schätzt: seine Perversion (als solche kennzeichnet sie Flaubert, aber er sieht darin nichts Böses, ganz im Gegenteil) besteht darin, diese Produkte einer menschlichen Arbeit wie Feldfrüchte zu behandeln und vor allem die menschlichen Zwecke zu leugnen, für die sie hergestellt worden sind. Dieser Parasit unserer Spezies stiehlt die Bücher, selbst wenn er sie ehrlich kauft, weil er sie ihrer eigentlichen Funktion entfremdet und wie Schmetterlinge sammelt. Doppelte Negation: der Natur zieht er die Antiphysis und die menschlichen Schöpfungen vor, sofern er diese als natürliche Gegenstände behandeln darf, als wenn sie keine Urheber hätten und zu nichts dienten. Damit negiert er den Menschen in seinem Produkt und unterwirft die Wissenschaft und die menschlichen Beziehungen jener einzigen Aufgabe: als unwesentlicher Anlaß für die Schaffung schöner, aber nicht signifikanter Gegenstände zu dienen. Giacomo *weigert sich, Mensch zu sein*, das heißt, unsere Zwecke zu teilen: er wählt sich ein Ziel, das alle anderen disqualifiziert und ihm seine Besonderheit widerspiegelt. Was Wunder, wenn der gute Mönch als bösartig gilt. Er hat zwar niemandem ein Leid getan, aber seine Leidenschaft ist seinem Wesen nach Bosheit. Und nicht ich sage das; man lese selbst: «(Giacomo) sah böse und verräterisch aus.» (I, 79) Denn er lebt als Fremder in unserer Welt. «Wenn er durch die Straßen ging, sah er nichts von dem, was ihn umgab, alles glitt an ihm vorüber wie eine Phantasmagorie, deren Rätsel er nicht verstand, er hörte weder die Schritte der Vorbeigehenden noch das Geräusch der Räder auf dem Pflaster; er dachte, träumte, sah nur eins: Bücher.» (I, 80) Diese bemerkenswerte Beschreibung gleicht einem Geständnis: Gustave gibt hier zu, was seine Nichte «Naivität» nennen wird. Sie zeigt ihn von den Erwachsenen betrogen und vom Gefühl der Unheimlichkeit ergriffen, «irgendein Geheimnis vermutend». Er beschreibt sich in Giacomo mit den gleichen Farben: da er zerstreut ist, erscheint ihm die Welt wie «eine Phantasmagorie, deren Rätsel er nicht verstand». Eine unbestimmte, aber ständige Verwunderung, eine quälende, unformulierte Frage, auf die er keine Antwort suchen will. Bekanntlich ist es grundlegend nicht die Welt, die verwundert, sondern unsere Anwesenheit auf der Welt, wenn unsere erste Kindheit sie nicht *(fälschlich)* gerechtfertigt hat. Gustave ist und bleibt bis zu seinem Tod verdutzt, was diesem überzähligen Tier, dem Menschen, nicht schlecht ansteht. Aber in dieser Novelle schreibt er dieses Verdutztsein – dessen Ursprung in den Strukturen der Familie Flaubert zu suchen ist – dem Monoideismus der Leidenschaft zu. Diese würde ich *homizid* nennen, wenn man ihr einen Namen geben müßte, so sehr sind Giacomos

Träume – vor allem die schönsten – unmenschlich oder, noch genauer, anti-menschlich. Er träumt zum Beispiel davon, die Bibliothek eines Königs zu besitzen:

«Wie atmete er frei, wie war er stolz und mächtig, wenn er seinen Blick durch die endlosen Gänge schweifen ließ, wo sein Auge sich in Büchern verlor! Er hob den Kopf? Bücher! Er senkte ihn? Bücher! Rechts und links noch mehr!» (I, 79)

In diesem Bild steckt irgendeine dunkle Kraft; man stelle sich diese «endlosen Gänge» *leer* vor: ein Kolumbarium; die Bücher sind die Urnen; eine Katastrophe muß die Menschheit hinweggerafft haben; unendlich allein übt König Gustave seine Allmacht über die irgendwie verhexten Dinge aus. Seine Leidenschaft beschränkt sich im übrigen nicht darauf, ihn von der Welt abzuschneiden; sie bringt ihn vielmehr in einen heftigen Gegensatz zu denen, die sie teilen. Wie er sie haßt! Wie er sie zertreten möchte! Kurz, nur zu Todfeinden hat er menschliche Beziehungen.

Und vor allem zu *einem* Todfeind, zu Baptisto, der reicher ist und ihm alles wegnimmt. Die Erzählung fußt wie die vorhergehenden und folgenden auf dem Thema der Eifersucht: wir werden nicht viel über Baptisto erfahren, außer daß er ausdrücklich da ist, um Giacomo zu quälen. Wichtig ist für Gustave, daß er seinen Schmerz spezifiziert und jemanden findet, den er dafür verantwortlich machen kann: sein Rivale ist, obwohl er mehr Mittel hat, ganz genau sein Ebenbild, sein Bruder. Indem Baptisto dem Mönch Giacomo die Inkunabeln vor der Nase wegschnappt, die dieser begehrt, quält er ihn durch Frustration. Auch Satan, die körperlose Seele, und Almaroës, der seelenlose Körper, werden Frustrierte sein. Aber der Frustrator ist derjenige, der sie geschaffen und jedem von ihnen eine besondere Anomalie verliehen hat. Hier kümmert sich Gustave nicht darum, die Anomalie des Mönches zu erklären: er ist eben so veranlagt, das ist alles; er könnte sogar glücklich sein, wenn er Vermögen hätte. So wie die Dinge nun einmal stehen, ist es ein Ebenbürtiger, der ihn frustriert; ihn muß Giacomo hassen. Man sieht, wie das Thema zwischen *Bibliomanie* und *Rêve d'enfer* reicher geworden ist, aber auch, wie sich seine ursprüngliche Bedeutung verwischt hat; Arthur und Satan sind zwar auch Rivalen, Ebenbürtige, und der Sieg des ersten macht das Unglück des zweiten aus. Aber der Teufel, der das Böse und die Verzweiflung ist, wäre eigentlich ebenso unglücklich, wenn er Almaroës nicht getroffen hätte: der wahre Schuldige ist der Ewige Vater. Damit verkörpert jeder Protagonist dieses Paares Gustave auf seine Weise. Der Ewige Vater hat sich in *Bibliomanie* nicht darstellen lassen; und Baptisto *ist nicht* Gustave. Er ist im übrigen niemand, weil der junge Autor es versäumt hat, ihn zu beschreiben: sagen wir, er ist lediglich *der Andere*. In jedem Punkt Giacomo ähnlich (dieselbe Manie und also wahrscheinlich derselbe

Charakter und eine ähnliche Physiognomie), außer eben darin, daß er sich dem Mönch in seiner materiellen Alterität entgegensetzt, daß er mit ihm in einen Wettstreit tritt und jedesmal als Sieger daraus hervorgeht. So entdecken wir, daß sich hinter der Verdoppelung von Gustave in *Rêve d'enfer* ein älteres Thema verbirgt, bei dem die Protagonisten keineswegs jeder auf seine Weise den Autor verkörpern, sondern sich vielmehr die Rollen teilen, wobei der eine Gustave und der andere seinen Peiniger darstellt.

Man sehe sich diesen Giacomo an, der mit dreißig Jahren «schon als alt und verbraucht galt». Was quält ihn? Seine Manie? Wir erfahren vielmehr, daß sie ihn verjüngt: daß er zehn Jahre jünger wird, wenn er eine Inkunabel entdeckt. Sein Unglück? Zu Beginn der Erzählung sind es vorerst nur Widrigkeiten. Da es nur eines Buches bedarf, um ihn sein seniles Aussehen, sein linkisches Wesen, seinen Mißmut verlieren zu lassen, er aber wieder seine Runzeln, sein übliches Aussehen bekommt, sobald er seine Bibliothek verläßt, muß man schließen, daß das Alter hier nicht von den Jahren oder Prüfungen abhängt: es kennzeichnet die *Gleichgültigkeit.* Mit ebendiesem Merkmal wird Flaubert in den Briefen an Louise Colet seine vorzeitige Senilität kennzeichnen: er überlebt seine Jugend und fühlt nichts mehr. Der Grund dafür ist, sagt er, eine lange Folge von unsagbaren Mißgeschicken. Nichts davon im Jahre 1836: es handelt sich nicht um erworbene Apathie, sondern um angeborenes Desinteresse: die von einer einzigen Leidenschaft besessene Seele Giacomos hegt keinerlei andere Begierde. Aufgegeben und fast seiner Bedürfnisse verlustig, verzehrt sich der Organismus an der einen Stelle und vertrocknet an anderen. Ebenso war das Alter von Arthur das Ergebnis seiner Lustlosigkeit. Was Gustave Louise Colet anvertraut, ist jedoch mit Vorsicht zu genießen: hält der Autor die Gleichgültigkeit allem gegenüber, die wir bei dem Mönch feststellen, für einen angeborenen Charakterzug, wie er uns glauben machen will? Auffallend ist, daß dieser Mann von dreißig Jahren keine Familie hat – während die Familienbeziehungen in Flauberts Novellen *vor* den frühen autobiographischen Werken einen so großen Platz einnehmen. Ist er aus der Luft der Zeiten geboren? Satan, der kurz danach konzipiert wird, gibt uns die Antwort: der Dämon ist durch eine lange Familiengeschichte geschaffen und definiert worden; er ist nur noch ein Gedächtnis, und dieses Gedächtnis versagt sich die Vakanz des Herzens. Gilt das nicht auch für Giacomo? Aber, wird man einwenden, Giacomo brennt doch, die Bibliomanie verzehrt ihn. Und Satan? Sammelt er nicht Seelen? Da ist Gustaves Familiengeschick; es verletzt ihn, jetzt ist er gesprungen. Aber diesen Sprung, der auf die Vergangenheit bezogen nur der permanente Ausdruck einer uralten Ungnade ist, muß man auch als eine genaue Bestimmung der Zukunft ansehen: die Entbehrung führt zweifellos zur Unverfügbarkeit und folglich zur Gleichgültigkeit, aber da sie als Mangel erlitten wird, definiert sie sich, insofern sie eine genaue Bestimmung der Zukunft ist, als die *Begierde nach einem bestimmten Gegenstand.* Satans Fluch, seine Wunde, schreibt ihm seine zukünftigen Ziele vor, die Ausbreitung des Bösen und die Verdammung der Seelen: die unmögliche Verzeihung, anders gesagt, die Unumkehrbarkeit der Vergangenheit führt zur Verzweiflung; aber diese verzweifelt erkannte und erlebte Unumkehrbarkeit führt zum unstillbaren brennenden Verlangen zu schaden. In diesem konkreten Fall ist die Verwandtschaft der Frustration mit der von ihr herrührenden Begierde fast allzu evident. Aber im allgemeinen ist die Beziehung zwischen dem, was einer Seele versagt worden ist, und dem, was sie sich aneignen will, keine Wechselbeziehung symbolischer Widerspiegelungen: allzu viele Elemente spielen bei Giacomo mit, als daß man den ursprünglichen Mangel in der erklärten Manie wiedererkennen könnte. Sehen wir uns jedoch seine Begierde an, den Menschen in seinem Werk zu töten und das Wissen zu einem Produktionsmittel der unmenschlichen Schönheit dieser Gegenstände zu machen, die keineswegs der Natur angehören, ohne in ihnen das Ergebnis der menschlichen Arbeit sehen zu müssen: kann diese Begierde zuerst und allein auftreten? Ist sie nicht in einer anderen Form die Geburt selbst, die bei dem Verfluchten aus seiner Verfluchung entsteht? Giacomos Leidenschaft zwingt uns – durch ihren destruktiven Aspekt – ihre Ursprünge in einem alten Ressentiment zu suchen, wie die Menschenfeindlichkeit, die Gustave in seinen Briefen zur gleichen Zeit zur Schau trägt: der Mönch liebt die Bücher gegen die Menschen, also war der Haß gegen die Menschen zuerst da. Es wird uns keineswegs gesagt: es wird uns gezeigt; vor allem in seiner Gleichgültigkeit; weder Menschenfreund noch Menschenfeind, keinerlei Beziehung zur Spezies. Aber es bleibt die Bosheit, die Perversität, der Sadismus seiner Manie. Für Gustave hat die Seele zwei Gesichter: das eine ist Anspruch, das andere Wunde. Die ständig vorhandene Verfügbarkeit wäre die Jugend; die Verlockungen und irdischen Speisen haben keine Geschichte. Wer dagegen von einer allzu besonderen Kindheit verletzt worden ist, der zeigt eine Gleichgültigkeit allem gegenüber, außer gegenüber einer allzu strengen und allzu exklusiven Berufung, die nichts anderes ist als jene in Schicksal verwandelte Kindheit selbst: er ist im voraus alt, und sein Leben ist so vorhersehbar, daß es als bereits gelebt erscheint.

Also ist Giacomo wirklich verrückt, wirklich bösartig, ganz unmenschlich; seine zugleich infantilen und senilen Vorlieben entmutigen die Sympathie. Gustave betont die Fehler des guten Mönches, sosehr er kann, und er will, daran ist kein Zweifel, daß wir ihn verurteilen: denn seine Leser faßt er oft als seriöse, gesetzte, gelehrte Erwachsene, Menschenfreunde, kurz, als Arschlöcher auf: diesen Leuten vertraut er an – in der Gewißheit, sie damit zu schockieren –, daß der Mönch fast ein

Analphabet ist und niemals Almosen gibt. Aber kaum hat man seine Figur verurteilt, fragt einen der junge Autor: mit welchem Recht, in wessen Namen? Am Ende der Erzählung spricht er nämlich von dem Buchhändler als einem «jener merkwürdigen und fremdartigen Menschen, über den die Menge auf der Straße lacht, weil sie ihre Leidenschaften und ihre Manien überhaupt nicht versteht» (I, 82). Es hat den Anschein – und das gibt diesen Erzählungen ihren ganz besonderen Ton –, als wolle er, nachdem er seine Helden – und diesen mehr als die anderen – geschunden hat, eine gewisse *Positivität* des *Negativen* zeigen. Darunter verstehe ich nicht, daß er die Negation setzt, um sie dann negieren zu können. Nein: die Bibliomanie bleibt ein widernatürliches und unmenschliches absurdes Unternehmen. Es ist vielmehr ein *Fundamental* der Entbehrung; der «Mangel» – worin er auch besteht – enthält eine gewisse souveräne Behauptung des Rechts des Geschöpfes auf die Schöpfung und folglich auf den Schöpfer. Die Gegenstände unserer Leidenschaften sind äquivalent. Allein die *Intensität* zählt: man braucht seinen Fehler nur bis zum Äußersten zu steigern, um schließlich recht zu haben. Der glückliche und gemarterte Giacomo wird meisterhaft, wenn er Baptisto die Bibel stiehlt. Meisterhaft und schuldig: dieser selbststrafende Akt wird prompt gesühnt: durch den Tod – die Helden des jungen Flaubert, diese Missetäter, erfüllen sich, indem sie sich vernichten. Als wenn das Kind *verlieren mußte* auf Grund einer ursprünglichen und unaufhebbaren Verurteilung, die anzufechten es weder das Recht noch die Macht, noch Lust hatte. So konnte die Abwehr erst nach der Niederlage beginnen, wenn der Feind schon seit langem zur Stelle ist, die strategischen Orte besetzt hält und ein bewaffneter Widerstand nicht einmal mehr denkbar ist. Was sollen Gustave oder jene, die ihn verkörpern, anderes tun als *sich schuldig bekennen*, mehr dem Staatsanwalt als dem Verteidiger die Fakten darlegen und dann schließlich das Argument umkehren, in dieser unabweisbaren Schuld, in dieser seelischen Misere, die sie gelassen anerkennen, das Kennzeichen eines unendlichen Mankos, einer Wunde aufzeigen, das ein krimineller Erzeuger ihnen, als er sie zeugte, verliehen hat, und eines wie auch immer gearteten Strebens, das dadurch, daß es ihre Verletzung auf sich nimmt, ihre unsichtbare Größe ausmacht, die einzige, die in dieser Welt möglich ist.
Insofern ist der Titel der Novelle irreführend: statt *Bibliomanie* müßte man *Graphomanie* lesen. Der Autor wütet gegen sich selbst in rasender Selbsterniedrigung: er schreibt, weil er sich nicht liebt, aber die Folge davon ist, daß er nicht liebt, was er tut. Er kritzelt; etwas später wird er sagen, daß er den Numismatikern, den Philatelisten ähnelt. Natürlich findet er gerade in seinem Unglück ein schreckliches Heil; als ein mittelmäßiger Tintenkleckser läßt er sich die Leber von jenem Geier annagen: dem Verlangen, ein großer Schriftsteller zu sein; das Genie

wird zu seiner grundlegenden Entbehrung. Oder, besser, wenn die Seele als ein gewisses, durch eine gewisse Geschichte ausgehöhltes Verlangen definierbar ist, so ist die seine eine doppelte Entbehrung. Auf ihrer Schattenseite, dem dem Sein zugewandten Gedächtnis, ist sie Sinnieren über eine nicht wiedergutzumachende Katastrophe; auf der anderen Seite ist sie Appell, Berufung, aber niemand ist da, ihn zu berufen: aus der Zukunft ergeht der Appell, bestimmt durch die Frustration – die verlangt, ausgelöscht zu werden. Gustaves grundlegende Möglichkeit ist nichts anderes als eine Wunde, die nach dem einzigen Balsam verlangt, der sie heilen kann, dem Ruhm, der kompensierten Demütigung. Aber wenn man die Schritte dieses negativen Denkens begriffen hat, ahnt man, daß der junge Autor überzeugt ist, eben dadurch zur Verzweiflung verurteilt zu sein: *Genie wäre nötig gewesen.* Verflucht! Wenn das unendliche, aber besondere Verlangen eine in Prophetie umgekehrte Erinnerung ist, dann wird die Frustration, die die einzige Fülle, die seine Leere anfüllen könnte, in der Zukunft definiert, zugleich im Ressentiment, im Schmollen als Martyrium erlebt, das von selbst bis zur äußersten Hilflosigkeit und bis zum äußersten Leiden gehen muß. Das bedeutet, daß die Frustration ihre grundlegende Möglichkeit nur in Form einer grundlegenden Unmöglichkeit sieht. Der *unmögliche Ruhm* ist der zukünftige Ausdruck der nicht wiedergutzumachenden vergangenen Ungnade. Er ist unmöglich, *weil er notwendig ist.* Das im Schuldgefühl erlittene Unglück entwirft sich, zukünftig, als Scheitern der einzigen Aktion, die Flaubert unternehmen kann und will. Der Junge ist verdammt: seine einzige Größe in der tückischen Katastrophe, die ihn vernichten wird, ist die Unermeßlichkeit des Genies, das ihn streift und ihm versagt ist. *Bibliomanie* kaschiert die Frustration, kann aber das Ressentiment nicht verbergen; der Sinn davon ist klar, wenn auch nicht für Gustave, so doch zumindest für uns, seine Leser: von Geburt an manipuliert, durch einen denkwürdigen Sturz gealtert, wurde mir nur ein verqueres, bitteres, unstillbares Verlangen gegeben; abgesehen davon scheiße ich auf alles. In anderer Hinsicht ist dieses unausgereifte und tiefe Werk expliziter als die späteren Werke: es streicht sehr stark den Wiederholungscharakter von Giacomos Unglücksfällen heraus: sie sind nichts weniger als unvorhergesehen, da jeder die Reproduktion des vorhergehenden ist, der Mönch *ist darauf gefaßt.* Baptisto «schnappte ihm seit einiger Zeit alles weg, ... was an Seltenem und Altem erschien ... Dieser Mensch wurde für ihn zur Plage, immer war er es, der ihm die Manuskripte wegschnappte; bei den Versteigerungen überbot er ihn und kaufte. Oh, wie oft sah der arme Mönch in seinen ehrgeizigen und stolzen Träumen ... die lange Hand von Baptisto auf sich zukommen, die wie bei den Versteigerungen durch die Menge drang, um ihm einen Schatz wegzuschnappen, von dem er so lange geträumt, den er mit so viel

Liebe und Egoismus begehrt hatte! Wie oft ... war er versucht, mit einem Verbrechen zu beenden, was weder Geld noch Geduld vermocht hatten; aber er verdrängte diesen Gedanken in seinem Herzen, versuchte sich mit dem Haß zu betäuben, den er gegen diesen Menschen hegte, und schlief über seinen Büchern ein.» (I, 81)

Der arme Buchhändler ist auf sein Unglück *gefaßt*, einfach weil dieses sich ständig regeneriert und ihn jedesmal in derselben Weise schlägt. Sein Zeremoniell ist für immer festgelegt: die Versteigerung wird eröffnet, der Rivale taucht auf, man beginnt mit dem Bieten, Hoffnung und Hoffnungslosigkeit wechseln sich ab, «Giacomo sah mit Entsetzen, daß sein Antagonist sich erhitzte, je mehr der Preis stieg» (I, 81), er beginnt zu fürchten, und dann fürchtet er nicht einmal mehr: er weiß. Er kämpft noch. Umsonst: die Würfel sind gefallen. Kaum zögert er den Triumph des Feindes, die öffentliche Demütigung und die Frustration einen Augenblick hinaus: «Man reichte das Buch von Hand zu Hand weiter, um es zu Baptisto gelangen zu lassen; das Buch kam bei Giacomo vorbei, er roch es, er sah es einen Augenblick lang vor seinen Augen vorbeigleiten und dann bei einem Menschen bleiben, der es lachend in die Hand nahm und aufschlug.» (I, 81) Ständig wiederholte Marter. Die ewige Wiederkehr der gleichen Leiden. Kaum hat die Szene begonnen, schon ist sie ihm mit all ihren Details gegenwärtig: sie braucht nur noch erlebt, besser noch, wieder-erlebt zu werden; schon im voraus und bis in die Momente der Hoffnung hinein verzweifelt, macht sich der illusionslose Mönch mit Gewalt Illusionen, weil das der festgesetzte Augenblick ist, in dem er in die Falle gehen muß; ein merkwürdiger Geschmack des Erlebten: notwendig und dennoch absurd – weil ja die Evidenz seiner Notwendigkeit nicht von einer inneren Logik, sondern von seiner nutzlosen Wiederholung herrührt –, wird er in widerlicher Weise ausgekostet, aber die Strenge der Etikette ist derart unerbittlich, daß jeder besondere Eindruck – ein entsetzlicher masochistischer Genuß, eine Wollust des Schmerzes – als Identität von Erinnerung und Voraussicht empfunden wird.

Man wird bemerkt haben, daß der Mönch «in seinen ehrgeizigen und stolzen Träumen» (I, 81) geschlagen wird. Besser kann man nicht sagen, daß der Autor in Wirklichkeit von etwas ganz anderem spricht als von dem, von dem er zu sprechen vorgibt. Gewiß hat ein Sammler Ehrgeiz und ist auch eitel, empfindet Genugtuung darüber, als einziger auf der ganzen Welt das seltenste Stück zu besitzen. Aber Gustaves *Ton* macht uns mißtrauisch: sein Ernst, sein offensichtliches Verständnis für den Stolz und den Ehrgeiz des Buchhändlers zeigen zur Genüge, daß er seine beiden Grundleidenschaften in einer lächerlichen Manie hat verkörpern wollen – um den eventuellen Leser zu täuschen und, vor allem, um sich über sich selbst lustig zu machen. Der «kompensatorische» Charakter der einen wie der anderen Leidenschaft – ebenso wie der rituelle Aspekt und die ewige Wiederkehr der Martern, die ihm angetan werden – gibt uns einen wertvollen Hinweis auf die Art dieser unablässig wiederholten Qualen; ich sehe hier zwei Arten des Elends in einem. Der Ort der zeremoniösen Wiederholung kann nur die Familie sein: der Vater ist ein großer Ordner, er setzt die Etikette fest und fühlt sich dafür verantwortlich, daß sie auch eingehalten wird; die Mutter hilft ihm dabei, und die Kinder spielen die Rollen, die ihnen von der Geburt her zugewiesen sind: Achille die des Älteren, Gustave die des Jüngeren; die kleine Caroline spielt die Rolle der kleinen, von allen geliebten Schwester. Was diese ständig wiederkehrenden geregelten Ereignisse sind, können wir im Augenblick nicht bestimmen, es sei denn ganz formal und allgemein: es handelte sich natürlich um Feste, um Geburtstage, und dann mußten, nicht ohne einen gewissen Prunk, Achilles brillante Schulerfolge gefeiert werden. Aber da waren auch die Ferien, jedes Jahr die Abreise der Familie Flaubert nach Yonville oder Trouville, die zwei Wochen, die sie bei der Mutter von Achille-Cléophas verbrachte; im Alltag waren es die Mahlzeiten, bei denen sich zu bestimmten Zeiten Eltern und Kinder vollzählig versammelten: eine feste Uhrzeit, ein unveränderliches Ritual, das der Vater im Hinblick auf seine beruflichen Verpflichtungen festsetzte; es gab auch die abendlichen Einladungen: das kleine Mädchen und der jüngere Bruder blieben nur einen Augenblick, sie wurden früh zu Bett geschickt, und wenn Achille da war, hat sich der Doktor Flaubert wahrscheinlich einen Moment aufgehalten, um mit seinem älteren Sohn «von Mann zu Mann» zu sprechen. In alldem ist indessen nur ein Rahmen zu sehen: die wirklichen Wiederholungen – abgedroschene Witze, hundertmal wiederholte Berichte früherer Ereignisse, auswendig gekannte Anekdoten, die man an den Tagen, wo Achille-Cléophas gute Laune hatte, sich immer wieder anhören mußte, winters wie sommers unveränderliche Werturteile über dieselben Handlungen oder dieselben Personen usw. – waren das Ergebnis der Familienerinnerung; in ihnen behauptete die Zelle Flaubert ihre Identität, die Unvergänglichkeit ihrer Strukturen und ihrer Hierarchie: genau das konnte der kleine Gustave natürlich nicht ertragen; ein Bonmot, ein Scherz, eine Erinnerung ließen ihn durch ihre repetitive Zirkularität immer aufs neue die Unwiderrufbarkeit seines Sturzes und zugleich eine unveränderliche Ordnung entdekken, deren Opfer er war. *Bibliomanie* informiert uns darüber, warum die von der Familie behinderte Leidenschaft von Mazza aus *Passion et vertu* in einem engen, aber tiefen Kreis leerläuft. Gustave beschreibt damit den Zyklus der familiären Wiederholung, der ihn durch die ewige Wiederkehr der Zeremonien dazu zwingt, in seinem Innern das archetypische Ereignis und die festgelegten Strukturen der Zelle Flaubert zu realisieren, so wie sie vom Jüngeren als seine eigene Lebensunmöglichkeit erlebt werden.

Also ein Karussell von vorhersehbaren Kränkungen: das ist die Grundordnung seiner Mißgeschicke. Eine andere, sekundäre, ebenfalls zyklische Ordnung legt sich darüber: auf jede Beleidigung reagiert er *durch Schreiben.* Er schließt sich ein, er erzählt seine Geschichte, um sich von ihr zu befreien und sich an seinen Verfolgern zu rächen. Das ist jedesmal ein Fehlschlag; hier können wir es nur erraten, später werden wir es in aller Deutlichkeit sehen: Gustave ist mit dem, was er schreibt, nicht zufrieden. Seine Blitze sind in seinen Augen nur Blindgänger. Die familiäre Kränkung ist unerträglich, aber die Geschichte einer Verbitterung, die sie wiedergeben soll, hält Flaubert für mittelmäßig. Der Fluch des Vaters reicht bis in die Schichten, die dem Arzt prinzipiell hätten entzogen sein müssen. Eine neue Zirkularität: er leidet, aber jedesmal wenn er sein Leiden bezeugen will, verfehlt er sein Werk. Niemand wird seine Leiden kennenlernen, die «unsagbar» sind, sofern man nicht ein Genie ist. Jede Novelle ist ein Prozeß gegen seine Verfolger, der verloren wird: der Andere triumphiert auf der ganzen Linie.

Wie reagiert Giacomo-Gustave auf diese ständigen Aggressionen, auf diese ständigen «Fehlschläge» seiner Abwehr? In der Art von Julietta, indem er die Äußerungen seines Unglücks übersteigert, um es weniger zu spüren? Ganz und gar nicht: entweder ist der Junge mit vierzehn Jahren noch nicht auf solche Praktiken gekommen, oder er reagiert lediglich weniger *gekünstelt*, aufrichtiger. Giacomo begehrt eine lateinische Bibel mit griechischen Kommentaren; ein Rivale schnappt sie ihm weg; der frustrierte Buchhändler beginnt in romantischer Weise sich mit seinen Nägeln die Brust zu zerkratzen. Aber er verläßt den Auktionssaal, und bald nimmt sein Schmerz eine andere Wendung:

«Sein Denken gehörte ihm nicht mehr, es irrte umher wie sein Körper, ohne Ziel noch Plan; es war schwankend, unentschlossen, schwer und abstrus; sein Kopf drückte ihn wie Blei, seine Stirn brannte wie eine Glut.

Ja, er war trunken von dem, was er gefühlt hatte, er war erschöpft von seinen Tagen, er war übersättigt von der Existenz.» (I, 81)

Kaum hat ihm die bittere Erregung über die Niederlage an den Nerven gezerrt, schon verflüchtigt sie sich wieder. Das allzu schwere Gefühl erdrückt ihn und verwandelt sich in verstörte Niedergeschlagenheit. Selbst das Denken, jener Spürsinn, ist verloren: im Nebel. Es ist ein ganz plötzlicher Austausch: der Körper absorbiert das Leiden und gibt völligen Verfall zurück. Diese Beschreibung ist um so überzeugender, als man sie kaum erwartet. Leiden heißt meist *in Ordnung bringen, realisieren*: die Katastrophe wird durch die Arbeit des Sinnierens verinnert; der Geist beschäftigt sich minuziös mit den geringsten unerträglichen Erinnerungen und entzündet sie. Das ist der «Monolog», der bald zu einem vertrauten Verhalten bei Gustave wird. Für Giacomo, jenen vierzehnjährigen alten Buchhändler, ist nichts fremder als diese quälende Selbstgegenwart. Vom Schicksal mißhandelt, absentiert er sich, und bald ist niemand mehr da; die Straße geht durch ihn hindurch, jene vakante Seele ist ein öffentlicher Platz von Gelächter, Gesprächen und Gesängen, die ihm fremd bleiben: «Aber ihm schien es immer derselbe Ton, dieselbe Stimme zu sein, es war ein verschwommener, unbestimmter Lärm, eine abstruse und laute Musik, die in seinem Hirn dröhnte und ihn quälte.» (I, 81) Er irrte umher, kehrte «erschöpft und krank heim; er legte sich auf die platte Bank seines Arbeitszimmers und schlief» (I, 82). Ein glücklicher Schmerz, der durch Erschöpfung zum Schlaf führt. Allerdings wacht der Mönch mit Fieber auf. «Ein entsetzlicher Alptraum hatte seine Kräfte erschöpft.» (I, 82) Er hatte also immer noch welche? Zwei Zeilen weiter oben hieß es, daß ihm keine mehr geblieben waren. Weiter oben lesen wir übrigens, daß Giacomo nach einer schweren Enttäuschung – ein Bouquinist teilt ihm mit, daß er *Le mystère de saint Michel* gerade für acht Maravedi verkauft hat – «in den Staub sank wie ein Mensch, der von einer quälenden Erscheinung zermürbt ist» (I, 80). Deutlicher kann man es nicht sagen: da Giacomo sich bedroht fühlt, stellt er sein Lebenslicht klein: dieser Abwehrabsentismus wird von den Insekten praktiziert: man nennt das bei ihnen ganz unzutreffend sich totstellen.

Woher kommt das? Warum wird das In-Ordnung-bringen hier von einer *empfundenen* Unordnung ersetzt? Will er nicht leiden? Natürlich nicht. Aber wer will das schon? Man muß jedoch in der Lage sein, nicht zu leiden. Wenn er dem Wutausbruch manchmal entgeht, jenem Nervenanfall, so ermöglicht ihm das sein objektives Unglück. Der einzige Vorteil von allzu voraussehbaren Schicksalsschlägen besteht darin, daß man sich durch einen Trick gegen sie wappnen kann. Der kleine Gustave verdankt dem Verhalten der Mutter seine Passivität, seine Geistesabwesenheiten, lähmende Müdigkeitsanfälle. Er wird sie ausbeuten: vom Goldenen Zeitalter an macht sein Denken Fluchtversuche; er wird sie benutzen: es werden beabsichtigte Absencen sein. Darunter ist jedoch nicht zu verstehen, daß er sie willentlich hervorbringt: der bewußte, entschlossene Wille könnte nicht auftreten, ohne daß das geduldig errichtete Gerüst zusammenbräche; und dann hat Gustave, der starrsinnigste der Schriftsteller, nicht die Mittel, etwas zu wollen, das heißt, sich bewußt auf ein Unternehmen einzulassen. Damit man sich unbemerkt aus dem Staube machen kann, bedarf es vielmehr einer *passiven Option* – das heißt, wir werden es später erklären, der passiven Wahl der Passivität: man überläßt sich den Seelenlöchern, den Nebeln, und wenn man ihnen rückhaltslos nachgegeben hat, indem man jede Verantwortung von sich wies, gelingt es einem schließlich, tastend seine eigenen Fatalitäten zu steuern. Den schlimmsten *erwarteten* Schmerzen setzt er von vornherein die schwammige Dichte seiner Abgestumpftheit entgegen: Achille hat Geburtstag? Ausgezeichnet: die Seele wird entlassen, sie wird morgen wiederkommen. Da sind die Freudenschreie, die Umarmungen, der würdige Nachfolger von Achille-Cléophas wird vor Gustaves Augen beglückwünscht, zum Leibeserben *honoris causa* erklärt: nichts regt sich bei dem Jüngeren; in der inneren Watte werden die Aggressionen stumpf, das Kreischen der gezerrten Nerven verwandelt sich in eine schwerfällige Wellenbewegung, verlangsamt durch die nicht-denkende Substanz, mit der sich sein Hirn angefüllt hat. Zwischen den Aggressionen monologisiert Gustave; wir haben gesehen, daß er *sich sagt*: ich werde meinen Rivalen töten. Das tun alle, die immer die anderen anklagen. Aber während man ihn angreift, schließt er den Laden: es ist niemand mehr da; in dem leeren Haus hört man Stimmen und Geräusche, aber sie kommen von außen; niemand kann sie in den leeren Zimmern reproduzieren oder verstehen. Später, wenn der Mieter wieder auftaucht, ist das Schlimmste bereits vorbei. Allerdings ist es der Körper, der alles abbekommen hat. Er ist erschöpft, er hat Fieber, er versinkt in einen ungesunden, von Alpträumen geschüttelten Schlaf. Der Abwehrabsentismus verstärkt die physische Rückbildung. Wird eine Aggression hundertmal wiederholt, so ruft sie Nervenverletzungen hervor. Der Stress – das ist hier die Symbiose aus Angriff und Abwehr – verschlimmert sie nur noch. Wir stoßen wieder auf die dialektische Dreiheit: Verinnerung des Leidens, Entschwinden der Seele, Abnutzung des Körpers, der seine eigene Rolle spielt und außerdem die der abwesenden Seele. Diese bezeichnet Flaubert durch jenen einzigen Begriff: das Altern. Alfred Le Poittevin will «leben, ohne zu leben»; Gustave Flaubert dagegen will *leiden, ohne zu leiden*: für ihn heißt das Altern.

Hat er alles gesagt? Nein. *Bibliomanie* zeigt uns klar, daß sich Flauberts Wort- und Begriffsapparat auf eine tiefe Intention bezog. Aber auf was? Was ist diese Intention? Die «tiefe Wunde», was ist sie? Wer ist Baptisto, jener immer siegreiche und so verachtete Rivale? Um den materiellen und konkreten Inhalt dieser etwas abstrakten Evidenzen herauszufinden, müssen wir unsere Nachforschungen fortsetzen und bis zu seinen noch offeneren oder noch naiveren ersten Werken zurückgehen. *La peste à Florence* datiert vom September 1836: Flaubert ist vierzehn Jahre und neun Monate alt. *Un parfum à sentir* datiert vom April 1836: vierzehn Jahre und vier Monate. *Un secret de Philippe le Prudent* soll nach der Ausgabe Charpentier ebenfalls im September 1836 entstanden sein. Aber in ebendieser Ausgabe steht diese Erzählung *vor Un parfum à sentir*. Ich bin vielmehr der Meinung, daß sie im Jahre 1835 geschrieben wurde: Gustaves Hauptthemen sind zwar schon da, aber noch keineswegs «herausgearbeitet», er erleidet sie, ohne sie im Griff zu haben, was uns übrigens erlauben wird, zwei Motive radikal zu unterscheiden, die Flauberts Reflexion später miteinander verbunden hat (vor allem in *La peste à Florence*). Ich werde also von dieser dritten Erzählung nach den beiden anderen sprechen. Man kennt allerdings die Regressionen, die einen Schriftsteller ständig bedrohen, die Fallen, die ihn in ihm selbst verwirren und ihm zeitweise die Evidenzen, von denen er sich leiten ließ, verbergen, die Anstrengung, die von uns allen verlangt wird, wenn wir lediglich unserem eigenen Denken intellektuell treu sein wollen: wenn *Philippe le Prudent* nach *Un parfum à sentir* käme, so läge hier eine vorübergehende Rückbildung Flauberts und seiner Problematik vor; bei allen, die sich selbst suchen, sind solche Rückbildungen so häufig, daß ich in den Unsicherheiten von *Philippe le Prudent* keinen absoluten Beweis für sein früheres Datum sehen kann. Aber das ist auch nicht wichtig.

La peste à Florence beginnt mit einer Prophezeiung. Die beiden Söhne Medici, Francesco, der ältere, und Garcia, der jüngere, sind zur Wahrsagerin gegangen. Diese, eine Greisin natürlich, «in ihrer Jugend eine große Dame», jetzt verfallen, mit «prächtigem weißem Haar» (I, 74), sagt zum ersten: «Du wirst deine Pläne bald gelingen sehen . . .», aber «du wirst durch den Verrat eines deiner Verwandten sterben», und zum zweiten: «Das Krebsgeschwür des Neides und des Hasses wird an deinem Herzen nagen . . . und im Blut deines Opfers wirst du die Sühne für die Demütigungen deines Lebens finden.» (I, 74) Diese Voraussage wird Punkt für Punkt eintreten. Wir wissen, daß sie für Flaubert an genau festgelegte Bestimmungen gebunden ist: die Familienstrukturen der Medici können in der individuellen Geschichte jedes Mitglieds nur in Form der Wiederholung erlebt werden. Das Erstgeburtsrecht zum Beispiel ist eine permanente Struktur, die auf die sozialen Institutionen zurückgeht; sie ist für Garcia, den Jüngeren, durch die tägliche Wiederkehr seiner Demütigungen offensichtlich. Aber diese Wiederholung hat ein Ziel: das individuelle Geschick geht von der Geburt bis zum Tod; die genaue Wiederkehr der schicksalhaften Konstellation nutzt die Kräfte ab, das bedeutet, daß die Krisen den gleichen Inhalt, aber nicht die gleiche Intensität haben; sogar ihr Sinn variiert je nach der zeitlichen Reihenfolge: jede beschleunigt das Ende des Prozesses, aber die ersten bereiten blindlings die schließliche Explosion vor – oder das Altwerden und den Verschleiß; während die folgenden uns den unumgänglichen Tod, dem sie uns näherbringen, in seiner Besonderheit sichtbar machen. Nirgends sonst – außer in der mit vierundfünfzig Jahren geschriebenen *Légende de saint Julien l'Hospitalier* – wird er uns in der Folge so deutlich die enge Verbindung des Lebens in der Familie mit der prophetischen Angst zeigen: die alte Wahrsagerin Beatricia ist nur ein romantisches Versatzstück; in Wirklichkeit begreift Garcia selbst die zeitlose Notwendigkeit der Struktur mittels ihrer eigenen Verzeitlichung. Er gibt es übrigens zu: zwei Tage später, als er Francesco ermordet, erinnert er ihn mit einer rachsüchtigen

Freude an das Orakel: «Geh! Die Voraussage ist richtig . . . Siehst du die Stellen auf meinem Kopf, wo mir die Haare fehlen? . . . Siehst du, wie meine Stimme gebrochen und geschwächt ist . . . Denn . . . ich habe die Nächte vor Wut und Verzweiflung geschrien.» (I, 77) Alles ist miteinander verbunden: Familie, Struktur, Geschichte, prophetische Gaben und Alter.

Garcia übertreibt: sicher hat er während dieser achtundvierzig Stunden entsetzlich gelitten; aber die Wahrsagerin hat nichts gesagt, was er nicht seit der Kindheit bereits wußte. Seit der Kindheit sieht der jüngere Medici seinen Bruder Francesco die Gunst des Vaters und die Ehrungen einheimsen: dem Älteren wird die Erbschaft zufallen, er ist der Leibeserbe; da er durch seine Geburt für die Nachfolge von Cosimo *bestimmt ist, macht er sich zum Schicksal* des beraubten jüngeren Bruders. Die Zukunft Garcias offenbart sich ihm täglich in den kleinen Demütigungen: das ist ihr Sinn, sie verwirklichen sie in der Gegenwart; eine soziale Institution, der ständige Grund seines Unglücks, verkörpert sich in Francesco, äußerst sich in den Liebesbekundungen des Vaters gegenüber dem zukünftigen Familienoberhaupt. So ist jede Prüfung neu – denn das Glück des schönen Francesco wird in ständig variierenden Umständen und dem langsamen Hinsteuern auf den letzten Erfolg deutlich: den Tod des Vaters und die Übertragung der Machtbefugnisse –, und jede Prüfung ist zugleich durch ihre Ursachen bekannt, voraussehbar und vorausgesehen, was nicht hindert, daß sie bis zum Ende durchlebt, in allen Einzelheiten erlitten werden muß. Armer Garcia: nicht ein Detail bleibt ihm erspart. Dramatiker streichen manchmal in ihren Werken überflüssige und langweilige Szenen, die alles nur noch einmal sagen. Aber der Schöpfer der Medici und der Welt kümmert sich nicht darum: im Gegenteil, er hat Gefallen an Wiederholungen, an Szenen, «die nichts bringen»: Francesco ist von vornherein der Gewinner, das ist bekannt, man verlangt Kürzungen; der Allmächtige versteift sich; die *Wiederholung* interessiert ihn: in jedem Augenblick muß der Ältere alles einstreichen; für Garcia wie für Giacomo sind Voraussehen und Erdulden ein und dasselbe; das Empfinden des Jüngeren, dem endlose Wiederholungen verheißen sind, erbittert sich darüber, daß es vorausgesagt worden und Voraussage ist.

Gustave ist nicht Gott; als Künstler *suggeriert* er jene langweiligen Wiederholungen, die Garcias Leben ausmachen, aber er bietet uns ein entscheidendes Ereignis, das alles Vorausgegangene zusammenfaßt, alles Folgende voraussagt: den Triumph des Erstgeburtsrechts. Francesco ist zum Kardinal ernannt worden: der Papst hat die Ernennung unterschrieben. Das Symbol ist klar, Gustave hat sich nicht die Mühe gemacht, es zu transponieren; er ersetzt lediglich den Namen Flaubert durch den Namen Medici; aber man wird sofort bemerken, daß er das Entscheidende übernommen hat. Zunächst denkt der alte Cosimo nicht

daran, seinem älteren Sohn bei dieser Gelegenheit bereits das Erbrecht zu übertragen: *er gibt ihm nichts von dem, was er besitzt.* Das kommt daher, daß Achille-Cléophas – Gustave weiß es genau – sein persönliches Vermögen unter die Erben zu gleichen Teilen aufteilen muß. Dagegen intrigiert das Oberhaupt der Medici beim Papst, um von ihm ein angesehenes Würdenamt für den Ältesten der Familie zu bekommen: genauso verfährt der Doktor Flaubert, wenn er sich dafür einsetzt, daß die Behörden Achille sein Amt übertragen, das ihm nicht gehört, weil es nicht erblich ist. So praktiziert der Chefarzt das Erstgeburtsrecht, und Gustave ist außer sich über diese sittsamen Intrigen und die Bevorzugung, die sich in ihnen ausdrückt. Er hat sich so wenig bemüht, seinen Groll zu verkleiden, daß er paradoxerweise Francesco eine religiöse Würde hat übertragen lassen und daß der Jüngere, Garcia, mit dem Leutnantsbrief ausgestattet, unscheinbar in der Armee dient, wo doch jeder weiß, daß im Ancien régime der Ältere den Degen nimmt und Soldat wird und der Jüngere oft Geistlicher wird. Der Grund dafür ist offensichtlich: Francesco, obwohl körperlich ertüchtigt, wird *Geistlicher*; das bedeutet, er gründet seine Würde auf das *Wissen* wie Achille, aus dem ein ungerechter Vater einen Fürsten der Wissenschaft machen will. Den schmächtigen Garcia macht Cosimo zum Soldaten, um sich seiner zu entledigen: ihm fällt die Gewalt, die Aktion und die Unwissenheit zu. Er soll sein ganzes Leben einen Beruf ausüben, den er verabscheut und für den er keineswegs geschaffen ist. Diesmal gibt Flaubert den Grund für sein Ressentiment offen an – oder vielmehr einen seiner beiden Gründe, weshalb er seinem Vater grollt: indem der Doktor Flaubert skrupellos ein längst nicht mehr geltendes Erstgeburtsrecht wiederaufleben läßt, will er seinen älteren Sohn privilegieren und ihm die beste Arztkarriere der ganzen Normandie zuschanzen; er fordert ihn auf, in seine Fußstapfen zu treten, seinen Ruhm zu teilen und sogar zu vergrößern, er bietet ihm reiche und vornehme Patienten, alle großen Namen von Rouen; er liebt ihn so sehr, diesen wunderbaren Sohn, daß er nur in ihm weiterleben will.
Zweifellos wurde die Novelle im Fieber geschrieben: sie ist vielleicht an die Stelle einer Erschütterung getreten, die Gustave für lange Zeit gebrochen hätte. Ich schließe daraus, daß ein besonderes Ereignis seinen Zorn erregt hat: wir werden niemals mehr etwas darüber erfahren. Denken wir lediglich daran, daß Achille dreiundzwanzig Jahre alt ist und kurz vor dem Abschluß seines Studiums steht. *La peste à Florence* datiert vom September 1836: Bestand der zukünftige Arzt irgendein Examen? Gab es bei dieser Gelegenheit im Juli, im August ein Familienfest? Alles, was man sagen kann, ist, daß Cosimo de' Medici zur Feier der Ernennung Francescos ein großes Fest veranstalten will. Florenz befindet sich in einem Freudentaumel; die Anwesenheit des jüngeren Bruders ist unentbehrlich. Das ist der Höhepunkt des Sadis-

mus; in *Bibliomanie* war das Opfer gezwungen, dem Triumph seines Peinigers beizuwohnen; in *La peste à Florence* muß er ihm außerdem noch Beifall spenden. Für Garcia ist dieser Schicksalsschlag vorausgesehen, unvermeidlich, nicht hinnehmbar. Im Grunde passiert jedoch nichts Neues; er hat andere Schicksalsschläge erlebt, aber es kommt vor, daß ein Symbol mehr Leid zufügt als das symbolisierte Objekt: in einer Nacht werden ganze Jahre zusammengefaßt, das Unsichtbare ist allgemein sichtbar, ein abstrakter Fluch nimmt Gestalt an und wird zum Tyrannen. Mit den tausend Lichtern des Festzuges und des Balls wird die Würde des Kardinals den Jüngeren blenden. «Wenn man auf den Straßen von Florenz den Wagen von Hochwürden über das Pflaster donnern sieht und dann irgendein Kind ... seine Mutter fragt: ‹Wer sind diese roten Männer hinter dem Kardinal?› – ‹Seine Diener.› – ‹Und jener andere in Schwarz, der auf dem Pferde hinterherreitet?› – ‹Sein Bruder› ... Hohn und Mitleid! Und wenn ich daran denke, daß ... man ihn mit Hochwürden anreden und vor seinen Füßen auf die Knie sinken muß!» (I, 75) Die Schlußfolgerung ist naheliegend: er ruft aus: «Ich werde an diesem Fest nicht teilnehmen!»

Er ist aber doch bei der Zeremonie anwesend: «Er betrachtete das alles mit finsterer und trauriger Miene ... wie der Sterbende die Sonne auf seinem Elendslager der Agonie betrachtet.» (I, 76) *Agonie*: das Wort, das Gustave mit sechzehn Jahren wieder aufnehmen wird, um es zum Titel seiner ersten Autobiographie zu machen. Und der Sterbende, der die Sonne auf seinem Elendslager betrachtet, wird sich, wie wir sehen werden, auf den letzten Seiten von *Novembre* wiederfinden. Glücklicherweise läßt das Unglück – wie auch bei Giacomo aus *Bibliomanie* – Garcia schlagartig altern, und diese Schwächung hindert ihn zunächst daran, seine Wut wirklich zu spüren. Dennoch sind die Leidenschaften zu stark. Sie entfesseln sich, er tobt:

«Der Anblick seines Bruders erzürnte ihn derart, daß er ... versucht war, mit den Fingernägeln die Frau zu zerkratzen, deren Kleid ihn im Vorbeigehen streifte.» (I, 76) Ebenso zerkratzt Djalioh aus *Quidquid volueris* mit seinen eisernen Nägeln Adèle, als er von Leidenschaft verzehrt wird; und Giacomo aus *Bibliomanie* kratzt sich, wie wir gesehen haben, die Brust auf. Handelt es sich hier um ein rein literarisches Motiv, oder flößten die Wutanfälle Flauberts ihm den femininen Wunsch ein, den Feind zu kratzen? Auf jeden Fall kennzeichnet dieser tollwütige Impuls – in all den zitierten Fällen – den Höhepunkt der Aggressivität und den Beginn ihres niederschmetternden Verfalls. Francesco bemerkt dieses Unbehagen, tritt heran und befragt seinen Bruder mit einer Herablassung, die den Unglücklichen zum Äußersten treibt. Wird Garcia seinen Degen ziehen? Wird er seinen Dolch dem Kardinal in den Leib bohren? Keineswegs: Francesco entfernt sich. Ein wenig später:

«Ein Mann war auf einer Bank ohnmächtig geworden; der erste Diener, der vorbeiging, nahm ihn in seine Arme und trug ihn aus dem Saal ... Es war Garcia.» (I, 76)

In *La peste à Florence* erfindet er nichts, das ist klar. Im Gegenteil, die Mode hätte verlangt, daß Garcia seinen Degen zieht. Aber nein: er ist zu feige, um gegen seinen Bruder den Degen zu ziehen. Feige? Also *muß er* ohnmächtig werden. Der Junge hat, ohne sich dieses schreienden Widerspruchs bewußt zu sein, für seine eigenen Schwächeanfälle eine Epoche der Gewalt- und Bluttaten gewählt; sein Held muß töten oder sterben, wird man sagen, und etwas später tötet er auch; Francesco wird durch die Hand seines Bruders umkommen. Wir werden unten sehen, was von diesem Mord zu halten ist.

Kehren wir im Augenblick zu diesem glühenden Haß zurück, der in einem Zusammenbruch endet. Garcia wird ohnmächtig; durch diese Ohnmacht empfiehlt er sich auf französisch. Fügen wir hinzu: eine erfüllte Wette: «Ich werde an diesem Fest nicht teilnehmen!» Oder aber – wer weiß – ein Urteilsspruch, den der Schuldige selbst vollstreckt. Auf jeden Fall ähnelt der jüngere Medici darin dem Helden von *Novembre*, der sich durch das Denken auslöscht – das heißt: ohne einen Finger zu rühren. Weniger glücklich und weniger systematisch gelingt ihm nur ein vorübergehendes Ableben. Aber was ist schließlich der Anfall von Pont-l'Evêque anderes? Auffallend ist hier, daß er schon so früh ein genaues Verständnis seiner emotionellen Konstanten gehabt hat. Im Mißgeschick forderte der Körper dieses Jungen ihn insgeheim auf, alles fahren zu lassen, sich der Schwerkraft hinzugeben, sich totzustellen. Die sich immer anbietende Auslöschung bleibt in jedem Augenblick seine unmittelbarste Versuchung, so wie sie später die des heiligen Antonius sein wird. Tatsächlich wird uns Garcias plumpes und brutales Verhalten Giacomos Verstörtheit besser verstehen lassen: dieser Mönch *fällt* das erste Mal in Ohnmacht, das zweite Mal, als er nach der Versteigerung wie betäubt umherirrt, *verliert er im Stehen das Bewußtsein.* Betrachtet man *Bibliomanie* von *La peste à Florence* her, so wird einem deutlich, daß zwischen Ohnmacht, Geistesabwesenheit und Ekstase jeweils nur ein Schritt liegt. Benommenheit, Schleier vor den Augen, Apathie: ebenso viele rekapitulierte Tode. Man braucht nämlich nicht bis zum Ende zu gehen: wenn man spürt, daß man den Boden unter den Füßen verliert oder gleich auf die Nase fallen wird, können Bremsvorrichtungen in Funktion treten, die den Sturz aufhalten. Das wichtige bei jeder Wiederkehr des Unglücks ist, daß ein Sichfallenlassen immer möglich bleibt: hier geht es nicht um das Bewußtsein – Gustave läßt uns mehrfach in *kategorischen* Texten seiner Korrespondenz wissen, daß er es niemals verlor; es geht um den *Präsenzgrad in der Welt.* Als Opfer und Manipulierer dunkler Kräfte weicht der Junge taumelnd zurück, wenn Gefahr droht. Aber da er bei Sinnen bleibt und sich darauf beschränkt, sich von der Realität zu «distanzieren», in welchem Bereich des Seins könnte sich dieses durchaus reale Kind bewegen, sich entfernen, sich der Welt wieder nähern, Abstand nehmen? Ich antworte unumwunden: im Bereich des Nicht-seins. Wir werden bald erfahren, daß Gustave nur zur Hälfte real ist; wir werden die Phasen der Abwehrbewegung im Detail untersuchen, die ich hier, mangels einer Definition, seinen Irrealisierungsprozeß nenne. Aber wir werden nur weiterkommen, wenn wir zunächst auf *Un parfum à sentir* zurückgehen und uns dann erneut *La peste à Florence* vornehmen, um die bisher dunkel gebliebenen Episoden aufzuklären.

Springen wir zunächst zum Ende der Erzählung. Erschreckend häßlich, krank, verlassen, etwas verrückt, ist Marguerite auf der letzten Stufe der Verzweiflung und der Verkommenheit angelangt. Obendrein verfolgt sie der Pöbel – die «häßliche Menge» von Charles Baudelaire – mit seinem Haß und seinen Beschimpfungen. Unter solchen Umständen ist es nicht erstaunlich, wenn man sich töten will. Überraschend ist, daß ihr die Idee des Selbstmords *schlagartig* kommt, wie ein Genieblitz, und daß es für sie weniger eine zu treffende Entscheidung als die Entdeckung eines Geheimnisses ist.

«‹Die Verrückte! Die Verrückte!› schrie das Volk und rannte hinter Marguerite her.

Sie blieb stehen und schlug sich an die Stirn.

‹Der Tod!› sagte sie lachend.

Und sie steuerte mit großen Schritten auf die Seine zu.» (I, 66)

Von wem spricht Gustave? Von Archimedes? Heureka! Sie schlägt sich an die Stirn und lacht: sie wird ins Wasser gehen, natürlich, aber der Text ist ganz klar: das geschieht nicht infolge eines willentlichen *fiat*; der Selbstmord erscheint als eine Konsequenz, die sich von selbst aus ihrer Entdeckung gezogen hat. Sie hat nämlich das groteske Geheimnis ihres Lebens entschlüsselt: diese Menge – die ungefähr den antiken Chor darstellt und, noch radikaler, die «Welt» in allen Bedeutungen des Wortes – stößt sie unbarmherzig zurück. Es handelt sich hier weder um Ausschluß noch um Quarantäne oder gar Exil: sie erregt einfach dadurch Unwillen, daß sie lebt; sie ist von Geburt an zum Tode verurteilt, einzig und allein weil ihre Häßlichkeit unerträglich ist. Das ist ihre Erleuchtung: insofern diese Häßlichkeit eins ist mit der allgemeinen Ablehnung, die sie hervorruft, ist sie ihr Wesen. Oder, wenn man so will, ihr *anderes Wesen*, insofern es sich auf das bezieht, was sie für die Anderen und durch sie ist; gleichviel: was ist außerdem noch in ihr? Nichts, was nicht die Verinnerung ihrer körperlichen Makel und der Reaktionen der Anderen darauf wäre. Nichts, außer einem vagen Hauch, einem *parfum à sentir*, von dem wir nicht viel erfahren werden, weil er sich in der Natur verliert, ohne daß es jemandem einfällt, ihn einzuatmen. Ihr Wesen dagegen ist genau als ein Verbot definierbar: sie

ist die Frau, die die radikale Verneinung ihres Seins in sich trägt, die mit dem Verbot zu leben geschlagen ist. Sie wird dieses Wesen durch den Selbstmord annehmen und sich verwirklichen, indem sie sich auslöscht. Verurteilt Flaubert die Menge, weil sie sich lediglich an den Schein hält und jenes *parfum à sentir*, das Marguerites Seele ist, übersieht? Nein. In dem einzigen Satz, in dem er diesen ungreifbaren Duft erwähnt, stellt er ihn *auf dieselbe Ebene* wie die «sichtbare» Schönheit ihrer unempfindlichen und käuflichen Rivalin Isabellada. Kurz davor hat übrigens jemand aus Sadismus die Unglückliche gequält. Er hat sie in eine Fensternische gedrängt: «Jetzt konnte sie ihm nicht mehr ausweichen, er konnte ihr all jene Schmähungen ins Gesicht spucken, er konnte ihr bis zum Ende alle Qualen erzählen, die sie erlitten hatte, ihr sagen, wie häßlich sie war, ihr den ganzen Unterschied zwischen ihr und der (schönen) Tänzerin (ihrer Rivalin) zeigen . . .
‹Oh, Isambart, was habe ich dir getan?›
‹Nichts, aber du mißfällst mir . . . Warum heulst du immer, hast du eine so finstere Miene, einen so unangenehmen Gang, eine Figur, die mich einfach anwidert? . . . Oh, nein, du bist zu häßlich!› . . .» (I, 63)
Dieser Mensch ist zweifellos sehr schlecht: aber mit einundzwanzig Jahren wird Gustave Isambarts bösartige Aversion gegen die Häßlichkeit bewußt teilen. Lesen wir zum Beispiel einmal folgende Passage aus *Novembre*:
«Fasziniert von allem Schönen, verabscheute er die Häßlichkeit wie ein Verbrechen; das ist tatsächlich etwas Grauenvolles, ein häßliches Wesen, von weitem erregt es Schrecken, von nahem Ekel; wenn es spricht, leidet man; wenn es weint, fallen einem seine Tränen auf die Nerven . . . und wenn es schweigt, scheint einem sein unbewegliches Gesicht der Sitz aller Laster und aller niederen Instinkte.» Und Gustave fügt hinzu: «So verzieh er niemals einem Menschen, der ihm von Anfang an mißfallen hatte.» (I, 273) Häßlichkeit ist das erstarrte Symbol des Verbrechens. Das wird er 1842 ausdrücklich erklären; aber schon 1836 ist er davon derart überzeugt, daß er dem armen Garcia großzügig die schwärzeste Seele, das schrecklichste Unglück und die abstoßendsten Züge verleiht. Man braucht nur in den *Mémoires d'un fou* und in *Novembre* zu blättern, und man merkt, daß dieser bange und leicht sadistische Ekel einer seiner konstantesten Züge ist. Mit mehr als fünfzig Jahren schreibt er an Carvalho: «Ich verließ das Theater in dem Zustand eines Herrn, der eine ganze Tracht Stockschläge auf den Kopf bekommen hat. Das war noch nicht alles! Unten an der Tür hielt mich der Kostümbildner auf, und es schüttelte mich vor der Häßlichkeit dieses Menschen. Denn das Vaudeville muß mich alle Gefühle empfinden lassen, einschließlich des Grauens!
Da dieses Grauen mich hat erstarren lassen (Himmelsakrament, wie häßlich er ist! Was für Zähne!), bin ich mit einem ganz neuen Gesicht

und einem ganz neuen Charakter bei der Censure angekommen ... Der Schatten Flaubert hat ... aus Überdruß, Ekel, Ermattung und um endlich Ruhe zu haben, alles konzediert.» (Januar 1874)
Weist er eigentlich Isambarts Sadismus zurück? Keineswegs; er beschreibt ihn ohne Nachsicht, aber auch ohne Zorn, und ich habe den Eindruck, daß Gustaves Gefühle gegenüber dieser Figur ambivalent sind: das versteht sich von selbst, weil sie ja zugleich die Verfolgung des Autors durch die Anderen und das haßerfüllte Grauen darstellt, das die Häßlichkeit in ihm erregt. Was den schändlichen Pöbel angeht, so wirft er ihm nicht vor, daß er haßt, was häßlich ist, sondern eher, daß er den Haß, wie alle Gefühle, entwürdigt. Der schlimmste Sadist ist übrigens Gustave selbst, der diese Novelle nur schreibt, um sein Geschöpf mit unerträglichen Martern zu quälen, und der Isambart nur erfunden hat, um durch seinen Mund sich direkt an Marguerite wenden und ihr sagen zu können, welchen Widerwillen sie ihm einflößt. Ob sich der junge Autor nun dessen bewußt ist oder nicht, jedenfalls nimmt er seinerseits die Rolle ein, die er dem Ewigen Vater und dem *pater familias* zuschreibt: er hat absichtlich eine häßliche Kreatur geschaffen und leistet sich nun den Luxus, sie wegen der Makel zu verfluchen, mit denen er sie ausgestattet hat. Das gibt der Erzählung ihre ganze Mehrdeutigkeit. Denn gleichzeitig soll die Unglückliche ja ihren Autor verkörpern. Das wird einen überraschen, wenn man daran denkt, daß Gustave schön war, daß man es ihm sagte und daß er es wußte. Und dennoch wütet dieser entzückende blonde Bengel gegen ein häßliches Wesen: alles Unglück von Marguerite – daß der Mann, den sie liebt, sie betrügt, schlägt, fortjagt, daß sie verhöhnt, beinah von einem Löwen zerrissen, vom Volk gehaßt wird und nur durch den Selbstmord dem Gelyncht-werden entgeht – rührt von ihrer trostlosen Figur her. Der Autor hat sich in sie hineinversetzt, aber sie ähnelt ihm so wenig, daß er leicht vom Masochismus zum Sadismus übergehen kann. Als wenn er ihr sagte: «So häßlich kann man einfach nicht sein: du bist es sicher absichtlich.» Das trifft zu, aber den Grund dafür sehe ich in einem Geniestreich des Jungen: er will sicher sein, daß er mit sich selbst unbarmherzig ist, er will den Abscheu der ganzen Welt ihm gegenüber in sich selbst wiederfinden, er will ihn verstehen und teilen, er will ihn zur Quelle des Unglücks machen, das er Marguerite antut, er will sich vor der geringsten Sympathieregung gegenüber seiner Heldin, das heißt gegenüber sich selbst, schützen, und dazu hat er dieses Mittel erfunden: seine Anomalie in Form des Lasters in sie hineinprojizieren – denn für ihn ist es ein Laster –, das er am meisten verabscheut; so wird er vergessen können, daß sein Opfer nichts anderes ist als er selbst, und so wird er sich selbst behandeln können, wie es die anderen tun, das heißt als einen *Prügelknaben.* Daß Marguerite ihn darstellt, wird man nicht mehr bezweifeln können, wenn man sich folgendes vor Augen führt: Erstens,

daß die Paare von *Quidquid volueris* und *Rêve d'enfer* in dieser Novelle ebenso anwesend sind wie in *La peste à Florence* und andeutungsweise auch in *Bibliomanie*, wo Baptisto nur dazu da ist, die allen diesen Erzählungen eigentümliche innere Spannung aufrechtzuerhalten (ein Raum, der durch den Gegensatz von zwei Personen, dem Frustrierer und dem Frustrierten, strukturiert ist). Zweitens, daß sich hier zwei Frauen um denselben Mann streiten, von denen die eine, was den Sex-Appeal betrifft, schlecht weggekommen, eine Seele besitzt, das heißt eine unendliche Leidensfähigkeit, wodurch sie Satan, Djalioh, Mazza und Emma Bovary ähnelt, all jenen Verwandlungen Flauberts, während die andere, schön wie der Tag, aber kalt, eigennützig, herzlos, zur Familie der Roboter, der Arthur, Paul und Ernest, gehört. Drittens, daß der Mann mühelos vom *Vamp* erobert wird – der ihn im übrigen schnell wieder fallenläßt – und daß die arme Marguerite, die *legitime Frau* des Treulosen, durch eine Usurpatorin einer Liebe beraubt wird, *die ihr rechtmäßig zukam*. Viertens, daß das Leiden des häßlichen Wesens von einem merkwürdigen Stolz begleitet ist und – Gustave sagt es ausdrücklich – von Bosheit. Dennoch läßt sich nicht leugnen, daß in *Un parfum à sentir* er *gegen sich selbst Widerwillen erregen* wollte. Das Thema ist zwar von einem Gemeinplatz der Romantik inspiriert; die Autoren jener Zeit gefallen sich darin, erhabene Seelen in abstoßende Körper zu werfen. Aber Gustave behandelt dieses Thema auf seine Weise, das heißt *unbarmherzig*; außerdem ist Marguerites Seele keineswegs erhaben, es sei denn durch ihre Leidensfähigkeit; ihre Liebe wird uns immer unter ihrem negativen Aspekt vorgeführt, über ihre Größe wird immer nach der ihrer Verzweiflung geurteilt, die die arme Verlassene heimsucht. Vor allem aber spielt sich das Drama zugleich auf zwei Ebenen ab: auf der oberen Ebene bietet es Gustave Gelegenheit, die Vorstellung vom *Fatum* einzuführen, die er, wie ich mir vorstellen kann, vor kurzem in ihrer philosophischen Form erworben hat, die aber dem kleinen Jungen seit langem als der *Sinn* des Erlebten erschienen ist. Auf der unter der ersten versteckten zweiten Ebene wird eine Rechnung beglichen. Marguerites Häßlichkeit macht es möglich, die Geschichte auf den beiden Ebenen zugleich zu erzählen. Das werden wir noch besser verstehen, wenn wir einmal den Makel genauer untersuchen, mit dem sich der schöne Junge auf dem Papier geschlagen hat. Wenn nämlich die Häßlichkeit den Aussatz darstellt, von dem er sich befallen glaubt, den die Anderen in ihm verabscheuen und den er mit ihnen verabscheut, wobei er diese gleichzeitig selbst verabscheut, so werden uns die Hauptmerkmale des Symbols über das symbolisierte Objekt Aufschluß geben.

Es handelt sich in erster Linie um eine empfangene und konstitutionelle Bestimmung. Darunter müssen wir verstehen, daß Gustave sich zunächst schuldig bekennt, aber nur deshalb, um sich gleich danach von aller Schuld freizusprechen: er ist mit einer geistigen Behinderung geboren wie Marguerite mit einer körperlichen Mißbildung. Sofort fragt er: «Wer ist schuld daran?», und er antwortet wie Charles Bovary: «Es ist die Schuld der Fatalität!» (I, 692) Marguerite ist häßlich: das ist nicht ihr Fehler. Und wenn der arme Isambart etwas sadistisch angehaucht ist, so ist auch das nicht sein Fehler. Wird der Pöbel verurteilt? Aber nein: die Menschen sind so veranlagt, daß sie Häßlichkeit und Elend hassen. Kurz, alle Welt wird freigesprochen. Diese Nachsicht bei einem unglücklichen und nachtragenden Kind ist ein wenig verdächtig. Sie wird jedoch deutlich ausgesprochen, und Gustave glaubt daran. Er wird sein ganzes Leben lang daran glauben. Aber man beachte, daß diese Urteilsenthaltungen nicht im mechanistischen Determinismus begründet sind – den sein Vater ihn zu lehren versucht –, sondern im Glauben an das antike Fatum: Flaubert läßt daran keinen Zweifel aufkommen, weil er dem Schicksal auf den ersten Zeilen der Novelle seinen griechischen Namen *ananke* gibt. Nun ist das *Fatum*, wie er es sich vorstellt, das genaue Gegenteil des Determinismus. Nach den Grundsätzen des Doktor Flaubert versteht es sich von selbst, daß wir alle Welt freisprechen müßten; und von seinem Gesichtspunkt aus hätten wir auch recht: die Welt ist ein Wirbel von Atomen, die sich nach unbeugsamen Gesetzen hin und her bewegen, vereinigen und trennen; niemand hat ihn geschaffen, niemand steuert ihn. Marguerites Häßlichkeit, das ganz zufällige Resultat eines Zusammentreffens von Kausalreihen, ist nur ein Faktum – das ihr selbst übrigens äußerlich ist, weil alles in ihr, auch «sie selbst», Äußerlichkeit ist. Isabelladas Schönheit und Käuflichkeit sind ebenfalls Fakten; man kann nichts dazu sagen, außer daß es so ist. Es gibt weder gut noch böse. Höchstens falsch und richtig. Das Wissen erlaubt praktische Anwendungen, die es den Menschen ermöglichen, ihr Leben teilweise zu steuern, weil es sie lehrt, diese oder jene Ursache zu reproduzieren, um diese oder jene Wirkung zu erzielen.

Für Gustave ist das *Fatum* die Notwendigkeit, daß ein Leben bis zu einem im voraus bestimmten Tod, der es zur festgesetzten Stunde und am festgesetzten Ort erwartet, durchlebt wird und sich in einer langweiligen Episodenfolge abspielt, deren detaillierter Plan vor der Geburt festgelegt worden ist. In gewisser Weise würde sein Vater dem nicht widersprechen, da er wie Laplace glaubt, daß eine übermenschliche Intelligenz, die die Gesetze des Universums und den gegenwärtigen Zustand ihrer Partikel kennt, die Reihenfolge der späteren Zustände bis zum Ende der Welt voraussehen könnte. Aber das wäre ein Mißverständnis: für den Chefarzt kann man eine Situation verändern, indem man auf die sie bestimmenden Faktoren einwirkt; für Gustave gilt das nicht: noch die überlegtesten und kalkuliertesten Aktionen, die man unternimmt, um das Schicksal zu verändern, können nichts anderes bewirken, als zu verwirklichen, «was geschrieben stand». Damit verweisen unsere unheilbaren Leben alle auf fremde Absichten, und die Äußerlichkeit des Determinismus wird bei jedem durch die Innerlichkeit eines *unfreien Willens* ersetzt, der trotz seiner selbst daran arbeitet, die *andere Intention*, die über sein Schicksal entschieden hat, zu verwirklichen. Man sieht sofort die Idee der Schuld wieder auftauchen. Alle sind unschuldig? Und wenn wir alle schuldig wären, angefangen bei jenen Anderen, die uns manipuliert haben, noch bevor wir empfangen wurden?

Wir werden auf die Frage zurückkommen. Im Augenblick müssen wir Marguerite verstehen. Indem Gustave auf das *Fatum* zurückgreift, nachdem er sie für unschuldig erklärt hat, macht er sie nun für ihre Häßlichkeit verantwortlich. Er sagt es zwar nicht, aber man kann auf jeder Zeile lesen, daß die Häßlichkeit eine *Kränkung* ist. Wäre er ein Mechanist, würde er die Einwirkung jener anatomisch-physiologischen Strukturen auf die Verhaltensweisen dieser psychisch wie physisch völlig konditionierten Tiere, der Menschen, leidenschaftslos registrieren. Davon ist er jedoch weit entfernt, weil er als *erster* davon überzeugt ist, daß körperliche Mißbildung vom bösen Willen herrührt. Dieser junge Ästhet hält sie für *unverzeihlich*; er glaubt, irgendeine bösartige Absicht in ihr zu erkennen; man ist häßlich, *um zu mißfallen*: das ist ungefähr die Sprache Isambarts gegenüber Marguerite. Gustave findet darin übrigens so etwas wie eine «Volksmeinung» wieder: spricht man nicht von aggressiver Häßlichkeit? Er weiß es außerdem und greift für das Fällen des Urteilspruchs auf das Volk zurück, dessen Zorn Marguerite *hervorruft*: Isambart, Gustave und die Menge verurteilen Marguerite zum Tode *wegen sträflicher Häßlichkeit*. Eine merkwürdige Auffassung: auf der einen Seite macht sie aus der Häßlichkeit eine empfangene Bestimmung, deren Gesetz die Äußerlichkeit ist und die sich als passives Resultat der Erbanlage, intrauteriner Zwischenfälle usw. durch Passivität erhält – und auf der anderen Seite, archaischer und tiefer, macht sie den, der mit Häßlichkeit geschlagen ist, dafür verantwortlich. In gewisser Weise gibt jedoch diese doppelte und widersprüchliche Bestimmung unsere spontane Reaktion ganz gut wieder: bei einem Menschen ist alles der ganze Mensch, ein Gesicht zum Beispiel ist gleichzeitig gegeben und erlebt: es ist eine träge Masse, die von Kommunikationsakten aufgewühlt, ständig durchfurcht, bewegt, aufgelöst wird von Gesichtsausdrücken, die diese Trägheit benutzen und sich durch sie zu erkennen geben, indem sie Gesichtszüge bilden. Keinen Augenblick lang existiert das menschliche Gesicht in der Einsamkeit des Seins: es wird erlebt, verstanden, es ist eine *Physiognomie*; selbst die Ruhe – die Ruhe in den leeren Augen der griechischen Statuen – ist absichtlich; sie bezeichnet die Anpassung des Inneren an das Äußere und, paradoxerweise, die totale Mobilisierung des Körpers.

Damit wird das Ausdrucksmaterial selbst expressiv. In doppelter Weise; eine rote Nase bedingt ein Lächeln – bis zu einem gewissen Punkt: die Schönheit des Lächelns kann die Rötung der Nase vergessen lassen –, und vor allem wird die Physiognomie – im Schlaf wie im Wachzustand – zu einer ständigen Miene. Von Bedeutungen durchpflügt gibt dieses Fleisch ihnen allen seine Besonderheit, seine unreduzierbare Materialität; damit hat es an der allgemeinen Intentionalität teil und erscheint in seiner Struktur selbst als die Äußerung einer tiefen Absicht. Die Physiognomie, eine die Form bestimmende Materie, ein inneres Lächeln, das unter dem Lächeln der Oberfläche sichtbar wird, könnte man die Trägheit des Seins nennen, die sich als Wahl manifestiert. Dieser Eindruck ist nicht ganz falsch, insofern man sagen kann, daß jeder mit vierzig Jahren für sein Gesicht verantwortlich ist. Und außerdem ist wahr, daß das Gefühl, daß man häßlich ist, auch häßlich macht. Für uns jedoch ist wichtig, daß ein Gesicht, eine gefesselte Freiheit, eine überschrittene Materialität, jene spontane Vermischung von Ästhetik und Moral scheinbar rechtfertigt. Wer schön ist, beruhigt; wer häßlich ist, scheint damit die Schwärze einer Seele zu offenbaren; schlimmer noch, er scheint Unglück zu prophezeien: fast überall sagt man denjenigen, die einen bösen Blick haben, zwei oder drei dieser Merkmale nach; sie sind unglücklich, fremdartig (anders als die anderen oder fremd) und häßlich. Die Häßlichkeit ist zwar nicht notwendig, aber wenn sie da ist, sind auch die beiden anderen Merkmale da: eine wirklich häßliche Frau erregt Erstaunen, paßt überhaupt nicht in die «qualunquistische»[56] Flachheit der anderen Menschen hinein, und keiner zweifelt daran, daß sie unglücklich ist. Auf dieser Ebene muß man den unfreien Willen ansiedeln: eine häßliche Frau ist nicht ansteckend wie Cholera- oder Pestkranke; diese können nämlich nur ihre eigene Krankheit übertragen, und man kann die Ansteckung sehr wohl rational als *Äußerlichkeit* oder vom deterministischen und mechanistischen Gesichtspunkt aus betrachten. Aber wer einen bösen Blick hat, überträgt nicht *seine eigene* Krankheit: so glaubt ein Neapolitaner, wenn er eine häßliche Frau trifft, daß seine Frau sterben oder daß er sich selbst gleich ein Bein brechen wird. Insofern entdeckt er in der *Jettatrice* eine anonyme Bosheit, die sich ihre Opfer auswählt und sich für jedes eine besondere Katastrophe ausdenkt. Diese spirituelle Macht hat zwar nicht die *Jettatrice*, die sich meist des Übels, das sie anrichtet, nicht einmal bewußt ist: dennoch äußert sich eine böse Macht *durch sie* vermittels des Unglücks, mit dem sie geschlagen wurde, das sie hat verinnern, täglich durchleben müssen und das sie im Grunde allein dadurch erhält, daß sie existiert und darüber verzweifelt ist. Hier geschieht die Ansteckung nach der

56 Nach der italienischen Mittelstandsbewegung *L'Uomo qualunque* (Jedermann). *Anm. d. Übers.*

volkstümlichen Meinung: das böse Prinzip, von dem die Unglückliche eigens geschaffen wurde, um zu leiden und zugleich zu schaden, übersteigt sie zwar unendlich. Aber allein weil es sich in ihr fortsetzt als der ausreichende Grund ihres Lebens und sie es sich als die Substanz des Erlebten selbst aneignet, indem sie wahrnimmt, empfindet und entscheidet als die wissentlich unheilbar häßliche Frau, die vom Bösen in ihrem Sein geschlagen wurde, insofern diese Häßlichkeit nicht eine Trägheit ist, sondern sie sie überschreiten und folglich in jeder ihrer Entscheidungen übernehmen muß (zum Beispiel insofern ihre unmäßige Vorliebe für Süßigkeiten eine Ersatzbefriedigung ihres sexuellen Verlangens ist, das ihr Körper – das weiß sie genau – ihr zu stillen verbietet, insofern auch – mehr als die Spiegel – der Blick der anderen und deren Verhaltensweisen ihr in jedem Augenblick den Makel wieder offenbaren, den sie vergessen möchte, und jene offenbarte Häßlichkeit folglich die Grundlage der antagonistischen Beziehung zu den anderen ist), kann man sagen, daß sie das Böse, mit dem sie geschlagen wurde, *existiert*, daß sie es als das permanente Prinzip, das ihre Wahrnehmungen, Gefühle und Verhaltensweisen leitet, verinnert hat, kurz, daß sie es sich wieder aneignet und die Verantwortung für es übernimmt. Der freie Wille? Nein, denn sie kann nicht bewirken, daß es da ist und alle ihre Verhaltensweisen motiviert. Aber ganz gewiß der *unfreie Wille*: denn solange sie sich nicht tötet, ist sie die Komplizin der bösartigen Entscheidung, durch die sie hervorgebracht wurde; besser noch, sie *ist* diese Entscheidung selbst, die sich in der Freiheit ihres Geschöpfes fortsetzt, aber als Schicksal in ihr bleibt, um sie gegen ihren eigenen Willen immer zum Schlimmsten zu treiben: zu dem, was ihr am meisten weh tut, was den anderen am meisten schadet. Die in irgendeinem Augenblick getroffene Entscheidung kann ihr an der Oberfläche als unschuldig erscheinen und ohne Beziehung zu dem Leiden, das sie quält. Aber das Böse ist in ihr, weil es ihre Totalität und ihr Schicksal ist, es lenkt das gewählte Verhalten auf es selbst, das heißt *in jedem Fall* auf das Schlimmste um: auch daran ist die Unglückliche schuld, weil sie, selbst wenn sie es nicht zu wissen vorgibt, sich dessen zutiefst bewußt ist.

Ich habe hier natürlich keine wirkliche Phänomenologie der Häßlichkeit zu entwerfen versucht: ich habe lediglich mit Gründen, die ich nicht objektiv, sondern intersubjektiv nennen will, die Reaktion erklären wollen, die Häßlichkeit bei sehr vielen Menschen hervorruft. Auch Gustave zählt in seiner Adoleszenz zu ihnen. Wir kennen ihn als abergläubisch und orakelnd: wenn er in *Madame Bovary* nicht mit Warnzeichen spart, so geschieht das nicht in der kindischen Absicht, den Roman dadurch zu überspitzen, daß man von Anfang an das Ende ahnen läßt, sondern weil ihm sein eigenes Leben von Warnzeichen voll zu sein schien – die im allgemeinen das Schlimmste ahnen ließen.

Häßlichkeit war eines von ihnen. Für ein passives und trübseliges Kind, das davon überzeugt ist, durch ein unausweichliches Schicksal dem schrecklichsten Ende entgegengetrieben zu werden, war die Begegnung mit einer körperlichen Mißbildung ein echtes Trauma: man bedenke, daß man in Perioden am Rande psychischer Depression nicht die Kraft hat, das Auftauchen eines häßlichen Gesichts, eines trübseligen und zwanghaften Ausdrucks zu ertragen und darüber hinwegzugehen: es prägt sich dem Geist ein und bleibt unvergeßlich, es ist das prophetische Bild unseres Übels. Gustave ist zwar in seiner frühen Adoleszenz nicht am Rande der Depression, aber er weist einige Zeichen davon auf: Wörter und Dinge graben sich unverdaut in ihn ein, verwandeln sich durch seine eigene Trägheit in inerte Bedrohungen. Aus diesem Grunde trifft es zu, daß Häßlichkeit ihn kränkt und erschreckt: sie ist sein unerbittliches Schicksal, zusammengeballt in einem Gesicht, das sich seiner Intuition *vollständig* darbietet. Je passiver wir nämlich sind, je mehr der Schlüssel zur Welt, die *Praxis*, jener erbitterte Kampf mit dem Schicksal, uns aus den Händen gleitet, je mehr wir die Häßlichkeit der anderen *erleiden*, desto mehr erscheint sie uns als unüberwindlich, und zwar bei uns als unerträgliche Bestimmung des Erlebten und bei dem Anderen, den wir uns nach unserem Bilde denken, als schmerzlicher und verantwortlicher inerter Träger eines entsetzlichen Schicksals[57], und desto mehr wird sie zur unerträglichen Wahrheit dieser Welt. So ist Gustave, so wird er immer bleiben. Für ihn ist Marguerite *schuldig*: dieses Opfer hat ihren unfreien Willen, das heißt, daß das Schicksal, eine Determiniertheit gegen den Strich, in ihr wie in Gustave die *Freiheit für das Unglück* ist. Sie hat zwar die Wahl der Mittel, aber diese werden, was sie auch unternimmt, letztlich den vorgeschriebenen Zweck verwirklichen, der nur eine Verschlimmerung ihres Unglücks sein kann: sie weiß es dunkel, und das ist ihr großer Fehler: wenn sie irgend etwas unternimmt, weiß sie, daß sie nur die objektive Katastrophe beschleunigt, die höheren Orts beschlossen worden ist. Mit anderen Worten, das Sein ist zwar eine Wahl; aber es ist in jedem von uns die Wahl des Anderen. Es gibt also *zwei* Schuldige: ich, der ich diese schlechte und transzendente Wahl durch meine besonderen Optionen annehme und verwirkliche; der Andere, der sadistische Schöpfer, der mich für das Verbrechen und das Unglück geschaffen hat. Genau darauf wollte Gustave hinaus: dieser Büßer-Richter klagt sich an, um den Anderen um so besser verurteilen zu können. Gut, er ist nicht liebenswürdig, er ist bösartig, er verwirklicht mit jedem Herzschlag

57 Die Häßlichkeit eines praktisch und in einem kollektiven Unternehmen engagierten Handelnden spielt bei seinen Motivierungen kaum eine Rolle – oder gar nicht. Auch seine Kameraden bemerken sie nicht – oder vergessen sie. Die *Praxis* hat eben andere Kriterien.

jenes radikale Übel: die Identität von Verbrechen und Unglück, die Unterordnung eines verantwortlichen und bewußten Selbst unter ein vom Anderen in ihm hervorgebrachtes *alter ego*. Marguerite, auf doppelte Weise böse, ein Bild des Autors, ist dazu verurteilt, frei zu sein – frei für das Böse –, das heißt jene inerte Determination, die Häßlichkeit, zu verinnern –, was sowohl das äußere Übel provoziert (Feindlichkeit, Sadismus, Skandal, Lynchjustiz) als auch durch Reaktion das innere Übel (Leiden, Schande, Neid, Bosheit); zwischen beiden entsteht eine dialektische Beziehung, die nicht einmal mit Marguerites Tod aufhört (ihre Leiche endet auf einem Seziertisch). Aber der *Andere*? Der Gustave geschaffen hat? Den Gustave imitiert hat – sicher um ihn besser zu verstehen –, als er Marguerite schuf? Ist er nicht unter dem Namen *ananke* der erste Verbrecher? Wir stoßen hier wieder auf die Prädestination. Aber diesmal ist der Jüngere viel expliziter. Denken wir an jenes *Heureka*, dem sofort ein endgültiger Kopfsprung folgt. Marguerite hat begriffen, daß sie vom Tribunal ihrer Artgenossen *abgelehnt* wurde und daß dieser strenge Urteilsspruch nur einen ontologischen Fehler aufdeckte, der ihr vom ersten Tage an das Recht zu leben nahm. Das gilt auch für Gustave, der schuldig geboren wurde, das heißt als ein minderwertiger Flaubert – was ein berühmter Wissenschaftler, der gerade stolz auf den Ältesten ist, nicht zulassen kann –, es ist ein Seinsmangel, ein Mangel im Sein. Dieses Nicht-sein hat jedoch einen ontologischen Status, und sei es als Hohlraum: es *ist*. Das heißt: Trägheit, äußere Bedingtheit, aber auch Dauer. Dieses hohle Nichts muß das Kind natürlich in Form der Erbsünde verinnern. Aber dieser Riß ist nicht von selbst in der Fülle des Wirklichen entstanden: er ist hineingebracht worden. Wer hat das getan, wenn nicht der Gott, der Satan und Marguerite schuf, der Vater, der Achille nach seinem Bilde und Gustave nach dem Bilde eines Pithekanthropus oder eines von jedem gehänselten und zurückgestoßenen häßlichen Menschen schuf. Die Urtat wird beschrieben: es ist eine *beabsichtigte* Mißbildung (würde er sonst von *Fatum* sprechen), die eine Kreatur hervorbringt, um sie mit Nichtigkeit zu schlagen. Da die Nichtigkeit der tatsächliche Zweck des schöpferischen Plans war, ist die daraus resultierende Leere, ein Parasit des Seins, in sich selbst ein ontologischer Skandal als *Nicht-sein, das ist*; der Skandal wird erst aufhören, wenn dieses anmaßende Nichts sich seiner selbst bewußt wird und durch Selbstzerstörung anerkennt, daß es nur geschaffen und auf die Welt gesetzt worden ist, *um nicht mehr zu sein*, oder, wenn man lieber will, daß der Andere jenen letzten Zweck in es gelegt hat, der auch die zeitliche Entfaltung seines Wesens ist: sich zu zerstören. Eine paradoxe Situation: der Urheber seiner Tage lehnt es ab, indem er es hervorbringt, er bringt es hervor, um es abzulehnen und damit sein Geschöpf zur gewollten Zeit die Ablehnung annimmt und sich stark genug haßt, um sich auszulöschen. Genau das jedoch hat

Gustave sagen wollen: weder ein Vater noch ein Gott sind der Ursprung von Marguerite. Höchstens das *Fatum*. Aber wir haben gesehen, daß der junge Autor selbst die arme Frau im Haß geschaffen hat, damit die ganze Welt sie zum Tode verurteilt. Ich zweifle keinen Augenblick daran, daß er gelitten und mit den Zähnen geknirscht hat, als er gegen die Unglückliche wütete, und vor allem, als er in ihr *sich selbst* verabscheute. Was will er also zu verstehen geben? Daß sein Vater ihn geliebt und dann verstoßen hat? Zweifellos. Der Liebesentzug steht im Zentrum der Erzählung. Und weiter? Daß derselbe Achille-Cléophas, als er ihn zeugte, ihn hat verstoßen *wollen*? Daß er ihm absichtlich einen für die Familie unannehmbaren Makel mitgegeben hat, womit er ihn durch eben den Akt, durch den er ihn in sie eintreten läßt, auch aus ihr verjagt? Halten wir fest, daß in *Un parfum à sentir* Gustave als Schöpfer sein eigener Vater ist, aber daß der von Marguerite geliebte Seiltänzer, der sie wegen Isabellada verläßt, ebenfalls Achille-Cléophas ist. Als wenn Gustave zum Chefarzt sagen wollte: «Du liebst mich nicht mehr, weil ich dich enttäuscht habe. Aber nicht deshalb bin ich dir böse, denn ich bin tatsächlich enttäuschend. Sondern ich werfe dir vor, daß du mich so gemacht hast.» Diese Anklage wäre nicht stichhaltig trotz all den Sophismen, die wir zusammengetragen haben, wenn Gustave sich für das Opfer einer körperlichen oder geistigen Mißbildung hielte: selbst wenn er glaubt, daß, wer daran leidet, sie auf lange Sicht verinnert, so weiß er doch genau, daß sie ein unvorhersehbarer Zufall ist und daß der Familienvater weder die Absicht noch die Mittel gehabt hat, ihn damit zu schlagen. Was ist also das zugleich natürliche und institutionelle Sein, das ihm verliehen zu haben er Achille-Cléophas wirklich vorwerfen kann? *Un parfum à sentir* sagt es uns nicht: dagegen wird es in einem außergewöhnlichen Text aus *La peste à Florence* dargelegt, auf den wir jetzt zurückkommen können.

«(Garcia) war schwach und kränklich; Francesco war stark und robust; Garcia war häßlich, linkisch, weich, ohne Energie, ohne Geist; Francesco war ein schöner Kavalier mit guten Manieren ... *Er war also*[58] der Ältere, der Liebling der Familie: ihm fielen alle Ehren, aller Ruhm, alle Titel und alle Würden zu; den armen Garcia erwarteten nur Niedrigkeit und Verachtung.» (I, 75)

Man hat richtig gelesen: Francesco ist zuvorkommend, begabt, kräftig, also ist er der Ältere. Zwei Ideen kollidieren und durchdringen einander. Die eine wie die andere ist sehr vernünftig: er war der Ältere, also kam ihm das Erbe zu; dieser schöne Kavalier war der Stolz der ganzen Familie. Ein schöner Wahn entsteht aus dieser Verquickung. Er hatte alle Qualitäten, also war er der Ältere. Und Garcia? Sie fehlten ihm alle, also war er der Jüngere. Für Gustave bestimmt der Erstgeburtsstatus –

58 Die Hervorhebung ist von mir.

Natur und Kultur zusammen – die Qualitäten des Kindes: der Erstgeborene wird der Beste sein. Warum? Weil er der Erste ist. Man könnte vielleicht sagen, Gustave habe sich schlecht ausgedrückt, Cosimo *erkenne* diese Qualitäten Francesco zu, weil er das künftige Familienoberhaupt ist, aber dieser besitze sie in Wirklichkeit gar nicht. Nein, nein – die Ideen sind klar, werden deutlich gesagt, in der Novelle zwanzigmal wiederholt: es ist *wahr*, daß Garcia feige, böse, schwach und häßlich ist. Was Francesco angeht, so würde ich nicht so weit gehen, ihn eine Perle zu nennen, aber nur aus dem Grund, weil Gustave diese Art von gefürchteten, verführerischen, brillanten Menschen haßt, deren unmittelbare und spontane Anpassung an alle Situationen notwendig von jenem Kardinallaster begleitet ist: der Selbstzufriedenheit. Francesco ist Henry, wie er am Ende der ersten *Education sentimentale* auftaucht. Aber was Schönheit, Intelligenz, Mut und Kraft angeht, da können wir ganz sicher sein, daß er sie besitzt und daß sie Teil seines Älter-seins sind. Als wenn diese Tugenden spontan aus einem Erbenstatus, dem Status eines zukünftigen *pater familias*, hervorströmten.
Ist das ein Wahn? Ich würde darin eher einen aus Leiden und Haß hervorgegangenen Genieblitz erkennen. Sicher ist es nicht wahr, daß die Älteren mehr wert sind als die Jüngeren: aber die Gunst des Vaters und, in den Feudalgesellschaften, die absolute Gewißheit, eines Tages Herr des Hauses zu sein, verleihen dem ersten Sohn oft eine ruhige Kühnheit, eine glückliche Unterwerfung, das Bewußtsein seiner Pflichten und Fähigkeiten, kurz, alle Startchancen. Was er dann daraus macht, ist seine Sache. Der *pater familias* ist zugleich sein Schöpfer und sein Herr, aber da ihn dieser Erstgeborene ablösen wird, auch seine intimste Möglichkeit. In unseren Kleinfamilien geben die Liebe und das Vertrauen der Mutter dem bevorzugten Kind – das bei weitem nicht immer das ältere ist –, was ich weiter oben Souveränität genannt habe: wenn ihr Lieblingskind das jüngere ist, so führt das zu Kompensationen, zu einem komplexen Spiel von Gleichgewichtsstörungen und Wiedereinpendelungen, zu einer Verinnerung des Antagonismus der Eltern durch die Kinder; die Würfel sind noch nicht gefallen. Jedenfalls nicht immer. In den Großfamilien herrscht der Vater, und da die Hierarchie der Söhne auf dem Erstgeburtsrecht fußt, bringt er mit einem Schwanzstoß sein Lieblingskind *in der Objektivität* hervor. Er wird es lieben, wie auch immer sein Gesicht sein wird, aber nicht wie die Mütter, die allem das Fleisch von ihrem Fleisch vorziehen, ohne etwas zu verlangen: diese objektive, auf einem Sozialstatus fußende Liebe, die selbst die ganze Gesellschaft und alle die Feudalordnung sichernden Institutionen ausdrückt, ist zugleich Anspruch und Gnade. Außerdem wendet sie sich nicht an das kleine gefährdete Leben, das da geboren wurde, sondern an das soziale Sein des künftigen Nachfolgers. Diese Liebe verinnern und sich dieses objektiven Wesens, das heißt

seines absoluten Vorrangs, bewußt werden ist für das Lieblingskind ein und dasselbe. So sind Francescos Qualitäten nichts anderes als die glückliche Entwicklung seiner Chancen. Er ist geschickt, weil er sich in der Haut des zukünftigen Herren wohl fühlt; er kann sich gut ausdrükken, weil ihm ja die Sprache, wie alles andere, gehört; sein wohlwollender Adel zeigt, daß er sich der hohen Verantwortung, die er beim Tode des Vaters übernehmen wird, bewußt ist. Garcia dagegen, dem seinem Wesen nach – das heißt nach dem väterlichen *fiat* – sekundären Sohn, *fehlt* aus ebendiesem Grunde die Liebe, die es ihm erlaubt hätte, sich selbst zu lieben. Wozu soll er sich üben, lernen, Fortschritte machen? Er muß in seinem Rang bleiben, das heißt: *auf seinem Platz leben*, niemals höher; das ist entscheidend. Die beiden Brüder sind gleichermaßen entfremdet: in jedem von ihnen ist die Existenz dem Sein, das heißt dem Anderen, unterworfen. Aber die Entfremdung nützt Francesco und schadet Garcia. Sein Geburtsdatum schreibt diesem die Grenze seiner Ambitionen vor. Er ist weich, heißt es? Das ist auch seine verfluchte Pflicht; daß er ja nicht auf die Idee kommt, durch seine Tugenden das künftige Familienhaupt in den Schatten zu stellen; und außerdem, warum soll er sich anstrengen, wenn doch die Ehren und das Geld auf jeden Fall dem Erstgeborenen zufallen? Francesco *hat an sich selbst Genüge*: er hängt nur von seinem Vater ab, das heißt in gewisser Hinsicht nur von sich selbst. Es hat für ihn kaum eine Bedeutung, daß der alte Cosimo, nachdem er ihn gezeugt hat, noch Dutzende anderer Kinder gemacht hat: seine Vorrechte werden davon nicht berührt. Garcia, jenes relative Wesen, ist bis in seinen geheimsten Ratschluß, bis in seinen Charakter, bis in seine Knochen hinein nicht nur durch sein abstraktes Jünger-sein bedingt, sondern auch durch den, der es konkret und unerträglich werden läßt, durch diesen Bruder, der ihn sieht, der mit ihm spricht und dessen eklatante Tugenden – die Privilegien sind – zur direkten Folge haben, im Herzen des Jüngeren die finsteren Mächte des Lasters zu wecken. Denn selbst das Laster ist bei Garcia relativ: es geht keineswegs direkt aus seinem besonderen Wesen hervor; es ist nur die Kehrseite von Francescos Tugenden. Garcias Sein reduziert sich auf sein Anderer-sein, es ist eine vom Anderen *a priori* aufgezwungene Grenze; eine vom Vater in jener zwingenden Form auferlegte Negation: «Es ist verboten weiterzugehen», die von seinem älteren Bruder verkörpert wird, dessen Fülle ihn ständig auf das Nicht-sein verweist. Daher die einzige und müßige Leidenschaft des Jüngeren: um an die Stelle des künftigen Familienhaupts treten zu können, muß er es töten, wenn es kein anderes Mittel gibt.

Aber seine Leidenschaften mögen noch so sehr, lange vor seiner Geburt, in seinem Status eines jüngeren Bruders angelegt sein, sie werden nicht zutage treten, wenn er sie nicht verwirklicht; seine mörderischen Absichten können nicht wie mathematische Eigenschaften aus seinem

Wesen hervorgehen – obwohl sie darin enthalten sind –, sie werden als wirkliche und datierte Bestimmungen seiner Subjektivität existieren, *unter der Bedingung, daß er sich mit ihnen affiziert.* Seine Feigheit – um nur ein Beispiel zu zitieren – ist zwar durch den Mut seines Bruders in ihn eingeführt, aber sie wäre nur eine Virtualität, wenn er nicht tatsächlich Angst bekommen und das Schlachtfeld verlassen hätte. Hier finden wir den *unfreien Willen* von Marguerite wieder, und jetzt verstehen wir schließlich die symbolische Häßlichkeit, mit der der Autor sie hat schlagen wollen. Denn wenn Garcia flieht, wenn eifersüchtiger Ehrgeiz an ihm nagt, wenn er davon träumt, Francesco zu töten, so macht er sich für seine subjektive Realität ganz und gar verantwortlich; er und er allein affiziert sich mit jenen bösartigen Trieben, und er allein läßt sie existieren; so ist er also in schrecklicher Weise schuldig. Andererseits sagt uns Gustave, ohne ihn deshalb entschuldigen zu wollen, ganz klar, daß durch die Aktualisierung seiner Laster oder das Schmieden seiner finsteren Pläne der jüngere Medici nur den Status verinnert, der ihm aufgezwungen wurde und der ihn durch Entbehrung definiert. Anders gesagt, wenn Garcia darauf aus ist, Francesco zu ermorden, *verwirklicht* er sein Jünger-sein. Er verwirklicht es *spontan.* Und ebenso spontan, wenn er auf dem Ball in Ohnmacht fällt. Aber Spontaneität schließt Heteronomie nicht aus, ganz im Gegenteil. Entfremdete Spontaneität, gelenkte Freiheit: das ist der unfreie Wille. Marguerite war schuldig, ihre Häßlichkeit zu verinnern; sie tat es zwar spontan, aber sie war so beschaffen, daß sie diese Verinnerung unter Ausschluß von allem anderen vollziehen mußte. Ähnlich darf Garcia das aufgezwungene Wesen gerade so weit verinnern, daß er die volle Verantwortung dafür trägt. Damit vollstreckt er selbst und auf eigene Kosten den pränatalen Urteilsspruch, der ihn zur Mittelmäßigkeit und zum Neid verdammt; so ist er also schuldig: er hat eine schwarze Seele, ein ohnmächtiger und eifersüchtiger Ehrgeiz nagt an ihm, er schwitzt Bosheit aus, *also* ist er der jüngere Bruder. Da sind wir wieder beim radikalen Bösen: der junge Mann wird, sobald er empfangen ist, für ein Vergehen bestraft, das er nach höherem Ratschluß begehen wird; genauer noch, das Vergehen ist nur die unumgängliche Verinnerung der antizipierten Sühne; böse, weil jüngerer Bruder, jüngerer Bruder, weil böse: dieser Kreisel offenbart uns das eigentliche Unglück Garcias, das heißt seine gemarterte Seele. Was er auch denkt, was er auch empfindet, was er auch unternimmt, immer aktualisiert er nur sein unüberschreitbares Jüngersein.

Das also symbolisiert Marguerites Häßlichkeit? Das ist das Verbrechen, das Gustave dem *pater familias* vorwirft? Ja: nach *La peste à Florence* können wir daran nicht mehr zweifeln. In jener denkwürdigen Nacht nämlich, in der Achille-Cléophas Gustave machte, konnte er fürchten, daß sein zukünftiger Sprößling verkrüppelt oder krank sein würde, aber er konnte es nicht mit Sicherheit voraussehen: dieses Risiko ging er also ein, und deshalb konnte ihm sein Sohn nicht böse sein. Acht Jahre nach der Geburt von Achille hatte der Chefarzt jedoch eine formale, aber absolute Gewißheit: was auch geschehen würde, sein erster Sohn wäre fast neun Jahre älter als der Neugeborene. Da ist der Wurm drin, das ist der Fehler des Diamanten: ein *jüngerer Bruder*; das Kind würde als jüngerer Bruder geboren werden, der Vater Flaubert wußte es, und diese Gewißheit hat ihn nicht zurückgehalten. Mehr noch, da er diesen zweiten Sohn ja wollte, hat er ihn gezeugt, *um einen jüngeren Sohn zu haben.* Na und, wird man sagen, das ist doch kein Verbrechen. Aber man täusche sich nicht: die Situation des Jüngeren ist variabel; alles hängt von der Familienzelle und ihren Strukturen ab. Von zwei Brüdern, die keine Zwillinge sind, wird immer der eine der ältere sein; diese physikalische Notwendigkeit konstituiert von sich aus kein Schicksal, wenn sie nicht mit einer kulturellen Determination gekoppelt ist. Es mag übrigens noch angehen, solange es sich um eine allgemeine Institution handelt: das Kind unterwirft sich ihr leichter, weil es eben so ist. Aber als Gustave auf die Welt kommt, ist das Erstgeburtsrecht aufgehoben. Bei den Flauberts existiert es jedoch in gewisser Weise noch. Zum Wohlgefallen des Erzeugers wird es aufrechterhalten. Die Familienstruktur ist so beschaffen, daß dieses Bevorzugungssystem als eine objektive Determination der Sitten erscheint, die prinzipiell nicht mehr in Kraft oder in bestimmten privilegierten Schichten vom institutionellen Recht zum Brauchtum übergegangen ist, und zugleich, in einer allgemein feindlichen Umwelt, als eine freie Entscheidung, als ein subjektives *fiat* des *pater familias* auftritt. In einer Gesellschaft, in der das vom *Code civil* aufgehobene Erstgeburtsrecht hier und dort noch besteht, wird es an einem bestimmten Punkt von einer launenhaften und souveränen Subjektivität neubelebt, die einen jüngeren Sohn schafft, um ihn mit einem Status der Minderwertigkeit zu schlagen. Anders gesagt, der Vater hat «seine Idee» gehabt; jedenfalls ist Gustave davon überzeugt. Der jüngere Bruder sein, was heißt das, wenn nicht sein Sein – also seinen Status – als *anderes* empfinden? Darunter haben wir zu verstehen, sowohl daß er von einem Anderen gewollt ist, als auch, daß er aus Gustave, dieser relativen Person, einen *Anderen* als die Flauberts macht – die alle Absoluta sind. Mehr noch: der jüngere Bruder sein heißt sich von sich selbst unterscheiden; die Spontaneität des Erlebten behauptet sich im allgemeinen souverän; das bin ich, ich lebe, ich fühle mich leben – aber der Status fesselt und negiert sie: in dem Augenblick, da das Kind sich behauptet, empfindet es sich als sekundär; es erlebt den Widerspruch zwischen seiner *Existenz* und seinem Sein wie Marguerite den Widerspruch zwischen ihrer Liebe und ihrer Häßlichkeit. Als jüngerer Bruder ist Gustave minderwertig und für seine Minderwertigkeit verantwortlich. In der Familie

Flaubert ist man nicht «minderwertig»: man hat sich des ruhmvollen Vaters, der sie regiert, als würdig zu erweisen. Wenn er einen verflucht hat, als er einen machte, und damit beschloß, daß man unwürdig sein würde, so gibt es nur zwei Lösungen. Entweder die grimmige Unterwerfung bis zum Äußersten treiben und sich durch Ohnmacht oder Selbstmord als Nichts *realisieren*; oder aber die wütende Rebellion bis zum Mord treiben. Zwei Lösungen, die für den kleinen Gustave ein und dieselbe sind. Gewiß, zwei Arten, sich relativ zu machen. Aber vor allem zwei Arten, den Widerspruch bis zum Ende zu durchleben, das heißt, ohne etwas von einem der beiden Glieder zu vernachlässigen. Als gefesselte Freiheit hat das Absolute nur eine Art, sich absolut relativ zu machen, nämlich sich auszulöschen; aber sofort ist auch die zweite Lösung gegeben; wenn der junge Mann als jüngerer Bruder *sich realisiert*, indem er sich als individuierte Person aufhebt, so löscht er sich auch als jüngeren Bruder aus, wenn er beschließt, *als Person* zu überleben und den älteren Bruder auszulöschen. Wir haben es bereits begriffen, wenn ein jüngerer Bruder sich von seinem älteren Bruder durch einen Dolchstoß befreit und das nicht unter allergrößter Geheimhaltung geschieht, so läuft er im starken Maße Gefahr, sich seinen Richtern gegenüber als ein mörderischer jüngerer Bruder zu bezeichnen, was nur eine Art unter anderen ist, sich als relativ und sekundär zu erweisen, das heißt, sein reines vorgefertigtes Wesen spontan auszudrücken und anzunehmen: zum Tode verurteilt und hingerichtet wird er auf einem Umweg sich mit Marguerite im Nicht-sein treffen, das sein Schicksal ist. Ohne deshalb dem ewigen und pränatalen Urteil zu entkommen: als Tote wird Marguerite erst dann nicht mehr häßlich sein, wenn sie Aas geworden ist; Garcia wird auch nach seiner Hinrichtung *in saecula saeculorum* ein jüngerer Bruder bleiben. Von diesen beiden untrennbaren Unternehmen stellt das erste lediglich die praktische Entfaltung der Verwirklichung dar und das zweite nur dessen imaginäre Umkehrung. Selbstmord hat Gustave natürlich niemals ernstlich versucht. Aber er hat darüber nachgedacht, er hat in ihm seine innere Möglichkeit gesehen: das bedeutete, gegenüber einer wirklichen Lösung zögern und sie schließlich verwerfen oder besser auf später verschieben; auch wenn er sich manchmal darin gefallen hat, sich seinen Tod, die Gewissensbisse seines Vaters usw. vorzustellen, dieser aufgeschobene Akt, der immer in Reichweite ist, erscheint als eine innere Bestimmung des jungen Mannes, die, wenn man so will, virtuell, aber nicht imaginär ist. Achille töten? Das ist ein grundlegender Wunsch des Jungen, aber es ist ein irrealer Wunsch, der sich in den Momenten äußert, da der Schriftsteller sich aufgibt und seine Feder einem gesteuerten Tagtraum überläßt: sehen wir uns die letzten Seiten von *La peste à Florence* genauer an, so werden wir erkennen, welche wirklichen Absichten sich hinter diesem geträumten Wunsch verbergen.

Den falschen Tod, die Ohnmacht, hat das Kind niemals erreicht: es wird niemals weiter kommen als bis zur Geistesabwesenheit und lethargischen Melancholie; mit anderen Worten, es verliert niemals das Bewußtsein; aber die Geschichte von Marguerite beweist, daß viele seiner Geistesabwesenheiten die Folge einer vorausgehenden – und immer gleichen – Erleuchtung waren. Marguerite *hat plötzlich eine Idee*, und die arme häßliche Frau geht sofort ins Wasser. Wir wissen, was sie begriffen hat: die unerbittliche Ablehnung, mit der man ihr begegnet, ist von vornherein im Sein angelegt: *das bin ich selbst*; ein bewußter Riß in der Fülle, der nur durch mein Verschwinden wieder repariert werden kann; verabscheungswürdig und verabscheut, verabscheue ich mich selbst so sehr, daß ich mich zerstöre, das ist mein Wesen, und mein Selbstmord wird mich als höchsten Gegenstand der allgemeinen Verabscheuung (einschließlich meiner eigenen) vollenden, durch die Vernichtung, die *mein* kategorischer Imperativ ist, werde ich zu dem werden, was ich bin. So denkt und fühlt auch der junge Autor, zwar weniger dramatisch, aber ebenso tief. Was auch immer die Heftigkeit der von der ewigen Wiederkehr der Familienzeremonien hervorgerufenen Leidenschaften sein mag, deren jede ihn wieder zum jüngeren Bruder macht, diese können nicht mehr aus der Welt schaffen, daß er den väterlichen Fluch *a priori* angenommen hat und sich seiner eigenen Schuld bewußt ist; das heißt, sie werden erlebt *in der Perspektive der Selbstzerstörung*, was über ihren passiven Charakter Aufschluß gibt: er kann vor Wut auf Achille zittern; sie wird immer passiv bleiben: da sie von vornherein durch eine grundlegende Zustimmung entwaffnet ist, kann sie sich nur gegen ihn selbst, gegen seine Würdelosigkeit kehren und den Tod mimen. Ich sage *mimen*, weil, was den Selbstmord angeht, der junge Autor mit fünfzehn Jahren keine befriedigende Lösung findet: Marguerite *gibt sich* den Tod; das Wasser des Flusses ist das notwendige Instrument: das ist lästig; wenn ihr Ende rein sein soll, müßte sie sich selbst in dem Moment vernichten, wo die von ihr verinnerte allgemeine Ablehnung in ihr mit dem *Zur-Ablehnung-sein* eins wird, das ihr ihr Schöpfer verliehen hat: die erlebte und bewußte Einheit dieser doppelten Verneinung müßte von selbst der Tod sein, der es nicht nötig hat, auf ein materielles Werkzeug zurückzugreifen. Aus diesem Grunde erlaubt Gustave einige Monate später, daß die passive Wut von Garcia – die dem gleichen Bewußtwerden entspricht – ihn in einen falschen Tod stürzt, eine Ohnmacht, der der Autor oft nahegekommen ist, die er jedoch niemals erlebt hat; als der arme Leutnant von Cosimo und dem florentischen Adel verworfen ist, zieht sich die Schlußfolgerung in seiner parasitären Existenz von selbst: er verliert das Bewußtsein. Diese Ohnmacht ist ein Fortschritt in Gustaves Tagtraumarbeit: sie entspricht so perfekt den Erfordernissen der Situation, ist auch so spontan und so diskret, daß niemand darauf achtet. Der Ball geht weiter: am frühen Morgen, als die letzten Gäste aufgebrochen sind, wird der Saal ausgekehrt, und ein gleichgültiger Diener wirft ihn zum Unrat, ohne daß die Welt etwas von ihrer Fülle verloren hätte. Gustave ist jedoch mit dieser Verbesserung nicht zufrieden: eine Ohnmacht, das ist schon ganz gut; er sieht darin die Radikalisierung seiner Geistesabwesenheiten, ihren *Sinn.* Aber eben gerade deshalb, weil diese lethargischen und bewußten Zustände ihm vertraut sind, weil der momentane Verlust seines Bewußtseins ihm in jenen Fluchtminuten als seine Versuchung erscheint, weiß er genau, daß diesem falschen Tod, wenn er einträte, eine Wiederauferstehung folgen würde. In *Novembre* wird er, wie wir sehen werden, noch weiter gehen. Aber da ist er schon in die präneurotische Phase eingetreten. Im Augenblick wagt er nicht, die Dinge bis zum Äußersten zu treiben: das Bewußtsein verlieren, das ist eine Wiederholung des Todes. Nicht der Tod selbst: und dann möchte er dank der gesteuerten Traumarbeit ein für allemal mit Achille abrechnen. Also steht Garcia wieder auf, und in den letzten Kapiteln der Novelle erleben wir, wie er Francesco mit seinen eigenen Händen umbringt.

Das ist also die zweite Lösung: das Verbrechen. Es schockiert: wir sehen bei ihm die Schwäche als solche und ohne irgendeine Hilfe über die Kraft triumphieren. Aber man muß verstehen, daß das die einzige Revanche ist, die Gustave befriedigen kann: ließe Garcia den Kardinal von bezahlten Schergen ermorden, so griffe er auf die Kraft der anderen zurück. Der junge Autor will jedoch, daß seine Ohnmacht eines *relativen Wesens* sich von selbst aufhebt, indem sie mit dem Anderen, dem Absoluten fertig wird, das ihn bis in seine Knochen hinein relativiert hat: dieses hassenswerte Absolute muß nicht nur ausgelöscht, es muß vor allem ersetzt werden: der feige, passive Garcia, der schlecht ficht, muß zum älteren Bruder werden, indem er ganz alleine diesen Schläger, diesen waffengeübten Bullen vernichtet, zu dessen jüngerem Bruder er gemacht worden ist. Lesen wir einmal diesen letzten Teil genauer, wir werden in ihm alle Merkmale eines Traums erkennen: Gustave schlief mit offenen Augen, als er ihn schrieb, und seine Absichten sind hier weniger verborgen als in den späteren Novellen.

Die ganze Gesellschaft ist zur Jagd aufgebrochen: zu Pferde. Der Kardinal ist in Kavalierskleidung, trägt also einen Degen. Er entfernt sich, um der Fährte des Hirsches nachzureiten: Garcia, «schwarz gekleidet, düster und nachdenklich», folgt ihm *«mechanisch»*. Der Wald wird immer dichter. Sie steigen ab und setzen sich ins Gras. «Jetzt bist du also Kardinal» (I, 76), sagt Garcia und zieht seinen Degen, was in seiner Stellung nicht ohne einige Schwierigkeiten abgehen kann. Der beschimpfte Francesco braucht viel Zeit, um zu begreifen. Schließlich steht er auf, während Garcia, immer noch sitzend, schluchzt. «Du bist wahnsinnig», sagt er. Garcia antwortet mit Worten auf diese Worte:

«Wahnsinnig? O ja, wahnsinnig! Ein Mörder? Vielleicht . . .» Und plötzlich springt er auf: zumindest nehme ich es an. Denn der Autor sagt uns kein Wort davon. Aber lesen wir selbst:
«(Garcia) schluchzte, und das Blut schien seine Adern zu sprengen.
‹Du bist wahnsinnig, Garcia›, sagte der Kardinal und stand erschrocken auf.
‹Wahnsinnig? O ja, wahnsinnig! Ein Mörder? Vielleicht. Hör zu, Hochwürden, vom Papst ernannter Kardinal Francesco, hör zu –› es war ein schreckliches, tödliches Duell, aber ein Duell gegen alle Regeln, dessen Wiedergabe einen vor Entsetzen zittern läßt – ‹du bist bis jetzt bevorzugt worden, die Gesellschaft hat dich protegiert, alles ist gerecht und gut; du hast mich mein ganzes Leben lang gemartert, ich erschlage dich jetzt!›
Und er hatte ihn mit einem wütenden Arm umgestoßen und setzte ihm seinen Degen auf die Brust.» (I, 77)
Warum hat Francesco seinen Bruder nicht entwaffnet? Warum hat er ihn nicht wenigstens daran gehindert aufzustehen? Was ist dieses *«schreckliche Duell»*? Hat auch der Kardinal seinen Degen gezogen? Warum läßt er sich dann «mit einem wütenden Arm» umstoßen? Wenn das ein Überraschungsangriff ist, kann es kein Duell sein; und wenn es ein Duell ist, muß Garcia verlieren. Gustave scheint uns übrigens manchmal von einem merkwürdigen Kampf zu erzählen (es war ein Duell . . . usw.) und manchmal von einem Mord («Ein Mörder? Vielleicht»). Das merkwürdigste ist der Schluß:
«‹Oh! Verzeihung, Verzeihung, Garcia›, sagte Francesco mit zitternder Stimme, ‹was habe ich dir getan?›
‹Was du mir getan hast? Hier!›
Und er spuckte ihm ins Gesicht.
‹Ich vergelte Beschimpfung mit Beschimpfung, Verachtung mit Verachtung; du bist Kardinal, ich beschimpfe deine Kardinalswürde; du bist schön, stark und mächtig, ich beschimpfe deine Stärke, deine Schönheit und deine Macht, denn ich halte dich unter mir, du zitterst vor Angst unter meinem Knie. Ah! Du zitterst? Zittere nur und leide, wie ich gezittert und gelitten habe. Du wußtest nicht, du, dessen Weisheit so gerühmt wird, wie sehr ein Mensch dem Dämon ähnelt, wenn die Ungerechtigkeit ihn zum wilden Tier gemacht hat? Oh, ich leide darunter, dich am Leben zu sehen, hier!›

. . . .

Und ein schriller Schrei drang unter dem Laub hervor und scheuchte ein Käuzchennest auf.
Garcia stieg wieder auf sein Pferd und galoppierte davon, auf seiner Spitzenkrause waren Blutflecke.» (I, 77)
Es wird ausdrücklich gesagt, daß *die Schwäche die Stärke beschimpft*, indem sie sie überwindet. Das wäre möglich, wenn Garcia einen Hin-

terhalt gestellt hätte. Aber Gustave denkt nicht einmal daran: der Streit muß zwischen den beiden Brüdern ausgetragen werden. Außerdem will er *das Unmögliche*: daß die Schwäche auch dann noch Schwäche bleibt, wenn sie die Stärke zähmt und verspottet. Na und, wird man sagen, ein Schwacher kann immer einen Starken töten: ein glücklicher Schlag genügt. Das stimmt. Aber darum geht es in unserer Geschichte gar nicht. Und auch nicht darum, daß Garcia seinen Bruder von hinten erdolcht: dieser Schwächling pflanzt sich vor dem Bullen auf, und mit einem Arm, einem einzigen – der andere hält ja seinen Degen –, mit dem linken Arm, stößt er ihn um. Danach setzt er ihm sein Knie auf die Brust: die beiden Männer müssen also gemeinsam zu Boden gegangen sein; der Kleine muß mit einigen Griffen des griechisch-römischen Ringkampfs den Großen erledigt haben. Wo waren die Waffen in diesem Augenblick? Hat Garcia die seine losgelassen? Aber wir erfahren, daß er sie seinem Opfer auf die Brust setzt. Er muß sie also aufgehoben und sich blitzschnell wieder aufgerichtet haben: dieses Instrument ist für den Nahkampf ungeeignet. Es sei denn, daß er seinen Bruder stehend umgestoßen hat. Aber nein doch: nicht den Degen setzt er seinem Bruder auf die Brust: «. . . ich halte dich unter mir, du zitterst vor Angst unter meinem Knie.» Garcia steht und kniet also zu gleicher Zeit; er *ermordet* Francesco – indem er ihm einen Degen *ins Herz* stößt. Im letzten Kapitel wird man uns die Leiche des Kardinals vorführen, sie hat blaue Flecke an den Knien. Der Unglückliche war also nicht auf den Rücken gefallen? Dennoch hat Garcia ihn *umgestoßen*? Diese Widersprüche beweisen, daß Gustave nichts daran liegt, uns die Szene vor Augen zu führen. Wir lesen die Abhandlung eines Mörders, der uns das Ereignis aber nur mit einem Wort mitteilt: «Hier!» sagt Garcia. Und das bedeutet, daß er zusticht. Aber das ganze findet hinter den Kulissen statt: Gustave hat es durch eine Zeile Punkte ersetzt, wie man es in gewissen Romanen tat, wenn die Verliebten miteinander schliefen. Warum diese Diskretion, die einer klassischen Tragödie würdig ist? Nun zunächst deshalb, weil die Mordszene nicht realisierbar ist; das geringste Detail würde ihre Unwahrscheinlichkeit verdeutlichen. Und außerdem kennen wir Gustaves Passivität, seinen kontemplativen Quietismus: er fühlt sich wohl, wenn er die *Hexis* beschreibt (Gegenstände, Zeremonien, Haltungen, Gewohnheiten), unwohl, wenn er die *Praxis* erzählen muß. Aber der eigentliche Grund liegt ganz woanders: um uns das Verbrechen vor Augen führen zu können, müßte er es erleben, und gerade das versagt er sich: es erleben hieße es begehen. Er wünscht mit Sicherheit, Achille *getötet zu haben*, nicht, ihn mit seinen eigenen Händen zu töten.

Man beachte, wie er nach dem Mord wieder Geschmack am Detail findet. So sagt er uns zum Beispiel, daß Garcia Blutflecke auf seiner Spitzenkrause hatte. Wie ungeschickt! Er bespritzt sich mit Blut, läßt das Opfer liegen und schließt sich wieder dem Jagdzug an! Natürlich wird der Körper entdeckt, dem Herzog gebracht. Dieser schwachsinnige Brudermord klagt sofort seinen Urheber an, der von Cosimo mit einem Degenstreich niedergestreckt wird. Es handelt sich hier offensichtlich um das, was die Analytiker einen Selbstbestrafungsakt nennen, mit dem der *pater familias* gezwungen werden soll, selbst seinen Sohn zu töten. Man sieht hier Flauberts Tücke – sie wäre erstaunlich bei diesem Jungen, wenn man sie als berechnet ansehen könnte; aber nein: es ist der Ausdruck der ursprünglichen Situation selbst –, Garcia sagt zu seinem Vater: da du mich aus der Welt ausgestrichen hast, als du mir das Leben schenktest, so geh bis zum Ende, lösch selbst dieses Leben aus, das du dazu verurteilt hast, sich zu vernichten. Diese Schlußfolgerung überrascht durch ihre Stringenz: Ein Mensch ähnelt dem Dämon, wenn die Ungerechtigkeit ihn zum wilden Tier gemacht hat. Garcia, das Produkt einer pränatalen Ungerechtigkeit, realisiert sich als der, zu dem man ihn gemacht hat, und führt sich wie ein wildes Tier auf, indem er seinen Bruder ermordet. Als der Elende zu dem geworden ist, was er war, verlangt er die Sühne, die ihn auslöscht, und Cosimo, der selbst für diese Geburt verantwortlich ist, muß auch die Verantwortung für diesen Tod übernehmen. Anbetungswürdig, gerecht und dennoch schuldig hat der Herzog das Kind verurteilt, noch bevor er es gemacht hatte: damit ist es der Sinn dieses Lebens, den Richter zu zwingen, seinen Urteilsspruch selbst zu vollstrecken: wenn ich mich schließlich so realisiere, wie du mich gewollt hast, so wirst du gezwungen sein, mich zu töten. Man hat begriffen, das Verbrechen ist ein *Mittel*, unter Vermeidung des Selbstmords den Tod zu finden; es wird nicht um seiner selbst willen begangen, sondern um Cosimos Rache zu entfesseln. Ein merkwürdiger Zirkel: die Ungerechtigkeit hat aus Garcia einen Ungerechten gemacht; da er ungerecht ist, ist es gerecht, ihn auszulöschen. Bevor Cosimo seinen jüngeren Sohn mit dem Degen spaltet, erklärt er fußstampfend: «Oh! Ja, ja, Gerechtigkeit möge geschehen! Es muß sein, das Blut des Gerechten schreit nach Rache zu uns: also Rache!» (I, 77) So scheint der Schöpfer seinen ursprünglichen Fehler wieder gutzumachen. Wer einen jüngeren Sohn in die Welt setzt, der bestimmt ihn dazu, seinen älteren Sohn zu behindern, und zwingt sich infolgedessen, ihn selbst auszulöschen. Gustave träumt davon, seinen Vater herauszufordern, aber diese Herausforderung setzt einen irreparablen Akt voraus, der Flauberts Phantasie widerstrebt. Diese ist ja seit langem mit Passivität geschlagen; aus diesem Grund ist der Bericht des Brudermords so schlampig : ihn erzählen heißt ihn fast begehen. Möchte er Achille töten? Nein: er möchte es wünschen, damit er endlich zu der Mißgeburt wird, die man aus ihm machen will. Das Kind wird das Vergehen des Vaters anklagen, indem es dessen Absichten folgsam verwirklicht: der Vater wird recht haben, seinen Sohn zu züchtigen, aber eben dadurch wird er beweisen, daß er unrecht hatte, ihn zu zeugen. Gustaves Vergehen wird mit ihm verschwinden; es bleibt ein einziger Schuldiger: Achille-Cléophas. So ist *La peste à Florence* ein Experiment; der Selbstmord von Marguerite aus *Un parfum à sentir* hat Gustave nicht befriedigt; vor allem bleibt seine Rachsucht ungestillt; da er noch nicht gelernt hat, den Tod durch das Denken zu vollziehen, wagt er es, Achille verstohlen zu töten, und gefällt sich darin, die Folgen seines Verbrechens darzulegen: der Tod durch das Denken wird der *Herzschlag* durch das Bewußtsein der Unmöglichkeit des Lebens sein; die Hinrichtung durch den Vater ist der gleiche *Todesschlag* in den Dimensionen der Alterität. Gleichviel: die emotionelle Entladung ist zu stark: das Kind ist erschüttert, daß es diesen Brudermord gewagt hat, und sei es auch nur in der Phantasie. Es wird nicht mehr darauf zurückkommen: in den folgenden Erzählungen werden sich die Opfer gegenseitig töten, aber sich nicht an ihren Peinigern vergreifen; Djalioh aus *Quidquid volueris* vergewaltigt und erwürgt nur Adèle und ihr Kind, Mazza aus *Passion et vertu* vergiftet nur ihren schwachen Gatten und ihre Kinder; die Folterknechte Ernest und Paul erfreuen sich allgemeinen Ansehens, überleben das Gemetzel und sterben eines natürlichen Todes.

In *La peste à Florence* und in *Un parfum à sentir* haben wir eine der Anklagen kennengelernt, die Gustave gegen seinen Vater erhebt: dieser hat ihn als jüngeren Bruder gemacht und ihm seinen älteren Bruder ostentativ vorgezogen. In dieser Form mögen die Vergehen des Vaters Flaubert etwas abstrakt bleiben, und man könnte sich wundern, daß Gustave derart darunter leidet. Man bedenke jedoch, daß das Unglück des kleinen Jungen dadurch verstärkt wird, daß er sich seiner grundlegenden Würdelosigkeit bewußt ist. Es trifft zu, daß sie ihm zufolge direkt von seinem Jünger-sein herrührt. Aber ist das nicht eine Konstruktion, eine Rationalisierung seiner ursprünglichen Gefühle? Der Vorzug der Erzählung *Un secret de Philippe le Prudent* besteht darin, daß hier das Thema der Erstgeburt und das Thema des feindlichen Vaters voneinander getrennt sind. Philipp II., der Vater von Carlos, hat sein ganzes Leben darunter gelitten, daß sein Bruder ihm vorgezogen wurde. Diese ungerechte Bevorzugung hat ihn zweifellos unglücklich und bösartig gemacht. Ihr sind die Qualen zuzuschreiben, die er seinem Sohn zufügt. Dieser ist natürlich ganz jung schon ein Greis; er wird von seinem Vater eingesperrt, der ihn zusammen mit dem Großinquisitor durch ein unsichtbares Guckloch in der Wand beobachtet. Carlos weiß das genau: er fühlt, daß er noch in seiner Einsamkeit *sichtbar* ist und *gesehen* wird; keinen Augenblick wendet sich der Blick des Vaters von ihm ab: seine Gesten werden registriert, man liest in seiner Seele: er fühlt sich von diesem starren Blick eines übelwollenden Vaters *be-*

wohnt, der ihn entfremdet, indem er seine innerste Subjektivität objektiviert, das heißt mit Alterität schlägt, so daß diese Subjektivität für sie selbst eine *andere* wird, weil sie auch für den absoluten Anderen eine *andere* ist. Das Resultat ist das erste Selbstporträt des Malers: «(Don Carlos) hatte hübsches schwarzes Lockenhaar ... kräftige und gut proportionierte Glieder, seine Gestalt war die eines zwanzigjährigen Mannes; aber wenn man seine hohlen Wangen, seine so traurigen und so melancholischen blauen Augen, diese runzlige Stirn gesehen hätte, hätte man gesagt: das ist ein Greis. In seinem Blick lag so viel Traurigkeit und Bitterkeit, seine Stirn war so blaß und von so vielen vorzeitigen Runzeln durchfurcht, daß man mühelos sah, dieser Mann hatte gräßliche und unerhörte Qualen gelitten.» (I, 73)
Es scheint also – und deshalb glaube ich, daß *Un secret de Philippe le Prudent* früher geschrieben worden ist als *La peste à Florence* und *Un parfum à sentir* –, daß die beiden Anklagepunkte von Gustave gegen Achille-Cléophas zunächst getrennt dagewesen sind. Um so mehr, als die Bevorzugung des schönen Juan d'Austria durch Karl V., obwohl sie erwähnt wird, nicht als eine Ungerechtigkeit erscheint: Gustave scheint ihr sogar *recht zu geben*. Sie jedoch hat den mißtrauischen und eifersüchtigen Charakter Philipps geformt, sie ist sein *Geheimnis*: aber in dieser Zeit verheddert sich der junge Autor in seinen Mythen. Garcia aus *La peste à Florence* ist böse, weil man ihn von Geburt an verspottet, weil sein Vater ihn als jüngeren Bruder gewollt hat: so ist er zugleich unschuldig und schuldig. Philipp dagegen wird nicht von Schuld freigesprochen, obwohl er unter der ungerechten Vorliebe seines Vaters gelitten hat und diese vielleicht der eigentliche Grund seines ungerechten Verhaltens gegenüber seinem eigenen Sohn ist. Man beachte im übrigen, daß seine Zurücksetzung affektiv bleibt und nicht von einer Enterbung begleitet wird. Juan stirbt als Erzherzog; Philipp ist absoluter Monarch. Dagegen beklagt sich Gustave darüber, daß sein Vater ihn belauert, dessen Chirurgenblick bis in seine tiefste Seele dringt. Dieser Anklagepunkt scheint also zeitlich der erste zu sein, und der andere, spätere, ist dann offenbar hinzugetreten, bevor er in einer raffinierten Konstruktion mit ihm verschmolz: bevor sich Gustave durch seinen älteren Bruder zurückgesetzt fühlt, hat er das Gefühl, daß der Vater ihn mit seinen Blicken durchbohrt und in seiner Seele wie in einem offenen Buch liest.
Diese Hypothese wird durch die Novelle *Matteo Falcone* bestätigt, die er Mitte 1835, also mit dreizehneinhalb Jahren, schrieb. Natürlich hat Gustave die Geschichte des kleinen Albano nicht erfunden, sondern einfach von Prosper Mérimée übernommen. Sie ist fast ein Plagiat, wie es bei Kindern seines Alters häufig vorkommt: aber es ist doch interessant, herauszufinden, warum der junge Autor unter allen Werken, die er las, gerade dieses hat plagiieren wollen. Der Grund dafür wird ganz

deutlich, wenn man Gustaves Arbeit einmal liest: bei Mérimée ist der Held der Vater; er will zeigen, was für einen Korsen Ehre heißt, zu welchen extremen Haltungen sie einen Menschen treiben kann. Gustave hat sie neu geschrieben, keineswegs weil er das Werk seines älteren Kollegen so kraftvoll oder schön fand, sondern weil er sich überhaupt nicht in Übereinstimmung mit diesem fühlte. Bei ihm ist natürlich Albano der Held. Er denkt gar nicht daran, sein Vergehen zu leugnen: der kleine Korse hat einen Verbannten gegen eine Taschenuhr ausgeliefert. Also ist er ein Verbrecher. Ja, aber er verstand nicht einmal, was er getan hatte, und versteckte sich so wenig, daß er die Uhr auf die Erde legte und «sie in den Sonnenstrahlen leuchten sah» (I, 45). Es handelt sich, wie man sieht, um einen Selbstbestrafungsakt wie in *La peste à Florence.* Matteo kehrt zurück, informiert sich, nimmt sein Gewehr und tötet das Kind. Gustave, der sonst in dieser Zeit so schnell bei der Hand ist, jemanden zu verurteilen oder freizusprechen, findet hier kein Wort des Protests: im Namen des Gewohnheitsrechts ist dieses Kind – das seine Familie entehrt – strafbar. Die Idee der Hinrichtung durch den Vater, die in *La peste à Florence* ein Jahr später «rauskommt», bleibt in dieser Zeit ohne Zweifel ein aus Rachsucht und Reue hervorgegangenes affektives Thema, das unter der Haut sich regt, ohne noch voll entfaltet zu sein. Das Kind sagt noch nicht: «Töte mich, du, der du mich so gemacht hast», sondern seine finsteren Gedanken hegen einen unbestimmten Wunsch: Väter essen die Kinder wie Ugolin: iß mich lieber, weil ich dir Schande mache, anstatt mich zu quälen, wie du es tust. Im übrigen verbirgt er nicht, daß diese allzu strenge Gerechtigkeit strafbar ist: Albanos Mutter stirbt aus Kummer, und der unerbittliche Vater, der zwei Tote auf dem Gewissen hat, bleibt allein. Man beachte, daß hier Frau Flaubert zum erstenmal in einer Novelle auftaucht: übrigens nur, um zu sterben. Viel später wird sie in *Novembre* wieder auftauchen: der Erzähler wird davon träumen, daß sie ertrinkt. Als er mit dreizehn Jahren versucht, sich die Mißgeschicke einer früheren Kindheit zu erklären (darüber besteht gar kein Zweifel: er ist im Internat, und der schreckliche Achille-Cléophas kann ihn nur noch zweimal in der Woche verfolgen), bewahrt er noch die Vorstellung von einer Mutter, die nachsichtiger ist als der schreckliche Moses: sie war kalt, aber sie nahm ihn manchmal auf ihre Knie und erzählte ihm von Gott. Dieser Mutter und Gott hat ihn der *pater familias* weggenommen, um ihn zunächst mit seinen Geschenken zu überschütten und dann in Ungnade fallen zu lassen.[59] Was Gustave dem Doktor Flaubert *vor*

59 Wir besitzen von ihm Pläne für ein Melodrama, die Jean Bruneau in seinem ausgezeichnet belegten Werk über *Les débuts littéraires de Gustave Flaubert 1831–1845*, Paris 1962, S. 122ff, zusammengestellt hat. Die Mutter ist in ihnen ständig anwesend. Wir werden uns mit ihnen beschäftigen, wenn wir Flauberts

allem vorwirft, ist diese Ungnade; aber er erklärt sich bereits im voraus für geschlagen, weil er sie zugleich verdient zu haben glaubt.[60]

Wir beenden dieses Kapitel mit dem Beginn: mit dreizehn Jahren verfaßt Gustave ganz allein eine literarische Zeitschrift.[61] Wir besitzen den «Sechsten Abend» davon – die anderen sind verlorengegangen. Gustave beschreibt hier eine *Voyage en enfer*, und folgendes liest man darin: «Und ein Mann, ein armer Mann in Lumpen, mit weißem Haupt, ein Mann bedeckt mit Elend, Schande und Schmach, einer jener, deren von Sorgenfalten zerfurchte Stirn mit zwanzig Jahren die Leiden eines Jahrhunderts einschließt, setzte sich da am Fuß einer Säule nieder. Und er wirkte wie die Ameise am Fuß der Pyramide. Und er sah die Menschen lange an; alle sahen ihn voller Verachtung und Mitleid an, und er verfluchte sie alle; denn dieser Greis war die Wahrheit.» (I, 42)

Im ersten bekannten Werk taucht also auch zum erstenmal das Thema der Senilität auf. Diesmal handelt es sich aber nicht um Gustave, wird man sagen; es handelt sich um eine banale Allegorie, die er in aller Objektivität entfaltet. Kann man da so sicher sein? Ich weise darauf hin, daß dieser Greis «einer jener» sein soll, «deren von Sorgenfalten durchfurchte Stirn mit zwanzig Jahren die Leiden eines Jahrhunderts einschließt». Er hat also Brüder; auch Schwestern, vielleicht: diese Figuren werden bald auftauchen und Carlos, Marguerite, Garcia, Giacomo, Djalioh, Julietta usw. heißen; auf alle trifft die Beschreibung zu. Besser noch: sie paßt auch genau auf den Helden von *Novembre*, der sich darüber beklagt, daß er durch das Leiden des Jahrhunderts, den Überdruß, den *Ennui*, gealtert sei. Zu seinem Gegenstand dagegen paßt sie kaum. Zeitlosigkeit, Objektivität, Unpersönlichkeit: diese Merkmale sind so offensichtlich, daß die volkstümliche Vorstellungswelt sie bewahrt, und die Sprichwortweisheit zeigt uns die Wahrheit verkannt, verkleidet, aber unempfindlich: niemals weint sie, niemals lacht sie.

Sexualität oder den «Ödipuskomplex in einer halb-ländlichen Familie» zu verstehen versuchen. Die meisten entstanden in der Zeit der Novellen, die wir analysiert haben.

60 Ich lasse die sehr bezeichnende Novelle *L'anneau du prieur* beiseite. Jean Bruneau hat in *Les débuts littéraires de Gustave Flaubert 1831–1845*, Paris 1962, S. 59ff, nachgewiesen, daß sie sich eng an einen Modellaufsatz anlehnte, der in einem Schulbuch jener Zeit stand. Aber nicht aus diesem Grund lassen wir sie beiseite, denn Bruneau gibt selbst zu, daß der Sinn, den Gustave der Geschichte gibt, ein ganz persönlicher und dem vorgeschlagenen Modell entgegengesetzt ist. Obwohl es sich immer noch um die Vater-Sohn-Beziehungen und um die allzu grausame Bestrafung eines Schuldigen handelt, das Hauptthema – die Totalisierung der Erfahrung – zwingt uns, sie in einem anderen Kapitel zu untersuchen, wenn wir uns fragen werden, warum alle Werke Flauberts erschöpfende Totalisierungen sind.

61 Ernest Chevalier arbeitet manchmal daran mit.

Allenfalls stellt man sie sich als eine junge Nacktheit vor, die aus einem Brunnen kommt – da ja die Jugend ein Äquivalent der Ewigkeit ist –, aber außer Gustave würde niemand auf die Idee kommen, sie mit den Zügen eines alten Clochards auszustatten. Was die Verwünschungen angeht, so passen sie noch weniger zu ihr: damit schreibt man ihr Leidenschaften, Ungerechtigkeit zu, kurz, man setzt sie dem Irrtum gleich. Aus diesen Gründen ist Flauberts Allegorie suspekt: die Wahrheit ist eins mit dem, der sie besitzt und den sie quält. Der Autor zeigt uns Menschen, die über einen von ihnen herfallen. So wird – eine frappierende Verwandtschaft – die «Menge» mit ihren Drohungen und Beschimpfungen Marguerite verfolgen. Und warum diese Gehässigkeit, wenn nicht, weil er das Geheimnis kennt, daß sich die Menschen verbergen. Er ist ein Verräter, ein Störenfried, der ihnen in jedem Augenblick das Rätsel des menschlichen Geschicks offenbaren kann. Mit Schreien versucht man ihm zum Schweigen zu bringen. Sie hassen alles an ihm, sogar seine vorzeitige Senilität: sie ist ein Beweis für das Leiden, das ihnen die Erkenntnis bringen würde.
Dieser allzu junge Greis ist Gustave selbst. Zurückgedrängt und verstoßen, besitzt das Kind bereits ein «vollständiges Vorgefühl des Lebens» (Brief an Maxime Du Camp vom 7. April 1846). In diesem Sinne ist das Wahre *in ihm*. Aber in einem anderen Sinne ist es die Wahrheit der Flauberts – so wie der Kolonisierte die Wahrheit des Kolonialherren und der Knecht die Wahrheit des Herrn ist. Da es ein Spätkömmling, ein Unglücksrabe, ein erblich Belasteter ist, verabscheuen seine Eltern, wie es glaubt, in ihrem Produkt ein realistisches und wenig schmeichelhaftes Bild der Familiengruppe; das Kind dagegen verflucht diejenigen, die sein Unglück anklagt und die die Stirn haben, es ihm vorzuwerfen. Die Wahrheit ist ebenso ein Laster wie die Häßlichkeit; außerdem macht Gustave zwischen beiden keinen Unterschied: es handelt sich hier um ein und dieselbe ständige und sichtbare Anklage der Spezies in einem ihrer Mitglieder. Und um die Reaktion der Spezies durch ein Todesurteil. In dieser *Voyage en enfer* wird deutlich, daß ein wütender Knirps *schon jetzt* in die Haut einer Allegorie geschlüpft ist und sie damit verwandelt hat. Seit wann? Darüber werden wir nichts erfahren. Ebenso unmöglich ist es, herauszubekommen, bis zu welchem Grad Gustave sich dieser Verkörperung bewußt ist. Nicht, daß sie ohne sein Wissen geschieht, gleichsam im Dunkeln, sondern *im Gegenteil*, weil der Entwurf nicht genügend bestimmt ist. Die Rolle des Symbols bleibt nämlich noch sehr zweideutig: man schlüpft in eine Idee, um sich in einer Person wiederzufinden und umgekehrt. Aber wir können zumindest behaupten, daß die ursprüngliche Intuition kürzlich ihren verbalen Ausdruck gefunden hat. *Vor seinem dreizehnten Lebensjahr* hält sich Gustave bereits für einen Greis. Er wird altern, aber wie alt seine Arterien auch sein mögen, das Alter seines Herzens wird gleich-

bleiben: von seinem dreizehnten bis zu seinem achtundfünfzigsten Lebensjahr ist er ein für allemal ein Hundertjähriger.
Mit nur einigen Worten läßt sich erklären, was der Mythos der vorzeitigen Senilität im Moment seines ersten Auftauchens bedeutet: der am Fuße der Säule sitzende Mann ist alt, weil er *die* Wahrheit kennt. Welche Wahrheit? Die Wahrheit, die Flaubert am Schluß Satan in den Mund legt:
«‹Zeig mir dein Reich›, sagte ich zu Satan.
‹Hier!›
‹Wie?›
Und Satan antwortete mir:
‹Die Welt ist die Hölle!›» (I, 42)
Wenn die Welt die Hölle ist, sind wir von Geburt an verdammt.
Das bedeutet zunächst, daß die Schöpfung ein Urteilsspruch ist: erzeugen heißt verurteilen. Das ist der Sinn der Verfluchung Adams. Aber es gibt noch eine andere Konsequenz aus dieser Gleichsetzung: da wir schuldig sind, hat uns der Wille des Teufels von vornherein für die schlimmsten Martern ausersehen; wir haben alle ein Schicksal; mit etwas Mut und klarem Kopf könnte jeder das seine prophezeien. Da er verflucht ist, weiß der Mensch der Wahrheit, daß er in der Hölle lebt und daß er sein ungerechtes Leiden *verdient*. Aus diesem Grund stoßen ihn die anderen Verdammten zurück: sie wollen weder ihr Vergehen noch ihre Verdammung kennen und beharren darauf, den unerbittlichen Lauf des Lebens durch das Zusammentreffen von Kausalreihen zu erklären, anstatt in jedem ihrer Mißgeschicke die Wirkung einer bösartigen Entscheidung des Souveräns zu sehen. Aber die prophetische Intuition des Menschen der Wahrheit hat nichts von einer rationalen Evidenz an sich: das Herz empfindet sie als subjektive Gewißheit bei jedem besonderen Leiden; das heißt, *echter* Schmerz ist totalisierend; er wird erlitten als beabsichtigtes Ergebnis, als Wiederholung und gleichzeitig als Verheißung stärkerer Qualen; kurz, jedes *empfundene* Unglück ist eine Zusammenfassung des ganzen Lebens von der Erbsünde und dem Sündenfall bis zur Hinrichtung. Die Auslöschung kann natürlich durch eine bloße Ohnmacht ersetzt werden. Denn die Ohnmacht ist durch sich selbst Auslöschung. Flaubert bestätigt diese Vorstellung seiner frühesten Jugend in einem Brief, den er mit einunddreißig Jahren schreibt:[62] «Ich bin sicher, daß ich weiß, was Sterben ist. Ich habe oft deutlich gespürt, wie meine Seele mir entwich, so wie man bei einem Aderlaß das Blut durch die Öffnung ausströmen fühlt.» Die Ohnmacht ist also kein *Bild* des Todes, sie ist der Tod selbst: zunächst verliert man dabei das Bewußtsein, aber *vor allem* ist sie eine Schlußfolgerung; ein ganzes, von einem besonderen Unglück zermürbtes Leben versinkt

62 Brief an Louise Colet vom 27. Dezember 1852.

darin. Man überlebt zwar, aber man ersteht nicht wieder auf: man altert. Nach einigen dieser kurzen Existenzen ist man hundert Jahre alt. Vom dreizehnten Lebensjahr an verbindet Flaubert Leben und Schicksal, Leiden und Sühne, anbetungswürdige Souveränität und diabolische Ungerechtigkeit des Vaters, Ohnmacht und Überleben; alle diese noch im Rohzustand befindlichen Themen faßt er in zwei Motiven zusammen: dem Mythos der ursprünglichen Verdammung, der aus dieser Welt die einzige Hölle macht, und dem Mythos des hundertjährigen Kindes. Sterben heißt die objektive Wahrheit verinnern, den pränatalen Urteilsspruch unseres Vaters vollstrecken; altern heißt das seelische Leiden somatisieren und blutlos, apathisch, mit leerem Geist und erschöpftem Körper bis zur nächsten Ohnmacht überleben und von dieser wieder bis zur nächsten, bis zur radikalen Totalisierung, das heißt bis zur Auslöschung. Es ist überraschend, daß unsere analytische Regression uns ein Motiv hat entdecken lassen, das tief in den Autobiographien vergraben und in den vorhergehenden Werken unter seinen eigenen Anreicherungen verborgen ist: das Motiv der Prädestination – das heißt: der pränatalen Verurteilung zu Unglück und Tod, die der Vater noch vor der Empfängnis beschlossen hat. Wenn die Welt die Hölle ist – eine Vorstellung, die Gustave sein ganzes Leben bewahren wird –, so weil Ich ein Anderer ist: *noch vor dem dreizehnten Lebensjahr* und – wir werden es noch nachweisen – von seinem siebenten Lebensjahr an entdeckt Gustave eine entsetzliche Alterität in sich, die ihm von der bewundernswürdigen und sadistischen Intelligenz von Achille-Cléophas schon vor langer Zeit zugewiesen wurde, die sein Unglück und seine Schande ausmacht und die er doch bis zur Neige durchleben muß, denn er ist ja nichts anderes als sie, die doch anders ist als er. Aus diesem Grunde projiziert er sich in seine Novellen *als ein Anderer* und macht sich in ihnen *zu einem Anderen*, ohne sein Unternehmen recht zu verstehen, einerseits, um dieses *alter ego*, das er an sich selbst nicht betrachten kann, weil er ja selbst in den Blick, der es entdecken will, eingeht, unter seiner Kontrolle zu halten, und andererseits, weil seine Alterität ihn daran hindert, irgend etwas zu erkennen, was nicht er selbst als Anderer ist. Aus demselben Grunde versucht er, sich in den gleichen Schriften zu verdoppeln, um sich als der eine wie als der andere zu erfassen: es gelingt ihm jedoch nur einmal in *Rêve d'enfer*; das Thema «jüngerer Bruder – älterer Bruder» bringt sein Unternehmen durcheinander und lenkt es auf andere Bahnen. In seinen Meisterwerken wird er jedoch darauf zurückkommen: in *Novembre* werden wir den ersten und zweiten Erzähler vorfinden; Henry und Jules in der ersten *Education sentimentale*, Homais und Bournisien in *Madame Bovary*, Frédéric und Deslauriers in der zweiten *Education sentimentale* und schließlich *Bouvard et Pécuchet*. Der Ursprung all dieser Paare – die bald zwei Aspekte seiner selbst, bald er selbst und sein

Gegenteil, bald zwei entgegengesetzte Prinzipien sind – ist ein Unbehagen, das in seine Vorgeschichte zurückreicht und seinen ersten Ausdruck in *Un parfum à sentir* findet.
Die regressive Analyse durch die Untersuchung der Jugendwerke hat uns auf die objektiven Strukturen der Familie Flaubert verwiesen. Diese Eltern waren nicht zärtlich, aber ihrem Naturell nach tugendhaft, sie taten ihre Pflicht: die überraschende Vorstellung, die sich Gustave unter der Haut von seinem Vater macht, ohne es sich ganz einzugestehen, kann, wie wir wissen, nicht der Realität entsprechen; Achille-Cléophas war autoritär, jähzornig, manchmal weinerlich, gewiß überarbeitet; die Ereignisse haben bewirkt, daß er seinen jüngeren Sohn immer weniger verstanden hat; für Gustaves Glück ist es bedauerlich, daß dieser Wissenschaftler die mechanistische Ideologie übernommen hat (Aber was hätte er anderes tun können? Es war die bürgerliche, *also* fortschrittliche Ideologie seiner Zeit) und daß er nichts von Literatur verstand; wir werden auch sehen, daß er nicht weit davon entfernt war, seinen jüngeren Sohn für ein zurückgebliebenes Kind zu halten, was ihn in seinem Vaterstolz verletzte, und daß er den Fehler begangen hat, es ihn spüren zu lassen. Aber dennoch war er kein Menschenfresser, seine Studenten liebten ihn, sein älterer Sohn, seine Frau beteten ihn an: daß Gustave glauben konnte, Achille-Cléophas habe ihn, als er ihn zeugte, verflucht, ist nur so zu erklären, daß sie beide Opfer jener schrecklichen Familie waren, die der Doktor geschaffen hatte und die seine Kinder fortsetzen sollten. Was unseren Autor nach dieser retrospektiven Untersuchung betrifft, die die tiefe Aufrichtigkeit und das erschreckend frühe Datum seiner Verzweiflung, seines Überdrusses, seines Pessimismus und seiner Menschenfeindlichkeit beweist, so scheint deutlich, daß, wer in dieser Zeit, in dieser Familie und auch noch als jüngerer Bruder in ihr geboren wurde, in eine tödliche Falle geraten war. Die Aufgabe des jungen Opfers bestand darin, in Unlust die Widersprüche dieses vorübergehenden und unausgeglichenen Produkts zu verinnern: eine halb-ländliche Gruppe, die von einem Mutierenden gegründet und beherrscht wurde, dessen Kindheit die eines Bauern gewesen und der mit einem Satz durch den Titel «Kapazität» in die obere Schicht der Mittelklassen gesprungen war, dabei aber jene explosive Mischung in sich behalten hatte: ländliche Tradition und bürgerliche Ideologie. Insofern ist das Kind, dem wir in seinen ersten Werken begegnet sind, nichts andres als jene Familie selbst, wie sie von einem ihrer Mitglieder, das *a priori* durch den Platz in ihr definiert ist, als die reale Substanz der gemeinsamen Subjektivität erlebt wird. Dieses Mitglied nun, eine Bestimmung der Intersubjektivität, begreift das Erlebte in sich als reine und bloße Verdammung, macht *lebend* die Erfahrung der Unmöglichkeit zu leben. Wie kann das geschehen? Wie kommt dieser Sprößling einer glücklichen und wohlhabenden Familie

so früh dazu, die menschliche Art zu hassen, angefangen bei sich selbst, und in allen Menschen Opfer und zugleich Peiniger zu sehen. Woher kommt es, daß er so frühzeitig «ein vollständiges Vorgefühl des Lebens» hat, was bedeutet, daß er jede menschliche Existenz als Schicksal betrachtet und zugleich beschlossen hat, daß das Schlimmste immer sicher ist? Um diese Frage beantworten zu können, müssen wir den Weg noch einmal in umgekehrter Richtung zurücklegen: wir werden das Kind von dem Moment an betrachten, da es seiner Mutter aus den Händen genommen wird, und wir werden versuchen, an Hand von Dokumenten, Briefen und denselben Werken, jedoch diesmal als totalitäres Zeugnis verstanden, dieses Leben zu rekonstruieren, wie es von Tag zu Tag geschaffen wurde. Bei dieser progressiven Synthese wird es darum gehen, das Erlebte sich vor unseren Augen als Stress entwickeln zu lassen, das heißt als untrennbare Einheit aus Aggression und Abwehr, kurz, wir werden eine Verständnisrekonstruktion dieser als ablaufende Totalisierung betrachteten Existenz versuchen.

B. Das Vasallentum

In den ersten zwei Jahren, in denen Gustave in den Händen seiner Mutter bleibt, ist er ein Wildwuchs; er lebt in den Tag hinein, ohne zu wissen, warum, er fühlt sich irgendwie überzählig. Von seinem dritten oder vierten Lebensjahr an interessiert sich sein Vater für ihn. Das Kind betet ihn sofort an. Was heißt das? Wie wird dieses unauffällige und unnütze Leben auf die ersten Liebesbeweise reagieren, die ihm entgegengebracht werden?

Das Kind hat darüber natürlich nichts gesagt. Aber wenn wir den erwachsenen Schriftsteller über seine früheste Jugend befragen – eben die, die dem Sündenfall vorausging –, so werden wir sehen, daß es keineswegs das verlorene Glück ist, dem er nachtrauert, sondern vielmehr das, was André Gide «Inbrunst» [*ferveur*] und was Gustave «Einfachheit» [*simplicité*] nennt.

Was er darunter versteht, erfahren wir aus einer unveröffentlichten Passage von *Madame Bovary*:[63] «Glückliche Zeiten ihrer Jugend, wo das Herz rein war wie das Wasser der Weihbecken und wie sie nur die Arabesken der Kirchenfenster spiegelte mit der stillen Erhebung der himmlischen Hoffnungen!» «Ein einfaches Herz», «ein reines Herz» kommt mit sich selbst nicht in Widerstreit, es wird nicht zerrissen vom Konflikt zwischen Vernunft und Glaube: seine natürliche Regung trägt

63 Gustave Flaubert, *Madame Bovary. Nouvelle version précédée des scénarios inédits par Jean Pommier et Gabrielle Leleu.* Librairie José Corti, Paris 1949, S. 301. *Anm. d. Übers.*

es nach oben; es erhebt sich, indem es anbetet. Wen? Gott, einen Herrn, einen Vater, eine Schutzheilige: gleichviel; nur die Erhebung zählt, was auch immer ihr Gegenstand sein mag. Und diese Erhebung ist eine unmittelbare Gegebenheit der Affektivität. Jules Lemaître, dieser einfallsreiche Schwachkopf, hat sich darüber beklagt, daß Félicité aus *Un cœur simple* dumm sei. Woher hat er das? Flaubert war niemals dieser Ansicht. Für ihn ist, wie wir wissen, die schlimmste Dummheit die Intelligenz. Das «Dienstmädchen mit dem großen Herzen» hat ihren Geist in ihr Leben gesteckt. Sie denkt nicht, aber sie *versteht*, weil die Ergebenheit von selbst ein Verständnis ist. Wie oft hat Flaubert nicht wiederholt, daß Idioten, Kinder und Irre zu ihm Vertrauen hätten: «weil sie fühlen, daß ich zu ihrer Welt Zugang habe» (Brief an Alfred Le Poittevin vom 26. Mai 1845). Das stimmt natürlich gar nicht, Flaubert ist nichts weniger als einfach, weil er, ganz gegen seinen Willen, auf der Stufe des Widerspruchs erzogen wurde. Er bewahrt jedoch die Sehnsucht nach der Einheit, die um so stärker ist, als sie sich von einer dunklen, der Erinnerung an ein anderes Leben vergleichbaren Reminiszenz nährt. Es gibt einen Zustand der Unschuld; manche haben ihn für immer verloren, andere finden in Abständen zu ihm zurück, wieder andere bewahren ihn von der Kindheit bis zum Tod. Und dieser Zustand ist *immer* durch Anbetung gekennzeichnet. Wenn das Subjekt sich als unwesentlich betrachtet und seinen Herrn für wesentlich hält, dann wird es «unendlich» und «tief». Und diese Ununterscheidbarkeit von Herz und Geist in einem totalen Liebesakt gibt Charles Bovary jene unerwarteten Worte ein: «Es ist die Schuld der Fatalität!» (I, 692) Damit erhebt er sich sofort über den Apotheker Homais und sogar über den Doktor Larivière. In diesem Augenblick ist Rodolphe, der den betrogenen Ehemann «etwas primitiv» findet, der eigentliche Kretin. Ein aus der endgültigen Fassung gestrichener Text setzt den Punkt auf das i: «Denn (Rodolphe) verstand nichts . . . von der Leidenschaft, die frei von Stolz ist, ohne menschlichen Respekt noch Bewußtsein, die ganz in das geliebte Wesen eintaucht, ihre Gefühle an sich reißt, darüber erzittert und fast an die Dimensionen einer durch Weite und Unpersönlichkeit reinen Idee heranreicht.» (*Madame Bovary. Nouvelle version*, a. a. O., S. 641) Wir sind weit entfernt vom bürgerlichen Individualismus: ganz im Gegenteil, die einzigen Gefühle, die vor diesem Menschenfeind Gnade finden, sind diejenigen, die das Individuum sprengen. Auf dieser Ebene sind die «Demütigen», die «Schwachsinnigen» «unbegrenzt», und das Allumfassende des Gefühls verleiht ihnen die Tiefe des Denkens.

Diese Auffassung von der angeborenen Unschuld, von der Unpersönlichkeit, die verdorben wurde und verlorenging in der sozialen Welt der Individuen – wie sie personalisiert sind durch das reale Eigentum und die Partikularisierung der Interessen –, die jedoch manchmal durch eine totale Ergebenheit wiedererweckt wird, erinnert an Rousseau. Der kindliche Ursprung dieser Auffassung liegt darin, daß für Flaubert die reinste Liebe vollkommen unfähig ist, das geliebte Wesen zu schützen: Charles Bovary hat Emma vor Unglück und Tod nicht bewahren können, er hat nur erreicht, daß sie ihn verachtete. Félicité aus *Un cœur simple* hat die Kinder ihrer Herrin einmal vor einem tollwütigen Bullen geschützt. Aber was vermag sie gegen die Katastrophen, mit denen die Familie geschlagen wird? Was kann Justin aus *Madame Bovary* anderes tun als ein Grab pflegen? Und die kleine Roque aus der zweiten *Education sentimentale*? Und selbst Frédéric, was kann er für Frau Arnoux tun? Diese erhabene, aber ohnmächtige Liebe ist die des Kindes, das seine Eltern leiden sieht, ohne daß es wagt, etwas zu tun, und ohne daß es eine Möglichkeit sieht, ihnen zu helfen. Um ihnen eine Freude zu machen, widmet es sich ganz den kleinen Aufgaben, die sie ihm anvertrauen, aber ohne Illusionen. Die Bindung, an die sich Flaubert erinnert, die er in *Un cœur simple* verklärt, ist das Vasallentum. Dieses bestimmte allerdings unter dem Ancien régime lediglich die sozialen Verhaltensweisen des Vasallen: er mußte dem Herrn unter bestimmten Umständen Handdienste leisten; seine Gefühle aber gingen niemanden etwas an. In der Welt der Kindheit, in die Flaubert sein ganzes Leben lang wieder eintauchen möchte, ist es das Gegenteil: ein Quietismus, von dem wir noch sprechen werden, vereitelt alles Handeln. Es bleibt die Erhebung des Herzens. Das Bild vom Weihwasserbecken kennzeichnet das ganz klar: man braucht eine unbefleckte, weite, offene, ruhige Seele, damit der Herr sich in ihr spiegeln kann: diese Spiegelung des Unendlichen im Endlichen, des Heiligen im Profanen gibt der Kreatur ihre ganze Würde. Die zufällige und endliche Substanz spiegelt, wenn sie rein ist, verliebt und passiv eine unendliche Macht, die ihre Grenzen sprengt und zugleich ihre Einheit verstärkt. Etwas davon steckt im Pantheismus Flauberts, und so wird er – mehr emotional als intellektuell – die Beziehung des endlichen Modus zum unendlichen Attribut begreifen.

Beten alle Söhne ihre Väter in der gleichen Weise an? Sicher nicht. Vor allem nicht in Kleinfamilien, in denen die Liebe sich der Aggressivität entgegenstellt. Gustave hat zwar «seinen Ödipuskomplex»: wir werden davon sprechen, wenn wir seine Sexualität untersuchen. Aber die Struktur dieser halb-ländlichen Familie und der Charakter von Frau Flaubert waren ein Hindernis für die klassische Dreierbeziehung, die heute bei uns allen am Ursprung unserer Sensibilität steht. Da Caroline nicht lieben oder vielleicht ihre Liebe nicht äußern konnte, hatte sie ihren jüngeren Sohn wie einen Fisch auf dem Sand liegen gelassen, und so lebte er ohne Lebensberechtigung – was er später etwas hochtrabend, aber nicht ganz unrichtig «agonisieren» nannte. Alle Bestimmungen seiner Sensibilität bis zu jenem *ego*, das aus der Entwöhnung in ihm heranwuchs, waren mit Nichtigkeit geschlagen: als Achille-Cléophas sich für ihn interessierte, stürzte sich das Kind auf diese Daseinsberechtigung; aber da es bereits unter Liebesentzug litt, konnte es seine Rechtfertigung nicht mehr in dem – übrigens wohlwollenden, aber lauen – Gefühl finden, das ihm der großartige Herr entgegenbrachte: es gewann sie aus der Berechtigung zu lieben. Der ruhmbedeckte Chirurg dagegen hatte seine volle Daseinsberechtigung: er war Gott, er war der König. Und diese Selbstgenügsamkeit erlaubte dem verlassenen Kind, seine Existenz endlich als ein Recht zu empfinden: es war dazu geboren, seinen Vater anzubeten; dieser hatte es geschaffen, damit es jenen Ruhm, den er ausstrahlte, widerspiegelte, ganz so wie auch Gott uns geschaffen zu haben schien.

Ein merkwürdiger Brief von Gustave kann diese unsere Ansichten bestätigen: «Das Buch von Vigny, *Servitude et Grandeur militaires*, hat mich gleich etwas schockiert, weil ich in ihm eine systematische Abwertung der blinden Ergebenheit (des Kaiserkults zum Beispiel), des Fanatismus des Menschen für den Menschen gesehen habe . . . Das Schöne am Kaiserreich ist die Anbetung des Kaisers, eine ausschließliche, absurde, erhabene, wahrhaft menschliche Liebe.» (Brief an Louise Colet vom 11. Dezember 1846) Mit fünfundzwanzig Jahren schreibt er diese Zeilen. Sieht er nicht, daß seine Vorstellung durch eben die Wörter zerstört wird, mit denen er sie darlegt, und daß nichts weniger «menschlich» ist als die radikale Entfremdung eines Menschen in einen anderen Menschen, die in jedem das Wesen unserer Spezies als sein *Anderer-sein* sehen läßt und uns unsere gemeinsame Situation bei uns und in unseren eigenen Augen als verächtlich, bei dem Fremden aber als anbetungswürdig zeigt? Ich meine, daß er es tatsächlich genau sieht, und der Beweis dafür ist das Wort «Fanatismus», das ja bekanntlich eine abwertende Bedeutung hat: Flaubert verwendet es bewußt, um zu schockieren, in der Absicht, die wir später wiederfinden werden, das Positive unter seinen negativen Aspekten zu schildern. Vergessen wir nicht, daß er aus dem gleichen Grund das höchste Prinzip seiner Ethik als eine ästhetische Maxime darlegt: diese Ergebenheit ist keineswegs *gut*, sie ist *schön*. Und wir wissen ja, daß Schönheit schrecklich sein kann. Gleichviel: er dekuvriert sich gegen seinen Willen, wenn dieses Gefühl ihn derart begeistert, daß er es «wahrhaft menschlich» nennt: obwohl das Adverb noch zu verwirren sucht, auf jene andere Norm, die Wahrheit, verweist, bringt das Wort «menschlich» alles an den Tag. Es gibt einen Flaubertschen Humanismus, der die menschliche Vasallenbeziehung ist und den er der Ideologie seiner Klasse wütend entgegenhält, just in der Zeit, wo diese den Sturz Louis-Philippes vorbereitet. Und das Hauptanliegen dieses «Humanismus» besteht nicht allein darin, das Einzelinteresse zu sprengen, sondern auch und vielleicht vor allem darin, der Brüderlichkeit die Ergebenheit entgegenzusetzen.

Kurz, der Sohn Flaubert kämpft in dieser Zeit an zwei Fronten: auf der einen Seite der bürgerliche Utilitarismus und auf der anderen der Sozialismus. Die Wechselseitigkeit der Bindungen haßt er mindestens ebensosehr wie den Atomismus. Was ihn bei den großen sozialen Ideen, von denen es um 1848 wimmelt, so erbost, ist die Tatsache, daß sie im Namen der Gemeinschaft der Spezies die aristokratische *Hingabe* leugnen: der Mensch ist für mich niemals und darf für mich niemals *ein Anderer* sein, weil er ja eben *Derselbe* ist. Was ich für ihn tue, das tue ich für mich, er tut es für mich und für sich selbst. Bei dieser universalistischen Sicht ist die Solidarität kein Verdienst, sondern das notwendige Mittel, das Heraufkommen der Menschlichkeit zu beschleunigen. Flaubert begreift die gegenseitige Hilfe nur in Form eines Opfers: jemand gibt sein Leben für einen anderen hin in der absoluten Überzeugung, daß dieses Leben nicht zählt und daß das andere Leben auf der Erde unentbehrlich ist. Aber der Grund für diesen Feudalismus ist klar: insofern das Sein ein Recht ist, hat Caroline ihrem zweiten Sohn nicht das Recht zu existieren gegeben; er wird es, sobald sein Vater ihn anlächelt, in der vom Doktor Flaubert erteilten Berechtigung finden, dessen anbetungswürdiges Wesen widerzuspiegeln oder sich in ihm zu verlieren. Wenn die Anbetung sein Daseinsgrund ist, so existiert dieser nur als sein *Anderer-sein*, insofern er geschaffen wurde, damit er sich zugunsten eines anderen verleugne.
Man wird bemerken, daß in dem eben zitierten Brief das Kaiserreich nicht gerade wohlwollend gesehen wird: weder die Person des Kaisers noch die kaiserlichen Institutionen. Flaubert ist fast fünfundzwanzig Jahre alt; der seit langem in Ungnade gefallene kleine Vasall hat kaum noch Illusionen über seinen Herrn. Wenn er sich an sein Goldenes Zeitalter erinnert, so trauert er keineswegs dem undankbaren Gegenstand seiner Huldigung nach, sondern der ganz subjektiven Vasallenhaltung. Obwohl er die «erhabene Ergebenheit» der alten Haudegen bewundert, zerstört er doch den Sinn, den diese für sie hatte: in Napoleon glaubten sie das *«anbetungswürdige Verdienst»* zu finden. Für Flaubert, der der nächsten Generation angehört, ist der Gegenstand der Aufopferung zweifelhaft – insofern kann er schreiben, die Ergebenheit sei *absurd* –, aber das ist nebensächlich, weil ja das Opfer allein – was auch immer sein Gegenstand sein mag – die Seele des Menschen erheben kann. Damit bekommt das feudale Gebäude Risse und kehrt sich gewissermaßen um: der Herr ist nur das wesentliche Mittel, das man wählt, um sich zum Vasallen zu machen. Jetzt begreifen wir, was dieser Fanatismus, der Flaubert so sehr begeistert, impliziert, und jetzt erkennen wir auch die ganz frühen Ursprünge seines Widerwillens gegen den Egalitarismus: zwei gleiche Menschen sind Unkraut, inwiefern kann die Wechselseitigkeit ihren Status verändern? Die Gleichheit ist die allgemeine Kontingenz. So denkt er, weil er sich eines Mandats beraubt

fühlt. Ein «wahrhaft menschlicher», das heißt gerechtfertigter Mensch ist nur möglich, wenn zwei Menschen hierarchisch aneinander gebunden sind. Allerdings gibt es hier nur eine Gewißheit: der Niedrige wird durch seine Ergebenheit gerettet werden: für den Hohen bleibt alles unbestimmt. Der Vasall verwirklicht seine volle Menschlichkeit übrigens erst in dem Augenblick, in dem er – umsonst – in der Selbstaufgabe zugunsten des anderen versinkt.

Kurz, für das Kind Flaubert ist das Vasallentum das von einem unwesentlichen Wesen gewählte Mittel, mit dem es das Recht erwirbt, wesentlich zu sein, indem es seine Unwesentlichkeit noch überbietet: dieses Vasallentum hat es in seinem Goldenen Zeitalter beruhigt, indem es ihm seine Verlassenheit und die Leere des Himmels verbarg: die Welt ist erfüllt, solange der Herr das Absolute bleibt. Von diesem Gesichtspunkt her ist dieser der Gebende, er gibt seine Person, die man bewundern, der man dienen darf; er hat die außerordentliche Güte, seine Ansprüche zu äußern. Aber die schönste Gabe macht der andere, indem er, wenn nötig, sein Leben opfert. Dieses Leben ist zwar nichts, taugt nichts und wird nur durch das Opfer gerechtfertigt, das es vernichtet. Später werden wir sehen, wie Gustave in einer klassischen Umkehrung selbst gern den Herrn spielt, weil er nicht länger in seiner Vasallenstellung bleiben kann. Denn aus Gründen seiner privaten Geschichte erregt der bürgerliche Individualismus, jene Einsamkeit gleichartiger Atome, grundlegend seinen Widerwillen. So werden passive Päderasten im Alter aktiv und eifersüchtig auf die Unterwerfung ihrer jungen Liebhaber. Aber wenn Flaubert sich auf diese feudale Bindung fixiert hat, wenn er sein ganzes Leben dieses Phantasma der Ergebenheit gehegt hat, das sich immer nur in geschriebenen Wörtern und Komödien hat auflösen oder verwirklichen können, wenn dieser zudem durch und durch menschenfeindliche und sich selbst unsympathische kleinbürgerliche Intellektuelle diese überholte Ideologie gegen seine Klasse als eine Angriffswaffe benutzt hat, so geschah das aus einem tiefen Ressentiment gegen seinen Vater, den Menschen, der sich niemals hat ganz anbeten lassen; der gute Lehnsherr hat nämlich seinen Vasallen durch eine Frustration, die auf die frühesten Jahre zurückgeht, in dem ständigen Verlangen nach Vasallentum erstarren lassen.

In einem Brief an Louise Colet (vom 8. Oktober 1846) begeistert sich Gustave einmal für folgende Idee: was für eine großartige Geschichte könnte man schreiben, wenn man die Geschichte des modernen Menschen «vom 7. bis zum 20. Lebensjahr» aufzeichnete. Nimmt man den Satz so, wie er ihm unter die Feder kommt – was nicht heißt, wie er *sich darbietet* –, so fragt man sich, warum gerade vom siebenten Lebensjahr an und nicht vom zehnten, dem Jahr der Schule, oder vom fünfzehnten Monat an, der Zeit der Entwöhnung. Aber wenn man mit Flaubert vertraut ist, dann weiß man, daß seine «Axiome» gleichzeitig zwei

Bedeutungen haben: die eine, unmittelbare, bezieht sich auf die objektive Allgemeinheit, die andere, tiefere, beherrscht die erste und bezieht sich direkt auf den Autor und seine besonderen Erfahrungen. In Wirklichkeit bricht die erste bei der ersten Frage zusammen, denn sie hat keine wirkliche Existenz außerhalb der zweiten, von der sie hervorgebracht und getragen wird: das Axiom ist eine Redeweise, und Gustave weiß das ganz genau; Höflichkeit oder Vorsicht lassen es ihm als eine Pflicht erscheinen, eine bestimmte subjektive Wahrnehmung seiner selbst und seines Lebens als objektive und abstrakte Wahrheit auszudrücken. Eigentlich will Flaubert sagen: was für ein schönes Buch würde ich schreiben, wenn ich mein Leben *vom siebenten Lebensjahr an* aufzeichnete! Und diesmal brauchen wir uns nicht zu wundern: wenn Gustave schreibt «vom siebenten Lebensjahr an», so hat dieses Lebensjahr in seinen Augen weder einen allgemeinen Charakter, noch kennzeichnet es den Beginn dessen, was man heute «Hominisation» nennt. Aber *in seinem speziellen Fall und aus Gründen, die nur ihn betreffen*, ging das Goldene Zeitalter zu Ende, begannen die «Sarkasmen», als er sieben Jahre alt war. Oder, besser noch, der Überlebende von Pont-l'Evêque war davon überzeugt, daß sein Leben mit sieben Jahren sich ganz und gar abgespielt hatte. Danach mußte man dies bereits fertige Leben leben, es abspulen und in seiner Verwirklichung *sich zerstören.* Mit sieben Jahren hat sich durch einen Blitzschlag ein Unglück entschieden, danach mußte man es nur noch in einem endlosen Prozeß verzeitlichen und spezifizieren. Kurz, Flaubert könnte sagen: «Ohne Rast noch Umkehr, aber in ewiger Wiederkehr sind wir gezwungen zu *werden*, was wir *sind.*» Jetzt werden wir das stolze Bekenntnis, das der junge Mann seiner Geliebten macht, besser verstehen können:

«Der Unterschied, der *immer* bestanden hat zwischen meinen Auffassungen vom Leben und denen der anderen, hat dazu geführt, daß ich mich *immer* (leider nicht genug!) in eine einsame Unnahbarkeit abgekapselt habe, aus der nichts nach außen drang. Ich bin so oft gedemütigt worden, ich habe so oft Skandal, Geschrei hervorgerufen, daß ich *schon seit langem* zu der Einsicht gekommen bin, daß man, um ruhig leben zu können, alleine leben muß . . .»[64]

Garcia aus *La peste à Florence* ist tatsächlich durch die «Sarkasmen» bösartig geworden, die ihm seine Familie *seit seiner Geburt* entgegengeschleudert hat. Müssen wir jedoch dieses «immer» ganz und gar ernst nehmen: für Garcia trifft es zu; aber nicht für Djalioh aus *Quidquid volueris*! Noch für Mazza aus *Passion et vertu*, nicht einmal für Marguerite aus *Un parfum à sentir*, die zwar niemals das Glück kennenge-

64 Brief an Louise Colet vom 18. September 1846. Die Hervorhebungen der drei Zeitbestimmungen sind von mir.

lernt hat, weil sie ja *immer* häßlich gewesen ist, deren Bekanntschaft wir aber erst in dem Moment machen, da sie zur Hölle fährt. Selbst Almaroës aus *Rêve d'enfer* hat irgendeine trügerische Zufriedenheit gekannt, solange er glaubte, eine Seele zu besitzen. Ich werde bald auf diesen scheinbaren Widerspruch zurückkommen, bei dem das Unglück einerseits bereits mit der Geburt und andrerseits erst mit dem siebenten Lebensjahr beginnt. Im Augenblick können wir nur so viel sagen, daß Gustave *mit sieben Jahren* die Anomalie, den «Unterschied» entdeckt, der ihn *immer* von den anderen getrennt hat. Der erste «Sarkasmus» trifft ins Schwarze und enthüllt ihm all die anderen, die er wegen seiner ursprünglichen Mißbildung verdiente, die man ihm erspart hat – aus Mitleid oder vielleicht, weil der Peiniger auf seine Stunde wartete –, die sich aber, ein Wespenschwarm, in einem einzigen unvergeßlichen Stich konzentrieren, der mit einem Schlag die Vergangenheit und die Zukunft bestimmt. Wenn ich sage, daß es nur eine einzige Spöttelei gab, so verstehe man mich recht: es gab ganz im Gegenteil viele, aber in kurzer Zeit, und sie kamen weder von Achille, der ja im Collège wohnte, noch von der kleinen Caroline, die erst drei Jahre alt war, noch von Frau Flaubert, für die die Melodramen und Novellen eine gewisse Nachsicht zeigen. Besonders *Matteo Falcone* (I, 45): Unfähig, sich der barbarischen Entscheidung, zu der die korsische Ehre ihren Mann zwingt, zu widersetzen, ja unfähig des leisesten Vorwurfs, als ihr Herr und Meister ihr Kind getötet hat, beschränkt sie sich darauf, passiv wie Gustave selbst, unauffällig zu sterben, ohne ein Wort, ohne einen negativen Gedanken. Bleibt also der Herr: was hat er getan? Er hat seinem Sohn verächtlich dessen wahre Natur offenbart. Wie es die Geschichten von Almaroës aus *Rêve d'enfer* oder Djalioh aus *Quidquid volueris* zeigen, ist eine genaue Datierung der schändlichen Entdeckung seiner selbst nebensächlich: entdeckt wird ein angeborener Makel: der eiserne Herzog ist *ohne Seele* auf die Welt gekommen, Djalioh ist *von Geburt* ein Pithekanthropus. Diese Makel werden sich übrigens nicht ändern. Mit sieben Jahren hat Gustave seinen *unveränderlichen* Unterschied kennengelernt, von dem er trotz seinem Hochmutswahn nicht ein einziges Mal sagen wird, daß er eine Überlegenheit sei. Die weiße Amsel sah ihre Federn nicht: als man sie ihr zeigt, will sie vor Schande sterben und sucht nach einem Loch, in das sie sich verkriechen kann. Die Klausur wird jedoch nicht ohne blutige Selbstverstümmelung abgehen. Wir werden darauf zurückkommen. Im Augenblick zählt nur das Alter der Entdeckung: zwei oder drei graue Jahre; Frau Flaubert hatte ihn in die Welt gesetzt, aber sie hatte vergessen, ihm sein Visum zu geben. Das Glück kam mit dem Vater und dauerte vom dritten bis zum siebenten Lebensjahr. Bevor wir den väterlichen Fluch rekonstruieren können, jene dunkle Katastrophe, die ihn für immer bestimmte, müssen wir herauszufinden versuchen, was er war.

In den ersten Jahren hatte der *pater familias* weder Anlaß noch Lust, seine voltairesche Ironie auf Kosten eines Kindes anzuwenden, das sie nicht verstanden hätte; der Chirurgenblick bleibt in der Scheide. In dieser Zeit erwies sich also Achille-Cléophas als guter Fürst, zufrieden, daß ihm sein Werk endlich geglückt war; das folgende mißlang ihm kurz danach, was ihn noch etwas mehr mit dem jüngeren Sohn verbinden mußte; wenn er in der Umgebung von Rouen «seine Visiten» machte, so nahm er ihn gern in seinem Wagen mit. Da das Vasallentum nicht angefochten wurde, gab es damals nicht das geringste Motiv, jenen törichten Ausweg zu erfinden: die Identifikation. Die feudale Bindung – die das genaue Gegenteil davon ist – konnte sich frei entfalten: weit davon entfernt, sich das Sein des Lehnsherrn anzueignen, indem er seine Verhaltensweisen nachahmte, verinnerte der Kleine vielmehr sein objektives Vasallentum auf zweierlei Art: er machte sich zum reinen Spiegel der Verdienste des Herrn, indem er sich kein anderes Recht zuerkannte als die Pflicht, sie widerzuspiegeln, oder aber, in jenen Momenten, in denen die Geistesabwesenheit in Ekstase umschlug, verlor er sich in seinen Edlen Herrn, seine Besonderheit löste sich im väterlichen Wesen auf: nicht, daß er sein Vater *wurde*; dazu kannte er seine Grenzen allzu genau, den unendlichen Abstand, der einen nutzlosen und gefährdeten Vertreter der Weltfauna von einem Mann göttlichen Rechts trennt. Durch diese mystische Huldigung annulliert, blieb Gustave reiner abstrakter Unterschied, der in nichts von der angetroffenen Fülle abwich außer in dem leeren Bewußtsein, nichts zu sein und an der Fülle des Menschen, das heißt der unendlichen Macht von Achille-Cléophas, zu schmarotzen. Indem der Vater ihn auf seine Visiten mitnahm, hatte er ihn noch einmal erzeugt, diese kleine Anbetung ohne Status war ihm angenehm: er war damit einverstanden, daß Gustave der Spiegel seiner Tugenden sei, oder aber er hüllte ihn ein, absorbierte ihn, nahm ihn in sich auf, ohne ihm indessen das Gefühl seiner Endlichkeit zu nehmen, und das Kind behielt gerade genug Bewußtsein, um vom triumphalen Empfang der Dorfbewohner profitieren zu können. Wir wissen es, weil er es beschrieben hat: ein Staubwirbel, ein galoppierendes Pferd, Beifall, die Menge drängt sich um den Wagen, Frauen weinen, eine von ihnen ergreift die Hand des Doktors. Das ist die Medizin, das ist der Ruhm: eine erfüllte Erwartung, fiebrige und dankbare Blicke, allgemeine Achtung; bis in das kleinste Dorf Unbekannte, die leiden und die wiederholen: wenn er da ist, bin ich ruhig, er wird mich retten. Der kleine Vasall lernt den Ruhm als ein allgemeines Vasallentum kennen: wir werden dieses Gefühl in schwarzen Farben bei seinen zukünftigen Beziehungen zu seinen Lesern wiederfinden. Vermittels seines Vaters gehört der Ruhm im Augenblick dem Kind. Natürlich nicht direkt, sondern nur insofern der Herr manchmal erlaubt, daß sein Geschöpf *als anderes* –

das heißt als ein der Selbstgenügsamkeit beraubter Parasit – an seinem Wesen partizipiere. Die ersten Geistesabwesenheiten – die sicher unbemerkt blieben – haben die ekstatische Beziehung des Kindes zum Vater gekennzeichnet. Die Beziehungen zu den Dingen sind ursprünglich immer menschliche Beziehungen. Da der Vater nicht oft zu Hause war oder kaum Zeit hatte, sich mit dem Kind zu beschäftigen, wurde die Welt – jener Spiegel des Vaters und seiner göttlichen Macht –, die Welt – in der die Kranken nur existierten, um von seiner Wissenschaft geheilt zu werden –, wenn der *pater familias* nicht da war, der Gegenstand von Gustaves Geistesabwesenheiten, deren Quelle ja seine autosuggestive «Konstitution» und, vermittels eines schlechten Gebrauchs der Sprache, seine Beziehung zu seiner Mutter war: verstört fiel er in die Ekstase, das heißt, im Goldenen Zeitalter floh er vor seiner Mutter, der strengen und frigiden Geliebten, zu seinem Vater oder dem unendlichen Ort seiner Ruhmestaten.

Dennoch gehört ihm die Familie. Zunächst das Haus. Er ist das jüngste und folgsamste Mitglied der Zelle Flaubert: aber er verschreibt sich dem Herrn, und wenn er angenommen wird, so fügt ihn dieser in die tiefe Einheit der Gruppe ein, die nur durch ihn ist; der Platz eines Hintersassen, den Gustave auf der untersten Stufe der Leiter einnimmt, ist Ausdruck des väterlichen Willens: unterwürfig dort verharren ist eine andere Art, die feudale Bindung zu erleben, und die einzige Weise, die Fahrten im Wagen zu verdienen: letztlich läuft es aufs gleiche hinaus, ob man mit dem Oberhaupt auf dem Wege der Hierarchie kommuniziert, indem man allen gehorcht, oder ob man das Privileg hat, sich in ihn zu verlieren oder ihn unvermittelt durch die Ekstase widerzuspiegeln. Gustave hat natürlich bemerkt, daß der Nachkömmling des Hauses Flaubert der einzige ist, den der *pater familias* in seinem Wagen mitnimmt. Frau Flaubert begleitet ihren Gatten niemals: sie hat genug im Haushalt zu tun. Noch Caroline, die jüngere kleine Schwester. Noch Achille, der im Collège ist. Auch die realen Güter besitzt der Vater. Aber durch seinen Herrn partizipiert Gustave an der ständigen Zeremonie der Besitzergreifung. Der kleine Junge entdeckt die Gegenstände, die schon *vor ihm* da waren: entdecken heißt für ihn Besitz ergreifen, sehen, was ein erhabener Blick lange vor seiner Geburt aus der ursprünglichen Ununterschiedenheit hervorgezogen hat, berühren, was eine starke und flinke Hand vor ihm berührt hat. Das Haus enthält ihn und schließt ihn ein, aber der Eigentümer hat es verschlungen, verdaut, seiner eigenen Substanz assimiliert: insofern wird es zum erstarrten Bild des Vaters. Die väterliche Macht äußert sich in ihm überall: vom Keller bis zum Boden wird man nichts finden, was er nicht gewollt oder zumindest geduldet hat. Zwischen den Wänden ist der Raum von den Wegen durchfurcht, die er gebahnt hat: Gustave bewegt sich in einem allgegenwärtigen materialisierten Willen; diesen Willen liebt er in dieser Wohnung, er verbirgt ihm deren trostlose Häßlichkeit. Sein Herr ist da, unter diesem Dach, verstreut über diese Möbel, inert, auf mysteriöse Weise eingeschlafen; der Vater ist Ding geworden, ohne daß er damit aufgehört hat, sein Kind zu umgeben und zu schützen, er gibt sich hin, und der kleine Junge besitzt ihn seinerseits von innen. Zwischen der Huldigung des Vasallen und der Hingabe des Lehnsherrn besteht Wechselseitigkeit; der eine verschreibt *sich* dem anderen mit Leib und Seele; der andere gibt sich auch in gewisser Weise hin, aber in seinem materiellen Sein: er vertraut seinem Lehnsmann unbewegliche Güter an, die *seine Anwesenheit* bis zum Ende manifestieren werden. Seit der Französischen Revolution richtet das Bürgertum seine Kinder dazu ab, sorgfältig zu unterscheiden zwischen den menschlichen Beziehungen und dem «realen» Eigentum, der direkten, legalen, unbedingten Bindung des Käufers an die käuflich erworbene Sache. Aber der Vasall Gustave findet, ohne es zu wissen, die Strukturen des Ancien régime wieder: der Besitz der materiellen Güter ist ein Lehnsverhältnis, er fußt auf der Beziehung zwischen Personen und setzt sich in Form einer ständigen Hingabe und unverjährbarer Verpflichtungen fort. Für den kleinen Flaubert sind Liebe und Eigentum untrennbar: das Eigentum ist das Maß der Liebe. Besser noch, weil dieser kleine Eindringling sein Recht, geboren zu sein, nur aus seiner Beziehung zum Erzeuger gewinnt, gründet er es sogar auf sein Besitzverhältnis zum materiellen Komplex, der diesen vertritt: das feudale Eigentum, das heißt die Bindung einer Person an eine Person vermittels der gegebenen Sache, wird für Gustave im Goldenen Zeitalter eine Grundstruktur seines Lebensrechts. Das Kind weiß das natürlich nicht. Dazu fehlen ihm, wie man sich vorstellen kann, die Wörter. Und die Begriffe. Und das Begreifen der Beziehungen: alle Denkinstrumente. Aber man braucht ja nur zu leben: die Synthese ist draußen vollzogen; Gustave wird die objektive Verknüpfung von Huldigung und Lehen einfach dadurch verinnern, daß sie existiert und daß diese praktischen Realitäten untrennbar sind. Ihre Bindung wird *erlebt* und dadurch in ihm zur subjektiven Struktur. Nicht, daß sie jemals gespürt noch erlitten wird; es ist eine Matrix: eine unendliche Zahl von *Praktiken* gehen aus ihr hervor – Handlungen, Regungen, Ideen –, werden durch die verschiedensten Situationen hervorgerufen, tragen unwissentlich, unsichtbar ihr Kennzeichen, und ohne sich jemals für sich zu setzen, offenbaren und reproduzieren sie die ursprüngliche Bindung in den Gegenständen, auf die sie abzielen: so ist das subjektive Moment das der Vermittlung; die primäre Beziehung wird verinnert, um sich in anderen – übrigens beliebigen – Sektoren der Objektivität rückzuentäußern. In dieser letzten Form erscheint das übermittelte Kennzeichen unkenntlich: von einem Gegenstand zum anderen hat sich ja alles verschworen, es zu verändern – Anlaß, Ort, Ziel, Strukturen und logische Verbindungen in diesem neuen Bereich des Seins. Und doch werden diese verschiedenen Sigel in unseren Augen alle zu dem gleichen, sobald wir uns der primären Struktur erinnern. Es geht nicht darum, einen allgemeinen Begriff in einzelnen Beispielen wiederzufinden, sondern die ursprüngliche Stringenz der Verknüpfung in der Partikularität ihrer letzten Projektionen zu erkennen: eine Stringenz, die selbst partikulär ist; sie hat die Einheit und Individualität einer «Chiffre», das heißt einer besonderen Dechiffrierungsmethode.

Ich nenne dafür nur ein Beispiel: durch die Beständigkeit dieser primären Bindung klärt sich eine merkwürdige fixe Idee von Gustave auf. Durch seine ganze Korrespondenz hindurch, ein Traktat über müßige Habsucht, proklamiert er, daß er reich sein möchte, phantastisch reich, daß er einen Hunger nach Gold und Edelsteinen habe, daß er noch daran sterben werde, keine zu besitzen. Doch nicht ein Mal kommt er auf die Idee, daß man ein Vermögen *machen* könne: der einzige nennbare Reichtum ist der, den man erbt. Dieser Gedanke ist zwar in seiner Zeit allgemein: das Bürgertum löst sich erst mühsam von den früheren Ideologien; der Grundbesitz verbürgerlicht sich, aber seine Werte sind noch gültig; und außerdem ist es die Zeit des Familienkapitalismus: eine Fabrik wird ebenso vererbt wie Landbesitz. Und Gustave, der selber Erbe ist, entdeckt in sich weder die Neigung noch die Mittel dazu, sich durch Profit und Sparen zu bereichern. Gleichviel: um diese untergehende Tendenz ausschließlich und ständig widerspiegeln zu können, muß er selbst durch die objektive Bindung, die sie trägt, geschaffen worden sein. Im übrigen treibt er alles auf die Spitze, leidenschaftlich, verachtet den Gewinn, jede Arbeit, die etwas einbringt, träumt vom Radscha, der ihn zum Universalerben machen wird; er bekommt einen Wutanfall, wenn er erfährt, daß einer seiner Freunde eine Erbschaft gemacht hat: kurz, er geht so weit, daß er sich schließlich allein vorfindet. Dieser reine Konsument wird auf dem Erbteil leben und sich aus Verachtung jeglichen Gewinns weigern, es zu vergrößern. Vergißt er, daß sich der Doktor Flaubert bezahlen ließ? Daß das Anwesen von Trouville zum größten Teil durch die Honorare der Patienten erworben werden konnte? Durchaus nicht, er denkt vielmehr immer daran, aber der Ursprung des Erbteils – ob Blut oder Schweiß – ist unwichtig: denn Gold wird durch *Vererbung* veredelt. Verdienter Reichtum ist ein unvollständiges, noch häßliches Wesen; wird er vererbt, blüht er auf, vermenschlicht sich, die Hingabe verwandelt und vollendet ihn, in den Händen des Erben gelangt er zur geistigen Fülle. Ein verblichener Herr fällt als Goldregen auf seinen Knecht; dieser sammelt dieses klingende und vollwichtige Erbe auf: durch es erhält er die Mission, nicht den Verblichenen zu verkörpern, sondern der Inhaber seiner Macht zu werden. Jetzt verändert er sich seinerseits: als Geschöpf des Zufalls lebte er ohne Ziel noch Grund; eine anbetungs-

würdige Gnade bezeichnet ihn, ein Toter gibt ihm das Mandat zu leben durch einen unantastbaren letzten Willen, der ihn durchdringt und begründet: jetzt ist er bestätigt. Man wird sagen, daß die Erblasser gar nicht so gnädig sind: Geburt, Versprechungen, gute und loyale Dienste geben dem zukünftigen Erben im allgemeinen ein Recht auf das Erbe, das ihm zustehen wird. Gustave würde dem beipflichten, vorausgesetzt, daß der Herr in keiner Weise gebunden ist; er muß letztlich frei über sein Erbe verfügen, einfach weil die Gnade ohne volle Freiheit nicht ist. Damit das väterliche Vermögen als Bevorzugung und Gnadengeschenk auf den Sohn kommt – und mag er es auch hundertmal verdient haben –, muß der Vater zu seinen Lebzeiten immer das Recht gehabt haben, ihn zu enterben: wenn er das gekonnt und nicht getan hat, so ist das Testament ein Akt lehnsherrlicher Liebe: in den Händen des geheiligten Sohnes wird das Gold zum *pater familias* selbst mit allen seinen Ansprüchen und seiner Güte.
Wir werden nicht unsere Zeit damit verlieren, den – ich meine selbst für seine Zeit – reaktionären Charakter dieser fixen Idee von Gustave zu unterstreichen; er springt einem in die Augen. Wichtiger ist, daran zu erinnern, daß er seine Wurzeln in der frühesten Kindheit Flauberts hat, in den ersten Jahren, die ihn für immer unfähig machten, Eigentum und Hingabe zu unterscheiden. Man wird erraten haben, daß diese Unfähigkeit später seinen *Neid* steigern wird: Liebe und Geld, die für ihn untrennbar sind, faszinieren ihn durch ihren wechselseitigen Symbolismus: fehlt das eine, so ist ihm auch das andere entzogen, und umgekehrt. Wir werden die enge Beziehung von Eifersucht und Lehnstreue noch kennenlernen. Es mag genügen, darauf hinzuweisen, daß diese Auffassung vom Reichtum durch die feudale Bindung des Kindes, das sich als unwesentlich empfindet, an den *pater familias*, der seinem Wesen nach der Gebende ist, jenes vor der ursprünglichen Kontingenz rettet und daß sie vom vierten Lebensjahr an dazu beiträgt, Gustaves ontologische Würde auf jenes Grundpostulat zu gründen: *ein Rentier sein.*
Auch die Familie gehört ihm. Es gibt zwar noch Achille, aber er stört nicht: denn er erscheint natürlich, wie alles, auf das dieser entstehende Blick trifft: Wesen sind da, seit undenklichen Zeiten, eher vertraut als unterschieden, das ist die *Umwelt*, die anerkannt wird, noch bevor sie erkannt wird, und die man auch erste Natur nennen kann, weil das Kind sich ja sein Sein durch die Umgebung widerspiegeln läßt, insofern sich sein Körper durch das, was ihn umgibt, bestimmt. Es ist auch die *Realität*, die im voraus akzeptiert wird, sofern sie nur erträglich ist: das Kind, allzusehr damit beschäftigt, sie zu erlernen, als daß es sie anfechten könnte, macht sie zum Maß des Seins, der Wahrheit, des Guten. Die Gegenstände, die es umgeben, ohne den Bereich des unmittelbaren Lebens zu verlassen, erhalten hier *de jure* eine Existenz, einen Status.

Die Rechte der Erwachsenen beruhigen den Neuankömmling, legitimieren seine Geburt. Kaum kann Gustave sprechen, schon hat er in Achille den großen Bruder *anerkannt.* Er ist der grundsätzlich Ältere: für den respektvollen Konservatismus des kleinen Vasallen ist die Hierarchie der Flauberts die Ordnung. Der anbetungswürdige Vater, die Quelle aller Macht und allen Ansehens, hat souverän beschlossen, daß ihm seine Frau zwei Söhne schenke, die durch neun Jahre voneinander getrennt sein sollen: bei dem einen wie bei dem anderen hat der Rechtsakt das Faktum hervorgebracht; als Geschöpfe ein und desselben Demiurgen muß Gustave entweder seinen eigenen Status ablehnen oder den von Achille anerkennen. Mehr noch: ist der große Bruder anerkannt, so erhält er die Fähigkeit, selbst anzuerkennen. Wenn er sich dem Kind nähert, es anlächelt oder zu ihm spricht, so partizipiert er *für seinen Teil* an der immer trügerischen und immer wiederholten Zeremonie des Empfangs; er erklärt, daß Gustave keineswegs ein Unkraut oder ein Eindringling ist, sondern ein erwünschter Gast; es ist die ewige Wiederkehr des archetypischen Akts, der jedoch nicht stattgefunden hat: die Öffnung der Türen. Wären die beiden Jungen im Abstand von ein oder zwei Jahren aufeinander gefolgt, wären ihre Beziehungen – ohne daß sie deshalb ihre rechtliche Grundlage verloren hätten – ganz anders gewesen. Sicher leidenschaftlich. Vielleicht freundschaftlich. Aber neun Jahre – oder fast – ist ein allzu großer Abstand. Achille ist zwar bei Gustaves Geburt noch ein ganz kleiner Junge. Aber kaum hat der Jüngere zu sprechen begonnen, wird der Ältere schon ins Collège geschickt: er arbeitet dort mit Eifer und ist bis auf die Ferientage unsichtbar. Kurz, er gehört einer anderen Welt an, er ist ein Miniaturerwachsener. Das Kind will nichts anderes als ihm gehorchen: man sagt, sein Bruder sei ein großer, schon «vernünftiger» Junge; Gustave weiß, daß die Vernunft kein Privileg ist: sie ist lediglich eine Frage des Alters; der Ältere besitzt sie bereits, auf den Jüngeren wartet sie noch. Da Achilles Überlegenheit nur eine provisorische ist, kann man sie ohne Widerrede anerkennen. Gustave wird um so weniger Schwierigkeiten machen, als seine Unterwerfung ihm Vorteile bringt: Achille ist von seinen Schularbeiten absorbiert, lebt weit weg, die meiste Zeit unter die Nicht-Flauberts verbannt, einer niederen, aber zahllosen und gefährlichen Art. Gustave, den das gleiche Exil erwartet, erfreut sich im Augenblick noch der Vorzüge der Kindheit: er verläßt den heimischen Herd nicht, seine Mutter widmet sich ihm; wenn sie ihn versorgt hat, setzt sie ihn auf ihre Knie und spricht zu ihm von Gott, dem Vater aller Väter; der Doktor Flaubert nimmt ihn auf seine Visiten mit; die Le Poittevins, enge Freunde seiner Eltern, versäumen nicht, ihn zu liebkosen: kurz, er gehorcht allen, er wird mit Zärtlichkeit belohnt. Diese Zärtlichkeit ist zwar etwas knapp, manchmal sogar trostlos; aber so lau sie auch sein mag, er spürt sie, es ist das Milieu seines Lebens. Aber Achille? Ist nicht auch er ein geliebter Sohn? Natürlich: Gustave ist davon überzeugt, daß sein älterer Bruder seinen Eltern eine tiefe Zuneigung einflößt, einfach deshalb, weil gute Eltern ihre Kinder lieben. Aber der arme Verbannte, der von seinen Schularbeiten absorbiert ist, hat kaum Zeit, das Wohlwollen des Doktors zu *empfinden*: er hat lediglich ein Recht auf diese Liebe; Gustave ist glücklicher dran, weil er auch in ihren Genuß kommt. Er hat sehr bald begriffen, daß dieses Privileg daher rührt, daß er noch in der Kindheit ist: also ist er gar nicht eifersüchtig auf Achille, der das Pech hat, die Kindheit bereits hinter sich zu haben; Gustave weiß, daß er das Alter und den Status seines Bruders ebenfalls bald erreichen wird, aber er hat es nicht eilig, seine Vorrechte aufzugeben: er wird älter werden, das ist seine Pflicht und sein Recht, aber so spät wie möglich. Tatsächlich hat er in der Folge oft festgestellt, daß ein unbewußter Widerstand seine Lehrzeit verlangsamt hat, als wenn es ihm widerstrebte, seinen Zustand zu verlassen. Uns kommt es jedoch im Augenblick darauf an, die Entwicklung der inneren Vorrichtung herauszufinden, die ihn martern wird: da er glaubt, es besser getroffen zu haben als Achille, vergißt er, auf ihn eifersüchtig zu sein. Das wäre ein ausgezeichneter Start, wenn der Jüngere sich nicht gleichzeitig selbst täuschen würde: ohne Argwohn erkennt er jedem seinen rechtlichen Status zu und ermächtigt damit alle Mitglieder der Familie, auch seinen anzuerkennen. Das heißt, er erkennt ihre Rechte an: verinnert, werden es seine Pflichten sein. Achille ist ihm durch sein Alter überlegen; Gustave sieht darin nichts Schlimmes, ganz im Gegenteil: er findet darin das Mittel, sich in der Kindheit zu vergraben und sie über sich zu schließen; er weiß im übrigen, daß diese Hierarchie keine endgültige ist: den Jüngeren erwarten nur allzu früh die traurigen Privilegien des Älteren, die Vernunft, das Collège, das Exil. Er weiß noch nicht, daß das Älter-sein bei den Flauberts eine unabänderliche Auszeichnung ist: nicht jener winzige Vorteil, der in bürgerlichen Familien sich verflüchtigt und verfliegt, wenn die Brüder beide den Status der Erwachsenen erreicht haben, sondern das verliehene Recht, den *pater familias* nach dessen Ableben zu ersetzen. Der Unglückliche ist bereit, Achille zu respektieren und ihm zu gehorchen: das wird, denkt er, nur eine Zeitlang dauern. In Wirklichkeit ist er betrogen: der Abstand wird bis zum Tod des Vaters fortdauern; nach 1846 wird er sich, inert und heilig, im letzten Willen des Verblichenen verewigen. Was kann der Jüngere dagegen tun? Er hat sich von der frühesten Kindheit an überreden lassen, daß dieser quantitative Unterschied an Jahren einen qualitativen, aber provisorischen Unterschied an Verdiensten symbolisiere; damit ist er im voraus zum Komplizen des Erblassers und der testamentarischen Verfügungen geworden. Nun mag er noch so sehr schreien, daß er das nicht gewollt hat, der Feind hat den Platz besetzt; der frustrierte Junge macht Rückzugsgefechte; um dem Älteren seine

Überlegenheit streitig machen zu können, hätte man sie niemals anerkennen dürfen. «Ich habe sie doch nur auf Zeit anerkannt», würde er antworten. Ja, aber das genügt: unter einem faktischen Zustand hat er ein Recht anerkannt. Damit ist der wesentliche Schritt getan, Achilles rechtlicher Status wird vom Kind selbst reproduziert, empfunden, und die heilige Macht des Vaters braucht ihn nur noch aufrechtzuerhalten und zu konsolidieren.

Was konnte der jüngere Bruder Unvorsichtigeres tun, als dem Erstgeborenen – das heißt dem Erstankömmling – das Recht, geliebt zu werden, zuzuerkennen? Sicher, das Kind ist eher blind als großzügig: es bestätigt das Recht, weil das Faktum ihm entgeht. Aber damit ist es in die Falle gegangen: wenn sich jemals die Liebe zeigt – ich meine die Liebe des Vaters für den Anderen –, so wird diese *andere* Liebe rechtlich begründet sein. Worüber könnte sich denn der Kleine beklagen? Wenn er in den Augen seines Herrn eine niemals gesehene Zärtlichkeit entdeckte, die nicht für ihn bestimmt wäre, könnte er sie verurteilen, schreien, daß man ihn beraube? Das wäre nur dann verständlich, wenn der Chefchirurg seinen Söhnen fremde vorzöge. Aber es handelt sich um Achille: diesmal ist das Recht zunächst als ein Prinzip gesetzt; die Realität scheint seiner Erwartung zu entsprechen und in es einzufließen; die brennende Materie, die Liebe, erfüllt die abstrakte Form; die Form umfaßt die rohe Materie und rechtfertigt sie. Man kann zwar über die väterliche Liebe diskutieren, sie für allzu leidenschaftlich halten: aber diese Fragen sind kaum von Bedeutung. Denn wenn Gustave jemals entdeckt, daß der Doktor Flaubert seinem älteren Sohn eine tiefe Liebe entgegenbringt, so hat er sich schon im voraus der Mittel begeben, dagegen zu protestieren. Er wird beraubt. Gut. Aber es ist ein legitimer Raub: im Namen der Ordnung Flaubert, auf die sich Gustave selbst beruft, muß man seine Klage für unzulässig erklären, den Kläger abweisen und ihn dazu zwingen, sich über das Gefühl zu freuen, daß sein Vater dem Beklagten entgegengebracht hat. Wenn der Jüngere sich beugt und sich freut, heißt das wenigstens, daß er sich damit abfindet? Nein, er verliert den Kopf: die Frustration nagt an ihm und ist um so bitterer, als sie ihren Namen nicht zu sagen wagt.

Kurz, alles liegt fest: in der ersten Zeit seines Lebens störte der Ältere den Jüngeren so wenig, daß dieser das Erstgeburtsrecht widerstandslos verinnerte und damit zu einer der ständigen Quellen seiner familiären Pflichten machte. Das Motiv der Verinnerung war nicht Selbstaufgabe noch irgendeine Anwandlung von Tugend; sie war notwendig: die kleine Gruppe Flaubert ist so streng integriert, daß jedes ihrer Mitglieder zugleich eine Verkörperung der Totalität und ein Ausdruck der väterlichen Macht ist, jener synthetischen Kraft, die sie produziert und vereint; so sind die Rechte eines jeden die Spiegelungen oder Ergänzungen der aller anderen: indem Gustave den Status von Achille anerkannte, behauptete er seinen eigenen. Da die heilige Macht des Vaters Rechtens war, gelangte keines seiner Geschöpfe zur vorgeschriebenen Vollendung, solange es nicht in sich durch die anderen und in den anderen durch sich das Flaubert-sein als *de-jure*-Existenz verwirklichte. Das Resultat ist, daß Gustaves Gefühle, Einheiten organischer Triebe und rechtlicher Forderungen, die sich durch ihre wechselseitige Bedingtheit stimulieren, völlig jenen griechischen Namen «Pathos» verdienen, den Hegel den Leidenschaften der antiken Tragödie gab.

In seinem Bruder erkennt er also zunächst die Familie als Rechtssubjekt an; er erkennt sich auch an als einer, der, wie jeder, die ganze Familie *ist*. Das Recht, geliebt zu werden, braucht er nicht direkt zu fordern, weil die Liebe ja gegeben ist; aber wenn er es für seinen Bruder fordert, auf Grund jenes heiligen Prinzips, daß die guten Väter die guten Kinder lieben, so spricht er, ohne es zu wissen, im Namen der ganzen Familie: diese hat ihre Organisation von Achille-Cléophas: durch die vorgeschriebenen Handlungen, durch den Platz, der jedem im Hinblick auf eine *maximale* Effizienz zugewiesen wird, ist der Vater in ihr, ist er schon normativ: das ist eben das Milieu des Sein-müssens; aber das Familienensemble erfordert, daß diese Integration Liebe sei. Die Liebe ist für den Schöpfer eine Pflicht: es besteht kein Anlaß, sie den Geschöpfen einzeln, jedem für sich, zu gewähren; aber der Demiurg muß seine gesamte Schöpfung als Ganzes lieben. In dieser gleichen Liebe, einer grundlegenden Verpflichtung des Vaters, der Einheit des Unternehmens durch die ursprüngliche Verwandtschaft aller ihrer Mitglieder, sieht jeder den Gesamtkomplex seiner gemeinsamen wie seiner besonderen Pflichten, insofern sie durch die Pflichten der anderen ergänzt werden: das Recht, geliebt zu werden, wird für jeden Teil sein Aufgehen im Ganzen und seine unmittelbare Wiederherstellung in Form eines rechtsgültigen und gerechtfertigten Teils. So gibt es nur eine Liebe Flaubert: die mobile Beziehung des Ganzen zu seinen Teilen. Gustave verleiht der Zuneigung, die der Vater ihm entgegenbringt, eine rechtliche Grundlage, indem er sie auch für seinen Bruder fordert: dieses Kind ist, wie wir wissen, nicht individualistisch: unvergleichliche Leidenschaften, die von unvergleichlichen Geschöpfen hervorgerufen werden, sind ihm unbekannt. Es setzt die Liebe Flaubert, die wirkliche Einheit der Mutter und der Kinder im Herzen des Vaters. Diese vollständige Liebe verlangt es für jeden und folglich auch für sich selbst. Diese unauflösliche und wahre Einheit der kleinen Gruppe wird es später verwirren und – wie wir sehen werden – ihm die Fähigkeit, nein zu sagen, nehmen. Die Bevorzugung durch Achille-Cléophas kann nämlich nur innerhalb der kleinen heiligen Welt geschehen und wird gewissermaßen in den Augen ihres Opfers als eine heiligende Macht erscheinen: das Opfer wird ihn weder dafür verurteilen können, daß er Achille zu sehr liebt – ist es denn überhaupt in der Lage zu entscheiden,

was zu sehr ist? –, noch wird es ihn ganz entschuldigen können, daß er Gustave nicht genug liebt.
Das ist der Kern der Angelegenheit: die Liebe Flaubert, wie sie der Kleine empfindet, ist einerseits eine formale und rechtliche Synthese, eine Integration, andrerseits eine zarte – etwas kalte, manchmal etwas zerstreute – Fürsorglichkeit, der es jedoch nicht ganz an Wärme fehlen kann, da sie sich ja an ein Kind wendet. Das Elend wird an dem Tag beginnen, da Gustave zu verstehen meint, daß auch sein Bruder das Herz des Vaters gewonnen hat. Kurz, das spontane Gefühl wird plötzlich in Frage gestellt. Nicht lange: die ungerechte Liebesbevorzugung wird den verdrängten Bruder sofort auf die Bestimmungen des Testaments verweisen. Anders gesagt, das Haus Flaubert – darin den meisten ländlichen Familien ähnlich – nannte Liebe, was die Entfremdung des Vaters in das gesamte Unternehmen und die Summe der Verfügungen war, die er getroffen hatte und täglich traf, um den einzigen Gegenstand seines Interesses zu erhalten. Darüber hinaus war es natürlich nicht notwendig, daß der *pater familias* liebte – in dem Sinn, den wir heute diesem Wort geben – noch daß allzu deutliche Zeichen die Emotion gegenüber einem Kind des Hauses angaben. Insoweit sich Gustave als Gegenstand einer besonderen Aufmerksamkeit wußte, hatte er sofort gemerkt, daß sich diese Gunst nicht an seine Person, sondern lediglich an sein Alter wandte – und daß die Zärtlichkeit des Vaters die Kindheit des Sohnes nicht überdauern würde. Wenn der kleine Junge schließlich entdeckt, daß der Doktor Flaubert für Achille, diesen jungen Mann, die gleichen Schwächen empfindet, wird er schockiert sein. Kurz, das Goldene Zeitalter ist nicht frei von Widersprüchen. Das ist der erste – der eher eingeführt als erlebt wird. Der zweite dagegen wird unbestimmt empfunden.
Der Individualismus des liberalen Bürgertums hat Vor- und Nachteile: er findet den Menschen isoliert und atomisiert vor und überbietet diese Isolierung, schneidet die letzten Bande durch: sofort ist jede Monade unvergleichlich, oder, besser, die Beziehungen, die sich auf einen Vergleich gründen, bleiben den verglichenen Substanzen *äußerlich.* Vor allem löst diese bürgerliche Moral jede *organische* Beziehung in sich auf – zum Beispiel die, die das Sein des Jüngeren durch das des Älteren bestimmt. Mit anderen Worten, wäre Gustave von Individualisten aufgezogen worden, hätte er weniger oder gar nicht gelitten: er wäre minderwertig, gut, aber nur *an der Oberfläche*; in Wahrheit wäre er einzig. Unglücklicherweise übernimmt die Familie Flaubert von ihrem neuen Milieu den wirtschaftlichen Liberalismus und den sozialen Atomismus, aus dem sie ihren Utilitarismus gewinnt, aber die Ethik der Kleinfamilien und der Geburtenkontrolle, jenen Individualismus, der ihre Einheit oder ihre Nachkommenschaft gefährdete, lehnt sie schlankweg ab.

Gustave ist *ein* Sohn, *der* jüngere Bruder von Achille, *der* ältere Bruder von Caroline: er *ist* die ganze Familie, die ganze Familie ist in ihm; kein Gedanke, keine Emotion, die er nicht auf sie bezieht: sie ist die Bezugsachse; seine Leiden – wie wir später sehen werden –, seine seltenen Momente des Hochgefühls, selbst die Gefühle, die er später Frau Schlésinger gegenüber empfinden wird, alles wird auf das Haus Flaubert bezogen: er liebt, haßt, träumt, philosophiert, rast *für oder gegen es*. Das bedeutet, daß *er* das *Gegenteil* eines Individuums ist. Als er nach seiner Nervenkrankheit den individualistischen Status erhält, wird er gezwungen sein, ihn zu valorisieren; er akzeptiert ihn nur unter Verkleidungen, er kann nur dann akzeptieren, Monade zu sein, wenn er ein hoher monadischer Würdenträger ist: Anachoret, Brahmane oder der «Einsiedler von Croisset»; da die Individualität weder göttlichen noch familiären Rechts ist, soll sie sich wenigstens nicht auf das Konkubinat der Person mit sich selbst reduzieren können, soll diese Selbstgegenwart als eine Ehe von Souveränen erlebt werden. Als Kind und als Junge kennt und schätzt sich Gustave nur in seiner Familienrealität als eine innere Bestimmung der Familie Flaubert. Das schlimmste ist, daß er sich im voraus verurteilt: er taxiert sich nach den Normen, denen sich die Flauberts unterworfen haben. Selbst wenn er andere Normen aufstellt, die ihm gegenüber weniger feindlich sind, wird die neue Gesetzestafel auf der alten fußen: jene wird weniger versuchen, diese umzustoßen, als vielmehr jenseits davon und in einer anderen, erträglicheren Welt reinere und damit *weniger reale* Werte zu schaffen. Die Realität ist das Haus; die Werte sind hier praktische Werte: will sagen, sie entstehen aus den ausgeübten Funktionen und zielen darauf ab, die funktionalen Handlungen zu kodifizieren. Der Utilitarismus, das ist die Ethik Flaubert, eben die, die Gustave ständig in sich selbst bekämpfen und folglich annehmen wird, die Hydra, deren Köpfe jedesmal nachwachsen, wenn er sie abgeschlagen hat. Aber es geht hier nicht um ein abstraktes Prinzip, sondern vielmehr um die strengste aller *konkreten* Vorrichtungen, die unlöslich mit der ländlichen Ökonomie verbunden ist: diese Organisation verteilt die Rollen, ebenso wie die Gerätschaften werden die Personen als Mittel zur Fortsetzung des Unternehmens bestimmt: jeder behandelt sich selbst und wird von den anderen als Mittel, nie als Zweck behandelt. Was das Endziel angeht, so gibt es überhaupt keins. Außer daß jedes erreichte Ziel zum Mittel wird, ein weiteres Ziel zu erreichen: *semper excelsior*. Dieser zielgerichtete Utilitarismus ist nichts anderes als *Ehrgeiz*. Unter diesem letzten Ausdruck ist nämlich nicht zunächst eine verschwommene und zufällig in dieses oder jenes Herz vom Himmel gefallene Leidenschaft zu verstehen: es ist vielmehr ein ablaufender Prozeß; eine kleine Gruppe wird eine Zeitlang durch ihren objektiven Aufstieg bestimmt und bringt ihre Mittel hervor, ihn fortzusetzen. Der Doktor Flaubert ist ein *Mutieren-*

der, der noch von seiner Mutation wie betäubt ist: er muß sie jedoch verinnern. Sie wird in ihm zur *Gewißheit*: die Vergangenheit verbürgt die Zukunft, die den wunderbaren Aufstieg fortsetzen wird; zugleich ist diese Gewißheit eine *unerbittliche Regel*: Achille-Cléophas muß das Mittel für seinen ständigen Erfolg werden. Seine von seinen Händen geknetete Familie ist zugleich Mittel und Zweck. Durch und für sie muß der soziale Erfolg eines Tierarztsohns sich über eine Generation hinaus fortsetzen. So hat er also in den Familienteig eine doppelte Hefe getan: die unbedingte Verheißung des Erfolgs, den absoluten Imperativ, alles dafür zu opfern. Mit anderen Worten, der *Ehrgeiz* ist das Wesen dieser Familie selbst: er ist ihre *Daseinsberechtigung*, der zugleich lebendige und erstarrte Entwurf, die Form ihrer Entfremdung in den Vater und durch ihn in das Jahrhundert; er definiert jedes neue Mitglied durch alle anderen und treibt die Familienintegration bis zum Äußersten; außerdem wird er von jedem und von allen als die reale Entwicklung des Unternehmens *erlebt*: Gewinne, Spareinlagen, Landkäufe, Erweiterung der Patientenschaft, wachsendes Ansehen des Chefarztes, alles wird gemeinsam empfunden, alles trägt dazu bei, dem gemeinsamen Leben eine vektorielle Bestimmung, eine Richtung zu geben: Kinder und Eltern fühlen, wie sie vorwärtskommen, der Fortschritt ist nicht nur Mittel und Zweck, er ist das Lebenselement, die Umwelt, er ist für jeden ein subjektiver Eindruck der Geschwindigkeit – der um so deutlicher ist, als diese Geschwindigkeit variiert und stockt. Die Aufstiegskraft der kleinen Gruppe bildet die gemeinsame Substanz jedes besonderen Modus. Für jeden ist sie Pflicht – früher oder später wird sie sich durch die eigenen Anstrengungen fortsetzen –, aber mehr noch Liebe: indem man sich mit der Bewegung verbindet, indem man sich von ihr forttragen läßt, indem man sich auf die künftige Ablösung vorbereitet, übernimmt man die Ansicht des Vaters, identifiziert man sich mit dem anbetungswürdigen Schöpfer, singt man sein Lob, erstrebt und erreicht man seine Billigung. Jeder spiegelt allen anderen den strengen Willen des Herrn wider: man liebt sich in Ihm, so wie die Christen sich in Gott lieben; diese Anbetung verbirgt den Kindern die Heteronomie ihres Willens: der Ehrgeiz und der Vater sind eins; ihre Leidenschaft macht da keinen Unterschied. Es genügt ihnen nicht, gefügige Sklaven zu sein: sie machen sich zu Eiferern. Mit anderen Worten, ein Sohn Flaubert ist von Geburt ehrgeizig: er atmet den Ehrgeiz ein, er ißt ihn, er scheidet ihn aus, es ist die Bewegung seines Lebens, der Sinn seiner grundlegenden Liebe, das Geheimnis seiner absoluten Bedeutung und seiner Unwesentlichkeit, die Spezifizierung des gemeinsamen Entwurfs durch seinen freien[65] besonderen Entwurf.

65 Man verstehe mich recht, wenn ich sage: frei. Es gibt hier durchaus eine Spontaneität, aber auf der Grundlage eines vorgefertigten Wesens.

Ohne es zu wissen, ist Gustave also die Verkörperung des Familienehrgeizes: es ist sein grundlegender Entwurf, sich so hoch wie möglich hinaufzuschwingen, um sich in die Arme des Herrn zu werfen, sich mit ihm zu identifizieren, mit seinen eigenen Händen zur Erhöhung aller beizutragen: in seinem Haus ist es die ständige Kommunion der Heiligen, alle Verdienste strahlen von jedem Haupt auf alle anderen aus; vom frühesten Alter an durch die Auszeichnungen des Vaters ausgezeichnet, wird er später durch seinen eigenen Ruhm die ganze Familie mit Ruhm bedecken. Der erste Impuls des Kindes trägt ihn zu den Gipfeln: dort ist sein Platz; aber der Bewunderung durch die Massen mißt er nur eine relative Bedeutung bei; die Anerkennung seines Wertes durch das Menschengeschlecht ist nur eine unentbehrliche Bedingung seiner wahren Bestätigung: unwesentlich und berühmt dreht er sich zu den Seinen um; wenn sie ihm dann sagen: du hast dich um uns verdient gemacht, kann er zufrieden sterben. Der Ehrgeiz ist natürlich nur ein Liebestraum; sobald er genauer an seine Zukunft denkt, zeigt er sein anderes Gesicht, eine gierige Habsucht: man muß sich bereichern, Titel und Ehren anhäufen; aber dieser bürgerliche Arrivismus ist kein anderer als der des *pater familias.* Wie oft wird Gustaves Mutter in der desolaten Wohnung des Hôtel-Dieu – in dem die Häßlichkeit des Mobiliars so deutlich die utilitaristische Knausrigkeit, die völlige Aufopferung für den Erfolg anzeigt – dem kleinen Jungen die Kindheit des großen Mannes erzählt haben, das wundersame Erwachen seines Genies, seinen Weg zum Ruhm, bei dem er jeden Rekord schlug. Diese so jung verheiratete Frau empfand ebensoviel Verehrung für den Herrn wie «eisige» Verachtung für die Nicht-Flauberts: also stellte sie Achille-Cléophas als das einzig zu befolgende Vorbild hin; es war zunächst eine Pflicht, weil man ihm ähneln mußte, später würde es eine Belohnung werden, weil man ja am Ende einer strengen Askese schließlich seine Tugenden sich zu eigen machen würde. So wie der Ehrgeiz es für den Vater war, ist der Vater zugleich Gesetz und Verheißung für das Kind; auf diese Weise kann ein puritanischer Arrivismus Optimismus hervorbringen: am Ende werden die Guten belohnt. Diese eitle Kinderei, die sein Unternehmen in ein Feenmärchen verwandelte, machte es Gustave zugänglich. Ein ganzes Leben schien schon zusammengefaßt: man mußte es nur noch im Galopp durcheilen bis zum Sieg. Die törichte Hoffnung im Herzen des Entwurfs verbarg dessen Trostlosigkeit: man würde mit Leichtigkeit die Ablösung übernehmen, das war möglich: ein anderer hatte es auch schon getan; ich wette, daß selbst noch Achilles erste Erfolge den Jüngeren ermutigten, bevor sie ihn eifersüchtig machten. Es wäre leicht, sehr leicht: was der erste Flaubert geschafft hatte, würde der zweite mühelos wiederholen, und auch der dritte würde bequem die beiden Rekorde brechen.

Hier taucht der zweite Widerspruch auf, der zweifellos tiefer ist als der erste, denn er strukturiert die Bewegung des Erlebten für immer. Gustave ist ebensosehr Sohn von Caroline wie von Achille-Cléophas. Bei diesem Paar wird es niemals irgendeine Unstimmigkeit geben, weil ja die Frau nur das Recht fordert, dem Gatten gehorchen zu dürfen. Ihr jüngerer Sohn dagegen verinnert einen virtuellen Widerspruch, der seine Eltern niemals in Gegensatz zueinander bringen wird. Gustave ist nämlich *zunächst* das Produkt von Caroline, *sie* ernährt ihn und läßt ihm seine erste Pflege angedeihen. Der Doktor Flaubert, der die erste Erziehung des Säuglings von weitem überwacht, merkt nichts: alles ist in Ordnung, er lobt den mütterlichen Eifer der jungen Frau, ermahnt sie zur Überfürsorglichkeit, aber kann sich nicht einmal vorstellen, daß diese ersten mütterlichen Verhaltensweisen den niemals empfundenen Unwillen einer Gattin in Tatsachen umsetzt, die von ihrer neuen Wohnung, von der kürzlichen Abkühlung ihres Gatten, vom Auftauchen eines vierten Jungen, als sie ein Mädchen erwartete, enttäuscht war, und daß diese Verhaltensweisen zur Folge hatten, einen überzähligen, ohne Liebe vollgestopften Taugenichts zu konstituieren, der ganz überrascht war, den Tod zu überleben, der seine beiden Brüder hinweggerafft hatte. Unerwünscht, ohne Daseinsberechtigung, stürzt er sich vom ersten väterlichen Lächeln an in die Welt des Vaters, integriert sich, um aus den Anforderungen seines Herrn seinen rechtlichen Status zu gewinnen, in das Unternehmen Flaubert, das in ihm und außen zugleich Aufstiegskraft, Familieneinheit, Liebe, Pflicht und vor allem *Praxis* ist. Der Stolz von Achille-Cléophas ist nämlich nicht nur die inerte Erinnerung an die Mutation, die aus diesem Bauern den größten Arzt von Rouen gemacht hat – und den reichsten –, es ist auch die durch ihn und vermittels seiner fortgesetzte Mutation, es ist sein ungeheurer Wissensdurst, der ihn dazu treibt, unablässig zu sezieren, es ist seine noch ganz bäuerliche Gewinnsucht, die ihn alles, was er hat, in Immobilien anlegen läßt, es ist die Bewunderung und die stumme Erwartung seiner Studenten, die ihn zwingen, von Jahr zu Jahr seine Vorlesungen zu überarbeiten, sie zu vertiefen, es ist die Gunst der Oberschicht von Rouen, seiner Patientenschaft, die ihm ihre Salons zu öffnen beginnt, es ist seine eiserne Verachtung für die Nicht-Mutierenden, für die Armen, die sich nicht bereichern, für die Reichen, die im Überfluß geboren sind. Kurz, der Stolz des Ehrenmannes gehört nicht dem *Pathos* an; er wird in *Handlungen* erlebt. Aber wer ist es denn, der sich um 1835 dieser fieberhaften Aktivität bewußt wird als eines geheimen Zusammenhalts der Familiengemeinschaft und als einer ihn mitreißenden Aufstiegsbewegung, die er zu verinnern und in Praktiken rückzuentäußern hat, die in seiner Person die Überlegenheit der Flauberts über das ganze Menschengeschlecht zeigen sollen? Ein Junge, der sich für einen Auswurf hält und den die folgenreiche Kälte seiner Mutter ohne seine Zustimmung konstituiert hat: kaum ist er in die Welt des Vaters eingetreten, ohne daß er aufgehört hat, sich als *überzählig zu erleben*, schon hat er durch Liebe begriffen, daß der Ruhm sein Los war, daß er im Mannesalter zu Pferde oder in der Kutsche in die Weiler und Dörfer würde einziehen und zwischen Bauern, die vor ihm im Staub lagen, hindurchgaloppieren müssen. Das ist Gustaves Vater-Imago, die weder den Utilitarismus noch sogar einen Anflug von Knausrigkeit oder jedenfalls die Kunst zu sparen ausschließt. Dem widerspricht jedoch schlankweg die Mutter-Imago oder, besser, die erste Gewohnheit des Kindes. Nicht, daß sie *an sich* wahrer oder tiefer wäre: es ist der Stoff seiner Subjektivität; der väterliche Gustave ist die Verinnerung seiner objektiven Situation. Denn er *spürt* tatsächlich diese Kraft in sich, die ihn fortträgt, *er bemüht sich, sie zu spüren*, um der ursprünglichen Stagnation zu entfliehen, er spürt *auch*, daß er die Pflicht hat, sich diese Aufstiegskraft, der er sich nur zu überlassen braucht, anzueignen. Aber diese Pflicht ist um so gebieterischer, als ihm die Mittel zu ihrer Erfüllung fehlen. Dieses Kind, das unfähig ist, ja oder nein zu sagen, das seine Nutzlosigkeit wiederfindet, sobald sein Vater sich von ihm abwendet, und das ihr nur in der Geistesabwesenheit entfliehen kann, jener quietistischen Selbstaufgabe, durch welches Wunder sollte es zu einem Wissenschaftler, einem Subjekt der Geschichte werden? Der Arrivismus des kleinen Gustave ist echt – Impuls und Verpflichtung zugleich –, aber er scheitert an seiner von den ersten Monaten an konstituierten Passivität, die so grundlegend ist, daß sie aus ihm ein eher *gesprochenes* als ein sprechendes Kind hat werden lassen, einen Fluß passiver Synthesen, Intentionalitätsvehikel, die sich nicht auswirken können. Was wird er tun? Den Aufstieg Flaubert spürt er in seinem Körper; er erhält täglich eine Beschreibung davon, der Vater stellt ihn dar. Also ist er in ihm: man hat einen Arrivisten aus ihm gemacht. Sein Stolz wird *erlittener Ehrgeiz* – er ist nämlich nur erst die Aneignung des väterlichen Ehrgeizes durch die Liebe, aber was in Achille-Cléophas *Praxis* war, wird bei Gustave notwendig *Pathos*; es ist eine Schattenaktivität, die er sich nicht einmal vorstellen kann und die – als Unruhe, als Gewissensbisse, als eine ständige unerfüllbare Erwartung – den inerten Fluß des Erlebten heimsucht. Diesen Stolz, eine Verinnerung dessen, der alle Mitglieder des Hauses zusammenschweißt und in seinem Prinzip nichts anderes ist als der törichte Hochmut des *pater familias*, kann er außerdem ohne große Schwierigkeit nachempfinden, wenn er die hohe Gestalt des Doktor Flaubert widerspiegelt oder sich im väterlichen Ruhm verliert: aber auf diese Weise vergißt er sich und erfreut sich eines *anderen* Hochmuts; sobald er sich wiederfindet, verschwindet diese unerschütterliche Anmaßung, diese Selbstbehauptung gegen alle, und wird von der tiefen Demut des Schlechtgeliebten angefochten, da sie der Instrumente beraubt ist (hochfliegende Ansprüche, Affirmationsvermögen, Aktivität), die es ihr ermöglichten zu überdauern. Verwechseln wir dieses *Unerfüllbare* nicht mit dem schmerzlichen Hochmut, den seine frühen Werke bezeugen: dieser wird erst *nach* dem Fall kommen; auf Rachsucht und Frustration fußend, wird er als Kompensation einer ungerechten und nur allzu gerechten Ungnade Gustaves *Pathos* sein, der Geier, der an seiner Leber nagt, bis er daran stirbt. Im Augenblick sind wir noch im Goldenen Zeitalter: ich spreche von leichten Trübungen im Paradies. Caroline und die anderen Hagiographen von Achille-Cléophas machen dem kleinen Vasallen, der ihnen zuhört, Freude: ich sehe jedoch in ihren Erzählungen einen der sekundären Gründe für seine «Unheimlichkeit»: man trichtert ihm eine praktische Sprache ein, *die* Sprache der *Praxis*, aber die Bedeutungen, die ihm durchaus nicht gänzlich entgehen (sie sind den Verhaltensweisen der anderen ja angemessen) werden von keiner subjektiven Gewißheit verbürgt. Sie bezeichnen ihn jedoch: er ist der Sohn Flaubert, er wird seinem Vater nacheifern, Kranke heilen, das Erbe vergrößern; mehr noch: die Vorbilder vom Chefarzt und von Achille sind ihm so vertraut, so alltäglich, daß sie ihn direkt angehen, da er ja an der Familiensubstanz partizipiert. Aber ohne eine Zustimmung, die er nicht geben kann, bleiben diese Wörter in ihm *tote Buchstaben*; er muß an das, was man ihm sagt, *glauben*, da er ihren Sinn nicht durch einen sie überschreitenden Entwurf verwirklichen kann. Es ist die Zukunft der Familie, die sich zeigt, eine Zukunft, die auch ihn umschließt; er will sie, er will dazu beitragen, sie zu schaffen, aber seine Träume, wenn er welche hat, werden sofort durch das unklare, aber sichere Bewußtsein seiner Ohnmacht zerstreut. Man hat ihn ehrgeizig gemacht, gut; er hat sich mit dem Arrivismus Flaubert durchtränkt; aber es wird nicht mehr lange dauern, und der kollektive Aufstieg wird für ihn eine Quelle ständiger Demütigungen sein: da er passiv ist, wird er sich von der Familiengemeinschaft hochgezogen und getragen fühlen; ein totes Gewicht, das nicht an der gemeinsamen Anstrengung teilnimmt und sie vielleicht sogar verlangsamt. Ein *passiver Ehrgeiziger*, kann man sich etwas Jämmerlicheres vorstellen?

All das ist nur erst skizziert, vorgefühlt, vage erlebt: eine Beunruhigung vielleicht. Aber in der Kutsche des Doktors ist Gustave Königssohn. Und wenn er ein Unbehagen ahnt, wenn die erahnte Zukunft ihn beunruhigt – weil sie ihm als andere gehört, weil er sich als ein neuer Achille-Cléophas in ihr wird erweisen müssen –, wehrt er sich schon durch passiven Widerstand, indem er sich dem überläßt, was er ist; das ist ein Grund – und nicht der geringste – für seine Geistesabwesenheiten: Gustave hat Angst vor *dem, was kommen wird.* Wir werden in dieser ganzen Untersuchung sehen, daß er niemals aufhören wird, davor Angst zu haben. Etwas später werden wir ihn die Ewigkeit gegen die Zeit ausspielen sehen: er will nämlich sein Schicksal aufhalten. Es wird ihm übrigens gelingen, allerdings um den Preis einer Neurose. Im

Augenblick interessiert er sich kaum für die Ewigkeit, und es ist nicht einmal sicher, ob er dieses Wort überhaupt kennt: die Geistesabwesenheit ist zunächst eine Weigerung, größer zu werden und die Probleme des Wissens, des praktischen Lebens anzugehen: wenn Unruhe ihn quält, «macht er sich schwer» und versucht, zu seiner Vergangenheit zurückzukehren, das heißt zu einer problemlosen Gegenwart. Diese offensichtliche Regression ist ein Sich-fallen-lassen: die reine Gegenwart identifiziert sich mit der Vergangenheit, und der Fluß unartikulierter Wahrnehmungen bietet sich als ein Aufgehen der Seele im sinnlichen Universum dar. Es geht darum, ein überflüssiges *ego* und zugleich die Zukunft auszulöschen. Auf dieser Ebene ist die Geistesabwesenheit Reaktion; das Kind weiß sie bereits zu benutzen: weil man mit Gewalt ein erlebtes und vorher strukturiertes Ensemble in eine *Rolle* zwängen will, für die es nicht geschaffen ist, bedient es sich der Tatsache, daß ihm oft schwarz vor den Augen wird, um sich zu vergessen und die Rolle, die es erwartet, aus den Augen verlieren zu können.

In dieser Zeit hat Gustave noch einen anderen Grund, sich an die Kindheit zu klammern: er ahnt dunkel – und ganz gegen seinen Willen –, daß die Liebe seines Vaters sich weniger an seine Person als an sein Alter richtet: läuft er nicht Gefahr, wenn er größer wird, wie Achille zu werden, dessen Privilegien ihn noch nicht beunruhigen? Aber sicher wird er so werden: ein jüngerer Flaubert muß drei Phasen durchschreiten, er muß der geliebte Gustave, dann der geniale Student Achille sein und schließlich Achille-Cléophas in seiner Macht und seinem Ruhm neu verkörpern. Der kleine jüngere Bruder wünscht lebhaft – aber mit Schrecken –, es eines Tages dem Größeren der Flauberts gleichtun zu können. Aber er hat es nicht eilig, dem strebsamen Achille gleich zu werden, der niemals da ist, der im Collège ein tristes Leben führt und eher die anbetungswürdige Strenge des *pater familias* als seine Zärtlichkeit und Nachsicht kennt. Gustave ist im Augenblick nur Gustave: ein gutmütiger Herr macht ihm das Geschenk seiner Person und seines Lächelns, ohne dafür etwas anderes zu verlangen als einen Gehorsam, den der kleine Vasall ihm nur allzu glücklich erweist. Warum kann man sich nicht in der frühesten Kindheit festsetzen: es ist das Goldene Zeitalter, Gustave spürt es dunkel, man muß in ihm bleiben, niemals größer werden. Später werden wir sehen, daß Flaubert sich die Zeitlichkeit als eine Rückbildung vorstellt: alles entwickelt sich vom Bösen zum Schlimmeren, das ist die Ordnung. Viele Gründe, die erst später deutlich werden, haben ihn dazu veranlaßt, dieses Vorurteil zu wählen. Der Sündenfall ist natürlich einer davon. Aber wir wollen hier auf die ursprüngliche Option hinweisen – die wir überall wiederfinden werden, besonders während der «Nervenattacke» von 1844: es ist die Weigerung, erwachsen zu werden, das heißt, sich innerhalb der Familie durch andere Beziehungen zu jedem ihrer Mitglieder zu definieren.

Alles bleibt bestehen: Achille ist Gustaves zukünftiges Bild. Aber die Beziehungen des Vaters zum älteren Sohn scheinen ihm sehr kühl: von ihnen her ahnt er, daß die Zeit der *Praxis* für ihn die Zeit des Scheiterns und des Exils sein wird. Die Geistesabwesenheit gibt zugleich die bewußte Unfähigkeit und die Weigerung wider.
Sie entsteht grundsätzlich aus der Verblüffung. Dieses Merkmal, das sie das ganze Leben lang behalten wird, wird selbst zu einer *Funktion.* Wer erinnert sich nicht an Gustaves Verblüffung gegenüber der «unendlichen Dummheit des Bürgers»? Wir werden darauf zurückkommen. Im Augenblick ist das dunkle Bewußtsein vom Widerspruch entscheidend, der das eher erduldete als beherrschte Erlebte zu der *persona* in Gegensatz bringt, die man ihm durch die Sprache, durch Verhaltensweisen aufzwingt und die er leben müßte, auch sie die reiche und ungewisse Folge von Wahrnehmungen ohne *ego*, dieses *ego*, auf das andere in ihm abzielen und das ihm das eines anderen zu sein scheint. Auf ein solches unverständliches Unbehagen reagieren manche Kinder mit Wutanfällen (was eine Vereinfachung ist) oder mit einer fluchtartigen Über-Aktivität (die von den Müttern «Überreiztheit» genannt wird). Jeder benutzt und kann nur die erstbesten Mittel benutzen. Da Gustave passiv ist, übersteigert er die Passivität: die «Unheimlichkeit» bringt ihn an den Rand der Ohnmacht. Er hat es gesagt; er hat sie in seinen Erzählungen, wie wir gesehen haben, zum Endpunkt und Sinn seiner Geistesabwesenheiten gemacht. Und das ist wahr. Bis auf die Tatsache, daß er niemals ohnmächtig wird. Das *ego* verschwindet, aber das Denken wuchert, als wenn man es befreit hätte. Ein komisches Denken, das, da es nicht verbalisiert wird, sich nicht vom Gefühl löst, sich niemals behauptet, in bunten Fetzen ein Bewußtsein durchquert, das sich Lust und Angst teilen. Die Beschreibung, die uns Frau Commanville hinterlassen hat und die sie von ihrer Großmutter hatte, ist bezeichnend. In jenen Momenten sah Gustave blöde aus und nuckelte an seinem Daumen. Diese Details kennzeichnen zur Genüge eine den Kinderärzten wohlbekannte Gewißheit, die ihrer Meinung nach Momenten einer «intensiven Ideation» entspricht; alle seine Phantasmen nehmen ihn ein, vor allem die, die seine Identifikation mit den Tieren betreffen. Über diesen Punkt hat uns Gustave wertvolle Auskünfte in seinen Briefen an Louise Colet gegeben. Er zieht die Tiere an, weil sie wissen, daß er ihnen ähnelt – diese Überzeugung ist der Ursprung einer der letzten Szenen der ersten *Education sentimentale*: Jules gelingt es nicht, einen elenden und dreckigen Hund loszuwerden, der sichtlich er selbst ist oder besser sein eigenes Leben. Ihre Quelle ist der bei Kindern ziemlich verbreitete und bei Gustave besonders starke Glaube, daß sie Tiere seien: verwöhnt, niedlich wie Haustiere und ebenso wie sie – wenn die Verwandtschaftskonstellation es verlangt – ohne Visum. Gustave fügt hinzu: *sie verstehen mich*, sie wissen, daß ich sie verstehe.

Wichtig ist hier die grundlegende Gleichsetzung des Idioten mit dem Tier: eine Abwehrgleichsetzung, denn der Idiot, der verpfuschte Mensch, hat unrecht, ein Idiot zu sein, nicht alle Qualitäten seiner Art zu entfalten. Der Fuchs dagegen hat recht, ein Fuchs zu sein, und der Wolf hat recht, ein Wolf zu sein. Als wollte uns Gustave anvertrauen: als Kind hielten mich die Erwachsenen für einen Idioten; in Wirklichkeit war ich ein kleines Tier. Die Rachsucht hat das Thema in dem viel später geschriebenen *Quidquid volueris* kompliziert, weil ja der Affe Djalioh mit Gewalt menschliche Merkmale verliehen bekommen hat, die sein Unglück ausmachen. In seiner ersten Form vom fünften bis zum siebenten Lebensjahr erscheint diese Gleichsetzung des Menschenkindes, das durch Passivität der Kultur fremd ist, und des Tieres, das *von der Geburt an* voll und ganz seine Art manifestiert, als eine Äußerung seiner Weigerung, größer zu werden und die Kultur zu bewältigen, die bereits in der auf ihn wartenden Fibel Gestalt angenommen hat: anstatt sie aufzuschlagen, jenen unverständlichen Gegenstand, der ihn in einen Menschen verwandeln soll, verliert sich Gustave in der Natur oder macht sich selbst zur Natur, zum Produkt der Erde. Der Mensch, den er in seinen ersten Novellen beschreiben wird, ist historisch und pascalianisch: aber es ist kein gefallener Engel, sondern ein akkulturiertes Tier; die Kultur ist der Sündenfall, er ahnt es: er wird dabei, wie später (in dem *Bericht für eine Akademie*) der Affe von Franz Kafka, jenem anderen Opfer eines skrupellosen Vaters, die «Verstörtheit der dressierten Tiere» im Auge haben. Er wird sich darin gefallen, den Idioten zu spielen oder die Naturgewalt, und zwar aus dem bloßen Vergnügen, die eigentlich menschlichen Dinge in ihm und um ihn herum symbolisch zu zerstören; Sturm und Hagel werden ihn entzükken: sie vernichten die menschliche Arbeit, die Natur macht Kahlschlag, behauptet ihre absolute Überlegenheit über die Erfindungen des Menschen und ihre Anwendungen; sie zeigt, daß unsere Art, die sich so viel auf ihre Amphibolie einbildet, nicht das Zentrum der Welt ist und daß eine Naturkatastrophe sie ebenso vernichten kann wie einige seit langem ausgestorbene Tierarten. Mit anderen Worten – und obwohl das Kind durchaus noch nicht die Möglichkeit hat, sein Denken so zu formulieren, wie wir es tun –, was ihn am Menschen abstößt, das ist die Geschichte – die ihn undenkbar und widersprüchlich macht; deshalb will er Tier bleiben, weil die Tiere geschichtslos sind und jedes von ihnen definierbar, ja klassifizierbar ist durch die Fülle eines Begriffs, der es ganz faßt, ohne für *Anomalien* Platz zu lassen, es allen anderen seiner Art gleichmacht und den es, was es auch tut, nur immer *verwirklicht*. So ist die Kindheit nicht mehr ein Alter, sondern eine zoologische Kategorie: es gibt Affen, es gibt Hunde, es gibt Kinder. Vielleicht ist das Kind bei näherem Hinsehen nur ein Hund, der es nicht weiß. Das ist die beste Möglichkeit, sicher zu sein, daß man das früheste Alter, das Goldene

Zeitalter, niemals verlassen wird, es ist auch ein gutes Verfahren, vor jenem ewigen Geplapper, der Sprache, zur Wahrheit des Tieres, dem Schweigen, zu fliehen. Natürlich geschieht das durch Wörter. Aber die Vokabeln «Hund», «Katze» und «Küken» dienen nur als praktische Schemata: im Erlebten verborgen beherrschen sie unsichtbar stumme Phantasmen. Der Sinn dieser Identifikationen ist jedenfalls klar: da die Kultur als Vorrecht des Erwachsenenalters erkannt ist, lehnt man sie radikal ab, indem man sich für immer zur Natur macht; gleichzeitig findet das Kind einen Mythos, um seine ersten Widerstände gegen die Akkulturation zu erklären: es ist ein Tier, Tiere sprechen nicht. Indem es sich selbst als eines jener Haustiere ansieht, die für die Erwachsenen ein ständiger Anlaß für Zärtlichkeiten sind, nennt es schließlich seinen Hunger danach, auch gestreichelt zu werden; die Zukunft wird geleugnet: der Salonhund wird geboren, wird erst ein kleiner, dann ein großer und schließlich ein müder alter Hund werden, ohne den Salon seiner Geburt zu verlassen, ohne etwas zu tun, womit er die Liebe, die ihm großzügig gewährt wird, verdient hätte. Er wird das Glück in der Wiederholung finden und natürlich in der religiösen Anbetung jener Götter, die sich über ihn beugen und sanft mit ihm sprechen, ohne zu verlangen, daß er versteht, was sie sagen.

Das ist also Gustaves Goldenes Zeitalter: das Bedürfnis, die gegebene, die empfangene Liebe, die passive Spontaneität und die Langeweile, unterbrochen von regelrechten Absencen, in denen der kleine Junge sich durch pantheistische Ekstasen direkt oder durch Tierspielen indirekt zur Natur macht und dadurch die Gegenwart zu verewigen träumt. Ist es denn so wunderbar, dieses Paradies, das dem Sündenfall vorausgeht? Ja und nein. Zunächst wird es mitten im Tod erlebt: Vater und Mutter stellen ihn dar, jeder auf seine Weise; Caroline verleiht ihm die Imago des privaten Todes: zwei kleine Männchen sind vor seiner Geburt gestorben, ein drittes wird kurz danach sterben; umgeben von diesen kleinen einzelnen Lebensgeschichten, die sich von der Geburt bis zur Vernichtung leibhaftig abgespielt haben, spürt Gustave bis in seine Knochen hinein ein besonders intimes Verhältnis zu jenen allzu schnellen Geschicken: er ist geboren, um schnell zu sterben, und spürt dunkel, daß Frau Flaubert ihn als einen *moriturus* behandelt: das erschreckt ihn nicht, es wird sogar sehr viel später die Grundlage seiner Kunst sein. «Ich bin mit dem Verlangen zu sterben geboren» (*Novembre*, I, 254), sagt er nach dem Sündenfall. Das ist nicht ganz richtig: der eigentliche Wunsch ist ihm mit sieben Jahren gekommen und hat sich auf das gestützt, was man das «Sein zum Tode» dieser passiven Natur nennen könnte. Das Verlangen, die Ewigkeit der Kindheit zu erhalten, wie es sich während des Goldenen Zeitalters darstellt, hat sich in dieser Epoche einfach mit jener anderen Ewigkeit vermischen können, die von der Mutter verheißen und Gustave kaum bekannt war, der Ewigkeit *post mortem*. Nichts bewahrte jedoch den Schlechtgeliebten, den Unerwarteten davor, seinen wahrscheinlich nahe bevorstehenden Tod – wie es Marguerite aus *Un parfum à sentir* in aller Bitterkeit und Klarheit tun wird – unbewußt als eine Rückkehr zur Ordnung zu betrachten. Und dieses vage Vorgefühl verlieh dem Erlebten, selbst in dieser frühesten Kindheit, einen gewissen unheilvollen Beigeschmack. Die Geistesabwesenheit oder Auslöschung eines ungewissen *ego* zugunsten des lebenden Tieres oder des erlebten Unendlichen war auch der unverständliche Traum seiner Auslöschung durch den Tod. Gab es da einen so großen Unterschied: Gustave würde verschwinden, die Hunde, Katzen und Tiger würden weiter existieren, und das Meer würde weiter das Bild des Unendlichen ausbreiten.

Der Doktor Flaubert, der im Kellergeschoß versessen Leichen sezierte und jeden Vormittag Visite bei Sterbenden machte, die am Nachmittag verschieden, das war der öffentliche Tod: er stellte das Recht der Gesellschaft auf die Toten dar. Diese Arbeit des anbetungswürdigen Herrn beunruhigte den Kleinen nicht, im Gegenteil, ebensowenig wie die großen grünen Fliegen, die aus dem Kellergeschoß herauskamen und in dem kleinen Garten herumbrummten, wo er mit Caroline spielte: der Tod war das Material des väterlichen Genies, also bestand kein Anlaß, davor Angst zu haben. Was Gustave jedoch lernte, was er zwanzigmal in seinen Werken wiederholt hat, das war, daß die Toten mit äußerster Nacktheit geschlagen sind, mit einer Nacktheit, die nicht die Möglichkeit hat – durch eine Geste, durch die Haltung des Kopfes, durch Anmut oder Schönheit –, sich zu wehren, was so viel bedeutet, daß der Tod ein grauenvolles Überleben ist, der die Toten hilflos den Launen der Lebenden überantwortet. Deshalb wird er den Sadismus so weit treiben, Marguerite aus *Un parfum à sentir* über ihren Selbstmord hinaus zu verfolgen, um sie dem Seziermesser zweier Leichenschnippler zu überliefern, und deshalb auch wird man den armen Djalioh aus *Quidquid volueris* ausstopfen oder die schöne Adèle, die der Pithekanthropus bis zum Wahnsinn geliebt hat und die nun Aas geworden ist, exhumieren.[66]

Diese beiden Auffassungen, der mütterliche Tod und der väterliche Tod, geraten in seinem Geist in Gegensatz zueinander. Erst noch vage und dann mit fortschreitendem Alter immer heftiger. Der mütterliche Tod ist nämlich für eine Mißgeburt fast wünschenswert: er ist mißgebildet, er löst sich auf; da er nicht geliebt wird, kehrt er ins Nichts zurück, aus dem man ihn irrtümlicherweise gezogen hat; der väterliche

66 In *Agonies* nimmt er das wieder auf und zeigt uns in einer sehr unwahrscheinlichen, aber typischen Weise einen «berühmten Mann», der unter den Augen der Menge exhumiert wird (I, 158) – eine unnennbare Sache –, jener Menge, die Marguerite lynchen wollte.

Tod ist eine Verurteilung auf alle Ewigkeit: tot oder lebendig, die Mißgeburt ist für alle Ewigkeit zuviel; der Elende gehört den Menschen und den Würmern, die aus ihm machen, was sie wollen: kurz, nicht einmal der Selbstmord rettet die überzähligen Kinder; er sozialisiert sie nur.

Mit fünf Jahren formuliert sich Gustave diesen Widerspruch nicht klar, zumal er, zum Sterben bereit, sich nicht einmal vorstellen kann, daß er sich selbst das Leben nimmt. Sagen wir lediglich, daß er von diesem Kontrast verwirrt ist: auf der einen Seite jene reinen, lichthaften Abwesenheiten, die kleinen Toten von Frau Flaubert, auf der anderen Seite jene aufdringlichen und umfänglichen Anwesenheiten, die Toten des guten Doktors. Welchem Tod ist er verheißen? Der reinen Auslöschung – etwas, das seinen Ekstasen ähnlich sein muß – oder irgendeinem stinkenden Rückstand? Wie dem auch sei, er trägt den Tod in sich: die Überfürsorglichkeit der Eltern und die Trauerfälle der Familie haben diesen in ihn eingeführt: es ist zugleich ein Befragen seiner nahen Zukunft und der Sinn seiner Geistesabwesenheiten, jener niemals erreichten Ohnmacht. Später wird er, wie wir sehen werden, nicht so sehr den Selbstmord herbeiwünschen – der ihn den Menschen ausliefern kann – als vielmehr den mütterlichen Tod, die Auslöschung – die bis zum Äußersten getriebene Vernichtung –, weil er nicht nur möchte, daß sein Körper sich im Nichts auflöst, sondern weil er nicht einmal eine Spur im Gedächtnis der Menschen hinterlassen will. Mit fünf Jahren ist er noch nicht soweit. Aber da er passiv ist, fühlt er sich jener absoluten Passivität, dem Eingehen ins Nichts, näher als die anderen Kinder; das geht so weit, daß er sich alt fühlt, das heißt im voraus gestorben, und daß er den Tod, wie wir bald noch besser sehen werden, als eine noch erlittene Passivität, den Nullpunkt des Lebens auffaßt.

Aus diesen Gründen glaube ich, daß das Goldene Zeitalter für Gustave trotz allem von einer drückenden Unheimlichkeit war. Passiv und zufällig durch seine Mutter, durch die Liebe seines Vaters zur Über-Aktivität verurteilt, durch die Verinnerung des Ehrgeizes Flaubert mit Hochmut geschlagen, aber ohne in seiner überflüssigen Kontingenz die geringste Daseinsberechtigung zu finden, ungeschickt, die Sprache der Anderen zu sprechen und zu verstehen, die Evidenz durch das Autoritätsprinzip ersetzend und die ersten Gewißheiten durch Glaubenschenken, gepeinigt von der ständigen Frage: Warum hat man mich gemacht?, von der ihn nur die vorübergehende Anwesenheit und die etwas laue Zärtlichkeit eines überarbeiteten Vaters abbrachten (die präsent genug war, um ihn einen Augenblick lang zu entzücken, zu verspätet, um ihn zu konstituieren), fürchtete dieses sensible Kind doch nichts, das ist sicher: das Haus, die erfolgreiche Pflege der Mutter, jener Gott, von dem sie ihm manchmal sprach, der großartige Vater, der ihm das Geschenk seiner Zärtlichkeit machte, die Rechtfertigung seiner

Kontingenz durch das Vasallentum, die harmonische Wiederkehr der Jahreszeiten und Familienfeste und im Kern dieser Wiederholung der unerschütterliche Aufstieg der Gemeinschaft Flaubert, all das verlieh Geborgenheit. Es blieb der «unheimliche» Kontrast zwischen einem Lebensfluß ohne *ego* und einem abwesenden *ego*, das die anderen kannten und «Gustave» nannten; und auf einer anderen Ebene blieb jene frühreife Vertrautheit mit dem Tod, der ihm manchmal als das Gewebe seines subjektiven Lebens und manchmal als die absolute Alterität erschien, die ihn in die Hände der anderen werfen würde wie eine Sache, über die sie das *jus utendi et abutendi* hätten und die er doch selbst wäre. Eine unbestimmte Sorge, ein vages und ständiges Fragen, beides verborgen hinter einem Unterwerfungseifer. Es blieb die Langeweile – die allen Kindern gemeinsam ist, bei ihm aber durch seine Passivität übersteigert war. Die einzigen – allerdings noch zweideutigen – Momente, in denen die Freude über eine stille Beunruhigung siegte, waren jene Geistesabwesenheiten, die er auch – aber viel später – Ekstasen genannt hat, in denen das *alter ego* verschwand, das Kind Welt wurde, die Welt Kind wurde.[67] Er hat sie in der ersten *Tentation de saint Antoine* sehr gut beschrieben, und wir werden ausführlich darauf zurückkommen. Im Augenblick muß nur folgendes gesagt werden: diese zweideutigen Zustände nehmen die Krise von Pont-l'Evêque voraus, die letztlich nur deren Radikalisierung ist; sie sind also – wenn das Wort einen Sinn hat – die Quelle des Flaubertschen Genies selbst, und das zu beweisen ist eines der Ziele dieses Buches. Das andere Merkmal dieses Goldenen Zeitalters ist folgendes: als das Kind das Glück kennenlernt, ist es bereits durch das spätere Unglück geprägt; dieser Glückliche ist von Geburt unglücklich; er weiß es noch nicht, aber durch die Art und Weise, in der er die Situation, in die seine Eltern ihn geworfen haben, mit seinen kleinen Mitteln bewältigt, werden wir sehen, daß er mit seinen eigenen Händen die kleine Hölle vorbereitet, die nach dem Sündenfall für immer sein Schicksal sein wird.

67 Es gibt immerhin die Besuchsfahrten des Doktor Flaubert, wird man sagen, das Entzücken des Kindes, das allein in der Kutsche neben seinem Vater sitzt. Das stimmt. Aber ich gebe zu bedenken, daß das Glück des Kleinen sich in diesem Falle auch auf den Selbstverlust gründet. Er ist nur die Widerspiegelung des väterlichen Glanzes, oder er löst sich in seiner allumfassenden Güte auf. Und außerdem ist sicher, daß seine Freude von der Unruhe getrübt war: wenn das Kind sich in der Welt verliert, verlangt die Welt nichts. Den Doktor Flaubert dagegen kann man weder in der Ruhe widerspiegeln noch kann man sich gelassen in ihm auflösen: es ist der schreckliche Vater, seine Liebe stellt unerbittliche Ansprüche, die der Kleine nicht ganz versteht, weil dieser großartige Erzeuger grundlegend aktiv ist und Taten verlangt. Die Angst wird Gustave später vergessen: in Wirklichkeit überwog sie in dieser Zeit die Freude.

C. Das Versagen

Frau Caroline Flaubert versucht, Gustave lesen beizubringen. Verlorene Mühe. Sofort verteidigt sich die Mörderin ihrer eigenen Mutter und weist im voraus alle Anklagen zurück, wie man im Text von Caroline Commanville sieht, der wie ein Echo ihrer Beteuerungen klingt: Es liegt nicht an mir, bei Achille gelang es mir ausgezeichnet. Später fügt sie für ihre Enkelin hinzu: Bei deiner Mutter auch! Wenn es also nicht an ihr liegt, dann liegt es an ihrem Sohn. Der Widerstand kann nur vom Kind herrühren.

Dieser Widerstand existiert: wir kennen jetzt seine Gründe. Wenn Gustave vor eine Fibel gesetzt wird, so ist das, als wenn ihm zwei grundlegend verschiedene Gegenstände als ein und derselbe ausgegeben würden. Das spielt sich bei allen Kindern so ab, wird man sagen. Richtig: aber der Abstand zwischen Lesen und Sprechen, so beträchtlich er auch sein mag, ist im allgemeinen nicht unüberwindbar. Die gesprochene Sprache ist nämlich in den meisten Fällen bereits eine *Aktivität.*

In den meisten Fällen, aber nicht in dem von Gustave. Wir wissen bereits, daß er *gesprochen wird*: die Wörter kommen von den Erwachsenen her, dringen durch sein Ohr in ihn ein und bezeichnen ihn als einen bestimmten Gegenstand, der mit dem inerten Fluß des Erlebten kein gemeinsames Maß hat. Natürlich kann er nur gesprochen werden, wenn er spricht, wenn er *sich* spricht: trotz allem muß ja das Erlernen der Sprache eine *Praxis* sein; aber die verinnerte Passivität des Kindes gibt ihm keine Instrumente, die ihm ermöglichen, diese Praxis *wiederzuerkennen.* Aus dem gleichen Grund wird die Aktivität niemals bis zu Ende getrieben: auch wenn das Wort behalten, entziffert, im Gedächtnis registriert wird, so bleibt es immer *die Sprache des Anderen*, und der Sinn unterscheidet sich nicht vom Klang, das heißt von der Stimme dessen, der es hervorgebracht hat. Auf dieser Ebene existiert die gesprochene Sprache für Gustave als Synkretismus: es ist eine Seinsweise in ihm, die auf ihn abzielt, ohne ihn zu betreffen, und bei der Sinn und Materie nicht unterschieden werden; sie präsentiert sich eher in vollständigen Sätzen als Wort für Wort. Oder, besser, in diesem ersten Stadium ist der Satz Wort und das Wort Satz.

Die geschriebene Sprache bietet sich ihm als ein Gegenstand dar, der radikal von der gesprochenen Sprache verschieden ist. Diesem Kind, das von tönenden Blöcken behaust und fasziniert ist, die es heimsuchen und ihm doch nicht gehören, zeigt man ein Gerät, das es sich erst nach einem systematischen Zerlegen und regulierten Wiederzusammensetzen aneignen kann. Mit anderen Worten, es wird aufgefordert, sich ein Instrument zu schmieden durch eine echte Aktivität, deren erstes Moment natürlich eine Analyse ist. Die Analyse ist für jedes Kind die größte Schwierigkeit. Besonders aber für Flaubert: eben deshalb, weil er niemals den Sinn von der tönenden Materie unterschieden hat, widerstrebt ihm ein Verfahren, das das Wort in Buchstaben zerlegen soll, das heißt in *nicht signifikante* Elemente. Die Sprache ist die wesentliche Form seiner Selbstentfremdung: das hindert ihn daran, ihren «konventionellen» Charakter zu begreifen. Die Sprache ist die Mutter in ihm und der allmächtige Vater; wenn er selbst sie benutzt, so empfindet er sie wie ein Brechwürgen. Mit einem Wort, der tönende Block ist unteilbar, weil er ja der Andere ist; er hat keine Allgemeingültigkeit – nicht einmal eine potentielle –, weil er sich als Projektion unvergleichlicher Individuen darbietet; er ist keine unbestimmte Möglichkeit, weil er immer *aktuell und imperativ* ist. Mit der Fibel aber bietet man ihm eine andere Sprache, in der Materie und Form – Sinn und Nicht-Sinn – streng voneinander unterschieden werden; es ist außerdem ein Komplex unpersönlicher Möglichkeiten, die allen gehören, aber keinen besonderen Herrn bezeichnen, es ist ein Feld der Allgemeinheit und Wechselseitigkeit. Kurz, es ist das Gegenteil dessen, was ihm gewöhnlich dargeboten wird, das Gegenteil der Sprache Flaubert, die dem *pater familias* gehört wie das Haus, wie jedes Kind und die das tönende Milieu einer besonderen Souveränität darstellt; es ist das Gegenteil einer vom Vater jedem Familienmitglied *verliehenen* Macht, das Gegenteil der Bewegung des Vasallentums. Das Kind kann nichts verstehen: die analytische Vorstellung stört seine Passivität ebenso wie seinen feudalen Synkretismus, der konventionelle Charakter der Buchstaben paßt nicht zu seiner dinglichen Auffassung des Satzes, der gleichmachende Universalismus der gemeinsamen Sprache schockiert sein Denken, die Widerspiegelungen einer besonderen hierarchischen Ordnung. Um lesen zu lernen, müßte er mit seiner Auffassung von Sprache in sich brechen, das heißt, er müßte seine Beziehung zu sich und zu den Anderen radikal ändern. Das ist natürlich durchaus möglich: aber nicht ohne Vermittlung; der Erwachsene ist solcher Metamorphosen fähig, wenn die Situation es erfordert. Mit großer Anstrengung wird es *auf lange Sicht* auch dem Kind gelingen. Aber die Identifikation der beiden Sprachen wird immer unvollständig bleiben: bis zum Ende seines Lebens wird Gustave in der geschriebenen Sprache einen unwesentlichen Modus des Wortes sehen, der dazu bestimmt ist, die absolute Wortform, das heißt die gesprochene Sprache, vorzubereiten. Niemals wird für diesen Schriftsteller das Schreiben seine Autonomie erlangen. So kommen also die Schwierigkeiten, auf die das zurückgebliebene Kind stößt, alle daher, daß es die Funktion der geschriebenen Sprache nicht versteht und ihm die Entsprechung von Phonem und Morphem unbekannt bleibt. Wir kennen die Mühe Djaliohs aus *Quidquid volueris*, logische Verbindungen zu begreifen, und wissen, daß diese Unfähigkeit der Grund für seinen Analphabetismus ist. Aber der Kontext zeigt, daß

Gustaves Denken den Ausdruck, den er ihm verleiht, übersteigt: Djalioh versteht die *Verknüpfungen* nicht, woher sie auch kommen mögen. Die Verbindung der Buchstaben, die eine Vokabel bilden, ist rein konventionell. Dennoch ist es eine Verbindung: da Gustave den Anderen mit sich selbst und das Subjekt mit dem Objekt in einem passiven Synkretismus gegenseitiger Durchdringung vermischt, hat er die Fähigkeit zur analytischen Tätigkeit wie zur synthetischen Wiederzusammensetzung verloren. Es gibt da zwei Sprachen, von denen man ihm – zu Unrecht übrigens – sagt, daß sie ein und dieselbe seien. Das ist für den kleinen Jungen eine unverständliche Behauptung: die Phoneme dringen durch sein Ohr in ihn ein, fließen als passive Synthesen dahin, und wenn sie durch seinen Mund wieder aus ihm herauskommen, *erleidet* er sein eigenes Sprechen; jetzt sagt man ihm, er müsse die Morpheme *schaffen*, eine «Lesen» genannte Tätigkeit müsse auf dem Papier geschriebene Zeichen nacheinander aktualisieren, das letzte Zeichen erwecken, ohne alle vorhergehenden aus den Augen zu verlieren, und durch ihre systematische Vereinigung einen jener fertigen Gegenstände konstituieren, die man Phoneme nennt und die vom Mund in das Ohr dringen, ein inertes Gemurmel, das die Menschen umgibt und das Geräusch ihres Lebens ist. Wie ist es möglich, daß der Sprechende *gesprochen wird* und der Leser liest und daß es sich in beiden Fällen um ein und dieselbe Sprache handelt? Anders gesagt, für den kleinen Flaubert ist die Schwierigkeit eine *prinzipielle*: er versteht nicht, was von ihm verlangt wird. Um so mehr, als das Lesen den Kindern sich als die erste wirkliche, das heißt verabredete und sich ihrer allgemeinen Strukturen bewußte *Praxis* darbietet: sie haben zwar laufen, sprechen, nach den gebräuchlichen Regeln essen gelernt, aber das geschah mehr oder weniger durch Nachmachen: lesen heißt nicht nur, die Grapheme zerlegen und wiederzusammensetzen, es heißt lernen, daß das Handeln in jedem Fall die Zerlegung eines praktischen Feldes und seine Wiederzusammensetzung für ein gegebenes Ziel umfaßt. Lesen lernen heißt handeln. Umgekehrt heißt lesen für ein Kind handeln lernen. Man kann sich denken, daß Gustave, außer daß er die Einheit der beiden Sprachen nicht versteht, sich durch das Auftauchen jenes unverständlichen Gegenstandes verwirrt fühlt: eine elementare und abstrakte Theorie des Handelns, die, durch die Aktivität selbst hervorgebracht, zu einer Aufklärung wird, die unentbehrlich ist für die Ausrichtung einer ablaufenden Handlung. Dieser Mutation, die sein subjektives Wesen umwälzen will, setzt er einen passiven Widerstand entgegen. Seine unwillkürliche und spontane Weigerung, lesen zu lernen, wird er, wie wir sehen werden, sein ganzes Leben lang den Handlungen entgegensetzen, die sich ihm in ihrer zwingenden Nacktheit anbieten. Für ein anderes Kind ist lesen nur lernen: für Gustave ist es sich Mittel verleihen, die er nicht hat, und zugleich sich verwandeln, die beunruhigende, aber süße Trägheit des Erlebten aufgeben und dafür ein kaltes Subjekt werden, das eines Unternehmens fähig ist.

In dem Augenblick, als man ihn die Wörter buchstabieren läßt, gerät er unglücklicherweise ins Trotzalter. Bestimmte Mütter sind irritiert über die Regungen einer schüchternen Unabhängigkeit bei ihren fünf- oder sechsjährigen Kindern, die sie ihren Sprößlingen jedoch eigenhändig gesichert haben: diese Neuankömmlinge kommen und gehen auf ihren Beinen, essen oder weigern sich zu essen, äußern in allem Eigensinn, Launen, eine Persönlichkeit. Wenn sie sich wenigstens selbst genügten! Aber sie haben weder die Abhängigkeit noch die Hilflosigkeit verloren. Man muß sie jetzt dazu überreden, die Pflege anzunehmen, die man ihnen früher autoritär verordnete. «In diesem Alter muß man alles für sie wollen!» Das ist das Geschöpf, das sich unbeabsichtigt gegen den Schöpfer auflehnt; diese ausgebrüteten Kinder scheinen die Negation der mütterlichen Anstrengungen zu sein: sie liebte sich in ihnen als die Gleiche; aber auf Grund dieser Liebe sind sie jetzt *Andere*. Nichts ist ärgerlicher: die Mutter verdoppelt ihre Fürsorge, aber erlebt täglich jenen Widerspruch; oft ist sie deshalb beleidigt und wendet sich etwas ab. Die Auswirkungen der Entwöhnung auf den Säugling sind bekannt; beim Trotzalter kann man, glaube ich, von einer Gegenentwöhnung der Mutter sprechen: in dieser bereits späten Epoche entdeckt sie die radikale Alterität dessen, was sie für ihr Widerspiel hielt: ein Band ist zerrissen.

Das ist nicht die Schuld der Kinder: ihr Körper behauptet seine Autonomie, das ist alles, und seine angebliche Revolte rührt lediglich daher, daß er gehen und laufen kann; der «Wille» kommt erst später: er wird nur deshalb zur Negativität des Menschen, weil er die Unabhängigkeit des Tieres verinnert hat. Der Kleine weiß nichts von alldem: er fährt fort zu wachsen, ein schwerfälliges und langwieriges Abenteuer; empfänglicher für Identität als für Metamorphosen, empfindet er sich in seinem tiefsten Innern als *der Gleiche*; die Eltern dagegen haben sich verändert. Kurz, er begreift nichts mehr, er erlebt sein Exil in Angst, in Erwartung einer Aussöhnung: gestern gefiel er, warum mißfällt er heute? Gestern lachten die Eltern über seine Grimassen, warum lachen sie nicht mehr darüber? Seine einzige Abwehr besteht darin, seine Grimassen zu wiederholen: so wiederholt er absichtlich, was ihm drei Jahre früher zufällig kam. Er verschlimmert seinen Fall.

Was soll man jetzt andres tun als eigensinnig sein: weil man heute verurteilt, was man gestern begrüßte, hat der Kleine sich schlecht verständlich gemacht. Also muß er die Wirkung verstärken. Damit verwandelt sich die Spontaneität in eine Komödie; der junge Schmierenkomödiant erregt jetzt offen Mißfallen: «Sei nicht so albern, so kindisch!» Auch er selbst fühlt sich *falsch*, ohne es sich einzugestehen. Um vor sich selbst zu fliehen, stürzt er sich in neue Komödien, er

schreit, er singt aus vollem Halse, er spielt den Affen, tobt bis zur Erschöpfung und fällt *ohne* Übergang von Überdrehtheit in Wutgeheul. Manchmal will er der Schmierenkomödie durch eine echte Tat entkommen: aber was soll er anderes tun als zerstören? Er macht alles kaputt und wird bestraft. Manchmal wird ihn die Angst quälen: wenn alles nur Lüge wäre, selbst seine Sohnesliebe? Wenn seine Eltern ihn nicht liebten? Er wirft sich in ihre Arme, um sich zu beruhigen, mimt Zärtlichkeit, um sie zugleich bei ihnen und bei sich hervorzurufen. Umsonst: er strengt sich zu sehr an, sie zu zeigen, um sie empfinden zu können; was die Erwachsenen angeht, so irritieren sie seine ungestümen Anwandlungen nur: «Sei ruhig, laß mich in Ruhe.» Jetzt weiß das Kind nicht mehr aus noch ein: man wirft ihm eine Autonomie vor, um die es nicht gebeten hat, man hält es sich vom Hals, und wenn es die verlorene Unterwürfigkeit wiederfinden will, wenn es versucht, die durchsichtige Scheibe, die es von den Seinen trennt, zu zerbrechen, dann behauptet man schlankweg, es spiele Komödie. Wie träumt es jetzt, sich einfach zurücktreiben zu lassen! Wie möchte es jetzt sein früheres Leben wiederhaben, das alte Reich der Bedürfnisse, dessen Sklave und Monarch es war! Wie sehnt es sich danach, die Wahrheiten des Hungers und der Nahrung, des Rufs und des Geschenks, der Zärtlichkeit wiederzufinden! Kurz, es läßt sich fallen, es «regrediert» ohne ein anderes Resultat, als ins Bett zu pissen.[68]
Glückliche Kinder werden in dem Moment, da sich die Mutter von ihnen etwas abwendet, vom Vater an die Hand genommen. Bei Gustave war das nicht der Fall. Das väterliche Reich ersetzte zwar frühzeitig die kalte Souveränität von Caroline Flaubert. Im traurigen Leben des Kleinen kam alle Liebe von Achille-Cléophas. Aber was für eine Leere, als der Lehnsherr sich auch von ihm abwandte. Wie es bei autoritären und mürrischen Menschen oft der Fall ist, liebte der Chefarzt die Neugeborenen gegen die Erwachsenen; vor der Wiege fühlte er sich allein genug, um sich von ihrer Unschuld rühren zu lassen. Er bewahrte ihnen seine Gunst noch einige Jahre, solange er sich über ihre hilflose Bewegungsunfähigkeit amüsieren konnte. Aber daß sie ja nicht auf die Idee kamen, größer zu werden. Nach fünf oder sechs Jahren fielen sie in Ungnade; skeptisch und mißtrauisch, kühl und leicht zynisch haßte er es, wenn sie sich produzierten und, vor allem, wenn sie Komödien spielten; Gefühlsäußerungen widerten ihn an. Er verscheuchte die guten Gefühle: mit einem einzigen Wort, das jedoch gewählt worden war, um zu verletzen. Der Kleine errötete vor Scham, versteckte sich unter dem Tisch, war getroffen. Hat Achille solche Leiden kennengelernt? Ich sage mir manchmal, daß der Doktor Flaubert, da er ihm keine Brüder hatte geben können, ihn vielleicht weniger streng behandelte:

68 Auf all das werden wir im zweiten Teil dieses Werkes zurückkommen.

die einzige Hoffnung der Familie Flaubert hatte ein Anrecht auf Rücksichten entsprechend ihrer Anfälligkeit. Gustave jedoch betritt die gefährliche Zone in dem Moment, als sein älterer Bruder sie seit langem verlassen hat: er ist weniger kostbar und macht daher mehr Ärger. Außerdem hat er noch Pech: eine Schwester wird ihm geboren, als er zweieinhalb Jahre alt ist; sie hat in den Augen des Vaters zweifellos weniger Wert, weil sie ja nur ein Mädchen ist, aber immerhin ist sie die Tochter, die Frau Flaubert sich gewünscht hat, und außerdem ist sie einige Jahre lang eine Schnuckelpuppe: sie mußte den Chefchirurgen interessieren, seine spärliche Zärtlichkeit auf sich ziehen. Von oben wie von unten fühlt sich Gustave frustriert. War er auf Caroline eifersüchtig? Diese Frage werden wir uns noch zu stellen haben. Halten wir im Augenblick nur fest, daß das Kind seine Ungnade mehr ahnt als erleidet. Das genügt, es in Angst zu versetzen. Wenn Gustave errät, daß die Zärtlichkeit des Vaters sich an sein Kindesalter wendet, so ist das ein ausreichendes Motiv dafür, daß er sich weigert, größer zu werden. Unglücklicherweise kommt diese regressive Absicht zur Unzeit: die Eltern haben beschlossen, daß mit der Dressur begonnen wird; man gibt ihm eine Fibel. Das Kind sieht darin ein Symbol: es erkennt in der Fibel den Weg, der zur einsamen Lebensweise der Jungen, der Erwachsenen führt. Damit ist sie zugleich ein Mittel, sein Kindesalter zu erhalten: es stellt dem Symbol eine symbolische Weigerung entgegen; es wird nicht lesen lernen: sein ganzer Körper wehrt sich gegen diese Lehre. Diese Verhaltensweise ist, wie ich gesagt habe, weder bewußt noch willentlich: sie braucht, wie wir sehen werden, nur intentional zu sein, um das Kind in ein unerträgliches Schuldgefühl zu stürzen. Die Dinge bleiben eine Zeitlang so, wie sie sind: es buchstabiert und macht keine Fortschritte. Aber auf jeden Fall hätte es schließlich gelernt. Leider bekommt seine Mutter Angst: da sie sich nicht verantwortlich fühlt und furchtsam ist, alarmiert sie den Erzeuger; war Gustave nicht von Geburt an ein Idiot? Der zu Recht verärgerte philosophische Arzt nimmt sich den kleinen Faulpelz vor. Er konnte nicht glauben, daß ein Sohn Flaubert durch mangelnde Intelligenz sündigte; aber der Stipendiat des Empire war besorgt: sein Samen drohte, verdorben zu sein; konnte er nicht, nachdem er so viele Tote gezeugt hatte, auch einen Kretin gezeugt haben? Er traf sofort eine Entscheidung: wer das Größte kann, kann auch das Geringste; er, Achille-Cléophas, Professor für Allgemeine Medizin und Chirurgie, würde seinem jüngsten Sohn lesen beibringen: von einem eisernen Willen und einer unvergleichlichen Intelligenz geleitet, würde das Kind seinen Rückstand in einigen Monaten aufholen. Er ging ans Werk und verdarb alles: von seinem Sohn gedemütigt, demütigte er ihn für sein ganzes Leben.

Man wird fragen, woher ich das alles weiß. Nun ich habe Flaubert gelesen: der Kleine hat eine so genaue Erinnerung an diese Lektionen behalten, daß er nicht an sich halten konnte, sie uns mitzuteilen. In *Un parfum à sentir*, geschrieben mit vierzehn Jahren, macht sich der Seiltänzer Pedrillo zum Lehrer seiner Söhne: er lehrt sie, auf dem Seil zu tanzen.

Der Jüngste «stieg ziemlich leichten Schrittes die Leiter zum Seil hinauf» (I, 56); er erledigte seine Aufgabe korrekt; sein weniger begabter Bruder macht einige Sprünge, fällt auf den Kopf und verschwindet. Aber hier ist nun der dritte – das heißt Flaubert, der zwischen Caroline und Achille kommt. Natürlich war der junge Autor so vorsichtig, dem Jüngsten die Geschicklichkeit zu verleihen, die er in seinen anderen Erzählungen dem Älteren zuerkannte: Caroline hatte ja – wie Frau Commanville uns übrigens berichtet – mühelos lesen gelernt. Außerdem müssen die Spuren verwischt werden. Gleichviel: man braucht diese merkwürdige Episode, die keinen wirklichen Zusammenhang mit der Handlung hat und unter dem Druck einer fixen Idee eingefügt zu sein scheint, nur zu lesen, und man wird sofort ihren lyrischen und subjektiven Sinn erkennen:

«Jetzt war Ernesto an der Reihe.

Er zitterte an allen seinen Gliedern, und seine Furcht wuchs, als er sah, wie sein Vater einen kleinen weißen Holzstock ergriff, der bis jetzt auf dem Boden gelegen hatte.

Die Zuschauer standen um ihn herum, er war auf dem Seil, und Pedrillos Blick lastete auf ihm.

Er mußte vorwärts gehen.

Armes Kind! Wie ängstlich war sein Blick und wie peinlich genau folgte er den Bewegungen des Stockes, der dicht vor seinen Augen blieb . . .

Der Stock verfolgte seinerseits jede Bewegung des Tänzers, ermutigte ihn, wenn er sich gnädig senkte, bedrohte ihn, wenn er wütend fuchtelte, schrieb ihm den Tanz vor, wenn er auf dem Seil den Takt angab; mit einem Wort, er war sein Schutzengel, sein Retter oder vielmehr das Damoklesschwert, das durch die Idee eines falschen Schrittes über seinem Haupt schwebte.[69]

Seit einiger Zeit zog sich Ernestos Gesicht krampfhaft zusammen, man hörte etwas durch die Luft pfeifen, und die Augen des Tänzers füllten sich sofort mit dicken Tränen, die er nur mit Mühe herunterschlucken konnte.

Indessen stieg er bald herab; – Blut war auf dem Seil.» (I, 56)

Da haben wir den ganzen Flaubert: wir finden hier jene Hinterhältigkeit wieder. Wie scheinheilig spricht er doch von diesem Stock! Er ist ein Schutzengel, nichts weniger. Aber plötzlich verwandelt er sich in ein Damoklesschwert. Die Rettung wird zur Todesgefahr. Was die empfangenen Schläge angeht, kein Wort darüber. Man bemerkt nur

69 Diese Hervorhebung ist von mir.

beiläufig ein Pfeifen, das ist alles. In Wirklichkeit wird der kleine Seiltänzer so stark geschlagen, daß er Blutspuren auf dem Seil zurückläßt: aber Gustave hat es so eingerichtet, daß wir nur den elastischen, flinken, faszinierenden Stock im Auge behalten, ein Symbol der Herrschaft und der väterlichen Erwartung. Dieser Text ist eine unleugbare Anklage: der Vater hat den Sohn arbeiten lassen, und der Sohn denunziert seinen Peiniger kommentarlos – in hartnäckigem Groll oder einem plötzlichen Haßausbruch.

Man wird vielleicht meinen, daß das Zeugnis sich auch auf jüngere Erinnerungen beziehen kann: wer sagt denn, daß der Autor nicht verschlüsselt das Unglück dieses Jahres oder der vorigen Woche erzählt? Ich antworte, daß Gustave von seinem zehnten Lebensjahr an keine Nachhilfestunden mehr brauchte, weil er jetzt mühelos begriff und leicht auffaßte. Es ist vielleicht vorgekommen, daß der Vater seine Nase in die Aufgaben des Schülers steckte oder ihn seine Lektion aufsagen ließ: aber solche folgenlosen Einmischungen – die gibt es in allen Familien – sind reine Launen: sie ärgern das Kind, ohne es dauerhaft zu verletzen. Der Sohn hätte sie nicht einmal erwähnt, sofern sie ihm nicht das Unternehmen in Erinnerung riefen, das seine Kindheit verwüstete, unter dem Vorwand, sie urbar zu machen. Und dann lesen wir den Text einmal genauer: der einzige Pädagoge ist Pedrillo, die Übungen werden täglich vorgenommen; und was für ein Ernst bei der Arbeit! Es geht nicht darum, einem ziemlich guten Schüler vorübergehend zu helfen, sondern ein Kind von der Natur zur Kultur übergehen zu lassen: er lief, jetzt muß er auf dem Seil tanzen; später wird man sehen. Kurz, gegen die Schwerkraft und das Schwindelgefühl werden ihm durch Schrecken elementare, aber künstliche Verhaltensweisen beigebracht, das Abece des Berufs. Das heißt lesen lernen.

Das Drama beginnt. Achille-Cléophas ist wütend: von sechs Kindern sind drei gestorben, und eins der lebenden hat kein Gehirn. Er liebte in Gustave die Kraft seines Samens; wenn der schöne kleine Junge einen angeborenen Zerebralschaden hatte, so verwandelte sich der Erfolg in einen Fehlschlag: der Doktor hatte also in seinen Hoden nur das Zeug, *einen* Sohn zu machen, nicht mehr. Wenn Gott einen *pater familias* in seiner Rute schlägt, dann läßt er dadurch wissen, daß er ihn abgesetzt hat. Entmannt war der philosophische Arzt nur ein Zufallsvater.

Nervös, labil, zweifellos paraphren, war Achille-Cléophas nicht allzusehr geneigt, sich unrecht zu geben. Es gab jedoch eine andere Lösung: man suchte nach einem Schuldigen; wenn es nicht der Vater war, dann konnte es nur der jüngere Sohn sein. Als der philosophische Arzt sich entschloß, ihm den Geist zu öffnen, verurteilte er sich dazu, die gewöhnliche Situation der Lehrer-Väter zu teilen. Diese Leute sind abscheuliche Pädagogen: «Wenn du mich liebtest, wenn du auch nur das geringste Gefühl für deine Pflichten mir gegenüber, deiner Mutter

gegenüber hättest, wenn du wenigstens eine gewisse Dankbarkeit denen gegenüber zeigtest, die dich geschaffen und ernährt haben, so könntest du schon lange lesen, die Departements, das Einmaleins aufsagen. Sieh, ich stelle dir eine einzige Frage: Wer hat die Schlacht von Poitiers gewonnen? Du willst nicht antworten? Du bist undankbar!»
Die Würfel sind gefallen: ohne Warnung, ohne einen Ausdruck der Rede zu ändern, setzt das Familienoberhaupt den Wert an die Stelle des Faktums; die schulischen Fähigkeiten sind Pflichten: sein Sohn muß sie alle haben, wenn er ihn nicht kränken will. Als ein merkwürdiges, verschwommenes und konfuses Gefühl ist der väterliche Anspruch auf doppelte Weise unvernünftig; oberflächlich stützt er sich auf jene völlig absurde Idee: um seinen Rückstand aufzuholen, braucht der kleine Schüler – was auch immer die tieferen Motive dafür sind – nur guten Willen an den Tag zu legen; tiefer jedoch fußt dieser Anspruch auf jenem theologischen Prinzip, das unformuliert bleibt: jede Schöpfung ist ein Kredit des Schöpfers an das Geschöpf; der Sohn muß den Ruhm seines Erzeugers erhöhen. Kurz, nachdem der Lehrer-Vater seine Wut legitimiert hat, erlegt er sich keinen Zwang mehr auf: er wirft seinem Schüler mit bitteren Worten seinen Schwachsinn vor; das ist kein Unglück mehr, eine vorübergehende Stockung der geistigen Entwicklung, es ist ein Vergehen, das keinen anderen Ursprung hat als einen schändlichen Liebesmangel: man muß es verurteilen.
Das Kind müßte die Wahrheit kennen, die sich seine Eltern verbergen, es müßte sein Versagen als *faktische* Widerstände, als inerte äußere Bestimmungen empfinden, mit denen man seine Geburt und seine kurze Geschichte geschlagen hat: *Tatsache ist*, daß es nicht versteht, daß es nicht behält. Leider ist das nicht so einfach. Es empfindet natürlich seine Grenzen. Aber auf dieser empirischen Ebene *ist* es nicht seine eigenen Schranken, es trägt sie nicht passiv, wie das Wachs das Siegel *trägt*, wie der Gefangene die Mauern seiner Zelle *erleidet*: es muß sie *existieren*: anders gesagt, nur existierend aktualisiert es ihr Sein; diese *überschrittene Vergangenheit* ist in der sie negierenden Überschreitung aufbewahrt und eben dadurch bestätigt. Mit einem Wort, die Existenz macht aus jeder Unschuld eine grundlose Illusion, weil sich ja die Existenz ihr Sein in dem Moment der *Praxis* aneignet, den ich Verinnerung des Äußeren genannt habe. Der kleine Junge spürt sein Versagen als die innere und spontane Schwäche seines Entwurfs. Unfähig, ein Wort in Buchstaben zu zerlegen, erlebt er sein Unverständnis als ein Unternehmen; da sein Wesen in seinen Entwürfen aufgeht, offenbart es sich ihm als eine praktische Entscheidung; das heißt nicht, daß er sich bewußt ist, diese wechselgestaltige Entscheidung jemals getroffen zu haben: es genügt, daß jeder Entwurf sie ihm als eine Entscheidung offenbart, die in ihm getroffen worden ist; damit ist er verantwortlich: *von innen* gesehen ähneln seine Widerstände eher Er-

müdungen, Versuchungen als Hindernissen; er ist nahe daran zu glauben, daß er aus Böswilligkeit *sich* Widerstand leistet. Im übrigen verhüllt ja bei Gustave die grundlegende Intuition eine gewisse empirische Wahrheit, weil der kleine Junge auf seiner Weigerung, größer zu werden, besteht und sich daher mit einem *intentionalen Widerstand* affiziert hat, der mit den verinnerten Grenzen seiner Möglichkeiten oder, wenn man lieber will, seiner Fähigkeiten verschmilzt.

Man muß begreifen, daß diese Situation unhaltbar ist. Etwas Böses tun ist nichts für ein Kind: die Züchtigung reinigt, der Eifer versöhnt und führt die köstliche Zeremonie der Vergebung herbei. *Äußere* Grenzen anerkennen ist ebenfalls nichts: «Ich bin klein, später werde ich groß sein.» Aber wenn ihm die Grenzen, die es nicht überschreiten kann, als die Folgen einer autonomen und hundertmal, tausendmal wiederholten Entscheidung vorgehalten werden und es sie so in sich empfindet oder wenn es umgekehrt an seiner Freiheit eine schlechte *Natur* entdeckt, die es immer *freiwillig* zum Verbrechen zurückführt, dann findet es von selbst den unfreien Willen wieder, jene dämonische Erfindung Martin Luthers.

Die beiden Flauberts wüten gegen Gustave: der *reinen Entbehrung* geben sie gleichzeitig den Status des unfreien Willens und die inerte Ewigkeit der Materie; das Kind verinnert das *Nichts* – dieses passive «Dasein» des Nein –, es verwandelt eine Abwesenheit in subjektive Anwesenheit – die übrigens ungreifbar ist – und gründet die reine Leere seiner Seele auf die Permanenz eines diabolischen *fiat*, das niemals stattgefunden hat. Für den Vater und für den Sohn – für den Sohn durch die Vermittlung des Vaters – entsteht ein Gegenstand: das Versagen. Gustave ist *ein Versager*: das heißt zugleich, sein Versagen ist sein Sein, und das Seinsversagen ist seine grundlegende Wahl, sein Urvergehen. Natürlich war es der kriminelle Wahn des Vaters, seinem Sohn dieses relative Merkmal als eine absolute Realität darzustellen. Gustave war um das siebente Lebensjahr ein Versager hinsichtlich der hochfliegenden Pläne des Vaters. Hundertfünfundzwanzig Jahre später werfen wir, die wir über die Kindheit besser informiert sind, dem Chefarzt vor, daß er zuviel verlangt hat und zu schnell vorwärtsgehen wollte und daß er seinen unglücklichen Schüler verschreckt hat, indem er ihn seine Verärgerung hat spüren lassen. Heute würde man den *Horizont* des Jungen, das heißt den Gesamtkomplex seiner Möglichkeiten und Widerstände, bestimmen; von dieser *Realität* ausgehend würde der Erzieher seine Methode und seine Ziele kurzfristig und langfristig festlegen, so wie es *der Gegenstand* erfordert. Wenn das Feld seiner Möglichkeiten erweitert werden sollte, so würden der Psychologe oder der Psychiater eher versuchen, den Schüler von den Hindernissen und Hemmungen zu befreien, die seine Geschichte hervorgebracht hat, als seine Intelligenz zu überfordern, ohne seine Psyche zu verwandeln. Unter

der Restauration verlangt ein philosophischer Arzt von einem Kind, daß es den Abstand, der es von einem durch Ehrgeiz, Ungeduld und Maßlosigkeit des Vaters definierten Modell trennt, als sein eigenes Versagen erlebt.
Schulisch gesehen wurden die Privatstunden von Erfolg gekrönt. Gustave tritt in normalem Alter in das Collège ein, er ist ein ganz guter Schüler. Erinnert man sich außerdem daran, daß die ersten Briefe der Korrespondenz, die durch die Sicherheit des Tons auffallen, von seinem neunten Lebensjahr datieren, so wird man verstehen, daß das zurückgebliebene Kind die verlorene Zeit rasch aufgeholt hat. Genau das sagt es uns übrigens auch in *Un parfum à sentir*: Ernesto hat weder die Gaben des ersten seiner Brüder noch die totale Unbegabtheit des zweiten; er legt den vorgeschriebenen Weg von einem Ende zum anderen zurück, ohne Anmut, aber auch ohne Fehltritt.
Trotzdem muß er am Schluß geschlagen werden; das ist die drohende Faszination des Stockes, die die Geschicklichkeit ersetzt: Ernesto hat keine Begabung, der Schrecken macht aus ihm einen Seiltänzer. Zwei Jahre Schrecken? Vier Jahre? Wir werden es nicht erfahren. Jedenfalls bewahrt der junge Autor die Erinnerung an einen entsetzlichen Zwang: er hat *geblutet*. Diese durch doppelte Gewalt gerade noch bestandenen Mutproben schaffen bei dem Kind eine ständige kaum erträgliche Spannung, die den Erfolg in gewisser Weise schmerzlicher macht als das Scheitern. Dieses hat, selbst wenn es demütigt, den Vorzug eines völligen Bruchs, man zieht sich auf sich selbst zurück und findet sich mit der Katastrophe und der Schande ab: die Niederlage kann eine Erholung sein. Auch der Sieg, wenn man ihn durch Begabung froh erringt, wenn man einfach *sich in ihm wiederfindet*: Gustave findet sich niemals darin wieder; wie er ihm auch geschehen mag, immer ist es das Gesicht seines Vaters, das er erkennt: der Vater hat seinen kleinen Jungen besiegt, er hat den perversen Willen zu verlieren in ihm bezwungen, er hat seine widerspenstige Intelligenz und seine Hand geführt; aus diesem Grunde lernt das Kind keine dauerhafte Erleichterung kennen: was auch immer die überwundene Schwierigkeit sein mag, sie kündigt die folgende an, die es noch mehr erschreckt. Für den Vater macht die Intelligenz Fortschritte, indem sie angewandt wird; jedes gelöste Problem ist das Sprungbrett zu komplexeren Fragen. Aber das Kind spürt seine Fortschritte nicht: wenn es eine Lösung findet, so hat es immer den Eindruck, das sei Zufall. «Dieses Wunder wird sich nicht wiederholen: das nächste Mal bin ich verloren.» Kurz, es lebt in Angst. Schlimmer noch: in Schrecken. Ist das denn so schrecklich? Gewiß, sein «Versagen» erweist sich als Siegel und behauptet, es zu prägen. Aber das Übel wäre nur halb so schlimm, wenn es sich einem unberührten Wachs aufdrückte, wenn ein noch schlummernder Geist sich durch diese plötzlich empfangene Prägung seiner selbst bewußt

würde: er würde sich von ihr her definieren, er würde ihr seine Ambitionen und seine Pläne anpassen. Halb so schlimm auch, wenn das erwachte, bewußte, aber von anderen Sorgen eingenommene, von anderen Neigungen zu anderen Zielen hingezogene Kind einfach keine Lust hätte, lesen zu lernen. Aber es ist noch schlimmer: der kleine Vasall ist in Ungnade gefallen. Auf jeden Fall, ich habe es gesagt, ist wahrscheinlich, daß der Doktor Flaubert zwischen dem achten und zehnten Lebensjahr sein Interesse an ihm verliert: ich mißtraue Vätern, die ihre Kinder *zu früh* lieben: die Wahrscheinlichkeit, daß sie ihnen später das Leben schwermachen, ist groß. Sie haben in ihnen die erste Zeit ihre Hilflosigkeit vergöttert; sobald die Kinder zu etwas fähig sind, erweisen sich die Väter als die anspruchvollsten Quälgeister. Was Achille-Cléophas davon hatte, wenn er Gustave neben sich in die Kutsche setzte, möchte ich eine *Quasi-Einsamkeit* nennen: er sinnierte über seine Sorgen, dachte an seine bevorstehenden Investitionen, während ein stummes Bewußtsein zu seiner Linken ihn anbetete. Tatsache ist, Gustave hat es uns selbst gesagt, daß er seinen Vater auf den berühmten Besuchsfahrten nur während der frühesten Kindheit, um sein viertes oder fünftes Lebensjahr, begleitete. Mit sieben Jahren war es damit seit langem vorbei, und niemand kann glauben, daß der Doktor Flaubert sich weigerte, seinen Sohn mitzunehmen, weil dieser nicht lesen konnte und es daher nicht verdiente. Niemand außer Gustave selbst, der zur gleichen Zeit – oder sechs Monate später – von seiner Ungnade und Unwürdigkeit erfuhr. Um so mehr, als um die gleiche Zeit die Eltern Flaubert – in den Erinnerungen von Frau Commanville sind einige Spuren davon geblieben – ein anderes Verbrechen begingen: um ihren jüngeren Sohn empfindlich zu treffen, zögerten sie nicht, seine spärlichen Resultate mit den brillanten Leistungen des Älteren zu vergleichen, als dieser acht Jahre früher das gleiche Alter wie Gustave hatte. Er sollte ihm nacheifern, aber Gustave ist, wie wir gesehen haben, nur allzu geneigt, sich niederdrücken zu lassen: er empfindet sein Versagen als einen Geburtsfehler, der Böswilligkeit hieße. Durch den Vergleich (man hätte dem Kind vielmehr erklären müssen, daß alle Kinder in seinem Alter auf die gleichen Schwierigkeiten stoßen) bekräftigen die Eltern noch, daß der Kleine in Ungnade gefallen ist; vor allem verwandeln sie ein unbestimmtes Gefühl der Unangepaßtheit an die Wirklichkeit in jene *Anomalie*, die er fortan für sein Wesen halten wird: «Ich bin nicht wie die anderen.» Was auch immer die Bedeutung dieses Satzes sein mag, als Gustave ihn mit zwanzig Jahren schreibt, ursprünglich bedeutet er: Achille konnte mit fünf Jahren lesen und ich erst mit sieben, ich war unfähig.

D. Die Minderwertigkeit

Mit vierzehn Jahren teilt uns Gustave die Schande mit, die er gespürt hat, die er immer noch spürt und die man ihm einflößt, indem man ihn ständig mit seinem Bruder vergleicht: in *Un parfum à sentir* wird Marguerite von ihrem Mann, der Isabellada liebt, verlassen. Das Elend zwingt die drei Seiltänzer, in einem Raum zusammenzuleben: «Was Marguerite noch mehr demütigte, war dieser ständige Vergleich mit Isabellada, den sie alle Tage, alle Augenblicke zu ertragen hatte. Verachtung heftete sich an ihre Person, an alles, was sie tat . . .» (I, 62)

Die Kindheit Achilles ist eine der am meisten wiedergekäuten Episoden der Familiensaga: mit sechs Jahren war er schon ein Wunderkind. Und natürlich konnte er lesen. «Mach es wie dein Bruder, Gustave! Mach es wie dein Bruder!» Aber Gustave ist eben gerade so veranlagt, daß er es nicht wie sein Bruder machen *kann*: gerade deshalb übrigens stellt man ihm diesen als Vorbild hin. «Oh, Achille hätte solche Dummheiten nicht geantwortet!» Nein doch. Aber Gustave *hat sie gesagt*, diese Dummheiten: dadurch ist er anders als sein Bruder. Anders, das ist gelinde gesagt: solange man sein *Versagen* als ein absolutes tadelte, blieb es erträglich; als Achille herangezogen wird, wird es eine Beziehung zum Anderen, das heißt eine *Minderwertigkeit.*

Zu allem Unglück ist dieses unnachahmliche Vorbild auch noch lebendig, es besteht aus Fleisch und Blut; sonntags und donnerstags unterhält es sich mit dem Vater. Das genügt: mit den besten Absichten der Welt hat sich Achille-Cléophas zum Peiniger seines jüngeren Sohnes gemacht. Achille ist fünfzehn Jahre alt: bei diesem jungen Herrn, diesem brillanten Schüler, der ihm Ehre macht, schlägt der Doktor Flaubert einen anderen Ton an: er spricht von Mann zu Mann mit ihm, befragt ihn über seine Schulaufgaben, über seine Lehrer: vor allem erzählt er ihm die Zukunft, die er für ihn ausersehen hat, wie eine bereits erlebte Geschichte, er sagt, was ein Arzt ist, daß die Medizin der schönste Beruf der Welt sei, daß sie nach Erkenntnis strebe, um helfen zu können; er nimmt ihn ins Krankenhaus mit; der junge Mann besucht seine Vorlesungen, die Studenten behandeln ihn mit ehrfürchtiger Vertraulichkeit: er ist der Thronfolger; als wenn der Chefarzt sagen wollte: «Das ist mein Lehen, es wird dir gehören.» Der junge Achille saugt langsam seine zukünftigen Privilegien in sich ein, die zu seiner Natur werden: er ist *von Geblüt*; in seiner Person verwandelt sich die Erstgeburt in Rassismus. Der Jüngere sieht das alles: er ertappt seinen Vater dabei, wie er ausführlich spricht, wie er seine Erinnerungen erzählt, wie er seine Pläne erklärt, er erträgt nur mühsam, daß das mürrische geliebte Gesicht sich beim Anblick des älteren Sohnes verklärt; Gustave ärgert sich sogar über das von Achille gezeigte Interesse; dadurch macht sich der große Bruder beliebt: durch eine ernst und ungemein intelligent wirkende Miene, durch die Fragen, die er zu stellen wagt, durch sein erhobenes, aufmerksames Gesicht mit den großen offnen Augen, die nicht blinzeln, durch all das becirct er seinen Vater. In seinem frühesten Alter erkannte Gustave Achille das Recht, geliebt zu werden, durchaus zu: die Flauberts sind Modi der Familiensubstanz, die Zuneigung des Vaters zu jedem ist immer nur eine Differenzierung seiner Liebe zur Familie. Allerdings mußte er sie alle gleich lieben, damit alle Mitglieder von jenem gleichen, durch alle hindurchgehenden *Pneuma* vereint würden, der väterlichen Liebe. Mit einem heimlichen Vorzugstarif nur für den Jüngeren. Aber als das Goldene Zeitalter zu Ende geht, erfährt er *zugleich* seine Verlassenheit, sein Versagen und die eigentlichen Beziehungen des Vaters zum älteren Sohn. Als wenn der Doktor Flaubert, als er Gustaves Minderwertigkeit entdeckte, sie bestätigte, indem er sich von ihm abwandte. Oder, mit anderen Worten, als wenn Achilles intellektuelle Überlegenheit ihn *notwendig* zum Geliebteren machte. Durch den Vergleich hat Achille-Cléophas das Versagen, eine subjektive Entbehrung, in eine objektive Beziehung des Jüngeren zum Älteren verwandelt: die Minderwertigkeit; diese äußert sich auf der Ebene der Affektivität in Form einer gerechtfertigten Liebesverweigerung. Diese Verweigerung ist jedoch keine bloße Sanktion: sie wird schließlich zur Minderwertigkeit selbst, die von dem Kind als ein Einfrieren seiner inneren Substanz entdeckt und empfunden wird. Ein Jahr früher lebte es in der Wärme der väterlichen Liebe: sein, selbst sein, geliebt sein, zu lieben wagen, das war alles eins: jetzt herrscht die Kälte der Nacht; dieses *ego*, das er nur mit soviel Mühe in sich aufrechterhalten kann und das ihm *von außen her* geschieht, ist jetzt nur noch ein eisiges und, wenn ich so sagen darf, unpersönliches Wort, das ihn in seinem Innern bezeichnet, ohne Beziehung zu den unmittelbaren Gegebenheiten seiner Sensibilität. Eine der Strukturen dieses Ich, das ihm injiziert worden ist, ist eben gerade das Versagen oder, genauer, die Minderwertigkeit, die als eine *andere*, das heißt durch den Anderen (den Herrn) definierte Eigenschaft erlebt wird und ihn in bezug auf einen anderen (den Älteren) determiniert. Mit anderen Worten, das Verbrechen von Achille-Cléophas ist, daß er durch diesen törichten Vergleich zwischen einem wilden Kind und einem bereits gezähmten brillanten jungen Mann Gustave sich in seinen Bruder hat entfremden lassen.

Auch so könnten sich die Dinge wieder einrenken: neun Jahre ist eine lange Zeit; zwischen dem Schüler und dem kleinen Jungen gibt es keinen Vergleichspunkt. Die ernsten Unterhaltungen Achilles mit dem Doktor Flaubert langweilen Gustave ebenso, wie sie ihn faszinieren. Aber er faßt ihre Beziehungen *insgesamt* als ein besonderes Verhältnis auf, das sie wechselseitig definiert und öffentlich ihre verborgene Intimität äußert. Diese *Männerfreundschaft* hat ihn um die lehnsherrliche

Zärtlichkeit gebracht. Aber kann er sich nicht, ohne auf das für immer Verlorene zurückzukommen, durch den Gedanken beruhigen, daß er acht Jahre später, wenn er groß ist, in den Genuß der *gleichen* Gespräche, der *gleichen* Intimität mit Achille-Cléophas kommen wird? Der Gegenstand der Plaudereien ist immerhin *die Medizin.* Nicht, daß der Ältere sie bereits studiert: er bereitet sich darauf vor, indem er die Ansichten seines Vaters anhört, und macht sich, um ihm zu gefallen, schon jetzt zum Arzt. Das Wort «medizinische Wissenschaft» bezeichnet für den Jüngeren ein merkwürdiges vielfältiges Objekt, das ihm ebenso gehört wie seinem Bruder: es ist der Beruf des Vaters, die Ursache für seine Ermüdung, seine Nervosität, es ist der Ruhm, der berühmte Staub, den die Hufe der Pferde am Eingang der Dörfer aufwühlen, es sind die Leichen, die Seite an Seite darauf warten, in den Hörsaal befördert zu werden, es ist das Haus, die Ehre Flaubert, es sind die schwierigen, aber gewissen Realitäten, auf die der Vater und der ältere Sohn in ihren Unterhaltungen anspielen: die Natur des menschlichen Körpers, die Krankheiten, das Leben, die Materie. Es ist die prometheische Vergangenheit von Achille-Cléophas, es ist seine Zukunft und die *seiner beiden* Söhne, eine bereits fertige, fast allzu leichte Zukunft, in die man sich bis zur schließlichen Berühmtheit hineingleiten lassen wird; die Medizin, die Vorausnahme zweier junger Leben, ein Milieu, ein «Klima», ein Lebensstil, eine menschliche Beziehung: Gustave sieht darin die Elemente seines Schicksals. Insofern dürfte er sich eigentlich nicht wundern, daß Achille mit dem Erzeuger über seine zukünftige Karriere spricht: das ist sein Recht, wie es in neun Jahren das Recht des Jüngeren sein wird.

Leider entdeckt der Kleine im gleichen Moment, daß die vorübergehende Ungleichheit – die er dem Alter zuschreiben möchte – durch den gnädigen Willen des Vaters in einen endgültigen Status verwandelt worden ist: Achille ist der Erwählte des Chefarztes, er wird ihn ablösen, er wird die Aufgaben und Vorrechte erben, er wird seinerseits Chefarzt sein. Wann hat Gustave das erfahren? Wir wissen es nicht. Aber es war für niemanden ein Geheimnis: jeder im Krankenhaus wußte, daß der philosophische Arzt seine ganze Hoffnung in seinen ersten Sohn gesetzt hatte. Ich habe die Gründe des Doktors genannt: von seinem Gesichtspunkt aus sind sie gültig; aber was wird sein jüngerer Sohn davon halten? Ein Chefarzt im Hôtel-Dieu, das ist der beste Arzt der ganzen Normandie; wenn ihn die anderen Ärzte besuchen, so versäumen sie nicht, ihn ihrer Bewunderung und Hochachtung zu versichern: *also* sind sie weniger als er, das Kind hat das wohl bemerkt. Da Achille den Posten und den Ruhm nimmt, wird der Doktor Gustave Flaubert ihm für immer unterlegen sein. Wird er dieses Dekret resigniert hinnehmen? Wird er in ihm einen unwürdigen Liebesmangel sehen? Einen Verrat? Beide Reaktionen wären möglich,

wenn das Kind sich nicht einer primären Minderwertigkeit, für die es allein verantwortlich ist, bewußt wäre: Achille hat glänzende Erfolge in der Schule, und Gustave ist noch nicht einmal in der Lage zu lesen. Bestätigt die rechtliche und statutarische Minderwertigkeit nicht die reale und erlebte Minderwertigkeit? Könnte Achille-Cléophas seine Entscheidung nicht nach der Enttäuschung über seinen jüngeren Sohn getroffen haben? In diesem Fall wäre die Ungleichheit des Schicksals die eigentliche Wahrheit der Ungleichheit der Begabung: da Gustave mittelmäßig ist, wird er durch väterliches Dekret die mittelmäßige Karriere machen, die ihm entspricht. Aber kann er die Glieder nicht umkehren und – natürlich unvernünftigerweise – denken, daß er minderwertig geworden sei, weil man im voraus beschlossen hatte, daß Achille ihm überlegen sein würde? Man muß begreifen, daß der kleine Junge in eine diabolische Falle geraten ist: von diesen drei Bestimmungen – Minderwertigkeit durch Versagen, durch Liebesentzug, durch unwiderrufliche souveräne Verfügung – verweist jede auf die beiden anderen; sie bilden ein synthetisches Ganzes, bei dem jedes Merkmal vom Gesamtkomplex untrennbar ist und sich vom Hintergrund der Totalität abhebt, die es zugleich trägt und sich durch es ausdrückt. Wir müssen die Falle in ihrem objektiven Mechanismus beschreiben, bevor wir Gustave befragen, wie er sie *empfunden* hat.
Die *Minderwertigkeit* trifft das Kind keineswegs in seiner «Menschennatur» und affiziert in ihm auch nicht eine angeblich allgemeine Leidensfähigkeit, sie trifft vielmehr *den Flaubert*; im *Flaubert-sein* des Jüngeren wird sie ihre konkrete Bestimmung, ihre Besonderheit finden; was die eventuellen Leiden angeht, so werden es Flaubert-Leiden sein. Aus dem ausgezeichneten Grunde, daß es sich um ein Familiendrama handelt. Es gibt das Haus Flaubert und dann nichts und dann die Massen: der Vater hat es verstanden, den Kindern diesen törichten Hochmut zu verleihen; die Mutter teilt ihn; Liebe, Hochmut: dasselbe *pneuma*, dieselbe Substanz. An sich müßte das Versagen, eine inerte Eigenschaft, sich auflösen, denn es wird kompensiert durch das Gefühl einer angeborenen Überlegenheit über alle Menschen. Ein versagender Flaubert ist mehr wert als ein Minister: daran glauben die Söhne des Arztes aufrichtig: das ist ihr Grundverhältnis zur Außenwelt. Wenn ein solcher Seinsmangel überhaupt existiert, so nur innerhalb der kleinen Gruppe und im Verhältnis zu ihr: der verinnerte gemeinsame Ehrgeiz erhält ihn, die objektiven Verwandtschaftsbeziehungen verwandeln ihn in Minderwertigkeit. Wir haben gesehen, daß das *Flaubert-sein* vorgefertigt ist; es teilt sich durch die Namensgebung mit. Gustaves Spontaneität hat sich den Gesamtkomplex der Gebote und Verheißungen, die mit diesem Namen verknüpft sind, zur Regel gesetzt. Das heißt sowohl, daß er sein Sein verwirklicht, indem er es durch sein Existieren überschreitet, als auch, daß ein stillschweigender Eid, ein Gegenstück

zu seiner Geburt, dieses Sein – das ihm vom Anderen und von ihm selbst zugewiesen wird – als unüberschreitbare Grenze seiner Zukunft konstituiert. Eine Grenze, eine ebenso positive wie negative Bestimmung: Arbeit, medizinische Karriere, Geradlinigkeit, Sicherung des Erfolgs. Der Vater hat für das Kind gewählt, aber dieses behält das Gefühl, diese Wahl selbst zu wählen: der Familienwille spezifiziert sich in ihm, um zu *seinem* Willen zu werden; umgekehrt wird Gustave keinen anderen Willen haben als den, den er von seiner Familie erhalten hat. Vor der Entdeckung des Versagens, als ihn sein Vater im Wagen mitnahm und ihm mit sehr einfachen Worten die gemeinsame und seine besondere Zukunft darstellte, lernte Gustave den Optimismus kennen: wenn seine Anstrengungen ausdauernd und verdienstvoll sein würden, würden sie von Erfolg gekrönt werden. Seine Gewißheit beruhte auf dem völligen Vertrauen in seinen Vater, das heißt in die menschliche Praxis, wie sie sich in diesem Arzt verkörperte. Da der *pater familias* ihm seine eigene Person als Vorbild darbietet, begreift Gustave *in der Entwicklung* sein Leben als schon gelebt, totalisiert und doch ganz und gar neu zu leben. Es ist nicht gleichgültig, daß der kleine Junge diesen bereits alten Vater auf der Höhe seines provinziellen Ruhms erlebt hat: er kann in Achille-Cléophas nicht einen jungen älteren Bruder sehen, der ganz von einem noch chancenreichen Unternehmen eingenommen wird: es ist ein Sieger, ein Weiser, dessen Existenz sich schon geschlossen hat: das ist einer der Gründe, glaube ich, die ihn von der Kindheit an dazu veranlassen, die Lebensläufe der Menschen als abgeschlossene Synthesen zu betrachten, die die Zukunft in die Vergangenheit und den Tod in die Geburt integrieren, oder, wenn man lieber will, als streng geregelte Bewegungen, deren Tempo und Richtung im voraus festgelegt sind und die von *einer bestimmten* Geburt zu *einem bestimmten* Tod gehen. Kurz, Gustave kennt seit langem seine grundlegende Passivität. Aber an der Oberfläche trägt ihn die Kraft Flaubert mit sich fort, und er hat das Gefühl, sich durch sich selbst zu erheben.

Gut. Aber es zeigt sich, daß diese notwendige Verweigerung unmöglich ist, es sei denn man übertreibt seine eigenen Unfähigkeiten. *Besser* werden als Achille, indem man die gleiche Karriere verfolgt, das hat überhaupt keinen Sinn: erstens ist Achille *per definitionem* unübertreffbar; zweitens ist dieses perfekte Wesen ein Nebbich, ein Hornochse, ein Bürger: man kann ihn nicht besiegen, ohne seine Verbürgerlichung zu radikalisieren. Eine perfekte Intelligenz, die ganz von den aufzustellenden Diagnosen, den zu verordnenden Behandlungen eingenommen ist; darüber hinaus eine klägliche, kraftlose Natur, eine fade und banale Sensibilität: er entledigt sich der Sorge, sein Leben zu leben, indem er sich von erworbenen Gewohnheiten leiten läßt. Dieser Fürst der Wissenschaft wird im Gegensatz zu seinem Vater kein Dämon sein: nur einfach ein Spießer. Gustave kann sich über dieses merkwürdige

Tier keine feste Meinung bilden; er schwankt zwischen zwei sich widersprechenden Urteilen:

1. Achille war vielleicht von Geburt ein Bürger. Und einer der plattesten: durch die Vulgarität des Herzens zur bürgerlichen Dummheit berufen. Allein die ungerechte und törichte Gnade des Vaters hat den großen Gelehrten aus ihm gemacht, der er mit Sicherheit werden wird: um ihm sein eigenes Genie einzublasen, ist der philosophische Arzt bis zur Mund-zu-Mund-Beatmung gegangen, hat er sich an seinen Sohn geschmiegt wie der heilige Julianus aus *La légende de saint Julien l'Hospitalier* an den Aussätzigen, und durch eine langsame Härtung hat er ihm seine Lebenskräfte, seine unermüdliche Energie gegeben. Kurz, *alles* kommt vom *pater familias.* Das läßt Gustave viel später Edmond de Goncourt gegenüber durchblicken in jener merkwürdigen Mitteilung, die noch ein Vierteljahrhundert nach dem Tod von Achille-Cléophas nach Rache stinkt: «Flaubert ruft aus: Es gibt keine Kaste, die ich so verachte wie die der Ärzte, ich, der ich aus einer Arztfamilie stamme, in der Vater und Sohn und sogar die Vettern Ärzte waren, denn ich bin der einzige Flaubert, der kein Arzt ist . . . Aber wenn ich von meiner Verachtung für die Kaste spreche, so nehme ich meinen Papa aus. Ich habe erlebt, wie er, als mein Bruder seinen Doktor gemacht hatte, hinter dessen Rücken und ihm die Faust zeigend gesagt hat: ‹Was hätte ich an seiner Stelle, in seinem Alter und mit dem Geld, das er hat, werden können!› Danach werdet Ihr seine Verachtung für die habgierige Praxis der Medizin verstehen.»[70] Man wird hier wenn nicht die Lügen, so doch die Kette von «Gegenwahrheiten» bewundern, die in diesem einen Absatz aufgereiht werden. Die Familie Flaubert hat bis zu Achille-Cléophas nur Tierärzte hervorgebracht. Goncourt kann man nicht verdächtigen, sich verhört zu haben: es gibt Briefe von Gustave, in denen er schlankweg erklärt, daß die Flauberts immer Ärzte gewesen seien. Schämt er sich, den eigentlichen Beruf seines Großvaters zu nennen? Ich glaube nicht: in anderen Briefen spricht er nämlich mit Stolz davon. Alles hängt von den Umständen ab. Es ist also klar, daß Gustave sich als den einzigen Flaubert sehen will, der nicht Medizin praktiziert: durch Vererbung besitzt er zwar in hervorragendem Maße medizinische Fähigkeiten; aber gegen Achille, der davon nicht mehr besitzt als er und sie gelehrig und bequem für seinen Lebensunterhalt benutzt hat, wie es alle Männer seiner Rasse getan haben, erhebt er sich als der einzige, der das kühne Genie gehabt hat, *nein* zu sagen und den Chirurgenblick für edlere Zwecke zu verwenden. Damit ist Achille-Cléophas seinerseits heiliggesprochen: seine Uneigennützigkeit ist so groß, daß er die käufliche Medizin verachtet. Gewiß, der Chefarzt war

70 Edmond et Jules de Goncourt, *Journal*, Les Editions de Monaco 1956, Band X, S. 160 (28. Januar 1874).

sehr anständig, er behandelte manchmal Arme gratis; zweifellos hätte er – wie Gustave in der gleichen Unterhaltung hinzufügt – einer banalen, aber gutbezahlten Behandlung irgendeine komplizierte, riskante, lehrreiche, aber nur mit einem Dutzend Heringe bezahlte Operation vorgezogen. Aber wenn man Gustaves Worte wörtlich nimmt, so wäre es nicht einmal vorstellbar, daß der Alte bei seinem Tod seinen Kindern ein so stattliches Vermögen hätte hinterlassen können. In Wirklichkeit ist die Lobeshymne auf Achille-Cléophas nur eine Verurteilung Achilles. Im Grunde, sagt uns Gustave, empfand sein Vater für diesen nur Verachtung: du bist *mein* Sohn, dachte er, der Sohn *meiner* Werke, du hast von *meinem* Geld profitiert, von *meinem* Ansehen, von *meinem* Wissen, ich habe dir alles gegeben, und du bist *nur das*. In der unbewußten Ideenverbindung, die Gustave zu dem Schluß zwingt: «*Danach* werdet Ihr seine Verachtung für die habgierige Praxis der Medizin verstehen», kann ich nur einen Sinn finden: Flaubert ordnet seinen Bruder in die Reihe der habgierigen Ärzte ein. Ich weiß nicht, ob er recht hat; Tatsache ist, daß er daran glaubt. Warum, ist bekannt: Achille hat das Erbe verdoppelt. Aber abgesehen davon, daß Gustave bei seinem Bruder verurteilt, was er bei ihrem Vater gut fand – indem er die habgierige Bereicherung von der uneigennützigen Bereicherung unterscheidet –, hat der Chefarzt diesen Vorwurf – der im Jahre 1874 durchaus berechtigt sein konnte – seinem älteren Sohn bestimmt nicht gemacht, *bevor* dieser überhaupt praktiziert hatte. Und was kann man sonst sagen? Achille-Cléophas war, wie wir gesehen haben, gewiß davon überzeugt, daß er mehr wert war als Achille: seine schwierige Jugend, sein mit den Ellbogen durchgesetzter Aufstieg in eine höhere Klasse hatten ihm eine hohe Meinung von sich selbst gegeben: es ist zweifellos vorgekommen, daß er seinem bevorzugten Sohn aus Nervosität manchmal einige bittere Wahrheiten hingeworfen hat. Ich kann mir sogar vorstellen, daß der schreckliche Erzeuger seinem Sohn an einem schlechten Tag seine Meinung *ins Gesicht* geschleudert hat. Daß er sie hinter seinem Rücken gemurmelt haben soll, so daß jener sie nicht hören konnte, und daß er ihm eine Faust gezeigt haben soll, die jener nicht sehen konnte, und all das außerdem noch gerade an dem Tag, als Achille seinen Doktor gemacht hatte? Daran glaube ich absolut nicht. Aber Gustaves Absicht springt in die Augen: er spricht es nicht aus, aber er gibt zu verstehen, daß der Doktor Flaubert, als er seinen älteren Sohn beschimpfte, sich der Anwesenheit des jüngeren bewußt war: wie soll man sich anders vorstellen, daß dieser nahe genug bei dem *pater familias* stand, um ein Murmeln zu verstehen, das Achille nicht wahrnahm, und daß der Erzeuger, als er vor sich hin sprach, das nicht gemerkt haben soll? Ist er sich dessen aber bewußt, so wendet er sich an Gustave. Genauer noch, glücklich, daß er dabei ertappt worden ist, kommuniziert er auf indirekte Weise mit ihm. Eine Familie von Ärzten, alle verächtlich außer einem, der ein großer Mann war. Und einem anderen: dem rebellischen Sohn, der sich der Kunst verschreiben will und sich weigert, auch nur einen Sou mit seiner Feder zu verdienen: diese beiden verstehen sich: die gleiche Charakterstärke, die gleiche Geistesschärfe, die gleiche Uneigennützigkeit. Deshalb zieht der Doktor Flaubert seinen verlorenen Sohn – der den Mut hatte, ihm zu mißfallen, indem er die angebotene Karriere ausschlug –, bei weitem jenem mittelmäßigen Sohn vor, der alle Chancen gehabt hat, einschließlich der, die auf geheimnisvolle Weise in ihn eingeblasene Intelligenz und Wissenschaft des Vaters zu empfangen, und der nichts daraus gemacht hat, der sich ohne Begabung in verdächtiger, weil bequemer Folgsamkeit den Beruf hat aufzwingen lassen, den Gustave nicht gewollt hat, und der, schlimmer noch, von diesen ausgezeichneten Vorteilen profitiert hat, um sein Priesteramt zu kommerzialisieren. Noch mit fünfzig Jahren will Flaubert sich selbst *weismachen* – er braucht dazu nur ein aufmerksames Publikum –, daß sein Vater alle seine intellektuellen Gaben einem unwürdigen Sohn geschenkt und seinen jüngeren Sohn ausdrücklich ohne Fürsorge, ohne Unterstützung, ohne Fähigkeit und ohne Talent gelassen und daß derselbe Vater zugleich eben wegen dieser Mittellosigkeit und zweifellos auch aus Enttäuschung über den Usurpator schließlich begriffen habe, daß die Familie Flaubert in ihrer säkularen Geschichte zwei Adler hervorgebracht hat: ihn selbst und den einst verfluchten jüngeren Sohn. Aber die fromme und verlogene Anekdote, die Gustave Edmond de Goncourt berichtet, scheint von einer beruhigteren Seele auszugehen. In welchem Augenblick seines Lebens hat die Aussöhnung mit dem gestorbenen Vater stattgefunden? Sicher sehr spät. Lange nach der Veröffentlichung von *Madame Bovary*. Auf jeden Fall wird die Legende vom väterlichen Fluch im Jahre 1874 von einem anderen nachträglich geschaffenen Mythos begleitet: der Erzeuger hat schließlich verstanden, die Schuppen sind ihm von den Augen gefallen, er hat Gustave die Gnade erwiesen, den Usurpator vor ihm wegzujagen. Jetzt marschieren die beiden Männer Seite an Seite, die Wissenschaft für die Wissenschaft neben der Kunst für die Kunst, wie Zorro neben Zorros Sohn.

Aber im Jahre 1835 kann sich der verlorene, verstörte, sich selbst gegenüber erbarmungslose Junge weder ein Ende noch eine Kompensation für seine Qualen vorstellen. Der väterliche Fluch ist rein, jegliche Möglichkeit eines *happy end* ist ausgeschlossen: Achille ist mittelmäßig, aber er ist der Erwählte, Achille-Cléophas hat ihm seine unvergleichliche Intelligenz geschenkt. Was tun? Seine Mittelmäßigkeit verachten? Das hieße vergessen, daß er durch den Willen seines Schöpfers der größte Gelehrte des Jahrhunderts sein würde. In ihm die Wissenschaft selbst verachten: das hieße, ein unerklärlicher und verführerischer Frevel, den er sich jedoch kaum vorzustellen wagt, seinen Vater

verachten. Beweisen, daß das verlassene Kind von selbst fähig ist, seinen Bruder zu übertreffen und ihn auf seinem Gebiet zu schlagen? Das ist nicht möglich: der kleine Gustave behält die Spuren des Sündenfalls; man hat ihm zu verstehen gegeben, daß er der Idiot der Familie war: wie sollte man sich vorstellen können, daß er diesem Verein von hellen Köpfen eine Herausforderung entgegenschleudert?
2. Es sei denn – der Schüler ist oft nicht weit von dieser Meinung entfernt –, daß Achille anfangs ebenso wie er nur ein vages Streben, eine Trans-Aszendenz gewesen ist, die durch Ekstase oder Geistesabwesenheit den trockenen Wahrheiten der Wissenschaft, den Berechnungen des Utilitarismus entkam. Und daß der Erzeuger in bester Absicht oder aber, ganz im Gegenteil, aus Bosheit ihn zum Schüler erwählt, zum Inhaber seines diabolischen Wissens gemacht hat und daß der Unglückliche bis auf die Knochen dadurch zermürbt worden ist. Der sensationelle Coup, den die Wissenschaft bei Gustave verfehlt hat, hätte bei Achille Erfolg gehabt: den Glauben an der Wurzel töten, ohne Hoffnung auf Wiederauferstehung, eine Ausschabung des Herzens vornehmen, die Liebe durch das Interesse ersetzen: der Usurpator wäre in diesem Falle eher zu beklagen als zu verurteilen; das exakte Wissen hätte ihn durch Austrocknung verbürgerlicht. Die Zweideutigkeit läge nicht mehr in der Beziehung der erworbenen Fähigkeiten zu ihrem Nutznießer, sondern in der Erkenntnis selbst. Daher der trotz allem erbärmliche Eindruck von Herrn Paul aus *Quidquid volueris*, von Ernest aus *Passion et vertu* usw.

Ursprünglich kompensierte der Optimismus Gustaves Bewußtsein, ein überflüssiger Unsinn zu sein. Auf Grund der Substanz Flaubert, von der er trotz allem ein endlicher Modus war, glaubte er indirekt an sich selbst: die Verdienste dieser Familie würden bei ihm wie bei allen anderen Modi immer belohnt werden. Die plötzliche Entdeckung seines Versagens trifft den jungen Ehrgeizigen im Kern seines kollektiven Ehrgeizes: die erste erschütterte Struktur wird der Optimismus sein: sein Familienname bleibt zwar ein Synonym für Erfolg. Außerdem hat sich nichts geändert: der kleine Junge hat die gleichen Imperative, die gleiche Liebe seines Herrn, den gleichen Wunsch, Erfolg zu haben; Achille erzielt im Collège neue Erfolge mit der gleichen Leichtigkeit, der Ruhm des Herrn ist auf dem Zenit, er wird nicht mehr sinkeni: insofern behält die Welt Flaubert ihre Struktur eines unbewußten Optimismus – und der Jüngere schickt sich an, in eben dieser unvergleichlichen Welt bis zu seinem Tod zu leben. Als er jedoch bemerkt, daß er der einzige Fehler des Doktor Flaubert war, bewirkt eine unmerkliche Veränderung, daß er in die dynamische Hoffnung der Familie eingetaucht ist, ohne sich mit ihr durchdringen zu können. Bei ihm – und überall im Hôtel-Dieu – hat sich die Hoffnung *zu einer anderen gemacht*: Gustave glaubt immer noch an diese wunderbare Familie: hundertmal am Tage versucht er, die kollektive Hoffnung und den kollektiven Hochmut in sich neu zu beleben; wenn es ihm gelingt, stößt er einen Seufzer der Erleichterung aus, aber in dem Augenblick, da er das große Vertrauen Flaubert wiederfindet, merkt er, daß dieses in seiner eigenen Person *die Hoffnung der Anderen* ist. Was tut sie *in ihm*, diese Neigung, die nicht *ihm* gehört? Eine erste Antwort taucht auf: sie hat nur die Existenz, die Gustave ihr gibt, er selbst ist es, der sie anfacht und erhitzt, ohne daß er ein Recht darauf hat. In diesem Fall muß man sich von ihr trennen, zur Demut zurückkehren, die seiner Unfähigkeit entspricht, der Gemeinschaft dieses usurpierte Gefühl zurückgeben. Aber er begreift rasch, daß diese Lösung nicht möglich ist: er hat die Hoffnung wie eine Prägung erhalten. Gustave ist ein Produkt des Unternehmens, und die erste Pflicht des Geschöpfes ist es, vorbehaltlos dem Schöpfer und der Schöpfung zu vertrauen: die Ehre Flaubert existiert, wir wissen es, jeder muß bestätigen und beweisen, daß diese Familie allen anderen überlegen ist. Diese Pflicht obliegt Gustave ebenso wie den anderen Mitgliedern der Gruppe: aber sobald man einen Glaubensakt von ihm verlangt, der sich auf das ganze Haus bezieht und dadurch auch auf ihn selbst, zwingt ihn eine kategorische Verdammung dazu, sich auszuschließen. Sich auszuschließen? Nicht ganz und gar: er muß in seiner eigenen Person das fleischliche Werk des Vaters loben und die Verantwortung für den Fabrikationsfehler übernehmen. So tun es die Christen, die Gott loben, daß er ihnen das Sein gegeben hat, und sich zugleich für ihr Nichts verantwortlich fühlen. Das ist die Marter durch Hoffnung: dem jüngeren Flaubert ist die Hoffnung erlaubt, Gustave ist sie versagt. Kein Aufstieg in dem Unternehmen. Der Vater hat im voraus über die Möglichkeiten und Verdienste entschieden; diese Entscheidung läßt keine Berufung zu: Gustave ist ein geringerer Achille: das ist für immer beschlossen. Die Familie Flaubert steigt durch die Anstrengungen aller ihrer Mitglieder in der Gesellschaft von Rouen auf, aber niemand wird in der Familie Flaubert aufsteigen. Es gibt feste Posten: sie sind für immer jedem zugewiesen. Gustave ist mit fünfzehn Jahren bereits fertig: er hat alle seine literarischen Themen gefunden, das heißt Ausdrucksformen für alle seine Sorgen, für seine heftigen Leidenschaften. Eine solche Frühreife findet man nicht oft, und ich erinnere mich nicht, sie jemals bei einem anderen gefunden zu haben: sie ist erschreckend; kein Windstoß wird von außen kommen, die Zukunft ist durch eine eherne Mauer blockiert. Wie sollte man das Kind nicht verstehen, das seit seinem frühesten Alter «ein vollständiges Vorgefühl des Lebens» gehabt, das heißt sich als ein Schicksal entdeckt hat? Diese merkwürdige innere Starrheit, die den Zeitgenossen auffällt, ist das Geschenk der Flauberts an ihren Jüngeren. «Du wirst der Idiot der Familie sein.» Wenn das Kind eines Tages eine Chance haben will, sich aus der Affäre zu ziehen, dann muß es den Urteilsspruch annehmen. Und was auch das Heil sein mag, es soll nicht hoffen, den Urteilsspruch verändern zu können. Ein Genie vielleicht: Idioten und Genies, sagt man oft in dieser Zeit, haben mehr als einen gemeinsamen Zug. Ein schlauer Kopf, niemals. Wenn jedoch der Jüngere den Vorrang seines Hauses behauptet, so zählt er unwillkürlich, da er ja immer noch ein Teil davon ist, auf irgendein Wunder, auf eine wirksame Gnade, die vom Vater oder von der ganzen Gemeinschaft auf ihren letzten Sprößling ausstrahlt. Diese Illusion kann weder verfliegen noch dauern: die Minderwertigkeit ist öffentlich bekanntgegeben worden, es ist das jeden Tag wiederholte Urteil des Vaters; wie sollte man nicht daran glauben? Um so mehr, als sie sich in Fakten niederschlägt: das Kind lernt seine Langsamkeit, seine Zerstreutheit kennen, und dann sind da noch die unleugbaren Fehler und jene negative Intention, die als Böswilligkeit gelten kann. Wenn der Vater sein Urteil gefällt hat, bei welchem Gott soll man dann Berufung einlegen? Es gibt zwar keine direkte Erfahrung der Minderwertigkeit: der Altersunterschied, der die Brüder trennt, verurteilt den jüngeren dazu, der Vergangenheit des älteren unterlegen zu sein. Aber da der Vergleich nur retrospektiv ist, erscheint er um so wahrer; er entmutigt das Nacheifern: einen jungen Zeitgenossen kann man übertreffen, aber das perfekte Kind Achille ist wie ein Toter. Der Vater setzt ihn ein und zwingt ihn auf: bis in die Einsamkeit hinein wird der Fluß der Emotionen und Ideen von einem Vorbild beunruhigt werden, das Gustaves Minderwertigkeit *spezifiziert.* Diese ist niemals eine abstrakte Bestimmung seines Seins, sie ist zugleich eine Familienbeziehung und der unmittelbare Geschmack seiner inneren Erfahrung – worunter wir das dunkle Bewußtsein seiner Selbstentfremdung verstehen – und, da er jeden Augenblick in ihren bitteren Genuß zu kommen glaubt, der Stoff seiner Person. Es ist weder ein Fehler noch ein Laster, es ist ein angeborener Mangel, für den sich der Kleine verantwortlich fühlt und den die Anwesenheit des Anderen in ihm ständig als sein Relativ-sein offenbart.

Damit werden ihm alle kleinen Vorteile des Aufstiegs Flaubert fremd. Es ist kaum merklich. Es ist eine Distanz, die er ihnen gegenüber einnimmt – oder die sie ihm gegenüber einnehmen. Als wenn sie ihm weniger zukämen als dem übrigen Haus. Aber gleichzeitig packt ihn die Wut: *Es kommt mir zu! Alles, was Flaubert ist, gehört mir!* Diese Besitzgier haben alle in der Wohnung des Hôtel-Dieu vom Vater. Aber mehr noch: die Bindungen an die Dinge spiegeln diesen kaum verbürgerlichten Bauern personale Beziehungen wider. *Es kommt mir zu*, bedeutet: meinem Vater, dem Herrn, dem ich mich gebe und der mir alles gibt, was er hat. Die traurige Unterkunft, der Garten, der Wagen: das ist, wie wir gesehen haben, der Vater selbst; es ist der Vater, der für das Kind zur materiellen Umwelt wird. Und nun? Sich vom Hôtel-

Dien, vom Besitz in Trouville, von den neuerlich erworbenen Gütern entfernt fühlen, und sei es unmerklich, heißt das nicht sich vom Vater entfernen? Achille-Cléophas verkörperte in den Augen seines Sohnes die reine Gnade: selbst als der kleine Vasall sich ihm mit Leib und Seele ergab, *verdiente* er die Liebe nicht, die ihm sein Herr entgegenbrachte. Und nun? Muß man jetzt auf die väterliche Liebe verzichten, weil man sie nicht verdient hat? Gegeben und verweigert, nah und fern, wecken und enttäuschen die Güter dieser Welt die Sohnesliebe und die Habgier des kleinen Ehrgeizigen. Die Kraft Flaubert, die dem kleinen Jungen durch die Gemeinschaft verliehen, durch das Alter und das Jünger-sein spezifiziert wurde, zerreißt sich selbst, indem sie ihre Macht und ihre positiven Merkmale der Negation verleiht, die ihre verborgene und zersetzende Antithese wird. Gegen sich selbst gekehrt *wird diese Kraft zur Gewalt*: wenn sie wächst, wird auch die Gewalt ebensosehr wachsen. Umgekehrt wird die gewachsene Gewalt den Ehrgeiz zermürben: diese vereinigte, jetzt geteilte Kraft wird sich nach und nach unter der Einwirkung ihrer geheimen Zwietracht und ihrer unlöslichen Einheit bis zum Äußersten steigern. Das *Versagen* ist nur ein abstraktes Moment in diesem Kampf, den der Ehrgeiz gegen sich selbst führt: aber es ist die schlimmste Gefahr. Da diese Negation transzendenten Ursprungs in der Immanenz ungreifbar ist, ist sie letztlich nur ein Riß des verinnerten Seins: das Kind erleidet sie, ohne sie bekämpfen zu können; was Gustave auch plant, um sie zu bezwingen, sie hat sich bereits eingeschlichen; was Wunder, da es ja das Sein ist, das er sein muß: man wird jedoch nicht erstaunt sein, daß er sich in müßigen Versuchen erschöpft: es ist das Sein, das er sein muß, gegen das, was er ist. Resultat gleich Null, bis auf einen Punkt: ihm liegt um so mehr an den Gütern, an der Karriere, je unwürdiger er sich dessen glaubt: wenn ihm ihr Besitz tatsächlich zuerkannt würde, wäre das das Ende seiner Unwürdigkeit. Von selbst hätte er den Posten seines Vaters nicht begehrt: da er passiv war, verträumt, allzu bereit, in Geistesabwesenheiten zu versinken, spürte er keinerlei Neigung zu dem schwierigen Beruf, der ständige Wachsamkeit erforderte, eine quasi pathologische Über-Aktivität, schnelle Entscheidungen. Er fühlte sich von diesem Beruf ausgeschlossen, ohne ihn jemals begehrt zu haben, sobald der Vater Flaubert ihn seinem Bruder versprach: das war das Bild des väterlichen Urteils und der Liebe, die sich von ihm abwandte; es war eine angeborene Entbehrung seines *ego* und das Symbol für sein Relativ-sein, das heißt für seine Minderwertigkeit. Daraus entsteht, was Gustave in *La peste à Florence* die «finstere und ehrgeizige Eifersucht» (I, 75) Garcias nennt.[71] Er

71 Das drückt er auch klar in *Quidquid volueris* aus: bevor Djalioh Adèle *liebt*, muß er begreifen, daß sie *einem anderen* gehört. Zuvor beschränkte er sich darauf, sie in sein allumfassendes Wohlwollen einzuschließen.

definiert sich jetzt in seinen eigenen Augen als *der, der nicht gewählt worden ist* und den zu wählen natürlich gar kein Anlaß bestand. Die Minderwertigkeit verbindet sich hier mit der reinen Zufälligkeit des Unkrauts, die die Mutter ihm verliehen hat: es ist gerechtfertigt, daß man mir nur die Krümel gibt, da ich zu diesem Gastmahl gekommen bin, ohne eingeladen zu sein.
Andrerseits jedoch wird die Minderwertigkeit auch als das infernalische Gegenteil der Zufälligkeit erlebt, das heißt als die folgerichtige Wirkung eines pränatalen *fiat.* Aufgerichtet und versteift bleibt der Familienehrgeiz in ihm, verinnert ist er die substantielle Realität seines *ego*: durch ihn steht er aufrecht, ein unbestimmter Modus der Substanz Flaubert; das Differential, das den Modus spezifiziert, wird notwendig die Minderwertigkeit: so definiert sich das *ego* in dem Moment, da es auftaucht, durch sein Verhältnis zum Anderen, von dem es nur eine Verminderung ist. Wenn Gustave sich erkennen will, braucht er nur seinen älteren Bruder anzusehen, die ideale Perfektion, deren schlechte Kopie er nur ist. Es ist zum Verrücktwerden, denn der Ehrgeiz Flaubert ist bei Gustave um so heftiger, je mehr er angefochten wird: der Kleine verlangt gierig die Ehrungen, das Vermögen, den Erfolg. Gieriger als Achille, daran ist kein Zweifel. Im gleichen Augenblick offenbart sich die Fülle jedoch als Mangel: er weiß, daß er diese Güter, die er begehrt, niemals erhalten wird; besser noch: der Ursprung seiner Begierde ist die Gewißheit, sie niemals befriedigen zu können. Das heftige Verlangen, zum Aufstieg der Familie beizutragen und seine Karriere an dem Punkt zu beginnen, wo sein Vater die seine beendet, und das schmerzliche Gefühl, nicht die erforderlichen Fähigkeiten dazu zu haben, das eine wie das andere ist von den Händen des Erzeugers in seinen Körper hineingeknetet worden. Aus diesem Grunde offenbart sich beides dem Kind weder als zwei notwendig miteinander verknüpfte Merkmale noch als das Zusammentreffen von zwei Zufällen. Wäre es miteinander verknüpft, würde es sich gegenseitig bedingen, der Elan des Ehrgeizigen könnte seine Mängel kompensieren, Geduld und Unterwerfung – beides selbst Momente des Ehrgeizes – könnten ihn seinem Versagen entreißen: zumindest wäre der kleine Junge davon überzeugt. Wenn umgedreht der Gegensatz zwischen Entwurf und Mittel aus einer selbständigen Spontaneität entstünde, hätten die Mängel selbst *einen Sinn,* sie gäben Hemmungen und Widerstände wider, die eng mit Gustaves Vorgeschichte verbunden wären; eben dadurch würden sie nicht nur den Erfolg, sondern auch den Ehrgeiz bremsen: der Widerspruch würde nicht wirklich Wollen und Können zueinander in Gegensatz bringen, sondern, unbewußt, Wollen und Nichtwollen. Aber nichts davon: der Arrivismus wird nicht gebremst; das Versagen ist ein Nicht-Sinn. Der Junge verinnert es zwar, er macht – wie wir gesehen haben – aus ihm eine echte *Erfahrung.* Da der eigentliche Sinn dieser

Prüfung ihm jedoch äußerlich bleibt und in der komplexen Beziehung des Vaters zu seinen Kindern und zu sich selbst liegt, erleidet Gustave sie, aber die Minderwertigkeit ist nicht *sein Produkt*, und nur aus Folgsamkeit glaubt er in ihr das Geheimnis seines Seins zu finden. Die Kraft, die in seinen Augen die *Echtheit eines Flaubert* bezeugt, und die Mißbildung, die ihn aus der Familiengruppe ausschließt, gehen folglich ineinander über und definieren sein Sein *zusammen*, aber ohne anders als durch jene geheime Koexistenz verbunden zu sein.

Aber wer wagte zu behaupten, daß das Kind sich für das zufällige Zusammentreffen dieser beiden Merkmale hält? Obwohl die Bedeutungen voneinander unabhängig bleiben, sieht es doch genau, daß die Intensität seiner Frustration direkt der seiner Begierde entspricht; und außerdem ist ein *ego* in niemandes Augen eine Anhäufung, es ist eine strukturierte Einheit. Das genügt, damit die verschiedensten Züge in jedem von uns, sowenig wir uns auch vertieft haben mögen, in verschiedenen Dialekten die gleiche Totalität auszudrücken scheinen. Das Kind wird bald versuchen, in Mythen das Bewußtsein wiederzugeben, daß das Verhältnis zwischen der Maßlosigkeit des Ehrgeizes und dem Versagen der Fähigkeiten, das weder zufällig noch logisch erscheint, nichtsdestoweniger intern und synthetisch ist, denn es ist im voraus durch einen transzendenten Willen festgelegt. Tatsächlich ist es der Vater, der gegeben und genommen hat. Alles trägt dazu bei, das Kind davon zu überzeugen, daß es mit einem imperativen Mandat auf die Welt gesetzt worden ist; und das trifft zu: kein Flaubert ohne Mandat: Achille hatte das Mandat, der beste Arzt der Stadt zu sein, und Gustave hatte bei seiner Geburt das Mandat, der Beste nach Achille zu sein. Aber die väterliche Verurteilung gibt dem Mandatsträger zu verstehen, daß ihm die Mittel zur Erfüllung seiner Aufgaben verweigert werden. «Wenn meine Natur ungeeignet ist», kann er sagen, «warum hat man mich dann mit einer so schwierigen Mission betraut? Wenn das Unternehmen so delikat ist, warum hat man mich dann so ungeschickt gemacht?» Wenn die Gebote *äußerlich* geblieben wären, so hätte er sich zur Not damit abgefunden, ihnen nicht gehorchen zu können. Aber warum hat man sie in Form einer so brennenden Leidenschaft in ihm hervorgebracht? *Emporkommen*: das war seine Pflicht, das war die brennende Liebe; derart, daß der jüngere Flaubert – der um so mehr Flaubert war, je stärker die Flamme brannte – nichts anderes, nichts mehr war als jenes *Pathos*. Warum? Man wirft ihn von der Geburt an in ein Unternehmen, das zu bewältigen er nicht die Mittel hat, man bedingt ihn so genau, daß er unweigerlich jedesmal dessen Scheitern voraussehen und doch immer wieder von vorn beginnen muß. Neu erscheint hier die Strenge im Übel. Eine ganz menschliche Unbeugsamkeit; ein Widerspruch, der so perfekt ist, daß er gewählt erscheint. Kann die Natur auf diese Weise ein und dieselbe Person quälen, sie vor

Begehrlichkeit entbrennen lassen und gleichzeitig mit Impotenz schlagen, so daß ihr Unglück auf die Spitze getrieben ist? Nein: dieses ausgezeichnete System läßt für den Zufall keinen Platz. Glücklich schlug Gustave ein Jahr früher die Augen zu unserer Welt der Konsequenzen ohne Prämissen auf und fand in ihr mehr Verworrenheit als Notwendigkeit. Nichts schien ihm im voraus entschieden, außer dem Glück der Flauberts. Aber die Beharrlichkeit im Übel zieht den Lauf der Dinge zusammen: alles strebt direkt dem Ziel zu, das das schlimmste ist. Das Antlitz der Welt ist verändert: man hat ihn betrogen: er kostet die Evidenz seines zukünftigen Scheiterns aus, er genießt es in grauenvoller Weise, und *im gleichen Augenblick* treibt ihn seine zermürbte, sterbensmüde, unermüdliche Leidenschaft dazu, eine im voraus verlorene Schlacht zu beginnen. Daher jener allgemeine, um das siebente Jahr herum entworfene Mythos, als der verzärtelte kleine Vasall stürzt, als der gute geliebte Herr zu einem ungeduldigen Lehrmeister wird, der sich gedemütigt fühlt, daß er einen Idioten gezeugt hat: die Welt ist die Hölle.

Das sind, könnte man sagen, die inneren, aber objektiven Strukturen dieses gemarterten *ego*, wie sie aus der regressiven Analyse der ersten Werke hervorgehen. Ich habe Schritt für Schritt den Prozeß nachgezeichnet, durch den die Passivität, der Ehrgeiz, das Versagen und das Erstgeburtsrecht ihn nach und nach konstituiert haben. Bleibt noch die konkrete Entwicklung dieser Kindheit von diesen primären Strukturen her aufzuzeigen. Sicher ist zum Beispiel, daß die Passivität von der Mutter herkommt und die erste Verinnerung des Äußeren ist, der Ehrgeiz ist erst dessen zweite Verinnerung. Wie wird der kleine Junge den enttäuschten Ehrgeiz *innerhalb* der Folge seiner passiven Neigungen erleben? Wie kann die *Aktivität* – denn der Arrivismus ist beim Vater und beim älteren Sohn *seinem Wesen nach praktisch* – durch die empfangene Passivität des Jüngeren verinnert werden? Was bleibt davon? Was kann das Kind davon verstehen, wo es ihm doch nicht einmal gelingt, die verbalen Zeichen vollständig zu erfassen?

Wieder wird uns die Untersuchung der frühen Werke erlauben, Antworten auf diesen Komplex von Fragen zu finden, von denen jede durch alle anderen bedingt ist. Wir werden von dem einfachsten Mythos ausgehen, den Gustave schon früh geschaffen hat, um sich zu verstehen: die Verfluchung Adams. Marguerite aus *Un parfum à sentir* und Garcia aus *La peste à Florence* sind ausdrücklich auf die Welt gesetzt worden, um sich auszulöschen: das bedeutet, daß Gustave seit seiner Empfängnis durch seinen Erzeuger zum Tode verurteilt ist: versuchen wir zu verstehen, was dieser Mythos der Verdammung für ihn bedeutet.

E. Die Unterwerfung

Natürlich ist die Verdammung niemals wirklich ausgesprochen worden. Es genügt, daß es eine subjektive Gewißheit ist, die das grundlegende Sein des Kindes bestimmt. Bei näherem Hinsehen erkennen wir, daß sie die ständige Verwandlung einer faktischen Notwendigkeit in eine souveräne Option ausdrückt und umgedreht.

1. Tatsache ist, daß Achille der ältere ist, daß er, neun Jahre älter, in jedem Augenblick das Schauspiel seiner objektiven Überlegenheit bietet; Tatsache ist, daß diese Überlegenheit nicht vollständig auf den Altersunterschied zurückgeht, weil ja der Ältere, als er das Alter des Jüngeren hatte, seit langem lesen, schreiben und rechnen konnte. Außerdem hat der Jüngere in seiner frühesten Kindheit selbst das Ältersein seines älteren Bruders als ein Recht anerkannt: allerdings wußte er damals nicht, was er tat. Als er aber erfährt, daß er ihm damit unerträgliche Privilegien zuerkannt hat, ist es zu spät: ist das Prinzip einmal zugestanden, müssen auch seine Konsequenzen zugestanden werden.

2. Das ist eine souveräne und unverbindliche Wahl. Unter dem Ancien régime hatte der Ältere gegenüber seinen Brüdern nur eine Rangüberlegenheit: allein die Institution – und nicht sein Verdienst oder irgendeine höhere Entscheidung – war die Garantie für sein Recht: es bestand ein Zwang für alle, selbst für den Vater. Unglücklicherweise bedingt der hybride Charakter der Familie Flaubert, daß der Chefchirurg sie auf das Erstgeburtsrecht gründet, als dieses nicht mehr Sitte ist. Auf diese Weise verschwindet für Gustave die faktische Notwendigkeit hinter der Option. In einer Hinsicht hat er nicht unrecht: die Familienstrukturen spiegeln den Charakter von Achille-Cléophas wider; er sieht jedoch nicht, daß der Doktor Flaubert ein Mutierender ist und daß seine Option die Werte und Traditionen seiner Kindheit widerspiegelt. Da er die Zelle Flaubert konsolidieren wollte, indem er durch Intrigen die Erblichkeit der Ämter wieder einsetzte, mußte er im voraus seinen Erstgeborenen zum Nachfolger erwählen, wie dieser auch immer sein mochte. Gustave ist zu schlecht plaziert, um wissen zu können, daß diese Wahl *widerrufbar* gewesen wäre, wenn er seinem Bruder im Abstand von ein oder zwei Jahren gefolgt wäre: der Beste hätte dann den Sieg davongetragen; er versteht nicht, daß Zeit und Tod die väterliche Entscheidung unwiderrufbar gemacht haben. In seinen Augen hat der *pater familias* Achille durch ein Dekret genauso geschaffen, wie er sein mußte, das heißt, wie er ist. Damit hat der Vater in der Person des Jüngeren bewußt eine Ware minderer Qualität und ohne bestimmten Verwendungszweck hervorgebracht; Gustave hat den Eindruck, daß sein Herr ihn durch einen unverbindlichen Akt aus dem Limbus gezogen hat, eben damit er derjenige wäre, den die Familie nicht brauchte. Unwesentlich, nutzlos, *also* minderwertig, fühlt sich der kleine Junge

durch einen Ukas mit einem minderen Sein und folglich einem minderen Haben ausgestattet.

Schlimmer noch: Gustave hat, wie wir gesehen haben, ständig den Eindruck, nach Maß gemacht worden zu sein, und glaubt, daß jeder seiner Charakterzüge als Negativ des entsprechenden Charakterzugs von Achille konzipiert worden ist. Die Minderwertigkeit – eine nicht wechselseitige Beziehung zum älteren Bruder – wird vom jüngeren als die primäre Qualifikation seines Seins erlebt. Wie wir gesehen haben, spiegelt Garcia aus *La peste à Florence* Gustave sein Relativ-sein wider. Das heißt, der Andere erscheint ihm als konstitutiv für sein Sein, als absolutes, unbestrittenes Maß, von dem der erzeugende Vergleich sich ableitet. Selbst der Neid ist nur Achilles institutionalisierte Überlegenheit, wie sie von Gustave, seinem minderwertigen Bruder, erlebt werden muß. Genau das ist es, was den Jungen unmerklich zerstört: er muß in der Welt der Alterität leben, die durch einen Anderen für die Anderen angelegt ist und in der er selbst als Anderer, als Minder-sein und als Relativ-sein hervorgebracht wird.

Diese Relativität ist zweifellos Gegenstand eines Dekrets gewesen. Er ist «mit dem Verlangen zu sterben geboren» (*Novembre*, I, 254). Das heißt: mit dem Bewußtsein, überflüssig zu sein. Aber diese vollständige Nutzlosigkeit verweist nicht auf den Zufall: er sieht darin die Absicht eines Vaters. Der Chefarzt hat seinen zweiten Sohn in voller Kenntnis der Sachlage gezeugt: er wußte, daß dieses Kind jünger wäre. Hat er es *trotz* oder *wegen* dieser Kenntnis gemacht? Für Flaubert hat die Frage keinen Sinn: in seinem Erzeuger können Verstand und Willen sich nicht widersprechen: da er allwissend ist, sieht er die Folgen seiner Entscheidungen bis ins Unendliche voraus; da er allmächtig ist, ereignet sich nichts, was nicht genau seinen Willen widerspiegelt. Kurz, für den *pater familias* kann ein *obwohl* nur ein *weil* sein. Er kannte die Leiden, die mit dem Jünger-sein verbunden sind; er konnte darauf verzichten: wenn er es nicht getan hat, so beweist das, daß er die Verantwortung für die Mängel und die Minderwertigkeit, die den kleinen Gustave quälen, unbedenklich auf sich genommen hat. Man sehe sich Cosimo aus *La peste à Florence* an: einen zweiten Sohn machen, ihm die Mängel verleihen, die seinem Status eines jüngeren Bruders entsprechen und ihn durch die Abspeisung mit einem unbedeutenden Leutnantspatent zugleich nach seinem Sein und nach seinem Wert behandeln – die sich genau decken –, das alles ist für ihn ein und dasselbe. Als wenn der Vater, wenn er zeugt, zugleich den «intelligiblen Charakter» des Sohnes und sein phänomenales Leben, das heißt die zeitliche Widerspiegelung dieses Charakters, wählte. Gustave ist der Verpflichtung unterworfen, die Minderwertigkeit, mit der Achille-Cléophas ihn absichtlich geschlagen hat, durch einen ganz und gar erwarteten Sündenfall in Freiheit zu verwirklichen.

Der Grund, weshalb der Unglückliche die Knechtschaft seiner Freiheit in seiner Erfahrung verwirklicht, scheint ihm ganz klar zu sein: sein Vater hat ihn mit dem Ehrgeiz Flaubert durchtränkt, einer Bestimmung zur Aktivität, die das passive Kind als eine ohnmächtige Leidenschaft empfinden mußte, und *zur gleichen Zeit* dekretierte dieser Souverän, daß diesem Ehrgeizigen die notwendigen Fähigkeiten zur Erreichung der Ziele, die der Familienehrgeiz sich gesetzt hatte, fehlen würden. Von diesem Widerspruch zerrissen, kann Gustave die Wahrheit der beiden Bestimmungen nur in ihrem Konflikt finden: je heftiger die Wünsche, desto jammervoller die Ergebnisse. Sein Eifer, seine Leidenschaft, zur höchsten Instanz emporzukommen und endlich doch noch die Glückwünsche seines Vaters zu erhalten, darin sieht das Kind den direkten Grund für seine eklatanten Fehlschläge. So gerät es schlagartig in das Universum des Marquis de Sade, ohne auch nur dessen Namen zu kennen, des Alten, den er sein ganzes Leben verehren wird. Gustave ist Justine: wie sie wird er seine Tugenden streng bestraft sehen, und der Umfang der Züchtigung wird seinem Verdienst entsprechen. Die minuziöse Genauigkeit dieses Gesetzes beweist zur Genüge, daß es kein Naturgesetz ist: im Herzen Gustaves herrscht eine prästabilierte Disharmonie.

Die archaischste *Interpretation*, die Flaubert uns von seiner Situation gibt, scheint er eher wiederzufinden, als zu erfinden, denn sie ist um einige Jahrtausende älter als er. Als Ödipus sich mit Laios schlug, ließ er nur seiner Wut freien Lauf: er kannte seine Herkunft nicht und nicht einmal den Namen des alten Trottels, der seinen Wagen gegen den Fels drängte. Hätte er es gewußt und wäre er in Theben geblieben, so hätte der zu begehende Vatermord seine freie Spontaneität anders bedingt, aber das Resultat wäre auf jeden Fall das gleiche gewesen. *Es ist das Fatum.* Aber was kann den Sinn einer Handlung verfälschen und sie gegen den Willen des Handelnden zwingen, ein im voraus festgesetztes Ziel zu verwirklichen, das in den meisten Fällen dem, das er sich vornahm, entgegengesetzt ist? Nichts, außer einem gegnerischen Unternehmen, das von einer anderen Intelligenz geführt wird und einen anderen Willen beleuchtet. Ein Boxer macht eine Finte und senkt seine Deckung, ich schlage zu und kriege eine rein: er hat meine Gesten disqualifiziert, so daß sie ihm nützlich sind und ich mich spontan und unwissentlich zu einem Mittel seines Zwecks mache, ganz in dem Glauben, meinem eigenen Zweck zu dienen. Kein Fatum ohne menschliche Intention. Oder quasi menschliche Intention.[72]

72 In den Kräften, die einem die Praxis stehlen und zu anderen Zwecken benutzen, wird man immer eine intentionale Struktur finden. Aber diese Intention kann anonym bleiben. In der *Kritik der dialektischen Vernunft* nenne ich sie «Gegenfinalität», womit ich jene allgemeine Kategorie, die Handlung ohne Urheber, bezeichne.

Das Fatum ist ein dunkles Wollen, das sich durch unser Leben zieht und von seinen vorhergesehenen Zwecken zu seinen Anfängen geht: das Spiel ist im voraus aus. Aus diesem Grund ist das vorgefertigte Kind Flaubert von seinem frühen Alter an ein echter Fatalist. Es glaubt genau in dem Maße an das Schicksal, wie ihm scheint, daß die väterliche Verdammung die Heteronomie seiner Spontaneität hervorgerufen hat. In allen seinen frühen Werken taucht das Motiv der *anderen Intentionalität* oder der *gestohlenen Freiheit* auf: in jedem Leben hat eine große Rechenmaschine im voraus die Umwelt, ihre Utensilien und ihre Umstände so organisiert, daß jeder Wunsch in genau dem Moment erregt wird, wo ihre Beschaffenheit ihn am ungünstigsten erscheinen läßt. Jedes Verhalten wird durch ein trügerisches Arrangement hervorgerufen, das es wie die Finte des Boxers zwingt, genau das Gegenteil von dem Ziel zu verwirklichen, das es sich gesetzt hat. Kurz, die Existenz ist eine Folge von sorgfältig ausgelegten Fallen, man entkommt der einen, verstümmelt, nur, um in die folgende zu gehen, die einen noch weiter verstümmelt. Das Ende ist schließlich der Tod. Nicht jenes *natürliche* Dahinscheiden, das einen verbrauchten Organismus erwartet, sondern ein Resultat, das von der Geburt an durch einen anderen Willen geplant und ebenso streng und künstlich ist wie ein vertraglicher Beschluß. Dieses von einem Fremden bewohnte Leben ist im Grunde ein horizontaler Sturz, dessen Richtung und Tempo vorauskalkuliert sind. Wir verstehen jetzt den Sinn der totalisierenden Tendenz, den wir bei Gustave festgestellt haben: für sich allein genommen interessieren ihn die Episoden einer Existenz nicht; jede spiegelt auf ihre Weise die vorhergehenden wider und kündigt die folgenden an; jedes Schicksal ist zugleich zirkular und irreversibel: in jedem Augenblick sind alle seine Motive auf einmal präsent: der Tod in der Geburt und die Geburt im Tod, alles ist bekannt, vorhergesehen, unvermeidlich; gleichzeitig ist jedoch eine Umkehr unmöglich: das Spiel ist aus, man kann seinen Einsatz nicht zurücknehmen; es gibt Wiederholungen, aber mag das Ereignis auch jedesmal als das gleiche wiederkehren, so ist es doch jedesmal neu, seine hartnäckige Wiederkehr macht es jedesmal unerträglicher. Für Flaubert kommt der «Lebensekel» daher, daß jedes Schicksal für den, der es leben muß, voraussehbar ist und daß man in der Folge minuziös und in allen Details erdulden muß, was man als eine allgemeine Evidenz bereits erkannt hat.

Denn das Schicksal kündigt sich für ihn in einer blitzartigen Intuition an, die nicht trügt: daß er seit seiner Kindheit ein «vollständiges Vorgefühl des Lebens» gehabt hat oder daß er «an die Verfluchung Adams glaubt», ist ein und dasselbe. Aber die zweite präzisere Aussage verweist eben gerade auf *den anderen Willen. Jemand* muß einen verflucht haben; und es ist kein Zufall, wenn der Verfluchte Adam ist, der eine Zeitlang sich im irdischen Paradies einer wunderbaren Kindheit erfreut hat und wegen der Erbsünde daraus vertrieben wurde. Kurz, der erste Mensch ist hier Gustave, vertrieben, schuldig und sehend. Voraussicht und Schicksal ist ein und dasselbe. Im Jahre 1857 wird ganz Frankreich, ohne etwas zu verstehen – außer Baudelaire –, den Bericht einer *Verdammung* lesen, die von den ersten Seiten an vorausgesagt und auf den letzten vollstreckt wird: bewundernswürdig und verloren wie die Giftmischerin Mazza aus *Passion et vertu* stürzt sich Emma Bovary spontan in die Hölle; sie wird unerbittlich hineingestürzt. Man darf auf keinen Fall die sehr schwerwiegenden Wörter Hölle, Satan, Verdammung auf bloße Modeartikel reduzieren, sondern muß in ihnen vielmehr den *Sinn* begreifen, den sie jenseits der *Bedeutungen* zu symbolisieren versuchen. Gemeinsam ist diesen dichten Symbolen zweifellos, daß sie alle die dunkle Seite des Heiligen heraufbeschwören. Vergessen wir nicht, daß die ursprüngliche Intuition – das Vorgefühl des Lebens – weit über das bloße Voraussehen hinausgeht: es ist eine *Prophezeiung*, kurz, eine Offenbarung, die das Eindringen des *Numinosen* in das Leben eines Kindes voraussetzt. Gehen wir noch weiter: das Heilige ist eine Grundstruktur dieser Antizipation; es ist, wenn man so will, seine Bürgschaft. Sehen wir, was das bedeutet.

Gustave kann weder mit sieben noch mit vierzehn Jahren für sich allein die Kurve seines Lebens ausmachen. Die Voraussicht – als bloße Extrapolation – ist ihm also versagt, es sei denn, es ist die verinnerte Voraussicht des Anderen. In diesem Fall ist das Heilige das Kennzeichen seiner Selbstentfremdung. Das Kind hat die Prinzipien des Vaters, der ganzen Familie, ihre Parteinahme für sich übernommen und sich damit durchtränkt; es gibt sie auf seine Weise wieder, Objekte mitten im Subjekt, von der Subjektivität halb untergrabene objektive Wahrheiten. Wie muß die Familienprophezeiung aussehen, um ein Kind mit ihrer Autorität ohne Evidenz zu schlagen? Eine Behauptung, die sich allein auf die Zukunft bezöge, könnte Gustave anzweifeln: sie muß auf einer Beurteilung der Gegenwart fußen. Man muß also Gustave mehr oder weniger deutlich erklärt haben: du bist der Idiot der Familie. Aber wer kann ganz und gar von der Meinung anderer überzeugt sein, wenn diese nur die Feststellung einer Tatsache zu sein vorgibt? Tatsächlich wird sich Gustave nur dann unter die Mißgeburten einreihen, wenn diese scheinbar assertorische Behauptung – «du bist ein Idiot, ein *minus habens*« – ein *Urteil* in sich birgt. Franz Kafka, eine andere Mißgeburt, die gern Flaubert zitiert und sich ihm verwandt fühlt, hat das klar gezeigt in einer Novelle, die eben gerade diesen Titel trägt und die rechtliche Grundlage seines Verhältnisses zum Vater aufdeckt. Die Voraussicht der Fakten wird für den Sohn nur dann eine unzweifelhafte und heilige Wahrheit sein, wenn jene als die Momente der Vollstreckung eines Urteils seines Schöpfers geschehen müssen. Leben ist also seine Strafe abbüßen: und der Verurteilte weiß genau, ob er zehn Jahre Zuchthaus oder fünfzehn Jahre Gefängnis bekommen hat. Gustave hört die Stimme, die am meisten dazu autorisiert ist, die väterliche Stimme, ihm folgenden traurigen Eid leisten: «Was auch immer deine Anstrengungen sein mögen, du wirst nicht geliebt werden, denn ich habe in der Ewigkeit beschlossen, daß du nicht verdientest, mein Sohn zu sein.» Wie sollte das Kind davon nicht überzeugt sein: sein Vater ist der bewundernswürige Mann, der *Wort hält*; seine Urteilssprüche lassen keine Berufung zu. Die *Prophezeiung*, deren Grundlage bleibt, daß das Schlimmste immer sicher ist, ist nur die Rückerinnerung an eine Verurteilung, der schreckliche Fortschritt der Leiden ist unvermeidlich, weil er nur die Ausführung eines heiligen Befehls ist. Warum bietet sich aber das Heilige bei Gustave als Sühne dar, wird man sagen? Nun, weil sein Versagen, eine empfangene Bestimmung, die sein Wesen fixiert und begrenzt, ihm zugleich als sein Urvergehen erscheint: er empfindet sein Vorgefertigtsein als seine Option; das ist normal, da er ja sein Wesen nicht *sein*, sondern nur *existieren* kann, und das genügt, ihn unendlich schuldig zu machen, weil er die kriminelle und ständige Wahl getroffen hat, *relativ* zu sein. Sobald er leidet, glaubt er daher in den bitteren Genuß seines totalisierten Lebens zu kommen. In seinem gegenwärtigen Schmerz sieht er einen Schmerz, der nicht enden wird: er ist verflucht, dieser zukünftige und im voraus erlittene Schmerz bietet sich als *heilig* dar. Das ist zweifellos die Grundstruktur des Erlebten nach dem Sündenfall: insofern der gegenwärtige Moment sich der Vergangenheit zukehrt, erzeugt das Unglück Überdruß, weil es ja nur die fade Verwirklichung dessen ist, was vorausgesehen und hundertfach verwirklicht wurde; insofern er sich der Zukunft zukehrt, ist er dagegen eine prophetische und heilige Angst, weil ja jeder Schmerz die Verheißung in sich birgt, ständig und jedesmal schlimmer wiederzukehren: das heißt seine Schuld leben. Als wenn das Kind, ohne das Gefühl zu verlieren, daß seine Existenz selbst ein niemals verziehenes Vergehen ist, dem Erzeuger die Verantwortung für sein Wesen zuschriebe, in diesem den demiurgischen und grausamen Willen entdeckte, dem dümmsten der Flauberts das Leben zu schenken, um in seiner Person die menschliche Dummheit zu züchtigen. Für Flaubert sind prophetische Erkenntnis, Vorgefühl des Anderen und Selbstbewußtsein untrennbar, weil er an den Quellen seines Seins die gleiche bösartige Absicht findet, die sein Schicksal lenkt: in seinem Wesen hat man die Fähigkeiten umgekehrt proportional zu den Ambitionen machen wollen, in seinem erlebten, vorausgesehenem Leben werden die Stürze um so schwindelerregender sein, je höher sein spröder und stupider Hochmut hat hinauswollen.

Das ursprüngliche *fiat* kommt vom *pater familias*. Aber das *Fatum*, das vollständige Vorgefühl *seines* Lebens, ist nichts anderes als die Familie Flaubert, ein lebendiger und stark strukturierter Organismus, insofern der Vater ihn lenkt und sich selbst in ihn entfremdet hat. Der zweite Sohn ist total in ihn integriert, das heißt, daß er – wenn auch ambivalent, wir werden ausführlich darauf zurückkommen – nur vom Familienleben leben wird, ohne daß er sich einen Ausweg vorstellen kann oder auch nur wünscht. Aber in der Zeit, in der er die Familie als das unentbehrliche Milieu empfindet, das sein Sein erhält und stützt, sieht er voraus, daß sein Jünger-sein und sein Versagen ihn immer auf dem untersten Rang festnageln werden. Eines Tages wird der ältere Sohn der *wiederverkörperte Vater* sein: Gustave weiß es; was wird dann er, der Jüngere, der Idiot der Familie, sein? Nichts. So hüllt ihn die Familie ein, und sein Sich-treiben-lassen führt ihn zum schließlichen Verfall. Der Fortschritt der Flauberts bestimmt seine Rückentwicklung. Die ersten unveränderlichen Strukturen sind hier die Verwandtschaftsbeziehungen, die ihn an seine subalterne Situation fesseln; sie drücken sich in Wiederholungen aus, die eine Voraussicht erlauben, aber in diesen immer quälenden Wiederholungen, bei denen die Überlegenheit des Älteren jedesmal ausgeprägter ist, sieht er auch die Unumkehrbarkeit des Prozesses, empfindet er schmerzlich sein Zum-Verfallen-sein, das man auch sein «Sein zum Tode» nennen könnte. Gustave lernt – zwischen seinem siebenten und dreizehnten Lebensjahr – sein Leben als eine zeitliche Totalität sehen. Das heißt, es ist zugleich in jedem Moment der Demütigung vollständig und bewegt sich wie eine düstere Melodie auf ein *erwartetes* Ende hin. Er sieht das Universum *durch* diese Totalität, die er selbst und seine Familie ist: das heißt, er kann es nur durch sein Familiengeschick hindurch sehen. Was später sein «Pessimismus» sein wird, darin müssen wir die Verallgemeinerung seiner prophetischen Intuition sehen: die Hölle ist, bevor sie *diese* Welt ist, sein eigenes Leben.

In diesem Augenblick unserer Untersuchung verdoppelt sich unsere ursprüngliche Frage, weil die innere Erfahrung ontologisch durch die Verdoppelung oder Selbstgegenwart gekennzeichnet ist. Es genügt also nicht, die ursprüngliche Struktur dieses Lebens und den besonderen Typ seiner Selbstentfremdung aufgezeigt, ja es genügt nicht einmal, deren unmittelbaren Geschmack rekonstruiert zu haben, wir müssen von den Gegebenheiten, über die wir verfügen, die Art und Weise bestimmen, in der dieses Erlebte erlebt wird. Da Gustave verurteilt ist, wie *verwirklicht* er diese Verurteilung? In welchen Verhaltensweisen? Welchen Einfluß üben diese durch seine Ungnade hervorgerufenen Verhaltensweisen, die in Wahrheit die Art und Weise sind, sie intentional zu spüren, ihrerseits auf das archetypische Ereignis aus? Und wie verzeitlichen sich Verletzung und Haltung, die untrennbar miteinander verbunden sind, in ihrem wechselseitigen Bedingtsein? Mit dieser Problematik stoßen wir auf das, was wir Gustaves *Stress* nennen müssen, das heißt die Einheit seines in Leiden verinnerten Übels und der intentionalen Anrichtung dieses Übels, die sich in bestimmten Fällen durch ein reflexives Verhalten und eine Distanzierung äußern kann, in jeder Weise aber in das unmittelbarste Leiden einfließt als eine Leidens*intention*.[73]

Mit sieben Jahren ist die Intention klar: Gustave leidet *in der Unterwerfung*. Der Urteilsspruch trifft ihn nämlich in seiner Liebe, mitten in seinem Vasallentum; man verändert sich nicht so schnell. Um so mehr als die Regungen des kleinen Vasallen von den objektiven Strukturen eines halbfeudalen Milieus getragen werden. Im Hôtel-Dieu gehorcht jeder dem Doktor Flaubert. Wie sollte man das heilige Urteil des Mannes anfechten, den seine Familie verehrt, seine Studenten bewundern, ganz Rouen achtet? Wenn der in Ungnade Gefallene seinen Richter derart liebt, muß er ihn bis in seine unerbittliche Strenge hinein lieben. Der Urteilsspruch stürzt ihn in Verzweiflung, aber er weist ihn nicht zurück. Wie könnte er es denn, ohne die Autorität des Familienoberhaupts zu zerstören, ohne daß das Haus Flaubert zusammenbricht. Für dieses Kind ohne Visum, das – selbst vor seinem Sündenfall – niemals ganz sicher ist, daß es das Recht zu existieren hat, ist es vernünftiger, sich auslöschen zu lassen, als nicht lebensfähiger Modus in der Substanz Flaubert aufzugehen, seinen Schöpfer sich selbst vorzuziehen – wie es der Vasalleneid fordert – bis in den schrecklichen Willen hinein, der das Geschöpf nur hervorgebracht hat, um es zu verurteilen. Man muß alles auf sich nehmen: das Versagen, die Erbsünde, die Minderwertigkeit, den objektiven Vergleich, der es mit einem Relativsein schlägt, die Verdienste des großen Bruders und das vorgefertigte Schicksal. «Gesegnet seist du, mein Vater, daß du mich zum jüngeren Bruder gemacht hast. Gesegnet seist du, daß du mir alle Verdienste genommen und sie alle meinem Bruder gegeben hast. Gesegnet seist du, daß du mich schlecht gemacht hast und mich folglich züchtigst. Gesegnet seist du, daß du mir die Hoffnung genommen hast.» In diesem Akt der Unterwerfung – ich werde nach euren Wünschen bis zum Ende leiden – erkennt man leicht eine Intention, *weniger* zu leiden. Der kleine Gustave ist, wie wir gesehen haben, nicht durch die Wärme der väterlichen Liebe aus der Zufälligkeit seiner Geburt gezogen worden, sondern durch die Pflicht, seinen Herrn in seinem Ruhm widerzuspiegeln. Er ist entweder für nichts geschaffen worden oder aber um eine «fanatische» Ergebenheit zu beweisen, um sich zugunsten des *pater familias* auszulöschen: das ist die Wahl. Er hat zwar alles verloren: die ruhmvollen Besuchsfahrten im Wagen, das Lächeln von Achille-Cléophas; der kleine siebenjährige Faulpelz bemerkt, daß er seinem Vater auf die Nerven geht: auf das warme Licht des Goldenen Zeitalters ist eine trostlose Helligkeit gefolgt. Und die Kälte. Und die Langeweile. Es

73 Es handelt sich hier aber noch nicht um die Personalisation.

ist eine Entbehrung, mit der er sich nicht abfindet. Aber eigentlich war der Doktor Flaubert gar nicht so zärtlich, nicht so anwesend: das Geschenk, das er diesem verlorenen Kind gemacht hatte, war der Gehorsam. Man muß ihm also immer noch gehorchen, die Ungnade als eine Prüfung ansehen: man verlangt von ihm, sich zu hassen? Gut: es wird sich hassen, es wird leben, um sich zu hassen: es entblößt sich völlig, um das *Recht auf Existenz* zu bewahren.
Gleichviel: wenn auch irgendein Vorteil in der Unterwerfung liegt, so kann man in diesem Fall nicht annehmen, daß sie einzig und allein intentional sei. Oder, besser, die Intention kommt daher, daß kein anderes Verhalten *möglich* ist. Wenn die Familienzelle irgendeinen Riß aufwiese oder wenn das Kind lediglich Antagonismen in ihr entdeckte wie die zwischen Mann und Frau in der Kleinfamilie, könnte es wählen, die Autorität des Vaters in dem Maße anfechten, wie die Mutter, selbst wenn sie ihn liebt, sie durch ihre Person anficht. Es hätte Ausflüchte, Zufluchtsorte, selbst ohne die Komplizenschaft der Mutter, selbst im Schweigen. Und wenn einer der toten Söhne überlebt hätte, hätte es sich mit ihm zusammentun, mit ihm ein revoltierendes Paar bilden können, bei dem jeder den anderen anerkannte. Aber nein: es ist allein, seine Schwester ist noch zu klein, seine Mutter, die ewig Minderjährige, hat sich vollständig in den Vater entfremdet: sie tritt zurück, will unwesentlich und transparent sein, damit er durch sie hindurchgehe wie das Licht durch eine Scheibe.
Und dennoch, wenn Gustave zur Zeit seiner Vorgeschichte von Caroline leidenschaftlich geliebt worden wäre, wenn er seine Mutter tief und körperlich geliebt hätte, so hätte diese eifersüchtige Liebe seine Aggressivität entwickelt. Aber indem diese ihm die Liebe entzog, nahm sie ihm, wie wir gesehen haben, die Möglichkeit, selbst zu lieben. Damit verlor er jede Chance, aggressiv zu sein: wir wissen, daß der Stoff des Erlebten bei ihm die *Passivität* ist. Passiv wird er die Verurteilung durch den Vater ertragen: sie wird bei ihm ein *Erdulden* werden, ein Siegel, das den subjektiven Fluß von außen zusammenhält, oder, genauer noch, eine *passive Synthese*. Allenfalls versucht er durch die Vermehrung der Geistesabwesenheiten wieder in das Paradies zu gelangen, aus dem er vertrieben ist. Aber in dieser Periode, wo der *pater familias*, von seiner Frau alarmiert, sich ernsthaft fragt, ob sein jüngerer Sohn nicht von Geburt an ein Idiot ist, wird der Rückgriff auf die Ekstasen immer schwieriger. Kaum versucht Gustave, sich zu absentieren, kaum steckt er seinen Daumen in den Mund, schon durchbohrt ihn der schreckliche Blick des Vaters: der Kleine wird *beobachtet*, er spürt es. Die unvollendete Erzählung *Un secret de Philippe le Prudent* kann hier als Zeugnis dienen. Don Carlos ist in seinem Zimmer eingeschlossen:
«Es war groß und getäfelt, die Decke war schwarz, und ganz allgemein sah es nach Verfall und Elend aus . . .

An den Wänden sah man eine enorme Menge von Waffen ... hängen ... die Tür war mit einer Eisenstange, Ketten und Riegeln verschlossen; man hätte es für die Bleibe eines Menschen halten können, der irgendeinen Verrat fürchtet.» (I, 73)

Nichts zeigt besser Gustaves Anstrengungen, sich einzuschließen, um sich in der Einsamkeit des Innenlebens zu verbarrikadieren. Die Waffen zeigen schon das Ressentiment an: das Kind ist vierzehn Jahre, der Sündenfall liegt schon weit hinter ihm. Überraschend aber sind, glaube ich, folgende Wörter: «Das Bett war mit roten Vorhängen bedeckt, das Fenster aber hatte keine.» (I, 73) Das Fenster ohne Vorhänge: der einzig mögliche Ausbruch, die kosmische Ekstase.

Aber Carlos – mit zwanzig Jahren natürlich «*ein Greis*» (I, 73) – kann sich noch so sehr verbarrikadieren, er entgeht der Überwachung durch den Vater doch nicht. Philipp II. – das Symbol ist durchsichtig – überliefert ihn dem Großinquisitor:

«‹Ihr könnt von hier, mein Vater, sehen, womit er sich in seinem Zimmer beschäftigt ...›

Er nahm das Kruzifix ab, legte den Finger auf einen Knopf, und sofort schob sich ein Brett zurück und ließ eine kleine Tür sehen, von der er noch zwei Eisenplatten entfernte; und man sah durch eine breite Scheibe ... das Zimmer des Infanten von Spanien.» (I, 73)

Don Carlos ist das bekannt. Er hört oft aufschlußreiche Geräusche. Flaubert weiß, daß man in seiner Seele liest:

«‹Immer er!› sagte er zwischen den Zähnen. ‹Immer dieser Mann, der meine Worte hört, meine Gesten belauert, die Gefühle zu erraten versucht, die in meinem Herzen schlagen, die Gedanken, die hinter meiner Stirn vorbeiziehen; immer ist er da, neben mir sitzend, hinter mir stehend, unter einer Täfelung verborgen, an einer Tür spionierend ... und ich werde in meinem rasenden und eifersüchtigen Haß, ich werde nicht weinen und verfluchen, mich rächen können! Nein! Es ist mein Vater! Und es ist der König! Man muß alle seine Schläge ertragen, alle diese Schmach hinnehmen, alle diese Schande erdulden.›» (I, 73)

Das Stadium der Unterwerfung ist, wie man sieht, überschritten. Dennoch läßt diese Passage, trotz der rachsüchtigen Entrüstung, eine ursprüngliche Devotion erkennen. Mit vierzehn Jahren – wir werden bald ausführlich darauf zurückzukommen haben – ist Gustave davon überzeugt, daß sein Vater in seiner Seele liest wie in einem offenen Buch. Wir werden sehen, wie dieses Gefühl sich allmählich rationalisiert: der Doktor Mathurin aus *Les funérailles du docteur Mathurin* und der Doktor Larivière aus *Madame Bovary*, zwei Verkörperungen von Achille-Cléophas, werden ganz einfach gute Psychologen, subtile Kenner des Menschenherzens sein. Aber als Gustave *Un secret de Philippe le Prudent* schreibt, ist die Rationalisierung noch nicht geschehen: das

Symbol bietet die Idee in ihrer ursprünglichen Nacktheit. Sie muß übrigens lange zurückliegen: Gustave ist bereits im Internat; er sieht seinen Vater nur donnerstags und sonntags, wenn dieser nicht mit seinen Kranken oder seinen Arbeiten ganz und gar beschäftigt ist: auch so kann er sich zwar behindert fühlen, beobachtet mit einer Mischung aus Erstaunen, Besorgnis und wissenschaftlicher Unpersönlichkeit, vor allem während der Ferien. Aber um in seiner Novelle diese kurzen, ziemlich unangenehmen Kontakte in eine ständige Überwachung verwandeln zu können, muß er sich in ihnen auf eine viel frühere Erfahrung beziehen. Als der Doktor Flaubert, durch die Widerstände des kleinen Analphabeten gedemütigt, durch den verdächtigen Absentismus seines jüngeren Sohnes, durch den dieser versuchte, ihm und sich selbst zu entkommen, beunruhigt, schweigend seinen berühmten Chirurgenblick auf diesen richtete, fühlte sich Gustave regelrecht durchbohrt: seine Seele ist nackt, ein anderer sieht sie; unmöglich, sich zu rächen, er kann «nicht weinen und verfluchen»; seine Leidenschaften würden gesehen, dieser Monolog würde gehört. Das Kind versagt sich jeden Traum einer Revolte, sogar negative Verhaltensweisen, die den Rahmen des subjektiven Lebens nicht sprengen würden: der niederschmetternde Blick des Vaters darf in ihm nur die liebende Unterwerfung entdecken.

Diese ursprüngliche Haltung wird ihn für immer prägen: sie ist die Quelle seiner Unaufrichtigkeit; selbst seine späteren Rachegelüste und Wutanfälle werden eine geheime Unterwerfung enthalten. Aber so tief diese auch sein mag, sie kann sich, so wie sie sich darbietet, nicht selbst erhalten. Damit das Kind in seinen eigenen Augen der jämmerliche Gegenstand eines heiligen Hasses bliebe, müßte es zunächst so *sich konstituieren*, wie man es gemacht hat: eine passive Hinnahme genügt nicht; nur eine *aktive* Zustimmung, ein unausgesprochener und fortgesetzter Eid könnten diesem inerten Aggregat von Leiden die intentionale Einheit einer dauerhaften *Hexis* verleihen, nur sie könnten die Synthese des Anderen übernehmen. Aber damit würde man sich als Subjekt eines Unternehmens behaupten: das verhaßte *Objekt* des *anderen Unternehmens* würde verschwinden. Auf jeden Fall existiert es nur durch Gustaves konstituierte Passivität, die ihn zwingt, seine Hinnahme zu erleiden, besser noch, zu erträumen. Von daher löst sich alles auf: die Synthese wird nicht angefochten, aber da sie *ertragen* wird, verharrt sie in ihm als eine fremde Macht, und die Unterwerfung bleibt, da sie kein Akt ist, ein Alptraum. So blieb auch die Sprache, wie wir gesehen haben, lange vor der Ungnade, ein Komplex von Undurchsichtigkeiten, die der Andere in ihm abgelegt hat.

F. Das Ressentiment

Der passive Gehorsam erzeugt das Ressentiment und schreibt ihm seine Grenzen vor, wodurch er es hindert, in Haß umzuschlagen. So empfindet der Sklave, solange die Revolte unmöglich ist – besser: solange sie undenkbar ist –, die Befehle des Herrn als einen Rosenkranz leitender Imperative und als sein eigenes Leben, das ihm fremd wird, ohne daß es damit aufhört, als sein eigenes erlebt zu werden: das ist die Unterwerfung, das ist die transzendente Pflicht in der Immanenz; aber die eifrige Erfüllung der Verpflichtungen zwingt den Arbeiter durch ihre Nebenresultate – Erschöpfung, Krankheit, Schmerz, Demütigung –, die Ansprüche des Anderen in ihm als ein fremdes Übel zu erkennen oder, wenn man lieber will, zu begreifen, daß sein Unwohlsein von einem Anderen herkommt. Der negative Charakter verbindet sich automatisch mit dem auszuführenden Befehl und dem, der ihn erteilt hat. Das ist das Ressentiment. Die Situation markiert die Grenzen des ablaufenden Prozesses: wenn sich das Ressentiment in der unterwürfigen Ohnmacht für sich setzt, so verschmilzt es sofort mit der Unterwerfung, der es nur ihre besondere Färbung gibt. Wenn dagegen Widerstand denkbar ist, so verwandelt ihn ein – im allgemeinen kollektiver – Eid in Haß, das heißt in *Praxis*. Für den kleinen Gustave ist die Tyrannei eine häusliche, dieser Sklave ist das Produkt des familiären Handwerksbetriebs; so wird die Fügsamkeit siegen. Aber diese ist, wie wir gesehen haben, ebenso konstitutionell wie unmöglich: man müßte in Demut die abscheuliche Mißgeburt, die er sein soll, *verwirklichen* und zugleich die Erde davon reinigen. Eine Aufgabe, die der Kleine nicht übernehmen kann und die ihm deshalb nur als die negative Einwirkung des Anderen erscheinen wird: da die Leiden, die er erduldet, nicht als Gewinne und Verluste eines Unternehmens integriert werden können, erweisen sie sich von selbst als vom Anderen angetan. In diesem Fall wird das Ressentiment, ohne sich jemals bis zum Haß zu steigern, der tiefere *Sinn* und das *Ziel* der Unterwerfung. Das kann man auch folgendermaßen ausdrücken: wenn die Aggressivität ausbleibt, wenn der Andere bereits beim Subjekt etabliert ist und ihn seiner Souveränität beraubt, das heißt der autonomen Aktivität, die es ihm ermöglichte, einen konstituierten Charakter anzunehmen oder abzulehnen, kurz, wenn Zustimmung und Revolte gleichermaßen unmöglich sind, taucht bei dem Schlechtgeliebten das Ressentiment auf: es ist eine komplexe Taktik, durch die er versucht, die unmögliche Subjektivität wiederzugewinnen, indem er die Selbstentfremdung, die ihn zunächst sich selbst gegenüber als Gegenstand offenbart, noch überbietet; im vorliegenden Fall heißt das durch den passiven Gehorsam sich die Kraft des Anderen borgen und gegen sich selbst kehren: indem der Mensch des Ressentiments sich zum reinen Mittel für die Verwirklichung der ihm aufgezwungenen fremden Zwecke macht, läßt er diese von selbst ihre Unbeständigkeit und, durch ihre unweigerlichen Folgen, ihre Bösartigkeit offenbaren. Zum besseren Verständnis dessen, was wir später *passive Aktivität* nennen werden, brauchen wir nur zwei in den Frühwerken ständig gegenwärtige Themen gegenüberzustellen: den Selbstmord und den «Tod durch das Denken». In beiden Fällen *verwirklicht* Gustave die Verfluchung durch den Vater: aber der Selbstmord bleibt als Revolte im Zustand eines Phantasmas, während die andere Auslöschung als passive Aktivität und Ressentiment genau jener *erlebte Tod* ist, der in der «Attacke» von Pont-l'Evêque seine Verwirklichung finden wird.

Als Marguerite aus *Un parfum à sentir* das an ihre Fersen geheftete Volk schreien hört, hat sie eine Erleuchtung, übersetzt sie die Beschimpfungen in *ihre* Sprache: *«Der Tod!»* (I, 66) Das ist es, was man von ihr erwartet: wenn es weiter nichts ist. Sie läuft lachend zum Fluß. Da das Kind die Wünsche des Vaters, der Familie, der Lehrer und Kameraden besser versteht als diese selbst, offenbart es ihnen den Urteilsspruch, den sie gefällt haben, indem es selbst dessen Vollstreckung übernimmt. Es teilt ihnen zugleich mit, daß es alle Rechtsgründe unterschreibt: ja, Achille ist vollkommen, ja, ich bin mittelmäßig; ich erkenne vor allen das Nichts an, mit dem mein Schöpfer mich geschlagen hat, indem ich öffentlich den Akt begehe, der mich vernichtet.

Ist diese Selbstzerstörungssucht nicht der bis zum Äußersten getriebene Gehorsam? Gewiß, aber nicht der *passive* Gehorsam. Marguerite *bricht in Gelächter aus*, als sie sich an die Stirn schlägt: sie lacht über ihre Peiniger, über sich selbst, über das Menschengeschlecht: durch ihren willentlichen Tod behauptet sie ihre Unabhängigkeit und nimmt sich an, indem sie sich zerstört. Indem sie das Nicht-sein auf sich nimmt, das bisher nur ihre Bestimmung durch den Anderen war, vernichtet sie sich zu ihrer Zeit und schlagartig, während es vielleicht der Wille ihrer Verfolger, des Schicksals war, sie eines langsamen Todes sterben zu lassen. Das ist nicht alles: sie rächt sich. Wenn Gustave sich tötete, würde er einen Skandal entfesseln, die Flauberts als das entlarven, was sie sind: Mißgeburtenmacher. Wenn dieser Arzt, der als ein Heiliger gilt, seinen Sohn zum Selbstmord bringt, so wird ganz Rouen in ihm den dämonischen Lehnsherrn eines schwarzen Feudalismus erkennen.

Die Rache ginge noch weiter, wenn er wagte, sie zu üben. Das negative Ziel wird natürlich verschwiegen, aber lesen wir einmal genau: der junge Gustave – immer am Rand des «freien Assoziierens» – informiert durch das, was er nicht sagt, mehr als durch das, was er sagt. Was ist zum Beispiel in *Un parfum à sentir* aus Pedrillo geworden, jenem ehebrecherischen Gatten, der den schuldigen Vater darstellt? Man scheint ihn völlig vergessen zu haben. Er ist jedoch da, leidend, verborgen unter einem Satzglied wie die Flaubertsche Negation unter der

Affirmation. Eine große Dame fährt im Tilbury vorbei, Marguerite erkennt Isabellada: «Sie täuschte sich nicht; eines Tages, als Isabellada auf dem Platz tanzte, sah sie ein Grandseigneur, und seit diesem Tag war sie seine Gesellschafterin.» (I, 66) Sie muß also den Seiltänzer verlassen haben: *auf der Stelle*, ebenso kalt. Pedrillo liebte sie jedoch inbrünstig: also leidet er. So wird Achilles Undankbarkeit den *pater familias* strafen: er wird in Paris in der guten Gesellschaft leben; er wird sich des Provinzchirurgen, der ihn gezeugt hat, schämen. In diesem Augenblick wird sich Pedrillo vielleicht seiner Frau erinnern, Achille-Cléophas seines zweiten Sohnes: sie werden ihre Liebe brauchen. Aber es wird nun *zu spät* sein: an dieser Liebe sind Marguerite und Gustave gestorben.

Bei *La peste à Florence* haben wir bereits gezeigt, daß die Ermordung Franccscos eine Selbstbestrafung ist. Aber dieser sehr reale Aspekt von Garcias Tat – eine Revolte, die sich selbst züchtigt – verbirgt eine noch perfidere Absicht: der jüngere ermordet seinen älteren Bruder, damit Vater Cosimo, dieser unerbittliche Richter, gezwungen ist, selbst den Urteilsspruch zu vollstrecken, den er gefällt hat. Du warst Richter! sagt ihm Gustave. Ausgezeichnet: dann sei jetzt Henker. So bringt der Familienvater seinen eigenen Sohn um. Dadurch geht der arme Mann in die Falle, die Gustave ihm gestellt hat: mit einem Schwertstreich vernichtet er sein Haus. Wenn Francesco an der Pest gestorben wäre, hätte der Erzeuger einen Erben übrigbehalten: so jämmerlich Garcia auch war, er hätte die Fackel übernommen. Aber durch diesen selbstmörderischen Mord zwingt dieser seinen Vater, sein eigenes Vergehen zu entdecken und die unvermeidliche Notwendigkeit der Sühne, die es in sich trägt: indem Cosimo ihn zum jüngeren Bruder machte, hat er ihn zu einer Mißgeburt aus Frustration, hat er ihn böse und verzweifelt eifersüchtig gemacht, ihn *also* ausdrücklich gezeugt, damit er durch den Brudermord sein Wesen realisiere: Garcia das Leben schenken hieß Francescos Tod beschließen; und als der Jüngere schließlich durch das schlimmste Verbrechen zu der Mißgeburt wird, die er sein sollte, bleibt dem stumpfsinnigen und kurzsichtigen *pater familias* nur noch, sein Werk zu vollenden, indem er sein eigenes Kind auslöscht. Was für eine Strafe für den schrecklichen Greis! Er wird allein bleiben, über seinen nahen Tod sinnieren, anders gesagt, über das Aussterben seines Geschlechts, das er eigenhändig vorbereitet hat.

Eine merkwürdige Passage der letzten *Tentation de saint Antoine* bringt uns den Beweis, daß die Sehnsucht nach dem Selbstmord, entstanden aus einem negativen Stolz, eine radikale, aber imaginäre Revolte Gustaves gegen Achille-Cléophas ist. Antonius fühlt sich am Rande des Abgrunds versucht, sich hinabzustürzen:

«Nur eine Bewegung! Eine einzige.
(Da erscheint)

EINE ALTE FRAU: Los, sagt sie. Was hält dich zurück?
ANTONIUS (stammelnd): Ich habe Angst, eine Sünde zu begehen! ...
DIE ALTE: Etwas tun, was einen Gott gleichmacht, denke doch! Er hat dich erschaffen, du wirst sein Werk zerstören, du, durch deinen Mut, ganz frei! Herostrats Lust war nicht größer. Und außerdem hat dein Körper deine Seele genug verhöhnt, daß du dich endlich an ihm rächst.» (I, 566)

Die Naivität dieses Arguments offenbart sein Alter. Niemand kann denken – nicht einmal der *erwachsene* Flaubert –, daß der Zerstörer der Welt, selbst wenn man die ganze Schöpfung in Stücke schlüge, an Macht dem gleichkäme, der sie als Ordnung hervorgebracht hat; dann müßte auch der Betrunkene, der mit einem Fußtritt eine Uhr zerstört, dem Uhrmacher gleichkommen. Aber darum geht es nicht einmal, sondern um das Verschwinden eines endlichen *und im übrigen sterblichen* Geschöpfes: wie könnte es etwas an der Schöpfung ändern? Das Universum wird weitergehen, ebenso erfüllt, ohne davon beeinträchtigt zu sein. Dagegen gewinnt diese Versuchung durch den Hochmut eine faszinierende Tiefe, wenn man zu ihrem wirklichen Ursprung vordringt und begreift, daß sie nicht den unendlichen Schöpfer und das winzige Geschöpf gegenüberstellt, sondern zwei endliche Wesen, von denen das eine das andere hervorgebracht hat: Achille-Cléophas und Gustave. Die Macht des Erzeugers über alles, was *ist*, über die Wissenschaft, über das Geld, über seine Söhne und über das Erbe, ist unbestritten. Was den Selbstmord angeht, so ist der Jüngere davon überzeugt, daß damit der Ausweisungsbefehl des Chefchirurgen wirksam würde. Gleichviel: über das, was nicht ist, hat der brillante Herr des Seins keinerlei Autorität. Die beiden Männer, der ganz lebendige alte und der potentielle tote junge, erreichen schließlich – in Gustaves Kopf – eine gewisse Wechselseitigkeit: «Du hast mich machen können, ich kann mich zerstören und damit die Familie, dein Meisterwerk, auslöschen; das Nicht-sein wiegt das Sein auf, und ich wiege ebensoviel wie du. Resultat gleich Null!»

Immer das Nichts natürlich: dieser Hochmut ist ebenso leer, wenn er sich an den Selbstmord heftet, wie in den Momenten, wo er versucht, sich auf die *Qualität* Flaubert zu stützen. Dennoch ist die innere Arbeit positiv: hier ist das Reich der Schatten, sein Reich, über das sein Vater keinerlei Gewalt hat. Natürlich wird niemals irgend etwas entschieden werden: es genügt, daß die Entscheidung gefällt werden kann. Wenn der willentliche Tod die innere Möglichkeit des Jüngeren wird, der freie Sinn, den er seinem Leben geben kann, den er ihm von jetzt an, und was er auch weiterhin tun mag, gibt, so bleibt sogar Gustaves Wesen, so wie der Vater es geformt hat, ausgeklammert, schwankt zwischen Sein und Nichts, zwischen Leben und Tod. Eine Mißgeburt? Ja und nein. «Wenn ich will. Solange ich will. Kurz, ich bin es durch eine provisorische Zustimmung, die ich jederzeit widerrufen kann.» Der souveräne Akt des Erzeugers braucht, um wirksam werden zu können, die Billigung des Sohnes. Solange dieser sie kurzfristig und unter Vorbehalten gibt, ist der *aufgezwungene* Status nichts mehr als eine *Proposition*. Im Augenblick gibt das Kind seine endgültigen Absichten noch nicht bekannt: man hat ihm seine Charta definiert, es antwortet: mal sehen. Auf dem Umweg über den möglichen Selbstmord gewinnt es damit seine Existenz aus sich selbst: es hat zwar nicht die Möglichkeit, ein Jota daran zu ändern, sie wird so sein, wie der Vater sie gemacht hat, oder sie wird nicht sein. Aber das ist schon viel, daß man sie *en bloc* verwerfen kann. Sein Leben sterbend, seinen Tod lebend gewinnt sich das Kind zurück. Durch diese erste Bewegung konstituiert es sich negativ als seine eigene Ursache: der Kampf zwischen Vater und Sohn spielt sich auf der höchsten Ebene der Schöpfung *ex nihilo* und der Vernichtung des Seins ab. Bei genauerem Hinsehen ist dieser Hochmut Option: Gustave erkennt an, daß sein Vater unübertreffbar ist, überläßt ihm aber zugleich die Wissenschaft, die Macht und selbst die Tugend; er wird es ihm gleichtun, indem er sich auf ein ganz unbekanntes Terrain begibt, das des Nicht-wissens, der Ohnmacht, der quälenden und sträflichen Leidenschaft; mit einem Wort, der Vater ist ein Sein, der das Sein vom Gesichtspunkt des Seins aus sieht: alles ist Fülle. Gustave beschließt, dieses gleiche Sein von seinem eigenen Standpunkt aus zu betrachten, der der Standpunkt des Nichts ist; durch diesen Perspektivwechsel stellt er sich außerhalb des Realen, ein winziges Partikel, das im Nichts schwebt. Gustave hat – auf jeden Fall zwischen dem dreizehnten und vierundzwanzigsten Jahr – ständig über den Selbstmord meditiert. Nicht, daß er einen konkreten dringlichen Akt darin sah, der sich ihm anbot und dessen Ausführung er von Tag zu Tag hinauszögerte, sondern er erkannte in ihm vielmehr seine Freiheit-zum-Sterben, seine letzte Möglichkeit, die ebenso grundlegend war wie sein Leben, das Mittel, durch die entschiedene Vernichtung der Sohn seiner Werke zu werden.

Das heißt im Grunde, daß er ständig von der Revolte *träumt*. Aber gleichzeitig weiß er genau, daß er niemals zur Tat schreiten wird und daß seine Rebellion nur eine imaginäre Möglichkeit ist. Tatsächlich schreibt er überall: Ich will mich töten, und fügt ständig hinzu: Ich werde mich nicht töten. Beim genauen Lesen seiner Jugendwerke stößt man oft auf die Vorstellung, daß Selbstmord *unmöglich* sei. Natürlich nicht im allgemeinen, sondern für den besonderen Helden, der Gustave in jedem von ihnen verkörpert. Sehen wir zum Beispiel Almaroës aus *Rêve d'enfer*:

«. . . er langweilte sich auf dieser Erde, aber es war jene Langeweile, die zehrt wie ein Krebsgeschwür . . . und die beim Menschen im Selbstmord endet. Aber er! Selbstmord? . . .

Wie oft starrte er lange in die Mündung einer Pistole, und wie warf er sie dann wütend weg, weil sie ihm nichts nützte, denn er war dazu verurteilt zu leben!» (I, 91)
Bei Djalioh aus *Quidquid volueris* ist es der Instinkt, der ihn zurückhält – und die Unkenntnis: «Oh! Wenn er wie wir Menschen gewußt hätte, wie schnell das Leben, wenn es uns zum Alptraum wird, mit dem Abzug einer Pistole entschwindet . . . Aber nein! Das Unglück liegt in der Ordnung der Natur, sie hat uns das Gefühl der Existenz gegeben, damit wir es länger bewahren.» (I, 110)
Bei Mazza aus *Passion et vertu* ist der Lebensinstinkt trügerisch, er flößt ihr unvernünftige Hoffnungen ein, die sie davon abbringen, sich zu töten:
(Ernest hat Frankreich soeben verlassen.) «Da hörte sie eine Stimme, die sie aus der Tiefe des Schlunds anrief, und den Kopf über den Abgrund gebeugt, rechnete sie aus, wie viele Minuten und Sekunden sie brauchte, das Leben auszuhauchen und zu sterben . . .
Ich weiß jedoch nicht, welches jämmerliche Gefühl der Existenz ihr sagte, daß sie leben müsse und daß es auf der Erde noch Glück und Liebe gäbe, daß sie nur zu warten und zu hoffen brauche und daß sie (Ernest) später wiedersehen würde.» (I, 118)
Sie wird sich dennoch das Leben nehmen, aber sehr viel später, wenn sie kriminell geworden ist und – endlich doch – verzweifelt.
Der Held von *Novembre* schließlich: «Er dachte einen Augenblick daran, ob er nicht Schluß machen sollte; niemand würde ihn sehen, es war auf keine Hilfe zu hoffen, in drei Minuten wäre er tot; aber dann, durch eine in solchen Augenblicken übliche Antithese, lächelte die Existenz ihm wieder zu, erschien ihm sein Leben in Paris anziehend und voller Zukunft . . . Und doch riefen ihn die Stimmen des Abgrunds, taten sich die Fluten auf wie ein Grab, bereit, sich sogleich über ihm wieder zu schließen . . .
Er hatte Angst, er kehrte heim, die ganze Nacht hörte er in Schrecken den Wind pfeifen . . .» (I, 276)
Diese Passagen kommentieren offensichtlich die gleiche Erfahrung, die sich zweifellos wiederholt: Gustave dreht eine Pistole in seinen Händen oder beugt sich über einen Fluß, über das Meer. Eine Kugel oder ertrinken. Das Ertrinken, der weibliche Selbstmord, hat seine Vorzüge: Marguerite aus *Un parfum à sentir* stürzt sich in die Seine, Mazza aus *Passion et vertu* und der Held von *Novembre* wollen sich ins Meer sinken lassen: das Wasser *fasziniert*, der Selbstmord ist kaum ein Akt, es ist ein Taumel; umgekehrt ist der Taumel ein beginnender Selbstmord: «Und doch riefen ihn die Stimmen des Abgrunds, taten sich die Fluten auf wie ein Grab . . . Er hatte Angst.» Der kleine Junge scheint seinen Impuls wie eine Faszination durch die Außenwelt zu erleiden: «*Nur eine* Bewegung!» sagte der heilige Antonius; «. . . in drei Minuten

wäre er tot», sagt der junge Mann in *Novembre*. Kurz, er wählt die Revolte in ihrer am wenigsten aktiven Form, er macht eine Einwilligung daraus, fast eine Ohnmacht. Aber selbst in dieser Form kann er sich nicht dazu entschließen. Was hält ihn jedesmal davon zurück? Das «Gefühl der Existenz»; diese drei Wörter, die man in *Quidquid volueris* und *Passion et vertu* findet, entsprechen denen von *Rêve d'enfer*: «verurteilt zu leben» und der «Antithese» von *Novembre*. Alles verweist uns im Grund auf den Lebensappetit, den Gustave trotz allem in sich zu entdecken glaubt. Ist es ein wirklicher Appetit? Nein: man müßte eine andere Mutter, eine andere Vorgeschichte haben. Ich habe es bereits gesagt: um das Leben lieben, um vertrauensvoll, hoffnungsvoll in jeder Minute die folgende Minute erwarten zu können, muß man die Liebe des Anderen als eine grundlegende Selbstbestätigung verinnernt haben können: der kleine Verbannte hängt an der Existenz mit der ganzen Kraft seiner negativen Leidenschaften, mit dem Hochmut Flaubert, jener «finsteren und ehrgeizigen Eifersucht» Garcias aus *La peste à Florence* (I, 75), die der Vater in ihn hineingelegt hat: sich auslöschen hieße sich aus der Fülle Flaubert zurückziehen und sie sich ohne einen selbst ebenso dicht wieder herstellen lassen; genau das ist ihm unmöglich: selbst frustiert will er an den familiären Triumphen teilhaben; er wird es nicht zulassen, daß sich Achille ohne ihn daran erfreut: in dem Moment, da er dem Taumel nachgibt, da er fühlt, daß er aufgeben wird, zieht er es vor, sich in Hoffnungen zu wiegen, von denen er weiß, daß sie trügerisch sind: auch er kann Erfolg haben, auch er kann der Stolz des *pater familias* sein. Das genügt, damit er sich vom Abgrund entfernt, damit er die Pistole zurückstößt, damit er seine alltäglichen Mißgeschicke in dieser Familie wiederfindet, die er weder ertragen noch verlassen kann.

Und außerdem bringt der Freitod nichts: weit davon entfernt, das Opfer seinen Peinigern zu entreißen, liefert er es diesen vielmehr aus. Wir haben ja gesehen: der Leichnam stellt ein Überleben der *persona post mortem* dar, was natürlich auf die Promiskuität der Toten und der Lebenden, der Sezierten und der Sezierenden zurückgeht, wie sie Gustave im Hôtel-Dieu erlebt hat, aber auch und vor allem auf die passive Konstitution des Kindes, weil ja sein Sein ein Anderer-sein ist, das er lediglich gehorsam *verinnert*. Unter diesem Gesichtspunkt erscheint selbst die eifrige Verinnerung als ein nutzloses kleines Fieber, und die Fülle des Seins wird schließlich erreicht sein, wenn jenes verschwunden ist und das Anderer-sein allein zurückbleibt in seiner vollständigen Passivität als Für-die-anderen-sein, wenn Marguerite aus *Un parfum à sentir* nach ihrem Selbstmord seziert wird, wenn in *Quidquid volueris* die charmante Adèle «mit dem Alabasterbusen» exhumiert wird und so stark stinkt, daß einem Totengräber schlecht wird, wenn Emma Bovary nach der Revolte, die ihren Tagen ein Ende setzt, auf merkwürdige

Weise in einem verfaulenden Körper überlebt, in den Erinnerungen, die ihr Leben, jede auf ihre Weise, zerlegen und wieder zusammensetzen, in Möbeln, die sich öffnen und plötzlich die intimsten Geheimnisse ausliefern. Wenn Gustave sich eine Kugel durch den Kopf schießt, so wird er nackt sein in jeder Bedeutung des Wortes; der Chirurgenblick des philosophischen Arztes wird seine Seele sezieren. Obszön und wehrlos wird das Kind seine Geheimnisse offenbaren: dieses *passive Objekt* wird von nun an die Verachtung der Anderen ertragen, es gibt kein anderes Mittel mehr, die über es gefällten Urteile anzufechten. Eine unendliche *Freiheit der Schlußfolgerung* hätte der selige Gustave all jenen hinterlassen, die ihn gequält haben, und vor allem den Dummköpfen: das ist das unvorgesehene Resultat des Selbstmords, den er *gegen* den begehen würde, den er ohne Hoffnung liebt. An einer Krankheit sterben, das mag noch angehen: die Leute nehmen den Hut ab und vergessen. Aber Selbstmord erregt Skandal. Ein sehr zweideutiger Erfolg: einerseits ist es durchaus das, was der jüngere Sohn wünscht; er will, daß sein Vater bestraft wird; aber andrerseits haßt Gustave den Skandal – das wird man 1857 sehen –, und vor allem diesen, diese endgültige Ungehörigkeit, die seinen Urheber für immer den Händen der Menschen ausliefert. Er würde es nicht ertragen, in der Erinnerung seines älteren Bruders, des Doktor Achille Flaubert, zum Skelett einer Mißgeburt zu werden. Nichts zeigt deutlicher den Zugriff der Familie auf dieses unglückliche Kind: sich töten heißt für es sich ein postumes, aber immer noch familiäres Leben geben. Gustaves Schicksal endet nicht mit seinem letzten Seufzer, sondern mit dem des letzten Flaubert; wenn er sich in die Seine stürzt, wird er eines Tages für irgend jemanden, der noch nicht geboren ist, der idiotische und unbekannte Onkel sein, der sich aus Dummheit getötet hat, der einzige leichte Fleck auf der Ehre des Namens.
Außerdem ist der Freitod für diesen unterworfenen Sohn unmöglich, weil er verboten ist. Achille-Cléophas hat zwar einen jüngeren Sohn, einen Verfluchten, auf die Welt gesetzt; seine unerbittliche Ablehnung hat ihn dazu verurteilt zu sterben. Aber *eines langsamen Todes.* Das Kind kann die fast übertriebene Pflege, mit der man es umgibt und deren offensichtliches Ziel es ist, sein Leben so lange wie möglich zu verlängern, nicht übersehen. Wir stoßen hier von neuem auf den Widerspruch des Beginns: der Selbstmord ist verführerisch, weil Gustave damit die Verurteilung durch den Anderen auf sich nähme und durch Selbstzerstörung bestätigte; aber er ist auch *Ungehorsam*, und Gustave, das passive Opfer eines skrupellosen Vaters, ist so veranlagt, daß er nicht ungehorsam sein *kann.* Er träumt davon, die Selbständigkeit seiner Spontaneität durch einen souveränen Akt zu *verwirklichen.* Aber die Möglichkeit zu handeln ist ihm versagt, es sei denn, er handelt *als Anderer.* Eben weil Gustaves Selbstmord Revolte und Ungehorsam

wäre, könnte er seinem Herrn nur eine ganz äußerliche Züchtigung verpassen. Ein Skandal, ja. Aber Gewissensbisse? Indem sich Gustave durch seine willentliche Auslöschung bestätigt, entbindet er seinen Vater von jeder Verantwortung: er ist er selbst geworden, indem er gegen seinen Herrn den Akt beging, den dieser ihm souverän verboten hatte. Die Bestrafung des anbetungswürdigen Vaters wäre dagegen schrecklich, wenn Gustave durch Unterwerfung zu früh und elend stürbe: das wäre der väterliche Wille in ihm, der schlagartig seine Widersprüche und seine absurde Grausamkeit demaskierte.

Das wäre der *Tod durch das Denken*. Das heißt, der Gehorsam bis zum Bummelstreik getrieben: das Ressentimentverhalten. Durch ein System schmarotzender Imperative, die sich von seinem subjektiven Leben nähren, entfremdet er sich selbst in die *Praxis* eines Anderen, der ihn verurteilt und mit einem Relativ-sein zu schlagen vorgibt: der einzige Ausweg für die *Selbstheit* ist, den, der ihn aussaugt, seinerseits auszusaugen. Wir müssen hier etwas bei dieser parasitären Form der *Praxis* verweilen, denn sie definiert Gustaves Grundhaltung, die er nach dem Sündenfall hat annehmen müssen und die er zeit seines Lebens behalten wird.

Von seiner Vorgeschichte her ist Gustave als ein Fluß passiver Synthesen konstituiert. Nun muß er sie aber noch *existieren*, das heißt am Sein erhalten, indem er sie auf sich selbst hin überschreitet. Das Selbst bleibt allerdings formal, weil ja mangels einer primären Bestätigung seine Konstitution ihm die praktischen Möglichkeiten nimmt, etwas zu unternehmen und zu Ende zu führen. Auf diese verinnerte Trägheit wird um sein siebentes Lebensjahr herum ein fremder Wille aufgepfropft, der ihn zu mißmutig erfüllten Handlungen zwingt, die er nicht als die seinen erkennt: er muß lesen, schreiben, denken lernen; tiefer noch, er muß mit dem unerträglichen Schicksal, das man ihm bereitet hat, übereinstimmen: es genügt nicht, daß man *der Jüngere ist*, dieses Relativ-sein muß Gegenstand seines permanenten Unternehmens werden, er muß sich zu dem machen, was er ist, sich selbst so konstituieren, wie man ihn gemacht hat, in Unterwerfung und Schuld seine Mängel eines zurückgebliebenen Kindes auf sich nehmen. In Wirklichkeit zerbricht ihn die Unterwerfung: sie verstärkt seine Gebrechlichkeit, indem sie proklamiert, daß er sie annimmt, während er sie als unannehmbar *fühlt*. So ist er also mit einem *alter ego* ausgestattet, weil die Aktivität in ihm vom Anderen herkommt. Das *ego* dagegen wird ihm verweigert: es könnte nur aus der Revolte entstehen – die ihm unmöglich ist. Aber warum sollte sich die Selbstheit nicht im *alter ego*, das ihn beherrscht, heimlich einnisten wie ein Wurm? Man braucht die Selbstentfremdung nur anzunehmen, durch eine vollständige und unaufrichtige Unterwerfung das Unternehmen des Anderen sich auf die Ziele hin entfalten zu lassen, die es sich gesetzt hat, und insgeheim ihre Bedeutung zu fälschen. Das ist die Taktik des Gleitfluges: man läßt sich von den Windströmungen tragen, die einen dahin führen, wo man hin will, vorausgesetzt, daß man manchmal vom einem zum anderen überzugleiten versteht: am Ende hat man nichts getan, und alles ist vollbracht. Der wahre Gustave, das Kind ohne Ich [*Moi*] ist nur durch die Verfälschung der ihm aufgezwungenen Ziele insgeheim er selbst. Seine Spezifizierung ist also ihrem Wesen nach *sekundär*. Außerhalb des Familienentwurfs, in den er sich entfremdet hat, gibt es bei Gustave keinen wirklichen und primären Entwurf: alles, was ihn spezifizieren wird (einschließlich des Schreibunternehmens, das ihn gänzlich absorbiert, und der *Irrealisierung*, von der wir bald sprechen werden), kommt nach der Intention *Flaubert* (Akkumulation, Aufstieg), die die Sozialisierung der väterlichen Intention ist, und nach der *anderen Aktivität*, die diese ursprüngliche Intention ihm verleiht und ihm zugleich aufzwingt mit den katastrophalen Resultaten, die wir kennen. Durch die Unterwerfung behauptet der Junge, sich in dieser Intention zu erkennen und sich durch die Resultate zu spezifizieren: in Wirklichkeit objektiviert und erkennt er sich darin nur in dem Maße, in dem die Familie und der *pater familias* ihm zufolge gezwungen sein werden, die Folgen als den genauen und reinen Ausdruck ihres souveränen Willens auf sich zu nehmen (was das Kind von jeder Verantwortung entbindet), ohne daß sie deshalb fähig wären, den ursprünglichen Sinn ihres Unternehmens oder die gesetzten Ziele darin wiederzufinden, kurz, in dem Maße, in dem die Kollektivität Flaubert ihr Bild in jenem gehorsamen Spiegel sieht, gezwungen ist, es anzunehmen, und *sich nicht in ihm erkennt*. Es versteht sich von selbst, daß die Verfälschung der Zwecke als sekundäre Reaktion nicht *beliebig* ist: ganz im Gegenteil ist sie streng bedingt durch die primären Zwecke oder vielmehr durch das, was sich der Kleine unter ihnen vorstellt. Der Fluch des Vaters, so glaubt er, verurteilt ihn zum Tode, aber gleichzeitig verbietet man ihm den Selbstmord, die Überfürsorglichkeit zwingt ihn zur Langlebigkeit: die Familie will sich auf jeden Fall verewigen. Wenn es weiter nichts ist: er wird sich gehorsam zum jüngeren Bruder machen, im Verfall versinken, seine Unterwerfung übertreiben und damit durch vorzeitigen Tod an den Schmerzen die väterliche Intention in ihrem Widerspruch verwirklichen. Der Vater treibt in Gustave auf die Katastrophe zu, der Vater wird sich durch die systematische Realisierung seiner Pläne disqualifizieren, indem er deren Absurdität offenbart: nur ein Irrer nämlich kann seinem Sohn das Leben verweigern und ihm gleichzeitig Langlebigkeit aufzwingen. Indem Gustave ihn beim Wort nimmt, wird er zeigen, welchen Bock er geschossen hat und daß die Dauer einer Existenz umgekehrt proportional zur Intensität der erlittenen Leiden ist: wenn du wolltest, daß ich lange lebe, durftest du mich nicht zum jüngeren Sohn machen. Das Ziel der passiven Aktivität – und folglich seiner Besonderheit – ist nichts anderes, als durch unabweisbare Konsequenzen die Ungerechtigkeit des ihm auferlegten Schicksals zu manifestieren. Warum tut er das, wenn nicht, *um das Herz seines Vaters zu betrüben*? Das wird die Strafe sein. Verstehen wir ihn recht: ein Revoltierender fände andere Mittel, würde das Haus anstecken, den älteren Sohn töten. Aber das hieße *Rache nehmen*. Und das ist in doppelter Weise unmöglich: diese Schmerzen haben keine direkte Beziehung zum Unglück des Jüngeren, sie setzen eine Skala, ein System von äußerlich aufgestellten Äquivalenzen voraus – Auge um Auge, Zahn um Zahn usw.; andrerseits, wer sie dem Vater antun wollte, der müßte offenen Haß hegen, eine tatsächliche *Vendetta* vorbereiten. Aber das Kind haßt seinen Peiniger nicht, im Gegenteil: sein Ressentiment ist eine Wirkung der Liebe. Es wünscht vielmehr leidenschaftlich, daß der Vater durch die Resultate seines Unternehmens bestraft wird und durch sie allein, als wenn seine Befehle, wenn sie unerbittlich ausgeführt würden, Gustaves unmittelbaren Tod zur Folge hätten. Was denn, wird man sagen. Ob unmittelbar oder hinausgezögert, war dieser Tod nicht beschlossen? Hatte Achille-Cléophas nicht das Urteil gefällt? Und kann es ihm unter diesen Bedingungen etwas ausmachen, oder würde er sogar Reue über einen vorzeitigen Tod empfinden? Richter haben beschlossen, einen Delinquenten auf die Guillotine zu schicken; dieser stirbt aus Angst davor: sein Herz versagt vor der Hinrichtung. Werden sie eine Krankheit daraus machen? Genau das aber ist das Geheimnis des Ressentiments als passive Aktivität: es ist eine geheime Hoffnung am Boden der Verzweiflung. Gustave hofft noch immer, daß sein unmittelbarer Tod dem philosophischen Arzt die Augen öffnen wird. Wenn dieser plötzlich in diesem Ableben das genaue Resultat seines Willens sähe, würde er dann merken, daß er seinen jüngeren Sohn *liebte*? Die Bestrafung des *pater familias* setzt also die wiedererweckte Liebe voraus. Was hat Gustave demnach zu *tun*, während man ihn manipuliert? Nichts. Fast nichts: er braucht die Schmerzen nur zu übertreiben, nur *zuviel* zu leiden und sich durch das «bis zur Neige» ausgekostete Jünger-sein zermürben zu lassen. Vor allem keine Rachsucht: weder eine sichtbare noch eine erklärte; eine allzu zarte Sensibilität erschöpft sich darin, zu tun, was man ihr befiehlt, und stirbt daran. In dieser Form eines Ressentiments verbergen Passivität und Unverantwortlichkeit eine radikale Anklage, die nicht den Charakter eines Anklage*akts* hat, sondern eines anklagenden *Gegenstands*: der Leichnam des unvermittelt von seinem Vater getöteten Flaubert wird diesen ebenso anklagen wie ein gebrandschatztes Dorf durch seine Ruinen das Regiment anklagt, das es zerstört hat. Zugleich wird der Tod ihn in den Augen von Achille-Cléophas zu einem *anderen* machen: er wird ihn aufwerten, indem er die unendliche Gewalt seiner Leidenschaften offenbart, und gleichzeitig die Liebe wiedererwecken oder wecken, indem er zeigt, daß Gustave ihrer am würdigsten war. «Ich sterbe durch das Denken, ich bin tot, die erlebte Unmöglichkeit zu leben ruiniert mein Leben früher, als du es beschlossen hattest, aus dem einzigen Grunde, den du nicht vorausgesehen hattest: dem erlesenen Reichtum meiner Sensibilität, das heißt einer Leidensfähigkeit, die durch die Passivität, mit der du mich geschlagen hast, gesteigert ist.» Die passive Aktivität wird zunächst dies sein: die Übertreibung (in der Einsamkeit) beim Ausdruck des Schmerzes – oder sogar hundertmal der ursprüngliche Sturz, man wirft sich zu Boden, man röchelt, man will sterben –, der Rückgriff auf die Geistesabwesenheiten, die absichtlich als Ohnmachtsanfälle oder als allgemeine Wiederholungen eines unmittelbar bevorstehenden Todes aufgefaßt werden, das Altern auch – jenes polyvalente Thema –, dessen Sinn hier ist: «Ich werde ständig älter, das heißt täglich sterben; jeder dieser vorweggenommenen Tode – die du mir aufzwingst – hat das doppelte Resultat, meine Gesundheit zu untergraben und mein Empfindungsvermögen durch Verschleiß zu verringern. Du wolltest, daß ich nicht leben kann, und zugleich – um vor der Welt die Kraft deines Samens zu beweisen –, daß ich achtzigjährig sterbe. Du siehst, ich gehorche; ich nutze mich viel schneller ab, als du vorhersahst, aber diese Abnutzung ist eben gerade das Altern: ich werde mit zwanzig Jahren achtzigjährig sterben.»

Nur das Ressentiment als passive Aktivität kann, in der Einheit einer Verständnistotalität, Alter und Tod durch Denken, Erfahrung und Schicksal synthetisch miteinander verbinden: nichts ist sichtbar außer den Leiden einer realen Liebe, die vielleicht eine virtuelle Liebe aktualisieren werden: überall Liebe. Aber tatsächlich versucht das Kind sich zu verbergen, daß die väterliche Liebe schon nicht mehr um ihrer selbst willen gewünscht wird: sie muß die Revanche eines jungen Toten und die Züchtigung eines Vaters sein. Dieses geheime Negative wird vom Positiven besser dargestellt, das es daran hindert, sich zu bilden, sich für sich zu setzen. Ein Kind liebt, leidet darunter, nicht geliebt zu werden, paßt sich folgsam den Familienvorschriften an: Gustave sieht nur dies, er muß nur auf diese gefangene *Praxis* und, reflexiv, auf das *alter ego* achten, die transzendente Einheit aller seiner Unterwerfungen: nur unter dieser Bedingung bildet sich ein heimliches, nicht gesehenes, nicht genommenes, nicht verstandenes *ego* als ein Fehler des Anderen, als *verschwiegene* Einheit der Arbeiten des Ressentiments: es bildet sich unter seinem reflexiven Blick, *um nicht betrachtet zu werden*, es ist am Horizont dieser unterhöhlenden Negativität, die, ohne sich jemals für sich zu setzen, das *alter ego* aussaugt, indem sie von ihm seine praktische Wirksamkeit übernimmt, um ihm seine Ziele besser stehlen zu können. Alles ist klar: der Ehrgeiz Flaubert, der zur Passivität verurteilt ist, sich in den Hochmut entfremdet hat, verurteilt sein Versagen, die in der Spontaneität erlebte Subjektivität weist das *Rela-*

tiv-sein, das man ihm aufzwingt, zurück; die Unterwerfung ist fingiert, weil sie unmöglich ist, aber die erworbene Trägheit untersagt ihm die Revolte: er hat nicht die Mittel zu *opponieren*, anzufechten, das Negative zu manifestieren. Insofern wird die Weigerung bei ihm nicht zur Schau getragen, ist die Negativität niemals offener Bruch noch sichtbare Überschreitung. Sie versteckt sich im Teig und arbeitet unmerklich in ihm. Gustave kann als *persona* natürlich nur die Negation seines *empfangenen* Seins sein, aber diese Negation – negierte Minderwertigkeit, negiertes Vasallentum, negierte Realität – ist nur die heimliche Lenkung seiner Passivität. Ich würde sein *ego* den blinden Fleck seines reflexiven Blickes nennen.

Diese Erwägungen lassen Gustaves frühen Fatalismus in einem neuen Licht erscheinen: der Glauben begründet die Ideologie des Ressentiments; das heißt, alle einzelnen Gedanken werden sich durch spontane Überschreitung einiger Schemata bilden – die in der sie spezifizierenden Überschreitung enthalten sind –, von denen jedes («Das Schlimmste ist immer sicher», «Die Welt ist die Hölle», «. . . *ananke* . . . jene düstere und geheimnisvolle Gottheit . . . lacht in ihrer Grausamkeit, wenn sie sieht, wie die Philosophie und die Menschen sich in ihren Sophismen winden, um ihre Existenz zu leugnen, während sie sie alle in ihrer Eisenhand zerquetscht»[74]) selbst nur der Ausdruck dieses grundlegenden Fatalismus ist. Das wissen wir bereits. Aber wir haben bis jetzt für ausgemacht gehalten, daß Gustave, wie er es wiederholte, vom primären Glauben *affiziert* war (oder infiziert, wie man will), daß das eine von seiner Erfahrung eingeflößte aufgezwungene Weltsicht war, eine – zwar merkwürdige, aber angemessene – Lektüre eines fast unerträglichen Erlebten. Allenfalls konnten wir uns vorstellen, daß eine teleologische Intention diesen Glauben auf der Ebene der Extrapolation strukturierte (das Märtyrer-Kind muß, um seine Schande zu verringern, denken: «Ich bin nicht geschaffen, um zu leben, aber alle Welt ist so»). Wenn wir jedoch die ursprünglichen Gegebenheiten, das heißt die Strukturen der Familie Flaubert, neu überprüfen, so sind wir zu der Feststellung gezwungen, daß Gustaves Fatalismus nicht mechanisch daraus resultieren kann: daß er um sein siebentes Lebensjahr in Ungnade fiel, ist unzweifelhaft ein echtes Trauma gewesen; in diesem Alter hat sich in ihm jener «Riß» [*fêlure*][75] gebildet, der ihn auf jeden Fall für das Exil bestimmte, für die «lethargischen Melancholien». Aber so quälend diese Situation auch gewesen sein mag, durch sich selbst konnte sie nicht über die Möglichkeit oder Unmöglichkeit, gelebt zu werden,

74 Die erste Formulierung findet sich in einem Brief an Ernest Chevalier; die zweite in *Voyage en enfer* (I, 42), die dritte in *Un parfum à sentir* (I, 55).

75 Das Wort stammt eigentlich von Charles Baudelaire, der es auf sein eigenes Leiden anwendet – das sich von dem Leiden Gustaves stark unterscheidet –, aber in seiner allgemeinen Bedeutung scheint es uns hier angemessen.

entscheiden. Als Gustave im Moment des Sündenfalls geblendet «ein vollständiges Vorgefühl des Lebens» entdeckt, das heißt, als er seine erste Prophezeiung macht, ist nicht denkbar, daß er in dieser Weise seine Zukunft für immer mit einer Hypothek belastete, ohne daß seine Überzeugung eine Vorentscheidung wäre, das heißt, ohne daß sie einen Eid einschlösse. Das Kind verpflichtet sich; so wie ein Verliebter, der sagt: ich werde dich immer lieben, und damit die unmögliche Gewißheit durch eine müßige Anstrengung ersetzt, die Zukunft zu *instituieren*, so schwört sich auch Gustave, daß das Schlimmste immer sicher sein wird, was eine ständige Beschleunigung seines Lebens (oder ein frühzeitiges Altern) einschließt, verbunden mit dem ständigen Anwachsen seines Unglücks (wenn das Schlimmste immer sicher sein muß, wird das, was ich morgen erleben werde, unerträglicher sein als das, was ich jetzt erlebe). Dennoch kann dieser Eid nicht ausdrücklich sein, so als wäre er auf der Bibel geschworen: das wäre Revolte und beginnende *Praxis*; außerdem ist der Eid, der den Liebenden bindet, selbst sehr zweideutig: er bietet sich als ein Akt dar, der geheimnisvoll die Zukunft beeinflußt, einen Zyklus eröffnet (von diesem Gesichtspunkt aus setzt er sich für sich: «Schwöre mir, daß du mich liebst, daß du mich immer lieben wirst»), und zugleich als die bloße Feststellung einer Unumkehrbarkeit, einer erlittenen Institutionalisierung der Zeitlichkeit. Ich habe anderswo davon gesprochen und diese Gegenstände der beeideten Reflexion in den Rang von *Wahrscheinlichkeiten* erhoben. Für Gustave ist der Eid noch weniger sichtbar, weil er sich nicht zeigen kann, ohne sich dadurch aufzuheben; der verdrossene, unglückliche kleine Junge kann offensichtlich *sich nicht sagen*: «Da mein Vater mich verworfen hat, habe ich die Absicht, alles *bis zum Schlimmsten* zu erleben, in jedem besonderen Umstand mein Leiden bis zum Äußersten zu treiben und meine Vergangenheit zu benutzen, um meine Gegenwart noch unerträglicher zu machen, sei es, daß meine von den früheren Schmerzen überreizten Nerven die neuen Schmerzen nicht mehr ertragen können, sei es, daß sie, schlimmer noch, abgenutzt, gealtert sind und nicht mehr reagieren.» Wer sagt, das geschieht durch meinen ständigen Eifer, gibt zu, daß es ohne ihn unmöglich wäre. Zum Glück ist die Situation des Kindes – so wie es sie sich vorstellt – unbestreitbar schwierig und unangenehm: der Sündenfall, der es traumatisiert hat, wurde eindeutig vom Anderen verursacht; die erste Hypothek auf die Zukunft ist aus der erzürnten Ungeduld eines Vater entstanden («Aus dir wird niemals etwas werden!» und andere klassische Dummheiten: die Wutanfälle von Achille-Cléophas waren berühmt, und alle seine Studenten litten darunter) oder aus seiner allzuoft gezeigten Besorgnis. Das Kind fühlt, daß es gegen sie nichts machen kann: seine Passivität verbietet ihm jede Anfechtung. Bleibt also, vermittels der Unterwerfung, jener Glauben, den alles erwartet und mit dem es sich durch eine unsichtbare Vorentscheidung affiziert: ich werde der Idiot sein, von dem du willst, daß ich es bin, ich werde mich bemühen, den Fehlschlag in jedem Fall auf die Spitze zu treiben und mehr unter ihm zu leiden als irgendein anderer an meiner Stelle. Adam nimmt seinen Fluch auf sich: Adam verflucht sich insgeheim und weist sich ein elendes Schicksal zu, um den Tadel des Allmächtigen in einen unerbittlichen, schicksalhaften Urteilsspruch zu verwandeln. Da Gustave durch seine Ungnade gedemütigt und tief verletzt ist, will er sie lieber als einen väterlichen Fluch erleben, indem er sich im Namen von Achille-Cléophas selbst verflucht: damit schiebt er die ursprüngliche Schuld wieder seinem Erzeuger zu. Das wird um so leichter sein, als Gewißheiten ihm untersagt sind: er glaubt ja nur; jeder Glaube impliziert jedoch eine teleologische Intention. Erwartet, aber niemals aufgezwungen ist jedes Glaubenschenken das Ergebnis einer Autosuggestion, ein Verhalten, das wir später beschreiben werden. So ist Gustaves Pessimismus eine Option seiner passiven Aktivität: da er im Unbehagen lebt und nicht aus ihm herauskann, verpflichtet er sich stillschweigend, immer die Politik des Schlimmsten zu wählen, um in jedem Augenblick seinen Erzeuger noch etwas schuldiger werden zu lassen, um *sich* zum immer unschuldigeren Opfer zu machen. Die Welt gehört Satan, gut: aber Satan ist er selbst, ist dieser tollwütige Eid des Hochmuts und des Ressentiments, der da schwört, da er nicht der erste sein kann, sich in allem zum letzten zu machen, sich auf den tiefsten Punkt sinken zu lassen, unter dem Vorwand, sich einem grausamen Herrn, der nicht existiert, zu unterwerfen. Um das Verfahren des «Ressentimentdenkens» besser zu verstehen, wollen wir einmal sehen, wie Gustave verfährt, als er *Un parfum à sentir* schreibt, seine erste lyrische Novelle, wollen wir die Intentionen des Erzählers herauszufinden versuchen, und zwar sowohl die offen zugegebenen als auch die zwischen den Zeilen erkennbaren, die er verschweigt, die aber notwendig durch die Erzählung impliziert sind. Der junge Autor beginnt nämlich damit, uns seine Absicht darzulegen: *Un parfum à sentir* richtet sich ausdrücklich gegen die «Philanthropen»; das heißt gegen die guten Menschen, die Optimisten, die noch glauben, man könne das Schicksal des Menschengeschlechts verbessern. Kurz, an Reformisten, Parteigänger einer vorsichtigen *Evolution.* Gut, der Autor wird ihnen eine Geschichte erzählen, die ihnen die Nutzlosigkeit ihrer Hoffnungen beweisen wird: man wird den Menschen nicht kurzfristig durch Verbesserungen retten können; man müßte ihn durch eine unmögliche *Revolution* mit einem Schlag und für immer den Krallen des Teufels entreißen. Er will, sagt er uns, «die häßliche, verachtete, zahnlose, von ihrem Mann geschlagene Gauklerin und die hübsche, mit Blumen, Parfums und Liebe überschüttete Gauklerin zusammen- und in Berührung bringen . . . sie durch die Eifersucht quälen lassen bis zur Auflösung, die abstrus und bitter sein muß» (I,

55). So werden die Wohlmeinenden der Wahrheit konfrontiert, die sie sich verbergen: der Mensch ist unglücklich und böse; man wird ihn nicht ändern: «Welche Heilmittel hätten sie gegen die Übel, die ich ihnen gezeigt habe? Nichts, nicht wahr? Und wenn sie auf das richtige Wort kämen, würden sie sagen *ananke.*»
Das Thema scheint klar: gegen diese Optimisten, von denen es auch heißt, daß sie «Wissenschaftler» seien, lautet die Option des Ressentiments, *daß alles unheilbar ist.* Aber wir merken sofort, daß Gustave uns den Gegenstand, den er behandeln will, ungenau schildert: zwei Rivalinnen? Beide von Eifersucht gequält – das heißt in gewisser Weise zwei gleichgestellte Wesen, die durch eine antagonistische Wechselseitigkeit, durch das Böse, das jede der anderen antut, vereint wären? In der Erzählung ist davon gar nicht die Rede: zwei Frauen, ja; zwei Rivalinnen, nein. Nur Marguerite wird gequält: ihr Mann wird ihr vor ihren Augen weggeschnappt. Aber Isabellada, die unverletzbare Fülle, die Verkörperung der Schönheit, wie sollte sie leiden? Pedrillo liegt ihr zu Füßen, ohne daß sie einen Finger krümmen muß; außerdem ist sie viel zu ehrgeizig, um diesen Gaukler zu lieben, und wir wissen ja, daß sie ihn ebenso kalt fallenlassen wird, um sich einem Grandseigneur zu verkaufen; hat sich der Junge über den Sinn seiner Fabel getäuscht, oder ist er beim Schreiben zu einer anderen Vorstellung gekommen? Beide Annahmen sind unhaltbar, denn in ein und demselben Satz macht Gustave sie zu Rivalinnen und gibt zu erkennen, daß die hübsche, «mit Liebe überschüttete Gauklerin» für die andere, die «verachtete und geschlagene» häßliche Frau, nur ein glänzendes und eisiges Marterinstrument ist; kurz, als er vorgibt, sie mit ein und demselben Leiden zu schlagen, hat er bereits die beiden Geschöpfe und die einseitige Beziehung, die sie vereint, entworfen. In Wirklichkeit haben wir hier ein ausgezeichnetes Beispiel für die Unaufrichtigkeit, die das Ressentimentdenken kennzeichnet. Wenn das Unglück der Menschen Gegenstand einer strengen Planung ist, dann muß alle Welt leiden, Isabellada ebenso wie Marguerite. Aus diesem Grunde übrigens wird dieser Peiniger, klüger geworden, bald ein auserlesenes Opfer wählen, Mazza aus *Passion et vertu*, deren prächtiger Körper die direkte Ursache ihres Unglücks sein wird. In der Hölle kann Schönheit niemanden retten. Aber zur Zeit seiner ersten Novellen hat Gustave nicht das Mittel, seinen Pessimismus zu rationalisieren: die Verallgemeinerung ist nur erst Fassade, und der wahre Sinn der Novelle ist kaum verhüllt: als Gustave Marguerite schafft, spricht er jenes «unsagbare» Dekret aus: die Hölle ist für mich allein. Unsagbar und undenkbar kann diese Option nur parasitär sein: das heißt, daß Gustave seinen Diskurs fälscht, *damit* sie ihn aussaugt. Er kann dem Werk erst dann seinen wahren Sinn geben, wenn er *etwas anderes sagt.*
Das werden wir noch besser sehen, wenn wir die Fortsetzung der

Erzählung untersuchen. Das Hauptthema wurde uns zunächst in seiner *schwarzen* Form dargelegt: die Menschheit ist seit dem Sündenfall unwiderruflich verloren. Aber plötzlich wechselt der Autor das Thema oder teilt uns vielmehr seine Absicht mit, aus demselben Thema eine positive oder «weiße» Schlußfolgerung zu ziehen: er wird alle Personen von jeder Schuld freisprechen. Er will den Leser fragen lassen, wer schuld daran ist. Aber er gibt uns auch gleich die Antwort:

«Die Schuld liegt gewiß bei keiner der Personen des Dramas.

Die Schuld liegt bei den Umständen, bei den Vorurteilen, bei der Gesellschaft, bei der Natur, die sich zu einer Rabenmutter gemacht hat . . .

Die Schuld liegt bei . . . *ananke*.» (I, 55)

Hier werden uns zwei entgegengesetzte Erklärungen angeboten: die erste könnte, ich habe bereits darauf hingewiesen, die Erklärung des Doktor Flaubert sein; sicher ist, daß sie den mechanistischen Determinismus heranzieht: Umstände, Vorurteile, Gesellschaft, Natur; eine Erklärung von außen. Ist sie für Gustave gültig? Sicher nicht: die Vorurteile spielen hier keine Rolle; die Gesellschaft kann man zwar für das Elend der Gaukler verantwortlich machen, aber obwohl es auf jeder Seite gegenwärtig ist, so ist es doch weder dieses Elend noch die Verachtung der Gaukler, die das Drama auslösen: dieses entsteht aus Marguerites physischer Beschaffenheit; und Gustave ist davon überzeugt, daß der sexuelle Ekel, den die arme Frau bei ihrem Mann erregt, kein Vorurteil ist: der Beweis dafür ist das Entsetzen, das die Häßlichkeit ihm einflößt. Bleibt die Natur. Aber welche? Die des Doktor Flaubert? In diesem Fall wäre Marguerites physische Beschaffenheit *zufällig*. Also dürfte man nicht nach einem Schuldigen suchen, sondern müßte erklären, daß schon die Vorstellung einer Schuld Trug ist. Aber das ist nicht Flauberts Ansicht, der jenes Aggregat von Atomen, die Gesellschaft des Mechanismus, *inkriminiert* und die Natur personalisiert, um ihr vorzuwerfen, daß sie sich zu einer Rabenmutter gemacht hat, als sie Marguerite hervorbrachte. Wir sehen, durch welche Verrenkung er vom zweiten Absatz – dessen Sinn sein müßte: der christliche Begriff der Sünde ist zu entmystifizieren – zum dritten Absatz übergeht, der nur die Entfaltung des vorhergehenden sein soll, während er ihm voll widerspricht, weil er die unmenschliche Welt des Mechanismus durch einen Kosmos ersetzt, der durch einen *anthropomorphen Schuldigen*, durch eine «düstere und geheimnisvolle Gottheit», die ausdrücklich das Böse und das Leiden der Menschen will, von innen gelenkt wird. Als wenn er im selben Atemzug schriebe: «Die Menschen bringen ihr Unglück zufällig hervor, ihre Charaktere, ihre Leidenschaften, ihre Interessen stoßen zufällig aufeinander, und das Böse ist ein ständiges unbeabsichtigtes Chaos; das Böse resultiert aus einem Plan, der sich über Millionen von Jahren erstreckt, ein finsterer und geheimnisvoller Wille hat alles so eingerichtet, daß jeder für sich selbst und für die anderen der erlesenste Peiniger ist.» Was meiner Ansicht nach aufs neue das Ressentimentdenken kennzeichnet: er legt *zunächst* die rationalistische These dar, um sie insgeheim seinem Rachephantasma zu assimilieren; dazu braucht man nur unmerklich den Zufall in *Fatum* zu verwandeln. Man wird bemerken, daß es nicht so sehr darum ging, die Protagonisten freizusprechen, als vielmehr darum, einen Verantwortlichen am Gipfel der Hierarchie zu finden; irgendeinen, der jenes Verbrechen begangen hat: die Welt. Aber wenn diese «düstere Gottheit» allmächtig ist, wenn sie es ist, die ihr Gesetz aufzwingt, woher kommt dann, daß man sie für schuldig erklären kann: auf welches Gute können sich die Menschen, jene gehorsamen Sklaven dieses souveränen Willens berufen, wenn sie sie als *bösen* Willen verurteilen? Weil sie ihr Leiden will? Aber wenn das das Gesetz ist, können sie es nur anbeten. Alles ist umgekehrt: das Böse ist die Substanz, das Gute ist nur ein parasitäres Akzidenz, das sich durch das Bewußtsein seiner vollständigen Müßigkeit bestimmt.

Der Hauptschuldige ist also die Fatalität – oder der mechanistische Zufall, der durch das Ressentiment in das Wollen des Schlimmsten verwandelt wird. Werden die Personen der Novelle nun freigesprochen? Der junge Autor proklamiert es. Aber sehen wir etwas näher hin. Isambart ist, wie wir wissen, ein Sadist. «Genüßlich» beschreibt er der armen Marguerite die Liebe Pedrillos zu Isabellada, «ihre Umarmungen im Ehebett» . . . Er fügt hinzu: «Ich weiß wohl, daß du mir niemals etwas getan hast, du bist vielleicht besser als eine andere, aber du mißfällst mir einfach, ich wünsche dir Böses, das ist eine Laune.» (I, 63) So verläßt er sie, befriedigt, ihr weh getan zu haben, und «unter schallendem Gelächter». Beachten wir, daß es eben hieß: «Seit zwei Jahren . . . lebten alle glücklich, ruhig, ohne Sorge und aßen am Abend, was sie den ganzen Tag verdient hatten. *Nur Marguerite war unglücklich*[76].» (I, 61) Kurz, Isambart ist böse, ohne daß er die Entschuldigung des Elends hätte. Und er genießt seine Bosheit: das ist eher das Gegenteil eines Verdammten: es gibt Verdammte in der Hölle, aber es gibt auch quälende Dämonen. Wenn die Welt das Reich Satans ist, dann gibt es Handlanger, Peiniger, die niemals Opfer sind. Zu ihnen gehört Isambart. Isabellada, die sich ihrer Schönheit bewußt ist, bewirkt, ohne jemals zu leiden, das Unglück Marguerites und später das Pedrillos: sie wird ihre Belohnung erhalten, die schöne Dämonin wird eine «große Dame» werden. Diese beiden gehören dem Teufel, daran ist kein Zweifel. Auf der anderen Seite gibt es Menschen: ein Verdammtenpaar. Die Frau ist häßlich. Aber der Mann – eine Verkörperung von Achille-Cléophas – ist nicht gut. Hören wir seine Kinder: «‹So ist er immer . . . er

76 Diese Hervorhebung ist von mir.

tut den Mund nur auf, um uns Grobheiten zu sagen, die einem in der Seele weh tun. Oh! Er ist sehr böse! Unsere arme Mutter liebte uns wenigstens . . .› ‹Wie er sie schlug›, sagte Auguste, ‹weil er sagte, daß sie häßlich ist! Die arme Frau!›» (I, 56)

Das ist also ein böser Mensch: er schlägt seine Kinder, findet Worte, die ihnen «in der Seele weh tun»; er schlägt seine Frau und beschimpft sie. Es wird noch schlimmer, er wird sich eine Mätresse nehmen, wird Marguerite dazu zwingen, im selben Zelt zu leben, und da sie es nicht ertragen kann, wird er sie in den Löwenkäfig werfen: als Gustave sie dort herauszieht, lebt sie zwar noch, aber die Löwen haben sie schon angefressen. Dennoch ist dieser Gaukler ein schöner Mann, er ist stark, er glaubt, daß er geliebt wird. Woher kommt seine Bosheit? Man sagt uns: vom Elend. In einer Winternacht klapperten alle im Zelt mit den Zähnen, der Gaukler «stieß (seinen Sohn) grob zurück, und das arme Kind ging weinend schlafen. Pedrillo litt ebenso wie er, eine krampfhafte Bewegung ließ ihn mit den Zähnen klappern:

‹Wie du ihn angefahren hast!› sagte Marguerite.

‹Das stimmt.›

Er versank in tiefe Grübelei, wie eingeschlafen gar, in quälende Gedanken.» (I, 57)

Worüber grübelt er? Über das Unglück des Menschen, der zugleich Opfer und Peiniger ist? Das ist möglich. Und Gustave tut so, als wollte er ihn entschuldigen. Aber man wird bemerken, daß Marguerite im selben Augenblick mehr als er unter der Kälte, dem Elend leidet: sie hat gerade das Krankenhaus verlassen und ist noch nicht einmal geheilt; außerdem hat sie die grauenvollste Demütigung erlitten und das Bewußtsein ihrer Häßlichkeit läßt sie niemals los: dennoch sorgt sie sich um ihre Kinder und erträgt nicht, daß ihr Vater sie tyrannisiert. Zwischen Pedrillos Ärger und der brutalen Gewalt seiner Reaktionen besteht also ein gewisses Mißverhältnis: weder die allzuoft kommentierte Perfidie Dupuytrens noch die Sorgen, noch die Überarbeitung rechtfertigen ganz die heftigen Wutanfälle von Achille-Cléophas oder seine diabolische Kunst, Worte zu finden, die seinem jüngeren Sohn «in der Seele weh tun»: ruhmreich, souverän, beliebt, ist der Chefchirurg teilweise für seine Nervosität, seine Ausbrüche, seine Härten verantwortlich; seine Bosheit ist insofern nicht entschuldbar, als sie nicht das reine Produkt seines Schicksals ist. Das Fatum hat einen breiten Rükken, wie man sieht: beim Chefchirurgen gibt es eine gewisse Autonomie des bösen Willens.

Wenn also Gustave vorgibt, alle Personen freizusprechen, so verurteilt er sie im Grunde. Alle außer einer. Marguerite ist nicht von Geburt an böse: «Sie hatte vom Himmel nur ein Leben der Liebe erbeten, einen Mann, der sie liebte, der all ihre zärtlichen Regungen verstand und die ganze Poesie spürte, die in diesem Herzen einer Gauklerin . . . lag.» (I,

64) Im Unterschied zu den anderen ist das Böse nicht ihre ursprüngliche Wahl. Gustave wird es sein ganzes Leben lang wiederholen: «Ich war so zärtlich geboren, und die Menschen haben mich böse gemacht.» Sie wird zwar verbittert werden, aber wer könnte es ihr vorwerfen? Das *Fatum* hat sie auserwählt, damit sie das *absolute Opfer* ist. Eben gerade deshalb, weil sie gut ist. Oder, wenn man lieber will, es hat sie *als gut konstituiert* in der Absicht, sie bis zum äußersten leiden zu lassen und in dieser Justine die bestrafte Tugend zu zeigen, wie in Isabellada, jener Juliette, das belohnte Laster. Gut, wird man sagen, aber häßlich: es ist das gleichzeitige Vorhandensein dieser beiden Merkmale in ein und derselben Person, die sie in die Verzweiflung stürzt. Bei Sade dagegen ist Justine schön, jedenfalls begehrenswert: auch ist es der tugendhafte Akt, der direkt und unvermittelt seine eigene Züchtigung hervorruft. Aber ist man sicher, daß die Vermittlung durch die Häßlichkeit nicht bei Gustave ein unsagbares Ressentimentdenken verbirgt? Gewiß, jedesmal, wenn der junge Autor das Wort in seinem eigenen Namen ergreift, zeigt er uns Marguerites physische Unansehnlichkeit als eine inerte Bestimmung, mit der die stiefmütterliche Natur oder das *Fatum* sie geschlagen hat, ein *Apriori*, das sie im Laufe ihrer unheilvollen Existenz verinnern und auf sich nehmen muß. Aber wenn er im Namen seiner Figur spricht? Ist das, was Marguerite selbst über ihre eigene Häßlichkeit denkt, nicht *auch* Gustaves Gefühl? Ein Gefühl, das um so klarer ausgedrückt wird, als der alle Verantwortung von sich weisende Autor es uns als eine subjektive Reaktion seines Geschöpfes darstellt? Was sagt Marguerite, als sie «eine anmutige Frau mit einem lieblichen Lächeln, zärtlichen und schmachtenden Augen, pechschwarzem Haar» vorbeigehen sieht? Nun, sie beneidet und verachtet sie und ruft schließlich aus: «Was wäre nötig gewesen, damit sie wäre wie ich? Haare von anderer Farbe, kleinere Augen, eine weniger gute Figur, und sie wäre wie Marguerite! Wenn ihr Mann sie nicht geliebt, sie verachtet, sie geschlagen hätte, wäre sie häßlich, verachtet wie Marguerite!» (I, 64) Man hat richtig gelesen: wenn ihr Mann sie nicht geliebt hätte, wäre sie häßlich. Gewiß, Flauberts Denken ist komplexer: Marguerite erkennt objektiv an, daß die junge Passantin größere Augen, eine bessere Figur, schöneres Haar hat; an diesen physischen Merkmalen kann man nichts ändern: dicke Waden, eine mollige Figur, rote Haare werden für immer das Schicksal der armen Gauklerin sein. Aber die andere? Man wird bemerkt haben, daß Gustave kaum auf ihren Reizen insistiert. Pechschwarzes Haar, gut. Aber was Marguerite an ihr beneidet, ist ihre Anmut, die Lieblichkeit ihres Lächelns, das zärtliche Schmachten ihrer Augen, kurz, Verhaltensweisen, ein Auftreten, eine Miene, Ausdrucksformen, die das ruhige Vertrauen der geliebten Frau wiedergeben und manchmal sogar Schönheit ersetzen können. Marguerite ist unansehnlich, plump, ihr Gesicht drückt Angst, Ekel vor sich selbst aus, ihre

Augen sind rot und verweint, nur weil sie nicht geliebt wird? Konnte sie es sein? Ja: das ist es, was das Ressentiment zu verstehen geben will (natürlich ohne die negative Form zu verlassen). Sie hatte schwerwiegende physische Mängel: das stimmt. Aber Pedrillo konnte und mußte sich über diese Details hinwegsetzen: er mußte sie lieben wegen der «Poesie, die in diesem Herzen einer Gauklerin lag»; damit hätte er ihr Anmut und Charme gegeben: sie hätte diese Liebe in sich aufgenommen und durch die Lieblichkeit ihres Lächelns, durch das Schmachten ihrer Blicke sie allen erwidert, selbst Pedrillo. Wir nähern uns Sade: Pedrillo verleiht seiner Frau die Häßlichkeit, um sie dafür zu strafen, daß sie eine Seele hat, daß sie ein *parfum à sentir*, ein riechbarer Duft, ist statt einer schönen sichtbaren Blume; wenn er ihr die Anmut verweigert, dann deshalb, weil sie ihrer würdig war; wenn er sie verachtet und schlägt, dann deshalb, weil sie ihn liebt. Und die Seele, die unendliche Leidensfähigkeit ist es auch, die Isambart an ihr haßt. Man braucht das nur zu übersetzen: Man stellt dem armen Gustave einen jungen brillanten Schüler, der alle Preise gewinnt, als Vorbild hin. Er antwortet: «Wenn sein Vater ihn nicht geliebt, wenn er ihn ständig gedemütigt hätte, wäre er dumm und verachtet wie Gustave.» Er gibt durchaus seine Mängel, seine Verstörtheit, seine Geistesabwesenheiten, eine gewisse Trägheit zu: aber was an ihm liebenswürdig war, diese poetische Gabe, die ihn seit seiner frühesten Kindheit in unsagbaren Ekstasen entzückte, eben das hat ihn der Chirurgenpräzision eines Achille-Cléophas unfähig gemacht. Dieser Arzt liebt jene schönen Maschinen, die wissenschaftlichen Intelligenzen, wie Pedrillo die schönen seelenlosen Körper liebt. «Mein Vater hat mich gehaßt, als er gemerkt hat, daß ich eine Seele hatte; hätte er mich geliebt, hätte ich den *prix d'excellence* erhalten.»

So ist das Ressentiment: entfliehend, ungreifbar, allgegenwärtig. Gustave hat mit einer allgemeinen Niederschlagung des Verfahrens begonnen. Aber kaum hat er erklärt: niemand ist schuld, beginnt er mit einer polizeilichen Ermittlung über die Familie Flaubert, an deren Ende alle Welt schuldig ist mit Ausnahme des jüngeren Sohns. Der Erzeuger ist in dieser Geschichte dreifach kriminell: erstens hat er in der souveränen Form des *Fatums* Gustave zu seinem allergrößten Unglück als Relativsein hervorgebracht. Zweitens hat er sich in der Gestalt Pedrillos und in menschlichen Dimensionen zum Komplizen des demiurgischen Vaters gemacht, indem er durch eine Feinarbeit, die er an dem unschuldigen Gustave vornahm, das Werk vollendete: das Werk des Schöpfers war ja ziemlich grob, der Jüngste der Familie, der wenig für die exakten Wissenschaften begabt, aber dafür ein Poet war, hatte, wenn man ihn geliebt hätte, einige Chancen, sich da herauszuziehen. Achille-Cléophas, dieser empirische Vater, verwandelt sich in einen armen unglücklichen und bösen Mann, um dieses absolute Opfer Minute für Minute aus der Nähe hassen und ihm die wenigen Mittel nehmen zu können, die er ihm als Demiurg gelassen hatte. Und noch ein drittes Mal erweist sich dieser brutale und kalte Vater, wenn auch periodisch, als kriminell: nicht mehr gegen Gustave-Marguerite, sondern gegen Gustave in Gestalt der Söhne des Gauklers: jetzt ist es der *Erzieher* in ihm, der schuldig wird: sei es, daß er den Kindern durch schneidende Worte in der Seele weh tut, sei es, daß er sich als Lehrer zu ihrem Peiniger macht. Das ist also der «wahre» Gegenstand dieser Novelle: eine Rechnung wird beglichen; der Jüngere klagt seinen Vater an, weil er ihn schlecht gemacht, schlecht geliebt, schlecht unterrichtet hat. Er straft ihn übrigens, *ohne ihm zu sagen, wodurch er gesündigt hat*: sein Vergehen lag darin, daß er seinen älteren Sohn bevorzugt und durch einen ständigen «Vergleich» seinen jüngeren Sohn mit *Relativ-sein* geschlagen hat, anders gesagt, mit einer grundlegenden *Minderwertigkeit*: seine Züchtigung wird von seiner Bevorzugung selbst kommen; er wird zwar Gustave töten, aber Achille wird ihn verraten. So existiert das *Fatum* zunächst für *ein* Geschöpf: es ist Achille-Cléophas, der das Leben allein für Gustave in Schicksal verwandelt; aber durch diese Ungerechtigkeit wird der Vater für sich selbst zum *Fatum*: als Pedrillo sich in Isabellada verliebt, fällt er über sich selbst den Urteilsspruch, er wird wie ein Hund leiden; das wird auch bald Cosimo aus *La peste à Florence* tun. Dieser Medici ist für seine beiden Söhne zum Schicksal geworden, wie man an der doppelten Prophezeiung der Wahrsagerin sieht. Aber damit wird er in diesem Abel und diesem Kain zum Schicksal seines *Hauses*, das heißt zu seinem eigenen *Schicksal*. *Un parfum à sentir* und *La peste à Florence* sagen den «Fall des Hauses Flaubert» voraus; er wird durch das Vergehen des Jüngeren stattfinden, der, von Papa Fatalität gequält, sich rächt, indem er durch seine Selbstzerstörung zum *Fatum* seines eigenen Vaters wird: die Flauberts werden verschwinden, und der väterliche Ehrgeiz wird verhöhnt werden. Durch seine Resultate; diese Familie ist eine Rückkopplungsmaschine. Man sieht, daß der Mensch des Ressentiments danach strebt, sich am Anderen eben durch das Übel zu rächen, das der Andere ihm antut. Dieses Streben muß sich allerdings verbergen: offen proklamiert wäre es eine Revolte, das heißt eine *Opposition*; es gibt hier *nichts zu opponieren* gegen einen souveränen väterlichen Willen, der sich erfüllt und eben dadurch seine *Wahrheit* offenbart, die darin besteht, daß er in sein Verderben rennt, indem er sich erfüllt: das Ressentiment will passiv, Folgsamkeit, Abwesenheit sein: Gustave ist nicht, ist nur die inerte Vermittlung zwischen dem Vater und sich selbst. Achille-Cléophas wird strenger bestraft werden, wenn sein Unglück nicht aus einem unvorhergesehenen Widerstand entsteht, sondern im Gegenteil aus der Folgsamkeit, aus der Knetbarkeit der Welt und folglich aus der bloßen Verwirklichung seines Willens: so wird das *Fatum* in diesem Willen selbst stecken. Aber diese

Rache kann sich nur vollziehen, wenn Gustave, ohne in das, was er tut, eingeweiht zu sein, alles unabweichlich zum Schlimmsten wendet. Gegen Marguerite wüten heißt Pedrillo quälen oder seine Qualen von langer Hand vorbereiten. Verschwiegene passive Rache; rachsüchtiger Eifer, zum Schlimmsten zu wenden, was man ohne die geringste Konzession getan hat: aus Böswilligkeit erfundenes Schicksal und ständige Abweisung jeglichen Trosts, das ist das Ressentiment, eine perfide selbstzerstörerische Unterwerfung des Sohnes unter den Vater, von der der Sohn weiß und nicht wissen will, daß dieser so viel gar nicht verlangt.

Wenn das die Grundintention der neuen quasi traumartigen Verwirklichung der so herbeigesehnten Züchtigung eines Vaters durch die systematische Zerstörung eines Sohnes ist – woran müssen wir dann von dem festhalten, was uns die regressive Analyse gezeigt hat? Ist es noch wahr, daß Marguerite Gustaves Selbsthaß darstellt? Daß er sie häßlich gemacht hat, weil die Häßlichkeit das darstellt, was er am meisten haßt? Muß man noch daran festhalten, daß er Isambarts Sadismus liebt, Marguerite um des Vergnügen willens quält und dabei vergißt, daß er sich ganz in sie hineinversetzt hat? Und können jene Passagen, wo der Autor sie uns als für ihre Häßlichkeit *verantwortlich* zeigt, ihren Sinn behalten, wenn auf der anderen Seite Pedrillo dafür verantwortlich ist? Ich antworte, ohne zu zögern, daß man an *allem* festhalten muß. Zunächst, weil das Denken Flauberts komplex ist: es ist wahr, daß er sich nicht liebt, daß er auf schwankendem Boden, im Unbehagen lebt; es ist wahr, daß er in einer gewissen Verblendung bei manchem Anlaß das zwiespältige Gefühl hat, das unschuldige Opfer der Mängel zu sein, mit denen man ihn geschlagen hat, und zugleich die volle Verantwortung dafür zu tragen. Aus diesem Grund hat er Marguerite erfunden, die häßliche Frau, die ihre instituierte Häßlichkeit verinnern muß: das ermöglicht ihm, sie mit den Augen der anderen zu sehen, deren Sadismus zu teilen[77] und sie zugleich mit seinen eigenen Augen zu betrachten, so wie er sich selbst sieht. Das Ressentiment tritt nur in der systematischen Ausbeutung seiner Mißgeschicke zutage, in dem Wahnsinnsunternehmen, diese bis zum Äußersten zu treiben, um sich an seinem Vater zu rächen, indem er die Verfluchung Adams verwirklicht, und sich gleichzeitig, in einer unvergleichlichen Katastrophe, durch die Größe seiner Leiden, das negative Zeichen seiner Großmut, zu retten. Das ist ein zweiter Grund, alle Aspekte dieser noch unbeholfenen und doch tiefen Erzählung zu bewahren – selbst wenn sie einan-

77 Wenn Isambart der Unglücklichen sagt, daß er Lust habe, ihr Dreck aufs Kleid zu werfen, sie an den Haaren zu ziehen, ihr die Brüste zu zerquetschen, so können wir sicher sein, daß es sich hierbei um *sexuelle* Begierden handelt, die bestimmte *zu* häßliche Frauen bei Gustave erregen.

der widersprechen. Das Unbehagen, die Zwiespältigkeit der Gefühle, die Schande, die Wut, die Flucht in die Geistesabwesenheit, die ständige Schuldigsprechung Gustaves, das ist das *Pathos*, eine zwar intentionale Art, die Situation zu erleiden, das Erlebte zu leben, jedoch ohne bestimmtes Ziel; das Ressentiment ist eine *passive Aktivität*: Intention, Mittel, Zweck, alles ist da; aber alles ist verborgen, *sekundär*; es ist eine *Manipulation des Pathos*, eine geheime Hyperbel, die ihr ihren Sinn und ihre Orientierung verleiht eben gerade durch die Übersteigerung der Art des Erlebens und die das Erlebte verzeitlicht, indem sie es auf das Schlimmste hin überschreitet, zwar nicht durch den Willen, aber durch den Glauben und die Angst. So braucht die passive Aktivität das *Pathos* – oder eine erlittene Situation –, um an ihm zu schmarotzen. Ich habe mich bei dieser polyvalenten Novelle aufgehalten, von der das Ressentiment nur ein Sinn ist – der verborgenste, der einzige, der sich stillschweigend als Entwurf definiert –, weil sie deutlich macht, was von nun an Gustaves Denken sein wird – außer wenn es sich in müßigen verbalen Gewaltausbrüchen äußert: es wird unaufrichtig, evasiv und immer doppelbödig sein. Wir werden bald ein anderes Beispiel kennenlernen, wenn wir in *Madame Bovary* das Porträt des Doktor Larivière wiederlesen.

G. Die Welt des Neides

Um begehren zu können, muß man, wie wir gesehen haben, begehrt worden sein: da Gustave diese ursprüngliche Bestätigung im Objektiven, die mütterliche Liebe, nicht verinnert hat – als eine primäre und subjektive Selbstbestätigung –, bestätigt er seine Begierden niemals, noch hält er sie für realisierbar: da er nie valorisiert worden ist, erkennt er ihnen auch keinen Wert zu; als Geschöpf des Zufalls hat er nicht das Recht zu leben, und folglich enthalten seine Begierden nicht das positive Recht, befriedigt zu werden: sie verkümmern, vage vorübergehende Stimmungen, die seine Passivität heimsuchen und meist verschwinden, ohne daß er daran denkt, sie zu befriedigen. Das heißt, daß diese puritanische Seele nichts spontan begehrt. Dennoch wird sie vom Negativen der Begierde, vom Neid, zernagt: die Güter dieser Welt reizen ihn kaum, wenn er sie erwerben kann; damit sie seine Begehrlichkeit erregen, müssen sie den Anderen gehören; er weiß, daß er von vornherein verloren hat: was sie haben, wird er niemals haben, und wenn man ihm das Äquivalent dessen gäbe, was sie besitzen, so würde man seine eifersüchtige Wut keineswegs besänftigen. Er verlangt im Grunde gar keinen Gegenstand, sondern das Recht, Besitzer zu sein, den *Wert*, der sich durch Aneignen und Besitzen in jedem von ihnen bestätigt, kurz, ein instituiertes In-der-Welt-sein, von dem er sich von Geburt an ausgeschlossen fühlt. Alles, was den Anderen gehört, fasziniert ihn schmerzlich, alles, was er hat, verliert in seinen Händen jeden Glanz, weil er niemals das Gefühl hat zu *besitzen.*

Als Erwachsener erklärt Flaubert mehrfach in seiner Korrespondenz, daß er neidische Menschen hasse. Aber wir kennen ihn jetzt ja schon etwas: in Wirklichkeit haßt er den Neid, weil er von ihm verzehrt, weil sein Leben von ihm ruiniert wird. Vielleicht fühlt er sich auch durch diese Neigung zur Eifersucht erniedrigt und projiziert diese ständig abgelehnte und erlittene Erniedrigung in die Anderen. Aber zwischen seinem vierzehnten und seinem zwanzigsten Lebensjahr ist er klarsichtiger und aufrichtiger und schlägt daher alle seine Verkörperungen ausdrücklich mit diesem Laster.[78] Wenn Marguerite in *Un parfum à sentir* «eine ehrbare Dame mit Hut vorbeigehen sah ... schnürte ihr der Neid das Herz zusammen» (I, 64). Sie sagte sich: «Warum bin ich nicht wie sie?» Und wenn Garcia in *La peste à Florence* so sehr leidet, so weil er von «einer finsteren und ehrgeizigen Eifersucht» (I, 75) gequält wird. In *Rêve d'enfer* stöhnt Satan vor «eifersüchtigem Haß». Er geht sogar so weit zu sagen: «Ich beneide (den Menschen), ich hasse ihn, ich bin auf ihn eifersüchtig.» (I, 94) Und Djalioh aus *Quidquid volueris*? «Wenn er an (die Gegenwart) dachte, arm und verzweifelt, mit leeren Händen, der Ball und seine Blumen, und diese Frauen, Adèle und ihr nackter Busen, und ihre Schulter, und ihre weiße Hand, wenn er an all das dachte, ging ein wildes Lachen über seinen Mund und hallte zwischen seinen Zähnen wider, wie ein Tiger, der Hunger hat und stirbt; er sah in seinem Geist das Lächeln Pauls, die Küsse seiner Frau; er sah sie alle beide ausgestreckt auf einer seidigen Liege, mit ihren Armen einander umschlingend in Seufzern und Wollustschreien ... und wenn er seinen Blick zu sich selbst zurückwandte ... zitterte er; er begriff auch den unermeßlichen Abstand, der ihn davon trennte ...» (I, 110) Mazza aus *Passion et vertu* dagegen fällt vom Ekel in Bitterkeit und Neid: «Wenn sie in den Parks Mütter mit ihren Kindern sah, die mit ihnen spielten und bei ihren Liebkosungen lächelten, und Frauen mit ihren Gatten, Liebhaber mit ihren Mätressen, und daß alle diese Leute glücklich waren, lächelten, das Leben liebten, *beneidete und verfluchte sie zugleich.*» (I, 120)[79]

In jeder dieser Erzählungen findet man, in unbeholfener, aber eindringlicher Weise, die gleiche Beschreibung des Neides *als Prozeß*: für Gustave ist das ja nicht ein inerter Fehler der Seele, sondern eine Bewegung, die vom einzelnen zum allgemeinen geht, und zwar über

78 Der Neid ist eines der seltenen Gefühle, die er in den autobiographischen Werken mit ebensoviel «Offenherzigkeit» beschreibt wie in seinen ersten Novellen.

79 Die Hervorhebung ist von mir.

drei verschiedene Stufen. Ein Neider ist, seiner Meinung nach, etwas, was sich selbst hervorbringt: aus einer Frustration entstanden, richtet sich das Gefühl zunächst allein gegen den Usurpator. Mit der Zeit wird es jedoch allgemein: der Schlechtgeliebte beneidet alle Welt und fühlt sich um alles Glück, das die anderen haben, betrogen. Wenn das Unglück anhält, wird der Neider schließlich *bösartig*. Marguerite leidet zunächst nur durch Isabellada, die ihr ihren Mann weggenommen hat; sie ist eifersüchtig auf die Schönheit ihrer Rivalin: «Es war die Erinnerung an Isabelladas Tanz, die ihr weh tat, aller Applaus für eine andere, alle Verachtung für sie.» (I, 64) Aber das fortgesetzte Leiden treibt sie weiter: «Wenn sie eine anmutige Frau . . . sah . . ., spottete sie über die Menge, die jene bewunderte, und sagte: Was wäre nötig gewesen, damit sie wäre wie ich!» Es bleibt ihr nur noch übrig, den Reichen «die größten Kalamitäten» zu wünschen, «über die Gebete der Armen» zu lachen und «auf die Schwelle der Kirchen» zu spucken (I, 64). Bei Mazza aus *Passion et vertu* ist der Vorgang der gleiche: der Usurpator fehlt ihr zwar: Ernest zieht ihr keine andere vor; er entzieht sich ihr einfach, weil er nicht auf der Höhe ihrer Liebe ist. Um so frappierender die Ähnlichkeit der Reaktionen. Die erste Stufe ist übersprungen, sie geht sofort zur zweiten über: unglücklich, wie sie ist, beneidet sie die Glücklichen, die sie verachtet, «beneidete und verfluchte sie sie zugleich; sie hätte sie alle mit dem Fuß zertreten können wollen.» (I, 120) Es handelt sich aber hier – unter anderem – um Frauen, die mit ihren Kindern spielen. Und Mazza denkt nur an das beste Mittel, sich ihrer eigenen Kinder zu entledigen, die sie daran hindern, Ernest hinterherzufahren. «Sie haßte (die Frauen) . . . die jungen und schönen vor allem . . .» (I, 120) Aber sie *ist* jung und schön. Was heißt das dann anderes, als daß sie eifersüchtig auf das Glück ist, *wo immer* es auftritt: sie hat das süße Gefühl kennengelernt, ihre Kinder zu lieben, und wenn sie Mütter sieht, so nimmt ihre Eifersucht die Form einer Sehnsucht an. Aber um nichts in der Welt möchte sie zurück: tatsächlich *bedauert sie nichts*. Was jene jungen schönen Frauen angeht, worum kann sie sie beneiden, außer um die ruhige Befriedigung, die ihnen das Bewußtsein ihrer Schönheit gibt, ein fades Vergnügen, das die Rasende seit langem verachtet? Im Grunde kann sie es nicht ertragen, daß es glückliche Menschen gibt, wo sie auch sein mögen, was sie auch tun mögen, selbst wenn sie ihr Glück aus der Mittelmäßigkeit ihrer Ansprüche gewinnen. Was sie zur Raserei bringt, ist ihre subjektive Beziehung zu dem besessenen Gegenstand. Schon ist sie bösartig: wie Marguerite, aber etwa zwanzig Monate später, «spuckte sie im Vorbeigehen auf die Schwelle der Kirchen» (I, 64 und 120).

Die Aufeinanderfolge dieser drei Zustände ist so zwangsläufig, findet sich in den Jugendwerken so oft, daß man diese emotionalen Regungen dem Autor wohl selbst zuschreiben muß. Die Vertiefung von einer

Erzählung zur anderen rührt nicht von einer klaren und rein reflexiven Untersuchung her, sondern von einem ständigen Sinnieren. Zwischen seinem dreizehnten und siebzehnten Lebensjahr macht uns dieses Kind folgendes hochmütige Bekenntnis: ich beneide und hasse meinen Bruder, den Usurpator, meine ungerechten Mißgeschicke haben mich dazu gebracht, auf jedes Glück neidisch zu sein, eine Aversion gegen meine Art zu entwickeln, ich bin bösartig.

Er sagt die Wahrheit: man hat ihn neidisch auf einen einzigen gemacht, er wird neidisch auf alle. Sein ganzes Leben lang wird ihm der Erfolg anderer ein Wutgeheul entlocken. Als Alfred de Musset in der Académie française seine Aufnahmerede liest, ist Gustave erst ein junger Mann: er hat weder das Alter noch Lust, in die Académie aufgenommen zu werden. Aber Louise Colet – auf die er immerhin kaum eifersüchtig ist – war geblendet und hat ihm davon geschrieben, vielleicht, um ihn zu ärgern. Das genügt: er stürzt zur Feder, schreibt einen Brief von zwanzig Seiten und vernichtet Musset (30. Mai 1852). In der Begeisterung seiner Geliebten hat er nämlich die ungerechte Bevorzugung des Vaters wiedergefunden, die ungerechten Preisverteilungen, bei denen seine Mitschüler auf die Bühne stiegen, um sich krönen zu lassen.

Was heißt nun beneiden? Gustave hört nicht auf, es zu wiederholen: beneiden heißt wissen, daß man im voraus verloren hat. Viel später beschreibt er in der zweiten *Education sentimentale* folgende Szene: Vor der Pförtnerloge trifft Frédéric, der gerade durchgefallen war, «Martinon, rot, bewegt, mit einem Lächeln in den Augen und der Aureole des Triumphes auf der Stirn. Er hatte gerade glatt sein letztes Examen bestanden. Jetzt kam nur noch die Thèse. In weniger als zwei Wochen würde er Licencié sein. Seine Familie kannte einen Minister, ‹eine schöne Karriere› tat sich vor ihm auf . . . *Nichts ist so demütigend wie zu erleben, daß Dummköpfe in den Unternehmen, wo man selber scheitert, Erfolg haben*» (II, 30).[80] Frédéric war wütend. Eine merkwürdige Überlegung, die nur ein Neider anstellen kann. Es ist für jedermann demütigend – mehr oder weniger stark übrigens, je nach dem konstituierten Charakter –, in dem Unternehmen zu scheitern, in das man sich gestürzt hat. Aber wenn wir die Dinge einmal rational nehmen – das heißt die irrationale Affektivität rationalisieren –, so ist der Erfolg der anderen nur dann demütigend, wenn er uns ihre Überlegenheit offenbart: sie haben einfach Fähigkeiten, die ich nicht habe, das ist es. Das ist um so ärgerlicher, als ich meine Rivalen unterschätzte. Wenn ich dagegen seit langem die Fähigkeiten dessen anerkenne, den ein Wettbewerb, eine Wahl, eine Ernennung ausgezeichnet hat, wenn ich ihn für geeigneter halte für das Amt, das ihm anvertraut wurde, so ersparen mir

80 Die Hervorhebung ist von mir.

Bescheidenheit oder Demut – ein umgekehrter Hochmut –, auf ihn eifersüchtig zu sein. Bin ich dagegen überzeugt, daß ich alle erforderlichen Fähigkeiten habe und daß er sie nicht hat – anders gesagt, wenn eine Gruppe von Freunden, meine Familie, ein bestimmtes soziales Milieu sie mir zuerkennen –, so werde ich mich in meinen Interessen verletzt fühlen, den Intriganten, der mich verdrängt hat, die Prüfer oder Amtspersonen, die auf ihn hereingefallen sind, verachten, für das Unternehmen oder für das Land diese unglückliche Wahl bedauern können – übrigens mehr oder weniger unaufrichtig: das wird eine tugendhafte Wut sein, eine von meinen Nächsten geteilte Entrüstung, eine moralische Verurteilung, die ich von meiner Höhe herab fällen werde. Ich werde auf diese gestohlene Ehre *nicht neidisch sein*, insofern ich davon überzeugt bin, das sie mir Rechtens zukommt.[81]

Im übrigen ist es selten, daß man sich ganz und gar in ein Unternehmen stürzt: dazu müßte man die soziale Ordnung, die es einem aufzwingt, vorbehaltlos akzeptieren. Ein Student zum Beispiel, selbst wenn er seine Licence bestehen, eine Doktorarbeit machen will, widersetzt sich mehr oder weniger der verabreichten Bildung, verachtet oder verurteilt einige seiner Professoren und weiß genau, daß Günstlingswirtschaft oder Pech seine Anstrengungen des Jahres zunichte machen können. Wenn er durchfällt und seine erfolgreicheren Kameraden wirklich für Idioten hält, warum sollte er dann durch ihren Erfolg noch mehr gedemütigt sein? Wird er sagen: «Wenn dieser Idiot Erfolg gehabt hat, so liegt das daran, daß ich weniger als ein Idiot bin»? Nein. Ganz im Gegenteil: «Das ist der offensichtliche Beweis dafür, daß dieses Auswahlsystem absurd ist, daß die Examina in ihrer jetzigen Form es nicht ermöglichen, die Kandidaten richtig zu beurteilen.» Ich habe welche gesehen, die durchgefallen waren und die sich über den Erfolg der Idioten freuten: sie zitierten den Namen irgendeines erfolgreichen Kandidaten, der allgemein als Schwachkopf galt, um ihre Richter um so besser disqualifizieren zu können.

Sie waren eben nicht neidisch oder verbargen ihren Neid unter einer oberflächlichen Rationalisierung. Für einen wirklichen Neider ist der Erfolg der Dummköpfe in jedem Fall unerträglich. Weit davon entfernt, die Sozialordnung anzufechten, akzeptiert er sie zunächst so, wie sie ist: die Gültigkeit der Auszeichnungen, die man ihm vorenthält und den anderen gewährt, erkennt er gerade deshalb an, weil man seine Rivalen deren für würdig hält. Martinon ist dumm, das steht fest. Wenn Frédéric nun daraus schlösse, daß er den Prüfern dumme Antworten gegeben hätte, wäre damit das ganze System disqualifiziert. Aber der

81 Und wenn sich der Neid – was sehr oft vorkommt – in unsere Erhabenheit einschleicht, so deshalb, weil keine Überzeugung vollständig ist und immer eine Ungewißheit in uns zurückbleibt: und wenn er seinen Posten verdiente?

junge Pechvogel denkt überhaupt nicht daran, ganz im Gegenteil: er ist davon überzeugt, daß sein Rivale richtige Antworten auf die Fragen gegeben und seinen Erfolg folglich verdient hat. Man versteht, daß Flaubert noch mit fünfundvierzig Jahren an die Erfolge Ernest Chevaliers dachte. Als sie gemeinsam Jura studierten und Ernest von Jahr zu Jahr weiterkam und mühelos die Stufenleiter hinaufkletterte, war es gleichgültig, daß sich Gustave «groß fühlte wie die Welt» (*Mémoires d'un fou*, I, 232). Diese Größe ist Leere: was für ein jämmerlicher Trost gegenüber dieser Fülle, blendend bestandenen Examina, einer «schönen Karriere»! Die Briefe, die er damals an den jungen Substituten schrieb – der bald Staatsanwalt sein würde –, stinken nach Ressentiment: er spricht ausdrücklich die Sprache der Zerstörung, der Anarchie, des Garçon, um den Wert einer Karriere anzufechten, die ihn anwidert, auf die er aber dennoch neidisch ist. Wer den Triumph eines Dummkopfes als Schande empfindet, der ist keineswegs sicher, daß der Sieger ein völliger Schwachkopf ist. Besser noch: er hat so viel Respekt vor Ehrungen und Auszeichnungen, daß der bloße soziale Erfolg eines anderen für ihn zum Beweis seiner Intelligenz wird. Wenn Ernest durch seinen Erfolg Verdienst erwirbt, so verletzt Gustave sein Scheitern bis in seine tiefste Seele: er empfindet es als einen Substanzverlust. Er wird jedoch dabei bleiben, daß Ernest ein Schwachkopf ist, und von nun an in gönnerhaftem Ton mit ihm sprechen: er fühlt sich allzu verletzt, um sich vor dem Urteil der Prüfer beugen zu können. Sein Freund muß einfach ein Schwachkopf sein, nicht trotz, sondern *wegen* dieses Urteils. Im übrigen will Gustave ihm durchaus nicht jede Intelligenz abstreiten: Ernests Dummheit rührt daher, daß er das Amt, das er erfüllt, ernst nimmt; er glaubt an die Wichtigkeit, Ernest zu sein. Flaubert wird diesen humorlosen Bürokraten schonungslos beschimpfen. «Ich würde gern ... eines Morgens in Dein Büro platzen, alles kaputtschlagen, hinter der Tür rülpsen, die Tintenfässer umkippen und vor die Büste Seiner Majestät scheißen, kurz, den Auftritt des Garçon spielen.» [82] Diese Passage – davon gibt es noch hundert andere – läßt an Klarheit nichts zu wünschen übrig: Ernests Erfolge kann man nicht leugnen, aber er erringt sie in der stickigen Welt des *Seins*, der reinen Positivität, er hat ein Anrecht darauf, aber gleichzeitig schmälern sie ihn, indem sie ihn als einen endlichen Modus bestimmen, der sich an seine Partikularität klammert; das ist seine Dummheit. Flaubert übertrifft seinen Kameraden um seine ganze Verzweiflung, seine ganze Unruhe, kurz, um das ganze Nicht-sein, das in ihm ist. Der Neider erkennt seine ursprüngliche Nicht-Valorisierung an und erklärt zugleich: «Ich habe ein Anrecht auf diese Ehrungen, auf diese Güter, auf

82 Brief an Ernest Chevalier vom 13. Juli 1847. Zur Figur des *Garçon* siehe 2. Teil, 2. Buch, VI, und die Chronologie.

diesen Ruhm» und «Ich habe kein Anrecht darauf». Oder eigentlich: «Ich habe ein Anrecht darauf, *weil* ich kein Anrecht darauf habe.» Wenn man die Dinge auf die Spitze triebe – und das wird der Neider unweigerlich tun –, so müßte man erklären: ich habe ein Anrecht auf alles, weil ich auf nichts ein Anrecht habe. Wenn Eigentum und Genuß sich *beim Anderen* manifestieren, so verweisen sie den Eifersüchtigen auf seine Nicht-Valorisierung: die anderen sind geschaffen zu besitzen; ich nicht. Aber auf diese erste Regung des Neides folgt *eben gerade* eine zweite, die auf die Nicht-Valorisierung ein Recht zu gründen versucht. Diese selbstquälerische Neigung ist ein gutes Beispiel für die Haltung, die Octave Mannoni in seinem Artikel *Je sais bien . . . mais quand même* [Ich weiß ja . . . aber trotzdem] beschrieben hat.[83] Die Realität widerlegt einen Glauben, der selbst auf einer Begierde beruht. Das Subjekt *verschmäht* die Erfahrung und verleugnet die Realität, das ist die Freudsche *Verleugnung*. Aber die verleugnete Realität bleibt unauslöschbar: sie ist eher disqualifiziert als vernichtet, und das Subjekt kann den ursprünglichen Glauben nur um den Preis einer radikalen Veränderung bewahren: «Der Fetischist, zum Beispiel, verschmäht die Erfahrung, die ihm bewiesen hat, daß die Frauen keinen Phallus haben, aber er bewahrt nicht den Glauben, daß sie doch einen haben, er bewahrt einen Fetisch, *weil* sie keinen haben.» Die Erfahrung des Neiders besteht darin, daß die Gesellschaft in der Familiengruppe ihm die Valorisierung und den rechtlichen Status, der aus ihr hervorgeht, verweigert hat: er entdeckt seinen Nicht-Wert als die Wahrheit seines Für-andere-seins. Diese reine, nicht instituierte Faktizität ist es, die er im Namen seines Für-sich-seins zu verschmähen versucht. Da sie aber, obwohl verschmäht, doch bleibt, muß sie disqualifiziert werden: *Ich weiß ja*, sagt Garcia aus *La peste à Florence*, daß man mich zum jüngeren Bruder gemacht hat, also häßlich, böse, töricht und feige, *aber trotzdem* habe ich ein Recht auf die Liebe meines Vaters, auf seine Gunst und auf seine Güter. Lesen wir noch einmal die merkwürdigen Beschimpfungen, mit denen er seinen Bruder überschüttet, als er ihn tötet: «. . . du bist bis jetzt bevorzugt worden, die Gesellschaft hat dich protegiert, *alles ist gerecht und gut*; du hast mich mein ganzes Leben lang gemartert, ich erschlage dich jetzt! . . . du bist Kardinal, *ich beschimpfe deine Kardinalswürde*; du bist schön, stark und mächtig, *ich beschimpfe deine Stärke, deine Schönheit und deine Macht*, denn ich halte dich unter mir . . . Du wußtest nicht, *du, dessen Weisheit so gerühmt wird*, wie sehr ein Mensch dem Dämon ähnelt, wenn die Ungerechtigkeit ihn zum wilden Tier gemacht hat.» (I, 77)[84]
Wo ist die Ungerechtigkeit? Garcia stellt die Kardinals*würde* nicht in

83 «Communication à la Société française de Psychoanalyse», November 1963.
84 Die Hervorhebungen sind von mir.

Frage: der Beweis dafür ist, daß er sie *beschimpft*. Beschimpfen heißt anerkennen: sie ist reine Positivität; indem Garcia sie mit Beschimpfungen überschüttet, greift er sie keineswegs an: ebensowenig, wie seine Spucke den Marmor einer Statue angreifen würde; er selbst ist es, den er mit absoluter Negativität schlägt: indem er besiegt seinen unerschütterlichen Sieger beschimpft, das *Sein*, macht er sich zur Leere, zu einer doppelten Ohnmacht, um einen Bereich des Bösen zu schaffen, in dem die Beschimpfung als unwirksame Negation des Guten entstehen kann; damit stürzt er sich ins Verderben, aber er entkommt dem Sein. Vom *Gesichtspunkt des Seins* aus ist nämlich im Bereich der positiven Fülle alles «gerecht und gut». Die Kardinalswürde ist dem Verdienst verliehen worden. Francesco ist «schön, stark und mächtig»; er ist der Ältere. Darüber hinaus ist er noch *weise*: er kann den Text der Welt lesen und einen auf Herz und Nieren prüfen; *praktisch* erlaubt ihm seine Kenntnis der Menschen, sie zu manipulieren, also wird er in jedem Fall der Gewalt Verhandlungen vorziehen, gemäßigte, mäßigende Aktionen. Solange man dabei bleibt, wird der Jüngere immer auf der ganzen Linie verlieren.
Man kann aber eben gerade nicht dabei bleiben: das Positive schafft das Negative, das seine absolute Grenze ist; Francescos «Weisheit» ist nur dann Klarsicht, wenn sie mittelmäßige Seelen durchschaut, die sich selbst akzeptieren: denn das Nicht-sein kann sie nicht verstehen – ebensowenig, wie der Blick Gottes die Dunkelheit unserer Mängel und unserer Endlichkeit durchschauen kann. Gegenüber dem seit seiner Geburt frustrierten Garcia, den eine ungreifbare Ungerechtigkeit in einen Dämon verwandelt hat – das heißt in einen Sklaven des Negativen –, ist diese Weisheit reine Dummheit: wie sollte Francesco, der von Geburt an alle Chancen und alle Verdienste hat, die Frustration verstehen? Wenn er sie dennoch kennenlernte, so könnte das nicht geschehen, ohne daß er außer sich geriete, ohne daß er von Pessimismus geschüttelt würde: die Weisheit begreift den Kosmos als harmonisches Produkt eines guten Willens; wenn sie erraten könnte, daß dieses Gute, daß diese reine Positivität das Unendliche des Bösen und des Nichts erzeugen, hätte sie vor sich selbst Abscheu und würde das Sein hassen vom Gesichtspunkt der Frustration, der Entbehrung, der Wut, die zur Harmonie der Welt notwendig sind, kurz, vom Gesichtspunkt des Nicht-seins, das die Wahrheit des Seins ist. Garcia, den die anständigen Menschen als negierenden Dämon konstituiert haben, entgeht Francesco seinem Wesen nach.
Es herrscht Ungerechtigkeit, und es herrscht keine Ungerechtigkeit: der Neider behauptet nicht, irgendeine wirkliche und praktische Überlegenheit über den begünstigsten Kandidaten zu besitzen; er weiß, daß in der Gesellschaft, in der er lebt und die er *akzeptiert*, niemand ihm eine solche zuerkennt. Bei objektiver Betrachtung der Fähigkeiten des

Auserwählten oder seines Dienstalters muß man anerkennen, daß dieser für den Posten, den man ihm anvertraut hat, prädestiniert war; wenn Gustave sich aufregt bei der Nachricht, daß ein Schwachkopf eine Erbschaft gemacht hat, so weiß er genau, daß dieser Idiot mit vollem Recht und von Geburt Leibeserbe war. Die Ungerechtigkeit liegt also in der Tatsache, daß Francesco das notwendige Verdienst hat, bestimmte Auszeichnungen zu empfangen. Und tiefer noch in der Vorstellung, daß allein die Positivität ein Verdienst ist. Kurz, der Neider muß sich in ein anderes Gebiet begeben, um sein Gefühl des Beraubtseins zu begründen: die Falle des *Seins* besteht darin, daß alles gerecht erscheint, solange man es akzeptiert. Das Verbrechen, das eine Ablehnung des Seins ist, zeigt sofort dessen Brüchigkeit: die tiefe Schwäche der Kraft, der Macht, der Schönheit liegt darin, daß ein Verbrechen sie vernichten kann; man findet hier anläßlich eines selbstmörderischen Mordes schon die Definition des Selbstmordes, die der heilige Antonius in der letzten *Tentation de saint Antoine* geben wird: die absichtliche Zerstörung der Kreatur ist der Schöpfung gleichwertig. Auf das Nichts, das alles, was ist, verschlingt oder verschlingen wird, auf die ständige und objektive Anfechtung der Erben schon durch die Existenz der Enterbten, auf das Vakuum, das ununterdrückbares Bedürfnis ist, gründet dieser Text von *La peste à Florence* – der das Brevier der Neider sein müßte – eine umgekehrte Rechtsprechung, die den Verdienstlosen, den Rechtlosen unsichtbare und nächtliche Rechte verleiht, indem sie den Vorrang des Negativen behauptet. Die Operation ist radikal – und natürlich unaufrichtig: man wirft Garcia sein *Minder-sein* vor; er radikalisiert den Urteilsspruch und gibt sich als das *Nicht-sein* aus, indem er die in der Idee der Minderwertigkeit enthaltene Negation bis zum Äußersten treibt. Das ist die passive Aktivität: er unterwirft sich dem negativen Prinzip so sehr, daß dieses (in Garcia durch die Ohnmacht, in Francesco durch den Mord) die beiden Glieder des Vergleichs annulliert. Diese doppelte Vernichtung (Garcia tötet, um getötet zu werden) stellt die Gerechtigkeit wieder her: der Jüngere sagt zu seinem Bruder: «Alles ist gerecht und gut.» Aber das ist die Gerechtigkeit der griechischen Tragödie: die Rückkehr zum Nullpunkt. Durch dieses tiefe und nutzlose Verlangen nach allgemeiner Zerstörung erkennt der Neider an, daß er die Güter, die man ihm, so glaubt er, vorenthalten hat, niemals erhalten wird und daß die einzig mögliche Gerechtigkeit die Aufhebung der Ungerechtigkeit durch die Vernichtung des Usurpators und seines Opfers ist.

Aber das heißt die Reaktion des Neides auf die Spitze treiben: bis zu dem Moment, wo sie sich, wenn möglich, in Revolte, in Haß, in einen wirklichen Akt verwandelt. Das Wesen des Neiders liegt darin, daß er seine Rechte auf das Nichts gründet, aber niemals bis zur Vernichtung geht (seiner selbst, des Rivalen oder beider zusammen). Das erscheint in der vorhergehenden Novelle noch deutlicher: Flaubert schrieb hier: «Was den Titel *Un parfum à sentir* [Ein riechbarer Duft] angeht, so habe ich damit sagen wollen, daß Marguerite ein riechbarer Duft war; ich hätte hinzufügen können: *une fleur à voir* [eine sichtbare Blume], denn für Isabellada war die Schönheit alles.» (I, 66) Das Nichts und das Sein werden miteinander verglichen. Isabellada ist die Fülle und die Einheit des *Sichtbaren*, man *läßt sie uns sehen*. Auch Marguerite scheint durch eine sinnliche Qualität definiert zu sein: man läßt sie uns riechen. Aber es versteht sich von selbst, daß dieser Duft flüchtig, so unmerklich ist, daß niemand darauf achtet: das Merkmal dieser leichten Gerüche ist es, daß sie den Geruchsinn eher beunruhigen als befriedigen und daß er sie eher wie ein bestimmtes Fehlen, wie eine Erinnerung sucht, als daß er sich an ihnen erfreut. Kurz, dieser Duft ist die Seele, die unsichtbare Leere, der schmerzliche, unendliche, unbegründete Anspruch. Der Neider mißt sich keinerlei *reale* Überlegenheit bei, die seinen Anspruch rechtfertigen könnte; was ihn zur Raserei bringt, ist die Tatsache, daß er von einer gespensterhaften Überlegenheit besessen ist, die ihm ein eminentes Recht auf *alles* gibt, eben gerade weil sie *nichts* ist. Dieser abstrakte Krampf stürzt ihn in eine unformulierbare Verwirrung; er kann buchstäblich nicht ausdrücken, was er fühlt: alles ist gerecht; wenn er dem durch seine Seele dargestellten Nicht-sein einen solchen Preis beimißt, so deshalb, weil er von vornherein die Überlegenheiten des Anderen und seine eigene Minderwertigkeit anerkannt hat. Aber der glückliche Rivale *begnügt sich* mit dem *Sein*, und der Enterbte übertrifft ihn durch sein totales Unbefriedigtsein. Auf diese Weise gerät man in einen endlosen Kreisel. Gustave hat mehr Wert als alle anderen, weil er nichts ist und sich daher mit nichts begnügt. Nach einer wirklichen Gerechtigkeit müßte die Gesellschaft *ihm* also ihre Gunstbezeigungen vorbehalten: er verdient, daß man ihn zum wichtigsten der Menschen macht, einfach weil er den Menschen keinerlei Wichtigkeit beimißt. Dieser kreisende Widerspruch kommt, wie man begriffen hat, daher, daß das *«ich weiß ja»* sich auf die Welt des Seins, das heißt des Anderen bezieht, in der angeblich eine strenge Beziehung zwischen den Verdiensten und den Privilegien besteht, und daß das *«aber trotzdem»* sich auf die subjektive Welt der Negativität und der Entbehrung bezieht.

Wir haben gesehen, daß Garcia das Erstgeburtsrecht und die Überlegenheit Francescos anerkannte, als er den Älteren als Usurpator behandelte und sein eigenes Recht auf die Ehrungen, den Reichtum, die Zuneigung des Vaters behauptete. Jenes Recht, jener gierige Anspruch, valorisiert zu werden, der erste zu sein, der Unvergleichliche, kommt von der Existenz selbst her, von der *Selbstheit*; Gustave-Garcia *fühlt sich leben*, er erfährt sich im Kern des Lebens als ein Absolutum, das in der ursprünglichen Nacktheit des Erlebten für sich selbst das Unvergleichbare bleibt; ich habe woanders gezeigt, daß die Quelle der Souveränität in dieser permanenten Möglichkeit liegt, *sich durch die Praxis zu behaupten.* Aber selbst wenn diese praktische Behauptung für den jungen Flaubert eine prinzipielle Möglichkeit wäre, so wird diese, wie wir gesehen haben, von seiner Vorgeschichte durch die Passivität, mit der er geschlagen wurde, halb verdeckt. Umgekehrt ist wahr, daß diese Passivität nicht die der inerten Materie ist und daß man viel eher eine gefesselte *Praxis* in ihr sehen muß: die passiven Synthesen sind trotz allem intentional. Es war Gustave lediglich nicht gegeben, die Liebe des Anderen als seinen eigenen Wert zu verinnern. So ist die Souveränität seiner Erfahrung nicht fremd: sie ist abstrakt und äußert sich *pathetisch* als Souveränität, die ihm vorenthalten wurde, die er im Namen seiner unbezweifelbaren Selbstgegenwart verlangt, kurz, als *erlittener Anspruch*, als schmerzliche Erwartung. Er ist der Prätendent *par excellence.* Unglücklicherweise kann er jedoch diese Valorisierung nicht aus sich selbst gewinnen: sie muß vom Anderen herkommen. Noch kann er die objektiven Werte verachten: um sie, was sie auch sind, verwerfen zu können, muß man sie besessen, muß man – im Namen des einen oder des anderen – einen ehrenvollen Platz in der sozialen Hierarchie eingenommen haben. So ist er also gezwungen, die Ehrungen, eine Würde in der Welt der Objektivität zu verlangen im Namen einer subjektiven Souveränität, die bei allen die gleiche ist und daher nichts begründen kann, einer anderen Dimension des Wirklichen zugehört und, was ihn betrifft, selbst eher *begehrt* als wirklich besessen erscheint. In diesem Moment unserer Untersuchung entdecken wir die Tiefe der Flaubertschen Beschreibungen und die Konvergenz der Symbole, die er benutzt: dieses *Nichts*, das über das Sein die Oberhand gewinnt, diese *Negativität*, die jede positive Fülle verschlingen kann, dieses *Saugloch des Vakuums*, das die Realität ansaugt, das ist ganz einfach die reine, formlose und *anwesende* Subjektivität, insofern sie sich zum *Pathos* macht, das heißt zum Begehren einer Valorisierung. Die Begründung der *nichtigen* Rechte, die der Neider gegen alle aufrechterhält und die ihn so sehr leiden lassen, ist das *Verlangen in ihm*, das seine Ohnmacht kennt und sich trotz allem als gähnender Anspruch bewahrt, der um so stärker ist, als er sich unerhört weiß. Der Widerspruch des Neiders liegt darin, daß er sich minderwertig und relativ weiß, weil er für die Anderen ein Anderer ist, und daß er seinen absoluten Wert eben gerade in seine Frustration legt, die er als ein negatives Innenverhältnis zu den Gütern dieser Welt erlebt.

Dabei bleibt es für die meisten Eifersüchtigen. Aber wenn ein enger und mächtiger Geist wie Gustave jahrelang sein «ich weiß ja . . . aber trotzdem . . .» wiederkäut, so wird er versuchen, das *aber trotzdem* zu unterdrücken, indem er eine absolute Wertordnung einsetzt, die die soziale Wertordnung in Frage stellt und disqualifiziert, zugleich aber

die Güter dieser Welt bewahrt, besser noch, beim Enterbten ein eminentes Verdienst feststellt, das ihm ermöglicht, diese zu fordern. Kurz, es gilt *einen Fetisch zu finden* oder, genauer noch, das subjektive Leben zu *fetischisieren.* Und da die subjektive Begründung des «aber trotzdem» das Verlangen ist, ist es das *fetischisierte Verlangen* – der in Fülle verwandelte Mangel –, das sich das «aber trotzdem» einverleiben wird, um es aufzulösen und sich an seine Stelle zu setzen.[85] Da das Recht sich direkt auf das Verlangen gründet, wird es um so unantastbarer sein, je stärker das Verlangen sein wird.
Aber zunächst muß sich das Verlangen selbst valorisieren, das heißt vom Zustand eines Faktums zum Zustand eines Anspruchs übergehen. Das kann in Wirklichkeit nur geschehen, wenn das Kind ihm den Status des Bedürfnisses verleiht. Und im Leben und Werk Flauberts bekämpfen Bedürfnis und Verlangen tatsächlich einander, weil jedes das andere ersetzen will. Wir werden bald darauf zurückkommen. Halten wir im Augenblick nur fest, daß das Bedürfnis ganz allgemein notwendig zum Anspruch übergeht, wenn seine Nichtbefriedigung den Tod einschließt. Wenn es sich nämlich in dem Moment behauptet, da die objektive Situation die Befriedigung unmöglich macht, so wird es durch diese Unmöglichkeit keineswegs verringert (wie es die stoische Moral des «Eher sich selbst als die Welt besiegen» gerne hätte), sondern es wird nur um so stürmischer und dringender. Die Negation des Bedürfnisses durch die Welt führt zur blinden und totalen Negation der Welt – so wie sie ist – durch das Bedürfnis. Die unmögliche Befriedigung offenbart nämlich die Welt als Unmöglichkeit zu leben: auf der Grundlage dieser *empfundenen* Unmöglichkeit (die Offenbarung geschieht wortlos durch das Scheitern der Versuche einer Befriedigung) behauptet sich das Leben im Bedürfnis selbst als unbedingter Anspruch. Die Welt *muß* so sein, daß ich in ihr zu essen und zu trinken finde. Andernfalls muß man sie verändern können. Und wenn im präzisen Moment des Hungers sich diese Veränderung als unmöglich erweist, so wird der Tod *im Entsetzen* erlebt, das heißt als der Triumph des Anti-Wertes, des Bösen.
Flaubert erlebt sein Verlangen von Anfang an als ein Bedürfnis, da er ja die Unmöglichkeit, es zu erfüllen, erkennt und diese Unmöglichkeit durch den erlebten *Tod* verinnern will. Allein und schlecht geliebt, von seinen wahren Richtern für ein *minus habens* gehalten, verzehrt er sich in Begehrlichkeit, wünscht er leidenschaftlich den Status des Älteren, die Verdienste und Ehrungen, die mit ihm verbunden sind, die Liebe seines Vaters. Das ist absurd, er weiß es: dazu müßte man die Familie

85 «Der Fetischist *weiß genau*, daß die Frauen keinen Phallus haben, aber er kann dem kein ‹aber trotzdem› hinzufügen, weil für ihn das ‹aber trotzdem› der Fetisch ist.» Octave Mannoni, a. a. O.

Flaubert zerschlagen; und als es ihm später gelingt, sich durchzusetzen, wird sein gegenwärtiges Verlangen in dieser Minute, unbefriedigt wie alle früheren, in Bitterkeit verschwinden. Gleichviel: dieses Verlangen erhebt sich in Kenntnis der Dinge, setzt von selbst seine Unmöglichkeit, martert sich darin; seine Wunden verbittern, aber entflammen es. Besser: es wäre schnell beruhigt, unterdrückt, wenn das Begehrenswerte in Reichweite wäre; da es unmöglich ist, schwillt es an; die sich ihrer selbst bewußte Unmöglichkeit erregt das Verlangen und richtet es auf; sie ist in ihm als seine Unbedingtheit und Gewalt, es findet sie außen im Gegenstand als grundlegende Kategorie des Begehrenswerten wieder. Eben gerade durch seine Notwendigkeit behauptet sich der absurde Anspruch als ein Recht. Wenn Gustave, da er seine Ohnmacht empfindet, durch ebendiese Ohnmacht in Begehrlichkeit gestürzt wird, so deshalb, weil der Mensch sich als ein *Recht auf das Unmögliche* definiert. In dieser merkwürdigen Bestimmung ist weder Mißverständnis noch Laune: es ist unsere «Menschenrealität», die sich für Gustave auf diese Weise definiert.

Eigentlich hätte er nicht unrecht, wenn er nicht das Verlangen an die Stelle des Bedürfnisses gesetzt hätte: der Mensch des Bedürfnisses definiert sich durch einen Mangel, der zu einem grundlegenden Recht *auf die anderen Menschen* wird; auf dieser Postulation wird sich ein Humanismus aufbauen. Aber Flaubert wendet sich nicht an seinen Nächsten: durch erhabene Behauptungen schreibt dieser Gescheiterte, bevor er untergeht, dem Himmel eine metaphysische Rechtsprechung zu, deren erstes Prinzip es ist, daß die verzweifelte Liebe des Unmöglichen ihrem Wesen nach die Grundlage *des Rechtes*, es zu erhalten, ist. Natürlich geschieht in dieser satanischen Welt alles umgekehrt: die Rechte existieren zwar, aber nur um verletzt zu werden. In diesem juristisch-metaphysischen Anspruch steckt also keine Spur von Optimismus: als Hypothek auf die Zukunft ist sein Recht ein Verdienst, das durch die minuziöse Grausamkeit seiner zukünftigen Peiniger negativ anerkannt werden wird. Gleichviel: er beharrt darauf, es zu behaupten, und ist sich dabei der Leiden bewußt, die er sich dadurch bereitet: denn diese Hypothek *ist nichts anderes als er selbst*; als Verlangen des Unmöglichen definiert sich der flaubertsche Mensch, der legitime Prätendent, durch die Unmöglichkeit zu leben. Man braucht sich nur daran zu erinnern, daß der Ursprung dieser kosmischen Vision der Neid ist. Wenn Gustave behauptet, das Wesen des Verlangens liege in der Unerfüllbarkeit, so hat er ja keineswegs unrecht. Aber sehen wir genau hin. Außerhalb aller Verbote, die das Verlangen verstümmeln oder bremsen, ist es in dem Maße unerfüllbar, wie sein *Begehren* keiner korrekten Aussage fähig ist, ohne gemeinsames Maß mit der artikulierten Sprache bleibt, wie es versucht, was auch immer das von ihm begehrte gegenwärtige Objekt sein mag, durch es hindurch ein bestimmtes Innenverhältnis zur Welt herzustellen, das niemals denkbar und folglich niemals realisierbar ist. Es bleibt, daß im Unmittelbaren der Genuß existiert, selbst wenn er sich darüber wundert, dem Begehrten nur unvollständig zu entsprechen: um erkennen zu können, daß man durch den Geschlechtsakt hindurch *etwas anderes* begehrt, was sich entzieht, muß man zunächst den Körper des Anderen «besitzen» und in seinen Genuß kommen. In diesem Sinne sollte man besser sagen, daß das Verlangen sich in dem Maße als unerfüllbar erweist, wie es erfüllt wird. Das spürt Gustave, er wird es immer besser verstehen, er wird es in *Madame Bovary* beschreiben. Aber von der Zeit seiner ersten Werke an gründet er die Unerfüllbarkeit nicht auf die *Tatsache*, daß der real begehrte Gegenstand «unsagbar» ist: diese bloße Feststellung würde dem Begehrenden weder ein Verdienst noch ein Verschulden einbringen und folglich keinerlei Recht auf das Begehrenswerte verleihen – und sei es, um es zu verhöhnen: sie beschränkt sich darauf, eine *Inkommensurabilität* zu behaupten. Das *umgekehrte Recht*, das Flaubert einsetzen will, muß im Gegenteil auf einem ursprünglichen Verdienst fußen: wenn für die großen Seelen die unmögliche Erfüllbarkeit das schmerzliche Kennzeichen ihrer Auserwähltheit ist, so deshalb, weil sie nach nichts anderem als dem *Unendlichen* verlangen. Darin liegt die Fetischisierung des Verlangens, das zu einem unauffüllbaren Hohlraum, zu einem Saugloch des Nichts wird, das die kleine gealterte Welt des Seins ansaugt und sich mit ihr nicht begnügen kann. Man denke an Mazza, die schwarze Heilige aus *Passion et vertu.* Mit dreißig Jahren verführt, «dachte sie (nachdem sie sich zum erstenmal hingegeben hatte) an die Empfindungen, die sie gehabt hatte, und spürte bei diesem Gedanken nichts als Enttäuschung und Bitterkeit: ‹Oh! Das war es nicht, was ich erträumt hatte!›» (I, 116) Woher kommt das? Ernest ist eine traurige Figur, aber das ahnt sie nicht: und dieser Don Juan kann zärtlich zu ihr sein. Diese Frau, die sich über ihr Glück lustig macht, hat den Eindruck, daß sie «tief gefallen war»: sie hat sich also *in der Liebe* etwas vergeben. Sie fragt sich, «ob hinter der Wollust nicht noch eine viel größere steckte und nach dem Vergnügen nicht noch ein viel weiterer Genuß käme, denn sie hatte einen unstillbaren Durst nach unendlicher Liebe, grenzenloser Leidenschaft» (I, 116). Wie man sieht, kommt alles von ihr her und bewegt sich im Negativen. Dieser Körper schlummert; kalt und ergeben fand diese Frau ein gewisses Glück in der Erfüllung ihrer Pflichten; es passierte zwar manchmal, daß sie nächtliche Phantasmen oder Versuchungen erlebte, aber sie triumphierte über alles. Ausgezeichnet, aber nur unter der Bedingung, daß sie nicht an den Baum des Bösen rührte. Kaum ist sie von ihrem neuen Liebhaber «zerknittert», kaum durch seine Umarmungen «ermüdet», schon öffnet sich diese glatte Seele: sie klafft, sie ist zur Befruchtung durch das Unendliche bereit. Natürlich läßt sich das Unendliche bitten: sie beginnen ihre

Liebeskämpfe aufs neue, sie macht Erfahrungen; und ihre Schlußfolgerung ist: «Die Liebe war nur ... ein Augenblick der Wonnen, in der der Geliebte und seine Mätresse sich umschlungen mit Freudenschreien wälzen, und dann ist alles zu Ende, und der Mann steht auf, und die Frau geht.» Und nach dieser Feststellung «wurde ihre Seele vom Überdruß ergriffen» (I, 116).

Wird sie mit allem brechen? Nein. Erst geht sie zur Geistesabwesenheit über – eine Ekstase, deren Abwehrcharakter Flaubert ganz klar zeigt: «Sie geriet ... in jenen Zustand des Schmachtens und der Nachlässigkeit, jenen Halbschlaf, wo man spürt, daß man einschläft, daß man sich betäubt, daß die Welt einem fernrückt ... sie dachte nicht mehr an ihren Mann noch an ihre Kinder, noch weniger an ihren Ruf, den die anderen Frauen in den Salons durchhecheln ... würden.» (I, 116) Von da erhebt man sich natürlich bis zur Verzückung. Sie entdeckt darin übrigens nur – und das wird in positiven Begriffen dargestellt – jene unendliche Leere der Seele, aus der ihre Träume und später ihr Überdruß entstanden. «Eine unbekannte Melodie ... neue Welten, unermeßliche Räume, grenzenlose Horizonte.» Sie neigt zum Optimismus: «Alles schien für die Liebe geboren, die Menschen schienen Geschöpfe einer höheren Ordnung zu sein ... sie schienen ... nur für das Herz leben zu sollen.» (I, 116) Gustave betrachtet diese Unaufrichtigkeit, die seine eigene ist, ohne Zorn: er hat Gott gesucht, die göttliche Liebe, er hat geglaubt, daß es zwischen den Menschen nur die Liebesbeziehung zwischen Vasallen und Lehnsherren geben dürfe.

Aber insgeheim, auf der Ebene der Liebkosungen und der Lüste, vollzieht sich eine unmerkliche zerstörerische Arbeit: es gibt die Wollust, *und das ist alles*; also muß man darauf verzichten, auf das Unendliche verzichten oder ganz bewußt versuchen, das Unendliche in die Wollust zu legen. Ist das möglich? Ja: wenn die Suche nach Lust zur Raserei wird; in der Jagd nach Wollust wird diese geweckte Seele ihre Unermeßlichkeit legen. Wir erfahren tatsächlich ohne Übergang (Gustave hat uns gerade Mazzas Erhebungen beschrieben), daß sie «jeden Tag fühlte, daß sie mehr liebte als am Vorabend, daß das zu einem Bedürfnis ... wurde, daß sie ohne das nicht hätte leben können; aber diese Leidenschaft ... wurde schließlich ernst und schrecklich ... Es gab bei ihr ... so viele unermeßliche Begierden, einen solchen Durst nach Wonnen und Wollüsten, die in ihrem Blut, in ihren Adern, unter ihrer Haut ... brannten, daß sie verrückt, trunken, rasend geworden war und daß sie ihre Liebe aus den Grenzen der Natur hätte hinaustreten lassen wollen ... Oft rief sie im Überschwang des Rausches, daß das Leben nur Leidenschaft sei, daß *die Liebe alles für sie sei.*» (I, 116) Sie war es bereits – auf der Höhe der Gipfel –, als sie in ihr das höchste Ziel unserer Art sah; aber da oben war es nur noch ein gerührter Platonismus. Unten ist es eine wahre Raserei; was sie von der Liebe will, ist weniger, sie zu empfinden, als *niemals mit dem Liebesakt aufzuhören.* Im Grunde hat sie gewählt: von der ersten Lust enttäuscht, könnte sie sie im Namen der reinen Liebe anfechten; aber das hieße darauf verzichten: sie zieht es vor, ihre Enttäuschung in Unerfüllbarkeit zu verwandeln und das Unendliche, das sie ruhelos sucht, von der platonischen Ewigkeit in den zeitlichen Fluß hineingleiten zu lassen: das wird ihr immer enttäuschter Entwurf sein, die Suche, die sie als ein «noch nicht» definiert, eine immer zukünftige Abwesenheit, ein Geflecht aus Eifersucht und Unheil.

Man wird sicher erstaunt sein über die überraschende Ähnlichkeit ihrer Verhaltensweisen mit denen bestimmter frigider Frauen. Bei diesen und nicht bei den feurigen Mädchen findet man jene Versessenheit auf den Liebesakt. Sie, die niemals Befriedigten, die verdammten Jägerinnen, die, nervös, überreizt, unersättlich, umsonst und ruhelos einer erträumten Lust nachjagen – «so viele unermeßliche Begierden, einen solchen Durst nach Wonnen und Wollüsten» –, die sich ihnen immer versagt. Ist Mazza also kalt? Ja: wie Flaubert – der sich zu ihrer Beschreibung von seiner ersten sexuellen Erfahrung hat inspirieren lassen[86], dessen Absicht es jedoch gewiß nicht ist, uns die darauffolgende Enttäuschung wissen zu lassen. Bei Mazza kommt die Liebeswut von einer primären Frustration her: man hat sie betrogen; aus diesem Grund hat sie nicht eigentlich ein Verlangen, sondern einen leidenschaftlichen Anspruch: ich will genießen, *ich habe ein Recht darauf*, weil meine unendliche Entbehrung beweist, daß die Wollust, wenn sie mir gewährt würde, in mir unendlich wäre. Arme Mazza: für sie wird die Frustration bis zum Äußersten getrieben werden. Ernest «zitterte vor der Leidenschaft dieser Frau – wie Kinder, die vor dem Meer weglaufen, weil sie es zu groß finden» (I, 117). Eines schönen Tages beißt sie ihn. Als er sein Blut fließen sah, begriff er, «daß um sie herum eine vergiftete Atmosphäre herrschte, die ihn schließlich ersticken und umbringen würde . . . Man mußte . . . sie also für immer verlassen». Das Ende ist bekannt: allein geblieben, übernimmt diese erhabene Kreatur die Ressentiments der abstoßenden Marguerite: «Der Lärm der Welt schien ihr eine mißtönende und infernalische Musik und die Natur ein Gespött Gottes; sie liebte nichts und hegte Haß auf alles.» (I, 119)

Aus dieser macht Flaubert eine Erwählte: bis zur sexuellen Raserei und bis zum Verbrechen lieben, den Geliebten durch unendliche und *ungesunde*[87] Ansprüche entsetzen, also eben durch die Liebe zu ihm, deren

86 Die er gerade hinter sich hat: er hatte sich, wie wir sehen werden, von einem Zimmermädchen entjungfern lassen.

87 In den Briefen an Louise Colet wird Flaubert später dieses Epitheton wiederaufnehmen und auf seine Jugendträumereien anwenden.

er nicht würdig ist, bis zum Selbstmord darunter leiden, das ist das Wahre. Zu ihrer Definition findet er ein Wort, das André Gide sehr viel später in *Les nourritures terrestres* wiederaufnehmen wird, der Durst. Der Durst unter der Voraussetzung, das er unstillbar ist. Ein Satz liefert uns nämlich den Schlüssel von *Passion et vertu*: Mazza gehört zu denen, «die ihren Durst mit dem Salzwasser des Meeres stillen und denen er immer mehr in der Kehle brennt» (I, 123). Da ist sie, die *Schwarze Heilige*. Man wird jedoch die Mehrdeutigkeit der Metapher nicht übersehen haben. Warum trinkt denn Mazza Salzwasser, wenn sie Durst hat? Weil der Durst unendlich und folglich jedes Getränk für sie Meerwasser ist? Oder weil das Trinkwasser, das ihren Durst stillen würde, außer Reichweite ist? Beide Erklärungen durchdringen einander. Der Beweis? Nun, Mazza ist zunächst eine Schiffbrüchige: sie schwimmt auf einem Floß; um sie herum überall der Ozean. Anders gesagt, nur Ernest ist trinkbar; wenn er sich entzieht, so wird der Durst für immer in ihrer Kehle brennen. Bei Gustave hat sich der Neid allzufrüh und allzutief strukturiert, als daß er jemals das Gefühl verliert, daß die Lust, die für die Menschen *göttlichen Rechts* möglich ist, ihm durch den Willen der Anderen versagt bleibt: der Schiffbrüchige ist er. Aber gleichzeitig weist er uns geflissentlich darauf hin: wenn Ernest Mazza geliebt hätte, wenn er geblieben wäre, hätte das bedeutet «sich mit ihr in jenen Wirbel stürzen, der einen mitreißt wie ein Taumel auf jenen unermeßlichen Weg der Leidenschaft, der mit einem Lächeln beginnt und auf einem Grab endet» (I, 117). Kurz, nichts Wesentliches hätte sich geändert. Im Grunde scheint er uns sagen zu wollen: die Schwarzen Seelen haben so delikate Fibern, ihre Wahrnehmungen so tiefe und weite Resonanzen, daß sie in unendliche Qualen verwandeln, was für die gröberen Naturen vielleicht eine Lust wäre. Aber das Schlimmste passiert ihnen, wenn sie all ihre Begierden auf einen bestimmten endlichen und damit unwürdigen Gegenstand konzentrieren. In *Quidquid volueris* sagt er es ausdrücklich: «Wir werden ja alle mit einer gewissen Menge an Zärtlichkeit und Liebe geboren, die wir sorglos auf die erstbesten Dinge werfen ... in alle Winde ... aber halten wir das zusammen, und wir werden einen unermeßlichen Schatz haben ... So konzentrierte er bald seine ganze Seele auf einen einzigen Gedanken, und er lebte von diesem Gedanken.» (I, 105) Also *Macht* und *Konzentration*. Eine *einzige* Sorge herrscht hier vor: bei Gustave ist es die Liebe des Vaters, die sich entzieht, bei Mazza die Liebe Ernests. Das Resultat: «... eine abseitige Welt, die sich in Tränen und Verzweiflung bewegte und sich schließlich im Abgrund des Verbrechens verlor.» (I, 120) *Das Unendliche in der Tiefe*, da liegt alles. Und nachdem Mazza ihren Geliebten vertrieben und ihre ganze Familie umgebracht hat, sagt Gustave verträumt und ernst: «Was für ein Schatz, die Liebe einer solchen Frau!» (I, 123) Ein Schatz für wen? Für niemanden, außer für Gott, der nicht existiert. Mazzas Leidenschaft bleibt egozentrisch: sie will *ihre* Lust, sie verlangt sie.[88] Darin liegt nichts Erstaunliches, weil nämlich – das hat ihn sein Vater gelehrt – der Hedonismus oder das Interesse die Grundlage aller Gefühle ist. Aber es gibt große frustrierte Schwarze Seelen, bei denen die unendliche Vertiefung des Anspruchs dazu führt, daß das *ego* sublimiert wird. Die Ungerechtigkeit ist also ganz solide begründet, weil ja im allgemeinen Unglück die wertvollen Seelen die sind, die am meisten leiden; besser noch: weil ja die Intensität ihres Leidens das einzige Kennzeichen ihrer Qualität ist. Mazza ist ganz Habsucht; sie liebt Ernest um ihret- und nicht um seinetwillen. Gleichviel, die Seele, die einen endlichen Gegenstand unendlich begehrt, muß man wohl selbst als unendlich anerkennen. So müßte der begehrte Gegenstand, der kein gemeinsames Maß mit dem durch ihn erregten unermeßlichen und grundlegenden Verlangen hat, der unendlichen Seele, die ihn begehrt und deren Durst er im übrigen nicht stillen kann, *Rechtens* zukommen.

Das ist die Ideologie des Neides, wie sie sich Flaubert zu seinem eigenen Gebrauch zurechtgezimmert hat. Diese negative Deontologie läßt sich nur begründen, wenn man wie er den Vorrang des Nichts vor dem Sein behauptet. Man wird bereits verstanden haben, was ihm diesen Trick ermöglicht: das *Recht*, insofern es durch Institutionen garantiert wird oder eine soziale Gruppe, eine Familie, ein Vater es einer bestimmten Person für eine zu erfüllende Aufgabe zuerkennen, ist ein *Faktum*, das in den Augen des Historikers, Ethnographen oder Soziologen eine bestimmte Gesellschaft charakterisiert; in diesem Sinne erscheint es als eine endliche Bestimmung des Seins. Aber insofern innerhalb der Gesellschaft oder der Gruppe sein Inhalt normativ ist, das Gesetz zum Beispiel keineswegs Verhaltensweisen *beschreibt*, sondern vorschreibt, erweist es sich – zumindest für die, die das Regime nicht in Frage stellen – als ein *Sein-müssen*, das heißt als ein Imperativ, der sich in den tatsächlich angenommenen Verhaltensweisen nicht erschöpfen kann und auch die möglichen Verhaltensweisen zu strukturieren sucht. Unter diesem Gesichtspunkt – der, wie ich schon gesagt habe, ein *innerer* ist – erscheint es oft als das Gegenteil des Seins: was *getan werden müßte*, ist gerade das, *was nicht getan wird*; das Recht wird niemals unwiderruflicher angerufen als in den Umständen, wo es verletzt worden ist oder verletzt zu werden droht. Die Existenz repressiver Organe

88 Der Ursprung der Novelle war zunächst ein Nachdenken über das Verbrechen aus Leidenschaft: Flaubert hatte seinen Gegenstand in den Justizannalen gefunden. Anders gesagt, vom Verbrechen als Liebesbeweis ausgehend, hat er seine Novelle konzipiert. Die fetischistische Absicht (das Böse präsentieren und es als das einzig mögliche Gute hinstellen) ist also die ursprüngliche.

zeigt in jeder Gesellschaft, daß der Gesetzgeber voraussieht, daß das Gesetz nicht spontan geachtet wird. Gustave spielt auf beiden Ebenen: das Recht der Anderen betrachtet er von außen als reine Bestimmung des Seins; *sein* Recht dagegen setzt er, da er sich bitter bewußt ist, daß er nicht *das göttliche Recht* hat, ein Mensch zu sein, dem *Sein-müssen* gleich, das heißt der Anfechtung dessen, was ist, durch das, was nicht ist. Damit vermischt er das Nicht-sein mit dem Imperativ und macht aus der Entbehrung ein Verdienst.

Die eigentliche Quelle dieser Ideologie liegt in der Struktur des Neides selbst. Wenn Gustave uns erklärt, daß das Wesen des Verlangens die Unstillbarkeit einschließe, so tut er das, wie wir gesehen haben, nicht, weil er es für «unartikulierbar» hält: in Wirklichkeit stellt er es uns als das unendliche Streben des Nichts dar, das durch die Endlichkeit des Seins notwendig frustriert wird. Aber diese Konstruktion ist eine Selbstverteidigung – wenn wir davon absehen, daß er sich von bestimmten romantischen Themen inspirieren läßt –: es kommt Flaubert nicht darauf an, zu sagen, was er fühlt, sondern um jeden Preis sein Recht, Rechte zu haben, zur Geltung zu bringen. Was dagegen grundlegend ist und nicht nur Gustave, sondern alle Neider definiert, ist *die Unstillbarkeit ersten Grades*: wer auch immer vom Neid gequält wird, für den ist der Genuß – selbst der unmittelbare – unmöglich: das Verlangen *kommt nachher*; es ist durch Unbefriedigtsein gekennzeichnet, weil es immer nur von der erkannten Unmöglichkeit seiner Befriedigung erregt wird. Anders gesagt, der Neider kann nur begehren, was der andere schon besitzt. Man denke zum Beispiel an Djalioh aus *Quidquid volueris*: wie der Autor selbst zugibt, hegte der arme Pithekanthropus für Adèle zunächst nur eine unbestimmte Zärtlichkeit; damit er sie begehrt, muß ein anderer in ihren Genuß kommen; besser noch, dieser ausschließliche Genuß muß dem Affenmenschen seine Minderwertigkeit deutlich machen. Aus diesem Grunde hat der Neider *von vornherein verloren.* Man denke an Gustave selbst: seit seiner Adoleszenz träumt er von fabelhaftem Reichtum; damit begehrt er bereits, was ihm prinzipiell versagt ist, und wünscht, ein anderer zu sein, ein *durch das Recht der Geburt* in Gold und Edelsteinen schwimmender Radscha; das Übel ist jedoch nur halb so groß, jene orientalischen Milliardäre sind für ihn nicht viel mehr als Geschöpfe seiner Phantasie; sie existieren so wenig, daß sie ihm nichts *stehlen* und daß es ihm durch eine gesteuerte Traumarbeit gelingt, sich in sie hineinzuversetzen. Neid zernagt ihn dagegen, wenn er erfährt, daß ein Onkel oder die Mutter eines seiner Kameraden diesem ein Vermögen hinterlassen hat: so bescheiden es auch sein mag – im Vergleich mit den erträumten Schätzen des Orients –, diese Erbschaft bringt ihn zur Raserei und quält ihn unablässig: Gustave kennt nämlich den Erben, es ist ein Wesen aus Fleisch und Blut, das ihn *um seinen Besitz bringt*, keineswegs indem es die Qualität eines Erben usurpiert, sondern ganz im Gegenteil, indem es legitime Rechte geltend macht. Dieses Geld, diese Immobilien waren für Gustave gleichgültig, *bevor* das Testament veröffentlicht wurde: sie gehörten zwar anderen, aber die Besitzer waren alte Leute, die ihn kaum störten. *Sobald eine Übertragung stattfindet*, bilden diese bescheidenen Reichtümer den Gegenstand seiner müßigen und quälenden Begierde, nicht um ihrer selbst willen, sondern weil sie einem Jungen seines Alters *Rechtens* zukommen. Die Fetischisierung des Verlangens ist nur ein Trick, sie verdeckt bei Flaubert die Unmöglichkeit, irgend etwas spontan zu begehren. Der Neid ist durchaus kein Verlangen, er ist *Passion* in allen Bedeutungen des Wortes: Gustave ist durchaus nicht auf den Besitz der Anderen eifersüchtig, sondern vielmehr auf *ihr Sein*, ihr *göttliches Recht* auf Besitz und die geheimnisvolle Qualität (die er sein ganzes Leben lang entbehren wird), die ihnen die *Aneignung* erlaubt, jenen faszinierenden *Genuß*, der das bescheidenste der Güter dieser Welt in ihren Händen wie Gold funkeln läßt, vorausgesetzt, daß es ihnen gehört.

Der Vorrang des Nichts vor dem Sein, die einzige Möglichkeit für Gustave, die Welt zu besitzen, wird nicht theoretisch behauptet: das Kind ist zu jung, um die Theorie davon entwickeln, zu passiv, um Urteile fällen zu können; es muß daran *glauben*, es muß sie *erleben*, und da ja seine einzige Aktivität im Ressentiment liegt, muß es selbst zu diesem unerbittlichen, höchsten und leeren Nicht-sein *sich machen*, indem es sich mit ihm affiziert, als wenn es seine totalitäre Intention *erlitte*, zu disqualifizieren, was ist, im Namen dessen, was nicht ist. Wir werden bald sehen, daß diese Disqualifizierung jeder Realität (Ich weiß ja . . . aber trotzdem) der Ursprung seiner irrealisierenden Option ist: Gustave wird dann als vom Imaginären ausgehöhlt erscheinen. Aber es ist noch zu früh, diese Dimension seiner Existenz zu betrachten. Hier müssen wir zuerst einmal zeigen, daß das Kind, indem es als Disqualifizierung des Wirklichen *sich erleidet*, sich als böse entdeckt. Später wird es sich tatsächlich zum Menschenfeind erklären: zwischen seinem zehnten und fünfzehnten Lebensjahr spricht Gustave einfacher von seiner Bosheit. Aber er sieht darin keineswegs eine bestimmte *Aktivität*, deren Ziel es wäre zu schaden, sondern er hält sie für ein Pathos, mit dem er geschlagen worden ist. Erinnern wir uns an Garcia aus *La peste à Florence*: «Es war tatsächlich ein böser, verräterischer und gehässiger Mensch, dieser Garcia de' Medici, aber wer sagt, ob diese hinterhältige Bosheit, diese finstere und ehrgeizige Eifersucht, die seine Tage quälten, nicht in all jenen Sticheleien ihren Ursprung hatten, die er zu erdulden hatte?» (I, 75) Böse, weil man ihm Unrecht getan, weil man ihn geschaffen hat, damit er dieses grundlegende Unrecht erleide, es als eifersüchtigen Haß verinnere und durch ein Verbrechen rückentäußere, so erleidet Garcia das Böse als seine subjektive Bestimmung, seine

Substanz, sein Los: er atmet es bei jedem Atemzug ein und aus, es ist sein Sauerstoff und folglich seine Lebensumwelt. So wie Gustave die Bosheit beschreibt, wird sie als ein Leiden erduldet; sie überschreitet niemals die Stufe der passiven Aktivität: wir haben gesehen, daß die Ermordung Francescos, der Traum eines Traums, nicht überzeugend ist. Gustave selbst ist im übrigen nachsichtiger als Garcia und hat niemals daran gedacht zu töten: es genügt ihm, sich eine Figur auszudenken, die im Traum einen selbstbestrafenden und rächenden Mord begeht. Was ihn selbst betrifft, so befriedigt er seinen Haß durch Prophezeiungen. Das Prinzip ist einfach: er wurde verflucht, also hat man ihn mit jenem heiligen Glauben geschlagen, daß *für ihn* das Schlimmste immer sicher ist; was braucht er mehr, um in seinen Augen die Orakel zu begründen, die er über sein eigenes Schicksal macht. Die Bosheit entäußert und verallgemeinert dieses Prinzip: es ist die hinterhältige Arbeit des Ressentiments. Für jedermann ist in jedem Fall das Schlimmste immer sicher. Diese Induktion behauptet, auf Erfahrung zu beruhen, aber in Wahrheit ist es eine bösartige Absicht, deren Ziel es ist, nicht das Böse *zu tun*, sondern zu prophezeien, daß es getan werden wird.[89] Aber die Disqualifizierung des Seins kann auf zweierlei Weise geschehen: 1. jeder Mensch hat ein Schicksal, und die Zukunft eines jeden ist so angelegt, daß die Mißgeschicke von der Geburt bis zum Tod ständig zunehmen; das ist die reine und bloße Verallgemeinerung des unbeugsamen Gesetzes, das, ihm zufolge, seine eigene Existenz beherrscht; 2. die menschliche Art ist so angelegt, daß man von jedem das Schlimmste erwarten muß, das heißt die schlimmsten Verhaltensweisen auf Grund der schlimmsten Motivierungen. Es geht bei den beiden Interpretationen nicht um das *gleiche Schlimmste*. In der ersten ist es das Leiden, die einzige Würde des Menschen. In der zweiten ist es die Niedertracht, das Laster, das Gustave über alles haßt – der Starrsinn der Dummheit, die Enge der Ambitionen, der grobe Materialismus, die Feigheit, die Herrschaft des Bauches und des Unterleibes, die grausame Gleichgültigkeit.

Gustave ist gezwungen, auf beiden Tischen zu setzen, einfach weil die Verallgemeinerung, die die Begründung der Bosheit ist, nicht geschehen kann, ohne ihn im einen wie im anderen Fall seines einzigen Privilegs zu berauben. Im ersten Fall werden nämlich alle Menschen zu

89 Dieses formale Prinzip der Bosheit wird von Gustave mehr erlebt, als er es in seinen ersten Werken ausdrückt, obwohl es seit seiner ersten *bekannten* Schrift in der Gleichsetzung unserer Welt mit der Hölle unausgesprochen enthalten ist. Aber etwas später bezieht er sich ganz klar darauf, vor allem in seiner Korrespondenz mit Ernest Chevalier. Besonders am 20. Oktober 1839 (er ist siebzehn Jahre alt): «Der Ottoman hat gestern ein Abitur gemacht und bestanden. Es war vielleicht der 6. Versuch, er sagte jedoch, es wäre der 2., aber *wer schlimm denkt, denkt oft richtig.*» Die Hervorhebung ist von mir.

Justine; in diesem Fall ist die *Schwarze Heilige*, der jüngere Sohn Flaubert, nicht die einzige, die leidet. Und genau das will er. Da ich in der Hölle brate, sollen die anderen auch in ihr braten; die Disqualifizierung erstreckt sich auf die gesamte Schöpfung. Aber wenn alle Menschen verfluchte Adame sind, ragt Gustave nicht mehr hervor: das auf dem Leiden fußende negative Recht wird die am besten verteilte Sache der Welt. Wenn bei der zweiten Verallgemeinerung alle Menschen niederträchtig sind und wenn ihre Niedertracht sie glücklich macht – Dummheit und Gesundheit, wiederholt er oft, was braucht man mehr –, so verliert der junge Mann ebenfalls sein Privileg: in diesem Fall ist die Niedertracht die am besten verteilte Sache der Welt; von sich selbst wie von jedem anderen kann er nur das Schlimmste erwarten; diese Verallgemeinerung fällt ihm nur allzu leicht: wir wissen, daß er sich nicht liebt. Gustave zieht sich dadurch aus der Affäre, daß er dann, wenn das Allgemeine sich über ihm zu schließen droht, von der einen Vorstellung zur anderen springt.

Bei der zweiten Interpretation des Prinzips der Bosheit hat Gustaves Absicht nichts Metaphysisches: es geht darum, das *Sein* des Menschengeschlechts zu disqualifizieren, insofern die Menschen Rechte zu haben behaupten, die Gustave abgehen: nicht nur das Recht auf Besitz und Genuß, sondern noch andere, weniger materielle: die Würde ist ein *Recht*, die *Achtbarkeit* ist ein anderes Recht; beide fußen auf den der Gesellschaft geleisteten Diensten, was im Grunde das Recht voraussetzt, gut zu sein oder vielmehr, Gustave zufolge, sich für gut zu halten; der Optimismus ist ein Recht auf sich selbst und auf die anderen: ich habe das Recht, *mich* für gut zu halten, *dich* für gut zu halten bis zum Beweis des Gegenteils, du hast das Recht, an meine Güte zu glauben, an die Güte der Spezies. Es gibt eine stillschweigende Übereinkunft zwischen allen Mitgliedern der Gesellschaft: der Mensch ist nur möglich, wenn jeder stillschweigend allen verspricht, den Schein nicht zu durchbrechen. Gustaves Bestimmung ist es zu *schaden*: seine passive Aktivität setzt sich das Ziel, den Menschen zu vernichten durch Verweigerung jeglicher Komplizenschaft mit den Lebenslügen dieses gespaltenen Tieres, um hinter der Unbeständigkeit des Komödianten das menschliche Vieh, das Schwein zu entdecken. Schaden heißt also *demaskieren*: wenn er alle unsere armseligen Abwehrmanöver vereitelt und den Leichengestank in uns entdeckt hat, ergötzt er sich: nicht daß er diesen Fäulnisgeruch um seiner selbst willen liebte; es gefällt ihm, daß unsere Art schlecht riecht. Das *Wissen*, so wie er es sieht – so wie es für viele Leute *ist* –, stellt die Bosheit dar, insofern es die Humanität zerstört, jene willentlich von allen aufrechterhaltene Illusion. Die zerstörerische Absicht dieser Erforschung wird uns in einem Brief an Ernest Chevalier vom 26. Dezember 1838 klar erklärt (Gustave ist gerade siebzehn Jahre alt): «Seitdem Ihr nicht mehr bei mir seid, Du und Alfred, analysiere ich mich noch mehr, mich und die anderen. – Ich seziere ständig, das macht mir Spaß, und wenn ich endlich die Korruption in einer Sache entdeckt habe, die man für rein hält, und das Krebsgeschwür an den schönen Stellen, hebe ich den Kopf und lache.» In dieser Passage behauptete Gustave, wie man bemerkt haben wird, daß er sich von den anderen unterscheide. Es geht hier nicht um wissenschaftliche Objektivität, sondern, wie die drei Wörter *«wenn ich endlich»* anzeigen, um Besessenheit. Denn, scheint er uns sagen zu wollen, man muß in einigen Fällen tief schürfen, um das Krebsgeschwür zu entdecken; manchmal ist der Junge versucht, sein Unternehmen aufzugeben: es ist zum Verzweifeln, alles scheint gesund. Glücklicherweise zwingt ihn seine ursprüngliche Voreingenommenheit, die Untersuchung fortzusetzen: sie existiert, diese Korruption der Seele; wie auch immer die Erscheinungsformen sein mögen, er *muß* sie finden: bei sich selbst ebenso wie beim Nachbarn. Da die Bosheit bedingungslos ist, muß der Böse zunächst sein eigenes Übel wollen. Im übrigen tut er als ein guter Schuldiger nichts andres, als das Urteil der anderen über ihn zu überbieten: da er verurteilt ist, verurteilt er sich, das ist das masochistische Moment der Bösartigkeit. Aber vor allem sind die Verhaltensweisen der Anderen selten entzifferbar: es sind Folgen ohne Prämissen, undurchsichtige Ereignisse, die «wie ein Dieb über ihn herfallen» oder ihm vor der Nase entwischen: der einzige Gegenstand seiner Analyse, den er bis zum Ende «sezieren» kann, ist er selbst; wenn er mit einer mißtönenden Wollust die Eiterbeulen seiner Seele entdeckt, so versucht er also nicht nur, in seinen Wunden zu wühlen: sein wesentliches Ziel ist es, in sich selbst, für sich selbst und durch sich selbst die allgemeinen Makel der menschlichen Art zu enthüllen. Ob er sich selbst oder die Anderen anklagt, er hat nur ein Ziel: den Menschen entheiligen, dieses «Wunder der Zivilisation», das Achille-Cléophas mit seinem Wissen, seinem Ruhm und seiner angebornen Tugend so gut verkörpert, aufzeigen, daß dieses würdige und achtbare Wesen nur der abscheuliche Traum der Kellerasseln[90] ist. Daß er zerstören und nicht erkennen will, das zeigt ganz klar das «satanische» Lachen, dem er sich überläßt, wenn er die Fäulnis endlich vor Augen hat. Warum eher lachen als weinen, wenn nicht deshalb, weil er *das Böse zu entdecken wünschte*, was eine passive Art ist, es zu schaffen? Ein sadomasochistisches Lachen: er höhnt über den absurden Kontrast zwischen seinen Illusionen, seinem falschen Bewußtsein seiner selbst und seiner Realität, er ergötzt sich sadistisch daran, die anderen auf frischer Tat ertappt zu haben: Gustave irrte sich, aber er war aufrichtig, die anderen sind Betrüger. Wir werden später

90 Das wird, wie man weiß, der Titel sein, den er einen Augenblick seinem letzten «Spiegel der Welt» geben wollte und der schließlich *Bouvard et Pécuchet* heißen wird.

sehen, daß dieses noch allzu passive Unternehmen des *«Demaskierens»* sich dank des literarischen Werkzeugs in jenes andere, zehnmal proklamierte Unternehmen des *«Demoralisierens»* verwandeln wird. Wer die Niedertracht entdeckt, und sei es stillschweigend, der bestraft sie bereits: selbst wenn jener Tartüff, der Mensch, ganz nackt vor einem einzigen «Analytiker» erscheint – und ohne es zu wissen –, so ist er bereits für seinen Schwindel gezüchtigt: das ist die erste Phase; die Literatur wird in einer zweiten Phase die Arbeit vollenden, indem sie den Lesern ihre Unmenschlichkeit zeigt. Auf diesem bösartigen Postulat fußt Gustaves Vorliebe für die «kleine wahre Begebenheit»: der Selbstanalytiker fordert außerdem, daß man ihm eindeutig schändliche, diesmal von den anderen angenommene Verhaltensweisen berichtet, bei denen er sein Skalpell ansetzen kann. Die Korrespondenz wimmelt von angeblichen «Beobachtungen», deren Sinn immer der gleiche ist: Dummheit, Niedertracht, Feigheit, Gemeinheit. Und sehr viel später, als Flaubert nur noch eine alte Berühmtheit ist, wird eines Abends der junge Sully-Prudhomme, der ihn gerade verlassen hat und kaum kennt, ganz verstört und beunruhigt die Ansichten notieren, die der große Mann von sich gegeben hat: wenn man mir eine Gemeinheit berichtet, hat Gustave gesagt, «so macht mir das ebensoviel Spaß, als wenn man mir Geld gibt». Nicht nur, daß das Ereignis seine Ansichten bestätigt: es wird erzählt und ist damit allen bekannt; die Züchtigung besteht in der Veröffentlichung. Auf frischer Tat ertappt! Er hofft übrigens, daß diese öffentliche Enthüllung für den Schuldigen noch schwerwiegendere Konsequenzen haben, daß er geschlagen, verspottet, auf die Straße geworfen wird; was für ein Glück, wenn seine Wünsche in Erfüllung gehen! Mit fünfzehn Jahren erfährt Gustave, daß der Konrektor der Schule im Bordell überrascht worden ist und ein Disziplinarverfahren bekommen wird. Er frohlockt: «Das ist etwas, das mich freut, mich erfrischt, mich ergötzt, mir wohl tut in der Brust, im Bauch, im Herzen, in den Eingeweiden, im Zwerchfell . . . Adieu, denn ich bin ganz närrisch über diese Neuigkeit.»[91]

Was ihn besonders entzückt am Mißgeschick des Konrektors, ist das Leiden des Unglücklichen: «Wenn ich an die Miene des Konrektors denke, als er mittendrin beim Hobeln überrascht wurde, schreie ich, lache ich, trinke ich, singe ich, ah, ah, ah, ah, ah, ah . . .» Genauer noch, es ist der sichtbare Ausdruck dieses Leidens: die Haltung des Schuldigen, seine erbärmliche Miene. Das ist die wahre passive Bosheit. Es kommt jedoch vor – und das ist der Normalfall –, daß die Strafe nicht so brutal ist und sogar den Augen entgeht; ganz allein entdeckt sie der junge «Beobachter»: sie liegt in der Geste, die lächerlich sein wird, in dem ausgesprochenen Satz, der edel sein will und von selbst seine

91 Brief an Ernest Chevalier vom 24. März 1837.

Schändlichkeit offenbaren wird. Nicht allen Zeugen, die viel zu sehr damit beschäftigt sind, zu lügen und sich selbst zu belügen: nur der Klarsicht des kleinen bösartigen Jungen. Es genügt Gustave, daß der Urteilsspruch durch die Tat selbst gefällt wird, die das Menschliche zerstört, indem sie es zu schaffen vorgibt: als wenn die Niedertracht ihre eigene Züchtigung wäre.

Als gewissenhaftes Übelwollen des Blicks äußert sich diese Bosheit niemals in Taten. Beobachten heißt für ihn den Lauf der Dinge an seiner Stelle mit der Vollstreckung der Urteilssprüche beauftragen, die er insgeheim fällt; besser noch: sie ihm durch die Vollstreckung mitzuteilen. Nicht, daß der passive und versteckte Haß die allgemeine Grundlage der Beobachtung und damit des Wissens sei. Es handelt sich um eine besondere Art beobachtenden Wartens, die ich *weiblich* nennen möchte, weil sie der besonderen Situation der Frau in den Gesellschaften entspricht, in denen sie noch ein relatives Wesen bleibt, das in Komplizenschaft mit ihren Unterdrückern lebt, ihren eigenen unterlegenen Status billigt und deren Interessen teilt, so daß es ihr fast unmöglich ist, durch eine Revolte sich von ihnen loszusagen. So leben durch unsere Schuld unsere «Gattinnen», die von der anderen Welt des Anderen, vom starken Geschlecht vergiftet sind, mit einer unausweichlichen Zukunft, die zu prophezeien sie sich nicht nehmen lassen. Die Verbitterung ist bei allen versteckt: sie haben viel zu sehr Angst, selbst die Urteilssprüche auszusprechen: aber das Ressentiment sammelt sich an, und wenn das Maß voll ist, warten sie darauf, daß die Beziehung der Männer zur Welt in sich selbst die natürliche Strafe ihrer Laster einschließt. Das heißt beobachten: in einem Salon jenen höflichen, zuvorkommenden Gatten beobachten, dessen Grobheit die Gattin genau kennt, beobachten, wie er flirtet, wobei er sich vor ihr versteckt, ihn zum hundertstenmal die Sätze wiederholen hören, die er gerade zu erfinden glaubt, ihm zuhören, wenn seine Vorgesetzten ihn anreden, und sich über seine etwas servile Beflissenheit oder über seine Ungeschicklichkeit freuen; sie freut sich, daß er, der für die anderen ganz zugeknöpft erscheint, für sie nackt wie ein Wurm ist. Die Kenntnis geht ins Detail: sie erwartet von der Haltung, von der Kleidung, von jeder spürbaren Eigenart die objektive Anprangerung der Unterdrücker, die in ihren Augen zur Lächerlichkeit verdammt sind. Die Gegenstände spielen mit: ein zu breiter oder zu kleiner Sessel kann ebenso lächerlich machen wie eine zu weite oder zu enge Kopfbedeckung; sobald die Schwelle überschritten ist, sucht die Frau des Ressentiments die Zeichen der zukünftigen Bestrafung und mustert sie in der Einheit einer rachsüchtigen Vorwegnahme. Die Stühle sind zu hoch, der komplizenhafte Peiniger zu klein: er wird eine schlechte Figur machen; ist das erst einmal vorausgesehen, so empfindet die Frau einen Freudenkrampf, wenn sie sieht, daß es sich so bald verwirklicht. Und dieser Vorgang ist nicht allein dem Oberpeiniger vorbehalten – wenn er einer ist: er wird auch auf die Beisitzer, auf die kriminellen Frauen, ausgedehnt, die ihr Geschlecht verraten, und schließlich auf die ganze Welt. Natürlich bleiben diese Züchtigungen unbemerkt: auf jeden Fall ist der Schuldige sich der Strafe, die ihm auferlegt wird, nicht bewußt. Um so besser: zunächst muß die Integrität seiner Person bewahrt werden. Vor allem aber wird die Verurteilung um so härter, die Entwürdigung um so vollständiger sein, als der Verurteilte sie nicht einmal merkt. Das ist das Geheimnis eines bestimmten weiblichen Auflachens. Das ist auch das Geheimnis der Schwarzen Wollust von Emma Bovary, als Charles Bovary die Operation des Klumpfußes mißglückt. Gustave ist eine Frau, wir werden noch sehen, warum: in seiner vorausschauenden Rachsucht liegt die Quelle seines Beobachtungsvermögens; seine gelenkte Passivität ist eine Öffnung zum Bösen: er beobachtet, mustert, wählt aus, weil er sicher ist, daß eine plötzliche schreiende Kombination von ganz bestimmten Sachen und Individuen mit einem Schlag seine Hoffnungen erfüllen und in der Person eines ihrer besonderen Repräsentanten die ganze Nichtigkeit der menschlichen Art deutlich machen wird. Ein doppelter Schlag: die innere Beziehung des Menschen zur Umgebung offenbart objektiv unsere unverbesserliche Niedertracht; umgekehrt zeigt das stumme Urteil der Dinge, daß der Kosmos dem Menschengeschlecht gegenüber feindlich ist und es verstößt. Und wie hofft Gustave, wird man sagen, der Falle des Allgemeinen zu entgehen: wird dieses sich nicht über ihm schließen wie über uns allen? Die Antwort wird von dem jungen Mann selbst auf drei verschiedenen, aber dialektisch miteinander verbundenen Ebenen gegeben: 1. *Er entgeht nicht* der Falle, die er sich selbst gestellt hat – um so weniger, als die meisten der Indizienbeweise auf seiner inneren Erfahrung basieren: das genügt, um zu zeigen, denkt er, daß die «Verfluchung Adams» auf allen Gliedern der menschlichen Art lastet; der Belastungszeuge ist um so überzeugender, als er zunächst sich selbst belastet. 2. *Er entgeht ihr doch.* Aus dem einfachen Grunde, daß er sich der Niedertracht bewußt ist *und darunter leidet.* Das Leidenswesen wird Gustave im richtigen Moment retten: jenes sadistische Lachen, das ihn schüttelt, als er sein eigenes Krebsgeschwür entdeckt, ist auch ein Lachen der Verzweiflung. Wenn er auf diese Weise das Allgemeine *zurückweist*, so hat er von vornherein verloren, er weiß es, aber eben gerade deshalb gibt ihm sein ohnmächtiges Entsetzen vor der menschlichen Realität *in ihm* eine andere Dimension: durch seinen reflexiven Ekel entgeht er seinem Mensch-sein. Aber, wird man sagen, wenn die Welt dem Teufel gehört und wenn alle Menschen verdammt sind, sind sie dann nicht *per definitionem* von der Geburt bis zum Tod Martern ausgesetzt? Kommt man nicht von Skylla zu Charybdis, das heißt von der zweiten Verallgemeinerung zur ersten? Wenn Leiden ein Verdienst ist, dann braucht man doch nur ein Mensch zu sein, um verdienstvoll zu werden. Darauf gibt Gustave verschiedene Antworten: erstens, alle menschlich scheinenden Wesen sind nicht notwendig menschlich: es gibt Dämonen, Isabellada, Herrn Paul, die quälen und keineswegs selbst gequält werden; sodann muß man zwischen richtigem und falschem Leiden unterscheiden: es gibt Schmerzen – sie sind sogar am verbreitetsten –, die keineswegs retten, denn sie entstehen durchaus nicht aus der Reflexion und der müßigen Ablehnung des Mensch-seins, sondern ganz im Gegenteil aus deren Annahme. Der «Spießer», der schlechte Geschäfte macht, quält sich auch; Angst läßt ihn nachts nicht schlafen: er ist deshalb nicht weniger schändlich, denn das Unglück trifft ihn in seiner Spießerhaut, weil er sich einzig und allein um seine Interessen und seinen Bauch kümmert und *sich* nur achtet in seiner Achtung der Richter, Notabeln und Autoritäten. Um anständig zu sein, genügt es nicht, seinen Nachbarn zu verachten: man muß ihn verachten, insofern er ein Mensch ist, und mit dem gleichen Haß, den man gegen sich selbst hegt. Zwischen denen, die sich aus guten Gründen quälen, muß schließlich eine Hierarchie hergestellt werden, die auf zwei Merkmalen basiert: Tiefe, Weite, Intensität der «Bewußtwerdung», Feinheit des Nervensystems. Am Gipfel der Leiter steht Gustave: er ist vollständig luzide und leidet unendlich. 3. Versteckter, aber bereits virulent gibt es in ihm jenen Glauben, den er später darlegen wird: *für mich* gibt es keine Falle, *weil ich ja dem Menschengeschlecht nicht angehöre*. Eine merkwürdige Überzeugung, die seinen Ursprung in einer realen und erlebten Situation hat, aber notwendig ins Imaginäre mündet. Der Ursprung ist die «Anomalie»: ich bin nicht wie die Anderen. Aber die Anderen sind die Menschen, alle, die ein göttliches Recht von ihrer Geburt an eingesetzt hat. Wir haben gesehen, wie Gustave in Wut, Schande und forderndem Hochmut sich in *Quidquid volueris* in einem Pithekanthropus verkörpert. Da ihm der Status der Spezies verweigert wird, entgeht er damit auch dem infamen Mensch-sein: wer kann von seiner Position her besser verstehen, daß der Mensch ein Trugbild, ein heuchlerischer Traum ist? Gustave profitiert vom Untermensch-sein, in das er eingesperrt ist, um die Zwecke dieser tollwütigen Tiere zurückzuweisen, die sich für menschliche Wesen halten. Er fühlt sich den Idioten, den Kindern, den Hunden nahe: er wird nicht die Verantwortung für die Laster und falschen Tugenden tragen, die er bei *den Anderen* entdeckt. Weil er *unter ihnen* steht? Zunächst ja. Aber oben und unten kehren sich bei ihm, wie wir sehen werden, häufig um. Wenn er auf die allgemeine Illusion, die Achille-Cléophas und Achille teilen, nicht hereinfällt – und sei es, weil er ein Pithekanthropus bleibt –, befindet er sich dann nicht *über* dem Menschengeschlecht? Sicher gibt es auch in ihm menschliche Miasmen wie in Djalioh, dessen Unglück es ist, nicht ganz ein Affe zu sein: aber eben gerade das ermöglicht ihm, *die Anderen* zu verstehen und zu leiden – ohne daß er darum jemals ihresgleichen oder gar ihr Nächster würde. Schon mit dreizehneinhalb Jahren sehen wir ihn in *Voyage en enfer* auf dem Atlasberg über die Laster und Tugenden einer Liliputanerrasse nachdenken, die er von oben betrachtet; in der Folge wird er nur selten und wider Willen die imaginären Gipfel verlassen, auf denen er sich niedergelassen hat. Auf jeden Fall müssen wir hier darauf hinweisen, daß dieser Ausschluß aus der menschlichen Art in gewisser Weise die Wahl des Irrealen eröffnet, eine passive Option, deren sich Gustave sehr bewußt ist: das heißt, er entgeht der Falle des Allgemeinen durch Flucht in die Imagination. Wir werden auf all das noch ausführlich zurückkommen. Halten wir lediglich fest, daß für ihn die imaginäre Lösung eines Problems nicht eine *falsche* Lösung ist, sondern die einzig gültige Lösung für den Quietisten, der sich, *gegen das Reale*, zur Verkörperung jenes Vitriols, des Nichts, gemacht hat.

Das ist also die passive Bosheit: der Blick des Untermenschen, der dem Menschen passiv schadet, indem er das Gesichtsfeld als das Medium konstituiert, in dem dieser Usurpator sich zerstört, oder auch der fälschlich arglose Blick des Kindes, der, jede Komplizenschaft ablehnend, die ganze Gesellschaft disqualifiziert, indem er den König nackt sieht. Aber diese bösartige Gemütsverfassung nimmt eine andere Wendung, wenn sie jedem die schlimmsten Leiden voraussagt. Die schlimmsten: sie sind ebenso heftig wie richtige Schmerzen und darüber hinaus weit davon entfernt, den Unglücklichen über seine Lage zu erheben, sie lassen ihn vielmehr noch mehr verkommen, indem sie ihn noch tiefer in sie versinken lassen. Die vorausschauende Bosheit begründet die Prophetie. Der *erlittene, heilige, andere* Charakter jedes Orakels verbirgt ihm den gehässigen Wunsch, der dessen Quelle ist: tatsächlich geht es, wie gesagt, nur darum, das Leben der anderen Menschen von dem numinosen Prinzip aus zu sehen, daß «das Schlimmste immer sicher ist». Da Gustave sein Leben wie eine heilige Zeremonie erleidet – weil es vom allmächtigen Willen des Anderen manipuliert wird –, sieht er jedes fremde Leben *durch* den Ablauf des eigenen Lebens und verleiht ihm folglich die *Zeit des Schicksals*. Nicht immer: wenn es ihm gefällt, wenn er glaubt, daß das vorausgesagte Ereignis irgendeinem anderen, den er nicht leiden kann, ein Hundeleben bereiten wird. Die Korrespondenz enthält sehr schwarze Wünsche, die Kassandra uns als die Intuitionen einer Seherin ausgibt. Gustave sagt uns zum Beispiel, daß er schon früh von der Vorstellung gequält wurde, sein Vater werde vorzeitig sterben. Was eintrat. Aber wenn er sich als junger Mann beim Gedanken an sein bevorstehendes Waisentum ängstigte, so scheint nichts diese Angst zu rechtfertigen. Nichts, außer dem religiösen Prinzip, daß das Schlimmste immer sicher ist. Was gibt es aber Schlimmeres auf der Welt, als seinen Vater zu verlieren. Vor allem, wenn man ihn anbetet. Also wird der Doktor Flaubert sterben: in der Blüte seines Alters, auf der Höhe seines Ruhms. Das ist auf satanische Weise sicher. Eine kaum erträgliche Überzeugung, sagt er uns, aber man gewöhnt sich schließlich daran. Als Achille-Cléophas tatsächlich starb, empfand Gustave wenig Kummer, weil er dieses Unglück, wie er erklärt, schon *im voraus* allzuoft beklagt hatte. Wie nahm er also jene Prophezeiung auf, die ihn ständig quälte? Als eine stechende Unruhe? Als eine verbotene und vom Schrecken schnell verdrängte Wollust, die die Gestalt des Kummers annahm. Und wenn er nur Schrecken empfunden hätte, was war dann dieser Schrecken? Die reale Angst, einen geliebten Verwandten verschwinden zu sehen, oder das einzige korrekte Kleid, das ein vatermörderischer Wunsch anlegen kann, um sich dem Bewußtsein mitzuteilen? Kam es ihm niemals in den Sinn – mit Beklommenheit natürlich –, daß das Verschwinden des philosophischen Arztes dem ganzen Haus und vor allem dem älteren Sohn die wertvollste Stütze nehmen würde? Wenn der Vater jetzt stürbe, müßte er durch einen anderen Chefchirurgen ersetzt werden; Achille wäre noch zu jung dazu und würde nicht besser und nicht schlechter als der jüngere als praktischer Arzt enden. Außerdem wußte man genau, daß der *Wert Flaubert* vor allem auf dem von Achille-Cléophas fußte: ohne diesen hervorragenden Mann wäre die Familie vernichtet. Von der Adoleszenz an wünscht und prophezeit der jüngere Sohn das Schlimmste: dem *pater familias* den Tod, seinem älteren Bruder eine miserable Karriere, die den Beweis seiner Nichtigkeit allen vor Augen führen wird, der Familie den Verfall, eine Rückkehr zu den niederen Klassen, aus denen sie hervorgegangen ist. Ein anderes Mal ließ er es sich natürlich nicht nehmen, ein anderes Orakel auszusprechen – *La peste à Florence* ist ein Beweis dafür: Achille würde mit fünfundzwanzig Jahren sterben; dieser Tod war nicht so beklagenswert: das schlimmste war der Schmerz des Vaters; Gustave fürchtete ihn, weil er den guten edelmütigen Herrn vernichten würde, der sich niemals davon erholen könnte; und natürlich auch, weil der philosophische Arzt, durch das Ableben des Usurpators im Herzen getroffen, keine Träne für den ebenfalls nahen Tod seines jüngeren Sohnes mehr übrig hätte. Vielleicht würde Gustave aus Kummer über den Kummer seines Vaters sterben, der letzten Usurpation Achilles, und der Vater hätte keinen Kummer über diesen zweiten Tod, der durch seine ungerechte Bevorzugung hervorgerufen wäre. Aber versteckt hinter solchen schaurigen Befürchtungen zeigt uns *La peste à Florence* einen lasterhaften Wunsch: er soll krepieren, dieser Schwachkopf, damit der *Vergleich* aufhört und mein Vater endlich die Züchtigung seiner Verbrechen erfährt. Nach dem doppelten Trauerfall der Flauberts prophezeit er den Tod seiner Mutter: die arme Alte würde nicht mehr lange machen, das war sicher. Außerdem, fügt Gustave merkwürdigerweise hinzu, liebt er sie so sehr, die Unglückliche, daß er nicht den Mut hätte, sie zurückzuhalten, wenn sie sich aus dem Fenster stürzen wollte. Kurz, die junge Pythia träumt davon, das Massaker zu vollenden: sie sollen alle krepieren, Vater, Mutter und Tochter, und man soll ihn endlich allein lassen. Diesmal hat sich der Augur geirrt: Frau Flaubert wird überleben. Aber als er in *La dernière heure*, einer unvollendeten Erzählung, die den autobiographischen Zyklus eröffnet, der Realität doch wieder orakelnde Fiktionen beimischte und mit fünfzehn Jahren den Tod seiner Schwester Caroline prophezeite, irrte er sich nicht. Liegt ihm so sehr am Verschwinden der Familie Flaubert? Ja: genau in dem Maße, wie er seine eigene Abhängigkeit erkennt und sich ärgert, daß er in sich ein ununterdrückbares Bedürfnis nach dem familiären Milieu empfindet. Diese verwüstete Seele verwechselt also Wunsch und Prophezeiung; sie *glaubt*, was sie voraussagt, das heißt, sie ist davon überzeugt, daß die Postulate ihrer Rachsucht ihr die Zukunft offenbaren und kraft einer Schwarzen Magie sie zugleich auch schaffen. Heimlich, still und leise: es handelt sich dabei nicht einmal um einen Wachalptraum – der immer etwas verdächtig ist, weil man ja solche Träume schließlich *hervorbringt* –, sondern um eine *fremde* Evidenz, die er nur dadurch erlangt, daß er sich im Schatten manipuliert, und die er in seinen eigenen Augen beklommen wie ein fremdes Schauspiel zu erleben scheint: ein schönes Beispiel passiver Aktivität. Er täuscht sich indessen niemals ganz, weil jene Träume in seinen Fiktionen zu Verbrechen werden und weil er stolz proklamiert, daß er böse sei.

Es kommt übrigens vor, daß seine Figuren von der Prophetie zum Fluch übergehen, wobei der Fluch im Grunde unter der Wirkung einer starken Emotion nur eine Bewußtwerdung der Prophetie ist. Marguerite aus *Un parfum à sentir* spottet über die Armen, weil sie ganz glücklich ist, daß sie schon leiden, und überantwortet die Reichen dem schlimmsten Unglück; so auch Mazza aus *Passion et vertu*. Und Garcia aus *La peste à Florence*. Auch der Autor legt sich mit zwanzig Jahren keinen Zwang an, seine Geburtsstadt zu verfluchen: «Ich verabscheue sie, ich hasse sie, ich rufe alle Verwünschungen des Himmels auf sie herab, weil sie mich hat geboren werden sehen.» (Brief an Ernest Chevalier vom 2. September 1843)

Aber diese Wünsche, ob sie sich nun verkleiden oder demaskieren, sind inerte Forderungen, und Gustave rührt keinen Finger, um sie zu befriedigen. Die Tatsache des *Wunsches* selbst scheint ihm eine absolute und Schwarze Realität, die ihn in das innere Böse stürzt und magisch die äußere Katastrophe herbeiruft. Wer verflucht, beauftragt durch Wörter den *Anderen*, an seiner Stelle zu handeln. Eine heilige Macht – vielleicht Gott – wird das Notwendige tun. In bestimmten Gesellschaftssystemen gibt es soziale Funktionen, die die Macht enthalten, das göttliche Vindikt über ein Haupt zu entfesseln: der Priester kann den Bannfluch aussprechen, der Familienvater kann den verlorenen Sohn verfluchen. Aber wenn Gustave seinen Nächsten verflucht, weiß er ganz genau, daß er keinerlei magische Macht hat und daß die Vorsehung tun wird, was sie will; besser noch: er ist schon davon überzeugt, daß die Belohnungen Leuten wie Isambart und Isabellada, Ernest und Paul und ihresgleichen zuteil werden, daß die schlimmsten Qualen Leute seiner Art erwarten und daß *sie* im Grunde die Verfluchten sind. Da seine Verfluchungen nicht die Ausübung einer Macht sind, sind sie im Grunde nichts andres als die inerte und verbale Vorstellung einer Tat. Gustave rächt sich durch Wörter um so leichter, als er sich seiner Ohnmacht bewußt ist. Als wenn das absolute Böse in seinen Augen nicht so sehr die Wirkung des Fluchs wäre als die bloße Erscheinung dieses Fluchs in der Seele eines bis zum Äußersten getriebenen Kindes. In Wahrheit ist es die Entäußerung seiner Verurteilung durch den Vater, die er gegen die Anderen kehrt. Bei Marguerite aus *Un parfum à sentir* zum Beispiel ist es die *Häßlichkeit* – der über die Unglückliche gefällte ursprüngliche Urteilsspruch –, die sich von selbst zur Verfluchung der Schönheit macht, so wie das Negative, als allgemeine Grundlage des Neides, die Auflösung des Positiven zu sein vorgibt.

Flauberts «Bosheit» wird sich im Lauf seines Lebens weiterentwickeln, und wir werden darauf zurückkommen, wenn die «Schlußfolgerung» von Pont-l'Evêque endgültig als Charakter strukturiert hat, was nur erst eine besondere Geschichte war. Aber schon jetzt können wir beobachten, daß der Junge ein *harmloser Bösewicht* ist. Er weiß es: wenn seine Bosheit aufhört, kontemplativ und vorausschauend zu sein, so verlagert sie sich in die Sprache; sie ist dann nur noch verbal. Wenn die Gruppe Flaubert vollzählig war, was tat dann der prophezeiende und verfluchende Gustave, wenn nicht der Sprache ihre magische Kraft zurückzugeben? Der *Satz* ist das Böse, nichts andres. Gustave ist böse, weil er ihn geschrieben oder ersonnen hat. In diesem Augenblick wird deutlich, daß seine wahre Rache, mit der sich sein Ressentiment trägt, im Gegensatz zur *Vendetta*, jener negativen *Praxis*, nur von der passiven Aktivität herkommen kann, das heißt eine hinterhältige Einwirkung auf sich selbst sein muß, die das Opfer vornimmt, indem es die *Praxis* des Anderen (die Gewalt, die er über es ausübt und die es als seine eigene Bestimmung verinnert) auf solche Weise benutzt, daß es seine Peiniger noch schuldiger macht und unter dem leeren Himmel bezeugt: Seht, wie böse ich bin; ihr größtes Verbrechen ist es, mich so gemacht zu haben. Tatsächlich tut, Gustave zufolge, alle Welt Böses, außer den Boshaften. Diese sind nur die Opfer des Menschengeschlechts. Sie schwitzen das Böse aus allen Poren aus, aber was könnten sie andres tun, da ihnen ja die Hände gebunden sind? Und das Böse, das sie umtreibt, ist schließlich das Böse, das man ihnen angetan hat. Von daher kehrt sich alles um: Schwärze und Größe der Seele sind eins; die

Bosheit entsteht keineswegs überall: sie setzt zunächst voraus, daß der Erwählte eine tiefe Ungerechtigkeit erlitten hat – die in der Welt des Anderen die unbeugsamste Gerechtigkeit ist –, sodann, daß er sie als die grauenvollste Passion erduldet, also daß er die empfindlichste Sensibilität und das klarste Bewußtsein hat. Das genügt aber noch nicht: dieser Märtyrer, dieser Enterbte muß *durch Eid* der Herr des Nicht-seins sein, er muß seine Frustration auf sich nehmen und sie in einem ohnmächtigen und sich ohnmächtig wissenden Traum rückentäußern, dem Traum, das Sein durch einen Weltbrand zu zerstören. Ja, der Boshafte muß sich *gegen das Wirkliche, das ihn erdrückt*, zum Fürsten des Imaginären machen und genügend Beständigkeit und Kraft haben, um diesen Titel bis zum Tode zu bewahren, genügend Imaginationsvermögen, um das Nichts wie eine Märchenoper zu konstruieren, indem er jeden Augenblick seines Lebens der Aufgabe widmet, die Realität durch die Phantasmagorie zu disqualifizieren. Kurz, in Gustaves Welt ist man nicht dadurch boshaft, daß man es sein will: um auf diese Ehre Anspruch zu haben, muß man der Beste und der Unglücklichste sein. Der Junge kennt nur einen einzigen Kandidaten, der diesen drakonischen Bedingungen entspricht: sich selbst. Er erwählt sich also oder kooperiert sich, wie man will, ohne sich deshalb mehr zu lieben oder mehr zu achten. Genau darauf kommt es übrigens an: indem der Boshafte ständig von der Demütigung zu einem ohnmächtigen bitteren Hochmut gelangt, leidet er, weil er sich nicht leiden kann.

VII. Die zwei Ideologien

Gustave hat sich nicht damit begnügt, sein quälendes Jünger-sein zu leben, er mußte es auch denken. Damit will ich nicht sagen, daß er es von innen verstanden oder eine Theorie darüber entwickelt hätte: ich will lediglich sagen, daß er es durch den Diskurs aufzuklären geglaubt hat – als er es im Gegenteil verdunkelte und mythifizierte. Mit anderen Worten, er hat den Versuch gemacht – wie wir es zunächst alle tun –, das Erlebte durch die Ideologien seiner Zeit zu begreifen. Er hatte zwei davon zur Verfügung: die eine, der Glaube, kam von seiner Mutter; die andere, der Szientismus, von seinem Vater. Von diesem werden wir zuerst sprechen – man wird gleich sehen, warum. Der *pater familias* ist nämlich nicht nur der *grausame Lehnsherr*, der seinen Vasallen schafft, um ihn bewußt auf die schlimmste der möglichen Welten zu setzen, noch der Ausbildungsunteroffizier, den Pedrillo in *Un parfum à sentir* verkörpert und der Gustave sein Versagen zeigt, indem er ihm mit Gewalt das Alphabet beibringt. Es ist auch ein großer Mann der Provinz, eine «Kapazität», ein Philosoph: draußen werden seine Ansichten mit Ehrfurcht gehört, in seiner Familie haben sie Gesetzeskraft. Das verleiht ihm ein anderes Amt: das eines Erziehers und Vorbilds. Kurz, wenn er Zeit oder Lust dazu hat, *spricht* er: in zusammenhanglosen Äußerungen, Anspielungen, Sentenzen, seltener in Unterhaltungen, prägt er seine Söhne mit seinen vorgefaßten Meinungen, die sofort zu Evangelienworten werden. Seine Autorität bleibt so groß, daß er, selbst absichtslos, keine persönliche Erinnerung vor ihnen äußern kann, ohne daß das unter den berichteten Umständen angenommene Verhalten in ihren Augen vorbildlich und heilig würde. So werden gleichzeitig die Ethik der Pflicht und das mechanistische Denken von den Kindern angenommen, obwohl sie sich radikal widersprechen: sie kommen vom gleichen Helden her, vom Gründer; in beiden drückt er sich ganz und gar aus. Welchen Nutzen hat Gustave aus dieser Lehre gezogen? Wie tief ist die bürgerliche Ideologie in ihn eingedrungen? Wie hat sie sich strukturiert in der verdüsterten Seele, die sich mit allen ihren Kräften umsonst gegen sie sträubte? Welchen Gebrauch hat Gustave von ihr machen können, um über sich selbst und über die Welt «sich aufzuklären»? Wir werden darüber nicht entscheiden, bevor wir nicht die beiden Porträts untersucht haben, die Gustave von seinem Vater entworfen hat, das eine lange nach dem Tod von Achille-Cléophas, das ihn in *Madame Bovary* unter dem Namen Larivière darstellt, das andere vom August 1839 zu seinen Lebzeiten, das ihn in *Les funérailles du docteur Mathurin* unter dem Namen Mathurin beschreibt.

A. Regressive Analyse

Die Untersuchung dieser beiden Verkörperungen scheint unentbehrlich, weil die einzige gültige Verbindung von Moral und Mechanismus für Gustave wie für Achille der berühmte Mann ist, der heilige Ansichten äußerte und vorbildliche Verhaltensweisen einnahm. Beide sind ebensoviel wert wie er selbst. Hier geht es um die Person des Doktor Flaubert: für Achille wird die Zeit ihm nicht abträglich sein, sein Vater wird, wie wir gesehen haben, bis zum Ende unanfechtbar bleiben. Und für Gustave? Kehren wir zum Doktor Larivière zurück: die sich auf ihn beziehenden Seiten von *Madame Bovary* haben deshalb einen so großen Wert, weil sie uns den verstorbenen Vater in der Erinnerung zeigen, die Gustave mit fünfunddreißig Jahren von ihm bewahrt hat. Das Zeugnis ist unabweisbar. Nicht über Achille-Cléophas, sondern über die Meinung, die sein Sohn von ihm hat. Leider hat der Kult des großen Mannes in unserem Jahrhundert eine solche Virulenz angenommen, daß die klarsichtigsten Kritiker in dieser Person eine «liebevoll» gezeichnete «bewundernswerte Figur» gesehen haben. Ist die Bemühung des Sprößlings eines bedeutenden Arztes, den gerührten Lesern die Züge seines verblichenen Erzeugers nachzuzeichnen, nicht das edelste, pietätvollste Unterfangen? *Also* ist das Porträt schmeichelhaft, vielleicht sogar geschmeichelt; was für eine Allegorie: das Genie macht das Talent unsterblich!

Aber sehen wir etwas genauer hin: Flauberts Arbeit ist unerbittlich. Alles bei Larivière ist positiv. Und was bleibt davon? Ein Nichts. Schlimmer noch: eine Negation.

Es ist also ein Großer dieser Welt, ein Fürst der Wissenschaft, ein wahrer Arzt, bewundert, gefürchtet, mächtig, der sich geräuschvoll ankündigt und mit einem Konzert von Applaus seinen Auftritt hat. Aber wann? In welchem Moment des Buchs? Zu der Zeit, da Charles Bovary Vorlesungen in Rouen besuchte? Keineswegs: als der Tod gewonnen hat, als man sagt: «Die Wissenschaft kann nichts mehr tun.» Ich weiß: es war in jedem Fall zu spät; aber eben gerade aus diesem Grund hätte Flaubert, wenn er uns Bewunderung hätte abnötigen wollen, seinen *deus ex machina* auf jeder x-beliebigen Seite einführen können, außer auf dieser hier. Er macht einen guten Eindruck, der Vater Larivière: die angesehenen Ärzte sind schließlich die, die heilen. Aber was macht er, der hier zur Konsultation gerufen wird? Eine Diagnose. Eine untadelige, gewiß. Und dann wäscht er seinem Kollegen den Kopf: der Überlegene erscheint, sitzt über den Unterlegenen zu Gericht und verurteilt ihn unwiderruflich; der Unglückliche ist vernichtet. Die medizinische Koryphäe hat jedoch unmittelbar danach nur ein Anliegen: sich zu verdrücken. In dem Buch steht nämlich jener kleine anspielungsreiche Satz, der den Kommentatoren entgangen zu sein scheint: «Canivet, dem *ebensowenig* daran lag, Madame Bovary unter seinen Händen sterben zu sehen ...» (I, 683) Ebensowenig: ein anderer wollte sich also aus dem Staube machen? Der edierte Text fügt nichts hinzu. Aber in der von Jean Pommier publizierten ungekürzten Fassung[92] finden wir einen Hinweis, der keinerlei Zweifel läßt: «(Der Doktor Larivière) ging hinaus *unter dem Vorwand*, ... eine Anweisung zu geben, *aber um nach Rouen zurückzukehren* ...» Ich weiß: die gewissenhaftesten Ärzte tun das: wenn nichts mehr zu machen ist, warum die Verantwortung für einen unumgänglichen Tod übernehmen? Und ich gebe zu, daß solche Vorsichtsmaßnahmen verständlich sind. Trotzdem steckt eine gewisse Engherzigkeit darin. Man tut unrecht, wird man sagen, Ärzte danach zu beurteilen? Ich sage nichts andres: ich kenne welche, die sich Tag und Nacht einem aufgegebenen Kranken widmen und ihn trotz der medizinischen Fakultät retten können. Das ärgerliche ist nur, daß Flaubert, als er seinen Vater beschreiben wollte, ihn im Moment der Vorsicht und nicht im Moment der Hingabe oder des Erfolgs hat zeigen wollen. Ein merkwürdiges Verfahren: ein großer Mann hat einen geräuschvollen Auftritt, schmettert seinen Kollegen zu Boden und entschwindet, ohnmächtig und engherzig. Und war es außerdem nötig, daß er unmittelbar nach seinem Besuch beim Apotheker Homais mit so gutem Appetit zu Mittag aß? Ich weiß: Ärzte können sich nicht mit allen Leiden ihrer Patienten belasten; sie haben die Aufgabe, sie zu heilen, nichts andres. Für Larivière ist der Tod ein vertrautes Ereignis: kann ein Selbstmord ihn daran hindern zu essen? Aber wenn Flaubert nur die *bekannte* Gleichgültigkeit hat betonen wollen, mit denen sich die Ärzte wappnen müssen, um überleben zu können, mußte das dann *auf Kosten* seines Vaters geschehen und vor allem ohne Gegenstück? Und warum läßt er uns das Gemurmel der Menge hören, die findet, daß er sich keineswegs gefällig erwiesen hat? Natürlich, die so sprechen, sind geizige Bauern, die gratis behandelt werden möchten und sich ärgern, daß sie das nicht erreicht haben. Dennoch: vom Beginn des Kapitels an hat dieser Arzt aus der Stadt nichts andres getan als sich weigern, wettern, sich distanzieren, fliehen. Man *sagt* uns, er sei eine Leuchte, aber wir fühlen es nicht: und wenn wir es fühlten, wie absurd schiene uns diese apollinische Klarheit in einem verzweifelten Werk, dessen Sinn trotz allem bleibt: die Welt ist nur nachts wahr.

Der Doktor Larivière ist alles andere als ein nächtliches Wesen. Er besitzt «jene gutmütige Würde, die das Bewußtsein eines großen Ta-

92 Gustave Flaubert, *Madame Bovary, Nouvelle version précédée des scénarios inédits par Jean Pommier et Gabrielle Leleu*, Librairie José Corti, Paris 1949, S. 607. Darauf beziehen sich auch die folgenden Seitenangaben nach den weiteren Zitaten. Die Hervorhebungen sind von Sartre. *Anm. d. Übers.*

lents, eines Vermögens und vierzig Jahre einer arbeitsamen und untadeligen Existenz verleihen» (I, 682). Ist er nicht ein bißchen pharisäisch? Zunächst spüren wir wohl, daß für Flaubert das ruhige Bewußtsein, ein großes Talent zu haben, nur die Hinnahme der Mittelmäßigkeit sein kann. Was das Genie angeht, das allein zählt, so bleibt es seiner selbst unbewußt und stirbt in Verzweiflung. Der berühmte Arzt weiß nicht, daß man unter Qualen forschen muß; also sieht er nicht weiter als seine Nase. Eine falsche Würde: das Wort «gutmütig» [*débonnaire*] ändert nichts daran. Es hat seit Beginn des 19. Jahrhunderts einen leicht ironischen Sinn angenommen, und Stendhal schreibt in *Le rouge et le noir*: «(Man) wird über meine Gutmütigkeit [*débonnaireté*] lachen.» Um es auf Larivière anwenden zu können, muß man ihm jedoch einen spezielleren Sinn geben: seine Gutmütigkeit ist nicht Wohlwollen und bestimmt sich nicht als eine Beziehung des Arztes zu den anderen Menschen. Wenn es anders wäre, warum spricht Gustave, der seine Worte wägt, nicht von «Güte» [*bonté*]? Es geht mehr um ein Vertrauen in seine eigenen Fähigkeiten und um einen vernünftigen Optimismus hinsichtlich des Laufes der Ereignisse. Diese scheinbare Sanftmut ist nur dazu da, die *Würde* zu nuancieren: sie verschwindet, sobald der Lauf der Dinge sich erfrecht, sich ihm einen Moment zu widersetzen. Weil er wütend ist, zu spät konsultiert worden zu sein, schmettert er seinen Kollegen zu Boden. Es ist die nackte Würde, die einen Urteilsspruch fällt: Larivière ist ein Mann *göttlichen Rechts.* Im übrigen gründet sich seine Sicherheit *auch* auf sein Vermögen. Wir wissen bereits und werden es noch genauer wissen, daß Gustave weit davon entfernt ist, Geld zu verachten. Aber die Selbstzufriedenheit der Begüterten verurteilt er unerbittlich – siehe den Bankier Dambreuse aus der zweiten *Education sentimentale.*

Eine «arbeitsame und untadelige Existenz»: ausgezeichnet. In wessen Augen? Das Wort «untadelig» ist Gustave nicht zufällig unter die Feder gekommen: eine Pseudopositivität verdeckt nur mit Mühe dessen eigentliche Negativität: Achille-Cléophas war untadelig; das heißt, die Bürger von Rouen fanden an ihm nichts zu tadeln. Keine Fehler, keine Laster, keine Skandale. Aber wie könnte der jüngere Flaubert diesen verhöhnten, verlorenen, ruinierten, aber durch eine unendliche Liebe verklärten Gatten, diese Frau mit dem schwarzen Erbrochenen, mit dem schwarzen Herzen, die in Verdammung stirbt, schätzen und *zugleich* jenen so leicht mit seinen Erfolgen zufriedenen, auf seine Fähigkeiten so stolzen Arzt? Gegenüber Emma Bovary, die im Todeskampf liegt und von vornherein verdammt war, stellt der Doktor den Erfolg und das Wissen dar. Aber eben dieser Vergleich vernichtet ihn: er erweist sich als der geschworene Gegner Flauberts, der Feind, der in den verschiedensten Formen hundertmal in seinen Werken auftaucht. Und in seinem Leben: Ernest Chevalier besteht die Examina, und

Flaubert fällt durch, Maxime Du Camp macht in Paris Karriere: Alfred de Musset, der oberflächliche Dichter, kostet das vulgäre Vergnügen aus, in die Académie aufgenommen zu werden; und Achille vor allem, Achille, der ältere Bruder, verdient Geld, gibt Diners. Alle diese Menschen sind nacheinander im Geheimnis des Arbeitszimmers mit dem ohnmächtigen, unbekannten, eingeschlossenen Gustave verglichen worden; und der erste, Achille-Cléophas, dem seine Mitbürger nach seinem Tod nachtrauerten, ist aus dem Grab gezogen und in das Zimmer von Emma Bovary gestoßen worden, damit die Eitelkeit seiner Siege gegenüber unserem unendlichen Scheitern an den Tag trete.
Wir müssen nur noch verstehen, warum der jüngere Flaubert aus seinem Herrn einen alten Polichinelle gemacht hat. Was trägt er ihm nach? Daß er ihn verflucht hat, daß er ihm Achille vorgezogen hat? Zweifellos. Aber nicht darum geht es hier. Oder zumindest nicht direkt. Kehren wir zum Porträt von Larivière zurück: es ist zugleich weiß und schwarz. Wir haben die weiße Tunika gesehen: sie umkleidet einen ziemlich unbedeutenden Mann. Nun kommt das Schwarze: der Arzt, heißt es, weiß «alles» vom Leben. *Alles* vom Leben wissen bedeutet für Gustave ein «vollständiges Vorgefühl» davon haben, das grundlegende Entsetzen über es kennen. Auch Emma Bovary hat alles entdeckt: ihr Selbstmord ist die Schlußfolgerung und die Totalisierung ihrer Erfahrungen. Diese Welt gehört dem Teufel: zweifellos hat auch Larivière das gemerkt. Der Beweis: «Er hätte fast als ein Heiliger gegolten, wenn die Schärfe seines Geistes ihn nicht wie einen Dämon hätte fürchten lassen.» (I, 682) Aber wie kann man von dem Entsetzen zu leben überzeugt sein und nicht daran sterben? Wie kann dieser würdevolle Arzt dieses Wissen besitzen und «gutmütig» bleiben? Die Antwort liegt nahe: er *kennt* jenes Entsetzen wissenschaftlich, aber er *empfindet* es nicht. Der Ausdruck «Schärfe seines Geistes» wird uns auf den richtigen Weg bringen, weil er uns zunächst davon *abzubringen* scheint: was soll er hier? Ist es denn «Schärfe des Geistes», mit der man das radikale Böse entdeckt? Sind die Dämonen «scharfsinnige Geister»? Der Ausdruck ist dennoch genau *gewählt*, daran ist kein Zweifel. Und vor allem, wenn man Gustaves Absichten in den Werken seiner Reife verstehen will, so ist das, was er publiziert, weniger wichtig als das, was er vor der Publikation aus seinem Text streicht. Jean Pommier gibt uns nun folgende Variante an: «. . . wenn nicht die voltairesche Schärfe seines Geistes . . .» (S. 606) usw. Überraschenderweise ist das Adjektiv aus der endgültigen Fassung verschwunden. Es sagte offenbar *zuviel.* Flaubert wiederholt tatsächlich gern, daß er Voltaire liebt und die Voltairianer haßt. Liebte er übrigens Voltaire tatsächlich? In zahlreichen Passagen seiner Korrespondenz gibt er zu verstehen, daß er für diesen Autor gemischte Gefühle hegt. Sagt man Böses über ihn, wird er wütend, aber ebenso, wenn man Gutes über ihn sagt. In dem Maße, wie

das revolutionäre und entchristlichte Bürgertum die Romantiker entsetzt, halten sie gerne Voltaire, seinen Ideologen, für einen Dämon: vergessen wir nicht das «häßliche Lächeln», das Musset ihm zuschreibt. Häßlich, weil es, dem Kind des Jahrhunderts zufolge, die subversive «Zufriedenheit» gegenüber der Verzweiflung der Gottlosen ausdrückt. Er ist ein böser Hirte, der leiden läßt und nicht leidet. Als Flaubert *Madame Bovary* schreibt, ist die Romantik bereits tot. Ihr Einfluß lebt jedoch bei allen fort, die ihr in der Adoleszenz erlegen waren. Aber Gustave wird *Candide* immer für ein Meisterwerk halten, gerade wegen eines gewissen Pessimismus, den der jüngere Flaubert übrigens radikalisiert. Dessen Schlußsatz: «Bebauen wir unseren Garten» wird in seinem Geist zum Ausdruck seines eigenen Anachoretentums: die Welt ist schlecht, fliehe das Wirkliche, tritt in die Religion ein, das heißt in die Literatur. Insofern liebt er Voltaire aus den gleichen Gründen, die die Romantiker dazu bringen, ihn zu hassen. Dennoch weiß er natürlich genau, daß die bittere Philosophie, die sich in *Candide* mit «Geistesschärfe» und Verspieltheit ausdrückt, von seinem berühmten Autor nicht *gelebt* worden ist und daß Voltaire alles andere in dieser Welt getan hat, als seinen Garten zu bebauen. Die kalte, ansteckende Verzweiflung, die man den anderen einflößt, ohne sie selbst zu empfinden, mit einer bösen und sadistischen Heiterkeit: das ist es, was er bei Voltaire und bei den Voltairianern erkennt. Es sind Dämonen wie Isambart, Herr Paul, Ernest usw. wegen jenes Leidens, das sie hervorrufen, aber nicht empfinden. So ist also Larivière jenes Ungeheuer, das seinen Stolz in die empfangenen Ehrungen, in das erworbene Vermögen, in den untadeligen Lebenswandel setzt, obwohl es die furchtbare Nichtigkeit von alldem kennt.

Jetzt frage ich, *in wessen Augen* der Doktor Flaubert als ein Dämon galt. Seine Schüler – die Gustave *disciples* nennt – scheinen ihn geliebt zu haben; sie achteten sein Wissen und fürchteten ihn eher wegen seiner Launen als wegen einer teuflischen Durchdringung der Seelen. Er terrorisierte sie durch sein Geschrei, durch seine berühmten Wutanfälle und vielleicht tatsächlich durch seine giftigen Worte, die für nervöse und überreizte Leute typisch sind. Was seine Patientenschaft angeht, so war sie weit davon entfernt, seine «Geistesschärfe» zu fürchten, sie war vielmehr davon entzückt. Die liberalen Kreise achteten Voltaire sehr hoch, es war ihr Denker; in seinem Namen verurteilten sie die Romantik, jene Literatur von Großgrundbesitzern, ewig Gestrigen und Komplizen des Regimes: gegen das neue Theater verteidigten sie sogar Voltaires *Zaïre*. So spiegelte Achille-Cléophas den Bürgern der Provinz ihre eigene Ideologie in klarerer und detaillierterer Form wider: das besiegelte das Einvernehmen des Arztes mit seinen Patienten: sie beriefen sich auf dieselbe Bibel und über die heiligen Texte hinaus auf dieselbe Weltanschauung. Es besteht keine Chance, daß der Chefchirurg seiner reichen Patientenschaft jemals als Satan erschienen ist. Dennoch insistiert Flaubert. Hat man bemerkt, daß der Doktor Larivière ziemlich unfähig scheint, Liebe oder Freundschaft zu wecken: auf jeden Fall sagt uns der Romancier kein Wort davon. Dagegen belehrt er uns ausführlich und genüßlich über die Furcht, die dieser dämonische Heilige einflößt: «Sein Blick ... nahm jede Lüge in den Vorwänden und den Schamhaftigkeiten auseinander.» (I, 682) Die frühere Version fügte hinzu: «und ließ sie einem in Stücken vor die Füße fallen» (S. 606). Man könnte meinen, es handelte sich um Sigmund Freud. Aber wozu braucht Larivière diesen Scharfsinn? Ich weiß: 1830 mußte der Arzt mehr als heute gegen seine Kranken kämpfen; Frauen verweigerten das Abhorchen und nannten eine Verstopfung *vapeur*; es gab sogar welche, die nach englischer Mode den Sitz ihrer Beschwerden mit dem Finger auf einer Puppe angaben. Damit mußte man zurechtkommen, auf Grund äußerer Symptome nach dem Augenschein eine Diagnose stellen, die Patienten mit Fragen bedrängen und, das stimmt, sie sich in ihren Lügen verheddern lassen. All das führt nicht sehr weit. Die Männer übrigens ließen alles mit sich geschehen und logen nicht. Und außerdem war die Wahrheit, wenn man sie etwas abwandelte, nicht sehr tief und nicht sehr verborgen: man log ein wenig hinsichtlich der Organe, der Gewohnheiten, man trank öfter, man hatte öfter Geschlechtsverkehr, als man zugab. Aber dem Chefchirurgen fehlten die notwendigen Instrumente, um die Untersuchung vertiefen zu können. Kurz, er untersuchte die Niere, nicht das Herz. Außer einem: das des kleinen Vasallen, der ihn anbetete. Ein Dämon: dieses aus der Kindheit wieder heraufgekommene Wort verrät den Groll und die Furcht des frühesten Alters. Diesmal geht es nicht um jenes Versagen, um jene Minderwertigkeit, um jenes Relativ-sein, mit dem der bewundernswürdige, ungerecht gerechte Vater ihn vom siebenten Lebensjahr an geschlagen hat: diesmal wirft man dem Erzeuger vor, daß er von dieser Zeit an in der Seele seines Sohnes gelesen habe wie in einem offenen Buch. Die Träume, die Phantasien und die Lügen, die sein Blick vergewaltigt und demontiert hat, sind die von Gustave. Dieser hat mehr als einmal sein inneres Leben «in Stücken vor die Füße fallen» gesehen. In der unveröffentlichten Version findet man folgendes Detail: «Es war der Mann, der am meisten in den fünf Departements hatte erröten lassen.» (S. 606) In gewisser Hinsicht versteht sich das von selbst: die Frauen erröteten, wenn sie dem Arzt von ihrem Körper sprachen. Aber das braucht nicht besonders festgehalten zu werden: diese Schamhaftigkeit gehört zur Epoche. Das Wort wird einem eher etwas sagen, wenn man daran denkt, daß, lange nach dem Tod des Doktors, Gustave unter dem eisigen Blick seiner Mutter bis zu den Haarwurzeln errötete: sie blieb die Inhaberin der väterlichen Autorität. Der Blick des großen Mannes war also schneidend wie ein Skalpell: er schien sich in die Augen seiner

Söhne einzugraben und sie zu sezieren. Es ist der sublimierte, verallgemeinerte *Blick des Vaters*, den sich Flaubert später unter dem Namen «Arztblick oder Chirurgenblick» anzueignen versucht.
Der Ursprung dieses Grolls ist klar. Der Chefarzt beschäftigte sich bei Tisch oder abends nach dem Essen ein wenig mit seinen Söhnen: er schien sie dann sehr viel besser zu kennen, als sie sich selber kannten. Aber seine Nervositäten, seine Donnerwetter verletzten Gustave mehr. Achille verschonten sie, oder er beugte den Kopf und nahm sie friedlich hin; vor allem, als er im Internat war, tauchte er nur noch zweimal wöchentlich im Hôtel-Dieu auf. Außerdem erzürnte er den Vater nicht: Gustave erzürnte seinen Vater und machte ihm Sorgen: wir haben gesehen, daß Achille-Cléophas seinen Sohn belauerte; in der Unterhaltung ging er vom Verständnis zur Ironie und von der Ironie zum Sarkasmus über. Das Wort Sarkasmus ist einen Moment lang im Porträt von Larivière aufgetaucht und dann wieder gestrichen worden, weil es allzu sprechend war: man findet es jedoch in *La peste à Florence*: die «Sarkasmen» von Cosimo haben Garcia böse gemacht. «Ich habe so oft . . . Geschrei hervorgerufen», wird Gustave am 18. September 1846 an Louise Colet schreiben; die bitteren Spötteleien des Vaters bestätigen den kleinen Jungen in dem schmachvollen Gefühl seiner Anomalie; sie haben sich ihm eingebrannt. *Welche* Spötteleien? Der Text ist klar: Achille-Cléophas klagte Gustave der *Lüge* an. Das müssen wir zu interpretieren versuchen.
Wir wissen, daß es zunächst nicht der große Mann ist, den er in seinem Herrn fürchtet: das Kind hat sich, sobald es dazu in der Lage war, dem Kult des Erzeugers verschrieben; es ist sein Priester und seine Vestalin. Mag der anbetungswürdige Gott auch hart, anspruchsvoll, düster und oft stumm sein. Gustave ist ein Mensch des Alten Testaments: die unermüdliche Gnade des Vaters besteht darin, seinem jüngeren Sohn einen Status zu verleihen, indem er sich für ihn zu einer ständigen Quelle von Verpflichtungen macht. Mit einem Wort, die Familienstruktur und die gebieterische Strenge von Achille-Cléophas haben ein vasallisches Kind hervorgebracht. Man muß es allerdings in seinem grundlegenden Vasallentum akzeptieren und ihm die Mittel geben, es zu denken, eine synthetische Ideologie, die die Ergebenheit des Knechts gegenüber dem Herrn rechtfertigt, indem sie die erlebte innere Beziehung in ihr offenbart, die den Teil an das Ganze bindet. Der kleine Gustave glaubte in seinen ersten Lebensjahren, daß Achille-Cléophas die Ansichten von Caroline Flaubert teilte, jenen religiösen Glauben, der so gut zur hierarchischen Struktur der Familie Flaubert paßte: im Grunde tolerierte der philosophische Arzt ihn jedoch nur. Als Gustave sieben Jahre alt ist, zerreißt der Schleier: der Erzeuger hat nichts mit diesem feudalen Mummenschanz zu tun; er läßt es wissen; das Kind ist niedergeschmettert: man scheint seine Liebe nicht mehr zu wollen, weil

es kein Verdienst mehr hat. Aber das ist es nicht: gewiß, der Doktor Flaubert legt im Moment des *Sündenfalls*, das heißt, als Gustave sich seines Versagens bewußt wird, die Karten auf den Tisch. Und ich vermute, daß er, teils aus Verärgerung, ziemlich brutal mit seinem Sprößling umging, der ihm keine Ehre machte. Auf jeden Fall liebte dieser Moses Liebesbeweise kaum: wir haben gesehen, daß er nur den ganz jungen Kindern gegenüber Zärtlichkeit empfand: er mußte den Kleinen als allzu speichelleckerisch empfinden: wenn dieser sich am Abend zum väterlichen Lehnstuhl drängte, mußte er gewisse voltairianische Blicke hinnehmen, die ihn verlegen machten; er schämte sich der Küsse, die er geben wollte. Wir werden darauf zurückkommen.

Vor allem aber verweigert ihm Achille-Cléophas eine Ideologie. Mit Achille war er acht Jahre früher nicht anders verfahren: vielleicht hatte er bei seinem Umgang mit dem älteren Sohn, auf den er bereits stolz war, mehr auf Formen geachtet: auf jeden Fall hat er seine Söhne, sobald er das für möglich hielt, ins bürgerliche Denken einführen wollen. Wenn er guter Laune war und Zeit hatte, dann versäumte er gewiß nicht, über den Menschen, über die Natur, über die Religion zum Ausdruck zu bringen, was er für seine Ideen hielt, was im Grunde aber nichts andres als die Ideologie seiner Zeit war: wie hätte sonst Gustave die «Philosophie» dieses Arztes bewundern können? Eine niedergeschlagene Bewunderung: in den verächtlichen Spötteleien seines Vaters sah er die praktische Anwendung einer abscheulichen, aber wahren Doktrin, in deren Namen sein Erzeuger ihm das Recht auf Vasallentum verweigerte und damit aus seinem Wesen selbst die tiefste seiner Lügen machte. Um zu verstehen, wie der jüngere Flaubert die Theorien von Achille-Cléophas aufnahm – das heißt für ihn, wie er die *Wahrheit* aufnahm –, müssen wir Larivière vorübergehend verlassen und uns der anderen Verkörperung des Chefarztes zuwenden. Gustave ist siebzehn Jahre alt, als er im August 1839 *Les funérailles du docteur Mathurin* abschließt. Die große Desillusion, die das Goldene Zeitalter beendet, nagt immer noch an diesem verletzten Herzen: sie wird sich fast gegen den Willen des Autors äußern.

Die kurze Erzählung unterbricht den autobiographischen Zyklus. Es ist eine philosophische Erzählung in der Art derer, die Gustave zwei Jahre früher schrieb. Mathurin ist siebzig Jahre alt, «noch rüstig trotz seinen weißen Haaren, seinem krummen Rücken». «Wie ein Held», schreibt Gustave plötzlich (I, 220). Trotz seines Alters ähnelt dieser Greis auf merkwürdige Weise dem Doktor Larivière; man lese selbst: «Er kannte das Leben, vor allem durchschaute er das Menschenherz von Grund auf, und es gab kein Mittel, dem Kriterium seines durchdringenden und scharfsinnigen Auges zu entgehen: wenn er den Kopf hob, seine Augenlider senkte und einen lächelnd von der Seite ansah, spürte man, daß eine magnetische Sonde einem in die Seele eindrang und alle Winkel durchstöberte ... durch die Kleidung hindurch sah er die Haut, das Fleisch unter der Epidermis, das Mark im Knochen, und aus alldem holte er blutende Fetzen, eine Fäulnis des Herzens hervor, und oft entdeckte er an gesunden Körpern ein entsetzliches Krebsgeschwür.» (I, 221)[93]

Andere Züge stehen mit den ersten im Widerspruch: so heißt es zum Beispiel, daß er «sanft von seinen Sinnen getrieben» (I, 221) gelebt habe, was kaum der Vorstellung entspricht, die man sich vom Doktor Flaubert macht. Der Autor fügt hinzu, daß dieses Leben «ohne Unglück noch Glück, ohne Anstrengung, ohne Leidenschaft und ohne Tugend, jene beiden Schleifsteine, die die zweischneidigen Klingen abnutzen», verlaufen sei. Und das erinnert uns daran, daß der Doktor Larivière die Tugend praktiziert, ohne daran zu glauben, und daß Achille-Cléophas aus Veranlagung tugendhaft ist.

Gleichzeitig ist diese Figur unter anderen Gesichtspunkten unverkennbar eine Verkörperung Gustaves. Das Argument, das uns von Anfang an als *close up* dargelegt wird, beweist das zur Genüge: «Da Mathurin sich alt fühlte, wollte er sterben, wohl erwägend, daß die überreife Traube keinen Saft mehr hat ... Das wahre Motiv seines Entschlusses war jedoch, daß er krank war und früher oder später von hinnen scheiden mußte. Er wollte dem Tod lieber zuvorkommen, als sich von ihm hingerafft zu fühlen.» (I, 220)

Man wird bemerken, daß Gustave zwei Motive für die Entscheidung von Mathurin angibt: ich will nicht sagen, daß sie einander ganz und gar ausschließen, aber das zweite Motiv – das speziell und konkret ist – verweist das erste in den Bereich der oberflächlichen Allgemeinheiten. Oder, vielmehr, das erste Motiv ist nur ein Wiederaufguß der stoischen Weisheit; das zweite verrät Gustaves Ängste. Tatsache ist, daß seit Beginn seines siebzehnten Lebensjahres die Familie wieder einmal alarmiert ist; der Doktor Flaubert ist besorgt; der junge Mann vertraut uns acht Monate nach *Les funérailles du docteur Mathurin* selbst seine Ängste an: er fürchtet zu sterben. Wir werden nun in diesem Kapitel sehen, weshalb der Tod – der ihm ein ständiges Entsetzen einflößt – ihm niemals wirklich Angst gemacht hat. Sagen wir, daß er das Gefühl hat, an dem Punkt der Nichtwiederkehr angelangt zu sein und sich unaufhaltsam *einer Sache* zu nähern, die in seinen Augen nur der Tod sein kann. Gustave ist nicht Gribouille[94]: er hat niemals daran gedacht, sich zu töten, um den Tod zu umgehen; aber er wünscht sich manchmal in dieser Zeit, daß ein Selbstmord den unaufhaltsamen Prozeß rechtzeitig

93 Man wird bemerken, daß der Autor Mathurin *disciples* gibt und daß er ebenso die Schüler von Achille-Cléophas bezeichnet.

94 Gribouille nennt man einen zerstreuten Menschen, der sich ins Wasser stürzt, wenn er fürchtet, vom Regen durchnäßt zu werden. *Anm. d. Übers.*

stoppt, der ihn zum *Unnennbaren*[95] führt, der in seinem Vorgefühl seine innerste Möglichkeit wird. Aber 1839 und sogar in *Novembre* kann er sich diese Drohung – eine bloße Ankündigung, daß sein Leben sich durch eine katastrophische Zusammenballung in sich selbst verändern wird – kaum anders vorstellen als in Form einer vorzeitigen Todesanzeige. Tatsächlich ist sein Mathurin nicht nur ein *Greis* (das Alter ist eine Art, sein Leben zu überleben, die Flaubert, zumindest in jener Zeit, durchaus nicht mißfällt, weil ja in den *Mémoires d'un fou* das Kind das Pensionsalter haben möchte, das ihn der Welt und den Leidenschaften entreißen wird); er ist auch krank. Da er sich vor acht Tagen eine Rippenfellentzündung zugezogen hat, die ihn nicht schonen wird, und da er seinen Zustand kennt, beschließt er, seinem Schicksal zuvorzukommen und sich durch eine Verdauungsstörung das Leben zu nehmen. Ist das ein Selbstmord? Kaum: wo ist die Tat? Und wo ist die Waffe? Er tötet sich ohne Pistole oder Gift: kein Schierlingsbecher für diesen Sokrates; er wird seinen letzten Augenblick beschleunigen, weil er die Güter dieser Welt mißbraucht hat. Alkohol ist zwar giftig, aber Mathurin «verstand» bis dahin zu essen und zu trinken. Wenn er sich in jener Nacht überfrißt und besäuft, so will er durch sein groteskes Ende beweisen, daß das Gute mörderisch sein kann. Mit anderen Worten, man hat zu wählen zwischen einer abscheulichen Mäßigung, der notwendigen Bedingung für Langlebigkeit, oder dem unendlichen brennenden Verlangen nach Allem. Dieses Thema taucht in *Novembre* wieder auf: ein sterbender Junge, ein Opfer ungestillter Leidenschaften, das ist schön; ein Greis, der dem Gewicht der Jahre erliegt, das ist widerlich: er ist ein Feigling, eine kleinliche Natur, gedankenlos. Mathurin wäre fast aus Zufall gestorben: er nahm verdächtige Rücksichten auf seine Gesundheit. Im letzten Moment wacht er jedoch auf: dadurch «war er groß in seinem Tod» (I, 220). Hier erkennen wir Gustave: handeln heißt für ihn im vollen Einverständnis leiden. Und außerdem ist dieser Selbstmord in gewisser Weise eine Totalisierung: wenn er sich der Rippenfellentzündung überließe, lebte er drei Tage länger, aber wer weiß das schon? Im Fieber fiele er vom Koma ins Nichts. In einer berauschten Nacht faßt dieser Sokrates ohne Schierlingsbecher sein ganzes Leben und seine ganze Erfahrung zusammen: Schüler sind da, *«disciples»*, die sein Wissen empfangen und vermitteln sollen. Diese burleske Befragung: «Da ich sterben werde, soll ich mich töten?» wird in *Novembre* ihre wirkliche Form erhalten: Da ich dem verhaßten Schicksal ohne eine demütigende Metamorphose nicht entgehen kann, ist es nicht besser, wenn ich mir durch einen Pistolenschuß *quitus* gebe?

95 Dieser Prozeß ist die erlebte Beschleunigung der Präneurose, die in der neurotischen Explosion von Pont-l'Evêque enden wird. Wir werden im zweiten Band dieses Werkes ausführlich davon sprechen.

Nichts ist natürlich so klar, aber das Schema ist sichtbar: Mathurin muß bis zum Ende einer unaufhaltsamen Entwicklung gehen, deren Momente alle vorausgesehen werden, oder er muß einfach zerbrechen, indem er sich auslöscht. Das Auslöschen durch Selbstmord hat den *Wiedergewinn im Tod* zum konkreten Ziel.

Was tut Achille-Cléophas in dieser Haut? Wie ist er in sie geschlüpft? Ich antworte zunächst, daß er direkt mit Gustaves Leiden verbunden ist: zunächst hat er den Störungen seines jüngeren Sohnes eine objektive Existenz verliehen, und sei es nur, indem er durch seine Besorgnis spüren ließ, daß er sie festgestellt hatte. Von diesem Gesichtspunkt aus bewirken die religiöse Angst und das Ressentiment, daß der grausame Herr für seinen Sohn zur synthetischen Einheit der objektiven Störungen, kurz, zur Krankheit selbst wird. Gustave kann deren Symptome, die er nicht kennt, von denen er aber – ganz zu Unrecht – zu wissen meint, daß sie Achille-Cléophas bekannt sind, nicht verinnern, ohne den Blick auf sich zu ziehen, der das, was der junge Mann unbestimmt empfindet, diagnostiziert und ihm einen Sinn gibt. Der Vater ist im erlebten Irresein gegenwärtig als der Wille, der es entdeckt und vielleicht erfunden hat, als die *andere* Seite und der verborgene Name des Übels, das keinen Namen hat.

Damit verwandelt sich der Arzt in den subjektiven Schichten in einen Patienten: das fremde Subjekt wird zum inneren Objekt, der Okkupant wird eingesperrt. Als Flaubert über seinen eigenen Selbstmord sinniert, beginnt er, ohne es zu merken, die letzten zukünftigen Augenblicke des Doktor Flaubert zu erzählen; er folgt nur seiner Neigung, weil ja *der Tod des Vaters* eines der Phantasmen ist, denen er am liebsten nachhängt. Halten wir fest, daß dieser Ritualmord auch von einer gewissen Seite her ein Identifikationsversuch ist: Vater und Sohn stecken in derselben Haut und sterben auch zusammen. Ein gescheiterter Versuch; kaum ist die Identifikation angedeutet, schon zerbricht sie: es folgt eine Verdoppelung. Die Figur verwirklicht nacheinander ihre widersprüchlichen Komponenten. Erst der Vater, dann der Sohn. Mathurin hat zunächst jene Ausgeglichenheit als Erbteil erhalten, die zugleich von Vernunft und von Mittelmäßigkeit zeugt. Er gehört zu jenen «Weisen, die lange essen . . . und die am letzten Tag beim Nachtisch, wenn die einen schlafen und die anderen seit dem ersten Gang betrunken sind . . . endlich die erlesensten Weine trinken, die reifsten Früchte kosten, langsam die letzten Züge der Orgie genießen . . . und sterben können!» (I, 223). Kurz, er hat mit seinem ganzen Leben gegeizt, um in seinen letzten Momenten die Existenz zu genießen. Diese berechnete Mäßigung, dieser sanfte Epikurismus verschwindet tatsächlich nicht einmal zu Beginn der Trunkenheit.

«Zuerst war es eine ruhige und logische Trunkenheit, eine sanfte und beliebig verlängerte Trunkenheit.» (I, 222)

Mathurins Seele wird uns noch nach den ersten Flaschen als ein «Schlauch voller Glück und Süßwein» (I, 222) dargestellt. Diesem Rausch entsprechen einnehmende und würdige Äußerungen: «Schließlich habe ich gelebt, warum nicht sterben? Das Leben ist ein Fluß, das meine ist zwischen Wiesen voller Blumen dahingeströmt . . . Adieu, ihr Abendwinde . . . Das Leben ist ein Fest . . .» (I, 222) usw. Gemessene und banale Vergleiche, um jenen Allgemeinplatz auszudrücken: die Bereitschaft zum Tod eines von Leben verwöhnten Greises. Wird er so sterben? Es sieht so aus. In diesem Moment der Erzählung schreibt Flaubert tatsächlich – immer noch das *close up* – jene Zeilen, die für ihre Moral gelten könnten:

«Er tauchte, bevor er starb, in ein Bad ausgezeichneten Weins, badete sein Herz in einer namenlosen Seligkeit, und seine Seele entschwand direkt zum Herrn, wie ein Schlauch voller Glück und Süßwein.» (I, 222)

Was denn? Das Leben ist also gut? In dieser guten Welt braucht man nur die Klippen zu vermeiden, seine Leidenschaften zu zügeln, um im Alter die goldenen Früchte des Herbstes zu ernten? Das hat kaum Ähnlichkeit mit dem, was Gustave in dieser Zeit denkt und fühlt, was er sein ganzes Leben lang denken und fühlen wird; nicht einmal mit dem, was er am Anfang der Erzählung schrieb: erinnern wir uns daran, daß Mathurin «eine Fäulnis des Herzens hervorholte und oft an gesunden Körpern ein entsetzliches Krebsgeschwür entdeckte» (I, 221). Die Mehrdeutigkeit des letzten Satzes riecht nach Rache: *scheinen* denn die betreffenden Körper gesund? In diesem Fall ist alles entgegen dem Augenschein verfault. Waren sie wirklich gesund? In diesem Fall *schlägt* sie das «scharfsinnige Auge» des guten Doktors mit dem Krebsgeschwür, das er zu entdecken behauptet. Eins ist jedoch unzweifelhaft: dieses Krebsgeschwür *existiert.* Gustave sagt zu seinem Vater zugleich: «Ich weiß, meine Seele schien rein, aber du, anbetungswürdiger Herr, hast das radikale Böse entdeckt, das sich darin verborgen hielt» und: «Ich war rein, dein dämonischer Blick hat mich böse gemacht, indem er im voraus und prinzipiell voraussetzte, daß ich es war.» Für Mathurin jedenfalls ist die Welt verfault: wie könnte er sie genießen, außer in dem Augenblick, da er sich auslöscht? Der Autor fügt übrigens in derselben Passage hinzu, daß er gelebt hat «ohne Unglück noch Glück, ohne Anstrengung, ohne Leidenschaft und ohne Tugend» (I, 221). Das ist alles, was man im Reich Satans wünschen kann. Mathurin benutzt im Grunde seine Kenntnis des Herzens, um sich wissenschaftlich zu lenken. Das Resultat war sicher nicht, jenen Fluß, das Leben, «zwischen Wiesen voller Blumen» dahinströmen zu lassen, wie er es nach der ersten Zeche behauptet. Allenfalls ist es ihm im Laufe seiner langen Existenz gelungen, jene reine Leere in sich zu erhalten, die *Ataraxie* der Alten. Man kann nicht sagen, das sei das

Gemüt von Achille-Cléophas, der mürrisch, cholerisch war und immer andere beschuldigte: dieser mußte jedoch zweifellos denken und seinen Kindern sagen, daß inneres Phlegma die einzig mögliche Vollendung darstellte. Nicht, daß er es für sich wollte, dieser leidenschaftliche Forscher. Aber der Utilitarismus – seine einzige Ethik – fußte auf dem Sensualismus, und dieser kehrt, was man auch tun mag, immer zu Epikur zurück wie ein Pferd zu seinem Stall. Vor allem finden wir hier einen von Gustaves Träumen wieder: nicht mehr leiden. Da Leiden für ihn der Geschmack des Lebens selbst ist, faßt er nur zwei Möglichkeiten ins Auge, es zu umgehen: die eine, verächtliche, Möglichkeit besteht darin, an der Oberfläche seiner selbst zu bleiben; die andere, ein vorzeitiges Altern, besteht darin, so viel gelitten zu haben, daß man nicht mehr leiden kann. Er fügt hier eine dritte Lösung hinzu: Selbsterkenntnis durch die Ursachen und wissenschaftliche Selbstlenkung. Diese Auffassung scheint mir eine Spur seiner frühen Kindheit zu sein. Lange Zeit hat der kleine Junge dem Vater vertraut und ist davon überzeugt gewesen, daß dieser sofort die Seelen sezierende Blick sich auch auf sich selbst richten konnte. Im Augenblick von *Les funérailles du docteur Mathurin* ärgert ihn diese Vorstellung, er spielt damit, ohne allzusehr daran zu glauben. Oder, vielmehr, sie ist das Indiz seiner Verblüffung: wie kommt es, daß trotz seines diabolischen Durchdringungsvermögens, das ihm das Böse überall und bis in ihn selbst hinein offenbart, Achille-Cléophas nicht unglücklicher ist? Er hat zwar Launen, er brüllt und vergießt manchmal sogar einige Tränen. Aber diese oberflächlichen Erregungen hindern ihn nicht daran, das allerfriedlichste Leben zu führen. Und die Wahrheit des Vaters ist in den Augen seines jüngeren Sohnes die gutmütige Würde Larivières. In *Les funérailles du docteur Mathurin* beschreibt Gustave ohne Zweifel eine vertraute Haltung von Achille-Cléophas, die ihn zutiefst schockiert: wenn der *pater familias* den Kopf hebt und seinen Sohn von der Seite (und von oben nach unten) durch seine halbgeschlossenen Augen ansieht, so spürt dieser, daß eine magnetische Sonde in seine Seele eindringt. Um *zwangsläufig* Fäulnis darin zu finden oder hineinzubringen, wenn keine da ist. Während nun dieser Dämon das Böse sogar noch am Grund des Herzens seines Sprößlings sieht, *lächelt* er, dieses Ungeheuer: das ist der Skandal. Hat der philosophische Arzt Gefallen daran, den Gestank von Leichen einzuatmen? Ergötzt er sich daran, in diesem Sohn, den er verflucht hat, die zwangsläufigen Wirkungen seines Fluchs zu entdecken? Oder beglückwünscht er sich als unempfindlicher Vater, im gemarterten Herzen des Kindes die Bestätigung einer Hypothese oder, noch allgemeiner, seiner Philosophie zu finden? Für Gustave ist es ungefähr all das zusammen. Aber als er *Les funérailles du docteur Mathurin* schreibt, scheint er vor allem über die Unempfindlichkeit entsetzt, die er seinem Erzeuger zuschreibt. Man wird tatsächlich feststellen, daß Mathurin «*ohne Leidenschaft*» lebt: also hat er nicht mal die Leidenschaft der Erkenntnis, die ihm bis zu einem gewissen Grad als Entschuldigung dienen könnte. Dieser merkwürdige Charakter ist ein Teufel durch den Geist; im Leben ist er eine engherzige, ängstliche Natur, die sich schont. Der junge Mann rächt das Märtyrer-Kind und maßt sich an, seinen Peiniger etwas zu verachten. Verbirgt sich nicht Herr Paul aus *Quidquid volueris* hinter Mathurin? Zum Skandal kommt übrigens noch ein unlösbares erkenntnistheoretisches Problem: woher hat Mathurin sein Wissen? Wie hat er es erworben? Gustave verspricht, es uns in einem dicken Buch mitzuteilen, von dem *Les funérailles du docteur Mathurin* die Schlußfolgerung sein soll. Aber damit kaschiert er nur seine Verlegenheit. Es steht für ihn fest, daß allein die Erfahrung Wissen begründet. Aber wenn dem so ist, wie kann man dann Weisheit erwerben, ohne den Wahnsinn kennengelernt zu haben? Die Antwort darauf wird er in *Madame Bovary geben*: «(Larivière) war wie ein alter Priester, der mit häuslichen Geheimnissen überlastet ist.» Aber er kennt sie bereits zu der Zeit, wo er den Doktor Mathurin beschreibt. Und er findet sie erbärmlich: das Repertoire des Wahnsinns, der Leidenschaften, der Schmerzen kennt sein Vater auswendig, weil er es *bei den anderen* studiert hat. Dem hält Gustave unausgesprochen entgegen, daß man Wahnsinnige niemals verstehen kann, ohne selbst wahnsinnig gewesen zu sein: ohne diese persönliche Erfahrung, die nur zur Verzweiflung führen kann, begreift man Schemata, kann man eine äußere Klassifizierung versuchen: die «erlebte Wirklichkeit» wird einem entgehen.

So ist also Mathurin: die *Kenntnis* des Übels, aber keineswegs das Übel zu leben. Kurz, ein Skeptiker: er glaubt weder an Gott noch an den Teufel, noch vor allem an die schönen Gefühle. Und nun ist er alt, verbraucht, eine überreife Traube, die ihren Saft verloren hat: das traurige Ende eines Voltairianers. Und wenn er dennoch, bevor er starb, die Erfahrungen der anderen verinnerte und totalisierte? Wenn er sie plötzlich zu den seinen machte? Das Pulverfaß würde in die Luft gehen, der Skeptiker würde explodieren, würde nach Gustaves Herzen ein «Held» werden.

Plötzlich verändert sich nämlich alles durch die unvorhergesehene Mutation des Doktors:

«Der Rauch ihrer[96] Pfeifen steigt zur Decke und breitet sich in aufsteigenden blauen Wolken aus; man hört ihre Gläser gegeneinanderstoßen und ihre Worte; der Wein fällt auf die Erde, sie fluchen, sie kichern; das wird entsetzlich werden, sie werden sich beißen. Keine Angst, sie beißen in eine fette Poularde, und die Trüffel, die aus ihren roten Lippen quellen, rollen auf den Fußboden.» (I, 223)

96 Dieser Sokrates stirbt inmitten seiner Schüler.

Mathurins Reden verändern sich: er lacht, er beginnt zu brüllen; Gustave will uns durch die Respektlosigkeit des alten Sterbenden entsetzen; es gelingt ihm zwar nicht, weil sein Zynismus sich auf Gemeinplätze beschränkt, ganz wie der elegante Stoizismus der früheren Seiten. Aber die Absicht ist klar. Man höre selbst:

«In jener letzten Nacht geschah zwischen den drei Männern etwas Ungeheuerliches und Großartiges. Wenn ihr sie gesehen hättet, wie sie derart alles ausschöpften, alles zum Versiegen brachten . . . alles zog an ihnen vorbei und wurde mit einem grotesken Gelächter und einer Grimasse begrüßt, die ihnen Angst machte; die Metaphysik wurde im Zeitraum einer Viertelstunde gründlich abgehandelt und die Moral, wobei sie sich mit einem zwölften kleinen Glas betranken. Und warum nicht? Wenn euch das schockiert, so lest nicht weiter, ich berichte die Tatsachen.» (I, 225)

Die Erzählung ist – ebenso wie die *Mémoires d'un fou* – Alfred gewidmet; mit Alfred Le Poittevin unternahm er donnerstags jene erschöpfenden und unbarmherzigen Abrechnungen: nichts blieb bestehen. Was den Wein angeht, so betrank sich Gustave kaum, aber Alfred soff sich buchstäblich zu Tode: er trank, wie wir sehen werden, um sich zu zerstören. Diese beiden Hinweise genügen uns: bis zu diesem Augenblick wurde Mathurins Rolle vom Vater eingenommen; jetzt wird sie vom Sohn gespielt.

«In den Zynismus eingetreten, wird er mit seiner ganzen Kraft darin weiterschreiten, er taucht darin ein und stirbt darin mit der letzten Zuckung seiner erhabenen Orgie.» (I, 225)

Durch diese vier Wörter: «in den Zynismus eingetreten» bedeutet uns Gustave, daß die Metamorphose Gegenstand eines Entschlusses war: Mathurins diabolisches Wissen trägt endlich Früchte und bewahrt ihn vor einem erbärmlich mittelmäßigen Tod; nicht, daß das Näherrücken seiner letzten Momente ihn irgend etwas gelehrt hätte: er *totalisiert*, das ist alles, aber die Totalisierung ist für Gustave ohne einen Willen zum Zynismus unmöglich, sie offenbart die Verdammung des Menschen und sein Nichts. Die Rippenfellentzündung bestimmt den bescheidenen Doktor dazu, zu werden, was er war: ein Teufel.

«Der Priester tritt ein, Mathurin schleudert ihm (die Karaffe) an den Kopf, besudelt den weißen Überwurf, stößt den Abendmahlskelch um, erschreckt den Chorknaben, nimmt eine andere und gießt sie sich in den Mund, wobei er ein Gebrüll wie ein wildes Tier ausstößt; er windet seinen Körper wie eine Schlange, er dreht sich hin und her, er schreit, er beißt in seine Laken, seine Nägel klammern sich am Holz seines Bettes fest.» (I, 225)

Nach diesem Höhepunkt beruhigt er sich natürlich wieder: er stirbt sanft, sagt man uns. Gleichviel: was uns hier beschrieben wird, ist Satan unter einer Dusche von Weihwasser. Mit anderen Worten, der Doktor

Flaubert ist in den Zynismus eingetreten und geht vom Szientismus zur Verkommenheit über, totalisiert schließlich seine so hoch gerühmte Erfahrung und wird sterbend zu einer «Statue des Gespötts» (I, 224). Was für eine Befriedigung für Gustaves rachsüchtige Seele: er ermordet nicht nur seinen Vater, sondern zwingt ihn darüber hinaus noch, in der Haut des Garçon zu sterben. Mathurin opfert sich Yuk aus *Smarh*, der stärker ist als der Tod. Aber das geht zu weit: seit einem Augenblick ist der Vater verschwunden, und sein Sohn, der Opferpriester, hat den Platz des Opfers eingenommen. Der voltairianische Skeptizismus von Achille-Cléophas hinderte ihn nicht daran, sich allgemeiner Achtung zu erfreuen; als der Sohn ihn im Leiden und im Haß übernimmt, verwandelt er ihn in einen skandalösen Zynismus. Die etwas verdächtige Strenge des ersten findet in der burlesken Verzweiflung des zweiten ihre Wahrheit. Laßt Achille-Cléophas sich besaufen, und ihr werdet Gustave erhalten.

Die mißglückte Identifikation (es gibt *zwei* Mathurins, das ist unbestreitbar) hat sich also in eine *Verwandtschaftsbeziehung* verwandelt. Und man kann noch nicht einmal sagen, ob der Vater zum Sohn geworden ist oder ob er ihn hervorgebracht hat. Sicher ist, daß der Sohn in den Augen Gustaves der radikalisierte Vater *ist*. Diese merkwürdige Metamorphose kennzeichnet klar die Haltung des jungen Mannes gegenüber dem Szientismus von Achille-Cléophas. Die Fähigkeit, Körper und Seelen zu sezieren, ist für den jüngeren Sohn ein Gegenstand des Entsetzens und des Respekts. Gustave begehrt die *Erfahrung* des Chefarztes.[97] Gleichzeitig scheint sie ihm ein Virus zu sein, mit dem man ihn infiziert hat, nämlich der Grund seiner Anomalie, der Ursprung seines «vollständigen Vorgefühls des Lebens»; sein Vater *betreibt* die Wissenschaft, Gustave *erleidet* sie, was eine Art und Weise ist, von ihr frustriert zu sein: er sieht sie nicht, er ist von ihr gezeichnet, wie der Verurteilte in der *Strafkolonie* von Franz Kafka. Während er dieses mörderische Wissen bewundert, scheint ihm von der Höhe seines Unglückes her gesehen sein Vater dessen nicht würdig zu sein: wie kann er gemäßigt bleiben, ernsthaft seine beruflichen Verpflichtungen erfüllen, die Tugend praktizieren, ohne daran zu glauben, und genau überlegte Geldanlagen machen? Bei Gustave wird sich die Erfahrung wenigstens totalisieren: Leiden, allumfassender Spott und Tod. Am Ende dieser Analyse spürt man die besondere Situation des jüngeren Sohns: der *pater familias* betrachtet den Mechanismus nicht als eine *pessimistische* Ideologie: es ist das Denken seiner Klasse, eine Art und Weise, die Welt und die Gesellschaft zu begreifen, ein Mittel, emporzu-

97 Das ist, wie wir sehen werden, der Sinn einer Erzählung seiner Adoleszenz, *L'anneau du prieur*. Das Wort *Erfahrung* (hier im Sinn vom empirischen Wissen) taucht in *Novembre* auf.

kommen; der Szientismus ist kein Skeptizismus, ganz im Gegenteil: es ist eine Theorie der Wahrheit; so sieht sie Achille; aber der frustrierte Jüngere sieht in ihr einen verzweifelten Zynismus: die Zurückweisung jeden Wertes, jeden religiösen Trosts; die väterliche Wissenschaft, die ihn nur allzufrüh desillusioniert hat, will er jedoch keineswegs zurückweisen, sondern vielmehr erfüllen, auf die Spitze treiben, radikalisieren. Die Theorie der Wahrheit wird zur Theorie der Verzweiflung. Der atheistische Mechanismus, der von einem jungen, vom Schicksal heimgesuchten Propheten eher *empfunden* als neu gedacht wird, verliert seinen wesentlichen Charakter – nämlich die Welt von außen zu beschreiben –, um zu einem neuen Satanstrick zu werden; für Gustave ist es die Theorie seines Schicksals: der Teufel hat ausdrücklich eine religiöse Seele geschaffen, die nach dem Unendlichen strebt, nach Verzükkungen, nach Erhebungen, um sie in eine Welt ohne Werte und ohne Gott zu werfen. Auf dieser Ebene erscheint ihm der verinnerte Mechanismus – der angefochten wird durch den religiösen Instinkt, durch das Bedürfnis zu glauben, das heißt, durch ein inneres Band mit dem Unendlichen der Äußerlichkeit zu entgehen – gleichzeitig als seine grundlegende Frustration und als die wissenschaftliche Erklärung jeglicher Frustration. Einmal mehr hat er im voraus verloren, weil er ja emotional eine Ideologie vereinigt, die durch die Atomisierung des Kosmos und der Menschen unsere Illusionen entlarven und uns von unseren Leidenschaften befreien will. Wir werden noch den Anteil des Ressentiments und der negativen Absicht in dieser Angelegenheit sehen: nicht ganz unschuldig bringt Gustave den Mechanismus von seinem Königsweg ab, um das Evangelium des Teufels daraus zu machen. Aber wir wissen jetzt genug davon, um eine Rekonstruktion der Entwicklung dieses verfälschten Denkens und seine Rückwirkung auf das Erlebte versuchen zu können, das es übernommen und modifiziert hat, um sich seine ideologische Rechtfertigung daraus zu zimmern.

B. Progressive Synthese

Der Szientismus

Die Erfahrung, nur die Erfahrung: alles muß aus ihr hervorgehen, alles muß zu ihr zurückkehren. Das ist der Glaubensakt des Doktor Flaubert, den er seinen Söhnen aufzwingt. Gustave zweifelt keinen Augenblick daran, daß sein Vater ein Mann der Erfahrung ist. Schon sehr früh beneidet er ihn um sein Wissen. Daher kommt ein neues Mißverständnis, das sein Vater nie bemerken, das jedoch seinen Sohn bis zum Ende belasten wird.

Achille-Cléophas *beobachtet.* Er seziert mit Verbissenheit, aber das Sezieren ist oft nur ein Inventarisieren: die geographische Karte des menschlichen Körpers wird gezeichnet; nach dem Tod wird das Protokoll der Veränderungen aufgestellt, das ihm die Krankheit beigebracht hat. Es kommt auch vor, daß der Doktor Flaubert Informationen über Zwischenfälle sammelt, die sich im Laufe bestimmter chirurgischer Eingriffe ereignet haben: er klassifiziert die Fakten, wagt einige Interpretationen, die in der Luft hängen, weil sie nicht experimentell überprüft werden können. Von diesem Gesichtspunkt her verdient seine Schrift *Mémoire sur les accidents causés par la réduction des luxations* seinen Titel voll und ganz, vorausgesetzt, daß man unter *Mémoire* kein Memorandum, sondern eine Erinnerung versteht. Das erklärt sich zunächst durch den rudimentären Zustand der Technik und der Instrumente, aber auch und vor allem durch die Unmöglichkeit, am lebenden Objekt zu arbeiten. Die Zeit der «Experimentalmedizin» ist noch nicht gekommen: man mußte darauf warten, daß die Krankheit von selbst experimentelle Systeme lieferte, deren passiver Zeuge der Arzt im übrigen nur sein konnte. Aber wir haben gesehen, daß sich hinter der demütigen «Unterwerfung unter die Tatsachen» des Empirismus der hochmütigste aller Intellektualismen verbirgt: gestützt auf ein Ensemble von Zeichen muß der Wissenschaftler seine Analyse so weit treiben, bis er das universale Wissen auf ein endliches und stringentes System analytischer Wahrheiten gründen kann. So erweist sich eine ehrgeizige *Logik* als die Kehrseite der Unterwerfung unter die sinnlichen Gegebenheiten: geistige Passivität ist das Prinzip, das die Aktivität des Verstandes rechtfertigt. Achille-Cléophas ist eminent aktiv; mit anderen Worten, die analytische Zerlegung oder, wenn man lieber will, die Arbeit des Skalpells setzt voraus, daß seine verschiedenen Momente durch die Einheit eines Entwurfs, einer Forschung oder *sogar* einer zu verifizierenden Idee getragen und verbunden werden: die Analyse ist in sich selbst ein synthetisches Unternehmen; aber sie kennt damals noch nicht jenen Aspekt ihres Verfahrens: nur der Gegenstand, der auf seine Elemente reduziert werden muß, interessiert sie. Natürlich muß der Zerlegung für den Chefchirurgen früher oder später eine Wiederzusammensetzung folgen. Aber dieser Erbe des 18. Jahrhunderts ging nicht weiter als Condillac, der schrieb[98]: «Wenn ich eine Maschine kennenlernen will, werde ich sie zerlegen, um jeden Teil für sich kennenzulernen. Wenn ich dann von jedem eine genaue Vorstellung habe und sie in dieselbe Ordnung bringen kann, in der sie waren, dann werde ich diese Maschine vollständig begreifen, weil ich sie zerlegt und wieder zusammengesetzt habe.» Alles hängt natürlich davon ab, was unter «Ordnung» verstanden wird. Es bleibt jedoch festzuhalten, daß

98 Condillac, *La langue des calculs*, 1798.

eine wieder zusammengesetzte Maschine nicht eine Maschine *in der Ordnung* ihres Funktionierens ist: Energie ist nötig, um sie in Bewegung zu setzen. Energie war nötig, damit dem Chemiker Lavoisier die Wiederzusammensetzung des Wassers aus seinen Elementen gelang. Aber der gute Abbé de Condillac hat alles vorgesehen: mangels der Dinge selbst werden wir die Ordnung der Zeichen in der konventionellen Sprache wiederzusammensetzen, die wir ausdrücklich erfunden haben. Die Folge einer Ideologie, die die Bewegung und die Energie verschwinden läßt, besteht darin, daß es *für die Erkenntnis* keinen Unterschied zwischen einer nicht arbeitenden und einer arbeitenden Maschine gibt. Besser noch: die Wahrheit der arbeitenden Maschine liegt in der nicht arbeitenden Maschine. Eine Auffassung, die, auf das Leben angewandt, den Tod zur Wahrheit des Lebens macht. Achille-Cléophas sah darin nichts Unzulässiges: er sezierte eine Leiche; die Wiederzusammensetzung geschah auf anatomischen Tafeln: nachdem er geschnitten hatte, nähte er wieder zusammen oder setzte vielmehr auf Bildern die Organe in ebendie Ordnung wieder ein, in der er sie vorgefunden hatte; das war das Wissen, die genaue Erkenntnis der menschlichen Maschine. Heute ist klar, daß dieses Wiederzusammensetzen keinen Aufschluß über das Funktionieren der Organe geben kann, das heißt ihre Rolle in der strukturierten Einheit eines lebenden Organismus. Aber Achille-Cléophas gehörte zu denen, die zu Recht gegen den Organizismus kämpften und diese Doktrin für eine entartete Perpetuierung des religiösen Denkens hielten. Dieser Arzt wußte wohl, daß das Leben sich vom Nicht-Leben unterschied und daß man über diesen Unterschied Aufschluß geben mußte. Aber da ja die Wahrheit der Phänomene in jedem Fall im *Mechanismus* lag, schien ihm der Gegensatz des Lebenden und des Unbelebten nicht entscheidend: die *synthetische* Wahrheit unseres Lebens war in seinen Augen, daß es nur eine scheinbare oder verbale Synthese gibt; nach Condillac, nach La Mettrie dehnt er die cartesianische Vorstellung vom Tier als Maschine auf das Menschengeschlecht aus.
Gustave hat sehr früh gewußt, daß sein Vater sezierte: wenn der kleine Junge mit seiner Schwester im Gärtchen hinter dem linken Flügel des Krankenhauses spielte, brauchte er sich nur an den Fenstergittern hochzurecken, um die Leichen zu sehen. Wenn der junge Sohn eines Chirurgen heute bei der Arbeit seines Vaters zusähe, würde er das, was dieser macht, direkt oder indirekt, in einer therapeutischen Perspektive sehen. Der Tote rettet den Lebenden: die *Leiche* auf dem Seziertisch hat sofort einen Nutzkoeffizienten. Das kann man einem Kind erklären; der Tod ist in den Händen der Menschen, weil die Menschen in den Händen des Todes sind. Er wird jeden Tag weniger *natürlich* – ohne daß er damit aufhört, absolute Grenze, also Natur zu sein. In dieser Perspektive kann er in den Augen eines Jungen seinen subjektiven

Schrecken behalten (er kann vom frühesten Alter an Angst bei der Vorstellung seines künftigen Hinscheidens empfinden); objektiv erschreckt er weniger: so abstoßend die Leiche auch sein mag, sie ist ein Mittel zu leben. Der jüngere Sohn eines Chirurgen in der Mitte unseres Jahrhunderts würde sich für die Herzverpflanzung begeistern.

In dem zurückgebliebenen Frankreich von 1830, wo sich die medizinische Ausbildung verlangsamt hat, sind die Toten, die der kleine Gustave sieht, bereits Gegenstände der Wissenschaft. Aber einer passiven Wissenschaft, die analysiert und nicht wiederzusammensetzt, einer ohnmächtigen Wissenschaft, die erkennen will und nicht heilen kann. Natürlich meint sie zu erkennen, um zu heilen. Aber sie weiß, daß sie nichts weiß und daß sie die Toten noch lange beobachten muß, ohne aus ihnen die Möglichkeit zu gewinnen, das Leben zu verlängern. Und da diese Erkenntnis nur selten praktisch sein kann, spüren die Kinder Flaubert dunkel den fast nutzlosen Charakter der väterlichen Forschungen: das Land dämmert dahin und kehrt gegenüber den großen Problemen der Menschheit zu seinen traditionellen Haltungen zurück; und ebendiese Haltungen sind es – besonders das Laisser-faire –, die die Familie des Chefarztes übernommen hat. So erscheint für die beiden Kinder, die im Garten spielen, der Tod, unerträglich und vertraut, vor allem als etwas *Natürliches*. Er kommt, wann er will, man kann ihn um keinen Zoll zurückdrängen. Gustave denkt, daß sein Vater ihn so studiert wie ein Botaniker eine Art. Aus seinen Briefen und Werken können wir ersehen, daß er die Medizin niemals als einen *Kampf für das Leben* betrachtet; er hält sie mehr für eine Wissenschaft als für eine Kunst. Am Chirurgen bewundert er den Blick und nicht die Hände. Von seinem Vater, von Larivière aus *Madame Bovary* gibt er vor, das theoretische Wissen, die Tugenden zu rühmen, aber nicht die Heilungen, die sie vollbracht haben. Charles Bovary, der so jämmerlich scheitert, als er versucht, einen Klumpfuß zu operieren, könnte man eindeutig als einen Ignoranten bezeichnen. Ebenso Canivet, der sich in der Diagnose irrt. Aber der Apotheker Homais, von dem Albert Thibaudet[99] die Intelligenz hervorhebt, ist kaum brillanter: da er den Blinden nicht heilen kann, läßt er ihn aus der Gegend vertreiben. Larivière, Canivet, Bovary, Homais: das ist die Ärzteschaft im Jahre 1830; die einen töten, die anderen lassen sterben, die größten ergreifen die Flucht, um sich nicht zu kompromittieren. Sieht man sich Flauberts Korrespondenz an, seine Verwünschungen gegen die Ärzte, so wird man sein tiefes Gefühl verstehen: die Medizin heilt nicht; für ihn kommt das teils daher, daß sie noch in ihren Anfängen steckt, aber auch und vor allem, daß sie sich an die natürliche Grenze des Menschen, an sein unüberschreitbares Schicksal heranmacht. Und dieses Gefühl – das er sein

99 Albert Thibaudet, *Gustave Flaubert*, Paris 1935, S. 117ff. *Anm. d. Übers.*

ganzes Leben lang behalten wird – spiegelt lediglich die Haltung des noch bäuerlichen Bürgertums wider, aus dem er hervorgegangen ist. Der Tod wird *erlitten*; er ist – teilweise – Gegenstand der Erkenntnis; er stellt sich von selbst als eine Analyse im etymologischen Sinn des Wortes dar, weil er die lebenden Verbindungen zwischen den Organen aufhebt und die analytische – das heißt *anatomische* – Erkenntnis des menschlichen Körpers erleichtert. Der Doktor Flaubert zumindest denkt, daß das Leben als solches eines Tages Gegenstand eines Wissens sein muß, und sei es nur, um hinter der trügerischen organischen Einheit das komplexe Ensemble mechanischer Systeme in Bewegung zu offenbaren, die einander von außen bedingen. Das Kind geht nicht so weit: es glaubt, was es sieht. Wenn der Tod ihm als die Wahrheit des Lebens erscheint, so nicht nur, weil es sich von der abstrakten Notwendigkeit überzeugt hat, die aus allen Menschen Sterbliche macht: die Leiche stellt in seinen Augen die permanente und konkrete Realität des lebenden Körpers dar. Sehr früh schon hat er Zeichnungen, anatomische Tafeln gesehen, die die Organe mehr als die Natur als tot erscheinen lassen: *ihr Blut ist abgewaschen*. So sind sie eigentlich, die Leute: Leichen, die es nicht wissen. Nicht zukünftige Leichen: *heute, in dieser Minute*, ist er davon überzeugt, seine eigene Leiche unter seiner Haut zu tragen. Natürlich handelt es sich hier mehr um ein Gefühl als um eine Vorstellung: um ein magisches Denken, wenn man will: aber es wird ihn nie mehr verlassen. Der erste Grund ist die Entdeckung des Sezierens: das Schauspiel seines über eine Leiche gebeugten Vaters, der verbissen daran arbeitet, ihr das grundlegende Geheimnis des Menschen zu entreißen, ist für ihn ein Schock. Aber das Kind ist Komplize: da es den analytischen Rationalismus erleidet, ohne ihn zu verstehen, begreift es nicht, daß das väterliche Skalpell die feinsten Rädchen einer präzisen und komplexen Maschine an den Tag zu fördern versucht, noch, daß Achille-Cléophas die Äußerlichkeit für den grundlegenden Status der Materie hält, ob sie nun belebt oder unbelebt ist. Passiv konstituiert, achtet Gustave nur auf die obszöne Hingabe der Leichen, die ihm seine eigene Passivität widerspiegelt. Er handelt, man zwingt ihn dazu, er weiß, wie man sich einer Gabel, eines Löffels bedient, er zieht sich alleine an: aber unter diesen befohlenen Aktivitäten erkennt er seit langem seine Trägheit, seine Gleichgültigkeit gegenüber allem, was nicht ein rachsüchtiges Sinnieren ist, seinen tiefen Absentismus; das ist es, die Leiche, die er unter der Haut hat. Fasziniert von dieser nach seinem Bilde gemachten stinkenden Materie, entdeckt er in ihr *ein Minder-sein*, das jenes zwiespältige Merkmal hat, die Verhöhnung der Schönheit, der Jugend, der Menschenwürde zu sein und gleichzeitig deren *Wahrheit* hervorzubringen. Die Leiche erregt sein Entsetzen, wenn sie von *postumem* Leben wimmelt, das heißt, wenn sich die Auflösung in ihr als innere *Selbst*auflösungskraft äußert. Aber was spiegelt sie ihm in der negativen Einheit ihrer Fäulnis andres wider als das Leben vor dem Tod, das Gustave gegenwärtig erleidet? Ist dieses nicht auch Auflösung? Nicht nur im Abstrakten und weil es ihm ein unaufhaltsamer Rückbildungsprozeß zu sein scheint, sondern direkt, konkret, weil er jenes Fieber, das die Materie in diesem Augenblick verhext – und *ihn selbst* hervorbringt – mit der *anderen Aktivität* gleichsetzt, die gegen die Toten wütet, sobald sie auf der Bahre liegen: durch die ekelhaften chemischen Vorgänge seiner Verdauungen, durch den Gestank seiner Exkremente, durch den Geruch seines Atems, seines Schweißes, durch die Marmelade, die unter seiner Haut zirkuliert, durch die Säfte, durch den Eiter, der sich ohne offensichtlichen Grund in rötlichen Pickeln ansammelt und als gelbe Abszesse, Furunkel, Phlegmone hervorragt, um schließlich als Verflüssigung seines Fleisches hervorzuspritzen, ist er durch all das nicht zu seinen Lebzeiten die Leiche, die er *post mortem* sein wird? Es gibt zwei Leben, und Gustave wird sie nacheinander erleiden; durch einen Einschnitt getrennt bewegen sie sich beide auf seine Auslöschung hin: das eine hat ihn aus dem Bauch seiner Mutter geholt und quält ihn durch ein unwiderstehliches Altern; das andere wird ihn von seinem Totenbett nehmen und zersetzen, bis er endlich zur reinen Trägheit der anorganischen Materie zurückkehrt.

Hier hat man zum erstenmal den irrationalen, aber unlöslichen Zusammenhang zwischen Gustaves *Fatum* und dem väterlichen Mechanismus. Wenn in diesem die Wahrheit liegt, so ist die Verfluchung Adams das *Organische*. Der Ewige Vater und der *pater familias* haben auf mysteriöse Weise eine Kombination von Molekülen geschaffen und sie absichtlich mit einer trügerischen Innerlichkeit durchtränkt, damit sie sich auflöse, das heißt unter den schlimmsten Qualen wieder zu jenem mechanischen System von Atomen werde – gesteuert durch das Gesetz äußerer Einwirkungen –, das sie *insgeheim* immer gewesen ist. Achille-Cléophas erklärt seinem Sohn, daß das Leben eine komplexe Maschine sei und die Analyse es früher oder später auf seine Elemente reduzieren werde, und das Kind versteht, daß es ein Stück verfluchter Materie ist, eine erzwungene Ansammlung von Atomen, die allein der böse Wille eines grausamen Herrn zusammenhält, und zwar gerade so weit, daß ihre Zerstreuung progressiv ist. Das *alter ego*, eine jämmerliche Einheit des Verschiedenen, kann das organische Leben weder wollen noch erkennen. Es erleidet es. Geheimnisvolle Metabolismen erinnern es ständig an die Schattenseite seiner Existenz, indem sie sich ihm durch Schmerzen oder Bedürfnisse anzeigen, durch *andere* Anforderungen, die es, zuerst sanft, aber unweigerlich zu befriedigen gezwungen ist und deren Befriedigung keineswegs die Integrität seines Organismus wiederherstellt, sondern nur seinen Verfall beschleunigt. Daher kommt – teilweise – Flauberts Widerwillen vor den natürlichen Bedürfnissen:

essen heißt für ihn die Leiche erhalten, entsprechend dem *anderen Willen* und gegen seinen eigenen Willen. Diese merkwürdige Abwandlung des szientistischen Mechanismus entspricht genau seiner Konstitution: der energetische und praktische Aspekt der biologischen Organisation entgeht ihm: das Erlebte wird von ihm als ein Fluß passiver Synthesen erlebt: ein Streifen, ein Gleiten, verkommene Wiederholungen, Altern. Aber man muß auch anerkennen, daß diese nirgends dargelegte Doktrin – sie würde bei Licht zerplatzen – insgeheim von seinem Ressentiment geprägt wird. Gustave hat seinem Glauben an die Verfluchung Adams schlecht und recht eine ideologische Struktur verliehen. Zu gleicher Zeit verflucht er auch seinen Vater sowohl als Schöpfer (verhexter Toter) wie als Analytiker: die Bewegung des Skalpells und der natürliche Auflösungsprozeß sind eins: sollte der *pater familias* Gustave nur geschaffen haben, um, solange er lebt, sein Verfaulen beobachten und, wenn er tot ist, ihn bequem sezieren zu können? Die Analyse tötet nicht, weil wir ja alle unbewußt Totgeborene sind, aber bevor sie den Organismus auf seine anorganischen Komponenten reduziert, läßt sie die Säfte der Fäulnis überall hinspritzen. Das wird für Gustave eine allgemeine Regel sein: der Gegenstand des Wissens stinkt.

Die Folge von dem ist merkwürdigerweise, daß er niemals große Angst zu sterben gehabt hat. Was konnte er fürchten, *da es ja schon vollbracht war*? Es gibt jenes Fieber, das sich eines Toten bemächtigt, jenen Totentanz, das Leben; und dann fällt das Fieber, der Betrug entlarvt sich, die verhexte Materie macht sich von ihren Illusionen frei und findet zu ihrer natürlichen Trägheit zurück. Was Gustave vor der unmittelbaren Angst, sich sterblich zu fühlen, geschützt hat, möchte ich seine ideologische Selbstentfremdung nennen. Die Autorität des Chefchirurgen ist so groß, daß sein jüngerer Sohn sich daran gewöhnt hat, das Erlebte, das Bewußtsein, das er von sich selbst hat, das *cogito* schließlich für unwesentliche Erscheinungen zu halten und sein Wesen in seine medizinische Objektivität zu legen. Die von seinem frühesten Alter an in ihn eingepflanzte Wissenschaft hat zwangsläufig gegen seine innere Erfahrung recht, ebenso wie der philosophische Arzt, der einzige Inhaber der Wahrheit, gegen ihn selbst recht hat. Man sieht, warum ich hier von Selbstentfremdung spreche: er entfremdet sein dunkles Gefühl zu existieren in die objektive Erkenntnis der Leiche der Anderen durch den absoluten Anderen, den *pater familias*; daraus folgt, daß er für sich selbst und sofort als Anderer gestorben ist. Oder, wenn man lieber will, daß sein *alter ego* sich ihm als der selige Gustave Flaubert darstellt, was eine mythische Art ist, sein Besessensein durch den grausamen Herrn, der ihn erstarren läßt, zu empfinden.

Aber wenn er den Mythos für sich selbst übernimmt und radikalisiert – durch die bereits beschriebene Taktik des Gleitfluges –, so deshalb, weil dieser ihm nützt. Er bemächtigt sich des Todes und hält ihn für die höchste Wissenschaft. Das ist der Name, den er ihm in der *Tentation de saint Antoine* von 1849 geben wird. Nicht, daß er an die Unsterblichkeit der Seele glaubte; sondern ganz im Gegenteil, weil er wohl oder übel sich davon überzeugen mußte, daß er ins Nichts zurückkehren wird. Der Illogismus springt in die Augen: wenn das Nichts uns erwartet, dann wird das absolute Wissen von niemandem gewußt werden. Aber erstens ist dieser Sophismus in der gleichen *Tentation de saint Antoine* durch eine Alternative verdeckt, die man folgendermaßen zusammenfassen kann: «Entweder gibt es *etwas* nach dir, und du mußt dich auflösen, um die absolute Wahrheit erkennen zu können; oder aber es gibt nichts, und damit bleibt der Tod dennoch das Absolute; wenn du dich dafür entscheidest, dich zu vernichten, nimmst du allem gegenüber den Gesichtspunkt des Nichts ein.» Aber vor allem muß man über die Erscheinungen hinausgehen: die Ideologie des Vaters befriedigt Gustaves Ressentiment durch ein Mißverständnis, dieser wird sie gründlich ausbeuten: sein Groll und seine Frustration haben ihn den Gesichtspunkt des Nichts annehmen lassen; aber in dieser rein philosophischen Form ist es eine abstrakte Perspektive; der *Gesichtspunkt des Todes*, das ist besser: zunächst ist er durch jene sterblichen Hüllen auf den Seziertischen verbürgt, sodann ermöglicht er, das Menschengeschlecht mit einem Blick zu töten oder in jeder besonderen Person eine verhexte Leiche zu entdecken. Wir werden später sehen, wie dieser Gesichtspunkt, der Gustave zunächst als der Gesichtspunkt des Wissenschaftlers erscheint, nach und nach der Gesichtspunkt des Künstlers werden wird. Im Augenblick rührt für Flaubert die Überlegenheit des Todes gegenüber dem Nichts, von dem er nur ein besonderer Ausdruck ist, daher, daß, solange noch irgend etwas von dem mit dem Tod geschlagenen menschlichen Körper vorhanden ist, selbst wenn es bereits verfault, es in diesem als ein Residuum, ein schmerzliches Bewußtsein des Nicht-seins bleibt. Dadurch wird letztlich das Nicht-wissen zum Wissen: wegen jener leeren und ausgehöhlten Augen, die ihre Abwesenheit kennen und mit jenem noch erlebten Nicht-Blick das ganze Sein umfassen. Die Leichen leiden. Es handelt sich hier natürlich nicht um ein *sagbares* Denken: aber Gustave glaubt daran.

An den Leichen fasziniert ihn zunächst die Anfechtung. Sie entlarven unsere törichte Spezies, die sich nicht entblödet, etwas zu unternehmen, was sie nicht vollenden kann. Als Schüler wird er sich mit seinen Kameraden amüsieren, einige gestohlene Skelette mit Flittergold zu behängen, Lampions in ihre Schädel zu hängen und sie in einer Prozession durch die Straßen zu führen. Als Junge wird er seinen Objekt-Körper bis zur Verblüffung in Spiegeln betrachten. Er behauptet, sich nicht rasieren zu können, ohne lachen zu müssen: wir werden noch auf Flauberts Verhältnis zu seinem Spiegelbild zurückzukommen haben.

Im Augenblick will ich lediglich festhalten, daß er sich über die Stupidität seines Unternehmens freut: sie werden ihn überleben, jene Haare; sie werden noch auf seiner Totenbahre wachsen, wenn er schon stinken wird; wozu sie also heute abrasieren? Ein sadistisches Lachen: indem Gustave sich über sich selbst lustig macht, rächt er sich an allen Menschen, jedenfalls an all denen, die sich rasieren, und in ihnen an all denen, die etwas *unternehmen*, was auch immer das Ziel sein mag, das sie sich setzen. Aber in der Faszination, die die Leichenhalle[100] oder der Seziertisch auf ihn ausüben, muß man auch einen Ausdruck seines Masochismus sehen: wir haben in einem früheren Kapitel gezeigt, daß sich der Junge von den Anderen beherrscht, daß er sich unfähig fühlt, sich ihren starken Händen zu entwinden, und daß der Tod ihm als eine Radikalisierung dieser Ohnmacht erscheint: die Leiche ist das Ding der Anderen; wir haben gesehen, wie er gegen die sterblichen Hüllen seiner Helden wütet, wie er sie wehrlos ihren Peinigern ausliefert, die Hölle geht *post mortem* weiter. Leichenschnippler bemächtigen sich des Körpers von Marguerite aus *Un parfum à sentir*, entkleiden sie und schneiden sie in kleine Stücke: erinnert dieses offene und so sorgfältig zerhackte Fleisch in seiner Obszönität nicht an seine Vorgeschichte? Ähnelt es nicht der passiven Zustimmung des Säuglings, der durch die korrekten und kalten Hände seiner Mutter geknetet wird? Es handelt sich gewiß nicht um eine Erinnerung: dennoch, die Studenten *vernichten* eine Passivität mit ebensoviel Beflissenheit und Gleichgültigkeit, wie Caroline aufgewandt hat, um ihren jüngeren Sohn zu *schaffen*. Und vor allem jene merkwürdige Fabel: mein Vater wird mich sezieren, er seziert mich jeden Tag in anderen Körpern. Na und? würde Lukrez sagen, du bist ja dann nicht mehr da. Aber Gustaves magischem Denken widerstrebt diese etwas kurzsichtige Rationalisierung. Leiden und Spott müssen verinnert werden: der Tod ist eine schreckliche Geburt, er muß *erlebt* werden: wir haben es gesehen, wie durch eine merkwürdige Osmose sein *lebender* Körper vom Tod der Anderen durchdrungen wird; umgekehrt schreibt er den Körpern, die das Leben bereits verlassen hat, ein larvenhaftes Leben zu, und zuerst seiner zukünftigen sterblichen Hülle. Damit die Verdammung vollständig ist, muß dieser Verdammte daran glauben, daß in jenem bewußtlosen Haufen, der er eines Tages sein wird und den die Überlebenden manipulieren werden, eine gewisse Sensibilität bleibt. Sadismus und Masochismus des Ressentiments, Entsetzen und Faszination, Bosheit: alle diese Themen sind in einer Passage von *Agonies* vereinigt, ein Werk, das er am 20. April 1838 – mit sechzehn Jahren – abgeschlossen und wieder Alfred Le Poittevin gewidmet hat. «Neulich wurde eine Leiche exhumiert, die Stücke eines berühmten Mannes wurden an eine andere Stelle der Erde

100 Als Student verbrachte Gustave dort ganze Stunden.

befördert ... Bei diesem Schauspiel wurde uns schlecht, ein junger Mann fiel in Ohnmacht ... Wo war also jener berühmte Mann? Wo war sein Ruhm, seine Tugenden, sein Name? Der berühmte Mann war etwas Ekelhaftes, *Unbestimmtes*[101], Häßliches, etwas, das einen Pestgeruch verbreitete, etwas, dessen Anblick weh tat. Sein Ruhm? Ihr seht ja, man behandelt ihn wie einen Köter, denn alle jene Menschen waren aus Neugierde gekommen – ja, aus Neugierde herbeigetrieben von jenem Gefühl, das den Menschen beim Anblick der Qualen des Menschen lachen läßt.» (I, 158)

Der berühmte Mann ist nicht Gustave. Jedenfalls nicht zunächst. Die Wörter, die der junge Autor benutzt, um ihn zu bezeichnen, geben eine prinzipielle Feindseligkeit an; der Mann ist *«berühmt» für die Menge*: er ist ein Wohltäter, ein «Philanthrop», ein «optimistischer Gelehrter»; der Feind: wer daran zweifeln sollte, dem dürfte das bloße Wort «Tugend» überzeugen; man weiß, was der kleine Bösewicht von den Leuten denkt, die tugendhaft sind, «ohne daran zu glauben» oder «aus Veranlagung»: es sind die «Larivières», große Provinzchirurgen, die sich etwas darauf einbilden, Arme manchmal umsonst zu behandeln. Flaubert meint nicht ausdrücklich seinen Vater, aber die Kategorie, von der Achille-Cléophas nur ein besonderer Vertreter ist: durch einen bei Gustave häufigen Trick verbirgt sich die vatermörderische Absicht vor sich selbst, indem sie sich in der Verallgemeinerung verliert. Auf dieser Ebene ist klar, daß Gustave *sadistisch* ist: der Andere ist Opfer seines Ressentiments. Aber ein einziges Wort genügt, damit der Vater auch zum jüngeren Sohn wird durch eine Verkürzung des Abstammungsprozesses, der in *Les funérailles du docteur Mathurin* entwickelt werden wird: der jüngere Sohn strebt nur nach dem *Ruhm*, der die Verachtung seiner Familie kompensieren und diese durch einen rückwirkenden Spruch verurteilen soll: wir werden bald den ganzen Unterschied sehen, der in seinen Augen die *berühmten* Männer, die Legion sind – Durchschnittsmenschen, Besitzende, die sterben, wie sie gelebt haben, nämlich selbstsicher –, von den großen Verdammten trennt, die nur durch ihre Leidensfähigkeit *ruhmvoll* werden. Der Sohn also, der zunächst Zeuge ist, «herbeigetrieben von jenem Gefühl, das den Menschen beim Anblick der Qualen des Menschen lachen läßt», verkörpert sich plötzlich in der Leiche, und die Lacher wenden sich plötzlich gegen ihn, er hört sie aus der Tiefe des Grabes, aus dem er exhumiert wird, johlen. Er sagte zu seinem Erzeuger: wozu dient dir dein Ansehen, du bist Aas; jetzt sagt er zu sich: selbst der Ruhm rettet nicht, nach meinem Tod werde ich die Beute von Aasgeiern sein. Er geht vom Körper des Anderen in seinen eigenen Körper-für-die-Anderen über.

Das Überraschendste an diesem merkwürdigen Text ist das Überleben

101 Die Hervorhebung ist von Flaubert.

des Toten bis in seine Verwesung; er sagt nämlich keineswegs: «der berühmte Mann war etwas Ekelhaftes *geworden*», was einen unumkehrbaren Übergang von einem Zustand zum anderen voraussetzte, aber auch – was Gustave schlankweg leugnet –, daß die verfaulende Leiche nichts mehr mit dem hervorragenden Doktor gemeinsam hat, der *nicht mehr ist.* Wir lesen vielmehr: «Der berühmte Mann *war* etwas Ekelhaftes, *Unbestimmtes* . . ., dessen Anblick weh tat.» Gewiß, Gustave sagt «etwas» und nicht «jemand». Aber die Kopula kennzeichnet die Identität des Toten und des Lebenden. Dieser *jemand* ist immer *etwas* gewesen, und aus diesem Grunde bleibt dieses *etwas* noch *jemand.* Man sehe übrigens, wie der junge Autor verfährt: er tut so, als suche er den großen Mann, als spiele er Versteck: «Wo ist er denn? Wo ist er denn? . . . Da ist er ja!» Ihn hat man gesucht, ihn hat man gefunden. Tatsächlich lebt er: das Leben bewegt sich über seiner Leiche, in dem sich verflüssigenden Fleisch. Auf noch merkwürdigere Weise bleibt in diesem verwesenden Organismus ein dunkler unfreier Wille, der den Gestank des Dinges übernimmt, denn es heißt: er war «etwas, dessen Anblick *weh tat*». Das ist wieder Marguerite aus *Un parfum à sentir*, die an ihrer Häßlichkeit schuld ist. Und jener arme Mann auf dem Wege der Verdinglichung bewahrt genug Sensibilität, um zu leiden: «man behandelt ihn wie einen Köter», und die Neugierigen sind gekommen, um über seine Qualen zu lachen. Wenn nach dem Ableben die Fäulnis, die sich manchmal unter freundlichen Hüllen verbirgt (man denke an Adèle aus *Quidquid volueris*: sie wird exhumiert, ein Totengräber wird ohnmächtig), an den Tag kommt und offenbart, was wir sind, dann erleiden wir dieses objektive Unglück, auf dem Rücken liegend, ohnmächtig, von den Chirurgenblicken der Anderen durchwühlt, wie eine *Marter.* Das Gewimmel der Würmer, das zerfließende Fleisch, die stinkenden Säfte, die an der Stelle der Augen hervorquellen, die jetzt sichtbaren und verfaulenden inneren Organe; das sind ebenso viele Qualen, die dem berühmten Toten angetan werden. Und die sadistische Verachtung, das Gelächter der Menge sind auch Mißhandlungen. Aber wären sie es, wenn niemand darunter litte? Das objektive Übel scheint sich in jenen armseligen Resten in Form einer unpersönlichen Leidensfähigkeit zu verinnern, ihrer letzten Einheit vor der endgültigen Auflösung.

Jetzt spüren wir, daß der mechanistische Materialismus von Achille-Cléophas bei Gustave von einem Fetischismus begleitet wird, der ihn zu korrigieren sucht. Der Fetischisierungsprozeß erinnert stark an das, was Karl Marx den «Fetischcharakter der Ware» nennt, und kann, wir werden darauf zu sprechen kommen, eine Spezifizierung davon sein: in einer Marktwirtschaft erscheint die Arbeit der Menschen, das Siegel, das sie dem inerten Material aufdrücken, als die *andere Macht* des Endprodukts, als seine Einheit von innen. In derselben Weise erscheint

für Gustave der *Sinn* der menschlichen Objekte – ob es sich nun um ein soziales Ereignis, eine Leiche, die Mütze von «Charbovary» handelt – nicht als ein Resultat – der Arbeit, eines Antagonismus, des Gebrauchs –, sondern als die drohende und starre Objektivierung eines Leidens oder eines Denkens, die in ihnen und an ihnen bleibt als die Entäußerung ihrer inneren Einheit. Nichts ist *logischer*, wenn wir uns daran erinnern, daß unter der mechanistischen Ideologie jene tiefe und gemarterte Seele vom Glauben an das Schicksal erfüllt ist: wenn das *Fatum* existiert, sind Ereignisse und Dinge Vorzeichen: sie bezeichnen uns, geben uns Zeichen; geprägt von einem anderen Willen, der sie auf unseren Weg gesetzt hat mit dem Auftrag, sich zu transzendieren, um uns anzuzeigen, das das Schlimmste – daß *unser* Schlimmstes – immer sicher ist, sind sie Denken und sogar Bewußtsein, aber *anderes* Denken, *anderes* Bewußtsein; in jedem seiner prophetischen Entwürfe hat sich der Wille des Anderen spezifiziert; das Resultat ist jenes undurchdringliche Rätsel: eine unbelebte Materie, die von einer Seele verhext wird in der Weise, wie das Leben nur eine Verhexung von Leichen ist.
Das läßt uns begreifen, wie an der Grenze der Auflösung, wenn der Körper durch eine natürliche Analyse auf seine anorganischen Elemente reduziert wird, der Tod für Gustave als ein friedliches Überleben erscheinen kann: keine Besudelung mehr, man kann endlich träumen, wie es der heilige Antonius in der letzten *Tentation de saint Antoine* tut, «die Materie sein!» (I, 571). Aber diese bleibt von einer Seele heimgesucht. Angesichts der liegenden Steinfiguren auf Särgen, gerät der junge Held von *Novembre* ins Träumen (I, 255); er beneidet sie: man hat ihnen die menschliche Gestalt *ohne das Leben* verliehen. Nach dem Bild eines besonderen Toten gemacht, der als Fürst oder Kardinal bis zu seinem Tode litt, absorbiert der Stein dieses unruhige Gedächtnis und gibt ihm die ewige Ruhe der Mineralität: zwischen der inerten Materie und dem Denken bedarf es keines Vermittlers mehr: unauflösbar bewahrt die liegende Figur das erstarrte Bewußtsein davon, gewesen zu sein, nicht mehr zu sein, für immer dem Unglück zu entgehen. Nichts ist klarer: Flaubert verleiht den Dingen eine entfremdete Seele, weil er unter dem autoritären Blick des *pater familias* seine innere Erfahrung in den Gegenstand entfremdet, der er für die Anderen ist, in jenes System von mechanischen Systemen, das er zugleich als seine *Wahrheit* und als seine Leiche betrachtet. Zudem bieten diese heimgesuchten Statuen dem Ressentiment den besten Beobachtungsposten. Indem Gustave sie um ihre Ataraxie, jene ruhige mineralische Anfechtung von allem und jedem, beneidet, entscheidet er selbst über sein Schicksal: auch er wird eines Tages so daliegen müssen. Wir werden sehen, wie er das anstellt. Auf jeden Fall hat sich der Junge schon von seinem dreizehnten Lebensjahr an, lange vor der neurotischen Option, das Mittel verliehen, lebend den Gesichtspunkt des Nichts gegenüber jedem Ding anzuneh-

men: er braucht die Welt nur mit den toten Augen der Leiche anzusehen, die in ihm ist. Aber, wird man sagen, diese Leiche existiert doch nur in seiner Phantasie. Ja. Das ist der Kern der Angelegenheit: sterben heißt in diesem Falle sich irrealisieren. Aber es ist noch zu früh für die Untersuchung von Gustaves imaginärer Dimension. Wir brauchen hier nur anzugeben, was er aus der *materiellen* Analyse macht, das heißt aus der Arbeit des Skalpells. Auf dieser Ebene liegt das Mißverständnis. Gustave und sein Vater machen beide aus der *Erfahrung* die Grundlage jeder gültigen Erkenntnis. Aber sie sprechen nicht von derselben Sache. Wenn Gustave erklärt, daß er schon ganz jung ein «vollständiges Vorgefühl des Lebens» gehabt habe, bezieht er sich auf eine *existentielle* Erfahrung, die man zum Beispiel mit dem vergleichen kann, was man, nach William James, «religiöse Erfahrung» zu nennen pflegt. Es geht eindeutig weder um eine Summe von Erfahrungen im Sinne des Empirismus noch um ein Experimentieren im modernen Sinn. Flauberts Erfahrung ist, so wie er sie uns berichtet, zugleich eine besondere und eine vollständige: es ist ein erlebtes Ereignis, das alles über sich selbst sagt und damit die Gegenwart überflutet, um die Zukunft mit einer Hypothek zu belasten oder – was hier aufs gleiche hinausläuft – um sie zu entlarven. Das liegt einmal an der *Entdeckung* – in dem Sinne, wie gerade die religiöse Erfahrung, die mystische Erfahrung oder die neurotische Erfahrung einen Sektor der Existenz entdecken, der qualitativ unreduzierbar und neu ist – und zum anderen an der *Totalisierung* – in dem Sinne, wie die *Bekehrung* totalisierend ist als Bewußtwerdung der Implikationen, die in dem enthalten waren, was man bis dahin lediglich von einem Tag zum anderen erlebte. Ebendeshalb wird diese Entlarvung in ihrer Besonderheit als das erlebt, was von nun an durch nichts in Frage gestellt werden kann. Von außen her begriffen als objektive Bestimmung erscheint dieser Anspruch natürlich maßlos übertrieben: der religiösen Erfahrung – zum Beispiel – kann später ein radikaler Verlust des Glaubens folgen: ich kenne welche – und sogar Priester –, die diesen Weg gegangen sind; selbst der Bekehrung kann eine Demobilisierung der Seele folgen. Aber hier ist wichtig, daß die existentielle Erfahrung in sich selbst als unumkehrbar erlebt wird: man kann sie zwar ständig wiederholen und sogar bereichern, aber sie kann in ihrem Kern nicht durch andere Erfahrungen modifiziert werden. Das jedenfalls erklärt sie von sich selbst. Solange also das Subjekt diesem ersten Engagement treu bleibt, verweist die Folge seiner «Erlebnisse» lediglich auf ein archetypisches Ereignis, das von innen her für eine grundlegende und unveränderliche Intuition gehalten wird. Anders gesagt, dieser Archetyp bietet sich als eine einzigartige und grundlegende Erfahrung dar, der die Erfahrung nichts hinzufügen kann.

Will man die Offenbarungserfahrung, die ich eben beschrieben habe, entmystifizieren, so muß man zunächst festhalten, daß sie selten wirklich erlebt wird: das Subjekt bezieht sich ständig auf sie, *glaubt*, daß sie stattgefunden habe, aber nichts beweist, daß es tatsächlich so ist. Siehe Gustave: in *Voyage en enfer* (I, 42) gibt er deutlich den Übergang vom Sinnieren zur Erleuchtung an. Auf dem Atlasgebirge hockend meditiert und grübelt er über das Menschengeschlecht, über seine Leidenschaften: dennoch gewinnt er keinerlei Erkenntnis aus diesen vagen Verblüffungen – die jedoch bereits synkretistisch sind, weil es ja um das ganze Mensch-sein geht. Dann kommt der Teufel, der ähnlich wie Asmodée in *Le diable boiteux* von Lesage ihn hochhebt, die ganze Welt in Augenschein nehmen läßt und das Grübeln in eine unvermeidliche Schlußfolgerung verwandelt: das ist die Hölle. Es ist klar, daß diese Totalisierung unserer Spezies das Äquivalent der existentiellen Erfahrung ist; die Meditation hat sich verwandelt: versteift und verhärtet, ist sie zur vorgefaßten Meinung, zur Schlußfolgerung geworden. Aber wer kann behaupten, daß diese Metamorphose in einem bestimmten Moment stattgefunden habe? Wie es oft vorkommt – und in ganz verschiedenen Bereichen –, hat das Kind lange *vor* der totalisierenden Intuition leben und dann sein Leben *nach* ihr fortsetzen können, ohne daß es jemals zu jenem Blitzschlag gekommen ist, der es *während* der Erleuchtung hätte leben lassen. Mit anderen Worten, das wahrscheinlichste ist, daß es niemals eine plötzliche Aktualisierung des Archetyps gegeben und daß Gustave sich in der Kontinuität des Erlebten darauf bezogen hat wie auf etwas *schon* Geschehenes und daß von diesem Gesichtspunkt aus das Erlebte selbst niemals von der ergreifenden Frische der Neuheit gewesen ist.

Es besteht jedoch kein Zweifel, daß diese Hypothek auf die Zukunft nicht allein aus der unmittelbaren Erfahrung entstehen kann: sie enthält notwendig einen Eid. Wenn Flaubert das Erlebte in ein Vorgefühl des Lebens – oder *Fatum* – totalisiert, so extrapoliert er: von der verflossenen Verzeitlichung aus, deren rückbildenden Charakter er begriffen hat, kommt es zur Prophetie: er verpflichtet sich aus Ressentiment, die zukünftige Verzeitlichung als beschleunigten Verfall zu erleben. Damit schwört er, daß das Schlimmste immer sicher ist, wir wissen es. Aber der Eid kann sich bei ihm nicht in Form eines *Entschlusses* darbieten: das hieße handeln; er macht sich zum *Glauben*. Und dieser Glaube behauptet, sich auf eine, vielleicht fiktive, Erleuchtung zu beziehen.

Dennoch ist der Junge vom Bereich des Unmittelbaren in den der Reflexion übergegangen. Dennoch haben Reflexion und Extrapolation, als sie den echten Geschmack des Erlebten wiederherzustellen meinten, dessen *Qualität* verändert: jeder Augenblick der Erfahrung läßt sich keineswegs für sich selbst und isoliert erleben oder zu Blöcken agglomerieren – zu Aggregaten ohne echte Einheit und ohne synthetische

Verbindung mit den anderen Momenten des Lebens[102] –, sondern er erscheint jetzt als Teil einer ablaufenden Totalisierung, die mit Gustaves Tod abschließen wird. Und da der Teil der spezifizierte Ausdruck des Ganzen ist, bietet sich jeder Augenblick für Gustave als eine Kondensierung seines ganzen Lebens dar: *da ist es*, er kommt auf entsetzliche Weise in seinen Genuß und wird gleichzeitig auf die ganze vergangene Verzeitlichung verwiesen, die sich auf diese Gegenwart hin bewegte, auf die ganze zukünftige Verzeitlichung, die zur Auslöschung hinführt. Jetzt rührt die Einheit seiner Erfahrung daher, daß jede Wahrnehmung eine archetypische Evidenz bestätigt, die vielleicht niemals erschienen ist, aber auf die eine rückschauende Intention in der Vergangenheit abzielt, ohne sie jedoch zu erreichen, während eine andere – der gehaltene Eid – auf die entfernteste Zukunft abzielt, durch den Schwur (Glaube), daß sie immer der ursprünglichen Voraussage entsprechen wird.

Das ist der erste Widerspruch, der auf dem Gebiet der Erkenntnis Gustave in Gegensatz zu seinem Vater bringt, ohne daß einer von beiden das bemerkt; Gustave *weiß alles*, eine einzigartige Erfahrung hat ihm ein «vollständiges Vorgefühl des Lebens» gegeben; Achille-Cléophas dagegen hält als guter Empirist die Erfahrung für die – niemals vollendete – Summe aller Einzelerfahrungen, die nicht nur im Laufe eines Menschenlebens, sondern seit der Geburt der Menschheit entstehen. Gustave versteht das: er glaubt seinem Vater; das ist das Autoritätsprinzip. Er übernimmt also die Ideologie seiner Zeit, die die Erkenntnis auf das passive Registrieren der Wahrnehmungen gründet: es ist eine Summe, die von selbst entsteht: der Tod zieht einen Strich, die Addition ist abgeschlossen. Eine solche Auffassung mußte Flaubert gefallen: dieser passive Akteur, der die allergrößten Schwierigkeiten hat, ja oder nein zu sagen, der Wort- und Bildassoziationen den «logischen Verbindungen» vorzieht, akzeptiert gern, daß das Wissen die automatische Akkumulation der passiven Synthesen ist, die ihn durchqueren. Aber damit geht er in eine Falle, aus der er nicht mehr herauskommen wird. In seiner Zeit ist nach allgemeiner Meinung das Wissen um so größer, je länger das Leben dauert: man erinnere sich an den englischen Philosophen und seine Weisen, Seeleute, Kaufleute, Staatsmänner, die sich vom politischen Leben zurückgezogen haben, lauter ausgezeichnete Leute, Bürger, die immer auf Achse waren und die am Abend ihres Lebens, nachdem sie viel gesehen und viel behalten haben, ausgewählt werden, um die Jungen, die Geschäftsleute, die Regierung zu beraten, um die Leserpost zu beantworten. Wenn Flaubert mit

102 Auf diese schnell aufgelösten falschen Totalitäten spielt Gustave an, wenn er uns sagt, daß Djalioh aus *Quidquid volueris* als Kind mehrere Leben gelebt hätte.

dreizehn Jahren erklärte, «Ich bin unglücklich», so würde man ihm *vielleicht* glauben. Aber wenn er extrapoliert und behauptet, die ganze Welt sei schlecht, wird man ihm ins Gesicht lachen und ihm vorwerfen, daß er keine Ahnung hat. Kurz, er braucht sich nur den Wind um die Nase wehen zu lassen. Wer den bürgerlichen Empirismus annimmt, der leugnet *a priori* die Tragweite seiner existentiellen Erfahrung.

Er merkt es schon mit dreizehn Jahren – und wahrscheinlich sehr viel früher. Ich habe gezeigt, wie sich in *Voyage en enfer* sein vages Sinnieren in eine schreckliche Gewißheit verwandelt dank der Hilfe des Teufels – einer abstrakten Allegorie, die ohne Zweifel von jenem «Dämon», dem Doktor Flaubert, inspiriert ist. Aber der Junge gelangt zur Totalisierung erst nach einer langen Reise um die Welt, die diese Erzählung abschließt. Satan zeigt ihm nach und nach *alles*, danach bleibt dem Kind nur, die Schlußfolgerung aus dem Gesehenen zu ziehen; oder, vielmehr, diese zieht sich von selbst, weil Satan sie ihm einbläst. Wie man sieht, hat sich die existentielle Erfahrung entfaltet: sie hat sich in eine allgemeine Aufzählung der Übel und Verbrechen der Spezies verwandelt. Aber da es sich hier nicht um ein Leben handelt – einen langen Verfallsprozeß –, sondern um eine Besichtigung, die dank dem Teufel vielleicht mit Lichtgeschwindigkeit geschieht, hat sich der junge Autor bemüht, eine Lösung für sein Problem zu finden: die Erfahrung, scheint er uns zu sagen, kann sich in einem Augenblick zusammenziehen oder über ein ganzes Leben ausdehnen. Das Resultat ist dasselbe.

Das drückt er noch klarer in einer undatierten Erzählung aus, die jedoch aller Wahrscheinlichkeit nach vor dem September 1835 entstanden ist: *Le moine des chartreux ou L'anneau du prieur*. Ein Mönchlein steigt in eine Krypta hinab, um den Sarg eines eben gestorbenen Priors zu öffnen und ihm seinen Ring zu stehlen; es gelingt ihm, aber der Sarg schließt sich über dem Gewand des jungen Mannes, der nicht entfliehen kann und neben der Leiche dessen sterben wird, den er hat bestehlen wollen. Jean Bruneau hat die Quelle dafür gefunden: es ist ein kurz zuvor veröffentlichtes Werk für Schüler, das Nacherzählungsthemen und die dazu gehörigen Musterlösungen enthält. Das Kind hat dieses Thema herausgegriffen, sich genau an die vorgegebene Handlung gehalten und das ganze «Erzählung» getauft. Richtig. Aber es ist bedauerlich, daß Jean Bruneau in dieser Novelle nur eine Stilübung sieht und sich über einen Deutschen lustig macht, der eine vatermörderische Absicht in ihr hat erkennen wollen.[103] Auf drei wesentliche Fragen

103 Jean Bruneau, *Les débuts littéraires de Gustave Flaubert, 1831–1845*, Armand Colin, Paris 1962, S. 59ff. Bei dem «Deutschen» handelt es sich um Theodor Reik, *Flaubert und seine «Versuchung des heiligen Antonius»*, Minden 1912, S. 96. *Anm. d. Übers.*

bleibt er die Antwort schuldig: 1. Warum hat Gustave dieses Thema unter allen anderen ausgewählt? 2. Warum hat er diese Kopistenarbeit sein ganzes Leben lang in seinen Schubfächern aufgehoben? 3. Was ist der Sinn der Veränderungen, die er – wie Jean Bruneau selbst zugibt – an dem ursprünglichen Schema vorgenommen hat? Obwohl der Autor des Buches etwas zur romantischen Mode neigte, war nämlich das vorgeschlagene Thema erbaulich: dieser Mönch ist ein kleiner Dieb, er wird durch seine eigene Sünde bestraft. Die Schüler sollten also ihr Entsetzen gegenüber diesem Leichenfledderer äußern und ihn von außen beschreiben. Der kleine Kopist dagegen versetzt sich in den Mönch hinein; dieser ist deshalb nicht sympathischer, aber er wird zum Opfer, es ist ein Vorläufer von Marguerite aus *Un parfum à sentir*, von Garcia aus *La peste à Florence*, die Beute eines Schicksals. Muß man deshalb glauben, daß Gustave, als er *L'anneau du prieur* schrieb, den ritualen Vatermord vollzog und sich sterbend für diesen Mord bestrafte? Ich bin nicht davon überzeugt. Wir haben zwar gesehen, daß der kleine Junge keine Hemmungen hat, Achille-Cléophas in Gedanken zu erschlagen; er wird ihn wenig später unter dem Namen Mathurin ermorden. Nichts spricht *a priori* dagegen, daß die mörderische Absicht seine Wahl bestimmte. Aber man braucht nur aufmerksam die Ausführung der Musterlösung zu lesen, um zu verstehen, daß Gustaves Ziel ein ganz anderes ist; wenn also dieser vatermörderische Impuls unter den Motiven vorkommt, die ihn zur Wahl dieses Themas bestimmt haben, so nur als ganz sekundäre Komponente.
Dieser Prior leidet unter seinen Jahren. Er hat viel gelebt, viel gelitten, er kennt die Geheimnisse des Lebens. Dieser Greis steht mit einem Bein im Grab, und dennoch erregt er den wilden Neid eines jungen Mönches. Es ist nämlich nicht der Ring, den dieser zunächst begehrt, sondern es ist jenes sich schließende Gedächtnis, das im Nichts versinken wird. Anders gesagt, der kleine Gustave, der sich in diesem Neider verkörpert hat, will die volle Erfahrung seines Vaters besitzen, jene Allwissenheit, die sich erst am Ende eines langen Lebens totalisieren kann. Hier tritt der Ring hinzu, jenes glänzende Kleinod, das der Prior mehr als ein halbes Jahrhundert an seinem Finger getragen, das sich quasi in sein Fleisch eingegraben hat und dessen faszinierender Glanz das Wissen darstellt, mit dem er durch eine Art Verhärtungsprozeß jetzt belastet ist. Wir können sagen, es ist – wie später in *Novembre* die liegenden Steinfiguren – ein *Fetisch*, das versteinerte Überleben eines Gedächtnisses. Der Mönch will sich dessen bemächtigen: sobald er es auf seinen Ringfinger gestreift haben wird, wird ihm dieser durch einen umgekehrten Verhärtungsprozeß die Erfahrung des Priors zurückgeben. Heißt das, daß Gustave den Tod seines Vaters will? Vielleicht, aber ich sehe im Mythos des Ringes vielmehr einen ersten und vergeblichen Identifizierungsversuch mit dem Erzeuger: Gustave würde, wenn er

allwissend wäre, wie Achille-Cléophas sein; besser noch, er wäre Achille-Cléophas in Person.

Der kleine Junge hatte also dieses absurde Thema unter allen anderen ausgesucht, weil es zu ihm *sprach*, weil er in ihm dunkel die mythische Lösung eines Problems sah, das ihn beschäftigte: wie kann man die Lehren einer bis zur Neige erlittenen Existenz auffangen, ohne daß man sie selber zu leben braucht? Der Ring ist die Lösung: wenn er die Hoffnungen und Enttäuschungen des Priors absorbiert hat, so wird er deren *Kondensierung*; in ihm zieht sich die erlebte Zeit zusammen, die Summierung der Augenblicke reduziert sich auf eine unmittelbar zugängliche *reine Qualität*, auf eine metaphysische Tugend, die man durch eine Art *Partizipation* auf der Stelle erwirbt. Die Fiktion hat ihr Gerüst von der Schöpfungsgeschichte: der Ring ist der Apfel des Paradieses; kaum ist er entwendet, schon gibt er dem Dieb das Wissen: der Mönch wird wissen, was gut und böse ist. In beiden Erzählungen ist jedoch das unredlich erworbene Wissen eine Indiskretion, auf die sofort die Strafe folgt. Adam nimmt die *verbotene* Frucht. Warum verboten? Wir wissen es nicht. Gustave ist hier klarer: sein Leichenfledderer ist ein Parasit, er saugt einen Verstorbenen aus, um ihm sein erlebtes Leben zu nehmen; das Wissen wird in ihm ein *ausgeborgtes* sein, er hat sich eine *andere Erfahrung* aufgepfropft. Wenn wir die Requisiten einmal beiseite lassen, die Hölle und das Zähneklappen, so sehen wir, daß der jugendliche Autor den Ring als den Ort seiner widersprüchlichen Ansprüche und nicht als ihre Lösung darstellt: Greise *wissen*, Tote noch mehr; aber wenn ein Kind das Wissen einer Leiche einsammelte, erhielte es nur Rezepte, weil es dieses nicht selbst im Leiden destilliert hätte.

Wir können jetzt Gustaves Schwierigkeiten verstehen: das radikale Böse ist seine Erfahrung, er sieht es überall und empfindet es zu jeder Zeit, er trifft es in sich an den Quellen des Lebens selbst. Kurz, sein Pessimismus ist nicht *erschlossen*: als Intuition oder Eid ist er eine tiefe Absicht, die sich erkennt, indem sie sich bestätigt. Warum sollte man das als Wahrheit begründen? Er *existiert* es. Aber wenn es darum geht, die Anderen seine Gewißheiten teilen zu lassen, das heißt, sie in die Welt des Diskurses zu übertragen, findet das Kind die Wörter und Vorstellungen seiner Epoche vor, es sind seine einzigen Instrumente. Seine grundlegende Absicht wird verfälscht; weder die Evidenz noch die Intuition ohne Dauer – die in spiritualistischeren Zeitaltern angenommen werden – haben in der bürgerlichen Ideologie Geltung. Gustave unterwirft sich ihr, besser noch, sie unterwirft sich ihn: denn er ist in ihr befangen, noch bevor er weiß, was er tut. Aber durch eine vorhersehbare Umkehrung verfälscht er seinerseits die Sprache, indem er sie für seine geheimen Erfordernisse zurechtbiegt. Man hat ihm sein Denken gestohlen, er stiehlt das Vokabular; daher jener ungeheuerliche

Kompromiß: Flaubert ist bereit, die totale Wahrheit auf die Totalität der Existenz zu gründen, aber kaum ist dieses Prinzip angenommen, schon erklärt er, daß dieses erlebte Ganze sich den Menschen auf zwei gleichwertige Weisen äußern kann: entweder unter Ausdehnung in der progressiven Entwicklung eines Lebens oder unter unendlichem Druck wie ein Blitz. Wenn diese Erleuchtung im frühesten Alter geschieht, macht sie einen kleinen Jungen seinem Großvater gleich. Gleich, was sage ich, überlegen. Ein Achtzigjähriger hat achtzig Jahre verschleudert, ein erleuchtetes Kind kann siebzig Jahre sparen. In gut bürgerlicher Sparsamkeit muß man diesem Kränze flechten. Um so mehr, als eine über mehrere Jahrfünfte ausgedehnte matte Erfahrung ihre unnütze Länge ihrer Unechtheit verdankt; diejenige, die ihr Opfer überfällt, wühlt durch ihre Brutalität den abgrundtiefen Schlamm des Menschen auf und kann ein Herz zum Stillstehen bringen: wozu dann überleben? Aber sie macht seine Größe aus. Auf diesen Kontrast von Tiefe und Oberfläche kommt Gustave ständig zurück: das macht am besten seine hartnäckige Absicht spürbar, eine existentielle Struktur in die Gußform des Empirismus zu bringen. In dieser kurzen Erzählung fragt er sich jedoch nur: unter welchen Bedingungen ist die volle Erfahrung für einen Jungen möglich? Das Symbol des Ringes hat nur die Bedeutung eines Problems: *wenn* diese Erfahrung möglich ist, wird sie die oben genannten Bedingungen erfüllen. Bei diesen Worten bricht der Autor ab: er entscheidet nicht. Und ganz bewußt läßt er uns in Ungewißheit: wir werden niemals wissen, ob der Ring eine magische Kraft hat oder ob der Mönch ein Opfer seiner Phantasie geworden ist.

Auf jeden Fall geht die Diskussion um die Erkenntnis, um das, was Jules Lachelier später «Die Grundlage der Induktion» nennen wird: diese Skrupel der Intelligenz können natürlich einen dreizehnjährigen Anti-Intellektualisten nicht allzu stark quälen: er weiß, was er weiß, und wird sein ganzes Leben lang nicht davon abgehen. Aber natürlich will er ein Recht haben, den Anderen seine Auffassungen aufzuzwingen. Die Prinzipien und die Methode, die theoretisch im Forschen entdeckt und entwickelt werden müßten, sucht Gustave *nach* der Erleuchtung, um seinen Glauben zu verbürgen und nicht um ihn zu kritisieren. Gleichviel: indem er die Äquivalenz der existentiellen Erfahrung und der verbürgten Erfahrung annimmt, verliert er sich. Denn wie wir gesehen haben, kaschieren die Prinzipien der empiristischen Ideologie einen analytischen Intellektualismus, der selbst von den damals in der Wissenschaft üblichen positiven Methoden herrührt. Das ist also die Analyse, die, als operatives Schema unmerklich in Gustave eingeführt, bei ihm an die Stelle der verbürgten Erfahrung tritt und durch die väterliche Autorität zu einem methodologischen Imperativ wird, indem sie sich der existentiellen Erfahrung als äquivalent ausgibt. Anders gesagt, auf der Überbauebene der *Erkenntnis* ist Gustave gezwungen, die Identität der Gegensätze zu behaupten, die Identität einer synkretistischen und vorausschauenden Intuition und einer *aktiven* und geregelten Methode zur Reduktion eines sogenannten Ganzen auf seine Teile. Das heißt auf seine unteilbaren Elemente. Er erklärt zugleich, daß das Gesetz seines Seins das Schicksal sei (eine *andere*, aber von innen erlebte Beziehung) und daß er tatsächlich sich selbst gegenüber äußerlich bleibe.

Der Doktor Flaubert begnügt sich nicht damit, Leichen zu durchwühlen: er ist «wie ein alter Priester, der mit häuslichen Geheimnissen überladen ist». Anekdoten also: Achille-Cléophas hielte das für eine «Erfahrung des menschlichen Herzens», die natürlich auf die Kunst zurückgeht, Lügen zu *analysieren*. Die Komponenten der Anekdote waren in Wirklichkeit unveränderlich; man fand sie, weil man sie hineingelegt hatte: Blut, Eiter, Sperma, Gold. So konnte man bis zum Interesse zurückgehen und es auf eine Kombinatorik der Lust reduzieren. Gustave ist geblendet: alle jene Körper, alle jene Herzen fallen «einem in Stücken vor die Füße». Der Vater mußte in jenen Momenten, da er sich scheinbar der Familie widmete und vor seiner Frau und seinen Kindern als Familienoberhaupt posierte, durchblicken lassen, daß auch die Seelen sezierbar sind. Diese Naivität wäre nicht weiter erwähnenswert, wenn sie seinem Sohn nicht soviel Leid zugefügt hätte. Der Kleine nimmt alles für bare Münze: er hat seinen Herrn sich über verfaulende Körper beugen sehen, und nun versichert ihm derselbe Herr mit seiner göttlichen Stimme, daß die Seelen noch verfaulter sind, daß man die chirurgische Methode auf sie anwenden muß. Als guter Vasall glaubt er auf der Stelle leidenschaftlich daran; er wird sein ganzes Leben lang die Wahrheit mit physischer Fäulnis und psychischer Häßlichkeit gleichsetzen. Mit fünfzehn vergleicht er in einem Brief an Ernest Chevalier ausdrücklich die Analyse des Psychologen mit dem Sezieren des Arztes:

«Die schönste Frau ist kaum mehr schön auf dem Seziertisch, mit den Gedärmen auf der Nase ... O nein, es ist eine traurige Angelegenheit ..., das Menschenherz analysieren, um Egoismus darin zu finden ...»[104] Diesen Vergleich, der sich fast überall in den ersten Teilen seiner Korrespondenz findet, muß man wörtlich nehmen. Er überzeugt sich – wie immer – affektiv und durch Bilder davon, daß die Anwendung der analytischen Methode auf das «Menschenherz» ebenso materielle Resultate hat wie ein chirurgischer Eingriff; für ihn ist die Zerlegung des psychischen Gegenstands keine ideelle Operation, die mit Zeichen geschieht, sondern eine reale Aktion, deren Modell durch den eisigen Blick des Chefarztes gegeben ist, der in die Seele seines Sohnes eindringt und sie mit dem Skalpell bearbeitet.

104 Brief an Ernest Chevalier vom 24. Juni 1837. *Anm. d. Übers.*

Das Resultat: bald erklärt er sich unter Wut und Schmerzen als «Anti-Wahrheit» – was keineswegs erstaunlich ist, da ja die Wahrheit, ihm zufolge, die Entlarvung des Seins ist und er für das Nichts Partei ergriffen hat. Bald aber behauptet er, um seines Vaters würdig und dem älteren Sohn überlegen zu sein, die Seelen zu analysieren – angefangen von seiner eigenen. Das geht so weit, daß er später nach der Krise von Pont-l'Evêque erklären wird, daß er krank geworden sei, weil er sich allzuoft analysiert habe. Es stimmt zwar, daß er meist eine reflexive Haltung einnimmt, aber er grübelt nur über seinen Fall, er seziert sich gar nicht. Aus dem einfachen Grunde, daß die Analyse *bereits gemacht* ist und daß er bereits weiß, was sie ihm erbringen wird: besser noch, sobald das Prinzip der Analyse gegeben ist, sind in dieser Zeit und nach dieser Ideologie ihre Resultate ebenfalls gegeben. Die Psychologie ist für Gustave ein Sezieren, das uns den leichenhaften Zustand der Seele offenbart. Von seinen ersten Briefen an stellen wir fest, daß er die Methode beherrscht und alle angeblich «edelmütigen» Impulse sofort auf die Regungen der Eigenliebe reduzieren kann. Das wird *niemals weiter* gehen: seine Werke sind glücklicherweise keineswegs Analysen, auf die eine synthetische Wiederzusammensetzung folgt. Im Gegensatz zu seinem Vater, der die Tugend praktiziert, ohne daran zu glauben, glaubt Gustave an die Analyse, *ohne sie jemals zu praktizieren.* Der analytische Intellektualismus ist in ihm eine Wunde, eine vollständige und in Wirklichkeit ganz leere Kenntnis des Lebens, ein Fluch, die Rationalisierung seines Pessimismus und seiner Menschenfeindlichkeit, aber niemals ein operatives Schema, eine Forschungsmethode. Es ist ein trostloser Glaube, auf den er sich bezieht, wenn er sich davon überzeugen will, daß die Welt ein Nichts ist, aber er gewinnt daraus niemals etwas, was er nicht seit seiner Kindheit weiß. Man muß sogar zugeben, daß dieser Glaube ihn ständig hemmt: es fehlt ihm an Neugierde, er interessiert sich nicht für das Denken der anderen, noch weniger für ihre Persönlichkeit; er dreht sich ständig in dem Teufelskreis Tod, Analyse, unmögliche Totalität, die von der Wissenschaft pulverisiert und einziger Gegenstand der Kunst ist.
René Dumesnil, sein Hagiograph, behauptete fromm, daß Gustave die Analyse durch die Synthese kontrolliere. Wo hat er das her? Flaubert bedauert, daß die psychologische Analyse ihm überall nur Egoismus zeigt. Aber keinen Augenblick denkt er daran, diese traurige Entdekkung durch eine synthetische Rekonstruktion unserer Gefühle und unserer Gedanken zu kompensieren. Nein, die Arbeit ist getan: wenn die Analyse das Unteilbare offenbart, hat die Wissenschaft ihr letztes Wort gesprochen. Das behauptet er noch mit fünfunddreißig Jahren, als er in *Madame Bovary* zeigt, wie Larivière unsere armseligen Lügen auseinandernahm «und einem in Stücken vor die Füße fallen ließ» (S. 606). Man möchte diesem Fürsten der Wissenschaft sagen: «Gut ge-

schnitten: jetzt gilt es zusammenzunähen!» Aber der gute Doktor näht niemals wieder zusammen. Die ursprüngliche Synthese war falsch: Unaufrichtigkeit, Lüge, Illusion, Selbsttäuschung, Mystifikation; der Doktor findet das Wahre wieder und zerstreut die Phantasmen, indem er das Ganze auf seine Elemente reduziert: danach kann er gehen, seine Arbeit ist getan.

Wenn man unter Synthese die systematische Rekonstruktion eines Ganzen von seinen Elementen her versteht, so ist nichts Flaubert fremder. Seine Briefe sind ein Dahinströmen, Dahinfließen, die Ordnung und Reihenfolge der Sätze scheinen einzig und allein von affektiven und rhetorischen Assoziationen geleitet: das Thema geht verloren, merkwürdige *lapsus calami* unterbrechen jede Argumentation oder geben ihr eine andere Richtung. Er wird sein ganzes Leben lang völlig unfähig sein, «einen Plan zu machen», ein Gesamtbild zu entwerfen, die hauptsächlichsten Merkmale eines Gegenstands, einer Szene, eines Charakters in einer einzigen Wahrnehmung zusammenzufassen, durch eine einzige Beschreibung wiederzugeben. Das bedeutet nicht, daß seine Romane keine Einheit hätten, ganz im Gegenteil, aber es ist eine geheimnisvolle und faszinierende Einheit, die sich im ständigen Fluß der Menschen und Dinge spiegelt, passiv und fern wie eine Idee am platonischen Himmel.

Im Grunde müßte man vielmehr sagen, daß er von der Analyse träumt und daß er von der Synthese träumt, ohne die eine noch die andere zu praktizieren. Wenn er zum Beispiel in der ersten *Tentation de saint Antoine* von der Synthese spricht, so will er damit die Grenzen der Wissenschaft angeben. Man sehe, wie die Wissenschaft in den Augen des heiligen Antonius erscheint: sie ist Kind und Greis: «ein Kind mit weißen Haaren, einem übermäßigen Kopf und schmächtigen Füßen» (I, 420); sie weint immer: sie hat mehr als einen gemeinsamen Zug mit Almaroës aus *Rêve d'enfer*. («Laß mich doch etwas auf dem Land herumrennen und mich im Gras wälzen», bittet sie den Hochmut [I, 421], «ich möchte schlafen, ich möchte spielen» [I, 420]. Natürlich wird ihr das nicht gestattet.) Keine Seele, das traurige Verlangen zu verlangen. Hier sind die Erkenntnis und ihr Gegenstand eins. Gleichzeitig macht Gustave deutlich, daß die mechanistische Periode (die der Beobachtung entspricht) nur ein Moment – vielleicht ein unüberschreitbares, aber sicher unzureichender Moment – der wissenschaftlichen Forschung ist: «Ich habe nichts gefunden, ich suche immer noch, ich häufe an, ich lese. Warum denn, o Mutter, all diese Pflanzen, die du mich pflücken läßt, all diese Sterne, deren Namen ich lernen muß, all diese Zeilen, die ich buchstabiere, all diese Muscheln, die ich sammle? . . . Wenn ich die Materie durchdringen, die Idee umfassen, das Leben in seinen Metamorphosen verfolgen, das Sein in allen seinen Modi verstehen und so, wie die Stufen einer Treppe, von einer Ursache zur anderen zurückgehend, diese zerstreuten Phänomene mit mir wieder zusammenbringen und sie in der Synthese wieder in Bewegung setzen könnte, aus der sie mein Skalpell herausgelöst hat ... dann vielleicht würde ich Welten schaffen können ... Aber ach! ...» (I, 421) Kurz, wir sind im Stadium der Analyse und des Sezierens: das ist das Unglück. Nur durch einen Übergang zur unmöglich scheinenden Synthese käme man da heraus. Aber das Ziel dieser Synthese ist merkwürdigerweise nicht so sehr die Wiederzusammensetzung des Kosmos, in dem wir leben, als die Schaffung anderer Welten – was, Flaubert zufolge, nur der Kunst und im Imaginären gegeben ist.

Von einer radikalen und bereits fertigen Analyse und einer unmöglichen Synthese umgetrieben, bleibt Gustave auf seinen ursprünglichen Synkretismus fixiert. Mit fünfzehn Jahren gibt er dem Schriftsteller den Auftrag, den *Kosmos*, den der Wissenschaftler pulverisiert, als synkretistische Totalität wiederherzustellen: keineswegs *nach* der Analyse und als Wiederzusammensetzung, sondern vor ihr: «Ihr wißt vielleicht nicht, was für eine Lust das ist: dichten! Schreiben! Oh! Schreiben, das heißt sich der Welt bemächtigen, ihrer Vorurteile, ihrer Tugenden, und sie in einem Buch zusammenfassen; das heißt sein Denken entstehen, wachsen, leben, auf einem Podest aufragen und für immer dort bleiben fühlen.» (*Un parfum à sentir*, I, 67) Fortschritt in der Kunst, nicht in der Erkenntnis. Woher kommt, daß er seit seiner Jugend auf diese synkretistische Totalisierung fixiert ist? Man muß den Ursprung dieser Fixierung suchen, die ihm das Wissen untersagt und ihn gleichzeitig im Widerspruch der Familie Flaubert damit durchdringt, die eine ländliche Struktur und zugleich liberale Anschauungen hat und deren Oberhaupt ein emporgekommener Bauer ist, das heißt ein Bauer durch Geburt und ein Intellektueller durch Karriere. Dieser oben beschriebene Widerspruch verinnert sich beim kleinen Gustave auf allen Ebenen: wir haben darin den Schlüssel des Goldenen Zeitalters, der Frustration und des Sündenfalls, der sie begleitet, gesehen. Nun finden wir ihn auf der Ebene der Erkenntnisse. In den allerersten Jahren hat er seine Abhängigkeit im Glück empfunden. Es war seine Daseinsberechtigung, kurz, er hat die bäuerlichen Traditionen in ihm, die selbst bei Achille-Cléophas im Verschwinden begriffen schienen, als seine wahre Natur wiederaufleben lassen. Und dann hat er gleich darauf vorzeitig die Maximen des Liberalismus erhalten, eine unabweisliche Negation jener ersten Natur. Wenn er wenigstens in der Ernüchterung verharren, sich damit abfinden, im liberalen Individualismus seine Wahrheit finden könnte. Aber nein: der «philosophische Arzt» ist ein *pater familias*: er verlangt eine absolute Unterwerfung, die keine andere Grundlage hat als die religiöse Anbetung. Durch seine Ansprüche hält er jedoch gerade den Feudalismus aufrecht, den er durch seine Ansichten aufhebt. So muß Gustave ständig zwischen zwei widersprüchlichen Ideologien schwanken, von denen jede den Schlüssel aller Probleme, die Antwort auf alle Fragen enthält. Einmal erscheint die Familie als soziale Zelle, dann wieder als Nebeneinander von Einzelwesen; einmal hat Gustave das Gefühl, daß die göttliche Gnade des Herrn ihm einen Sozialstatus verleiht, um ihn vor der Natur zu retten, dann wieder findet er sich als *natürlich* wieder, eine bloße Bestimmung des Raums, ohne Recht noch Privileg, eine allgemeine Ansammlung elementarer Partikel. Das ist noch nicht genug: man begnügt sich nicht damit, ihn seine Bedeutungslosigkeit ermessen zu lassen, man zeigt ihm seine Verbrechen. Und diese wären nicht da, wenn er nur *eine* Ideologie hätte: aber er besitzt zwei Ideologien, und jede verurteilt die andere. Wie sollte er denn nicht an die Tugend glauben, wenn man den wunderbarsten aller Väter verehrt, das Vorbild der Redlichkeit, der edelmütigen Uneigennützigkeit; wie sollte er denn daran glauben, wenn dieser unfehlbare Vater die schönsten Taten durch eigennützige Beweggründe erklärt. Das Rad dreht sich ständig: jene erste Natur, die der Vater durch seine heilige Autorität in Gustave eingepflanzt hat, ist eben gerade die, die er jetzt auseinandernimmt. Flaubert gerät vom Traum zur Ernüchterung, von der Unschuld zur Sünde und kehrt ständig zur Unschuld zurück, um sie alsbald wieder zu verlieren. In gewisser Weise hat dieses Opfer der Analyse die Methode nur allzugut verinnert: er nimmt sich ständig auseinander und setzt sich ständig wieder zusammen. Aber wie wir gesehen haben, bleibt die Analyse rein verbal, und die Wahrheit seiner Situation ist schlankweg das Vasallentum, das er leben muß und gegen das er wütet. Das angebliche Sezieren – das sich als Auseinandernehmen der Lüge ausgibt – ist selbst die eigentliche Illusion; es beschränkt sich darauf, die Prinzipien zu wiederholen und sie formal auf den gegenwärtigen Umstand anzuwenden: jeder geht seinem Interesse nach, also gehe auch ich dem meinen nach, und diese Sohnesliebe ist nur eine Wirkung meines Egoismus. Zu Gustaves Unglück gründet sich seine Sohnesliebe jedoch auf die wirkliche Struktur der Familie Flaubert und drückt diese aus: aber der Vater hat das Zeichen- und Symbolsystem, das sie dem Kind als die Wahrheit seiner Situation widerspiegeln würde, verurteilt. Diese Verurteilung ist von außen durch den philosophischen Arzt ausgesprochen worden; aber das Kind hat sie in sich selbst aufgenommen als einen permanenten Imperativ, einen ständig zu fällenden Spruch, als die trostlose Beleuchtung seiner Handlungen, als seinen Gesichtspunkt sich selbst und den anderen gegenüber. *Seinen* Gesichtspunkt? Nein: es ist der Gesichtspunkt des Anderen; Gustaves innerster und persönlichster Wille kann nur der als eine fremde Macht erlebte Wille seines Vaters sein: der Vater, als Anderer in ihm, offenbart ihn seinen eigenen Augen als Anderer als er selbst, zwingt ihn, seine unmittelbaren Regungen als zu vereitelnde Listen zu behandeln, *sich selbst* als einen ewigen Lügner anzusehen und zugleich als einen ewig Betrogenen. Gustave glaubt, daß die verletzenden Bemerkungen eines über das Versagen seines jüngeren Sohnes erzürnten Vaters aus einem mechanistischen Wissen hervorgehen, das selbst auf einer heiligen Erfahrung fußt. Die Analyse führt sich mittels seiner Demütigungen und Frustrationen als seine Verurteilung in ihn ein. Nach einigen ärgerlichen Erfahrungen sind das Wissen und der Blick nur noch eins: das Auge von Achille-Cléophas ist in der Seele seines Sohnes wie das Auge Gottes im Grabe Kains. Bis in die Einsamkeit hinein kann der kleine Junge nicht entscheiden, ob er sich erkennt oder ob er erkannt wird; die personifizierte und geheiligte Analyse wird für immer sein Überich. Kein Winkel, in dem er eine Hoffnung verbergen könnte: die väterliche Wahrheit ist in ihm, sie lebt von seinem Tod; für jenes Überbewußtsein, das sich durch sein Bewußtsein hin ausdehnt, ist er Objekt, bevor er Subjekt, allgemein, bevor er einzeln ist, oder, vielmehr, seine Einzelnheit und seine Subjektivität erweisen sich in diesem objektiven Milieu als bloße trügerische Erscheinungen, die Notwendigkeit, die ihn – wie jeden anderen – zwingt, seine Regungen persönlich zu spüren, sie zu empfinden, wie sie sich darbieten, scheint ihm ein verbrecherischer Starrsinn zu sein, eher den Irrtum zu leben als die Wahrheit. Daß Gustave diese Allgegenwart des Richters manchmal in Wut, in Haß empfunden hat, beweist ein Text, den ich oben zitiert habe: *Un secret de Philippe le Prudent.* Gustave verinnert hier die Analyse: es ist ein Großinquisitorblick, der in seine intimsten Winkel eindringt und «die Gefühle zu erraten versucht, die in (seinem) Herzen schlagen, die Gedanken, die hinter (seiner) Stirn vorbeiziehen; . . . immer ist er da wie ein böser Geist, der sich (seinem) Glück widersetzt, (ihm seine) Frau raubt[105], (ihm) die Freiheit nimmt . . . und . . . (er wird) nicht weinen und verfluchen, (sich) rächen können! Nein! Es ist (sein) Vater! Und es ist der König! Man muß seine Schläge ertragen, alle diese Schmach hinnehmen, alle diese Schande erdulden» (I, 73).

105 Obwohl er sich auf eine historische Tatsache bezieht, wird man sicher überrascht sein über den ödipalen Anklang dieses Satzgliedes. Wir werden auf diesen Punkt zurückkommen, wenn wir über Gustaves Sexualität sprechen. Aber es handelt sich auch um die mütterliche Ideologie. Der Vater überläßt seinen Sohn dem Großinquisitor – der nichts andres als er selbst ist. Die Karten werden hier dadurch durcheinander gebracht – nicht ohne Absicht –, daß Philipp II. durch seinen katholischen Glauben dazu getrieben wird. Aber es geht nicht um die Religion: das ist eine enge, kleinliche, sektiererische Ideologie, die alles herabwürdigt und – was auch immer ihre Prinzipien sein mögen – in Gustave-Carlos alles durch die niedrigsten Instinkte erklärt, während der junge Mann «eine jener Seelen» besitzt, «so voller Leidenschaft, so mächtig an Gefühl, daß sie sich ausweiten, platzen und zerspringen, weil sie nicht alles, was sie bergen, enthalten können» (I, 73).

Die letzten Zeilen zeigen uns ganz klar, daß dieser passiv Handelnde unfähig zur Revolte ist; und außerdem dauern seine Wutanfälle nicht lange, bald tritt Niedergeschlagenheit an ihre Stelle: das Rad dreht sich weiter: der böse Inquisitor ist in Wahrheit der beste der Menschen, seinen Söhnen, seinen Mitbürgern, seinen Schülern ergeben, «väterlich gegenüber dem Armen», kurz, ein Heiliger. Aber das frustrierte, gedemütigte, verbannte Kind fürchtet in seinem Groll insgeheim und unbewußt den Geist, von dem es besessen ist und der es zur Verzweiflung treibt, *als wenn es ein Dämon wäre.* So wird der Doktor Flaubert in seinem Sohn zunächst in der Einheit einer ständigen Spannung als unüberwindlicher Widerspruch von Gut und Böse erlebt: als Subjekt einer Liebe, die er hervorruft und verlangt, um ihn zu zwingen, sich selbst zu verleugnen und sich als einen heuchlerischen Deckmantel egoistischer Triebe anzuprangern, ist er eine heilige Macht, die die heiligen Stätten verwüstet und deren Lästerungen man glauben muß im Namen des religiösen Respekts, den man ihr entgegenbringt; er ist das immer gleiche Werkstattlicht, das eine für das Halbdunkel schwärmende Seele durch und durch erleuchten und überall die Dämmerung durchdringen wird, die hartnäckig immer neu entstehen will; als Herr einer schwarzen Feudalität führt er manchmal aus Sadismus seinen Vasallen unerbittlich in die tiefste Erniedrigung, indem er den geschworenen Glauben mißbraucht; ein andermal ist er ein tugendhafter Wissenschaftler, der die Wahrheit für das Universalmittel hält, selbst wenn sie bitter ist, und der sie seine Kinder lehrt, um sie vor den Absurditäten der Religion zu bewahren. Ist das alles? Nein: das ist nur die kreisende Ambivalenz des Heiligen. Gustave wird manchmal von einem Argwohn gestreift: und wenn die Analyse auch nur eine Farce wäre? In diesem Fall würde der erdrückende Verstand des Vaters nur eine unheilbare Form der Dummheit darstellen. Wenn der kleine Junge der zyklischen Wiederkehr des Dämonischen und des Heiligen entgehen kann, dann steht ihm eine große Tür offen, von der er etwas ahnt, der er sich jedoch nicht zu nähern wagt: warum nicht die Methode auf den Vater selbst anwenden? Und da das dasselbe ist, warum sie nicht gegen die Wissenschaft selbst kehren? Das wäre ein großes Gaudi, wenn man die verbürgtesten Wahrheiten auseinandernehmen könnte, um sie den Wissenschaftlern als Stücke vor die Füße zu werfen. Wir haben ja eben einen Text der ersten *Tentation de saint Antoine* gesehen, in dem die Wissenschaft eine ziemlich blasse Figur abgibt: vom Hochmut getrieben sammelt sie Tatsachen. Schon mit zwanzig macht ihr Gustave in seinen *Souvenirs*, von denen wir gleich sprechen werden, diese Vorwürfe: sammeln, klassifizieren, analysieren, ja; aber der Königsweg der progressiven Synthese ist ihr untersagt. *Bouvard et Pécuchet*, jenes kolossale und groteske Werk, wird mit seinen Wurzeln in die tiefste Tiefe einer entfremdeten Kindheit hinabreichen: mit fast fünfzig

Jahren wird Gustave *tatsächlich* absichtlich Vatermord begehen. Im Augenblick verdrängt er seine Revolte einmal mehr: man müßte den Doktor Flaubert beobachten, sich von ihm lösen, Abstand gewinnen und ihn wie einen Gegenstand betrachten. Unmöglich: das schreckliche Überich verbietet es ihm; und außerdem wären die Bande zerrissen, die ihn mit seinem Herrn gegen dessen Willen in einer beruhigenden Ununterschiedenheit vereinigen; er würde mitten in dieser achtbaren Familie im Exil leben, allein und geheim, nackt: dieser Vater, der ihn tötet, ist trotz allem seine beste Abwehr gegen die wilde Welt, die der mechanistische Materialismus ihn beargwöhnen läßt. Gustave ist ein Gegenstand für den Doktor: durch dessen Willen ist er gegen seinen eigenen Willen für sich selbst ein Gegenstand; aber trotz des – so zwielichtigen – Porträts von Mathurin wird Achille-Cléophas für seinen jüngeren Sohn *vor* seinem Tod niemals zu einem Gegenstand werden. Wir haben gesehen, welchen Sinn man dem Auftreten Larivières am Bett von Emma Bovary geben muß. Es ist die einzige Wiederverkörperung des *pater familias* in dem Werk, das zu Lebzeiten von Gustave Flaubert veröffentlicht wird.[106] Was die Korrespondenz angeht, so erwähnt sie ihn selten und immer auf ganz offizielle Weise: er steigt zum Himmel, es ist der namengebende Held der Familie; niemand ist auf die Idee gekommen, ihn in jenem monströsen Gegner der «zwei Kellerasseln» Bouvard und Pécuchet, der Wissenschaft, zu erkennen. Ein Satz, ein einziger Satz, belehrt uns über die Entwicklung der Gefühle, die Gustave gegenüber seinem Vater hegt. Er ist im übrigen recht zweideutig. Man weiß, daß Flaubert Ende 1838 einige Blätter Schreibpapier zu einem Heft verbunden hat, in das er – bis 1841 – Eindrücke, Maximen, Überlegungen über sich selbst, manchmal Erinnerungen notierte. Dieses Heft, das noch sehr wertvoll für uns sein wird, ist erst 1965 von Lucie Chevalley-Sabatier veröffentlicht worden als *Souvenirs, notes et pensées intimes*. Man findet in ihm jene Bemerkung, die zwar undatiert ist, aber eindeutig auf den Herbst 1838 oder spätestens auf den Winter 1839 zurückgeht: «Ich habe nur einen Menschen als Freund geliebt und nur einen anderen, es ist mein Vater.»[107] Was hier zunächst überrascht, ist die – scheinbare – Fehlerhaftigkeit des Satzes, die einem Gedankensprung, einer Abwandlung des Satzes: «Ich habe nur einen Menschen geliebt, es ist Alfred» entspricht. Das will er zunächst notieren. Vielleicht will er den leicht homosexuellen Aspekt des Satzes korrigieren? Das ist wahrscheinlich: man weiß, daß Alfred Le Poittevin ihn «mein teurer Päderast» nannte. Jedenfalls fügt er

106 Außer in der *Légende de saint Julien l'Hospitalier*, von der wir später sprechen werden.
107 Gustave Flaubert, *Souvenirs, notes et pensées intimes*. Buchet/Chastel, Paris 1965, S. 52. *Anm. d. Übers.*

hinzu, um seine Aussage zu präzisieren: «als Freund», was sofort jenen Gedanken entstehen läßt: «Es gibt einen Menschen, den ich nicht als Freund, sondern als Sohn geliebt habe, es ist mein Vater.» Gleichviel: Achille-Cléophas kommt an zweiter Stelle; das war übrigens unerwartet, andernfalls hätte Gustave geschrieben: «Ich habe nur zwei Menschen geliebt: meinen Vater und Alfred.» «Ich habe geliebt», das heißt: «Ich liebe nicht mehr.» Müssen wir die Aussage so verstehen? Wenn wir uns an die Grammatik halten, ja.

Car je t'ai bien aimée, Fanny
De Noël à l'Epiphanie.
(Denn ich habe dich geliebt, Fanny,
von Weihnachten bis Epiphanias.)

Aber die Dinge sind nicht so einfach. Erstens hat der Zyklus der Autobiographien begonnen: im vergangenen Sommer hat Gustave letzte Hand an die *Mémoires d'un fou* gelegt; einige Jahre lang wird er die Gewohnheit behalten, von sich in der Vergangenheit zu erzählen, als wenn er nicht mehr wäre, als wenn ein Toter spräche. Das wird in *Novembre* noch deutlicher sein: «Ich habe lange mein verlorenes Leben ausgekostet . . . Habe ich geliebt? Habe ich gehaßt? . . . Ich zweifle noch daran.» (I, 248) Das Ziel ist klar; es geht um eine Totalisierung *vom Gesichtspunkt des Nichts aus*: in diesem Fall wäre es nicht die Liebe, die zu Ende ist, sondern das Leben; der Hingeschiedene sagt, «ich habe Alfred geliebt», und er könnte hinzufügen: «solange ich gelebt habe» oder «bis zu meinem letzten Atemzug». So könnte auch ein Greis sprechen, der weiß, daß in den letzten Jahren, die ihm noch zu leben bleiben, sein hohes Alter, seine Isolierung, der geistige Stillstand und die Herzenskälte – die oft den physischen Verfall begleiten – ebensoviel Barrieren sind, die ihm jeden Wechsel, jede neue Neigung verbieten, und deshalb könnte er – so jedenfalls glaubt Gustave – als Abschluß eines nunmehr erstarrten Lebens behaupten, daß er niemanden mehr lieben werde und daß daher sein Vater die einzige Person *gewesen sein werde*, die er wirklich geliebt haben wird. Denn für den jungen Gustave ist Alter zugleich – und eins durch das andere – Totalisierung der Erfahrung und durch Antizipation erlebter Tod. Wenn irgendeine Leidenschaft seine alten Knochen wieder erwärmen sollte, so wäre die Totalisierung nicht erschöpfend, weil dieses allerletzte Gefühl ihm entgehen würde; besser noch, sie wäre nicht einmal mehr möglich, denn sie geschähe vom Gesichtspunkt dieser letzten Glut und damit vom Gesichtspunkt des Lebens aus.

Und zweitens, wer wagte zu behaupten, daß Gustave im Jahre 1839 Alfred Le Poittevin nicht mehr liebte? Wer diese Vermutung einen Augenblick lang aufrechterhalten wollte, würde von den letzten Briefen sofort widerlegt werden. Wenn der Vater Flaubert im selben Satz erwähnt wird – und sei es auch nur an zweiter Stelle – und wenn er

Akkusativobjekt desselben Verbs ist, so liebt man ihn noch immer.
All das trifft zu. Aber – wie immer bei Gustave – das Gegenteil auch. Ein junger blutloser Greis, der nach Flaubertschem Vorbild, seinen Kindheitsneigungen treu geblieben und davon überzeugt ist, daß er keine anderen hat, würde schreiben: «Ich *werde* in meinem Leben nur zwei Lieben *gehabt haben.*» Dieser Satz ist der einzig korrekte, weil das Verb einen präzisen Bezug auf die Zukunft enthält: «Wenn ich tot sein werde, werde ich gehabt haben . . .» usw. Gustave weiß das natürlich ganz genau: seine Feder ist präzise; die Mehrdeutigkeiten, die sich in einer Aussage äußern, entsprechen immer einer Ambivalenz des Erlebten und intentionalen Strukturen. Wenn er hier dem zweiten Futur das Perfekt vorgezogen hat, so kann das nicht ohne Grund geschehen sein. Im übrigen gibt der vorher zitierte Text aus *Novembre*, der weniger als zwei Jahre später geschrieben worden ist, eine Unsicherheit an, die den Satz aus den *Souvenirs* rückwirkend beleuchtet: «Habe ich geliebt? Habe ich gehaßt . . . Ich zweifle noch daran.» Wenn er zwischen seinem achtzehnten und neunzehnten Lebensjahr auf seine Vergangenheit zurückkommt, so ist er nicht sicher, die beiden Leidenschaften empfunden zu haben, von denen er mit siebzehn Jahren spricht. Und das Wort «noch» zeigt an, daß seine Unsicherheit bis zu den letzten Jahren seiner Adoleszenz zurückgeht. Zweifelte er im Jahre 1839 daran, Alfred Le Poittevin geliebt zu haben? Nein, aber er zweifelte daran, ihn noch zu lieben.
Gustave, der immer von Alfred Le Poittevin fasziniert, immer bereit war, ihm die Arme zu öffnen, den aber seine Kälte und seine Treuebrüche abstießen, *glaubt* nicht mehr zu lieben. Das ist Alfreds Strafe. Sofort taucht Achille-Cléophas auf: für seinen jüngeren Sohn ist das der große Moment der Abrechnungen: sein erster Herr hat ihn ebenso wie der zweite und lange vor diesem enttäuscht: das ist eine gute Gelegenheit, sich von beiden loszusagen. Auch der philosophische Arzt *ist geliebt worden*, auch jetzt fasziniert er noch, aber man liebt ihn nicht mehr; Gustave ist befreit und bleibt allein. Trifft es jedoch zu, daß der *pater familias* ihm wirklich nicht mehr schadet? Gewiß, seit dem Auftauchen von Alfred ist er – wie die Konstruktion des Satzes zeigt – an den zweiten Platz gerückt. Und ich meine tatsächlich, daß sein jüngerer Sohn nach so vielen verlorenen Liebesmühen, so vielen eifersüchtigen Leiden sich ein für allemal von ihm losgesagt hat: er beginnt, an seinen Tod zu denken, er erkennt in ihm seinen Richter und seinen Unterdrücker. Und wenn er hier von der Zuneigung spricht, die er einst dem *pater familias* entgegengebracht hat, so eher deshalb, weil er ihm vorwirft, ihrer nicht würdig gewesen und letztlich dafür verantwortlich zu sein, daß sie nicht mehr existiert. Es bleibt jedoch die väterliche Macht: hat man den merkwürdigen Gegensatz des Perfekts zum Präsens bemerkt, dem Synonym für Ewigkeit: «Ich habe . . . nur einen anderen

(geliebt), *es ist* mein Vater»? Ob Gustave ihn nun liebt oder nicht, er bleibt der Macht von Achille-Cléophas unterworfen, er ist vom Erzeuger ebenso fasziniert wie von Alfred. Der Beweis? Er steht in einem gleichzeitigen Brief an Ernest Chevalier, den ich oben zitiert habe: «Seitdem Ihr nicht mehr bei mir seid, Du und Alfred, analysiere ich mich noch mehr, mich und die anderen. – Ich seziere ständig, das macht mir Spaß.»[108] Besser kann man es nicht sagen: seitdem Alfred sich von mir abgewandt hat, hat mein Vater wieder *Besitz von mir ergriffen*: Analyse, Sezieren. Der Chefchirurg hat gewonnen. Anderthalb Jahre früher schrieb Gustave an Ernest Chevalier: «O nein, es ist eine traurige Angelegenheit, die Kritik, das Studium, in die Tiefen der Wissenschaft hinabsteigen, um nur Eitelkeit darin zu finden, das Menschenherz analysieren, um Egoismus darin zu finden, und die Welt nur verstehen, um nur Unglück darin zu sehen . . . Es gibt Tage, wo ich die ganze Wissenschaft . . . für zwei Verse von Lamartine oder Victor Hugo geben würde. Ja, ich bin Anti-Prosa, Anti-Vernunft, Anti-Wahrheit geworden . . .»[109] In dieser Epoche bleibt er, obwohl im voraus besiegt, ein Protestierender. Jetzt *macht ihm die Analyse Spaß*: wenn er das Krebsgeschwür entdeckt, hebt er den Kopf und lacht. Das Lachen eines Verdammten, das versteht sich. Gleichviel: die mechanistische Ideologie hat ihn überwunden. Der feindliche Vater, der wie eine fremde Kraft in ihm lebt, beherrscht und lenkt ihn nach seinem Willen und ist um so furchtbarer, als er nicht mehr geliebt wird: der in Gustave eingepflanzte Chirurgenblick offenbart ihm sogar – wir werden darauf zurückkommen –, «daß, was man Gewissen nennt, nur die innere Eitelkeit ist» (in dem erstzitierten Brief vom 26. Dezember 1838). Glaubt er genau daran: nicht ganz, weil es ja in ihm das andere Denken ist. Er fügt tatsächlich hinzu: «Diese Theorie scheint Dir grausam, und mich selbst stört sie. – Zunächst wirkt sie falsch, aber bei größerer Aufmerksamkeit fühle ich, daß sie wahr ist.» Diese Konsequenz der Methode – ein *apriori* der psychologischen Analyse, das er für ein *aposteriori* hält – «stört» ihn und verursacht ihm Unbehagen. Sie entwertet alles, was er spürt. Daher ist seine ständig wiederholte erste Regung, sie für falsch zu halten: sagen wir besser, daß sie keinen Aufschluß gibt über das Unmittelbare, über das, was er als er selbst empfindet; aber er *bemüht sich*; er widmet ihr eine «größere Aufmerksamkeit»: das heißt, er geht verbissen daran, sein spontanes Verständnis des Erlebten durch die väterlichen Schemata zu ersetzen, bis er alles auf das Modell, das heißt auf den analytischen Atomismus, zurückgeführt hat. Wenn alles (fiktiv) rekonstruiert und verallgemeinert ist, wenn er *gegen sich* gedacht hat, indem er die Glaubwürdigkeit der fremden

108 Brief an Ernest Chevalier vom 26. Dezember 1838.
109 Brief an Ernest Chevalier vom 24. Juni 1837.

«Theorie» an der Intensität seines Unbehagens gemessen hat, «fühlt» er schließlich, daß sie wahr ist. Keine Evidenz für Gustave: an ihre Stelle tritt die anerkannte Macht seiner Selbstentfremdung.

Warum sich derart durch die *patria potestas* entfremden lassen, wird man sagen. Warum sich zum Komplizen eines degradierenden Blickes machen und sich durch ihn sehen und zugleich als Anderer wissen? Konnte Gustave sich nicht durch die Identifikation mit dem Vater retten, wie es Achille acht Jahre früher getan hat? In diesem Fall hätte er seine Realität in das unbarmherzige Licht gelegt, das das Universum beleuchtet, und nicht in das abscheuliche Gewimmel, das es in ihm entdeckte. Die Antwort ist einfach: Gustave hat diese Identifikation zwanzigmal versucht und, wie wir gezeigt haben, immer verfehlt: er konnte sich nicht mit seinem Erzeuger identifizieren, *weil Achille das bereits getan hatte*. Achille verbietet dem Jüngeren, in Achille-Cléophas seine eigene zukünftige Realität eines *Betrachtenden* zu finden, weil der *pater familias* ja gerade seinen Älteren zum zukünftigen Nachfolger erwählt hatte. Die souveräne Autorität des Chefchirurgen ließ nur einen Ausgang: Achille hat ihn gefunden; nach ihm ist der Weg versperrt; Gustave wird immer nur der *Betrachtete* sein: seine Wahrheit bleibt auf der Ebene dessen, der seziert, analysiert wird, sie wird niemals die Ebene des analytischen Akts erreichen: selbst wenn er – was er, wie wir noch sehen werden, oft versucht – auf sich selbst einen «Chirurgenblick» würfe, würde er sich nur das Auge seines Vaters ausleihen. Nachdem der Chefarzt seinen ersten Sohn als *Denselben* in sich angezogen hat, kann er den jüngeren nur besetzen als der allgemeine und einzelne *Andere*. In jenem verschont die Identifikation – zumindest scheinbar – die Selbständigkeit der Spontaneität; in diesem schließt die Selbstentfremdung deren Heteronomie ein. Gustave hat, außer in seiner frühesten Kindheit, niemals die Möglichkeit gehabt, sich in seinem Vater aufzulösen: er trägt ihn in sich wie eine Wunde. Jetzt begreift man die Metamorphose von Mathurin: der vom Sohn verinnerte Mechanismus des Vaters wird zum verzweifelten Zynismus, eben weil er in der Immanenz transzendent bleibt und weil der Sohn ihn nur für sich übernehmen kann, indem er sich selbst Zwang antut: dieses fremde System nimmt dadurch eine pessimistische Färbung an, die es bei Achille-Cléophas niemals gehabt hat.

Mehr noch: dieser Pessimismus ist vom Ressentiment geprägt. Und dann radikalisiert er sich, weil ja der Mechanismus des Vaters die einzige Theorie ist, über die der Sohn verfügt, um sich über seine existentielle Erfahrung klarzuwerden. Die passive Aktivität ist beflissen, den fremden Imperativ zu verwirklichen, und hat, indem sie ihn aus Übereifer auf die Spitze treibt, quasi gegen ihren Willen Auswirkungen, die ihm widersprechen. Bei Achille-Cléophas schloß der Mechanismus kein Werturteil über die Welt ein: außer daß der ganz an die

Tatsachen gebundene Empirismus keine Normen davon ableiten könnte, bleibt ihm sogar der Begriff des Kosmos fremd: die Analyse sprengt die Einheit, löst das Universum in unendliche Bewegungen unendlich vieler Korpuskel auf. Als Gustave den Mechanismus verinnert, versäumt er es absichtlich, die Welt zu zerstören, und bewahrt deren synthetische Einheit gerade in dem Moment, da die angenommenen Prinzipien diese unmöglich machen; die kosmische Totalität und das Verhältnis des Mikrokosmos zum Makrokosmos, die Innenbeziehung, die die Teile untereinander und das Ganze mit den Teilen verbindet, bewahrt er in dem Augenblick, da der Mechanismus ihnen jeglichen Inhalt nimmt, weil er keine andere Verbindung zwischen Molekülen zuläßt als ein Außenverhältnis. Durch dieses Verfahren gibt er sich das Recht, die mechanischen Abfolgen als eine satanische Auflösung des Universums zu beurteilen oder die kosmische Totalität als einen ständig entstehenden und entschwindenden «Höllentraum» zu betrachten. In jedem Fall ist Betrug im Spiel: also ist der Mensch auf der Erde, um zu leiden; er wird mit der Vorstellung eines Ganzen geboren und in eine endlose Bewegung von Molekülen geworfen. Das Schicksal taucht wieder auf: Gustave, ein verhexter Leichnam, glaubt zu leben und läßt doch nur zu, daß sein toter Körper durch äußere Kräfte in einen Totentanz hineingerissen wird; geboren, um sich in die synthetische Einheit der Welt zu integrieren, sieht er, wie sich alles außen und in ihm auflöst; dieser Widerspruch hat nur dann einen Sinn, wenn er beabsichtigt ist. Kurz, Gustave geht von einer Selbstentfremdung zur anderen über; die «Verfluchung Adams» schützt ihn teilweise gegen die «voltairesche Ironie». Wenn die Einheit der Welt sich in Atomwirbel auflöst, so offenbart ihm gerade seine Enttäuschung die zeitliche Einheit seines Schicksals. Von einem fremden Blick heimgesucht, kann er sich nur gegen ihn schützen, indem er die Kohäsion eines *anderen* Akts heraufbeschwört, das heißt die beabsichtigte Einheit seiner Erschaffung und seiner Verdammung. Daher die Mehrdeutigkeit von Mathurin und Larivière, die sowohl gutmütige Voltairianer als auch Dämonen sind. Daher das merkwürdige Bild der Wissenschaft in der ersten *Tentation de saint Antoine*: als Tochter des Hochmuts scheint jene andere Verkörperung von Achille-Cléophas, unterstützt von der Logik – jener Logik, von der Djalioh-Gustave einige Jahre früher gestand, daß er nichts von ihr verstünde –, kein anderes Ziel zu haben, als den ständig neu entstehenden Glauben zu vernichten. Da Gustave gezwungen ist, seine existentielle Erfahrung in Begriffen eines analytischen Intellektualismus auszudrücken, geht er in eine Falle, weil er ja an die Erfahrung nicht glauben kann, ohne die Wissenschaft zu leugnen; aber nun fälscht er seinerseits den Diskurs der Analyse, indem er ihm die Aufgabe gibt, nicht mehr über die ursprüngliche Erfahrung Aufschluß zu geben, sondern diese zu *verraten*, ohne ihr jedoch ihr Prestige und ihre

Authentizität eines archetypischen Ereignisses zu nehmen. In dem vereinheitlichenden Rahmen der ursprünglichen Erfahrung, der Engagement, totalisierendes Vorgefühl, Wahrnehmung des Schicksals ist, findet die mechanistische Auflösung statt; als *Anfechtung der Innenbeziehung* zerbröckelt der Kosmos in unteilbare Partikel, die von Außengesetzen gesteuert werden. So taucht der Mechanismus – eine reine *apriorische* Affirmation einer allgemeinen Rationalität – innerhalb der ursprünglichen Irrationalität auf, und damit bewahrt das strenge Spiel der Begriffe eine gewisse satanische Einheit. Er wird zum Werkzeug der Verdammung. Gewiß, die existentielle Erfahrung hatte nichts Gefälliges: dieses Kind roch den Schwefelgestank, das war die prophetische Intuition, daß *ein anderer Wille* der Abfolge des Erlebten eine vektorielle Einheit gegeben hatte: das Schlimmste war sicher, weil es *organisiert* war. Diese komplexe Konstruktion des Unglücks, der Passivität und des Ressentiments hatte wenigstens ein positives Gegenstück: da Gustave als ein Verfluchter die Einheit eines Schicksals besaß, definierte er sich von innen, selbst die Zukunft, die sich in der Gegenwart spiegelte, machte aus dieser endlichen Zeitlichkeit, deren Momente sich jedoch aus der Entfernung durchdrangen, eine ablaufende Totalisierung und dadurch *eine Person.* Auf der Ebene der archetypischen Erfahrung war *Größe* möglich, weil ja die Person existierte: das Kind versuchte, sich durch eine Ethik des Dolorismus zu retten. Als der Mechanismus in dieses vereinheitlichende System eingeführt wurde, sprengte er die Person: übrig blieben pathetische Moleküle, die sich aneinander stießen, voneinander abprallten, sich zusammenballten, um sich gleich darauf noch mehr zu zerstreuen: das Ich [*Moi*] war nur eine Illusion, das Bewußtsein von einem Epiphänomen. Aber damit wurde der psychologische Atomismus durch sich selbst die *prophezeite Enttäuschung*; das Schlimmste, das in seinem Inhalt nicht voraussehbar, aber formal sicher war, war der Mechanismus, der Sturz in die Außenverhältnisse, die Anprangerung der Eitelkeit des Dolorismus und das Verschwinden der Werte. Kurz, er war die Erfüllung des Fluches auf der Ebene der Erkenntnis: nichts war für den jungen Verdammten klarer, weil ja der dämonische Schöpfer, der ihm ein Schicksal zudiktiert, und der grausame Dämon des Wissens, der ihn durch die Offenbarung der *Wahrheit* in Verzweiflung gestürzt hatte, ein und derselbe waren; und weil ja in beiden Fällen sich die Priorität des Anderen gegenüber Demselben behauptete: das Schicksal war der Wille des Anderen, der Mechanismus war die Wissenschaft ebendieses Anderen, die als andere gegen die Selbstheit des Opfers benutzt wurde. Gustaves Schicksal mußte nach dem Sturz und seiner Enteignung durch einen Usurpator selbst seine Schmerzen verspotten, weil es ihm durch den Mechanismus ihre Nichtigkeit offenbarte. Man sieht hier den Kreisel: will man Gustave mit der unendlichen Zerstreuung der Materie und dem Außenprinzip schlagen, so braucht man einen anderen Willen, das heißt eine Inneneinheit; damit Gustave unter der Zerstreuung seines Seins als ein Verdammter leiden kann, muß er selbst in der Pulverisierung die geheime Einheit einer *inneren* Totalisierung bewahren. Insofern muß man das eine Mal die Einheit der Person hervorheben – in diesem Fall ist der Mechanismus eine Art Alptraum, der vom Anderen in Gustave *hervorgerufen und gesteuert* wird –, und das andere Mal kehrt sich alles um, und die Person wird zum Alptraum der Materie, zum Trugbild, und nichts ist wahr als die unendliche *nicht gefühlte* Einsamkeit der Archipel des Seins. Keine der beiden Positionen hält der Prüfung stand, und Gustave ist ständig gezwungen, von der einen zur anderen überzugehen. Am Ende ist ihm dieses Karussell so vertraut, daß er sich nicht einmal mehr in ihm zu drehen braucht: jede Position schließt die andere ein, dessen ist er sich bewußt. Eine merkwürdige Sicht der Welt, wo die kurzsichtige analytische Vernunft in den Dienst der Unvernunft gestellt wird, wo der Mechanismus einerseits die auf der Erfahrung fußende *Wahrheit* bleibt und andrerseits nur ein Streich ist, den Satan der Herde der Verdammten und vor allem Gustave spielt, wo diese *Wahrheit* selbst oder der Diskurs über das Sein ein Absolutum ist, aber wo ein System protestierender Atome sich zur «Anti-Wahrheit» erklären kann. Im Namen wessen? Des Nichts oder eines anderen Prinzips? Wir werden es sehen. Wenn es *denkbar* ist, so deshalb, weil der Junge dem *Wissen*, das heißt den affirmativen oder negativen Gewißheiten, nicht zugänglich ist, die auf Evidenz oder Logik basieren: er kann, wie wir gesehen haben, nur *glauben*. Deshalb *glaubt* er an die Wissenschaft, wie er an Gott *glauben würde*, wenn er könnte: nicht mehr und nicht weniger. Die Wahrheit ist für ihn nur ein durch das Autoritätsprinzip von außen aufgezwungener Glaube: er unterwirft sich ihr zwar, aber sie ist nur ein Hörensagen, sie weckt nicht die Kräfte der Seele. Als er etwas später in seinen *Souvenirs* eine Theorie der Erkenntnis zu liefern glaubt, wird er sich nur selbst definieren: «Es gibt weder wahre noch falsche Ideen. Man macht sich zunächst die Dinge ganz lebhaft zu eigen, dann denkt man nach, dann zweifelt man, und dabei bleibt man.» [110]

Die andere Ideologie

Damit Gustave von einem großen feudalen Denken träumen konnte, das die Einheit der Person und die Innenbeziehung des Vasallen zu seinem Herrn in einem rechtfertigte, brauchte, wie wir gesehen haben,

110 *Souvenirs*, S. 96. Die Notiz stammt aus der Zeit kurz nach dem 25. Januar 1841.

der oberste Lehnsherr, Achille-Cléophas, nur stillschweigend die anbetende Unterwerfung seiner Frau und seiner Söhne zu verlangen; um ihn gegen seinen Willen von der theokratischen Ideologie abzubringen, brauchte der *pater familias* ihm nur im Namen seiner souveränen Autorität den Glauben an die liberale Ideologie als einen kategorischen Imperativ aufzuzwingen. So ist der Widerspruch zunächst nicht in ihm, sondern in den Familienstrukturen. Es gibt einen kollektiven Hochmut Flaubert, aber auch eine Unruhe Flaubert, die nur die objektiven Konflikte der Epoche wiedergibt: Agrarier und Bürger, Romantiker und Voltairianer, Liberale und Ultras liefern sich in den ersten zehn Jahren von Gustaves düsterer Kindheit ständig Gefechte. Und diese großen Schlachten an der Oberfläche drücken auf ihre Weise die tiefen Risse und Erschütterungen, ja die Angst einer Gesellschaft aus, die auf dem Wege der Industrialisierung ist. Das bringt ökonomische und soziale Veränderungen mit sich, die eine vollständige Umgestaltung der Institutionen erfordern, das schnelle Wachstum einer neuen an die Entwicklung des Maschinenzeitalters gebundenen Klasse, eine Transformation und eine provisorische Komplikation des Klassenkampfes und, von unserem augenblicklichen Gesichtspunkt aus, die Notwendigkeit für eine noch ländliche Gesellschaft, die sich entwickelnde experimentelle Wissenschaft anzunehmen und sich ihr anzupassen: dieses Verhältnis zur Wissenschaft, die man zugleich schaffen und verarbeiten muß, wird das große intellektuelle Abenteuer des 19. Jahrhunderts sein; wir werden Gustaves Rolle dabei noch kennenlernen. Wenn die Familie Flaubert durch dieses Bürgerkriegsklima bedingt ist, so ist *in jedem Fall* klar, daß es in ihr nicht die geringste Meinungsverschiedenheit hervorgerufen hat. Anders gesagt, Gustave hat nicht den geringsten *Familien*konflikt zu verinnern gehabt. Die antagonistischen Kräfte, die Frankreich und ihn selbst zerreißen, sind im Hôtel-Dieu nicht in Personen verkörpert. Wäre das der Fall gewesen, hätte er sich vielleicht weniger erdrückt gefühlt: wenn die Herren sich schlagen, wird die Emanzipation der Vasallen beschleunigt. Aber das wäre nur bei einer Kleinfamilie möglich gewesen; die Flauberts sind unter dem Hirtenstab des Vaters erbarmungslos vereint: die Widersprüche sind in den Strukturen der Gruppe, und jedes Mitglied verinnert sie alle zugleich, gibt ihnen, ohne sie zu sehen, die Einheit seiner Person, und wenn es sie ahnt, kann es sie nur für Merkmale seines Charakters halten. So entdeckt Gustave in seiner Verstörtheit die gewaltsamen Auseinandersetzungen seiner Zeit in sich, ohne sie irgendwo im Schoß des Unternehmens Flaubert zu finden. Ist er nicht eine Mißgeburt mit seinen heftigen Verzweiflungsanfällen? Er kann natürlich nicht ahnen, daß er allein durch seine ambivalenten Beziehungen zu einem allzu geliebten und schlecht liebenden Vater das Drama der französischen Gesellschaft verkörpert. Will man ihn verstehen, muß man sich ständig daran erinnern, daß er ja durch die grundlegenden Widersprüche der Epoche geprägt worden ist, aber auf einer bestimmten sozialen Ebene – der Familie –, wo sie verschleiert, in Form von Ambivalenzen und Kreiselbewegungen wirken. Dieses Produkt des Bürgerkriegs hat niemals die Erfahrung der Kämpfe gemacht: es erlebte die Welt von einer Zelle aus, die so stark integriert war, daß die Beziehungen zwischen den Personen, selbst wenn sie verkamen, *niemals* bis zum Konflikt gingen. Wenn ein Flaubert sich gegen einen anderen Flaubert erzürnt, so bleibt er, insofern sie beide Flauberts sind, sein *alter ego*. Die *realen* Beziehungen von Achille und Gustave haben nichts gemein mit dem wilden Antagonismus des Usurpators und des Opfers, den wir in den ersten Werken des Jüngeren entdeckt haben; auf beiden Seiten findet man eine verschleierte Verachtung; für Achille ist Gustave der Idiot der Familie; wenn er die Hautevolee von Rouen zu einem privaten Essen einlädt, so hütet er sich wohl, seinen Bruder einzuladen. Gustave verachtet in Achille die mittelmäßige Karikatur seines Vaters, den Bürger. Insgeheim nagt das Ressentiment an ihm, aber ohne seinen Namen zu nennen, ohne sich in Handlungen zu äußern. Und wenn eine Gefahr die Ehre der Familie bedroht, so bilden die beiden Brüder eine gemeinsame Front: als Gustave 1857 von einem Prozeß bedroht wird, sucht er sofort bei Achille Schutz, der unausgesprochen als das Oberhaupt der Flauberts anerkannt wird; Achille verausgabt sich, ohne zu rechnen. Als die Preußen 1871 Rouen besetzen, finden die beiden Flauberts eine Solidarität in der Verzweiflung wieder. Sogar später noch, als die Commanvilles Gustave in den Ruin hineinziehen, schlägt Achille, der viel reicher als Achille-Cléophas ist, vor, seinem Bruder eine monatliche Summe zu zahlen; nach seinen Briefen scheint Gustave nicht die geringsten Skrupel gehabt zu haben, sie anzunehmen; sicher empfand er jedoch in seinem Innern dieses Angebot als eine höchste Demütigung: der Usurpator triumphiert, er hat das letzte Wort, und der Jüngere muß sich unterwerfen, demütig die Autorität des neuen *pater familias* anerkennen. Ich habe dieses Beispiel erwähnt, um zu zeigen, daß die Widersprüche des Jüngeren *in der Realität*[111] nie überschreitbar sein werden, weil sie sich nicht außerhalb seiner für sich setzten – es sei denn auf der für den kleinen Jungen ganz abstrakten Ebene der großen gesellschaftlichen Konflikte. Es ist das Wesen eines Kindes, den Menschen, der es sein wird, zu spezifizieren, indem es das Allgemeine und Objektive in der Besonderheit konkreter und subjektiver Beziehungen erlebt: damit bestimmt es sich unbewußt als ein spezifizierter Modus des intersubjektiven Erlebten, das heißt der Familiensubstanz. Flaubert nun findet zugleich die strenge Einheit der Familie in sich und außerhalb seiner

111 Die Überschreitung wird nur durch Irrealisierung und im Imaginären möglich sein.

vor, aber auf diesem Hintergrund bürgerlicher Integration zwingt ihn seine Situation eines jüngeren Bruders, die virtuelle Zwietracht, die bei jedem Flaubert versteckt als totgeschwiegene Potentialität existiert, zu *aktualisieren.* Da er sie weder bei seinem Vater noch bei seiner Mutter, noch in irgendeinem Gegensatz zwischen Vater und Mutter vorfindet, belastet er sich selbst damit und lernt sie als seine personale Einheit erleben.

Es ist gewiß – und das wird uns jetzt beschäftigen –, daß die Mutter deistisch war und daß sie als erste zu ihm von Gott gesprochen hat. Aber das heißt nicht, daß sie sich dadurch in Gegensatz zum ungläubigen Achille-Cléophas brachte. Zunächst, wir haben es ja gesehen, hatte seine feudale Autorität – selbst wenn er sie später dazu benutzt hat, dem jüngeren Sohn seinen Mechanismus aufzuzwingen – im Goldenen Zeitalter eine Hierarchie hervorgebracht, von der Gott die höchste Stufe sein mußte, unmittelbar über dem Erzeuger: insofern kann man sagen, auch wenn der Name Gott niemals vor Gustave ausgesprochen worden wäre, hätte er ihn erfunden oder zumindest als eine wesentliche Lücke gespürt: die anbetungswürdige Autorität des *pater familias* mußte schließlich begründet werden. Der Glaube wurde nicht von außen an das Kind herangetragen, was der Fall gewesen wäre, wenn er nur die religiöse Unterweisung seiner Mutter erhalten hätte: der Glaube, das ist er in seinem tiefsten Innern selbst – und aus diesem Grund wird er immer vom *Instinkt* sprechen, der uns zu glauben treibt –, weil in den ersten Jahren der *pater familias* – jener alte Feudalherr, der mit der Feudalität gebrochen hat – ihm das Recht zu leben gab, indem er ihn der Zufälligkeit seiner Geburt entriß, um ihn in ein Universum der Ergebenheit eintreten zu lassen, wo der «Fanatismus des Menschen für den Menschen» auf natürliche Weise im Fanatismus des Menschen für Gott gipfelt.

Aber mehr noch: dieses intersubjektive Verhältnis eines bestimmten Sohnes und eines bestimmten Vaters fügt sich in eine objektive Ideologie ein, die der Vater im Geist verurteilt, der er sich jedoch in der Praxis unterwirft. Die zur Macht zurückgekehrten Aristokraten haben ihre Theoretiker, Joseph de Maistre und Louis de Bonald, sie haben vor allem ihre «Wachhunde»[112]: die Congrégation hat überall ihre Spione; ihr ist es zu verdanken, daß sich die Restauration, ohne viel Aufsehen als Polizeistaat etablieren kann. Die Schwätzer und die Polizisten setzen ein einfaches und kohärentes, infantiles und dadurch vollständig den Bedürfnissen der Kinder angemessenes System durch.

Gott hat die Welt geschaffen; ein von ihm erwählter Monarch regiert Frankreich in seinem Namen, gestützt auf einen Blutsadel. Die einzig

112 Anspielung auf Paul Nizan, *Les chiens de garde*, Paris 1932, deutsch: *Aden. Die Wachhunde*, Rowohlt Verlag, Reinbek 1969. *Anm. d. Übers.*

mögliche Beziehung vom Allmächtigen zum König, vom König zu den Aristokraten, von der Aristokratie zum Volk ist die Gnade. Die einzig gültige Beziehung vom Volk zu den Adligen, zum König, zum Allmächtigen ist der liebende Gehorsam. Das ist die Ideologie, die die Bourbonen gerade zu restaurieren versuchen. Die Grundeigentümer, ein guter Teil der Bauern – vor allem die ärmsten, die keine Nationalgüter erworben haben – haben nichts dagegen einzuwenden. Sogar die Arbeiter sind sich nicht sicher: die Revolution hat sie enttäuscht, sie haben noch kein Bewußtsein ihrer wahren Interessen; oft – und selbst noch nach 1830 – beschwören sie die Unternehmer im Namen Gottes, sie nicht auf die Straße zu werfen, das Sinken der Löhne zu bremsen. Die erste Zeitung des Proletariats, *L'Atelier*, mißbilligt die Entchristlichung, für die sie die Bürger verantwortlich macht. Wenn es diesen an *Mildtätigkeit* mangelt – die Redakteure schwanken zwischen der Vorstellung berechtigter Forderungen und dem Appell an die Großmut, das heißt zwischen der Gerechtigkeit (erkennt unsere Rechte an) und der christlichen Idee (wir haben keine Rechte, aber jenseits der Gerechtigkeit ist die Liebe: liebt uns in Gott, weil wir wie ihr göttliche Geschöpfe sind) –, so liegt das daran, daß sie ihren *Glauben* verloren haben. Im übrigen ist bekannt, daß es nicht das Volk, sondern das jakobinische Bürgertum war, das 1794 die große Entchristlichungsbewegung auslöste.[113]

Aber was tut jenes agnostische Bürgertum zwischen 1815 und 1828?[114] Es krümmt den Rücken. Bei den Liberalen ist Vorsicht die Regel. Für diejenigen, die die Geschichte nur von einem Tag zum anderen erleben und sich nicht darum bemühen, das wahre und versteckte Verhältnis der gesellschaftlichen Kräfte zu erkennen, für diejenigen, die durch die Rückentwicklung Frankreichs getäuscht worden sind und glauben, daß es in den agrarischen Schlummer zurückgesunken ist, bleibt der Ausgang dieses zweifelhaften Kampfes folglich ungewiß. Sie nehmen eine abwartende Haltung ein und ergreifen nicht Partei. Wenn das Denken den Fortschritt von Wissenschaft und Technik fördert, wenn es die Errungenschaften der Revolution erhalten will, so ist gut, daß es sich

113 Der Atheismus der Arbeiter hat mit dem bürgerlichen Agnostizismus nichts zu tun. Er entsteht wenig später in einem Bewußtseinsprozeß, der die wirklichen Strukturen der Gesellschaft und den Klassenkampf als Motor der Geschichte aufdeckt: positiv und konkret, wird er von der Maschine hervorgebracht, die nicht nur ein praktischer Imperativ und ein Ausbeutungsinstrument ist, sondern auch ein Wahrnehmungsorgan. In ihr erkennt sich die Lohnarbeit in ihrer Wirklichkeit, und damit erkennt sie die Welt des Praktisch-Inerten.

114 Von diesem letzten Datum an treibt die aufsteigende Klasse wieder in sichtbarer Weise ihren Aufstieg voran. Sofort wird die Regierung unruhig: das ist der offene Kampf, der mit den *Trois Glorieuses* endet, den «drei glorreichen» Aufstandstagen vom 27., 28. und 29. Juli 1830.

einnebelt. Im Gegensatz dazu zeigt sich die reaktionäre Ideologie um so arroganter, je weniger das Regime seiner selbst sicher ist. Eine für die Epoche offenbar bemerkenswert gut gemachte Propaganda wird auf alle Klassen ausgedehnt, dringt durch hundert verschiedene Kanäle ins Bürgertum, schleicht sich in die Intimität der Familien ein, findet Komplizen selbst noch unter dem Dach der Freidenker. Indem die Polizisten und Volontäre des Glaubens die Väter zwangen, an den religiösen Zeremonien teilzunehmen, brachten sie sie ihren Söhnen gegenüber in eine knifflige Situation: es war für sie schwierig, die Riten, denen sie sich öffentlich unterworfen hatten, im privaten Kreis Mummenschanz zu nennen.
In gewissem Maße war das auch der Fall von Achille-Cléophas. Obwohl er ein Freidenker war, gehörte seine mit Bauern und Grundbesitzern verwandte Familie dennoch zu denen, die der Verbreitung religiöser und monarchischer Vorstellungen am wenigsten Widerstand entgegensetzten. Es ist ganz natürlich, daß Gustave getauft wurde: darüber wachte 1821 die Congrégation, niemandem lag daran, sie herauszufordern; und außerdem hätte es seine Großmutter väterlicherseits in jedem Fall verlangt. Zudem war Achille-Cléophas Beamter. Er war abhängig von der Regierung und von einer zum Teil katholischen Patientenschaft. Unter der Restauration scheint er die Vorsicht sehr weit getrieben zu haben. Ein Polizeibericht, der sich erhalten hat, schätzt Doktor Flaubert als einen Liberalen ein, erkennt aber seine «Weisheit» und seine «Mäßigung» an. Diese Wörter erhalten erst dann ihren ganzen Sinn, wenn man sich daran erinnert, wer damals regierte und von was für einer Polizei der Bericht stammte. Der Chefchirurg sollte sich als Royalist ausgeben aus Vorsicht oder politischer Indifferenz. Was die Religion angeht, so lehnte er *privat* vor einigen intimen Freunden, zu denen auch Le Poittevin gehörte, ihre Dogmen ab, aber öffentlich unterwarf er sich ihren Riten. Die Kinder gingen zur ersten Kommunion. Caroline ließ sich zu Lebzeiten ihres Vaters kirchlich trauen, weil sie gar nicht anders handeln konnte, obwohl die Herrschaft der Congrégation seit langem zu Ende war. Als die junge Frau etwas später schon starb – kurz nach dem Ableben des Erzeugers –, hielt man es für gut, einen Priester bei ihr wachen zu lassen. Hatte man auch einen Priester ans Totenbett von Achille-Cléophas gerufen? Frau Flaubert hatte ja, von diesen beiden Trauerfällen vernichtet, ihren Glauben verloren: trotzdem bestand sie darauf, daß ihre Enkelin getauft wurde und zur Kommunion ging, weil sie meinte, sich dem Willen ihres Mannes fügen zu müssen. Inkonsequenz? Nein: die Ungläubigkeit war im letzten Jahrhundert noch schüchtern. Selbst jene, die ein gewisses verbales Freidenkertum schick fanden, wären entsetzt gewesen, wenn sich dieser Agnostizismus öffentlich in Handlungen niedergeschlagen hätte. Alle Welt ahnte wahrscheinlich den Unglauben von

Achille-Cléophas und später den von Achille. Aber sie hätten ihre Patientenschaft verloren, wenn sie für sich selbst und für ihre Kinder die Sakramente abgelehnt hätten. Man konnte zwar Atheist sein, aber nur innerhalb der christlichen Religion. Für die Agnostiker selbst waren diese Praktiken nur Zeichen: durch sie bezeichnete man sich als Bürger ebenso wie durch Kleidung, Wohnung, Mobiliar, Ernährung und eine gewisse Sprache, in der die Wörter, die man wegen ihrer edlen Abgenutztheit wählte, zu Schlagwörtern wurden, weil sie es ermöglichten, die Konversation ständig auf der Ebene dessen zu erhalten, was die Angelsachsen *understatement* nennen: durch den Schick dieses ermatteten Glaubens behauptete die Bourgeoisie ihren Spiritualismus und erkannte sich in ihrer *Vornehmheit*.

Das Ergebnis? Man kann es leicht erraten: durch seine relative Beachtung der Riten führt Achille-Cléophas die Religion als eine objektive Struktur der Intersubjektivität Flaubert in das Familienunternehmen ein: sie ist präsent, und sie verweigert sich; es ist die Welt des *Anderen*, unzugänglich und trotzdem auf lästige Weise anwesend im Herzen der Familie und im geheimsten Ratschluß eines jeden ihrer Mitglieder, es ist das Christentum, nicht wie es sich dem Glauben offenbart, sondern wie es sich durch Werke aufzwingt. Als der Doktor Flaubert Gustave taufen ließ, beging er ein Verbrechen, das unverzeihlich wäre, wenn er es absichtlich begangen hätte: er wirft seinen Sohn vor Gott auf die Knie und bereitet sich gleichzeitig darauf vor, ihm zur gegebenen Zeit den guten Gebrauch der analytischen Vernunft zu zeigen und ihm folglich den Glauben zu untersagen. Durch Taufe und Kommunion ist Gustave ein *instituierter Christ*: er entdeckt es, sobald er sprechen kann; das bedeutet, daß eine hohe Instanz ihm ständig die Möglichkeit zubilligt, die Gnade und den Glauben zu besitzen. Als der *pater familias* ihm, ohne ihn konsultiert zu haben, Zugang zu den Sakramenten erlaubte, hatte er ihn in die katholische Kirche eingeführt; er hatte aus seinem jüngeren Sohn zwar nicht einen Erwählten, aber doch einen Erwählbaren gemacht. Wenn der Doktor Flaubert weniger Autorität gehabt hätte, so wäre er durch diesen schlechten Start gezwungen gewesen, eine Abwehrhaltung einzunehmen: das Kind hätte ihm Illogismus oder Kleingläubigkeit vorwerfen können, wenn es gehört hätte, daß er sich zum szientistischen Agnostizismus bekannte. Aber der Erzeuger der Flauberts herrschte als absoluter Monarch, er flößte seinem Sohn zuviel Respekt ein, als daß diese Vorsicht – die vielleicht an unbestimmte Relikte seiner fernen ländlichen Vergangenheit gebunden war – ihre Beziehungen direkt hätte beeinflußen können. Als es Zeit war, ging er zum Angriff über und ließ den kleinen Jungen das Gegengift gegen den Glauben schlucken, die gesunden Prinzipien des analytischen Atomismus. Achille-Cléophas meinte, die schwammige Religiosität, die er bei seiner Frau tolerierte, bei seinem Sohn mühelos demolie-

ren zu können. Tatsächlich übertrieb seine Frau den Deismus nicht gerade. Aber als Tochter eines Cambremer de Croixmare und entfernte Verwandte des Rates von Crémanville – einer Persönlichkeit, die sie in die Familienmythologie einführte und die bis zum Ende darin bleiben sollte – hatte sie von ihrer frivolen und aristokratischen Erziehung ebenso wie von ihren Klosterjahren jenen sentimentalen und bequemen, ganz in Gefühlsergüssen bestehenden Glauben behalten, der kein anderes Gesetz kennt als das des Herzens und von dem man heute weiß, wie verbreitet er in der zweiten Hälfte des Zeitalters der Aufklärung war. Ihre Religion ohne Kirche, ihren Gott ohne Verpflichtungen noch Sanktionen, der sich nur äußerte, um ihr recht zu geben und sie mit einer Zärtlichkeit zu umfangen, mit der ihr Gatte nicht gerade verschwenderisch war, wird sie ihren Söhnen kaum *aufgezwungen* haben: sie achtete alles an dem Chefchirurgen, alles schien ihr heilig, sogar sein Atheismus. Aber es ist gewiß, daß sie ihn ihren Söhnen *angeboten* hat: eine der Romangestalten Flauberts erinnert sich an die Zeit, wo ihre Mutter, als sie noch ein Kind war, sie auf den Schoß nahm und ihr Gebet sprechen ließ. Was für ein Gebet? Das des *Vicaire savoyard* von Jean-Jacques Rousseau oder das Vaterunser? Zwischen diesem und jenem dürfte Frau Flaubert keinen allzu großen Unterschied gesehen haben. Ich neige dennoch zu der Annahme, daß sie glaubte, ihrem Sohn die katholischen Gebete beibringen zu müssen – selbst, wenn sie sie persönlich nicht betete: das Kind war christlich, man mußte ihm die Möglichkeiten geben, sich in die Gemeinschaft der Gläubigen einzufügen; später würde es dann selbst entscheiden können.
Gleichviel: diesen ungewissen Deismus hatte Achille-Cléophas in Achilles früher Kindheit toleriert, und als sein ältester Sohn die Kinderstube hinter sich gebracht hatte, hatte er den Aberglauben dieser naiven Seele zerstört: mühelos, aber vorsichtig: die Gegenoffensive der Priester, der neue Obskurantismus, der Weiße Terror und die Verfolgungen zwangen ihn dazu, behutsam vorzugehen: mit einem Lächeln und einer gewissen voltaireschen Ironie mußte er die Fabeln der biblischen Geschichte mühelos zerstören. Er griff die Privatreligion seiner Frau nicht direkt an – aus ehelicher Höflichkeit –, aber dieser abstrakte Glaube verschwand von selbst: wenn Kain Abel nicht getötet hat, wenn Jonas nicht von einem Walfisch verschlungen, Abraham nicht von einem Engel zurückgehalten worden ist, als er seinen Sohn opferte, was bleibt dann noch übrig? Und was bleibt für ein katholisches Kind von Gott ohne die monumentalen Kirchen, ohne die Staffage der Priester, ohne Orgel, ohne Gesang, ohne Weihrauch? Der Glaube muß durch solche Sockel gestützt werden. Gerade an sie aber macht sich Achille-Cléophas heran: der liberale Antiklerikalismus wuchs mit der Zahl der Prozessionen. Der Vater Flaubert gab schon rechtzeitig die Grenzen seiner Toleranz bekannt: die Sakramente, ja; tägliche Glaubensübun-

gen, nein. Diese soziale Übung erfordert bevollmächtigte Einpauker und ist nicht denkbar ohne die völlige Vereinnahmung des Katechumenen: ein gläubiges Kind bedeutet den Priester im Haus. Achille-Cléophas verbot wahrscheinlich nichts: das wäre gefährlich gewesen; er machte die Riten, die Dogmen und vor allem die Pfarrer nur lächerlich. Das Kind zog von selbst die Konsequenzen. Mit Achille gelang ihm sein Unternehmen, einfach weil er ihm sehr viel mehr gab, als er ihm nahm: Vater und Sohn sprachen von diesem Mummenschanz wie unter Männern; wenn der ältere Flaubert über Jonas lachte, dann identifizierte er sich mit seinem anbetungswürdigen Erzeuger; aus Liebe übernahm er den Skeptizismus des Meisters, in dem er sein zukünftiges Ebenbild sah.

Neun Jahre später wollte der gute Herr das wiederholen: Gustave war sieben Jahre alt, es war Zeit, ihn den Händen der Frauen wegzunehmen und ihm gesunde Prinzipien einzutrichtern, ohne daß man den Eindruck machte, an irgend etwas zu rühren. Die Ergebnisse waren weniger glücklich: der Hauptgrund liegt darin, daß die Identifikation mit dem Vater dem Jüngeren untersagt war. Der Chefchirurg sollte seine Unterhöhlungsarbeit in dem Moment beginnen, wo sein zweiter Sohn beschämt sein eigenes Versagen entdeckte. Die skeptische Ironie des Agnostikers vermischte sich für den armen Gustave mit dem verletzenden Gespött eines übernervösen Vaters: damit schien sie für das Kind dieselbe Quelle zu haben wie diese Sarkasmen; sie schien ihm schwarz, deprimierend, von Bosheit gefärbt; man nahm ihm Gott, um ihn für seine Dummheit zu strafen. Außerdem war der mütterliche Deismus – der sich von Achille gelöst hatte wie ein totes Blatt, weil er ihm abstrakt erschien – für Gustave *ein Bedürfnis*: die langen Geistesabwesenheiten, in denen das Kind versank, beschrieb er, wie wir gesehen haben, in seiner Adoleszenz manchmal als ein freies Fallen und manchmal als eine Ausweitung seines Seins in die Umgebung hinein; dem Chefchirurgen war damals seine Entmythologisierung teilweise gelungen. Aber *vor* seinem siebenten Lebensjahr und sicher noch für eine gewisse Zeit danach gab Gott in wörtlicher und übertragener Bedeutung jenen Ekstasen einen Sinn: durch ihn wurden sie zu Erhebungen und Verzükkungen. Wenn das Kind sich so rein, so weit und so ruhig fühlt, daß es sich auf dem Punkt glaubt, wo es sich auflöst, verschmäht es der Allmächtige nicht, sich in seiner Leere zu spiegeln. Sofort ist Gustave *verzückt*. Mit fünfunddreißig Jahren erinnert sich Flaubert noch an seine Ekstasen: lesen wir noch einmal jene bereits zitierte unveröffentlichte Passage aus *Madame Bovary*: «Glückliche Zeiten ihrer Jugend, wo das Herz rein war wie das Wasser der Weihbecken und wie sie nur die Arabesken der Kirchenfenster spiegelte mit der stillen Erhebung der himmlischen Hoffnungen!» (*Madame Bovary. Nouvelle version*, S. 301) Man bemerke die für Flaubert so charakteristische doppelte Bewe-

gung: er hat eine *Heimsuchung*; es ist die Gnade des Herrn, der seinen Vasallen glücklich macht, indem er sich in seinem Herzen spiegelt; die Arabesken, die Kirchenfenster geruhen ihr Spiegelbild dem Wasser der Weihbecken anzuvertrauen. Gleichzeitig flüstert man uns einen Aufschwung der Hoffnung ein, eine «stille Erhebung» dieses auf dem Rücken liegenden Metalloids. Das Bild ist insofern merkwürdig, als die Gegenstände, die die Bewegung wiedergeben sollen, uns im Gegenteil auf eine vollständige Unbeweglichkeit verweisen. Diese mystischen Erhebungen geschehen nämlich für Gustave nur in einem Augenblick: so sieht der Mensch bei Malebranche in Gott die Wahrheit. Das niedrige und flache Wasser, das sein Behälter vor der geringsten Vibration schützen muß, ist Gustave selbst, der auf dem Rücken liegt, heimgesucht, fortgetragen von einem zeitlosen und vertikalen Emporschweben: mit einem Wort, es ist das Symbol des Quietismus. Die Spiegelung des Unendlichen im Endlichen – mit der umgekehrten und komplementären Ekstase des Endlichen außerhalb seiner im Unendlichen – macht die ganze Würde der Kreatur aus. Die «Einfachheit» wird der ontologische Traum des frustrierten Kindes: das geschaffene, begrenzte, aber ungeteilte Sein macht sich durch sein totales Nichts zum Gastgeber einer unendlichen Macht, die geruht, in diesem engen Hohlraum enthalten zu sein, und ihn zugleich heiligt, valorisiert, übersteigt, seine Grenzen aufhebt und ihn in sich selbst auflöst.
Gut: aber dieser Mystizismus hat nur dann einen Sinn, wenn Gott existiert. Und genau das stellt sein Vater in Zweifel: wie kann er sich seinem Herrn widersetzen? Wie sollte sein Ressentiment nicht vom Mechanismus fasziniert sein, jener gottesmörderischen Maschinerie, die die ganze Welt in Verzweiflung stürzen muß, angefangen bei Gustave selbst. Zwischen der Kindheit und der Adoleszenz läßt sich der Jüngere der Familie seinen Gott stehlen. Das heißt, er wird verführt, nicht überzeugt. Gegen den Diskurs der analytischen Vernunft kann er sich durch keinerlei Argumente wehren. Ebendadurch *gibt er sich unrecht.* Sagen wir nicht, daß er in diesem verschwimmenden Moment nicht mehr an den Allmächtigen glaubt, sondern sagen wir lieber, *daß er sich unrecht gibt, an ihn zu glauben.* Im übrigen hat Gott keinen Platz im Diskurs der Analyse, das heißt für den von seinem Vater verleiteten Jungen: in dem einzig möglichen Diskurs. Sprechen heißt das höchste Wesen leugnen. Damit flieht dieses in das «Unsagbare»: Gustave hat es mit zehn Jahren noch keineswegs vertrieben; er schämt sich, und bei seinem inneren Sinnieren *übergeht er es mit Stillschweigen.* Wenn er *zu sich* spricht, muß er wohl oder übel feststellen, daß die Frömmigkeit eine minderwertige Haltung, die Geste eines Minderwertigen ist. Frau Flaubert glaubt, man läßt sie glauben, weil sie eine Frau ist; aber ihr Herr, der Mann – *homo faber, homo sapiens* –, kann, auch wenn er wollte, sich nicht bis zu diesem undenkbaren, unsagbaren

Denken herablassen: die Vernunft hat keine Gründe des Herzens zu kennen.

Außerhalb des Diskurses, gegen den Diskurs, bleibt die Religion jedoch seine ständige *Versuchung*. Eben durch die Schuld dessen, der sich so bemüht, ihm seinen Glauben zu nehmen. Zunächst sucht er Gott, wie wir gesehen haben, weil der philosophische Arzt, der ihm die mechanistische Gleichmacherei aufzwingt, sich anfangs als Vater göttlichen Rechts konstituiert hat, was eine feudale Ideologie einschließt, die, unvollständig, wie sie ist, sich von selbst in Gustave zu vervollständigen sucht. Aber vor allem hat der Herr seit dem Sündenfall seinen Vasallen zurückgestoßen: da Gustave verflucht ist, vermischt er die Prinzipien des Liberalismus und den verächtlichen Haß, mit dem sein Schöpfer ihn in seinen Augen verfolgt; der Meister beschäftigt sich nicht mehr mit ihm, außer um sein Herz zu sezieren; in seiner Verbannung fühlt das in Ungnade gefallene Kind in seinem Innern die entsetzliche und schmerzliche Arbeit des Skalpells. Obwohl durch die Analyse zerstört, bleibt die Religion schwindelerregend, weil sie, wenn es an sie glauben könnte, den analytischen Blick des Vaters durch den absoluten und totalitären Blick Gottes bekämpfen würde. Zweifellos hat es einige Jahre versucht, den Egoismus – den man ihm mit Schrecken aufzwang – auf den christlichen Glauben hin zu überschreiten. Wenn ihm das gelänge, wäre das Feudalsystem auf doppelte Weise wiederhergestellt: 1. Die Hierarchie würde die Gleichmacherei ersetzen, die Ergebenheit würde wieder zur grundlegenden Haltung, zur einzigen wahrhaft menschlichen Beziehung werden. 2. Aus der Hierarchie Flaubert verbannt, würde der Kleine sich zum Vasallen des höchsten Wesens machen, von dem auch der *pater familias* seine Autorität herleitet. Betrachten wir einmal nacheinander die beiden Vorteile, die Gustave aus der wiedergefundenen Religion zu ziehen hofft: diese Untersuchung wird uns ermöglichen, unser Verständnis dieser zerrissenen Seele zu vertiefen.

1. Egoismus, Hedonismus, Utilitarismus, all das übernimmt das Kind mit Entsetzen: Autoritätsprinzip. Aber *es ist* gar nicht egoistisch: es liebt sich gar nicht genug. Und was seine Begierden angeht, so verkümmern sie auf diesem schlechten Boden: eine Seele, die sich gar nicht das Recht zu existieren zuerkennt. Dieses respektvolle Herz hat zunächst nur eine Berufung: verehren; nur eine *angenommene* Verehrung würde es rechtfertigen, geboren zu sein. Verstört vom psychologischen Atomismus, mit dem man ihm ständig die Ohren vollstopft, bemüht es sich, seine Wahrheit darin zu finden, aber das klappt niemals ganz: es erlebt das falsche Selbstbewußtsein, das ihm aufgezwungen wird, als unheimlich. Wenn es den Glauben wiederfindet, findet es *sich* wieder: die unvermittelte Beziehung des Geschöpfes zu seinem Schöpfer weckt Gefühle, die durch ihre bloße Existenz der analytischen Psychologie

verbieten, sie auseinanderzunehmen. Man kann immer leugnen, daß die Beziehungen der Menschen untereinander von Liebe, von «altruistischen» Gefühlen gelenkt werden: sie stellen sich ja unter Individuen gleicher Art her, und da alle homogen sind, ist keines von ihnen in der Lage, den anderen von sich selbst, das heißt vom Menschengeschlecht, loszureißen. Erklärt man dagegen, daß der Gläubige, wenn er betet, seinen partikulären Interessen gehorcht, seinem Gewinnstreben, so muß man sich entschlossen außerhalb des Systems stellen und behaupten, daß Gott nicht existiere, ihn als eine imaginäre Vorstellung sehen, die die wahren Regungen des Herzens eher kaschiert als bestimmt. Tatsächlich schreibt nun der Gläubige seine Erhebungen nicht seiner Menschen*natur* zu, sondern der Wirkung des Allmächtigen. Dieser läßt durch seine schwindelerregende und faszinierende Existenz unser Wesen zerspringen: wie sollte man sich ihm gegenüber nicht unwesentlich fühlen? Die Vernunft des Egoismus dagegen ist die Endlichkeit, jene negative Bestimmung, die uns angesichts des Grenzenlosen Grenzen vorschreibt. Aber wenn Gott sein Geschöpf ruft, wie sollte dieses dann nicht seine Grenzen auf ihn hin überschreiten, wie sollte es dann nicht alles sein wollen, das heißt alles sich selbst vorziehen? Eben aus seiner Endlichkeit schöpft der Gläubige die Gründe dafür, daß er sie auf das Unendliche hin überschreitet: seine Bestimmtheit – oder Negation des Ganzen – wird von ihm *vor Gott* als das abstrakte Moment einer dialektischen Bewegung erlebt, die die Negation setzt, um sie zu negieren: das Unendliche wird für ihn in erleuchteten Momenten seine Heimsuchung durch eine unendliche Macht sein, eine erdrückende, doch süße Last, aber wenn der Gast sich zurückgezogen hat, kann es nur die Verinnerung seiner unendlichen Unerfülltheit sein, das Unendliche des Mangels, des Rufes nach Liebe. Die präzisen, begrenzten, egozentrischen Begierden des liberalen Psychologismus können dagegen nur bei denen entstehen, die ihre Bestimmtheit für die positive Quelle ihrer Realität halten: das heißt, der Egoismus ist nur eine Folge des Atheismus, der Blindheit gegenüber Gott und einer bösartigen Abirrung, die das Nicht-sein als das Sein und das unendliche Sein als das Nichts ausgibt. Wenn Gustave nur glauben könnte, so würde der absolute Blick, der an die Stelle des Chirurgenblickes träte, den Hedonismus und den Utilitarismus auf reine Erscheinungsformen reduzieren: das Unbefriedigtsein, das Leiden, das unendliche Verlangen, die synthetische Innenbeziehung, die das Geschöpf mit dem Schöpfer vereint, würden sich unter dem Auge Gottes als unsere Wahrheit offenbaren. Gustave erwartet vom Glauben nicht, daß er seine Handlungen lenke, sondern daß er seine Seele verwandle oder, besser noch, daß er die Raster, die die Analyse über sie gelegt hat, auslösche und sie ihm schließlich in ihrer ursprünglichen Transzendenz sichtbar mache. Gegen den Szientismus – den er für die Wissenschaft hält – verlangt er von der Religion, daß sie seine hierarchische und mittelalterliche «Weltanschauung» rechtfertige, den reinen ideologischen Ausdruck des Charakters, den der grausame Herr mit seinen eigenen Händen geformt hat, obwohl er jetzt nur noch daran denkt, sein Werk zu zerstören. Ich behaupte, daß er dazu *geschaffen war zu glauben* und daß ihm im letzten Moment die Möglichkeiten dazu genommen wurden. Seine *Konstitution* verlangt nach Gott, die Vernunft eines Anderen in ihm weist ihn zurück. In seinem reifen Alter sagt er das ganz klar zu Fräulein Leroyer de Chantepie (in einem Brief vom 30. März 1857): «Ich schätze die Philosophen gar nicht, die nur Hokuspokus und dummes Zeug darin gesehen haben. Ich entdecke darin Notwendigkeit und Instinkt.» *Notwendigkeit*: ungerechtfertigt, nicht zu rechtfertigen, passiv, von sich selbst angeekelt, zum Fanatismus neigend, fühlt sich Flaubert in seiner Endlichkeit beengt, wird er erst Ruhe finden, wenn er sie sprengt, um sich, winzig, als ein Modus der göttlichen Substanz zu entdecken. *Instinkt*: es ist ein untergründiges Bedürfnis – organisch wie die Ergebenheit von Félicité aus *Un cœur simple* und «tierhaft» –, dasselbe Bedürfnis, das seine Verwandtschaft mit Tieren und Idioten ausmacht, zugleich ein stillschweigendes Verlangen und eine «unsagbare», unfaßbare Wahrnehmung, die sich darbietet und verschwindet, wenn er sie greifen will, eine «Offenheit zum Sein», die sich sofort wieder schließt. In dieser Zeit setzen die von der Vernunft hervorgebrachten psychischen Atome an der Oberfläche ihren Reigen ungestört fort. Alle Romangestalten, die ihm am Herzen liegen, werden später heimgesucht werden. Frédéric, Emma Bovary, alle wollen – ohne es zu wissen – vom Atomismus befreit werden. Frédéric aus *L'éducation sentimentale* «fühlte aus seinem tiefsten Innern etwas Unversiegbares aufsteigen . . . Von der Turmuhr einer Kirche schlug es eins . . . ähnlich einer Stimme, die ihn gerufen hätte» (II, 26). Bouvard und Pécuchet werden sich gegen Gott ereifern und auf hunderterlei Weise zu demonstrieren versuchen, daß er nicht ist. Nichts zu machen: sie stoßen die Tür einer Kirche auf, und das allein gibt ihnen das Gefühl, eine Morgenröte zu erleben. (II, 277) Es dauert nicht, es dauert niemals an; das Erwachen ist immer bitter: ein weiterer Fehlschlag. Gleichviel: selbst wenn die Ekstase bei Gustave ein kurzer Akt ist, trotzt sie doch den Sorgen, den kleinlichen und unbarmherzigen Mißgeschicken eine Ruhepause ab; für die Zeit eines Gebetes ist man gerettet, weil man sich vergißt. Und das ist tatsächlich das Ziel. «Jede beliebige Frömmigkeit», schreibt er, «wenn sie nur seine Seele aufnahm und die ganze Existenz darin verschwand.»

2. Wenn man nur dieses Bedürfnis betrachtet, das Ganggestein des Individuums zu sprengen, so läßt einen das allein schon verstehen, warum Flauberts Religiosität die Form eines ganz vagen Spinozismus angenommen hat: «die Materie sein!» (I, 571) wird der heilige Antonius

sagen. Materie ist er schon, dieser Heilige, er ist sogar nur das: der Sohn von Achille-Cléophas zweifelt nicht daran. Aber er möchte die *ganze* unendlich unendliche Materie in ihrer Einheit sein. Der Kampf des kleinen Vasallen gegen die analytische Erosion enthielt also von Anfang an einen möglichen Rückgriff auf diese Ersatzreligion, den Pantheismus. In diesem konnte er all sein Verlangen befriedigen. Außer einem: außer dem Streben nach Vasallentum. Es lag ihm in Wahrheit nicht an einem unpersönlichen Absoluten, in das man sich ohne Erhebung auflösen konnte. In den Augen seiner Familie ist Gustave *wirklich* unwesentlich: das ist zuviel. Unter dem Blick des Allmächtigen möchte er, ein winziger Gegenstand einer unendlichen Gnade, sich gerade in seiner Unwesentlichkeit wesentlich fühlen. Ein Diener Gottes, geboren zu seinem Ruhm, nichts als ein Mittel. Aber das Mittel, das das absolute Sein erwahlte, um der höchste Schöpfer zu werden und sich anbeten zu lassen. Man wird feststellen: die geheimnisvollen und seltenen Erhebungen seiner Romangestalten sind immer an die heilige Ruhe der heiligen Stätten gebunden. Immer *in der Kirche* und meistens während einer Zeremonie wird Gustave durch die religiöse Erregung überwältigt. Mehr als an Christus möchte er an einen väterlichen und strengen Gott glauben, der ihn durch seine ständigen Ansprüche beglückt. Er wartet darauf, daß ein Zeichen von oben ihm einen gewissen Preis verleiht, nicht seiner Individualität, o nein – dieser versucht er gerade zu entfliehen –, sondern seiner bloßen Existenz: *mit einer Mission betraut*! Man hat gesehen, wie der Klang einer Glocke Frédéric ein Ruf zu sein scheint; und genau das ist es, was er wünscht, der kleine Gustave, ein Gemurmel von oben: «Du bist nicht umsonst geboren. Man erwartet dich.» Insofern hat Flauberts Gott nichts gemein mit dem, zu dem die Bürger beten, die den Glauben behalten; für diese garantiert der Allmächtige die Ordnung, das heißt das reale Eigentum; für jenen garantiert er nur die Existenz, und die einzige Rechtfertigung, die er dafür gibt, ist ein Mandat: es ist der Gott der Kreuzfahrer, der spanischen Mystiker, der Armen, es ist der Gott des Mittelalters. Das ist gar nicht überraschend, weil ja die Bourbonen und die Kirche die Jahrhunderte überspringen und den mittelalterlichen Feudalismus zum Vorbild und Hauptthema ihrer Propaganda machen.

Aber wie gesagt, vor allem als der Doktor Flaubert seinen Sohn taufte, hat er ihn *geweiht*. Das bedeutet, daß er ihm zu Beginn das Recht gegeben und in sein Fleisch eingebrannt hat, sich der totalitärsten aller feudalen Hierarchien einzufügen. Es geht hier nicht mehr um Gedanken noch Ekstasen, sondern um eine objektive und strenge Ordnung, in der ihn sein Platz erwartet. Insofern sucht er Gott, um die Kirche zu finden. Gustave schätzt die individuellen Religionen kaum, will sagen, die privaten Arrangements mit dem Himmel. Und was auch immer der Preis sein mag, den er der Ekstase beimißt – das heißt der direkten

Kommunikation des Geschöpfes mit dem Schöpfer –, die Imperative, die ihm durch erlesene Zwänge das Recht zu leben zurückgäben, das Achille-Cléophas ihm gegeben und dann genommen hat, müssen ihn, obzwar übernatürlich, durch *menschliche* Herren erreichen. Nichts würde ihm besser entsprechen können als eine gemeinsam praktizierte Religion: mehr noch als die heilige Stille der Steine oder das heilige Licht der Glasfenster sucht er in Kirchen das Schauspiel der knienden Menge, die ihre tausend Köpfe nach dem gebieterischen Signal eines Glöckchens hebt und senkt und den Anordnungen der Priester des Kultes gehorcht, die jeden Tag vor ihr das archetypische Ereignis wiederholen, die höchste und ferne Hingabe: ein Schöpfer, der sterblich wird und unter Martern stirbt, um seine Geschöpfe zu erlösen. Nicht, daß er die Massen liebte: ganz im Gegenteil, er haßte sie, sie spiegelten ihm in ihrer Unzählbarkeit den Status molekularischer Einsamkeit wider, den Achille-Cléophas ihm aufzwang: aber wenn sie in der Kirche beteten, wurden sie zu einem organisierten *Volk*. Die Herde unter dem Stab des guten Hirten. *Gläubige*: kein Wort konnte für den kleinen Vasallen mehr Anziehungskraft haben. Als Getaufter hat er das Bewußtsein, daß sein Platz unter ihnen ist: er *gehört* zu jener vermittels der Priester durch Gott totalisierten Menschheit, zur katholischen Christenheit. Aus diesem Grund gibt er dem Wort von Pascal seine wahre Bedeutung: knie nieder, und du wirst glauben, sagt dieser zum Freidenker. Gut: man kann es immerhin versuchen. Sofern man nur die ersten Sakramente empfangen hat und ein virtuelles Mitglied der Kirche ist. Was auch der hartnäckigste Freidenker im 17. Jahrhundert zwangsläufig noch war: wer hätte denn seinen Kindern die Taufe verweigert? Was um 1830 auch Gustave Flaubert noch war, der Sohn des vorsichtigsten aller Freidenker. Was sieht und fühlt dagegen ein Hindu, ein Chinese, wenn er niederkniet? Nichts. Das Niederknien hat für ihn nicht den symbolischen Sinn, den wir ihm zuschreiben. Aber für Gustave, der seine erste Kommunion gefeiert hat, ist das Symbol in seinen Körper eingegangen, es ist die Bedeutung einer Gewohnheit, die Strukturierung einer Haltung. Wenn er niederkniet, weckt er seine Trans-Aszendenz, eine leere, aber erkennbare Absicht, die auf den Himmel zielt. Danach kommt der Glaube, oder er kommt nicht; die christliche *Form* empfängt den Inhalt, oder sie empfängt ihn nicht. Wichtig ist, daß Gustave anfangs als katholisch *bezeichnet* ist durch die ständige Möglichkeit des Niederkniens, des Paternoster-Murmelns, durch alles, was die ihn umgebenden Dinge ihm *sagen*, die Wände, die Rosette, der Altar, der Weihrauch, die Orgel. *Er ist ein potentieller Gläubiger*: glauben heißt werden, was er ist. Wie oft hat er es nicht versucht! In *Novembre* schreibt er: «Zwei- oder dreimal ging er . . . um die Abendstunde in die Kirchen, er versuchte zu beten; wie würden seine Freunde gelacht haben, wenn sie gesehen hätten, wie er seine Finger ins Weihwasserbecken tauchte und sich bekreuzigte!» (I, 274) Seine Freunde? Ich zweifle daran. Natürlich gab man in seiner Umgebung – vor allem Alfred Le Poittevin – damit an, die Schwarze Messe der kirchlichen Messe vorzuziehen. Man forderte Gott heraus und stellte sich trotzig – und unter dem Einfluß Byrons – auf die Seite Kains, Satans. Aber wie wir später noch besser sehen werden, waren diese Lästerungen nur nutzlose Bemühungen, eine widersprüchliche Situation zu überwinden, die dieser ganzen vom Glaubensbedürfnis heimgesuchten und durch den Agnostizismus der Eltern entchristlichten Generation gemeinsam war. Ich vermute, daß es mehr als einen gab, der heimlich in einer entfernten Kirche niederkniete und im Verborgenen betete, bevor er sich an den Mauern entlang fortschlich wie eine Amtsperson, die aus dem Bordell kommt. Der einzige «Freund», der hinter Gustaves Rükken feixen könnte oder bei dem er befürchten müßte, daß er, wenn er sich plötzlich umdrehte, auf den analytischen Blick und das «häßliche Grinsen» eines Voltairianers stieße, ist sein Vater. Das heißt, das Lachen steckt in Gustave selbst: der Lachende und der Betende sind eins. Das zeigt noch deutlicher ein früherer Text, *La main de fer*, eine im Februar 1837 begonnene Novelle, die unvollendet geblieben ist: «Es findet sich manchmal ein junges und unschuldiges Herz, das sich mit dem Glauben stärken will, und öfter noch irgendeine blasierte und verwelkte Seele, die sich in der himmlischen Liebe verjüngen, in den Glaubensakten beleben, im Gebet heiligen will. Wer Gott für eine Jugendliebe hält und den Glauben für eine Leidenschaft, der liefert sich ihm ganz aus, er kniet voller Wonne nieder, er betet mit Inbrunst, er glaubt aus Instinkt; die Totenmesse ist für ihn nicht mehr eine groteske Psalmodie, der Gesang der Priester nicht mehr käuflich, die Kirche ist etwas Heiliges, die Hoffnung ist für ihn greifbar und positiv, er ist glücklich, denn er glaubt.» (I, 89) Man wird bemerken – alle Themen seines Werkes und seines Lebens sind schon mit fünfzehn Jahren ausgedrückt –, daß er aus dem Glauben einen *Instinkt* macht; dieses Wort wird fast fünfunddreißig Jahre später in seinem Brief an Fräulein Leroyer de Chantepie wieder unter seine Feder kommen. Natürlich gehören die reine und die verwelkte Seele beide Gustave: das Wesentliche liegt nicht in ihrem Unterschied, sondern mehr in der gemeinsamen Haltung: Gott auf religiöse Weise mit einer profanen Leidenschaft lieben. Sein Held läßt sich tatsächlich vom Gepränge des Katholizismus zu «einer süßen Träumerei von Glaube und Liebe» verführen: «Diese Träumerei war seine Jugend; er hielt Gott für eine andere Leidenschaft: sie verging wie die anderen!» (I, 90) Ist das eine Verurteilung des Christentums? Nein, eher ein Bekenntnis, ein Vorwurf, den er sich selbst macht: dieser wollüstige Deismus – er hält Gott für eine Frau, und diese körperliche Liebe verwelkt wie alle Liebschaften – ist nicht Gustaves Art. Diesen Epikurismus tadelt er gerade an sich; *zu Unrecht.*

Es ist nicht wahr, wir haben es gesehen, daß er im Glauben jene Süße sucht, die Frau Guyon[115] darin fand. Die Passage ist ganz und gar vom Ressentiment diktiert: ich habe nicht glauben können, sagt er voller Ingrimm, oder nicht lange genug; ich habe die wilden Erhebungen meines Deismus nicht der strikten rituellen Disziplin anpassen können. Das bedeutet, daß es hier eine Zirkularität gibt: damit das Heilige sich an den heiligen Stätten manifestiert, muß der Gläubige selbst heilig sein, muß er im voraus vom Heiligen durchtränkt in sie eintreten. Es genügt nicht, die Schwelle einer Kirche zu überschreiten, um von der Natur zum Übernatürlichen zu gelangen: die Übernatur ist eine Gnade, die den Gläubigen niemals verlassen darf; nur unter dieser Bedingung wird sie sich ihm in der Kirche als numinose und schreckliche Verdichtung des alltäglichen Übernatürlichen manifestieren. Mit anderen Worten, um gläubig zu werden, muß man es schon sein. Andernfalls ist das Äußerste, was man erhoffen kann, daß man benommen ist vom Weihrauch, vom Licht, von der Musik und daß man sich in einer nur allzu *weltlichen* Ekstase verliert. Das ist Gustaves Schlußfolgerung: der Glaube ist für ihn eine Tantalusqual; alle Voraussetzungen sind in ihm gegeben, daß er ihn besitzt; Sakramente haben ihn als einen Gläubigen strukturiert. Jedesmal hat er den Eindruck, daß man nur die rituellen Gesten der anderen nachzumachen braucht: Weihwasser, Sichbekreuzigen, Gebet. Aber nein: knie nieder, und du wirst nicht glauben. Unmöglich, diese Virtualität, die ihn streift, zu aktualisieren. Es kommt zu einer Frustration: Gustave ist getauft und im Katechismus unterwiesen, er ist *Eigentümer* eines Stuhls mitten unter den anderen Stühlen im Schiff der Kathedrale, mit allen Privilegien, die damit verbunden sind, vor allem mit dem, Gott zu besitzen. Wenn er der Messe beiwohnt, wenn er die Haltung eines Pfarrkindes annimmt, dann tut er das, damit man ihn in den Genuß seines Gutes setzt. Jedesmal bringt ihn die Enttäuschung zur Raserei: er wird den Stuhl bekommen, er wird die Gesten machen und die Wörter sagen, man wird vor ihm das Mysterium der Passion spielen; und er wird in sich höchstens «etwas wie eine Morgenröte» (*Bouvard et Pécuchet*, II, 277) aufsteigen fühlen, er wird den Eindruck haben, «daß es das ist», daß er in seinen Genuß kommen wird, daß er in seinen Genuß kommt, und auf einen Schlag wird alles zusammenbrechen, er wird die Leere, die Kälte des Herzens und die Frigidität wiederfinden.

In dieser Zeit wächst das Ressentiment, der Dämonismus gewinnt an Boden. Das bedeutet nicht, daß die Religiosität des Jungen dem Positivismus Platz macht, sondern daß er die Vorzeichen umkehrt und sich Satan ergibt. Wenn er jetzt, immer noch passiv, spürt, daß ein eiserner

115 Eine französische Mystikerin, die am Ende des 17. Jahrhunderts durch ihre quietistischen Lehren bekannt wurde. *Anm. d. Übers.*

Arm ihn in die Lüfte trägt, hat er oft das Gefühl, daß es der Teufel ist. Die Erhebung dauert an, aber jetzt ist es das radikale Böse, was ihn auf den Gipfeln erwartet. Was wird aus Gott in dieser umgekehrten Mystik? Das kommt ganz darauf an: er kann zum Prinzip des Bösen selbst werden, bösartiger noch als ein Dämon, wie in *Rêve d'enfer*; manchmal, wie in *La danse des morts*, erscheint er in Gestalt von Jesus Christus, sieht er die Martern, mit denen der Böse die Menschen quält, und weint vor Schmerz im stillen darüber. Flauberts Manichäismus entspricht seinem ressentimentbeladenen Pessimismus: der Kampf des Guten mit dem Bösen wird kein Ende haben – ebensowenig wie der Kampf der Wissenschaft mit dem Glauben. Aber ist das überhaupt ein Kampf? Das Böse ist ganz real, spürbar: Ahriman ist der unbestrittene Herr der Erde: von Ormazd dagegen heißt es, daß er im Himmel ist, er muß im Himmel sein, andernfalls wäre das Unbefriedigtsein, das unendliche Verlangen, das die Seelen martert, nur eine Täuschung. Aber er rührt sich nicht: kein Zeichen von oben; alle Mahnungen, die wir erhalten, alle Warnungen, die an unserem Wege liegen, stammen von Ahriman. Es handelt sich hier, wie man sieht, nicht um Agnostizismus: Flaubert beklagt sich nicht, wie so viele enttäuschte Gläubige, daß er Gott nicht gefunden hat; er hält zwar die Beweise Seiner Existenz nicht für überzeugend, aber im Grunde ist ihm das egal: wenn der Ewige den Herzen spürbar wäre, würde sich Gustave um scholastische Demonstrationen nicht kümmern; es stört ihn auch nicht allzusehr, daß er überall an die steilen und stummen Felswände der Tatsachen stößt: diese religiöse Seele sieht die Welt auf religiöse Weise; sie empfindet die Ambivalenz des Heiligen auf ihre Kosten; sie beklagt sich also darüber, daß sie den Teufel gefunden hat. Der Sinn ist klar: wenn die Kirche mich nicht aufnimmt, wenn ich nicht durch den Glauben gerettet werde, falle ich wieder in die Krallen des *Anderen*, der mich geplant, gezeugt, verflucht hat, der von mir Besitz ergriffen hat und mich in seinen alles zersetzenden Atomismus entfremdet. Gott wäre also der Gegen-Vater; der Vater, der Gegen-Gott, taucht als Schwarzer Herr, als Statthalter des Dämons auf, wenn nicht als der Dämon selbst. Hier kommt Gustaves Ressentiment auf seine Kosten: das Schlimmste ist sicher, der jüngere Sohn wird für immer der Märtyrer seines Erzeugers sein. Er geht keineswegs so weit, die Existenz des Allmächtigen zu leugnen, aber von seiner unerträglichen Stummheit erzürnt, schlägt er ihn mit Ohnmacht: er hat sich von dem Geist, der stets verneint, die Welt *vor der Nase* wegschnappen lassen; jetzt verschanzt er sich besiegt in einer mürrischen Gleichgültigkeit.

Daß das Schweigen Gottes für Gustave der ursprüngliche Skandal ist, zeigt die mit knapp fünfzehn Jahren geschriebene Novelle *Rage et impuissance* (I, 83 ff) ganz deutlich; es ist die Geschichte eines lebendig Begrabenen: dieser Unglückliche hört Schritte. Er schlägt gegen das

Holz seines Sarges, aber die Schritte entfernen sich, und er stirbt unter Lästerungen. Kein Zweifel: es ist Gustave, der in diesem Sarg erstickt. Die Schritte des Totengräbers beweisen: da oben über den Toten, die alle daliegen, *ist Jemand*. Wenn das Kind gehört wird, wird es gerettet werden, wird es wie Lazarus *aufstehen*. Der Totengräber entfernt sich: sollte Gott eine Falle sein? Das wird nicht einmal behauptet, sondern lediglich, daß er etwas schwerhörig ist und niemandem helfen kann oder will. Es ist jetzt leicht, das Symbol zu deuten. Einige Schlüsselwörter, bei denen wir im Laufe dieser Untersuchung gesehen haben, wie sie sich bereichern, werden uns dabei helfen. Vor allem das Wort *Ohnmacht*, das Gustaves Passivität so gut kennzeichnet und – *scheinbar* – so schlecht, was man im allgemeinen unter «Gottsuche» versteht. Was nämlich gewöhnlich passiert – oder zumindest, was passiert sein soll –, ist im Gegenteil für die Hochmütigen eine Jagd; für die Demütigen ein Betteln: auf jeden Fall eine Handlung; die Hochmütigen sind im gestreckten Galopp mit ihren Pikören und Knappen aufgebrochen und haben behauptet, die Spur Gottes zu verfolgen und ihn wie einen Hirsch zu erlegen; aber es gab keine Spur: sie haben sich im Wald verirrt. In Wahrheit, denken sie, ist es Gott, der fehlt: kann man sich vorstellen, daß man einen Menschen rennen läßt, wie Er es getan hat und dann nicht zum Stelldichein kommt, ohne sich auch nur zu entschuldigen; vielleicht existiert Er überhaupt nicht? Das fragen sich auch die anderen, die Bettler: sie sind nicht gerannt, sie haben auf sich selbst eingewirkt, sie haben gefastet, sie haben sich gedemütigt, sie haben sich verwandelt, indem sie ihren Hochmut abtöteten, ihre *persona* kasteiten, um sich zu jenem Klaffen, jener Offenheit zu allem Sein *zu machen*, das Gustave manchmal einen Augenblick lang *wird*. Und dann? Nichts: ihre durchlöcherten Seelen waren nur vom Wind der Nacht erstarrt. *Heute* denken einige, daß das schon nicht so schlecht ist. Zur Zeit Flauberts ärgerten sich die meisten darüber: die ganze Arbeit *umsonst*! Diese armen Leute hatten die Wahl: sich für unwürdig halten oder den Argwohn hegen, daß Gott vielleicht nur eine Farce war. Auf jeden Fall waren sie nicht passiv geblieben: die einen dachten, daß sie ganz verkehrt gehandelt hätten und daß jeder ihrer Schritte – wegen ihrer bösen Natur – sie von Gott entfernte, als sie glaubten, sich ihm zu nähern; die anderen dagegen glaubten, daß sie ihr möglichstes getan hätten, daß ihre Seele ein großer leerer Ehrensaal wäre, aus dem sie alle Möbel herausgeräumt hätten und der ausgezeichnet dazu geeignet wäre, den göttlichen Gast zu empfangen: wenn dieser der Einladung nicht folgte, so hatte er sich wahrscheinlich verlaufen oder war seit langem tot oder niemals gewesen. Jedenfalls hätte sich niemand, weder unter den verfluchten Jägern noch unter den Bettlern, der Ohnmacht angeklagt. Genau das aber tut Flaubert. Man sehe, wie er sich uns präsentiert: auf dem Rücken liegend, wie die Leichen auf den Seziertischen, wie sie mit blinden Augen, nur daß diese Augen hart wie Steine sind oder auslaufen oder zerfressen werden, während die seinen von Dunkelheit umfangen sind. Aber schließlich empfindet das Weiterleben, das er den Toten zuschreibt, vielleicht auf diese Weise das gleichzeitige Verschwinden der Sehorgane und des Sehvermögens. Auf jeden Fall ist Gustave *sozial* gestorben. Das heißt, die anderen halten ihn für abgelebt und unterwerfen ihn damit der Behandlung der Toten. Er ist für den Anderen tot und wird deshalb vom Anderen alsbald erschlagen: er braucht sich nur damit abzufinden, zu werden, was er für alle Welt bereits ist. Es bleibt ihm noch eine Chance: ohne Seh- und Bewegungsvermögen, halb erstickt und von Angst gemartert, kann dieser Ruhende noch die Faust ballen, gegen die Wände des Sarges schlagen. Halten wir jedoch fest, daß er wenig Hoffnung hat, sich vernehmbar zu machen: seine Lage verbietet es ihm, mit dem ganzen Arm zuzuschlagen; er kann kaum den Ellbogen bewegen. Es ist wahr, daß man ihn *zur Ohnmacht verurteilt* hat. Das müssen wir so übersetzen: der Junge ist trotz seiner Ekstasen so manipuliert worden, daß er keine Möglichkeiten mehr hat, seinen Erlöser zu rufen.

Dennoch braucht er ihn. Vergleichen wir ihn einmal mit Alfred de Musset, seinem älteren Zeitgenossen, der nur noch halb glaubt: als Gustave *Rage et impuissance* schreibt, hat er die *Confession d'un enfant du siècle*, die einige Monate früher erschienen ist, noch nicht gelesen. Welches ist die Krankheit, mit der nach Alfred de Musset die ganze Generation infiziert wurde? Die Kälte des Herzens, der Skeptizismus, das Fehlen konkreter Ziele, eine nihilistische Nonchalance, ein *Ennui*, der sich für Verzweiflung hält: so die Symptome. Das ist sehr unangenehm: der Köhlerglaube gäbe jenen jungen Leuten ein Ziel, sichere Befriedigungen, eine Ethik; er ersparte ihnen die finstere Ausschweifung, die Flucht zum Alkohol oder zum Opium. Aber letztlich kann man auch ohne ihn leben: melancholisch zwar, schlecht, von Zeit zu Zeit mit jenem Funkeln, der Liebe, das immer in Traurigkeit endet, aber einige Zeit danach von neuem beginnt. Und außerdem ist es ein Vergnügen, eine Verzweiflung zu besingen, die man nicht ganz und gar empfindet. Kurz, für die Söhne der Krieger des Kaisers scheint die Abwesenheit Gottes oder seine allzu vage Anwesenheit ein Verlust. Bei Gustave ist es etwas ganz andres: von einem grauenvollen Tod bedroht, in den die Anderen ihn aus Fahrlässigkeit treiben, bietet sich ihm der Glaube als seine einzige Zuflucht dar, als ein Verfahren äußerster Dringlichkeit. Wenn wir noch tiefer in das Symbol eindringen, so ist der Sinn klar: der Andere hat mich so gemacht, daß ich Gott brauche (Hat man einen falschen Leichnam begraben, so ist dieser *gezwungen*, die von oben zu Hilfe zu rufen. Wenn er sich nicht vernehmbar machen kann, wird er *tatsächlich* ein Leichnam werden). Das heißt: wenn Gott nicht ist, dann *bin ich bereits* jener verhexte Leichnam, den der väterliche Fluch geschaffen hat; dann wird der Mechanismus, die teuflische Falle, an die ich nicht glauben kann, *meine andere Wahrheit*: ich sterbe in jedem Augenblick, weil ich in jedem Augenblick vom Glauben an einen Kosmos, der totalisiert ist von einem höchsten Willen, der mich durch ein besonderes Dekret in ihm geschaffen hat, zu der Überzeugung gelange – die mir von Natur aus fremd ist –, daß dieser Kosmos, so wie ich selbst, nur eine Illusion ist und daß nichts existiert außer dem Zufall, den Außenbeziehungen, der Zerstreuung. Man hat mich also so geschaffen, daß der Glaube mein dringendes und besonderes Bedürfnis ist. Aber eben die Gründe, die mich zum Glauben zwingen, nehmen mir die Möglichkeit dazu: der lebendig Begrabene *muß* die Aufmerksamkeit der Totengräber auf sich lenken oder sterben: aber eben gerade weil man ihn in einen Sarg gelegt und in eine Grube versenkt hat, hat er keine Chance, gehört zu werden. Wenn Flaubert das Bild wechselte, könnte er jenen wunderbaren Vers von Villon schreiben:

Je meurs de soif auprès de la fontaine
(Ich sterb vor Durst ganz nahe bei der Quelle)

Das Bild, das er gewählt hat, entspricht ihm jedoch noch besser: geknebelt, zur Ohnmacht verurteilt, auf dem Rücken liegend, hat er seine Augen nach oben gewandt. Aber zwischen dem Himmel und ihm ist jene niedrige drückende Decke, die Finsternis schafft: der Deckel des Sarges. Mit anderen Worten, man hat ihn in das abscheuliche Universum der Dinge getaucht: unter ihm die Erde, der Schlamm, in dem die Würmer bereits wimmeln; über ihm dieser Deckel und bald aufgehäufte Erde: *man kann die Erde nicht verlassen.* Das bedeutet letztlich, daß das Wirkliche eine schreckliche Fülle ist, aus der man nicht *herauskommt*: die direkte Kommunikation mit der Übernatur *ist nicht möglich.* Gustave leugnet in dieser Erzählung seine religiösen Erhebungen. Um sich erheben zu können, braucht man Stufen, eine Treppe, die vom Boden wegführt und sich im Himmel verliert, eine objektive Hierarchie. Wer ist der Totengräber, dessen Schritte er hört? Gewiß Gott, aber vielleicht auch sein Stellvertreter auf Erden, ein Priester des Kults, der wie Larivière aus *Madame Bovary* das Weite sucht, um nicht kompromittiert zu werden. Das Schweigen Gottes ist, wie man sieht, durch sich selbst das Böse, das negative Heilige: Er verweigert dem bejammernswerten Märtyrer Seine Hilfe; Er begräbt ihn. Er ist ein Komplize des Teufels, der sein Opfer zur Ohnmacht verurteilt hat, weil Er es ihm überläßt, wo Er ihm doch im Gegenteil Seine Engel schicken müßte, damit sie ihn den Krallen des Teufels entreißen. Schlimmer noch: diese heilige (weil göttliche) Verlassenheit heiligt auch die elenden menschlichen Peiniger und ihr finsteres Geschäft; Achille-Cléophas ist laizistisch und weltlich eingestellt; er wird zum Teufel, weil Gott ihn eben durch Seine Gleichgültigkeit heiligt, weil Er ihm als eiskaltem Zeugen der Autopsie, die der Chefchirurg an seinem Sohn vornimmt, etwas von Seiner numinosen Macht überträgt. Mit dem Segen des Schöpfers von seinem Vater lebendig begraben: als der Junge sich seiner Situation bewußt wird, kehrt sich seine Ohnmacht in *Wut* um – ein anderes Schlüsselwort der Novelle. Richtig, wir kennen diese männlichen Wutausbrüche, die Marguerite aus *Un parfum à sentir* und Mazza aus *Passion et vertu* dazu treiben, auf die Schwelle der Kirchen zu spucken, und die in Wahrheit nur eine umgekehrte Ohnmacht sind. Oder, wenn man will, es ist die Leidenschaft, die den ganzen Körper schüttelt, um ihm die Illusion zu geben, daß er sich in der Aktion total mobilisiere. Gustave fühlt und sagt es hier ganz klar: seine Ohnmacht ist konstituiert, sie ist die Folge seiner ursprünglichen Passivität: es gibt vielleicht etwas, was man *tun* müßte, um die Aufmerksamkeit Gottes auf sich zu lenken; aber seine passive Aktivität erlaubt ihm nicht, irgend etwas zu versuchen, außer sich unbeweglich und stumm unsichtbar darzubieten durch die unspürbare Betonung seiner Hingabe an die kosmischen Kräfte und – eine Absicht, die sich unter der Haut durch das Erlebte hinzieht – durch das stillschweigende Angebot dieser permanenten Hingabe an das höchste Wesen und außer allenfalls schwach und nutzlos zu rufen, wie ein Säugling in der Wiege in seine Windeln gewickelt angstvoll die Mutter ruft, die das Zimmer gerade verlassen hat. Das reicht natürlich keineswegs aus, um eine dauerhafte Heimsuchung zu rechtfertigen. Aber kaum hat er es anerkannt, schon fügt er in Wut dazu: *man hat mich so gemacht*; versagend in den Augen meines Vaters, versagend in den Augen des Allmächtigen. Auf dieser ideologischen Ebene könnte er, wenn er wollte, das Prinzip seines Pessimismus rechtfertigen, indem er erklärte: der väterliche Fluch hat aus mir diese Mißgeburt gemacht, die weder mit noch ohne Gott leben kann.

Später hat er den Sinn dieses Zwiespalts vertieft, dessen Ursprung in der Tatsache zu suchen ist, daß er von den beiden Ideologien der herrschenden Klassen geprägt wurde, und dessen Hauptmerkmal darin besteht, daß die beiden Glieder des Widerspruchs einander keineswegs abstoßen, sondern vielmehr durchdringen. In den Notizen seiner *Voyage en Orient*, die er am 11. August 1850 in Jerusalem gemacht hat, finden wir jene merkwürdigen Aufzeichnungen: «Nun sind wir schon den dritten Tag in Jerusalem, keine der vorher erwarteten Gemütsbewegungen ist mir hier bisher gekommen: weder religiöse Begeisterung noch Erregung der Phantasie, noch *Haß auf die Priester*[116] ... Ich fühle mich gegenüber allem, was ich sehe, leerer als ein hohles Faß. Heute morgen im Heiligen Grab wäre, das steht fest, ein Hund bewegter gewesen als ich. Wer ist schuld daran, barmherziger Gott? Sie? Ihr? Oder ich? Ich glaube sie, dann ich, vor allem Ihr.» (II, 607)

Als Gustave von Ägypten nach Palästina reiste, *erwartete* er von Jeru-

116 Die Hervorhebung ist von Flaubert.

salem eine Offenbarung; er sah eine Skala möglicher Gemütsbewegungen voraus. In diesem Augenblick beschreiben wir nicht mehr ganz den Jungen: seit seiner «Nervenattacke» treibt ihn das Imaginäre um; er bewahrt ständig, was er «die ästhetische Haltung» nennt, das bedeutet, er versucht unablässig, das Reale zu derealisieren, was er sieht, als gemaltes Schauspiel zu erfassen, was er hört, als ein von niemandem gesprochener und von Kulissengeräuschen begleiteter unpersönlicher und verblüffender Wechsel von Theaterrepliken, was er tut, als eine Folge barbarischer Riten, deren Ursprung sich in der Vergangenheit verliert. Es ist also normal, daß er im Heiligen Grab, der Stätte einer ungeheuerlichen und mehr als halb mythischen Vergangenheit erwartet, daß dieses Grab Christi, und sei es nur durch seinen Ort, ihm eine ästhetische Erregung mitteilt, das heißt, daß es durch die biblische Geschichte sich von der es umgebenden Realität ablösen läßt. Wer solche Erwartungen hegt, wünscht nicht den Glauben, ganz im Gegenteil, er ersehnt den Moment, wo der höchste Ort der christlichen Religion ihm als ein zeitlos schönes Bild erscheinen wird, das weder wahr noch falsch ist: man stößt hier wieder auf jene Ästhetenreligion, deren Prophet der Agnostiker Chateaubriand und deren letzter Priester der ungläubige Maurice Barrès war. Überraschender ist, daß Gustave nach *Smarh*, nach der ersten *Education sentimentale* und der ersten *Tentation de saint Antoine*, nach so vielen nihilistischen Bekenntnissen und Beteuerungen seines «Glaubens ans Nichts» an die erste Stelle der «vorher erwarteten» Gemütsbewegungen die *religiöse Begeisterung* setzt. Es ist klar, daß es keineswegs die Schönheit ist, die er zunächst in Jerusalem sucht: sicher, der *Künstler* rechnet mit Genüssen der Phantasie: aber sie kommen erst an zweiter Stelle. Die religiöse Begeisterung ist das Faktum des *Gläubigen.* Aber wenn doch Gustave gar nicht glaubt? Nun, er glaubt *nicht genug*; es ist nicht Unglaube, sondern eher ein Glaube, der unter einer Art inneren Schwäche leidet, unter einer gewissen Unbeständigkeit, die es ihm verbietet, von der Religiosität zur Religion zu gelangen: der junge Mann hofft, daß *irgend etwas* als Ausstrahlung des Heiligen vom numinosesten Gegenstand der Welt – ein unendliches Potential – in sein trauriges Fleisch übergeht – ein dem Nullpunkt sich näherndes Potential. In diesem Punkt hat er sich seit der Novelle, in der er seine Ohnmacht beklagte, nicht geändert, er kann sich nur öffnen und warten: jetzt ist es an dem Allmächtigen, den ersten Schritt zu tun. Wenn Er dazu bereit ist, wird der Glaube Gustave überwältigen: er wird keineswegs daran sterben, er wird ihn wie eine unheilbare Brandwunde behalten, und der Streich wird geglückt sein; es sei denn, der Glaube bleibt im Heiligen Grab, bereit, den nächsten Pilger zu überwältigen; in diesem Fall wird sich Gustave, selbst in seinen Momenten der Kälte wie auf ein anderes archetypisches Ereignis, auf den Sensenblitz berufen können, der ihn bis in sein Herz hinein

verzehrt und sich dann verloren hat.
Über die Natur der erwarteten Gemütsbewegung gibt uns ein Brief an Louis Bouilhet genauere Hinweise. Gustave ist zum Heiligen Grab zurückgekehrt. Eine neuerliche Enttäuschung. Er fügt hinzu: «Ich habe über meine Kälte nicht geweint noch etwas vermißt, aber ich habe jenes merkwürdige Gefühl empfunden, daß zwei Menschen *wie wir* empfinden, wenn sie ganz allein in der Ecke ihres Ofens mit allen Kräften ihrer Seele in jenem alten Abgrund schürfen, der durch das Wort *Liebe* dargestellt wird, und sich dabei vorstellen, was das wäre . . . wenn es möglich wäre.»[117] Die heilige Liebe war also der Gegenstand seiner Erwartung. Welche? Hoffte er, das Gewicht der Liebe zu fühlen, die Gott den Menschen entgegenbringt, oder jene andere Liebe als Feuerstrom zu spüren, die das Geschöpf für den Schöpfer empfinden muß? Man braucht sich nur an die Umstände zu erinnern, die in ihm jene «wehmütige Bitterkeit» hervorgerufen haben: «Ich betrachtete den heiligen Stein; der Priester hat . . . eine Rose genommen, sie mir gegeben, . . . mir dann wieder weggenommen, auf den Stein des Grabes gelegt . . ., um die Blume zu weihen.» Am Anfang war die Gabe. Eine Gabe des Himmels: Gustave erkennt es ausdrücklich an, weil er sie zwei Zeilen weiter ein «Geschenk» nennt. Damit ist die ganze feudale Hierarchie vollständig wieder auferstanden: die Kirche ist da als Mittlerin: durch den Priester bietet der Höchste Herr die Rose an, einen lebenden Blutstropfen Seines Sohnes. Die geweihte Blume ist ein Zeichen und eine Aufforderung: der Herr hat Seinen Körper und Sein Leben für alle hingegeben. Er gibt sie immer noch hin, heute besonders an Gustave; dafür verlangt Er, daß der junge Mann sich Ihm vorbehaltlos ergibt, daß er durch einen Liebesakt das Liebesopfer anerkennt, das gerade erneuert worden ist: was sich hier auf die Initiative eines autorisierten Stellvertreters anbietet, ist die feudale Zeremonie der Huldigung. Genau das hatte Gustave in Jerusalem gesucht: die Rückkehr des Goldenen Zeitalters, die – hundertfache – Wiedergeburt der Lehnstreue, die er damals dem *pater familias* gegenüber bewies, und der anspruchsvollen Gnade, die dieser ihm zu gewähren geruhte. Die Liebe, jenen «alten Abgrund», hält Flaubert nach seinen beiden Besuchen im Heiligen Grab für unmöglich; er hatte es mit Alfred Le Poittevin und Louis Bouilhet «in der Ecke ihres Ofens» gesagt und wieder gesagt. Aber in der Nacht vom 7. zum 8. August 1850 in Ramleh, als er kein Auge zutun kann «wegen der Mücken, der Pferde und des Gedankens, daß (er) am folgenden Tag Jerusalem sehen soll» (II, 606), ist er von ihrer Möglichkeit, ja ich würde sogar sagen, von ihrem unmittelbaren Bevorstehen, überzeugt: «Ich wünschte nichts sehnlicher, als bewegt zu sein, Du kennst mich ja»,[118] schreibt er an Louis Bouilhet. Und in

117 Brief an Louis Bouilhet vom 20. August 1850. 118 Ebd.

seinen Reisenotizen fügt er bei der Erwähnung der nutzlosen Gabe der Rose hinzu: «Das ist einer der bittersten Augenblicke meines Lebens gewesen.» (II, 611) Ein Achtundzwanzigjähriger, der der göttlichen Liebe nachrennt, nicht so sehr, um geliebt zu werden, als wegen der Frömmigkeit, die der Ritus der Huldigung in seinem Herzen entfachen soll, hat die größten Aussichten, daß er sich nicht mehr verändert, daß er sein ganzes Leben lang schmachtet und von einer radikalen und qualitativen Metamorphose des Erlebten träumt, die ihm Zugang verschaffte zur *empfundenen* Heiligkeit.

Gustave wird niemals glauben: er weiß es. Weil es ihm unmöglich ist. Von der «vorher erwarteten» religiös erhofften Gemütserregung fühlt er auch *«vorher»*, daß sie nicht stattfinden wird. Ist es denn wahr, daß er «nichts sehnlicher wünschte, als bewegt zu sein?» Vor dem Heiligen Grab fühlt er sich auf jeden Fall wie «ein hohles Faß». Wer ist schuld daran? Er sagt es: «Sie? Ihr? Oder ich?» Glauben wir nicht, daß er die Schuldigen entdeckt hat, als sich die religiöse Begeisterung in Jerusalem nicht einstellt. Er kennt sie schon seit langem. Ein einziger wird nicht erwähnt: Achille-Cléophas. Wir werden gleich sehen, warum. Prüfen wir die Akten der Angeklagten in der Reihenfolge, die er ihnen gegeben hat.

Sie. «Wie falsch ist das alles! Wie verlogen! Wie getüncht, aufgesetzt, gelackt, für die Ausbeutung, die Propaganda und die Werbung gemacht.» (II, 607) Und in dem erwähnten Brief an Louis Bouilhet: «Man hat alles getan, was man konnte, um die heiligen Stätten lächerlich zu machen. Das ist eine Hure als Teufel: Heuchelei, Habsucht, Fälschung und Schamlosigkeit, ja, aber Heiligkeit, geh mir doch weg. Ich nehme diesen Käuzen übel, daß ich nicht bewegt war.» [119] Am 25. August 1850 schreibt er an seine Mutter: «Was man hier an Schändlichkeit, Niedrigkeit, Simonie und Abscheulichem aller Art sieht, überschreitet das gewöhnliche Maß. Diese heiligen Stätten lassen einen kalt. Die Lüge ist überall und zu offenkundig. Was die künstlerische Seite angeht, so sind die Kirchen der Bretagne raphaelische Museen daneben.» [120] Dazu kommt noch Fanatismus und Haß. An Louis Bouilhet schreibt er: «Das Heilige Grab ist eine Anhäufung von allen möglichen Verfluchungen. In einem so kleinen Raum gibt es eine armenische, eine griechische, eine römisch-katholische, eine koptische Kirche. All das verwünscht, verflucht sich aus tiefster Seele und greift anläßlich von Leuchtern, Teppichen und Bildern auf den Nachbarn über . . .» [121]

Gut. Aber nichts davon ist für ihn ganz neu. Erinnern wir uns daran, daß er in *La main de fer* die Totenmesse für eine «groteske Psalmodie»

119 Ebd.
120 Brief an seine Mutter vom 25. August 1850.
121 Brief an Louis Bouilhet vom 20. August 1850.

(I, 89) hielt und den Priestern ihre Käuflichkeit vorwarf. Flaubert trägt schon sehr früh einen wilden Antiklerikalismus zur Schau. Und seine ganze Korrespondenz zeigt, daß er die Priester gefressen hat. Später, unter dem liberalen Empire und nach der Pariser Commune, fordert er seine Freunde auf, die «Priesterpartei» zu bekämpfen; und die katholische Kirche, die unter Thiers und Mac-Mahon triumphiert, beunruhigt ihn viel mehr als die Kommunarden, jene «tollwütigen Hunde».
Es versteht sich von selbst, daß man in der Familie von Achille-Cléophas Priester kaum mochte. Die Congrégation mit ihrer Tyrannei, ihren Spionen, ihren Prozessionen hatte alles getan, um den Haß des liberalen Bürgertums zu erregen. Nach 1830, sobald man offen sprechen konnte, hatte der Doktor Flaubert seinem jüngeren Sohn nicht verborgen, was er von ihnen hielt. Der väterliche Einfluß ist unbezweifelbar, aber er erklärt nicht alles. Im Grunde ist Gustaves Antiklerikalismus verdächtig: zunächst wirkt er gezwungen; ein überzeugter Atheist würde mehr Form und vor allem mehr Mäßigung an den Tag legen: der Priester wäre für ihn der zu bekämpfende Feind, aber durchaus nicht der infame Gegenstand unflätiger und müßiger Beschimpfungen. Und Gustave begnügt sich nicht damit, jenen sich lauthals äußernden Haß auf den «Weihwedel» zu empfinden, ja nicht einmal, ihn zu veröffentlichen: er legt ihn dem verhaßten und lächerlichen Apotheker Homais aus *Madame Bovary* in den Mund, um sich *darüber mokieren* zu können. Diese beiden Feststellungen erlauben uns folgenden Schluß: hinter den Sarkasmen eines Ungläubigen, der den Priestern vorwirft, einem ihren Mummenschanz aufzuzwingen, steckt der ganz persönliche Groll eines Mannes, der *glauben will* und von ihnen ständig entmutigt wird. Wir werden es später sehen: Homais hat recht, über die Dummheit und den Materialismus des Abbé Bournisien zu spotten; er hat unrecht, *nicht darunter zu leiden*. Da liegt der ganze Unterschied. Diese Zweideutigkeit ist ganz Gustaves Art: durch seinen Vater agnostisch und szientistisch eingestellt, mokiert er sich über den religiösen «Mummenschanz» von der Höhe seines rationalistischen Wissens aus, und im gleichen Moment wirft er den Pfarrern vor, ihm nicht geholfen zu haben: sie haben nicht die nötige Geisteskraft gehabt, den Voltairianismus und die schwerwiegenden Einwände des Szientismus zurückzuweisen; zumindest haben sie nicht genügend Tugend bewiesen, um ihn durch ihr Beispiel zu überzeugen. Mit einem Wort, sie haben sich unfähig gezeigt, ihn den Händen seines Vaters zu entreißen.
Madame Bovary wird in ihrer Verstörtheit den Abbé Bournisien um Hilfe bitten, dessen Torheit und Vulgarität wird sie vollends vernichten: sie wird zugrunde gehen. Nun hat man mit Recht bemerkt, daß diese Episode beinahe eine Passage aus *Agonies* wiedergibt, die er mit siebzehn Jahren geschrieben hat, in dem Jahr, als er den Abbé Eudes vor den «armen Frömmlern» seines Internats verleugnete (Brief an

Ernest Chevalier vom 30. November 1838). Ein junger Verzweifelter will einen Priester aufsuchen, damit dieser ihn von der Unsterblichkeit seiner Seele überzeuge. Er geht zu ihm, setzt sich in der Küche vor einen großen Herd, auf dem in einer Pfanne «eine riesige Menge Kartoffeln brutzelte». Bald kommt der Pfarrer. «Es war ein Greis mit weißen Haaren, einem Auftreten voller Sanftmut und Güte ... aber kaum hatte ich begonnen, als er auf ein Geräusch in der Küche rief: ‹Rose, paßt doch auf die Kartoffeln auf.› Und als ich mich umwandte, sah ich ..., daß der Kartoffelfreund eine schiefe und ganz picklige Nase hatte. Ich brach in schallendes Gelächter aus, und die Tür schloß sich sofort wieder hinter meinen Schritten.» (I, 159) Merkwürdigerweise läßt Gustave auf diese Erzählung, die er zwölf Jahre vor seiner Orientreise geschrieben hatte, die gleiche Frage folgen, die er sich im Heiligen Grab stellt: «Sagt jetzt, wer daran schuld ist? ... Ist es meine Schuld, wenn dieser Mann eine krumme und mit Pickeln bedeckte Nase hat? Ist es meine Schuld, wenn seine gierige Stimme für mich einen gefräßigen und tierhaften Klang hatte? Gewiß nicht, denn ich war mit frommen Gefühlen bei ihm eingetreten.» Man erkennt hier die Vorsicht wieder, die Flaubert 1850 schreiben ließ: «Ich wünschte nichts sehnlicher, als bewegt zu sein»; ebenso wie die Trinität der Schuldigen: sie, ich, Ihr. Tatsächlich fügt er hinzu: «Es ist jedoch ebensowenig die Schuld dieses armen Mannes, wenn seine Nase mißgestalt ist und wenn er Kartoffeln liebt; an allem ist Der schuld, der krumme Nasen und Kartoffeln geschaffen hat.» (I, 160) Diesmal wird alle Welt freigesprochen, außer Gott. Aber der Freispruch des Priesters ist nicht sehr überzeugend: der Schöpfer hat ihn so gemacht, das ist alles, was er zu seiner Verteidigung sagen kann. Es bleibt, daß er sich den Auftrag gegeben hat, die Seelen zu erleuchten, und daß er sie durch seine Häßlichkeit, seinen Materialismus und seine Gefräßigkeit schockiert; es bleibt, daß ein verstörter Junge ihn zu Hilfe ruft und daß er sich mehr um die Kartoffeln als um dessen Heil kümmert. Albert Thibaudet kann leicht geltend machen, daß nicht alle Priester so sind. Nebbich! Und wenn man die Geschichte wörtlich nähme, so müßte sie ohne Moral bleiben. Hat Flaubert geglaubt, daß *alle* Priester die Gefräßigkeit dieses letzteren oder die schwerfällige materialistische Dummheit des Abbé Bournisien hätten? Ich glaube nicht, obwohl es eine bekannte Romanregel ist, von der es wenig Ausnahmen gibt: wenn nur *ein* Schwarzer in einem Roman vorkommt und dieser Schwarze ein Verbrechen begeht, so gibt uns der Autor zu verstehen, daß *alle* Schwarzen potentielle Verbrecher sind; wenn man nur *einen* Juden darin findet und dieser sich als verräterisch und geizig erweist, so ist der Autor ein militanter Antisemit, der *alle* Juden verurteilt und uns auffordert, seine Meinung zu teilen. Aber Flaubert «hat keine Ideen» und «zieht keine Schlußfolgerung» – er selbst sagt es. Er *fühlt*, und sein nachtragendes Gedächtnis sinniert ständig über die gleichen verhaßten Erinnerungen. Wenn einem an einer Episode so sehr liegt, daß man sie fünfzehn Jahre später in so verschiedenen Werken reproduziert, so ist sie entweder an ein tiefes Glück oder an ein tiefes Unbehagen gebunden. Zwischen seinem dreizehnten und fünfzehnten Lebensjahr scheint sich Flaubert mehr über seinen schwarzen Katharismus klarwerden (das Schlimmste ist immer sicher, die Welt gehört Satan) als den Glauben seines Goldenen Zeitalters wiedergewinnen zu wollen: die stolze Technik der Verzückungen ohne Gott ergab beachtliche Resultate, er lernte andere geistige Exerzitien, vor allem die Askese durch Irrealisierung, von der wir bald sprechen werden, die Freundschaft von Alfred Le Poittevin trug ihre Früchte, und außerdem gestattete sich das vom Schreiben berauschte Geschöpf die Freuden des Schöpfers. Aber, und wir werden bald sehen, warum, diese äußere Ruhe konnte nicht verhindern, daß das Unglück und der Überdruß und die Angst ständig wuchsen. Von den großen nihilistischen Tiraden vom Donnerstag – wenn sie mit Alfred Le Poittevin wie der Doktor Mathurin mit seinen Schülern «alles ausschöpften . . . alles an ihnen vorbeizog und mit einem grotesken Gelächter und einer Grimasse begrüßt wurde, die ihnen Angst machte» (I, 225) – ist er ganz erschlagen und ängstlich; die Schule bedrückt ihn, der Chefchirurg verbirgt seine Vorliebe für Achille nicht. Für dieses verletzte Herz ist alles Unglück und Bitterkeit. Die zunächst weltlichen oder pantheistischen Erhebungen enden jetzt in tiefen Stürzen, das Leere ist unendlich; die Betrachtung des Ganzen wird zum Gewahrwerden des Nichts. Wenn die Welt nicht geschaffen ist, so ist sie für Gustave das Nichts. Er ist davon überzeugt, daß er jeden Tag bis zum Tod mehr leiden wird: wenn es gar kein anderes Leben gibt, werden seine Schmerzen auf groteske Weise umsonst gewesen sein; das proklamiert er natürlich, es ist das Resultat seiner Dämonologie, des väterlichen Mechanismus, revidiert und korrigiert durch sein Ressentiment: es gibt Schreckenserleuchtungen, die ihm nicht ganz mißfallen. Aber zwischen seinem fünfzehnten und seinem sechzehnten Lebensjahr wird er ganz verstört und bekommt Angst vor dem Nihilismus, den er sich selbst zurechtgezimmert hat. Nicht für lange: schon nach einigen Monaten kehrt er zum absoluten Pessimismus zurück. Aber in den *Mémoires d'un fou* vom Sommer 1838 bezeugt er, daß die unerträglich gewordene Beklommenheit ihn gezwungen hat, sich einen Aufschub zu verschaffen. «Ich begann an allem zu zweifeln . . . ich lachte bitter über mich selbst, so jung, so enttäuscht vom Leben, von der Liebe, vom Ruhm, von Gott, von allem, was ist, von allem, was sein kann. *Ich hatte allerdings ein natürliches Entsetzen, bevor ich diesen Glauben ans Nichts annahm*;[122] am Rande des Abgrunds schloß ich die Augen; – ich

122 Die Hervorhebung ist von mir.

fiel hinein.» (I, 231) Es hat also drei Phasen gegeben: der bittere Zynismus, die skeptische Ironie ist die erste. Bei der zweiten merkt Gustave die Folgen seiner Haltung: wenn er mit dem, was er später seine «ungesunden Träumereien» nennt, fortfährt, wenn er allzusehr Gefallen an der schwarzen Großsprecherei hat, die ihm das Ressentiment eingibt, *wird er schließlich «ans Nichts» glauben.* Mit diesem Glauben spielte er zunächst; jetzt fühlt er sich von ihm überholt, er fürchtet, seiner nicht mehr Herr zu werden: vor dem Abgrund wird er von einem «natürlichen Entsetzen» gepackt. Eine andere Passage des gleichen Buches zeigt uns, daß Gustave sich nicht damit begnügt hat, «die Augen zu schließen»: er hat den Sturz verhindern wollen: «Der Mensch . . . ein armseliges Insekt mit schwachen Beinen, das sich am Rande des Abgrunds an allen Zweigen festhalten will, das sich an die Tugend, an die Liebe, an den Egoismus, an den Ehrgeiz klammert und das aus alldem Tugenden macht, um sich besser daran halten zu können, das nach Gott greift und immer schwach wird, die Hände losläßt und fällt.» (I, 231) Gustave hat mit fünfzehn Jahren den Abgrund gesehen und von Schwindel erfaßt nach Gott gegriffen. Was ist er also, dieser barmherzige Gott? Blind, taub, unempfindlich? Eine taube Nuß. Er macht keine Geste, den kleinen Verzweifelten aufzufangen. Aber Er ist auch nicht ein verfaulter Zweig, der zerbricht und mit dem, der sich an ihn klammert, im Leeren dreht: es sind Gustaves *Hände*, die zu schwach gewesen sind. Er ist es, der *losgelassen* hat.

Zwischen 1837 und 1838 hat er wahrscheinlich einen Priester um Rat fragen wollen. Gegen seinen Vater, gegen jenen Teil seiner selbst, der ihm diesen Glauben, den er so sehr braucht, verbietet. Seit langem schon ging er verstohlen in Kirchen, und auch noch lange danach, daran besteht kein Zweifel, wird er sie weiterhin ab und zu besuchen. Aber die entscheidende Begegnung – vielleicht gab es mehrere – geschah während seines fünfzehnten oder sechzehnten Lebensjahres. Ich vermute, daß er weniger enttäuscht als gedemütigt war. Wenn ein Junge seine Besorgnisse oder Ängste einem fremden Erwachsenen anvertrauen will, dann weiß er sich nicht verständlich zu machen, und der Erwachsene ist in neun von zehn Fällen nicht mehr in der Lage, ihn anzuhören: er fühlt nämlich das Näherrücken des Todes und verliert nacheinander die Schlüssel seines eigenen Lebens: was soll man einem Kind sagen, wenn man kaum noch den versteht, der man gewesen ist? Der Junge fühlt sich verletzt: man hat sein, vielleicht schlecht formuliertes, aber tiefes und besonderes Unbehagen auf die allgemeine Erscheinung einer Pubertätskrise reduziert. Die ersten Ratschläge des Priesters, wenn es welche gab, mußten nichtssagend und vorsichtig gewesen sein: der schreckliche Doktor Flaubert war ihm, und sei es nur vom Hörensagen, nicht unbekannt, und es lag ihm nichts daran, nach der ernsten Niederlage der militanten Kirche im Jahre 1830 und dem

Sieg des Bürgertums ganz unvorsichtig den Jüngsten dieser Familie von Freidenkern zu bekehren: die Priester hatten ihre Unpopularität entdeckt und verhielten sich ruhig. Diese abwartende Haltung – die mehr einer politischen Situation als den vitalen Bedürfnissen einer Seele Rechnung trägt – und nicht die bloße Gefräßigkeit sollen die Kartoffeln symbolisieren. Der Pfarrer hat andere Interessen als die, die seinem Amt gebühren: er ist ein fertiger Erwachsener in seiner Erwachsenenrolle, mit seinen Erwachsenenproblemen, die im wesentlichen seine Beziehungen zu seinen Vorgesetzten und den Laien in der großen Freimaurerei der Erwachsenen betreffen, aus der Gustave prinzipiell ausgeschlossen ist. Das Kind nimmt ihm übel, daß er im Grunde Achille-Cléophas nähersteht als seinem jungen Besucher, daß ihm mehr daran liegt, eine stillschweigende Übereinkunft mit den Liberalen zu respektieren – den Mächtigen in den Städten –, als in einer Seele einen unwiderstehlichen Durst nach Gott zu stillen. Insofern ist Flauberts Antiklerikalismus eine Erscheinung *der Epoche*: die Kirche hat im Jahre 1815 den Sieg der Verbündeten als ihren eignen Sieg aufgefaßt; sie hat geglaubt, sie könne mit Terror auf die bürgerliche Entchristlichungsströmung reagieren, auf den Dogmen beharren, sie durch formale und bereits überholte Argumente durchsetzen und sich vor allem auf den «weltlichen Arm» stützen. Als sie 1830 abgeschlagen wird, zieht sie sich verletzt, aber immer noch mächtig auf sich selbst zurück und hält ihre Stellung auf dem Land: der Klerus kennt noch nicht die wahren Gefahren, die ihn bedrohen; er hat nicht die Zeit gehabt, gegen das wissenschaftliche Denken – das etwas ganz andres ist als der Szientismus – eine Abwehrstrategie zu entwickeln; seine einzige Antwort auf die langsame Unterhöhlung der christlichen Ideologie ist taktischer Art: er kämpft um das Monopol des Volksschulunterrichts.

Nun verlangt aber Flaubert gerade von den Priestern des Kults, daß sie ihn vor der Wissenschaft schützen. Hinter dem Mechanismus und dem Szientismus, die die Ideologie der Liberalen kennzeichnen, spürt er nämlich eine neue Auffassung der Wahrheit, die sich als die Einheit der zu ihrer Erkenntnis entwickelten neuen Methoden ahnen läßt – Methoden, deren Anwendung seinen «schwachen Händen» versagt ist. Aber da dieses Kind passiv und allzu unterwürfig ist, wagt es nicht, die Priester darum zu bitten, die Wissenschaft frontal zu bekämpfen; Gustave *glaubt* ja daran, weil sein Schwarzer Herr sie täglich praktiziert: er glaubt, daß eine anatomische und strenge Kenntnis der Organe auf das Sezieren begründet werden kann; er glaubt an die Aussagen der Naturwissenschaften. Und sein ganzes Leben lang wird er für die ungebildeten Pfarrer, die sich nicht entblöden, im Namen der Dogmen die wissenschaftlichen Gesetze zu attackieren, nur Sarkasmen übrig haben. Wenn er zwischen Galilei und dem Papst wählen müßte, würde er natürlich Galilei wählen. Was er von der Kirche verlangt, ist viel subtiler: es geht nicht darum, sich der newtonschen Mechanik entgegenzuwerfen, wie Don Quijote sich den Windmühlen entgegenwirft; noch viel weniger geht es darum, die falschen Wunder zu vermehren, um uns Gott auf Erden sichtbar zu machen, weil er da nicht ist und die Gesetze der Natur niemals aufgehoben werden. Nein: sein Problem ist tiefer, es ist das einer ganzen Generation, die gegen den Jakobinismus ihrer Väter reagieren will, sich aber durch die Bereicherung des Wissens in neue Schwierigkeiten verstrickt findet: wie kann man den Glauben behalten oder wiederfinden und gleichzeitig die experimentelle Wissenschaft in sich aufnehmen? Die Frage wird sich bald der Kirche selbst stellen: es ist eine Lebensfrage für diese große Körperschaft, die in der ersten Zeit der industriellen Revolution mittelalterlich bleibt. Im Augenblick hat sie die Gefahr keineswegs erkannt. Nur einige junge Laien schlagen sich damit herum, das ist alles. Wenn sich in Rouen zwischen 1835 und 1840 ein junger Priester gefunden hätte, der die Existenz des Schöpfers durch das ewige Schweigen der geschaffenen Welten, Seine Allgegenwart durch Seine universelle Abwesenheit, Seine Allmacht durch Seine radikale und gewollte Ohnmacht, die Unbeugsamkeit Seines Gesetzes durch Seine Stummheit und durch die Anarchie der menschlichen Gesellschaften, Seine Güte, Seine Liebe durch unsere Leiden, Seine unerschütterliche Gerechtigkeit durch die Mißgeschicke der Tugend und das Glück der Bösen bewiesen hätte, wenn er, die bürgerliche und jansenistische Auffassung von der verborgenen Welt radikalisierend, zu Gustave gesagt hätte: «Gott ist nirgends: weder im Raum noch in der Zeit, noch in deinem Herzen: und diese unendliche Leere überall, diese Kälte, unsere ewige Verzweiflung, was soll das anderes sein als Er? Du suchst außen nach einem Zeichen und in dir nach einem Mandat; es gibt natürlich nichts: das Mandat und das Zeichen ist jene absurde und nutzlose Suche, die du gegen jede Evidenz und gegen die Vernunftgründe deines Vaters fortsetzen wirst; nein, du würdest Gott nicht suchen, wenn du Ihn nicht gefunden hättest; und eben deshalb hoffe niemals, Ihn zu sehen oder zu berühren: Er ist gefunden, sage ich dir, also wirst du Ihn bis zum Ende unwissend und jammernd suchen» – kurz, wenn dieser Vorläufer allein und zum Nutzen des jungen Schülers jene religiöse Dialektik des Nein erfunden hätte, die heute allerorts von Spezialisten entwickelt und praktiziert wird, dann hätte er den Sohn des voltairianischen Philosophen für immer bekehrt. Denn genau das verlangte Gustave, das und nichts andres: daß man seine religiöse Ohnmacht in die «klaffende Wunde Gottes» verwandle. Wir haben gesehen, daß er sich in derselben Epoche als «Anti-Wahrheit» erklärt; das heißt: «Die Wahrheit existiert, ich kenne sie, ich glaube an sie, und ich bin *dagegen.*» Wenn er allein ist, wenn die katholische Religion ihn sich selbst überläßt, so hat diese Weigerung nur einen Sinn: ich ziehe den Irrtum, das Irreale, den Traum vor. Das heißt in gewisser Weise sich selbst disqualifizieren: die Wahrheit umgibt mich, umfängt mich, durchdringt mich, nimmt mich ein, aber ich habe nicht die Kraft, sie zu ertragen, deshalb mache ich mich durch den Traum oder durch die ekstatische Geistesabwesenheit aus ihr davon. Aber dieses Unbefriedigtsein ist eine tiefe Anfechtung: es muß etwas faul sein am Menschen oder an der Welt, wenn der *homo sapiens* das von ihm selbst hervorgebrachte Wissen nicht ertragen kann. Wenn die katholische Religion durch einen ihrer Priester dieses Unbefriedigtsein zu instituieren und zu heiligen geruhte, würde sie für Gustave zur höchsten Instanz werden: vom Anderen anerkannt und damit als Andre empfunden, würde sie sich ihm als sein tiefster Instinkt, als das tierhafte Verlangen nach Gott bekunden, das heißt als seine *Kreatürlichkeit*. Nichts weiter: Unglück und Frustration wären deshalb durchaus nicht aufgehoben, weil ja feststeht, daß das Verlangen nutzlos bleibt, daß der Instinkt sich nur in Unbehagen äußern kann, weil es keine Wörter, keine Gründe gibt, dieses Glaubensbedürfnis im rationalen Universum des Diskurses auszudrücken. Dank der negativen Theologie jedoch würde Gustave gegenüber der Wissenschaft Abstand gewinnen und sie vom Gesichtspunkt des Nicht-wissens aus betrachten können, das ihn umfängt und das die Priester geheiligt hätten. Der kleine Junge würde das glänzende System von Wahrheiten, das man ihm aufzwingt, nicht anfechten: es ist die Sonne, es ist der Tag; er würde sich lediglich mit der Nacht identifizieren, die ihn umgibt. Nichts würde dieser passiven, vom Ressentiment gepeinigten Seele besser entsprechen: wenn man sich mitten im Wissen niederläßt, dann ist die Wahrheit, was sie ist. Weder gut noch böse. Wenn man sich aus der Erkenntnis hinausschwingen und *das, was ist*, vom Gesichtspunkt dessen, was nicht ist, aber sein könnte, totalisieren kann, dann erregt das Wahre Entsetzen. Eine einzige Bedingung ist erforderlich: daß dieser synkretistische Blick auf die Schöpfung sozialisiert, das heißt durch eine Gemeinschaft verbürgt wird. Dann ist das Nicht-wissen nicht mehr eine subjektive Ignoranz, nicht mehr ein bloßer Fehler, ein Versagen: es ist zwar ein Nichts, aber ein *verbürgtes* Nichts, ein Verlangen nach Sein, kurz, eine erlittene Unmöglichkeit (mehr noch als eine Weigerung), das unendliche Sein auf die Summe der «Seienden» zu reduzieren, die von der menschlichen Erkenntnis erleuchtet wird. Das Nicht-wissen setzt sich dann als Nichts *des* Wissens durch: das Absolute ist woanders; niemals offenbart, außer durch jene schreckliche zerstörerische Macht, die das armselige System unserer Wahrheiten letztlich auf Nichts reduziert, außer durch das unendliche Leiden der unendlich frustrierten und eben dadurch erwählten Seele – die davon natürlich nichts ahnt, aber, das ist die grundlegende Heuchelei, die mitten in ihrer Verzweiflung nicht umhin kann, es zu spüren. Man sieht, daß nur ein winziger Schritt nötig gewesen wäre, um die Weltsicht Flauberts zu verwandeln: Ressentiment, Passivität, Menschenfeindlichkeit, Pessimismus, er hätte all das bewahrt, aber alles durch seinen Dolorismus gerettet; der *Glauben ans Nichts* wäre das umgekehrte Vorzeichen des Glaubens an Gott. Diese Leere, in die der Autor der *Mémoires d'un fou* mit Entsetzen fällt, könnte die erste Stufe einer Askese sein, deren weitere Stufen er niemals erklommen, von denen er jedoch geahnt hätte, daß sie zum Allmächtigen führten. Tatsächlich ist diese erste Stufe, wie wir wissen, ein Ausgangspunkt für die Mystiker: man wird darin die «dunkle Nacht» des heiligen Juan de la Cruz erkennen. Aber die Kirche Frankreichs war um 1840 weit davon entfernt, den Mystizismus zu fördern: man weiß, was es Lacordaire kostete, die Theologie des Nein vorausgespürt zu haben. Die Fragen eines schon in der Kindheit von der Ideologie seiner eignen Klasse besiegten Kleinbürgers werden erst am Ende des Jahrhunderts in einer jetzt ihrerseits besiegten und verbürgerlichten Kirche Antwort finden, wenn der Klerus begriffen hat, daß die Macht in den Händen der Bürger bleibt, und daher beschließt, ihnen zu dienen, das heißt, einen religiösen Ausweg zu finden, der mit der Ideologie der herrschenden Klasse vereinbar ist: sie werden alles akzeptieren, sogar Darwin; es geht nur noch darum, ein Loch der Unwissenheit im Szientismus anzubringen, und der Glaube wird wie ein Gas hindurchströmen können.

Da man aber in der Mitte des vergangenen Jahrhunderts noch nicht soweit ist, wird das Märtyrer-Kind, der Idiot der Familie Flaubert, selbst gezwungen sein – wie sein Zwillingsbruder Baudelaire –, Fragen und Antworten zu erfinden; wie Baudelaire wird er der weltliche Promotor der Theologie des Nein sein. Aber wir werden sehen, in welchen Trancezuständen; da diese negative Theologie, die niemals ihren Namen zu sagen wagt, die er durch «Gleitflug» und quasi unwissentlich schafft, von keiner Institution verbürgt ist, wird sie zugleich sein Kalvarienberg, seine Neurose und sein Genie sein. Bis zum Jahre 1844 und bis zur neurotischen Option wirft Flaubert als Junge und dann als junger Mann den Pfarrern ihren Materialismus vor, den er gern Dummheit nennt: das bedeutet, daß sie in seinen Augen unrecht haben, dem Sein das Sein und dem Wissen das Dogma entgegenzusetzen, *als wenn* die «offenbarten» Wahrheiten für den Christen eine Erkenntnis gleicher Art bedeuteten wie die wissenschaftliche Erkenntnis. Sie sprechen zwar vom Glauben, der ein Glaubenschenken ist; sie verbergen nicht, daß diese Offenbarungen geheimnisvoll und die Ratschlüsse Gottes unergründlich sind: aber letztlich kommt man, so meint Flaubert, zu einem System von unglaublichen, durch das Autoritätsprinzip verbürgten Fabeln zurück, das sich durch den Katechismus mit seinem ganzen materiellen Gewicht einer *anderen* Pseudoerkenntnis, einer praktisch-inerten Bestimmung aufzuzwingen sucht. Für Gustave ist die Materialität des Dogmatismus um so schmerzlicher spürbar, als die

Wissenschaft und der Szientismus sich ihm *in derselben Weise* aufzwingen: er *betreibt ja nicht* die Wissenschaft, im Unterschied zu Achille-Cléophas; unfähig, zu bejahen oder zu verneinen, akzeptiert er sie, weil eine konstituierte Körperschaft – die Gesamtheit der Wissenschaftler auf der Erde, von der der *pater familias*, der das Hôtel-Dieu leitet und auf dem Land verehrt wird, ihm das symbolische Oberhaupt zu sein scheint – das Autoritätsprinzip benutzt, damit er sie verinnert. Wir haben gesehen, daß er an den Mechanismus *glaubt*, aber er tut es nie ganz; er würde ihn gern im Namen eines Jenseits jedes Glaubens anfechten, was nur möglich wäre, wenn er die Kühnheit hätte, sich gegen das Äußere in seinem Innern zu behaupten; und weil er dazu nicht die Mittel hat, verlangt er es zunächst von der Religion: der junge Erzähler von *Agonies* sucht den «Kartoffelliebhaber» auf, damit dieser ihn von der Unsterblichkeit der Seele überzeuge, und zwar nicht durch Beweise, sondern durch seinen Nimbus. Aber im Grunde verlangt er gar nicht soviel, oder, besser, wer das Größte kann, kann auch das Kleinste, wenn seine Seele nicht sterben muß, so deshalb, weil sie zunächst existiert, ein innerer Kern, der dem Mechanismus entgeht und auch in gewisser Weise dem väterlichen Diskurs. Die Religion müßte für Flaubert folgendes sein: eine lehnsherrliche Güte, die ihm das Geschenk einer gewissen unsichtbaren, aber unzerstörbaren Beziehung zu sich selbst machte, die den Sensenblick des Chirurgen anfechten könnte. Und was gibt ihm der Priester, oder, vielmehr, was behauptet er ihm zu geben? Eine enorme und schwerfällige Maschinerie, die man ganz und gar in sich aufnehmen muß: alles oder nichts; wenn man behauptet, eine Seele zu haben, so wird einem sofort der Walfisch des Jonas und die Eselin von Bileam aufgehalst; entweder – oder; aber sofort verwandelt sich die so sehr ersehnte Seele in eine Eselin, einen Walfisch: man glaubt ebenso daran – nicht mehr – wie an den Zug durchs Rote Meer. Wenn Gustave das mit sich machen ließe, wäre er von zwei ebenso erdrückenden Glaubensordnungen bewohnt, die beide mitten in seinem Innern ihm äußerlich wären, beide jene Subjektivität zerstörten, die sich ständig sucht und sich ständig entgeht, weil sie sich zunächst nicht in der ursprünglichen Bestätigung erfaßt hat, die die Mutterliebe ist. Und von diesen beiden Systemen würde das eine ständig die Dummheit des anderen anfechten, ohne es jedoch ganz zu vernichten: wenn der Adlerblick des Vaters diese Ammenmärchen «in Stücke» gerissen hätte, so bliebe doch der Instinkt, das leere Verlangen. Genau das wirft Gustave den Priestern vor; er wollte von ihnen nur, daß sie ihn im Nicht-wissen, im Nicht-glauben bestätigten, sein Unbehagen heiligten; das tun sie jedoch keineswegs; nichts scheint ihnen klarer als die Welt, ein Spiegel Gottes, als Gott, der Welt und den Seelen gegenwärtig, eine kindische Rede, die ihr kleines Universum ihren Pfarrkindern hält und die sich die Gläubigen untereinander wiederho-

len; mit einem Wort, die Schlacht spielt sich *auf der gleichen Ebene* ab, während das Kind zwei Instanzen wünschte, deren höhere die andere einschlösse und disqualifizierte, ohne sie zu leugnen. Für Gustave streiten sich der gelehrte und der fromme Hund um denselben Knochen. Damit ist die diabolische Intelligenz des ersten der ständige Entlarver der Dummheit des zweiten. Wir werden sie beide am Totenbett der Bovary wiederfinden, die in Verdammung stirbt.
«*Oder ich* . . .» Die Priester sind also nicht allein schuld? Nein: der junge Pilger zögert nicht, sich zu ihrem Komplizen zu erklären. Denn der wahre Glaube – er hat es mit fünfzehn Jahren schon gewußt – läßt sich nicht durch ihre allzu menschlichen Schwächen abschrecken. Lesen wir noch einmal die oben zitierte Passage aus *La main de fer*: «Wer . . . den Glauben für eine Leidenschaft (hält), der liefert sich ihm ganz aus, er kniet voller Wonne nieder . . . er glaubt aus Instinkt; die Totenmesse ist für ihn nicht mehr eine groteske Psalmodie, der Gesang der Priester nicht mehr käuflich, die Kirche ist etwas Heiliges . . .» (I, 89) Wir haben oben bereits darauf hingewiesen, daß hier die schwerwiegenden Vorwürfe schon alle versammelt sind, die Flaubert sein ganzes Leben lang gegen die Pfarrer erheben wird: Käuflichkeit, kalte Wiederholung der gleichen rituellen Torheiten im Namen – das wird zwar nicht gesagt, aber es versteht sich von selbst – der gleichen törichten Fabeln. Aber bei genauerem Lesen stellen wir fest, daß für einen Gläubigen dieser «Mummenschanz», wenn er durch den religiösen «Instinkt» verklärt worden ist, zu den Stufen seines Glaubens wird, den objektiven Stützen seiner «Begeisterung»; diese kollektiven Zeremonien haben, da er sich ja in sie einfügt, für ihn *einen anderen Sinn*: die Totenmesse spiegelt ihm zugleich unsere Sterblichkeit und die Unsterblichkeit seiner Seele, die Gesänge sind Gnadenakte: er schöpft seinen Optimismus daraus, und trotz der schrecklichen Notwendigkeit zu sterben dankt er Gott dafür, daß er ihn geschaffen hat; selbst der Ort versetzt ihn in die archaische Epoche, in der alle Handlungen des Lebens in ein heiliges Licht getaucht waren. Die Kirche hat niemals etwas andres gesagt: Priester sind Menschen und folglich fehlbar und sündig; wer sich darauf versteift, nur ihre Schwächen zu sehen, wer nur die Zufälligkeit des zelebrierten Ritus spürt – der Organist spielt falsch, der Kantor hat «eine schiefe und ganz picklige Nase», der Chorknabe kichert immer; werden die hastig rezitierten lateinischen Wörter, die «heruntergeleiert» werden, wie man im Theater sagt, von den tonsurierten Bauerntölpeln, die sie aussprechen, überhaupt verstanden? –, der kann und will nicht verstehen, daß ein transzendentes Mysterium sich in jenen jämmerlichen Schwächen verkörpert, die Gott erwählt hat, damit es sich, unfaßbar, in ihnen spiegele als die Überschreitung unseres Versagens, ganz so wie er, allmächtig, in den Bauch einer Frau hat herabsteigen und in unserer Ohnmacht hat geboren werden wollen,

um die Erbsünde auf sich zu nehmen und daran zu sterben. In diesem Sinn hat die Messe zwei Aspekte: sie ist eine Versammlung von Männern und Frauen in vier Wänden, und sie ist zugleich mystisch der Tod Christi, das archetypische Ereignis, unser Heil. Damit werden unsere Häßlichkeiten, unsere Sünden, unsere Fehler – die der Gläubigen und ihrer Hirten – *erheischt*: die Mauern müssen eine solche enorme Schändlichkeit einschließen, damit die Passion, von neuem begonnen, gespielt von schlechten Schauspielern, die nicht weniger sündig sind als die Zuschauer, sich als ein Jenseits äußert und abspielt, das umsonst bezeichnet wird und dennoch allen Herzen zugänglich ist, eben gerade die Erlösung von all unseren Sünden und schließlich die unfaßbare Offenbarung unserer Teilhabe am Göttlichen.

Gustave gibt also zu: der Glaube ist jene Verklärung des Alltäglichen. Er behandelt ihn zwar etwas burschikos und will in ihm nur eine profane Leidenschaft, eine Jugendliebe sehen. Aber das ist nebensächlich, *weil er ja jung ist*: er schreibt als ein enttäuschter Greis, der erlebt hat, wie seine Gefühle eines nach dem anderen abgestorben sind: aber diese vorgetäuschte Burschikosität kann einen kaum täuschen: es bleibt, daß in jedem die Möglichkeit existiert, die Riten und die Mythen *anders* zu deuten, in ihnen das *Heilige* zu sehen als eine Äußerung des Übernatürlichen, und zwar nicht trotz, sondern gerade wegen ihrer Unzulänglichkeit, denn das Numinose bricht negativ über dem Zusammenfall des Wirklichen hervor. Der Text von *La main de fer* beweist, daß Gustave sich der Zirkularität des Glaubens ganz bewußt ist: um glauben zu können, sagt er uns, muß man bereits glauben. So gibt er hier zu, daß die pickligen Nasen, die scheelen Blicke, die erbärmlichen Mienen der Priester Gottes nicht dafür herhalten können, den Agnostizismus zu entschuldigen. So ehrlich ist er nicht immer. Wir haben in *Agonies* gesehen, wie er sich beeilt, sich selbst von aller Schuld freizusprechen: «Ist es meine Schuld, wenn dieser Mann eine krumme und Pickeln bedeckte Nase hat?» (I, 159) In *La main de fer* und später in seiner Betrachtung über das *Heilige Grab* spricht er schuldig: der Fromme hat für jene Armseligkeiten keine Augen; sein Blick sieht durch die menschliche Komödie hindurch nur die heilige Tragödie. Damit stellt sich Gustave selbst in Frage. Direkt. Nicht seine grausame Klarsicht hindert ihn zu glauben; ganz im Gegenteil ist es jene Leere in seiner Seele, jene Kälte, jene fehlende Inbrunst, die es ihm erlauben, die Zeremonien und ihre Diener durch die «Analyse» zu zersetzen. Die Religion ist ein *Instinkt.* Darunter verstehen wir einen Trieb, den man bei allen Mitgliedern einer tierischen Art wiederfindet, unmittelbar und «tierhaft» wie das Leben selbst; wenn er jemandem fehlt, so muß dieser eine Mißgeburt sein; ihn erwarten übrigens die schlimmsten Qualen und ein früher Tod, da er nicht jene schützende *Ausrüstung* besitzt, die

Leben ermöglicht.[123] Gustave wäre also eine Mißgeburt der Natur? Es fehlte ihm der religiöse Instinkt? Nein: das will er nicht sagen. Ganz im Gegenteil findet er in sich jenes Glaubensbedürfnis, jene Trans-Aszendenz, die ihn von sich selbst losreißt: indes wird dieses grundlegende Verlangen zu seiner ständigen Marter, weil es *niemals erfüllt* wird: in ihm mündet der religiöse Instinkt niemals in den Glauben ein. Auf dieser Ebene muß sein Fragen beginnen: Warum kann er nicht glauben? Ist er dessen nicht würdig? Ist es ein Mangel seiner Natur, der ihn daran hindert? Oder ist es sein böser Wille? Wir werden sehen, daß Flaubert, indem er sich vertieft, nacheinander folgende zwei Antworten darauf geben wird: «Ich bin so gemacht» und «Ich mache mich so».

Am Anfang tobt er natürlich. Er ist frustriert. In der Gestalt von Marguerite aus *Un parfum à sentir* streicht er um die Kirchen und spuckt auf ihre Schwelle. Ende 1837 wird er in *Passion et vertu* als Mazza von neuem damit beginnen. Er haßt sie, jene Eigentümer Gottes, die friedlich im frommen Schatten knien: was haben sie denn, was ich nicht habe? Aber vor allem belauert er sie: er geht in Kirchen, er versteckt sich hinter einem Pfeiler und *sieht sie glauben.* Was geschah zum Beispiel im Heiligen Grab: er war hingegangen «guten Glaubens . . . ganz einfach . . . weder voltairianisch noch mephistophelisch, noch sadistisch . . .»[124] Trotzdem blieb er kalt: das war nach seinem eignen Eingeständnis «einer der bittersten Augenblicke (seines) Lebens» (II, 611). Warum? Weil das Geschenk der Rose die Krise ausgelöst hat: «Ich habe an die frommen Seelen gedacht, die ein solches Geschenk an einem solchen Ort entzückt hätte, und wie sehr es bei mir verlorene Mühe war.» Man sehe hierin keinesfalls irgendein Bedauern darüber, daß er armen Christen einen Platz stiehlt, der ihnen mehr zukommt als ihm; es ist genau das Gegenteil: das nutzlose Geschenk hat seinen Neid erregt, die Eifersucht nagt an ihm. Alles an diesem Ort spricht von Christus und von der unendlichen Liebe, die er allen Menschen entgegenbringt, zu jedem im besonderen, aber alles spricht *zu den anderen.* Eine unvergleichliche Auserwähltheit durch das Absolute wird ständig angeboten: nicht für Gustave. Diesem verbirgt sich der Erlöser: er gibt sich armen Leuten, die niemals nach Palästina reisen werden, und verweigert sich dem Reisenden, der sich die Mühe gemacht hat, ihn in seinem Haus zu besuchen, den die Erregung die ganze Nacht wach gehalten hat und der noch am Morgen beim Anblick der Mauern der Heiligen Stadt bewegt ist. Wieder einmal wird Achille vorgezogen. Während der Ewige Vater hartnäckig in dieser Seele schweigt, die Ihm doch durch die ersten Sakramente geweiht war,

123 Es versteht sich von selbst, daß ich hier das Denken Flauberts darlege, nicht mein eigenes.

124 Brief an Louis Bouilhet vom 20. August 1850. *Anm. d. Übers.*

schwätzt Er in den anderen ganz mittelmäßigen Kreaturen. Warum macht Er jene Kretins mit den zuckenden Wimpern glücklich: es sind doch nur Spießer aus Rouen. Woher kommt es, daß ihnen lebendige, brennende, glückliche Gewißheiten gewährt werden, die man gleichzeitig dem zukünftigen heiligen Polykarp verweigert? Er bleibt von dem Gefühl dieser Ungerechtigkeit durchdrungen, als er sich an den dritten Schuldigen wendet: «. . . vor allem aber Ihr.»

Aber der Neid hat von vornherein verloren. Gustave mag noch so sehr seine Verachtung für jene scheinheiligen Krämer herausschreien, er kann nicht umhin, in ihnen *Begnadete* zu sehen. Sie sind es, die ihn auf seine angeborene Zufälligkeit verweisen und seine Anomalie anzeigen: diese hat sich jetzt bereichert, erweitert, dehnt sich auf alle Nerven seines Seins aus. Wenn die Hostie auf ihrer Zunge vergeht und sie wie völlig umgekrempelt zu ihrer Bank zurückkehren in der Gewißheit, Christus gegessen zu haben, so sind sie die Menschen göttlichen Rechts: jene halbgeschlossenen Augenlider, jene Sammlung zeugen von einer erdrückenden Gegenwart, deren Gewicht er allein nicht spürt. Das ist der Sturz und die Schande: *durch all diese versammelten Menschen* gewinnt die Religion, draußen unzugänglich, eine majestätische Fülle, während der Glaube in ihm jene Unbeständigkeit bleibt, ein Brei, der immer dabei ist, Formen anzunehmen, und immer wieder zusammensackt.

Merkwürdigerweise, schändlicherweise braucht er die Anderen: wenn er fast soweit ist zu glauben, so geschieht das immer durch eine dazwischentretende Person. Er ist sich dessen so bewußt, daß er den Vorgang in einer berühmten Passage in *Un cœur simple* ausgezeichnet beschrieben hat, die erst im Lichte der Notizen von Jerusalem ihren ganzen Sinn erhält. Im Heiligen Grab ist er allein nicht in der Lage, das Heilige aufzufangen. Als Félicité dagegen der ersten Kommunion von Virginie beiwohnt, geschieht das mitten in einer Menge: «. . . und mit der Einbildungskraft, die wahre Zuneigung verleiht, glaubte sie selbst jenes Kind zu sein; . . . als es den Mund öffnete und die Augen schloß, wäre sie fast ohnmächtig geworden. Am nächsten Tag . . . empfing sie fromm (die Kommunion), aber empfand dabei nicht die gleichen Wonnen.» (II, 170) Die Anspielung auf seine Nichte Caroline, die gläubig war, zur Kommunion ging und die er fragte, ob ihr Pfarrer sie für katechismusfest hielt, ist deutlich. Das macht diese Zeilen so wertvoll: dieses Mal haßt er die Fromme, die ihn um Gott bringt, keineswegs: es ist ein kleines Mädchen, das er liebt. Frei von jeglichem Neid, gelingt ihm sofort – fast bis zur Ohnmacht – eine unglaubliche Identifikation mit dem kleinen Mädchen. Man stelle sich einmal vor, wie dieses große Lästermaul mit vierundfünfzig Jahren versucht, einen Augenblick dieses zehnjährige Mädchen bei der Kommunion zu werden – «Sie bekam ihr Gesicht, war mit ihrem Kleid angetan, ihr Herz schlug in ihrer

Brust . . .» –, um wie ein Vampir an ihrer heiligen Rührung zu saugen und durch sie die Erregung wieder aufleben zu lassen, die er vierundvierzig Jahre früher bei seiner ersten Kommunion empfunden hatte. Weder Liebe noch wahre Zuneigung haben ihn zu dieser autosuggestiven Metamorphose getrieben: andernfalls hätte er sie mehrfach vor und nach der Zeremonie versucht, jedesmal, wenn seine Nichte eine starke Freude empfand und sogar ein heftiges Leiden[125]: die wahre Zuneigung, die er Caroline gegenüber empfindet, hat hier keine andere Funktion, als den Neid zu unterdrücken und den Weg für den hysterischen Prozeß freizumachen. Es ist Gott als Anderer, Gott-in-einem-geliebten-Wesen, was Gustave auffangen will, was er einen Augenblick lang auffängt. Um diese außerordentliche Anwesenheit der Abwesenheit zu erreichen, diese Annahme in der Ablehnung, gibt es nur ein Mittel – das nicht allen gegeben ist, das Gustave jedoch zur Hand bleibt, diesem geschickten Techniker der Autosuggestion; er braucht sich nur in seiner Nichte zu irrealisieren, sich in der Vorstellung zu Caroline zu *machen*: indem er seine geistige Übung nach den Bewegungen und der Miene jenes wohlbekannten Kindes ausrichtet, nimmt er die Ekstase der Anderen in sich auf, kommt er irreal in ihren Genuß, und alles endet – wie es bei Flaubert die Regel ist – in einer beginnenden Ohnmacht. Sicher ist er im Unterschied zu Félicité am nächsten Tag nicht zum Altar zurückgekehrt: wenn er notiert, daß sie, obwohl fromm, «nicht die gleichen Wonnen» empfand, so will er damit zu verstehen geben, daß er nur durch eine dazwischentretende Person in den Genuß Gottes kommen kann. Von 1844 an ändern sich seine Beziehungen zur Religion durch und durch. Aber er wird fortfahren, am Glauben der Anderen zu saugen. Seine eifersüchtige Besessenheit wird ihn so weit bringen, daß er, der Ungläubige, gegen Ende seines Lebens «ernsthaft» daran denkt, für die Seele von Frau Tardif, die gläubig war, eine Messe lesen zu lassen.[126] Als wenn jene Seele, die – davon ist Gustave überzeugt – die Verwesung des Körpers nicht überlebt hat, durch den Glauben, der in ihr wohnte, aus dem Nichts gerufen, magisch an einer Zeremonie teilhaben könnte, die ihr Veranstalter für eitles Blendwerk hält. Als wenn dieser glaubenslose Veranstalter trotz allem irgendeinen Nutzen aus einer «Nachäfferei» ziehen könnte, deren einziger Sinn auf dem Glauben einer Toten beruhte. Sieht es nicht so aus, als ob ein Teil dieser gestorbenen Frömmigkeit fast ohne sein Wissen auf den untröstlichen Freidenker zurückstrahlen könnte, der aus rein menschlicher

125 Anders gesagt, er hätte uns also mehrere Identifikationsversuche bei Félicité gezeigt.

126 Brief an Caroline Commanville vom 16. Januar 1879: «Ich erinnere mich mit Wehmut an die Augenblicke, die ich früher bei ihr verbracht habe, und ich habe Lust, ernsthaft ‹eine Messe für sie lesen zu lassen› . . .»

Ergebenheit zum Heil einer verblichenen Christin beiträgt? In Wirklichkeit wird die Messe niemals gelesen werden: Flaubert hat nur daran gedacht. An etwas denken heißt für ihn natürlich *nicht handeln.* Aber wir werden sehen, daß dieser Mensch beschlossen hat, ein Imaginarium zu sein; er denkt an etwas, sagt den Freunden seine Träume, hält sie fest und bestimmt sich dadurch in dem, was er für seine eigentliche Wahrheit hält und was wir seine *Irrealität* nennen werden. Unter diesem Gesichtspunkt ist es ganz richtig, daß er *ernsthaft* daran gedacht hat, diese Messe lesen zu lassen, und daß dieser Gedanke an etwas ihn in seinen eignen Augen mehr *charakterisiert*, als es unsere Gedanken in unseren Augen jemals getan haben. Der Gedanke an etwas ist bei Gustave der Ersatz einer Handlung, und wer auf diese Weise an etwas denkt, legt seine Verantwortlichkeit in den Traum wie in ein reales Unternehmen. Gustave gefallt sich darin, sich diese Messe vorzustellen, um uns zu sagen: ich bin der Mensch, der in der Lage ist, davon zu träumen. Gleichzeitig und tiefer noch trägt er außerdem scheinheilig eine erhabene Demut zur Schau. Vom Herrn zurückgestoßen, der ihm die Gnade verweigert hat, ohne Hoffnung noch Eifersucht trägt dieser Elende durch eine bestellte Zeremonie dazu bei, eine erwählte Seele ins Paradies eingehen zu lassen.

Gott existiert also? Gewiß. Aber nicht für Gustave. Ein jeder kann an ihn glauben, außer dem Jüngeren der Flauberts, der sich in *Rage et impuissance* über seine merkwürdige Stellung klar ausdrückt: «Glaubt den Leuten nicht, die sich Atheisten nennen, sie sind nur Skeptiker und leugnen aus Eitelkeit.» (I, 86) Herr Ohmlin, der arme lebendig Begrabene, der in seinem Grab eingeschlossen war und keine Hoffnung hatte, aus ihm herauszukommen, zerstreute sich jedoch einige Absätze früher damit, die Hölle anzurufen: «. . . da der Himmel ihn nicht hatte retten wollen, rief er die Hölle an; die Hölle kam ihm zu Hilfe und gab ihm den Atheismus, die Verzweiflung und die Lästerungen.» (I, 86) Aber jener Atheismus ist ein Geschenk Satans, ein Illusionistentrick, der uns einen Augenblick lang verwirrt und dann wieder verschwindet. Kurz, eine unhaltbare Position. Gustave-Ohmlin dagegen ist ein «Skeptiker», also ein Agnostiker. Heißt das, daß er zwischen zwei Schlußfolgerungen schwankt – einer negativen und einer positiven –, ohne daß er sich auf eine von beiden festlegen kann? Das scheint er uns sagen zu wollen: «Wenn man zweifelt und leidet, dann will man jede Wahrscheinlichkeit auslöschen, die Wirklichkeit leer und nackt haben; aber der Zweifel wächst und nagt einem an der Seele.» (I, 86) Die Haltung des armen lebendig Begrabenen entspricht dieser Beschreibung jedoch kaum. Wie kann man Gott lästern, wenn er nicht existiert? Trotzdem tut er es aus vollem Halse: «. . . ich werde dich nicht anflehen, ich verabscheue dich.» (I, 86) Und als er seinen Unglauben zu bekennen scheint, tut er in Wahrheit nichts andres, als den Schöpfer zu beschimpfen: «Ich leugne dich, ein von den Glücklichen erfundenes Wort, du bist nur eine stupide Macht des Schicksals wie der Blitz, der einschlägt und verbrennt.» (I, 86) Was leugnet er? Die Existenz Gottes? Ganz und gar nicht: er erklärt zwar zunächst, daß das nur ein Wort sei. Aber der folgende Satz beschränkt sich darauf, einer «Macht des Schicksals», die der Rasende in der zweiten Person beschimpft, Einsicht und Güte abzusprechen. Einerseits versucht er damit, die katholische Gottheit auf das *Fatum* zu reduzieren – jene archaische Religion, die im tiefsten Innern des Jungen fortlebt –, und andrerseits personalisiert er das Schicksal, indem er es duzt. Vor allem will er *herabwürdigen*, durch Abwertung beschimpfen: als wenn er sich an einem Tag der Wut an Rousseau, an Voltaire, an die großen Namen der klassischen Literatur wendete und ihnen sagte: «Ich leugne euch, falsche Genies mit eurem usurpierten Ruhm, ihr seid nur Schreiberlinge, und die seltenen Schönheiten eurer Prosa sind ein Ergebnis des Zufalls.» Als Gustave «ein von den Glücklichen erfundenes Wort» schreibt, behauptet er nicht wirklich, daß die Glücklichen dieser Welt den Diskurs der Religion erfunden haben. Das wäre absurd und stände übrigens im Widerspruch zum gesamten Kontext: wenn wir diese Apposition im Zusammenhang mit den wenigen Zeilen lesen, die seinen Agnostizismus beschreiben, dann springt einem der Sinn von selbst in die Augen: «Wenn man zweifelt und *leidet* . . . (dann wächst) der Zweifel und nagt einem an der Seele.» Gott, «ein von den Glücklichen erfundenes Wort.» (I, 86) Alles ist gesagt: Gott ist keineswegs ein müßiges Wort, aber Er hat sich auf die Seite der Glücklichen geschlagen, um sie noch glücklicher zu machen: Er gibt sich nur den Reichen. Das ist die letzte Krönung der Usurpatoren. Aber Er verweigert sich denen, die «leiden» und die Sein Erbarmen brauchen, und Seine Abwesenheit «nagt einem an der Seele». In diesem sadistischen Universum behält der gütige Gott Seine Milde nur den «Befriedigten» vor, jenen Schweinen, die sich im Kot wälzen und ihn keineswegs brauchen; die Unglücklichen dagegen verurteilt Sein Schweigen, und indem Er sich ihnen entzieht, vermehrt Er ihr Unglück bis ins Unendliche. Hinter den Beschimpfungen stekken alte Beschämungen, das Schuldgefühl des gefallenen Kindes: mein Vater ist gut, er ist gerecht, die ganze Welt ist seines Lobes voll, wenn er mich verflucht hat, so kann es nur sein, weil ich unrecht habe, man kann nicht gegen die ganze Welt recht haben. Im übrigen geht Ohmlin vom Vorwurf zum Flehen über: «Wenn du existierst, warum hast du mich unglücklich gemacht? Was hast du davon, mich leiden zu sehen? . . . *Warum willst du, daß ich nicht an dich glaube? . . . Gib mir den Glauben*!» (I, 86) Ich habe diese letzten Sätze hervorgehoben, weil sie den Agnostizismus Flauberts grell beleuchten: Gott existiert, sagt uns der junge Autor, aber Er will nicht, daß ich an Ihn glaube. Wie kann er aber, wird man sagen, in ein und demselben Satz ein und dasselbe behaupten und leugnen? Ich antworte, daß er weder etwas behauptet noch leugnet. Die Anderen sind es, die durch ihre religiöse Begeisterung Gott behaupten und ihn Gustave als den Pol X aller seiner Frustrationen aufzwingen; er dagegen zweifelt keinen Augenblick an diesem doppelt transzendenten Gott, findet jedoch nichts in sich selbst vor, das dem Glauben ähnelt. Ein Glaubensverlangen, ja, das aber zu nichts führt. Die eigentliche Klage Gustaves ist, daß Gott ein Anderer ist: allen anderen spürbar, äußert Er sich in seiner religiösen und heiligen Seele nicht und glänzt nur durch Seine Abwesenheit. Dennoch sind die Wünsche des jungen Mannes bescheiden: er bittet nicht darum, daß der Allmächtige ihn heimsuche, und verlangt nicht einmal, daß Beweise oder Offenbarungen ihn zum Glauben veranlassen – was deutlich macht, daß der Zweifel, so wie er ihn versteht, nicht einmal Anfechtung, sondern reine Ohnmacht ist. Er wünscht nur eine bloße innere Verwandlung des Erlebten, eine Hefe, die den zu weichen Teig seiner Existenz aufgehen läßt und ihm die Kraft gibt, die ihm fehlt, und den Glauben, der Berge versetzt. Mit anderen Worten, er beklagt sich darüber, daß er nicht die *Gnade* hat. Aber vielleicht verdiente er sie gar nicht? Damit sind wir wieder zu unserem Ausgangspunkt zurückgekehrt.

«Ich bin daran schuld.» Er ist allein im Heiligen Grab, der Schlag der Rose hat den Neid wieder erregt, und einen Augenblick lang hat er alle Welt gehaßt, die Pilger und die Seßhaften, alle Gläubigen der Erde. Aber da niemand da war, der ihm als Zielscheibe dienen konnte, hat er begonnen, über sich selbst nachzudenken. Verwirrt, voller Zweifel, sich selbst fremd, scheint er in sich einen Seinsmangel zu entdecken, für den er diesmal niemanden verantwortlich macht. Er ist nicht mehr Djalioh aus *Quidquid volueris*, den eine menschliche Laune als Mißgeburt hat geboren werden lassen, noch Almaroës aus *Rêve d'enfer*, das reine seelenlose Produkt des väterlichen Mechanismus; er ist ein Mensch des Zufalls, der sich traurig sagt: ich bin mit meinem angeborenen Mangel bestraft und demnach mit den geringen Anstrengungen, die ich unternommen habe. Hat er wieder an seine ganz frühen Erhebungen gedacht und Lauheit in der undefinierten, undefinierbaren *animula vagula* entdeckt, die sie empfand oder die von ihnen in ihm hervorgebracht wurde, damit sie sie empfand, die sich sehr gut in die Verschwommenheit des Quietismus und einiger nicht mitteilbarer Wahrnehmungen schickte? Hat er sich gesagt, daß er niemals mit großem Einsatz gespielt noch irgend etwas von sich hingegeben hatte und daß es kühner gewesen wäre, Gott durch Wirksamkeit zu versuchen? Hat er verstanden, daß der Glauben – gleichgültig welcher: es gibt auch profane – eine lange Geduld, einen unbesieglichen Starrsinn, Scheuklappen, ein blindes Vertrauen in die verantwortlichen Beamten verlangt, die damit beauftragt sind, ihn zu verbreiten und zu erneuern? Daß die

Ekstase nichts ist ohne das Dogma? Hat er sich gesagt, daß er niemals an sich selbst jene lange und enttäuschende Arbeit vorgenommen hat, die eine Werteskala zerstört, um auf ihren Trümmern eine andere zu errichten? Hat er über seine konstituierte Passivität nachgedacht, hat er sie zum Stoff seines Seins gemacht, hat er erwogen, daß der *Glauben ans Nichts* die Folge davon war und daß er, kaum fähig, sich lebhaft eine Idee anzueignen und sich an sie zu halten, um der Bequemlichkeit seiner Seele willen das sanfte Ruhekissen sogar des verzweifelten Zweifels vorzog, mangels eines Entscheidungsvermögens, das es ihm erlaubte, ein für allemal zwischen Dogma und Wissenschaft zu wählen? Hat er sich eingestanden, daß er noch so sehr den väterlichen Szientismus verfluchen konnte, während dieser seine Seele verwüstete aus dem einzigen Grund, daß er sie ihm kampflos überlassen hatte? Zweifellos hat er über all das sinniert, wie es ihm in den Sinn kam, in einer strengen, aber affektiven Reihenfolge. Mehr als einmal hat er seine Klagen *gegen sich selbst* wiedergekäut. Und das mit um so mehr Behagen, als er sich nicht liebt; er kommt auf seine frühesten Zeiten zurück: genaugenommen hat alles mit seinem siebenten Lebensjahr begonnen; er glaubt überhaupt nicht an Gott aus dem gleichen Grund, der ihn so lange daran hinderte, lesen zu lernen, wegen einer Lähmung seiner Fähigkeiten, jenes quasi pathologischen Seinsmangels, den der gute Doktor Flaubert in ihm ausgemacht und bestraft hatte, indem er ihn aus dem Paradies vertrieb. Aber in diesem Augenblick ist er seinem Vater nicht böse, er ist so gnädig, nur sich selbst anzuklagen. Hält er sich für schuldig? Ja: zutiefst, weil ja die «wehmütige Bitterkeit», von der er ergriffen wird, nichts andres als die heraufbeschworene Kindheit ist: er findet sich nach dem Sündenfall wieder, entwaffnet, beschämt, elend; er betet seinen Richter an, er küßt die Hand, die ihn in die Hölle der Ungnade gestürzt hat, *er gibt seinem Vater recht*: der Urteilsspruch war gerecht, ich bin unwürdig. Dieser Ton überrascht uns durch seine Modernität: was tut Gustave, wenn er in seinem Arbeitszimmer grübelt oder in einer Kirche kniet oder grübelnd und leer in Jerusalem umherläuft, ständig von einer unmöglichen Inbrunst umgetrieben? Er wartet auf Godot. Diese Art Warten war in der ersten Hälfte des 19. Jahrhunderts selten: die Leute waren besser eingegliedert. Warten auf Godot, wozu? Er *war ja schon* gekommen; man konnte ihn jeden Morgen auf der Zungenspitze empfangen. Aber Flaubert, der 1850, schief in die christliche Welt eingeschraubt, von der Erinnerung an einen uralten Fluch gepeinigt, noch vom Fehlschlag der *Tentation de saint Antoine* niedergedrückt, verzweifelt war und den «Skeptizismus» so weit trieb, daß er sogar daran zweifelte, ob er jemals ein Schriftsteller werden könnte, der die unternommene Reise haßte und nahe daran war, auch Maxime Du Camp zu hassen, dieser Flaubert ist den Helden von Samuel Beckett verwandt; er wartet, weiß, daß das ein reiner Zeitverlust ist, und kann es dennoch nicht lassen zu warten; das ist leben. Warum kommt er nicht, der Andere? Vielleicht ist Gustave schlecht informiert worden, vielleicht gibt es gar keinen, der so heißt, vielleicht heißt er ja Godin oder Godard; oder er hat sich verspätet, ist aus dringenden Gründen aufgehalten worden, wenn er nicht gar in einer Kneipe sitzt oder Flauberts Adresse verloren oder sich selbst verirrt hat. Beckett will uns aber auch und vor allem zu verstehen geben, daß wir zu schlaff, zu lasch sind, um ihn wirklich zu brauchen, daß wir nicht genug auf ihn warten und uns jener buchstäblich verrückte Starrsinn fehlt, der *allein* in der Lage wäre, auch aus uns einen dringlichen Fall zu machen; Godot sagt sich: es hat keine Eile, ich werde vorbeigehen, wenn ich meine Sachen erledigt habe; es sei denn, daß unsere Rufe so schwach sind, daß er sie ganz einfach gar nicht gehört hat. Gustave sinniert über eine Rose: er hat kein Genie, Maxime Du Camp und Louis Bouilhet haben ihm den Beweis dafür geliefert; vielleicht könnte der Glaube den Platz der mangelnden Berufung einnehmen? Aber nein: der Glaube ist – wie das Genie – ein Geschenk und eine lange Geduld. Vielleicht ist es überhaupt ein und dasselbe. Flaubert denkt voller Bitterkeit: Godot ist nicht gekommen, weil es sich nicht gelohnt hat.

Ich habe gesagt, daß Gustave, dem von jenem bitteren und traurigen Schluck Kindheit schwindlig geworden war, an sein Versagen *glaubte.* Ich habe nicht gesagt, daß er *aufrichtig* daran glaubte. Nicht, daß er sich eine Komödie vorspielte oder insgeheim bestritte, was er zu empfinden vorgibt: man muß lediglich verstehen, daß diese tiefe Demütigung durch eine Selbstverteidigungsabsicht strukturiert ist, die ihm nicht entgehen kann. Wenn er sich anklagt, so geschieht das nämlich nur, damit er sich um so besser freisprechen kann: ich bin so gemacht, barmherziger Gott, daß ich nicht an Euch glauben kann; Ihr seid jedoch mein Zeuge, daß ich mich nicht damit abfinde und meine Anstrengungen vermehre, obwohl ich weiß, daß sie nutzlos sind. Durch die Sakramente geweiht, aber unwürdig – wegen einer Seinsschwäche, für die ich allein die Schuld trage, weil sie nichts andres ist als ich selbst – erleide ich diese Unwürdigkeit in Wut und Ohnmacht, da ich zu schwach bin, um Euch jemals zu finden, und zu religiös, um das Warten auf Euch aufzugeben.

Geben wir zu, das drückt auf die Tränendrüsen: hier ist also ein Märtyrer, der in einer geschaffenen Welt nicht in den Genuß des göttlichen Lichts gekommen ist und der mit seiner ganzen Seele nach einem Schöpfer lechzt, der ihm nicht die Mittel dazu gegeben hat, ihm zu begegnen? Ist das nicht ein Heiliger? Ist der Unglaube, mit dem Gott ihn schlägt, nicht alles andere als ein Zeichen der Verachtung, ist er nicht die höchste Prüfung und das Zeichen seiner Auserwähltheit? Nein. Noch nicht. Gewiß, nach Pont-l'Evêque wird Gustave den Heiligenschein nicht zurückweisen. Und der Besuch im Heiligen Grab geschieht nach der Krise von 1844. Insofern werden wir ihn später wiederfinden, und die Notizen aus Jerusalem werden eine zusätzliche *Lektüre* erfordern. Aber sie sind *in ihrer Form* eine Neuauflage von Gustaves religiösen Enttäuschungen zwischen seinem zehnten und seinen zweiundzwanzigsten Lebensjahr. Nach der «Nervenattacke» wird dieser die Spielregel gefunden haben, die Spielregel *seines* Spiels: Wer verliert, gewinnt. Wir werden im zweiten Teil dieses Werkes ausführlich darauf zurückkommen. Aber im Augenblick interessiert uns der junge Empörer der dreißiger Jahre; jener Gustave schont sich nicht: Wer verliert, verliert auf der ganzen Linie. Weil die Welt bis jetzt Satan gehört, ist der Ungläubige dazu bestimmt, ewig in der Hölle zu braten oder im Nichts zu versinken. Siehe jenen armen Herrn Ohmlin: in seiner traurigen Lage leistet er es sich zu zweifeln. Nicht eine Lästerung, ein Schmerzensseufzer: «... der Zweifel wächst und nagt einem an der Seele.» Damit ist er sofort in einen Dämon verwandelt: «Seine Zähne klapperten wie die des Dämons, als er von Christus besiegt wurde.» (I, 86) Da er auf der Schwelle des Todes zweifelt, ist er dabei, die Todsünde der Verzweiflung zu begehen. Tatsächlich kommt ihm die Hölle sofort zu Hilfe und macht ihm folgende vergiftete Geschenke: «den Atheismus, die Verzweiflung und die Lästerungen.» Mit fünfzehn Jahren, mit zwanzig Jahren steht Flauberts Meinung fest: er wird unbarmherzig verdammt sein. Allerdings wird er jene bittere Befriedigung haben, sich als Erwählten des Teufels zu wissen: es sind die größten Seelen, die am strengsten bestraft werden. Das versteht sich von selbst, weil ja die *Qualität* eines Menschen nichts andres ist als seine Leidensfähigkeit. Ohmlin-Gustave wird einen bevorzugten Platz haben: ihm ist der letzte Kreis der Hölle vorbehalten, er wird *allein* sein, Satan ist ganz gierig nach dieser unendlich schuldigen Seele, die es gewagt hat, am Unendlichen zu verzweifeln.

Eine sichtbare Verwandlung: wir waren gerade voller Mitleid über die Leiden eines schlecht zusammengebrauten, von Religiosität durchtränkten, jeder Religion beraubten Wesens. Kurz, ein armer Teufel, dessen einziger Wert darin bestand, daß er weiter auf Den wartete, von Dem er wußte, daß Er niemals kommen würde. Plötzlich kehrt sich alles um: der Akzent lag auf dem nutzlosen Suchen, er verlagert sich und liegt jetzt auf der negativen Gewißheit: Gott hat mich verlassen. Damit wird der arme Teufel unermeßlich und übernatürlich schuldig: er ist der Held der Verzweiflung. Ist das derselbe Mensch? Nicht ganz. Der auf Godot wartete, tat kaum etwas andres, *als zu erdulden, was er war*. Eine Mißgeburt aus Entbehrung. Aber eine Mißgeburt ist nicht schuldig. Sie ist so, wie man sie gemacht hat. Der andere ist ein Fürst des Bösen: wenn die Kirche uns lehrt, daß die höchste Sünde gegen Gott die Verzweiflung ist, dann will sie nicht irgendeine angeborene Glaubensunfähigkeit verurteilen, sondern ganz im Gegenteil jene *negative Ak-*

tion, die in der Ablehnung der Hoffnung und des Glaubens besteht. Gustave scheint sich also auf zweierlei verschiedene Weise zu treffen: auf einer bestimmten Ebene als bloße leidende Passivität; tiefer aber als dämonische Aktivität. Ist das möglich? Ja, für Gustave ist das *in jedem Fall* möglich: wir werden sehen, warum er gleichzeitig antworten kann, wie ich es eben formulierte: «Ich bin so gemacht» und «Ich mache mich so». Aber wir müssen zunächst den Sinn der Verzweiflung nach Flaubert präzisieren.

Man muß schnell machen: ist die totale Verzweiflung nicht das höchste Ziel des Ressentiments? Die Ablehnung Gottes war ja vom Sündenfall an voraussehbar, von dem Augenblick an, als der unbarmherzige Kampf zwischen Vater und Sohn begonnen hatte. Eigentlich ist nur der Sohn unbarmherzig, weil er sich ja für den Gegenstand eines unwiderruflichen Fluchs hält: er wird den schuldigen Vater mit unbeugsamem Gehorsam strafen, indem er immer für das Schlimmste optiert, weil das Schlimmste ihm ja vorgeschrieben worden ist, und folglich für die Widersprüche, die seine Seele am besten quälen können, bis zum schließlichen Tod zu Füßen des *pater familias*, den er schweigend wie ein anklagender Gegenstand als seinen Mörder bezeichnen wird. Warum sollte er sich unter diesen Umständen nicht für den fundamentalen Widerspruch entscheiden: er *braucht* Gott, wir haben es gesehen – wie könnte diese religiöse Vasallenseele das Leben ertragen, wenn das Heilige nicht existierte? –, *also* wird ihm Gott verweigert. Verweigert von wem? Natürlich zunächst vom Vater, sodann vom Ewigen, der sich zu dessen Komplizen macht. Aber im tiefsten Sinn vom Märtyrer selbst, das heißt durch eine intentionale Option, die ihn ständig werden läßt, was er zu sein glaubt, nämlich der *Allerunglücklichste*. Ist es möglich, wird man sagen, daß dieser passiv Handelnde jene innere Bestimmung als eine Verneinung erlebt, er, der, wie wir wissen, niemals verneint noch bejaht? Nein: das ist nicht möglich. Wenn er außerdem ganz klar dächte, Gott existiert, und ich lehne ihn ab, so würde sich die List des Ressentiments, auf diese Weise entlarvt, sofort auflösen; das bringt er indirekt zum Ausdruck, wenn er sagt, daß der Atheismus, die perfide Hilfe der Hölle, nur ein teuflisches Blendwerk sei. Mit anderen Worten, er ist nicht verantwortlich für seinen Unglauben, der ihm vom Bösen angeboten wird; und dennoch ist er schuld daran, denn dieser Unglauben kann seine vorübergehende Beständigkeit nur aus ihm selbst gewinnen – der übrigens in diesem Augenblick zugleich Opfer, Peiniger und die ganze Hölle ist. Wir werden etwas später sehen, wie er ganz verblüfft ist über die Mahnungen, die er manchmal aus seinen «unauslotbaren, grauenhaften und langweiligen Tiefen» (*Novembre*, I, 252) erhält und die, kaum daß er sie durch das plötzliche Klaffen eines Schlundes bemerkt hat, sofort wieder verschwinden: da ist sie, seine innere Hölle, das ist er, das ist er nicht; dieses anonyme *terrain vague* entgeht ihm: niemand sagt hier Ich; er erkennt es jedoch und weiß, daß er durch es verurteilt ist: die Absichten sind seine eigenen; kein *ego*, aber jener ständige Verweis von allem auf alles, den wir Selbstheit genannt haben: von daher steigen der Atheismus und die Verzweiflung herauf, nicht als eine bewußte Verneinung noch als eine sündhafte Entscheidung, sondern lediglich als ein Glauben. Die einzige Art und Weise, in der diese inerte Seele *wählen* kann, besteht, wie wir gesehen haben, darin, sich in einem Glauben zu verpflichten, einen stillschweigenden Eid in diesen hineinzulegen. Das ist der Pessimismus, das ist die Menschenfeindschaft Flauberts. Allerdings kann er sich nicht *ex nihilo* mit irgendeiner beliebigen Meinung affizieren: er muß sie erfahren, indem er sie vom Anderen übernimmt, der seine Souveränität in ihm ist. Achille-Cléophas ist dieser Okkupant: Gustave ist sicher, daß der väterliche Skeptizismus ihn überzeugt hat. Mit anderen Worten, die väterliche Ideologie, die die reine Vernunft ist, mit ihrem Rattenschwanz von strengen Demonstrationen und empirischen Beweisen, hat schon früh das Kind durch systematische Kritiken, strenge Analysen von den Dogmen abgebracht, die seinen blinden Glauben verlangen. Ist das wahr? Nein. Es war zwar nicht leicht, unter dem Chirurgenblick des Doktor Larivière zu *glauben*: aber als Achille-Cléophas ihm seine Weltanschauung darlegt oder sich damit amüsiert, die Beweise der Existenz Gottes zu widerlegen, versteht Gustave mühelos die Verkettung der Ideen, und dennoch ist er keineswegs überzeugt, weil er in sich nicht das Verlangen und die praktische Möglichkeit spürt, ein *Wissen* zu erwerben, das heißt ein System objektiver Wahrheiten, die subjektiv auf intuitiven Evidenzen oder auf Deduktionen fußen. Insofern hat er sich in *Quidquid volueris* getäuscht, wenn er Djalioh, seiner Verkörperung, das Begreifen der *«logischen Verbindungen»* abgesprochen hat: nicht diese Verbindungen fehlen ihm, sondern der starrsinnige und praktische Plan, sie dazu zu benutzen, nein oder ja zu sagen; der schwerwiegendste Irrtum, wird er später schreiben, ist das Schlußfolgern: was kein Axiom ist, wie er es behauptet, sondern ein Zug seines konstituierten Charakters: jede Schlußfolgerung, wenngleich sie sich logisch aufdrängte, läßt sich nur durch eine Entscheidung des Subjekts und durch eine Aneignung verinnern, beides Dinge, die Gustave abgehen. Wenn die Argumente des *pater familias* ihn faszinieren, so zunächst wegen der souveränen Autorität seines Herrn; und auch, weil er ihnen nichts entgegenzusetzen weiß. Um den philosophischen Arzt widerlegen zu können, müßte er sich nämlich auf sein Gebiet begeben, argumentieren. Er versteht, daß die Ideen des Erzeugers *für diesen* jene bewiesenen Wahrheiten sind: mit anderen Worten, er sieht in ihnen die Ordnung eines *anderen Denkens*, das *für einen anderen* klar und überzeugend ist, für ihn aber sind es nur imperative Glaubensartikel. Er wird also *aus Gehorsam* daran glauben. Das bedeutet, daß er sich dazu zwingt zu glauben, daß er nicht an die Dogmen glaubt. Wenn die Produkte der Vernunft für ihn also nur Glaubensgegenstände sein können, so gibt es in seinen Augen keinen Wesensunterschied zwischen den bewiesenen Wahrheiten und den offenbarten Wahrheiten. Diese letzten werden nämlich nur den Anderen offenbart. Die Religion behauptet, sich den Pedanten der Stadt durch große majestätische, an allen Kreuzungen gegenwärtige Bilder aufzuzwingen: die *Erscheinungsform* des Katholizismus nimmt die Straßen von Rouen ein, ergreift von Gustave Besitz, durchdringt ihn und versucht ihn, aber offenbart sich in ihrer verfänglichen Eitelkeit, sobald der kleine Junge versucht, sie sich anzueignen: für andere, die religiös erzogen worden sind, haben jene pompösen Baldachine, jene Mitras, jene Meßgewänder, jene Vergoldungen einen geheimen Sinn. Aber dieses allein den Gläubigen zugängliche mythische Denken verlangt von Gustave eine Option; es kann sich ebensowenig *aufzwingen* wie der Diskurs der Vernunft, den sein Vater vor ihm hält: damit der kleine Verbannte in seinen Genuß kommt, muß er sich durch einen geheimen Eid, daran zu glauben, binden. Diesen Eid hat das Kind bereits geleistet: Gott existiert, Tausende von Gläubigen auf den Knien bezeugen es; Gott existiert, sein Neid flüstert es ihm ins Ohr: Gott existiert, *weil* Gustave seiner beraubt ist. Und gerade sein Gehorsam gegenüber dem väterlichen Willen beraubt ihn seiner: dieser imperative Glauben, den der philosophische Arzt in ihn gelegt hat, vermag nichts gegen die Existenz des Allmächtigen – denn er stützt sich auf keinerlei Gewißheit: die Gründe haben ihn nicht überzeugt –, er ist lediglich – heiliges Gebot eines gewissen Herrn, das für einen gewissen Vasallen und nur für ihn gilt – der Befehl, nicht daran zu glauben. Wenn ein vor Einsamkeit und Langeweile krankes Kind sich dem Fenster nähert und voller Neid auf die Jungen sieht, die auf der Straße spielen, so gibt es manchmal Eltern, die ihm sagen: «Das sind Gassenjungen, ich verbiete dir, mit ihnen zu spielen.»

Gustave geht noch weiter: er macht sich zum einzigen Ungläubigen des Reiches, um seinem Vater zu *huldigen*. Der Sohn des berühmten Doktor Flaubert kann nicht weniger tun. Dieser Trick ist perfekt: der Kleine «wünschte nichts sehnlicher», als zu glauben, aber der Vasall eines Atheisten ist gezwungen, zumindest Agnostiker zu sein. Als ein nutzloses Liebesopfer gibt der Jüngere seinem Schwarzen Herrn, was ihm am teuersten ist: um ihm zu gefallen, verzichtet er auf seine fundamentalsten Ansprüche; er ist damit einverstanden, daß für ihn allein das Leben keinen Sinn hat, wo er doch mit seinen eigenen Augen feststellt, daß es für alle anderen einen Sinn hat; gegen die Verzweiflung, in die sein Vater ihn stürzt, wäre der Schöpfer eine bequeme Zuflucht: er ist da, zur Hand, aber das arme Kind will aus Lehnstreue nicht zweierlei Herren dienen. Den unendlichen Schutz des Nicht-wissens bewahrt er, das ist sein Lebensminimum; aber er weigert sich, es zu personalisieren.

Kurz, er fällt ins Leere und kreist bis in alle Ewigkeit darin; er hat seinem Erzeuger seine christliche Berufung zum Geschenk gemacht. Sein Ressentiment flüstert ihm zu: es ist dein Wille, der mich daran hindert zu glauben; indem ich ihn bis zum Ende erfülle, entlarve ich dein wahres Ziel, das darin besteht, mich in Verzweiflung zu stürzen. Jetzt flüstert der gute Apostel zu Gott gewandt: natürlich, alles wäre ganz anders gewesen, wenn du mir deine Gnade gegeben hättest; du hättest mich vergewaltigen, mich auf die Knie zwingen müssen vor deiner niederschmetternden Macht und mich dann in deine starken Arme nehmen und mich zu dir emporheben sollen, *ohne daß ich hätte Widerstand leisten können*; auf diese Weise hätte mir niemand vorwerfen können, daß ich meinen Vater verrate: wenn du es willst, leistet dir auch der hartnäckigste Atheist keinen Widerstand. Du hast es nicht gewollt: gut. Ich bleibe also allein, verworfen von einem launenhaften Herrn und ohne eine andere Sicht der Welt als jenen gräßlichen Atomismus, an den ich nicht ganz glauben kann.
In der ersten *Tentation de saint Antoine* von 1849 sind noch viele Spuren dieser ursprünglichen Auffassung: die Wissenschaft ist eine Leidenschaft, eine aus dem Hochmut geborene Mißgeburt, der *seine Mutter* ist. Aber jenes «Kind mit weißen Haaren, einem übermäßigen Kopf und schmächtigen Füßen» (I, 420) ist auch als das Bild des kleinen Gustave zu deuten, der vom siebenten Lebensjahr an von der Eitelkeit seines Erzeugers gepeitscht wird. Erinnert die merkwürdige «Mutter» aus dem folgenden Dialog, die einen männlichen Namen trägt, nicht an Pedrillo aus *Un parfum à sentir*, den schrecklichen Vater, den gnadenlosen Erzieher?

«DER HOCHMUT: Ach! Du bist es! Was willst du?

DIE WISSENSCHAFT: Was ich will? (Sie betrachtet den Hochmut und fängt an zu weinen) Oh! Du würdest mich schlagen! Schon hebst du deinen Arm.

DER HOCHMUT: Nein, sprich, erzähl mir alles.

DIE WISSENSCHAFT (schmollend): Also, ich habe Hunger, he! Ich habe Durst, verstehst du? Ich möchte schlafen, ich möchte spielen.

DER HOCHMUT (lächelt und zuckt mit den Schultern): Blablabla!

DIE WISSENSCHAFT: Wenn du wüßtest, wie krank ich bin, wie mir die Augenlider brennen, wie mir der Kopf dröhnt! O Hochmut, meine Mutter, warum zwingst du mich zu diesem Sklavenhandwerk? ... *Wenn ich manchmal etwas schlummere, dann höre ich plötzlich das Pfeifen deiner Peitsche, die mir an die Ohren knallt und mir das Gesicht zerschneidet*[127] ... immer schreist du: Weiter! Weiter! Mach

127 Die Hervorhebung ist von mir. Es ist das gleiche Bild wie in *Un parfum à sentir*, als Gustave die demütigenden Lektionen des Doktor Flaubert beschreibt.

weiter! Aber hast du nicht Angst, mich zu Tode zu bringen? ...
DER HOCHMUT: Ich verstehe nicht, was du sagst, du ödest mich immer an mit deinem Gejammer.» (I, 420f)

Der greisenhafte Gnom träumt, wie wir wissen, davon, dem Empirismus zu entkommen, die «zerstreuten Phänomene ... in der Synthese wieder in Bewegung (zu setzen), aus der sie (sein) Skalpell herausgelöst hat». «Du hast mir versprochen, daß ... ich etwas finden würde ...» Aber Flaubert ist kategorisch: die Wissenschaft befindet sich erst in der Periode bloßer Akkumulation: «Ich suche immer noch, *ich häufe an*, ich lese.» (I, 421) Es handelt sich um ein Wissen, das auf den Gegebenheiten der Sinne beruht; darunter haben wir zu verstehen, daß es durch die Kontingenz der von ihm gesammelten Tatsachen selbst und der es bildenden assertorischen Urteile gekennzeichnet ist. *Problematische* Evidenzen: selbst wenn der Gegenstand sich der sinnlichen Anschauung darbietet, so zieht er keine totale Zustimmung nach sich; höchstens tritt er mit einem Wahrscheinlichkeitsindex auf, der mit der Häufigkeit des Wiederauftretens wächst. Kurz, das Verhältnis des Wissenschaftlers zu seiner Aussage überschreitet nicht die Ebene des *Glaubens*. Sammeln, aufzählen, sichten, klassifizieren: das ist alles. Aber der Sohn weiblichen Namens dieser männlichen Mutter wird von seiner Mutter auf den Weg des Ehrgeizes *getrieben*: er will *durch Gründe* erkennen: «Woher kommt das Leben? Woher kommt der Tod?» (I, 421); er interessiert sich nur für das «Warum» und weiß nicht, daß ein von der Schule verwiesener Schüler des Polytechnikums zur gleichen Zeit versucht, es durch ein «Wie» zu ersetzen. Damit verwirrt sich sein Kopf, er «ertrinkt» in seinem Denken oder «kreist um es herum wie ein Kelterpferd.» Das Ergebnis ist, daß er «von Verwunderungen ergriffen wird, die nicht enden», oder daß er Angst hat. Unwissenheit und Angst sind das Ergebnis der Wissenschaft: das Nicht-wissen, in dem sich das Wissen verliert, wird prophetisch und dämonisch. «Ich sehe an der Wand unbestimmte Schatten vorbeihuschen, die mich erschrecken.» (I, 421) Das ist gar nicht verwunderlich: der Hochmut, eine Todsünde und, wie es scheint, die Lieblingshure des Teufels, kann nur lügen: er hat seinem Sprößling ein artikuliertes Wissen versprochen, aber es ist Blendwerk: je mehr man weiß, desto weniger weiß man, und desto mehr hat man Angst; die in die Falle gegangene Wissenschaft erkennt, wenn auch etwas spät, daß sie nur einen Namen für die Unwissenheit darstellt, und spürt damit, daß sie der entsetzliche Traum eines Verdammten ist.[128]
Zumindest, wird man sagen, gibt es doch auf einigen Gebieten exakte

128 Das sagte Gustave ausdrücklich in *Smarh*.
«SATAN: Oh, deine Unwissenheit lastet auf dir, und die Finsternis macht dir Angst? Du hast es gewollt!
SMARH: Was habe ich gewollt?
SATAN: Die Wissenschaft. Nun, die Wissenschaft ist der Zweifel, ist das Nichts,

Kenntnisse, die streng auseinander folgen. Nein: ganz *bewußt* hat Gustave die *Logik* – eine andere Allegorie der Versuchung – vom Wissen getrennt. Als eine Dämonin oder ein Dämon bleibt dieses Geschöpf des Teufels zumindest strikt *formal*. Sie ist vorsokratisch, insofern sie das Prinzip des ausgeschlossenen Dritten benutzt, um jedes synthetische Urteil abzulehnen, das heißt jede Aussage, deren Attribut nicht schon im Subjekt enthalten wäre.

«Die Logik: Wenn es Gott nicht mißfiele, Antonius, könntest du sündigen.
(Schweigen)
Erhört Gott das Gebet?
Die Tugenden: Ja.
Die Logik: Bitte ihn also, daß er die Sünde zuläßt und segnet, denn da er ja allmächtig ist . . .
Antonius (leise): Was soll ich antworten?» (I, 423)

Der Kern des Arguments ist eine Tautologie: wer allmächtig ist, kann alles. Mit dieser megarischen Strenge will Gustave alle synthetischen (oder synkretistischen) Konstruktionen derer widerlegen, die versuchen, die Macht Gottes auf die Erfüllung des Guten zu begrenzen – entweder daß sie Ihn durch Seine Vollendung binden wollen oder daß sie Ihm im Namen Seiner Güte verbieten, uns zu täuschen, oder aber daß sie Ihn durch die *Fülle des Seins* definieren und Ihm damit jeden Umgang mit dem Nichts verweigern.

Die Logik greift von Zeit zu Zeit durch ganz ähnliche Überlegungen in den Dialog ein. Zum Beispiel über Christus: «Es war keineswegs der Sohn Davids, weil ja Joseph nicht sein Vater war.» Das ist eine um so merkwürdigere Meinung, als Jesus durch seine Mutter von David abstammt, was Gustave genau weiß. Oder aber: «Warum verfluchte er den Feigenbaum, wo es doch gar nicht die Zeit der Feigen war?» (I, 424) Gustave ist übrigens nicht weit davon entfernt, diesen pedantischen Megarismus für Blendwerk zu halten – was normal ist, weil dieser ja aus der Hölle kommt. Auf jeden Fall gibt er ihm manchmal unrecht – wie der folgende Dialog zeigt:

«Die Wissenschaft: Nehmt mich auf! Öffnet die Tür!
Der Glaube: Nein!
Die Logik: Dann laßt den Eremiten raus, daß er zu ihr kommt![129]

ist die Lüge, ist die Eitelkeit.
Smarh: Besser wäre das Nichts.
Satan: Es existiert, das Nichts, denn die Wissenschaft ist nicht.» (I, 195)

129 Man bemerke den plötzlichen Übergang zum Femininum: der «Kleine» wird zur Frau.

DER GLAUBE: Er würde sich mit ihr ins Verderben stürzen.
DIE LOGIK: Aber die Wissenschaft ist nicht die Sünde, weil sie ja die Feindin der Sünden ist.
DER GLAUBE: Schlimmer als sie alle.
DIE LOGIK: Sie bekämpft sie doch aber!
DER GLAUBE: Sie hilft ihnen auch.
DIE LOGIK: Wie das?
DER GLAUBE (leise zu Antonius): Hier, siehst du, sie hat diese Löcher gemacht, die ich beim Laufen verberge.» (I, 423)

Die Wissenschaft hat nämlich gerade vorher alle Sünden fortgeschickt, die sich ihr anboten, den Geiz («Was sollen mir deine Reichtümer», deren Produktion man doch mir selbst verdankt), die Völlerei («Essen ist immer dasselbe . . . Ich kann den Wein wachsen lassen und weiß, wie man Tiere jagt») usw. (I, 421) Tatsächlich können – in dieser Mythologie – die Laster den Sohn des Hochmuts nicht in Versuchung führen, der zwar heute noch im Elend lebt, dessen visionäre Ambition aber auf nichts weniger zielt als auf die Eroberung der Welt. Bleibt jedoch, daß er das Kind einer Sünde, daß eben diese Ambition sündhaft ist; bleibt auch, daß die Erkenntnis, insoweit sie sich gegen die Religion entwikkelt, die anderen des Schutzes beraubt und sie allen Versuchungen überläßt – vor allem, wie in Gustaves Fall, der Versuchung zu verzweifeln. Obwohl niemand recht weiß, was er ihm antworten soll, ist evident, daß der Autor die einfache formale Identität mißbilligt (ein Feind der Sünde kann nicht Sünde sein), die sich hier als Argument gegen das Dogma anbietet und deren strenge Anwendung direkt zur Substantivierung der Begriffe und zu den berühmten Aporien der Alten führen würde. Der eigentliche Sinn des Dialogs liegt ganz woanders: es geht um den Hochmut Flaubert, den der Sohn erlitten hat, als der Vater ihn zwang, lesen zu lernen, und den er daraufhin für dämonisch hielt in dem Glauben, der Erzeuger habe keinerlei Laster, sondern sei das Böse in Person, bis hin zur Verinnerung eben dieses Hochmuts in *negativer* Weise, der zum Geier des Jüngsten der Familie wird, ihm ständig an der Leber nagt und ihm in seiner hingenommenen Entblößung als die einzige Quelle seines Wertes erscheint – ohne daß er damit aufhörte, dämonisch zu sein. Die Einwände dieser formalen Logik des Begriffs sind Oberflächengeflimmer: der junge Mann rechnet mit jenen «logischen Verbindungen» ab, deren der arme Djalioh aus *Quidquid volueris* auf so üble Weise beraubt war. Der Trick besteht darin, aus der zeitgenössischen Wissenschaft eine Akkumulation von «Folgerungen ohne Prämissen» zu machen und ihr jede Möglichkeit abzusprechen, ihre empirischen Kenntnisse miteinander zu verbinden, wodurch die Logik eine Funktion *für sich* wird, die in der unendlichen Verschiedenheit der analytischen Urteile leerlaufend sich darauf beschränkte, unendlich das Identitätsprinzip zu wiederholen, und damit von Natur aus unfähig wäre, synthetische Urteile hervorzubringen und streng miteinander zu verbinden. Diese stolze und schmerzliche Leidenschaft, dem Schöpfer gleich zu sein durch eine ebenso gute Kenntnis der Schöpfung, müßte sich in diesem Augenblick in Angst verwandeln: wir würden den Urteilsspruch des anderen Satan wiederfinden, des Satan aus *Smarh*, dessen Äußerungen ich in der Fußnote 128 wiedergegeben habe; die Wissenschaft wäre «der Zweifel, das Nichts, die Lüge» (I, 195) und würde sich nackt sehen. Das bedeutet, daß der wissenschaftliche Zweifel ebenso unerträglich ist wie der religiöse Zweifel und daß beide gleichen Ursprungs sind. Wir sehen hier übrigens den Beginn dieses Bewußtseinsprozesses: er hat plötzlich Angst, der Sohn des Hochmuts. Aber in dem Augenblick, da er fast verzweifelt, winkt ihm der Teufel und zeigt ihm den Glauben: die Tränen des Kindes versiegen; seine Stimme wird «vibrierend und klar», der mißgestalte Gnom zeigt dem armen Antonius «ein Gesicht, dessen Blässe lieblich war und dessen Augen leuchteten wie eine Morgenröte». Was hat ihn denn derart wieder aufgeheitert? Der Haß. Als der Neid ihn versuchte, hat er behauptet, daß dieses Gefühl ihm unbekannt sei. Er log. Die Menschen erregen bei ihm zwar einzeln nur Gleichgültigkeit. Aber den Glauben, der in ihnen ist, haßt er. «Ach!» sagt er. «Der Glaube! . . . ich habe ihn überall gesucht . . . und ich fand ihn nicht! Ach! Du warst hier!» Der Teufel erinnert ihn an seine Pflicht, nicht um sein Gedächtnis aufzufrischen, sondern lediglich um ihn aufzuheitern. «Überall, wo er sein wird, wirst du hingehen, du wirst ihn verfolgen, und wenn du ihn gefaßt hast, muß man ihn durch den Dreck ziehen, damit er, wenn er wieder aufsteht, niemals mehr sein Gesicht von der Schande seines Sturzes reinwaschen kann.» Das gefällt ihr, dieser Mißgeburt; so sehr, daß sie darüber ihr Elend vergißt. Damit wird ihr jedoch offenbart, daß sie nur eine relative Existenz hat. Satan insistiert übrigens nachdrücklich: «Solange du ihn nicht getötet hast, wird es für dich weder Glück noch Ruhe geben.» Und der Junge «Wissenschaft» schreit *wütend und trotzig*: «Ach! Ich weiß doch! Ich weiß doch!» (I, 422) Mit anderen Worten, der Glaube ist primär; es ist, würde man sagen, der Glauben an das Sein in seiner Fülle; er bestimmt die Wissenschaft *in ihrem Wesen*: mit Hilfe des Dämons weckt er sie und definiert sie als seine Negation. Kein Glück, keine Ruhe für das weißhaarige Kerlchen, solange er nicht die friedlichen Gewißheiten des Gläubigen zerstört hat, um jenen anderen Glauben an ihre Stelle zu setzen, den Unglauben, die zweifelnde und verzweifelte Unwissenheit. Kurz, die Aggressivität liegt ganz auf der Seite der Wissenschaft, der Glaube bleibt in der Defensive, und das Ziel seines Gegners scheint in diesem Dialog weniger die Erwerbung eines Wissens als die Ersetzung eines Nicht-wissens durch ein andres zu sein. Man könnte in gewisser Weise sagen, daß Flaubert, wenn er sich an sein Goldenes Zeitalter erinnert, versucht ist, den Glauben als das Unmittelbare, als den Naturzustand des Menschen vor jeder Kultur, als seine Animalität zu betrachten: die göttliche Gnade wird erst später erheischt, nach dem Sündenfall. Durch Hochmut und Haß, die ihm der Teufel einflößt, angestachelt, glaubt der kleine Vater «Wissenschaft» an dieses Blendwerk: die Erkenntnis. Das ist nur eine List der Hölle, die ihr Produkt manipuliert, um es gegen den Glauben aufzuhetzen: wenn es ihm, was unmöglich ist, gelänge, ihn ganz zu zerstören, würde er sofort merken, daß die Dukaten des Teufels welkes Laub sind und daß ein rationales Wissen *per definitionem* widersprüchlich ist; durch seine Angst und seine wirre Verzweiflung würde er seine Desillusion bezeugen – das Werk Gottes bleibt unbekannt – und seine tiefe Frustration, das heißt die unendliche Abwesenheit eines Gottes, der durchaus nicht aufgehört hat, ihn zu umgeben, aber an dem zu zweifeln er sich hysterisch entschlossen hat und an dem er von nun an ständig zweifeln wird, obwohl er nichts gefunden hat, was Ihn ersetzen könnte, und seinen eigenen Zweifel, seine blasphemische Verzweiflung und seine Angst nur von Seiner unbezweifelbaren Existenz her fassen kann. Mit anderen Worten, Wissenschaft und Glaube sind für Gustave ein Paar. Solange der Glaube bleibt, wird die Suche nach dem Wissen ihre Frische behalten, wird der Wissenschaftler von einer totalitären Erkenntnis der Welt träumen können: der Glaube ist es, der seinem Suchen einen Sinn gibt; da er totalitär und kosmisch ist, muß man ihn zerstören, um ihn durch einen rationalen Totalitarismus zu ersetzen. Aber was seine wütenden Zerstörer nicht verstehen, ist die Tatsache, daß die synthetische Idee von ihm herkommt, mit ihm verschwinden und ihnen die irrationale Zerstreutheit von Mikrokenntnissen in den Händen zurücklassen wird, die sich niemals zusammenfinden können und dadurch die Irrationalität der Vernunft entlarven.

In seinen Beziehungen zur Wissenschaft ist der Glaube also vorrangig, und die Wissenschaft untergräbt sich selbst, indem sie den Glauben untergräbt. Für sich allein genommen dagegen, bringt der Glaube nur Enttäuschungen. Hören wir, was er zum heiligen Antonius sagt: «Glaube, was du nicht siehst, glaube, was du nicht weißt, und verlange nicht zu sehen, was du erhoffst, noch zu kennen, was du anbetest ... Wie sollte dem Gewißheit werden, was sterblich und vorübergehend ist? Kannst du durch den Nebel hindurch die Sonne sehen? ... Was bedeuten die Revolten der Vernunft oder die Negationen der Wissenschaft! Die Wissenschaft ist die Unkenntnis Gottes und die Vernunft der Wirbel der Leere. Nichts ist wahr als die Ewigkeit des Ewigen, und allein die Gnade hat seine Erkenntnis. Hoffe auf sie, um sie zu erwerben ... Wenn du sie erhältst, dann wirst du jenes unverständliche Verständnis besitzen, und immer stärker brennend, um höher zu steigen, wird deine angesogene Seele aus sich selbst heraustreten wie über dem Feuer die Flamme, die sich aus ihm emporhebt.» (I, 416f) Eine genaue, aber beunruhigende Beschreibung des religiösen Glaubens, wie er jemandem erscheinen kann, der «nicht die Gnade hat», der nur auf sie hoffen kann und der ohne dieses Geschenk der Vorsehung Gefahr läuft, in der Unvernunft zu versinken: umgeben vom Unverständlichen, verwirrt und ängstigt er sich, indem er nach dessen unverständlichem Verständnis verlangt. Können wir sagen, daß er glaubt? Ohne Zweifel, aber die Logik sagt dazu ganz richtig: «Glaube, Glaube, unerschütterlicher, bist du sicher, daß du bist, was du vorgibst? In zwei Hälften geteilt segnest du mit der einen, verfluchst du mit der anderen; du hoffst durch diese, du zitterst durch jene. Aber wenn du Vertrauen zu Gott hast, warum fürchtest du dann das Böse?» (I, 419) An die Adresse der Hoffnung fügt die Logik hinzu: «Aber hoffen heißt mit Liebe zweifeln, heißt danach verlangen, daß etwas geschieht, und nicht wissen, ob es kommen wird . . . Zweifelst du? Glaubst du? Erfreust du dich Gottes, oder lechzt du nach ihm? Aber wenn du nach ihm verlangst, so hast du ihn also nicht? Wenn du ihn hast, so verlangst du nicht mehr nach ihm; und . . . du schließt dich mehr und mehr in den Formeln, in den vereinbarten Gesten ein . . . in der kleinen heiligen Dummheit.» (I, 420) Diese Argumente sind schon alt; zur Zeit Flauberts waren sie bereits abgedroschen. Wenn sie hier wiedergegeben werden, so deshalb, weil sie Gustaves Position aufklären: glauben heißt zweifeln – es sei denn, *vielleicht*, man hat die Gnade; die Gegenstände des Glaubens bestimmen sich tatsächlich durch ihre radikale Abwesenheit; zweifeln heißt glauben, weil ja die Gegenstände, an denen man zweifelt, genau dieselben sind, an die man seinen Glauben knüpft. So *glaubt* der Zweifler, ein Recht zum Zweifeln zu haben, wo der Gläubige *glaubt*, das Recht zum Glauben zu haben. Wer ohne die Gnade glaubt, ist verrückt. Wer zweifelt, ohne auch nur zu wissen, ob «die Wissenschaft nicht die Unkenntnis Gottes» und die Vernunft ein nutzloser Wirbel ist, der *glaubt* an die unendliche Macht des menschlichen Verstandes. Und in dem Moment, da er von Enttäuschungen zu Enttäuschungen dazu gekommen ist, am menschlichen Verstand zu zweifeln, versucht sein universeller Zweifel, indem er sich bis zu den Instrumenten des Skeptizismus ausdehnt, unter der Hand eine Zuflucht zum höchsten Wesen und erlebt sich hysterisch als eine unverständliche Verschlossenheit gegenüber Gott.

So setzt Gustave in einem geschlossenen Feld die beiden Ideologien seiner Zeit gegeneinander: keine der beiden bietet sich als Wahrheit dar, ja nicht einmal als die Suche nach dem Wahren. Man könnte sogar etwas überspitzt erklären, daß der junge Mann, nachdem er «Anti-Wahrheit» gewesen ist, nun die Schlußfolgerung gezogen hat, daß die Wahrheit nicht existiert oder uns nicht zugänglich ist, weil wir nicht die Mittel haben, sie zu erkennen. Vor allem erstaunt ihn, daß die beiden Gegner geschaffen sind, um sich gegenseitig zu quälen: der Glaube gibt nach, zerbricht, strauchelt, stürzt und steht beschmutzt und außer Atem wieder auf; den Argumenten der Wissenschaft hat er nichts entgegenzusetzen; dennoch wird die Wissenschaft, die ihn oft zum Schweigen gebracht hat, niemals ganz mit ihm fertig. Außerdem beginnt sie gerade erst ihre Arbeit, jene große Sammlerin; sie weiß nichts: später, sagt sie sich, wird der Kampf ernsthaft sein; aber nach den heftigsten Schlägereien stellt sie fest, daß sie nicht mehr erreicht hat als den Saum am Gewand des Infamen zu zerfetzen, «als wenn er von Ratten angenagt wäre» (I, 423).

In einer Hinsicht hat Gustave recht: die Ideologien sind unbeweisbar; der Szientismus ebenso wie die Religion: jede von ihnen ist der Ausdruck einer Klasse, das falsche Bewußtsein, das diese von sich selbst hat, die mythifizierte Gesamtheit ihrer Optionen, die symbolische Stillung ihrer Begierden und ihre grundlegende Kriegslist, um die feindlichen Klassen zu demoralisieren. Dieses komplexe theoretische und praktische Ensemble, Kriegswaffe und Imago, kann sich in keiner Weise als eine Wahrheit ausgeben: man kann nur daran glauben. Der einzige Irrtum des jüngeren Flaubert besteht darin, daß er durch ein respektvolles Ressentiment gegenüber seinem Vater die Wissenschaft, jene Produktion exakter Kenntnisse, mit dem Szientismus gleichsetzt, jenem Traum der schwärmerischen Bourgeoisie: wir werden sehen, daß er sein ganzes Leben belasten wird.

Sicher ist, daß er in seiner Jugend nicht durch eine jener leuchtenden Evidenzen, die laut Descartes sofort unsere Zustimmung nach sich ziehen, zum Atheismus gezwungen worden ist. Er hat dem Willen des Anderen gehorcht, er hat sogar übertrieben, er hat sich mit Unglauben geschlagen, um ihm zu gefallen: so ist der Vater auf doppelte Weise schuldig, da er seinem Sohn das Licht des Glaubens genommen hat, ohne ihm dafür das Licht der Wissenschaft zu geben, das nicht existiert. Obwohl also die Schuld auf die anderen geschoben wird, kann Gustave – er *kennt* sich nicht, aber niemand *versteht* sich besser als er – nicht umhin zu spüren, daß es ganz und gar seine Schuld ist. Glauben wir jedoch nicht, daß er auch nur dunkel in sich die *Weigerung* zu glauben entdeckt: wir wissen bereits, daß er nicht die Mittel hat, irgend etwas anzunehmen oder abzulehnen. Wenn er sich selbst prüft, erfaßt er nur eine manipulierte Ohnmacht, und er darf auch nichts andres erfassen. Aber der Manipulierer ist durchaus nicht immer der Andere, manchmal – wie in diesem besonderen Fall – ist er es auch selbst, der sich für den Anderen ausgibt. Gott ist seit langem in sein Fleisch eingebrannt, es ist ein anderer Name für das grüne Paradies der Kindesliebe, und außerdem bietet ihm die christliche Religion wunderbare, manchmal kindische, manchmal tiefe, immer für Kinder zugängliche Fabeln. Er ist also anfangs so beschaffen, daß er mehr zu jenem Katholizismus neigen würde, der sich demütig dem Glauben anbietet, als zu den autoritären Argumenten des Liberalismus, die eine Überzeugung wegzuspülen behaupten, die er nicht hat. Wenn er sich zum Unglauben hinüberziehen läßt, obwohl er die Sehnsucht nach einem Gott behält, den er verliert, ohne wirklich an Seiner Existenz zu zweifeln, wenn er für immer auf die Kindheit und auf das Paradies verzichtet, so kann das Autoritätsprinzip dieses freiwillige Exil nicht ausreichend erklären – ein Exil, aus dem Gustave nie zurückkehren wird; der Andere ist da, um eine Wahl zu kaschieren, die er nicht aufzwingen konnte, und genau dessen ist sich der Junge bewußt: ein Nichts, etwas zuviel Eifer vielleicht, eine gewisse Gefügigkeit, mehr ist nicht nötig, damit der ganze Vorgang bei einer ganz sicher empfundenen Verzweiflung ihm als sein eigener Eid erscheint.

Aber warum schwört er, unglücklich zu sein? So stellt er sich diese Frage nicht, aber es ist der Sinn seines Gefühls der «Unheimlichkeit», und die Antwort wird ihm sofort gegeben. Wenn er das Unglück wählt, so eben einfach deshalb, weil er so gemacht ist durch den Sündenfall, das Versagen, das Ressentiment und den Hochmut, weil das Unglück sein natürliches Milieu geworden ist. Dieser Junge hat sich unter den «Sarkasmen» und den Frustrationen eine hochmütige Moral zurechtgezimmert, den Dolorismus, ein Gerüst aus Bitterkeit, dessen Basis die absolute Leere ist; er hat sich zum unglücklichsten aller Menschen gemacht, um das Universum, das unendliches Unglück hervorbringen kann, verurteilen zu können. Erinnern wir uns an jenes starke Wort, das er später von Rachel übernimmt, um ihm eine neue Tiefe zu verleihen: «Ich will nicht getröstet werden.» Glaubt man, er könne seinen Eid, immer zu verlieren, der einzige Verlierer des Menschengeschlechts zu sein, brechen? Unmöglich: er lebt davon, das ist seine einzige Stütze. Gäbe es ein Paradies, er würde sich weigern hineinzugehen, um von außen die Erwählten beneiden und verachten zu können, oder wenn man ihn mit Gewalt hineinbrächte, würde er eine Hölle daraus machen. Was hat dieser Elende mit Gott zu schaffen? Wenn er Seine Gegenwart empfängt, ist alles kompromittiert: er bleibt das frustrierte, versagende, seinem Bruder gegenüber minderwertige, von seinem Vater verfluchte Kind, der Idiot der Familie, aber es ist nicht mehr erlaubt, sein Heil im Hochmut zu suchen; die Vorzeichen sind geändert worden: Demütigung und Ekel sind Prüfungen, seine Leiden werden zu guten Leiden, durch sie bestätigt ihm Gott seine christliche Berufung, der Fluch von Achille-Cléophas wird vom Höchsten Herrn auf sein rechtes Maß reduziert, verliert seine satanische Strenge, wird für den Erzeuger zu einer Sünde, die mit Liebe bestraft werden wird, für den kleinen Verdammten zum sichersten Mittel, den Himmel zu gewinnen. Kurz, es ist verboten zu verzweifeln. Gustave ist erwählt; Achille-Cléophas und Achille werden es vielleicht nicht sein, wenn sie sich auf ihre szientistische Ungläubigkeit versteifen und wenn Der, der die Herzen erforscht, in ihnen weder Unbefriedigtsein noch auch nur Unruhe findet: jetzt werden die triumphierenden Peiniger zu den einzigen Verdammten, die wie Don Juan ihre Hand stolz in die Hand des steinernen Gastes legen. Das ist nicht annehmbar: durch ihren Verstand verloren, würden jene Elenden, jene «Wunder der Zivilisation», schließlich noch interessant werden; der Junge zittert vor Entsetzen bei diesem Gedanken: Was denn! Das Schlimmste wäre nicht mehr sicher? Gustave würde zu einem Gläubigen, zu einer jener glücklichen, engen, kleinen, guten Seelen, denen sich Gott knauserig schenkt, weil sie nicht dazu geschaffen sind, das Heilige in seiner schrecklichen Unermeßlichkeit zu fassen? Unmöglich! Das heißt, er ist jetzt so konstituiert, daß er die ohnmächtige Wut des Ressentiments *nicht mehr* in Liebe, in Hoffnung verwandeln kann. Das «Ich kann nicht» verwandelt sich um so leichter in eine pathetische Annahme des erduldeten Nein, als es ihm durch das heimliche, aber niemals ganz unbewußte Unternehmen des Ressentiments scheint, *daß er sich zu dem macht, zu dem man ihn gemacht hat*, und da es ja der Prophet des Schlimmsten in ihm ist, der die göttliche Gnade nicht annehmen kann, ohne zu bersten, muß er unweigerlich verstehen, daß sein Unglauben *sein eigener* ist, und zwar keineswegs als eine aktive Ablehnung, sondern als untrennbarer Bestandteil einer bestimmten entsetzten, aber stolzen Zustimmung zu dem, was er aus dem, was man aus ihm gemacht hat, selbst gemacht hat. Das bedeutet in seinen Augen, daß sein eigentliches Wesen – das Opfer macht sich zum Peiniger seiner selbst, um sich durch seine Peiniger und gegen sie zu verwirklichen, indem es ihre Arbeit radikalisiert – nur die Verzweiflung sein kann und daß diese ihn in Frage stellt, indem sie zur unsühnbaren Sünde wird, weil Gott sich ihm erfolglos anbietet. Oder, wenn man so will, Gustave ist sich des Verfahrens bewußt, durch das er aus Gott – der für alle außer für ihn existiert – die ins Unendliche übertragene Frustration macht. «Ein folgsamer Schüler meines Vaters beeile ich mich zu glauben, daß die Welt eine weite Wüste ist und daß nichts in ihr Sinn hat, nicht einmal mein Leiden; ich weiß jedoch genau, daß der Allmächtige existiert, aber ich bin so gemacht, daß ich mich seiner beraube.» Alles ist perfekt: Gott existiert und verweigert sich, was ein unendliches Verbrechen ist; aber Gustave ist zugleich schuldig und setzt ihm jenes andere unendliche Verbrechen entgegen: die Sünde der Verzweiflung. So macht sich der Junge, unermeßlich und dämonisch, über einem verlängerten Kindheitsunglück zum einzigen Erwählten der Hölle. Die Anwesenheit Gottes in seinem Herzen disqualifizierte seine ungerechten Leiden; Seine Abwesenheit dagegen verstärkt sie und läßt sie funkeln als Vorahnungen der höchsten Ungerechtigkeit: die unendliche Entbehrung oder, wenn man lieber will, die Schaffung Gustaves, so wie er ist, der

seinen Vater sucht und, nachdem er ihn gefunden hat, sich mit seinen eigenen Händen den Glauben aus seinem Herzen reißt.
Wie man ihn sieht, wie *er sich* sieht, leugnet der Junge Gott keineswegs, sondern benutzt ihn vielmehr ganz und gar für seine Zwecke: durch seinen Ressentiment-Fatalismus gesehen wird der Glaube für diese unauslöschlich schwarze Seele zum radikalsten Marterinstrument. Zum Glauben geschaffen, Gott geweiht, aber durch den Dämpfer des Vaters erdrückt, ständig vom Bedürfnis nach Absolutem versucht, das man in ihn gelegt hat, wird er, beim Läuten einer Glocke, wenn er die Tür einer Kirche aufstößt oder wenn er lediglich allzu unglücklich ist, einen unverständlichen Ruf von oben, eine Art Aufforderung spüren; und diese unverständlichen und zweifelhaften Botschaften verwirren ihn, rufen in seiner Seele eine beginnende Hoffnung hervor, eine «Morgenröte», die ausdrücklich kommt, um wieder zu entschwinden und ihn noch einsamer und noch elender als zuvor zurückzulassen. Den eigentlichen Grund dieser falschen Erleuchtungen, die kein anderes Ziel haben, als seine Nacht noch schwärzer zu machen, hat er beiläufig in *Rage et impuissance* gesagt: Gott, «ein *von den Glücklichen* erfundenes Wort» (I, 86). 1849 kommt er in der ersten *Tentation de saint Antoine* darauf zurück:

«ANTONIUS: Ich rief zu Gott in meiner Not, ich versuchte, mich ihm zu nähern.
DER GLAUBE: Nicht in der Not muß man zu Gott rufen.» (I, 416)

Das ist also klar: Gott ist keineswegs für die gemacht, die Ihn brauchen. Denn die fromme Seele erfreut sich Seiner Existenz, und im Unglück – selbst wenn man zum Schöpfer «ruft» – bleibt immer irgend etwas Verdächtiges, eine verborgene Verzweiflung: wenn Er da ist, muß mein Elend vergehen; was sind also jene düsteren Seelen, die leiden, als wäre Er nicht? Flaubert legt seine Theorie dar, als wäre sie ein Glaubensartikel: eigentlich – was auch die Einstellung der Priester gewesen sein mag – haben das Neue Testament und die Kirche immer das Gegenteil gesagt: durch *Tröstung* haben die katholischen Werber zweifellos die meisten geworben. Er weiß es und versteht sofort genau, daß diese Idee – das Unglück, das durch sein eigenes Gewicht in die Verzweiflung fällt – ein vorgefaßter Entschluß ist, den ihm sein pessimistischer Eid einflößt und den man folgendermaßen wiedergeben könnte: wer leidet, ist durch sein Leiden verdammt, das ständig wachsen wird bis zur unsühnbaren Sünde der Verzweiflung. Für diesen Doloristen ist das Leiden Auserwähltheit, weil es bezeugt, daß Gott sich für immer von ihm abgewandt hat: Wie sollte Gustave nicht spüren, daß er die Doktrin hier selbst etwas forciert?
Er merkt es um so mehr, als die innere Kälte ihm dazu hilft. Da Gott

sich verweigert, ist das System perfekt. Alles ist bewahrt; die Angst, der Hilferuf des Gläubigen, der religiöse Instinkt, das Ressentiment, alles wird behalten. Der Himmel braucht nur stumm zu sein, und Gott braucht nur niemals zu erscheinen außer als die unendliche Frustration eines einzigen. Besser noch, Gustave hat sich die Mittel gegeben, den väterlichen Mechanismus anzunehmen und ihn insgeheim zu entwaffnen, ohne deshalb seinen Hochmut zu verlieren noch sein Ressentiment zu demobilisieren. Achille-Cléophas sagt zu Gustave: «Das Ganze ist nicht, es gibt nur Aggregate.» Gustave antwortet: «Das ist möglich, aber es existiert zumindest in meinem Verlangen; und derjenige, den ein Instinkt über sich selbst hinaus zur unendlichen Totalität treibt, ist wohl etwas andres als die Summe unteilbarer Teile, auf die dein Skalpell ihn reduzieren soll.» Der Vater erklärt dem Sohn, daß es keine Natur gebe und daß man diesen Namen nicht einer unendlichen Zerstreuung von Atomen geben könne, deren Bewegungen durch das Prinzip der Trägheit oder, besser, der äußeren Einwirkung gelenkt werden. Der Sohn antwortet: «Das Gefühl vereinigt, was die Wissenschaft zerstäubt.» Warum sollte es nicht so etwas wie die synthetische Einheit der Welt geben, da doch der vereinigende Instinkt eines Aggregats dieses zugleich jenseits der Verschiedenheit seiner Moleküle als die unleugbare Einheit einer Trans-Aszendenz offenbart und den Kosmos jenseits der Zerstreuung der Aggregate als die transzendente Einheit, die allein jene Sehnsucht nach dem Ganzen in einem seiner Teile hat hervorbringen können? Gustave erhebt sich über die Menschen durch einen gewaltigen Schwung; seine Selbstüberschreitung bietet sich als ein direktes Band des Endlichen mit dem Unendlichen, des Teils mit dem Ganzen dar. Während dieses Verfahrens ist es wünschenswert, daß er *niemanden* trifft. Vor allem nicht den Schöpfer, der ihn, beglückt, auf seine Besonderheit verweisen würde. Wenn Gott ihn nämlich fortträgt, so kommt alles Verdienst Gott zu, und die erhabene Frustration weicht dem stupiden Glück der Erwählten. Wenn Gustave in seinen interstellaren Reisen unrettbar allein ist, wenn er, so hoch er auch gestiegen ist, nur Ansammlungen von Atomen bemerkt, die durch die Leere voneinander getrennt sind, wenn er zermürbt und zerschlagen wieder herabkommt und von seinen Rundreisen nur die nackte Erinnerung an das «ewige Schweigen der unendlichen Räume» bewahrt hat, kurz, wenn er gezwungen ist zu proklamieren, daß *alles, was ist*, der väterlichen Wissenschaft, den Argumenten der Freidenker recht gibt, wenn er die Unwissenheit und Dummheit der Priester zu hassen beginnt, die so verlogen von der Schöpfung sprechen, daß ihre Geschöpfe nur von Entsetzen gepackt werden könnten, wenn er in der Verzweiflung versteht, daß alles nur Materie ist und sein kann und daß Gott sich nur den Einfältigen schenkt, dann kommt ihm selbst jedes Verdienst für diese ermüdende und nutzlose Suche zu: zwischen dem Geschwätz der

Wissenschaft und der Stummheit der Welt wie eine Ratte eingezwängt, zutiefst enttäuscht, weil alles den Atheismus von Achille-Cléophas bestätigt, ist er ganz einfach unermeßlich, der agonisierende, von jedem abgewiesene kleine Märtyrer, vorausgesetzt, daß er nicht resigniert und daß sein Herz niemals die Überzeugungen annimmt, die man seinem Geist eingeblasen hat. Es geht durchaus nicht darum, daß er andere Überzeugungen hat: er muß nur davon unbefriedigt sein. Er mag ruhig an das mechanistische Universum glauben, vorausgesetzt, daß er sich über diesen tumultuösen Nicht-Sinn erhebt durch das rein negative und im übrigen unartikulierbare Gefühl der *Entbehrung*: «Von überlegener Natur, einem erhabnerem Herzen, (verlangte er) nur Leidenschaften, um sich zu nähren, und ... sie nach seinem Instinkt auf der Erde suchend, (hatte er) nur Menschen gefunden ... Unsere armseligen Wollüste, unsere kleinliche Poesie, unser Weihrauch, die ganze Erde mit ihren Freuden und Wonnen, was bedeutete ihm das alles, ihm, der etwas von den Engeln hatte ... diese ganze Natur, das Meer, die Wälder, der Himmel, all das war klein und jämmerlich.» Das Engelwesen von Almaroës aus *Rêve d'enfer* äußerst sich nur durch seine Unangepaßtheit, die sofort mit der Verurteilung der ganzen Wirklichkeit verbunden wird: «Armes Herz, wie littest du, behindert, aus deiner Sphäre gerissen und eingezwängt in eine Welt wie die Seele in den Körper.» (I, 91) Man sieht den Eifer des Ressentiments: es ist bereits am Werk und verurteilt den *Kosmos*: denn Gustave, ein Gefangener seiner Endlichkeit, ist zugleich jenseits der Menschen und der Dinge: das Unendliche ist seine Marter – oder, sagen wir besser, das Transfinite im Sinne eines totalisierten Infiniten. Man muß ihn also durch die Entbehrung des Unendlichen definieren. Und ist er des Unendlichen nicht gerade deshalb beraubt, weil seine Seele mächtig genug ist, es zu fassen, groß genug, es zu enthalten? Dieses unglückliche Bewußtsein, dessen Endlichkeit von einem Bedürfnis nach Unendlichem, das nur ein unendliches Bedürfnis sein kann, durchlöchert ist, stellt sich Gustave wie einen Spalt vor, der sich an den Rändern unendlich erweitert. Welch berauschender Hochmut: das als Verneinung und schmerzliche Ablehnung im Endlichen vorhandene Unendliche ist *seine Natur*; er hat sie von niemandem: weder von seinem Vater, der ihn durch den Nicht-Sinn des Szientismus versuchen will und nur an das glaubt, was er sieht, noch von Gott, dem dieses Verlangen lästig ist, der ihm die Glücklichen dieser Welt vorzieht: diejenigen, die Er glücklich macht, sind Krämer, die eine ganz dichte Seele haben oder die, sollte sie, was fast unmöglich ist, durchlöchert sein, die beträchtliche Kluft rechtzeitig verstopft und die Löcher und Risse mit Kitt verkleistert haben und die sonntags bei der Messe sich mit Gott volltanken, so wie sie ein Jahrhundert später zur gleichen Stunde an den gleichen Sonntagen ihr Auto mit Benzin volltanken. Diesen Krämern gibt Er Sich, Er läßt zu, daß die Priester

Ihn zerstückeln, damit jeder seine Portion von Ihm abbekommt. Der Herr hat jene Offenheit zum Sein nicht gewollt, die das Wesen des kleinen Verfluchten ist: ganz im Gegenteil, über diese übermenschliche Anforderung verärgert, entzieht Er sich, um diese Seele mit ihrer Größe zu strafen. Nein: Gustave *hat sich allein geöffnet*: er hat sich das Herz geöffnet, so wie man sich die Adern öffnet. Nicht durch irgendeine gewaltsame Handlung, sondern durch seinen stolzen Widerwillen gegen Kompromisse hat er sich – gegen die Bilder vom lieben Gott mit dem weißen Bart und vom hübschen jungen Christus, die man in der Umgebung der Kirchen verkauft – zum Zeugen des schrecklichen verborgenen Gottes gemacht, dessen Abwesenheit ihm an die Nieren geht. Man sieht, daß er fast bei der negativen Theologie angelangt ist. Aber vor 1844 wird er sie nicht erfinden. Weit davon entfernt, Gott durch Seine *universelle* Abwesenheit und Seine Güte durch unsere gemeinsame Verlassenheit zu beweisen, denkt er, daß der Allmächtige ihn für immer verlassen hat oder daß Er ihn, entsprechend seinen Tugenden, straft. Flauberts Verlassenheit ist das Ergebnis eines besonderen Dekrets der Vorsehung; nichts wird sie kompensieren, weder in dieser noch in jener Welt, zu der er keinen Zugang haben wird, da er nicht an sie glauben kann. Diese Gewißheit ist, wie er weiß, in sich selbst die Sünde der Verzweiflung – die größte, die schönste der Sünden: das Geschöpf, das sich gegen das Schweigen des Schöpfers auflehnt und ihn verflucht –, was automatisch seine Verdammung nach sich zieht. Auf der Erde verdammt und dann Aas, ist Gustave der einzige Bewohner der Hölle. Das heißt, in dieser Zeit *glaubt er zutiefst daran.* Diese schmerzliche Situation hat jedoch den unermeßlichen Vorzug, daß sie ihn *ehrt.* Für diesen Pessimisten, für den die Guten bestraft und die Bösen belohnt werden[130], ermißt sich der Wert einer Seele an den Qualen, die ihr zugefügt werden; da also sein Unglück die Frustration von allem ist, ist er allen überlegen. Er wird bis zum Ende unbarmherzig bestraft werden, aber der Sinn seines Schmerzes wird es gerade sein, ihm ständig seine unvergleichliche Größe zu offenbaren. Dieser wird er sich weder erfreuen können noch dürfen: es ist der Sinn seiner Leiden, nichts weiter. Das genügt ihm: der Hochmut kommt hier auf seine Kosten. Der Hochmut, der in der ersten *Tentation de saint Antoine* so beschrieben wird: «Groß, bleich, mit ihren roten Augen ... Ein großer Purpurmantel ... verdeckt die Geschwüre ... unter ihren straffen Lippen klappern weiße Zähne ... sie ... küßt eine versteckte Schlange, die ihr am Busen nagt ... schwankt in ihren Knien.» (I, 389) Von diesem Hochmut, den Flaubert in sich selbst aufgespürt hat, nimmt er die radikale Negativität, weil er ihn vom

130 Im reifen Alter wird er die Formulierung abwandeln: «Die Bösen werden immer bestraft und die Guten auch.»

Teufel in folgenden Ausdrücken anreden läßt: «O Hochmut, du wirst dich selbst vernichten unter dem Druck deines Herzens; *weil du unter einer maßlosen Qual leidest, sollst du nicht glauben, daß du ein Gott seist.*» (I, 412) Ich habe den letzten Satz hervorgehoben: er bezeichnet genau den grundlegenden Trick und seine Grenzen: der Hochmut ist maßlose Qual, weil er sich als Entbehrung des Unendlichen definiert; das sind seine Grenzen: das Fehlen des Unendlichen als solches reißt ihn aus der Gemeinschaft der Sterblichen heraus, aber es ist ihm untersagt, dieses Fehlen als ein Zeichen seiner eigenen Unendlichkeit zu betrachten. Er wollte also seinen Schmerz als Zeichen seiner Göttlichkeit erleben? Ohne Zweifel. Diese Zeilen beziehen sich *in jedem Fall* auf die Jahre seiner Adoleszenz und seiner frühesten Jugend vor 1844. Wir werden später sehen, daß er sich in dieser Zeit für den Antichrist, für Satan gehalten hat. Nicht nur im freien Spiel seiner Phantasie, sondern noch konkreter als Autor und als «Demoralisierer»; wir werden sehen, daß sein sadistischer Traum – sich vor das Menschengeschlecht stellen und ihm ins Gesicht lachen – nur in seinem Gefühl der *heiligen* Entbehrung seinen Ursprung haben kann. Seit langem schon verfolgt ihn übrigens die Idee, seinem Schöpfer durch den Selbstmord gleich zu sein: Satan trägt ihn hier nur zum Absoluten: die algebraische Summe des positiven Unendlichen und des negativen Unendlichen ist Null[131]; *also* ist die totale Entbehrung der totalen Fülle gleich, vorausgesetzt, daß sie sich ihrer selbst bewußt ist. Aber 1849 steht Gustave jenseits seiner Jugend: wenn er noch manchmal der Gott des Dolorismus sein will, so weist er dieses Verlangen als eine *Versuchung* zurück. Begreift er den Hochmut nicht als ein *Unternehmen*? Er weist ihm Grenzen zu: Rette mich! Bis hierher und nicht weiter! Als Beweis brauchen wir nur die Antwort des Hochmuts an den Dämon zu lesen, in der Gustave, an seinen eigenen Sturz erinnernd, den ganzen Trick entlarvt: «Erinnerst du dich . . . welcher Wahn, mich zu besitzen, in deiner Seele wütete, als du vom Himmel fielst? Ich habe dein Haupt wieder aufgerichtet, o Verfluchter, und dein Atem ist bis zu Jehova aufgestiegen, der vor Entsetzen seine Tür verschlossen hat.» (I, 412) Wenn der Hochmut spricht, ist Gustave, der ihm zuhört und ihn billigt, *Satan geworden*: er ist es, der sich, durch sein Versagen gedemütigt, mit Hochmut gewappnet hat, indem er es bis zur absoluten Unfähigkeit trieb und auf sich nahm – nicht durch eine Tat, sondern durch ein heiliges Leiden. Da ist also die Urszene, der Sturz und der dämonische Hochmut, das alleinige Heil. Es ist eine Krankenpflegerin, sie handelt, die Hure, sie richtet den armen Teufel wieder auf; aber diese Handlung wird uns in bezug auf Gustave-Satan als *erlitten* ausgegeben, also als *andere*. Niemand anders als er konnte jedoch wünschen, daß er gerettet

131 So meint zumindest Gustave.

würde: für Jehova ist der Fluch endgültig. Da ist also das Geheimnis enthüllt: der Hochmut, der den Elenden wieder aufrichtet, ist dieser als Anderer, insofern sein Handeln dank der konstituierten Passivität als das Handeln eines Anderen, als das liebevolle Unternehmen einer Mutter, die er nicht gehabt hat, erlitten wird. Der Text ist vollständig klar: Gustave weiß genau, daß der Hochmut sein eigener, daß es im Grunde *sein* Handeln ist – die hyperbolische Übernahme des unendlichen Bösen, dessen absoluter Zeuge er angesichts des entsetzten Gottvaters wird; wenn er aus dem Hochmut die Hure des Teufels macht – sie ist zwar aufsässig, aber letztlich gehorcht sie ihm –, so deshalb, weil eine tiefe Intention – die seinem konstituierten Charakter entspricht – ihn dazu zwingt, seine Handlungen in Form von Leidenschaften zu *erleiden.* Gleichviel: er versteht sich. Wenn man in Sprache übersetzen könnte, was ihm unsagbar erscheint und was er uns durch einen Dialog zwischen Allegorien zu verstehen gibt, so müßte man sagen: ich weiß; da ich verflucht bin, mußte ich vor Schande verbrennen oder den Fluch verinnern, den Stoff meiner Seele aus ihm machen, das Böse bedeutet die radikale Abwesenheit Gottes und die haßerfüllte, verächtliche Anfechtung aller Dinge im Namen jenes Ganzen, von dem ich von Ihm zurückgestoßen werden wollte; ich habe den Wahn so weit getrieben, bis ich glaubte, ein Gegengott zu sein, ich habe unglaubliche Versuchungen gehabt, ich habe den Stolz kennengelernt, mich durch eine Verzweiflung zu verdammen, die ich selbst manipulierte, während ich sie zu empfangen glaubte; heute kenne ich meine Grenzen, und diese Erkenntnis ist eine Verletzung des Hochmuts, der ich bin: ich halte mich in der Luft, ohne Wurzeln, über den Menschen, als einziger verdammt, weil ich das einzige Geschöpf bin, das den Dreh gefunden hat, daß das Unendliche *sein* Bedürfnis und *seine* Unmöglichkeit ist; aber ich bin nicht ein Gott: ich bin der Herold des Schweigens, der *tödliche* Feind des Allmächtigen in allen Bedeutungen des Wortes, ein Feind, der immer verliert und stolz darauf ist, weil seine Niederlagen ihn jedesmal seine All-Ohnmacht erdulden lassen. Ich kann nicht an Euch glauben, der Ihr existiert, Vater unser im Himmel, weil ich mich durch eine unglaubliche Hyperbel zum Unseligsten des Universums gemacht und, obwohl ich Euch geweiht bin und in mir den demütigen und hartnäckigen Instinkt zu glauben spüre, das heißt, mich in die Schöpfung einzugliedern, zugelassen habe, daß mein infernalischer Vater Euer Werk auseinandernahm, um meinen Groll zu vertiefen und mich gegen alle Möglichkeiten durch meine Unmöglichkeit zu definieren. Obwohl also «jede Frömmigkeit mich anzieht, und die katholische mehr als jede andere»[132], habe ich nichts mit den Kirchen noch mit

132 Diese Zeilen stammen aus einem Brief an Fräulein Leroyer de Chantepie vom Juni 1857, er hätte sie bereits in den dreißiger Jahren schreiben können.

den Priestern, jenen Vermittlern, zu schaffen, die denen, die Seinen reinen Wein nicht vertragen würden, einen verwässerten Gott anbieten. *Ich*. Er weiß, wie es damit steht; er sagt es. Oberflächlich bedeutet das: wegen meiner allzu menschlichen Schwäche. Eigentlich aber: wegen meines Ressentiments und meines wahnwitzigen Hochmuts. Aus diesem Grund schwankt Gustaves falscher Agnostizismus zwischen der leidenschaftlichen, aber mangels einer Erwiderung leeren und nicht empfundenen Liebe und der Lästerung; denn lästern heißt Gott versuchen und behaupten, daß alle Bedingungen vorhanden seien, damit Er zum Treffen kommt, so daß man alle Verantwortung dafür, daß Er einen ständig versetzt, wozu man Ihn selbst zwingt, auf Ihn schieben kann. Der Hochmutswahn bringt Gustave so weit, sich selbst so zu konstruieren, daß er sagen kann: «Ich und Gott.» Es handelt sich übrigens nur um eine Erweiterung des väterlichen Fluchs: er hat ihn in den Himmel projiziert, aber es ist derselbe, *er weiß es*. Achille-Cléophas hat ihn ausdrücklich hervorgebracht, um ihn seiner Liebe zu berauben und des Amtes, das ihm rechtmäßig zukäme; Jehova, der noch grausamer ist, hat ihn ausdrücklich aus dem Schlamm gezogen, um ihn Seiner zu berauben, und Er hat ihm mit Vorbedacht jenen unstillbaren Durst nach Unendlichem gegeben, damit dem armen Geschöpf die entsetzliche Wahrnehmung all dessen möglich ist, dessen Er es beraubt, und es sich folglich aus Verzweiflung selbst verdammt. Achille-Cléophas hatte nur einen einzigen Usurpator hervorgebracht: seinen älteren Sohn. Dagegen sind die Achilles, die Gott hervorgebracht hat, Legion: es sind *alle* Gläubigen, das heißt das unzählbare Menschengeschlecht. Ist es wahr, daß Gustave demütig den Glauben sucht, wenn er verstohlen in eine Kirche eintritt? Selten, er versteht es sehr gut: warum würde er sonst *alles* gegen sich aufbringen? Warum muß er gerade in dem Augenblick, da man die christlichen Vermittlungen, den Weihrauch, die Lichter, den Gesang der Priester um Hilfe bitten müßte, an seine atheistischen Freunde denken, an ihr schallendes Gelächter, wenn sie ihn die Knie beugen sähen? Nein: er spürt, daß er in der Kirche während der Zeremonien vielmehr die Bestätigung seiner Verbannung sucht, die Enttäuschung, den Haß, den Neid und die bittere Wiederentdeckung seiner müßigen Überlegenheit über jene Usurpatoren, die in den Schafställen des Seins immer über ihn triumphieren werden und die er nur auf seinem Gebiet besiegen könnte, dem Nichts. Und wenn er einen Priester um Rat zu fragen vorgibt, so weiß er im voraus, daß der Mann Gottes eine schiefe Nase, einen idiotischen Blick haben und daß die Dummheit seiner Äußerungen ihn entmutigen wird. Warum dann also solche Schritte? Weil eine fixe Verzweiflung schließlich der Lähmung ähnelt: Gustave zögert nicht, seine eigene Verzweiflung aufrechtzuerhalten, indem er von Zeit zu Zeit die heiligen Stätten besucht, um, während er zu den Heiligtümern eilt, lebhafte

Hoffnungen in sich zu wecken, die zerplatzen werden, sobald er die Schwelle der Tür überschritten haben wird.

Das ist es, was er empfindet. Und daß er in den Augen aller schuldig ist und zuerst vor Gott, der so gut ist. Aber daß er recht hat, unrecht zu haben, und daß Gott unrecht hat, recht zu haben. Jetzt stelle ich die entscheidende Frage: da er sich doch auf frischer Tat ertappt, wenn er sich wie eine Auster schließt, während er behauptet, sich zum Sein zu öffnen, kann er dann wirklich glauben, daß Gott sich verweigere und daß er maßlos darunter leide? *Muß er nicht* diese großen Regungen der Seele so erleben, wie sie sind, wie sie durch ihn sind, das heißt als Komödien, deren Absicht ihm nicht entgehen kann? Gustave träumt davon, der Verfluchte zu sein; der einzige Beweis für seine dämonische Aristokratie ist sein Leiden, und dieses – das erlebte Entbehrung des Unendlichen ist – muß selbst unendlich sein. Alles beruht auf folgendem Sophismus: wenn das positive Unendliche sich mir entzieht, werde ich zum negativen Unendlichen, was sich subjektiv in einer unüberwindlichen und ständigen Verzweiflung äußert. Aber ist Gustave davon überzeugt? Selbst denen, die Gott mit kleinen Gunstbezeugungen beglückt, zeigt Er sich nicht in Seiner Fülle: kann man sagen, daß sie von einer unendlichen Leere gequält werden? Sind sie nicht vielmehr in ihrem Innern ganz dicht und warm? Wenn sie unendlich kümmerlich erscheinen im Vergleich zum Allmächtigen, der ihnen von Sich nur bietet, was sie ertragen können, ohne zu bersten, so nur aus der Perspektive der Beobachter, die sie von außen begutachten und – wie Flaubert es selbst tut – ihre unendliche Kleinheit auf die unendliche Größe des Allmächtigen beziehen. Gewiß gibt es einige unter ihnen, die spüren, daß das Wesentliche ihnen nicht gegeben ist und daß das, was sie von Gott besitzen, so fromm sie auch sein mögen, nichts ist im Vergleich zu dem, was sich noch entzieht. Sie werden diese Frustration mit allen Namen benennen, die ihnen gefallen: es wird ihre menschliche Schwäche sein, ihr Versagen, ein Liebesappell, der sich in der Nacht verliert, oder ganz im Gegenteil die Schrecken des Zweifels, die Brüchigkeit ihres Glaubens, der Teil des Nicht-seins, der in jedem Geschöpf ist und es unfähig macht, seinen Schöpfer in sich aufzunehmen: gleichviel, ihre Sorge, ihr Unbehagen, ihre Leiden werden an Tiefe und Intensität nie dem unendlichen Sein gleichkommen, dessen sie sich beraubt fühlen; zunächst ist jedes endliche Wesen in jeder seiner Äußerungen von seiner Endlichkeit bestimmt: Bis hierher und nicht weiter! Das gilt für die Leiden der Menschen wie für ihre Freuden. So kann die Entbehrung des Unendlichen nur endliche Gefühle erwecken, so qualvoll sie auch sein mögen. Ist Gustave von anderer Natur? Dieser verborgene Gott, der sich den Gläubigen nur knauserig gibt, verbirgt sich außerdem so gut, daß niemand, nicht einmal in den wahnwitzigsten Hypothesen, sich auch nur vorstellen kann, was Er ihm vorenthält.

Die quälende Trauer um eine Stadt, die man liebte, um eine Frau, die gestorben ist, fußt auf Erinnerungen: aber die Attribute des Allmächtigen sind für die Christen – außer für einige Mystiker – nur abstrakte Begriffe: man kann seine Unkenntnis beklagen; wie kann man aber vermissen, was man nicht kennt, vor allem wenn die Enge unseres Geistes ihm sogar die Möglichkeit seiner Vorstellung nimmt? Natürlich gibt es die Reminiszenz. Alphonse de Lamartine hat viel für die Theologie getan, als er den Menschen als einen gefallenen Gott beschrieb, der sich an den Himmel erinnert. Aber Gustave hat sich trotz eines gewissen Platonismus, den wir noch untersuchen werden, niemals bemüht, den Glauben auf die Wiedererinnerung zu gründen. Und das um so weniger, als es ihm schwerer gewesen wäre, sich über seine Verlassenheit zu beklagen, wenn er vom Himmel eine gewisse, wenn auch dunkle Erinnerung bewahrt hätte: Gott hätte ihn nicht ohne einiges Licht verlassen. Die einzige Passage, in der der junge Mann, meines Wissens, auf vage Erinnerungen anspielt, die sich auf ein früheres Leben beziehen, findet man – wir haben sie zitiert – in *Rêve d'enfer*: Almaroës erinnert sich manchmal daran, daß er nicht immer auf dieser Erde gelebt hat, in der er sich eingesperrt fühlt: *woanders* hat er Seligkeiten kennengelernt, deren Sinn und Wesen er nicht mehr wiederfindet. Aber, der Kontext beweist es, der großartige Roboter, ganz Materie, ganz aus dem Lehm unserer Welt geknetet und einer Seele beraubt, kann nur im materiellen Universum gelebt haben, und das Heimweh seines jungen Autors bezieht sich auf seine eigene Kindheit, auf das Goldene Zeitalter. Und außerdem ist Flaubert nicht ein gefallener Gott; man gibt sein Denken besser wieder, wenn man sagt: weil er ein gefallener Mensch ist, ist er nicht weit davon entfernt, ein Gott zu sein. Im übrigen ist der Sophismus bei Alphonse de Lamartine und Gustave Flaubert der gleiche, außer daß er bei diesem negativ und bei jenem positiv ist: wir haben gesehen, daß die Entbehrung des Unendlichen nicht unendliche Entbehrung ist; ebensowenig ist der Mensch in seinen Wünschen unendlich, der das Unendliche wünscht und nicht genau weiß, was er will, weil er nicht wirklich und konkret versteht, was die Unsterblichkeit der Seele, die Ewigkeit usw. sein kann. Die Trans-Aszendenz ist zwar Überschreitung; der Gläubige wird annehmen, daß er sich auf das Unendliche hin überschreitet, das werden wir nicht bestreiten: aber er wird selbst zugeben, daß ohne die Gnade Gottes diese Überschreitung endlich ist.

Wie kann Gustave ohne Sophismus sich für das leere Behältnis des Unendlichen halten? Wie kann er glauben, was auch immer seine «bitteren Leidenschaften» sein mögen, daß seine Seele weit genug ist, ein maßloses Leiden zu bergen? Und wenn er tatsächlich leidet, wie kann er in Wahrheit dieses Leiden als ein Entsetzen empfinden, das noch weiter und tiefer als das Universum ist? Auf diese Fragen – die er sich niemals stellt, die er aber als fragende Tönung des Erlebten erleidet – kann Gustave nur zwei widersprüchliche Antworten geben. Entweder ist das Übermaß eine reale Bestimmung seines Inneren, dann muß er die Gnade haben: das Unendliche kann sich dem Endlichen nicht ohne Gottes Hilfe offenbaren, und sei es als seine unendliche Armseligkeit; in diesem Fall bricht das ganze System zusammen, die infernalische und müßige Jagd, der ungehörte Appell, die Verlassenheit, die Frustration, *das ist eben der Glauben*, ein Geschenk und eine Prüfung des Herrn; die Lästerung war in dem Programm ebenso vorgesehen wie die falsche Verdammung; Gustave wird auf seinem Totenbett alle Teufel sehen, es werden in Wahrheit Engel sein, die die Seele dessen verlangen, der lange vor seiner Geburt der Auserwählte Gottes war. Oder aber, wie er sich immer wieder zu wiederholen beeilt, der Allmächtige hat ihn geschaffen, um ihn zu verlassen, damit nichts in ihm Seine Existenz bezeugt: dann hat es Gott darauf angelegt, daß dieses verfluchte Herz kalt und ausgedörrt bleibt, nur die unendliche Leere enthalten kann: in diesem Fall besteht der wahre Fluch Flauberts darin, daß er die Weite seines Unglücks nicht einmal empfindet: menschlich, allzu menschlich, ist er gezwungen, die immer enttäuschte Inbrunst und die Verzweiflung zu spielen.

Von den zwei Antworten kann er keine akzeptieren: für die erste – die nach 1844 bereichert wiederauftreten wird –, ist er noch nicht reif: er hat noch nicht die Falten seiner Seele gefunden und die doppelten Schubfächer, die ihm erlauben, das eine und das andere insgeheim zu behalten, die ganze Verzweiflung und eine unformulierbare Hoffnung; er ist noch ganz nahe beim Haß und beim Ressentiment, um vergeben, das heißt, eine einzige Chance, weniger unglücklich zu sein, wahrnehmen zu wollen; er will seine Peiniger weiter unbarmherzig an sich selbst strafen. Das andere Glied der Alternative will er um nichts in der Welt; zumindest nicht in dieser Form. Wie könnte sein lebhafter Hochmut die Mittelmäßigkeit akzeptieren? Und wie könnte er sich ohne Schande eingestehen, daß der *Verfluchte* nur eine Rolle ist und daß Gustave einen Verzweifelten nur *darstellt*?

Gerade diese Antwort wird er jedoch mit einigen Abwandlungen wählen. Sagen wir, daß er sie zwischen dem Ende seiner Adoleszenz und dem «Abschluß» seiner Jugend wählt und daß er – zumindest auf einer bestimmten Ebene – selbst nach 1844 an ihr festhalten wird, obwohl er jetzt auf der Ebene des Fundamentalen für die erste Antwort optiert hat.

Eines der Hauptthemen seines Werkes – das es von seinen ersten Novellen bis einschließlich *Madame Bovary* durchzieht, wo es sich erschöpft, um sporadisch in den späteren Romanen wiederaufzutauchen – könnte nämlich folgendermaßen formuliert werden: «Ich bin zu klein für mich.» Wir werden bei der Behandlung von *Novembre* ausführlich darauf zurückkommen und sehen, daß es sich nicht nur um ein literarisches Motiv handelt, sondern um das permanente Sujet einer durch den Selbstekel belebten Angst: dieser Schlechtgeliebte liebt sich schlecht und wagt niemals, sich selbst zu vertrauen; er tobt in jedem Augenblick über den Kontrast zwischen seinen unermeßlichen Ambitionen und seiner lächerlichen Mittelmäßigkeit. Der Ursprung dieser fixen Idee – die einer der Hauptfaktoren seiner Neurose sein wird – ist uns bekannt: ein Chirurgenblick hat sich auf das Kind gesenkt, eine Lehrerstimme hat gesagt: «Er ist nicht begabt.» So haben sich zumindest die Dinge in Gustaves Augen abgespielt. Als er vor dieser Verurteilung flieht und in andere Bereiche vordringt, die Religion, die Kunst, nimmt er dieses vorgefertigte Schema mit: der Hochmut und der Ehrgeiz Flaubert verkörpern sich in diesem endlichen Modus der erhabenen Substanz: der Idiot der Familie. Doch eigentlich scheinen ihm seine großartigen Entwürfe die *familiäre* Wahrheit seines Seins, seine grundlegende und letztlich kollektive Bestimmung zu sein; von diesem Gesichtspunkt aus erweisen sich ihm seine unmittelbare Wahrheit, das Erlebte in seinem passiven Fluß, in seiner Ohnmacht und seiner alltäglichen Banalität als ein *angeborener* Verfall: existieren ist eine Sünde, weil er ja nichts andres tut, als jenes transzendentale und verborgene Sein, das Erbe Flaubert, den brennenden Busch von Imperativen, faustischen Ambitionen, der seine Ehre, sein intelligibles *ego* bildet, in vage, niemals voll empfundene Gefühle, in wenig bezeichnende Haltungen, in verworrene und verfehlte Werkchen umzumünzen. Ja, der Ausdruck intelligibler Charakter würde zu diesem Sein-müssen ganz gut passen, das sich in einem verborgenen Selbst [*Moi*] spezifiziert, sofern man hinzufügt, daß Gustaves *empirischer Charakter* nicht die reine Transkription der intelligiblen Wahl in eine menschliche Erfahrung und noch weniger diese Wahl selbst ist, die sich durch die raum-zeitlichen Formen und die vereinigenden Strukturen dieser Erfahrung hindurch erkennen ließe: der empirische Charakter ist eine Ablenkung, eine Abschwächung, eine Entsubstantivierung, mit einem Wort, ein Verrat dieses erhabenen und anspruchsvollen *ego*, das ihm die Flauberts gegeben haben: das empirische Selbst [*Moi*] ist zu klein und zu unbeständig für das Ich [*Je*], das es darstellt, das Gustave für das seine hält und das, niemals berührt, niemals erlebt, sich nur durch die Weite seiner Entwürfe äußert, die es aufdrängt und die nie in Angriff genommen werden. So wird Flaubert in *Novembre* diese Labilität erklären, deren er sich ganz bewußt ist – weil er sie ja bereits mit fünfzehn Jahren in *Quidquid volueris* Djalioh zuschrieb; die Idee, ein Werk in Angriff zu nehmen, entsteht im Enthusiasmus: das verborgene *ego* will weit hinaus: aber das empirische *ego* kennt seine Mittel: es beginnt die Arbeit ohne Hoffnung und gibt sie alsbald wieder auf. Die Theorie der beiden *ego* ist niemals artikuliert worden, aber wie sollte

Gustave nicht daran glauben, er, der sich Louise Colet bald als der Verfluchte (transzendentales *ego*) und bald als eine amorphe und weiche Substanz präsentiert, die unfähig ist, sich zu erkennen und zu beurteilen aus dem dreifachen Grund, daß sie sich aus zu großer Nähe sieht, daß ihre Fähigkeiten beschränkt und ihre Sicht getrübt sind und daß es nichts Charakteristisches und Hervorstechendes an ihr gibt? Ein abgehärteter Numider, ein großartiger Stoiker oder ein «vom Überdruß aufgedunsener Pilz» (Brief an Louise Colet von Anfang November 1851)? Ein Abenteurer des Geistes, ein Konquistador der Kunst oder «ein Bürger, der auf dem Lande lebt und sich mit Literatur beschäftigt» (Brief an Maxime Du Camp von Anfang Juli 1852)? Beides zugleich: damit will ich sagen, daß – im Unterschied zu den meisten – seine Ambitionen ihm, wenn er verzweifelt, nicht als subjektive Wünsche erscheinen, die keine andere Beständigkeit haben als die, die er ihnen je nach Laune gibt, sondern daß diese Ambitionen, als Spezifizierung des Flaubertschen Arrivismus bei dem Kind, das diese Familie von hellen Köpfen auf den Abfall geworfen hat, sich in seinen Augen als seine objektive Realität aufbauen – das heißt, daß sie, selbst verinnert, die Objektivität behalten, die sie daher haben, daß sie die aufsteigende Richtung des kleinen Unternehmens definieren – und daß sie für ihn zugleich das sind, was er sein sollte – eiserne, strenge Befehle an eine Amöbe, die nutzlos und gleichgültig, wohin, ihre unbestimmten Protoplasmen treibt –, und als das, was er in hervorragender Weise *ist*, wobei das alltägliche Erlebte nur wirres Blendwerk darstellt, sofern es nicht, höchster Fluch, die Einschließung einer stolzen Macht in den fell- und panzerlosen Körper eines Weichtieres ist. Was sich auf seine weitläufigen, immer als Gewissensbisse gegenwärtigen, niemals verfolgten Unternehmen anwenden läßt, gilt auch für seine Affektivität. Gustave ist der *Verfluchte*: er *ist* Satan oder zumindest jener stolze Kain, der seinen Bruder vor den Augen des Ewigen Vaters erschlug; er empfindet die entsetzliche Verlassenheit, in der Gott ihn läßt; in ihm ist die Sehnsucht nach dem Unendlichen durchaus die unendliche Sehnsucht, und sein Hochmut, der dem Schöpfer jeden Schlag wieder zurückgibt, hat aus Verzweiflung die Hölle gewählt. Das *ist* er, aber es erscheint ihm nur in der Form eines *Sein-müssens*: irgendwo im Abgrund des Unendlichen windet sich der großartige Verdammte vor Schmerz, und sein Atem entsetzt Jehova. Dem alltäglichen Gustave, jenem großen Jungen mit dem schönen trotzigen Gesicht, der lacht, wenn er sich im Spiegel sieht, wird jene Botschaft in Form vollständig regelmäßiger Imperative mitgeteilt, die jedoch auf der diabolischen Umkehrung des kantschen Prinzips beruhen: «*Du mußt, also kannst du nicht.*» Wir werden diese Ethik des Teufels oft wiederfinden; wir werden sogar sehen, wie Gustave sie gegen seine Leser kehrt. Im Augenblick bedeutet das zugleich: *um zu sein, was du bist*, müßtest du mit den Zähnen knirschen, verfluchen, verzweifeln, vor allem leiden, leiden wie ein Verdammter; aber ein besonderer Fluch, der zum ersten Fluch hinzugekommen ist, hat dich unfähig gemacht, dein Sein zu verwirklichen: du bist unfähig zu verfluchen und kannst dich nur mit mäßigen Leiden schlagen, und außerdem stammt dieser Appell direkt von dir selbst, von dem unauffindbaren Verfluchten, und du mußt dich bemühen, auf ihn zu antworten, obwohl du weißt, daß es dir nicht gelingen wird. Diese zweite Deutung der diabolischen Imperative ermöglicht es Gustave, die Komödie des Verdammten zu spielen und ihn zu verstehen und sich dafür zu rechtfertigen: er tut, was er kann, der Arme, er wirft sich auf die Knie, um zu glauben, es gelingt ihm nicht, weil er von vornherein Den abgelehnt hat, der ihn ablehnt; er reckt die Faust zum Himmel, lästert gehörig, wirft sich auf sein Bett, sucht die Angst und das Leiden, murrt, jammert. Es ist die Schuld von Gottvater und Achille-Cléophas, wenn jede seiner *Handlungen*, sobald er sie in Angriff nimmt, sich in eine Geste verwandelt – das heißt in die *Darstellung einer Handlung* – und wenn die erforderlichen Gefühle, obwohl von den Handlungen angemessen verlangt, da sie sich weigern, empfunden zu werden, ihn zwingen, sie zu spielen. Er ist guten Glaubens, guten Willens: aber diese Verwandlung ist schließlich klassisch, reines Gold verwandelt sich in schlichtes Blei, weil das empirische Wesen, mit dem man Gustave begabt hat, sich zu seinem eigentlichen *ego* verhält wie Blei zu Gold. Natürlich empfindet er nichts oder fast nichts angesichts seiner absoluten Ansprüche – Wut, eine bittere und wehmütige Traurigkeit, Melancholie –, und das Unendliche entzieht sich ihm auf doppelte Weise: als Fülle zunächst und dann als Entbehrung: gleichviel, da die Dinge nun einmal sind, wie sie sind, ist alles besser, als sich in die angeborene Apathie zurückfallen zu lassen; man muß spielen, was man ist, weil man es nicht sein kann: nur dadurch wird der junge Mann in der Zufälligkeit des Erlebten mit seinem intelligiblen Sein übereinzustimmen scheinen; jene zur Schau getragenen Lästerungen werden zeigen, daß er in vollem Bewußtsein bereit ist, der Lästerer zu sein, der er irgendwo tatsächlich sein muß. Vielleicht aber läßt ihn diese Verdammungskomödie woanders als unendlich und verdammt existieren: schließlich spielt er die Verzweiflung, die höchste und unsühnbare Sünde *auf Befehl* und unter dem unsichtbaren Blick eines Absoluten, das sich entzieht: genügt das nicht, damit sich das Relative in Absolutes verwandelt? Er stöhnt, schreit, rauft sich die Haare, er sagt: «Ich bin verzweifelt», und die *animula vagula* hat nicht die Kraft zur Verzweiflung – noch übrigens die Kraft zur Hoffnung –, aber die Absicht war da, und Gott kann nicht verfehlen, sie zur Kenntnis genommen zu haben: bewußt die Rolle Satans spielen, das müßte genügen, damit man verdammt wird. Und wenn mehr verlangt wird, ist da noch das Geschriebene: *scripta manent*; es ist durchaus möglich, den Diskurs der Verzweiflung zu schreiben: zwischen seinem fünfzehnten und zwanzigsten Lebensjahr wird er ihn ständig von neuem beginnen; das ist besser als eine Rolle spielen: dieses unerreichbare *ego*, das seine Realität sein muß, inspiriert ihn, beschreibt sich, gibt ihm die unverzeihlichen Wörter ein. Als Autor von *Agonies* oder von *La danse des morts* ist Gustave dem *Verfluchten* näher, als wenn er seine eigene Komödie spielt: zwischen dem schrecklichen Unendlichen und dieser kleinen ältlichen Welt macht er sich zum *Vermittler*; er ist nicht ganz das unendliche Leiden, aber er entlarvt es und bietet es dar, er führt es in unsere Natur ein, die es sprengen wird, das ist sicher: wir werden sehen, daß er der Meinung ist, der Schriftsteller muß ein Demoralisierer sein.

Er leidet übrigens und bemüht sich zu leiden: das Alter, eine der Funktionen dieses polyvalenten Mythos, soll, wie wir gesehen haben, ihn in seinen Augen rechtfertigen, wenn er weniger leidet, als er es verlangt. Es gibt also «eine Rücklage» in dieser gefälschten Seele. Und die Fälschung beginnt erst mit der Hyperbel, wenn Gustave angesichts eines Absoluten der Fülle – das er sich im übrigen nicht vorstellt, weil es unvorstellbar ist – ein Absolutes der Leere sein will. So sind wir also nach dieser langen Reise ganz einfach zu unserem Ausgangspunkt zurückgekommen; *ich bin daran schuld*, das bedeutete zunächst: Godot wird nicht kommen, weil ich nicht der Mühe wert bin, ich habe nicht genug Kraft oder Inbrunst, ihn zu mir heranzuziehen; meine laue Seele kann nur auf ihn warten: da ich feuerfest bin, werde ich die Wonnen des Brennens nicht kennenlernen. Und dann haben wir unter dieser protoplasmischen Weichheit eine hochmütige Fabel gefunden: Gott hat mich ganz besonders verflucht; ohne Seine Hilfe agonisiere ich, und mein Hochmut treibt mich dazu, das Werk zu beenden: ich klaffe als unendliche Leere, allen unterlegen bin ich dem Menschengeschlecht überlegen; als Gegengott bin ich dem Allmächtigen gleich, weil ich mich entschieden habe, an Ihm zu verzweifeln. Aber bei näherem Hinsehen ist uns diese wahnwitzige Option als *irrealisierbar* erschienen: Gustave kann nur daran glauben, indem er sich irrealisiert – wir werden bald sehen, durch welche Techniken man zu einem imaginären Menschen wird. Dennoch ist ihm diese merkwürdige Komödie durch die Substanz Flaubert aufgezwungen, anders gesagt, durch die Ehre: um seine allzu menschliche Natur zu bekämpfen, zwingt er sich, dem leeren Himmel diese Vorstellung zu geben. Man sieht ihn: die *animula vagula*, die wir anfangs vorgefunden haben, finden wir auch bei der Rückkehr wieder vor. Wir hatten sie im Grunde niemals verlassen – außer um die Vorstellung zu untersuchen, die Flaubert sich an der Oberfläche seiner selbst und in seinem tiefen Innern gibt, um hinter seiner allzu schwachen Natur seinen hervorragenden Wert zu zeigen (durch systematische Umkehrung der allgemein angenommenen Wertskala) und *zugleich* an der Oberfläche die Leere seiner religiösen

Seele durch die subversive Wirkung der ihm von seinem Vater aufgezwungenen verfluchten Wahrheiten zu deuten. Einerseits beutet er die Situation aus (ich brauche den Glauben, ich kann nicht glauben), und andrerseits wehrt er sich. So finden wir *zwei* Teufel in ihm, Achille-Cléophas und über diesem den Ewigen Vater, der sich durch sein Schweigen zum Komplizen macht – beide sind eins wie Vater und Sohn im katholischen Glauben; der andere ist der Verfluchte selbst, der durch Verinnerung seiner Verfluchung in intentionale Verzweiflung zum Bösen wird, der jüngere Flaubert in Person, aber unerreichbar. Offenheit zum Sein und Verschlossenheit entsprechen sich: die Offenheit, die er religiösen Instinkt nennt, bleibt konstitutiv und grundlegend: leben muß einen absoluten Sinn haben, dieser kleine Überzählige muß wissen, was er auf der Erde soll. Aber die Diade *diabolischer Vater-Schöpfer* verbietet es ihm; angesichts dieser Entbehrung, die ihm allein vorbehalten ist, verschließt sich der Kleine in seinem Innern gegenüber Gott: er wird diese Entbehrung des Unendlichen bleiben, die ihm ermöglicht, das Universum mit seinen Milliarden von Sternen zu umfassen, aber *da er weiß*, daß Gott existiert und sich verweigert, verschließt er sich seinerseits und entscheidet sich dazu, *das mechanistische Universum zu totalisieren*: es ist das absolute Nichts, das er seine Sünde der Verzweiflung nennt oder Entscheidung, angesichts des verborgenen Schöpfers und gegen ihn *ans Nichts zu glauben.*

Man kann nicht spielen, ohne daß man sich bewußt ist, daß man spielt. Selbst im Psychodrama – in dem man oft spielt, was man ist – ist ein dunkles Spielbewußtsein für die Freisetzung verborgenen Gewaltpotentials unentbehrlich. Gustave weiß, daß er spielt. Genau in dem Moment, da er sich durch ein prometheisches Drama rechtfertigt, das Erde und Himmel gegeneinandersetzt und von dem er behauptet, daß es sich in der Ewigkeit abspiele und daß er es nur durch eine *Darstellung* heraufbeschwören könne – ebenso wie schließlich, weil ihm ja das Licht des Glaubens verweigert wird, die Zeremonie der Messe nur eine schlechte Darstellung eines archetypischen Ereignisses ist, das man, wenn man glaubt, in einer tausendjährigen Vergangenheit und in der lebendigen Ewigkeit ansiedeln muß –, ist er sich bewußt, daß er sich eine Komödie spielt, um eine grundlegend mittelmäßige Seele, einen feuchten Docht, der sich nie entzünden wird, mit einem heiligen Feuer zu entflammen. In diesem Augenblick ist die absolute Realität das Erlebte, jener Ausfluß des Unbehagens, jenes Elend. Wieder steht Gustave *in Frage*; wieder wiederholt er sich unter dem byronschen Drama, das er spielt: «Ich bin nicht genug, um zu haben.» Auch für Gott ist er der Idiot der Familie. Er hört zwar manchmal auf, Kain zu spielen, aber er hört *niemals* auf, sich seiner wesensmäßigen Armseligkeit bewußt zu sein, weil die Komödie, selbst wenn sie vom Menschen Flaubert gerechtfertigt ist, nicht stattfinden kann, ohne daß sie ihren eigenen Spielcharakter zu erkennen gibt. Das Versagen ist da, das alte Versagen, das er in der frühesten Zeit angesichts des Alphabets erlitt und später bis zum Ende seines Lebens angesichts der weißen Seite, die er füllen muß. In manchen Augenblicken wird es selbst als Belastungszeuge erlebt: mein Gott, mein Vater, warum habt ihr mich so mittelmäßig gemacht? Und in anderen Momenten, im Heiligen Grab zum Beispiel, setzt es sich demütig für sich ohne irgendeine Beziehung zu seinen Schöpfern. In diesem Augenblick bleibt nichts andres mehr als eine armselige zufällige Existenz, die von einem Bedürfnis zu glauben – das heißt, sich in der Welt notwendig zu fühlen – durchdrungen ist, das sie nicht befriedigen kann aus den gleichen Gründen, aus denen sie es hat hervorbringen müssen, das heißt aus jener Kontingenz heraus, die sich im Skandal erlebt, aber sich nicht auf die Notwendigkeit hin überschreiten kann. In diesen Augenblicken des Selbstekels, der bitteren Traurigkeit, ruft er zum barmherzigen Gott, er möge ihm Seine Gnade geben, das heißt die Möglichkeit, Ihn zu lieben und sich in Ihm zu lieben. Mein Gott, seid doch der Vater, den ich gewollt hätte, den ich nicht gehabt habe; meine Schwäche kann Euch nicht zurückstoßen, weil Ihr die Aufrichtigkeit meines Wartens kennt und weil die Anderen, die Gesalbten des Herrn, letztlich nicht mehr wert sind als ich. Nichts. Schweigen. Und das Rad dreht sich weiter: das Ressentiment und der negative Stolz, die einige Minuten lang geschlummert haben, sind plötzlich wieder erwacht, treiben ihn in die Komödie: und warum habt Ihr mich so gemacht, daß ich Eure Heimsuchung nicht verdiene? Das Karussell hat kein Ende, bis in einer besonders schwarzen Nacht der Jüngere die Zügel des Kabrioletts losläßt und vor den Füßen seines älteren Bruders, des Usurpators, zusammenbricht. Und just nachdem er sich angeklagt hat, entlockt ihm eine bittere Traurigkeit angesichts jener gegebenen und verlorenen Rose im Heiligen Grab den Namen des Hauptschuldigen. *Ich glaube, sie, dann ich ...*

... vor allem Ihr. (*Voyage en Orient*, II, 607) Wir stoßen hier wieder, zumindest scheinbar, auf den Zirkel: *Ihr*, die Ihr *mich* vom Glauben abbringt, indem Ihr Euch *von ihnen* darstellen laßt. Aber anstatt hier wieder das Karussell zu beginnen, beachten wir lieber die neue Sanftmut, die neue Achtung dieser Anrufung! Das in den Jugendjahren so oft gebrauchte *Du*, dessen Brutalität die stolze Unabhängigkeit des verfluchten Vasallen gegenüber seinem Herrn kennzeichnen sollte, hat hier einem *Ihr* Platz gemacht, das, wie es sich gehört, groß geschrieben wird; obwohl Gustave nicht von der Gnade berührt worden ist, benutzt er hier den Diskurs des Glaubens; er spricht zu Gott wie einer seiner Gläubigen. Bis auf die Tatsache, daß diese bittere Wehmut, die seine Beziehungen zum verborgenen Gott kennzeichnet, ihm ganz allein gehört. Er hält in richtiger und angemessener Form den Diskurs des Glaubens, eben gerade um zu erklären, daß er nicht in seinen Genuß

kommt. In dieser Zeit leidet er seit sechs Jahren unter einer Nervenkrankheit, und wir werden sehen, daß der Weg von Deauville nach Rouen in gewisser Weise sein Damaskus gewesen ist: er meint, er sei auserwählt worden, Gott unwiederbringlich zu verlieren, und in seinem tiefsten Innern glaubt er, daß dieser höchste Verlust, sofern er darüber verzweifelt, eine Art und Weise sein kann, ihn zu gewinnen. Diese Metamorphose wird uns im Augenblick nicht weiter beschäftigen: Gustave wird sie niemals zugeben, und zu ihrer Aufhellung wird eine lange Arbeit nötig sein. Wichtig ist hier, daß allein deshalb, weil er den Ton von Ohmlin aufgegeben hat und sich wie ein Gläubiger an den Allmächtigen wendet (obwohl er die Überzeugung bewahrt, daß er keiner ist), die Frage aus *Rage et impuissance*: «Warum willst du, daß ich nicht an dich glaube?» (I, 86) eine Weite, ja eine Universalität annimmt, die sie nicht haben konnte, als der Junge sich für den einzigen Auswurf der Schöpfung hielt. Er spricht jetzt zwar für sich selbst, aber im Namen vieler anderer, die er niemals gekannt hat. Er fragt nicht mehr: «Warum hast du mir diesen Streich gespielt?», sondern allgemeiner: «Warum habt Ihr beschlossen, uns zu erwählen, uns, die Besten, und Euch uns gleichzeitig entzogen? Warum, wenn es doch so leicht war, o Allmächtiger, uns durch Eure anbetungswürdige und unerträgliche Anwesenheit oder durch die Majestät und die Heiligkeit Eurer Stellvertreter zu blenden, warum habt Ihr Eure Priester unter dem käuflichen Pöbel jener Galgenvögel und Ignoranten ausgewählt? Ich verstehe durchaus, daß die Priester Menschen sind und als solche sündhaft bleiben müssen, und ich verstehe sogar, daß Ihr nicht die Besten von uns ausschließlich für das Priesteramt erwählt habt. Aber mußtet Ihr wirklich ausschließlich die Schlechtesten erwählen? Sind die Dümmsten wirklich am besten geeignet, Eure Lehre zu lehren? Sind die Unzüchtigsten wirklich am besten dazu geschaffen, uns von unseren Schandflecken zu befreien? Können wir, wenn wir ihrem Vorbild folgen, am sichersten zur Keuschheit gelangen? Sind diese großen Haufen schläfriger und vollgefressener Materie wirklich am ehesten dazu geeignet, uns von unserer geistlichen Existenz und unserer Unsterblichkeit zu überzeugen?» Darauf wird man, wie wir wissen, allzu leicht antworten, daß die Priester weder die ersten noch die letzten der Menschen sind: entscheidend ist, daß Gustave sie abscheulich findet; und tatsächlich sind sie das gewesen – zwischen 1815 und 1830; man wächst nicht ungestraft in einem autoritären Polizeistaat unter der doppelten Aufsicht der Polizisten in Soutane und der weltlichen Spione der Congrégation auf. Für ihn schien sich also das Heilige auf geheimnisvolle Weise dafür entschieden zu haben, in Lumpen zu gehen, auf dem Dreck zu schillern, der unfaßbare Sinn unerträglicher Farcen zu sein. In diesem Erstaunen über die Erbärmlichkeit derer, die immerhin mit einer wesentlichen Mission beauftragt sind, aber *ebendeshalb* ausgewählt scheinen, weil sie nicht die Qualität haben, sie zu erfüllen, finde ich eine gewisse Gemeinsamkeit mit den Ungewißheiten des Kafkaschen Landvermessers K. in seinen Beziehungen zu den Boten, die vom Schloß geschickt werden oder geschickt zu sein behaupten. Es sind kleine Leute, oft lächerlich, manchmal lasterhaft, immer unschicklich auf der letzten Stufenleiter einer unsichtbaren und papierenen Bürokratie lebend und nur unter Schwierigkeiten mit ihren Vorgesetzten kommunizierend über gestörte Telefone usw., die den Landbewohnern, wenn es etwas zu übermitteln gibt, unverständliche Informationen übermitteln, die sie selbst nicht verstehen. Der Gegenstand dieses ganzen Treibens – zumindest was den Landvermesser angeht – scheint von sekundärer, in jedem Fall weltlicher Bedeutung zu sein: wird er die Erlaubnis erhalten, im Dorf zu bleiben, oder nicht? Indessen nimmt das unsinnige Treiben nicht trotz, sondern gerade wegen seiner Unsinnigkeit vor unseren Augen allmählich eine entscheidende Bedeutung an: das abwesende, unerkennbare, durch die Absurdität der Bürokraten gebrochene, abgelenkte und, wenn ich so sagen darf, säkularisierte Heilige erscheint als der einzig annehmbare Sinn dieser Farce. Das heilige Drama kann für Franz Kafka vor den Menschen nur in Form einer Farce dargestellt werden: ohne jeden Zweifel wegen der menschlichen Misere, aber unbestreitbar auch wegen des privativen Wesens des Heiligen und wegen der vielleicht unüberwindlichen Schwierigkeiten, die eine religiöse Botschaft daran hindern, ihre menschlichen Adressaten zu erreichen und religiös zu bleiben; für K. ergibt sich daraus, daß er von Zeichen umgeben ist, die – da sie weder ganz natürlich noch ganz übernatürlich sind – grotesk und oft skandalös erscheinen und in gewisser Weise auf der Ebene der Konnotation nichts bedeuten: allein der Kontrast zwischen den hartnäckigen Indikatoren und dem komischen und finsteren Fehlen jedes indizierten Gegenstandes läßt erraten, daß eine vielleicht ungreifbare oder unmögliche Denotation die einzig gültige Erklärung dieser absurden Markierungsschilder in der Wüste wäre.[133]

Auf diesem Gebiet hat Gustave nicht die Strenge von Franz Kafka: er verfolgt nicht mit jener hartnäckigen, unbeugsamen Demut die Anfechtung des Heiligen – nicht an sich, aber in ihren Kommunikationsmöglichkeiten. Dennoch hat er die Frage *radikal* gestellt, indem er die menschliche Schwäche der Priester leidenschaftlich übertrieb. Jedoch in dem Moment, da Franz Kafka auf eine gewisse Ohnmacht des Heiligen schließt und damit mystisch seine eigene Verlassenheit als seine fundamentale Schuld und als die Not Gottes und seine Unfähig-

133 Für Franz Kafka, könnte man sagen, ist das Heilige *auf grausame Weise* nicht kommunizierbar und behauptet sich daher als solches in der Zerrüttung eines ganzen Kommunikationssystems.

keit, die Menschen zu erreichen, empfindet, bleibt er stecken und macht letztlich aus uns wieder die einzigen *unmittelbaren* Schuldigen; der einzige Fehler Gottes besteht darin, uns so geschaffen zu haben, wie wir sind, oder, ganz einfach, uns geschaffen zu haben. Wenn wir, endlich und zufällig, aus Seinen Händen hervorgehen, können wir diesen Status nur *leben*, indem wir ihn zu überschreiten versuchen: wenn die Zufälligkeit als reiner ursprünglicher Nicht-Sinn sich ihrer selbst bewußt wird, so will sie nur Schein sein und daß wir, da wir unsere Existenz nicht selbst begründen können, entdecken, daß ein großer Uhrmacher uns auf die Welt gesetzt hat, weil wir für das richtige Funktionieren seiner Uhr notwendig waren; wenn sich unsere Endlichkeit als einschränkende Bestimmung begreift, das heißt als in ihrem Sein mit einem tiefen Nicht-sein geschlagen, so kann sie sich vom Entsetzen vor diesem inneren Nichts nur losreißen, indem sie sich treu und fanatisch dem unendlichen Sein ergibt; mit anderen Worten, wir werden dem Nichts *in diesem Leben* nur entgehen, indem wir uns zu den Mitteln Gottes machen. In dieser Selbstüberschreitung auf das unendliche und notwendige Sein hin sieht Flaubert den eigentlichen Sinn unsrer Natur: es gibt keinen Unterschied zwischen dem entsetzten Begreifen unsrer Unbeständigkeit, unsrer Müßigkeit und dieser Trans-Aszendenz, die eine Anstrengung ist, uns zu entgehen, rückschauend die Bedeutung unserer Geburt zu verändern. Das ist der *religiöse Instinkt*: man sieht, daß der Sohn des rationalistischen Chirurgen nicht umhin kann, sein Problem zu rationalisieren: der Glaube ist nichts andres als das fundamentale Bedürfnis jedes Geschöpfes, das seine Animalität erlebt; da die Selbstbeziehung Gustave zufolge nicht ohne Ekel ertragen werden kann, enthält sie *zugleich* die fade Enthüllung der Faktizität und ihre Ablehnung *im Namen ihres Gegenteils.* Aber wenn auf der Ebene des *Mangels* alles einfach erscheint, so kompliziert sich alles, sobald man den Höchsten Herrn erkennen will, der unsere Existenz rechtfertigt. Das Endliche kann das Unendliche negativ begreifen, aber nur als eine gewisse Beleuchtung seiner Endlichkeit: wie wäre es denn anders möglich, das eine im anderen zu fassen, und sei es, *man stelle es dar* wie Gustave, wenn er seine *Autosakramentalien* als unendliche Entbehrung spielt? Und woher hätte das traurige Produkt einer zufälligen Paarung seine Kenntnis der absoluten Notwendigkeit? Diese kann nur im Selbstekel empfunden werden, den man von seiner Geburt an hat. Man wird bereits begriffen haben, daß dieser Ekel – der nach Flaubert der religiöse Instinkt selbst ist – ein inneres Verhältnis ist, das direkt an die Anomalie des schlecht geliebten jüngeren Bruders gebunden ist, der als Säugling mit Überfürsorglichkeit behandelt und um das Lächeln gebracht wurde; ebenso gründet sich die erklärte Unkenntnis der absoluten Notwendigkeit auf die Idiosynkrasie dieses passiv Handelnden, der sich *aus Passivität* gegen die logischen Verkettungen wehrt. Nicht daß es genügte, Mathematiker zu sein, um eine Kenntnis der Notwendigkeit zu haben, wie sie im göttlichen Verstand erschiene: zumindest müßte man den Sinn dessen haben, was Gaston Milhaud die *logische Gewißheit*[134] nennt, damit man die Frage korrekt stellen und bei den *praktisch* Handelnden zu Beginn die innere Dialektik der unreduzierbaren Kontingenz und der Notwendigkeit aufzeigen könnte, die sie sich ständig als ein unentbehrliches Werkzeug zur Hervorbringung der Kenntnisse und ihrer Systematisierung schaffen. Bei Gustave ist davon nicht die Rede, und die Notwendigkeit kann nur der müßige und *pathetische* Aufstand der Kontingenz gegen sie selbst sein. Da der religiöse Instinkt Flaubert zufolge die Erkenntnismöglichkeit prinzipiell ausschließt, bietet er sich selbst als ein *Glaubensbedürfnis* dar, das aber die Gegenstände seines Glaubens nicht definieren kann. Die Folge davon ist, da man sie nicht durch Begriffe bestimmen kann, daß man entweder in der Unruhe und im Unbehagen bleibt, ohne daß dieses frustrierte Bedürfnis auch nur ein Beweis dafür ist, daß irgend etwas existiert, was es befriedigen könnte, oder aber daß man den göttlichen Gegenstand erfindet. Religionen sind nichts andres als *soziale Imaginarien.* Aber – wir stoßen hier wieder auf die Verallgemeinerung der Formel «Ich bin zu klein für mich» – die Imagination des Unendlichen durch das Endliche kann nichts andres ergeben als kindliche und primitive Fabeln. Auf dieser Überbauebene kommt die Verfluchung Adams daher, daß sein Vermögen, Bilder zu formen, kein gemeinsames Maß hat mit dem Bedürfnis, das es hervorruft. Der Mensch kann nicht versuchen, seinen Durst zu stillen, indem er ein Phantasma schafft, das ihn zumindest symbolisch stillen kann, ohne unweigerlich läppisch zu werden. Das bedeutet, daß Adam, wenn er der Versuchung, um jeden Preis zu glauben, erliegt (wie jene, die sagen: «Man muß schon an etwas glauben»), das nur erreicht, indem er verblödet. Unser Unglück ist, daß das religiöse Bedürfnis uns von dieser kleinlichen und vertrockneten Erde losreißt und daß die Mythen, die es hervorbringt, uns noch etwas mehr in das Verlies einsperren, aus dem wir entkommen wollten: die Imagination nämlich – sofern sie von selbst und als Selbstzweck funktioniert – kann uns nur einzelne, menschliche und irdische Bilder geben: wenn sie vom Instinkt geleitet versucht, uns das Übernatürliche als einen Glaubens*gegenstand* darzustellen, vermischt sie Natürliches und Übernatürliches in anthropomorphen Mythen; das Unendliche versinkt und verliert sich in einem schwarzen Stein oder einem alten Mann mit weißem Bart. Zwischen dem einen und dem anderen Symbol besteht kein spürbarer Unterschied. Ebensowenig wie zwischen den fetischistischen Riten und den katholischen Zeremonien.

134 Gaston Milhaud (1858–1918), *Essai sur les conditions et les limites de la certitude logique*, 1894. *Anm. d. Übers.*

Gott hat den Menschen so geschaffen, daß dieser ohne Ihn nicht leben kann, aber nur an die Idole glaubt und Seines Lichtes beraubt stirbt. Dennoch haben jene grotesken und ephemeren Fabeln – in den drei Fassungen der *Tentation de saint Antoine* führt der Teufel den Einsiedler durch die *Geschichte* der Religionen in Versuchung: sie sind alle *sterblich*; der religiöse Instinkt fixiert sich auf einen barbarischen Gegenstand, man glaubt einige Jahrhunderte daran, und dann bricht der hölzerne oder goldene Gott zusammen, und man fabriziert sich einen anderen – einen positiven Aspekt: die Materialisierung des Allmächtigen erlaubt dem Instinkt, sich zu verwandeln, gerade in dem Maße, wie sie verlogen und kindisch ist: der religiöse Instinkt war Unbehagen, erlittene Leere, Ekel vor der Endlichkeit, er wird zum Glauben. Flaubert hat sich darüber mit allergrößter Klarheit geäußert. Und häufig. Niemals deutlicher, glaube ich, als in seinem ersten Brief an Fräulein Leroyer de Chantepie: «Die Hypothese vom absoluten Nichts hat nicht einmal etwas Erschreckendes für mich. Ich bin bereit, mich mit Gelassenheit in das große schwarze Loch zu stürzen. Und doch zieht mich die Religion über alle Maßen an. Ich will sagen alle Religionen, nicht die eine mehr als die andere.[135] Jedes Dogma im einzelnen finde ich abstoßend, aber ich betrachte das Gefühl, das sie erfunden hat, als das natürlichste und poetischste der Menschheit . . . Ich entdecke darin Notwendigkeit und Instinkt; deshalb achte ich den Neger, der seinen Fetisch küßt, ebenso wie den Katholiken zu Füßen von Herz Jesu.»[136] In einem anderen Brief beschimpft er die Philosophen, die den religiösen Fanatismus verurteilt haben, und erklärt, daß für ihn Lauheit oder Toleranz in der Religion keinen Sinn haben und daß ein wahrer Gläubiger nur fanatisch sein könne. Man wird erstaunt sein über dieses Lob des Fanatismus aus der Feder eines Mannes, der vom «Glauben ans Nichts» zerfressen ist. Aber Gustave ist sich selbst gegenüber ganz logisch: was er am Ersten Kaiserreich liebte, war die fanatische Hingabe der alten Haudegen an Napoleon, jene strenge «Huldigung», jene vorbehaltlose Verpflichtung, anderen das Leben zu nehmen und das

135 Er ist nicht ganz ehrlich: er wird ihr ein anderes Mal schreiben (im Juni 1857), daß er seine Vorlieben hat: zunächst für den katholischen Glauben. Wegen des Christusmythos natürlich: dieser Gott, der Mensch wird, um zu leiden, muß diesem Menschen, der leidet, daß er nicht Gott ist, gefallen. Und außerdem muß er wohl zugeben, daß der Fetischismus den Menschen zwar mit dem Heiligen in Berührung bringt, daß ihm aber die Dimension des Unendlichen fehlt. Von seinem Gesichtspunkt aus kann man also die christliche Religion als einen Fortschritt der religiösen Imagination auffassen. Im Grunde denkt er manchmal, daß die Religionen alle gleich sind, und manchmal, daß das Christentum, ohne daß es dadurch dem unantastbaren Gesetz der Endlichkeit entginge, der «modernen Seele» am nächsten ist.
136 Brief an Fräulein Leroyer de Chantepie vom 30. März 1857.

eigne hinzugeben, sofern der Kaiser es nur befahl; es ging nicht um die Person des Führers: was zählte, war die verlangte Vasallentreue, bei der der Untergebene durch die totale Entfremdung in den Vorgesetzten, wer es auch immer sei, gerechtfertigt ist. Genau das bewundert er auch in der *konstituierten* Religion: es gibt da eine Hingabe, eine vollständige Selbstentfremdung, ein Vergessen jeder negativen Bestimmung: ob Amulett oder Kruzifix, das Idol zieht auf sein grobes Abbild die ganze Liebe, deren der Gläubige fähig ist. Die unermeßliche Seele von Djalioh aus *Quidquid volueris* konzentriert sich ganz und gar in seiner grenzenlosen Liebe zu der hübschen Puppe, die Herr Paul heiraten wird. Eine zweifellos profane Neigung. Aber bereits mit fünfzehn Jahren will er zeigen, daß der Wert des erwählten Idols nichts zur Sache tut: ebenso gilt für die heilige Liebe, daß das angebetete Ding in Wirklichkeit nur ein Stück Holz oder ein behauener Stein ist, aber das ist gleichgültig, wenn die Umstände bewirken, daß es wie ein Blitz alle heftigen Begierden des Gläubigen zusammengebündelt anzieht. Man wird Gustaves Vorsicht bemerken: zahlreich sind die Christen, die heute glauben, daß die fromme Liebe über das Endliche, was es auch sei, manchmal ohne ihr Wissen, auf das Unendliche zielt und es erreicht; manche schließen sogar oder deuten an wie François Mauriac in *Le fleuve de feu*, daß die körperliche Liebe über den Körper des anderen sich blind an Gott wendet, wie ihre ständige Unstillbarkeit und jenes Verlangen mitten im Verlangen nach einem Jenseits des Besitzes zu bezeugen scheint. Gustave dagegen bleibt hier sehr maßvoll: das heilige Ding mobilisiert alle Kräfte der Seele, und diese stürzen sich gebündelt auf es, um sich des Unendlichen zu bemächtigen: aber wenn es wahr ist, daß der Fanatismus über das Idol auf das Unendliche zielt, dann ist auch wahr, daß er es nicht erreicht. Ganz im Gegenteil; der Kultgegenstand schafft die inbrünstigste Leidenschaft, weil er das Zerstreute auf sich konzentriert, aber *ebendarum* vermindert er ihre Weite, indem er ihr Anwendungsfeld einschränkt. Für Gustave läßt sich das Unendliche leichter in jenen unbestimmten kosmischen Ekstasen erkennen, in denen die Seele sich bis zum Äußersten ausweitet, bis sie im Unbewußtsein oder in «melancholischen Lethargien» versinkt. Der Beweis dafür ist, daß Djalioh aus *Quidquid volueris* Adèle zunächst liebte «wie die ganze Natur mit einer zarten und allumfassenden Sympathie» und daß diese Liebe wuchs «*in dem Maße, wie seine Zärtlichkeit für die anderen Wesen abnahm*» (I, 105). Im Grunde müßte die Leidenschaft des Unendlichen unendlich sein; indem der heilige Gegenstand sie ganz auf sich zieht, schlägt er sie mit Endlichkeit. Der Fanatismus des Moslems kommt nicht nur von seiner Liebe zu Allah, sondern von der Hartnäckigkeit, die ihn *Seinen* Gott in seiner negativen Bestimmung lieben läßt, das heißt in dem kümmerlichen Unterschied, der ihn vom Gott der Juden oder der Christen trennt. Die Mobilisierung aller seiner Kräfte – einschließlich der Roheit, die ihn die Hunde von Ungläubigen töten läßt, und des Mutes, der ihm ermöglichen wird, eher Marter und Tod zu ertragen, als abzuschwören – kann nur durch das Nicht-sein des Pseudo-Unendlichen bewirkt werden, das heißt durch jenes Differential, das im System der Götter und ihrer Gegensätze ein gewisses Unendliches unter anderen daraus macht, das heißt ein endliches Unendliches. Da die Gewalt des Glaubens umgekehrt proportional zur Weite der religiösen Erkenntnis ist, ist der aus dem Bedürfnis nach Unendlichem geborene Fanatismus Flaubert zufolge eine endliche und ausschließliche Leidenschaft für die Endlichkeit eines Gegenstandes, den endliche Wesen ihm als das Unendliche darstellen, das sich herabläßt, mitten im Endlichen zu erscheinen. Der Fanatiker ist in Wahrheit derjenige, der gegen alles *ein* Unendliches seiner Endlichkeit wegen liebt. Von diesem Gesichtspunkt her ist die Welt so beschaffen – durch die Schuld Gottes –, daß jeder Glaube eine Deformation des religiösen Instinkts ist. Gustave weiß, daß der Glaube Berge versetzt, er bewundert in ihm jene unglaubliche Kraft, die, verbunden mit Selbstvergessenheit, die volle Verwirklichung und zugleich die totale Zerstörung der Menschennatur aus ihm macht, er bewundert nichts so sehr wie den *religiösen Menschen*, vorausgesetzt, daß er Polykarp oder Torquemada heißt und nicht César Birotteau. Aber gleichzeitig entlarvt er die teuflische List: aus dem Bedürfnis nach dem Unendlichen geboren sind die Religionen *Partikularitäten*; nur aus ihnen kann der Glaube entstehen, denn er muß sich an präzise Dogmen klammern, aber ebendiese sind für den religiösen Instinkt Sümpfe, in denen er versinkt und sich verliert. Die Religion tötet den religiösen Instinkt.

Für diesen dämonischen Trick ist nicht der Dämon verantwortlich, sondern Gott, der uns *endlich* geschaffen hat. Wer diese Falle kennt, geht nicht mehr in sie hinein und läßt nicht mehr zu, daß sich sein Bedürfnis partikularisiert, und sei es durch einen weitläufigen Theismus wie den des Rousseauschen *Vicaire savoyard*, der, kaum daß man sich zu ihm bekennt, sich innerhalb des Systems spezifiziert als eine Variante des Dogmas, das die Dogmen leugnet, und der, um das Allgemeine zu seiner Spezialität zu machen, die dunkle Macht geheimnisvoller und vollständig irrationaler Riten in sich auflöst, die vielleicht ohne unser Wissen unsere wahre Kommunikation mit den Heiligen sind. Kurz, da der Glaube den religiösen Instinkt deformiert, wird er den Glauben ablehnen, um den Appell in seiner Reinheit zu erhalten, obwohl er weiß, daß er sich damit jede Erfüllung nimmt. Das erklärt Gustave in demselben Brief seiner Korrespondentin: Fräulein de Chantepie litt damals unter einer merkwürdigen Neurose: als Katholikin hielt sie die Beichte für eine Pflicht – ganz zu Recht –, aber sie konnte nicht beichten, ohne daß sie sich «mit allen Sünden der Menschheit beladen» glaubte; im Beichtstuhl fielen ihr «die undenkbarsten, merkwürdigsten, lächerlichsten Sünden» ein. Sie glaubte zunächst nicht daran, hielt sich aber schließlich für daran schuldig. Sie fügte hinzu: «. . . weil ich eine Pflicht, die mir unmöglich wird, nicht mehr erfüllen kann, bin ich ein verlorenes Wesen ohne Gott, ohne Hoffnung . . .» Flaubert antwortet ihr: «Ich denke Folgendes: Ihr müßt versuchen, entweder mehr Katholikin oder mehr Philosophin zu sein. Ihr habt zuviel gelesen, um aufrichtig glauben zu können. Protestiert nicht! Ihr möchtet wohl glauben. Das ist alles. Die schmale Kost, die man den anderen vorsetzt, kann Euch nicht sättigen, Ihr habt aus allzu großen und allzu köstlichen Schalen getrunken. Die Priester haben Euch keine Antwort gegeben. Das glaube ich Euch gern. Das moderne Leben übersteigt sie, unsere Seele ist für sie ein Buch mit sieben Siegeln . . . Macht eine äußerste Anstrengung, eine Anstrengung, die Euch retten wird. Ihr müßt Euch ganz für das *eine* oder ganz für das *andere* entscheiden. Bleibt im Namen Christi nicht aus Angst vor Areligiosität beim Sakrileg stehen! Entwürdigt Euch im Namen der Philosophie nicht aus jener Feigheit, die man Gewohnheit nennt. Werft alles über Bord, da das Schiff untergeht.» Gustaves Antwort scheint nicht allzugut zu dem Fall zu passen, der ihm unterbreitet wird. Aber das wäre ein Irrtum. In Wahrheit hat er in ihr eine Natur erkannt, die ebenso autosuggestiv veranlagt ist wie er. Er kann ihr das Unbehagen, das sie quält, sehr gut als eine Autosuggestion beschreiben, deren Ursprung eindeutig sexuell ist[137] und mit dem Verlangen, *gesündigt zu haben*, beginnt, begleitet von einer «unbestimmten und erschreckenden Lust», die sich im Traum befriedigt: «. . . der Traum der Sünde beginnt . . . er geht vorüber. – Und dann kommen die Halluzination und die Überzeugung, die Gewißheit und die Gewissensbisse – mit dem Bedürfnis herauszuschreien: ‹Ich habe es getan!›»

Aber er beschränkt sich nicht auf diese sexuelle Interpretation: Fräulein de Chantepie ist zwar ein altes Mädchen, wahrscheinlich eine alte Jungfer, die in ihren Wechseljahren von den verwirrenden und perversen Gedanken der Reue gequält wird; sie ist aber auch Katholikin, und Gustave hat verstanden, daß jenes neurotische Unbehagen – das in der Kirche immer im Beichtstuhl oder kurz vor der Beichte empfunden wird – eine andere intentionale Funktion hat: nämlich die, dem armen Fräulein jedes religiöse Leben im strengen Sinne unmöglich zu machen. Wenn es nicht Mephistopheles ist, der ihr jene unschicklichen Begierden einflüstert, um sie vom Abendmahl abzuhalten, so muß sie es selbst sein. Gustave – in diesen Fragen, wie wir sehen werden, ein Experte – ist der Meinung, daß sie den Glauben verloren hat, nicht wagt, es sich einzugestehen, und daß die niederen Teile der Seele in bester Absicht sie von den Sakramenten fernzuhalten versuchen, indem sie einige jener

137 Gustave sagt es nicht ausdrücklich, aber er gibt es zu verstehen.

entsetzlichen Begierden durchsickern lassen, eine skandalöse und ungehörige Hilfe, die sie in Schrecken versetzt, ohne daß sie ihr den Mut verleiht, mit der katholischen Gewohnheit zu brechen. Hat Gustave die fundamentale Intention dieser Neurose verstanden? Ich weiß es nicht. Sicher ist, daß ihm der Moment für den chirurgischen Eingriff günstig scheint; diese Frau *möchte* glauben, aber sie *will* es nicht: also muß man ihr den Glauben wegoperieren. Gustave geht behutsam vor, er sagt nicht: glaubt nicht mehr, sondern: seid entweder ganz und gar blindlings Katholikin, oder seid ganz und gar Philosophin.
Gut und schön. Die Diagnose ist mehr als plausibel, die Behandlung angemessen; und doch rät Flaubert, indem er die zu befolgende Kur beschreibt, ihr nur seine eigene an. Anders gesagt, *er spricht von sich*. Er selbst hat aus allzu großen und allzu köstlichen Schalen getrunken, als daß die schmale Kost des Gewöhnlichen ihn sättigen könnte: das bedeutet, daß er die vulgären Fabeln, die man dem Krämer serviert, verachtet. Aus welchem Grunde? Er sagt es ganz klar, fast naiv: er hat zuviel gelesen, um aufrichtig glauben zu können. Der Glauben ist also etwas für Analphabeten? Sagen wir besser, nur bei ihnen – oder fast nur bei ihnen – kann er Fanatismus, Inbrunst, Blendung sein; sie haben nicht die Möglichkeiten, den Gott, den man ihnen zeigt, mit den anderen zu vergleichen, noch, aus ihrer Religion eine bestimmte westliche Version des Monotheismus zu machen: da sie das Nichts nicht sehen, das die Mythen und die Zeremonien untergräbt, werfen sie sich in den Glauben, entfremden sich in ihm und sind nun, ohne es zu wissen, in ihrer unablösbaren Endlichkeit eingeklemmt und bestätigt. Wenn Gustave nicht glaubt, so nicht allein deshalb, weil die katholische Religion seiner Gelehrtheit als ein einzelnes, in Raum und Zeit lokalisierbares Bekenntnis erscheint, dessen gegenwärtige Bedeutung Funktion einer langen Geschichte ist, sondern auch deshalb, weil er stärkeren Wein getrunken hat: darunter ist zu verstehen, daß bestimmte Gedichte und sogar eine bestimmte Prosa seinem religiösen Instinkt eine kräftigere Nahrung gegeben haben. Selbst dann, wenn es dabei gar nicht um Gott ging? *Vor allem*, wenn nicht von Ihm die Rede war. Kein Dogma zwängte dann Seine Unermeßlichkeit ein; das unnennbare, ungenannte Heilige leuchtete zwischen den Worten, zwischen den Zeilen in dem großen Schweigen, das sich über dem Werk nach dem Umblättern der letzten Seite wieder schloß. Im vorhergehenden Abschnitt desselben Briefes hatte er übrigens erklärt: «Es ist eine große Lust . . . das Wahre durch die Vermittlung des Schönen sich anzueignen. Der *ideale Zustand*, der aus dieser Freude hervorgeht, scheint mir eine Art Heiligkeit zu sein, die vielleicht größer ist als die andere, weil sie uneigennütziger ist.» Die größte Heiligkeit, diejenige, zu der Flaubert strebt, kann nur bei dem entstehen, der auf den Glauben verzichtet, um den religiösen Instinkt zu bewahren, und der diesen – ohne ihn

zu verfälschen – durch jene strahlende und ungreifbare Wahrheit nährt, die blendet, ohne zu bestimmen, wenn sie durch die Schönheit hindurchscheint. Das Schöne ist zweifellos Form, also besondere Bestimmung; aber es ist nicht die Gestalt des Wahren; dieses wird nur durch es hindurch gespürt als eine unendliche Gegenwart. Es ist nicht *gegeben* – wie die Priester es mittels einer Reliquie zu geben behaupten –, sondern der Gegenstand bezeugt es. Ist dieses Zeugnis ein *Beweis*? Nein. Es zeigt nur, daß die Trans-Aszendenz möglich ist, daß der Mensch sich in das Werk – das ihn überschreitet – entfremden kann, daß der *ästhetische Anspruch* objektiv ist und sich an den Leser wie an den Künstler wendet, um von ihm das Vergessen seiner Endlichkeit zu verlangen. Auf dieser Ebene stoßen wir wieder auf Gustaves Antiklerikalismus. Diesmal ist er besser begründet: die Priester werden nicht wegen ihrer Erbärmlichkeit und ihrer Laster verurteilt; der christliche Mythos hat lediglich seine Zeit gehabt. Wer ihn bewahrt, den übersteigt das moderne Leben, Gustaves Seele ist für ihn ein Buch mit sieben Siegeln, eben gerade weil er auf den Glauben verzichtet – dessen Gegenstand, weil das Produkt unserer Endlichkeit, in jedem Falle endlich ist –, um das Unbehagen und das Unbefriedigtsein als bewußte – und leider endliche – Entbehrung in ihrer Reinheit zu bewahren: Gustave weiß jetzt genau, daß die Entbehrung des Unendlichen nichts andres ist als die unendlich notwendige endliche Bestimmung des Unendlichen. Wenn er seine Korrespondentin auffordert, zwischen Christus und der Philosophie zu wählen – das heißt, wie er meint, zwischen Glauben und Unglauben –, stellt die Philosophie in seinen Augen keineswegs die Freidenkerei oder den Atheismus des 18. Jahrhunderts dar: diese verurteilt er nämlich mehrfach. Nein, Philosophie heißt hier «Bewußtsein»: Gustave verzichtet darauf zu glauben, weil er seinen Widerspruch verstanden hat: als endliches Teilchen ist er durch seine eigene Existenz Negation seiner eigenen Negation, also Bezug auf das Unendliche; aber alle Produkte der Endlichkeit sind endlich, einschließlich der Religionen, die ihn über sich selbst erheben könnten, indem sie seinen religiösen Instinkt verfälschten. Alle Bekenntnisse sind Versuchungen: er *möchte glauben*, weil der Fanatismus der Gläubigen ihn fasziniert. Aber dieser Fanatismus, der höchste Grad der menschlichen Leidenschaft, der Triumph der Selbstentfremdung, ist gleichzeitig eine List des Schöpfers, die das Geschöpf zwingt, endgültig die Endlichkeit zu wählen in dem Glauben, sich dem Unendlichen hinzugeben. Er wird also jeden Glauben ablehnen, das heißt jede glückliche Zustimmung zu irgendeiner menschlichen Darstellung der Göttlichkeit; er wird in absoluter Armut leben: leer von Gott, weil er allzugut verstanden hat, daß er sich nicht mit Ihm erfüllen kann, wird er schmerzlich die unmögliche Selbstentfremdung erleben, indem er seine Endlichkeit nach einem undenkbaren und notwendigen Unendlichen schreien läßt. Weil es so ist, hat er es verstanden; weil das höchste Wesen – wenn es nicht schon zuviel ist, es so zu nennen – uns so geschaffen hat, daß wir es weder finden noch zu suchen aufhören können, weil die Kreatur weder ohne Gott noch mit Ihm leben kann, wird er den Menschen durch die Annahme des ursprünglichen Unbefriedigtseins bezeugen und schmerzlich seine falsche Annahme des Nihilismus leben, an den zu glauben ihn ganz einfach nichts hindert. Er wird den Menschen bezeugen angesichts Gottes und *gegen Ihn*. Vor allem *Ihr*: denn warum habt Ihr uns verpfuscht, barmherziger Gott? Und wenn es notwendig war, daß die Produkte Eures Willens in ihrer Natur begrenzt wären und daß ihre Funktion ihnen entginge, warum habt Ihr uns dann geschaffen? Warum habt Ihr beschlossen, daß so etwas wie eine Welt existierte und nicht vielmehr Nichts? Lange vor Paul Valéry könnte er ausrufen:

Soleil, soleil! . . . Faute éclatante!
Toi qui masques la mort, Soleil . . .
Et de mes pièges le plus haut,
Tu gardes les cœurs de connaître
Que l'univers n'est qu'un défaut
Dans la pureté du Non-être.[138]

Die Schöpfung ist die Sünde Gottes und Sein «offenkundiges Versehen»: wenn Er geglaubt hat, den Menschen nach Seinem Bilde zu schaffen, um so schlimmer für uns und für Ihn: die Splitter des Spiegels sind mikroskopisch und können die Unermeßlichkeit, die sich in ihnen zu spiegeln vorgibt, nicht reflektieren. Wenn das Sein Leiden ist, dann wäre besser das Nichts.

Das ist die philosophische Schlußfolgerung des jungen Flaubert: wenn er nach 1842 eine andere zieht, so nennt er sie nicht. Aber man sieht mühelos, daß das formulierte System sich erweitert und sich vervollständigt hat: im ersten Zirkel halten die Priester vom Glauben ab; im zweiten macht sich Gustave als einziger Verdammter zur unendlichen Entbehrung, indem er ablehnt, was sich verweigert; im dritten ist die Welt die Hölle, und Gott ist allein schuld, denn Er konnte die Geschöpfe nicht hervorbringen, ohne sie gleichzeitig Seiner zu berauben. Ihre Endlichkeit macht sie vernarrt in ein ungreifbares Unendliches.

138 Paul Valéry, *Ebauche d'un serpent* (Entwurf einer Schlange)
Sonne! Offenkundiges Versehen!
Sonne oben, die den Tod verhält . . .
meiner Fallen oberste, dein Zweck
ist, daß keines je der Herzen meine,
dieses Weltall wäre nur ein Fleck
in des Nichtseins unberührter Reine.
(Übers. von Rainer Maria Rilke)

Gott existiert, Seine Priester und mein Vater bringen mich von Ihm ab; Gott existiert außer für mich: Er verweigert Sich meiner Schwäche, Er verweigert Sich durch einen Fluch und macht mich unendlich durch die unendliche Entbehrung, die Er verursacht ; als Schmierenkomödiant spiele ich meine Ablehnung Seiner und meine negative Unendlichkeit; Gott existiert, aber verweigert Sich Seinen Geschöpfen; nur die allerborniertesten haben die Illusion, Ihn zu besitzen; Gott existiert und hat mich erwählt, indem Er mir die Verzweiflung gab; wenn ich gewinnen will, muß ich die Ungläubigkeit und die sich daraus ergebende Untröstlichkeit bis zum Äußersten treiben. Das ist der ganze Kreisel – wobei Gustaves letzte Position auch die späteste ist. Ich habe deshalb alle Momente des Karussells detailliert angegeben, um klarzumachen, wie wir unsere Meinungen leben: wir sehen in Gustave, «was ihr alle seid, irgendein Mensch, der lebt, der schläft, der ißt, . . . ganz in sich selbst verschlossen, und der überall, wohin er sich begibt, die gleichen Trümmer kaum aufgebauter und sofort niedergerissener Hoffnungen in sich vorfindet, den gleichen Schutt zermahlener Dinge, die gleichen tausendmal zurückgelegten Pfade . . .»[139], und es ist eine dieser «kaum aufgebauten und sofort niedergerissenen», aber ständig wiedererrichteten Hoffnungen, es ist einer dieser im Kreise herumlaufenden, tausendmal zurückgelegten und – zumindest scheinbar – jedesmal an den Ausgangspunkt zurückführenden Pfade, den ich habe beschreiben wollen: Flauberts innere Bewegung, die ständig dieselben Orte durchschreitet, *unsre* Bewegung in bezug auf Gott vielleicht oder, für die Atheisten, zu denen ich gehöre, in bezug auf etwas ganz anderes. Die zirkulare Struktur des «Sinnierens» ist ganz klar: fixe Anhaltspunkte, widersprüchliche Interpretationen, die ineinander übergehen, ohne sich jemals auf eine Synthese hin zu überschreiten. Als Fixpunkte sehe ich hier zwei: Gott existiert, ich kann nicht glauben; aus diesem illogischen und tiefen Denken wird man niemals mehr herauskommen: ich kann nicht an Gott glauben, an den ich glaube. Die Interpretationen drehen sich, geraten miteinander in Gegensatz und durchdringen einander oft: obwohl sie widersprüchlich sind, ist keine substantiell von den anderen unterschieden, weil sie alle über einen fixen und erlebten Illogismus Aufschluß geben wollen. Das zeigen die Notizen aus Jerusalem ganz deutlich, weil Flaubert hier die Gründe für seinen wehmütigen Unglauben ungeordnet angibt – die Schuld liegt bei ihnen, bei mir, bei Euch –, die, wenn man ihnen nachgeht, auf Auffassungen verweisen, die mit dem religiösen Glauben unvereinbar sind. Man wird sicher bemerkt haben, daß er zwei sich widersprechende Interpretationen des Endlichen in seiner Beziehung zum Unendlichen gibt, weil ja in der einen das Endliche die Entbehrung des Unendlichen verinnert und

139 *Novembre*, I, 252.

daher ein negatives Unendliches sein kann und weil in der anderen, strengeren Interpretation die Entbehrung des Unendlichen eben gerade die Endlichkeit in ihrer radikalen Verlassenheit hervorbringt und ihr lediglich ein *endliches* Streben zum Unendlichen verleiht. Was er jedenfalls auch immer tut, die beiden Ideologien seiner Zeit werden in ihm ständig in jenem zweifelhaften Kampf liegen, den sich die Wissenschaft und der Glaube vor den Augen des armen Antonius liefern. Es sind keine Ideen, sondern Nährböden von Ideen, keine Gefühle, sondern affektive Schemata: alles wird ihm recht sein – zeitgenössische Lehren, persönliche Erfindungen, von außen kommende oder in seinem Innern entstandene Kompromisse, den Widerspruch mythifizierende hyperbolische Schriften –, um seine Religiosität und den väterlichen Szientismus, anders gesagt, den feudalen Hierarchismus und den bürgerlichen Liberalismus gegeneinander auszupendeln: keines dieser beiden Systeme ist in ihm entstanden; er hat sie nacheinander verinnert: von ihm selbst stammen nur die Kompromißversuche, die, wie man sich denken kann, müßig sind; zwischen jenen Todfeinden spielt er den unerwünschten Vermittler. Die Vermittlungen haben wir eben beschrieben: ob sie nun in Wut und Ressentiment geschehen oder in dem bescheidenen Wunsch zu glauben, sie scheitern unweigerlich, und wir werden uns etwas mehr dem konkreten Erlebten nähern, wenn wir uns vorstellen, daß seine doppelte Untertänigkeit – die zwar zurückgewiesen, aber erlitten wird – eine ständige Bestimmung seiner inneren Erfahrung ist, die man entweder mit einer Art Humus vergleichen kann, in dem alles, was er wahrnimmt und empfindet, Wurzeln schlägt und der jedem Erlebnis seinen besonderen Geschmack verleiht, oder aber mit einer doppelten und ständigen Beleuchtung seines affektiven Lebens oder vielmehr mit einer strengen Strukturierung seines inneren Raumes.

Ein dreidimensionaler Raum. Zunächst das Oben und das Unten. «. . . kaum aufgebaute und sofort niedergerissene Hoffnungen.» Der «tausendmal zurückgelegte» Pfad ist ein Gebirgsweg. Er führt zu den Gipfeln, und wenn Gustave hinaufgelangt, so fällt er ins Leere und findet sich am allertiefsten Ort wieder. Wo? Unter der Erde, wie Ohmlin aus *Rage et impuissance*, mit der ganzen Welt auf ihm? Im Leeren kreisend wie *Smarh* ? Oder ganz einfach wie der Jules der ersten *Education sentimentale* vor seiner Bekehrung zur Kunst, ein Opfer immer tieferer Stürze, ohne daß wir erfahren, in welchen Abgrund sie ihn führen. In Wahrheit sind diese Bestimmungen des inneren Raumes ganz allgemeiner Art. Besonders ist nur der Gebrauch, den Flaubert davon macht. Zunächst läßt er sie in die Definition der von ihm benutzten Begriffe selbst eingehen. Ich könnte hundert Beispiele zitieren. Das bekannteste wird genügen: «Das Schändliche gefällt mir. Es ist das Erhabene von unten.» (Brief an Louise Colet vom 4./5. September 1846) Die Schändlichkeit muß zwar von den Gefühlen, Haltungen und

Verhaltensweisen her beschrieben werden, die sie hervorruft. Dennoch wäre sie ihm zufolge nicht ausreichend bestimmt, wenn er sie nicht in ihrem Wesen auf die absolute Vertikale bezöge und ihr nicht eine vektorielle Ausrichtung verliehe; der Vergleich klärt uns auf: auf der einen Seite ist das Erhabene der höchste Gipfel, von wo aus man die ganze Welt sieht; auf der anderen Seite *muß man zu ihm hingelangen*, was einen *conatus* voraussetzt und vielleicht eine Askese, jedenfalls eine grundlegende Intention: die Gipfel sind an sich selbst reine inerte Wartepunkte; erhaben ist der Mensch, der sich zu ihnen hinaufbegibt, sich mit einem Schlag (oder um den Preis schmerzlicher und wiederholter Exerzitien) von seinem Mensch-sein losreißt. Das gilt auch von der Schändlichkeit: es ist der traurige – indessen auch bewunderswerte – Mut, alles Menschliche aus sich zu tilgen, indem man in den Unrat eintaucht; das Schändliche ist *zielgerichtet*, in gewisser Weise findet man hier den gleichen *conatus* wieder, das heißt die gleiche Verachtung unserer Spezies und die grundlegende Intention, *nicht mehr Mensch zu sein*. Man wird also Erstaunen erregen, indem man den Sturz unendlich beschleunigt, indem man Taucher oder Höhlenforscher wird, und man wird als deklarierter Untermensch das Menschengeschlecht *von unten* beobachten können, das heißt in der Wahrheit des Ressentiments. Das ist nicht alles: von einem Flaubert verlangt die Schändlichkeit Mut; verflucht von einem berühmten Vater, ist er die Beute der Anderen, aller Anderen, jener Menge, die nichts andres will als das Urteil bestätigen: sich ins Schändliche stürzen, so wie Marguerite aus *Un parfum à sentir* sich in die Seine stürzt, heißt sie zurückstoßen, indem man ihnen *mehr als recht* gibt; man überschreitet ihre Verachtung von unten, indem man sich ihrer als unwürdig erweist. Kann man nicht sagen, daß an einem unsichtbaren Punkt – wie die Parallelen, die sich im Unendlichen treffen – der höchste Gipfel und der Boden des Abgrunds sich treffen? Gustave ist nicht weit von dieser Meinung entfernt. Es gibt eine geheime Zirkularität des Oben und Unten. Aber damit er sich vollständig davon überzeugt, wird der Sturz von 1844 nötig sein. Sicher ist in jedem Fall, daß der hochmütige Beschluß, ins Untermensch-sein zu fallen, Gustave zufolge *nach* der anerkannten Unmöglichkeit kommt, sich über die Menschen zu erheben. Wir werden noch ausführlich davon zu sprechen haben. Halten wir jedenfalls fest, daß er alle seine Sympathien für die schändlichen Taucher bewahrt, selbst wenn sie Andere als er sind. Seine Verachtung dagegen verdient die gefällige Stabilität, die man auf den letzten Stufenleitern der Menschheit findet: «Ich nenne bürgerlich alles, was niedrig denkt.» Das Niedrige wird hier durchaus nicht aus Verzweiflung gesucht: man ist einfach niedrig – und außerdem gibt es etwas noch Niedrigeres: der Bürger ist Mensch und erfrecht sich, die erhabenen Schändlichen zu verachten; dabei fühlt man sich wohl. Das Schändliche ist aus der unendlichen Abwesenheit des

Herrn entstandenes Unbefriedigtsein; der Bürger ist befriedigt. Also blind gegenüber der unermeßlichen Stufenleiter der Schöpfung, die ihn erdrückt und deren erhabener Punkt – trotz der Bank, die man dort vorfindet, um die Aussicht bewundern zu können – für immer leer bleibt. Wenn er der Garçon ist oder vor den Goncourts, den zugeknöpftesten seiner Kollegen, den Idiotentanz aufführt, so *spielt* Gustave den Schändlichen. Aber wir werden sehen, daß diese Komödie eine tiefe Bedeutung hat. Vielleicht kann er die Schändlichkeit nur *spielen*; vielleicht sind ihm die Abgründe nicht zugänglicher als die Gipfel. Wir werden später darüber zu befinden haben.

Erinnern wir uns im Augenblick daran, daß das erste konsequente Werk des jungen Verfluchten *Voyage en enfer* ist und daß er sich in ihm als einen Koloß beschreibt, der vom Gipfel des Atlas aus über die Welt nachsinnt. Die Reise, zu der Satan ihn auffordert, kann ihn nur von dort hinunterführen: er wird zwar fliegen, aber tief, damit er die Menschen aus größerer Nähe sehen kann. In einem seiner letzten veröffentlichten Werke, *La légende de saint Julien l'Hospitalier*, wütet Julianus der Gastfreundliche gegen sich selbst und strebt, ohne ins Schändliche zu fallen, nach physischer Verkommenheit. Wenn er den Grund erreicht haben wird – als er bereit ist, sein Lager mit einem Aussätzigen zu teilen und ihn zu wärmen, indem er seinen Körper gegen dieses verfaulte Fleisch drückt –, wird ihn Jesus zum Himmel emportragen. Zwischen diesen beiden Extremen stoßen wir sehr oft auf Erhebungen, die nichts andres als umgekehrte Stürze sind: Satan trägt die entsetzten Smarh und Antonius in interstellare Räume empor; in diesem Fall verwandelt sich das Erhabene zwar nicht ins Schändliche, aber in Entsetzen oder Verzweiflung: *es gibt nichts da oben* außer Anhäufungen von Molekülen, der Mechanismus hat recht, *also* gibt es weder oben noch unten. Selten messen Leute der Vertikalität so viel Bedeutung bei – Friedrich Nietzsche gehört zu ihnen aus ganz anderen Gründen. Man muß jedoch festhalten, daß einige von ihnen – wie der Autor des *Zarathustra* – die Strukturen des objektiven Raums, in dem sie leben, denen ihres inneren Raums anzupassen versuchen: es ist durchaus kein Zufall, wenn Nietzsche seine grundlegende Erleuchtung in Sils-Maria hat – oder zu haben glaubt. Aber Flaubert bleibt fast sein ganzes Leben lang an seinem Schreibtisch; außerdem ist er ein Mensch der Ebene, ein Normanne, dessen Reisen sich fast immer auf der Höhe des Meeresspiegels bewegen – ob er nun den Nil stromauf fährt oder die Spuren des punischen Karthago sucht; einmal in seinen Leben hat er aus Gesundheitsgründen einige Tage im Gebirge verbracht, in Rigi-Kaltbad. Er langweilt sich dort zu Tode. Er fühlt sich durch die Gäste des Hotels belästigt – Deutsche, die er seit 1870 verachtet – und schreibt ohne Begeisterung: «Die Landschaft ist zwar sehr schön, aber ich fühle mich nicht in der

Verfassung, sie zu bewundern.»[140] Dennoch verbringt dieser Mensch des Flachlands, dieser Mann des Arbeitszimmers sein ganzes Leben damit, zu steigen und zu fallen, fortzufliegen wie ein Adler, um dann Hals über Kopf abzustürzen, Gipfel zu erklimmen, zu schweben, zu versinken, er macht sich abwechselnd zum Maulwurf und wühlt unter der Erde auf der Suche nach der «kleinen wahren Begebenheit» und zum überfliegenden Bewußtsein, das um die Erde herum im Leeren kreist; die Demütigung wirft ihn tief hinunter, aber, er sagt es ausdrücklich, der Hochmut läßt ihn wieder aufspringen; oder aber mit der Nase in der Luft der Kunst nachrennend, stürzt er wie der Astronom der Fabel in einen Brunnen. Seine Werke und seine Korrespondenz enthalten eine unglaubliche Zahl von Metaphern und Bildern, die sein Verhalten und das der anderen oder seine Beziehungen zu denen, die sich ihm zufolge mißbräuchlicherweise seine Kollegen nennen, auf positive oder negative Verschiebungen längs der absoluten Vertikale reduzieren oder auf stabile Relationen, die allein durch die Vertikalität definiert sind: über, unter.
Etwas in diesem Symbolsystem ist schließlich überraschend; die beiden absoluten Extreme, das Höchste und das Tiefste, sind, selbst wenn es ihm nicht gelingt, sie zu erreichen, durchaus nicht außerhalb Gustaves, sondern in ihm: sein persönlicher Raum ist geschlossen. Der Raum das Gläubigen verlängert sich über seinem Kopf ins Unendliche und unter ihm bis zum letzten Kreis der Hölle: kurz, die Vertikale spießt ihn auf und stößt durch ihn durch. In einem Gästebuch eines Hotels auf einem der höchsten Gipfel Frankreichs habe ich folgende bezeichnende Eintragung gelesen, die von einem katholischen Paar auf Hochzeitsreise stammte: «Näher bei dir, mein Gott!» Sicher, man will sich diese Jungverheirateten und ihre Nächte lieber nicht vorstellen. Und das um so mehr, denke ich, wenn man selbst gläubig ist. Gleichwohl: dieser Fauxpas gibt deutlich an, daß der Glaube strukturierte, was die Gestalttheoretiker ihren «hodologischen Raum» nannten. Gott ist *oben*, jenseis der Sterne, die Seele wird nach dem Tod zu Ihm emporsteigen. Inzwischen nähert sich der Körper dem Himmel, wenn er Berge erklimmt. Das ist die strukturierte Ausdehnung: ein absoluter Endpunkt wird ständig anvisiert, und sei es nur, daß durch das Stehen, das zum Aufschwung wird, die Schädeldecke zu Gott strebt. Auch unter Atheisten gibt es Leute, die – aus Stolz oder irgendeinem anderen Grund – sich durch das erdrückt fühlen, was sie überragt: die Vertikalität strukturiert sich als *Sturz*, als Geröll; sie haben erst Ruhe, wenn sie ganz oben sind. Diese symbolische Ausstattung des Raums, diese Kraftlinien, die nach unseren kindlichen Meinungen ihn durchpflügen

140 Brief an die Prinzessin Mathilde vom 10. Juli 1874.

und uns unsere *Imago*[141] widerspiegeln, sind für Flaubert ohne Bedeutung: für ihn ist die äußere Ausdehnung nur der inerte Ort unseres Aufenthalts. Wir haben jedoch gesehen, daß er sich in seinen eigenen Augen durch die Trans-Aszendenz definiert. Aber diese scheint ihn nicht von sich selbst loszureißen, könnte man sagen, obwohl sie *per definitionem* ein Streben zum höchsten Wesen, eine Selbstüberschreitung nach oben ist. Schöpfer und *pater familias* haben nämlich beide ihre Pflicht versäumt. Wenn Gott ihm die Gunst zu existieren und sein Vater ihm die Gunst, sich lieben zu lassen, erwiesen hätten, hätte Flaubert sie weit über sich im Zenit angesiedelt. Aber da ihm alles verweigert, da er in seiner sozialen Klasse eingeriegelt wurde, sieht er in ihr die Niedrigkeit, den Aufenthalt für «alles, was niedrig denkt». Einerseits ist er in ihr verwurzelt; andrerseits ist sie in ihm als seine bürgerliche Natur, und wir werden sehen, daß er das durchaus weiß. Es ist die Knausrigkeit, die Kleinlichkeit, aber man muß wohl oder übel zugeben, daß es die Realität ist; er sagt sich manchmal: es ist *meine* Realität. Aus diesem Grunde können wir sagen, daß es trotz allem eine Strukturierung des hodologischen Raumes gibt: *nach unten.* Der Sturz *unter den Menschen* zum Untermensch-sein hinterläßt seine unauslöschliche Spur in diesem Körper. Das versteht sich von selbst: wir haben gesehen, daß seine passive Konstitution sich im Fall einer Behinderung durch eine ständige Neigung zur Ohnmacht äußert. Diese ist nun für Gustave nicht nur der Verlust der Sinne, sie ist Verzicht auf den Menschenstatus und bewußte Annahme des Dinglichkeitsstatus: der ohnmächtig gewordene Garcia aus *La peste à Florence*, der wie Unrat weggekehrt wird, *ist* Unrat. Da nun die Behinderung bei Gustave ständig erneuert wird, ist die Versuchung, dem Mensch-sein durch Verdinglichung zu entgehen, ständig in seinem Körper angelegt. Der Wunsch zu sterben, ein Liegender aus Stein zu sein, die lebende Materie in sich in unbelebte Materie zu verwandeln, und der Wunsch, den Menschen zu entkommen, indem man aus Ressentiment das Untermensch-sein wählt, sind ein und derselbe Taumel, eine *empfundene* Anziehungskraft seines großen Gehäuses durch den Boden. Es handelt sich durchaus um eine innere Bestimmung, aber diese wird als eine innere-äußere

141 Diese Strukturierungen sind besonders erkennbar, wenn man in einem gebirgigen Land jeden danach fragt, wie er das Gebirge *sieht*: von unten nach oben oder von oben nach unten? Ist diese enorme Masse aus Stein und Erde herabfallendes Geröll (für die *Wahrnehmung* natürlich, nicht für den Verstand) oder eine riesige *Aufhäufung*? Steigen die Kiefern, die sich auf halber Höhe an sie klammern, zum Gipfel empor, oder reichen sie bis zum Tal herab? Die Antworten haben den Wert projektiver Tests. Und es kommt oft vor – was ebenfalls bezeichnend ist –, daß die aufsteigende und die absteigende Leseart nebeneinander bestehen und durcheinandergehen und dadurch dem Gegenstand seine natürliche Zweideutigkeit geben.

Beziehung zur äußeren Ausdehnung erlebt: die Passivität erlebt sich in ihrer unmöglichen Revolte als ein immer bevorstehender und vorübergehend aufgeschobener Sturz. Das Stehen, das von dem jungen katholischen Paar als ein ruhmreiches Streben zum Himmel verstanden wurde, wird von Gustave vielmehr als eine ständige Drohung zu *fallen* erlebt. Er fällt übrigens, er fällt ständig: er sinkt nieder, er wird sich in Croisset hundertmal am Tag aufs Sofa *fallen lassen*, und wir werden sehen, daß der ursprüngliche Sinn der «Nervenattacke», die ihn 1844 zu Boden streckt, ein radikaler und gewollter Sturz unter das Menschliche ist. Mit einem Wort, der *Boden* stellt *für seinen Körper* eine ständige Verlokkung dar, ins Schändliche zu fallen. Der symbolische Charakter dieser Anziehung äußert sich merkwürdigerweise darin, daß Gustave, wenn er sozusagen *auf die Nase* fällt, sich in seinen Träumen auf wunderbare Weise immer *auf dem Rücken* liegend findet. Die Schändlichkeit ist für ihn der Sturz, aber sie wird nicht als ein Gefallenhaben am Schändlichen erlebt: er betrachtet niemals diese riesige Erde, über die die Insekten dahinlaufen; ausgestreckt und den Boden mit den Schultern berührend, die Augen zum leeren Himmel gekehrt, besteht seine Verdammung darin, daß er über sich die kosmische Hierarchie schaut, von der er ausgeschlossen ist. Es ist wichtig, daran zu denken, daß er in der quietistischen Ekstase die Zeichen umkehren kann: erinnern wir uns an jenes schlafende, in seinem Weihbecken liegende Weihwasser, das das hohe Maßwerk des Himmels widerspiegelt. Halten wir lediglich fest, daß das Zeichen meist negativ ist: die Augen sind offen, sehen aber nur die entsetzliche Welt der Menschen, den Triumph der Bösen.

Einerseits also ist das Unten eine Bestimmung des inneren Raumes: wenn man in dieser subjektiven Ausdehnung unten ist, auf einem Bett aus Unrat liegend, sieht man nach oben. Aber andrerseits ist es eine Selbstüberschreitung auf einen äußeren Ort hin, eine bestimmte Art, seinen Körper zu fühlen, als wenn Gustave jeden Augenblick fallen, nicht mehr leben könnte. Wer den Anfang dieses Buches gelesen hat, wird darüber nicht erstaunt sein: ich habe gezeigt, daß er sich seit seiner Kindheit wie ein verwundeter, erschöpfter Soldat fühlt, den die anderen mitschleppen und der ständig versucht ist, sie allein ihren Weg fortsetzen zu lassen und sich hinzulegen, um auf den Feind zu warten. Auf der Ebene des Überbaus wird der Sturz zum Kopfsprung: lieber die Hölle als den Liberalismus. Das heißt: lieber lästern als nicht glauben. Der Grund dafür, daß diese innere Bestimmung gleichzeitig sich als eine Anlage des Körpers (Neigung zu fallen) und als eine transzendente Strukturierung der Umgebung erweist, ist an erster Stelle, daß der Kopfsprung in die Hölle – der als solcher die innere Bestimmung eines praktisch Handelnden bleiben könnte, der entschlossen ist, durch Revolte zu den Abgründen seiner selbst vorzudringen – von einem passiv Handelnden nur in Form einer plötzlichen Aufhebung des

Muskeltonus erlebt werden kann. Und das um so mehr, als Gustave niemals die Verantwortung für seine Zustandsänderungen übernimmt: seine Eltern haben ihn so konstituiert, daß er sie notwendig einer äußeren Kraft zuschreibt. Aus diesem Grund wird er zwangsläufig seine Sturzgelüste als einen Taumel erleben, der von der Faszination einer fremden Realität herrührt oder, wenn man so will, von der Anziehungskraft der Erde, insofern diese als ein Sog zum Schlimmsten empfunden wird – und gleichzeitig als seine Wahrheit einer vom Leben heimgesuchten inerten Materie. Man muß hinzufügen, daß auf einer anderen Ebene diese *Körperhaltung*, die ihn anzieht – sich ohnmächtig, überwältigt auf dem Rücken ausstrecken –, in seinen Augen, ohne daß er es ausdrücklich erklären könnte, die Rückkehr zu seiner frühesten Kindheit symbolisiert, zur Wiege, den müßigen Appell an die starken mütterlichen Hände, daß sie bis ins Unendliche jene flinke Arbeit wiederaufnehmen mögen, die einen Menschen schaffen sollte und die ihn verpfuscht hat. Darauf werden wir später noch zurückkommen. Halten wir lediglich fest, daß dieser Wunsch an sich alle inneren Bestimmungen Gustaves überschreitet, weil er sich ja auf eine verflossene Zeit bezieht, auf einen entschwundenen Ort, auf eine tatsächliche Körperlage, die jedoch nicht wiederholt werden kann. Im eben beschriebenen symbolischen System bietet sich das *Unten* schließlich von selbst der Wahrnehmung dar: es ist sichtbar und greifbar. So erweist sich die untere Grenze des subjektiven Raumes bei Gustave zugleich als eine immanente Bestimmung des Erlebten und als ein symbolisches Band zur transzendenten Welt: wir werden sehen, daß er fallen wird, daß er nach 1844 nicht mehr aufhören wird, zu fallen oder den Sturz zu fürchten – so daß er sogar nur noch im Wagen reisen will –, und daß er nicht aufhören wird, das Schändliche zu kultivieren – so sehr, daß er die Goncourts durch seine Ansichten verschreckt –, als wenn sein Geschmack für den Unrat – der natürlich einen tiefen Ekel kaschiert – die Verzweiflung des Teufels darstellte und seine Versessenheit, Gott herauszufordern, indem er Ihm die Greuel Seiner Schöpfung zeigt.

Es gibt ein Unten, man kann dorthin fallen: deshalb ist der symbolische Raum durch eine Strukturierung des uns umgebenden Raumes umspannt. Es gibt kein Oben. Oder, wenn man so will, es gibt eins, aber es ist unerreichbar; man kann die *Geste* des Erklimmens eines Hügels oder eines Berges machen; für Gustave sind das nur Maulwurfshügel; man müßte sich zum Himmel emporschwingen können, und keine Handlung ist den Menschen möglich, die diesen Aufstieg zumindest symbolisieren könnte. Gustave spricht gern vom *Emporfliegen*; in seinen phantastischen Novellen breiten seine Geschöpfe gern ihre Flügel aus; aber die Sprache selbst verrät ihn: er will eine menschliche Bewegung beschreiben, wenn er uns im Grunde nur die Fähigkeiten der Vögel verleiht. Das Oben kann also nur als Bestimmung des inneren

Raums existieren: das wird, wenn es existiert, Flauberts Chance sein, sich selbst zu entgehen, ohne seine Haut zu verlassen. Das ist die törichte Hoffnung, die sich ihrer selbst bewußte Illusion, die erlebte Irrealität der subjektiven Bewegung, die ihn zu Wesen fortträgt, die *in ihm* ihm selbst überlegen wären und sich nicht äußern. Mit anderen Worten, der vertikale Aufstieg, zunächst eine unmögliche Inbrunst, wird auf lange Sicht die imaginäre Bewegung werden, durch die Gustave sich auf Irrealien hin irrealisiert. Besonders auf jenes Irreal hin, das er selbst als Subjekt des Hochmuts ist. Aber die Irrealität ist für Flaubert, wie wir sehen werden, nicht das Fehlen jeder Realität, sondern ihre Anfechtung. Von diesem Gesichtspunkt aus beleuchtet ein neues Licht für ihn die radikale Unmöglichkeit, Gott zu fassen, es sei denn als den Pol X der abstrakt anvisierten Imagination am Ende einer systematischen und aufsteigenden Derealisierung seiner selbst: wäre das nicht eine Botschaft, deren Kode verloren gegangen ist? Gustave wird niemals ausdrücklich darüber entscheiden, ob der Ehrenplatz in diesem niederen Himmel einem ständig abwesenden und griesgrämigen, aber existierenden Gast vorbehalten ist oder ob es in der Annahme, daß er nicht existiert, an ihm ist, sich bis zum Thron emporzuschwingen und sich draufzusetzen, weil die Aufstiegsbewegung an sich einen heiligen Wert besitzt. Aber im Grunde wird keine Entscheidung verlangt, und die beiden Hypothesen drücken nur auf verschiedene Weise ein und dasselbe aus: wenn Gott existiert, so geschieht für Gustave alles, als wenn Er nicht wäre, weil Er niemals den Platz einnehmen wird, der Ihn erwartet; die Bewegung des Glaubens, auf die immer ein fabulöser und ständig wiederholter Sturz folgt, ist also in den Augen des unsichtbaren Betrachters ein Verdienst des jungen Sisyphus, weil dieser ja, obzwar verzweifelt, seine Verzweiflung nie billigt. Und wenn trotz allem der junge Mann sich zu dem Glauben hinreißen läßt, daß Er nicht existiert, dann muß dieser Verzicht unterirdisch durch einen unsichtbaren Glauben bestritten werden, andernfalls erschiene der Aufstieg überhaupt nicht als Verdienst, sondern lohnte der Mühe nicht, auch nur einmal versucht zu werden. Mit anderen Worten, bald fliegt Gustave zu den höheren Regionen seiner Seele empor in der Hoffnung, dort endlich die Inbrunst und den Glauben zu finden, obwohl er sich gleichzeitig bewußt ist, daß er auf nichts andres als sich selbst stoßen wird. Und bald schwingt er sich unter dem Stachel der Schande auf den Gipfel dieser verlassenen Seele, um sich dort selbst in seiner hochmütigen Wahrheit zu begegnen, das heißt so, wie er sein müßte. Gott wird nicht einmal genannt: aber wer könnte aus diesem Emporfliegen ein absolutes Verdienst machen, wenn nicht der, der für immer das reine Feuer der Höhe von dem dunklen Gewimmel der Tiefe unterschieden hat? Gustaves Trans-Aszendenz läßt ihn nicht aus sich selbst herauskommen: sie wird sich niemals in jene wahre Überschreitung auf das Transzendente hin verwandeln, das der Glaube ist; und wenn er sie benutzt, um sich über ein schimpfliches Scheitern und die ihn quälenden Sarkasmen zu erheben, so weiß er, daß er es nur tun kann, indem er sich von der Realität losreißt, um sich als imaginärer Fürst auf ihrem Thron niederzulassen. Aber obwohl diese innere Vertikale keineswegs ein Teil eines unendlichen Vektors ist, sondern ein winziges, an beiden Enden abgebrochenes und oben und unten durch eine *Lücke* von jeder anderen Linie getrenntes Segment einer Geraden, obwohl die Aufstiegsbewegung – wie übrigens ihr Gegenteil, der Kopfsprung – Gustave nicht vom Schein zum Sein führen kann, sondern, vom Realen ausgehend, durch eine fortschreitende Derealisierung bis zum reinen Schein treibt, so bietet ihm sich diese kleine innere Leiter niemals als relativ zu seiner Person dar. Im Gegenteil, sie hat das Oben und Unten als absolute Bestimmungen empfangen. Manchmal stößt der junge Mann, wie wir wissen, am Ende seines Aufstiegs auf den Teufel, der eindeutig der Herr der Tiefe ist; aber das macht nichts: wenn der Böse im Himmel ist, so ist er mit List in ihn eingedrungen und wird bald von ihm herabgestürzt werden, oder aber wenn er sich in ihm niederläßt, so ist er Gustave selbst, oder, besser noch, so ist er der Allmächtige. Was oben ist, ob gut oder böse, ist auf jeden Fall anbetungswürdig, das ist die Norm, das Prinzip aller Werte. Was unten ist, ist unabhängig von seiner Natur das Schändliche, das verlorene und durch seine Verzweiflung gerettete riesige Geschmeiß. Im Unendlichen mögen sich die beiden Extreme treffen: hier und jetzt im Bewußtsein Flauberts werden sie von einer unbesiegbaren Macht unterschieden und gegeneinandergesetzt, die sie jedoch keineswegs durch diesen Gegensatz definiert, sondern jedem eine unabhängige Bedeutung gibt – als wenn das Unten überhaupt existieren könnte, wenn man das Oben aufhöbe –, die Souveränität eines jeden auf den ganzen Sektor des Seins ausdehnt. Für Flaubert scheint diese abgebrochene, verkommene, in einen menschlichen Kopf gefallene Vertikale sich von selbst aufrecht zu halten und, obwohl sie nicht aus ihm herauskann, weiterhin die beiden Hauptrichtungen des Seins zu bezeichnen. Oder, vielmehr, der Schöpfer scheint sie mit seiner allmächtigen rechten Hand im Gleichgewicht zu halten, genau nach dem Himmel und nach der Hölle ausgerichtet. Die Unabweichlichkeit dieses doppelten Indikators wäre also für Gustave ein stillschweigender Beweis der Existenz Gottes. *Vorausgesetzt, daß man niemals davon spricht*, ist es gleichgültig, daß es niemanden auf den Gipfeln gibt: *es gibt Gipfel*, das ist alles; bei den Antipoden wie in Rouen sind sie *absolut* oberhalb der Ebenen und der Täler, und der Himmel ist *absolut* oberhalb der Alpen und der Anden. Aus diesem Grund sind Hinauf- und Hinabsteigen heilige Aktivitäten; das Oben und das Unten sind für Gustave, wie das Yin und das Yang für das alte China, Anziehungskräfte und Klassifikationsprinzipien. Wir werden später darauf zurückkommen: halten wir lediglich fest, daß Gustaves Seele in permanenter Bewegung ist und daß er sich in der stoischen und heiligen Verachtung des Menschengeschlechts ständig über sich hinaus bewegt oder daß er sich in der angstvollen Suche nach einem Prinzip unter sich begibt, um seinen Erzeuger zu strafen, indem er sich aus Verzweiflung verdammt oder ins Untermensch-sein fällt. Er weigert sich also, er *selbst* zu sein? Genau! Das *Selbst* ist für den jungen Mann keineswegs ein «besonderes und affirmatives Wesen», es ist seine Tiefendimension oder, wenn man so will, sein als ein Schicksal erlebtes Klassen-sein. Auf dieser Ebene lebt eine archaische Religion fort: der Glaube an das *Fatum*. Am Ewigen Vater zweifelt er ständig; er hat jedoch niemals an jener grausamen und höhnischen Gottheit gezweifelt. Das Schlimmste ist sicher, weil ja der *pater familias* seinen Sprößling verflucht hat. Aber auch – abgesehen von jeder Verfluchung – weil dieser so konstituiert ist, daß die Zukunft für ihn nur ein Gegenstand des Entsetzens sein kann. Wer daran zweifelt, den sollte folgender Brief überzeugen. Er ist gerade siebzehn Jahre alt, als er ihn an Ernest Chevalier schreibt[142]:

«Aber was wirst Du tun? Was gedenkst Du zu werden? Wo ist die Zukunft? Fragst Du Dich das manchmal? Nein, was kümmert es Dich? Und Du tust recht. *Die Zukunft ist das Schlimmste an der Gegenwart.* Die dem Menschen hingeworfene Frage ‹*Was wirst du sein?*› ist ein sich vor ihm auftuender Abgrund, der immer näher kommt, je weiter der Mensch geht. Außer der metaphysischen Zukunft (auf die ich pfeife, weil ich nicht glauben kann, daß unser Körper aus Dreck und Scheiße, dessen Instinkte niedriger sind als die der Säue und Läuse, etwas Reines und Immaterielles enthält, wenn alles, was ihn umgibt, so unrein und schändlich ist), außer jener Zukunft gibt es die Zukunft des Lebens ... Denn *ich gehöre zu denen, die immer am Tag vom nächsten Tag angewidert sind, denen die Zukunft unaufhörlich vor Augen steht* ... Was die Welt an Schönstem hat, hatte ich mir in aller Bescheidenheit schon im voraus zugeteilt. Doch Du wirst wie die anderen nur Langeweile in Deinem Leben haben und ein Grab nach dem Tod und Verwesung in Ewigkeit.»

Für einen passiv Handelnden bietet sich die Zukunft nämlich niemals als etwas dar, was *zu tun*, sondern immer als etwas, was *zu erleiden* ist. Ein junger Mann hat, wenn er aktiv ist, die Tendenz, sich selbst gegenüber seine Möglichkeiten zu überschätzen: sein Leben wird nichts andres als *sein* Unternehmen sein. Er weiß nicht, daß, wie Hegel sagt, das Zufällige sich beim Handeln in Notwendiges verwandelt und das Notwendige zufällig wird und daß dadurch das Unternehmen selbst, während es sich verwirklicht, den, der es unternimmt, täuscht, denn

142 Brief an Ernest Chevalier vom 24. Februar 1839. Die Hervorhebungen sind von mir.

was diesem als das Notwendigste erschien, was seine grundlegende Objektivierung sein sollte, wird auf lange Sicht zum ganz zufälligen Ursprung der begonnenen *Praxis*, und bestimmte Bedingungen, die er für zufällig hielt oder nicht kannte, werden ihr allmählich ihr unkenntliches Gesicht einer Notwendigkeit geben. Gustave dagegen hält sich für machtlos gegenüber seinem eignen Leben; es wird ihm notwendig als ein *andres* zustoßen, und seine Notwendigkeit wird seine fundamentalsten Wünsche jeden Augenblick in bloße nebensächliche Zufälligkeiten verwandeln oder, besser noch, in eine Gelegenheit, sich gegen sie zu verwirklichen, indem sie sie zerstört oder lächerlich macht. Man muß es jedoch leben, das heißt es sich zu seinem eigenen machen, und sei es in «Wut und Ohnmacht», sich von ihm bestimmen lassen und sich fortschreitend von dem entfernen, was man sein möchte, um endgültig als ein *Anderer* zu sterben, ein Verräter seiner Träume und Ambitionen, seiner Jugendschwüre und, was noch schlimmer ist, sie verachtend. In dieser Hinsicht hat er vor sich selber Angst, vor jener Kellerassel, die ihn anekelt und die er werden wird. Diese abscheuliche Metamorphose ist in dem Maße heilig, wie für Gustave weder der Zufall noch auch nur der Lauf der Dinge sie realisieren wird – obwohl diese Dinge sich zu den gefügigen Mitteln seiner Verwandlung machen werden –, sondern der souveräne Wille des Vaters, des grausamen Idols, das die Opferung seines jüngeren Sohns verlangt. Auf dieser Ebene kann sich, wie man sieht, Gustaves *Selbst* nicht als ein artikulierter und permanenter Komplex unterscheidbarer Merkmale darbieten und erleben: wenn solche überhaupt existieren (der Wunsch nach Ruhm ist auf jeden Fall eines), so sind sie nur da, um verhöhnt und durch andere ersetzt zu werden. Das ist ein endloser Prozeß, der zum großen Teil zukünftig bleibt, den er aber ganz sehen kann, dank jener heiligen Gewißheit, die ihm sein Leben in jedem Moment bis zu seinem letzten Augenblick offenlegt: «Ich werde Jura studieren, ich werde mein Examen bestehen, und dann werde ich, um würdig zu enden, in einer kleinen Provinzstadt wie Yvetot oder Dieppe leben mit einer Stelle als Substitut des Staatsanwalts. Armer Irrer, der von Ruhm geträumt hat!»[143] Es gibt keinen *logischen* Widerspruch bei der Vorstellung, daß ein Staatsanwalt ein gutes Buch schreiben könnte. Dennoch existiert der Widerspruch. Er steckt nicht in der Form, sondern im Inhalt dieser beiden Vorstellungen: Staatsanwalt, Meisterwerk. Das will Gustave sagen: das Werk, das er augenblicklich schreiben will, wird er niemals schreiben. Nicht, daß der Beruf eines Substituten derart aufzehrend ist noch daß ihm das Talent dazu notwendig fehlt – er weiß es nicht, er wird es niemals wissen. Er wird es nicht schreiben, *weil er Staatsanwalt geworden sein wird*, weil er wie ein Staatsanwalt denken, sprechen,

143 Ebd.

handeln wird und weil Staatsanwälte Bücher verachten, manchmal sogar Leute, die welche geschrieben haben, einsperren lassen, aber um nichts in der Welt selbst welche schreiben möchten, selbst wenn sie sich mit einem Lächeln daran erinnern, daß sie in der Zeit ihrer naiven Jugend davon geträumt haben, einmal Schriftsteller zu sein. Tod und Verklärung Gustaves: das ist das heilige Ereignis dieser wilden Religion: was ich verbrenne, werde ich anbeten; was ich anbete, werde ich verbrennen. Das *Selbst* ist nicht: es wird das Gegenteil von einem selbst; man muß jeden Augenblick beobachten, sich auf die Lauer nach der unmittelbaren Zukunft legen, um die unspürbare Veränderung zu entdecken, die die ferne Zukunft vorbereitet. Alles, was noch nicht ist, ist verdächtig, und sei es die nächste Raddrehung des Wagens: die zukünftige Kellerassel dringt mit jedem Atemzug in den Unglücklichen ein. Dieses Ausspionieren seiner selbst tut einem Jungen sicher gut, der sich schon nicht allzusehr liebt. Kurz, das *Fatum*, das Selbst, ist Gustaves zeitliche Tiefe, jener «horizontale Sturz»,von dem ich oben gesprochen habe. Man wird feststellen, daß es außerdem die Verwirklichung seines *Klassen-seins* ist: in den Mittelklassen geboren, von einem Vater, der einen freien Beruf ausübt, bestimmt sich ein gegen seinen Willen vom Liberalismus eingenommenes Kind seinerseits für einen freien Beruf. Und in gewisser Weise kann diese Verwirklichung, *selbst objektiv*, als ein *Fatum* gelten: der Mensch ist der Sohn des Menschen, und sein Vater zwingt ihn, indem er ihn in der Klasse hervorbringt, in der er selbst geboren worden ist, sich von seiner Jugend an zu dem zu machen, was er ist.

Diese Klasse wird von Gustave zurückgewiesen – wir werden noch sehen, warum –, aber die Epoche ist so, daß man ihm nicht die Möglichkeit gegeben hat, ihr zu entkommen. Es gibt nur ein einziges Mittel: das Überwechseln in eine andere Klasse. Vorausgesetzt, daß es möglich ist. 1830 starb jedoch gerade die gesellschaftliche Realität, die seine Aufstiege und sogar seine Abstürze hätte wirksam machen können: die Religion – zumindest wie sie Gustave gekannt hat – hatte sich nicht den neuen Herren angepaßt und gehörte daher zu einem System, von dem man noch nicht wußte, daß es endgültig überholt war. Der kleine Flaubert fand in ihr das Bild einer halbzerstörten, noch faszinierenden Auslese, von der seine Eltern ihm sagten, daß sie seit der Rückkehr der Bourbonen wiederhergestellt sei. Das Bürgertum schreitet langsam, unmerklich, nur auf sich selbst fort: man wird in ihm geboren, oder man tritt automatisch in es ein, aus welcher Klasse man auch immer kommt, vorausgesetzt, daß man einige Bedingungen ihrem Wesen nach ökonomischer Art erfüllt. Im Adel mußte man prinzipiell adlig geboren sein. Es gab zwar Ausnahmen: aber sie wurden streng kontrolliert. Man traf dort keine Eindringlinge, man lebte in ihm nicht in der schändlichen Promiskuität der Bourgeoisie: die höchsten Würdenträger dieser stark hierarchisierten Klasse neigten sich manchmal zur Elite der niederen Klassen herab und nahmen sie *von oben her* auf, indem sie dem Oberhaupt, dem Fürsten göttlichen Rechts, die Besten bezeichneten, der sie im Namen Gottes *adelte*. Der kleine Junge war in Wahrheit kein Feind einer solchen Auslese, eines solchen Rufs von oben. Seine Mutter behauptete, *adlig* zu sein; der Doktor Flaubert ließ sie reden: dieser Bauer legte seine Leidenschaft in die Freidenkerei, aber nichts weist darauf hin, daß er Republikaner war; ganz im Gegenteil hatte er von seinem Vater ein altes royalistisches Erbe erhalten, und wenn er irgendwelche politischen Forderungen hatte – was alles andere als sicher ist –, so war es die Senkung des Zensuswahlrechts, die es ihm manchmal erlaubt hätte, in der monarchischen Gesellschaft auch ein Wort mitzureden. Das genügte, damit das Kind legitimistisch eingestellt war. Wir haben in seiner Korrespondenz einen Hinweis darauf.

Er hat zwar die Bourbonen nie geliebt, aber man sehe sich seine schönste Kindheitserinnerung an, wie er sie melancholisch und stolz für Louise Colet wieder heraufbeschwört: «Eines Tages, als die Duchesse de Berry durch Rouen kam und auf den Kais spazierenfuhr, bemerkte sie mich in der Menge auf den Armen meines Vaters, der mich hochhob, damit ich den Zug sehen konnte. Ihre Kalesche fuhr im Schritt; sie ließ sie anhalten und fand Gefallen daran, mich anzusehen und mich zu küssen. Mein armer Vater kehrte sehr glücklich über diesen Triumph heim, das ist natürlich der einzige, den ich je erringen werde. Ich zittere noch heute bei der Bewegung stolzer Freude, die dieses große gute erloschene Herz hat ergreifen müssen.»[144] Er denkt noch 1859 daran: in der farcenhaften Autobiographie, die er für Ernest Feydeau schreibt, um sich über das Genre lustig zu machen, versäumt er nicht, daran zu erinnern: «Die Duchesse de Berry ließ ihre Karosse anhalten, um mich zu küssen (historisch).»[145] Man muß zugeben, alles an diesem Zwischenfall ist dazu angetan, ihn unvergeßlich zu machen: zunächst ist der Vater da, das Goldene Zeitalter ist noch nicht zu Ende; dieser Freigeist – der, wie man sieht, die Monarchie nicht verachtete – hat sich mit Vorbedacht da aufgestellt, wo die Hoheit vorbeikam, und seinen jüngsten Sohn mitgenommen, um ihn an dieser heiligen Freude teilnehmen zu lassen. Mehr noch: er hebt ihn mit den Armen zu jener numinosen hübschen Frau hoch; Gustaves guter Herr hebt ihn empor, trägt ihn passiv zum Himmel, und der kleine Junge spürt mit Freude, wie jene männliche Kraft in seinen steifen Körper dringt. Und was tut der Erzeuger andres, als ihn Gott vorstellen oder vielmehr – denn deren Rolle spielt hier die zukünftige Abenteuerin, die die Verliese von Louis-Philippe kennenlernen wird – der Jungfrau Maria? Dieser Vor-

144 Brief an Louise Colet vom 4. Oktober 1846.
145 Brief an Ernest Feydeau vom 21. August 1859.

stellung folgt die Erwählung. Die Duchesse de Berry neigt sich herab und zeichnet das Kind, das man ihr darbringt, unter allen aus: sie befiehlt dem Kutscher, den Wagen anzuhalten, sie nimmt den Kleinen aus den väterlichen Händen, sie hält ihn in den ihren; als Repräsentantin einer Macht göttlichen Rechts nimmt sie die Huldigungen an und besiegelt sie mit zwei Küssen auf die Backen des Vasallen, ein symbolischer Ritterschlag, der ihn weiht. Das ist noch nicht alles: das Kind erhält in einem Augenblick, was sein Herz immer gewünscht hat, was es bald für immer verlieren wird: es wird zum Stolz seines Vaters. Diesen Ruhm, an dem Achille-Cléophas ihn teilhaben läßt, wenn er als berühmter Mann im Trab seiner beiden Pferde in ein aufgeregtes Dorf einzieht, gibt ihm Gustave in einem blendenden Augenblick ganz zurück: es war ein Triumph, sagt er. Das wird er nach dem Sündenfall umsonst suchen, das wird ihn sehr bald den Ruhm wünschen lassen: ein neuer Triumph soll bei seinem Vater eine «Bewegung stolzer Freude» hervorrufen, und das verfluchte Kind wird wiedergewonnen haben, was es verloren hatte. Aber Gustave schreibt lange Zeit nach dem Sündenfall, und er fügt sofort hinzu, daß das der einzige Triumph ist, den er jemals erringen wird. Falsche Bescheidenheit? Nein; er kann sich natürlich nicht verkneifen, vor Louise Colet zu posieren, und aus offensichtlichen Gründen hat er jenen Abend gewählt, den großen Unheimlichen zu spielen, aber er *benutzt* nur seine tiefe Überzeugung: das Schlimmste ist sicher, was deutlich macht, wie sehr dieser erste Triumph in seinen Augen gezählt hat. In dieser Zeit fühlte Gustave geblendet seine Erhebung als eine Berührung mit dem Übernatürlichen, aber er wunderte sich nicht darüber: es war das Goldene Zeitalter, sein Vater liebte ihn, und diese Liebe entriß ihn der natürlichen Zufälligkeit, es war die wahre Übernatur, das ständige Wunder, das alle Wunder möglich machte. Später, nach dem Sündenfall, ist er auf diese Episode zurückgekommen, er hat mit *Bitterkeit* wieder an sie gedacht, er hat sie aus Ressentiment, aus Verzweiflung wieder heraufbeschworen: der Sündenfall schien ihm eben gerade das Hauptereignis, das nur verlöschen konnte durch die Rückkehr dieses Triumphs und das diesen endgültig unmöglich machte. Diese Unmöglichkeit rührt sowohl von der *Anomalie* her als auch von dem Verschwinden der beiden für die Äußerungen der Übernatur unentbehrlichen Bedingungen: die heilige Monarchie und die heilige Macht des Erzeugers, die sich gegenseitig widerspiegeln, der König von Gottes Gnaden, der in der Person seines Sohnes die göttliche Allmacht des *pater familias* bestätigt.
Überzeugender erscheint noch, daß Gustave diese Erinnerung heraufbeschwört, um Louise Colet einen Satz verständlich zu machen, den er an Eulalie Foucaud schrieb[146], «nach dessen Sinn Du Dich fragen wirst,

146 In einem Brief, den er ihr aus Sadismus von der «Muse» übermitteln läßt

und zwar wenn ich sage, daß ich häßlich geworden bin». Er fügt hinzu: «Vor zehn Jahren hättest Du mich kennen müssen. Ich hatte eine Vornehmheit des Gesichts, die ich verloren habe; meine Nase war weniger dick, und meine Stirn hatte keine Runzeln.» Vor zehn Jahren, also 1836, mit fast fünfzehn Jahren.[147] Trotz seiner bewußten Grobheit ist er höflich genug, nicht zu schreiben: 1840 hättest du mich kennen sollen, in Marseille, als Eulalie mich genommen hat. Sicher ist, daß die Dame Foucaud ihn vorbehaltlos bewunderte: hätte er sonst die falsche Vorsicht gehabt, sie darauf hinzuweisen, daß er häßlich geworden sei? Und die Muse? Sie muß ihm hundertmal am Tag wiederholen – wenn sie ihn sieht –, daß sie ihn schön findet, da er sich ja die Mühe macht – wieder ein Sadismus –, ihr sanft und höflich jenen Satz zu erklären, nach dessen Sinn sie sich unweigerlich fragen muß. Einige Jahre früher im Theater, als er nach der Pause in Begleitung seiner Schwester Caroline wieder auf seinen Platz ging, waren die Zuschauer so entzückt über ihre strahlende Jugend, daß sie in Beifall ausbrachen. Auffallend ist, daß Gustave sich darum nicht kümmert, dieses Plebiszit hat etwas Republikanisches, das ihn abstößt. Er betrachtet sich oft im Spiegel, wir wissen es: manchmal mit grenzenlosem Erstaunen, manchmal vor Mitleid lachend, sehr selten mit Befriedigung, niemals aus Narzißmus. Einen solchen Narzißmus kann er sich jedoch vorstellen: daß Gustave sich manchmal in Mazza aus *Passion et vertu* irrealisiert, daß er masturbiert hat, indem er sie auf seiner eigenen Haut streichelte, daran ist, wie wir sehen werden, kein Zweifel. Aber ohne diese Vermittlung durch das Imaginäre scheint er wenig reale Kommunikation mit seinem Spiegelbild oder mit seiner eigenen Person gehabt zu haben: vielleicht empfand er als Student in Paris eine gewisse kalte Eitelkeit, daß er schöner war als seine Kommilitonen; aber seine Probleme lagen woanders. Und er hätte hundertmal vorgezogen, daß seine Nase schief wäre und ein Erbe ihm ermöglichte, bei Tortoni zu soupieren. Man muß jene überraschenden Erklärungen lesen und dabei daran denken, daß es für Gustave keine andere Zeitlichkeit nach dem Goldenen Zeitalter gibt als die der Rückentwicklung und des Verfalls: der Segen der Duchesse hat ihn mehr als zehn Jahre lang vor dem natürlichen Häßlichwerden bewahrt. Mit fünfzehn Jahren waren die wohltätigen Wirkungen des Ritterschlags noch erhalten. Und dann, von 1836 an, beginnt der Verfall, das Fleisch nimmt die Arbeit wieder auf und verfault langsam. Sollte die Huldigung und Adelung mit dem Niedergang der Bourbonen ein Ende genommen haben? Ohne aus den Texten etwas herauslesen und vor allem ohne sich bei Flaubert einen artikulierten Wunderglauben vorstellen zu wollen, wird man dennoch durch folgenden Satz aus demsel-

durch den oben zitierten Brief vom 4. Oktober 1846.
147 Das Alter, in dem er seine Phantasie «verloren» hat.

ben Brief überrascht sein, in dem er versucht, seinen Verfall zu erklären: «Es gibt noch Momente, wo ich mich, wenn ich mich betrachte, gut finde, aber es gibt viele, wo ich mir wie ein famoser Bürger vorkomme. Weißt Du, daß in meiner Kindheit Prinzessinnen ihre Wagen anhielten, um mich in ihre Arme zu nehmen . . .?» In Wirklichkeit hat dieser «Triumph» nur einmal stattgefunden. Aber die Verallgemeinerung ist bezeichnend. Die Häßlichkeit ist für Gustave die Entäußerung seines Klassen-seins: er sieht im Spiegel, daß das Bürgertum in ihm an Boden gewinnt, sich in seinem Körper niederläßt und daß dessen langsames Altern mit dem verabscheuten Sieg der Vulgarität einhergeht: wir stoßen hier wieder auf das *Fatum* unter seinem physiologischen Aspekt; durch dieses Dickerwerden der Nase, durch diese Runzeln kündigt sich der Substitut von Yvetot an. Und sofort in einem Anflug von Hochmut und Wut: «Weißt Du, daß . . . Prinzessinnen . . .» Diese Erinnerung wird nicht logisch durch die Erklärung hervorgerufen, die Gustave Louise Colet geben will: er hat Runzeln, eine dicke Nase, weniger Vornehmheit; das genügt. Aber das affektive Denken, das sich unter dem Schreiben fortbewegt, geht arglos von *Vornehmheit* zu *Bürger* über: er wird ein Bürger, weil er nicht mehr vornehm ist. Und sofort erhebt sich die königliche Idee in der Tiefe seiner Erinnerungen. Man wird nur durch einen Oberen vornehm: ich bin verfallen, aber in meiner Kindheit haben mich *königliche Prinzessinnen* geadelt. Dieses Kind, das in den Armen seines Vaters mit religiösem Schauer die heiligen Karossen des Königtums vorbeifahren sah, hat einige Jahre später nur Spott für die Gaffer, die Louis-Philippe vorbeifahren sehen: «Wie dumm sind doch die Menschen, wie borniert ist das Volk! Für einen König rennen . . . Sich abmühen, für wen? Für einen König!. . . Oh!!! Wie dumm ist doch die Welt. Ich habe nichts gesehen, weder die Parade noch die Ankunft des Königs, noch die Prinzessinnen, noch die Prinzen. Ich bin lediglich gestern abend hinausgegangen, um die Illuminationen zu sehen, und das auch nur, weil man mich beleidigt hat.»[148] Er ist noch nicht zwölf Jahre; seit drei Jahren regiert Louis-Philippe. Hat er die Eitelkeit des monarchischen Prinzips entdeckt? Man könnte es annehmen, weil er sich einige Monate lang als Republikaner ausgibt. Aber wir wissen, daß er mit religiösem Schauer eine festliche Erinnerung in sich bewahrt: vor nicht allzulanger Zeit gehörte er selbst mit seinem Vater zu den Gaffern, die auf die Ankunft der Duchesse de Berry warteten. Und dennoch, entschieden nein: er hat kein republikanisches Herz. Wenn er die Republik will, so vor allem aus Trotz: die Bürger haben ihm *seinen* König gestohlen, der ihn eines Abends auf den Kais von Rouen zu seinem Vasallen gemacht hatte. Sie haben ihn vertrieben, sie haben einen bürgerlichen, einen

148 Brief an Ernest Chevalier vom 11. September 1833.

falschen König an seine Stelle gesetzt. Wenn sie doch nur den Mut hätten, zu erklären, was sie sind, die Vulgarität ihrer Gleichmacherei zu äußern, indem sie die Zweite Republik proklamierten. Er schmollt wegen der Maskerade, er schließt sich ein. Seine Eltern, die vor allem regierungstreu sind, fordern ihn auf hinauszugehen: sicher hat ihn der Vater durch irgendeine boshafte Betrachtung «beleidigt» – vielleicht, indem er die Aufrichtigkeit seiner neuen Haltung in Zweifel zog. Wenn das der Fall ist, so hat sich der philosophische Arzt getäuscht: hinter Gustaves offensichtlicher Verachtung für den Bürgerkönig steckt das, was man wohl seinen Legitimismus nennen muß.

Wir kennen ihn: man braucht kaum zu sagen, daß dieser Frustrationslegitimismus im Ressentiment erlebt werden wird. Nicht nur gegen die königsmörderischen Bürger, sondern auch gegen die Bourbonen. Der Adel hat existiert, ungeschliffen und brutal, aber geheiligt durch seine fanatische Hingabe an das Königshaus: seine Fehler und die Dummheit der Könige haben ihn ins Verderben gestürzt: das Bürgertum hat die Macht nicht durch seine Verdienste erworben, sondern durch den fortschreitenden Verfall der Aristokraten. Nach 1830 schmollen die Adligen auf ihren Gütern oder verbürgerlichen: sie haben nicht einmal mehr das Recht *auszuzeichnen* und zu *kooptieren.* Gustave weiß dagegen, daß der herrschende Bürger bereit ist, schubweise Aristokraten zu schaffen. Aber dieses Recht, das er sich institutionell gegeben hat, hat er nicht von Gott, und damit ist das Adeln nur eine Maskerade, die Fastnacht der Krämer.

Bedauert Gustave, nicht *adlig* zu sein? Hätte er gewünscht, daß eine qualifizierte Aristokratie ihm Güter und einen Titel verliehe? Es ist durchaus möglich, daß er manchmal davon geträumt hat: die jungen Bürger seines Alters, die, die zwanzig Jahre früher oder zehn Jahre später geboren wurden, sind dem nicht entgangen: Victor Hugo, zum Beispiel, und Charles Baudelaire; ja sogar Stéphane Mallarmé[149]. Aber wenn Gustave sich manchmal damit amüsierte, sich heimlich mit «Monsieur de Flaubert» anzureden, machte ihm das niemals sonderlich Spaß. Sein Vater ist ein Fürst der Wissenschaft: trotz des Ressentiments kommt für den Jüngeren der Hochmut Flaubert vom Erzeuger her und kehrt sich gegen diesen und dadurch gegen diese Familie von Freidenkern, die ihn verkennt. Die Episode, die er Louise Colet erzählt, zeigt genau, was er von einer legitim hierarchisierten Gesellschaft gewünscht hätte: daß die Gunst von oben ihn seinem Vater *aufzwingt,* indem sie die unvergleichlichen Qualitäten, die dieser ihm abstreitet, durch eine öffentliche Erhebung bestätigt. Aber ihm liegt nichts daran, einen Adelstitel zu erhalten: er hat zwar nur an aristokratischen Gesellschaften Geschmack, aber die Aristokraten seiner Zeit verachtet er zu sehr,

149 Tatsächlich mit vierzehn Jahren und durch die Schuld seiner Großmutter.

um einer von ihnen werden zu wollen. Die Weihe, von der er träumt, wäre ein marginales Geadeltwerden: als die Duchesse de Berry ihn in ihren Armen hielt, hob sie ihn schlagartig über alle empor und entriß ihn dem Bürgertum, das gaffend um die Karosse herumstand, ohne ihn jedoch in die höhere Klasse aufzunehmen. Mehr verlangt Gustave gar nicht: daß eine starke Kraft vom Himmel herabkommt, ihn emporhebt und auf die höchste Ebene stellt, *neben* die großen rechtmäßigen Vasallen, aber nicht zu ihnen. Wir werden es später sehen: sobald er von Diderot und Voltaire sprechen hört, tobt er vor Neid, weil sie vertrauten Umgang mit Monarchen hatten: den Königen durch ihre bürgerliche Intelligenz überlegen, waren sie auch den Bürgern überlegen, weil sie die Gunst der Könige durch Verdienste erworben hatten. Ganz allein. Für sich. Aristokraten ohne Titel. Was gibt es Besseres?
Diesen besonderen Typ einer *Übernatur* sollte Gustave nach dem Sündenfall gegen den väterlichen Fluch, gegen die Religion des *Fatums zunächst* begehren. Wobei er davon überzeugt war, daß ihm der Zugang dazu verweigert würde. Mit anderen Worten, einige Zeit lebte in ihm in friedlichem Nebeneinander ein nicht allzu inbrünstiger Deismus und die leidenschaftliche Sehnsucht nach einer Heiligkeit ohne Gott, besser noch, nach der Zeremonie der Heiligung. Der Sturz der Bourbonen zerstörte seinen Traum von einer sozialen Übernatur: er schuf bei ihm selbst – wie bei vielen seiner Zeitgenossen – jenen Mythos des Ressentiments: die unwiederbringliche Aristokratie. Damals bietet ihm die katholische Religion ihre pompösen Bilder, und er fühlt sich aufgefordert, die unmögliche objektive Erhebung zu verinnern: die Kirche, diese große hierarchisierte Körperschaft, ist nach dem Bild der heiligen weltlichen Gesellschaft gemacht, deren Fehlen er bitter spürt. Jetzt verlangt er die Wiederholung seiner objektiven Auswahl durch die Duchesse de Berry *im subjektiven Bereich*. Man hat es gesehen: er will zu Gott emporsteigen; das bedeutet, daß die Priester ihn zu Ihm tragen werden und daß Gott aus der Tür Seiner Karosse heraus ihm die Hände entgegenstrecken und ihn durch Seine Gnade *auszeichnen* wird.
Diese passive Seele mußte von einer aufsteigenden Kraft von außen durchdrungen werden, die ihn zu Gott emporhob; nur dann würde ihm Dieser vom Himmel herab die Arme entgegenstrecken: und was konnte diese halbirdische und halbhimmlische Kraft anderes sein als die Kirche, die er jedoch wegen ihrer Dummheit nur verurteilen konnte? Wendet er sich denn nicht immer noch an sie, als er an den Heiligen Stätten von Jerusalem verlangt, daß sie seine Begeisterung wecken: die Inbrunst müßte ihm, denkt er damals, *von außen her* geschehen allein durch die Betrachtung des Heiligen Grabes. «Ich nehme diesen Käuzen übel», sagt er danach, «daß ich nicht bewegt war.» Gewiß, das ist ihre Schuld: zuviel Haß, zuviel Streit, es sind die Händler im Tempel. Aber er vergißt einfach, daß *sie es sind*, die kolportieren und garantieren, daß

ein gewisser Christus, ein Mensch gewordener Gott, in diesem Loch begraben wurde. Gustave wirft der Kirche also vor, daß sie ihrer selbst nicht würdig sei. Wenn dem so ist, dann gibt es keine Arme, die stark genug wären, ihn zum Allmächtigen emporzuheben. Aber darauf soll es nicht ankommen, Gott wird ihn selbst auserwählen. Folgende Notiz schrieb er mit achtzehn Jahren in sein Heft der *Souvenirs*: «Ich möchte wohl Mystiker sein; es muß schöne Wollüste verschaffen, an das Paradies zu glauben, in Wolken von Weihrauch zu ertrinken, am Fuß des Kreuzes sich zu demütigen, auf den Flügeln der Taube Zuflucht zu finden, die erste Kommunion ist etwas Naives; – machen wir uns nicht über die lustig, die dabei weinen – das ist etwas Schönes, der mit duftenden Blumen bedeckte Altar – das ist ein schönes Leben, das der Heiligen, ich hätte als Märtyrer sterben wollen, und wenn es einen Gott gibt, einen lieben Gott, einen Gott, der Vater Jesu, so möge er mir seine Gnade, seinen Geist senden, ich werde ihn empfangen und ich werde mich niederwerfen.» [150] Er verlangt nicht nur nach Glauben, sondern nach Mystizismus. Aus zwei Gründen. Erstens, wenn die verfallene, heruntergekommene Kirche nicht mehr in der Lage ist, die Dogmen zu verbürgen, wie kann man dann den Glauben bewahren, ohne daß sich Gott persönlich zu seiner Bürgschaft macht? Aber wenn Er kommt, dann braucht man nicht mehr zu *glauben*: Er ist da; vor dieser unfaßbaren Evidenz birst die Kreatur, verliert ihre Grenzen und wird in Anbetung ohnmächtig. Ohne Kirche, keine Mitte: entweder der «Glauben ans Nichts» oder die Ekstase.

Sofort – und das ist der andere Grund – wird die heimgesuchte Seele selbst numinos. Der Fromme ohne Gnade kann verdienstvoll sein: er ist durch seinen gefühllosen Starrsinn nicht geheiligt. Aber wen Gott auserwählt und durchdrungen hat, der ist ein heiliges Gefäß, und selbst wenn Er sich dann zurückziehen sollte, hat Er ihn für immer als *Seinen* Menschen bezeichnet. Das wäre das Ideal: keine Priester mehr; über bestimmte Ganymedesse kommt die Gnade wie der Adler Jupiters, sie holt sie vom Erdboden weg und trägt sie, göttliche Putten, in ihren Krallen. Der geistliche Feudalismus ist verschwunden, aber mitten im bürgerlichen Egalitarismus träumt Gustave noch von einem Klassenwechsel: ein *königlicher Akt* reißt ihn von oben aus seinem Milieu heraus. Gustave verlangt das Martyrium, weil diese qualvolle Prüfung, wenn sie bestanden ist, ihm zur Ritterschaft der Heiligen Zugang verschaffen wird. Diese *marginale* Elite – wie die der aristokratischen *philosophes* ohne Titel am Rande der echten Aristokratie – ist Gott am nächsten, obwohl die Mehrheit ihrer Mitglieder nicht unter den hohen Würdenträgern der Kirche ausgewählt worden ist und Er ihnen sogar vorgeschrieben hat, den Prälaten blindlings zu gehorchen. Also exi-

150 *Souvenirs*, S. 60f.

stiert die Kirche doch noch, wird man sagen? Hat Gustave sie denn nicht ausgelöscht? Ja, aber die Märtyrer und die Heiligen haben sie im Handumdrehen wieder hergestellt. Als Gott sich ihnen gab, hat er sie aus ihren Ruinen wieder aufgerichtet. Sie ist vielleicht verkommen und etwas geschwätzig, aber weil sie Ihn in sich empfangen haben, muß man wohl zugeben, daß sie im großen und ganzen die Wahrheit sagt. Wenn Gott ihn heimzusuchen geruhte, so bestünde Gustaves einzige Rache an seinen Priestern darin, daß er zu ihren Gunsten *Zeugnis ablegen* würde. In der eben zitierten Notiz wird die Kirche zwar mit Stillschweigen übergangen, aber sie bleibt gegenwärtig: die Wolken von Weihrauch, in denen er ertrinken will, wer anders kann sie verbreiten als die Priester? Wer anders als sie könnte in ganz Frankreich die unzählbare Zeremonie der ersten Kommunion veranstalten, bei der Flaubert geweint hat? Das ist der neue Kreisel, der in ihm entsteht: sein direktes und einsames Verhältnis zu Gott – das aus dem spontanen Protestantismus der «liberalen» Klassen entsteht – kann er sich nur im Rahmen des katholischen Bekenntnisses denken, und seine Auffassung des Allmächtigen ist selbst hierarchisch. Wenn Gott *Alles* ist, ist er an sich eine Aufstiegsordnung: «Oh! Das Unendliche! Das Unendliche, unermeßlicher Schlund, Spirale, die von den Abgründen zu den höchsten Regionen des Unendlichen aufsteigt» (I, 243), wird er in den *Mémoires d'un fou* schreiben. Die – zweifellos unfreiwillige – Wiederholung des Wortes «das Unendliche» sollte man nicht als eine Redundanz auffassen: es handelt sich ja um ein «unsagbares» Denken. Das Unendliche befindet sich in den höchsten Regionen des Seins; es ist ein persönlicher und mächtiger Gott; aber dieser Gott ist auch der Aufstieg der unendlichen Materie zu Ihm selbst, weil ja Seine Kraft jenes stufenweise Streben zu Ihm hin hervorbringt; Er ist zugleich *an der Spitze* der Feudalpyramide als friedliche Anziehungskraft von Allem und am Fuße der Pyramide als geheimer Trieb, der aus den finsteren unergründlichen Tiefen kommt. Er ist der Fürst und die Spirale, die von den niedrigsten Hintersassen zu den großen Vasallen geht. Dieser Text zeigt, daß selbst da, wo Gustave zum Spinozismus zu neigen scheint, sein Pantheismus verdächtig bleibt: die Formen der Materie sind hierarchisiert.[151]

Aber was die Notiz angeht, in der uns der junge Mann seinen Wunsch mitteilt, Märtyrer und Mystiker zu sein, so muß man feststellen, daß er sich seiner Leere bewußt ist: Gott verbirgt sich, er möchte glauben,

151 Einige Philosophiehistoriker haben sich tatsächlich fragen können, ob die spinozaische Substanz nicht *Subjekt* war. (Dieser Kommentar Sartres ergibt sich aus einem unrichtigen Zitat. Richtig wiedergegeben lautet es: «Das Unendliche, unermeßlicher Schlund, Spirale, die von den Abgründen zu den höchsten Regionen des *Unbekannten* aufsteigt . . .» *Anm. d. Übers.*)

aber dieser Wunsch selbst erscheint ihm in dieser Passage nicht als Zeichen seiner Auserwähltheit. Nichts ist weltlicher: er ist bereit, Gott zu empfangen, wenn Er existiert, aber er zweifelt noch. Man wird übrigens feststellen, daß diese Ungewißheit sich nicht so sehr auf die Existenz des Allmächtigen als auf Seine Güte bezieht. Er präzisiert nämlich, damit es kein Mißverständnis gibt: wenn der Gott, der existiert, tatsächlich der Vater Jesu ist[152], möge Er mir ein Zeichen geben. Aber wir wissen, daß der Schöpfer oder einfach der Verwalter dieser Welt in seinen Augen ebensogut der große Illusionist sein könnte. In diesem Fall besteht die Hierarchie fort, aber umgekehrt. Gustave bittet Satan einfach, wenn *er* unsere Angelegenheiten verwaltet, zu Hause bleiben zu wollen: keine Heimsuchung, bitte. Tatsächlich ist es der Böse, der sich Smarh, der sich dem heiligen Antonius zeigt: der alte fatalistische Glauben bleibt; das Schlimmste ist sicher, diese Welt ist nichts andres als die Hölle. Was für eine dämonische Farce, wenn die edelste Seele, die sich Gott aufschließt, *ebendeshalb* die Erscheinung des Teufels hervorriefe. Auf jeden Fall weiß Gustave, daß niemand kommt noch kommen wird. Diese verzweifelte Anrufung ist übrigens mitten unter andere Sehnsüchte gestreut – die, zumindest scheinbar, weltlicher sind. Der schlecht geliebte jüngere Bruder hätte die irdische und körperliche Liebe kennenlernen wollen, die grenzenlose Zuneigung einer Frau hätte ihm einen Wert verliehen; umsonst hat er das Genie verlangt. Es ist nichts damit: «Ich zähle nicht einmal auf mich – ich werde vielleicht ein gemeines . . . Wesen sein . . . Ich glaube jedoch, daß ich mehr Tugend haben werde als die anderen, weil ich mehr Stolz habe.» Und er fügt ironisch hinzu: «Lobt mich also.» (*Souvenirs*, S. 47) Denn er ist, wie wir wissen, davon überzeugt, daß die Tugend, die sich auf den Stolz gründet, ihrem Wesen nach teuflisch ist. In dieser Zeit notiert er jene, vielleicht von einem schlecht verstandenen Kantianismus inspirierten Gedanken in sein Heft: «Niemals wird der Mensch den Grund kennen, denn der Grund ist Gott – er kennt nur die Aufeinanderfolgen phantomhafter Formen, selbst ein Phantom, läuft er mitten unter ihnen, er will sie greifen, sie fliehen ihn . . . er . . . hört

152 In dasselbe Heft schrieb er einige Monate früher: «Woher kommt, daß ich will, daß Jesus Christus existiert hat, und daß ich dessen gewiß bin, weil ich das Mysterium der Passion als das Schönste empfinde, was es auf der Welt gibt?» (S. 49). Die Passion ist die unendliche Gnade des Herrn, der Mensch wird, um seinen Knecht zu erlösen. Umgekehrt ist sie das Prinzip des «Wer verliert, gewinnt» – das Gustave in diesem Augenblick ahnt und das sich später insgeheim durchsetzen wird: dieser schändliche und willentliche Tod, das grauenvolle Scheitern des Propheten *auf der Erde* ist irgendwo im Himmel ein geheimnisvoller Sieg. Gustave hat sich niemals für Christus gehalten, aber das christliche Schema wird ihm bald dazu dienen, seine Neurose zu organisieren, ihr ihren tiefen Sinn und ihre zeitliche Ausrichtung zu geben.

erst auf, wenn er ins absolute Leere fällt, dann ruht er sich aus.» (S. 47f) Der Glaube ans Nichts und der Glaube an Gott sind in diesem Text eins: der Grund existiert, aber er kann *per definitionem* nur Wirkungen hervorrufen, und diese können ihrem Wesen nach nicht zu ihm zurückgehen; also ist die Existenz Gottes selbst der Grund dafür, daß wir, eitle Phantome, selbst immer nur Phantome kennen werden, bevor wir ins absolute Nichts fallen. Das heißt im Grunde: ohne Kirche kein Mystizismus, oder es ist die wollüstige, aber bedeutungslose Komödie, die sich ein Phantom gibt. Dennoch «ich will, daß Jesus Christus existiert hat, und ich bin dessen gewiß» (S. 49). Kein Christus ohne Apostel: «Du bist Petrus, und auf diesen Fels ...» Kein Christus ohne Kirche. Früher, in der ersten Zeit des Christentums und zweifellos bis zum Mittelalter hat es eine Heilige Kirche gegeben, die ausdrücklich damit beauftragt war, auf hierarchischem Weg die Kommunikationen des Dorfes mit der Burg zu sichern. Aber sie hat ihre Aufgabe nicht erfüllt, ebensowenig wie die weltliche Aristokratie zur selben Zeit und aus denselben Gründen: seitdem sind die Kommunikationen abgeschnitten. Der Mystizismus ist eine Falle: er hatte nur Sinn in einem religiösen und von den Päpsten regierten Universum: bestimmte Personen erhielten ein weißes Telefon, damit sie direkt mit dem Burgherrn sprechen konnten. Aber im Unterschied zum bürgerlichen Pietismus zerstörte dieses Privileg keineswegs die Hierarchie, sondern *setzte sie zunächst voraus*: sicher fühlte sich die Ordnung angefochten und reagierte zunächst ziemlich böse; aber sie verstand schnell, daß die direkte Anwesenheit Gottes in bestimmten auserwählten Seelen für alle anderen nur die Notwendigkeit einer Fürsprache bestätigte: einigen wurde ausnahmsweise erlaubt, einen kürzeren Weg zu gehen, während die Masse der Gläubigen die Haupttreppe benutzte, aber das Ziel des Aufstiegs war dasselbe, und jene schneller und höher hinaufgestiegenen Privilegierten bezeugten es der ganzen katholischen Welt. Gustave wird sein ganzes Leben von der mystischen Erfahrung träumen. Aber er hat sehr bald begriffen, daß diese keineswegs das Verschwinden der Heiligen Kirche kompensiert, sondern mit ihr entschwunden ist. Wir würden heute sagen, daß der geistliche Feudalismus, als er für Gustave seine charismatische Macht verlor, sich in Bürokratie verwandelte. Flaubert wird seine Klasse nicht verlassen: jedenfalls nicht auf diese Weise. Alles was er tun kann, besteht darin, sich niemals mit dem *fait accompli* abzufinden, sein Herz mit einer untröstlichen Sehnsucht zu betrüben, sich selbst, den liberalen Bürger, in einen Märtyrer des unmöglichen Aufstiegs zu verwandeln.

Dieses feudale Gemüt beklagt im Grunde den Untergang des Ancien régime. Ein Papst, Stellvertreter Gottes auf Erden, eine Kirche; ein Monarch von Gottes Gnaden, sein Adel; darunter das Gesindel, aber dennoch erleuchtet durch die Treue und den Glauben an die beiden heiligen großen Körperschaften: deren *Heiligkeit* rührt nämlich bei beiden daher, daß ihre instituierten Mitglieder, Priester oder Soldaten, auf jeder Stufe sich durch ihren Fanatismus auszeichnen – radikale Selbstaufgabe, bedingungslose Ergebenheit gegenüber ihren Herren, gegenüber der ganzen Körperschaft, gegenüber dem transzendenten Prinzip, das, in einer Person zusammengefaßt, ihre Einheit ausmacht. In einer solchen Gesellschaft hätte Gustave, ohne seinen nichtadligen Stand zu verlassen, durch ein schönes Martyrium oder durch ein Meisterwerk dem Bürgertum entkommen können, dort hätte ihn ein *Triumph* von seiner Klasse befreit.

Leider ist jedoch sogar diese Sehnsucht verfälscht. Zunächst durch das Ressentiment: in einer Hinsicht. Gustave verabscheut diese schöne Feudalwelt; er ist auf sie wütend, weil sie nicht mehr existiert. Die meiste Zeit kann man in seinen Briefen und Äußerungen die Kraft seiner Nostalgie an der Heftigkeit seiner Invektiven gegen das verschwundene Regime oder gegen jene ermessen, die es noch zu repräsentieren behaupten. Sodann findet er in der Tatsache, daß diese Gesellschaft nicht standgehalten hat, den Beweis, daß sie nichts andres war als ein allzu menschliches Arrangement: wenn sie von Gott errichtet worden wäre, wie hätte Er dann ihren Verfall zulassen können? Wenn Er sie durch die Hilfe Seiner Vorsehung mehr als ein Jahrtausend lang gegen die menschliche Natur getragen hätte, kann man sich dann denken, daß Er sie eines schönen Morgens sich selbst überließ? So zerstört sich Gustaves Nostalgie von sich aus: er kann nur um eine schöne Lüge trauern: wenn ich im Goldenen Zeitalter des Christentums, im 13. Jahrhundert, gelebt hätte, so wäre mein Kopf so beschaffen gewesen, daß ich nicht anders als an diese naiven Phantasmagorien hätte glauben können. Das heißt: ich bin zu spät geboren worden, um auf die Lebenslüge, die ich so sehr brauchte, hereinzufallen. Was bleibt also? Eine Religion, die so gut erfunden wurde, daß sie mehrere Jahrhunderte lang die Bedürfnisse des religiösen Instinkts hat befriedigen können, die aber abgesehen davon nur ein Geflecht aus Absurditäten ist, nicht mehr und nicht weniger als der Fetischismus. Die Götter sterben: das will Gustave sagen. Aber ebendieser Gedanke – der in rationalisierter Form bedeuten würde, daß die religiösen Illusionen ihre Zeit haben und daß ein Glauben den anderen ablöst – kann durch Gustave oft eine *magische* Bedeutung erhalten: die Götter sterben, also haben sie gelebt; es waren nicht ganz nur Erfindungen der Menschen, sofern diese Erfindungen, bevor sie vertrockneten, eine gewisse übernatürliche Kraft angenommen hatten. In dem Augenblick, als der junge Bürger die Religionen in der Geschichte auflöst, verleiht er dieser eine heilige Dimension. Als wenn für ihn die religiöse Ideologie, in dem Moment, da sie von der liberalen Ideologie vernichtet wird, in letztere auf hinterhältige Weise einginge und sie verhexte. Insofern ist für ihn das Ancien régime – ein triumphierender Irrtum und die einzig *mögliche* Befriedigung des religiösen Instinkts – niemals gewesen und wird niemals sein und wird doch niemals aufhören zu sein als normatives System, das, unzerstörbar und unrealisierbar, die Enge unserer Werte und unserer Institutionen entlarvt und in den Feudalgesellschaften die Dummheit und den Egoismus der Aristokratien aufdeckt; das ist das einzige objektive Ziel, das sich unsere Spezies in der Trans-Aszendenz geben kann; aber es ist auch gleichzeitig das Ziel, das sie niemals erreicht; insofern muß man es sich als das geheimnisvolle Licht denken, das die Geschichte beleuchtet und dieser Anhäufung unpassender Zufälle und stupider Missetaten den verborgenen und verwirrenden Sinn eines ungeheuren Scheiterns gibt, das mit dem Fall Adams begann und seitdem endlos neu beginnen wird. Wundern wir uns nicht darüber: Gustave ist nicht der erste und wird nicht der letzte sein, der sein eigenes Leben als ein Resümee des menschlichen Geschicks betrachtet.

Als Junge hat Gustave bereits die dreidimensionale Struktur seines inneren Wesens entdeckt. Erhebungen und Stürze sind sich wiederholende Bestimmungen der absoluten Vertikale, das heißt seiner Beziehungen zum Ewigen; die Tiefe dagegen ist eine unaufhaltsame Bewegung auf jenes andere Absolutum hin, den Tod, es ist die Ausrichtung auf das Schlimmste. So entfaltet sich also bei jedem Anlaß das Erlebte auf dreierlei Art. Religiöse und ursprüngliche Entfremdung in die Familie oder *Fatum*; scheinbar rationale und profane Entfremdung – die im tiefsten Grunde irrational und heilig ist – in die Ideologie des *pater familias*; Entfremdung in die monarchische und theokratische Hierarchie, die sich verweigert und ihn dennoch unterwirft: drei Systeme, drei Interpretationstypen, die sich zugleich für jede Erfahrung anbieten und sie damit zerstückeln. Das heißt: selbst wenn es nicht um die großen religiösen, ethischen oder sozialen Themen geht, selbst wenn es sich um die banalste Wahrnehmung, um die einfachste Überlegung handelt, werden diese bis zum Zerspringen gespannt und durch diese divergierenden Kräfte verrenkt: aus diesem Grund wird alles, was er denkt, was er empfindet, was er schreibt, immer einen dreifachen Boden haben; so werden uns seine Ansichten oder seine Reaktionen auch forciert oder, wie er sagt, «efforciert» erscheinen: schuld daran ist die äußerste Spannung jeder Wahrnehmung, die in dem Moment, da sie entsteht, von drei konstitutiven und divergierenden Intentionen durchdrungen wird. Denken wir daran, daß ein bloßer Blick in den Spiegel beim Rasieren zugleich mit einer wilden Lust zu lachen die analytische Vernunft weckt in ihrer primitiven Form eines schreckenerregenden Aberglaubens: Gustave sieht sein Aas. Gleichzeitig verurteilt sein Ressentiment im Namen des Todes und des Nichts die stupiden Sitten des Bürgertums: was für ein Wahnsinn, seinen zukünftigen Leichnam zu rasieren. Das hindert den jungen Mann jedoch nicht, aufmerksam sein

Spiegelbild zu betrachten, um zu erkennen, ob seine Nase dicker wird, ob die bürgerliche Vulgarität dabei ist, die Gnade von oben zu besiegen, jene Schönheit, die der Kuß einer Prinzessin für einige Jahre seinem Gesicht verliehen hat. Wie man sieht, alle grundlegenden und divergierenden Intentionen bearbeiten ihn zugleich, einschließlich der gelassenen Zufriedenheit, sich gar nicht so schlecht zu finden und, diese in einer wütenden Anwandlung auslöschend, der rachsüchtigen Absicht, alles zum Schlimmsten zu wenden und vor sich selbst Entsetzen zu empfinden, nicht allein als Spezies, sondern in seiner Kontingenz eines Geschöpfes ohne Schöpfer.

Ich habe von Zerstückelung gesprochen: in dem gewählten Beispiel erscheint tatsächlich jede Kraft-Dimension als ein Baum, den man zum Boden gezogen hat und der sich ungestüm wieder aufrichtet und dabei die Pflöcke aus der Erde reißt, die ihn festhielten. Aber wir haben ebenso gesehen, daß die gleichen Kraftlinien nicht selten, anstatt sich voneinander zu entfernen, wie die Strukturen eines gekrümmten – manchmal sogar sphärischen – Raums erlebt werden, der die Wahrnehmung dazu bestimmt, sich je nach dieser Krümmung zu beugen: in diesem Fall begegnen sich die Extreme, und die Fülle der Bedeutungen explodiert keineswegs in einem unhaltbaren Sichlosreißen, sondern setzt sich in einen geschlossenen Kreislauf um, wobei die Widersprüche ineinander übergehen: das ist die Verwirrung der Kreisel; in diesen beweglichen Labyrinthen macht die Gewalt der Verstörtheit Platz, aber Gustaves Unbehagen ist nicht weniger groß, weil ja die Bewegung seines Denkens selbst ihn von einer Idee zu deren Gegenteil fortreißt, wobei er die Strenge der Übergänge weder leugnen noch anerkennen könnte. Wir haben beiläufig auf eine gewisse Zahl von Kreiseln hingewiesen, in denen *Fatum*, Szientismus, Glaube, Gott, Nichts, feudale Hierarchie und egalitäres Bürgertum sich in Karussellen anordnen und den jungen Mann dadurch zwingen, zerschlagen «um sein Denken zu kreisen», wie er es in der ersten *Tentation de saint Antoine* sagt.

C. Gustaves «Dummheit»

> *Der Dummkopf hat nicht immer die gedrückte Miene, die ihm zukommt.*
> (Marcel Jouhandeau)

Der Ausgang dieses unentschiedenen Kampfes zwischen den beiden Ideologien wird zugleich überraschend und plausibel erscheinen: Gustave *ist dumm*.

In einem Punkt sind sich alle bürgerlichen Intellektuellen des 19. Jahrhunderts einig: der Bürger ist der Philister. Von 1830 an – dem Erscheinungsjahr der *Scènes populaires*[153] – geht Joseph Prudhomme in ihren Gesprächen und Briefen um; bei allen – selbst bei Flaubert – schwankt er zwischen der einzelnen Allgemeinheit des Mythos und der abstrakten Genauigkeit des Begriffs. Entweder heißt es: «Er spricht wie Joseph Prudhomme» oder: «Das ist ein Prudhomme». Und jeder legt natürlich in diese legendäre Figur hinein, was er will. Aber bei den Schriftstellern, die in mehr oder weniger organisierten Körperschaften konstituiert sind und sich in den literarischen Salons *anerkennen*, ist diese Entlarvung der bürgerlichen Dummheit von einem angenehmen Überlegenheitsgefühl begleitet. Ob es sich nun um junge Adlige, um «Bohemiens» oder um idealistische Bürger handelt, die sich ihrer Klasse gar nicht bewußt sind, alle sind sie davon überzeugt, daß ihre Ironie oder ihre rachsüchtigen Schimpfreden ausreichend beweisen, daß sie nicht derselben Spezies angehören wie der Untermensch, den sie brandmarken. Ihre Entrüstung ist ein Elixier und entbehrt nicht einer gewissen Munterkeit. Gewiß, die Dummheit hat die Welt für sich, «ihr Name ist Legion», aber sie bleibt in ihren Augen eine Entbehrung, ein Manko; wer mit ihr geschlagen ist, gilt als schädlich, aber er schadet vor allem sich selbst. Für Flaubert dagegen, und nur für ihn, ist die Dummheit eine positive Kraft, und der Dummkopf wird zum Unterdrücker. Diese abscheuliche Fülle triumphiert, sie *hat* bereits triumphiert, und der Künstler ist in der Defensive. Aber der Kampf ist allzu ungleich: gegenüber dieser kompakten Allgegenwart spürt er bei sich eine ohnmächtige und verkrampfte Verneinung, einen Seinsmangel. Sehen wir jedoch etwas näher hin. Denn Flaubert subsumiert unter diesem Namen zwei einander widersprechende Dummheiten: die erste ist die Grundsubstanz, und die zweite ist die Säure, von der die erste zerfressen wird. Beide liegen in einem ständigen Kampf miteinander, dessen Ausgang immer unentschieden ist. Nur eines ist sicher: ob in der ersten oder in der zweiten Form, die Dummheit triumphiert immer. Das illustriert ganz bewußt das abstoßende Schauspiel des Abbés Bournisien und des Apothekers Homais aus *Madame Bovary*, wenn sie am Bett einer Toten, die sie weder haben heilen noch vor der Hölle retten können, vom gleichen Schlaf übermannt, gemeinsam zu schnarchen beginnen.

153 Der Satiriker und Karikaturist Henri Monnier (1805–1877) schuf in seinen Werken *Scènes populaires* (1830) und *Mémoires de Joseph Prudhomme* (1857) für das damalige Frankreich den Prototyp des selbstzufriedenen Kleinbürgers, den man vor allem an der feierlichen Trivialität seiner Redewendungen erkennt. Die berühmtesten Blüten davon waren: «Das ist meine Meinung, und ich teile sie», «Die Staatskarosse segelt auf einem Vulkan», «Dieser Säbel ist der schönste Tag meines Lebens». *Anm. d. Übers.*

1. *Die Dummheit als Substanz*

Mit neun Jahren hat Flaubert sie unter zwei sich ergänzenden Erscheinungsformen entdeckt: die Zeremonie und die Sprache. Denn er schreibt am 31. Dezember 1830 an Ernest Chevalier: «Du hast recht, daß der Neujahrstag dumm ist» und am Ende desselben Briefes: «... und da es eine Dame gibt, die zu Papa kommt und die uns immer Dummheiten erzählt, werde ich sie aufschreiben.»

a) Die Zeremonie

Der Neujahrstag: Geschenke und Artigkeiten, Besuche, Umarmungen, Glückwünsche. Die Kinder sind Opfer und Komplizen: sie haben ihre Festkleider an, sie grüßen und sagen, was sich gehört. Gustave *entdeckt* die Dummheit dieser Feierlichkeiten. Eigentlich hat Ernest Chevalier – obwohl besser integriert – diese Entdeckung als erster gemacht. Gustave *realisiert* die Situation nur. Aber für immer. Unter dem Eindruck der vielleicht unbesonnenen Bemerkung seines Freundes nimmt er den winzigen Abstand ein, den seine Frustration, ein unsichtbarer Riß, ihm ermöglicht. Es handelt sich übrigens mehr um ein Voraussehen als um eine Erfahrung, weil die Dummheit vom 1. Januar ihm am 31. Dezember erscheint. Aber er weiß ja im voraus, was an diesem Tag passieren wird: etwas ärgert ihn oder mißbehagt ihm; Achille wird vielleicht kommen und Gegenstand besonderer Aufmerksamkeiten sein. Gustave ist jedenfalls mitten in der Zeremonie ein Verbannter, der sich vom Unmittelbaren losreißt, sie nicht mehr ernst nimmt, ihren konventionellen Charakter entdeckt. Damit löst er sie jedoch noch nicht auf: die objektive Beziehung geht keineswegs in den Individuen auf, sondern wird vielmehr geheimnisschwer. Sie ist absurd, weil sie ja nicht auf dem religiösen Glauben beruht: Weihnachten und Mitternachtsmesse weckten bei dem Kind gewiß nicht jenes verächtliche Mißtrauen. Der Neujahrstag, ein weltliches Fest, ist für den bereits menschenfeindlichen Gustave eine Folge sinnloser Glückwünsche, die für einige Stunden Menschen zusammenbringen, die sich kaum oder überhaupt nicht mögen. Schlimmer noch, die Gefühle sind hier angelernt: man ist abgerichtet, sich über den Haß hinweg zu lieben. Es gibt eine affektive Banalität, die die wahre Färbung der Gefühle für die Subjekte selbst einen Moment verbirgt. Flaubert wird es nicht vergessen: es ist oft darauf hingewiesen worden, daß seine Figuren von außen – und besonders von der Literatur – «emotionale Abstrakta» übernehmen, die die wirklichen Emotionen vorausnehmen sollen. Das *Dictionnaire des idées reçues*, an dem er dreißig Jahre lang besessen arbeitet, macht keinerlei Unterschied zwischen übernommenen Meinungen, von denen wir bald sprechen werden, und übernommenen Gefühlen. Beispiel: «KAUDERWELSCH [*Baragouin*]. Art und Weise mit den (*sic*) Ausländern zu sprechen. *Immer lachen* über den Ausländer, der schlecht französisch spricht.» «TÜNCHE [*Badigeon*]. In den Kirchen. Dagegen wettern. Dieser *künstlerische Zorn* macht sich außerordentlich gut.» (II, 304) Kann man sagen, daß dieses befohlene Lachen gezwungen, daß dieser Zorn gespielt ist? Keineswegs: es sind affektive Zeremonien, sie werden von innen her, aber an der Oberfläche zelebriert. Und man glaubt daran: das ist die Dummheit der Gefühle.

Aber gleichzeitig sind erlernte Gesten und Gefühle Integrationsriten: das Kind spürt, wenn es am Neujahrstag den Brauch ernsthaft befolgen könnte, würde es wirklich an der Vereinigung teilnehmen. Es kann nicht entscheiden, ob ihm die Dummheit des Zeremoniells durch das Auge entdeckt wird oder ob es existiert, indem es sie entdeckt. Gustave ist jedenfalls mit neun Jahren weder *Ingénu* noch *Micromégas* von Voltaire: die Neujahrsbesuche macht er mit seiner Familie. Vor dem oben zitierten Brief vom 31. Dezember 1830 hatte er einige, sicher diktierte und durchgesehene Zeilen an seine Großmutter geschrieben, die mit dem Satz beginnen: «Ich beeile mich, meine Pflicht zu erfüllen, und wünsche Euch ein gutes Jahr.» Es kommt noch besser: in eben jenem Brief an Ernest Chevalier, in dem er die Dummheit dieser Etikette anprangert, beugt er sich ihr jedoch spontan und aus freien Stücken: «Ich wünsche Dir ein gutes Jahr 1831. Umarme von ganzem Herzen Deine gute Familie für mich.» Erhalten denn Neujahrsglückwünsche einen Sinn, wenn sie sich an wahre Freunde richten? Das Kind entscheidet das natürlich nicht, sieht nicht den Widerspruch in seinem Verhalten. Es ist ja mehr als zur Hälfte von dem Brauch *verführt*: nur ein revoltierender Junge könnte von sich behaupten, daß er irgendeine Sitte in ihrer ganzen Objektivität von außen sehe, und sich weigern, sich ihr zu unterwerfen. Gustave zögert: er errät die Fremdartigkeit dieser seiner eigenen Gebräuche, weil er die gemeinsamen Zwecke nicht ganz teilt. Man könnte hier von einer diffusen Objektivität, von einer Beschwerung der Verhaltensweisen sprechen: die Personen werden abstrakt, unwesentlich; das Wesentliche ist ihre Komödie, *an die sie glauben*. Die kollektive Haltung absorbiert die Individuen, benutzt sie und behauptet sich in ihrer Absurdität als die materielle Wirklichkeit, die sie zu ihren Gunsten auslöscht. Das Ballett setzt sich für sich; es wird von niemandem mehr dirigiert; es dirigiert sich vielmehr selbst. Hier vollzieht sich eine völlige Umkehrung der klassischen Beziehung: *mens agitat molem*; die Materie lenkt den Geist. Jedes Jahr taucht ja die Zeremonie immer dichter, kompakter, inerter, absurder aus der Nacht der Lebensalter auf und braut durch die mechanische Abfolge ihrer Riten die Gemeinschaft der lebenden Menschen zusammen. Bis zum Ende seines Lebens hat Gustave diese Ansicht über die kollektiven Haltungen bewahrt: niemals kann er sich vorstellen, daß sie einen anderen Zweck haben, als Geschöpfe vorübergehend zu vereinen, deren Wesen die Undurchdringlichkeit ist, noch daß sie eine defensive oder offensive Regung seiner Klasse, der herrschenden Kreise widerspiegeln könnten. 1866 spricht er vom «Schick, dieser modernen Religion», im gleichen Ton wie in seinem Brief an Ernest Chevalier vom 31. Dezember 1830: «Schick ist: für den Katholizismus sein (ohne ein Wort davon zu glauben), für die Sklaverei, für das Haus Habsburg, um die Königin Amélie Trauer tragen, ‹Orpheus in der Unterwelt› bewundern, sich mit Landwirtschaftsausstellungen befassen, über Sport reden, sich kalt zeigen, so idiotisch sein, den Verträgen von 1815 nachzuweinen. Das ist das Allerneuste.»[154] Es handelt sich dabei für ihn nicht um eine reaktionäre Propaganda und Praxis, die versucht, sich den liberalen Kräften entgegenzustemmen: es ist ein Erbteil abgedroschener Phrasen, die sich der neuen Generation aufzwingen, weil sie sich den vorhergehenden Generationen aufgezwungen haben («Das ist das Allerneuste.»); von einer Bewegung hervorgerufen, die von den verflossenen Zeiten herkommt, werden sie von außen gesteuert wie die beweglichen Körper der newtonschen Mechanik. So ist die Dummheit unendlich, weil sie immer von woanders herkommt – von einer anderen Epoche, einem anderen Ort; sie ist inert und kompakt, weil sie sich durch ihr Gewicht aufzwingt und weil es nicht möglich ist, ihre Gesetze abzuändern, kurz, sie ist *Ding*, weil sie ja die Unempfindlichkeit und Undurchdringlichkeit der Naturfakten besitzt. Die Mechanik schiebt sich über das Lebendige, die Allgemeinheit unterdrückt die Originalität der einzelnen Erfahrung, die vorgefertigte Reaktion tritt an die Stelle der angemessenen *Praxis.* Das ist die unpersönliche Herrschaft des «Man»: ich besuche meinen Onkel, weil *man* am Neujahrstag seinen Onkel besucht. Aber auf andere Weise ist es die der bürgerlichen Gesellschaft eigene *Verdinglichung*, wie sie von einem unbewußten Bürger in Komplizenschaft und Ablehnung erlebt wird: in dem Maße nämlich, wie gewisse «vornehme» Zeremonien ihre christliche Bedeutung verloren haben und sich als bloße Konventionen erweisen und wie sich das Bürgertum dem jungen Flaubert als unfähig zeigt, sein Heiligtum zu erfinden und wahrhaft menschliche Beziehungen herzustellen, tut es nichts anderes, als sein Atomisierungswerk eben darin zu entlarven, wie es an der Oberfläche dagegen anzukämpfen oder es zumindest zu kaschieren versucht.

Wenn die Dummheit ein Ding ist, können die Dinge dumm sein: Gustave wird alle Kleider, alle Werkzeuge hassen, die in seiner Person auf *irgendeinen* Gebrauch abzielen: man kennt seine Tiraden gegen Stiefel, Eisenbahnen, «Omnibusse». «Was gibt es Tristeres als ein Hotelzimmer mit seinen einst neuen, von aller Welt abgenutzten Möbeln?» (*L'Education sentimentale* von 1845, I, 278) Hier behauptet sich

154 Brief an George Sand vom 29. September 1866.

die Materie und entlarvt die Kunden als austauschbar, unwesentlich. «Einzig die Kunst ... verleiht euch all eure Reize ... man ist verliebt in das Kleid und nicht in die Frau, in das Stiefelchen und nicht in den Fuß; und hättet ihr nicht Seide, Spitze und Samt, Patschuli und Chevreau, glitzernde Steine und Farben zum Anmalen, würden euch nicht einmal die Wilden haben wollen, weil ja ihre Frauen tätowiert sind! ... Da zudem die Kleidung das offenkundige Zeichen der Keuschheit ist, bildet sie einen Teil der Tugend und ist selbst eine Tugend! ... Je kleidsamer also die Kleidung ist, das heißt je widernatürlicher, unbequemer und häßlicher, desto schöner ist sie! ... Und desto vornehmer vor allem!» [155] Hier ist also die Frau auf ihre Ausstaffierung reduziert. Damit sind Rock, Mieder, Handschuhe oder Schminke selbst die ganze Frau.

Umgekehrt wird Gustave ganz benommen jeden materiellen Gegenstand betrachten, der in seinem besonderen Geist die Materialität seines Besitzers spiegelt. Es ist bekannt, welche Bedeutung für Flaubert die «kleinen braunen Pantoffeln» von Louise Colet gehabt haben («Beim Anblick Deiner kleinen braunen Pantoffeln denke ich an die Bewegungen Deines Fußes, als er sie ausfüllte und sie davon warm waren», Brief vom 4./5. August 1846) oder nach dem Tod seiner Mutter die Kleidung, die sie trug. Aber man denke vor allem bei *Madame Bovary* an die Mütze von «Charbovary», die die Tölpelhaftigkeit ihres Besitzers so vollständig wiedergibt, daß sie in Wahrheit nur Charles Bovary selber ist, der sich in eine Mütze verwandelt hat. Die doppelte Bewegung, die aus der Kokotte ein Ding macht und eine speckige Kopfbedeckung zur Menschenwürde erhebt, kann man hier als einen bestimmten Aspekt dessen ansehen, was ich in der *Kritik der dialektischen Vernunft* das Praktisch-Inerte genannt habe: in diesem Bereich sind die von der Materialität absorbierten Menschen und die vom menschlichen Handeln behexten Dinge austauschbar; die inerte Einheit des *Siegels*, das sich von außen den Personen aufdrückt, wird identisch mit der aktiven Vereinigung der bearbeiteten Materie, die eben durch ihren Sieg verkommt und nur noch durch Trägheit der Masse besteht. Allerdings ist das Praktisch-Inerte eine Gattung, von der die Dummheit, wie Flaubert sie sieht, nur eine Art ist. So handelt es sich hier nicht um die Wandlungen der Produktion, sondern des Gebrauchs: in der komplexen Bewegung von Aneignung und Genuß und den sie begleitenden Zeremonien tauschen das unbelebte Ding und die menschliche Person ständig ihre Funktion und ihren Status untereinander aus, ohne daß jemals der

155 *Le château des cœurs*, II, 341. Bei der Untersuchung von Flauberts Sexualität werden wir sehen, daß diese Reduzierung auf die Materialität Ursache *und Wirkung* des sexuellen Fetischismus ist und daß sie auch sadomasochistische Absichten offenbart.

Mensch das Ding hervorgebracht hätte.
Jeder verleibt sich die objektive Trägheit auf seine Weise ein. Beim Abbé Bournisien aus *Madame Bovary* haben die Prinzipien des Katholizismus die Schwere und Kompaktheit von Blei angenommen, sie sind gesunken. Sein beschränkter und scheinheiliger Glaube ist bis auf die Ebene seiner materiellen Bedürfnisse heruntergekommen: anstatt den Körper zu leugnen, ist er körperlich geworden. Die sektiererische Unnachgiebigkeit des Priesters ist sein Brotverdienst und unterscheidet sich nicht mehr von seinen groben fleischlichen Gelüsten. Dagegen werden sich die «vornehmen» Frauen in leichte Mechanismen verwandeln. In *Le château des cœurs* erklärt die Feenkönigin, durch welche teuflische Operation die «Gnome» *das Äußere* in uns an die Stelle der Innerlichkeit gesetzt haben: Die Gnome rauben die Herzen der Menschen, «um sich von ihnen zu nähren, ... und setzen an ihre Stelle, da, ... irgendein von ihnen erfundenes Räderwerk, das die Bewegungen der Natur perfekt imitiert ... Und die armen Menschenwesen lassen das ohne Abscheu mit sich machen. Einige finden sogar Gefallen daran ... Die Menschen ... überlassen sich den Forderungen der Materie. Der Geist der Gnome (die Materialität) ist in das Mark ihrer Knochen gedrungen, er hüllt sie ein ... und verbirgt ihnen wie ein Nebel den Glanz der Wahrheit, die Sonne des Ideals» (II, 325 f). Dieses Theaterstück treibt die Verwandlung bis zum Äußersten und zeigt uns ein junges Mädchen, das versucht, die Gesten und Reden von zwei Robotern nachzumachen, damit es, wo immer es sich befindet, «freiweg über Natur, Literatur, blonde Kinder, Ideale, Pferderennen und andere Dinge plappern (kann)» (II, 343). Die Szene gibt die oben beschriebene doppelte Bewegung wieder: die Puppen werden aufgezogen, fangen an sich zu bewegen, *werden Menschen*, und das junge Mädchen versucht erschrocken und fasziniert, eine Puppe zu werden. Aber die Materialität des Roboterpaares beschränkt sich auf die *Räumlichkeit.* Als «der Herr und die Dame», die beiden Puppen, zu tanzen beginnen, bemächtigt sich die *übernommene Geste* des Paares und vereinigt sie durch Mechanisierung: es bleibt eine von einer äußeren Bewegung gelenkte räumliche Form, die Rotation eines Polyeders: «Er, mit erhobenem Kinn und den Ellenbogen in der Luft; – sie, gerade wie eine 1 und mit gesenkter Nase; alle beide stechen ihre Winkel in den Raum, eine regelrechte geometrische Figur in rosiger Stimmung.» (II, 343)

b) Die Sprache

Die Dummheit erster Instanz ist jedenfalls Materie gewordene Idee oder die Idee nachäffende Materie: das läßt sie uns unter ihrem zweiten Aspekt betrachten, der vielleicht der wichtigste ist. Denn bald verwandelt sich das Denken von selbst in ein mechanisches System, und bald wird der Geist von autonomen Mechanismen eingenommen. Der Neujahrstag ist dumm, aber zu den Flauberts kommt auch eine Dame, die Dummheiten *erzählt*. Dummheiten: Sätze, die in ihr waren, die plötzlich durch ihren Mund herauskommen und deren mechanische Starre jede lebendige Beziehung zur Situation, zur Wahrheit oder ganz einfach zu den vorhergehenden Sätzen ausschließt. Es gibt also inerte und isolierte Systeme im Bewußtsein? Eben noch war das Ding *draußen*: es war die Mütze von Charles Bovary, das Brevier von Bournisien, das Kleid und die Handschuhe der Kokotte. Jetzt dringen die Dinge in uns ein und wuchern in unseren Köpfen; die Außenwelt bricht in unser Innenleben ein, sprengt das Denken. Die *Dinge im Geist* wird das Kind «Dummheiten» nennen und der Mann «übernommene Meinungen». Hier wird uns die nackte Sprache gezeigt, jene tönende Materie, die durchs Ohr eindringt und sich im Gehirn festsetzt. In jedem Augenblick, überall, anonym wird ein System von Wörtern hergestellt, das sich von Mund zu Ohr überträgt und sich am Ende unvermeidlich in mir ablagert. Der Sinn jedes Wortes ist die inerte Einheit seiner Materie, die inerte Ansammlung der Wörter bestimmt eine passive Ansteckung eines jeden Sinns durch die anderen, ein Pseudo-Denken setzt sich in meinem Kopf fort, dessen scheinbare Bedeutung die eigentliche Absurdität nicht kaschieren kann: denn es hat keinen anderen Zweck, als die Menschen zu vereinen, sie zu beruhigen, indem es ihnen die *Geste der Übereinstimmung* ermöglicht; und worüber könnten diese undurchdringlichen Wesen, die so verschiedene Interessen haben, übereinstimmen, wenn nicht über *nichts*? Die dichte Materialität dieses «Mundvolls von Intelligiblem» ist von einem Fehlen, von einem Nichts begleitet, das nichts andres als die Bedeutung ist. Schlimmer noch: wenn die übernommene Meinung ein Pseudo-Denken ist, so bringt sie in uns von selbst ein Pseudo-Bewußtsein hervor: was wir Reflexion nennen, ist nur ein Verweis der Sprache auf sich selbst, ein Knick im System der Wörter. Die Roboter aus *Le château des cœurs* täuschen ein Innenleben vor: das bedeutet, es werden auch ausdrücklich übernommene Ideen für das Geheimnis der Seelen hergestellt: sie sind übrigens den anderen völlig gleich, bis auf die Tatsache, daß sie im Schädel widerklingen, statt die äußere Luft in Schwingungen zu versetzen.

«Der Herr: Zu Euren Diensten! (Beiseite) Eine Phantasie! ... Sie sprüht! (Laut) Aber erlaubt mir einen Rat: um Eure Geldanlagen werde ich mich kümmern.» (II, 343)

Wie man sieht, befördert der innere Monolog des «Herrn» abgedroschene Platitüden, die seinen Ursprung verraten: nur ein «Bürger» kann sagen oder *sich* sagen (das ist egal, weil ja das Äußere innen ist), daß eine Frau vor Phantasie sprüht.

Flaubert wird sein Leben damit verbringen, die Gemeinplätze, die wir den anderen und uns selbst zum besten geben, wiederzukäuen. Am Ende seines Lebens wird er in *Bouvard et Pécuchet* schreiben: «Bedeutungslose Dinge stimmten sie traurig: die Reklame der Zeitungen, das Profil eines Bürgers, eine zufällig gehörte törichte Bemerkung. Bei dem Gedanken daran, was man in ihrem Dorf sagte und daß es bis zu den Antipoden andere Coulons, andere Marescots, andere Foureaus gab, fühlten sie gleichsam das Gewicht der ganzen Erde auf sich lasten.» (II, 275)

Dazu kommen einem sofort mehrere Fragen in den Sinn: woher hat er das, was René Dumesnil ganz einfach «seine überraschende Fähigkeit, Dummheiten zu erfassen», nennt? Warum jagt er ihnen so erbittert nach? Und aus welchem Grund ist die Dummheit der anderen für ihn eine so unerträgliche Last geworden?

Wir können auf diese Fragen eine vorläufige Antwort geben, wenn wir auf jenen anderen Gemeinplatz verzichten: daß man nämlich intelligent sein müsse, um die Dummheit aufspüren zu können. Ich sage sofort: bei derartigen Tätigkeiten ist Intelligenz überflüssig, oft sogar hinderlich. Jeder Schriftsteller weiß: bei der Korrektur von Druckfahnen entgehen einem die Druckfehler, wenn man den Text auf seine Bedeutung und seinen Stil hin liest; um zu merken, daß ein Wort einen oder zwei Buchstaben zuwenig oder einen zuviel hat, muß man sich auf die Ebene des Schriftbilds begeben, sich selber ausschalten, die Druckbuchstaben vor den Augen passiv sich bilden und verschwinden lassen. Mit anderen Worten, um einen Gemeinplatz zu entdecken, muß man ihn erleiden und nicht durch seine Benutzung überschreiten. Flaubert wird deshalb von den übernommenen Meinungen erdrückt, weil er so bedingt ist, daß er die Sprache auf ihrer Ebene erfaßt.

Ein Beispiel wird uns seinen Standpunkt verständlich machen. Schlagen wir sein *Dictionnaire des idées reçues* beim Artikel «EISENBAHN [*Chemins de fer*]» auf, so lesen wir: «Über ihre Erfindung in Verzückung geraten und sagen: ‹Ich, mein Herr, der mit Euch spricht, ich war heute morgen in X; ich bin mit dem Zug nach X gereist; dort habe ich meine Geschäfte erledigt usw., und um X Uhr war ich wieder zurück!›» (II, 305) Es stimmt, daß alle Reisenden damals solche Bemerkungen machten. Aber in kaum veränderter Form haben sie sie wieder gemacht, als das Auto aufkam; und fast mit denselben Worten sprechen sie heute von ihren Flügen. Bei jedem neuen Verkehrsmittel taucht also eine bestimmte, immer gleiche Rede auf, die sich auf dessen Geschwindigkeit bezieht und in aller Munde ist. Ist das «dumm»? Ist das eine übernommene Meinung? Die Antwort hängt vom Gesichtspunkt ab. Sicher handelt es sich um eine Binsenweisheit: wenn wir im voraus wissen, daß die Geschwindigkeit eines Flugzeugs achthundert Stundenkilometer beträgt, so brauchen wir uns nicht darüber zu wundern, daß es uns in zwei Stunden sechzehnhundert Kilometer befördert hat. Aber wer aus solchen Bemerkungen eine Binsenweisheit macht, der muß von vornherein beschlossen haben, sich in den Begriffen einzuschließen. Vom affektiven Gesichtspunkt aus ist alles ganz anders. Sich darüber zu wundern, daß man, bereits vier Stunden nachdem man Paris verlassen hat, in Moskau ist, ist sicher kein sehr tiefes Gefühl: und dennoch ist es naiv und spontan. Die vier Stunden sind über den Wolken im Niemandsland eines undifferenzierten Raumes vergangen: sie scheinen in unserem Leben nicht zu zählen, und wir scheinen ohne Übergang von einer Welt in eine andere zu gelangen. Bei jeder technischen Perfektionierung, als zum Beispiel das Düsenflugzeug an die Stelle der viermotorigen Maschine trat, erleben wir wieder diese freudige Benommenheit: die ganze Erde scheint in Reichweite zu sein; der Kontrast zwischen Paris und der sowjetischen Hauptstadt wirkt noch gewaltsamer, man gibt sich Überlegungen hin, die logisch zwar absurd sind, deren affektive Aufrichtigkeit jedoch unzweifelhaft ist: man wird zum Beispiel sagen, daß Moskau näher bei Paris liege als Lyon. Das ist «dumm», weil ja das Verkehrsmittel in dem einen Fall nicht das gleiche wie in dem anderen ist; der logisch richtige Satz: «Moskau ist näher bei Paris, *wenn man mit dem Flugzeug hinfliegt*, als Lyon, *wenn man mit dem Zug hinfährt*» ist vom Gesichtspunkt des Verstandes aus bedeutungslos. Er gewinnt jedoch seinen ganzen Sinn, wenn man bedenkt, daß derselbe Reisende regelmäßig mit dem Zug nach Lyon und mit dem Flugzeug nach Moskau reist: sein Erstaunen rührt also von dem praktischen Vergleich zweier *absoluter* Geschwindigkeiten her: der gleichen «verlorenen» Zeit (vier Stunden) entspricht ein mehr oder weniger radikaler Ortswechsel usw.

Wenn also die gleichen Sätze auf allen Lippen immer wieder neu entstehen, so liegt das in Wahrheit nicht daran, daß sie ins Ohr jedes einzelnen gedrungen sind, sondern vielmehr daran, daß sie auf ungeschickte Weise eine gemeinsame, aber spontane und richtige, wenn nicht logische Reaktion auf eine für alle identische Situation ausdrükken. Für alle, außer für Flaubert, für den Zugreisen eine schreckliche Prüfung sind[156] und der die Eisenbahn zum Symbol der verhaßten industriellen Zivilisation und des sozialen Fortschritts gemacht hat, an den er nicht glaubt. Da er die Zwecke und Werte der anderen Reisenden nicht teilt, sieht er in dem von ihnen allen ausgesprochenen Satz nicht einen Ausdruck ihrer Empfindungen. Von Anfang an erscheint ihm ihre Schwärmerei verdächtig: sie «geraten in Verzückung»; was Wunder, wenn dann der Komplex der ausgesprochenen Wörter, losgelöst von der Affektivität, die sich in ihm ausdrückt, ein mechanisches Produkt bedingter Reflexe zu sein scheint. Schon in der Kindheit hat

156 Er litt unter dem, was man «Siderodromophobie» genannt hat.

Flaubert eine «überraschende Fähigkeit», die Gemeinplätze und die Dummheit zu erfassen, weil er auf sie lauert und die Reden anhört, ohne die synthetische Aktivität und die realen Absichten des Redenden in Betracht zu ziehen. Bleibt die Frage, warum er so ist: die Antwort kennen wir schon: er ist, was man aus ihm gemacht hat. Wir wissen ja, daß man ihn schon in seiner Vorgeschichte in die Passivität eingeschlossen hat. Das heißt, daß er in seiner frühesten Kindheit unfähig zu einem Akt der Bejahung ist. Ich habe oben gezeigt, daß er die Wechselseitigkeit – die die Bürgschaft des Wahren ist – nicht kennengelernt hat und daß er durch die Gleichgültigkeit einer mürrischen Mutter dazu verurteilt worden war, den Bereich des bloßen Glaubenschenkens nicht zu verlassen. Aus diesem Grund hat er die Sprache nicht als einen strukturierten Komplex von Instrumenten übernommen, die man zusammenfügt oder auseinandernimmt, um eine Bedeutung hervorzubringen, sondern als einen endlosen Gemeinplatz, der weder auf der Absicht beruht, etwas sichtbar zu machen, noch auf dem zu bezeichnenden Gegenstand und der ihn unter Beibehaltung einer Art Eigenkonsistenz einnimmt und sich in ihm spricht, ihn sogar bezeichnet, ohne daß das von ihm eingenommene Kind ihn benutzen könnte. Gewiß hat sich Gustave unter Schmerzen geändert: er hat wohl oder übel *urteilen* lernen müssen. Aber zu spät. Er steckt schon zu tief in einer Welt, in der die Wahrheit der Andere ist. Wenn er urteilt, hört er auf zu *glauben*, aber es gelingt ihm dennoch nicht, eine Wechselseitigkeit zu schaffen: der Andere verliert seine Autorität, das ist alles. Mit anderen Worten, er glaubt niemals ganz, was er sagt, noch, was man ihm sagt. Aber er glaubt ebensowenig das Gegenteil: er ist sich selbst gegenüber unaufrichtig und seinem Gesprächspartner gegenüber skeptisch. Mangels einer Anschauung – das heißt einer von der Praxis verlangten Aufdekkung von Tatsachen – spielt er urteilen. Das Urteilen ist bei ihm zum Teil eine Geste: er wählt nicht die Wörter aus, sondern die übernommenen Meinungen, die der Situation entsprechen; sie sind vorgefertigt, das heißt, die Vokabeln und sogar ihre Anordnung sind vorgegeben. Der Satz ist schon fertig: er spricht ihn aus und wundert sich, ihn zu hören; er spürt die Divergenz zwischen den tristen und unbestimmten Geräuschen seines Lebens und jenen tönenden Steinchen, den Wörtern. Zugleich empfängt er die Sätze der Anderen als vorgefertigte Bestimmungen der Rede: andernfalls müßte er sie für Urteile halten (richtige oder falsche), das heißt, er müßte sich dagegen oder dafür aussprechen. Denken ist eine gemeinsame und aufdeckende *Praxis*, die keine anderen Werkzeuge als die Wörter hat, diese aber, sobald sie Wechselseitigkeit herstellt, zugunsten der ausgesagten Dinge eskamotiert. Wenn diese signifizierende Tätigkeit – die das Instrument, dessen sie sich bedient, auf die Welt hin überschreitet – sich nicht mehr äußert, dann taucht das Wort wieder auf in seinem materiellen Gewicht als reine Negation des

Signifikats. Das Wort «Rind» zum Beispiel vermittelt den Zugang zur wirklichen Herde, wenn es Teil eines komplexen Signals ist, das sich auf eine praktische Tatsache oder auf eine Handlung bezieht (das Rind ist krank, die Rinderherde muß zurückgeholt werden). Aber gleichzeitig wird dieses Wort mit Schweigen übergangen: niemand merkt, daß es ausgesprochen worden ist. Wenn es im passiven Fluß des Erlebten zurückbleibt, setzt es sich dagegen für sich und bietet sich als die Negation des Rindes dar, das heißt als eine auditive oder visuelle Bestimmung, die nur auf andere gleichartige Bestimmungen verweist. Flaubert *denkt* niemals: der Verfechter des «Objektivismus» hat keinerlei Objektivität; das heißt, er hat sich selbst und der Welt gegenüber keinen *wirklichen* Abstand; folglich taucht die Sprache in ihm und außen als eine bedrückende Materialität auf. Sie verliert jedoch deshalb nicht ihr Wesen, das im Signifizieren besteht, aber die Signifikationen bleiben in den Wörtern; sie verweist letztlich nur auf sich selbst. Es ist in gewisser Weise das *andere Denken* – die Materialität, die das Denken nachäfft, oder, wenn man so will, das Denken, das in der Materie umgeht, ohne aus ihr herauszukönnen. Die Sprache, die sich nach den ihr eigenen Beziehungen in ihm organisiert, stiehlt ihm sein Denken (das nicht explizit genug ist, um die Wörter steuern zu können) und schlägt ihn mit Pseudo-Gedanken, die die «übernommenen Meinungen» sind und niemandem gehören, weil sie nach Gustave in jedem Andere sind, anders als dieser. Gustave glaubt also nicht, daß *man spricht*: *man wird gesprochen*: die Sprache als praktisch-inerter und strukturierter Komplex hat ihre eigene Organisation einer geprägten Materialität: so klingt sie ganz allein in uns wider und infiziert uns nach ihren Gesetzen – das heißt eben gerade nach dem ihrer materiellen Trägheit aufgedrückten Siegel – mit einem umgekehrten Denken (das von den Wörtern hervorgebracht wird, anstatt diese zu steuern), das nur die Folge der semantischen Arbeit ist oder, wenn man so will, ihre Gegen-Finalität. Die Sprache ist für Flaubert nichts andres als die Dummheit, insofern die sich selbst überlassene verbale Materialität als Halb-Äußerlichkeit ein *Materie-Denken* hervorbringt.
Einerseits hat er durchaus nicht unrecht, und wir sind alle dumm, insofern jedes ausgesprochene Wort die Gegen-Finalität in sich einschließt, von der es verschlungen wird. Und wenn man so will, drücken wir uns also alle und ständig durch Gemeinplätze aus. Das Wort ist schon für sich allein eine fertige Vorstellung, weil es sich außerhalb von uns durch seine Differenzen zu anderen Wörtern im verbalen Gesamtkomplex definiert. Aber andrerseits sind wir alle intelligent: die Gemeinplätze sind Wörter, insofern wir durch ihre Benutzung sie auf ein Denken hin überschreiten, das immer neu ist. Heißt das, daß sie uns nicht unser Denken stehlen? Im Gegenteil, sie hören nicht auf, es zu absorbieren und zu deformieren. Ich habe in *Das Sein und das Nichts*

gezeigt, daß das Wort *Natur*, ein Gemeinplatz des 18. Jahrhunderts, das Denken des Marquis de Sade einschränkt und deformiert und daß der Sadismus eine Antiphysis ist, die sich nur als ein Naturalismus denken kann. Aber die Intelligenz ist ein dialektisches Verhältnis der verbalen Intention und der Wörter. Das Denken, das immer deformiert, immer wiederaufgegriffen und gesteuert und dann wieder deformiert wird – und so weiter bis ins Unendliche –, geht in die Falle der Gemeinplätze, wenn es sie zu benutzen glaubt, und umgekehrt, wenn man glaubt, es sei in ihre Falle gegangen, überschreitet es sie und paßt sie ihrer ursprünglichen Intention an. Dieser zweifelhafte Kampf hat immer einen unterschiedlichen Ausgang: auf jeden Fall geschieht diese Arbeit jeden Augenblick. Weil Flaubert diesen Kampf nicht in all seiner Strenge führt, befindet er sich ständig im Zustand der *Unheimlichkeit* gegenüber den Wörtern: es ist das Äußere, das ins Innere übergegangen ist, es ist das Innere, das als Äußeres erfaßt wird. Mit Entsetzen schreibt und entdeckt er, daß aus seiner Feder unwissentlich ein Gemeinplatz geflossen ist. Das erklärt seine rhetorischen Vorsichtsmaßnahmen. Hundertmal fügt er seinem Satz Paranthesen hinzu wie: «wie die Concierge sagt», «um wie ein Spießer zu sprechen». Oder auch: «ich bin wie Herr Prudhomme, der . . .»[157], «wie Herr Prudhomme sagen würde»[158], «ich erkläre . . . (wie Herr Prudhomme)»[159]. Ein Vergleich kommt ihm spontan in den Sinn; kaum hat er das Wort hingeschrieben, sieht er es und erkennt es nicht mehr wieder; ein Bürger muß ihm seine Feder gestohlen haben. Tatsächlich ist es seine eigene Bürgerlichkeit, die als eine fremde über ihn kommt und die er schleunigst verleugnet. Er will uns weismachen, daß er sich mokiere, daß er die Kommis oder Krämer imitiere. Aber warum sollte er das tun? Und warum *gerade an dieser Stelle*: meistens scheint nämlich das hastig hinzugefügte Satzglied «wie . . . sagen würde . . ., um zu sprechen wie . . .» völlig unpassend; der Brief ist ernsthaft, heftig, beredt, und plötzlich wird der Gedankengang durch diesen unglücklichen Zusatz unterbrochen. In Wirklichkeit drückt sich Flaubert nicht *wie* ein Bürger aus; er spricht *als* Bürger, *weil er Bürger ist.* Er hat den inkriminierten Satz nicht geschrieben, um sich über seine Klasse *lustig zu machen*: er ist ihm spontan unter seine Feder gekommen, er hat es plötzlich bemerkt und sich durch seine Klarsichtigkeit retten wollen: Aber ja doch, ich weiß es, ich spreche wie ein Spießer – und gleichzeitig dem Spott seines Briefpartners zuvorkommen: Du sprichst wie Joseph Prudhomme – Na hör mal! siehst du denn nicht, daß ich es absichtlich tue?

157 Brief an George Sand vom 1. Januar 1869.
158 Brief an Amélie Bosquet vom 9. August 1864; Brief an Frau Roger des Genettes vom 6. Oktober 1871.
159 Brief an Jules de Goncourt von Anfang Oktober 1861.

Aber die Dummheit – wie er sie versteht – kommt vor allem ans Licht, wenn diese verspätete Klarsichtigkeit fehlt und er einen Satz kommentarlos hat durchgehen lassen: es wimmelt von Gemeinplätzen und Prudhommerien in seiner Korrespondenz.
Der Sozialismus, würde Prudhomme sagen, ist eine gefährliche Illusion. Und Flaubert: «Diese verheerenden Utopien, die unsere Gesellschaft aufrühren und sie mit Trümmern zu bedecken drohen.» (Brief an Louis Bouilhet vom 4. September 1850) Für den Helden von Henri Monnier gereichen Reisen der Jugend zur Bildung. Gustave stimmt ihm zu: «Man stößt da mit so vielen verschiedenen Menschen zusammen, daß man am Ende die Welt etwas kennt (indem man sie bereist).» (Brief an seine Mutter vom 24. November 1850) «Keine Rose ohne Dornen», sagt der eine. Und der andere: «Ist nicht am Boden der besten Zärtlichkeiten eine bittere Hefe?» (Brief an Louise Colet vom 11./12. Dezember 1847) Joseph Prudhomme ist durch folgende Sätze berühmt geworden: «Die Staatskarosse segelt auf einem Vulkan» und «Dieser Säbel ist der schönste Tag meines Lebens». Hören wir nun Gustave: «Der Hochmut ist ein wildes Tier, das in Höhlen und Wüsten lebt. Die Eitelkeit dagegen hüpft wie ein Papagei von Ast zu Ast und schwatzt im vollen Licht» und «Das Genie zieht wie ein kräftiges Pferd an seinem Hintern die Menschheit über die Straßen der Idee» (Brief an Louise Colet vom 27./28. Februar 1853) oder auch: «Die Menschheit, ein ständiger Greis, nimmt bei ihren periodischen Agonien Blutinfusionen.»[160] Flaubert und nicht ein Spießer schreibt: «Dieses wackere Geschlechtsorgan ist der Grund aller menschlichen Zärtlichkeiten» (Brief an Louise Colet vom 19. September 1852), oder er erklärt untröstlich: «Da sieht man, wohin die übertriebene Liebe zum Alkohol führt.» Folgendes könnte auch ebensogut in seinem *Dictionnaire des idées reçues* stehen: GRIECHENLAND. Das griechische Wunder bewundern. STATUE. Wenn sie schön ist, sagen, daß sie gleich gehen (oder zum Leben erwachen) werde. Denn er schreibt aus Athen: «Das ist der

160 Man wird bemerkt haben, daß dieser letzte Satz schlichtweg Unsinn ist. Denn in Revolutionen und Kriegen verliert die Menschheit Blut und bekommt keins zugeführt.
Hier eine Passage aus einem Brief an Louise Colet, die uns zeigt, wie Flaubert gerade in dem Moment auf die abgedroschensten Gemeinplätze verfällt, da er sich sie zu vermeiden bemüht:
«*Verstreute Maximen*: Sie sind nicht offen mit sich selbst, sie gestehen sich ihre Sinne nicht ein, sie halten ihren Hintern für ihr Herz und glauben, daß der Mond dazu da ist, ihr Boudoir zu beleuchten.
Der Zynismus, der die Ironie des Lasters ist, fehlt ihnen . . .
Ihr Herz ist ein Klavier, auf dem der Mann, ein egoistischer Künstler, mit Selbstgefälligkeit Melodien spielt, die ihn brillieren lassen . . .» usw.
Brief an Louise Colet vom 24. April 1852.

verstörte und bewundernde ewige Monolog, den ich mir sagte, als ich dieses kleine Stück Erde inmitten der hohen Berge sah: ‹Das ist egal, es sind tolle Kerle und tolle Sachen von da ausgegangen.›» Und (anläßlich eines Reliefs): «Man könnte meinen, daß die Brust anschwellen und die Lunge, die darunter ist, sich mit Luft füllen und atmen werde.» [161]

Man kann sicher sein, daß er sich all dessen mehr oder weniger bewußt ist. Er hat keine klare Kenntnis aller Banalitäten, die ihm entschlüpfen, aber er zweifelt nicht daran, daß die Sprache in ihm wie bei den anderen ein «Fließband» von Banalitäten ist. Und das ist sie tatsächlich, sofern man sich ihrer nicht bedient. Von daher kann man Gustaves doppelte Haltung gegenüber der Dummheit verstehen. Bald fasziniert sie ihn, bald widert sie ihn an. Sie ist ein schwindelerregender Abgrund, und sie ist das ganze Gewicht der Erde, das auf ihm lastet.

Zunächst die Faszination: die Dummheit, eine passive Synthese, ist die Fülle, das Sein. Sie ist auch die Ordnung. Oder zumindest *eine* Ordnung: diejenige, die sich von außen aufzwingt und jede Person in ein Korsett von Zeremonien zwängt. Er hat ironisch geschrieben, das *Dictionnaire des idées reçues* führe das Publikum «zur Tradition, zur Ordnung, zur allgemeinen Konvention zurück» (Brief an Louis Bouilhet vom 4. September 1850). Aber Jean-Pierre Richard hatte recht, als er hinter dieser Ironie Ernst und Neid erkannte.[162] Ist der Unterschied zwischen der Integration durch den Ritus und dem sozialen Erfolg der Dummen denn so groß? Um emporzukommen, muß man nur das Spiel ganz mitspielen, das ist alles. Um kommunizieren zu können, muß man sich ernst nehmen. Dann versteinern die Gruppe oder das Individuum; betrogen und verstört betrachtet Flaubert diesen kompakten Block aus einem Guß, der sich gegen ihn gebildet hat und noch in seiner inerten Kohäsion sich versteinernde menschliche Bedeutungen behält. Die Dummheit ist eine passive Operation, durch die der Mensch sich mit materieller Trägheit schlägt, um die Unempfindlichkeit, die unendliche Tiefe, die Beständigkeit, die totale und augenblickliche Präsenz der Materie zu verinnern. Immer wenn Flaubert dieser Operation beiwohnt, fühlt er sich betrogen und frustriert zugleich, und sein Onkel Parain hat am 6. Oktober 1850 aus der Quarantäne von Rhodos einen ganz merkwürdigen Brief erhalten:

«Habt Ihr manchmal, teurer alter Gefährte, an die ganze Gelassenheit der Dummköpfe gedacht? Die Dummheit ist etwas Unerschütterliches; nichts vermag sie anzugreifen, ohne an ihr zu zerbrechen. Sie ist von der Natur des Granits, hart und widerstandsfähig. In Alexandria

161 Briefe an Louis Bouilhet vom 19. Dezember 1850 und vom 10. Februar 1851.

162 Jean-Pierre Richard, *Littérature et sensation*, Editions du Seuil, Paris 1954. *Anm. d. Übers.*

hat ein gewisser Thompson von Sunderland auf die Pompeiussäule in sechs Fuß hohen Buchstaben seinen Namen geschrieben. Das kann man aus der Entfernung einer Viertelmeile lesen. Es gibt keine Möglichkeit die Säule zu sehen, ohne den Namen von Thompson zu sehen ... Dieser Kretin hat sich in dem Monument verkörpert und lebt mit ihm fort. Was sage ich? Er erdrückt es durch die Gewaltigkeit seiner riesenhaften Buchstaben. Ist das nicht ziemlich stark, die zukünftigen Reisenden zu zwingen, an einen zu denken und sich an einen zu erinnern? Alle Dummköpfe sind mehr oder weniger solche Thompsons von Sunderland. Wieviel von ihnen trifft man im Leben nicht an seinen schönsten Plätzen und seinen reinsten Winkeln? Und sie erschlagen uns immer; sie sind so zahlreich, sie kommen so oft zurück, sie haben eine so gute Gesundheit! Auf Reisen trifft man viele davon ... aber da sie schnell vorübergehen, sind sie amüsant. Anders als im gewöhnlichen Leben, wo sie einen schließlich rasend machen.»
In den Augen der Reisenden verwandelt sich Thompson ständig in eine Säule: sie brauchen nur seinen Namen zu lesen, und schon beschwören sie die ursprüngliche Operation wieder herauf, nämlich das *Schreiben*, ein vollendetes Verbrechen, ein reiner Akt der Dummheit, inert und virulent, von dem Flaubert letztlich nicht weiß, ob er Thompson in das Monument oder die Pompeiussäule in Thompson verwandelt. Kann man sagen, daß dieser Engländer in der Dummheit Erfindungstalent bewiesen hat? Keineswegs: alle Monumente der Erde sind mit Inschriften bedeckt. Thompsons Verhalten ist an sich ganz konventionell. Es bezeichnet ihn andrerseits als Reisenden und Bürger: für diesen Kaufmann hat die römische Säule jede Bedeutung verloren, er stammt aus einem Jahrhundert und aus einer Welt, für die die antike Zivilisation nichts mehr darstellt, die also – nach Flaubert – unter deren Niveau gefallen sind. Aber es gibt uns auch über seine Moral und über seinen Charakter Aufschluß; er ist Utilitarist: anstatt das Kunstwerk als einen absoluten Zweck zu bewundern, macht er die Schönheit zum Mittel, bedient er sich ihrer für seine persönliche Reklame; was für eine Seelenruhe braucht man, um auf so etwas zu kommen! Natürlich fußt es auf Ignoranz, auf Mangel an Geschmack, an Sensibilität, auf blinder Selbstgenügsamkeit und «Vulgarität». Aber diese Laster haben nur den Schein der Negation: in Wirklichkeit stellen sie die Kehrseite einer Fülle dar. Thompson hat die Materie erobert, weil die Materie in seiner Seele seit langem gesiegt hatte. Wäre er sich dessen bewußt, wäre er ein Bilderstürmer, ein Sadist, ein Verrückter, ein Angsthase: der neurotische Charakter seines Unternehmens hätte es wahrscheinlich zum Scheitern verurteilt. Sein Erfolg fußt auf seinem Unbewußtsein (das für Flaubert ohne Beziehung zum Unbewußten ist), und dieses Unbewußtsein ist bereits Materialität. Ist es denn ein Erfolg, ein Kunstwerk zu verschandeln, indem man es mit seinem Namen besudelt? Es ist ein

Triumph, Flaubert glaubt das wirklich. Die «Tirade» über Thompson folgt im Brief auf eine etwas dunkle Anspielung auf die Verhältnisse des Hôtel-Dieu zu einem jungen Paar. Das Hôtel-Dieu ist jetzt «die Achilles». Achille und Thompson ähneln sich darin, daß beide Usurpatoren sind. Der eine hat den Ruhm seines Vaters konfisziert; der andere hat sich zum Parasiten eines ewigen Kunstwerks gemacht, er usurpiert den Ruhm, der Künstlern zukäme, deren Namen die Geschichte zu ihrem Unglück nicht aufbewahrt hat. Denn es handelt sich tatsächlich um Ruhm. Gustave hat lange davon geträumt, bis zum Ende der Jahrhunderte zu dauern durch eine Verkörperung in die harte Materialität eines Kunstwerks. Während seiner Orientreise im Jahre 1850 erholt er sich gerade von einem Sturz, bei dem er sich fast das Kreuz gebrochen hätte. Die erste *Tentation de saint Antoine* ist bei den Freunden Maxime Du Camp und Louis Bouilhet durchgefallen. Er fühlt sich elend, beklommen, zweifelt an sich selbst: vielleicht wird er niemals ein Schriftsteller werden; vielleicht wird sein Name gleichzeitig mit ihm von der Erde verschwinden. Bei Louise Colet hat er lange Zeit angegeben: sich auflösen, verfliegen wie ein schlechter Traum, das wünscht er – und daß die Menschheit ebensowenig durch seine kurze Existenz gezeichnet sein möge, als wenn er niemals gelebt hätte. Aber wir kennen ihn jetzt ein wenig und wissen, daß man oft das Vorzeichen seiner Erklärungen umkehren muß: hinter der eben zitierten Erklärung verbirgt sich eine entsetzliche Angst. Nicht, daß er den Tod fürchtet: ganz im Gegenteil. Aber das Leben ist für ihn diese allzu kurze Frist, die ihm gewährt wurde, um seine Beerdigung vorzubereiten. Als er vor seiner Mätresse den großen Unheimlichen spielte, hatte er wenigstens sein Werk *vor sich*: mit der *Tentation de saint Antoine* würde er einen sensationellen Coup versuchen. 1850 ist das Werk zerbrochen, es liegt *hinter ihm*, Leben und Tod sind in gleicher Weise absurd: ein Zufall ruft eine Eiterung hervor, wenn die Verwesung abgeschlossen ist und die Knochen gereinigt sind, bleibt nichts zurück. Und da erhebt sich nun jene Säule und trägt einen Namen: Thompson hat das Werk eines anderen gestohlen, er hat den Ruhm gestohlen, er lebt als Parasit von einer fremden Ewigkeit. *Er hat gewonnen.* Kann man es gewinnen nennen, wird man fragen, *in saecula saeculorum* als ein Idiot angesehen zu werden? Ja, weil die Idioten Legion sind, weil sie alle fähig sind, diese abscheuliche Geste für sich selbst zu wiederholen. Weil die Menschheit dumm ist, zwingt sich Thompson der Menschheit auf. So wie Achille sich den Bürgern von Rouen aufzwingt. Flaubert ist nicht über die Geste der Dummheit empört, sondern darüber, daß diese Geste sofort die Unterstützung des Menschen und der Natur findet. Die äußere Materie leiht ihr gefällig ihre *ewige* Beständigkeit, ihre *gegenwärtige* Fülle; die innere Materie, die in die Herzen eingeströmt ist, verleiht ihr Unsterblichkeit. Jetzt verstehen wir, daß die Dummheit für Flaubert schwindelerregend ist: sie ist ein freier Fall in die materielle und soziale Ewigkeit; wir verstehen, daß sie ihm unendlich erscheint: in Wirklichkeit ist die Geste des Dummkopfes nur eine jämmerliche Mechanik; aber die allseitige Komplizenschaft verleiht ihr eine unglaubliche Konsistenz; Thompson ist unendlich, weil der junge Reisende entdeckt, daß diesem Engländer mit einem Schlag gelungen ist, wovon der Junge von Rouen kam zu träumen wagte: die Versteinerung des Menschen.[163] Der Dummkopf und der Künstler haben den gleichen Ehrgeiz. Gewiß, Flaubert hatte versucht, seinen Ehrgeiz mit anderen Methoden zu verwirklichen: der Ruhm ist eine höhere Versteinerung: man erhebt den Ruhm, bis er Bedeutungen trägt, anstatt daß man Bedeutungen beschwert, bis sie sich in Materie verwandeln. Jean Genet sagte einmal: «Eine Statue von Giacometti ist ein Sieg der Bronze über sich selbst.» So wird auch Flaubert sein Werk betrachten: ein Sieg der Sprache über ihre Materialität. Allerdings bleibt die materielle Trägheit des Buches, das die Generationen sich wie eine Fackel weiterreichen, die materielle Trägheit des Namens auf dem Umschlag. Der Ruhm ist nur ein Kieselstein, oder – was aufs gleiche hinausläuft – er ist mein Leichnam in den Händen der Anderen. Wenn es so ist, wie kann man dann Thompson verurteilen? Er ist ein Barbar? Richtig. Ein Usurpator? Natürlich. Aber was hat er anderes getan, als eine Abkürzung zu benutzen?

Der heilige Antonius wird in der letzten Fassung der *Tentation de saint Antoine* einen ganz anderen Wunsch aussprechen: «die Materie sein!» (I, 571) Damit verlangt er die radikale Aufhebung der menschlichen Bestimmung zugunsten der Totalität. Der Anachoret verurteilt am Menschen seine Grenzen, seine Unruhe, sein Bewußtsein, ja sogar sein Leben; aber er denkt gar nicht daran, ihn herabzuziehen: wenn das Einzelwesen birst, dann bleibt das Sein in seiner unangreifbaren Unberührtheit. Diese beiden entgegengesetzten Wünsche – ein materieller Sieg über die Materie in ihrer Materialität, eine Materie, die ihre Fülle durch die Aufhebung des Lebens und des Denkens verwirklicht – lassen uns sowohl verstehen, was Flaubert an der Dummheit haßt, als auch, was an ihr bei ihm Schwindel erregt.

Zwischen diesen beiden Extremen verwirklicht sie in Wahrheit ein schändliches *juste milieu.* Weit davon entfernt, die Materie in der Kunst zu irrealisieren, verhext sie sie, indem sie sie mit verkommenen Bedeutungen durchdringt; sie hütet sich, alles Menschliche aufzuheben, sondern macht den Menschen zu einem inerten Sinn, den man noch an den Mechanismen erkennt, die den Geist ersetzt haben. Gleichviel, Flauberts doppeltes Verlangen ist ja der Absicht der Dummköpfe verwandt:

163 Übrigens *bewunderte* Flaubert Lord Byron, der seinen Namen auf die Säule einer Schweizer Burg geschrieben hatte. Und er hat gewünscht, auch seinen darauf zu schreiben.

der eine will einen Namen auf einer Säule zurücklassen und der andere auf einem Buchrücken; da ist kein so großer Unterschied. Flaubert weiß das um so genauer, als er die Dummheit zuerst entdeckt hat und seine Künstler- und Mönchsträume einen Abwehrcharakter haben. Und vor allem, wenn auch dem Dummkopf das pantheistische Aufgehen im Universum nicht gelungen ist, so ist er zumindest in die materielle Einheit einer materialistischen Gesellschaft eingegangen. In der realen Welt ist dieser trügerische Sieg der einzig mögliche, und Flaubert ist im Grunde seines Herzens niemals sicher, daß er ihn sich nicht auch wünscht.

Genau auf dieser Ebene können wir die Ambivalenz seiner Gefühle entdecken und verstehen. Den Dummkopf verurteilt er rückhaltlos, mit der «Raserei» der Verzweiflung. Aber die Dummheit selbst, diese anonyme unpersönliche Substanz fasziniert ihn. Von der Jugend bis zum Tod wird er mit manischer Besessenheit *idées reçues*, übernommene Meinungen, sammeln. Damit verfolgt er zwei sich widersprechende Ziele. Das erste – das einzige, das er klar zum Ausdruck gebracht hat – ist, wenn man so will, kathartischer Art. Niemand *sieht* die Gemeinplätze: man bedient sich ihrer, um sich zu vereinigen, um zu gefallen; es sind Mittel zum Erfolg; aber in dem Augenblick, da man sie an den Nebenmann weitergibt, ermöglicht ihr vertrautes Aussehen, sie mit Stillschweigen zu übergehen: weder gesehen noch erkannt, wiedergekäut, bleiben sie in vollem Licht verborgen. Man braucht sie jedoch nur zu *zeigen*, damit sie Entsetzen erregen: niemand würde mehr zu sprechen wagen. Und dieses reinigende Vorführen kann nur durch einen Ausgeschlossenen vorgenommen werden. Aber um sie vorführen zu können, muß man ihnen nachjagen, sie im Flug erhaschen und *niederschreiben*. Und in dem Moment, da man sie niederschreibt, verstärkt man noch ihre Konsistenz und graviert sie in die Materie ein; man nimmt an der Zeremonie teil – und sei es nur, um sie besser zerstören zu können. In dem Haß auf den Gemeinplatz, den Flaubert zur Schau trägt, verbirgt sich ein indirekter Genuß: er durchdringt sich beim Niederschreiben mit ihm; wenn er der einzige ist, der nicht an der sozialen Vereinigung teilhat, so rächt er sich dafür, indem er als einziger – zunächst für sich selbst – das Instrument dieser Vereinigung entdeckt und festhält. In ihm erkennt er, was ihm noch entgeht, das Unendliche der Materie und die Versteinerung der Gesellschaft; aber der Taumel, den er spürt, wenn er sich von dem niedergeschriebenen Satz faszinieren läßt, enthält *an sich* und als Grundstruktur die Andeutung eines freien Falls bis in den Kern der Materie; Flaubert träumt davon, sein Denken durch die Wörter abzustumpfen, kurz, zu verdummen. Die Ambivalenz seiner Haltung geht klar aus folgenden Zeilen hervor: «. . . obwohl ich darin (in dem *Dictionnaire des idées reçues*) alles angreifen würde. Es wäre die historische Glorifizierung all dessen, was gebilligt wird. Ich würde darin zeigen, daß die Mehrheiten immer recht und die Minderheiten immer unrecht gehabt haben. Ich würde die großen Männer allen Dummköpfen opfern . . . und das in einem aufs Äußerste, zu einem Feuerwerk gesteigerten Stil . . . Diese Apologie der menschlichen Gemeinheit in all ihren Zügen, ironisch und schreiend von Anfang bis Ende, voll von Zitaten und Beweisen (die das Gegenteil beweisen würden) und erschreckenden Texten (das wäre nicht schwierig) hätte, würde ich sagen, zum Ziel, ein für allemal mit den Exzentrizitäten, welcher Art sie auch sein mögen, aufzuräumen. Ich würde mir damit die moderne demokratische Idee der Gleichheit zu eigen machen, das Wort Fouriers, daß die großen Menschen überflüssig werden; und zu diesem Zweck, würde ich sagen, wäre das Buch geschrieben.»[164] Gewiß ist die Absicht eine ironische. Aber das Verfahren bleibt nichtsdestoweniger überraschend: es geht darum, die Dummheit bei den Anderen zu bekämpfen, ohne daß man sie jemals angreift, sondern indem man sie vielmehr selbst als ihr *Medium* und Märtyrer *realisiert* – um sie in der eigenen Person zu *manifestieren*: mit einem Wort, Flaubert träumt davon, die ganze Dummheit der Welt auf sich zu nehmen, sich zu ihrem Sündenbock zu machen, um die Anderen von ihr zu befreien und sich einen Augenblick darin zu verlieren, um sie zu entlarven und zum Äußersten zu treiben, zum Schändlichen, jenem «Erhabenen von unten». Was das Verfahren selbst angeht – so offensichtlich gewollt seine Überspitzung auch immer sei und selbst dann, wenn kein einziger Leser sich darüber täuschen würde –, so ist es sehr bezeichnend für Gustaves tiefe Unterwerfung unter die Familie, die Sozialordnung. Was denn? Er beginnt den Abschnitt seines Briefes mit der Erklärung, er habe manchmal eine krankhafte Sucht, die Menschen anzubrüllen, was er gewiß eines Tages, vielleicht in zehn Jahren, tun werde. Dann fügt er hinzu, daß ihm «einstweilen» ein alter Gedanke wieder in den Kopf gekommen sei, nämlich sein *Dictionnaire des idées reçues*. Dieser einunddreißigjährige Junge, der vor Verlangen stirbt, den Bürger anzubrüllen, hat also noch nicht den Mut dazu? Worauf wartet er? Auf Ruhm? Auf Glück? Auf Macht? Und warum beeilt er sich, sofort zu erklären: «*Kein Gesetz könnte mir etwas anhaben*, obwohl ich darin alles angreifen würde.»? Was für eine Vorsicht! Und was für ein komischer *Angriff*, der die Gestalt der Unterwürfigkeit annimmt: da haben wir den ganzen Flaubert, hinterlistig und folgsam: die schwachsinnige Grausamkeit der sozialen Gebote will er lieber dadurch demonstrieren, daß er sie *ad absurdum* führt, durch eine heuchlerische Beflissenheit, durch Dienst nach Vorschrift. Scheinbar nachgeben, unmerklich übertreiben, bis zum Äußersten gehen und gleichzeitig *sich zeigen* als reines passives Resultat des Willens der

164 Brief an Louise Colet vom 17. Dezember 1852.

Anderen, sich zum Gegenstand machen, um ihnen Entsetzen vor sich selbst einzuflößen; offen und direkt kämpfen, *niemals*. Aber in unserem Fall geht es darum, den Menschen ihre Materialität zu entreißen, um sich selbst mit ihr zu durchdringen. Auf dieser Ebene ist die fundamentale Dummheit *seine Versuchung*. Das heißt, er sucht in ihr *zugleich* die Materialität und die soziale Integration. Als wenn er sich mit Entsetzen und Haß wiederholte: «Und wenn der liebe Gott dumm wäre?» In diesem Fall brauchte er es nur wie Achille und Thompson zu tun. Es ist besser, ein befriedigtes Schwein zu sein als ein unzufriedener Sokrates. Denn Sokrates weiß nicht, daß er Sokrates ist – und die anderen, die ihn umgeben und ihn zum Tode verurteilen, wissen es auch nicht. Das Schwein dagegen fühlt sich im Schweinestall unter seinesgleichen wohl und genießt es, ein Schwein zu sein.
Aber vielleicht ist Flaubert nur ein unzufriedenes Schwein? Dieser Gedanke erfüllt ihn mit Schrecken; die Versuchung verwandelt sich in Ekel, als er die Gemeinplätze, die ihn bei den anderen faszinieren, das heißt die als passive Synthese in Unterwürfigkeit erlebte Sprache, *in sich selbst* entdeckt. In diesem Fall wäre seine Besonderheit nicht, daß er über der Dummheit schwebte, sondern vielmehr, daß er von ihr verschlungen würde, die Verbannung ginge nicht von unten nach oben, sondern von oben nach unten; er würde die Dummheit der anderen nur entdecken, weil er selbst von ihr infiziert wäre. Mehr noch: vielleicht gäbe es nur *in ihm* Dummheit, und er selbst wäre es, der durch seine Engstirnigkeit in den Gedanken der anderen Grenzen sähe, die sie nicht haben. Hier kann die Rolle der Eltern gar nicht überschätzt werden: während die kalte Säuglingspflege von Frau Flaubert die Passivität in ihm entwickelte, bezeichnete die Ungeduld von Achille-Cléophas ihn in seinen eigenen Augen als «Idioten der Familie», und die anerkannten Glanzleistungen von Achille wiesen ihm den Status einer Minderwertigkeit zu, den mittelmäßige Leistungen nur noch bestätigten.[165] Seit langem hat er das Urteil der anderen verinnert. Beweis dafür ist, daß Djalioh aus *Quidquid volueris* nicht logisch denken kann. Wie sollte er nach alldem nicht wissen, daß die Dummheit nicht nur ein ständiges Schwindelgefühl ist, sondern daß sie auch sein *Eigengewicht* bildet und daß der Hochmut nur eine Abwehr ist? So dreht er sich also aufs neue, und wir finden den Kreisel wieder, von dem wir oben gesprochen haben: die Dummheit ist draußen und drinnen. Nur ein leichter Riß, ein winziger Spalt, verhindert Flauberts Integration in die bürgerliche Dummheit. Aber diese vom Ressentiment herrührende «Verfremdung» rettet ihn keineswegs, sondern bereitet ihm Höllenqualen: in der Dummheit der Anderen erkennt er seine eigene Dummheit, obwohl er

165 Mittelmäßig *in den Augen des Chefchirurgen*, wir werden darauf noch zurückkommen.

diese mit jener nicht verschmelzen kann; was ihn selbst angeht, so kann er nicht einmal erklären, *er sei nicht dumm*: das «Fließband» geht durch ihn hindurch; höchstens fühlt er sich *in seiner eigenen Dummheit abwesend*: sie hat von ihm Besitz ergriffen, sie benutzt seinen Mund oder seine Feder, um sich auszudrücken, und dennoch setzt er ihr eine gewisse passive Verleugnung entgegen. Vielleicht aber hat dieser ewige Ausgeschlossene einfach nicht das Glück, ihr zuzustimmen.

Dennoch reicht dieser Abstand nicht aus. Man vergleiche einmal seinen großen Plan – die abgedroschenen Phrasen aus ihrem Fischteich angeln und uns zeigen – mit seiner Verwirklichung. Was er beabsichtigte, hat Georges Michel, ein Autor unserer Tage, in seinem Stück *Les Jouets* ausgezeichnet verwirklicht: seine Figuren drücken sich nur durch Gemeinplätze aus. Aber diese Gemeinplätze zappeln, sie sind lebend erwischt worden: sie sind uns fremd, und doch sind es unsere eigenen. Denn so konventionell sie auch sind, sie entsprechen einer Situation. Zunächst der Zeit: sie sind meistens *von heute*, und wenn einige von ihnen von gestern oder vorgestern sind, so haben sie ihre Virulenz nicht eingebüßt. Sodann dem sozialen Raum: das Paar, das von einer Szene zur anderen fortführt, was man einen doppelten Monolog nennen könnte, gehört einem bestimmten Milieu an: der Mann ist ein kleiner Angestellter, sie haben eine Sozialwohnung. Schließlich bemüht sich der Autor, uns den Ursprung dieser Gemeinplätze zu zeigen. Das Radio quatscht dauernd in der Wohnung: von ihm werden sie zum großen Teil hervorgebracht. Wir können den ganzen Vorgang beobachten: die Sätze kommen aus dem Radio, dringen in die Ohren der Personen ein, werden aufgenommen und kommen durch ihren Mund wieder heraus, kaum abgewandelt durch das, was man trotz allem ihre Individualität nennen muß. Alles ist klar: diese Kleinbürger werden manipuliert, ihre Bedürfnisse und Gedanken werden gesteuert, damit sie gute Konsumenten und Staatsbürger sind. In ihnen können sich andere Mitglieder der Mittelklassen mehr oder weniger wiedererkennen: in jeder Schicht, in jedem Milieu gibt es diese Vorgänge, die Intellektuellen zum Beispiel widerstehen dem *vielleicht* besser, werden aber auf ähnliche Weise manipuliert. Die genaue Lokalisierung der Figuren verhindert nicht die Faszination des Publikums.

Flaubert hätte diese Farce Spaß gemacht. Aber sicher hätte er sie nicht schreiben können: in der Mitte des vorigen Jahrhunderts werden die Massenmedien nur von der großen Presse gebildet, die eine begrenzte Auflage hat; Ursprung und Weg einer vorgefertigten Meinung sind schwieriger aufzuspüren. Zumindest existiert aber die «Mundpropaganda»: die Gemeinplätze zirkulieren, variieren von einem Milieu zum anderen, einige überschreiten Schwellen, gehen von einer sozialen Schicht in eine andere über, andere bestimmen eine Gruppe. Man könnte annehmen, daß Gustave sich bemühen wird, die Gemeinplätze,

die er zitiert, einer Situation entsprechen zu lassen. Dem ist jedoch keineswegs so. Zunächst gibt er seinem *Dictionnaire des idées reçues* einen Untertitel, der die Schwammigkeit seines Vorhabens verrät: *Le catalogue des opinions chic.* Die «schicken Meinungen» bilden nur einen Bereich der Gemeinplätze: diese finden sich überall, nur der Erzähler wechselt; jene sind *vornehme* Ansichten, die man in den oberen Schichten des Bürgertums äußert und die oft von Meinungen inspiriert sind oder sein sollen, die der Aristokratie zugeschrieben werden. Was tut er jedoch? Wird er ausschließlich Haltungen und Redensarten der «guten Gesellschaft» aufführen? Keineswegs: in dem Katalog finden sich Gemeinplätze jeder Art: solche, die in seinen Augen aus dem Spießbürgertum stammen, und andere, die in seiner eigenen Klasse zirkulieren. Er bemüht sich nicht, sie zu differenzieren; vielmehr bietet er sie uns in alphabetischer Reihenfolge: jeder weiß, daß diese Reihenfolge sich als letzte Notlösung anbietet, wenn man, wie Descartes sagt, «selbst zwischen (den Gegenständen), die nicht natürlich aufeinander folgen, eine Ordnung annehmen» will oder wenn die materiellen Inhalte keine andere innere Beziehung zueinander haben. Diese äußerliche Beiordnung verrät eine Weigerung oder eine Unfähigkeit, die Meinungen zu gruppieren. Das *Dictionnaire des idées reçues* ist also seinem Wesen nach zwangsläufig eine Rumpelkammer.
«GOTTLOS [*Impie*]. Dagegen wettern.» (II, 310) Das tat man nicht oft beim Doktor Flaubert. Zweifellos war jene wenig mit ihrem Voltairianismus vereinbare bürgerliche Frömmigkeit «schick» und stellte sich als eine Art Widerspiegelung der Frömmigkeit von oben dar. Aus demselben Grund spiegelt die Verurteilung des «häßlichen Grinsens» von: «VOLTAIRE. Berühmt durch seinen entsetzlichen ‹rictus›. Oberflächliche Wissenschaft» (II, 314) viel mehr die aristokratische Romantik als die Meinung des liberalen Bürgertums wider. Man sehe auch: «PHILIPPE D'ORLEANS-EGALITE. Dagegen wettern .. Hat alle Verbrechen dieser unheilvollen Epoche begangen.» (II, 313) Wer sagt das? Ein Republikaner? Ein Verfechter der Julimonarchie? Gewiß nicht. Sondern ein Legitimist, das heißt ein Adliger oder ein «Snob». RELIGION, REPUBLIKANER, GIRONDISTEN usw.
Dagegen: «RICHTERAMT [*Magistrature*]. Schöne Karriere für einen jungen Mann» (II, 311) ist ein Gemeinplatz des liberalen Bürgertums: der Doktor Flaubert war ohne Zweifel dieser Ansicht. Etwas später erklärte das gleiche Bürgertum: «INGENIEUR. Die erste Karriere für einen jungen Mann.» (II, 310) Aber in dieser heterokliten Nomenklatur werden die Gemeinplätze durch nichts *datiert.*[166]

166 Als Flaubert zwischen seinem achtzehnten und zwanzigsten Lebensjahr alle «bürgerlichen Karrieren» ins Auge faßt, um sie wütend zurückzuweisen, spricht er niemals das Wort *Ingenieur* aus. Erst der industrielle Aufschwung,

Vom voltairianischen Bürger stammt auch, was er über die «PRIESTER (*Pêtres*]» sagt: «Schlafen mit ihren Haushälterinnen und haben Kinder, die sie ihre Neffen nennen.» (II, 313) Gustave stellt gern die Gemeinplätze gegeneinander: da er sie nicht kritisiert, will er, daß sie sich gegenseitig neutralisieren. So steht der Antiklerikalismus, der sich in dieser Bemerkung über die Priester zeigt, im Widerspruch zu dem was sich in dem Artikel RELIGION ausdrückt. Aber in Wahrheit würde der Widerspruch seine Kraft verlieren, wenn Gustave zeigte, wie es eigentlich nötig wäre, daß diese Meinungen aus verschiedenen Gruppen mit einander widersprechenden Interessen stammen. Das tut er natürlich nicht: alles wird in einen Topf geworfen, so daß wir nie wissen, *wer* eigentlich spricht.

Noch *wovon* gesprochen wird. Wenn er schreibt: «KRANK [*Malade*]. Um die Moral eines Kranken zu heben, über sein Leiden lachen und seine Schmerzen leugnen» (II, 311), so fragt man sich, ob das eine «schicke» Meinung ist? Handelt es sich hier nicht vielmehr um eine Unsitte, die man in allen Milieus findet und über die er sich beklagt, weil er unter ihr gelitten hat?[167] Und folgendes: «GEDÄCHTNIS [*Mémoire*]. Über sein eigenes klagen und sich sogar rühmen, daß man keines hat. Aber aufschreien, wenn jemand einem sagt, man habe kein Urteil.» (II, 311) Wer sieht hier nicht, daß der zweite Infinitiv nicht stimmt? Im *Dictionnaire des idées reçues* haben nämlich die Infinitive die Funktion von hypothetischen Imperativen: «Wenn Ihr Euch in Euer Milieu integrieren wollt, dann *tut* oder *sagt* . . usw.» Aber wenn es vornehm sein mag, über sein Gedächtnis zu klagen, so daß dieses verbale Verhalten ironisch empfohlen werden kann, so ist das Aufschreien eine spontane Reaktion. Flaubert hält *in der gleichen grammatischen Form* eine *einzunehmende* Haltung und ein psychologisches Merkmal fest, das heißt eine Pflicht und eine Tatsache. Am Schluß gewinnt die Tatsache die Oberhand, und wir müßten vielmehr lesen: «Die Leute erklären gern, daß sie kein Gedächtnis haben, aber sie schreien auf, wenn man ihnen sagt, daß sie kein Urteil hätten.» Immerhin finden wir anfangs ein übernommenes Verhalten vor. Aber was soll man zu folgendem sagen: «PFAHLDÖRFER [*Lacustres*]. Ihre Existenz leugnen, weil man nicht unter dem Wasser leben kann» (II, 311)? Ist das ein Gemeinplatz oder einfach eine Dummheit aus Ignoranz, die nicht genug Bestand hat, um sich verbreiten zu können? Dasselbe würde ich von «LANGUSTE [*Langouste*]. Weibchen des Hummers»; «FROSCH [*Grenouille*]. Weibchen der Kröte» (II, 311, 309)[168] usw. sagen. Es ist ja möglich, daß einige

die Entwicklung des Saint-Simonismus und des Positivismus bringen das liberale Bürgertum dazu, Polytechniker mehr zu achten als Richter.

167 Ist das nicht eine Haltung, wie man sie in der Doktorarbeit von Achille-Clêophas vorfindet?

168 Im Französischen ist das Geschlecht umgekehrt: *la* grenouille = *der*

Leute das glauben. Aber selbst wenn dieser Glaube verbreitet ist, so stellt er keinen Gemeinplatz dar und noch viel weniger eine «schicke Meinung», sondern ganz einfach einen Irrtum. Aber Gustave geht noch weiter und schreckt auch nicht vor trivialen Wortspielen zurück: «GESCHÄFTE [*Affaires*] . . . Eine Frau muß vermeiden, von den ihren zu sprechen.» (II, 304)[168a] Wie soll man sich also hier zurechtfinden? Gemeinplätze, Redewendungen, Kalauer und Wortspiele, «Stilblüten», ein großes Durcheinander. Einige – seltene – Zitate entsprechen lebendigen Gewohnheiten, die bis auf uns gekommen sind: «FEHLER [*Faute*]. ‹Das ist schlimmer als ein Verbrechen, das ist ein Fehler› (Talleyrand). ‹Es bleibt Euch kein Fehler mehr zu begehen› (Thiers). Diese beiden Sätze müssen so ausgesprochen werden, daß sie tief wirken.» (II, 308) Aber die meisten der anderen sind Phrasen, die bereits zur Zeit Flauberts abgedroschen waren. Zum Beispiel: «LANDWIRTSCHAFT [*Agriculture*]. Mangel an Arbeitskräften» (II, 304), das war bereits Ironie. Ein befremdliches Werk: mehr als tausend Stichwörter, und wer fühlt sich getroffen? Niemand.

Oder vielmehr doch: einer. Das Kurioseste ist, daß er *sich selbst* getroffen hat und sich dessen nicht bewußt zu sein scheint. Denn mehr als einmal sind die übernommenen Meinungen, die er bei den anderen entdeckt, ganz einfach *seine* Meinungen, wie er sie in seiner Korrespondenz in weitläufigen rhetorischen *Ergüssen* darlegt. Zunächst predigt er ironisch die *Tiraden*: seine Briefe sind voll davon. Und wer hat mehr als er *gewettert gegen* die Institutionen, die sozialen Praktiken, die Parteien usw? «DOKTOR [*Docteur*]», schreibt er: «Immer ‹guter› davorsetzen.» (II, 307) Genau das ist *seine* Manie. Er beschränkt sich übrigens nicht darauf, «der gute Doktor» zu sagen, sondern er sagt «dieser gute Gautier», «dieser gute Béranger», «der junge Maxime Du Camp», «dieser wackere Parain» usw. usw.; kurz, er hat schon sehr früh die Manie angenommen, Eigennamen mit einem Eigenschaftswort zu verbinden. Zwar will er damit herabwürdigen: «gut, wacker, jung» usw. sollen eine gönnerhafte Vertraulichkeit anzeigen. Dennoch ist der Ursprung dieses Ticks ein bürgerlicher, und wenn das Adjektiv in der Redewendung der «gute Doktor» in seinem positiven Sinn genommen wird als Zeichen von Vertrauen und Achtung,[169] so nimmt es doch auch häufig in den herrschenden Klassen einen leicht pejorativen Sinn an: der Vorgesetzte benutzt es, um seine Untergebenen zu bezeichnen. Aber es kommt noch schlimmer. Man sehe sich einmal folgende kuriosen Zitate

Frosch, *le* crapaud = *die* Kröte. *Anm. d. Übers.*

168a *Affaires* = Geschäft und Affären. *Anm. d. Übers.*

169 Vor allem will er den Beziehungen zwischen Arzt und Krankem einen persönlichen Charakter geben. Der Doktor ist gut, weil er uns liebt. Heute sagt man, er ist «sehr besorgt» usw. Die ökonomische Beziehung wird durch die menschliche Beziehung verdeckt.

an: «EPOCHE [*Epoque*] (unsere). Gegen sie wettern. Darüber klagen, daß sie nicht poetisch sei. Sie Übergangs-, Verfallsepoche nennen.» (II, 308) Was hat er denn von seinem fünfzehnten Lebensjahr bis zu seinem Tod andres getan? «RUHM [*Gloire*]. Ist nur Schall und Rauch.» (II, 309) Erinnern wir uns an *Agonies*: «Selbst der Ruhm, dem ich nachlaufe, ist nur eine Lüge.» (I, 158) Und vor allem: «SCHULBILDUNG [*Instruction*] . . . Das Volk braucht keine, um sein Brot zu verdienen.» (II, 310) Lesen wir dazu einmal folgenden Satz aus einem Brief an George Sand[170]: «Kostenlose und obligatorische Schulbildung wird nur die Zahl der Dummköpfe vergrößern.» Und jenen anderen Satz: «Es ist kaum wichtig, daß viele Bauern lesen können.» Zum Pflügen und Mähen braucht man nämlich nicht lesen zu können. Man könnte diese Zitate bis ins Unendliche fortsetzen; die Schlußfolgerung wäre immer die gleiche: Flaubert spürt *draußen* und bei den anderen als Gemeinplätze die Meinungen auf, die er *drinnen* als die wirklichen Produkte seiner Betrachtungen erlebt.

Ist es möglich, daß er das nicht erkennt? René Dumesnil hat darauf hingewiesen, daß er sich nicht gescheut hat, in das *Sottisier*, das er neben dem *Dictionnaire des idées reçues* anlegt und in das er die «Stilblüten» seiner berühmtesten Kollegen notiert, auch Auszüge aus seinen eigenen Werken aufzunehmen: das scheint zu beweisen, daß er nicht behauptete, dem allgemeinen Gesetz zu entgehen. Allerdings ist der Plan des *Sottisier* – auch die Größten haben ihren Moment der Dummheit – ein anderer als der des *Dictionnaire des idées reçues*; es ist also Koketterie, wenn Flaubert uns sagt: ich bin wie die anderen; ebenso wie die Größten habe auch ich meine Fehler. Das ist etwas andres, als den Gemeinplatz in dem zu erkennen, was man gleichzeitig als Ausdruck der reinen Spontaneität darbietet. Es ist schwierig, hier deutlich zu unterscheiden. Sicher wird man jedoch sagen können, daß Gustave nicht ganz klar sieht, wenn er seine Gedanken im *Dictionnaire* des Nicht-denkens vorkommen läßt. Aber ebenso gewiß ist, daß er sie nicht ohne Unbehagen in es aufnimmt. Denken wir an jene Zusätze, mit denen seine Korrespondenz gespickt ist: «wie Herr Prudhomme sagen würde» usw. Die Wahrheit ist, daß er «keine Ideen hatte» und daß er sich dessen bewußt ist. Mit anderen Worten, er hat nicht die Mittel, das Denken als synthetische und konstruktive Tätigkeit von der Sprache in sich und bei den anderen zu unterscheiden; ein Brief vom 15. Juli 1839 an Ernest Chevalier gibt uns auf seltsame Weise darüber Aufschluß, wie er den beurteilenden Akt auffaßt:

«Ich würde ihn gerne ein wenig . . . die Träumerei für das Handeln aufgeben sehen, die Morgenröte, die er so schön glaubt, für den Tag, der vielleicht neblig ist. So, jetzt habe ich mich ins Gerede gestürzt, in

170 Brief an George Sand vom 4./5. Oktober 1871. *Anm. d. Übers.*

die Wörter. Sollte es mir passieren, in Stil zu machen, so schimpfe mich tüchtig aus.»

Der «Stil» ist hier nur Gerede: Gustave überläßt sich den Metaphern, dem, was er später «Hyperbel» nennen wird, kurz, den Wörtern. Die Sprache übersteigt und deformiert sein Denken: er spürt, daß man sie ihm stiehlt, und hat Gefallen daran, sie sich stehlen zu lassen. Gleichzeitig vertraut er jedoch jener hyperbolischen Sprache, die sich in ihm spricht, ohne gesprochen zu werden. «Der Meister ist im Styx» und die «Nippsachen tönender Nichtigkeit» heben sich keineswegs auf, sondern stottern durcheinander. Diese unwillentliche Ansammlung von Wörtern nimmt das automatische Schreiben vorweg. Für die Surrealisten ist es jedoch das Unbewußte, das sich hier ausdrückt; für Flaubert hat das dunkle Produkt der Sprache nur eine verbale Tiefe. Trotzdem vertraut er ihm: wenn er die Sätze aufs Papier wirft, die ihm in den Sinn kommen, so wird auch die Idee kommen, er *wartet* auf sie: «es werden mir schon Gedanken kommen». Diese kommen tatsächlich oder kommen nicht, er gibt es zu. Aber Gustaves Haltung ist typisch: passiv, aber abwartend läßt er unter seiner Feder sich eine semantische Ordnung bilden, er hilft sogar – das ist seine einzige Tätigkeit – durch die Rhetorik nach, und in dieser tönenden Leere, in der die Bedeutungen durch die Wörter geschaffen werden, die sich anziehen, lauert er auf den Moment, da das Monstrum hervorspringt: ein Satz, eine Bestimmung der Rede, die durch sich selbst eine *Idee* sein wird und die er, um sie zu verstehen, geduldig wird beobachten müssen, als wenn sie ein Ding wäre. Daß ihm dieses intellektuelle Verhalten vertraut ist, beweisen seine Briefe über *Smarh* und die Vorworte und Kommentare, die er seinen frühen Werken beigegeben hat. Und vor allem ein Brief an seine Schwester Caroline,[171] auf den wir noch zurückkommen werden. Nachdem er metaphorisch, aber mit wirklicher Tiefe seine Schwierigkeiten, sich zu erkennen, beschrieben hat, fügt er hinzu: «Wenn ich weiß, bei welchem Anlaß mir dieser Vergleich gekommen ist, so soll mich der Teufel holen. Es ist, daß ich lange nicht geschrieben und daß ich von Zeit zu Zeit das Bedürfnis habe, ein wenig in Stil zu machen.» Der Stil ist der Vergleich. Aber der Vergleich entsteht durch ein Spiel mit den (wörtlichen oder übertragenen) Bedeutungen der Wörter. Der Prozeß ist hier umgekehrt: Flaubert bringt eine Idee hervor, die sicher weder klar noch rein ist, die in dem sie ausdrückenden verbalen Material ertrinkt, so daß er sie nicht *betrachtet*, wie er es bei einem sachgerechten Urteil tun würde, sondern sie *errät*, als wenn sie *hinter ihm* wäre, untrennbar vom verworrenen Spiel der Metaphern. Eben deshalb täuscht er sich oder tut er so, als wenn er sich täusche, und behauptet, nur eine Stilübung darin zu sehen. Aber ob er nun den Prozeß von der

171 Brief an seine Schwester Caroline vom 10. Juli 1845.

einen oder von der anderen Seite nimmt, er hofft, daß ihm die Idee kommen wird, kompakt und tief, wenn er sich den Wörtern überläßt, das heißt dem, was man später das freie Assoziieren nennt. Man sehe sich einmal an, wie in dem Brief an Ernest Chevalier die Sätze aufeinander folgen. Keine logische Verbindung zwischen den Sätzen: diese Rede wird nicht gesteuert.

Wenn es also vorkommt, daß die Sprache in Freiheit tiefe Maximen hervorbringt – denn die Maxime und der Aphorismus sind in den Augen Flauberts die vollendetste Form des Denkens –, so ist es noch häufiger, daß die Worte sich nach ihren Gewohnheiten – das heißt nach den sozialen Bräuchen – assoziieren und dadurch von selbst Gemeinplätze hervorbringen. Wie wird Gustave neue Ideen von übernommenen Meinungen unterscheiden, da doch die einen wie die anderen aus denselben Tiefen aufzutauchen scheinen und ihn während derselben Geistesabwesenheiten einnehmen? Am Inhalt, wird man sagen. Aber dann müßte er seine Benommenheit abschütteln, sie vergleichen, urteilen. Nein: die meiste Zeit sieht er sie mit dem gleichen Gefühl der *Unheimlichkeit* auftauchen und dahinfließen. Gemeinplätze wecken allerdings beiläufig irgendeine unbestimmte und ärgerliche Reminiszenz. Kaum versucht er sie zu betrachten, schon sind sie entschwunden. Und dieser Eindruck des Altbekannten ist bei ihm um so häufiger, als er eine besondere Fähigkeit hat, seine eigenen Phrasen abzusondern: bei ihm sind die Ideen aus Blei. Mit fünfzehn Jahren hat er bereits alle seine festen Meinungen, wir werden es später noch genauer sehen, und wenn sie sich im Lauf seines Lebens wiederholen, so werden sie zu ganz festen Meinungen; er äußert sich oft in einem Abstand von zehn Jahren über dieselben Themen mit denselben Wörtern: nichts hat sich gerührt, kein einziges Merkmal der Maxime hat sich verändert. So passiert es ihm oft, daß er nicht weiß, ob er sich an eine eigene oder an eine allgemeine Meinung erinnert. Umgekehrt, wenn er einer Unterhaltung lauscht, woher kommt dann dieser Eindruck des Wiedererkennens: Was ist das, was der andere gerade gesagt hat? Eine Meinung, die Flaubert übernommen hat? Eine Idee, die ihm gekommen ist und die sich in ihm versteinert hat? Er weiß es nicht, alles geht viel zu schnell. Er bewahrt jedoch den Eindruck, daß er wie die anderen betrogen worden ist. In den *Mémoires d'un fou* wendet er sich an den Menschen – das heißt, der Zusammenhang beweist es, ebenso an sich selbst – und schreibt: «Du, frei! Von deiner Geburt an bist du allen väterlichen Gebrechen unterworfen; du empfängst mit dem Licht der Welt die Saat aller deiner Laster, selbst deiner Beschränktheit, all dessen, was dich die Welt, dich selbst, alles, was dich umgibt, nach jenem Vergleichsschema, jenem Maß beurteilen läßt, das du in dir hast. Du wirst mit einem engen kleinen Geist geboren, mit fertigen oder dir beigebrachten Meinungen über Gut und Böse.» Es folgen einige Zeilen, die einen pascalschen Sinn haben: Als Wahrheit diesseits der Pyrenäen und Irrtum jenseits der Pyrenäen ist die Natur nur eine erste Gewohnheit usw. Und der Junge schließt: «Bist du schon frei gegenüber den Prinzipien, nach denen du dein Verhalten lenken wirst? Bist du es, der deine Erziehung leitet?» (I, 244) Kurz – obwohl er in diesem Text noch die angeborenen Ideen von den übernommenen Meinungen unterscheidet –, er ist sich vollkommen der Tatsache bewußt, daß die Anderen ihm durch die Erziehung eine «fertige Natur» zusammengezimmert haben, die nichts andres ist als ihre Natur. Gleichzeitig offenbart uns dieser Text – wertvoller noch durch das, was zwischen den Zeilen steht, als durch das, was er ausdrücklich sagt –, daß der Junge, zumindest in dieser Epoche, nicht einmal auf die Idee kommt, durch eine kritische Tätigkeit auf Gemeinplätze zu reagieren. Alles, was er tun kann, ist sie gegeneinanderzusetzen, damit sie von selbst ihre Widersprüche zeigen, und in der Hoffnung, daß sie sich gegenseitig zerstören: das ist der Inbegriff der passiven Aktivität. Die zu allgemeinen, übernommenen und aus Büchern stammenden Beispiele (hier ist der Inzest verboten, dort ist er Sitte) zeigen allerdings einmal mehr, daß das Bewußtsein des Gemeinplatzes diffus und verworren ist: er ist überall, aber er entgeht einem ständig. Und das *Dictionnaire des idées reçues* ist jämmerlich, weil es dem Bürger Flaubert ebensowenig gelingt, die wirkliche Ideologie seiner Klasse zu definieren, wie die wesentlichen Merkmale dieser Klasse selbst zu erkennen. Bleibt die Absicht, die berechtigt ist, obwohl durch die Zitate verfälscht. Die bürgerliche Ideologie ist 1840 noch nicht ganz bestimmt. Der Beweis dafür ist, daß das Bürgertum sich nur in einem monarchischen Regime wohl fühlt. So vermischen sich seine eigenen Ideen in jedem Bewußtsein mit den Rückständen der aristokratischen Ideen. Zwei sich widersprechende Dummheiten, die sehr gut miteinander auskommen, außer bei einigen Vertretern der neuen Generation, die diese Widersprüche zur Verzweiflung bringen und von der Flaubert das typische Beispiel ist. Der junge Mann erstickt unter dem Gewicht der Dummheit der Anderen und seiner eigenen Dummheit, die untrennbar sind. Umsonst versucht er, diese erdrückenden Felsblöcke von sich zu stoßen: er ist *von innen* bedingt, nicht allein durch seine Erziehung, sondern auch durch seine Passivität, so daß er weder sich selbst noch dem Anderen gegenüber einen objektiven Gesichtspunkt einnehmen kann. Die Falle ist gut gestellt: Gustave wird nie aus ihr entkommen.

2. *Die Dummheit als Negativität*

Man kann einen Gemeinplatz nur dadurch überschreiten, daß man sich seiner bedient, daß man ihn zu einem Instrument, einem Mittel des

Denkens macht. Das hat Jean Paulhan in *Les fleurs de Tarbes* gezeigt. Flaubert wird das nie gelingen. Ich habe gesagt, daß er sich darauf beschränkte, die übernommenen Meinungen in Verruf zu bringen, indem er sie gegeneinandersetzte: dieses Verfahren – und nur dieses – verwendet er noch am Ende seines Lebens in dem voluminösen und monotonen *Bouvard et Pécuchet.* Aber er hat die Versuchung kennengelernt, die Materie, die sich am Boden seines Geistes ablagert, durch ein Zersetzungsmittel aufzulösen: die Analyse, wie sie der philosophische Arzt ihn gelehrt hat. Allerdings muß man unterscheiden: die Dummheit des «Spießers» ist für diese Säure unangreifbar; sie kann nur die reaktionäre Dummheit zerfressen, jene Anhäufung von falschen Synthesen, idealistischen Illusionen, die vorgeben, von der aristokratischen Ideologie inspiriert zu sein. Wenn wenigstens diese Lügen sich auflösten, wenn man die großen Gefühle und die erhabenen Ideen, die ihnen entsprechen, auf ihre elementaren Komponenten – Bedürfnisse, egoistische Triebe, Eitelkeit – reduzieren könnte, dann könnte man sich in einer monolithischen und konfliktlosen Dummheit ganz wohl fühlen. Flaubert plant von Zeit zu Zeit, so etwas zu versuchen: und was hieße das letztlich andres, als die bürgerliche Ideologie von den feudalen Rückständen zu befreien, die immer noch in ihr herumspuken und sie zerreißen?
Anläßlich der Novelle *Graziella* von Alphonse de Lamartine wettert er gegen ihren Autor: dieser hat «das Konventionelle, das Falsche» geschrieben, damit er von den Damen gelesen wird. «O Lüge, Lüge! Was bist du dumm! Es wäre möglich gewesen, mit dieser Geschichte ein schönes Buch zu machen . . . Das hätte eine Unabhängigkeit des Geistes verlangt, die Lamartine nicht besitzt, den medizinischen Blick auf das Leben, den Blick auf das Wahre . . .»[172] Und was hätte dieser medizinische Blick aufgedeckt? Flaubert läßt es uns genüßlich wissen: ein junger Mann aus gutem Haus hätte «beiläufig» mit der Tochter eines Fischers geschlafen und sie dann «sitzenlassen»; das Mädchen wäre nicht daran gestorben, sondern hätte sich getröstet, «was gewöhnlicher und bitterer ist». Da sind wir wieder beim liberalen Denken: kleine Leute, kleine Leidenschaften, kleine Interessen. Und Flaubert beruft sich gegen Lamartine *auf Voltaire*: «Das Ende von *Candide* ist deshalb für mich der schreiende Beweis für ein Genie ersten Ranges. Die Klaue des Löwen zeigt sich in diesem friedlichen Schluß, der dumm ist wie das Leben selbst.» Gegen die Dummheit der anderen, gegen seine eigene Dummheit vor allem ruft Gustave den Blick des Vaters zu Hilfe. Der medizinische Blick wird die «Poetisierung der Wirklichkeit» in Staub auflösen.
Das Unglück ist, wir wissen es ja bereits, daß Flaubert die Analyse haßt.

172 Brief an Louise Colet vom 24. April 1852.

Wir wissen, daß er sich vor Scham und Wut unter dem «medizinischen Blick» von Achille-Cléophas gewunden, daß er hundertfach versucht hat, sich vom Universum der zeitgenössischen Wissenschaften loszureißen. Es stimmt, daß der Doktor Flaubert Voltairianer war und daß er dem Lügner die Lügen «in Stücken vor die Füße fallen» ließ. Aber wohin führt uns diese Weigerung, dumm zu sein? Die aus dem Denken verbannte Dummheit flieht «ins Leben»; wer «die Wirklichkeit entpoetisiert», offenbart die Kleinlichkeit des Bürgers. Denn sie ist zutiefst bürgerlich, diese Aufforderung am Ende von *Candide*, unseren Garten zu bebauen. Geht es darum, Lamartine zu vernichten, dann findet Flaubert diese Dummheit ausgezeichnet. Aber wenn er sie in seinem eigenen Leben befolgen müßte, dann erschiene sie ihm abscheulich. Der Beweis: in dem Theaterstück *Le château des cœurs* denunziert er diese Moral:

«Der Hohe Priester . . .: Citoyens, Bürger, Spießer! An diesem feierlichen Tag . . . sind wir versammelt, um den dreimal heiligen Kochtopf anzubeten, *das Emblem der materiellen, anders gesagt, der teuersten Interessen* . . .
Eure Pflichten, o Bürger, niemand von Euch . . . hat sie verletzt! Ihr habt Euch philosophisch in Euren Häusern aufgehalten, *nur in Gedanken an Eure Geschäfte, an Euch selbst* . . . Setzt Euren kleinen biederen Weg fort, der Euch *zu Ruhe, Reichtum und Achtung führen wird*! Versäumt nicht, *das Überschwengliche oder Heroische* zu hassen – vor allem keine Begeisterung! –, und verändert an nichts etwas, was es auch sei . . . denn das private wie das öffentliche Glück findet sich nur *in der Mäßigung des Geistes*, der Unwandelbarkeit der Sitten und dem Gluckern des Kochtopfes. (II, 345)
Meine Herren Wissenschaftler . . . Ihr verpflichtet Euch . . . wie in der Vergangenheit, nur kleine harmlose Forschungen zu betreiben, die niemanden stören. (II, 346)» [173]

Er kennt sie genau: es ist ja seine eigene, die bürgerliche Moral der kleinen Verhältnisse, die man wohl oder übel selbst neu erfinden muß, wenn man seinen Garten in Croisset bebaut oder von einem unehrlichen Gärtner bebauen läßt, diese Moral, die jede Veränderung ablehnt, ob es sich nun um das allgemeine Stimmrecht oder um den Sozialismus handelt – indem sie sie als Utopie hinstellt –, die die «Undurchdringlichkeit der Wesen» konstatiert und die Beziehungen der Hingabe («Ein Freund würde sich für mich töten lassen») durch negative Beziehungen ersetzt (Anstand: an nichts rühren, Freundschaft: nicht lästig sein, sich nicht einmischen, nicht stören), die, auf die individuellen

173 Die Hervorhebungen sind von mir.

Interessen beschränkt, vorschreibt, *die soziale Atomisierung als eine gemeinsame Einsamkeit zu erleben.* Wer anders als ein Aristokrat kann gegen die utilitaristische Niedrigkeit so lebhaft einen *Heroismus* verteidigen, an den Gustave gar nicht glaubt? In seiner abstrakten Bemühung, sich über seine Klasse zu stellen, verfällt Flaubert wieder einmal auf das organizistische und aristokratische Denken der enttäuschten Dichter: er beruft sich auf Voltaire gegen Lamartine, aber er liefert Voltaire den Dichtern Musset und Vigny aus. Das theologische Denken wird zuerst durch die Wissenschaft des Vaters vernichtet: dieses greift Flaubert vor allem in der Dummheit der ersten Instanz an, ob sie sich nun in Form sinnloser Traditionen (Neujahrstag), poetischer Ekstasen («sie halten ihren Hintern für ihr Herz»), katholischer Zeremonien (vor allem die Prozessionen bringen ihn zur Raserei) oder in Aberglauben äußert. Aber als die Freidenkerei zu siegen glaubt, findet sie sich plötzlich von der Ideologie, die sie gerade vernichtet hat, eingehüllt: in ihrer negativen Form, als Unruhe, Unbefriedigtsein, verächtliche Ablehnung der Endlichkeit, verzweifelte Hinwendung zum leeren Himmel, wird sie ihrerseits zur Negation einer Negation; der Liberalismus als systematische Zerstörung der übernommenen Meinung wird als *Dummheit zweiter Instanz* angegriffen. In eben dem Maße, wie der Freidenker die Mittelmäßigkeit akzeptiert, die er entdeckt, geht die unangreifbare Seligkeit der Schwachköpfe in ihn ein. Diese Dummheit ist nicht die des Spießers oder des Bürokraten, sie kennzeichnet die intellektuellen Bürger, Gustave findet sie *in seinem Milieu* bei den Voltairianern vor, die ihn umgeben; sie ist nichts andres als die Intelligenz. In *Madame Bovary* ist es ihm gelungen, uns die analytische Vernunft als Niedrigkeit des Geistes und höchsten Schwachsinn zu zeigen und gleichzeitig ihre Prinzipien und Schlußfolgerungen als Wahrheiten anzunehmen: der Genieblitz war, sie in dem Apotheker Homais zu verkörpern.
Lange hat man ihn für einen Kretin gehalten. Flaubert müßte sich darüber freuen. Aber Albert Thibaudet (*Gustave Flaubert*, [4]Paris 1935, S. 117ff) hat die Falle gewittert: er hat darauf hingewiesen, daß der Apotheker unbestreitbar *intelligent* ist. Mehr noch: in dem schauerlichen Roman, der mit einem völligen Zusammenbruch endet, ist Homais der einzige, der auf der ganzen Linie triumphiert. Den Medizinalräten überlegen, herrscht er über den ganzen Kanton; so bruchstückhaft die wissenschaftlichen Kenntnisse, mit denen er hausieren geht, auch sein mögen, so zeugen sie doch von einer gewissen Bildung; der Aufstieg der Homais erinnert an den der Flauberts: der Sohn wird Arzt sein, und der Enkel wird sagen: «Wir sind *eine Familie.*» Sicher hat Flaubert einen lächerlichen Freidenker beschreiben wollen; aber er hat ihm gleichzeitig *recht geben* wollen. Wie hat man übersehen können, daß der Abbé Bournisien ausdrücklich dazu da ist, die Diatriben von

Homais zu rechtfertigen? Was hinderte den Autor daran, einen etwas weniger abstoßenden Priester zu zeigen als diesen unwissenden, materialistischen Pfaffen, der ißt und trinkt wie vier, nichts von den Seelen versteht und den die Torheit zur Intoleranz treibt? Was für eine merkwürdige Verschleierung: in ein und demselben Buch zeigt uns Flaubert die verhaßte Dummheit eines Antiklerikalen und die verhaßte Dummheit eines Priesters, der den Antiklerikalismus vollständig rechtfertigt; in Homais macht er seine eigenen Gedanken lächerlich. Denn schließlich war er es, der am 6. Juni 1861 folgenden Satz an Jules Michelet schrieb, den der Apotheker sicher unterschrieben hätte: «Der große Voltaire schloß seine kleinsten Briefchen mit einem E. L. I.[174] Ich drükke Euch die Hand im Haß auf die Anti-Physis.» Was verabscheut Flaubert dann umgekehrt an dem berühmten Glaubensbekenntnis, das er dem Apotheker in den Mund legt? Lesen wir einmal: «Ich habe eine Religion», sagt Homais, «ich glaube an das höchste Wesen . . . (das) uns hierhergestellt hat, damit wir unsere Pflichten als Staatsbürger und Familienvater erfüllen; aber dazu brauche ich nicht in eine Kirche zu gehen . . . (Ich kann die christlichen Glaubensartikel nicht akzeptieren), die in sich selbst absurd sind und übrigens allen Gesetzen der Physik vollständig widersprechen; was uns beiläufig beweist, daß die Priester immer in einer frevelhaften Ignoranz dahingemodert sind.» (I, 600) Die Ignoranz der Priester? Flaubert ist davon überzeugt. Die Dogmen? Er findet sie tatsächlich in *allen* Religionen völlig schwachsinnig. Die Überlegenheit des wissenschaftlichen Denkens gegenüber dem religiösen Denken? Er hat sie bis zum Ende seines Lebens immer wieder behauptet. Mehr noch: Homais konzediert mehr, als Gustave jemals konzedieren würde: er hat eine Religion, er glaubt an das höchste Wesen. Flaubert dagegen versucht, wie wir gesehen haben, umsonst, daran zu glauben. Was ist hier dann eigentlich so lächerlich? Die selige Zufriedenheit des Apothekers: Flaubert verurteilt ihn durchaus nicht dafür, daß er die christlichen Glaubensartikel *durch die Wissenschaft* zerstört; er wirft ihm nur sein bedingungsloses Vertrauen *in die Wissenschaft* vor; seine Dummheit springt in folgendem Satzteil in die Augen «. . . und übrigens allen Gesetzen der Physik vollständig widersprechen; was uns beiläufig beweist . . .»: darin offenbart sich eine enorme Überheblichkeit, ein Glaube, der ebenso schwachsinnig ist wie der andere; das Absolute hat sich nur verlagert: die Religion war im Himmel angesiedelt, der liberale Szientismus legt sie in die menschliche Vernunft. Und jenes höchste Wesen, an das der Apotheker zu glauben behauptet, ruft Flaubert den revolutionären Kult in Erinnerung, den der «verhaßte» Robespierre eingeführt hatte. Diese Abstraktion hat keine andere Aufgabe, als die Rationalität der Welt und die Ethik des

174 *Ecrasez l'Infâme* [«Vernichtet die Infame», gemeint ist die Kirche].

Bürgertums zu garantieren: der Gott des Apothekers ist durchaus keine Anfechtung des Menschen; er vergöttlicht ihn vielmehr und steht zu seinen Diensten. Darin liegt der ganze Unterschied: der durch sein Schicksal ungläubige Flaubert konstatiert in Verzweiflung die Abwesenheit Gottes, die Torheit der Mythen, die abscheuliche Ignoranz und den Materialismus der Priester; Homais, ein Erbe des revolutionären Deismus, konstatiert das gleiche mit Gelassenheit; mehr noch: er gründet sogar seine Seelenruhe darauf. Wenn der Apotheker den katholischen Dogmen die Physik entgegenhält, so hat Flaubert nichts dagegen einzuwenden, er, der so oft schrieb: «Ich hasse die Anti-Physis.» Dennoch verabscheut der Autor sein Geschöpf: er wirft Homais vor, daß er sich darin gefällt, unter der Anhäufung präziser und schneidender kleiner Wahrheiten die großen Ängste der Menschheit zu erdrükken. Um die Häßlichkeit, die abscheuliche Selbstgenügsamkeit, den kurzsichtigen Materialismus dieser unüberwindlichen und siegreichen Dummheit entdecken zu können, deren Unternehmungen, geschickt durchgeführt, immer gelingen und die letztlich über alles *Wirkliche*, über alles, was wir sind, Aufschluß gibt, muß man den Gesichtspunkt dessen einnehmen, was hätte sein sollen und nicht gewesen ist, den Gesichtspunkt der Abwesenheit, des Nichts, der Leere, unseres müßigen Verlangens und unserer Verlassenheit. Was ist eigentlich diese Karikatur eines Denkens, die Flaubert in Homais gelegt hat? Nun, es ist ganz einfach der experimentelle Rationalismus des Doktor Flaubert; es ist die ganze, bis zur Idiotie verkommene Wissenschaft. Wenn Flaubert diesen Halbgelehrten, diesen Pedanten lächerlich macht, der seine antireligiöse Propaganda auf die Gesetze der Physik stützt, so weiß er genau, daß die wissenschaftliche Bewegung sich insgesamt im Widerstreit mit der christlichen Ideologie befindet. Aus diesem Grund haßt er sie. Mit neunzehn Jahren schrieb er in seinen *Souvenirs*: «Es kommt vielleicht der Tag, wo die ganze moderne Wissenschaft zusammenbricht und man sich über uns lustig macht, das wünschte ich.» [175] In der Folge sollte er noch oft das Zeitalter der Aufklärung im Namen eines Irrationalismus verurteilen, der sich nicht zu nennen wagt: «Der Fanatismus ist die Religion: und als die Philosophen des 18. Jahrhunderts das eine verschrien, stürzten sie auch das andere. Der Fanatismus ist der Glaube, der Glaube selbst, der inbrünstige Glaube, der gute Werke tut und handelt. Die Religion ist eine variable Auffassung, eine Sache der menschlichen Erfindung, kurz, eine Idee, das andere ist ein Gefühl. Was sich auf der Erde geändert hat, sind die Dogmen . . . was sich nicht geändert hat, sind die Amulette, die heiligen Quellen, die ex-voto . . . die Brahmanen, die Santons und die Eremiten, kurz, der Glaube an etwas, was dem Leben überlegen ist, und das Bedürfnis, sich unter den

175 *Souvenirs*, S. 109.

Schutz dieser Kraft zu begeben.»[176] Gleichviel: in dem Moment, da er das analytische Denken der *philosophes* verurteilt, wird er vom Geist der Analyse heimgesucht: dieses zersetzende Prinzip bleibt in seinem Kopf, wie man es in seiner Kindheit da hineingelegt hat; sobald eine Idee mit ihm in Berührung kommt, löst sie sich auf. Wie könnte er auf den medizinischen Blick, das Erbe seines Vaters, verzichten? Damit würde er das gesamte Erbteil seinem Bruder Achille überlassen. Gegen diesen muß Gustave vielmehr den Skalpellblick in Anspruch nehmen, der die Herzen seziert. Er versäumt nicht, in seiner Korrespondenz seine psychologischen Fähigkeiten zu rühmen: er ist der Fürst der Analyse. Aber sie widert ihn derart an, diese Analyse, daß er sie niemals betreibt: er stellt sie immer als *bereits fertig* dar, das heißt, er präsentiert das Ergebnis seiner Erfahrung in Form von Maximen; darunter versteht er zugleich das passive Registrieren seiner Eindrücke und ihr chirurgisches Zergliedern. Wenn nun Flaubert *keine* Erfahrung hat, wer hat dann welche? Was er unter diesem Namen verbirgt, ist das bloße Prinzip der Analyse, das, für sich gesetzt und von der wissenschaftlichen Praxis losgelöst, keine Methode mehr ist, sondern eine Theorie, die *a priori* den Utilitarismus, den Assoziationismus, den Empirismus usw. enthält. Deshalb brauchen wir keine Beobachtung mehr zu machen, kein Experiment mehr zu versuchen, keine wirkliche Analyse mehr vorzunehmen; die uneigennützigste Tat *muß* sich, wie wir im voraus wissen, in egoistische Triebe zerlegen lassen; wir wissen, daß der weibliche Idealismus «vom Hintern» kommt usw. Diese angeblichen *apriorischen* Erkenntnisse sind ja nichts andres als ein durch rhetorische Effekte kaschiertes abstraktes Postulat, das sich ganz einfach auf folgendes reduziert: *die Analyse ist immer möglich.* So ist also alles bereits gedacht, bereits bekannt: Flauberts Erfahrung liegt hinter ihm, ihre Prinzipien sind bereits aufgestellt, die Erforschung und Entdeckung des Wahren *hat stattgefunden.* Aber in welcher Vergangenheit? In der Vergangenheit Flauberts? In der Vergangenheit seiner Klasse oder der Menschheit? Gustave sagt es uns nicht. Und eben durch seine Passivität läßt er dieses *Apriori* sich in ihm als eine *fremde Erkenntnis* darbieten. Der Kampf zwischen Wissenschaft und Glauben spielt sich in ihm ab, ohne daß er daran teilnimmt. Zwischen den beiden Dummheiten besteht eine einhüllende Wechselseitigkeit: das genügt, damit sie sich gegenseitig entlarven. Flaubert wird keinen Finger krümmen: er beruft sich gleichermaßen auf beide und lehnt beide gleichermaßen ab. Das Ideal wäre, daß sich die beiden Gegner zusammen

176 Brief an Louise Colet vom 31. März 1853. Siehe auch sehr viel früher, um 1838–1839, folgenden Gedanken aus den *Souvenirs*, S. 52: «Das 18. Jahrhundert hat nichts von der Poesie begriffen, nichts vom menschlichen Herzen begriffen, es hat alles begriffen, was den Verstand betrifft.»

vernichten; die analytische Dummheit ist im Grunde parasitär, sie ist höchstens die Negation der fundamentalen Dummheit, die allein die positive Dichte der Materie besitzt; nichts verbietet einem zu hoffen, daß die analytische Dummheit, indem sie die fundamentale Dummheit zersetzt, sich jeder Stütze beraubt und im Nicht-sein versinkt.

Eine müßige Hoffnung: kaum ist die übernommene Idee zerstört, schon entsteht sie aus ihrer Asche neu und läßt die Analyse, von der sie zersetzt wird, wiederauferstehen. Von diesem zweifelhaften und ständig neu begonnenen Kampf geplagt, flieht Flaubert in den Skeptizismus: «Die Dummheit besteht darin, Schlußfolgerungen ziehen zu wollen.» (Brief an Louis Bouilhet vom 4. September 1850) Er wird sich wohl hüten, selbst Gedanken zu formulieren: «Es gibt weder wahre noch falsche Ideen. Man macht sich zunächst die Dinge ganz lebhaft zu eigen, dann denkt man nach, dann zweifelt man, und dabei bleibt man.»[177] Dennoch erhebt sich dieser Skeptizismus in dem Moment gegen die Analyse, wo diese sich triumphierend in seliger Zufriedenheit behaupten will als das Wissen und die Wahrheit. Aber diese Anfechtung bleibt passiv. Von der ersten bis zur letzten Seite seiner Korrespondenz wird man Flaubert niemals dabei überraschen, zu urteilen, zu argumentieren, eine kritische Prüfung vorzunehmen; man wird niemals die Entstehung einer Idee, eines neuen Aperçus, einer originellen Sicht entdecken: das Denken ist bei ihm niemals ein *Akt*; es erfindet nichts, es *stellt niemals eine Beziehung her*; es unterscheidet sich nicht von der Bewegung des Lebens selbst; als eine vom Fluß des Erlebten mitgeführte passive Tätigkeit ist das Denken nur die verbale Form des *Pathos*; die Verknüpfung der Sätze läßt manchmal an die Verknüpfung der Bilder in Träumen denken und manchmal an die verbalen Assoziationen, denen sich ein Patient auf der Couch des Analytikers hingibt. In diesem endlosen Monolog, in dem die rhetorischen Verbindungen ständig an die Stelle der rationalen Verbindungen treten, kehrt unter den verschiedensten Verkleidungen ständig dieselbe Bitterkeit, derselbe Groll wieder, der große Schwung der Eloquenz verbirgt die ständige Flucht der Idee oder genauer noch die Flucht *vor der Idee*. Dieser Bürger, der seine Integration fordert, spürt seine Verbannung voller Ingrimm und kann seine Klasse weder *sehen* noch vergessen, weil sie ja – als familiäres Milieu – Gegenstand sowohl seines Verlangens wie seiner Verachtung ist: er nimmt sich an, insofern man ihn ablehnt, und er lehnt sich ab, insofern er verlangt, daß man ihn annimmt; hochmütig verurteilt er die Torheit der Anderen, jenen kurzsichtigen Konformismus, der seine Besonderheit haßt, und er haßt diese Besonderheit, die ihn daran hindert, in der bürgerlichen Gemeinschaft aufzugehen. Kurz, er ist der Märtyrer der Dummheit, er hat sie mit allen ihren Konflikten

177 *Souvenirs*, S. 96. Geschrieben nach dem 25. Januar 1841.

in sich hineingenommen, sie dreht sich um sich selbst, untergräbt sich und untergräbt ihn. Er blutet unter den Bissen, aber zwingt sich zur Untätigkeit: da ja jede Idee in ihm nur die Materialität der Gemeinplätze oder den Materialismus der Analyse spiegeln kann, überbietet er seine eigene schmerzliche Passivität und lehnt alle Formen des Denkens ab. Schon 1841 schreibt er: «Ich bin weder Materialist noch Spiritualist. Wenn ich etwas wäre, so wäre ich eher Materialist – *spettatore* – Beobachter.» [178] Aufrecht, schweigend, stoisch, wirft er einen verächtlichen Blick auf das allgemeine Fließband, hört er zerstreut auf das konventionelle Geschwätz, das nichts andres als sein innerer Monolog ist. Er ist höchstens Zeuge.

Dennoch lebt er, er kann nicht umhin zu leben, noch kann er verhindern, daß dunkle, fast animalische Gedanken sich jeden Augenblick in ihm bilden. In diesen tiefen Bedeutungen, die sich kaum von der Wahrnehmung, von der Emotion, vom Traum abheben, würde man umsonst die analytische Strenge suchen: es sind Synthesen: zögernde, vorsichtige, unauflösbare. Aber sie ähneln ebensowenig übernommenen Meinungen: denn sie bilden sich ohne Hilfe der Sprache. «Verschwommene» und fließende Gedanken, die auf der unmittelbaren Ebene des Lebens und der Materie dahinfließen und oft ineinanderlaufen wie in Träumen: man könnte in ihnen die Natur ohne die Menschen sehen, denn der Mensch ist abwesend, verkrampft in seiner Negation, in seinem Willen, abwesend zu sein; in jedem Fall drücken diese Gedanken die tiefste Einsamkeit aus, *die des Tieres*; und eben sie werden dem Roman *Madame Bovary* seinen unvergleichlichen Reichtum geben. Wir werden sie noch zu beschreiben haben. Im Augenblick wollen wir nur auf ihren doppelten Charakter hinweisen. Sie sind völlig *motiviert* durch den Negativismus und durch die Absentierung Flauberts, das heißt durch seine komplexe Beziehung zu seiner Klasse; insofern bringt er sie hervor gerade durch seine Art, sich durch Abweisung des Bürgertums zum Bürger zu machen; dieses ganze, in der Passivität blockierte System dient der gesetzlosen Wucherung dieser Gedanken als Rahmen. Wenn Gustave den Gemeinplatz und die analytische Zerlegung durch einen intellektuellen Akt überschritte, würden sie entweder verschwinden oder ihre Schwammigkeit verlieren; ihre Zufälligkeit würde der Ordnung weichen, eine systematische Ausbeutung drohte sie durch eine Kanalisierung ihres Flußes zu deformieren. Aber die zeitgenössische Ideologie liefert Flaubert nicht das Instrument, das er verlangt: das ist der Grund für alles. Er fühlt dunkel, daß ihm die praktische Vorstellung einer Synthese fehlt,[179] er findet und haßt sie im

178 *Souvenirs*, S. 94.

179 Siehe *Souvenirs*, S. 107: «Die Wissenschaften verfahren per Analyse – sie glauben, daß das ihren Ruhm ausmache, und es ist ihre Jämmerlichkeit. Die

Aberglauben, er sucht sie umsonst im wissenschaftlichen Rationalismus: letztlich ist die Dummheit die geköpfte Vernunft, das seiner Einheit, das heißt seines Vereinigungsvermögens, beraubte intellektuelle Verfahren. So ist Flauberts Absentismus nur Ausdruck seines Klassenbewußtseins, und das macht das Wuchern des wilden Denkens in ihm möglich. Aber andrerseits entzieht sich dieses wilde Denken *durch seinen Inhalt* den sozialen Bestimmungen; nicht daß es sich *über* den sozialen Partikularismen bewegte, auf der Ebene eines universalen Humanismus: dieser Humanismus existiert nicht, und Flaubert geht es nicht darum, ihn zu erfinden; im Gegenteil, diese dunklen Bedeutungen berühren uns tief, insofern sie im Menschen das Allgemeine der Animalität ausdrücken. Man muß jedoch präzisieren: nicht das Bedürfnis spiegelt sich in ihnen noch die Gewaltsamkeit des Körpers; es handelt sich vielmehr um einen Ausdruck jenes «bloßen Lebensüberdrusses», der vor allem das Los der Haustiere zu sein scheint. Insofern stellt dieses aus einem Mangel entstandene unterirdische Grummeln für ihn die einzig mögliche Form einer Spontaneität dar. Und hüten wir uns, darin irgendeine unmittelbare und unreduzierbare Subjektivität zu sehen: auf allen Ebenen ist das Objekt anwesend; ich möchte es eher ein animalisches Bewußtsein der Welt nennen.

Damit endet der erste Teil unserer Untersuchung: wir haben versucht, in großen Zügen Gustaves *Konstitution* zu ermitteln. Aber wir haben dennoch nur eine abstrakte Bedingtheit erfaßt: niemand kann sich leben, ohne sich zu schaffen, das heißt, ohne auf das Konkrete hin zu überschreiten, was man aus ihm gemacht hat. Wir werden uns jetzt mit dem beschäftigen, was ich seine *Personalisation* genannt habe.

Natur ist eine Synthese, und um sie zu studieren, zerschneidet, zertrennt, seziert ihr, und wenn ihr dann aus allen diesen Teilen ein Ganzes machen wollt – das Ganze ist künstlich –, macht ihr die Synthese, nachdem ihr sie defloriert habt – die Verbindungen existieren nicht mehr – die euren sind imaginär und, ich wage zu sagen, hypothetisch – und die Wissenschaft, die Wissenschaft der Beziehungen der Dinge, die Wissenschaft des Übergangs von der Ursache zur Wirkung, die Wissenschaft der Bewegung, der Embryologie, der Artikulation . . .»

Chronologie von Gustave Flaubert 1821–1880

1780 Nicolas Flaubert, der Großvater väterlicherseits, läßt sich als Tierarzt in Bagneux (Marne) nieder.

1784 Am 14. November wird Achille-Cléophas, der Vater von Gustave Flaubert, geboren.

1792 Der Doktor Fleuriot, der Großvater mütterlicherseits, heiratet ein Fräulein Cambremer de Croixmare.

1793 Frau Fleuriot stirbt am 7. September bei der Geburt ihrer Tochter Caroline, der Mutter von Gustave Flaubert.

1794 Nicolas Flaubert, der Großvater väterlicherseits, wird als Royalist zur Deportation verurteilt. Der Sturz Robespierres befreit ihn.

1802 Achille-Cléophas Flaubert studiert in Paris Medizin. Wegen ausgezeichneter Leistungen werden ihm auf Anweisung des Ersten Konsuls, Napoleon Bonapartes, seine Studienkosten erstattet.

1803 Der Doktor Fleuriot, der Großvater mütterlicherseits, stirbt, seine Tochter Caroline wird Vollwaise.

1810 Achille-Cléophas Flaubert wird auf Betreiben seines Lehrers Dupuytren zum Prosektor des Chefarztes Laumonier am Hôtel-Dieu in Rouen ernannt. Am 27. September promoviert er über «Die Behandlung von Kranken vor und nach chirurgischen Eingriffen».

1812 Achille-Cléophas Flaubert heiratet am 10. Februar Caroline Fleuriot, die von der Familie des Chefarztes Laumonier aufgenommen worden war.

1813 Am 9. Februar wird Achille Flaubert, der ältere Bruder von Gustave Flaubert geboren.

1819 Nach dem Tod von Laumonier wird Achille-Cléophas Flaubert dessen Nachfolger als Chefarzt am Hôtel-Dieu in Rouen und bezieht dessen Wohnung im Hospital.

1821 Am Mittwoch, dem 12. Dezember, um vier Uhr morgens wird Gustave Flaubert geboren.

1824 Am 15. Juli wird seine Schwester Caroline geboren. Sie war das sechste und letzte Kind, drei Brüder waren kurz nach der Geburt gestorben, zwei vor der Geburt Gustaves und einer vor der Geburt Carolines.

1830 Am 31. Dezember schreibt Gustave an seinen Freund Ernest Chevalier: «Wenn Du willst, daß wir uns zusammentun, um zu schreiben, werde ich Komödien schreiben, und Du wirst Deine Träume aufschreiben.»

1831 Gustave schreibt *Louis XIII*, *Eloge de Corneille*, *La belle explication de la* fameuse *constipation* und eine Komödie *Avare*.

1832 Gustave tritt in das Collège Royal von Rouen ein und spielt mit seinem Freund Ernest Chevalier und seiner Schwester Caroline im Billardzimmer seines Vaters Theater. Die Stücke dazu bearbeitet oder schreibt er selbst. Zusammen mit seinen Mitschülern erfindet er die pantagruelische Figur des *Garçon*, dessen Reden und Streiche in improvisierten Possen umschichtig gespielt oder erzählt werden. Donnerstagsgespräche mit seinem älteren Freund Alfred Le Poittevin.

1834 Gustave gibt im Collège eine von ihm selbst geschriebene literarische Zeitschrift *Art et Progrès* heraus und schreibt an einem Roman über *Isabeau de Bavière.*

1835 Gustave schreibt *Voyage en enfer, Mort du duc de Guise* und beginnt ein Drama über *Frédégonde et Brunehaut* und eine Sammlung *Narrations et discours* (1835–1836), in der er folgende Werke zusammenfaßt: *Matteo Falcone, Chevrin et le roi de Prusse, Le moine des chartreux ou L'anneau du prieur, Dernière scène de la mort de Marguerite de Bourgogne, Portrait de Lord Byron, San Pietro Ornano*; er entwirft die Erzählungen *La fiancée et la tombe, La grande dame et le joueur de vielle* und das Szenario *Deux amours et deux cercueils.*

1836 Gustave begegnet während der Sommerferien im Seebad Trouville seiner großen platonischen Liebe Elisa Foucault, die den Musikverleger Maurice Schlésinger heiraten wird. Gustave schreibt: *Deux mains sur une couronne, Un parfum à sentir, Chronique normande du Xe siècle, La femme du monde, Un secret de Philippe le Prudent, La peste à Florence, Bibliomanie, Rage et impuissance.*

1837 Gustave schreibt: *Influence des Arabes d'Espagne sur la civilisation française au moyen age, La dernière heure, La main de fer, Rêve d'enfer, Une leçon d'histoire naturelle, genre* commis, *Une composition d'histoire et de géographie, Quidquid volueris, Passion et vertu, Lutte du sacerdoce et de l'Empire*, das Szenario *Madame d'Ecouy* und zwei weitere Szenarios. In der Lokalzeitung *Colibri* werden *Bibliomanie* und *Une leçon d'histoire naturelle, genre* commis abgedruckt.

1838 Gustave schreibt: ein Drama *Loys XI, Agonies, La danse des morts, Ivre et mort, Histoire moderne, Mémoires d'un fou, Rabelais* und beginnt seine Aufzeichnungen *Souvenirs, notes et pensées intimes.*

1839 Gustave schreibt: *Les arts et le commerce, Smarh, Les funérailles du docteur Mathurin, Rome et les Césars.* Sein Bruder Achille schließt in Paris sein Medizinstudium mit einer Doktorarbeit ab und heiratet. Gustave wird wegen Verweigerung einer Strafarbeit vom Collège Royal verwiesen.

1840 Gustave besteht am 23. August als Externer sein Abitur und reist in die Pyrenäen und nach Korsika. Nach seiner Rückkehr schreibt er *Voyage aux Pyrénées et en Corse.* Er beginnt mit *Novembre.*

1841 Gustave schreibt sich am 10. November an der Juristischen Fakultät der Pariser Universität ein.

1842 Gustave wird durch das Los vom Militärdienst befreit. Er zieht im Juli nach Paris und beendet im Oktober *Novembre.* Am 28. Dezember besteht er die erste Jahreszwischenprüfung.

1843 Gustave beginnt mit der ersten *Education sentimentale.* Am 21. August fällt er bei der zweiten Jahreszwischenprüfung durch.

1844 Im Januar hat er auf dem Weg von Pont-l'Evêque nach Honfleur eine «Nervenattacke». Die Familie Flaubert beschließt, daß er sein Studium abbrechen soll. Sein Vater kauft ein Haus in Croisset an der Seine, in das die Familie im Juni einzieht.

1845 Gustave beendet im Januar die erste *Education sentimentale.* Am 3. März heiratet seine Schwester Emile Hamard. Die Flauberts begleiten das Paar auf ihrer Hochzeitsreise nach Italien. In Genua sieht Gustave *Die Versuchung des heiligen Antonius* von Breughel und beschließt, ein Theaterstück darüber zu schreiben.

1846 Am 15. Januar stirbt sein Vater bei einer Operation, die sein Bruder Achille an ihm vornimmt. Am 20. März stirbt seine Schwester zwei Monate nach der Geburt ihrer Tochter Caroline, die als Caroline Commanville 1895 ihre *Souvenirs intimes* über ihren Onkel Gustave Flaubert veröffentlichen wird. Sein Bruder Achille wird Nachfolger seines Vaters als Chefarzt am Hôtel-Dieu in Rouen. Gustave lebt von dieser Zeit an mit seiner Mutter in Croisset und verbringt regelmäßig einige Monate in Paris. Am 29. Juli hat er sein erstes Rendezvous mit Louise Colet, der «Muse», mit der er bis 1855 korrespondieren wird. Alfred Le Poittevin heiratet Louise de Maupassant, die Tante von Guy de Maupassant.

1847 Gustave wandert mit seinem Freund Maxime Du Camp in die Bretagne und zu den Loireschlössern und schreibt mit ihm zusammen einen Reisebericht, von dem er selbst die ungeraden Kapitel verfaßt: *Par les champs et par les grèves.* Mit seinem ehemaligen Mitschüler und jetzigen Freund, dem «Alter ego» Louis Bouilhet, schreibt er etwa ein Dutzend Theaterszenarios. Die unvollendete Tragödie *La découverte de la vaccine* geht wahrscheinlich auf 1845 oder 1846 zurück.

1848 Gustave erlebt in Paris die Revolution und dringt am 24. Februar mit den Aufständischen in die Tuilerien ein. In der Nacht vom 3. zum 4. April stirbt Alfred Le Poittevin. Gustave wird zur Nationalgarde eingezogen. Am 24. Mai beginnt er mit *La tentation de saint Antoine.*

1849 Seine Freunde Maxime Du Camp und Louis Bouilhet halten *La tentation de saint Antoine* für verfehlt und raten von einer Veröffentlichung ab. Am 29. Oktober bricht Gustave begleitet von Maxime Du Camp zu einer Orientreise auf. Am 15. November trifft er in Ägypten ein.

1850 Gustave bleibt bis zum 6. Februar in Kairo und reist dann auf dem Nil nach Oberägypten. Seine Reise führt ihn weiter nach Beirut, Jerusalem, Damaskus, Rhodos, Konstantinopel, Athen. Er führt ein ausführliches Reisetagebuch, *Voyage en Orient*.

1851 Gustave kehrt über Griechenland und Italien nach Croisset zurück. Am 19. September beginnt er mit *Madame Bovary*, nachdem er die Romanfragmente *Une nuit de Don Juan* und *Anubis* aufgegeben hat.

1853 Gustave plant einen «metaphysischen Gespensterroman», *La spirale*.

1856 Gustave beendet *Madame Bovary*. Vom 1. Oktober an erscheint in der *Revue de Paris* eine auf Wunsch der Redaktion gekürzte Fassung von *Madame Bovary*. Die Zeitschrift *Artiste* veröffentlicht vom 21. Dezember an Teile aus der zweiten Fassung von *La tentation de saint Antoine*.

1857 Die *Revue de Paris* und Gustave Flaubert werden wegen Verletzung der öffentlichen Moral und der Religion durch die Publikation von *Madame Bovary* angeklagt und am 7. Februar wegen Mangels an Beweisen freigesprochen. *Madame Bovary* erscheint im April ungekürzt als Buch. Im Oktober beginnt Gustave mit *Salammbô*.

1858 Gustave verkehrt im Pariser Salon der Madame Sabatier, der «Präsidentin», und reist vom 12. April bis zum 6. Juni zu Studienzwecken für seinen Roman *Salammbô* nach Algerien und Tunesien.

1860 Gustave verkehrt in Paris mit den Brüdern Goncourt, Paul de Saint-Victor und Ernest Renan.

1862 Am 24. November erscheint *Salammbô*. In zwei Tagen werden 2000 Exemplare verkauft.

1863 Die Figuren von *Salammbô* schaffen in Paris eine Mode, die sich in Karnevalskostümen und Vaudevilles niederschlägt. Zusammen mit Louis Bouilhet schreibt Gustave das Theaterstück *Le château des cœurs*, das jedoch niemals aufgeführt wird. Er verkehrt in Paris mit Sainte-Beuve, Hippolyte Taine und nimmt an den von Sainte-Beuve geschaffenen Magny-Diners teil, wo er Turgenjew kennenlernt. Außerdem verkehrt er im Salon der Prinzessin Mathilde, der Nichte Napoleons I.

1864 Seine Nichte, Caroline Hamard, heiratet am 6. April den Holzhändler Ernest Commanville. Gustave wird am Hof empfangen.

Am 1. September beginnt er mit der zweiten *Education sentimentale.*

1865 Gustave wird im Februar zum großen Ball des Prinzen Napoleon eingeladen.

1866 Gustave reist im Juli nach London und besucht im August die Prinzessin Mathilde in Saint-Gratien, auf deren Fürsprache hin er zum Ritter der Ehrenlegion ernannt wird. Er verkehrt mit George Sand.

1867 Gustave wird zum Hofball zu Ehren des Zaren eingeladen.

1868 Gustave diniert mittwochs mit den Brüdern Goncourt und Théophile Gautier bei der Prinzessin Mathilde.

1869 Gustave beginnt im Juni mit der dritten Fassung von *La tentation de Saint Antoine.* Am 18. Juli stirbt Louis Bouilhet. Am 17. November erscheint die zweite *Education sentimentale*, die er zuvor im Salon der Prinzessin Mathilde vorgelesen hatte.

1870 Gustave wird im September zum Leutnant der Nationalgarde ernannt. Im Dezember wird Rouen von preußischen Truppen besetzt. Gustave bekommt in Croisset preußische Einquartierung.

1871 Finanzielle Schwierigkeiten. Ernest Commanville verwaltet das gemeinsame Vermögen.

1872 Am 6. April stirbt seine Mutter. Gustave beendet am 20. Juni *La tentation de saint Antoine.* Gustave veröffentlicht eine *Préface aux «Dernières chansons», poésies posthumes de Louis Bouilhet.*

1873 Gustave bemüht sich, Theaterstücke von Louis Bouilhet durchzusetzen, vollendet dessen Szenario *Le sexe faible* und schreibt selbst das Stück *Le candidat.*

1874 Die Aufführung von *Le candidat* ist ein Mißerfolg. Am 31. März erscheint *La tentation de saint Antoine.* Am 1. August beginnt Gustave mit *Bouvard et Pécuchet.* Freundschaft und Reisen mit Edmond Laporte, der zu seinem Privatsekretär wird.

1875 Finanzieller Bankrott der Commanvilles. Eine Bürgschaft Laportes rettet sie. Gustave beginnt im September mit *La légende de saint Julien l'Hospitalier.*

1876 Gustave schreibt *Un cœur simple* und beginnt mit *Hérodias.*

1877 Am 24. April erscheinen die *Trois contes: Un cœur simple, La légende de saint Julien l'Hospitalier, Hérodias.*

1878 Gustave lernt Gambetta kennen und verkehrt mit Guy de Maupassant.

1879 Gustave bricht sich am 27. Januar bei Glatteis das Bein und läßt sich von Edmond Laporte pflegen. Er erhält eine Pension als außerordentlicher Bibliothekar und Renten von seinem Bruder Achille und von seinem Verleger Charpentier. Am 27. April findet zu seinen Ehren ein Diner des «heiligen Polykarp» bei seinen Freunden Lapierre statt. Am 10. Juni wird Gustave von Jules Ferry empfangen.

1880 Gustave feiert mit Edmond de Goncourt, Emile Zola, Alphonse Daudet und Guy de Maupassant Ostern. Am 8. Mai stirbt Gustave Flaubert in Croisset. Vom 15. Dezember an erscheint *Bouvard et Pecuchet* in *La Nouvelle Revue*.

Register der zitierten Werke Gustave Flauberts

Die geradestehenden Seitenzahlen verweisen auf Zitate, die kursiven auf Werktitel und Briefe

Inhalt

Sartres Flaubert lesen

Essays zu «Der Idiot der Familie»

Herausgegeben von Traugott König
208 Seiten
das neue buch Band 116

Diese Essays wollen zu zweierlei anregen: Sartres Studie über Flaubert zu lesen, Flaubert mit den Augen Sartres zu lesen. Sie enthalten eine Sammlung erster Äußerungen bundesdeutscher Wissenschaftler zu Sartres Werk über Flaubert, in denen einige Aspekte des riesigen Gedanken- und Interpretationsgebäudes erörtert werden.

Jean-Paul Sartre
Der Idiot der Familie
Gustave Flaubert 1821–1857

Deutsch von Traugott König

Band 1 Die Konstitution (dnb Band 78)

Band 2 Die Personalisation 1 (dnb 89)

Band 3 Die Personalisation 3 (dnb 90)

Band 4 Elbehnon oder Die letzte Spirale (dnb 114)

Band 5 Objektive und subjektive Neurose

Mit einer ausführlichen Chronologie der französischen Geschichte 1830–1880, einem Gesamtregister der zitierten Werke Gustave Flauberts und einem Gesamtpersonenregister (dnb 132)

Mit Band 5 ‹Objektive und subjektive Neurose› liegt Jean-Paul Sartres ‹Der Idiot der Familie› in der deutschen Übersetzung abgeschlossen vor.

Für diese Übersetzung wurde Traugott König 1978 der vom Freundeskreis zur internationalen Förderung literarischer und wissenschaftlicher Übersetzungen und vom Verlegerausschuß des Börsenvereins gestiftete Helmut M. Braem-Übersetzerpreis verliehen.
«Die Übersetzung stellt eine herausragende Vermittlungsleistung dar, die sich durch sprachschöpferische Phantasie wie durch philologische Akribie auszeichnet.»
Begründung der Jury

das neue buch
rowohlt

Jean-Paul Sartre

Gesammelte Werke in Einzelausgaben
In Zusammenarbeit mit dem Autor
herausgegeben von Traugott König

In dieser Ausgabe werden im Laufe der nächsten Jahre (in den Reihen *rororo* und *das neue buch*) Neuauflagen der Werke in durchgesehenen Übersetzungen sowie zahlreiche bei uns noch unbekannte Texte erstmals in deutscher Übersetzung erscheinen.

Romane und Erzählungen: Der Ekel · Zeit der Reife · Der Aufschub · Der Pfahl im Fleische · Die letzte Chance (Fragmente) · Erzählungen und Entwürfe.

Theaterstücke und Drehbücher: Stücke: Bariona · Die Fliegen · Bei geschlossenen Türen · Tote ohne Begräbnis · Die respektvolle Dirne · Die schmutzigen Hände · Der Teufel und der liebe Gott · Kean · Nekrassow · Die Eingeschlossenen von Altona · Die Troerinnen · *Drehbücher:* Das Spiel ist aus · Die falschen Nasen · Im Räderwerk · Die Hexen von Salem.

Philosophische Schriften: Die Transzendenz des Ego · Das Imaginäre · Das Sein und das Nichts · Bewußtsein und Erkenntnis · Kritik der dialektischen Vernunft · Determination und Freiheit.

Schriften zur Literatur: Der Mensch und die Dinge · Baudelaire · Was ist Literatur? · Sankt Genet, Komödiant und Märtyrer · Schwarze und weiße Literatur · Was kann Literatur? · Der Idiot der Familie, Gustave Flaubert 1821–1857.

Schriften zu Theater und Film: Mythos und Realität des Theaters.

Schriften zur bildenden Kunst und Musik: Die Suche nach dem Absoluten.

Politische Schriften: Paris unter der Besatzung · Überlegungen zur Judenfrage · Krieg im Frieden · Der Kolonialismus ist ein System · Der Intellektuelle und die Revolution.

Autobiographische Schriften: Die Wörter · Sartre über Sartre · Sartre. Ein Film.

Reisen: USA, Skandinavien, Italien, Sowjetunion, China, Kuba.

Rowohlt Taschenbuch Verlag

Von Jean-Paul Sartre, Gesammelte Werke in Einzelausgaben, sind erschienen:

Schriften zur Literatur: Band 1: «Der Mensch und die Dinge» (rororo Nr. 4260); Band 2: «Baudelaire» (rororo Nr. 4225); Band 6: «Was kann Literatur?» (rororo Nr. 4381); Band 7–11: «Der Idiot der Familie. Gustave Flaubert 1821–1857». I: «Die Konstitution» (das neue buch Bd. 78), II: «Die Personalisation 1» (das neue buch Bd. 89), III: «Die Personalisation 2» (das neue buch Bd. 90), IV: «Elbehnon oder Die letzte Spirale» (das neue buch Bd. 114), V: «Objektive und subjektive Neurose» (das neue buch Bd. 132).

Schriften zu Theater und Film: «Mythos und Realität des Theaters» (rororo Nr. 4422).

Politische Schriften: Band 1: «Paris unter der Besatzung» (rororo Nr. 4593).

Autobiographische Schriften: Band 1: «Die Wörter» (rororo Nr. 1000); Band 2: «Sartre über Sartre» (rororo Nr. 4040); Band 3: «Sartre. Ein Film» (das neue buch Bd. 101).

In anderen Ausgaben erschienen:

«Der Teufel und der liebe Gott» (Drama; 1951), «Das Sein und das Nichts» (1952), «Kean» (Drama; 1954), «Nekrassow» (Drama; 1956), «Kritik der dialektischen Vernunft» (1967), «Gesammelte Dramen» (1969), «Gesammelte Erzählungen» (1970), «Das Imaginäre» (1971); «Das Spiel ist aus» (Drehbuch; rororo Nr. 59), «Die Fliegen» und «Die schmutzigen Hände» (Dramen; rororo Nr. 418), «Zeit der Reife» (Roman; rororo Nr. 454), «Der Aufschub» (Roman; rororo Nr. 503), «Der Pfahl im Fleische» (Roman; rororo Nr. 526), «Die Eingeschlossenen» (Drama; rororo Band 551), «Der Ekel» (Roman; rororo Nr. 581), «Bei geschlossenen Türen», «Tote ohne Begräbnis» und «Die ehrbare Dirne» (Dramen; rororo Nr. 788), «Porträts und Perspektiven» (rororo Nr. 1443), «Die Mauer» (Erzählungen; rororo Nr. 1569), «Bewußtsein und Selbsterkenntnis» (Essay; rororo Nr. 1649), «Mai '68 und die Folgen» (rororo Nr. 1757 und 1758); «Die Transzendenz des Ego» (Essay; Rowohlt Paperback Bd. 40), «Situationen» (Essays; Rowohlt Paperback Bd. 46), «Kolonialismus und Neokolonialismus» (Essays; Rowohlt Paperback Bd. 68); «Was ist Literatur?» (Essay; rowohlts deutsche enzyklopädie Bd. 65), «Marxismus und Existentialismus» (rowohlts deutsche enzyklopädie Bd. 196).

Zusammen mit Bertrand Russell: «Das Vietnam-Tribunal oder Amerika vor Gericht» (rororo Nr. 1091) und «Das Vietnam-Tribunal oder Die Verurteilung Amerikas» (rororo Nr. 1213); mit Philippe Gavi und Pierre Victor: «Der Intellektuelle als Revolutionär» (rororo Nr. 1994).

In der Reihe «rowohlts monographien» erschien als Band 87 eine Darstellung Jean-Paul Sartres in Selbstzeugnissen und Bilddokumenten von Walter Biemel, die eine ausführliche Bibliographie enthält.

Ferner erschien «Sartres Flaubert lesen. Essays zu ‹Der Idiot der Familie›». Hg. von Traugott König (das neue buch Bd. 116).

Jean-Paul Sartre
Was kann Literatur?
Interviews, Reden, Texte
1960–1976
Herausgegeben und mit einem Nachwort
von Traugott König
rororo 4381

Inhalt

Rowohlt Taschenbuch Verlag